第一卷

高平飞雪

上海大学出版社

图书在版编目(CIP)数据

大宋帝国：九卷本 / 葛红兵等著.— 上海：上海大学出版社，2022.3

ISBN 978-7-5671-4453-8

Ⅰ.①大… Ⅱ.①葛… Ⅲ.①长篇历史小说—中国—当代 Ⅳ.①I247.5

中国版本图书馆 CIP 数据核字(2022)第031501号

统　　筹　戴骏豪
策划编辑　徐雁华　江振新
责任编辑　徐雁华　江振新
助理编辑　陈　荣
封面设计　缪炎栩
技术编辑　金　鑫　钱宇坤
编　　订　刘　强

大宋帝国(九卷本)

葛红兵　等著

上海大学出版社出版发行

(上海市上大路99号　邮政编码200444)

(http://www.shupress.cn　发行热线021-66135112)

出版人　戴骏豪

*

南京展望文化发展有限公司排版

江阴市机关印刷服务有限公司印刷　各地新华书店经销

开本710mm×1000mm　1/16　印张125　字数1399千

2022年4月第1版　2022年4月第1次印刷

ISBN 978-7-5671-4453-8/I·655　定价　680.00元

大宋帝国(九卷本)

总目录

第一卷　高平飞雪

第二卷　陈桥双辉

第三卷 幽云长歌

第四卷 澶渊和盟

第五卷　三川喋血

第六卷 激荡熙宁

第七卷 大地裂痕

第八卷　襄阳风雨

第九卷　崖山绝唱

九、忠贞不屈 151

目　录

引　子

后汉乾祐三年(950)十二月二十九日,隐帝刘承祐被郭威诛杀后三十八天,刘氏宗室、徐州相公刘赟的帝王梦做了才不到三十二天,赵匡胤就拿着李太后的诰书出现在了宋州。多年以后赵匡胤成了大宋的开国皇帝,这个"宋"字,就这样和赵匡胤联系在了一起,当然,这个时候,赵匡胤还不知道这些。

诰书上写的是降刘赟为湘阴公,赵匡胤要做的却不仅仅是宣读诰书。

赵匡胤希望给刘赟一个"结果"。

赵匡胤让随行的军士等在外面,只带了两位指挥使罗彦环、王彦升,进入刘赟的寝宫。这两位指挥使都是勇武过人的猛将,在后晋时期就已扬名立万,然而后汉国祚不昌,不能重用能人,此时,他们的"指挥使"都只是虚衔,并没有实质兵权。说穿了,他们的真实地位和跑龙套的军士并无差别。

眼前的刘赟苍白瘦削,轻飘得像一张白纸,刘赟腰里绑着一根粗铁链,链子的一头拴在柱子上,铁链被钉死了。想来给他拷上铁链的人,就没有想过刘赟会活着离开。屋里臭气熏天,屎尿就积攒在刘赟的脚边，已经冻成了一堆冰坨，然而，臭气还是让赵匡胤不由自主地皱起了眉。

“来者何人?”刘赟坐在一张春凳上，神情凛然，然而声音里充满了期待。

“枢密使帐下军校赵匡胤!”赵匡胤拱手行礼，应道。

刘赟叹口气，声音黯淡下来：“郭威帐下的人?”

赵匡胤递上李太后诰书，刘赟接过，却不看。他盯着赵匡胤，赵匡胤也盯着他，一动不动。好一会儿，刘赟终于沉不住气：“你送来的诰书，你不宣读，我又何须看！太后受尔等威逼，下诏废我！我知道了，你可以走了。”

赵匡胤掀开战袍，跪了下来：“臣还想送湘阴公一程!”

刘赟阴笑起来，声音“咯咯”地传遍了整个大厅：“郭威要你杀了我?”

赵匡胤道：“是末将自作主张，要送湘阴公一程!”

刘赟道：“你为了郭威，还是为了柴荣?”

赵匡胤不答。

刘赟，如果重新给他一片天下，想来他一定也是一位枭雄。但是现在不行，他看错了局势，就只有死路一条，谁叫他姓刘呢?

“赵匡胤，你以为我死了，郭威自立，就能成为一位天子吗？不要说我的父亲河东节度使刘崇，就是许州节度使刘信、开封府尹刘承勋，这些刘家人，会放过郭威吗?”

“刘信已经自杀！湘阴公，你就不用惦记了。”

“呵！赵匡胤，我不会自杀，我要让天下人知道，我是被郭威所杀。”刘赟语调坚定，然而话音未落，他却又叹了口气，闭上了眼睛，仿佛是突然认命了。

引　子

“不，我错了。是你，而不是郭威想让我死。你想杀了我，让郭威没有退路，只能自立为王？赵匡胤，你乃我汉室公敌！”刘赟睁开了眼睛，死死地盯着赵匡胤和他身后的罗彦环、王彦升，“赵匡胤，你今天为了郭威，背叛我汉室，总有一天，你会为了自己背叛郭威！哈哈，哈哈，想不到我会死在你的手里，一个卑下的军校手里。”刘赟咬着牙，一字一句地说着。

赵匡胤心里一抖！

王彦升“噌”的一声，迅疾地抽出长剑，剑尖抵在刘赟的咽下，剑柄抬起，剑头避开锁骨和肋骨，沿着刘赟食管刺入胸腔和腹腔，然后原角度撤剑、收剑。

王彦升号称“王剑儿”，乃当今天下第一的剑手，其动作快如风雷，所有人还没有明白过来的时候，他这一系列动作就已经完成。再看时，剑已入鞘，而刘赟依然端坐着，身外不见血迹，似乎并无任何变故，只是倏忽间睡着了一样。

王彦升的剑，太快了，已经出神入化。

赵匡胤看看王彦升，王彦升并不看赵匡胤：“大哥仁义，不忍杀人，杀人的事，就让小弟代劳吧！另外，刘赟最后两句话，我没听见，我想罗彦环也没听见。”

罗彦环拱手对着赵匡胤道：“大哥，我们只听见您说话，听不见其他人说话。”

一、遍地狼烟

1. 血战巴公原

公元 951 年二月十二日，郭威在弑杀后汉隐帝、密杀徐州相公刘赟之后，废后汉称帝，国号大周，定都汴京，改元广顺，是为大周太祖。因拥立郭威父子称帝有功，赵匡胤被提升为东西班行首，拜滑州副指挥使后又任开封府马直军使，辅佐时任开封府尹的郭荣。郭荣是郭威的养子，广顺三年(953)封晋王。开封府尹这个职务向来被看作是王储才能担任的，而晋王的封号，多数也和王储相连，赵匡胤跟着郭荣，可以说是跟对人了，按常理，郭荣将来是要做皇上的。然而，事情也就出在这个常理上，有几个皇上是按常理出牌的呢？关键是，郭荣是郭威的养子，这就让常理可能不那么起作用了。

广顺三年(953)年底，十二月是大周子民欢天喜地迎新年的时间。大周开国近三年，每年这个时候，郭威都要难得奢侈一下，摆宴邀群臣共饮同贺。

郭威虽是武将出身，却酷爱戴花。逢年过节不仅给自己戴花，满头簪花缤纷,还要给大臣赐赠鲜花,更每每要特别颁旨,让各地官府开花市、办郊庆,令民众也簪花同乐。

人们把硕大的花朵插在帽檐上,颤颤悠悠,红红火火,把节日装点得喜气洋洋,春光满眼。

往年此时,这些大大小小的官员下得朝来,个个头戴的乌纱帽插有大花,在京城大街上款款而行,那景象真是非常壮丽。京都百姓远远向他们望去,真如一片锦云在缓缓游动。

往年此时,花市上,卖花买花的人流摩肩接踵,熙熙攘攘,欢声笑语,灌满长街。

往年此时,朝廷行孟冬礼,皇上就要赐花给群臣,除了采摘皇家花室的鲜花,还要去郊区的花棚、花市采购鲜花,而地方官员也要向朝廷进贡大量的鲜花。一筐筐姹紫嫣红,一车车云流霞涌,从郊区到京都,宛如一条条川流不息、五彩缤纷的河流。

然而,今年朝廷却不见动静,百姓都议论纷纷,觉得朝中出事了。

除夕未时,汴梁城南,太阳已经有些偏西,太庙终于迎来了郭威。

郭威在殿前都指挥使张永德和养子郭荣的搀扶下,沿着太庙的台阶一步步走到祭台前。

赵匡胤跟在他们身后,他看见郭威侧着脑袋,整个身体扭曲着,郭威的左脚和右手,完全不能自主。街面上的传说是真的了,郭威得了风痹症,看样子病得不轻。

郭威停下来,艰难地转身,望着身后的各位大臣。他缩着身体,像是要把自己从张永德和郭荣的搀扶中解救出来,可是他做不到，他看看身边的两个人，然后把眼神转向众人。

他眼神里的犀利寒光呢？

英雄迟暮啊。

眼前是当今世上最有权势的三个男人，而赵匡胤，离他们近在咫尺，却又遥不可及。

神奇的权力和权威，看不见摸不着，却又分明就在身边。

他希望郭荣继位，然而此时此刻，郭威的心思却难以预料。

往年郭威祭祀都在巳时，而今年选择未时，未时旺子孙，说明郭威可能是在考虑继承人的问题。而今天的安排，郭荣和张永德同时搀扶郭威登太庙祭祖，郭威显然还在犹豫。要说军功和资历，张永德远在郭荣之上，更重要的是，此时张永德手握禁军兵权，而郭荣所能凭借的不过是养子的身份，以及一个开封府尹的象征地位。开封府尹常常象征储君之位，谁能得到它，当然在继位概率上占有优势，然而，郭荣的开封府尹，却并没有加内外兵马事、天下兵马元帅等衔。

郭威艰难地举起了左手，张永德只好放开，身体稍稍侧一下，这样看起来，他和郭威的距离，就稍稍远了一点，与紧紧扶着郭威的郭荣比，他似乎有了点儿局外人的感觉。机会来了，郭威示意祭礼开始，赵匡胤希望郭荣就这样紧紧地搀着郭威不放，让人感觉郭威最终选择了郭荣。

突然，郭威重重地咳嗽起来，人瘫软了下去，郭荣几乎扶不住他了。赵匡胤想起昨晚郭荣的吩咐：“我会走在父王右侧搀扶父王，你要始终跟在我后面，父王一旦支撑不住，就立即上前，从我一侧接手扶住父王！”

赵匡胤猛地向前跨出一步，从郭荣一侧扶住了郭威，又把郭威往张永德那边推了一下，张永德几乎是本能地伸出了手，架起了郭威。现在是赵匡胤和张永德，一左一右，架住了郭威，而郭威那只能动的手，又恰恰紧紧地勾住了张永德。

郭威看看郭荣，面无表情。

郭荣继续祭礼，赵匡胤把郭威朝着张永德的方向推，张永德只好和赵匡胤一起，架着郭威走下祭台。

“这，正是郭荣要的效果?”赵匡胤心里一动，难道这一幕早已在昨晚王朴的预见和谋划之中? 王朴啊，此人为什么如此聪明，可以把所有人和事都计算其中，他竟然可以把什么都管起来，甚至上天之事，天子传位，他也能管。文人太重要了，武将在这方面永远比不上文人。

观礼民众议论纷纷:“皇上，没有皇上，我们怎么过啊?”人心动摇，有人哭了起来。

郭威躺在由四轮的象车改装而成的御辇中，车停在祭台下。郭威是个军人，他一生戎马，坐不得松软的皇家车，他喜欢战车，战车中又最喜欢四轮象车。

然而如今，驰骋疆场的日子已经离他远去，他已经疲倦得连车也坐不动了，就像一架快要散架的机器，车一动，仿佛就会摇成碎片。内外大臣，静静地伫立着，谁都不说话。谁都明白，郭威的生命之灯已经到了最后时刻，但是，谁也不敢先说出。大家都在等着皇上的命令，可是皇上像是睡着了，车静静地停着不动。太阳已经西斜，残阳照着祭台上的幡旗。

宰相冯道老成持重，乃数朝元老，人称“不倒翁”。大家都在慌乱，他此时已然成竹在胸，皇上将崩，继承者无非郭荣、张永德两者取其一而已，有什么难的呢？辅佐郭荣，郭荣已经拥有养子位，不会特别感激；而与张永德暗通款曲，偷偷修好，却能占得先机，当然，这要以不得罪郭荣为前提。“皇上身体要紧，此时，应该立即回宫将养，着太医会诊。”

冯道的想法是，张永德现为殿前都指挥使，负责皇宫宿卫，如果皇上回宫，驾崩于内宫，可由张永德控制局面，那时，谁承继大统，由谁在皇上身边照顾说了算。

端明殿学士王溥却不同意。王溥为后汉乾祐元年(948)甲科进士第一名，时任秘书郎。郭威为后汉枢密使时，他为幕僚，河中平叛，两人一起经历了最艰难的战争岁月，他一直是郭威的股肱重臣。而此时，他虽然只是一个端明殿学士，但地位却很重要，乃至于敢顶撞冯道。

他出列，高声道：“依照皇上的情况，此时如果回宫，必然病情加重，而且会引起百姓恐慌，各国使臣都看在眼里，看见皇上不支，未能毕礼，如果因此而让邻国觊觎，国家恐临危难！”

他未等众人有所反应，就转身对郭荣深深一礼道：“麻烦开封府尹安排皇上就近歇息，明日正旦，臣请把朝礼改在露天举行，请皇上亲临以安抚民众和各位邻国使臣！”

郭荣也是深深一礼，回应道：“陈南斋宫已经准备妥当，露天朝礼可在圜丘举行，也好布置，请容我禀告皇上，再商议定夺！”

正说着，一太监来宣，郭荣立即迎上，跪地接旨。然而，那太监却并不看郭荣，而是对着枢密使魏仁浦道：“宣枢密使魏大人近前说话！”这边，魏仁浦接旨，那边，郭荣弄了个大红脸。

枢密使魏仁浦进到车内，他跪坐在郭威身边，俯身道：“皇上，臣侍驾来迟!"

车缓缓前行,郭威抓住魏仁浦手臂,道:"扶朕起来。"说着,他艰难地起身,然而他已经起不了身了,挣扎许久,也只是箕坐而已,郭威叹道,"魏大人,失礼了!"

魏仁浦扶住郭威道:"皇上,请躺着歇息吧。"

郭威闭着眼睛沉吟道:"你们在商议行程?都指挥使张永德要朕回宫?而皇儿郭荣,却要朕留在陈南斋宫歇息,是否?"

魏仁浦道:"皇上天人,奉天承运,自然料事如神。回宫乃冯道之意,宫中宿卫由都指挥使张永德负责,在宫中,他们可照顾多些;暂住陈南斋宫,乃王溥之意,陈南斋宫由开封府尹郭荣负责,在那里,郭荣可以照顾多些。"

"那么,你说,朕该留在哪里?"

"臣居中持正,没有偏向,但凭皇上决断。"

"这个时候了,你还跟朕耍滑头?"郭威抓住魏仁浦的手说,"我们君臣就要分别了!你就实话实说吧。人终有一死,我们一生的情谊,也有终竟的时候,希望我们来生还是朋友!"

魏仁浦已经泪流满面,匍匐在地道:"皇上这样说,叫臣怎敢担当?"

"他们已经站队,而你持正中和。朕要把临终大事托付给你!谁都会死,朕也不例外,该是考虑后事的时候了。就请你来安排朕的后事吧。"

魏仁浦又叩首,道:"皇上,那就请留在斋宫!明日正旦,皇上正可巡游圜丘,接受百姓朝贺。另请即刻加封晋王郭荣兼侍中、判内外兵马事。"

"这是你的看法吗?郭荣没有军功,我大周以武立国,恐难服众！”

“论勇武、仁厚，张永德、郭荣皆具备，而郭荣独多精进。不仅能守住基业，更能成就霸业！当今之势，北有契丹、北汉，西有党项、吐谷浑，南有南唐、吴越、后蜀，我大周需要天人眷念，而郭荣就是这样的人啊。”魏仁浦进言道。

“刘崇小儿，恨我大周入骨，郭荣没有军功，如何镇得住北汉？防他刘崇发兵来攻？”

“刘崇，鲁莽匹夫，他日若来，必败，无所惧！”

郭威突然睁开眼，看着魏仁浦道：“你说，朕去后，他会不会要恢复柴姓，去我大周国号？”

魏仁浦摇头：“皇上，郭荣乃皇子，皇上当信任之！皇上不信任，天下人又如何信任？”

郭威沉默了好一会儿，挥挥手道：“你先去吧。”

魏仁浦不再说话，起身准备退出。到车门口，郭威道：“今晚，在斋宫歇息。”

魏仁浦答应，正要退出，就听郭威又道：“明年，改年号显德。”

魏仁浦下车，各位大臣围拢过来，魏仁浦道：“留宿斋宫，明年改年号显德。”

各位大臣一听，心情都沉重了。显德，那是说皇上希望他在位时的政德能庇佑大周继位者！皇上不久于世了。

北方的夜来得早，太阳刚刚落山，天就黑了，郭荣稍稍安顿就密召王朴和赵匡胤两人进入斋宫。

郭荣要谈皇上歇宿及来日朝贺典礼事宜，赵匡胤来到郭荣屋里时，王朴已经在了。

王朴对着赵匡胤道："请赵将军为宿卫，保卫斋宫，非晋王准许，任何人不得入内私见皇上。我担心有好事小人搅扰皇上，搅乱皇上清净不说，如果巧言令色，令皇上神思恍惚……"

王朴未说完，郭荣就接茬道："有理！赵将军守护外围，我当衣不解带，时刻侍奉在内殿，不离父王左右！只是，我和赵将军都要侍奉皇上，外面的事，不知先生有何安排？"

"皇上已是弥留，当请皇上命晋王为兼侍中、判内外兵马事，除此，不能回宫！"

郭荣哀叹道："父皇身负沉疴，我又怎忍心在这个时候逼迫父皇！"

王朴不慌不忙道："我已经有所准备，只待一人到来。"

赵匡胤问："何人？"

王朴不慌不忙地说道："皇上因何宠爱晋王？除了晋王拥有才干和气魄，还因为晋王是柴皇后的侄子，由柴皇后一手带大，皇后在世时视若己出。皇上深爱柴皇后，柴皇后过世后，皇上至今未另娶！"

赵匡胤突然明白了，王朴是找了一个非常像柴皇后的女人，来劝说弥留之际的皇上。赵匡胤对王朴的这个点子不敢苟同。当年，柴皇后为后唐庄宗嫔御，庄宗殁后，明宗赐其归家，随身携带皇家御赐珍宝钱财无数。柴家乃名门望族，柴皇后又貌美如花，嫁个封疆大吏、节度使一类的官员，是没有问题的。但是，柴皇后一行行至孟津渡口，那夜天赐良缘，柴皇后遇见了来客栈躲雨的军校郭威，她没有被落魄军校的外表迷惑，一夜的倾谈，让她坚信这穷苦军校胸怀大志，将来必成大器。在所有人都反对的情况下，她把随身携带的资财一半分给家人带走，一半留下，与郭威折返洛阳，用自己的资财为郭威买了一处宅院，构建了一个幽静的读书环境。两人每日一起品茗共读，遇到郭威犯难的地方，柴皇后就解释给他听，柴皇后不仅能解释书中的道理，还能联系当时的国家政事与天下大势，这让郭威处处受益。此后，郭威谈吐举止迥异往昔，性情也大变，戒掉了赌博、饮酒、滥杀的嗜好，在勇毅的基础上增加了仁义和智慧。郭威又大力亲近文人，幕府中网罗了范质、魏仁浦、王溥等一大批精英，这才有了后来的成就。

这王朴就是要利用皇上对皇后的一片真情？赵匡胤暗忖。

这时，一名军士带进一个女人来，郭荣、赵匡胤猛一看，都大惊，她简直是柴皇后再世。郭荣倒头便拜道："姑姑，你回来了，侄儿想你啊！"拜着，郭荣就哭了起来。

赵匡胤一阵晕眩，他心里说，郭荣啊郭荣，你这么配合王朴演戏啊！但见这"柴皇后"弯腰扶住郭荣道："侄儿，我来是助你登基，你父皇就要随我去了，希望你登基后，勿忘我和你父皇对你的恩情，延续大周国祚！"这女子语音、动作、体貌都酷似当年柴皇后，显然，王朴对这位"柴皇后"进行了精心训练，这个王朴心计好深啊。

赵匡胤这次被深深折服了，这女子太像柴皇后了，他也跪了下来。

这时，郭荣已经泣不成声，断断续续道："姑姑，你放心，我一定让我们柴家登峰造极，让大周千秋万代，源源不绝！"

王朴轻轻咳了一声："皇后从仙山而来，必是眷念皇上，有很多话要跟皇上叙谈，请皇后入内殿，皇上也一定很思念皇后啊！"

赵匡胤心里对郭荣的话一个咯噔，郭荣说的是"让柴家登峰造极"，可是，他继承的是郭威的郭家王朝，是大周啊！唉！

一、遍地狼烟

显德初年(954)正月初五,郭威加郭荣晋王兼侍中、判内外兵马事。十一日,又诏令,除军国大事,其余皆由郭荣处置。此乃昭告天下,郭荣为事实上的储君。

殿前都指挥使张永德、侍卫马军都指挥使樊爱能、步军都指挥使何徽,手握兵权,均为骁勇悍将,地位高,平日看不上郭荣。更重要的是,张永德是太祖郭威的女婿,又有些人缘,他与冯道等文臣关系不错。

如何处置这些人,郭荣还没有想出好的办法,王朴建议,先保留这些人,提升一些戍边大将来平衡他们的权力即可。于是,郭荣升保义军节度观察留后韩通、朔方军节度观察留后冯继业、义武军节度观察留后孙行友等为节度使;在文臣方面,郭荣则提升学士王溥为宰相。他最想提升的人当然是王朴和赵匡胤,但恰恰是这两个人,他没有提升,因为在王朴看来,时机还没有到。

人事调整还没有结束,太原方向的细作来报,北汉主刘崇听说郭威病重,正从各地催发兵马,准备来袭。刘崇和郭威有杀子之仇,不共戴天,只要能报仇,他什么都愿意干,甚至愿意投靠契丹。他上表祈求辽穆宗的承认,自称侄皇帝。这次如果发兵,一定是得到了契丹的支持,如果他们双方联军南下,大周就危险了。

时局紧迫,郭荣已经没有时间了。

郭威的身体越来越虚弱,常常神志不清。十七日,郭威稍稍和缓,郭荣便把当前的局势向郭威禀告,郭威听后,沉吟了一会儿,侧身道:“召魏仁浦、张永德来见。”

滋德殿,黄昏,豆油灯全部点亮了,郭威依然感觉周遭昏暗不明,这个世界对他来说,太冷太暗了!

郭威道:“魏大人,这天为什么昏暗如许?”

魏仁浦道:“天有不测风云!”

“是啊。朕已经见到皇后啦,她已经来接朕了。我想把皇位交给郭荣,这也是柴皇后的意思!”

“皇上放心,臣一定尽力辅佐晋王,晋王仁义贤良,必能让大周国运长久。”

“张永德如何?”

魏仁浦听了一惊,难道皇上还有其他想法?他立即进言道:“请皇上为他们定君臣之分,张永德定然会竭力辅佐晋王。”

郭威点点头:“召张永德进殿。”

张永德从殿外匆匆进来,他匍匐在地上:“皇上,微臣来看你了。”

郭威招招手:“近前来!朕知道你对朕忠心耿耿,不知道你可愿尽忠报国?”

张永德匍匐向前:“皇上,微臣为了您,什么都可以,不惜一死!”

“那么,你就陪我去吧!朕在那边也需要你护卫!”郭威对身边甲士道:“给他剑!”

魏仁浦一下子懵了,他大惊道:“皇上!”

张永德接过甲士的剑,拔出剑来,横在了脖子上正色道:“皇上,微臣甘愿同皇上一起去,到阴间为皇上做护卫!”

这时,郭荣冲了进来,抓住张永德的手:“父皇,使不得啊!大周危在旦夕,刘崇和契丹勾结,发兵五万,已经向我潞州挺进!请皇上留下都指挥使,保卫国家!”

张永德并不停手,而是使劲儿抽出手来,又要挥剑:“晋王,你不要拦着朕!"郭威轻轻摆手:"张永德,你可以不跟朕这个行将就木的人走。"郭威的声音非常轻,却又非常严肃,让张永德和郭荣都静了下来。

张永德大声道:"皇上,让我陪您去吧!"

郭威指着郭荣道:"以后的皇上,是他,你要陪的是他!他要你活,你就活,他要你死,你就死!你认他做皇上否?"

张永德放声痛哭道:"皇上,你不要我了?"

郭威道:"给他磕头吧!我要你发誓,从此,他为君,你为臣,永不得以臣犯上!"

张永德转身给郭荣磕头,郭荣扶起张永德,两人相对痛哭。郭荣道:"今日在父皇面前起誓,你我君臣,今生今世,永不相负!"

郭威道:"不要哭了!男人哭像个什么样子?我还没死,还有话说!"

两人收了悲声,同时俯身来听郭威吩咐。"我死后,你们一定要为我薄葬,不要强征民工,也不要宫人为我长年守陵,陵寝不用石柱,枉费人力,用砖瓦代替就行,用瓦棺纸衣下葬。不要石人石兽,只需立一块碑,刻上这些字:'大周天子临晏驾时和要继位的皇帝有约,只因平生喜欢俭朴,所以只让用瓦棺纸衣下葬。'如果违背此言,阴灵也不相助。每年的寒食节不忙时派人到陵上祭奠一下就行了,如果忙了,没有人手,遥祭即可。"

两人点头应允,郭威又说了句:"千万千万,莫忘朕言。"

一代枭雄将星,就此陨落,终年五十一岁。

郭威被后汉隐帝满门灭族,其亲生子嗣均为隐帝所杀,死后没有血嗣,继位者郭荣乃其养子。

此时,郭荣已经哭昏过去。魏仁浦抱住郭荣道:"晋王,这时人人均可大放悲声，而你却不可以啊。内有不服之臣觊觎，外有北汉刘崇相逼，你当自强啊！”

显德元年(954)一月二十一日，郭荣登基。称帝以后，郭荣恢复了本姓柴，但为了安定人心，他改变新天子即位后更改年号的习惯做法，仍然沿用周太祖所定的显德年号。

天下不是那么好安抚的，且不说内部有人不服，外部北汉主刘崇，得知郭威病死，竟然即刻发兵，一点儿也不拖延，其前锋都指挥使张元徽部，在太平驿一战围歼昭义节度使李筠麾下穆令均部，其先头部队已经向着潞州而来，潞州守将李筠的加急求救文书，一天三封。

朝野上下，人心惶惶。

紫宸殿，夜已经深了，但是大家还没有整出个子丑寅卯来。

柴荣招诸臣商议，大家七嘴八舌，却没有主张。

赵匡胤道：“刘崇趁我遇国丧，皇上新立，明着来欺辱我皇。此次，刘贼必是亲来，他欺我皇大丧在身，皇上必不能亲征讨伐。臣请皇上，出其不意，御驾亲征，与刘贼决战于潞州，一战灭其国，北可威震契丹，令其不敢来犯，西更可威慑党项，南可震慑后蜀、南唐，此战若胜，可保乾坤正规，大周百年太平。”

冯道不待柴荣搭话便摆起老臣架子，抢言道：“陛下刚刚即位，先帝灵柩尚未安葬，人心摇荡，此时陛下怎可轻易离京？”

“当年唐太宗在位，天下如有不平，需要征伐，必率军亲征，不惜亲冒箭矢，以为先锋，难道我当今皇上，便不能亲征？”赵匡胤想用历史来说服冯道，也为柴荣打气。“这一战，非常重要，皇上登基，稳固否？大周，能打开新的纪元，稳居于天地否？就在此战！”

赵匡胤说出了激情，当然，也说出了情绪。赵匡胤代表的是新一代青年军人和官员的意见，他们地位低下，意欲通过征战，打开个人人生的局面，当然，也希望国家能因此而打开局面。

然而，冯道却不为所动，甚而语带讥讽道：“嘿嘿！不知道皇上能比唐太宗否？”

赵匡胤脑袋“嗡”的一声，头大起来，他一直不相信这些先皇旧臣会看不起柴荣，会把柴荣当儿皇帝。他一直以为他的兄弟柴荣，是一个非常了不起的人，一个能让天下苍生得到生息繁衍、共享太平的好皇帝，他对此一点儿疑问都没有。他没有想到，那是因为他和柴荣朝夕相处很多年，是好朋友、同龄人，而那些老朽，却不这么看。

冯道其人，历经数朝，资历之高，创历史之最，是真正的“不倒翁”。皇帝倒了好几朝，历经五朝十帝，而他竟然能朝朝当宰相，赵匡胤真有点儿看不起他。但是，冯道的反向讥讽，让他突然意识到，政治是复杂的，政治要摆平的是人心，而人心是难以揣度的。冯道倚老卖老，难免会有人依靠军权而不服柴荣登位。

“冯大人，你可知什么是历史？当年太祖即位，刘崇来犯，太祖御驾亲征，与刘氏决战于晋州城下，大败刘氏，令其再不敢来犯。”

“不知陛下能比太祖否？”冯道又阴阴地反问道。

赵匡胤看看张永德，张永德是侍卫军都指挥使，是他的直属上司，中央禁军都在他的麾下，他的话自然分量很重。然而，张永德并不说话，倒是他的手下侍卫马军都指挥使樊爱能，出班奏道：“皇上，刘崇所拥不过弹丸之地，刘崇所峙不过后汉余绪，名不正言不顺，兵不精马不壮，又何劳亲征？皇上文韬武略兼善，身不至而能威至，刘贼定闻之丧胆！大周一到，刘贼必知难而退！”

这樊爱能语带轻蔑，根本没把柴荣放在眼里，什么皇上文韬武略云云，明明是在讽刺当今皇上没有战功，不能亲历前线作战，却说得冠冕堂皇。刘崇如果真是闻风丧胆，那来干吗？送死？刘崇明明是欺负柴荣年少，新近即位，内部不稳，是看不起柴荣才发兵的。明眼人一看，就知道这樊爱能是在说什么。

柴荣显然也生气了，但他顺着樊爱能的话说道：“刘崇，老朽而已，如果他自信，就不会向契丹借兵，勾结契丹，正说明他胆怯。以我大周兵力，破刘贼如泰山压卵，何足惧哉？”

赵匡胤心里佩服柴荣的气魄，可是，冯道就是不买账，他接口道：“不知陛下能做泰山否？”赵匡胤这回是真明白了，这批老臣是真的瞧不起柴荣。

他感到自己错了，王朴的未雨绸缪是对的，如果没有王朴的策划，可能柴荣真的当不上这个皇帝。想想也对，周太祖当年是历经血战，立下赫赫战功的名将，手下无论武将还是文臣，都是经历过生死患难的。而今柴荣只不过凭一个开封府尹的资历和养子身份，就想让人信服？难！然而，也正因为如此，柴荣才更要建功立业，树立威望，如果此时退缩，难保又是一个隐帝。

这时翰林学士陶穀进前言道：“皇上，诸位大人争执不下、反对亲征，不过是因为皇上刚即位，我大周内部人心不稳，如果皇上离开京都，给谋逆者钻了空子，如果有人乘着陛下出征的当口，起内乱，断了陛下回京的路，大周有亡国之忧！主张陛下亲征者，无非认为陛下英武过人，必能一战取胜，且速战速决，为国家带来康宁。陛下初即位，此战正是扬名立威的好时机。微臣以为，此事不妨听听宰相王溥大人的意见，王大人当年追随先帝征战经年，必有卓见!”

赵匡胤听着,感觉这陶穀竟然有些见识,怪自己平日怎么没注意这个人。

新科宰相王溥,缓缓出班:“皇上,臣主张亲征。其一,先帝灵柩停于宫中,刘崇乘人之危,是不义,我举哀兵,必胜之;其二,刘崇,沙陀蛮族,勾结契丹,窥我中原,以下犯上,是不仁,我举仁义之兵,必胜之;其三,刘崇,贼也,窃据太原,穷兵黩武,当年太原府原有居民二十八万户,而今不足四万户,穷寇也,我举强毅之军,必胜之;其四,我皇登基即位,气势如冉冉升起的太阳,而刘崇不过是日落西山的老朽,不战而胜负已现。我有此四胜,何足惧哉?臣请皇上御驾亲征,一举荡平刘寇!”

赵匡胤不得不佩服王溥,到底是文人,能说出道道来。此刻他也暗暗下了决心,要多读书,本来他的提议肯定是对的,但是他却说不过冯道,处于下风,让不明所以的人反而以为他没道理。

王溥说完,侍卫亲军都虞候李重进着急接口道:“微臣愿为先锋,先行一月,与马军都指挥使樊爱能、步军都指挥使何徽,先行出发,领军三万赴潞州对敌,皇上可率军随后赶来,臣愿速战速决,以脑袋担保,一月之内解决刘贼!”

这李重进乃是先皇的外甥,现为侍卫亲军都虞候,听他言下之意,他愿意先率军三万出击,提前一个月出发,一个月内解决刘崇,皇上一个月后再亲征,那时只要做做样子,摘摘桃子就行了。

赵匡胤希望柴荣不要接受这个建议,本来李重进、樊爱能等就势大,与一班老臣一起,看不起新皇上,此次如果让他们出征,有了战功,将来恐怕更加难以管束。

他希望柴荣挺起胸膛,做个真正的皇帝,能够带领大家建功立业的皇帝。

自唐王朝灭亡以来，中原历经五代十国，战乱频频，老百姓没有过上一天安生日子。尤其是后唐石敬瑭，把燕云十六州出卖给契丹，让中原汉地失去了东北屏障，完全暴露在契丹铁骑之下。中原百姓年年遭受契丹侵袭，民众流离失所。后汉刘崇更是横征暴敛，下令境内所有十七岁以上男子都要从军，整日窥伺中原，时时都想动武，好好一个太原州，被他弄得民不聊生。柴荣啊柴荣，但愿我皇能振作图良，建功立业，开太平盛世，报天下苍生！

果然，柴荣没有让赵匡胤看错，柴荣厉声道："朕观各位，苟安畏缩之言，实属罕见。朕意已决，诸位不必多言。"

柴荣派天雄节度使符彦卿、镇宁节度使郭崇率军绕道北汉军背后，切断刘崇退路，郑州防御使史彦超、前耀州团练使符彦能进军沂州，阻击契丹援军，切断契丹和北汉联络；河中节度使王彦超、保义节度使韩通、义成节度使白重赞直接北上，增援潞州。

而他自己则亲率张永德、李重进、樊爱能、何徽，并携赵匡胤等，作为中军主力出征，直奔潞州，寻找刘崇主力决战。

显德元年(954)三月十一日，柴荣从大梁出发。

柴荣有魄力，敢于放手一搏，他是把大周的全部家底都压上了，要和刘崇决一雌雄。赵匡胤看柴荣的安排，暗暗佩服，这是一种志在必得、一举全歼敌军的阵势，根本就没有考虑失败，甚至都没有考虑把刘崇击退。他要截住刘崇，在野战中歼灭刘崇，让刘崇无法全身而退。

当然，刘崇此刻也正驱赶着部队，不顾一切地往潞州而来。他要赶在柴荣援兵到达之前拿下潞州，然后，以潞州为根据地和大周主力决战。

柴荣深知潞州危急，时不我待，所以，他不待所有军马聚齐，就直接带着中军大约一万人马，马不停蹄地前进。他的行军速度太快了，以至于他的中军和刘词的后军拉开了两日的距离，他几乎是把自己当作了先锋。

对于柴荣和赵匡胤来说，这场战役是背水一战。柴荣顶住了几乎是所有臣下联名反对的压力，御驾亲征，如果失败，将同时失去他作为皇上的政治前景；而赵匡胤，作为几乎是唯一支持柴荣御驾亲征的武将，如果这次战争失败，他不仅要失去作为一名将军的荣誉，更要为失败担责，为皇上挡箭，他失去的将是生命。

此时的大梁依然天寒地冻，越往北越冷，将士们心里非常苍凉，这个年没有过好啊。他们的老皇上死了，而现在是刚刚开春，新皇上就要带着他们去作战，作战的对象是他们最大的两个敌人，而且这两个敌人还联手了。新皇上从来没打过仗，听说大臣们都反对他带兵出征。这些将士心里有点儿发毛，他们的家人也心里发毛，老皇上那是身经百战的，老皇上在，他们打到哪儿都不怕，而今，他们真有些害怕。将士们想的是能不能活着回来，他们的家人在路边设送行酒，一碗又一碗，他们沿途接着递上来的碗，一站一站地喝着，直到出陈桥驿，竟然还有百姓在道边送行。这次真是不一般啊，看来大梁的老百姓都在担心。出陈桥驿，就离开了大梁，意味着正式进入战争状态，没有一场恶战，他们是不会回头的！

然而，他们又隐约感到这个新皇上不一般，以前只听说，皇上出征，都是在前锋出发一天之后，而这次，皇上却是亲自率军提前一天出发，后军刘词部要数天之后才能集结完毕。皇上是把自己当成了前锋，是下了必胜的决心，不仅要胜，而且要急胜。

将士们的感觉是对的，柴荣是一个有远大抱负和必胜信念的皇上，柴荣从来没有想过失败，他想的是要在野战中一举歼灭北汉的有生力量。

赵匡胤想来想去，既然冒险，就要让冒险值得，他挥起鞭子，在空中甩了一个响鞭，胯下枣红马会意，两个前蹄腾空而起，后退一跃，飞箭一样射出，向着柴荣追去。

山岗上，柴荣骑着白马，立着，看他过来，招招手道："匡胤。"

赵匡胤顾不得客套就开口道："皇上，过了陈桥驿，我们就没有退路了，我们应加快速度，最好的决战之地是高平。我们要先到那里，在那里摆开阵势。"

"你来得正好，我正要找你，我们想到一处去了。"

赵匡胤又道："可以令泽州刺史李彦崇带兵埋伏在潞州以北的江猪岭，刘崇兵败必从江猪岭退却，如果在那里设伏，切断刘崇归路，可以一举破敌！"

柴荣听了想都没想，就喊来传令官把这道命令发布了出去。

"皇上，你就一点儿也没担心我们和刘崇的遭遇战?"赵匡胤反倒有点儿犹豫了。柴荣一点儿也没为自己担心，他想都没想过让李彦崇带队来护驾。

事实上，赵匡胤和柴荣想到一处了，这让柴荣对赵匡胤产生了惺惺相惜的感觉。

在柴荣的心里，赵匡胤由此上升为让人会心的兄弟，因义而连心，自然已是朋友的上等境界，然而，因会心而连义，这又是朋友的更高境界了。

如果让刘崇拿下潞州，刘崇将获得潞州的财物和堡垒，战争将旷日持久，如果让其重新退回太原，这场战争将虽胜尤败，大周将没有机会消灭刘崇。他不仅要胜，而且要胜得彻底，要让显德元年(954)成为刘崇灭亡的祭年。

按照惯例，大军出征，常常要在陈桥驿住一晚上，让大家休整一下，恢复体力，正式从精神上进入战争状态。然而这次恰恰相反，路过陈桥驿，将士们没有等来休整的命令，已经出陈桥驿了，传令官从前面疾驰而来，一路高呼："整队跑步前进！"大家这才发现，皇上已经率领侍卫马军走到了最前头，现在是他们侍卫步军快步跟上的时候，而不是扎营歇息的时候。

果然，他们开始了急行军。

大军就这样急行军了五天五夜。三月十六日，他们就已经到了怀州，如果继续按照这个速度前行，不出三个时辰，他们就该进入泽州，那就是战区了。

这时的刘崇，没有围攻潞州，而是越过潞州，直取泽州，他试图放弃攻城掠地的策略，速战速决，直接打通袭取大梁的通路。他根本没有想到柴荣会亲征，更没有想到柴荣会只带不到一万人马，星夜兼程，此时已经到达泽州，进入战区。

柴荣的打法，完全不合常理，别说刘崇根本想不到，就是大周将士也不理解。控鹤军都指挥使赵晁，曾随老皇上征战多年，没见过这种不要命的打法，不合常理啊，他找到右翼统帅樊爱能、何徽说：

"刘崇举国来犯，其势正昌，我军仓促应敌，目前是贸然急进，应该持重缓行，让地方军先拖住他们，等待他们锐气消解，士气下降，然后，我们再接敌攻击！"

樊爱能和何徽也有这样的想法，只是他们更加老成，不愿意先说出来。他们和柴荣出来打仗，这样的行军法，还是第一遭。他们觉得柴荣不懂军事，这样下去必败无疑，应该在这里等待后军，至少等到刘词的确切消息才对。现在刘词在哪里？

樊爱能道："赵将军，我也正在担心，皇上年轻，没有经验，但凭一颗急切的心。他是急于想证明自己，岂知战场一刻决生死，哪能这样儿戏？"

何徽道："我们已进入怀州地界，和后军已经拉开了一天的距离，刘词的后军在哪里？兵书云，未战之时，先料将之贤愚，敌之强弱，兵之众寡，地之险易，粮之虚实。计料已审，然后出兵，无有不胜。现在，我们前不知敌军部署，后不知援军在何处，这仗如何打？"

樊爱能道："直接接战，我看败多胜少。我为右军，又是最先接敌，如果真是如此，我们万不得已时，恐怕要退求自保，为大周保留一线生机。否则全军覆没，我们怎么对得起太祖？"

赵晁倒吸一口凉气说："樊将军，如此这般，我们不是把皇上置于险境？"

何徽道："不若此，赵将军又当如何？"

樊爱能道："我们尽人臣情分，去劝劝皇上，如果皇上真的不听，我们也没奈何了！"

赵晁道："是啊，我们手里只有一万人不到，而刘崇却有二十万，在我们正面集结的至少有五万人，这仗怎么打？"

他们找来传令官通事舍人郑好谦，樊爱能说："皇上没有经过阵仗，又只听张永德、李重进、赵匡胤这些人的。他不把我们放在眼里，但我们不能忘记太祖的恩德，所以，我们想让你跟他去说说，大军已到怀州，再往前就是泽州，就要接战了。我们的想法是驻扎怀州，等待后军刘词赶上来，择日进军，再与刘崇接战。希望皇上兼听则明！”

这郑好谦也是个自以为聪明的人，他不知好歹，并不知道樊爱能等人的真实想法，不知道这几个人已经做好了临阵退兵的准备，没有细想，就立即应道：“皇上刚好在山坡上休息，不如我现在就去禀告，正好应该让大军扎营休息休息了。好，我说去。”

大周军队行军，一路有禁军班值提前开路，在路边搭好帐篷，让皇上休息。

郑好谦说皇上刚好在山坡上休息，是他看见山坡上正好有一处大帐，大周的军人，打眼就能看清，那是皇上休息的大军帐。

郑好谦来到帐前，大帐内外却没有人。

他爬到高坡上，举目四望才发现，柴荣其实根本没在帐中休息，他的仪仗直接避过大帐，正进入一座村落，村里乡民夹道欢迎，而正在行军的士兵则自动让到路两边，让皇上先行。

此时，就见柴荣下得马来，走入军士们的阵列，他扛起一个军士的长枪，插入军士们的队伍，跟着军士们同列行军。

有人喊道：“皇上看我们来啦！皇上在跟我们一起行军！”

赵匡胤身穿白甲，披着红袍，牵着枣红马，跟在柴荣身边，身后则是马弁楚昭辅，散指挥使王彦升、罗彦环等人，这些人都跟随他多年，而且能征善战的。他高声喊道：“健儿向北，灭贼保国！大周永续，皇上万岁！”

就听道路两旁的士兵也跟着高喊起来：“皇上万岁！皇上万岁！”

郑好谦听得这漫山遍野呼喝之声，顷刻间他也感动了。但是，他又分外担心，他扬起马鞭，他要追上皇上，他要劝劝皇上。

柴荣步行，脚力慢，郑好谦从后策马追上，行礼道："皇上，末将盔甲在身，不能行大礼。末将有要事禀告！"

柴荣探出身低声说："免礼！"

郑好谦道："皇上，我军仓促应战，急行军到此，前锋马上就要和敌军接战，臣请皇上，就地驻扎，等待后军和探报！"

柴荣心里有点不悦，他的想法是急行军，快刀斩乱麻，一举破敌。这个郑好谦，胆子太大了，明明知道皇帝的战略，一个传令官竟敢来质疑并公然唱反调。"郑将军，你有所不知，我大周国威、军威所向披靡，只待我军一到，必能克敌制胜，让刘贼死无归处！郑将军不用担心了！"

郑好谦并不妥协，他急道："皇上，我孤军深入已经犯了兵家大忌，如今敌数倍于我，再急进求战，更是大忌，应就地驻扎，等待后军，否则前途危矣！"

柴荣听得火起，大声道："腐儒之见！休得多言，退下！"

郑好谦大声道："皇上，非臣一个人的见解，还有很多将军也是这样看啊，皇上三思！"

柴荣冷笑道："我量你也说不出这样的话，背后肯定有人唆使。两军临阵，尔等临阵退缩，还振振有辞，蛊惑军心，你从速招来，到底是谁在蛊惑你？"

郑好谦心有不服，又不知好歹，直接接口道："控鹤军都指挥使赵晁将军也是这样看！"不过，他还是稍稍留了一个心眼，没有说出樊爱能和何徽。他突然感觉不妙，怕牵连了樊爱能、何徽。

柴荣扬手招赵匡胤，问道："赵将军，你看这赵晁、郑好谦该当如何处置?”

柴荣暗忖,我此次出征,众多大臣都不看好,如今我催促大军星夜兼程,又让大家心生怨气,如此这般,军心不稳,岂不要坏了大事? 此时此刻,当使雷霆手段,让疑虑者不敢疑,让畏怯者不敢怯! 他心下希望赵匡胤说出“按军法当斩”的话来,这样,他可以杀一儆百! 以前当开封府尹,他就主张用重刑治乱,只是那个时候,他只是杀奸夫淫妇、蟊贼草寇,而现在,他要的是大臣、将军们的敬畏臣服,要杀的是高官显赫。大臣、将军又当如何? 在柴荣眼里,和乡野村夫、仆妇匠人没有区别。应当杀一儆百,让他们知道谁是皇上。

赵匡胤接口道:“此二人,名曰关心战局,实际是畏战怯战,不为皇上分忧,反来妖言惑众,动摇军心,临阵退缩,按军法当斩!”

柴荣不由分说,立即朗声大喝道:“来人,将郑好谦,还有赵晁都拿了,就地斩首,就用他们两个懦夫的血来为我们祭旗吧!”

赵匡胤没想到皇上要杀两个,不仅要杀郑好谦,还要杀赵晁,他道:“皇上,大敌当前,临阵斩杀大将于我军士气不利,臣请饶二人不死,让其戴罪立功!”

郑好谦急了,他大声求饶道:“皇上,臣错了,臣愿戴罪立功,留臣小命,让臣死在沙场上,为国尽忠吧!”

柴荣不听这郑好谦的求饶话还好,一听,气不打一处来,他果然是个孬种。他沉吟了一下,斩钉截铁地说:“懦夫! 你不配随我大周将士出征! 郑好谦,杀! 赵晁,就地关押在怀州,让他多活几日,待凯旋之日,再来处置,让他看看朕如何凯旋归来。立百尺旗杆,将郑好谦的人头挂在上面。传朕令,所有如郑好谦者,怯战,斩,言退,斩!”

各级传令官翻身上马，高举青字牌，把皇上的旨意在前后队伍中宣讲。

柴荣还不放心，他要斩除所有人后退的心思。他又道："沿行军路线，每十里，立一根旗杆，此战不胜，朕当永不回头，有退怯者，过杆，立斩！"

赵匡胤此时是真佩服柴荣了，这个皇帝还是和当初的开封府尹一样，身先士卒，刚才是下马和士兵一起行军，现在是斩立决，让所有人永不敢生回头之念！赵匡胤想着，不禁对未来的战局有了更大的想法。老实说，他对太祖郭威留下的禁军有担忧，太祖在世的时候，重感情，对旧臣老臣很迁就，对他们的子弟也很迁就。当年，太祖发动兵变，为了让军队满意，甚至允许军队在京城哄抢三天，谁抢到就归谁。而后，那些功臣们居功自傲，老的不退伍，空拿着军饷，又把儿子、孙子带入禁军，军队成了父子老爷兵。此前，他就想过要建议柴荣整顿禁军，裁汰老弱，扶持精壮，现在军情刻不容缓，只能先上阵再说。这样的兵，真能以少胜多吗？难！但是，赵匡胤又对自己和张永德所带的四千精兵有信心，这是他和张永德精心挑选和训练的，个个以一当十。现在，他看柴荣治军，恩威并施，宽严有度，就觉得这场仗应该打得更加硬气一点。

当然，这个时候的赵匡胤还不知道樊爱能、何徽这两个带着右路军的将领已经动了歪脑子，准备见风使舵，不胜就溜，把柴荣送给北汉！

显德元年(954)三月十九日，此时的晋阳，天气依然十分寒冷，西北风吹得人脸上生疼。但是，柴荣无暇顾及天气，他要军队天不亮就集结起程，潞州被围危在旦夕是一，更主要的，他不想放跑刘崇。柴荣预感大战就在今天，他令赵匡胤为前军，自己为中军，立即开拔。尽管此时刘词的后军尚未跟上来，而慕容延钊因为要从北汉军侧后方大迂回，也没及时赶到。

赵匡胤与王全斌、曹彬、潘美等为先锋，天不亮就从泽州营地起程，他们摸黑行军，试图悄悄接近晋阳，出其不意地接近刘崇，把刘崇拖住，为大部队创造战机。

早春的寒气，使所有人包裹得严严实实，但是，一路急行军，却让大家浑身冒热气。果然，不出赵匡胤所料，刘崇留下部分人马围困潞州，自己亲率大军绕过潞州直接南下，前锋已到泽州境内。

赵匡胤决定直接出击，试一试北汉军的实力，都说北汉军能战，他倒要看看是怎么个能战法。这个时候的赵匡胤并不知道，他遇上的正是北汉大将张元徽部，张元徽为刘崇前锋，是北汉数一数二的大将，手持青龙大刀，有万人敌之勇。此时，他正率领一小队人马，前来探查军情。

赵匡胤没有列阵，也没有擂鼓，只是带上青铜面具，提起盘龙棍，大吼一声："与我一起，冲！ 杀尽汉贼！"然后，不待部下们反应过来，他一踹马肚子，枣红马知道他的意思，一声嘶鸣，旋风般冲向敌阵。

这枣红马，非常奇特，不仅善跑，能日行千里，夜行八百，更是个高强壮，极其威武。它一出场，一声嘶鸣，就能让周边其他的马匹立即认它为王。它感觉到主人的躁动，知道主人摘下盘龙棍，提起脚尖顶住它的肚腹，是要冲锋了。一声激越亢奋的嘶鸣，然后，它放开四蹄，哈腰贴地，快步冲出。其他马看它冲锋也跟着骚动起来，不待主人催促，一并跟着冲出。

阳光刚刚升起，微曦中，赵匡胤黑袍、白甲、红马，举着乌亮玄铁盘龙棍，像箭一样，无声无息地冲向敌阵。他这个架势，也着实吓人，赵匡胤打仗，喜欢戴面具，张大旗，而且擅长没有任何预警的突然攻击。此刻就是如此，他一声不吭，突然间，就像是从黑暗中冲出来的鬼魅，直插敌军腰部，他身后是一群跟他一样渴望冲锋的青年军官。楚昭辅、李处耘见赵匡胤冲出，二话不说，用刀背一磕马屁股，一左一右，并行猛冲，之后是王全斌等人。天刚亮，北汉军刚刚能看清楚他们从黑暗中冲出，来不及张弓，甚至都来不及拔剑，赵匡胤等就已经近前，一个冲锋，北汉军就被冲开了一个十丈宽的口子。赵匡胤等冲过之后，豁口处像割过的麦地一样，躺下一片死尸。

接着，赵匡胤率部兵分两路弧形回冲，北汉军被拦腰切断，头尾不能相顾。被切在后面的开始后退，前面的一看后军开始退却，立即无心恋战，纷纷往后跑，整个军阵就乱了。阵脚一乱，兵将不能协同，兵找不到将，将找不到兵，瞬间北汉军崩溃了。

赵匡胤并不放过这些残兵，而是一路追赶。

后面，柴荣听到前方的声音，知道前军已经接敌，按照他和赵匡胤的约定，他立即催动大军，追赶前锋，他不想让刘崇溜回去，缩回晋阳。如果刘崇缩回晋阳，他就要打一场艰苦的攻坚战，而晋阳城实在太大、太坚固，它是五代十国多数王朝兴起之处，易守难攻。

张元徽对赵匡胤的突然出现非常吃惊，不过，到底是北汉大将，他放过退却的军士，自己率亲军卫队挡在后面，用弓箭手封锁道路，阻滞周军的追击速度，保护士兵撤退。赵匡胤也不急追，他心里还是有个担忧，刘词的后军还没有到，刘词现在在哪里？

然而，柴荣的中军还是比他预想的要快，一个时辰不到，就已经全部压了上来。

柴荣和赵匡胤最终合兵一处时，天已经大亮，此时，他们已经追击到了晋阳的巴公原。

历史注定要记住显德元年(954)三月十九日的巴公原，一场改变南北军事力量对比、改写历史的战役就要在这里打响，而此刻一切都还没有现出分晓的迹象，结局还隐藏在种种迷雾之中。

刘崇已经列队待战。

他带领中军两万余人，驻扎在一片小山坡上，面南背北，他的右侧，西翼是辽将杨衮带队的契丹军，一万人，都是骑兵；他的左侧，东翼是张元徽率领的前锋部队，这是北汉精锐。此时，虽然看着自己的大将张元徽退败而来，他却并不慌张，两翼弓箭手搭弓在手，张箭待发，凝定不动犹如雕塑。

整个战场上静得让人可怕，所有的人都笔直地站着，一动不动。

张元徽节节撤退，慢慢地归入了左翼，左翼前队见主帅归营，让开一个缺口，弓箭手和刀斧手让张元徽等人进入，然后，阵形又立即合上。

刘崇此时的内心非常兴奋，心想柴荣小儿，哪里知道战争的残酷，他冒冒失失，带着万把人就冲了过来。

柴荣也不示弱，他以李重进、白重赞等为左翼，对阵杨衮，以樊爱能、何徽为右翼，对阵张元徽，自己带张永德、赵匡胤为中军，直接对阵刘崇。

柴荣希望这一仗节奏可以稍稍慢一点，让他可以等一下刘词。

可现在还没有刘词的消息，在午饭前他是肯定赶不上了。只要刘词能在天黑前赶来，大周就有必胜的把握。

他已经没有退路，无论刘词是否能赶来，他都要和北汉决一雌雄，决战已经不可避免。

“上苍佑我柴荣，护我大周国祚！朕定不负上苍，开万世太平！让天下人安居乐业，共享洪福！”

刘崇老贼果然胆小匹夫，他如果不是列阵，而是直接掩杀过来，我军一万人，他四万人，岂不是我军处于彻底劣势？他这样列阵，让我有了防备，大周的步军弓箭手，正可以克他马军，刘崇的优势已经不多了。

柴荣自忖着，他在观察地形，地形有利，然而风向不利，迎面大风凛冽，刮得人脸上生疼，逆风作战，于我不利。他在等待时机，似乎上苍真的站在他柴荣一边，此时风向突转，原来的西北风变成了东南风，两军的战旗，生生地对换了飘扬的方向，风起处，对方的将士都侧脸避风。

柴荣心中大喜，我禁军弓箭手，逆风两百步射程，顺风两百五十步射程，加我战力，突然顺风，岂不是上苍护我大周？

刘崇正在等待张元徽缓缓退入军阵，他观察了一会儿，发现柴荣的大军并不急于强攻，而是就地结阵。他明白了，对方原来是在拖延，暗想胆小鬼柴荣，你的时限已到。

这时，辽朝派来协助他的将军杨衮飞马而来，杨衮是辽朝大将，燕云人，善于作战，辽太宗耶律德光非常欣赏他，赐他耶律敌禄的辽朝名。

杨衮来到刘崇近前，在马上一拱手：“陛下，两军列阵，而突然风向大转，于我不利，臣请陛下采取守势！”

刘崇正在兴头上，哪里听得进去，他甚至有点后悔叫来了杨衮。对面的周朝新君带来的不过区区一万人，自己对付他绰绰有余，如今这些辽朝契丹的队伍来了自然要分一杯羹。他想了想，说道：“杨公，你是胆怯了吗？你大可以不动，看我如何破敌！”

杨衮又道：“我观大周军队，盔甲鲜明、旌旗整肃，此乃劲敌气象，陛下不可轻敌啊！”

刘崇此时认定柴荣的周军只有一万人，而自己有四万人，无论如何也是胜定了。“两军胜败之势已定，难道杨公没有看出吗？机不可失时不再来，杨公你就登高驻马，看我如何大败柴荣，取那柴荣人头。当初那郭威杀我儿，如今，郭威，我要杀你儿，让你在阴间也不得安心！”

刘崇一挥手，道：“来啊，令先锋张元徽，率领左军立即展开攻击！”

传令官向东面张元徽部挥舞绿旗，张元徽被赵匡胤突袭，有些措手不及，带队撤回军阵，但是，他的部队并未真正受损，而是心里憋了一股子气说道：“奶奶的，哪儿来的狂妄小子，竟然这般野蛮，回头一定要让他看看我张元徽的能耐！”他看刘崇让他进攻，感觉撒气的时候到了，立即点齐一千骑兵，命令擂鼓，率领这一千人疾驰而出，这一千人都骑着黑马，穿着黑衣，像一阵黑烟，龙卷风般刮向周军。

周军这边，与他对阵的是樊爱能与何徽。樊爱能一举手，偏将王昕斜刺里冲出，不待樊爱能批准就冲向张元徽。

王昕哪里知道，张元徽确是一员猛将，他见王昕斜刺里冲来，并不勒马搭话，而是催马举刀，直奔王昕而去。瞬息之间，两人擦肩而过，未见张元徽出刀，那王昕已经人头落地，马上只剩下半个身子了。

张元徽手下的骑兵也同样如此，根本就不停步，飞一样跟着张元徽，直接冲进了周军右翼。张元徽是动真格的，他带着一千人玩命冲杀，一个来回，樊爱能的军阵就乱了，那些军士都害怕起来。樊爱能、何徽吃惊不小，他们没见过这种打法，也并不知道张元徽一大早被赵匡胤突袭，正气不打一处来。本来樊爱能就不想出力，只想见风使舵，不行就开溜，此刻他一想，这样顶下去，还不是送死？他早就看出来了，对方是四万人，其中三万人是骑兵，而且还有契丹骑兵一万人，那可是杀人机器，而大周军队呢？只有一万人，骑兵只有两千人，且多数控制在张永德和赵匡胤手里，他以步军对北汉精锐骑兵，那还不是死定了？

他这样想着，他的马似乎已经先就读懂了他的心，不用他招呼，就自顾自地转头跑起来。他一跑，何徽也跟着跑，整个部队就彻底散了，有一千多人跟着他往南跑。另一千多人，一看张元徽那个疯狂劲儿，眼见王昕本也是一员悍将，瞬间就被他砍成了两截，就“哗哗哗哗”地、一大片一大片地跪了下来大呼：“刘主万岁，刘主万岁，我们投降了，我们投降了！”

刘崇听得心里美滋滋的，他看看右翼，杨衮驻马观战，早知如此，又何必花钱丢面子，自称侄皇帝，向那契丹借兵？不如自己干了。

他举起旗子，准备命令中军发动进攻。

这时，就见周军阵中冲出一队骑兵，大概有两千人，那队骑兵大声喊着“杀刘贼立功啊！杀刘贼立功啊！”冲了过来，又见中军分出一部人马，冲上东面高坡，接着，一阵阵箭雨，向着张元徽部连续而猛烈地射去！

赵匡胤看出了端倪，樊爱能是个懦夫，并没有真本事，靠溜须拍马坐到了都指挥使的位置，他弃阵逃跑，也在赵匡胤预料之中，至少赵匡胤没有感到多少意外。而对张元徽，他和他带队的两千骑兵并不害怕，早上他们已经接过战，张元徽是屁滚尿流地被他们追着逃回去的。他看樊爱能开始退却，立即冲到张永德面前，对着张永德请战道："樊将军弃阵而逃，乱我军阵，主上危险了！我愿意率两千骑兵，直接冲锋和张元徽对阵，请大将军率领弓箭手，登高远射，阻止其后续部队冲锋！"

此时张永德为殿前都指挥使，而赵匡胤为宿卫将，张永德是他的顶头上司。这张永德很有大将风度，尽管赵匡胤是他部下，此时冲出讲话有越俎代庖之嫌，但是他并不计较，而是即刻采纳。

赵匡胤对手下喊道："主上危急，正是我等精忠报国的时候，张元徽乃我等手下败将，无足挂虑！"赵匡胤的兵都是他亲自挑选和训练的精兵悍将，早上又和张元徽接战过，此时正气势高昂，和樊爱能的兵完全不是一个等级。他们只听赵匡胤的，见赵匡胤冲出去了，他们也跟着没命地冲锋。

一次冲锋，就到了张元徽的跟前。

就见赵匡胤和张元徽两个人缠斗在了一起，一个使盘龙棍，一个使大刀，两个人的身法都非常快，快得他们身边的军士都跟不上步伐，只能让开一片空地，让两个人冲刺。

张元徽双手擎住刀柄，身子从马上直立起来，压上整个身体的重量，泰山压顶式地对着赵匡胤劈砍下来。张元徽人高马大，力大无穷，挥刀砍下的那阵势着实吓人，就听得天崩地裂般一声响，噔啷噔啷，所有人的耳膜被震得就像要破了一样，双方将士都不由自主地停下了手脚。

赵匡胤双手托盘龙棍，平举抢杠，抵住了张元徽的大刀，那样子就像一块巍然不动的山石，而张元徽则犹如一块倒下的巨木，稳稳地压在了那山石上。谁也不敢动，就怕一动，这山石要崩裂，而巨木要倒塌。

赵匡胤、张元徽，大周战神对垒后汉第一猛将，那场面的确让所有人震惊。

当然，此时的张元徽正如早晨的太阳，刚刚斩杀王昕，又击溃了樊爱能，他只是用了区区一千人马，而他的整个东翼，还有一万人马伫立未动。他根本没有把赵匡胤放在眼里，再厉害，他也只有两千人马而已，他大声喝道："吹号，命令我部全线出击。"

他哪里知道，赵匡胤早就预料到他这一招，高坡上，张永德率领两千弓弩手，攀上坡顶，对着张元徽的后路放箭。张永德训练的弓弩手都非常奇特，一般弓弩手只能右手放箭，而他的弓弩手都能左右手同时放箭，此时，那些弓弩手正是左手放箭，飞箭向着东北方暴雨般砸下，天空整个黑压压一片，被飞驰的箭阵盖住。张永德把五百人分成一个方队，两千人共分成四个批次，此起彼伏，依次上前放箭，然后退步收弓搭箭，再上前放箭。张元徽后阵上空的箭雨，就变得全无空隙，密集到连一只老鼠都穿不过去，张元徽被孤立在了周军右翼，优势变成了劣势，张元徽是以一千人马对付赵匡胤的两千精锐。

好一场厮杀，那是真正的精锐对精锐，双方每个将士都是寸步不退的死士。对阵者没有退却、没有投降，要么胜利，要么战死，死亡随时随地都在发生，草坡上，战马和军士，一片一片地倒下。

柴荣看着，觉得时机已到，他催动中军，不仅不留任何预备队，还带领自己的亲兵卫队率先冲锋，冲在全军阵前。

全军都看见了，他们的皇上带着卫队冲在前面，皇上的伞盖和仪仗在风中猎猎作响，那是他们年轻的皇上，在带领他们建功立业，保家卫国。“保护皇上！大周必胜！”周军的呐喊声响彻云霄，地仿佛在动，山仿佛在摇。

新的帝王在成长，新的帝王不怕死。新的帝王，那身先士卒的形象，与士兵同甘苦共患难的形象，正在大周士兵的脑海中建立起来，大周的士兵愿意为这样的皇上赴汤蹈火。

周军都红了眼，旋风般向着刘崇的中军席卷而去。左军李重进、向训，看这边皇上发起了冲锋，也急了，都担心皇上出事啊。他们放过杨衮，也不管杨衮会不会侧翼包抄，什么战法都顾不上，直接越过杨衮前面的开阔地，向着刘崇的中军来了，战场上就出现了柴荣部、李重进部一个从正面突击、一个从侧面包抄刘崇的局面。

如果这个时候，杨衮突然在李重进的侧后发动攻击，那么李重进的侧翼就完全暴露在他的铁蹄之下，完全可能被杨衮的骑兵截成两节，首尾不能相顾，周军人数上的劣势立即就会暴露出来。甚至这个时候，只要杨衮从李重进的侧后开弓放箭，那李重进根本就受不了。

周军左翼樊爱能部已经全线溃退，整个周军现在是做困兽决斗，柴荣完全是在用自己的生命做赌注。

然而杨衮却只是站在高坡上，看着李重进的队伍从他前面疾驰而过，他没有冲锋，也没有放箭，而是静静地看着。他要看看这个刘崇，他不是有四万人马吗？他不是不需要他帮忙吗？那他就试试！

历史就是这样，也许就是因为一个小小的细节，一个小小的赌气，而被改写！

刘崇看着，听着，周遭地动山摇，四处都是周兵的喊杀声。他有些怕了，刘崇还真是个胆小鬼，他一看周军不要命地向他的中军发起进攻，一时慌了手脚。他本应该催动中军，用弓箭守住阵脚，抵住周军第一波冲锋，然后再发动全军反冲锋，但他没有，他挥旗子，鸣金，要张元徽回援中军。

这个昏聩的刘崇，张元徽此时正跟赵匡胤接战，哪里能分心回援。

就看赵匡胤，一根盘龙棍飞舞如长蛇，神出鬼没，二人血战一处，斗得酣时，高手对阵，输赢就在分秒之间。此时，张元徽吃亏就吃亏在他的主上刘崇身上，赵匡胤的主上柴荣是无条件支持赵匡胤的，自己冒着箭矢冲锋，给赵匡胤减压，而那个刘崇正好相反，一看对方冲着自己来了，不是想着自己上前接战，而是招先锋张元徽回援救驾。

张元徽和赵匡胤正在紧张拼斗，突然听到自己的军阵内发出收兵号令，那还有个好？他分神了，这一分神不要紧，就见赵匡胤正好利用了他的分神，挺起盘龙棍一晃，张元徽注意力不集中，举手就挡，哪里知道赵匡胤虚晃盘龙棍，左手突然斜出，不知何时，他左手上已经抽出了宝剑。张元徽只注意了上面，没注意下面，被赵匡胤一剑刺中左肩胛，赵匡胤神力无比，这一剑，本身并不致命，但是剑力强大，直接把张元徽推下了马。这边大周的兵早就在边上看得不耐烦了，立即一拥而上，把跌落马下的张元徽戳成了筛子。

“张元徽死了！张元徽死了！”赵匡胤的马弁楚昭辅，力大无比，但他也很心细，他立即意识到张元徽的死，可以对刘崇构成打击，而对周军则意义非凡，是可以激励周军由败转胜的一个讯号。他用剑挑着张元徽的脑袋，策马扬鞭，在战场上来回疾驰，大声宣扬张元徽的死。战场上沸腾起来，周军一片欢腾，而北汉军则一下子蔫了，他们副帅就这样死了。

刘崇也看到了左军的骚动，等他听清楚时，原来是他的先锋官张元徽战死了，他的左翼已经彻底溃败。赵匡胤一马当先，身边跟着王彦升、潘美等人，赵匡胤一身白色盔甲，头上戴着面具，挺起盘龙棍在前，犹如战神，他刚刚用盘龙棍挑张元徽，张元徽部对他是望风披靡。

刘崇的中军开始动摇，前面的已经后退，后面的还在往前涌，两股力量搅合到一块，立即就产生了踩踏，一踩踏，队形就乱了。首先是弓箭手，放下弓箭就跑，中军的两翼，完全暴露在了赵匡胤和李重进的夹击之下，他们二人的两翼冲锋，就像螃蟹的两只螯，边像绞肉机一样绞肉，边慢慢合拢。刘崇挥旗，让两翼向他靠拢，同时，让预备队稳住阵脚，将后退者斩首，他的亲兵卫队一连斩了数十个人，才把军队稳住。

刘崇心里想，这个时候，要是杨衮能帮忙就好了，他派人去求杨衮。可是，杨衮完全无心恋战，他已经看出，今天这场战斗，恐怕刘崇要倒霉，他如果参加进去，不是损兵，就一定折将，他这点儿老底，还要留着报效契丹主子呢，哪里能扔在这里？契丹人从来就是打得赢就打，打不赢就跑，从来不打生死硬仗，本来就是来打谷草的，真要把命丢在这里，不值！丢给刘崇，更加不值！

所以他还是冷冷地看着，他要看看，刘崇的四万人，到底能不能把周军的一万人拼光，要是拼得差不多了，他就下场捡个便宜。

再说，那传令官的口气，他也不喜欢，那个口气，仿佛刘崇是主，他杨衮是臣，刘崇本是契丹的儿皇帝，有什么权力命令他？

他对刘崇的传令官道："你回你家主公，你家主公军功威武，哪里会把周朝小皇帝放在眼里？根本不需要我杨衮助阵。我在这里为你家主公擂鼓助威，待你家主公旗开得胜，我为他把酒庆功！"

刘崇听了传令官的话，气急败坏。

这个刘崇，想当年也是一员悍将，见杨衮不能依靠了，就自己死命扛，想困兽犹斗。

两军就在山谷中展开了激烈的肉搏，谁也不退，周军仗着气势，猛打猛冲，然而人数毕竟少，北汉军仗着人数多，就是不退，你杀我十个，我杀你五个，一场消耗战，直从中午打到了黄昏。

正在这时，周军喧哗起来，原来赵匡胤受伤了，他的右肩膀上中了一支重箭，那箭插在他的铠甲缝里，箭头钉进了他的肩胛骨，而箭尾则高高悬起，很远都能看见。

北汉军喊着："赵匡胤受伤了！赵匡胤受伤了！"一个劲儿地往赵匡胤这边涌，那都是张元徽的老部下，他们的长官被赵匡胤扎死了，谁不恨啊。谁都想吃赵匡胤的肉，现在他受伤了，血染红了白色的铠甲，分外鲜艳，北汉的军士们看得清清楚楚，都来战他，想要他的命。

赵匡胤并不害怕，而是越发凌厉，左右挥舞盘龙棍，那冲上来的军士，一排排地被他放倒。再看他身边几员猛将，楚昭辅在他左侧贴身护卫，王彦升在他前面开道，他那刀法神出鬼没，罗彦环斜刺里冲来，拼了命挡在他右边。

赵匡胤真是了得，一根盘龙棍使得风生水起。赵匡胤的盘龙棍，是他自己的发明。当初，他本来用的是一根齐眉棍，那齐眉棍是赵匡胤在青霞山玄空寺学武时，行衍和尚特别请人打造了赠送给他的。赵匡胤身材高大，比一般人整整高了两个头，也因此他的长棍要特别打造，棍长接近两米，精钢混铁锻打。赵匡胤对武学非常上心，有了这铁棍便日日琢磨，天天练习，发明了扫、戳、拨、撩、点、披、挑七种棍法，这七种棍法又能随机组合，成为七七四十九种套路，出山以后，他小试牛刀，用这棍法上阵，从来没有对手。

直到有一年，赵匡胤跟随太祖郭威出征，在大周边锤重镇西林川与后蜀定州刺史刘定国相遇。刘定国的金背砍山刀在当时的兵器谱上赫赫有名，号称“天下第一”，是削铁如泥的神器，赵匡胤是听说过这把利器的名声的，但是，他就是不信这个邪，就是要和它硬碰硬地比一下。那天，他看到刘定国出阵，立即就冲了上去，两人缠斗间，刘定国提起马缰，马的前蹄双双离地，战马站了起来一样，他双脚从马镫上立起，使出了力劈华山之式，整个身子压在了大刀之上，对着赵匡胤的脑门就劈了下来。刀的锋利，加上人、马的力量，这一刀的确是非同小可。赵匡胤并不躲，而是双手托举，来了个罗汉伸腰式，硬生生地挡住了刘定国的刀。要是往常，赵匡胤必能听到两刃相交的碰撞声，可这次他的耳边出奇的静，不一会儿，他就感觉到了那刀的厉害，他的手上传来刀刃切入混铁大棍时的热度，大棍烫得他抓举不住。接着，那大棍竟然弯了，再看时，大棍已经被刘定国的金背砍山刀砍为两段。

当日收手，大家各回营里休息。赵匡胤感念师傅，不舍得这混铁大棍，仔细琢磨如何修复大棍。突然他有了灵感，这棍子虽然强劲，但是直来直去，不仅容易为其他兵器所伤，也容易被对手看破招式，既然已成两段，不如就学那农民的连枷，一长一短两根棍子，中间用铁环连接起来，主棍握在手里，辅棍在棍梢可以自由晃动，主棍被对手挡住，辅棍还能通过惯性继续打击对方。他找来营里的铁匠，看着铁匠重新打造，结果非常满意。他当着铁匠的面，拿起两节棍耍了几下，辅棍能转、能甩，挥动中呼呼生风，营里众人看了好奇地问道："赵将军，您这似棍非棍、似鞭非鞭的兵器叫什么名？"赵匡胤看着手中这条棍，暗想："此棍似断非断，似折非折，有头有尾，首尾一体，就叫盘龙棍吧！"他大声道："盘龙棍！明天我就用它和金背砍山大刀一较高下！"营里众将都觉得惊奇，从来没见过这种兵器，大家都期待第二天盘龙棍能和金背砍山大刀比试一把。赵匡胤也不睡觉，认真研究新的棍法，到第二天凌晨，他已经思索出好些新的招式，犁、铧、耙、刮、捣、扫、锄这新七式渐成雏形。

日上三竿，那刘定国大大咧咧地来叫阵，他满以为赵匡胤不敢出战，哪里晓得，赵匡胤已经有了一件全新的兵器，而且研究出了新的棍法。只三个回合，刘定国就战败而走。从此，赵匡胤就用上了盘龙棍，棍随人，人随棍，这盘龙棍就上了当世兵器谱，成了兵器谱上的名器。

赵匡胤人高马大，身高足有七尺有余，那大棍同样奇特，抡过处，呼呼地发出哨声。一边是北汉兵蜂拥而来，一边是赵匡胤策马提棍，就见赵匡胤等人冲过处，北汉兵一溜一溜地倒下！场面真是吓人。

赵匡胤一次又一次地来回冲锋，整个右翼，已经彻底被他征服。远处，柴荣看着赵匡胤，赵匡胤浑身是血，已经没有人样了，看了叫人心疼。他和赵匡胤虽是君臣，但更是患难兄弟，赵匡胤陪着柴荣经历了无数的阵仗，也经历了全家被隐帝杀害的痛楚。这会儿，他看到自己的兄弟赵匡胤是豁出了命，往死里冲杀，完全是为了他啊！他的眼睛有点儿红了，看到赵匡胤肩上那支箭在夕阳下抖动，他甚至能感觉到赵匡胤的疼痛。

他招来传令官，传赵匡胤撤回休养。他知道，一旦赵匡胤撤回可能动摇整个右翼，但是，他不能让自己的兄弟死在这里，胜仗什么时候都能打，兄弟死了，他就再也没有这个兄弟了。

正在这时，周军侧翼又突然冲出一队生力军来。

原来是周军的后军到了，刘词带着周军的后军，于黄昏时分终于赶到了，这是一支情绪饱满的生力军。

就在柴荣和刘崇杀得天昏地暗、难解难分、人困马乏的时候，很多人腿肚子抽筋，站都站不稳了，一队嗷嗷叫着的生力军杀了进来。别说刘词带来了三万人马，这个时候，只要有三千人马，这样硬生生地杀来，就能胜！

这回刘崇再也抵挡不住了，他自己先调转马头，撤了！他一退，中军整个地也退了，战线立即崩溃。

柴荣当上了皇帝，多少人在冷眼看他笑话，多少封疆大吏想着闹独立，他太需要一场亲征，太需要一场胜利，而现在上苍赐给他了。

2. 大捷无归

巴公原大捷，大周军队士气高昂，中下层军官个个奋勇。谁不想乘胜追击？已经拿下战功的，希望功劳更大，将来回去封官荫子；没有拿下战功的，希望下一轮轮上自个儿，回去给家人一个说法。再说了，打仗不就是抄家伙抢钱抢人么？只要打下去，一定是人人有份儿。

大家都猜测，柴荣一定会一路打下去，灭掉北汉。中下层士兵最喜欢的就是“灭其国”，这样的战争必然带着焦土政策，上面对烧杀抢掠睁一只眼闭一只眼，甚至暗中鼓励，把它作为激励士气的手段。

然而，柴荣却停下了。他让大军停在了山里，每天闭门沉思。老百姓看他停在这里，倒是真欢迎，当初，进军途中，他下马和军士们一同行军步行的地方，老百姓为了纪念皇上在这里走过路，就改名“下马村”。那边说，你这样改地名，对皇上不尊重，皇上哪有只下马不上马的？他走完一段，又重新上马的地方，那就改名“上马村”，两边都请柴荣题字，柴荣也不推却，立即就给题了。

大军停在这里，既不进也不退，大家心里犯嘀咕。那边，郭威还没有下葬，这边，刘崇逃回老巢，在那里厉兵秣马。

柴荣却在这里，停着不动，柴荣到底在想什么呢？

一晃个把月过去了，大家都等不得了。

老丞相冯道风尘仆仆地从东京汴梁赶来，劝柴荣回銮，即刻主持太祖郭威的葬礼。柴荣冷眼看着冯道，缓缓说道：“先皇在世的时候，对老丞相恩宠有加，如今先皇驾崩，就请老丞相为先皇修造陵墓去吧！”冯道听懂了，那是要把他从权力中枢撵走，让他去造陵啊，“皇上，臣遵旨！只是，皇上应该即刻班师还朝。皇上坐镇京畿，邦国方稳。臣等在京城翘首以盼！”柴荣听了气不打一处来，这个冯道，哪里知道此刻柴荣到底在担忧什么？柴荣道：“你不用急着等我回去，你应该去陪陪先皇，我恐先皇舍不得你！”冯道突然停嘴，他明白了，柴荣是要他造完陵墓之后，再守陵。

他不敢再说话了，再说下去，说不定柴荣要他为先皇殉葬呢！

冯道其实并不是老朽，他什么都明白，他知道柴荣为什么停在这里，他只是不点穿。他其实是担心，他想跟张永德说：要么杀樊爱能、何徽等，不退不进、不杀不赦，那些临阵脱逃又回来的人，可能会哗变。但是，他又不能直说。劝皇上不杀，容易被皇上认为自己和樊爱能是一伙的；劝他杀，结果不杀，必然招惹樊爱能等的嫉恨，将来恐不能善终。所以，他采取了折中之道：劝皇上班师还朝，还朝之后，有一帮文官大臣压着，魏仁浦、范质、王溥、李穀、王朴等等，都是老成持重、有智有谋的人，可以压一压新皇上的躁气和戾气，让他平和下来。现在皇上既不出击，又不还朝，可能是在这里要有什么动作！而这个动作，如果不通过朝议，不由枢密院议决，那是要出乱子的。更何况，七八万大军驻扎在这里，本身就是一大乱源。

但是，新皇上显然已经不需要他了，也不需要朝议，新皇上自有决断。

冯道黯然退场，他去为郭威造陵去了，三个月后，他病死在郭威陵墓！

要说冯道倒不是一个拉帮结派、自立山头的人，他是个文官，尽管地位高，但没有军权，做事就自然忌惮规矩一些。不过，郭威谢世之后，樊爱能、何徽等纷纷巴结他，让他有点儿飘飘然，他虽然不算与他们这帮老派重臣结盟，但是，因为心思一致，看起来倒像是他们一派的。如今，他来劝柴荣回京，客观上做了旧派官僚们想做而不敢做的事情，让柴荣以为他是来为樊爱能、何徽之流说情的。柴荣毫不犹豫地给了冯道当头棒喝，让他给先皇造陵墓去了，这是做给那些在京城的旧臣们看的。

晨光初绽，虽然不暖，但是北方早春的太阳是通红的，能烧红半边天。迎面吹来的风也冷得不那么刺骨了。难道主上要在这里等到夏天来临？马上就要进入雨季，如果不迅速出击，恐怕到淫雨天，仗就不好打了。

约五十天，赵匡胤的箭伤已经渐渐痊愈，他早早起来，打了一套拳。这是他自己发明的长拳，刚劲威猛，非常实用，结合了一部分操法，非常适合行伍之人行军打仗时用。军营里很多人想学，他就索性把它画成拳谱，由教官在他的营内教授推广。

他打着拳，一边指导来观摩的军士。

晨曦中，石守信、王审琦带着郭延赟、李处耘、王彦升走来，弟弟赵匡义、贴身军士楚昭辅远远地跟在后面。这几个都是他贴身的朋友，他们几乎天天一大早就过来，聚在他帐篷里，也不管他是不是需要休息，就是想在他这里聊天。那赵匡义和楚昭辅这些天更是寸步不离，多亏他们认真照顾，赵匡胤才好得特别快。肩胛骨上的箭伤已经完全不疼了，他又可以上阵了！

等他们走近，他才发现，王彦升身后还跟着一个女人，虽然衣服普通，甚至有些破落，也有些年岁了，但是眉眼柔顺，齿白唇红。王彦升拉了那女人道："大哥，给你准备的，你受箭伤，手臂抬不了，穿衣服都不行，这怎么成啊？给你带来了，你看看！"

赵匡胤道："你又不是不知道，我不好这口！从哪来让她回哪里去！"

那女子听了赵匡胤的话，嘤嘤地啜泣起来。王彦升回头看看，对赵匡胤说："你就收了吧，你帐里也需要个人照顾不是？这几天都是我们给你弄吃弄喝。"

赵匡胤问那女子："你为啥哭呢？我放你回家，亲人团聚，不是好事？"

没想到那女子道:“奴家的丈夫和公公,都被北汉军杀死了,奴家已经无家可归了。王将军说,让我来伺候你,如果您要我,他就让我留下来。否则,他也不要我呢!”

赵匡胤看看王彦升问:“王剑儿,你到底收了多少这样的女子?”

身后,石守信等都笑起来,大家都知道,这个王彦升,是没了女人不能活的。王彦升也不遮掩道:“嘿嘿,三个。”然后,他又想想,又连忙辩解道:“不!不!不!大哥,我可是留了个最好的给你!”

王审琦逗他道:“你说这个好,好在哪里?说出来,大哥说不定就收了,说不出来,嘿嘿,就是你不忠!”

王彦升,扳着那女子的腰,解释道:“你看,这小腰,细着呢,这屁股,这么大,生儿子的料,说不定还能生养呢。”

那女子脸红了,道:“奴家生过儿子的,只是家里穷,没能养活!”

赵匡胤看看那女子,又看看王彦升,厉色道:“以后不要在阵前收女人,说得好听是帮人家,说得不好听,是强抢民女!”

李处耘道:“王彦升倒不是那种人。他想得也是对的,大哥身边,没个人照顾,我们也不放心。嫂子要在家里照顾孩子和婆婆,又不能陪在你身边,你身边没个人也不对。”

王彦升听赵匡胤这么说,一摆手道:“嗨!大哥,你又不是不知道我,我这人,强抢的事,是做不来的。”说着,他一挥手,就让那女子进赵匡胤大帐,“去去去!好好照顾咱大哥,将来是奇功一件,我们大伙儿都感激你!”

那女子红着脸,进了赵匡胤的大帐。赵匡胤问:“她叫什么名儿?”

王彦升挠挠头道:“没名字,要不你给她起一个?”

赵匡胤道:“就叫王燕儿! 就说是你妹妹,将来你也好来往,你嫂子那里,好交代!”

王彦升笑笑,大家都笑了,原来赵大哥还惧内。其实,赵匡胤倒不是惧内,他的正室妻子贺氏,乃名门闺秀,从小也是娇生惯养,但是嫁到赵家之后,相夫教子。赵家不富,只能算小安,有时甚至连小安也算不上,贺氏却一点也不抱怨,常常亲自煮饭洗衣,照顾公婆不在话下,膝下儿女,也是照顾得聪明伶俐,赵匡胤的娘杜氏对这个儿媳妇特别认可,这让赵匡胤这么多年对她一直非常尊敬。

赵匡义上前,对赵匡胤说:“皇上在这里按兵不动,这样下去不是个事啊,应该乘胜追击,把北汉给灭了!”

王审琦也点头:“再等,军队的士气就消磨光了。”

赵匡胤摇摇头,他看看天,天上一行大雁正在北飞:“带着这样的军队,皇上敢和刘崇拼命吗?”

石守信道:“樊爱能等为前朝老将,倚老卖老不说,在朝廷里,势力盘根错节,皇上能把他们怎样? 冯道那些人,扎堆保他们,早就是一伙儿的了!”

王彦升气不过地说:“咱们哥们,掉脑袋的掉脑袋,负伤的负伤,我们就不是人? 他们逃跑,回来还能继续做官,我们死了几回,都没得到机会! 我还是个散指挥使,放屁都没响儿,冲锋的时候,身边没一个是亲兵!”

赵匡胤道:“我准备奏明皇上,杀无赦! 不杀樊爱能,我军无以为胜利! 虽胜尤败!”

这时,曹彬、潘美、王全斌等几个人走来,这几个人,年纪轻,地位低，但是都能征善战。这次巴公原之战，潘美和王全斌表现非常勇敢。王全斌用一千人，挡住了北汉一万多人的援军，整整挡了三天，一千人战至最后只剩三百人归来。而潘美则孤军深入敌后，在北汉腹地大纵深开展运动战，开战以来大小战三十余次，他能不带任何粮草，采取契丹游牧族战法，来如疾风，去如闪电，真正让北汉那些将官们尝到了运动战的滋味。通过这一战，赵匡胤深知，此人将来必成国家栋梁，是军事奇才，而大周正缺这种将才啊。

但是，这些人目前都还只是下层军官，只有石守信，现在是有点儿权力的。

大家看见一个文官模样的人，不作通报就走进了赵匡胤大帐，大家心知肚明，并不说话。原来是陶穀。当年，他来投大周之时，曾经跟朋友韩熙载相约，韩熙载也是当世名士，他选定江南，要去投南唐李氏，韩熙载道："入得南唐重用，必领南唐军，与兄一较高下，收复大唐河山！"

陶穀也道："如我在大周得到重用，必领军饮马长江，与兄戏于金陵！"

陶穀才气逼人，但此时只是一个虚衔文官，其实在历朝历代，都有这种文人，才高八斗，却没有机会得到提拔赏识，甚至连皇上的面儿都见不着。这陶穀，自视英雄，平常人自然不在他眼里，但他唯独和赵匡胤谈得来，常常便服来访。文官和武官往来多，要避嫌，他倒是不怎么避嫌，却也不大和赵匡胤身边的武夫们搭话。

此时，他上午便来，可能是有事。

陶穀径自走到后帐，坐下，见赵匡胤进来，也不礼让，只是点点头，急道："樊爱能、何徽等人，临阵逃跑，让人心惊，更可怕的是，那些临阵投敌又反正的，恐怕要闹事！"

赵匡胤道:“皇上恐怕也是在想这个问题,只是还没有下定决心。你有什么消息?”

“他们秘密和冯道联系,由冯道劝说皇上尽早回京。”

“他们想活着回京!”

“赵将军,如今的局势,不知道你可看得清?”

“他们和旧党结为一伙,必然视我等为新党,欲除之而后快!他们的如意算盘是,只要皇上立即回京,回到文人圈子里,樊爱能、何徽只要还是侍卫指挥使,就能控制皇上!”

“将军分析得是。这群败类,决不能让他们回京,让他们回京,等于是放虎归山,必留后患,到时候就没有办法治他们了。相反,他们有大群旧党撑腰,会反戈一击,你们不视自己为新党,而他们却必视你们为仇寇!”

“以你之见,当如何?”赵匡胤直截了当地问陶穀。他知道,陶穀这人好卖弄,你不问他,他一定不讲,你问他,他有时候还要卖个关子。

“张永德!目下能治他们的,只有张永德。张永德是先帝指定的重臣,手握兵权,又是皇亲国戚,如果他代表大家,要求清除叛军,注意,一定是‘清除叛军’,皇上一定就能下决心!”

赵匡胤拱手弯腰行礼:“哎呀!陶穀先生,你要是早来跟我说就好了。这事已经让石守信、潘美跟那些人结下了冤仇,而且,皇上也因为都是石守信等人去说,反而犹豫了!”

陶穀又简单地讲了一下局势,说到魏仁浦。“魏仁浦忠于先君,乃是皇上最信任的人,在旧党中很有威望,如果魏仁浦不跟冯道等勾结,而是独立一派,这事就能办。”陶穀道,“魏仁浦老奸巨猾,此刻他在京城留守,深感责任重大,应该绝不会和冯道勾结,更不会主动干涉皇上管军队的事，如果魏仁浦缩头不说话，那把挡着道的冯道摆平，就好办了。”

赵匡胤点点头问道：“皇上已经把冯道赶去给先帝建陵墓去了！”

陶穀也点点头回道：“如果是这样，恐怕只剩最后一件事了，只要这件事能办，皇上就一定能下决心清除樊爱能等人！”

赵匡胤道：“真杀？”

陶穀毅然决然，大声道：“不杀他们，皇上怎么立威？你等怎么升职？国家有这等人把持，军队全是这等孬种，我们还有什么希望？不如投他南唐去！”

赵匡胤大吃一惊，这个陶穀，看起来文质彬彬，还真有点儿骨气！关键时刻，不含糊。他看看左右，只有王燕儿在边上，给他们沏茶，并无别人！

陶穀道：“将军不信任在下？在下这就走！”

赵匡胤又是一揖，道：“先生教我，还有哪件事要做，方能摆平樊爱能，让皇上安心？”

陶穀道：“王溥！王溥身为宰相，却凭空消失好几天了，你不觉得奇怪吗？”

赵匡胤点点头回答道：“是啊，难道是皇上有什么秘密任务交给他去做了？”

陶穀仰脸看看赵匡胤，陶穀的个子小，赵匡胤高个巨人，陶穀看赵匡胤就得仰视。现在，他仔细看着赵匡胤，让赵匡胤有点儿不舒服。这个人神神叨叨的，号称能预见未来，他曾拜麻衣道人为师，从事《易》学研究，著有《麻衣道者正易心法注》等书，自恃才高八斗，不把平常人看在眼里，甚至号称当今第一的陈抟老祖，他也不放在眼里。

他对时机总有个人的判断，常常能发人深省，揪出其内里，果然，陶穀道："你相信，王溥是在乱军中失散了吗？"

赵匡胤说："皇上不是在派人找吗？"

陶穀道："皇上，可能已经派他和北汉媾和！先杀赵晁，可见人心，后贬冯道，匡正人心，如今么……"

陶穀犹豫着不说话了。

赵匡胤道："当今皇上，用兵如神，曾派泽州刺史李彦崇带兵埋伏在潞州以北江猪岭阻击刘崇，断其退路！可惜，这个李彦崇竟然擅自退兵，真是第一个该杀！不然，他半道截杀刘崇，我们岂不是大功已成？"

陶穀道："李彦崇势力大，影响大，恐怕不好对付，他之所以敢不请示就撤，就是因为对新皇上不信任，根本不相信我们能在这里打胜仗。这一点皇上应该心知肚明，所以，明天应该先用赵晁试刀，正好杀鸡给猴看！"

赵匡胤也同意，人心向背，正好用赵晁做个试验，皇上如果杀得赵晁，杀樊爱能，则又有何难？

"此事我可动员慕容延钊将军去做，他是后路总指挥，此刻正在泽州，让他动手，也正好帮他脱掉杀敌不力的罪名！"

赵匡胤觉得陶穀的话有道理："这事我让人去办，送慕容将军一个人情。如果他拿着赵晁的人头来见皇上，既可以以此向皇上表忠心，表明他效忠当今圣上，一心不二，又可以以此来威慑樊爱能之流，让他们不要轻举妄动。"

陶穀道："此时，千头万绪，吾皇第一次执掌如此大局，恐心态反复，赵将军您也要多加留心！"

赵匡胤道:“此时,清洗那些藐视皇上、反对亲征的老臣,已经没有障碍,军队几乎都在皇上的手里!张永德、李重进、刘词等都在高平巴公原之战中立有战功,一战而胜,又有冒死救主的功劳,他们肯定是站在皇上一边的,军队稳,皇上还在担心什么呢?”

陶穀道:“吾皇英明,可能是在考虑未来军队建制的问题。当今天下,虎狼之军几乎都在各地藩镇手上,皇上此刻不仅仅是忌惮北汉、契丹,同时,还忌惮樊爱能及其后面的势力,此刻皇上的心情可想而知。”

赵匡胤道:“我们当为皇上分忧,藩镇割据,动不动就以下犯上,自立门户,老百姓没有一天能过上安生日子,这种局面不能再这样下去了。先皇在的时候,对那些藩镇太客气,此次,我们一定要力劝皇上整顿军制,军队是国家的军队,不是藩镇的私人财产,军队应该保护国家和老百姓,而不是各地的军阀!”

陶穀听了,拱手弯腰恭敬地说道:“赵将军说得对,但愿当今皇上,能明白我等一片苦心,如此则大周幸也,兴也!”

陶穀从后帐直接走了,赵匡胤走到前帐,王燕儿递上茶来,他接了一喝,竟然不热不冷,温吞吞正好。他看看王燕儿,王燕儿此刻正贴近着他,身上有一种淡淡的女人香,让赵匡胤有些晕眩,他看看王燕儿丰腴可人的身体,眼睛低下来说道:“燕儿,我乃一介武夫,又不富裕,全仗兄弟们抬爱,你在我帐下要受委屈了。”

王燕儿脸红红的,道:“刚才,听得将军谈话,知道将军是忧国忧民的明眼人,只要将军真心为国,燕儿做什么都可以!”

赵匡胤忍不住抬手摸了摸燕儿的肩膀,本来是想拍拍她肩膀的,却不知怎么,手竟然碰到了燕儿的胸口,一阵柔软,让赵匡胤耳根发热了！

燕儿本能地退了一下，又觉得不妥，身子僵在那里，进也不是，退也不是，脑子里想到王彦升的吩咐："赵将军是战神般的人物，是我大哥，可不能在大哥面前摆谱儿，要照顾好大哥。照顾得好，奇功一件，照顾不好，你可是知道我的厉害的！"燕儿当然知道王彦升的厉害，那天晚上，她和十来个女人一起被带到王彦升的帐里。王彦升让所有女人脱了衣服，并排站着，他拿着马鞭把每个女人拨弄一遍，看了又看，大家都怕他，虽然又羞又恼，但都不敢言语。却有个女人，许是被拨弄得烦了，嘴里嘟囔了一句，大家都没听清楚那女人到底嘟囔的是什么，王彦升也没听清，就问："你说什么？"那女人怕了，不敢应对，王彦升又问了一句，那女人还是不敢应对。王彦升不耐烦了，对着那女人的脸一鞭子过去，那女人的脸上立即就开了花。王彦升道："不服帖？老子让你见识见识！"说完一挥手，大家真没看见他是怎么出刀的，那刀明明是搁在帐门口的刀架上的，然而，那女人顿时就成了两截，上半身和下半身分离了，上半身还有气，两手支着，撑起来，昂起头，似乎还想说什么，王彦升又是一挥手，那头又和身子分离了。所有的女人都瘫倒在了地上，没人敢动了。

王燕儿此时被赵匡胤一碰，就突然回想起王彦升那天的举动，身子僵硬在那里一动也不动，她那是动不了了，她浑身发抖。

但是，赵匡胤并没有进一步的举动，而是出门去了。

柴荣的大帐内。

柴荣一手拿着玉刀，把玩着，一手拿着奏折。突然，他把奏折扔在桌上，又用玉刀狠狠地劈那奏折！忽而问道："匡胤，你如何看冯道?"

赵匡胤一时不知柴荣何意,便道:"冯道乃前朝老臣,深受先皇信任。"

柴荣不耐烦地摇摇手说:"先皇对这些人太仁慈了,让这些人倚老卖老,骑在头上作威作福。"

"这些文人无论如何作威作福,都不用怕,臣只怕那些武夫,皇上,不知您如何处置不听圣命、甚至违抗圣命的人?"

柴荣看看赵匡胤,冷冷地道:"匡胤,给他们加官晋爵如何?给他们满门抄斩又如何?此时,大敌当前,他们临阵威胁孤家,是拿捏了我们的短处啊!"柴荣起身,来回踱步。

赵匡胤这时才了解,原来柴荣是在担心北汉和契丹联军杀回来。"皇上,我们已经胜利,何不一鼓作气,灭北汉!"

柴荣摇摇手。

正在这时,军士来报:"丞相王溥回来了,帐外求见。"

柴荣立即招手:"快让他进来!"

王溥一身农民打扮,风尘仆仆地走了进来,柴荣不待他坐定,急切问道:"吐谷浑部如何?可愿意与我联合?"

王溥道:"皇上,他们愿意,但也不愿意!"

柴荣问:"此话怎讲?"

"吐谷浑部为契丹所迫,流离失所,幸被北汉收留,但是,北汉对他们并不信任,而是分而治之。更加要命的是,刘崇对他们强征强收,一半男丁和一半收入都被征走!他们如今非常希望能归附大周,但他们也提出了条件!"

"这就是说,他们愿意?那么,不愿意呢?什么条件?"

"割地三百里,令吐谷浑部自立宗庙!"

柴荣倒吸一口凉气，道："吐谷浑部，胃口不小！如果朕答应割地，难道不是扶持了又一个北汉？"

王溥笑笑说："皇上，当下可以答应吐谷浑部，就给他们泽州以北三百里。即使他们做不了我们的北方屏障，只要他们和北汉闹翻，自相争斗起来，我们就能坐收渔翁之利，北方可不用一兵一卒而能保十年太平！"

赵匡胤点头，这些文人脑子好使啊，王溥，不愧天下名相！柴荣道："好，那就答应他们。"

王溥跪地道："皇上，臣已经越权答应了他们！请治臣不告之罪！"

柴荣哈哈大笑起来道："哪里哪里，将在外君命有所不受，况且事态如此紧急，你答应他们，是替朕分忧！你回来就好了，朕就可以放胆行事了！"

柴荣转身对赵匡胤道："派快马，连夜出发，令慕容延钊将军为北击先锋官，明日一早起兵，午时之前赶到，绕过我军营，到北面塬上驻扎，无我命令，周军擅自出营者，斩！"说着，柴荣又摇了摇手，补充道，"对了，赵晁，杀了吧，用此人的头祭我军旗，也算他死而有功！"

赵匡胤并不应诺，而是起身拱手行礼，郑重道："皇上，樊爱能及其帐下七十余将校，违逆皇上命令，临阵脱逃，后见我军胜利，虽然回归，却实际上是见风使舵。这些人留之，害我军士气，灭我军威风，臣请皇上速速决断处理。"

这个时候，柴荣原本脸上已经不像刚才那么严肃，听赵匡胤这么说，突然又沉重起来，道："匡胤，不妨直言，你有何良策？朕正想将他们调离前线，又不知哪里可以让他们去！"

赵匡胤急道:“皇上,千万不可纵虎归山!他们无论去哪里,叛心不灭,都是祸患!”

“依你之见,当如何?”

“臣请皇上定夺!此战如此,非士兵之过,乃将官之过,士兵可以饶过,将官不能轻判!”

“你不让朕放他们走,又不能留,是要朕杀了他们?是不是你跟张永德商量过了?”

赵匡胤这才知道张永德来和皇上禀告商量过了。他想这回有点麻烦了,如果让皇上觉得他和张永德商量过,一起来要求杀樊爱能,恐怕对他和张永德都不好。他急出一身冷汗,道:“臣没有和张将军商量过,只是近日听樊爱能他们的一些说辞,感到不能不告诉皇上,才特来禀告!”

柴荣左手拿着玉斧,敲着自己的右手:“你说!”

“樊爱能、何徽帐下将校,这几日日日啸聚,嚷嚷巴公原之战,他们出了力,如果没有封赏,就要反了!”

柴荣停止了敲击,冷冷地说道:“朕没有追究他们临阵脱逃之罪,他们却还要追究朕胜而不赏的责任?是说朕有眼无珠,不识良臣?”

王溥道:“樊爱能帐下士兵,如果这样说,无罪,因为他们不懂事。樊爱能帐下将校这样说,均为死罪,因为他们是受人蛊惑,故意这样说,来要挟皇上!臣请诛灭其帐下所有将校,以正军法,以立皇威!”

“如何杀之?”柴荣问道。

“皇上,真想杀樊爱能、何徽?”王溥并不回答柴荣的问题,而是反问!

“如何杀之?”柴荣有些不耐烦!

“皇上,臣敢问,真想杀樊爱能及其帐下诸将否?”王溥还是不答,仍是反问!

柴荣点头:“不杀,不足以定军心! 带着这样的军队,朕能和北汉决战吗? 要是他们再次临阵脱逃,又当如何? 让朕去当俘虏吗?”

“只要皇上真想杀,如何杀,臣自有办法!”王溥拱手道。

“有何办法,你且说来。”

王溥指指赵匡胤:“赵将军万夫之勇,樊爱能者,不过是胆小匹夫,我想赵将军已经胸有成竹!”

柴荣看看赵匡胤,赵匡胤只好道:“臣请皇上明日召集营中所有将校,论功行赏。臣在帐下四周布上刀斧手,轮到樊爱能之流,只要皇上下令斩首,臣的刀斧手一定不辱使命! 与此同时,臣可派人到樊爱能军营中,宣布赦免所有士卒,皇上如此宽厚,他们一定会感恩皇上的宽宥,誓死效忠皇上!”

赵匡胤嘴里说着,心里却很后悔,这些话不该自己说出来,要让皇上下令才好。皇上明摆着要杀人,却是要借用他的刀,皇上自己不说要杀,而逼着他说,不仅逼着他说要杀人,还要让他出主意怎么杀! 皇上心里其实早已经有了主意,而且还布了局,皇上让慕容延钊午时之前赶来,难道不是为了防止樊爱能之流兵变,或者北逃? 皇上不用大营中的军队,而是让慕容延钊赶到大营前方,难道不是为掩人耳目? 而这个王溥,也真是的,明明是他建议杀人,却说赵匡胤一定有办法杀! 这樊爱能毕竟是大周高官,在朝中盘根错节地拥有很多人脉关系,弄不好是要得罪一大批人的。

古往今来,坏人自然可恨,奸臣自然可杀,但是,出手清君侧的那个人，那个杀奸臣的人，却并不一定讨喜，相反，常常不得善终。这无论如何看似难以理解，却是被历史反复证明的规律。

柴荣听了沉吟不语，似乎还在犹豫。

王溥道：“赵将军，我军的致命弱点，乃是将骄兵惰，兵权失控，如果不能整饬军纪，重兴纲常，就是打了胜仗又如何？那个泽州刺史，皇上命他切断北汉退路，让他待刘崇兵败，半道伏击刘崇，他却提前撤退，让刘崇老儿逃回老巢，坏吾皇大计。这些人老朽陈腐，享受高官厚禄，却又贪生怕死。外，不能战；内，骄纵贪腐，要这样的将何用？要这样的兵何用？”

赵匡胤听王溥这样说，才感觉这王溥真是非常耿介，一心向主，为了国家大计，他不怕得罪人，哪怕是有可能要了他的命的封疆大吏、朝廷重臣。驱除冯道，让他去守陵，肯定是他的主意，而此次又驻兵于此，决心除掉那些叛臣逃将，恐怕也是他的主意！这个人不可小觑。

赵匡胤心里不由对这个人生起佩服之念来。治国还是需要文人，而文人中也有不贪生怕死，冒死进谏，甚或冒死深入敌后，做分化瓦解工作的。王溥深入北汉境内，策反吐谷浑部落，所冒危险不亚于战场厮杀，功劳更不亚于一场胜仗。赵匡胤想着，觉得自己将来有了工夫，也要好好读点书，让自己智慧起来。

“圣上命泽州刺史李彦崇带兵埋伏在潞州以北江猪岭，意图一举全歼刘崇，此策大气磅礴，波诡云谲，非古代兵圣不能及。然这些方面大员，享富贵久矣，不敢冒死，倘若皇上在高平失败，难免他们成为墙头草，投敌叛国！”赵匡胤道。

王溥跪下道：“臣这些时日，深入敌后，心却时刻惦念皇上安危，时时不能安枕，落下头痛的毛病。不杀这些人，臣的头痛病恐怕好不了，臣请杀樊爱能及其帐下全部将官七十八名，请皇上定夺！”

王溥从袖子里掏出奏折来，递给柴荣。柴荣道：“爱卿，请起，我等君臣，犹如亲人，何须大礼？”

王溥跪着不动：“臣深知皇上在忧虑什么，请皇上不要忧虑，我大周万里江山，广犹宇宙，天下豪杰尽在其中。只要我们敞开胸怀，开科纳士，皇上必能聚集天下真英豪！”

赵匡胤也有了豪情，朗声道：“这几日我也非常担忧，大周要强盛，靠这些因循守旧、贪生怕死的老臣恐怕不行，臣冒死举荐青年将领曹彬、潘美、王全斌、王彦升、李处耘等人，他们都是有勇有谋，愿为皇上赴汤蹈火在所不辞的壮士！解决樊爱能之流，就在明日，一旦他们还朝，必生异端，那时，那些旧臣沆瀣一气，结为朋党，就难处置了。”

柴荣点头，习惯性地用玉斧砸了砸自己的左手，他把玉斧交到赵匡胤手上：“你去办，吩咐手下将士，见玉斧如见孤家！”

杀敌人，赵匡胤无所畏惧，但是这次是杀自己人，他心头纠结。无论如何，樊爱能、何徽等均是自己的同僚，有些更是自己的长辈，是父亲赵弘殷的同僚。当年，樊爱能还资助过他们父子，然而此次，他和他的将士却要对自己人下手了！

夜已深，整个军营除了更漏点点，并无任何其他声音。偶尔马吃野草，沙沙沙沙的咀嚼声，透过更漏之声传来，那声音更显安宁和寂静。

刘崇已经彻底失败，逃回太原，如今，这里已经没有了战争，只有寂静的草原、山坡和荒月。

一、遍地狼烟

赵匡胤帐内，曹彬、王全斌、王彦升、李处耘、王审琦、杨光义、史彦超、刘廷让、王政忠、李继勋、赵匡义等都来了，楚昭辅站在赵匡胤身后，楚昭辅示意大家不要说话，大家就都不作声，等着赵匡胤发话。赵匡胤却不说话，只是踱步。空气中一片死寂。王燕儿进来，给众人端水，赵匡胤一摆手，她看明白了，今晚不用给各位将军上茶，她被赵匡胤沉重的样子吓了出去。

"这水也不让大家喝一口，也不让大家落坐，赵大哥，你这葫芦里卖的是什么药?"王彦升是个敢说敢做的粗汉，小声嘟哝，赵匡胤瞪他一眼，他缩了回去。他看看曹彬、王全斌，他们两个现在地位稍稍高点儿，都有都头的头衔，名义上比散指挥使小，实际上还是比散指挥使强！曹彬和王全斌平时沉着老成，在这一拨人中，除了赵匡胤，王彦升就佩服他俩。

一会儿，陶穀和潘美进来了，陶穀抖了抖长袍，那袍子上全是露水和草叶子。看来，他们走得很急，而且走的是小道。

陶穀看看大家，道："皇上决定明天召集群臣，在座各位将军各有封赏！但是，樊爱能、何徽之流，临阵退缩变节，该斩！明天将同时斩首所部将校七十八人！"陶穀拿出王溥的奏折。

众将本来都希望皇上能当机立断，惩戒樊爱能之流，但听陶穀这样说，要杀七十八人，还是感到很震惊。

王审琦道："此事非同小可，樊爱能、何徽两位将军自然有错，但他们都是先皇身边的老将啊！"王审琦面有难色。

杨光义也低声道："其下将官七十八人，多数都是我们平时低头不见抬头见的同僚，他们也有妻儿老小，说白了，都是自家兄弟。当时在阵上，只是受了裹挟，一并杀了，我们回去如何向他们的妻儿老小交代?"

陶榖看看赵匡胤，赵匡胤继续踱步。王溥啊王溥，你就是给我一个烫手山芋啊。杀，落下骂名，将来回京，多少家属要骂我赵匡胤，不杀，如何跟皇上交代？看来，皇上在这里久住不决，是有道理的。这些将士，长相往来，上下左右关系盘根错节，要兄弟自残，自己都不愿意，更何况下层军官。

陶榖见赵匡胤不说话，低声道："时间非常紧迫，天亮前，各位必须布置好，大家为何这般犹豫，还不如我这个书生？难道是不信任赵大哥？"

李处耘看赵匡胤非常焦急，便第一个出列，拱手对陶榖道："陶先生，我听大哥的，只要大哥吩咐，万死不辞！"

楚昭辅也急忙说："当然，大哥只要吩咐，我们跟大哥走！"他对大伙儿使眼色，但是众人就是不动，杀七十八人，这可不是儿戏，弄错了怎么办？身家性命不是全没了？他们都很信任赵匡胤，赵匡胤这人讲义气，平时待大家不薄，甚至互相当作知己，这次阵前，大家更是亲眼见了他的威风，实在是佩服得紧！

"大家都是低级官佐，实在没有干过这等大事。"李继勋轻声问赵匡胤，"赵将军，此事当真要干？"

赵匡胤来回踱步，手里攥着柴荣交给他的玉斧，他没有直接回答李继勋的话，而是在众人面前慢慢地走，他走到潘美面前，停下，看着潘美，潘美也看着他，一会儿潘美明白了什么似的点点头。他又走，走到曹彬面前，曹彬却低头不看他，他手里攥着玉斧，忍不住就要把玉斧拿出来，砸曹彬的头，但是又忍住了，心想：曹彬啊曹彬，难道你不认我这个兄弟？不信我这个兄弟？

赵匡胤伸出左手，在他肩膀上拍了拍，轻声对曹彬说："高平之战，你和潘美，还有在场的各位兄弟，死战报国。阵前杀敌是报国，阵后清除叛党，护卫皇上，难道不是报国？也是报国！两者都需要勇气，要大智大勇！”

说着，他转过身，正欲离开，这时，曹彬缓缓说道：“末将与将军投契，并肩作战，才有今日，末将誓死与将军同路！”

其他人听了曹彬之语，纷纷附和。

赵匡胤拿出玉斧，高举过头，厉声说道：“诸位将军，都是皇上钦点股肱，请诸位将军听令！”

王全斌代表众人道：“我等都听将军令，但请将军发令！”

“各位不是听我命令，而是听从皇上的命令！”赵匡胤解释道，“现在是皇上需要各位挺身而出。”

赵匡胤吩咐楚昭辅等，每人带十名刀斧手，按名字盯住樊爱能部下的五个人，又吩咐潘美率本部军马，扮作庆贺巡游队伍，监视樊爱能部。一旦行刑，立即进入樊爱能军营，宣布诏书，安抚军士！

从京城出发的时候，天还很冷，人人心中都不淡定，先皇刚刚过世，新皇即位没几天，就发兵打仗，大家心里都没底。而如今，大家已经出来两个多月，天已经见暖，尤其是这几日，周边的山坡竟然出现了绿苔，树挂都泛绿了，草坡上显出些许的嫩芽来！

这里是高平的巴公原，柴荣要在这里封赏诸位将官。

柴荣站在高坡上，看着两边列队的文臣武将。

诸位文臣及将领个个彩衣高冠，兴高采烈，当然，也有心怀忐忑的，如樊爱能等。冯道被皇上贬去造陵守墓，让他们惶惶不可终日，冯道是个了不得的人物，先皇在时，对他尊崇有加，从来不敢怠慢，而今，新皇竟然把他贬斥到荒郊野外造陵去了，这对那些老臣，是一个重重的警告。冯道历经四朝十君，官拜宰辅二十余年，是典型的官场“不倒翁”。其人不仅做官有道道，肚子里也是真有文墨，曾经主持校定了《九经》，并雕版印刷。这样的人，新皇上说贬斥就贬斥，可见，新皇上是真的想革故鼎新，对老臣不手软。

“他对冯道能如此，又怎么会对我们心慈手软？”何徽对樊爱能说，何徽担心新皇会杀他们，以儆效尤。

樊爱能并不这样看，他对何徽道：“放眼我朝，新皇登基，谁来护佑？还不是靠我们？他有人吗？缺了我们，他什么都干不成！再说，我们是老臣，他能奈我们何？杀我们？他还没那个胆量，朝中上下，谁不是我们的人？他就是敢下命令杀，又有谁敢举刀？”何徽听樊爱能这样说，也不知道怎么辩驳。私下里，他派人到京城打探，看看老臣们到底有什么说法，传回来的消息都是说京城里留守的老臣们，一个劲儿地敦促皇上回京，正等着庆祝大捷，没有一个提到要惩罚谁的。

这不是胜利了吗？樊爱能虽然临阵退缩了一下，但是，最后还不是收拾了残兵，杀回来助阵了。要说这大捷，难道还真没他樊爱能的份儿？

这两人，心里惶惶，有点儿愧疚，但也不怎么害怕，都觉得自己不是什么死罪，最多就是这次封赏少拿点儿！但是，他们没想到，皇上升张永德为武信节度使，李重进为忠武节度使，史彦超为镇国节度使，赵匡胤为殿前都虞候、严州刺史，以下三百余人，各个都有封赏。这些人，皇上一一授予印信。

越往后，樊爱能、何徽等人越是担心，授衔的官员等级越来越低了，直到一名士卒。袁承恩，临危不惧，接替战死的，带队杀敌一百一十六人，得胜而还，袁承恩直接从士卒被升为校官！

樊爱能心里直打鼓，怎么还没轮到自己？就在这时，皇上突然变脸，呵斥道："汝等皆是累朝老将，并非不能战斗，现今望风遁逃者，并无其他原因，只是欲将朕作为奇货，卖与刘崇尔！"

樊爱能一听，立即明白今天是没命了，皇上不是说他们战败退却，而是说他们故意出卖皇上，定他们的是叛国罪！他脑袋一热，立即就想抽刀，心想，早知这个乳臭未干的小儿皇帝这样狠毒，不如听了何徽的话，弃他北去，就是不投奔刘崇，投奔契丹也有活路啊。

不过后悔已经晚矣，他身后，一左一右，两个大个儿军士已经瞬间架住了他的两臂，他被架在中间，丝毫也动弹不得。

"皇上，臣冤枉！"他循声看去，叫喊的是何徽，后面更有自己帐下七八十名将官，全部被架住了。"难道皇上要杀了我帐下所有将官不成？"樊爱能吼叫道，"皇上，末将无能，令众部将受辱，请皇上放了他们，末将一人担当！"

樊爱能非常瞧不起何徽的求饶，也非常后悔当初的逃遁，自己对大周虽未有多大功劳，却也是人上之人，曾经受到先皇的厚待，一家老小都为此感到荣耀，如今却落得如此下场，拖累了全体将官和家人。早知如此，悔不该当初，当初，自己怎么就会同意后撤了呢？

此时，不但是樊爱能一群人惊得腿肚子抽搐，其他将官也莫不惊诧，大周历史上从未有过如此场面，一次杀七十余将官！然而，大家又都觉得樊爱能一伙儿该杀！临阵脱逃，是置其他人的死活于不顾，甚至就是直接让其他人去替死！这样的同僚，以后还怎么一起打仗？皇上整顿军纪，逃者杀，勇者赏，尤其是不问出身，只要有军功，就一律赏赐，这让大家心情振奋。大家看到了新皇上的新气象，知道这回新皇上是动真格的，要打造一支真正能打仗、能建功立业的军队。以后,大家有福了,只要有仗打,就有机会升职,就有机会光宗耀祖。

柴荣手一挥,营后一声号炮,一队军士跑上高坡,组成一道通道,那些架着樊爱能等人的军士,纷纷鱼贯而出。草坡下,已经搭起了刑台,七十八名刀斧手赤裸着上身,站在树墩前。

那些树墩和刀斧手,也不知道是何时就位的,大家看时,他们似乎早就在那里了。

漫天的血光,染红了天际,朝阳仿佛也被染红了。如血的朝阳下,大家看见了一个新的皇上,他面不改色心不跳地杀掉了七十余名懦夫。此后,在大周的军队中,懦夫将死无葬生之地,懦夫将无处容身,而勇敢者,将得到大周皇帝的奖赏。大周的军队,将成为真正的勇敢者建功立业的领地。

这是他们的皇帝,他们的皇帝将带领他们保家卫国,更重要的是开疆拓土。

此刻,一位新的皇帝真正诞生了,而一支新的军队也诞生了。

封赏大典之后,出乎意料的是,柴荣并没有下令围攻太原城,而是命令徙北汉平民二十万户至大周南方边境。接着说道:“就留着刘崇,让他为朕守北面边关,做我大周和契丹之间的屏障吧!”

潘美等商议,请赵匡胤出面,劝皇上一鼓作气,灭掉北汉。陶穀道:“此时,我军士气正旺,正是灭掉北汉的好时机,皇上迫于那帮老朽们的意见,班师还朝,错失良机,将来一定会后悔。让北汉获得喘息的机会,这匹狼将来一定还会再来咬人!”

赵匡胤却不这么看,他接过王燕儿递过来的热茶。自从王燕儿来到身边,他就喝上了这种北方的茶,这种茶不是用茶青碾碎了直接做的，而是茶青经过发酵后，茶叶变黄变黑，然后下水煮着喝的。这种茶看起来不起眼，但是用水壶烧开，茶汤如琥珀般，喝着和胃。

有个女人真好。

"皇上的考虑，不仅仅是军事上的，还有政治上的、经济上的，皇上不是忧虑北汉一家，而是要忧虑天下大统！我们要理解皇上的想法。"他喝一口茶，看着王燕儿给大家一一斟上茶，心里突然变得柔软，"让天下人都过上好日子，才是硬道理，打仗不是目的！"

王彦升抿一口茶，大声嚷嚷道："大哥，我可是只会喝酒，哪里会喝这茶！"

王燕儿听王彦升这样喊，细声说道："哥，人家说你粗，你还真粗，酒有酒的豪气，茶有茶的文雅，你们男人会打仗，也要会生活不是？"

王彦升听了，看看王燕儿说："妹子，看你在哥这儿，还真长进了，是哥教你的，还是你教了哥？"

赵匡胤笑笑，举起茶杯说："各位弟兄，这次回京，希望你们多带礼物，去看看那些兄弟们的家眷！右军里的那些家眷们，也别忘记了！"

大家都听懂了赵匡胤的意思，就是说，路上能带上抢走的，都带上抢走吧，回去自己过上好日子，但也别忘记这次死在这里的将士，另外，右军樊爱能手下那些将士的家眷，回去大家也要负责接济。

楚昭辅摇头道："将军，樊爱能那些人的家眷，要我去看？我不去！要去你让潘美、曹彬他们去，他们文雅，会耍嘴皮子！"

大家笑起来，又都有一些沉重。

陶穀道："北汉与我大周，虽有血海深仇，然而北汉刘氏终究也曾是中原旧主，吾皇有仁慈之心，不忍刘氏之不血食也！"血食，即宰杀牲畜，祭祀先祖，先祖得以血食，证明有后人存在。不血食，则是无人祭祀祖先，国破家亡。

潘美摇头道："承旨，你这样说，要是传出去，可有杀头之罪！"

赵匡胤看看陶穀，觉得他太聪明，嘴巴太快，他什么都能想明白，却只有对自己的一件事想不明白，为什么别人能想明白不说，却偏偏要让他说？大家为什么偏偏让他做"聪明人"？

高平之战，让赵匡胤成了新生代军人的代表，他和张永德的生死友谊，也由此奠定。

但这也让赵匡胤成了旧派力量的众矢之的。他帮柴荣杀了右军七十八名将领，那些人的家属、部下怎么会不记恨他？

然而，柴荣是他的皇上，也是他的兄弟。如果能够有一个统一而强大的大周，让天下百姓安享太平，那些人死不足惜，况且，那些人的确是死有余辜。

柴荣杀了临阵退缩者，却并不进兵。整饬军纪，难道不是为了向北向北再向北，灭了后汉刘崇吗？

"后唐清泰三年，石敬瑭在太原叛唐，张敬达进讨，围而攻之，石敬瑭受围中，乞援于契丹，称臣并应许割让燕云十六州之地。耶律德光借机出兵，利用我中原内耗，轻取我燕云十六州。此后，我中原门户大开，无险可守，而契丹却东至于海，西至于流沙、金山，燕云十六州之地从此脱离我中原。此等历史，不能再重演了！"柴荣举着酒杯，沉重地说。

赵匡胤听了柴荣的话，才彻底地明白了柴荣为什么要撤兵，才理解了皇上内心的波澜和战略。

柴荣雄韬大略，中原大幸，中原真正的敌人不是北汉刘崇的小朝廷，而是契丹，契丹才是真正的对手。

他不由得对柴荣更加佩服，柴荣，自家兄弟，他们早先一起在郭威帐下效力，后来助郭威举事，定下大周江山，尽管现在柴荣是皇上，而他只是一名刚刚升职的将军。

他们几乎是一起成长的，但是柴荣怎么就懂那么多呢？看来，多看书，多懂历史，才不会被眼前的东西左右，才会有战略眼光。

“皇上，末将此刻才真正明白您的雄韬大略！本来末将以为，北汉跟我大周有血海深仇，时刻觊觎我大周，是我心腹大患，只有征服北汉，我大周才能安枕无忧。现在看来，皇上您的意见才是对的，如果此时攻伐北汉，正好再次给契丹以机会！”

柴荣叹口气，整个人倒反而坐直了，他望向虚空，仿佛在和某个虚空对话：“我大周何去何从？”

柴荣接过王燕儿递上的酒，一口干了，他看看赵匡胤，赵匡胤也一口干了。王燕儿又给他们斟上，柴荣又干了，王燕儿就不敢再斟了，她看看赵匡胤：“将军，皇上这样喝，会不会醉啊？”

柴荣看看王燕儿：“你敢抗旨不遵？”

王燕儿慌忙屈膝施礼，脸通红着说：“皇上，我可不敢！我是怕皇上醉了。”

柴荣看看赵匡胤道：“看来，还是你的女人啊，听你的，不听我的。你看看，我这个皇上，有什么用？”

赵匡胤连忙起身道：“皇上，燕儿人不错，是王彦升的干妹，暂时寄居我处，正没个去处。要是皇上喜欢，她入了宫里，待在皇上身边，她有个去处，我也就放心了”。

王燕儿听赵匡胤这么说，蹙起眉了，眼泪眼见着就在眼眶里打转了，柴荣对着王燕儿说："怎么？我是皇上，你却不愿意？"

王燕儿立即低头，她不看皇上，头低得不能再低了，下巴都要抵到胸口了，她偷偷瞟着赵匡胤，眼神里满是哀怨。

赵匡胤本来对女人就感觉迟钝，又心下真把王燕儿当成王彦升的妹妹了。虽然这几日王燕儿在他边上，耳鬓厮磨，日夜一处，但是两个人，一个守理，一个守节，是什么故事都没有的。

赵匡胤哪里体解得到王燕儿的心理？王燕儿在战乱中流离失所，家人全没了，被王彦升掠来，又惊又怕的光景，突然遇到个对她彬彬有礼的人儿，况且还是天字第一号的高大美男子，那心里渐渐地就产生了得依得靠的情愫了。

她照顾赵匡胤，已经远远地超出了妹妹的情分，每每赵匡胤看书，她必把茶捧在手里，总让那茶不凉不烫。早春的北方还冷着呢，茶水倒出来，不一会儿就成冰坨子了，而赵匡胤又常常沉迷于兵书战策，茶水凉了也不知道，还是一口喝下。王燕儿就心疼，这样喝茶，铁打的汉子也会伤，茶本身就是阴气的，再冷了喝，男人身子是受不了的。她怕赵匡胤吃冷茶，就站在赵匡胤身边，手里捧着茶水，人家是用热茶暖手，她相反，是用热手暖茶。赵匡胤的心思还是粗，以为身边什么都顺了，他并不知道这些都是王燕儿用心的结果。

这一刻，他看皇上对王燕儿目不转睛地看，就顺口说让王燕儿进宫伴驾，他没有想到王燕儿是一百个不乐意。

柴荣看看王燕儿，又看看赵匡胤，他是看出来了，这个王燕儿眼里只有赵匡胤，他装着喝醉了，慢慢道："你叫王燕儿？好，正好跟我进宫，宫里的生活，那是比这帐篷好多了，要啥有啥！"

没想到，王燕儿突然抬起头来，声音颤抖，但态度决绝地道："皇上，奴家不进宫！"

柴荣拍拍她的手，问："不进宫，你想去哪儿？"

王燕儿缩手，不让皇上碰，道："我就要在这帐篷里！"

赵匡胤看王燕儿顶撞皇上，心里急，怕她冒犯了皇上，那可吃罪不起。他心里就为王燕儿担心起来，忙说："燕儿，皇上让你进宫，那是天大的好事，你怎么就不懂个好歹呢？"

柴荣笑起来，他站起身，拉住王燕儿说："走！跟朕进宫去？"

王燕儿干脆躲到赵匡胤身后，道："不去！我不去！"

柴荣不动了，对王燕儿道："你出来，朕不拉你。"王燕儿看看赵匡胤，赵匡胤拉拉她，让她到前面去，跟皇上搭话，但王燕儿就是不动。

柴荣看看赵匡胤，酒有点儿高了，慨叹道："赵匡胤啊赵匡胤，是不是你帐下的人，都这个德性？都只认你，连朕这个皇上也不认？"柴荣死死地盯着赵匡胤，又强调了一遍，"你的人，只认你，不认皇上？"

赵匡胤听了，脑袋"嗡"的一声，心里想："皇上，你可不能怀疑我吧？"正待开口，却听柴荣道："好啦，王燕儿，朕已知你对赵将军一片情深，朕赐你七品俸禄，嫁给赵匡胤！这俸禄就是朕给你的嫁妆，将来朕就是你的娘家人。你要替朕好好照顾朕的将军，赵匡胤，你要善待王燕儿。"

赵匡胤要下跪谢恩，被柴荣挡住，问赵匡胤："赵将军，你的人只认你，朕的人呢？"

赵匡胤立即答道："皇上，您的人只认您！"想想，他又觉得这话别扭，不对劲，又补充道，"普天下都是皇上的子民，我们都忠于皇上!"

柴荣点点头,笑笑,又起身。赵匡胤连忙搀他,他摇摇手,指着赵匡胤对王燕儿道:"燕儿,以后你就是皇妹,他如果欺负你,告诉朕,朕给你出气!"

柴荣又摇摇头道:"良宵一刻值千金,不打搅你们了!"他摇摇晃晃地从后帐走出,径自而去。

原来皇上是偷偷而来,现在,当然也是偷偷而去。赵匡胤不敢迎,也不敢送。

赵匡胤站在那里,好久动弹不得,他有点儿被皇上弄得糊涂了。一会儿,王燕儿在他后面拉他,只见王燕儿脸通红地说:"将军,上床歇息吧。"

再看时,王燕儿已经把床铺好了,放了两个枕头,一盆洗脚水放在床下。

赵匡胤洗了脚,掀开被子躺下,一会儿王燕儿在他身边也躺下了,他有点儿不适应,躲了躲,王燕儿声音轻得像是没有地说道:"皇上让我伺候你呢!"

"你就听皇上的?"

"我就听你的!"

3. 征西

显德元年(954)六月十七日,柴荣率领大军回到汴梁城外。

六月又称极且月,这个时节,夏至刚过,阴气渐起,但阳气尚盛、将进不进、阴阳相持,也是天气最为多变、善变的时候。民谚说六月天,"孩子的脸,说变就变"。刚刚晴空万里,突然飘来一片云,马上就是电闪雷鸣。

一、遍地狼烟

汴梁六月的天气不但多变，还善变，经常是西边日头东边雨，甚至仅隔着一条河、一条街，就一边有雨一边无。

天气已经开始闷热，汴梁城内外，人们已经开始穿单褂。大军由北南返，士兵出征的时候天寒地冻，穿的是棉袄，中间换过一次夹袄，如今归来，军衣并没有来得及换，还都穿着夹袄，有些甚至还穿着冬衣。

柴荣让大军停在陈桥驿，一方面是休息一下，另一方面也是为了让士兵换装。人人换上崭新的夏装，然后列队进城。柴荣希望大家威风一下，这回是打了胜仗，可说是大周有史以来最大的一场胜仗，一举击败了北汉和契丹联军，北方边境可保十数年的平安，应该有个仪式。

明天就是六月十八日，是王溥推算出来的吉日，他跟王朴两个人反复商议，最后定了六月十八日进城。

这一天，青龙、天德、玉堂、司命、明堂、金匮六神齐聚，天德神主事，大周年号为“显德”，意谓承天德主人间事。六月十八日，正合万事吉利，开盛世太平，是黄道吉日。说来真是吉利，此刻，天朗星稀，万里无云，看来明天肯定是个晴天，傍晚，又吹来一丝南风，这南风，让天气温润而不闷热，这让大家心情都非常好。

是晚，柴荣在陈桥驿驻扎，等待第二日百姓欢庆，百官来迎。

陈桥驿原不过是一个驿站，但东西往来的商旅都要在这里歇脚，南北往来的客人都要在这里停留，渐渐地人气就旺了起来。

赵匡胤安排了军队，点检巡视完毕，回到楚昭辅为他择定的寓所，看起来这是一富户人家的院子，打扫得干干净净。这家人都搬到后院去了，给他住的是前院，虽是前院，却也是竹摇清影，幽窗离离，影壁后是两棵高大的梧桐。此刻，树梢上挂着金黄的月亮，不知名的鸟儿在树上栖息着，悄悄的，静静的，不响也不动，脚边是海棠花，这一幕让赵匡胤着实思念起家来。贺氏前时来信，说儿子德秀染病，也不知好了没有，成亲十一年，他一直在外奔波，膝下两儿两女，他这个做父亲的是没有尽到责任啊。

他检点库房的时候，看到契丹人的一把轻弓，想到德秀已经七岁，可以练臂力，就让人拿了，放在身边，想带回给德秀。德秀应该学武功，得给他找个好老师了。想来想去，在身边好友当中，王彦升刀术一流，但是做人太率性，性格不好；潘美烂银点钢枪枪术独步天下，又善兵法，做人沉稳执着，能屈能伸，要是潘美能带德秀，收德秀为徒，那是德秀的福气。二子德昭也到了开蒙入学的年龄了，这孩子内敛，还是学文好。

赵匡胤想着德秀、德昭，回屋坐下，又想到贺氏，觉得自己这么多年，实在没对贺氏好过，这次回去，要补偿她些，这些年，家里多亏她照顾。

这时，王燕儿进来了，变了脸色，声音粗重道："你为什么要骗我，将军？你有家室，为什么要骗我？"

赵匡胤听了，心里一惊："王燕儿，我如何骗你？我有家室，天下人谁不知晓？"

王燕儿道："我就不知晓！"

赵匡胤有点儿怒了，说道："你不知晓又如何？如今知晓了，又如何？"

王燕儿一改原先的温柔样儿，叫道："我是御赐婚配给你的，我须得做正房！"

赵匡胤气得手直抖，大声道："你有何德能要做正房！"

一、遍地狼烟

“我有御赐七品俸禄，在军前伺候过将军，我乃当今皇妹，你看着办吧！”王燕儿转身，提起裙子，一脚跨了出去，跨过门槛，又回头，“你看着办，我明天下午还要进宫呢，我得去准备进宫的物事了！”

说着，王燕儿扭身走了。

赵匡胤十八岁时，娶妻贺金婵。贺金婵人品好，赵匡胤家里虽说不是一贫如洗，却也不富裕，她作为长媳，上上下下地打点，极为孝顺。夫妻两人聚少离多，但感情很好。赵匡胤感激贺氏为他在父母面前尽孝，有好吃有用的都给了赵老太公、杜老夫人，又含辛茹苦地带孩子，不仅他们的四个孩子是她照顾，赵匡胤的两个弟弟，也是她照顾的。这么多年，贺氏没少吃苦，如今，他赵匡胤刚刚有点儿起色，受封为殿前都虞候，正是报答她的夫妻恩情的时候，又怎能抛弃结发妻子？

可是，这王燕儿却又如何是好？当初，她以王彦升的妹妹自居，还说得过去，现在，她硬生生把自己当成了公主、皇妹，谁也不放在眼里了，还要当正房，这是万万使不得的。

别说贺氏不会答应，就是贺氏答应，他父母也不会答应，就算父母答应，赵匡胤也不会答应，他不是那种忘恩负义的人。

看来，这王燕儿还真是难缠，本来想直接带回家，让她照顾贺氏，将来要是真有机会，就纳为妾，也不是不可以。现在，她要在这里作威作福，爬到贺氏头上不说，还要爬到他赵家全家的头上，那岂不是找回了一个祸害？

想来想去，还是得和王彦升商量，一来对他有个交代，二来，解铃还须系铃人，他王彦升惹下的麻烦，总该有个主意不是？

他让人把王彦升叫来，自己坐在房间等着。

这时，天已经完全黑了，楚昭辅进来，看他一个人在黑暗中坐着，吓了一跳便道："将军，你怎么一个人坐着？"

赵匡胤说："想想心事。明天进了城，你也回家看看家人吧，不要亏待了弟妹。"

楚昭辅唉了一声，点上蜡烛，又问道："将军吃过东西了吗？要不要给你端饭来？"

赵匡胤这才想起，自己巡查营房回来还没吃过东西。他后悔起来，女人是祸水啊，一点儿不假。

"你拿两套饭菜来，一会儿王彦升来，我恐怕他也没吃饭呢。"

楚昭辅出去不一会儿，拿了饭菜来，都是军营里的粗茶淡饭。赵匡胤不讲究，拿起筷子吃了一口，又放下，想想，还是等一下王彦升。

不一会儿，王彦升就来了，他让王彦升一起吃饭，王彦升也不推让，坐下就大口吃起来，吃了两口，自语道："我那妹妹，也真是，让你吃这个，将军如今是殿前都虞候了，怎么还这么粗糙？"

他看赵匡胤对着眼前的食盘坐着不动，又问："将军，你怎么不吃？"

赵匡胤道："吃不下！"

他一五一十地把王燕儿的话跟王彦升复述了一遍，王彦升听了也大吃一惊，吃不下饭了，急忙问道："大哥，没想到王燕儿这等不晓事，如今这般，我这里好说，她不过是北汉一个落魄婆娘，关键是，皇上怎么就认她做了妹妹呢？"

赵匡胤又把那天皇上喝酒如何喝多了，如何认亲、赐婚的事说了。他当时也没当一回事儿，就以为纳个妾而已，却不承想这王燕儿倒是放在了心上，而且还有这个打算。

王彦升听了，松了一口气，他压低了声音，轻轻在赵匡胤耳边道："大哥，我看这女人多少是个麻烦，将来说不定还会麻烦不断，她要是真的跑到皇上面前说三道四，岂不是我们身边多了个耳目？看这阵势，她是少不得要搬弄是非的。不如你把她交给我，明天，我把她带走，就说你吩咐让她先到我府上暂住，待安排好了，再行明媒正娶。我找一偏静地方先安置了，要是皇上那边没有什么动静，过一段时间……"

王彦升突然停了话，他看着赵匡胤，想看看赵匡胤到底是什么想法。

赵匡胤却不说话，王彦升憋不住了，问："哥，你到底怎么想这事？"

赵匡胤沉默了一会儿，叹口气，站起来送王彦升，说："你明晨过来取人！"

王彦升听了，点点头道："大哥，你放心，绝不让她作乱！如果好说话，我一定好金好银，不亏待她，要是不好说话，我让她即刻见阎王！"

赵匡胤听了王彦升的话，停了一下脚步，但没有回头，也没有说话，而是径自出门去了。

王彦升狠狠吃了两口菜，歇一下，吹了蜡烛，推开门正要走人，月光下，看见楚昭辅站在那里，他大声道："你个楚昭辅，鬼鬼祟祟地站在这里，什么事？"

楚昭辅一把拉住他，悄声道："王将军，轻声点！"

楚昭辅把他拉到一边，俯身在他耳边道："你那妹妹，王燕儿，可不能小视。她不仅攀上皇上这根高枝，还和符皇后联系上了，这不，明天下午她要进宫，面见符皇后。刚才你给将军出的主意，我无意间听到，觉得此事甚急，特在这里等你，有几句话不知当讲不当讲?”

王彦升听了楚昭辅的话，不觉倒吸一口凉气，忙说:“你快快讲! 我本来以为一个女人处理掉也就算了，现在看来，还真麻烦了!”

楚昭辅道:“一是不能得罪王燕儿，恐她真的找皇上、皇后告状，这不是给将军找了麻烦?”

王彦升做了一个抹脖子的动作，示意道:“这样一下子，不就省心了?”

楚昭辅看看后边，似乎担心王燕儿就在身后偷窥一样，忙说:“不可! 哪天皇上到将军家喝酒，突然问起王燕儿，将军喊不出人来，无法交代，那当如何?”

王彦升这回没法子了，一脸不解地道:“这，我们还就真叫这女人给吃住了?”

楚昭辅道:“明天下午，王将军您亲自送王燕儿入宫，盯住王燕儿不要跟皇后多嘴，先保住平安，等赵将军回家，跟老太爷和嫂子商量了再说!”

王彦升点点头，皱着眉头，笼着袖子，心事重重地走了。

这王彦升本来是没心思的人，快刀斩乱麻，那是他的天性，但是这回，他的刀起不了作用了。

次日晨起，鼓号喧天，人穿着新衣，马配上新鞍。

赵匡胤感慨，人是衣服马是鞍，军队一路风尘仆仆到这里的时候，无不是灰头土脸，昨天晚上，这个大营还是灰蒙蒙一片，而今，人添喜气马添骄，真是威武！

赵匡胤深知，这次凯旋还朝，他的身份已经不同往昔，他从一个裨将，一跃而成为殿前都虞候，同时领严州刺史，已经成了一个可以开幕的方面大员，回来后，柴荣必有重用。

别看柴荣身为皇上，广有天下，但是，细数他身边，并没有多少人才，否则，柴荣这次肯定可以直捣北汉巢穴，一举灭其国。留下北汉，正是柴荣无人可用、无人可信的表征。

柴荣怎会不知道留着北汉时刻是个大麻烦呢？尽管北汉可以挡着契丹，但是如果大周足够强大，又何须一个北汉来挡着呢？

柴荣已经显出一代英主的气象，回来之后，必有深谋大略，如果自己能跟上步伐，跟着这样的英主，做一番建功立业的大事，岂不是不枉来这世间走一遭？但要是自己跟不上步伐，却也不容易。

举目四望，淮、汉、蜀等地分别为南唐、后蜀等割据，北面有北汉、契丹，南面有南汉，大周虽地广人多，但却是四面临敌。如今，虽是凯旋，但与北汉、契丹他日必有更加惨烈的决战。

这个时候的大周，百废待兴，多需要人才啊！然而，举目国内，英雄又在哪里？朝廷中多是冯道者流，老朽昏聩，居高位而不能爱天下，但愿此次皇上斩杀樊爱能、何徽等，能够一振乾坤。

一老汉端着茶水冲上来，大声喊道："赵将军，这回打契丹，您可是头功啊，将军神武！"

后面一众老人跟着上来，挡住了赵匡胤的马，他只好下马，接了茶水，一饮而尽。然而，心里却特别不踏实，他大声说道："咱们打了胜仗，全靠皇上英明圣断，各军将士奋不顾身，我哪里有什么头功？万不敢居功自傲！各位父老，快不要这样说了。"

一众人等听他这样说，更是赞美起他来，赵匡胤并不跟众人较真。那老汉一闪身，身后出来一个儒生，这人拱手施礼道："鄙人赵普，得知赵将军从此处过，特来相会！"

赵匡胤道："先生有何见教？"

赵普道："将军，你这次回来，岂不知大难临头？"

赵匡胤并不欣赏这种人，危言耸听，神神鬼鬼的！只听这赵普径直说道："你斩杀樊爱能、何徽，皇上信得过你，但不知李重进、李筠、韩令坤、韩通诸将会如何想？"

赵匡胤不语，谁不知道他的手下当了这次行刑的刽子手啊？他倒要听听这个赵普有何话说，如何分析这事。"那些人与我无冤无仇，再说，张永德、慕容延钊、王尧，这些朝廷柱石，难道不也是正直人士？他们心里不都有一杆秤吗？"他心里想。"唉，只碍着自己人微言轻，没有机会，大周江山，将来不能靠那些前朝老人，得要有新气象，王全斌、曹彬、潘美、石守信他们，这些人都是一等一的英雄，但愿皇上能慧眼识珠，大周万幸。"赵匡胤想着。

"武官如此，文官呢？冯道、魏仁浦、王溥、王朴、杨徽之、郑起、李穀，且问，他们中有跟将军交好的吗？"

赵匡胤翻身上马，觉得这个赵普心性很高，但交浅言深，未必有大富大贵之命。跟一个人贸然如此说话，实在不着边际，他前后看看，不见有人注意，就道："我一介武夫，又何须跟那些文人交结？你看看，又有哪个文人值得结交呢？"

赵普道："远在天边，近在眼前！"

赵匡胤在马上坐稳，淡淡一笑道："你高抬我了，我不过是一个小小的殿前都虞候，全仗皇上信任，才有今日，只愿吾皇能一统宇内，让天下苍生同享太平。"

一、遍地狼烟

赵匡胤一提马缰绳，枣红马跟随他征战多年，自然懂得主人的心思，立即绷紧了肌肉，作势要快跑。赵普见状，丢过来一个锦囊，道："给将军一件礼物，将军得意时不必看，失意时可以打开，或可解将军一时之难！"然后调转身，不待赵匡胤回复，自顾自地走了。

赵匡胤看看那个锦囊，颠了颠，心里想，这个人是想学诸葛亮？还是想学什么人？可惜，我不是刘备，当然也不是刘禅，这些文人真是搞脑子，有什么话直说不就得了，搞这种玄乎的。魏仁浦、王朴的确饱读诗书，有两下子，而这个人，想用江湖术士那套来诳我，以为我是两岁毛孩？

他顺手一扬，那锦囊在空中飞出一条抛物线，落进草丛里了。

他身后跟着楚昭辅，楚昭辅看赵匡胤扔了赵普的锦囊，出于好奇，他悄悄地捡了。他也不知道怎么了，这几天总是心神不宁，感觉将军会有什么磨难似的。

他撕开锦囊，见里面是一张黄绢，迎风打开，一看，原来是一句话："趋秦凤以避家祸！"他想，这太荒唐了，秦凤之地，现在在后蜀手里，那是刘家的天下，难道要我家将军投靠刘氏？反了不成？楚昭辅倒吸一口凉气，这个赵普，是要害人啊！他把黄绢团了团，扔也不是，收着也不是，只得暂时塞在了胸口的贴肚兜子里。

赵匡胤回京，到家时，父亲、母亲都已经在堂前等着了，他上堂屋拜见父母，磕头行礼。出去的时候，他还只是一个裨将，而如今，他已经是殿前都虞候，位列禁军领袖，算是衣锦而还，父亲赵老太公、母亲杜老夫人甚是欢喜。然而，赵匡胤一磕头，杜老夫人却落泪起来："儿啊，你总算回来了！"说着，杜老夫人欲言又止。

赵老太公安慰杜老夫人道："儿这不是回来了吗？你还伤心什

么呢？应该高兴啊！”

杜老夫人说：“你不在家的时候，家里日日担心，夜夜惊魂！苦了你那妻子贺氏啦。你先不忙着陪我们，先去看看她们母子吧！”

赵匡胤来到后院，贺氏带着几个孩子，正在屋里等着他。见他进来，贺氏并不说话，上前款款施礼，赵匡胤看看她，又看看她身后的三个孩子，心里悲喜交集。他把战场上带回来的几件礼物给了德昭和两个女儿，见没有德秀，他就问：“德秀在哪里？”

贺金婵眼睛就红了，道：“将军，你鞍马劳顿，不忙问德秀，先歇息歇息。”

赵匡胤哪有心思歇息，心里就有种不好的预感。他又问：“是不是出事了？”

贺金婵掉泪道：“都是为妻做得不好，有愧将军的嘱托，没能照顾好孩子！”

赵匡胤慨然长叹，悲从中来！德秀这孩子从小聪明伶俐，惹人疼爱，自己虽没有多少时间陪他，却是无论到哪里都记挂在心，然而此情此景，却让他不能自已，这孩子命短啊。

隔日，符皇后邀赵匡胤进宫。赵匡胤百思不得其解，让杜老夫人和贺氏准备了几样礼物，惴惴不安地来到永安宫。他有点儿预感，皇后是要跟他谈王燕儿的事。

进得宫来，太监王承恩正在等着他，他悄悄问王承恩皇后找他干吗。王承恩笑笑，悄声说：“好事！”他心里就不安起来，肯定是要谈王燕儿的事了。

到了皇后跟前，一听，原来符皇后真要跟他谈王燕儿。进城那天下午，据说王燕儿觐见了符皇后，两人相谈甚欢。王燕儿给符皇后带来了北方的人参,符皇后身体一直不好,爱听"什么什么滋补品好"一类的话,王燕儿投其所好。谈起皇上赐婚,符皇后自然觉得是好事,不假思索就说这事她要来操办,一来二去,符皇后和王燕儿以姐妹相称起来。她觉得不能让妹妹委屈,这不,她主动召赵匡胤来商量婚事。

赵匡胤一听,把想了好久的一套话拿出来,小心翼翼地回禀道:"王燕儿,我把她当妹妹看,再说,她原本是有夫家的,丈夫失散了……"

"赵将军,你可不能像那些不中用的男人,只会要女人守节!"符皇后打断了赵匡胤的话,"本宫当年不也是如此么? 再说,太后、太妃不也是么?"

赵匡胤被这样一问,愣住了,知道自己想的这套说辞,恰恰是皇后不待见的,说来说去,说到符皇后的身上去了。

符皇后,出身名门闺秀,乃魏王符彦卿之女。后汉时,她曾嫁给大将军李守贞之子李崇训,李守贞据河中反叛,当时还是后汉枢密使的郭威奉命讨伐,李氏父子畏罪自杀。临死前,李崇训要先杀死全家人。符氏匿于帷幔后,李崇训找不到,只得自杀身亡。符氏从帷幔中走出来,对冲进来的军士说:"我乃魏王之女,郭将军与吾父交往甚厚,速报!"郭威闻报,立即前来相认并把她带回符彦卿的魏王府,让她与父母团圆。郭威平时与符彦卿交好,见识了符氏的胆大心细,非常欣赏,符氏也拜郭威为义父。郭威养子柴荣镇守澶渊,媳妇刘氏病殁,郭威想到符氏,代儿提亲,柴荣遂纳符氏为继室。后来郭威自立,驾崩后,柴荣即位,册封符氏为皇后。

其实,不仅仅符皇后是再醮妇,太祖郭威一后三妃,分别是柴氏、杨氏、张氏、董氏,四任正室在嫁郭威之前均嫁过人。郭威的第一任正室柴氏，原是后唐庄宗李存勖的嫔妃，同光四年(926)四月，李存勖去世，柴氏等众嫔妃成了寡妇，继位的李亶为减省开支，将柴氏等人裁撤出宫，发遣回乡。回乡途中，柴氏遇见了当时只是低级军官的郭威，美女识英雄，对其一见倾心，不顾父母反对，执意拿出一半的资财作为嫁妆，嫁给郭威。郭威对柴氏也一见钟情，两人结成夫妻。这郭威对柴氏一往情深，甚至把皇位让与柴荣，也是因为爱屋及乌，正因为柴荣是柴氏的侄子，他才将其收为养子，以接班人来培养。

郭威登上皇位时，柴氏早已过世，荒山寂寂无以为报，郭威力排众议，以死去的柴氏为皇后，并称赞她“体柔仪而陈阙翟，芬若椒兰；持贞操以选中珰，誉光图史”，以慰其在天之灵。为了柴氏，郭威没有立皇后，使“中宫虚位”，可见任何女人都无法取代柴氏的位置。可巧的是，郭威的第二任妻子杨氏也是个寡妇，而且曾两次嫁人，两次守寡。杨氏年轻时，以美貌而被选入后梁赵王王镕宫中为姬妾。天祐十八年(921)十二月，王镕死于宫廷政变，杨氏在一片混乱中流落民间，后嫁给一个名叫石光辅的平民。数年后，石光辅也死了。郭威闻听杨氏美而贤，求娶为继室。郭威的第三任妻子张氏、第四任妻子董氏都曾嫁过人，都是丈夫殁后，嫁给郭威的。

赵匡胤想到这一层，暗暗后悔，感到自己太唐突了，说话太不成熟，城府不够，无意间让符皇后不快。符皇后恐怕不仅不会理解他，反而会责怪他。

果然，符皇后脸色不悦，道：“赵将军，你乃皇上股肱，皇上器重你，封你为殿前都虞候，又把他皇妹赐婚给你，你该不是嫌弃人家不是处子之身吧？”

赵匡胤战战兢兢地起身，说话有点儿结巴，道：“不敢！不敢！

只是家道贫寒，门庭贱微，怕燕儿来了受苦，末将又常年征战在外，不能照顾家庭，拙荆苦苦支撑，不敢有负！是故才有迟疑。”

符皇后不待赵匡胤说完，接口道：“赵将军，你是聪明人，皇上要重用你，你不娶王燕儿，皇上怎么放心？本宫作为一个妇道人家，倒也觉得这没什么不合适，你的孩子不正好需要人照顾吗？王燕儿聪明伶俐，定能上下周全，帮你里外照应。”

赵匡胤心里对符皇后这番话早有准备，但是，符皇后亲口说出，自己内心还是深感震颤。当年柴荣做太子的时候，他就追随柴荣，两人经历无数阵仗，是出生入死的兄弟。如今，柴荣一朝身为皇上，两人就判若云泥，确是只能以君臣来论关系了。

符皇后看出赵匡胤在走神，安慰道：“放心，皇上不也是想的让你们兄弟亲上加亲吗？再说了，王燕儿也是你自己选的，她不是已经照顾过你了吗？你还能始乱终弃？至于金银财货，本宫会为王燕儿准备，她来你们家，不会让你们吃亏，一定让你们风风光光的。”

赵匡胤心里实实在在很为难，财货金银，他并不稀奇。此刻，符皇后许诺得越多，他心里就越不踏实，相反还有些反感。如果王燕儿真的带着天子之威财来他赵家，这哪里是什么福气，分明是祸害么！

赵匡胤正想着如何答话，忽听得太监王承恩急匆匆跑进来，他对符皇后行了个礼，然后对赵匡胤道：“赵将军，皇上急着找您呢！您赶快去吧，皇上急得火烧火燎的！”

“啥事啊？这么急？”符皇后问道。

王承恩道：“向训、王景两位节度使，在凤州威武城被围，命在旦夕！”

赵匡胤赶到勤政殿的时候，皇上和几个大臣正在讨论。

赵匡胤就听范质高声道："先锋官胡立被俘，我西征大军全军被困于威武城，进不得，依臣观之，只有退！"

魏仁浦道："西征军已越出我大周范围，蛮夷之地，地广人稀，人不可教化，地不可耕种，数百年来，即使是大唐盛世，也没有真正实现对秦、成、阶、凤的真正统治，我大周又何苦去占领呢？在臣看来，我们只要用王道以德化之即可，数十年后，他们必感念我大周的王道政治，而来归附。"

新科进士校书郎杨徽之也在座，道："我大周立国不久，民未得生息，兵未得休养，国力不济而伤兵累财，大忌也！王章奏折说沿途州县接济不力，而在臣看来，非为接济不力，而在无力接济也！"

柴荣皱着眉头，看赵匡胤进来，立即招呼他上前来问："赵匡胤，你来得正好，你说说，秦凤之战，该如何处置？"

赵匡胤不假思索道："皇上，秦、成、阶、凤四州，乃后蜀布局在我胸口的利器，非除之而不能安！后蜀伪主孟昶妄自尊大，尝北联刘承钧，南骚李璟，对我大周心怀叵测，皇上持国既稳，本应先行解决此四州之危！"

柴荣摆摆手，很认同赵匡胤的说辞，但希望赵匡胤快点说出有决断的话来，便直言道："不要说这些没用的，你是武将，不是文人，请你说说，战事如何？如今之计，是打还是不打？如何打？你可敢打？"

赵匡胤看看魏仁浦、王朴，发现这里竟然没有武将，都是文人。赵匡胤知道，皇上的想法是打，而且要打胜。他不假思索地表白道："末将喜欢兵书舆地，也曾研究过秦、成、阶、凤四州军事，末将愿领军驰援王章将军，臣愿立军令状，不胜不还。也请皇上颁诏王章将军，令其为西南行营招讨使，同时传令'四州不下，绝不撤兵！'"

赵匡胤心里其实还有个关于王燕儿的小九九，要是出征，王燕儿的事就可以推脱掉了，至少能缓一缓。这样想来，他的语调就越来越坚决了，感觉说话不由自主，舌头走在心的前面了，不仅把内心全暴露了，还说出了比心里想得更多的"心里话"。

其实，赵匡胤自己也感觉到了语调语速和口气不太合适，但是没办法，他就是做不到像那些文官那样四平八稳，"不成熟，太不成熟了！"他在心里对自己说。

范质、魏仁浦、杨徽之听得脸上挂不住了，王朴是新近提拔的左散骑常侍、端明殿学士，他看出了这些文官的不屑，抢在那些人前面道："赵将军所言，虽不符合本官的见解，然本官却也不觉得有错处。只是军务无戏言，不知道赵将军要多少人，点多少将，多少日筹备，才能出征？如若不胜，又当如何？"

赵匡胤心里明白，这是王朴在试探他，此时，大周哪里还有士兵和大将？李重进驻扎在江淮，防备着南唐；韩通驻扎在深州、冀州，在那里挖河，防备契丹南侵；张永德在北面，监视着北汉的刘承钧。大周的大将们都用光了，那点儿军队也全用光了，哪里还能抽调人？

就是自己手下万余兵马，他也不敢全带走，否则谁保护皇上？

他狠狠心，说道："皇上，我只带一千骑兵，其他全无要求！"

没待皇上回话，翰林承旨杨徽之冷嘲道："赵将军，李廷珪可不是赵季札，也不是张元徽，将军别说是一千人，就是一万人，恐怕也有去无回。"

赵匡胤心里听了非常不舒服，但捏着自己的手腕，让自己语气尽量平和，说："皇上，秦居西而东，远交近攻，而能霸业；汉出西蜀而关中，由西而东向，完成天下一统，自古没有西不稳而能得东者，没有北不稳而能南向者……"

未等赵匡胤说完，柴荣一扬手，手上的玉斧砸在了杨徽之的脸上，怒言："大胆杨徽之，你说自家人的丧气话，长别家人的威风，是何居心？朕看你是不想活了？"

说着，柴荣转头对身边的护卫道："把他拉出去，斩首！"皇上的声音斩钉截铁，听起来咬牙切齿，把大家都吓了一跳。大家没一个人料到皇上会如此，不过是一个殿前会议，大家有意见就发表意见，言无不尽，怎么皇上就要杀人了呢？

范质等几个文官，也都吓得跪倒一片，替杨徽之求情。王朴跪下道："皇上，高平之战，斩杀阻我大军前进，挫我军队锐气的怯懦文武，乃是他们该死。而今在勤政殿上，大家不过是畅所欲言，各自陈述观点，杨徽之也是出于忠心，为赵将军担心，臣请暂且饶他不死，待赵将军凯旋之日，用事实说话，再让他悔悟不迟。"

柴荣犹豫片刻，摆摆手，让大臣们起来，但气还是没有消，便说："好吧，不杀！打八十大板，打入天牢，等赵将军凯旋，再拿他算账！"

赵匡胤听皇上要杀杨徽之，也觉得过分了，这会儿他反而冷静了。

都说伴君如伴虎，现在他终于体验到了一次。王朴到底老辣，说话持正中和，不仅救了杨徽之，还给皇上一个台阶下。大军未出，就先杀大臣，使不得。

杨徽之虽然观点与己不合，但毕竟也是忧国忧民，发表一点儿见解，有道理就听从，没有道理就批评一下，哪里够得上死罪呢？

他心里暗暗想，其实杨徽之说得也有道理，大军一路往西，道阻且长，别说一千人，就是一万人，也不一定能打个胜仗回来。他劝皇上道："皇上，如此危局，国家正是用人之际，臣请杨大人不弃，与臣一同出征，保杨大人戴罪立功，与臣一同凯旋！"

说完这话，赵匡胤对自己颇为满意：一是保杨徽之不死，显出自己的大气；二是带上杨徽之，显得自己容人纳贤，自己不仅不计前嫌，还要保护好杨徽之，和他一同凯旋，这个"保"字自己用得还是好的。

"你愿带杨徽之出征？"柴荣追问道，可能有点儿不相信赵匡胤是真想带着杨徽之出征。

"皇上，兵不在多而在勇，带兵则不在勇而在谋。末将出征，正需要杨大人这样处事谨慎而能思虑周全的谋士啊！"赵匡胤说这话，是从内心觉得领兵打仗，他身边需要一个能商议大事的谋士，一群武夫，成不了大事。再说了，领兵在外，需要时时有人写公文，事情大大小小，不能靠一张嘴说来说去，要落字为安，杨徽之写文章是一把好手，带在身边，定然有用。

赵匡胤说着，话音还没落，王朴就哂笑着忙不迭地接口："赵将军，君前无戏言，此去一千军士，你觉得解围要多长时间？你可知，王章将军威武城下，翘首以待，随时可能全军覆没，南唐也对我们虎视眈眈。你此去，若是落了下风，恐怕南唐要加入后蜀阵营，那时，他们东西夹击我大周，我大周恐怕要遭灭国之灾！"

赵匡胤正想回答，却被王朴抢先道："一个月！"

赵匡胤倒吸一口凉气，难道王朴对自己有恨意？一个月，快马加鞭，来去一趟还差不多，还要打仗？

王朴死死地盯着赵匡胤道："一个月！"他搓着笏板，顾不得什么体面，像是怕赵匡胤反悔一样，他用袖子擦掉上面的字，在上面提笔就写。他急吼吼地不让赵匡胤说话，“赵将军，你要立军令状？一月不回，赵将军，不仅你本人不用回来了，你的家小全部灭门！”赵匡胤这才看清楚，王朴是在写军令状，要他签字画押！

柴荣接过王朴手里的笏板，看了一眼，递给赵匡胤，声音柔和，像是在暗中请求：“赵匡胤，你此去肩负我大周江山社稷之托，只能胜，不能败！”

本来赵匡胤还要跟王朴理论一二，听皇上这样讲，知道皇上有难处。当初王章征西，范质等人本来就不同意，是皇上下的决心，如今，他要支持皇上，就要拿出行动，挺身而出，为皇上分忧。

赵匡胤点点头，拿起笔，在王朴的笏板上签上了自己的姓名！心里却暗暗叫苦，这些读书人，鬼点子太多了，胜了大周可保，大家都有功劳，败了，他赵匡胤人头落地，不仅自己遭殃，还要搭上家人老小。

这个时候，他不能认怂啊，赵匡胤领了军令。

看着赵匡胤抱着将符，走出大殿，范质在身后对王朴说：“嘿嘿，他以为他能！这次，沿途不给他准备军粮、枪械，没有补给，看他狠到几时！”王朴冷冷地看看范质道：“你这么恨他？”范质也不示弱，反问道：“难道王大人你不恨他？”

4. 见真章

赵匡胤只向皇上要一千兵马，一方面是体恤皇上的难处，皇上手头确实发不出兵，另一方面也不是完全没有准备的。

从高平巴公原之战看，大周的军事思想应该改变。高平之战的关键是发挥了骑兵的作用，当时，要是没有他和张永德横刀立马，玩命闪击，可能整个阵势就要改写。契丹人打仗，善于充分利用轻骑兵的突击速度，无论是在正面突击，还是侧面迂回奇袭，都可以起到四两拨千斤的作用。这让赵匡胤产生了重视轻骑兵突击作用的战术思路，带一千兵马而能获胜的想法就是来自此。

相反，步兵，尤其是重甲步兵，运动速度慢，带一支步兵部队去，单程行军到那里就要花掉一个月，再加上辎重补给，更加慢。到了那里，一方面本方已经人困马乏，而敌方也早就准备好对付你的办法了，那个时候，一支劳师远征的步兵如何应对人家以逸待劳的军阵?

步兵只适合阵地战和守城战，无法发挥救援部队的效应。而今王章已经带了四万军卒在前线，这个时候，王章要的根本不是步兵，而是一支能够机动作战的闪击部队。

哪里来那么多马呢? 大周广有疆土，但是，北面被北汉和契丹占据，尤其是燕云十六州，那里是产良马的地方，如今却在契丹手里。公元 915 年，李存勖急援清平，结果为刘寻数万大军所围，石敬瑭率十余骑击败刘寻，救李存勖于危难之中。石敬瑭一战成名，此战也成为后梁经典战例，可见石敬瑭是一员善用骑兵的猛将，然而可恨的是，为了篡国，石敬瑭把燕云十六州割让给契丹，以换取契丹对他的支持。

石敬瑭没有预见到的是，失去燕云十六州，不仅使得汉地国土面对契丹彻底敞开了大门，也使汉地失去了良马产地，而无法建构强大的马军。

大周最好的马匹都在张永德手里，张永德带着那些马军，驻扎在沧州、石门、乌坎一线，守着北面的大门，以防备契丹。

赵匡胤手头防守京畿的禁军，名义上是马军，马匹却严重不足，合起来五个军士才一匹马。他手头的禁军，号称马军一万人，其实，两千匹马都凑不齐。

他要一千人，两千军马，自带七天口粮，轻甲轻装，每人配备两匹马，马歇人不歇，力争七天赶到威武城。

赵匡胤在马匹中挑挑拣拣，总算凑足了一千匹。还差一千匹，他想来想去，想不出方法。

陶穀出主意道："赵将军，您向张永德将军借马，不若就近借。向汴梁周边四县百姓借，我保证一天借齐。"

赵匡胤这才想起来，陶穀做过县令，有地方经验，于是问道："如何你有这等信心，一天能借到一千匹马？"

"太祖郭威在世时，我曾建议太祖实行民间牧马制度。汴梁周围依然有大量适合军马的草场，从北部来归的部族也有养马的传统。当年，我曾经购得三千匹军马，交给他们放牧，如今这些马匹都还在民间，正值壮年，正好派上用场，我可在一夜之间将它们借来。只是，我有个条件！"陶穀沉吟道。

赵匡胤不假思索地问道："有何条件？"

"凯旋归来，这些马都要归还老百姓。当年太祖为节省军费，曾经要求民户赎买马匹，把马匹交给民户的时候，民户是花钱买了这些马的，不仅花钱买这些马，还得好生养着。这些马匹都是军用良马，一匹马要吃七个人的口粮，有些农家，没有草场，还要请专人放牧，民户花费不小，有些还背上了债。如果将军要借，我希望有借有还，还要给他们利息。此次西征，大军将到西部边陲，那里素来生产良马。"

赵匡胤道："这个，可以答应。待我得胜还朝之日，我一定归还马匹,同时我带回的马,可以无偿赠送给民户蓄养!”

陶穀没有食言,第二天中午,一千匹军马就已经整整齐齐地排列在校场上。

赵匡胤看了心里非常高兴,提马巡视了一圈,举起马鞭,对跟在身后的陶穀道:“高兴点儿,胜利有望!”

陶穀脸上却一点儿没有表情,冷冷地说道:“高兴不起来!”他压低了声音,从马上斜身俯在赵匡胤耳边,轻声道,“路上没有给养!”

赵匡胤沉吟不语,心里难过。他从来没有害人之心,而有些人却明摆着要害他,暗暗道:“范质、杨徽之之流,为什么如此恨我?”

陶穀道:“范质与被你在高平斩杀的何徽是儿女亲家,而杨徽之,则是冯道、范质等旧派大臣的鹰犬。他们嫉妒你武官掌权,怕你将来爬到他们头上!”

赵匡胤看着列队整齐的大军,语调低沉地说:“他们恨我也就罢了,却要害我西征大业,误国害民。但愿皇上明鉴,能看透这些人!”

赵匡胤看看远处的“赵”字大旗,这会儿万里晴空,天上没有一丝云朵,也没有一丝风,那旗帜耷拉着,没有神采,仿佛这旗子也在为前途忧虑。

在个人和国家之间,他选择牺牲个人成全国家,而这些人却是相反,在国家和个人之间,选择的是个人那点蝇头小利,为了个人不惜戕害国家。“以后对这些人要小心提防”,他自言自语地把话说了出来。

陶穀接口道:“将军,人皆有私心,只是有大有小,有用公心比之，有不用公心而只顾私心的。这些人是娇宠过头，将来必有灾祸，我们不必计较。”说着，他拿出一张手卷，“将军，队伍七天的口粮准备齐整了，路上没有给养，就要逼迫我们七天内必须赶到威武！只有在那里打了胜仗，我们才能就地补给。”

赵匡胤点点头，拉了一下马缰绳，又看看身后，轻声对陶穀道：“此话，你知我知。把口粮分给大家，人人自给，路上就是有给养也不许再要，队伍要轻装！”

“将军，急行军，非战斗减员会很严重，很多人会跟不上队伍，不是我们的兵不好，是我们的马可能良莠不齐啊。”

赵匡胤看看陶穀，又看看身后的楚昭辅、王彦升、潘美等人，道：“你们说呢？”

潘美道：“将军，我们豁出去了，要么成功，要么成仁！重要的是快，谁跟不上，我先杀谁！”

赵匡胤指指王彦升，一字一顿道：“顾不得那许多的遁词了！王剑儿断后，掉队三里者，斩！传话下去！”

王彦升提马出列，对着传令兵大喝道：“掉队三里者，斩！”传令兵立即对着左右两侧喊话，远处又有传令兵接话。

操演场上，喊声此起彼伏。

赵匡胤点齐了人数，星夜兼程，往威武城出发。

赵匡胤没有来得及跟皇上讨论，他一定要打下这个地方，还有另一个原因。从这里西去，就是党项人的地盘，昆仑山的地界，那里水草丰美，地域辽阔，盛产良马。赵匡胤心里打算，此来不仅要胜了西蜀兵，他还要顺势在这里建立养马基地，接管西蜀和党项人的养马场，让这里源源不断地为大周提供良马。

一、遍地狼烟

赵匡胤带着队伍，早晨出发，晚饭时分，就已经来到六百里开外的潼关。这个行军速度，赵匡胤还算满意。

王彦升在后队三里处执法，有掉队者，斩首，一日斩首二十余人。

赵匡胤心里有些忐忑，都是大周健儿，如今却要死在自己人刀下，但为了赶时间，也顾不得许多了。“加快行军，进入后蜀境内，士兵们自己就会紧张起来，士兵有了紧张感，自觉抱团，就不用王彦升军法威慑了！”

傍晚时分，大家行至潼关。

杨徽之建议赵匡胤递上官文，让大军在关内休息一晚。杨徽之实在是跑不动了，骑了一天马，屁股被马鞍磨破了，他疼痛难忍。

然而，陶穀却不同意，打断杨徽之道：“杨大人，士兵劳乏，照理应该休息，但是，今天一天，王彦升将军斩杀掉队士兵二十余人，为何？非为不能行军，乃是兵士们懈怠不谨。我劝将军迅速进入后蜀地界，和后蜀大军接战！只有接战，才能让大家警惕警醒起来！”

赵匡胤点点头，他也很累了，也想休息，可是他知道，陶穀说得对。大军出征头两天，军队最难带，因为士兵刚刚离家，还在想家，同时，刚刚上阵，还不习惯行军的苦，身体还没有调节过来，要是挺过前面的两天，到第三天，士兵就好带了。一方面，大家离家远了，反而不想家了；另一方面，大家的身体慢慢缓过来了，适应了行军，感觉不到那么累了。这个时候，如果停下来休息，大家恐怕一下子还缓不过来，反而会越发觉得累。

赵匡胤道：“大家要赶时间，只能在城关内停留一顿饭的时辰，士兵不解甲，马匹不解鞍，吃了餐饭，连夜赶路。”

然而，事情也就出在这赶夜路上。

潼关位于关中平原东部，雄踞秦、晋、豫三省要冲之地。潼关的形势非常险要，南有秦岭，东有禁谷，谷口又有十二连城；北有渭、洛二川汇黄河抱关而下，西近华岳。周围山连山，峰连峰，谷深崖绝，山高路狭，中通一条狭窄的羊肠小道，往来仅容一车一马。

过去人们常以“细路险与猿猴争”“人间路止潼关险”来形容这里形势的险要。

唐代诗人杜甫游经此地，写下了“丈人视要处，窄狭容单车。艰难奋长戟，万古用一夫”的诗句。

《孙子兵法》中的“行军篇”，概括对行军不利的地形有“绝涧”“天井”“天牢”“天罗”“天陷”“天隙”等，这个地方可以说是样样都占了。军队行进中，遇到这样的地方，一定要仔细搜索，小心通过，因为这些地方往往是奸细伏兵的藏匿之处。

这个地界不平静。

赵匡胤本是把细之人，更何况他熟读《孙子兵法》，但是，今天他还是有点大意了，没有派前队侦察，就直接命令部队赶路，夜行通过，于是大军直接进入了山谷。

忽然，就听一声号炮，声音在山谷里震耳欲聋。

前队停了下来，探报回来，说前面有一支军队挡住去路，为首的是一员黑脸大将！点名报姓，要赵匡胤前去应战。

赵匡胤一听，心里一个咯噔，此地地形险要，如果敌方埋伏在两侧山峰，用滚木礌石、弓箭远攻，我方是骑兵，根本就施展不开，还不是只有挨打的份儿？

赵匡胤到了阵前，借着火光一看，对面一员战将，身披金甲，手持一把大锤。赵匡胤喝道：“来者何人？敢阻我皇家大军？”

对面黑脸将大声道：“我乃平军山大将军王秉坤是也，你要过这平军山，要问问我这把大锤是否行得通？”

赵匡胤心里想这人是个山蠡贼，这就好办了：“这位英雄，你我远日无怨近日无仇，何苦生死相搏？害上性命岂不是冤枉？我大军为国出征，急要各种人才，将军身手矫健，仪表不凡，如何愿意一生占据这小小的平军山，做一个山大王？不如将军和我一同出征，我们同保大周，为国建功立业，将来有个一官半职，封妻荫子，岂不美哉？”

黑脸将军王秉坤“呸”了一口，打断了赵匡胤的话，道：“我来打的就是大周，他郭家窃取汉室，贼也！你赵匡胤，嘿嘿，听人说，原来也是一条汉子，却为何辅佐郭威，做那颠覆汉室的勾当？如今你来得正好，正好让你家爷爷取了你的人头当球踢，好玩好玩！”

赵匡胤看看四周，发现这个黑脸将军并没有带兵，心想此人要么就是艺高人胆大，足智多谋，来引诱大兵进入山谷的；要么就是有勇无谋，匹夫而已。要是他在这山谷里埋上伏兵，我两千军马，不是要白白葬送在这里？

赵匡胤心里判断，第二种可能性大，听他说话，乃粗莽之人，不难对付。

赵匡胤正要上前再行劝诱，却听得自己身后闯出一员战将，正是李骁通。李骁通是在高平之战中跟赵匡胤一路厮杀而提升起来的骁将，武艺高强，而且勇敢，请战道：“将军，这种山野匹夫，哪里需要您费神，让我结果了他的性命！”

说时迟那时快，李骁通一踹马镫，战马越过赵匡胤身边，向前冲去。那边，不待王秉坤应答，他冲上去就是一枪，李骁通乃一等一的金枪将，手中金蛇八面飞云枪，枪头似蛇，有一蛇口，吐出蛇信子。蛇信子是由弹簧软铁打造而成，枪刺出，它能随着枪的走势晃动，一来迷惑对手的眼睛，让对手看不清楚枪的走势；二来，它本身也是一件兵器，通过惯性晃动能出其不意地击中对手，往往是对手挡住了枪，却挡不住前头的蛇信子。眨眼间，两个人已经往来了几个回合，那黑脸大汉有点儿支撑不住，一提马缰绳，往后就退，李骁通哪里能让他逃走，拍马就追，没追几步，就听“扑通”一声，李骁通瞬间从眼前消失了。赵匡胤原以为这大汉在道上安排了机关，估计是陷马坑，李骁通连人带马掉进坑里了，再定睛一看，原来那大汉使了一个鹞子翻身，一个突然回转，一柄大锤砸过马的脑袋，然后又砸在李骁通的胸口上，李骁通的马和人都齐刷刷倒下。倒地的李骁通整个前胸被砸瘪进去了，他痛苦地在地上叫：“哎呀，疼煞我也！”身子不能翻滚，四肢却搔扒不已，“将军，给我一棍，结果了我吧！不能伺候将军西征了！”

可怜李骁通刚刚升职，还没有开始自己的锦绣前程，就死在了这里。

赵匡胤暗暗发誓，要杀了这大汉，为李骁通报仇，悲声道：“李骁通啊，放心去吧，你的家小，我赵匡胤一辈子都会照顾好！”

楚昭辅抽出佩剑，上前去，刺开了李骁通的喉咙。他蹲在地上，抱着李骁通，李骁通慢慢地没声音了。

这个时候，那大汉还在兀自地骂阵，楚昭辅跃身上马，要上前和那大汉斗。赵匡胤知道楚昭辅不是那大汉的对手，一举盘龙棍，两腿一夹马肚子，这枣红马知道主人的意思，立即竖起耳朵，抬起脑袋，向着大汉冲去。

赵匡胤的盘龙棍是长兵器，又加上棍头上有一个可以折打的“镰”，那大汉的锤却是短兵器。赵匡胤上前一交手，那大汉就落了下风。那大汉大喊：“哎嘿，赵匡胤，你还真有两下子啊！爷爷不跟你打了,爷爷走了!"他说着,一拨马头,返身就跑。

赵匡胤哪里能放过他?李骁通不能白死啊,未到前线,就损失一员大将。赵匡胤催马就追。两个人的马都快,一会儿工夫,就追出去十来里。一路上,那大汉还在喊:"哎呀不好了啊,逃命啊!"赵匡胤又好气又好笑,照理他不该这样追,但是今天不一样,他被李骁通的死弄得心乱如麻,只想着报仇雪恨。就在这时,他的马突然一个前翻,滚倒在地上,他从马脖子那儿被甩出去,也掉在了地上。

边上一群喽啰兵涌上来,用渔网样的东西,罩住了他,一会儿,他被绳捆索绑,穿在一根大竹杠上,抬了起来。他心里又气又愤,一闭眼睛,"唉!天不眷我!让我今天死在这里!"想到李骁通死时的惨状,他对生还不敢做打算,只是心里想,这个时候,自己死不要紧,连累了这一千军卒。他们还在路上奔波,却不知道自己的主帅已经命丧黄泉。平军山啊,平军山,难道这里真是自己的死地?

正想着,发现自己被人放到了地上,就听身边有个女人在问:"哥,你今天又打猎去了?抬回来啥?野猪?"

赵匡胤听着,心里这个气啊!睁眼一看,是个女人,二十来岁的样子,穿着战袍,一身戎装!齿白唇红,娇美身材,赵匡胤看在眼里,觉得奇怪,这荒山野岭,哪来这样的俊俏女子啊?

那女子见赵匡胤睁开眼睛,也吓了一跳,叫道:"哎呀,是个大活人?你弄个大活人回来干吗?"

那大汉叫道:"妹妹,你知道他是谁吗?"

"他,是谁啊?"

"他说,他是赵匡胤!"

那女子听见这么说,叫人打了灯,提到近前,仔细打量赵匡胤,问道:"你就是赵匡胤?高平之战,一人勇闯万人阵,棍打张元徽的赵匡胤?”

赵匡胤不答话,眼睛也不看她,没脸面啊,他被捆得像粽子一样,站都站不起来,还答什么话啊!

没想到那女子却突然口气柔和起来说:“如果您真是赵匡胤,小女子王平山这厢有礼了!”说着,那女子向他款款一礼,命人给他松绑。

那大汉叫道:“妹妹,不能松绑,赵匡胤武功了得!”

那些喽啰看看那女子,女子喝道:“还不快松绑!”

那些喽啰上来替赵匡胤松了绑,那女子道:“让大哥受惊了。当年,我父亲王显,也曾是大汉名将,与令尊赵弘殷赵老将军是同僚好友。之后,我父亲受命西征,怎奈时运不济,全军覆没,先父自刎于军中。临终前,吩咐部下送家母和我兄妹来这里隐居,我们兄妹是不得已才来到此山中,占山为王。然而父亲一生都忠于汉室,要我们练好武功时刻准备好保家卫国,为国尽忠!”

那大汉有点儿心虚,慌忙问道:“妹妹,你这话什么意思?老爹说的是让我们建功立业,为皇上尽忠,那是要我们保汉室,那当然是要杀大周的人。赵匡胤投靠郭威、柴荣,背叛汉室,我们当然要杀了他!你怎么放他?再说了,他在高平之战,杀的是我汉家宗室,咱们更加不能轻饶他了!”

赵匡胤听闻他们是王显的后人,不由得一愣,心里不好受起来。汉室衰微,弄得一员猛将人不人鬼不鬼,当初王显兵败,并不能归罪于他。汉室懦弱,官员腐败,满朝文武没有人愿意带兵打仗,都是缩头乌龟,躲在汴梁好吃好喝好玩,只有王显,自愿领军出征。可怜王显,后无救兵粮草,孤军东征契丹,先胜后败,一个人的能干,配上一群人的贪腐,就是悲剧。战争是国力的较量,也是人心的较量，两个条件都不具备，他一个王显，如何获胜？三万大军，埋骨契丹境内病王台！只听说王显在军中自杀，没想到，今天在这里见到王显将军的后人，那也是忠烈之后啊。

他也施礼道：“王小姐，当初末将追随太祖叛汉，实在是因为隐帝小儿太过残忍，杀郭威九族，我们大军在阵前抵挡契丹的铁骑，他隐帝在汴梁却对我军将官的家属举起屠刀，仅我同僚中遭灭门的就有三十余户，实在是不得不反！听你所言，你也是名门忠烈之后，如今大周天子柴荣，少年神武，明君也，胸有良策，心有大志，前次北征刘崇而不灭其城，实在也是我大周皇上仁慈，不忍前朝没有血祀。这天下，本不是谁家个人的天下，是天下人的天下，有德者居之也是为了保天下苍生福祉。后蜀犯我边境，杀我边民，如今大周用人之际，不如小姐弃暗投明，和我们一起同保大周。我们合兵西征，救黎民苍生于水火，安西陲于倒悬，将来骏马得骑，高官好做，也不枉来人世一遭！”

王小姐蹙眉沉思，并不答话。她不答赵匡胤的话，也不答她哥哥的话。

赵匡胤不知道她到底怎么想，一时没了主张，心里只盘算着如何脱身。

王小姐看看赵匡胤道：“将军是想着如何脱身吧？放心，小女子绝无加害将军之意。小女子从小跟随黎山圣母学习兵韬武略，虽不能学先父去做那安邦定国的伟业，却也知道忧国忧民！”

赵匡胤听了不由得对王小姐佩服起来，当今世上，有两大高人，一位是黎山圣母，相传她在黎山修行，武功韬略了得，乃是得道的世外高人；另一位则是陈抟老祖，其人曾在洛阳开馆授徒，门下奇人无数，可惜当年自己在洛阳时，未能得见。

这时，王小姐转身吩咐喽啰道："来呀，请赵将军客房安座，上酒上菜，不要亏待了将军。"

赵匡胤哪里有心思喝酒，心里担心陶毂、王彦升、潘美，恐怕这些人此刻也是急得不行了吧。陶毂和潘美都特别谨慎，有了后手，才做前事，做事有前有后，但不够果断，恐怕要等王彦升后军追上来，他们前后呼应了，才能派兵来找他！他心里着急，但是不好多说，只好跟着喽啰退出大厅。那些喽啰，一行六个人，前后左右围着他，他知道，这是人家防着他呢，不让他跑！

一会儿，有人送来热水毛巾，又有人端来四个热菜，一壶酒。赵匡胤喝不下酒，更加吃不下菜，只是坐在桌边，想着如何是好。一会儿那大汉来了，坐在他对面，给他斟了酒，又给自己慢慢斟上一杯，对赵匡胤说："赵大哥，我有眼无珠，杀了你的人，错抓了你，你能谅解小弟我吗？"

赵匡胤此时着急脱身，顺口说道："不知者无罪，不怪你！"

那大汉立即高声喝道："我说呢，我妹妹还担心你不能原谅我。我说赵将军大人大量，当然不会计较我这个莽夫啦。来来来，我们多干几杯，举酒泯恩仇！"说着，大汉也不顾赵匡胤是否同意，自个儿连干了三杯。

赵匡胤酒量好，平时也好酒，但是今天没有兴致。他举举杯子，应付了一下，还想劝劝这对兄妹，随他西征。

还没等赵匡胤说出口，那大汉说道："赵将军，你是要去征西啊？你这点儿人马哪里够？不如带上我们的人马，我们兄妹保你西征！"

赵匡胤听了心里一阵高兴，急忙应道："那敢情好！时间紧迫，就请王将军赶紧准备，我们马上出发！"

那大汉却道:“不急,要我们追随你不难,但是有一件事,你得答应我们兄妹。”

赵匡胤道:“只要你们愿意为国出征,什么事都可以答应!”

那大汉道:“你得娶我妹妹做媳妇!”

赵匡胤不假思索道:“这个我答应不了啊。我家有贤妻,还有儿女,你妹妹乃名门之后,娶你妹妹,那太委屈她了。更何况,临阵娶妻是死罪,按军法当斩! 我乃西征军二路元帅,怎么能自毁长城,坏了军法?”

那大汉并不理会赵匡胤的理由,直直地道:“你就别说什么理由了,就单说你愿意不愿意吧?”

赵匡胤摇头,那大汉抽出佩剑,压在赵匡胤的脖子上,凶狠地说道:“嘿嘿,你今天在我手里,答应更好,不答应这个亲也得成!”说着,他一声喝令,对着喽啰道,“来啊,绑了!”那几个喽啰早就准备好绳索了,一哄而上,又把赵匡胤给绑了起来!

赵匡胤一闭眼睛无奈道:“唉! 虎落平阳!”

这时,王小姐走了进来,止住众人,对着赵匡胤款款一礼,道:“婚姻乃是大事,本应听父母之命,媒妁之言。而如今,我兄妹无父无母,孤悬这平军山,实在是报国无门,投靠无着。如蒙将军不弃,做了小女子的夫婿,小女子兄妹明日一早,就率领山上三千将士,追随将军,鞍前马后,绝不懈怠。”

赵匡胤听王小姐说得诚恳,细细思量,想到这兄妹原来也是显宦人家,如今在这里落草,的确不是正路,而今大周百废待兴,正是用人之际,他们兄妹如果能归顺朝廷,效忠我大周,也是我大周之福。赵匡胤语调和缓下来,道:“贤妹不弃,乃是我赵匡胤的福气,也是我大周的福气。只是,如今正在打仗之际,儿女情长的事情,不敢思量，我答应小姐，待我西征得胜归来，一定迎娶小姐！”

听罢，王小姐重新解开了赵匡胤身上的绑绳，三人重新落座，正欲细细商量行程安排，就听门外边腾腾的脚步声，跑进来一个喽啰，大声喊道：“小姐，不好了，外头有个叫王彦升的来叫阵，要我们出去应战。”

赵匡胤道：“不要惊慌，那是我手下将官，我去叫他进来。”

赵匡胤叫了王彦升进来，把王家兄妹的来龙去脉介绍给王彦升听，但是，没有说王小姐要和他成婚的事。王彦升听了赵匡胤的话，不好反驳，但是心里不服气：什么人，抓我大哥，杀我弟兄？我倒要看看！

一个黑脸大汉在厅正中央站着，王彦升问道：“你就是杀李骁通的人？你可知我是谁？”

那黑脸大汉叫道：“行不改名坐不更姓，王秉坤！你是何人？今天是不打不相识，多有得罪了。”

王彦升上前施礼，身子靠近王秉坤，两个人就像要抱在一起的样子，王秉坤不由得伸手托住王彦升的双手，哪里知道，王彦升整个身子一沉，手臂使上劲儿了，这厢两个人开始了角力。赵匡胤一看，王彦升要惹祸啊，刚刚说好的山上三千军兵明早出发一同出征，这事不能黄了。他轻轻一拨，四两拨千斤，把两人分开。

这时王小姐已经让人添了座位，请王彦升入座。王彦升也不客气，一屁股坐下，看到有酒，气呼呼地拿起来就喝，边喝边说道：“大哥，你在这里好吃好喝，我们众兄弟可是在山里到处找你，只能餐风饮露！”

三人正要说话，外面进来一女子，那女子指着王秉坤就大骂起来：“公公乃是大汉忠良，你却要投靠周室，你们这是卖身求荣！公公九泉之下必不瞑目!"说着,那女子痛骂起来,骂郭威郭雀儿是配军出身,贼配军窃国,骂柴荣卖身求荣,不配当皇帝,连着赵匡胤也一起骂,"你们这种人,助纣为虐,不过是蝇营狗苟,贪图富贵享乐之徒! 还不给我滚出山寨!"

王彦升听了,脸上挂不住,也不言语,"嗖"地跃起,一步到了那女子跟前,一剑下去,那女子就上下身分离了! 一摊血,两段尸首,屋里充满了血腥味!

再看王彦升,已然重新落座,斟酒自饮。这个王彦升,的确是天下第一剑,可惜性格暴躁,一剑斩杀一个人,剑比脑子快,比言语快。这时,王秉坤冲过去,抚尸痛哭道:"夫人啊,你怎么就死了啊!"

赵匡胤也没有醒过神来,但是他知道,今天这事不好了,王彦升闯大祸了。这时,王小姐拉了一把赵匡胤,说道:"将军,你们快跑吧。我这哥哥鲁莽,你手下人杀了我嫂嫂,我恐怕你们会有性命之忧。"

说着,拉着他俩,来到屋外,已经有人把赵匡胤的枣红马和王彦升的马一并牵来,两人翻身上马,由一名小喽啰带着,疾驰而去。

行到一处大路,那喽啰一指前路说:"你们沿着这条山路,一直向前走,不出一刻,就能看到你们的大军了。"说着,那喽啰掏出一块令牌,交给赵匡胤,"将军,这是我家小姐赠给将军的,平军山方圆百里,十二座山寨,只要看到这块令牌,都会对你们予以礼遇,不会为难你们。"

赵匡胤接过令牌,一拱手道:"代我向你们小姐请罪。"

没想到,那喽啰却说:"请罪的事,我可不能代告,他日将军得胜还朝,就请将军无论如何自己来一趟吧!"

赵匡胤感觉这个喽啰不一般，想问他姓甚名谁，日后也许有个联络，那喽啰却已经走了。

两人一路狂奔，回到与王秉坤交手处，却不见大军。正疑惑间，楚昭辅从黑暗中跳出来，说道："将军，你们果真回来了，我们担心死了！"

赵匡胤顾不得楚昭辅的担心，急忙问道："大军哪里去了？是前进了吗？"

楚昭辅身后又走出杨徽之，杨徽之答道："元帅，多有得罪，刚才是下官建议潘美、陶穀两位率军西进，由我和楚昭辅在此处等候您归来。"

赵匡胤点点头，道："你们做得对，大军西进要紧，不能因为我个人而耽搁行程！"

四人合在一处，追赶大军，没出几里，就看见路边黑压压聚集着一群露营的军士，到近前，互相通报了口令，才知道正是自己的军队。原来潘美留下三百名军士在这里驻扎过夜，要他们天明后搜山救人。见到赵匡胤回来，大家都非常兴奋，有的欢呼起来，赵匡胤让大家立即起身，打起火把，星夜赶路。

潘美领着前军，一路疾行，眼前已到了华山地界。潘美一看，好一个险峻地界，从这里出去，就接近战区了，该让大家休息一下。

太疲劳了，很多军士骑着马，在马上就睡着了，走着走着，突然就从马上摔了下来，摔醒后上马再走。

大军埋锅造饭，准备饱餐一顿，进入战区以后，吃饭就不那么容易了。

一、遍地狼烟

扎好营，大家休息了一会儿，赵匡胤带着中军也到了。

这时，就见远处林中群鸟飞起，林子上空升起一路尘埃，按照兵书上的说法，这应该是林中藏有大军，而且正在靠近。赵匡胤手搭凉棚，策马飞驰到一处高地，向远处眺望，军营里大家立即准备战斗。

尘埃越来越近，到了近前，赵匡胤才看出来，那不是后蜀兵，而是平军山的兵，他们打着大旗呢，平军山平西大军！还是前天送他们出山的那喽啰，一马当先来到赵匡胤跟前，下马敬礼道："赵将军，我家小姐让我带一千军马支援将军平西，末将王元功愿意在将军帐前听令！"赵匡胤听了心生感动，来得正好啊，真是及时雨。私下里对王小姐产生了丝丝惦念，也不知道她兄妹如何了。只怪王彦升太过粗暴，动手斩杀了王秉坤的老婆，这个王彦升，太嗜杀了。

赵匡胤走马近前，牵了王元功的手，道："怪我们不慎，杀死了你家嫂嫂，请你不要介意。如今用人之际，暂不处罚王彦升，让他在营中多活几日！"

王彦升嘟囔道："那样的老婆，不如不要，跟你家大公子说，只要他来我们军营，一旦开战，要多少媳妇我给弄多少媳妇！杀个女人用得着记恨吗？隔天再娶她几个不就得了？"

"混账东西，说话如此混账，还不住嘴！"赵匡胤喝止了王彦升，否则还不知道他狗嘴里吐出些什么话来。

二、多事之秋

1. 陈抟老祖授计

赵匡胤和王彦升、王元功三人，回到营房，有侍卫上来引他们到中军大帐。

大帐里，陶榖、杨徽之两个文官加一个当地老人围坐着，桌上放着酒菜，还挺丰盛。王彦升大大咧咧地走过去，搬了首座的凳子让赵匡胤坐，又大大咧咧地想坐赵匡胤身边的另一张凳子。赵匡胤却挡在他前面，请那位老者上座，自己陪于老者的身边，又指指边上的另一个座位，让王元功坐，伸手示意道："来来来，王元功将军，你就坐我边上。"

赵匡胤尊老，在家里是孝子，让老者上座几乎是他的本能，但是老者坚辞不坐，他只好自己坐了。对于王元功，他是从尊重客人的角度，把王元功看作王氏兄妹的代表，人家刚刚死了夫人、嫂子，如今却还不计较，派了兵将来支援，他心里对王小姐有一份愧疚，又有一份感激。王元功却不坐，看看王彦升，拱手道："王将军请！王将军是成名的英雄，王某陪于末座，已经非常荣耀了！"

赵匡胤听王元功这么说，心里越发器重王元功，觉得这个人心细，懂礼数，作为武将能做到这一点，很不容易。

大家落座后，陶穀介绍道：这是杨徽之找来的当地里长，熟悉地形与民情。

赵匡胤心里头正在焦急，军队西出华山，他们手头的地图就跟不上了。古往今来兵书战策，多介绍中原地界的山川形貌，对于秦、凤、成、阶的情况都写得相当简略，而这次他们西征，除了要和后蜀的李廷珪作战，还要和吐谷浑人、党项人作战，李廷珪笼络了不少吐谷浑人、党项人，他手下大将王峦就有党项人血统。

唐末黄巢起义时，唐僖宗传檄全国勤王。党项族宥州刺史拓跋思恭出兵参战，弟弟拓跋思忠战死，唐僖宗赐拓跋思恭为定难军节度使，封夏国公，赐姓李。至此，党项拓跋氏有了领地，辖境包括夏、银、绥、宥、静等五州之地，握有兵权，成为名副其实的藩镇。之后中原地区连年战乱，朝代更替频繁，对党项的控制逐步减弱。此时，党项实质上处于独立状态。太祖郭威立周代汉，党项李氏就不怎么服气，他们想的是，你郭威可以代汉立国，我党项为什么不能立国？

陶穀举酒道：“将军，我军西征，我和杨徽之能做好后勤，助将军一臂之力，非常荣幸。但是，我们都不擅长军事，部队即将接敌，我心甚忧，我们亟须了解西部军情民情，能够在军事上出谋划策的人才。”

陶穀一直叫赵匡胤“将军”，如今赵匡胤是二路元帅，照理应该改口了，但是陶穀往下，那些老部下、老朋友一个都没改口，新来的则相反，杨徽之等都叫他“元帅”。这样在军营中，就自然而然地分成了两派，一派永远开口叫他“将军”“赵哥”，一派开口就是“元帅”。

陶穀能想在前面，实在是太好了。陶穀有鬼谷子之才，善于洞悉人心人性，能利用人性的弱点，左右时局，但是陶穀却不得大家的尊敬，大家都觉得这个人太聪明，以至于有点儿鬼祟！要是没有赵匡胤撑着，可能大家都把他赶出军营了。这也是个悖论啊，特别聪明的人往往是孤独的，得不到众人的亲和。

反过来，王彦升也是如此，此人有专诸、聂政、豫让之忠勇，却做事乖张，贪恋女人，日夜不倦，这还是小事，他的最大嗜好是杀人，以杀人为乐，像一架机器。有的时候，都不知道他是出于为国尽忠杀人，还是出于嗜血本性杀人。脾气暴躁还贪财贪色，尽管每逢打仗，他都是绝对主力，不顾命地冲杀在前，功劳特别大，但是，军营里却没有人说他好，常常到最后，他得到的赏赐最少，更难言晋升。

赵匡胤在想自己到底如何得罪了人？范质之流，老朽陈腐，不容他这个新近崛起的皇上心腹，还可以理解，而李重进、李筠等，这次在高平之战中一起出生入死，还得到比他多得多的赏赐，军衔远在他之上的人，又为什么对他轻蔑？

等到有机会了，找个真正的智者好好问问，读书人内心弯弯绕绕多，知道的历史掌故也多，也许能回答这些问题吧。

陶穀介绍老人是此地里长。

里长站起来自饮一杯，深鞠一躬，慢悠悠道："承蒙元帅不弃，请小老儿登堂入室，还赐上座，小老儿感激不尽。自去岁以来，先是后蜀赵季札，之后是李廷珪，他们反复骚扰，每来，必要美女、美酒相赠，要老百姓箪食壶浆相迎，稍有不周，就乱抓乱杀，此处原是富庶之地，如今却百里无人烟。我们这些百姓，无不翘首以待，期待王师到来，解救黎民苍生！"

赵匡胤听后，眼睛红了，道："是我们思虑不周，让后蜀孟昶钻了空子，如今，王章将军、向训将军又中了他们的诡计！"

里长问："敢问元帅带了多少兵马？"

赵匡胤道："一千！"他看看王元功，又补充一句，"还有刚刚与我合兵的王将军带来的一千，总共两千人！"

里长略一沉吟："元帅此来，是解围，而不是硬战，当以出其不意的闪击，加上高超的谋略取胜。老朽不才，有一人可以举荐，此人韬略天下第一，门下更是弟子众多，如果能问计于此人，得其指教，此战必能一定乾坤！"

老里长的言语举止，让赵匡胤觉得此人深明大义，有礼有节，刚才言语间甚至说出了他此来的要义，思虑确实了得。

"不知此人身在何处？还请老里长举荐！"赵匡胤站起身，深深一礼，答道。

老里长赶忙站起来，道："这个人，来无影去无踪，逍遥如神仙，飘忽如山云水雾，无人能请得他来，也无人能寻他而去，是否能碰上，就只能看元帅的个人造化了！如果元帅真想见他，明日可轻车简从，也许在云台峰上，可以和此人不期而遇。"

赵匡胤听了很感兴趣，此时此刻正是用人之际，如能请到此人，早日平定西陲，大周可以少牺牲许多生命，皇上可以早日挥师南下，一统江南！"好，大军就在此驻扎，休整一天，明日我上山会会此人，但不知此人尊姓大名？"

老里长道："无人知道此人真姓真名，其实，名姓不过是符号而已，普通之人，无有名号，则忘己寂寂，而真神真君，无有名号，却直接显露真性真情！元帅乃天命真人，又何必执着于此人的名号呢？"

赵匡胤点点头，觉得老里长这话充满哲理，玄妙缥缈，不知所谓，却又似乎让他茅塞顿开。

次日，赵匡胤带着王元功、陶穀、杨徽之一行，步行上山。赵匡胤没有带王彦升，因为这是去讨论策略问题，他怕王彦升鲁莽，得罪了人。带着杨徽之，则是他有意为之。皇上一听说他愿意带杨徽之，立即就同意了，不过是想让他多看着杨徽之一点而已。那就让杨徽之多看多听吧。

他不知道像杨徽之这样的人，是否能受到感染。从直觉上说，杨徽之是个一门心思走到黑的人，而且全然不顾大局。这种人，心里只装着那一点个人的小九九，谁对他好啦，谁对他不好啦，谁能提拔他啦，谁会妨碍他啦，等等，这些对他最重要，其他都是过眼烟云。哪怕是对他没什么不利，却能有利于他人、有利于大局的事，他都是不屑为之的。但愿杨徽之能理解大家的忠心，在战报中能实事求是，不要让皇上对他们多虑。

一行数人，匆匆上山，沿途的风景并无细看的心思。两个时辰之后，近北峰顶，大家才放慢了脚步，陶穀道："此峰四面悬绝，上冠景云，下通地脉，巍然独秀，有若云台，帝王气象啊！将军，今天一定不虚此行！"

杨徽之在身后吟道："三峰却立如欲摧，翠崖丹谷高掌开。白帝金精运元气，石作莲花云作台。"

赵匡胤觉得这诗不错，回头对杨徽之道："不愧是甲科进士，集贤校理，出口成章，气象博达！"他心里暗想，这样的才气，如果不是用于吟诗作赋，而是用于民生战事，那该多好啊。

杨徽之纠正赵匡胤道："元帅，在下吟咏的是唐代诗人李白的

《西岳云台歌送丹丘子》一诗,借一方景,一首诗,表达一下心情,不是在下的诗!”

赵匡胤有些脸红,人家读书人,能记能诵,心有文章,自己只是一个武人。以后一定要时时读书,多多思考,不要让人家笑话了。

好在杨徽之此刻力乏,登山已经有点儿力不从心,并没有小瞧赵匡胤的意思。大家走得太快了,他一个文人,要跟上赵匡胤和王元功登山的步伐,实在不易。

向西行,绝壁转弯处,看着无路,走到尽头,却见一方凉亭,亭中两位老者背对着他们。两位老者是那么近似,从背面看,几乎就是一人,除了他们拿的拂尘颜色不同,一黑一白,其他几无二致。

他们背对着小路,面向远处跏趺而坐,远处山峦云霭,极天处,所见漫漫,缥缈中让人恍惚有所见,又全无所见。

石桌上,摆着一副棋局,两人正在下棋。一童子手拿拂尘,侍立着。

赵匡胤一众人等,进得亭来,正要问路,却见一童子摇手,示意他们不要说话。

赵匡胤站在石凳旁观看棋局,棋局是横着的,对着小童子,心想肯定是两位老者在下盲棋。

赵匡胤也喜欢下棋,在汴梁军中,他的棋艺一绝,几乎无人能敌。

他看着棋局,逐渐入迷了。

这已经是残局。红方将军居于正中,却被对方一车一马一炮包围,车再走一步就能直接将军,而马和炮则在边上虎视眈眈。一旦黑方车将,红方老将无论如何走,似乎都要落入对方陷阱,因为处处都是陷阱。然而，红方却依然有很强的实力，红方的两车、两马、两炮均未受损，只是远水解不了近渴。

赵匡胤看着，陷入思考，红方的死局是否有解呢？

亭子中的众人都不说话，王元功手握剑柄，笔直地站在亭子口，身子对着来路，在为大家站岗。赵匡胤看着王元功，越来越喜欢他作为一名军人的样子，他的基本素质是过硬的，有脑子。将来看看他的武功，说不定能培养成一名领军大将，赵匡胤太需要人才了。

陶毂和杨徽之则站在赵匡胤身后，赵匡胤不说话，他们自然也没话可说。两位老者背对着他们和棋局，闭目打坐，似乎进入了定境，长时间不说话，也不动。

可能身在此间，而身已游于天外。

不一会儿，赵匡胤有了灵感，要动红方的炮，这可以一举两得，既打对方的马，又控制对方的车不能来将军！他对童子道："红炮打马！"

童子看看他，又看看两位老者，手拿黑色拂尘的老者轻轻地点头，童子犹豫着游动了红炮。手拿白色拂尘的老者，似乎预料到赵匡胤会有此举，童子刚刚将红炮落定，就命令童子走车对抗。

没走三步，赵匡胤就发现自己已经输了。

他很懊恼，觉得只要重新来过就一定能赢，这是稳赢的棋局。

他对手持白色拂尘的老者深深一揖，道："长老，能否容在下重新思虑一过，再来一盘？"

老者点点头，道："年轻人，你真敢接这盘棋？"

赵匡胤从小到大，还没有怕过什么，万军阵中冲杀过来的人，看见过多少生死，他不怕。那老者就像听见了他内心的声音一样，道："既然你真敢接，那么就拿出你的气概来，赌一局吧！"

赵匡胤道："信步上山，只是为了山中的风景，身无长物，如何赌？"

老者道："你要的，我有，你是想上山访一个人？我要的，你也有，就能赌得。"

赵匡胤感到奇怪，这老者怎么知道他是来访人的？在这万仞绝顶之上，能端坐不动且胸有万千韬略、寄寓于下棋的人，恐怕不是凡人。他有必胜的把握，如果能胜了老者，得到老者的指点，找到要访的人，岂不是走了捷径？再说，就是输，又能如何？金钱和他现有的东西，于他来说只是粪土罢了！

"好，晚生应承了。"

于是，童子又把棋盘恢复到刚刚死局的位置。这回赵匡胤有了防备，思路也更周详，然而不出五步，红方还是输了。

赵匡胤还是不服，下回他一定能赢，他想到了更加奇谲的招法。

老者道："将军，那就先把上一局的胜负了结了吧。"

赵匡胤略一沉吟，不好意思地说："晚生今天上山，走得匆忙，没有带什么金银财货，但不知老先生要我什么？"

老先生转过身来，下座，走到石壁跟前，低声说道："我已垂垂老矣，除了打坐冥想，别无所求，除了安居此山，别无所欲，那就请先生把这座山赠予我吧！"

赵匡胤大笑道："好个寄情山水，无欲无求！好，我就把这座山赠予你！"

老先生道："君无戏言，请落字为凭！"

赵匡胤四处看看，又看看童子，这里也没有笔墨纸砚啊，心想：

赠一座山给老者，那本是一个玩笑话，还能当真？然而，老者却似乎是当真了，递给他一块赭色石片，说道："就用石头当笔，在这石壁上写个凭据吧"。

赵匡胤接过石片，在石壁上写下："赵匡胤情愿将华山一座，赠予棋友，恐后无凭，石山亲笔卖契为证。"

老者用拂尘在赵匡胤石书四周划了一圈，石书四周出现了一个长方形边框，赵匡胤等初时以为石头上现出来的是带色的印痕，细看之下，那是一道深寸余的石沟。原来那拂尘到处，石头被瞬间凿开，那石框已经入内三分，犹如刀削斧凿一般！

赵匡胤知道今天遇到奇人了，内心的好胜心更加强烈，迫不及待地拉着老者道："来来来，我们再来一过！"

然而，这次赵匡胤又输了。

但也就是在赵匡胤输棋的那一瞬间，他知道了眼前这两位老人，应该就是他要找的人。他倒头便拜，道："仙人教我！匡胤此来，只有一千人马，行军只能七日，作战不能超一月，前面却是后蜀、党项人的八万联军，还有吐谷浑部落的骑兵对我虎视眈眈！"

赵匡胤虔诚地三拜，却听不到老者的回应。待他抬起头来的时候，两位老者和小童均已不见，却听得远处的山谷中传来老者的声音："赵匡胤，收起棋局，下山去吧！"

赵匡胤心下疑惑，转身看看陶毂和杨徽之，两人也跟着他一并跪着，他们也不明所以。

他爬起来，收拾那棋局，突然发现棋盘是用牛皮做成的，反面竟然画着地图，地图上把秦、凤、成、阶的地理及敌方兵力部署全部标示得清楚楚楚。

在一处叫"定远城"的地方，图上更是标出了"党项人屯粮处"，一个箭头从华山直指那里，目测从此处到那里不过一百六十里，以他的快骑，不出两三个时辰就能赶到。

赵匡胤内心突然豁然开朗：难道天意让我军昨晚隐身华山，而今天则给我指明出路，明天奇袭党项人的屯粮处，抄党项人老家？他折了棋盘，放在贴胸的袋子里，对陶穀等人道："下山，立即进兵！"

下得山来，赵匡胤把那地图交给楚昭辅，让他立即通知大军起身，奇袭定远城。楚昭辅接过地图一看，"哎呀"大叫一声道："将军，都怪我有眼无珠啊！"

赵匡胤感到奇怪，问道："你叫什么？难道这张图你以前见过？"

楚昭辅伸手到衣襟里，也掏出一张牛皮图来，经对比发现两张图一模一样。楚昭辅想起高平战后，他们回京时，遇到的赵普以及赵普当时的谶语，便问道："将军，你还记得那个赵普吗？您带回的这张图和赵普当日给我的是一模一样的。可见，他们出自一人之手，此人可能就是赵普！"

赵匡胤想了想，有点儿印象，急忙说道："你赶快修书一封，给都指挥使张永德将军，拜托他打听此人，立即礼聘，请他来我军中。"

赵匡胤叫来陶穀，跟陶穀两个人合计了一下。陶穀说："我们今天遇见的奇人可能是陈抟老祖，而赵普可能是陈抟老祖的学生。此人跟陈抟老祖学艺，意识到将来中原一统，必有与后蜀、党项一战，因此画下这份地图。当日此人欲通过这份地图结识将军，未能如愿，今日一定还是此人，通过陈抟老祖把这份地图再次呈给将军，真乃是天助我也！”

赵匡胤也顿足叹道：“唉！悔不该当初，看不起书生，没有给赵普机会，如今却到哪里去找他？”

陶穀道：“不慌，赵普乃是当世奇人，不会因小失大，今日陈抟老祖用‘君无戏言’逼你赠送华山，可见，他师徒依然敬重将军，我们只要派人在附近仔细打听，必然能找到赵普。我料想赵普就在附近。”

二人说得投入，不知杨徽之何时进来了，他阴沉沉地说：“但不知陈抟老祖那个‘君无戏言’，到底是‘君子’的‘君’，还是‘国君’的‘君’啊？”

赵匡胤和陶穀、楚昭辅都被问得愣住了，最后还是赵匡胤反应了过来，慌忙解释道：“杨大人，你这个玩笑开得太大了点儿吧？”

“呵呵！他陈抟老祖，跟你要一座山，他岂不知普天之下，莫非王土？”杨徽之不笑，却越发认真了。

赵匡胤正要厉色批评杨徽之，堵上他的嘴，就听有人问道：“将军心中是不是已经有了破敌方略？”大将潘美、曹彬、高怀德、王审琦等一起走了进来，问话的是潘美，原来潘美带着人来看赵匡胤，他们对这仗如何打，心里没底。

赵匡胤不想在杨徽之面前透露太多，更主要的是这个计划当中，他还有一桩事情没想好。

“你们来得正好，我正要去找王彦升，你们随我一起去吧。”说着他走在前面，带着大家往王彦升的大帐里来。

大伙儿出了中军大帐，走到空地上，赵匡胤长长地舒了一口气，似乎心中舒坦了一些。这时，高怀德悄悄走上来，说道：“将军，这个杨徽之，我看是小人，不如把他打发回去。”

赵匡胤摇摇头说:“让他在这里,我们才安全,否则,圣上会担心我们!”

高怀德恨恨地说:“我们这些人脑袋提在裤腰上,冲锋陷阵,他们却在背后捅我们刀子,这仗怎么打?”他看看四周,将士们正在整理行装,经过六昼夜的急行军,军装多开裂破损,这群将士都像叫花子了。有些将士脱了裤子,站在日光底下晒,赵匡胤也是一等一的武将,一路也是自己骑马过来,他知道那些将士军装的裆部磨坏了。细皮嫩肉的人或没有经验的人,这样骑马行军,一昼夜,裆部就得皮开肉绽,更不要说六昼夜急行军。赵匡胤训练出来的军士都有经验,能吃苦,但是也架不住这样行军,很多人屁股上的肉都磨烂了,裤子贴在伤口上,和伤口一起结痂,裤子再不脱,再不洗,就要感染发炎,或者就再也脱不下来了。

赵匡胤感到愧疚,对众将士道:“大家辛苦了,如果这次能凯旋归去,大家保得性命,我赵匡胤一定要好好报答大家,多多为大家请赏!”他对大家喊道,“大家辛苦了!”

军士们一看是赵匡胤,都站直了,高声喊道:“不辛苦,将军辛苦了!”

好在潘美做副手,这个人有点儿能耐,治军有方,尽管军士们的衣服像叫花子,身体也疲倦至极了,但是气势却高昂。

王彦升正好从大帐里出来。他也着急,赵匡胤像没事人一样爬山看风景去了,军队在这里一等就是大半天,时间都浪费了。急行军已经六昼夜了,很多军士把带的干粮吃完,军队一旦断粮,那可了不得。另外,就是烂裆病,十有八九都有,要不跟李廷珪打一仗,要不就放士兵出去打草谷,抓点儿女人,弄点儿粮食回来!

赵匡胤拉着他,几个将领鱼贯而入进了王彦升的军帐。王彦升是个武夫，帐内却格外干净整齐，最显眼的是，他的被褥、衣服和盔甲叠得方方正正，放在一张台案上。行军打仗，他们又是轻装简行，王彦升怎么能带着这样一张台案的？赵匡胤也想不出王彦升用的是什么法子。帐中央地上铺着一张羊毛地毡，羊毛地毡上有花纹，细看那花纹，赵匡胤发现，那是一张阵图，是雁行八方阵，地毡上放着一张矮几，几上整整齐齐地摞着《八阵总述》《古今刀剑录》《策林》《唐太宗李卫公问对》《卫公兵法辑本》《黄帝问玄女兵法》《道德经论兵要义述》《神机制敌太白阴经》。

“行军打仗，如此劳累，你还带着这些兵书？”赵匡胤问。

王彦升道：“每次被你骂，就觉得自己不争气，你让我多读书，我现在认真读进去了，觉得以前真是白活了，那么多仗，都白打了！”

赵匡胤听了心里很是安慰，又有些心酸。

王彦升让军士进来，把矮几抬到一边，让大家席地而坐，又忙着吩咐军士烧奶茶。高怀德道：“好你个王将军，我们连口热水都不敢喝，有点儿草都恨不得背上喂马，你不仅喝热的，还喝奶？”

赵匡胤挥挥手，让大家安静，然后摊开昨天拿到的地图，他已经在上面做好了标记，道：“各位，形势非常紧迫，我们只有一天口粮，不在一天内解开威武困局，我们这一千人，就会死无葬身之地！”

王彦升道：“大哥，这个你不用说，我们都知道，这次就是玩命来了。要么大家的小命都交在这里，要么大家回去吃香的喝辣的，跟着大哥高升！你说吧，我们都听你的。”

赵匡胤道：“我军今夜子时出发，明晨天亮前赶到定远城，这是党项李氏的粮仓和大本营，我们攻下粮仓和大本营，等待李氏回军来救!”

潘美道:“将军,定远城乃党项李氏老巢,他的家眷还有这么多年积攒的一点儿家当全在此处,恐怕守军人数不会少。”

赵匡胤道:“我已经得到密报,党项李氏此次带走了几乎所有的主力,去帮助李廷珪围困威武城,留下的都是老弱病残,号称两万,却无战斗力! 刚才我已经派出先头部队,让他们假作商人,天黑前进城,明晨在他们的城内放火,然后占据东门,开城迎我大军!”

“好计谋! 这样可以围魏救赵,迫使党项李氏退军,一下子就解了威武城的困局!”潘美松了一口气,旋即又皱起了眉头,“还有一事!”他看看王彦升说。

赵匡胤看看王彦升说道:“这事非你王剑儿不可!”

“将军,你不用多说了,我知道了,你就直接吩咐吧。”王彦升一拱手,“只要大哥吩咐,小弟万死不辞!”

赵匡胤看看大家,然后正色道:“由王彦升率队到威武城报信,通报王章将军,让他准备突围,追击党项李氏。然后,在这里——孩儿山,我们南北夹击,将其彻底击垮!”赵匡胤说完,拍拍王彦升的肩头,换了一种语调,脸色有些沉重,“此去六百里,路上能不能躲过李氏的巡逻队? 到达威武城之后,能否一鼓作气冲过敌阵,入城报信? 此行危险啊!”

王彦升大笑道:“将军,不危险的事,你也不会让我去做啊。再说,打仗哪有不危险的?”

“你带多少人马?”

“将军你带一千人马西征,我此去,只愿单刀赴会,也只可单刀赴会。我不忍带一兵一卒,一来,你这里需要人,二来,跟我去的都得死！我不忍他们那样去死，不如都让他们跟将军杀敌去吧。"王彦升的话，让众人都吃了一惊。王彦升道，"你们要行军二百里，然后直接发起进攻，以骑兵攻城，胜算哪里有我单刀赴会高？要说危险你们也危险，你们太需要人了，我一个都不带，就带自己一颗脑袋。如果真的到不了威武，坏了各位的大事，我愿献上人头请罪，但请各位将来不要恨我，如果有人能活着回去，帮我看一下老母亲，在祭奠李骁通的时候，顺带给我捎上一杯酒，我就满足了！"

赵匡胤止住王彦升的话头，吩咐楚昭辅："你把另一张地图给王剑儿，通知开饭，大家吃顿团圆饭，送送王剑儿，就算是壮行酒吧！"

菜端上来，是楚昭辅就地取材，弄的一点野味。酒倒是有一些，大家喝了，几杯酒下肚，王彦升又活泛了，他俯身在赵匡胤耳边道："将军，我带了好玩的在身边，要不要看看？"

赵匡胤心想马上就要开战，一旦打起来，还不知道这里谁能回来，有什么东西不能看的，便说："拿来看看！"

王彦升举起手，重重地击了两掌，从外面走进两个军士，两人脱了衣服，赤条条的，才发现是两个女人。"这个王剑儿，能打、能算，就是不正经，喜欢女人，戒不掉一个色字！"赵匡胤心里想。赵匡胤知道这叫"相扑"，汴梁城里一些大户人家，家里就养着这种相扑手，即蓄养一些女奴，养到体大腰圆，到有客人来时，裸体角力，作为一种余兴节目，让客人乐一回。他没想到，王剑儿胆子那么大，私带女人在军队里，还是相扑手！

两个女相扑手脱光了衣服，站到羊毛毡的中间，给赵匡胤鞠躬，又深深地给其他众人鞠躬，然后拍拍手，开始角力。鞠躬，这种前奏性的礼节，倒让相扑看起来文雅了。

大伙儿多数是在军营里征战出身，都只是听说过而没见过真相扑。这会儿，多数人眼珠子都看掉了，高怀德叫道："你个王彦升，真是什么好东西都有，你到底还有什么没拿出来？"

王彦升道："就她俩，没别的了，带上她们是真来打仗。这相扑，要不是今天要和各位分手，让她们表演一回，我自己都没看过。"

那两个女相扑手表演完毕，过来给众将敬酒，敬到王彦升边上，王彦升一手一个搂在怀里，道："唉！你家老子要单独去做件事，不能带着你们啦，我把你们交给大哥，你们以后服侍好大哥！"

"爷，您有啥事？就带着我们吧！"两个女相扑手这么说，让赵匡胤吃了一惊。

她俩竟有这等尊敬心、依赖心？看来，这个王彦升，做人还是有底线。这几年，赵匡胤学会了一套看人的办法，看人就看他的下人怎么对待他，要是下人鬼祟而抱怨，这个人人品就好不到哪里去。

赵匡胤听他们主仆这样说，连忙摆手道："不行。她们是你的人，我怎么能横刀夺爱？这样，暂时由楚昭辅代管，有我一口吃的，就有她们吃的。你好好去，好好回，咱们还要做一世的兄弟，今日同苦，明日一定同乐！"他心里想，王燕儿那种事，不能再发生了！

坐在后面的张令铎站起来，举着酒道："如果打完仗，能回京的，将来不要忘记没回去的，回去的将来一定要结义做兄弟，苟富贵，勿相忘！"

赵匡胤站起来，举酒一饮而尽，道："将来，我赵匡胤要是对不起兄弟，如此酒杯！"说着，赵匡胤把杯子扔在了地上，杯子碎了，碎成了无数小块。

大家都站起来饮了，赵匡胤军中饮酒，大家都知道规矩，要是赵匡胤站起来干杯了，那就是酒席要散。赵匡胤善饮，看不起不会喝酒的，但是从不让大家喝醉，他同样也看不起一喝就醉的人。

大家往外走，赵匡胤从楚昭辅手里接了佩剑，交给楚昭辅一个锦囊，对楚昭辅说："你去接赵普先生，地址还有钱两都放在里面了，接了赵先生，你们直接来寻我大军会合，越快越好！"楚昭辅点点头，接了锦囊塞在自己的衣兜里。

赵匡胤吩咐完，转个身，猛地跟王彦升撞个满怀。王彦升不管不顾地俯身到赵匡胤耳边，小声说："王燕儿也在军中！"

赵匡胤回头看看王彦升，哭笑不得。这个王彦升，真要执行军法的话，他该死多少回了！带着王燕儿，就是带个麻烦，也不知道他是怎么想的。

2. 孩儿山

夺取定远城，正如赵匡胤预料的那样，非常顺利。

天蒙蒙亮时，他们就到了城外，赵匡胤拉住马缰绳，驻足观看，黑魆魆的城池，还在睡梦中，那些党项人还在梦里吧。

睡梦中的城市是祥和的，草甸子一路延伸到城门口。城门上，有一缕微微的炊烟，没有风，那烟就直直地、缓缓地上升着，到了半空，被更远地方的黎明的曦光照亮。

"要是不打仗，这是多好的生活啊！"赵匡胤心里想。但是，他现在没有心思，他在等着城里起火，如果城里起火，他这边立马发起冲锋。赵匡胤摸摸屁股后头的沙袋，那是他在行军路上装来的，他让每个人都要装一袋沙子带在身边。攻城时，如果吊桥没有放下的话，就用这两千沙袋堆出一道栈桥，马直接可以冲上城墙！

定远城在赵普的图里标得非常清楚，因为党项人没有营构的技巧和烧砖的技术，城墙都是用土夯成的，非常低，东门更低，城墙不超过五仞，连内地的一半都没有。今天一看，果然如此，“天助我也！”城里一点儿防备都没有。

突然，随着城内一声火药爆炸的巨响，三处火光同时闪亮，逐渐变大，火油加火药，点燃了柴草或者木屋，那火，一瞬间就烧红了半边天。接着城内乱了起来，有铜锣的声音，有人群踩踏的声音。

高怀德举手示意，带着前军就要冲，赵匡胤按住了他的手，让他等等。这个时候不能急，一旦这里冲锋，对面昨晚潜伏进去的人还没有来得及开门，他们就永远没有机会开门，这边就只能硬碰硬冲了。

少顷，城门开了，然而吊桥却没有放下，里面出现了喊杀声。

高怀德一声令下，带着前队两百人冲了出去，每个人都口上含着竹片，以防出声说话，马蹄上裹着布片。这两百人是精选出来的敢死队员，那马冲起来，就像箭一样冲出去，竟然一点儿声音没有，接近城门了，城内的守将都没注意到。城里面没有人出来抵挡。

赵匡胤站在高处，看到一支黑色的箭向着东城门射去，最前面是高怀德。高怀德这样的冲锋，可真是不要命啊。他一马当先，后面两百人一字排开，如果被对面城楼上的人看见，射下箭来，他是不会躲的。因为他不能躲，躲就意味着后面的人死，而后面的人则根本不看前面，来不及躲也想不到躲。

这支箭，只想快速地插向敌人的心脏，根本没想要给敌人反扑的机会。他们埋头疾驰，只想跟上前面的步伐，一步闯入城门。

高怀德真乃猛将，他用自己的身体挡在前面，把自己置身死地，而让兵士个个愿意为其卖命。赵匡胤心里看着感慨，唉，这些兄弟，都是为自己才来卖命的啊。

不一会儿，高怀德已经冲入城中。

赵匡胤毫不犹豫，一挥令旗，全军出击。然后他催动坐骑，飞驰在队伍的前头。

王元功催马站到了赵匡胤刚才站立的位置，身后是赵匡胤留给他的五百预备队。昨晚出发时，赵匡胤给他五百人做预备队并说道：“王元功，明天我们会一鼓作气冲进去，如果我们失败，你不要来救我们，你带着这五百人，留下生力军，回平军山去，照顾好你家王小姐！”

“将军，王小姐让我来听命于你，保护你，助你西征，如果她知道我舍下你，自己逃回去，她肯定会杀了我！”王元功说的是心里话，他对王家兄妹一片忠诚，此刻这忠心就全给了赵匡胤。

王元功看见赵匡胤带着军队奔向城门，眼看着就到城门口了。突然，城门前的吊桥被对方的火滚木击毁了，火光中，吊桥从中间断开，坠入城门口的壕沟中。高怀德的两百人被隔断在了城里，赵匡胤的人则被阻在了城外。

王元功并不担心，他知道赵匡胤已经准备好沙袋。此刻，赵匡胤手头有一千三百人，一千三百只沙袋只要填上，就能入城。果然，他发现赵匡胤一转马头，队伍跟着他转向，像一只老鹰一样扑向定远城的东北角，东北角那块有一个星月形的“凹”口。他不由得暗暗佩服赵匡胤，赵匡胤的马速度真是快啊，他绕了半个圈，转向部队的右翼，一眨眼的工夫，他还是跑在了前头。

此刻，定远城的东北角根本就没有士兵把守，赵匡胤到了城墙根边，扔了沙袋，调转马头，往队伍后头跑。整个队伍在定远城外东北角转了个圈，像一个大旋涡，等到赵匡胤再转到前头的时候，沙袋垒起来的栈桥已经搭成。一千三百人的马队，就这样几乎是悄无声息地入城了。

因为距离太远，在王元功的眼睛里，赵匡胤的队伍就犹如一条黑色的线绳，蔓延过城墙，然后消失在了城墙里。

王元功非常担心高怀德，高怀德肯定在瓮城中遇到了劲敌，也许此刻他们在瓮城中已经被歼灭？要不怎么还不来开门？

不一会儿，就听到城内喊杀连天，之前城内还只有几处有火光，如今，他看到的是一线火光从城门口蹿出去，沿着大路笔直延伸。火像泼了油一样从城头向城尾笔直地延伸，接着，火光从东角开始，分三路蔓延，没多久，整个定远城已经全部点着了！

王元功知道，赵匡胤带队的中军得手了，马军所到之处应该没有遇到特别的抵抗。果然，城门大开，里面冲出一队人马，王元功定睛一看，不像是大周的人，有点儿像是党项人。他让边上的军校再仔细看看，军校都说“是党项人”，他这回放心了。

党项人出城逃跑，说明赵匡胤在里面已经成功，一举击溃了党项人的心理防线，他们崩溃了。

“来啊，准备出击，不能让他们都跑了。”

赵匡胤真乃神人也，早就预料到党项人要跑就得从王元功这边跑。王元功准备按照赵匡胤的吩咐，高声喊道：“我们人太少，一口气吃光他们是不可能的，放他们一半人走，留一半，杀！”放过党项的先头部队，让后面的人以为这里可以出逃，引诱党项人往外逃，这样也能减轻城里的压力。

他让两个军士数数，到底跑出去多少人了。那两个军士数着数着，就慌神了，人太多了。

“多少人跑出来了？”

军士答：“三千人了！”另一个军士纠正道：“不对，四千五百人了！”

王元功手握点钢枪，手心里全是汗，跟着王家兄妹在平军山，一直是小打小闹，从没见过这阵势。

现在，展现在他眼前的是正规军列队整装作战，所有人都是视死如归的勇士，前队有人倒了后队必有人补上。

他看见赵匡胤带队一波又一波地整齐冲锋，心里激动不已。

做蟊贼真没有意思，大丈夫就得这样打仗。这样打仗，就是死了也是英雄。

不过，眼前的局势，的确危急。

五百人杀出去，如何切断五千人的队伍？要是这跑出来的五千人，突然杀回马枪，而此刻还在源源不断地从城里出来的人又想夺路而逃，两下夹击，将他们包围了，又该如何？

他暗暗地掐了自己一把，心想：王元功，现在正是你建功立业的时候，死又何妨？为国捐躯，死得其所！王小姐给你机会，赵匡胤给你机会，让你表现，你现在怎么怂了？

两个军士又报，逃出去六千人了，“不能再等了。再等，出去的人太多，将来消灭他们就麻烦，而且一旦逃出去的人太多，形成优势，很容易醒过神来杀回马枪！要让他们就地投降，让城里的人不敢出城逃命才行。”

军士道：“王将军，我们真要五百人对六千人？那可是党项骑兵啊！”

王元功不语，直接挥刀斩杀那名军士于马下，大声喝道：“有怯阵者，下场如他，人人得而诛之！五百人，对六千人，也得冲！保家卫国，做大英雄大男儿，就在此刻！”

说着，王元功也不看众人，一挥马鞭，那马的两只前蹄高高举起来，然后一个响鼻，疯一样冲了出去。他身后，五百人都被感染了，“做山贼有什么意思？现在有机会让我们立正了做人，我们还不做吗？”将士们听到王元功吼叫的声音，“活着是人杰，死了是鬼雄，冲啊！”

突然间，从山坡上冒出五百人，五百人一起喊：“活着是人杰，死了是鬼雄，冲啊！”

逃出城的党项人，原本就被吓傻了，一看这里有埋伏，就更是慌张，争先恐后地逃窜，先就自相踩踏、自相残杀起来。等王元功杀到，这五百人像剑一样切断了人流。前面的，慌不择路，飞奔而去；后面的，先是队伍里的老弱病残就跪在路边，求饶起来。这边一跪，再后面的，也看不清个究竟，跟着跪下道：“我们都投降，我们都投降！”

3. 灭李氏

拿下定远城，大家都很欢喜。

很多士兵都想，这回可以就地取食，吃喝玩乐一把了。

赵匡胤也想到了，但他不让大家这么干。当年，他随太祖郭威攻入汴梁，郭威纵兵大掠三日的情景，在他脑海里还记忆犹新。

士兵打仗吃了苦，吃了亏，伤病死人是常事。有的自己受伤，缺了胳膊少了腿，有的看着身边的战友受伤死亡，产生报仇雪恨的想法，那是正常的。如果统军的将领此时放纵士兵，让他们自由抢掠，人性中的弱点就会集中爆发，百姓将生不如死，尤其是那些老人、女人和孩子。

赵匡胤不想让自己的军队成为这样的军队，更主要的是，他们孤军深入敌后，根本没有后援，如果所有的党项人都与他们为敌，他们将死无葬身之地。

赵匡胤让陶穀下了一道军令："杀平民者死，抢平民者死。"

禁绝一切杀掠。

士兵入城，首先救火，然后开仓放粮。粮食本来就是党项人的，只是党项李氏搜刮了来，藏起不给老百姓而已。现在，大周的军队来了，站在老百姓一边，开仓把粮食全部分给了百姓。

至于官府的钱库，还有官宦人家的钱粮，由高怀德带队同时搜查清缴，统一分赏给将士。赵匡胤想的是如何让被禁绝了抢掠的士兵有个回报，如何让大家心平。

他此时并不知道，那杨徽之把他的做法一一记录在案，回到汴梁，这些都会被密报给皇上，都会成为他的罪状。

这些官府和富户的钱粮，统一征缴后，应该悉数上报，交给汴梁处置才是。可是现在，赵匡胤没有力量也没有时间这样做。

陶穀劝他："将军，纵兵抢掠，对异邦异族你是没有责任的，但是，你把敌方官仓打开分给士兵，这是犯了死罪！皇上以后要是追究起来，将军你会很麻烦！"

"我个人的麻烦，不管怎么多，都不怕。现在，如果派军守这些金银财货，是守不住的，也没人守。要守，定远城是党项人地盘中的孤城，只有把它交还给党项人，我们才能真正守住它。整装运回，我们也没有押运的能力。"赵匡胤答道。

"将军，你做的可是皇上才能做的事情，你就不怕皇上猜忌？"陶穀焦急道。

“灭党项贵族，扶党项平民，让整个党项尽归我大周，是我的心愿。皇上英明君主，应该明白我赵匡胤赤胆忠心！”赵匡胤坚决地说。

其实，赵匡胤并没有多少时间留在定远城，第二天，天蒙蒙亮，他就率军出发了。无论如何，他要赶在党项李氏大军回军之前，占领孩儿山，在那里布好阵势，伏击回援定远城的党项李氏。

他们在党项人的地盘上作战，正如兵书上说的，士兵来到敌境，就会自然而然地团结而警醒，人人都不敢落伍。到处是党项人，谁掉队，谁没命。再说，刚刚打了胜仗，士兵们好吃好喝，增加了钱粮补给，士气正旺。

赵匡胤对这支军队有信心。

然而，等到大军开出定远城的那一刻，赵匡胤回望整个队伍，还是鼻子一酸，眼泪在眼眶里打圈。来时都是健康男儿，如今，十人中必有一二裹着绷带。虽然大家都补充了给养，每个人手头都有三匹战马，但是，他们身上裹着、穿着的，都不整齐，出来时的战服都破了。

正看着，一阵烟扑面而来，一匹马立定在他面前，原来是潘美，潘美来向他汇报军队集结后的人数。

赵匡胤摆摆手说道：“不要说了，不能跟队的，无论是伤病的，还是牺牲的，都要照顾好。”

潘美拉了马缰绳，跟他并肩而行，报告：“放心，我派二十个兄弟，在当地征召了二十名妇女和老人，十辆大车，如果不出意外，两天，他们就能到汉地了！”

赵匡胤心里在叹气：但愿你们一路平安。我们是孤军深入，没有更多人手可以派遣护卫你们归乡，也不能带着你们继续出征！他日得胜还朝，一定要好好报答你们的忠心，好好表彰你们的牺牲！大周不能忘记你们。

赵匡胤没有见过这样的风景。近处是沙子，远处还是沙子，沙子一望无际。地面上什么都没有，走几个时辰才能看到一两棵不知名的草，再走一两里地才能看到一棵树，那些树多数还是枯死的。

这更加坚定了赵匡胤一定要尽快赶到孩儿山的决心。如果在这种开阔的沙漠地带遭遇敌人，他的军队在人数上的劣势将一览无余。

好在昨晚逃跑的那些党项人，确已是乌合之众，没有头领，他们一路逃命，根本没有意识到他们后面会有追兵，他们的确是向着他们的主力部队所在地逃去，这给了赵匡胤很好的机会。

没有半日，他们已经追到了一座古城。赵匡胤提住马缰绳，立在高坡上，手搭凉棚，向古城望去。古城如今已是废墟，里面没有一幢完好建筑，一丛丛高耸的土墙，沿着沙线不规则散开，土墙上布满了风沙吹打的坑坑洼洼，阳光晒到的地方是白的，晒不到的地方是黑色的洞眼。这些土墙，打眼一看，还真像是一具具骷髅，那么大一片骷髅，看着还真是瘆人。

赵匡胤心里想，得亏那帮党项人不懂战法，要是他们躲进古城，和我们巷战，或者拖时间，等待他们大部队来救援，到时候，里外合击，那我们还有命吗？

王元功策马冲了上来说道："将军，末将请令，愿率领五百骑，清除流民！"

二、多事之秋

赵匡胤看看王元功，心里暗暗赞许，王氏兄妹不愧是名门之后，家将能有如此胆略和眼色，颇为不易。要是为我大周所用，一定是将帅之才啊。昨天，他看见王元功率队冲锋的阵势了，真是又一个不怕死的王彦升，便道："好！我大队人马要继续追击党项人，占领孩儿山。你在我侧后，如果后面只有小股流民，不用理睬，如果里面暗藏大队人马，你要负责断后，切切不可让他们卷土重来，从后面威胁我军！"

王元功叫了一声"得令"，领着人马向古城方向去了。王元功跑在队伍前面，但速度并不快，是战书上说的巡弋而进的动作。赵匡胤点点头，放了心，王元功领会了他的意图：监视古城动静，而不是攻击。

大队绕过古城，往孩儿山而来。

渐渐地可以看见孩儿山的山脚了。这时，前队突然停了下来，前锋来报，前面遇到一支军队，点名要赵匡胤前去答话。

赵匡胤心里"咯噔"一下，担心什么来什么啊！前不着村后不着店，没有任何地形可以利用，遇到敌人阻击，要是在这里耽误了工夫，让回援的党项军队越过了孩儿山，那就更加危险了。

他提马来到军前，一看对面，是汉人军队，为首的帅旗上写着大大的"王"字！他心里一个愣怔，难道是王小姐来助他了？他不敢相信，再定睛细看，确实是王小姐，他颤声问道："来者可是王小姐？"说着，马上抱拳，"王小姐，本帅铠甲在身，不能下马行礼，还望见谅！"

这时，王小姐也看到了他，道："将军，一路征战，风餐露宿，辛苦了。送走你们之后，我日夜担忧，党项人天性狡猾，又善于骑射，我怕将军势单力薄，让党项人得了便宜，特来相助！"

赵匡胤心里一热，天下哪里来这样好的女子？这是上天助我赵匡胤，助我大周啊！又细看，不对啊，王小姐铠甲上有血迹，军队虽然阵容整齐，但是，军阵却有大战后的疲态，慌忙问道："你哥哥王秉坤呢?"

赵匡胤两腿一碰马肚子，那马通人性，跑到王小姐的马前，两人靠近了，他这才看见王小姐两眼红红的，只听王小姐道："将军，我哥哥他，昨晚战死了！"

赵匡胤听王小姐一一说来，这才知道他们王氏兄妹，在王元功走后，紧接着就整顿军马，带大队前来助阵。昨晚他们在孩儿山下，迎面碰上逃遁而来的党项溃军，几乎将其全歼，但也就是在昨晚的战斗中，王秉坤被党项人的流星锤击中，脑浆迸裂而死。

"可怜我王大哥，唉！是我对不起他，王彦升杀了他妻子，如今他却为了我而死！王小姐，将来我军凯歌得奏，胜利而还，我一定奏明圣上，为大哥请功！"赵匡胤心里这样想，嘴上也说了出来，原本想安慰王小姐，却没承想王小姐哭了起来。

他心里也知道，王小姐此来，并非为了赏赐，而是一心来帮他。"但愿将来我们能得胜还朝，为死者赡养父母，培育儿女，对得起所有出征的将士！"

赵匡胤知道王小姐昨晚已经歼灭了大部分党项溃军，心里安定了不少，但仍不敢怠慢，催促大家立即前进，占据孩儿山。

这时，从王小姐军阵后跑出两匹马来，赵匡胤一看，前面的是楚昭辅，后面的是一白面书生，赵匡胤想，那肯定是赵普了。楚昭辅提马上前，给赵匡胤行礼，道："将军，我把赵先生请来了，路上经过王小姐的山寨，和王小姐说到将军，王小姐愿意一起前来助阵，所以我们才一路前来。"

赵匡胤点点头，过去和楚昭辅击掌招呼，然后下马，牵住赵普的马，道："赵先生来，我们就有希望了。"

远观孩儿山上，山腰有些树，一片一片的，整个山形，像一个小孩蹲坐在地上玩耍，山顶是积雪，就好像小孩戴着一顶白色的帽子。党项人把孩儿山当作神山，是不是因为这积雪呢？然而，赵匡胤上得山来，却发现这山太荒凉了，山上什么也没有，他们占据的地形在半山腰之下。这里别说溪流，就是连一滴水都找不到，那积雪是只能远看的云，永远够不着。

这时，天色将晚，一轮苍月浮上山头。赵匡胤心想，党项人来得也太慢了，或者他们根本就没有回援。再看对面的山梁，黑魆魆的什么也没有。刚才，他和王小姐商量，各自带兵占领道路两侧的山梁，看不见对面山梁上有兵，说明王小姐隐藏得好，但要真看不见，他又担心起来。王小姐为了他远道而来，当初她嫂嫂被王彦升所杀，她没有计较，相反，让王元功千里相从，随他出征。之后兄妹二人又亲来前线，如今，她哥哥已经魂断沙场，唉，将来如何对得起王小姐啊！

正想着，陶穀来到近前，肩膀上竟然有雪。这个月份有雪，让人不禁产生一丝悲凉。这地方，平常根本不能生存，如今却要在这里大战，将要埋下多少忠骨？

赵匡胤问陶穀："这里叫什么名字？"

陶穀道："孩儿山黄花谷。"

"我们就在此地，等着党项人回军，截击他们！"赵匡胤道。

正想着，后头一阵骚乱，有人抬着一副担架上来，到了近前，赵匡胤看见担架上躺着一个血人，已经看不出人形了，可是，凭着多年的感情，他有直觉，这人是王彦升。

“哎呀，王彦升，你怎么这样了?”赵匡胤脱口而出，叫了起来。

王彦升侧起身道：“大哥，你要替我报仇！”

赵匡胤道：“两军对阵，何来私仇啊？莫非你不是被党项人伤的?”

王彦升道：“大哥，我是被党项人所伤，但是，害我的却是王章匹夫。我连闯党项人六道军营，进了威武城，告诉他你已经杀进党项人的老巢，党项人一定会回援，希望他在党项人回援时，举兵追击。可恨王章匹夫，被后蜀和党项人吓破了胆，他竟然说，他不能出城，别说你只有一千人马，就是一万人马，也不是党项人的对手，他出城接应你，必被后蜀和党项人前后夹击。我看他是铁定了心不肯出城，就求他借我一千人，由我带队追击，他同样不肯。他这是要看着大哥腹背受敌啊。我只好又立即重新杀出城，来给大哥报信。大哥，我们碰上小人了，如果党项人杀回来，王章是绝不会来援的！我们来救他，他却见死不救。”

赵匡胤听了，脑袋“嗡”的一声，这个王章，真是懦夫！他自己胆小却还看不起他人。他是看不起我赵匡胤啊，他觉得我带的人太少，只有一千人，根本救不了他。

可恨王章，眼睁睁看着王彦升杀进城中，又独自杀出城外，一点儿也不接应，那是想看着他去死啊。

苍天有眼，让王彦升活着回来了。

赵匡胤恨得咬牙切齿，他平生最恨贪生怕死之人。军人就要战死在沙场，马革裹尸，那才是最好的死法。这个王章，恐怕要白白断送了大好的形势。但是，他不能在王彦升面前流露，周边那么多人看着呢。

他大笑道:“他不来,我们跟党项人单打独斗,更好!”他俯下身,在王彦升耳边道,“王章不肯来的消息,不能再讲了,否则军心不稳!”

王彦升也是聪明人,自然一点就醒:“好吧! 我不说了,可是要我说王章从背后追击而来,与我们合兵夹击党项人,那我也说不出口啊。那不是骗我们自家兄弟吗?”

赵匡胤道:“不用担心,只要党项人来,到时候我们的援兵就一定会出现!”

王彦升还不知道王小姐来阵前效力的事情,看赵匡胤非常笃定,就不再问,赵匡胤吩咐兵丁把他抬了下去。

赵普站在赵匡胤身后,说道:“将军战法,全部不合兵法。兵法,步步为营,稳步推进,而将军却是长途奔袭,快速出击;兵法最忌孤军深入,而将军却是小股孤军,深入敌境纵深;兵法讲究前军后军中军,而将军恰恰相反,单刀直入,全军推进;兵法讲究兵马未动,粮草先行,而将军却恰恰不要粮草接济。想那王章,不过是一介庸人,怎能理解将军用兵的奇谲?”

赵匡胤点点头,知我者赵普也!

赵普道:“我方除了有一千人,还有两千匹战马,我们可以给战马穿上铠甲,马尾装上火药。党项人出现时,先点火药,放马群冲击他们,让他们互相践踏,只要他们惊慌了就好办。”

赵匡胤觉得此计可行,道:“好,你赶快去安排,我们就依照你的计策行事。”

一会儿楚昭辅风风火火地跑上来,忙说道:“你快去看看,赵普乱搞啥子? 把马尾巴卷起来,浇上硫黄不算,还扎上茅草,这些马可是我军的宝贝！”

赵匡胤心里舍不得这些马，但是只要打胜仗，那些党项人的马就都是他的了，人最要紧，马什么时候都能弄到。他压低了嗓门，坚定地说：“楚昭辅听令，今夜你听赵普指挥，他要你干什么，你就立即干，他就是我！”

楚昭辅犹豫了一下，不说话了。赵匡胤知道，楚昭辅跟了他那么久，一直忠心耿耿，现在让赵普一个没来几天的书生，爬到他头上指挥他，的确会让他难受，但是大战在即，顾不得许多了。

他拍拍楚昭辅的肩膀，说：“听赵普的，等打了胜仗，我给你五千匹马、六千匹马！要多少，给你多少！”

楚昭辅道：“他，他赵普要我带十个人，装神弄鬼，给我弄了这身衣裳。”

楚昭辅展开手里的行头，赵匡胤这才看见，那是一只牛头样的大面具，还有一件大褂子。他不懂这是什么。

陶穀在身边说：“这是党项人的巫师祭奠天神时候用的。”

正说着，赵匡胤似乎隐约听到了马蹄声。他趴在地上，耳朵贴着地面，有如雷鸣般的轰隆声从地心深处传来，杂沓，但是又有节奏。赵匡胤知道，那是大队人马急行军产生的地动。

他看看天色，天已经黑了，党项人来得正好。

他对楚昭辅说：“听赵普的，他叫你干什么就干什么。”

楚昭辅摇摇头，两手搔着胸口的铠甲，委屈道：“他不仅要我听他的，还要李处耘也听他的。拿刀的要听拿笔的？”楚昭辅嘟嘟囔囔地走了，走了几步，他又回头补充道，“他要你也听他的，他说，让他先冲，让你跟在他后面冲！”

二、多事之秋

党项李氏本姓拓跋氏，唐太宗时期，其酋长拓跋赤辞率众归附，唐太宗赐他姓李。但是这党项人，原是羌人中的一支，南北朝时，分布在今青海省东南部河曲和四川松潘以西山谷地带，唐朝时期，为吐蕃所迫，才被迫迁徙到甘肃、宁夏、陕北，对中原王朝并不是真心归附。唐朝覆灭，党项李氏的领袖人物李彝殷坐不住了，联络契丹，又和后蜀交好，试图借机扩大地盘。这个李彝殷，当年就曾经造过反。后汉乾祐元年(948)，李守贞在河中叛乱，暗通李彝殷。李彝殷为之出师，于延州北境驻扎，试图从那里东下，策应李守贞。但是，他还没有来得及赶到黄河边上，李守贞就已经被郭威歼灭，只得败兴而归。大周初年，郭威授其为中书令，他心里不痛快，觉得官小。不过，他还是惧怕郭威的，虽然没有直接交过手。到柴荣即位，柴荣一方面为了稳定西陲边境，另一方面也是为了腾出手来对付后汉，加封其为西平王、太保，对他采取绥靖政策。然而，如此一来，李彝殷就觉得是柴荣示弱，心里早就蠢蠢欲动。这时，后蜀主孟昶来信，许他独立建国，他看南唐和后汉都支持孟昶，就心动了。

不过，他这一路并不顺利。先是跟着赵季札吃了败仗，党项人有不少战死的，大家就想要回去，不能跟着后蜀玩命。后来，赵季札被孟昶杀了，来了个李廷珪。原本，他想打个胜仗回去，脸上有面子了再走。没想到，李廷珪刚愎自用，胜仗倒是打了两个，但都是野战，胜了也没什么战利品可以抢。相反，李廷珪非常看不起他，什么事都不和他商量，把他当个部将使用。最让他难受的是，李廷珪打仗腻腻歪歪的，围困威武城，不攻城也不撤退，就在这里挺着，派他守北门，一守就是几个月，不退也不战。李廷珪有后蜀大皇帝孟昶在后方支撑着，军粮马匹源源不断地从天府之国运来，可怜他李彝殷，只有一个小小的定远城做后方。人家天府之国，多的是农业人口，种稻子、麦子，这些都能存储，晒干了，能存好几年；他李彝殷带的是草原民族，不种地，只放牧，主食是牛羊肉和奶，这些东西不耐藏，得时刻带着活物在身边。他的人马不适合长期围困战，军队带着牛羊，几个月下来，把周边的草都吃光了，接着开始啃树皮、吃树叶，现在连树皮和树叶也被啃光了。可恨李廷珪，根本不信任他，不给他钱粮还好说，草原人对钱和粮，没什么特别的意识。草原上，钱没什么用，但连军械、铠甲都不给，那就说不过去了。打仗废铁、废铜，后蜀产铁又产铜，连大周都得从后蜀买这些玩意儿。他李彝殷跟着孟昶，但孟昶却不给他铁和铜，这说得过去吗？

待到后方来报，说赵匡胤抄了他老家。他二话没说，也不通知李廷珪，立即拔营起寨，回援定远城。他不能为后蜀打仗而把老家给丢了。

他一路回撤，开始的时候，他怕王章来追，让前军大张旗鼓地跑，自己分兵断后，后来他发现，王章竟然根本没有派兵追来。到了黄花谷，他就大意了起来。在他看来，赵匡胤也不过是匹夫之勇，就是来捞一把油水的黄鼠狼，成不了大事，说不定这会儿早已经抢了东西跑回汉地去了。

进入黄花谷，两边是悬崖，中间有一条小道。山风迎面吹来，嗖嗖的，此刻正是闰九月，本来应该是暖洋洋的风，怎么突然这么冷？这李彝殷也喜欢读兵书，闻着这个味道，他突然想到兵书上说的，如果迎面来风，风中有铁腥味，可能是前方有军队埋伏。他勒住马缰绳，抬头看山上，心里一下子毛骨悚然，兵书上说，如果树林里安安静静，鸟群却盘旋飞舞而不落下，那就是有伏兵，“哎呀，不好,我们中埋伏了!”

他急忙喝止大军,要大家停住,立即后撤,然而已经来不及了,就在这时,迎面飞驰而来数千匹战马。

马尾巴上是点燃了的火球,头上都蒙上了黑布和铁甲。这些马已经发疯了,剧痛和惊恐让它们漫无目的地狂奔,它们的眼睛被蒙上了,什么都看不见,只能一窝蜂地往前奔。马怕火,更怕疼,黑夜之中,数千匹疯了的马迎面踩踏而来,就犹如泥石流,见人踩人,见物踩物。

李彝殷看着他的人一批批倒了下去。

他跳下马,奋力向山上攀去,可是哪里来得及?山坡非常陡,他根本没有地方放脚,更没有抓手,他怎么爬也上不去。这时,一只大手一把拽住了他,把他拎到一棵树上,原来是他的亲兵李济深。李济深扒在树杈上,这棵树其实也不大,一人抱的粗细,树上已经有了三个人。李济深把他往上托举,上面又有人接应,这样,他就到了离地面一人高的一根大一点儿的树杈上。

他稍稍喘息,定定神往下看,想看看怎么救大家。这时,树突然摇晃起来,一匹马正面直接撞上了树干,整棵树剧烈摇晃起来,仿佛就要倒了。把他接上树杈的那个人喊道:“大将军,这树坐不了我们四个人,我下去了,你保重!”

没等他应声,那人就跳下去了,立即被疯狂奔涌的马匹给湮没了,一点儿声息都没留下来。大家正庆幸躲过了一劫,这时,又一批马撞了上来,树比刚才摇晃得更加激烈了。李济深扒在最下面的一根树杈上,大喊道:“李草积,下去,大将军的命要紧,快下去!保护大将军,树支撑不住了!”

李彝殷听到这喊声,内心犹如刀割,“李草积,还是我下去吧!”

眼睛一闭，就要往下跳。上面的李草积一把拽住他，道："大将军，你不能死，你得活着，你得把大家带回草原，带回家！麻烦您，照顾我母亲和我姐姐！"

李彝殷扒在树杈上，涕泗横流，唉，我的罪过啊！

终于，马群狂飙而过，天地间一下子平了、静了。

可是，另一种波涛又起来了，四处满是哀嚎，受伤的人太多了，没死的几乎都在惨叫。

赵匡胤带着人，打着火把，沿路一边救人，一边搜寻而来。

赵匡胤对着漆黑的夜空，喊道："李彝殷，没死的话，吱个声。你要是个爷们，就吱个声。别让你的人送死，别让你的人受罪了。"

李彝殷从树上跳了下来，大声道："赵匡胤，你赢了，你要杀就杀我，只要你放我们党项人一条生路，我李彝殷任你处置！"

赵匡胤看看李彝殷，说道："像个英雄！"

李彝殷跪下，道："要杀要剐任你！"

赵匡胤扶住他，不让他下跪，道："李将军，在下对你佩服得紧，党项人也不能没有你，我无杀你害你之心，只求跟你结拜个兄弟，此后，我们兄弟永不相负！"

李彝殷不敢相信自己的耳朵，败军之将不足与言，他赵匡胤真不杀我？赵匡胤又道："党项人跟我汉人，本是一家，我们在救人，请兄弟跟我们一起救人吧。没有你的命令，很多党项人不让我们施救，宁可疼死，宁可血流尽了，也不让我们包扎！"

李彝殷这回是真听清楚了，赵匡胤是在救他们党项人，党项人无论如何得留点儿根啊。

李彝殷再次跪了下来，说："赵将军，末将愧疚啊，不配和您做兄弟。末将只配一辈子做您马前走卒,一辈子听从将军的调遣,我们只要将军在,党项人以后永归大周,永不谋反!如若背信,天神灭我,让我党项人永不超生!"

赵匡胤扶着李彝殷,两人一道跪下。赵匡胤对着西天雪山起誓道:"我赵匡胤,今日和李彝殷结为兄弟,他日有难同当有福同享,绝不相背!此后,你我兄弟永结同心,永不开战。"

李彝殷抹起了眼泪,说:"我乃败军之将,赵将军不灭我,相反助我,大哥在上,受小弟一拜!"

赵匡胤解下身上的玉佩,那是他母亲给他的纪念物,这会儿行军打仗,身边也没什么其他东西。他把玉佩递给李彝殷,说:"这是我母亲给我的,经玉佛寺龙海大和尚开过光,它陪我多年,在外打仗,身上别无长物,就将它送给你,此后只要见此玉佩,我们兄弟就要相认。"他又对着李彝殷深深一揖,"贤弟,你不要怪我,我们是不打不相识。希望你以后带领党项人,多养牛羊,多耕种,让人人过上好生活。"

李彝殷点头,把身上的佩刀摘下来,递给赵匡胤,道:"大哥,小弟的佩刀您留着,做个念想!将来,见此刀犹如见人,大哥如有号令,我党项人有不从者,斩!"

赵匡胤点头道:"我还要赶往威武城解救王章将军,我们兄弟就此别过。"

出了黄花谷,他正要号令大军,策马扬鞭,开始急行军。他还想用老办法一路杀过去,杀李廷珪一个措手不及,这个时候,赵匡胤已经非常自信,觉得李廷珪也不在话下。

这时,赵普赶了上来,挡在了他的前面,示意他下马。

他下了马，赵普的马弁过来，在路边摆了凳子，上了茶水。赵匡胤心里比较急，想着怎么尽快到威武城，但是转念一想，赵普是文人，比不得武夫，说话想事要反复掂量，郑重其事，歇歇也好。

他坐了下来，端了茶水，等赵普开口。

赵普却不说话，凝神闭目，向着西方，偶尔轻轻地嘬一口茶。

赵匡胤有点儿等不得了，开口问："先生，你找我有话说？"

赵普微微睁开眼睛，问："将军，你这是要赶往哪里呢？"

赵匡胤一笑，心里说，这还用问，去威武城救王章啊。他没粮没水，被困得就差一口气了，我们得赶着救他去啊。于是，道："当然是威武城！"

赵普道："将军如果是去救王章，那么你不用去了，你只要在这里等着！"

赵匡胤笑出声来，问："我们等在这里，做什么呢？没事可干啊。"

赵普道："饮一杯茶，听听风、看看山、望望云，都是美好的事情啊！"

"先生有这样的雅兴，我当陪同，可现在是战时，时不我待。"

"上将伐谋，不战而屈人之兵。将军就是这样的上将，可以不战而屈人之兵。自然不用将军亲自去了，只要在这里等消息则可！"

赵匡胤知道，赵普已经有了更好的安排，就站起来，深施一礼，道："请先生指教。"

赵普并不正面回答，而是说："请将军信我，在这里暂时歇脚，不出两日就会有结果。"

赵匡胤听了赵普的话，就地驻扎，正好也让大军得以休息。李彝殷倒是不错，看他在黄花谷驻扎，不仅留了两千匹健马给他，还送来了不少吃的喝的。赵匡胤感觉党项人可交，你把他打服气了，他真跟你交了心，成了兄弟，毫无保留地把你当大哥。

但是，这样等着也不是事啊。赵匡胤不由得又心急如焚。

他领命出来，限时救援王章，这日子眼看着就过去了，赵普不让他进军，光在这里等着，真是急死人。

王小姐过来看他，也对他说应该进军，她愿意领队担任先锋！

一晃三日过去了，赵匡胤有点儿坐不住了，他找来赵普，赵普让马弁打开地图，赵匡胤一看，是一张后蜀、大理地方的地图，图上标得非常仔细，赵普解释说："后蜀南方有大理国，其国王叫段思平，此前统一了南诏，立国大理。此人雄才大略，可与之交往。我已经修书一封，承认其大理国国王地位，相约以金沙江为界，以东是我们大周的天下，以西是他大理的天下。"

赵普拿着一根树枝，在地图上指指画画，仿佛这天下就是任他宰割的牛羊，任他遨游的天空。赵匡胤看着赵普，想起当初在华山上与仙人下棋的事，心里感慨，上天赐给我大周奇才，回去一定要举荐给皇上。

"那么威武呢？远水可解得了近渴？以先生的深谋远虑，夺近处之威武如何？"赵匡胤故意问道。

赵普看看他，不答。

"先生雄才大略，夺城不在话下？"

赵普仰头，对着远处的群山，声音非常坚定地道："赵某之才，不在夺其城，在夺其国！我和将军携手，将来后蜀必亡在我们手中！"

"赵先生,你以何种名义写信给大理段氏?"赵匡胤听声音,是陶穀,他回头见陶穀满脸愁容,陶穀道,"赵先生,如果你用赵匡胤将军的名义给段氏写信,那就犯了僭越身份的错。赵将军虽官拜都虞候,却并非一方大员,不能代表皇上,更不能代表皇上承认他人的对等地位,承认大理国地位,那可不是小事啊!"

赵普头也不回,非常自信地说:"我岂不知这里面的难处,但是,两军对垒,刻不容缓,如果向皇上请示,路上来回就要半个月,如何等得?我已用赵将军的名义写信,待有了结果,回京以后再报,我皇定能明鉴秋毫!届时,不仅不会批评将军,还会给将军奖励。"

赵匡胤点点头,赞成赵普。赵普乃定国之才,将来应该跟在皇上身边,定国安邦。此刻他稍有僭越,也是为了皇上的江山社稷,料也无妨。

可是陶穀还是摇头,赵匡胤觉得陶穀也有道理,却不准备听陶穀的。陶穀虽也是个人才,但不是赵普式的奇才。赵普上知天文下知地理,脑子里充满奇思异想,不走寻常路,不作寻常想,他赵匡胤应该无条件地支持赵普。

正说着,一只鸽子飞来,稳稳地落在了赵普的手上。赵普抓住鸽子,鸽子脚上绑着一根防水的小竹管。赵普拧开竹管两头的蜡封,一头放在嘴里,轻轻吹了一下,一张小纸片从另一头滑了出来。赵普展开一看,脸上露出笑容,把纸片摊平交给赵匡胤,道:"将军,段思平已经东出二郎山,沿金沙江而下,直逼锦官城!"

赵匡胤大喜,命令军队提前开伙造饭,饱餐之后立即出发,对威武城外围的李廷珪部发起攻击。

然而，赵普却眉头紧锁地说道："将军，王章已经被李廷珪吓傻了，前次，他接到王彦升的通报，却不肯出城追击李彝殷。这次，就是我们在城外发动攻击，往里冲锋，他也未必敢出来接应我们！"

赵匡胤点点头，说："我也想到了，要不然，怎么会在这里等两天，也是在苦思对付之策。后蜀有烽火传信系统，李廷珪想必也已经知道大理国攻入后蜀，断了他后路的消息。果真如此，但愿那个孟昶已经发信，让李廷珪收兵，如果是这样，我们正好可以在他撤退时中途截击！"

赵普点点头，气冲冲地说："可惜啊，我们人太少，否则，我们早就移动到他们背后去了！这个王章，太胆小，如果他出击来追李彝殷，把李廷珪调离大营，我们就能在李廷珪移动的时候击垮他了。现在，李廷珪应该就在我们眼前，而我们包抄他易如反掌。唉，真是替王彦升将军抱不平，他冒死冲进去，却见了一个孬种！"

楚昭辅在旁边鸣不平道："王章这个龟儿子，将来有机会，一定找他算账！他那是看着王彦升丢命啊，皇上派我们来救他，真是救错了！"

陶穀在一旁道："赵先生，你让我们停在这里不动，是不是因为对王章没信心？"

赵普叹了口气，说："我们本来可以挡在李廷珪回家的路上，让他有来无回。王章这个懦夫，如果那个时候，他不来追击，我们没有援军配合，一千人和急着回家的李廷珪死扛，我们可能全军覆没！"

楚昭辅耸耸肩，把刀拔了出来，怒道："你到底是文人，根本不相信我们，我们一千人怎么了，还不是打败了李彝殷的三万人。他李廷珪六万人又如何，如今是丧家之犬，根本不值得惧怕！"

正在这时，前面的探马来报："报——将军，后蜀大军正从威武城，往我方开过来！"

赵匡胤哈哈大笑起来，说："好啊，好啊，想他他不来，现在，不想他了，他倒是来了。"

赵普皱起了眉头，不解道："这个李廷珪，可能还不知道李彝殷已经在黄花谷兵败，想反其道而行之，迂回绕道，从唐仓镇回国。"

陶穀展开地图慨叹道："李廷珪不愧是大将，有胆识，他从这里走，是一着险棋，但恰恰又是保险的妙招！不仅可以迷惑胆小的王章，还可以顺路带点儿战利品回去！"

赵匡胤道："他是摆出进攻的态势，其实是想溜！只是王章现在还不知道后蜀背后受到攻击，恐怕他不敢追击！"

"他肯定不敢追，就像放过了李彝殷一样！我看，李廷珪就是抓住了他这一点，断定他不敢追，才这样走的。他这样走，至少要多绕两天的路。"赵普看着地图道。

楚昭辅嚷起来："你们聊什么呢？到底打不打？送到嘴边的肉啊！"

赵匡胤掏出李彝殷刚刚给他的战刀，说："试试这把战刀吧。就冲这个，也得打！"说完，举头望向众人。他在找人，一会儿他看见了王彦升，便吩咐道："还是把任务给你，你去请王章，告诉他李彝殷已经被我部击败，后蜀大后方正遭受大理国进攻，李廷珪不过是虚张声势。我将在唐仓镇脚下截击撤退的李廷珪，希望他能来会合，我们前后夹击李廷珪部！"

王彦升噘起嘴道："不去！这个王章，我要是见到他，肯定要生气，我生气，肯定要动刀子。你让我去，我宰了他还行，让我去求他出兵,不去!"

赵匡胤知道王彦升这人,嘴上这样说,其实是一定能听令的。他让楚昭辅拿来自己的帅印,拿到王彦升面前说:"这个帅印给你,到了王章帐前,替我问王章将军好,将我的帅印交给他,我料他一定能出兵!"

王彦升接了帅印,揣兜里,嘟囔着走了。

他又招来楚昭辅说:"你去找我的兄弟李彝殷,跟他说,我要在这里跟李廷珪决一死战,希望他能来助阵。如果他能来,我在这里得胜,我们这个兄弟还能做下去,如果他不能来,我死在这里,这辈子,兄弟是做不成了,下辈子我们还做。他的战刀还给他,我怕万一我性命不保,战刀落入敌人手里,辱没了我兄弟的名声!"

楚昭辅一听,眼睛红了,问道:"将军,我们真有那么危险?那我不去了,你派别人去吧,要死,我跟你一起死!要是我回来,你们都死了,我一个人活着,多不痛快!"

赵匡胤摆摆手道:"你只管去!李彝殷能来,你奇功一件,不能来,我们也不一定死!"他脱下战袍,撕了一角,找来笔墨,写了封信交给楚昭辅,"你交给李彝殷。"楚昭辅以为这是给李彝殷写的信,小心翼翼地伸手放进了贴胸的口袋里,又探进去摸了两回,确认了信在那里,才放心。

4. 山河血性

赵匡胤在威武城西北唐仓镇摆下阵势,两百人一队,分成五队,他带领三队,作为中军;另外两队,由高怀德、潘美带领,作为右军;还有王小姐带的队伍,大约一千多人,作为左军,排在侧翼。王小姐的队伍里有一半弓弩手,三分之一的士兵有重甲,配长短中三种兵器，训练有素。他准备和李廷珪正面接触，三次冲锋之后便撤退，引诱李廷珪来追。事实上，李廷珪一定会追，因为他要夺路而归。如果李廷珪追击，那么就会把自己的整个侧翼，暴露在王小姐的弓弩手面前。他让王小姐先用弓弩射击，之后用重甲兵冲锋，切断李廷珪的军队，这个时候，他再杀回马枪，同时，让高怀德、潘美率生力军投入战斗。

这样，即使没有任何援军，他们也要一战击溃李廷珪。

听着赵匡胤排兵布阵，赵普沉吟不语。赵匡胤看看赵普，道："赵先生，我料李廷珪虽然外表强大，但此时，内心思归，已经无心恋战，整个军队一定也是如此。我们截击他，一是出其不意掩其不备，二是拖住他后撤的腿，让他焦躁。如果他让全军冲锋，试图直接闯过我们的袭扰，而不是安营扎寨和我们在这里打阵地战，我们就赢了！我军几乎全是骑兵，可以在运动中反复冲击他们。一旦他们军心动摇，开始有人逃跑，我们就赢定了！"

赵普点点头，又摇摇头，道："两千人对六万人，这种战例，我还真没见过。不过，现在是特殊情况，我看可以一搏！他们是溃军，我们是以逸待劳的生力军，还是有希望的。"他又摊开地图道，"可以告诉全军，如果遇败，大家往这里撤，进这个山谷，李廷珪必然不敢来追，如果来追，我们正好用火攻！"

赵匡胤和赵普对视了一下，两个人都笑了。赵匡胤说："赵先生，英雄所见略同，我们就赌李廷珪不敢追我们！"

赵匡胤又看看王小姐，点了张令铎、王审琦、张光翰、赵彦徽、李处耘等，交给王小姐，道："我让这几位兄弟跟着你！"王小姐摇摇头说："出来打仗，你不能有不忍之心，这些将军，你还是放在中军，我这里人够用！"

赵匡胤不答应，还是让众将跟着王小姐。

这天，天上的太阳格外晃眼，怎么看也找不到一丝云彩，也没有风。本来应该是秋高气爽了，但是，所有的人都觉得闷热。地上都是黄沙加石头，半山腰上的唐仓镇就在他们的后方。唐仓镇，虽说是个镇子，但跟内地可不一样，完全是一片废墟的模样，没有任何工事可以用来防守。它像一扇门，这扇门是开着的，谁都可以进去，而他赵匡胤，却要把李廷珪那思乡心切、归家心切的军队挡在这样一座镇子的前面。

赵匡胤索性把军阵布在了镇子外围。

大军刚刚就位，布完了阵势，就看天边卷起了乌云，接着是漫天飞沙走石，再接着，大地也振动了起来。大家都知道，那是大部队急行军留下的天象！敌人黑压压一大片，往左边看不到尽头，往右边也看不到尽头，那得多少人啊。

赵匡胤感到脚下的土地在抖动，像是地震，马在他胯下有点儿站不稳。他明显感到那马撅起了身子，全身的肌肉都紧张了，马肚子一抖一抖的，这马是在往上蹿火气，马也通人性，知道要打仗，亢奋。他索性弯下了腰，让自己的身体放松下来，马瞬间就轻松了些。原来是赵匡胤自己紧张了，把紧张传递给了马。

赵匡胤明白，这个时候得让部队放松下来，别被对方的阵势给吓着了！对方不过是在溃败，有何可怕？

他下了马，一挥手，令旗官挥旗全军下马休息。他故意找了个稍稍显眼的地方，躺了下来，把头盔和面具摘下来，盖在脸上，挡住阳光，他睡觉了！

陶穀一看这架势，心里着急，忙说道："将军，敌人就在眼前了，一泡尿的工夫就上来了，你怎么还躺下来了？要是他们发动进攻，我们上马都来不及！”陶穀一急，粗话都说出来了。

赵匡胤不搭腔，而是翻了个身，耳朵贴着地面，又睡了。陶穀是真急，本方数千人，猫在沙丘后面，算是什么埋伏？后蜀士兵过来几百步，就一定能看到他们。

赵匡胤其实心里也急，侧躺就是为了让耳朵贴近地面，能听得到后蜀军队的动静。李廷珪治军有方，军队步伐整齐，踏地有力，没有拖沓声，这军队是有战斗力的。

不过，赵匡胤还是算对了，李廷珪急于回军，这种心情也传导到了手下将官及士兵的心里。一离开威武城，大伙儿就知道，这哪里是什么进攻，分明是撤退啊。军队打仗，靠的就是士气，一旦撤退，士气立即就散了，整个军团鱼贯前行，渐渐的，断后的那部分人心情就不一样了，赶得更快，前军、中军和后军此时已经混在了一起。

赵匡胤还是躺着，吩咐陶穀道：“放响箭！”

陶穀脑门上冒汗了，回道：“将军，我们躲还躲不及，怎么还放响箭，那我们不是暴露了？”

赵匡胤道：“放三支响箭！”

三支响箭对着天空，斜刺刺地蹿了出去，一路留下嘶嘶的叫声。响箭发出，就如同是在提醒李廷珪的部队，这里有埋伏！

陶穀心怦怦跳，生怕要是李廷珪率部包围过来，自己就被包了饺子。

奇怪的是，李廷珪的部队不仅没有主动向他们这个方向摆开阵势，相反，整个部队突然队形就乱了，前后开始互相推搡，后军明显是在催促前军快速通过。

陶穀推推赵匡胤道:“将军,你快起来吧,他们要围上来啦!”

“谅他们不敢!”赵匡胤答道。他还是躺着不动,全军都看着赵匡胤,觉得将军今天真是怪了,怎么就这样松松垮垮。再看李廷珪的部队,散了,原来是一条线往前行军的,现在分成了好几股,中间膨胀出一大块来。

陶穀拿起扣在赵匡胤脸上的铁面具。赵匡胤身材高大,比常人高出两个头来,他拿的盘龙棍更是比常人的要长很多,头上还有一个镰子。赵匡胤打仗,每次都戴铁面具,他那个面具是精铁锻造而成的,漆黑如墨,饕餮兽面纹,嘴巴大张着,牙齿露在外面,两只眼睛处是两个圆圆的黑洞,远看甚是吓人。

陶穀平时看着这个面具总是有点儿发怵,觉得这个面具有杀气。他来赵匡胤帐里商量事情,看着这面具放在铠甲架子上,总是绕着走,或者挪开眼神。现在,他却顾不得害怕,忙问:“这个赵普,这两日总是在眼前晃,怎么这会儿就不见人了?”他想起赵普来,觉得赵普能说服赵匡胤。现在赵匡胤身边的大将到王小姐营中去了,赵普再不在,就没人能跟赵匡胤较劲了。

这时,杨徽之匍匐着过来。陶穀平时看不上杨徽之,这会儿没人能跟赵匡胤说上话,他一把拽住杨徽之,赶忙说道:“你赶快,跟将军说说,让大家准备战斗,赶快上马,现在这个样子,要是后蜀大军冲过来,我们不是死定了?”

杨徽之道:“将军,太危险了,太……太……太……危险了!”杨徽之上唇扣不住下唇,嘴巴漏风,浑身哆嗦。赵匡胤最看不上这样的人,这副熊样,不是扰乱军心吗?

赵匡胤躺不住了,慢悠悠地起来,戴上面具。大家一看赵匡胤戴上面具了,都像吃了定心丸一样,知道要出击了。果然,赵匡胤翻身上马，举起盘龙棍，对着后蜀兵的方向一指："杀！"

第一队两百人，应声杀出，向着后蜀大军席卷而去！

众将士刚才被赵匡胤的一通表演弄得七上八下的，忘记了害怕，都觉得憋得难受。现在赵匡胤让他们冲锋，大家的士气莫名高涨起来。

第一队一个冲锋，单刀直入，从后蜀军队中间闪电般穿过，后蜀军队留下了一道十丈宽的口子！后蜀军队还没有醒过神来，第二队两百人又冲了过去。

后蜀军阵脚大乱，前军因为没有受到冲击，越发快速地往前跑，几乎是逃跑的路数了，后军看到前面被冲出一个大口子，正好可以快速通过，就慢慢地偏离了方向，向着那些口子偏过去了。这就把大队引到了王小姐的阵前，正好处于一箭之遥的地方。王小姐带来的床弩开始发挥作用，四人同时搅动搅轮，一次上十六支箭，对着后蜀兵平射，一个平射过去，十六支箭，可以击倒数十人。再近一些，神臂弓则开始发挥作用。后蜀兵这个时候已经蒙了，侥幸能通过的，就没命地跑，没能通过的，互相抢盾牌，抢到手，扛着就跑。这时，赵匡胤看见李廷珪的中军大旗，向着他们的方向快速移动过来，后蜀军队似乎有了主心骨，慢慢地向着中军靠拢，中军阵内出现擂鼓声，然后是令旗升起。赵匡胤看见令旗升起的地方，所有的人都转向了王小姐的阵营。

赵匡胤知道，如果让李廷珪集中兵力，统一全军步调，就会让其占了上风。他搭弓在手，对着对方的令旗，一箭射去，箭响处，对面的令旗应声落地。正在这时，王元功从他身后冲出，喊道："将军，我去把李廷珪拿下！"

他看着王元功带着他的十几个亲兵，往李廷珪的中军冲去。

这种阵仗，他只在高平之战时见过，当时是高怀德和自己一起冲锋。如今是和王元功一起，王元功本来已经归于王小姐营中，现在出现在他身后，他心里一热。那是王小姐关心他啊，偷偷把王元功安排在他身边。

这王元功也真是不要命，区区十来个人，对着李廷珪的中军就冲了过去。

再说楚昭辅，他带了三匹马，一路狂奔，不出两个时辰，就到了定远城。到了李彝殷府上，李彝殷的家将却说他不在，这可把楚昭辅急坏了。

李彝殷的管家给他安排吃的，让他先休息，他不由分说，抓住管家的衣领子，道："赶快去把李彝殷找出来，要是他不出来，我就杀了你！"

那管家也不是吃素的，对赵匡胤正有气呢。他一努嘴，边上冲上来十几个大汉，一拥而上，把楚昭辅压在了地上，拿了绳子，五花大绑。楚昭辅大骂："你们敢抓我，等我大哥来了，杀了你们，杀了你们！呸，偏我大哥瞎了眼睛，交了这样的朋友！"

那些人也不理他，把他捆成了粽子一般，扔在院子角落里。

直到晚饭时分，李彝殷回来了，路过楚昭辅跟前，一看是个汉人，便问手下："你们怎么捆了一个汉人？"

楚昭辅就大骂起来："李彝殷，你有种就杀了我！我大哥赵匡胤不会放过你！"

李彝殷大吃一惊道："这是哪里话来？赵匡胤是我兄弟啊，我们是自家人啊！"

楚昭辅把情况一说，李彝殷立即召集人马，准备出发，楚昭辅一看，李彝殷这个人还真不错，心里不住地自责。唉，来的时候，自己心里还打鼓，怕李彝殷不守信用，看来还是赵匡胤看人看得准。

这时候，楚昭辅想起临来的时候，赵匡胤还给他一封信。他掏出信交给李彝殷，李彝殷一看，对楚昭辅说："将军不让你跟我们回去，他让你去汴梁！"

楚昭辅不解，心想：马上要打仗了，说不定赵匡胤那里已经开战了，自己怎么能走呢？"不行，你说说清楚，我大哥怎么会把我打发回去？"

李彝殷解释道："赵将军让我给你准备盘缠，还要带些金银，一来让你回去看望各位将士的家小，给赵将军家也报个信，二来他让你回去找张永德，请张永德协调，派军到函谷关接应！"

楚昭辅心里一百个不乐意，但是他想通了，赵匡胤要与李廷珪决一死战，胜算很小，是怕大家都战死了，没人回去报信。他觉得将军不该让他回去，他一个大老粗，有什么能耐照顾好众将士的家小。

李彝殷点齐了人马，立即出发了。他心里也着急起来，李廷珪那是瘦死的骆驼比马大，怎么着也是六万人的大军。他有点儿后悔，不该出去打猎，让楚昭辅耽搁了三四个时辰。现在，如果功劳都被赵匡胤夺取，那他的这个征西大将军就不用再当了。看来，赵匡胤果然有两下子，想到赵匡胤是新皇上身边的红人，他有点儿担忧起来。

李廷珪看着王元功带着一小股骑兵向他的中军冲来，心里反而踏实了，他知道，对方人少，否则是不会派敢死队来冲锋的。

李廷珪的亲兵卫队在后蜀军中是有名的，那是一支特殊的铁甲骑兵，每个骑兵的马和士兵都身披重甲。当时，后蜀的冶铁技术是非常发达的，李廷珪的铁甲卫队，每副铁甲都是由混铁打制而成。这种混铁非常坚韧，一般刀斧、弓箭都穿透不了，而且，李廷珪还为制甲加上了特殊工艺，首先要把铁制成甲札，经过打札、粗磨、穿孔、错穴、裁札、错稜、精磨等工序，将甲札制好以后，再用皮革条编缀成整套铠甲，铠甲里面都挂上厚厚的衬里，防止磨损披铠战马和战士的身体。李廷珪的错甲工艺，是当时最先进的，它能让每片铁甲都能互相叠合，没有任何缝隙，又不失轻巧，不束缚人和马的行动。一副马甲，含甲片超过三千片，一副人甲，一般是一千二百来片。这种精工细作的铠甲，能与人、马无缝贴合，每个士兵持一丈高的大盾牌和钩镰枪，枪的长度是一般钩镰枪的两倍。

这种重甲骑兵整装列队前进时，几乎是无坚不摧，而列阵防守，更是拿手好戏。

这个时候，李廷珪看见王元功冲了过来，而他的重甲骑兵已经自动围合成天圆地方阵，把他保护在了阵中央。

果然，王元功冲到近前，立即右转，回避了他的大阵。然而，李廷珪在阵中央，也失去了对整个部队的指挥能力。铁甲卫队的大盾牌太大了，一旦列阵，他就被裹挟在了阵中央，无法传递命令。外面的人看不见他，他也看不见外面的人。

他只能随着大阵不断前行。

从赵匡胤的角度看，李廷珪是个胆小鬼，自己躲在大阵中央，一路前移，却把整个部队暴露在自己的冲锋队和王小姐的弓弩之下，那是死路一条。但是，赵匡胤想错了，李廷珪的天圆地方阵，在后蜀大军中本身就是一个指挥系统，大阵往哪个方向移动，他的整个军队就往哪个方向靠拢，那些被冲散了的部队，只要远远地看见大阵在移动，就又向着大阵靠拢来。

身在异地他乡的后蜀兵，是把大阵看作他们回家的唯一希望了。赵匡胤杀了一茬又一茬，后蜀兵看起来就是不见少，也不溃散。王小姐那边弓箭耗尽，已经开始冲锋，他看见王小姐的军旗已经开始向着后蜀大军的后部发起冲击，后面是王全斌、潘美、高怀德等部的军旗。

赵匡胤已经没有了后备队，现在，他的攻击梯队也开始乱了，三轮冲击下来，他自己的队形也保持不了了，所有的人都开始了各自为战。赵匡胤的唯一优势是他带的是轻骑兵，可以像收割庄稼一样反复对后蜀步兵队伍发动扫荡。好在后蜀军队并不想跟他们决一死战，而是边打边撤，他们想以抱团移动来通过这一段，摆脱赵匡胤部的阻击。

李廷珪所部，毕竟是久经阵仗的正规军，开始时被赵匡胤冲傻了，现在他们慢慢地清醒过来，其中军就地驻扎，然后散开两翼，已经慢慢地形成了对赵匡胤、王平山两军的合围。

这时，赵匡胤想放李廷珪进山，赵普在山里等着李廷珪呢！可是，大家已经杀红了眼，战场上乱成了一锅粥，而且王小姐带的人已经被诱入敌人的包围圈。

赵匡胤没有办法，只能重新杀入敌阵，接近李廷珪的中军。哪里想到，正在这时，李廷珪的中军突然散开，赵匡胤看到那些铁甲骑兵、每匹马都是用锁链锁在一起的，他们散开后就形成了一道道用铁锁链编成的包围网，这个网越缩越小！

赵匡胤眼看着自己的人一个一个倒下，敌人的加长钩镰枪可以刺到他们，他们的兵器却够不着敌人。

赵匡胤等被包围在阵中央，后蜀铁骑不断涌入包围圈，两军混战在一块儿。这个时候，李廷珪大概是急红眼了，竟然突然下令封锁包围圈，然后乱箭齐发。这些箭把赵匡胤身边的人一个个射成了刺猬，其中有赵匡胤的亲兵，也有后蜀兵。赵匡胤知道，这仗这样打下去，是输定了！

身边保护他的亲兵一个个倒下，他有些不甘心。“难道我赵匡胤就要葬身在这里？为一个懦夫王章，这样死去真是不值得。”赵匡胤在心里愤愤地说。

“王章啊王章，你在哪里？如果你怯阵不战，待到我抓住你，定然把你碎尸万段！”赵匡胤仰天高呼！

正在这时，西边的天空出现了一片白云，白云闪现处，是一片片弯刀组成的云状浪涛，它们贴着地面，飞快地驰来。接着，赵匡胤看见了党项人的黑旗，李彝殷出现了，他悄无声息地加入了战场。

李彝殷带的都是骑兵，而且是彪悍的轻装骑兵。

后蜀兵已经被赵匡胤拖了两个时辰，疲惫和恐惧正在弥漫，而此时，突然一支生力军从他们的后面杀了进来，一下子，后蜀军队就动摇了。首先是先锋部队在王平山和李彝殷的夹击下溃退，接着，中军外围的步兵开始溃退，后蜀大军像潮水一样，向着西南方向奔逃而去。

最后，李廷珪的中军阵脚也大乱了，同样朝着西南方向如潮水般溃逃而去。

战局就这样被扭转了。李彝殷，只用一次冲锋，就扭转了战局。

战场上，到处是马匹和军械，还有大量辎重，李廷珪进入大周地界以来掠夺的各种物资，都扔在了这里。

赵匡胤，在必败的时刻，成了得胜者。

三、突袭风云

1. 遭弹劾

“清点人数吧！”赵匡胤对赵普说。这会儿，也就只有赵普还清醒一点了。其他人都疲惫不堪，站都站不住了。

赵匡胤坐在一块石头上，身上满是血，铠甲已经被血染红，而铠甲内衬，也已经被血浸透。他一件件地脱下铠甲，让亲兵给他检查，还好除了一支箭斜着刺穿了他的右臂膀，其他并无大碍。他竟然只有一处伤，真是苍天护佑。

赵普道：“不用清点了，活着的都在这儿了！”

赵匡胤环顾四周，身边不足两百人，动情地说道：“一个一个找，把人全都给我找回来，我不相信他们都死了。”

杨徽之走了上来，身后跟着一群党项人，他们抬着一副担架。杨徽之开口道：“将军，我们找到王小姐了，她还活着！”

赵匡胤看看杨徽之，这个人是他的政敌，可如今竟然帮他找到了王小姐，是想讨好他，还是真的想在战场上尽一份力呢？赵匡胤顾不得多想，解下李彝殷送他的战刀，拄着站起来。担架上，他只看到一个血人，王小姐头发散乱，战裙都碎成了条条，他不敢碰，只是握着王小姐的手。杨徽之轻轻地道:“将军,交给我吧,我学过医术,我一定把她救活!”

他点点头。

这时,潘美背着高怀德过来了,赵匡胤眼睛红了,道:“大哥对不住你们,差点儿让你们命丧此处!”

他抬手要接高怀德,他心里痛啊,高怀德是不是死了?潘美轻轻地笑了一笑,那个笑脸怎么看都让人觉得是挤出来的,“你别管他了,他是累了,睡觉呢。”潘美安慰他道:“军人,不就是要打仗吗?你带我们来打仗,有仗打,不枉当兵!”

王全斌、李处耘、张光翰、张令铎、王审琦、赵彦徽,竟然都还活着,他又问:“王元功呢?”他一连问了三声,都没人应声,赵普道:“将军,别问了!”

他不听,大声喊:“叫王元功来!”这孩子,他是真喜欢,那是真正的奇才。他不住地喊,这时,赵普终于扑上来,道:“将军,别喊了,他死了,刚才我们找到他的尸首了,身上中了六十三箭,我们拔下了六十三支箭头!”

他不相信赵普的话,王元功能那么容易就死了?他一会儿往东,一会儿往西,要找王元功,赵普死死地拽住他,王全斌也过来拽他,赵普压低了嗓音道:“将军,别喊了,你这样喊,让王小姐听见了,她还活不活?”他这才相信,王元功是真的战死了!

天凉了。

来的时候,天还热着,如今天已经凉了。

葡萄美酒夜光杯,欲饮琵琶马上催。

醉卧沙场君莫笑，古来征战几人回？
秦中花鸟已应阑，塞外风沙犹自寒。
夜听胡笳折杨柳，教人意气忆长安。

来的时候是一千人，而如今，回去的时候，只有不足两百人。陶毂一直在吟诵一首诗，赵匡胤不知道这首诗是谁写的，起先以为是陶毂写的。陶毂解释说，那是唐朝一位守边的将军写的，“古来征战几人回”这句话在赵匡胤的脑子里盘旋着。

如今，他们是得胜还朝，王彦升用刀子逼着王章出城追击李廷珪，来到唐仓镇下时，他们已经开始打扫战场。王章是落得盆满钵满，战场上遗落下来的战利品数也数不清，除了李彝殷拿走一部分，其他的都由王章收拾走了，那粮草和马匹，够王章吃用几年的。

相反，赵匡胤可谓惨胜，虽胜犹败。

王彦升等人，沿途骂骂咧咧，大家都痛恨王章。

只有赵普反驳众人道：“真正做大事的，就是王章。他老谋深算，坐山观虎斗，等到我们两败俱伤，他再来收拾残局，可谓渔翁得利！”

王彦升听他这么说，气得鼻子都歪了，怒不可遏道：“先生，你这样说，我可不答应，这个人还做大事？眼里一点大局观都没有，我们是来救他的自己人，他倒好，看着我们送死，这人内心阴暗歹毒。”

“做大事的人，没有敌我，只有利益。我观此人，将来必会谋反，即使不能称霸天下，在这西陲，恐怕也能称王！”赵普说完，看看赵匡胤。

赵匡胤摇头道：“吾不为也！”

他知道赵普会笑话他，赵普果然笑道："我说啊，将军，你不是称王之人！你有不忍之心！"

"打仗，无非是为了百姓能安享和平，我等兄弟能荣华富贵，颐养天年！如果人都战死了，还谈什么呢？"赵匡胤看着他的残部，心有戚戚！

"将军此言差矣，王霸之术，必以霹雳之心驭人，牺牲小我、小众以求天下一统，众人归心！"赵普扬起马鞭，"驭人犹如驭马，将军，冲锋陷阵，你能不骑马吗？马瘸了，你能不食其肉吗？驭马你能不用鞭子吗？"

说着，赵普一鞭子狠狠地抽打在马屁股上，那马一阵嘶叫，向前狂奔而去。

赵匡胤摇摇头，知道自己不是那样的人。

他连王燕儿都搞不定。王燕儿这几日有事没事就往他的营帐跑，名义上是照顾他，实际上是监视他，或许王燕儿也是想照顾他的，但是，这个照顾是以他对她好为前提的。

王燕儿怕他和王小姐亲热，有意无意提到王小姐，总是语带讥讽，什么"人家王平山，不要脸，自个儿倒贴上门"；"女人追男人，没样子"；等等。她哪里知道，越是这样说，赵匡胤心里就越是觉得愧对王小姐。

王小姐名门闺秀，丝毫也没有儿女情长的表示，此来就是助阵，如今，王秉坤、王元功均战死沙场，人家孤苦一人，他又该如何才能对得住王小姐一片真心？

好在有杨徽之，王小姐的病体渐渐康复。赵匡胤决定等到了汴梁，一定奏明圣上，恢复王家功名。想到王小姐水汪汪的两只眼睛，战场上的英姿飒爽，他的心怦怦跳起来。

2. 面圣

终于进了汴梁，去的时候，还是杨柳依依，如今，大地一片枯黄。

赵匡胤回家的心情非常急迫，但他还是想先去面见皇上，向皇上汇报此行的战果，他有太多的想法要向皇上汇报。柴荣既是皇上，也是他的兄弟，他唯一想得到的就是皇上、兄弟的认可，皇上一直要解决西部边陲的问题，如今已经解决。

秦、成、阶、凤四州已经尽在大周控制之下，皇上可以放心向南，拿下南唐了！

然而，让人吃惊的是，似乎皇上并不急着见他。他在午朝门外，等到的是太监的回话，而不是皇上来接他。“皇上的意思，先回家休养，三日后早朝，一并见面！”

赵匡胤有些失望。

但是，回家也不错，看看父母，看看夫人贺金婵和孩子们。

此外，一定得把王小姐带回家才行，王小姐尚在休养，不是他亲自看护，他不放心。王小姐要带回家，那么，王燕儿也就要带回来了，王燕儿看出他的犹豫，说：“你想把王小姐带回家？你说说，你一个老爷们怎么照顾？还不是需要人照顾？”

赵匡胤有点儿不相信，说道：“你是说，你能照顾她？”

王燕儿眼睛红了，道：“我命苦，我不照顾她，你肯让我进你家门吗？”

赵匡胤也感动了，王燕儿能吃苦，哪个女子能过军营中的生活？

此次出征，王燕儿起早贪黑，不见他睡下，自己就不睡。他起床了，只要一睁眼睛，王燕儿总是已经比他更早就起来了，一盆热水、一碗热饭，已经放在了桌上。他是个军人，对生活要求照理来说也不高，但是，每天要吃得饱，早晨起来，就得吃干的，不然一天没力气。王燕儿早早起来，给他做饭做菜，肯定是累人的。

多亏有了王燕儿，单独给他做饭、缝补、浆洗，这趟西征，人虽然劳累，但是身体没有亏，王燕儿对他是真心的。

赵匡胤想着，声音也温柔了，便说："那就回家吧，一起回家！"

王燕儿听了赵匡胤这个话，脸上立即有了笑容，身形也轻盈了起来，柔声说道："你就放心吧，我知道王小姐是个好女子，能助将军功成名就，我会好好待她的！"

王燕儿怎么突然懂事起来了？是上次不让她进门，给了她一个教训，让她学乖了？赵匡胤觉得，女人很复杂，难以理解。

柴荣在短短的几个月中，就显得苍老了许多。赵匡胤知道，柴荣劳碌，什么事都要亲自过问。就在这段时间里，柴荣做了好几件大事：一是派韩通修筑葫芦河堤岸。葫芦河是一条横亘在契丹和大周北疆之间的天然屏障，契丹骑兵要南来打草谷，大周除了这条河，就没有别的屏障了，过了这条河就是冀南、河南大片平原，可以说是一马平川。柴荣看到了这条河的军事价值，下令在河的南岸开筑高堤，建造一列高大陡峭的几百里堤岸，阻挡来自北方草原的契丹骑兵过河，至少能阻滞他们，为大周在冀中平原组织防御提供宝贵的时间。是的，就在这几个月里，韩通在契丹人的眼皮子底下，筑起了三百里长堤，这哪里是一条堤坝，分明是一座长城！二是为了筹措粮草军饷，柴荣下令毁佛，境内没有得到皇家敕令的私建寺庙全部拆毁，私自剃度出家的僧尼全部还俗。这一年，大周境内寺院十有九毁,僧尼十之八九还俗,推行过程中阻力重重,多少僧尼用自焚、自残来反抗,多少寺院集体绝食抗议。但是,柴荣不为所动,几乎是在全体大臣一致反对的情况下坚持禁佛。赵匡胤的母亲信佛,赵匡胤自己也信佛,他并不同意皇上的做法,但是,他理解和同情皇上,一个人坚持做几乎所有人都反对的事情,那要有多坚定的意志啊!柴荣敕令需要拆毁的寺庙道观及民间凡私藏的铜器、佛像等,五十天内一律上缴,由官府给付等值的钱,超过期限隐匿不交,重量五斤以上,判死罪!全国获死刑者以千计。对于禁佛,赵匡胤也理解,人人都出家,这个国家还有什么人种田织布、参军卫国呢?不仅仅是大户人家,就是小户人家也拿出铜钱捐赠给寺庙,铜都拿去铸造佛像了,市面上流通的钱币越来越少,这个国家还怎么运转?此外,柴荣还改革了漕运,重新制定了地方公安管理办法,等等。

听说,朝廷的新政令几乎是一天一条地颁布出来,可见皇上执政之勤勉。

柴荣可以说是日理万机,但是每每到了晚上,他还要检阅各地递来的死刑判卷,担心有人被冤枉了。结果还真是如此。他看到一张汝州来的判卷,里面一个叫马遇的人,父亲和弟弟被官府冤枉至死,他屡屡上访,却不能翻案。柴荣看了案卷,认为其中必有冤情,结果换人一查,果然是一宗弥天大冤案。马遇一家遭受冤狱的竟然有六人,官官相护、故意制造冤案,或者隐瞒不报、明知冤情而不为民做主的官员达到三十余人。

柴荣还特别体恤民间疾苦。一日,御膳房给他准备了鹿肉,他吃了觉得很好,就问御膳房这肉是哪里来的。御膳房说,是某处山民为了皇上,专门打猎、进贡而来。柴荣想起这么冷的天,山民进山狩猎，猎鹿不过是为了让他一人得到口福之乐，立即下令取消一切专门为他准备食材的进贡。

柴荣毁佛，却同时减除了大量的税赋，这是与民生息的做法。

赵匡胤对于这些都听说了，他有很多话要跟皇上聊。他想安慰他的兄弟，这个新上任的皇上，他也想让皇上了解自己西征的所见所闻，所思所感。

然而，来到金銮殿上，皇上的一番话语却把赵匡胤撂在了那里，赵匡胤还跪着呢，皇上连让他起来说话的客套都没有！

赵匡胤怀疑自己的耳朵听错了，只听闻："赵爱卿此去，虽然无功而返，但没有功劳也有苦劳！"

"皇上，臣没有听清楚，能否请皇上再说一遍？"赵匡胤也顾不得客套了，追问了一句。

柴荣说道："朕已经接到王章将军的奏报，说你们西征走错了路，在你们到达威武城之前，他已经击败了李廷珪。还说，你们在路上阻击了溃败中的李廷珪，对这次平西，也是有贡献的！"

赵匡胤脑子懵了，怎么会这样？难怪皇上对他冷淡，这个王章不仅不说好话，还倒打一耙，自己救了他，他不仅不感恩，还落井下石。他想解释，他想骂人，他想大吼，可是他什么也说不出。他用左手狠狠地掐右手的虎口，让自己疼，疼得抽抽，他在心里反复告诫自己"别反驳，别解释，别说话，别说话，别说话！"

这时，柴荣又讲道："听说你们不去威武城救急，却去党项人那里劫掠？听说你们西征的大军中还带着女人，日夜笙歌？听说你赵匡胤临阵收妻？听说你还私用大周的名义跟大理段氏私相授受?”

皇上像是在自言自语,又像是在说给他听:“爱卿,这些都确有其事么? 爱卿放心,朕已经着吏部细查你的情况,为你们洗雪声名,不会让你们受到冤枉。”

赵匡胤心里想,这哪是什么洗雪冤屈,这分明是欲加之罪何患无辞! 吏部的官员都掌握在王朴、范质等人的手中,魏仁浦还算好,其他那些人正嫉恨他呢,怎么会给他好果子吃? 他克制着不让自己失态。

终于,他说出了平生第一句“谢主隆恩!”以前,他都把皇上当兄弟,从来不说这种“台词”的。此刻,他清清楚楚地知道了这样一个事实,昨日的皇上是兄弟,今日他已经不再是兄弟,而是执掌他性命的皇上。

“退朝!”柴荣身边的太监叫道。

赵匡胤拍拍双膝,站了起来,缓缓而退,身后是跟着他上殿的石守信、王审琦、高怀德、张令铎、潘美、曹彬、张光翰、王彦升、楚昭辅等人。

大家都不说话,没有人敢说话。

王彦升道:“大哥,嘿嘿,我们回来了,皇上见了我们就不错了。我们不需要什么赏赐,也不需要高官厚禄,官我是做不来的!”

楚昭辅说:“唉,是啊。天气这么好,不如去喝酒,我身上带钱了。”

赵匡胤想去问问陶穀、赵普,这是怎么回事! 这事不能就这么算了,众位弟兄是在安慰他啊,弟兄们可以不要赏赐,也不要官位,可是那些死去的人呢? 他们的家小怎么办? 这些人家里死了顶梁柱,留下孤儿寡母,如果没有国家抚恤,那就完全没有活路了。

赵匡胤对楚昭辅道："酒我就不去喝了，皇上那里的封赏，是指望不上了。你明天来家里，我想办法凑点儿钱，你给大家分分，尤其是那些没有回来的兄弟们的家属，一定要一家一家去拜访。就说，我赵匡胤对不住大家了，我一定再想想办法，等有了办法，我一定去看望大家，一家一家看望！"

楚昭辅突然哽咽起来，道："将军，你别说了，阵亡将士单单是在汴梁的，就有三百多户，外地的还没算，我们怎么抚恤啊？赵老太爷一辈子两袖清风，你这些年更是如此。我们都不要钱，实在不行，我们这些活着回来的，都卖屋卖房，一起凑！哪能让你一个人出？"

陶穀哀叹道："将军，我们实在冤屈啊，我们弟兄死了那么多人，胜仗都是我们打的，为什么我们连一句好话都没落下？"

楚昭辅道："我要找这个昏君理论去，我回来之后，他见了我两次，每次都是细细打听我们西征的事，抓着我反复问。我还以为他柴荣是惦念将军，都把我的话听进去了呢！我把我们如何打仗，如何辛苦，都跟他说了啊，他怎么都忘记了呢？"

杨徽之道："楚昭辅，你以为皇上是忘记了？他肯定没忘记，只是不想论功行赏罢了！你别急，我一定秉笔直言，我回去给皇上写奏折，把我们西征的经历都写出来，让皇上明白这仗到底是谁打的！"

唯有赵普笑起来，道："将军，我看你升官是不行了，但是发财是少不了的！这次晋升大家都没机会了，不过皇上应该会把抚恤金给咱们，而且会给得不少！"

"先生何出此言？吾辈不是贪生怕死之人，更不是贪财好色之辈啊，别说我们拿不着，就拿着了钱，又有何意义？钱只能安慰死者，救济兄弟，而我们出征，原是为了建功立业，定国安邦，让老百姓过上好日子！”赵匡胤对赵普这番话很失望。

赵普道：“将军，你想想，如果给你升官，能给你什么官？枢密使？都检点？都不可能！如果皇上这个时候给你升官晋级，又该如何处置王章？”

赵匡胤不待赵普进一步点明，心里似乎明白了，皇上要给的可能就是钱财，而所谓的功业却是有各种难处。

“我连累了大家！”赵匡胤想，如果不是我领军，大家这次可能都有机会升职，各有奖赏！

“也不一定，这次的秦、凤、成、阶四州，尽管是我们打下的，却已经早有所属，后备、留守们一大堆等着上任，他们看着那些空缺望眼欲穿，皇上怎么能给我们这些人呢？再说，皇上对我们还有重用！”赵普轻声道。

赵匡胤问：“什么重用？”

“我们的机会在江南！”

赵匡胤不由得想起当初，赵普说他的机会在西部，如今怎么又说是江南了呢？

赵普像是看穿了他的心思一样，问道：“将军，如果我们这次不去征西，皇上又怎么会相信您能独当一面，为国家开疆拓土？”

赵匡胤一想，赵普说得有理啊，怪不得众臣都说要攻打南唐，对西边只字不提，甚至西边来报急也假装听不见，原来是这么回事。

赵普看赵匡胤不说话，就道：“将军，这些将士还得你带，他们不能就这样散了，请将军再次自请……”

大家一路说话，正走着，一个没留神，就看见对面来了一队禁军殿值。这些人见了赵匡胤的导从仪仗，也不下马回避，而是径直撞来，其中领队一人更是叫道：“请各位速速散去！这里不是你们闲话家常的地方！”

赵匡胤心里突然升起无名大火，虎落平阳被犬欺啊，自己乃当今禁军高级将领、都虞候，你们敢对我如此？反了不成？他强压怒火，对楚昭辅吩咐道：“把他拿下！”

楚昭辅二话不说，一个箭步冲上去，用刀柄一磕那个殿值的膝盖，那人被磕得尖叫一声，这时，楚昭辅抓住他的脚踝，往上一送一推，他在马上就坐不住了，翻身落马。那殿值嘴里乱骂，在地上挣扎着起身，王彦升冲上去就是一脚，那殿值起不来了。那些禁军，都是十六七岁的少年，看他们的头领被打了，吓得说不出话来，王彦升大声叫道：“此乃都虞候赵匡胤将军，是你们的头领，你们见他该下马行礼，难道你们的统领没有教过你们？”

那些军士都下马，不敢继续冲撞赵匡胤。

赵匡胤摆摆手，无奈道：“罢了，不知者无罪，交给枢密院处置吧！”赵匡胤又对众人道，“各位回家，好好将养，其他事我会处理好，大伙儿就散了吧。”

赵匡胤回到家，坐在厅上兀自发了一会儿呆，心里惦记王小姐，就走到后院来。

王小姐住在西厢房，屋子不大，但是布置得很雅致，进门是一个案几，上面放着一盆兰花，花儿正绽放着，散发着淡淡的幽香。

他探身进去，看见有个鱼缸，里面是几尾金鱼，王小姐正和一个丫鬟在给金鱼放食。

王小姐看他面圣回来的样子,心里跟明镜似的,引他到窗前的凳上坐下后,便问:“是不是圣上没有论功行赏,对大家不公?”

说着,给赵匡胤沏茶,双手举着递给他。

赵匡胤接了茶,长叹:“圣上不赏赐我们这些回来的,大家倒是没什么,活着已经很不错了,但是那些死在西征战场上的兄弟们,没有抚恤他们的家小怎么活啊!”

王小姐道:“如果圣上实在拿不出钱,我这里还有些历年的积余,你拿去先给你那些兄弟们!”

赵匡胤喝了口茶,听王小姐这样说,呛出来了,他咳着说:“你这次带来的人,伤病的也不少,花费也大,怎么能用你个人的钱?这是国家的事!”

王小姐不经意地给他捶背,道:“我带来的人都编入禁军了,以后我也没什么花费了,这些就捐给国家吧,先用作抚恤金。”

两人正说着话间,突然小厮赵安三步并作两步地跳上台阶来,在门口站住,不待赵匡胤询问,说:“门口有个人,自称柴荣,说是将军你的兄弟,来找您喝酒来了。”

赵匡胤听小厮说柴荣来了,不敢相信,说:“别胡说,柴荣乃当今皇上,怎么会一个人来我这里喝酒?”

赵安道:“将军,我也是这样想啊,柴荣乃当今皇上,怎么会不带仪仗、不坐御辇就来了?所以没敢放他进来。可是,他派头挺大,小的也不敢得罪。小的看了他,就怕得紧,将军您去看看吧,真有皇家气派!”

赵匡胤起身,跟着赵安往门口走,看谁有那么大胆,冒充皇上。别说冒充皇上,就是用这个名儿,都是犯了死罪了,皇上的名儿,是凡俗人随便用的?那得避讳。

走到门口，赵安喊："快开门，将军来了。"原来，看门的不摸情况，一边进来汇报，一边还关了门，把人家堵在门外了。

赵匡胤三步并作两步，到了门口，一探头，门外黑魆魆的，一人站在黑暗中，身后是一匹马，并无其他人。已是十月了，汴梁寒意已深，那人已经有点儿冻着了，两手搓着，正在跺脚取暖。天色已暗，赵匡胤认不出脸来，不过直觉告诉他，那就是柴荣，因为身板像。"是?"他刚刚想说"皇上"二字，又立即觉得不妥。

就听来人道："快开门，让我进去！没想到你这将军府，也这么难进！"

赵匡胤听出来了，那是柴荣，是当今皇上。他赶紧出门，牵了柴荣的马，说道："皇上，您怎么来了?"

进了门里，柴荣才道："怎么不欢迎朕来看？朕来讨酒喝了！"

赵匡胤忙吩咐人，准备酒菜，又说请赵老太公、杜老夫人、夫人贺金婵出来拜见皇上。柴荣摆手道："不用。朕一个人来，就是怕打搅他们，不要张扬。府上除了看门的小厮，别的一应不要叫人张扬了。"

赵匡胤摸不着头脑，这皇上微服私访，到底是干什么？如今在这大周的天下，还有大周皇帝都要掩人耳目的事情？他吩咐刚才看门的几个小厮，嘴巴严点，不许出去乱说。

至于做饭做菜，他直接把贺金婵给喊了起来，让她亲自准备，别人做菜，他还真不放心。

柴荣问："王燕儿可在?"

赵匡胤道："在！"

"终于让她进门了?"

赵匡胤不知道答什么好，如果皇上再谈赐婚的事，他真是没法儿不应承了。“让她帮着贺金婵料理酒饭、家务，照料孩子，一会儿请弟妹和王燕儿都来一见吧！”皇上道。

赵匡胤心里苦啊，皇上又要做媒了，而且要做贺金婵的工作。皇上怎么就这么关心他的私生活呢？

贺金婵和王燕儿一起进来拜见皇上，皇上从腰里掏出一块玉璧递给贺金婵，说道：“弟妹，出门仓促，没有带什么好东西，只有这块玉璧，朕就送给你做个见面礼！”

贺金婵哪里敢收，下跪道：“民妇不敢收皇上大礼，皇上来访，寒舍蓬荜生辉，已经是民妇大幸了！”

皇上把玉璧放在桌子上，示意王燕儿取了，又道：“王燕儿是我认的干妹妹，朕今天就把她交给你，做你一个妹妹，让她伺候你，平时你多教教她为人处世的道理。”说着，皇上让王燕儿把玉璧捧给贺金婵。

赵匡胤心里紧张，生怕皇上又要说让他娶王燕儿的事，结果皇上道：“王燕儿，把玉璧给你大姐贺金婵，以后她就是你大姐，要多听她的话！”

王燕儿很机灵，知道这回是皇上给她台阶下，也是给她谋个位置。她立即跪下，双手把玉璧递给贺金婵，贺金婵也跪着呢，她不能不接这玉璧，忙道：“妹妹，姐姐我无德无能，有你这个妹妹，是前世修来的福分，你快别这样！”

皇上道：“有你们两个照顾赵匡胤，朕的兄弟就没有后顾之忧，朕就放心了。”

赵匡胤放心了，皇上这回没说要他娶王燕儿，只是让王燕儿拜贺金婵为姐、为主，贺金婵算是也应承了。

贺金婵、王燕儿出去了，柴荣把酒问盏，三杯下肚，还是不说话，赵匡胤陪着皇上，喝了几杯闷酒。赵匡胤憋不住了，这种场合往往是这样的，定力浅、资历浅的人，先顶不住相对无言的尴尬，赵匡胤也不例外："皇上……"

柴荣摆摆手，让他别说话。他抬头看看天，似乎在沉思，"听说你临阵收妻，是怎样的美人啊？什么人能打动朕的大将赵匡胤呢！朕的兄弟赵匡胤！"柴荣道。

赵匡胤把王平山兄妹的故事给皇上介绍了一遍，又说到王平山愿意出资抚恤西征死难将士，柴荣道："楚昭辅说得没错，王平山兄妹真乃忠良之后，这次助你西征，更是付出了重大牺牲，朕应该奖赏他们！"

柴荣给他斟上酒，赵匡胤挡都来不及，怎么能让皇上给自己斟酒？可是，柴荣不等他反应，自己又是一干而尽，"你我是兄弟，朕还是当初的柴荣，你还是当初的赵匡胤！"柴荣道。

赵匡胤和柴荣两人都是海量，但赵匡胤看他这个喝法，恐怕是要醉的，他不能让皇上醉在这里，要是明日皇上不能上早朝，恐怕要出娄子。

要醉，也得自己先醉，自己先醉了，皇上就不容易醉了！他给自己的酒杯加满，一干而尽，又给自己斟满。皇上看出来了，问道："怎么，怕朕醉，所以想先醉？"

柴荣挑了一块大肉，"嗯，好吃！夫人手艺真不错！"他一边嚼着肉，一边说，"你以为朕不知道你西征的事？要是王章真能打败李廷珪，还要你去干吗？王章倚老卖老，还嫉贤妒能，已经起了异心。此刻，我们没有力气对付他，就让他在西陲替我们看着大门吧，只是要委屈你们了。如果此刻也封赏了你们，他大概会看出破绽,生出异心!”

赵匡胤这才知道皇上的顾虑,道:“皇上,我理解,只是此次西征捐躯的将士委屈啊!”赵匡胤说到“委屈”两个字,眼泪竟然迸了出来,西征路上那么艰难,他都没流过泪,但是,此刻和皇上说着话,竟然泪流满面。

士为知己者死,无论如何委屈,只要皇上理解,他也就满足了。

柴荣摇摇晃晃,站起来,对着西方,深深一躬,把一杯酒浇在地上,道:“这杯酒,敬西征亡人,愿他们的灵魂平安归周,来就吾飨!”

赵匡胤也站起来,对着西方酾酒道:“皇上,你忘记了,这次西征,我们大周胜利了,西征路上,所有土地,已经尽归我大周!”

柴荣坐下道:“这是一场胜利? 是朕的胜利,是你的胜利,还是王章的胜利? 秦、凤、成、阶,尽归我大周,是归朕,还是归他王章,或是该归你赵匡胤?”

赵匡胤听了,突然酒有点儿醒了,道:“皇上,当然是归您啦!”

柴荣道:“为什么朕要做这个皇上? 朕不想做这个皇上,朕只想有个小家,老婆孩子热炕头,喝点小酒,抱抱孩子,这个位置,朕不想坐,你想不想坐? 你想坐,给你坐!”

柴荣说着,又站了起来,拉赵匡胤过去坐,赵匡胤哪里敢坐? 赵匡胤立即下跪,道:“皇上,折煞末将了,末将没有那个本事,更没有那个心。皇上的位置乃上天所赐,天命所归,哪里是我等凡人可以坐的?”他不知道皇上是醉了还是没醉,到底是试探他还是真情流露。此刻的赵匡胤已经不是西征前的赵匡胤了,他已经有了政治头脑。

柴荣听了,大笑道:“‘末将’‘皇上’? 哈哈哈哈,你还记得我们一起打仗那会儿吗? 你我是兄弟,你忘记了?”

赵匡胤心想：我哪里忘记了，要是真忘记了，我会为你西征吗？我差点儿死在西征路上，可是这话也就你能说，我现在不能说了。

这日，柴荣直喝到天上已经泛白，东方欲晓，才起身告辞。赵匡胤不敢让皇上一个人上街，立即聚齐了家丁，大家都骑上马，把皇上夹在中间。赵匡胤本来就是都虞候，是职掌禁军的将领，可是这会儿，不能大张旗鼓，要护送皇上回去，这还真不好办。

柴荣真是海量啊，一夜长饮，几乎没有间断过，却一点儿醉态都没有。

只是，在晨曦的微光中，赵匡胤看见柴荣的鬓间已经有了白发，而他的眉头，竟然已经有了两道很深的皱纹。

岁月催人老，皇上也不例外啊。

更可恨的是，岁月未老人已老。

做皇上才短短一年半，柴荣就显得老了，这个位子不好坐吧？他心里想着，突然又觉得这是对皇上的大不敬。

事情果然如赵普所料，皇上给西征将士的奖赏很丰厚，阵亡的给金钱宅院，封妻荫子，活着的只发财不升官。至于赵匡胤本人，既没有升职，也没有给奖赏，大家都觉得皇上对赵匡胤不公平。曹彬说，他要给皇上写奏折，鸣不平，陶穀、杨徽之都升职了，为什么独独将军没有升职？赵普反问："你让皇上怎么给将军升职？升都点检，还是枢密使？"曹彬听后不说话了。

赵匡胤对此早有心理准备，听了赵普的话，就更加没有话说了。他官职已经很高，而年龄却还不大，已经不能再升了，再升，就和张永德、魏仁浦、王溥、王朴他们平起平坐了。那些人都是皇亲国戚或数朝元老，而他赵匡胤不过是后起的晚辈。

赵匡胤觉得自己升不升官无所谓，西征的众将能活着回来，已经是万幸，国家需要时，自然会担当大任。只是，治理国家得用文人，而他觉得赵普是个奇才，拥有陈抟老祖的真传，应该举荐给柴荣。

赵匡胤对柴荣说得用赵普，这个人的胆识和谋略，上可与天共谋，下可与民同处，乃安邦定国之才。他详详细细地把赵普和他西征的故事向柴荣讲了一遍，柴荣问他："你觉得赵普，相比王朴如何？"

赵匡胤看过王朴的《平边策》，知道此人才高八斗，乃藐视方物之人，只是心胸还不够大，恐怕不能辅佐皇上成就霸业。他对皇上说："皇上，夺国之才，此人的才华只在王朴之上，不在其下！"

柴荣又问："治国之才？可胜过魏仁浦？"

赵匡胤道："治国之才，此人更在魏仁浦之上！"

柴荣又问："治军之才如何？可胜过张永德？"

赵匡胤沉吟不语，不知如何回答。

柴荣手持玉斧，一边用玉斧敲着手，一边踱步说道："那么，此人的治军之才，是否超过将军你呢？"柴荣带着揶揄道。

赵匡胤点点头道："在微臣之上！"

柴荣笑了："你是太谦虚了吧，难道这次西征，功劳全是他的不成？"

赵匡胤道："皇上，您见见他，就能判断了，此人上知天文，下知地理，完全是天人！"

柴荣回道："他曾经托魏仁浦，献西陲方舆图志给我。此人为求晋升，可谓用心良苦，画那张图需要数年，而思考定西之策又要数年，不可不谓奇才，但他的战略，和王朴不能相通，朕只能忍痛割爱！”

赵匡胤心里一愣，心想：赵普怎么没和自己说过？赵普啊赵普，你是聪明反被聪明误啊，这么重要的事你不跟我说？你读书人脸皮薄，不好意思说？可是，这不是脸皮的事啊，你不说，不是将我置于被动处境了么？

“此人不能为朕所用。”柴荣继续说道，“但可以为你所用！”

赵匡胤没多想，觉得再怎么举荐也没用了，便点点头，道：“皇上，那末将先把他养在军中！”

赵匡胤回来，感到很对不住赵普。他拉着赵普到酒家喝酒，把如何和皇上举荐他的事说了一过。

赵普惊叫起来：“将军，我命休矣！”

赵匡胤一愣，问道：“这话怎么说的？尽管我只是都虞候，还不能开幕府，招人养士，但是把你养在我军中，还是可以做到的，你的俸禄我也可以解决，至于赏赐，我可以分给你啊！”

赵普摇摇头，回道：“将军，你说我有夺国之才，为主人谋，必为霸业。皇上偏偏不用我，却让你用我？你要是真用我，他一定怀疑你有二心，一定会找机会来除掉我啊！”

赵匡胤倒吸一口凉气，说道：“如此说来，我还真想通了！皇上让我把你养在军中，不可能不起疑心啊！”

两人闷头喝了一会儿，赵匡胤忍不住问：“如何才有个万全之策呢？”

赵普举酒到唇边，望着窗外，心事重重。过了一会儿，他用手沾酒，在桌子上缓缓地写下两个字："夺国。"

赵匡胤看看赵普，不明所以，见赵普又写了另外两个字："蛰伏。"

赵匡胤突然明白了赵普的意思，大怒道："赵普啊赵普，就这点儿事，你就反了不成？为了你个人的仕途，你就要我和你一起造反？一万个不可能！那个皇位，不是一般人能坐得的！"

赵普看看他，冷冷地说："他郭威坐得，柴荣坐得，你赵匡胤如何坐不得？"

赵匡胤这回也真火了："赵普，你别说了，你再这样说，我们朋友也没得做了，你看着办吧！"说完，他起身，拿了外套就走。

走到街上他才发现，酒钱没付，又觉得这样走对不住赵普，应该劝劝赵普，让他心态放平和一点，否则恐怕他的人生就毁了。他自己毁了不算，还会惹事，连累大家！

他又转身返回，可是赵普已经走了。追到街上，也不见人影了。

日上三竿，赵匡胤才醒来。赵安端了洗脸水进来，赵匡胤一看，日头那么高了，才知道自己睡过头了。

昨晚还想好了，今天要去找赵普，帮他解解心结。

人啊，只有心平了，才能顺溜。

赵普为什么半辈子失败？就是心不平，他想的都是皇上才能想的事，而皇上又不待见他，他如何才能心平？如何才能过上普通人的安稳日子？

他从皇上赏赐的金银里分出一半，让赵安带了去给赵普，同时让赵安把赵普请来："你跟他说，我找他，要和他讨论大事，让他这就来!”他想,你赵普只知道天下的大势,可知道人伦的大事吗?你是一个谋臣,同时也是丈夫和儿子,是父亲啊!我们谈不了天下大势,能不能谈谈人伦的大事?

可是,一会儿赵安就回来了,说赵普不在军营里,伺候赵普的军士说,赵先生天没亮就走了。赵安交给赵匡胤一个信封,赵匡胤拿过来拆开,里面是一张白纸。

赵安搞不明白,便问道:“将军,怎么是一张白纸?是不是赵先生搞错了?”

赵匡胤叹口气,回道:“唉,我们去晚了,赵普已经走了,他不会回来了!”

赵匡胤知道自己做错了,赵普自视甚高,脸皮薄,又非常敏感。

想来,他是觉得赵匡胤不是明主,不能共谋,独自离去了。

想想西征的日日夜夜,赵匡胤放不下赵普。

他派王彦升去赵普的家乡,说:“要找到赵先生的家人,把他们安顿好,让他们过上安稳日子。”

王彦升是明白人,知道赵普是一个得力谋士,得把他安顿好,将来必有重用之日。

赵普的家在幽州蓟县,那里本是中原国土,而如今却是契丹人的天下。

王彦升穿了便装,一路往北面去,没几日就到了幽州蓟县。

到了蓟县,他才理解了赵普,汉人在这里过的不是人的日子啊。蓟县县城里有个人市,契丹人就在这里买卖汉人家奴,一个汉人家奴,价格连半贯钱都不到。那些汉人男女老幼混杂,双手双脚被绑了,系在柱子上。主人家手里拉着绳头,有人来看,主人家就拉一下绳头，吆喝一下："站好了，让别人好好瞧瞧！"那些买家呢，掰开这个的牙齿看看，拎起那个的头发看看，解开这个的衣服看看奶子，拨开那个的脚掌看看，把人弄得跟牲口一样。

王彦升看着这些汉人被绑着卖，契丹人在那里挑挑拣拣，心里就气，恨不得上前挥刀把那些契丹人都砍了！

看到这情景，王彦升算是明白赵普为什么有那么大的动力，要建功立业，原来他们一家在这里过的都是非人的日子。在这里，契丹人杀一个汉人，只要赔一袋米，但一个汉人杀了契丹人，却不仅要赔上自己的性命，还要赔上全家人的性命，要株连一家人。赵普是肚子里有气啊，凭什么汉人不值钱？就是因为汉人在这里做的是亡国奴！

王彦升想通了这点，觉得有点儿理解赵普了。当初他觉得赵普一身酸腐气，而如今，他觉得赵普骨子里恰恰有股子傲气。

王彦升离开县城，沿着汤沟走了七里多路，就到了赵家湾。

赵普家就在这里。他进了赵家湾才真切地感到赵普家境不妙，汴梁还是秋天的天气，而这里已经是满山白雪。山上没有树，只有光秃秃的石头，当地物产本来就匮乏，还被契丹人盘剥，契丹人征税是十抽六，哪管汉人的死活。

家家户户住的都是又矮又小的茅草棚子，村里的人都面黄肌瘦，面露菜色。

王彦升心里想，将来一定要带兵打回来，让赵家湾的人重归中原。这些人流落在契丹人的手里，遭多少罪啊！

问了两次路，走进一个巷子，脚下全是黑色的雪水，雪融化了，被人的脚、牛的脚踩烂了，上面还有一点儿牛屎、猪粪，就变成黑色的了，看起来非常脏。他到了赵普家门口，开门的是一个老妇，头发花白了。她贴着门边，头仰着向天，问道："你找谁啊？"

"我找赵普！"王彦升深深一揖！

"这个畜生，他要是敢回来，我打死他！"老妇大声叫起来，突然，她又闭了嘴，想了一下，问道，"你真是来找他？他还活着？"

王彦升恭恭敬敬地说："老阿妈，我是来找他的，你也不知道他在哪儿？他真没回来过？"

王彦升看看老妇，真是赵普的母亲啊，还有妻儿呢？他的声音有点儿哽咽了，鼻子发酸。

"哦！那他是真没回来！"老妇学着王彦升的话道。

王彦升朝里瞧瞧，想看看赵普夫人是不是在，跟老夫人是说不清楚了。

院门已经倒塌了，他想找个地方敲敲门都找不到，便叫了两声："院里还有人吗？"没人应声，他扶着老夫人进了院子，老夫人坐在屋檐下的石头上，开始搓草绳。

赵普是他兄弟，老夫人就是自己长辈了，王彦升二话没说，给老夫人磕了个头。屋门东倒西歪，门槛也没了，这家是真穷啊，里面连张桌子都没有，只有几张凳子。

他正犹豫着，想着要去找邻居，一妇人拎着一只布袋走了进来，背上背着一个孩子。妇人见了他，脸上露出奇怪的神色，他赶紧上前道："嫂子，我是赵普的朋友，我特来找他！"

那妇人放下手里的布袋，深深一礼，道："这位官爷，是不是我家赵普犯什么事了？"

王彦升想到自己穿的是便服啊，便问道："夫人，您怎么知道我是官爷？"

赵普夫人答道："你外面罩着便服，内里却是军服的衬子，再说,您的身板和举止,哪里都不像个农人啊。”

“我是来找赵普的,您不用怕!”

“老百姓见了官爷,还是穿军服的官爷,哪有不害怕的道理,是赵普犯事了吧?”

他顾不得再解释了,急着问:“嫂子,您是赵夫人吗?”

那妇人点点头。

王彦升立即跪下,磕了个头,说道:“嫂子,我是王彦升,来自汴梁,来看您和赵普哥哥了!”

那妇人连忙搀起他,回答道:“兄弟,贫妇受不起啊! 赵普他到了哪里了? 谋到官职了吗? 三年了,我三年没见着他了!”那妇人落下泪来,放下孩子,过去碰了碰那老妇,“娘,赵普有信儿了!”

王彦升心里想,亏得赵普他娘脑子有点儿糊涂了,听不了,看不了,也不是坏事。要是知道赵普出门三年,什么也没落着,如今又不知去向,那是什么心情!

赵普夫人看看王彦升,说:“他大兄弟啊,我给你烧点儿水喝吧。”她舀了水来放进锅里,可是,柴火呢? 灶塘里什么也没有,光光的。她四处转了转,端了一把凳子,又从门口拿了一把斧头,出了门。王彦升就在屋里等着,一会儿赵普夫人进来了,手里拿了几根木柴。王彦升仔细一看,那就是刚才拿出去的凳子,被劈成柴火了。王彦升当即决定,带上赵普夫人和孩子,还有老夫人一起进京,无论如何也不能再让她们吃苦了! 来的时候,赵匡胤吩咐了,一定要把赵普请回去,另外还让他带来不少金银。但是,金银是不能给嫂子了,她一个妇道人家,在这穷乡僻壤,就是有金银也没有大用,相反,金银反而会害了她。

王彦升说:“嫂子,你等等,我去找人,你跟我去汴梁,赵普他在汴梁做了大官了，派我来接您去享福！”

王彦升有个好友刘龙城在当地做契丹人的留守，当年也是汉地武林的一把好手，长于打仗，更重要的是，他还是个大学问家，王彦升对他很是佩服。可惜，汉地战乱不已，中原无主，他流落在此。契丹人非常看重他，收留他，请他出来做官，他坚辞不受，后来没办法，挂了一个“留守”的名，但并不真为契丹人做事。

王彦升想试试，找他安排车辆马匹。要往汉地去，还要带赵普母亲和他夫人及孩子，这一路，得有契丹人的关文，这个也得靠刘龙城。

他正想着怎么说服刘龙城，没想到刘龙城道：“赵匡胤，那是顶天立定的英雄，西征归来，占了秦、凤、成、阶四州，解我中原西陲危局，他是大功臣啊！”

王彦升道：“那是我大哥，如今我就跟他公干！”王彦升心里想动员刘龙城和自己一起走，一起回大周！

刘龙城道：“你跟他做事，实乃幸运，将来必有大成就。只是，皇上对他不公啊，西征归来，听说什么奖赏也没给他！”

王彦升听刘龙城这样说，噎住了，劝刘龙城的话说不出口了。

送赵普一家去汴梁的事，刘龙城听说是赵匡胤的意思，二话没说，就让人去打点了，“赵普既然是西征英雄，那没说的！”

那刘龙城还特地留王彦升在县上住了一宿，说王彦升也是大名鼎鼎的好汉，两闯威武城，名气大，自己佩服得紧，看来这刘龙城也是一个消息灵通的人。只是他怎么就不知道，此次西征最大的功臣赵普，家就在他的辖内？

晚上，刘龙城招待得非常丰盛，王彦升看老夫人、赵普夫人和孩子吃饭的样子,知道这三人吃苦了。刘龙城劝了几杯酒,王彦升也高兴,多喝了几杯。第二天起来,刘龙城不仅准备好了车子,还给老夫人、赵普夫人和孩子换了新衣裳。王彦升看这刘龙城有股子正气,但是又有点担心,万一被契丹人知道了,他恐怕会没命。

他悄悄道:"要不,跟我们一起回中原吧。皇上是个明君,你回来,肯定会获重用啊!"

刘龙城道:"我的家小都在这里,一时走不开。我们这里穷,穷在什么地方?穷就穷在我们是亡国奴,又处于边界,各方争战不休,老百姓苦啊。如果你回京,有机会一定要禀明皇上,希望皇上早些派兵来,一统山河,老百姓才有好日子过!"

王彦升一听这话,心里又伤心起来。西征的仗是我们打的,苦是我们吃的,人是我们死的,最后奖赏,就给点儿钱,其他啥都没有。更可气的是那个王章,现在竟然成了封疆大吏,升官发财样样有,天不开眼啊,我们这批人是连个安慰都没有!

王彦升说:"你别等了,皇上一时半会儿还真顾不上你!"

王彦升对刘龙城和盘托出,讲到赵普和他们一起西征的种种艰难,王彦升几乎落泪,刘龙城听得动容。他听说了一些民间的传说,没有想到真实的故事比传说的还要奇谲,听了王彦升的介绍,他更加佩服赵普的经世致用,也为赵普的际遇感到不平。

王彦升说:"咱皇上对不住赵普啊!"

两人都知道,赵普这是无颜还家,不混出个名堂,他是不会回来的。短期内要找到他,还真不容易。

王彦升把赵普老母和妻儿带回汴梁,向赵匡胤交了差。

赵普会在哪儿呢?他还是不甘心,又自告奋勇道:"我去华山找找,也许他回陈抟老祖那里去了?"

赵匡胤摇摇头道：“赵普托人带了一首诗给我，从这首诗里，我已经知道他的去处了，只是，现在不能说。”

王彦升道：“啥诗？你怎么不早说啊？也免得我担心不是。”

赵匡胤说：“你不是看不上赵普的迂腐吗？觉得秀才造反十年不成？”

王彦升笑起来，想起刘龙城的话，说：“我现在感觉他是咱自家兄弟，他是真在造反，跟我们是一条路的！”

赵匡胤听王彦升这样说，警觉起来，忙说：“谁让你这样说的？谁说的？造反这样的话，你以后再说，别说皇上不饶你，我也不饶你。”

王彦升要看赵普留下的诗，赵匡胤不敢给王彦升看，原来赵普留下的是一首双关诗：

西征得良将，南向逞英豪。

来日战东北，再起坐南歌。

按照赵普的诗，赵匡胤这会儿应该去南方。南方，想来想去，只有南唐了。赵匡胤道：“赵普的意思，下一步，我们应该去南方！”

王彦升疑惑地问道：“大哥，去南唐？您要去投南唐？”

赵匡胤哈哈大笑道：“投南唐？我要战南唐，让南唐尽归我大周！打南唐去，赵普会在那里跟我们会合。”

3. 战淮南

赵匡胤率军来到泗县，这个地方，以前是一片沙洲，海水退下去现出一片滩涂，海水涨上来，常常又是一片汪洋。日久天长，这个地方慢慢地被上游来的沙淤积抬高，海水就慢慢地退了，变成了一片陆地。

这块新陆地，南唐和大周都还没来得及占，双方两不管，不过现在不一样了，赵匡胤要在这里筑起一座城池，练起一队雄兵。

他的后面是淮安，驻扎着李重进所部，大约有九万人，李重进带着号称大周第二的劲旅，将要对付的是南唐。大周第一猛将是张永德，他率军据守在澶州，对付契丹。大周第三猛将是李筠，他据守端州，对付的是北汉。此外，王章驻守大周的西陲，面对的是后蜀孟昶。

这些大将都是郭威留给柴荣的遗产，此外，郭威还给柴荣留下冯道、魏仁浦、王溥等文臣。如今，这些文臣中，冯道已经过世，且过世前事实上已经被罢黜。

柴荣身边的第一文臣，是王朴，这是柴荣通过广纳贤才，招揽的“自己人”。在武将方面，换人则不那么容易，且不说这些大将都是独当一面的地方大员，拥有对军队的绝对控制权，单说这些人所面对的敌人，那虎视眈眈的契丹，时刻想着来犯的后汉和后蜀，都是让人揪心的强邻。

南唐同样不是省油的灯。

大周四面楚歌，江山不稳，别说更换这些大将，就是不换，现在也是顾此失彼，大患重重。

大周缺将才啊，柴荣常常慨叹。柴荣把赵匡胤派到大周的东南端来练兵，是希望他能练出一支能够适应南方水网地带地形，能在与南唐对决中起到决胜作用的新军。

赵匡胤军中有各种各样的传言，一是皇上对赵匡胤不公，二是赵匡胤被贬黜到南疆，是皇上故意贬他。

柴荣不解释，他在锻造着赵匡胤。

大周过去只有对北方作战的将军，这次赵匡胤千里奔袭获胜，显示了非凡的军事素质，柴荣希望看看他是否能对南唐作战。现在北方的契丹是强敌，不如先按照王朴说的，收拾了南方，等国力强大了，再来对付契丹，收回燕云十六州，那时可能更有把握。

赵匡胤也不解释。他不能跟部将们解释，只有埋头苦干，而且还得低调，有些事能说不能做，有些事能做不能说，他现在要做的，就是暂时绝对不能说的事。

赵匡胤知道，皇上这样做，是想把他当一把匕首偷偷插在南唐的咽喉上。

这是在偷偷准备征服南唐的战事，这是大战略。

是啊，看起来皇上还真是把他放到了绝地。泗州，孤悬在淮河入海口，兀立在南唐和大周的边界上，身后上百里外才是李重进驻扎的徐州、淮安。赵匡胤只有区区的四千人，而对面的扬州，却有南唐第一猛将周木耀。周木耀手头拥有南唐最精锐的三十万步军，还有十万水军。

赵匡胤驻扎的泗州，就犹如在大象的脚边筑了一个蚁窝，大象一动腿，无意间就是他的灭顶之灾。

“然而，这一切都仅仅是您的一厢情愿，却无法证实。当下，能证实的是，我们这些人都没有得到封赏，相反被发配到了这个猪狗都不愿意来的地方。”王彦升道，“这叫什么事？你说，皇上原来是要我们在这里偷偷练兵？原来是要把我们当精锐藏起来，不让南唐知道？打死我也不相信！皇上要你来练兵，粮饷呢，兵源呢？啥也没有啊！就我们这几个，还练什么兵？”

赵匡胤有时觉得自己也说服不了自己,难怪军心不稳了。

赵匡胤骑着马,这是暮春五月,天气还比较冷,但是,这里的居民男男女女,都赤裸着上身,男子还有很多是不穿衣服的,就裆里裹了一条布,女子下身裹一条长一点的布,有点儿像裳,但是又遮不住膝盖。两个乳都露在外面。赵匡胤又听说,这里的居民,不讲敬老爱幼,相反,老人老了会被抛弃。当地有弃老的风俗,说是老了,没治了,没钱吃饭了,子女就把老人放在用树枝扎的木筏上,把老人放到海里去。这里也没有人祭祀祖先,没有长幼尊卑的秩序。

这里需要文明开化,赵匡胤对陶穀说:“你制定个章程,让乡亲一起来讨论,大家怎么穿衣,怎么敬老爱幼,怎么祭祀祖先,男人怎么种田,女人怎么纺纱织布,这些都要教给他们。光打鱼不行,还要学会种田和织布,要让大家有粮食吃,有衣服穿。”

“教导民众,没有什么方法比孔子说的更有道理,只要让他们慎终追远,就可以了。教给他们怎么祭祀祖先,追念远代的亲人,他们就会知道怎么文明生活了。”陶穀说,“这些人来自长江之南,是古越族的遗民,他们的祖先是大禹。然而,吴越相争时,他们逃到海上,迄今,他们没有在陆地上生根落户,很多人称呼他们为船民,说他们是东夷,那是不对的。”

赵匡胤点点头,多读书,尤其是史书,会让人开智,便道:“先生,我也得多读书,你看看,什么时候借我一些书来读。”

打仗不能真正为民谋福,真正为民谋福,还得认真学文化,教导和劝诱民众,让生活更文明。

“将军,行军打仗,漂泊不定,身边没有带什么书。只是我知道,离开此地不过二百里,有个刘龙城,其人乃当今大儒,藏书甚巨，我心神往！”

“在我大周境内否？”

“在，但常常遭到南唐袭扰。”陶穀回复道，“我不见他久矣，犹如春草不见雨水！”

陶穀一句话，把赵匡胤噎着了，这文人要是酸起来，那是不得了。不过，赵匡胤却能理解陶穀，此刻他一是思念赵普，二是对读书充满渴望，他知道的东西太少了，需要智慧。

两人正说着话，曹彬来找赵匡胤，道：“将军，军心不稳是大忌，尤其是在面对强敌的时候。”

赵匡胤不消问，就知道曹彬说什么。他明白曹彬的意思，大家从京畿来到这偏远蛮荒之地，要吃的没吃的，要用的没用的，大家都不想在这里久待，人心思归，军心难稳，恐怕曹彬自己也想回京吧。

他带的是一支身经百战的部队，里面的将帅之才有数十位，怎么用好他们，让他们安心，炼成一支真正的铁军呢？

要稳定军心，要理顺民心，要建立一套新的军队编制制度，要建立一套新的军队训练制度，要建立一套新的军队作战制度……可谓百事丛杂。

这时，一队士兵押着一个赤裸的民妇走过来，那民妇双手被反绑着，绳子勒着她的脖子和手臂，勒得太紧了，把她浑身的肉勒得鼓鼓囊囊的，已经青紫了。那民妇一边走一边骂，声音高得吓人，那是不怕死的主。

赵匡胤觉得奇怪，一个民妇能犯什么事，让他的士兵要这样绑着她？他平时教导最多的就是要善待民众，没有民众的支持，军队是打不了胜仗的。他的军队宁可自己饿着，也不会抢老百姓的食物,宁可自己冻着,也不会强占老百姓的房子。他专门让人把与老百姓相处的纪律编成了歌,他的军队里,人人会唱这首歌。

他走上前去,那队士兵的领队是个小校,“你是哪个的部下?怎么绑个老百姓,还是个女人?”赵匡胤问。

那小校看是赵匡胤,立即行了个军礼,报告:“我是潘美将军的部下,他让我押这个女人游街去!”

“她犯了什么罪?”陶穀在赵匡胤身后问。

那女人看出赵匡胤是个大人物,又听陶穀这么问,觉得有了申辩的机会,叫道:“不就是睡了个男人吗?我没说什么,你们还不答应了?”

陶穀施了一礼,道:“这位大嫂,有话好好说!我们赵匡胤将军在此,他会为你做主。”

“昨晚,我跟你们一个兵睡了一宿,就被抓起来了!”那女人声音小了一点。

“什么跟我们一个兵睡了一宿?你根本就是强奸我们的兵!还强奸了一晚上!”那小校推了她一把,吼道,“好好交代,老实说话,不老实,让你吃火烧!”

赵匡胤听了又好气又好笑,回答道:“你不用害怕,是不是我们的兵强迫你跟他,如果是这样,我一定为你做主!”

那小校对赵匡胤道:“将军,你完全弄反了,是我们的兵到她那里买鱼,结果,她强行扣留了我们的兵,扣了整整一晚上,我们早上去找,她才放那兵回来!”

赵匡胤也奇怪了,天下有这等女子,问道:“他说的属实?”

“属实!”

“你家男人呢?”

“死光了，不是在海上死，就是在你们的战场上死。男人死在海上，公公死在南唐军营里，家里没人了，我婆婆让我找个男人借种！”

赵匡胤略一沉吟，道：“我们军队是不允许临阵收妻的，那是死罪，那士兵昨天和你一晚上，你承认是你强迫了他？”

“我不能害人家，刚才潘美将军说了，如果是那士兵强迫的我，他就杀了那士兵，向我道歉，赔偿我！”那女人声音越发低了起来，“可是，我不能害了人家，的确是我强迫的他，他不该死，如果要杀，就杀我好了！”

赵匡胤心里有点儿难受，是自己没有让百姓过上好日子，问道：“你不怕死？”

“我不怕死，没男人了，活着也没意思。只是我死了，我婆婆没人照料，也没法儿活了，我就是担心她！”那女人心里很不服气，“将军，你是领头的？我说，找个男人，借个种，还要死罪？你们真要杀我？”

正说话间，一群老百姓抬着鱼肉走来，队伍中尽是老人和女人，为首的一位须发皆白，他颤颤巍巍地走到赵匡胤面前，跪了下来。他一跪，后面的人也跪下一大片，请求道：“将军，我们老百姓给您送粮、送菜来了，求您开恩，放这女人一条生路！”

赵匡胤弯腰扶起老人，道：“老人家，站起来说话，你且说说，你们整个村怎么就没个壮丁了？这种伤风败俗的事，怎么就不管呢？”

那为首的老者抹着眼泪道：“我们本来就是从江南逃难来的，但是，这里都是盐碱地，种不得粮食，我们只能打鱼为生，十个男子，五个死在海上，还有五个呢？大周的军队来了，拉壮丁抢人，南唐的军队来了,也拉壮丁抢人,都被军队拉走了!留下孤儿寡母,老人孩子,我们怎么生活啊?”

赵匡胤点点头。

那老者又说:“这女子倒是个好人啊,念旧,丈夫死了,就帮着公婆养两个小叔子。两个小叔子被抓走了,她又孝敬公婆,结果公公上个月又被抓走了。这抓走的壮丁啊,就没有能回来的!她家这回是香火也要断绝了!”

人群里走出一个老妇来,那老妇跪在赵匡胤面前,道:“我这儿媳妇是个好女人,昨晚的事是我让她干的。将军,你要杀,就杀了我这个老不死的吧!我死了,她也好另谋一条出路!”

赵匡胤略一沉吟,道:“老人家,我不杀她,我放了她。只是,我有话问你,大周也来,南唐也来,你们倒是想跟着大周,还是南唐呢?”

老妇道:“现在,我们是在边境上,不毛之地,本来两国都不想要我们,没一个把我们当自己人。要是让我们选,听说大周的皇帝年轻有为,他减税了,不让多收税,还把地方治安弄好了,没有匪盗,我们愿意跟着大周!”

那为首的老者插话道:“将军,我们老百姓到哪儿不是纳粮交税,谋生活?只要不打仗,不遭灾,能过日子,哪边都好!”

那小校听老者这样说,就呵斥他:“别胡说八道,你们是大周的子民,还想反了,到南唐去,投靠他李家不成?”

那老者并不怕小校,继续说道:“我老了,死是不怕了,儿女也没有了,活着也没有什么盼头了!我就想说点儿真话。你们打来打去,其实就是当皇家坐天下,坐得大一点和坐得小一点,那点儿差别。要我说这坐天下,如果把天下都坐穷了,只富贵了皇家一家，又有什么意思呢？如今，将军您来了，我们归附了大周，您看见我们这样，真感到荣耀吗？”

赵匡胤觉得这老者话糙理不糙，说得有道理，问道：“老人家，要您说，我们又当如何？”

“一统江山，是帝王的理想；开万世太平，是将相的心愿。对老百姓来说，日出而作，日落而息，无君无臣，无贵无贱，无富无贫，无智无愚，与鸡犬同游，与老少同戏，一生可也。”

赵匡胤听了，顿觉醍醐灌顶，这老人的话，非常有智慧，非常有哲理，民间有高人啊。“老人家，你的一番话，让我颇费思量。你说得对，也不对，但是，就冲你这番话，我放了她，不仅放了她，我许你们村永不需要征粮征丁！让你们安享太平，过无君无臣、无贵无贱、无富无贫、无智无愚的生活。隔日我要来你们村里做客，向您老讨教更多的问题。”

说完，他吩咐放了那女人，收下村民的礼物，又让人准备了从北方带来的各种用品、食材作为回礼。

陶穀提醒他：“将军，你只是都虞候，您刚才做的可是封疆大吏都不敢做的事，赦免一个村的皇粮税供，您不怕惹来祸害？”

赵匡胤摆摆手说：“将在外，君命有所不受。此番我擅做主张，但却是为了我大周，边境上的居民一定要多怀柔，南唐的民众见了，才能来归附。强国，不在于域广，而是要国富民丰，万民归心！”

陶穀摇摇头道：“赵普说自己的能耐是‘夺其国’，而将军您又总是把自己当成了皇上，以天下为己任，您这是越位思考，我看险，险！”

赵匡胤叹气道：“可惜，赵普不为我皇所用，不然，正好治理这破碎河山，让江山得到指点，让黎民得以化育！”

“嘿嘿嘿，嘿嘿！”陶縠冷笑道，“将军，你岂不知，皇上正是因此而不用赵普和您！你把皇上要想的事都想过了，他还干什么呢？”

赵匡胤警觉起来，问道：“什么意思？你觉得皇上忌惮我们？这是你一个人的想法，还是全军的想法？”

陶縠动情地道：“将军，昨晚众将饮酒，没有喊你，就是商议如何为你鸣不平。众将相约，结拜为异姓兄弟，同生共死，要是皇上不答应，大家也不答应他！”

赵匡胤摇摇头说：“哎呀，你们这些家伙，坏我大事！我大周刚刚稳定，正需要大家勠力同心，完成江山一统，河山再造，我们委屈一点又何妨？只要皇上心里明白，是好皇上，我们就是赴汤蹈火，也应该在所不惜！”

柴荣需要秦、凤、成、阶四州的马，更需要南唐的财富，他需要和南唐一战，而且此战非胜不可。

赵匡胤部的战马是大周军队中最好的，是刚刚从西征中征缴而来，但是赵匡胤知道，泗州的海边并不适合这些战马。一是空气潮湿，有些战马的皮肤上开始生疥疮，二是周边没有很好的牧草，这些战马不能光吃粮食，需要肥美新鲜的牧草，而这里恰恰没有牧草，更没有新鲜的牧草。此地生长一种当地人叫作笄的长草，长在海边咸水沙滩上，马可以吃，但稍稍多吃就会泻肚子。这种草只能填饱肚子，却没有营养，长期喂这种草，马就没有精神，有些开始掉毛。此外，此地没有大开大阖的马军练兵场，江南水网地带，不几步就是沟，就是坎，脚下虽多数是铁板沙滩涂，人和马不容易陷进去，马却不能放将驰骋，马跑不开，渐渐地就萎弱了。赵匡胤没法，屡次给皇上写奏折，要求皇上调他们去西部练兵，但皇上都没有同意。

由此，赵匡胤认为皇上可能是想从东部开始进攻南唐，将来沿海是主战场，所以，有什么困难都要自己克服。从这里进攻也许是最好的线路，尽管这里是水网地带，不利于马军纵横驰骋，反而有利于南唐的水军，但是，最凶险的地方，也可能是最保险的地方。

马必须吃当地的草，人必须学当地的话，人人必须学游泳。赵匡胤派人四处侦察，尤其是侦察南唐在扬州、泰州一线的军事部署，做好了各种战争准备。

但是，随着李穀的出征，赵匡胤的预料还是错了。李穀、魏仁浦、范质，尤其是王朴，都极力主张从西线出击。柴荣任命李穀为都部署，由正阳渡淮河，直击寿州，此时，赵匡胤依然觉得这可能是皇上的疑兵，李穀一介书生，带兵打仗怎么能成?

长江以北，淮河以南，庐州、寿州、濠州、泗州、海州……这些都是膏腴之地，要一统中原，就必须先占有这些地盘。大周和南唐之间，已经好久没有发生过战争了，南唐军备松懈。以前每到冬天的时候，淮河水位都会大减甚至断流，大周和南唐的边民，互相往来，可以直接从淮河上通过。南唐以往年年会派军在河边驻扎，称为“把浅”，南唐寿州监军吴廷绍认为这边没有战事，年年“把浅”是军事浪费，今年直接下令停止。

显德二年(955)十二月十七日，柴荣任命李穀为淮南前军行营都部署，兼任庐州、寿州知州，忠武节度使王彦超担任其副将，此外，派遣侍卫马军都指挥使韩令坤等十二名将领率军南征。开战之初，李穀占了南唐军备松懈的便宜。

李穀从正阳搭浮桥渡过淮河，不出一月，已经到达寿州城下，副将王彦超在寿州外围与吴廷绍遭遇,吴廷绍两千余人被王彦超击败。紧接着他的先锋都指挥使白延遇,又在山口镇击败了南唐军队,寿州城外围已经被周军肃清,李榖完成了对寿州城的合围。

然而李榖并不善于用兵,治军过于宽柔,用兵过于保守,在寿州城外,围困整整一个月,没有任何进展。相反,南唐方面却调兵遣将,从濠州、庐州、滁州等数个方向前来增援。

李璟以刘仁赡为清淮军节度使,镇寿州。同时,任命神武统军刘彦贞为北面行营都部署,率军两万前往寿州驻防;又任命奉化节度使、同平章事皇甫晖为应援使,常州团练使姚凤担任应援都监,两人率军三万前来救援。

到这个时候,才算是南唐主力出战了。此前李榖出正阳,一路几乎没有遇到什么真正的抵抗,但是,当他来到寿州城下时,他遇到了真正的敌手。

刘彦贞单兵突进,赶到距离寿州城二百里的来远镇,弃陆路,换乘数百艘战船,沿着淮河直奔正阳,摆出了攻打周军浮桥的态势。李榖果然害怕了,生怕后路被切断。此时,杨徽之也提出,周军不善水战,没有水军,如果浮桥被截断就有可能腹背受敌,于是李榖干脆率军返回正阳,防守浮桥,他放弃了对寿州的围困。这样,周军此时出击的全部成果也就丢失了。

李榖的撤退让柴荣非常震怒,柴荣立即派王朴来阻止李榖,但王朴找到李榖的时候,李榖已经撤了,丢掉了所有的战果。

李榖撤得非常狼狈,前军不顾后军,前后挤踏,走失和伤亡的兵员超过了六千人,损失粮草、辎重更是不计其数。

王朴看着蔫头蔫脑的李榖,恨不得抽他,向他吼道:“你给我回去，围住寿州，拿不下，就不要回来！”

李穀已经吓破了胆子，军队的士气也丧失殆尽，哪里还敢回去！

王朴没办法，无奈地说：“为今之计，只有皇上御驾亲征，才能激发士气，再战！”于是他连夜给皇上写信。

柴荣没办法，稍稍准备后就起程来前线督战。可是，他到达前线的时候，已是兵败如山倒，李穀已经撤到了正阳。柴荣撤了李穀，亲自组织进攻，从东线调来李重进，还让李重进从赵匡胤那里调走了一千五百匹战马，但就是没调赵匡胤！

这个时候，赵匡胤开始疑惑了，难道西线真的是主战场吗？皇上把他放在东线，其实只是个摆设？

如果真是这样，赵匡胤的东线就变成了疑兵。可是，淮河已经断流，无须浮桥就可以让大部队过河。对面的扬州，南唐军队防守非常薄弱。扬州城由南唐东都赢屯使贾崇、工部侍郎冯延鲁分别任正副指挥使，这两人根本算不得武将，他们没有组织防御，扬州城几乎是不设防的城市。南唐把对面的周木耀调往庐州，防守西线去了。

赵匡胤分明已经感到，南唐没有把这里当作防守重镇，如果此时开辟东线战场，可以缓解西线的压力不说，本身的胜算也很大，拿下扬州，可以威逼金陵，南唐东西不能兼顾，必乱方寸。

要么南唐的细作已经得到消息，吃透了柴荣的进军策略，知道大周在东线没有兵力，不会发动进攻了；或者，柴荣的疑兵战略成功，南唐把东线的大门彻底打开了。

一边是西线，大周和南唐的战争处于胶着状态；一边是东线，赵匡胤部没有一个人受到征召，他们就像被皇上忘记了一样，在泗州东二百里的海边练兵。名曰练兵，却不仅没有新增兵员，相反，他们的战马还被调往西线，由李重进掌握。

大家都有点儿坐不住了，是不是皇上真的把他们赵家军打入了冷宫？连赵老太爷赵弘殷都随皇上出征了，他们这支经历了西征的铁骑军却在这里晒太阳。

赵匡胤让陶穀上书，要求出征，由他开辟东线战场，直取扬州，但皇上就是不允许。让人更加恼火的是，皇上不许赵匡胤出战，却来调王彦升。

他任命王彦升为铁骑都指挥使，领军至下蔡镇驻扎，迎击南唐林仁肇部。接到圣旨，王彦升不敢领命，这种圣旨换了谁都不敢接！领军，军队在哪里呢？那是要分赵匡胤的兵权么？赵匡胤本来就只有三千人，原来是备齐了三千匹战马的，现在已经被调走了一千五百匹马，两个人才一匹马，本来就没法打仗了，却还要再调走一批。柴荣任命王彦升为铁骑都指挥使，前面加上"铁骑"两个字，就是说得把战马给他带走，让他率领骑兵。

王彦升对赵匡胤道："算了，这个铁骑都指挥使我不干了，我带走了人马，你怎么办？你不什么都没了？"

赵匡胤沉吟良久，难道皇上真的是要在西线和南唐决战？如果真是如此，把他放在东线，做做样子，让南唐军不敢偷袭，也的确是最好的选择。他铁面赵匡胤的大名，赫赫战绩，的确能吓唬人，只要他在这里，不用一兵一卒，就能挡一阵子了。如果是这样，他应该无条件服从皇上的安排，让王彦升把主力带走。

李重进部已经开拔，向寿州方向移动，马上要越过下蔡了，而下蔡是大周西线、东线之间的交通关节点，李重进西进，要通过这里，南唐援军西进，也要通过这里，所以对面是南唐大将林仁肇。

而大周方面，柴荣突然选择王彦升，也是有道理的。如果这里防守失败，丢掉了南下的浮桥，不仅南下围攻寿州的军队会被抄了后路，大周的东西线之间也将不能互相支援，整个战局就危急了。

王彦升此去，兵马少了不行。赵匡胤道："这样，我给你两千士兵，一千军马！同时，让高怀德、曹彬跟你一起去，此去只能胜，不能败，如果败，我们将永无出头之日。"

王彦升不答应，道："我带走那么多人，你这里就空虚了，要是南唐军知道李重进已经离开，而你这里只有一千人，派兵突袭，你就危险了！"

赵匡胤道："战局不日就会有改观，都点检张永德也要去寿州参加会战，这个时候，最好的局面是，你们在西线取得胜利，西线的胜利，可以保东线无忧。尤其是你，皇上的御旨非常有道理，只要你守在下蔡，进可以增援寿州，退可以回援我泗州。你此去，应该主动找机会和林仁肇接战，如果能打败林仁肇，得到他的军马和辎重给养，我们就能一夜壮大，别说你带两千人、一千匹军马出征，如果真能和林仁肇接战而获胜，你就是全部带去，我也要支持！"

王彦升听了，感觉赵匡胤说得对，也感到自己身上的担子重，但仍疑惑道："皇上为什么不让将军出征？"

赵匡胤有时还真是吃不透时局，尤其是他身居东线，对西线的战事不了解，道："不要想这个问题了，皇上一定另有安排。你去下蔡，派人去滁州看看，听说赵普在刘词老将军帐下谋职。当年在高平之战中我和刘词老将军结下厚谊，他能收留赵普，真是慧眼识珠。"

王彦升是真惦念赵普了，王彦升本不喜欢赵普的文人气，但是，一旦面对复杂时局，没有文人在耳边啰嗦，他们这些武夫还真是没办法，便道："我去了，先接赵普先生到营中，请赵普先生给我出谋划策，我一定争取立即和林仁肇接战，尽早获胜！"

"我把我们西征带回来的精锐，全部派给你，你必须胜！"

"这是我们全部家当了，你全给我?"王彦升知道，那些西征老兵才是宝贝，他们一个顶十个。

"不碍事，王小姐手头还有几个人留着，你走后，我与她合军一处，等待机缘。如果你能得胜，我估计东线也会开战，不久，皇上就会征召我们开辟东线战场，方向就在泰州、滁州一线，我们不久就能会合！"

赵匡胤正揣摩着战事，突然接到了殿前都点检张永德的来信。张永德告诉赵匡胤，他已经接到御旨，开赴寿州前线，不日路过徐州，要他过去一见。

张永德来得比预计的要早，三月十五日，张永德就路过泗州，想尽快赶往前线，大周不能长期跟南唐打胶着战，那样就被动了。

如果不能尽快解决南唐，就有可能要面对南北两面开战的格局。大周的北面有契丹、后汉，西面有党项，国家连年战火，老百姓没有得到休养，而南唐最近这些年却相对安定，虽然军队因此而变得孱弱，但是国力显而易见！

其实，张永德来得快，是因为南唐李璟还真的用蜜蜡书，邀后汉和契丹出兵，李璟给出了淮河以北尽归契丹和后汉的条件。

赵匡胤单人独骑去见张永德。从海边出发，两百里路，路上并不好走，都是小沟，马根本跑不开。他是中午出发的，到张永德大帐时，已经是傍晚了。张永德正在吃饭，看他进来，立即迎他，让人也给他上了一盘饭，赵匡胤一看，那是黄糙米加上青菜叶子，搅合在一起的土锅饭。张永德没想在这里过夜，因此只是挖了简易灶。张永德是他的老上级，本来两人的感情就好，此刻，相隔半年多，突然在这里见面，赵匡胤更是觉得亲切。他从袋囊里掏出从海边带来的海鱼，这鱼还新鲜着呢。张永德怪他不应该私带东西过来，行军打仗，哪里要这些讲究？赵匡胤也不回话，走到帐外，直接跟帐外的亲军交代如何做烤鱼，然后回来又掏出酒瓶。西征时，他从党项人那里缴获来的牛皮囊的酒袋，里面可以放好几升的酒。张永德好酒，酒量不小，见他带了酒，也就不说话了，倒了一半，咕隆咕隆，一口气喝完了，说："没心思喝酒啊，来来，咱俩说话！"

张永德老了，两鬓已经斑白。守北方不容易，风沙弥天，契丹人言而无信，一会儿说和好，一翻脸，又发兵劫掠。张永德在冀州一线，没过上一天好日子，还好之前有韩通帮忙，构筑了一条大堤，之后他又在大堤上，每隔千丈，加盖了烽火台，契丹人一旦入侵，便以烽火报警，情况稍稍好了一些。然而此刻，他又把冀州的主力带到了南方。

瞻前不能顾后，他是忧心如焚。

"赵匡胤老弟，要我说，你乃大周第一战将。你知道不知道，皇上为什么把你放在这里，这里鸟不拉屎，但可以瞻前顾后！"

赵匡胤不解道："都点检，如何瞻前顾后？我这里根本没有兵力了。"

"皇上征调我参与围攻寿州，你想想，皇上难道不担心北面的契丹和后汉吗？现在，我们北面只剩下慕容彦超、李守贞，慕容彦超手头还有点儿兵马，李守贞手头不过两三千人，名曰刺史，徒有其表，空有其名，我很担心啊。你在这里，要看着南面，同时更要防着北面，如果契丹军南来，你要立即北上，增援慕容将军，以待我回援！”

赵匡胤摇头道：“都点检，我恐怕要让您失望了，我现在是巧媳妇难为无米之炊啊。”

张永德道：“皇上是要在寿州、濠州一线和南唐主力决战，要把南唐主力引到那里去，然后在那里全歼他们。皇上选择了一条一劳永逸，然而也是最危险的路线。在那里两国都没有退路，南唐军如果增援寿州，就要离开金陵、庐州，就要过江，深入淮河一线，他们只要来寿州，不胜，就难以全军而退。大周也是如此，在这一线出击，一定要越过淮河，那里的淮河，只能搭浮桥，军马、辎重过河非常困难，如果渡河作战不胜，也难以全军而退。李縠之所以不战而退，就是因为怕刘彦超断其后路，包抄他。现在你想想，是皇上亲自在那里，皇上是把自己置之死地啊！我等臣子又该当如何？”

“更当冒死！”赵匡胤想都没想，便道。可是说起抗敌，他却真是不敢轻易点头啊。张永德是他的大恩人，此前，他从汴梁出发，张永德从自己家里拿了白银一千两给他支用；后来，他不在京城，家里都是张永德照顾的。

张永德的话，无论是从公，还是从私，他都得听。可是，手中兵力太少，他实在无奈啊。

张永德看出了他的为难，拽着他的手，来到帐外，说道：“我知道，你的兵几乎全部交给王彦升带走了，我把我的亲兵卫队留给你，一旦北面有动静，你不用等皇上和我的命令，径自决策，直接北上抗敌，定要把契丹人挡在黄河以北！”

赵匡胤原先只想着打南唐，却不承想皇上心里还想着要防契丹，果然他不能轻动啊。他得两边都预备，向南准备好攻打滁州、扬州，向北要预防契丹从幽燕来袭。即便这样，他也不能要张永德的亲兵卫队啊，没有亲兵卫队，张永德在战场上等于不戴盔甲站在敌人的弓箭射程内，那是自断后路。

他心里感动，知道张永德是要瞒着皇上给他留一支铁军，亲兵卫队是他的身家性命，人数虽少，但是个个以一敌十。

“这个我不能要！”

“我已经命令卫队前锋，开赴你的营地了！”

听张永德这样说，赵匡胤不好再推辞了。他想起王彦升临走的时候，给他磕头说：“将军，要么就是咱俩在滁州、下蔡见面，我把我们带出去的，一个人不少，一匹马不少，还给您；要么请您来给我收个尸，咱们下辈子还做兄弟，你还做我大哥，我下辈子报答您！”

赵匡胤撩起战袍，单腿跪地，向张永德道：“这支卫队，是您的宝贝，都是您带在身边的亲军，我一定给您带好，将来一个不少还给您。如果不能还给您，那就是我赵匡胤不在这个世上了，咱们只能下辈子见了！”

张永德没有搀扶他，只道：“我受得起你这一跪，但是受了你这一跪，你也不欠我了。千军易得，一将难求，你就是千金不换的大将！给你人马，就是让你能为国立功，把你的豪气拿到战场上去吧！”

说完，张永德站起身，对着身后的传令官道：“开拔，立即起程！”

张永德所部的确是军纪军风好，一声令下，几乎没有任何一刻的延迟，整个军队静悄悄地就开拔了。赵匡胤站起身，走到帐外，看着张永德和他的军队消失在夜色中。

“将军，我们要收帐篷吗？”他身后，有兵士提醒他。

张永德给他留了一队亲兵，这些人在等他指挥呢。现在不是动感情的时候。

他拉缰绳上马，带着张永德留下的亲兵，连夜回到泗州。李重进离开以后，这里已经彻底空了，一兵一卒都没有，他要在这里驻扎，等待王小姐从汴梁过来会合。

4. 突袭清流关

这些日子，王小姐的身体也渐渐地好了。

她带着八百人从汴梁赶来，和赵匡胤会合，来协助赵匡胤戍边。

王小姐不仅带来了王燕儿，还带来了赵匡义。

他问赵匡义："二弟，你怎么不在家里堂前尽孝，照顾母亲，怎么也来这里了？"

王小姐道："是令堂大人叫我带他来的！"

王小姐把杜老夫人的信交给赵匡胤。他净手展开，母亲在信中说，父亲一生戎马倥偬，不过是要光宗耀祖，而如今，你们兄弟已经成年，这个任务应该由你们来承担，你弟弟，虽然年纪尚小，却已经可以行军打仗，助你一臂之力，你们兄弟应该互相帮助，成就一番功业！

赵匡胤心里很感动，也很敬佩母亲，母亲虽然识字不多，却深明大义，发人所未发，见人所未见。

然而，在信中，母亲也吩咐赵匡胤不可娶王燕儿，暂时也不可娶王平山，此二事当由她做主。她告诫赵匡胤不可擅自做主，婚姻应该遵循父母之命、媒妁之言。

赵匡胤知道，这是母亲在给自己顶天，防止二女逼婚，闹不和。

赵匡胤看完母亲的信，把信折起来，放进衣兜。王小姐这时命人抬上一个箱子来，放在赵匡胤面前。她款款一礼，让赵匡胤打开。赵匡胤打开箱盖，里面是一只布包裹，打开一看，里面是金银首饰，沉甸甸的。

赵匡胤摇摇头道："无论如何，不能再用你的金银了，再说你也没剩什么了，再用就全没了！"

王小姐摇摇头，柔声回道："这些是令堂大人让我带给你的，说你在外行军打仗，没有金银万万不行，她把她的私房银两和首饰都让我给您带来了。"王小姐弯腰伸手到箱子里，拿起一块木板，原来木板下是一个隔层，里面全是金银。赵匡胤不相信，家里不富裕啊，这么多年，他没拿什么钱回去，他的俸银都用来接济军营里的兄弟了。家里就靠他父亲赵弘殷一个人的官俸，母亲哪里有那么多银子？

"这下面的，才是我给将军的！"王平山柔声道，"令堂拿出了她的私房钱，我们这些做晚辈的，又怎能不拿出来？"

赵匡胤看看王平山，心里感动，想说点儿什么又说不出，心里觉得堵得慌。半年来，什么功绩也没有，西线战事如火如荼，他在东线却什么也干不了，天天在这里混日子，混到要女人来接济自己。美其名曰在这里练兵，可兵却是越练越少。

是不是皇上真的把他给忘了？

"放在你手头，需要时再找你取用！"赵匡胤不知道是不是真的用得着，也许根本用不上。

"不，拿来了，就不准备拿回去，将军又何必小家子气？将军拿去招兵买马，练好雄军，等待皇上征召。这一仗南唐和大周必是要分出一个胜负的，皇上必然要重用将军！将军不必妄自菲薄，更不必气馁!"王小姐道。

赵匡胤找来陶穀,道:"陶穀,你多想想,给皇上写一道奏折,由我们开辟东线战场,这样可以策应西线,同时首先攻占扬州,进而由扬州向西,攻占滁州。"他想过了,契丹应该不敢在这个时候动手,再说,契丹就是动手,他回援也是有时间的。

相反,适时展开东线攻势,西线就能速战速决,这对防御契丹是有好处的。

他想了又想,为免皇上担心,补充道:"跟皇上说,我在此处,练了新军三千,都是死战之士,可以出征!"

陶穀犹豫着道:"这个奏折不好写啊,皇上准了,我们拿什么去战? 皇上不准,我们不是自讨没趣?"

"你还是写吧,我料皇上正处于为难之际,不然,李重进、张永德两位不会同时去寿州,而被羁绊在寿州,绝不是皇上的意愿,如果皇上在寿州无功而返,大周危矣! 我就怕那个时候,后汉和契丹联手,我们就真没胜算了!"

陶穀无奈,以赵匡胤的名义写了一封奏折给皇上。

这次皇上回复迟迟不来,皇上像是真的把他忘记了!

三个月之后,皇上的密信到了,皇上密令他有多少人带多少人,白天隐蔽休息,晚上行军,直击清流关,然后以最快的速度攻占滁州,掐断南唐军队的退路,同时摆开进击南唐首都金陵的架势,对南唐形成震慑。

赵匡胤既激动又担心。皇上没有忘记他,但是皇上不记得了吗,他的人马被王彦升带走了一大半,几乎是全部的精锐,如今皇上只有一道密令，却没有任何部署，难道是要他从天上变出军队来？王小姐果然是有远见啊，如果不是早早募兵，加以训练，这个时候就真的没人出战了！

然而，他读到皇上信末的话时，又无语了。皇上说："此山穷水尽之际，即是爱卿藏锋毕露之时，冀盼将军拨云见日，齐奏凯歌！"

皇上是把全局的纲纽寄托在他的身上了，难道此战又似高平之战？可是，当日的刘词在哪里？当日的赵匡胤倒是在这里，手头却无兵可用。

说起刘词，此时刘词官拜永兴军节度使，他也是被皇上雪藏的另一人物。经过高平一战，皇上认为他已经掌握了战事的一个关键：打仗就是在双方拼得你死我活的时候，突然有后备军队可以出击，哪怕是一支小小的力量，也可以左右战局。当年高平之战，如果没有赵匡胤出其不意的冲锋，就不可能获胜，而没有刘词最后的加入战局，更不可能胜。

因此，此次和南唐的淮南之战，他几乎把所有能用的人都用上了，但是他一直忍着，雪藏了刘词和赵匡胤，直至最后的时刻。此时最后的时刻来临，大周军队十九万人，围困寿州已经一年有余。但是，寿州在刘仁赡的手里依然固若金汤，而周军却因为不习南方气候，多有病殁，士气开始逐步低落，许多人都生起了归心。范质、魏仁浦等人都劝皇上撤退。然而，皇上知道，他不能退，如果此刻撤退，必然给南唐以喘息修复的机会，而将来要平定南唐就难上加难了。此刻双方都已经精疲力竭，只要有一方突然加入生力军，只要有一方突然走出一步险棋，那就可能完全改变战局。

他决定用这个险棋。

他让刘词和赵匡胤同时出击，夹击清流关，切断南唐军队的退路，彻底截断南唐的补给线。

战事胶着，双方投入的总兵力越来越多。

柴荣此时想的是先灭皇甫晖，断了李景达的后路。他祭出了自己的秘密武器——刘词和赵匡胤。

赵匡胤知道，此战意义重大，大周几乎把所有的家当都投入了战场，总共形成了十九万人的聚集，这是最后的大会战。如果此战失败，大周将立即被契丹、后汉、后蜀、南唐瓜分，天下就不存在大周了，柴荣这个皇帝将不复存在，朝廷众臣也将烟消云散。皮之不存，毛将焉附？国之不存，家又何在？官爵荣禄又在哪里？

此时不挺身而出，更待何时？

这是黑得格外深沉的弥天大夜，赵匡胤手头只有区区不足三千人，五百匹马，而他要奔袭的清流关却是南唐第一雄关。清流关地理位置极其重要，对于南唐来说，它是金陵门户和锁钥，守住它，才能让金陵高枕无忧，进而可以俯瞰整个江淮。而对于大周来说，只有扼住清流关，进而把住滁州，才能切断江南江北的联系，让南唐在江北的主力变成孤军，只有断了南唐军队撤退的后路，才能真正消灭南唐主力，削弱南唐国力，为平定南唐打下基础。

他找到王平山说："你带来的钱，都用来造兵器、买马、买粮草。"

王平山从帐中捧出最后一点金银，说："本来就是准备好给你用的，这些金银如果放在家里压箱底，不过是废铜烂铁，但要是将军你拿去出征，带出一支虎狼之师，必能成就大业！"

赵匡胤此刻的确是需要钱啊，尤其是在双方战局交织、胜负未定的时候，无论哪方面招兵买马，都得拿出真金白银来！赵匡胤要千金散尽，招募死士，偷袭清流关。

清流关关口高十丈，两边是悬崖峭壁，可以说是一夫当关，万夫莫开。

南唐在这里派驻了两员大将，皇甫晖、姚凤都是名将，有其一，就已经令人生畏，现在南唐在这里放了两人。

皇甫晖其人忠勇善战，他原是后晋密州刺史，后在与契丹交战中兵败，不肯投降契丹，弃官跑到南唐来投靠李璟。李璟知道他是英雄，是有名的战将，便任命他为神卫军都虞候。但是，朝廷内有些人嫉妒他，在李璟面前说皇甫晖的坏话，说他不过是一个流落江湖的亡国之臣。李璟虽然没有听信那些谗言，但对皇甫晖也没有更多的重用。皇甫晖知道后心里很难过，觉得南唐人气量小、心胸狭窄。他想试试李璟，看看李璟到底是真心器重他，还是假的。有一次李璟前来检阅军队，他突然冲出来跑到李璟面前，说道："末将不愿意以贼寇之身，牵累陛下！"说完，他跑到秦淮河边，纵身跳入河中。李璟急忙让人把他打捞上来并对着众将发誓："朕日后若有负于将军，天地鉴之！"

从此之后，皇甫晖对李璟感恩戴德，忠心不二。他用了六年时间，修筑了南唐的长江防线。此时皇甫晖官拜淮南节度使，是整个南唐主力的总后援，官位不可谓不高。此时，南唐几乎所有的军队都到了江北，他们由诸道兵马元帅、齐王李景达率领，陈觉为监军，前武安节度使边镐为后卫，在寿州城下与柴荣决战。

那姚凤力大无比，能单手举起千钧石担，他配合皇甫晖，镇守清流关和滁州。

晚上，赵匡胤率军接近了清流关。他用双倍饷银，在泗州招募了两千死士。他让部属装扮成是运粮草的后备军，一部分人穿军装，另一部分人穿便装，把铠甲、军械都藏在马车里。这样，步兵可以轻装行军，既安全，速度又快。

赵匡胤索性走官道，这官道很宽，双向四辆马车可以通过，而且都是石铺的道路，石头上是数条深深的车辙。要是不打仗，商贩往来，该是多热闹的景象。

赵匡胤一直处于前队，打仗时赵匡胤永远如此，身先士卒。这时王小姐从后队策马追了上来，忙说道："将军，不能再前进了，再往前就太接近关口了，容易暴露！"赵匡胤这才发现，他们距离清流关真的太近了，清流关上的灯火都能看见了。

赵匡胤心里有点儿急，高平之战以及西征秦、凤、成、阶以来，他已经初步形成了用马军闪电突袭，以少胜多的战术，这个战术对他来说，是战无不胜的法宝。这次突袭清流关，他来得特别快，才一天一夜，就已经接近前敌了。

这需要刘词的配合，但是一路行来，细作竟然没有探报刘词的消息，刘词也没有来信联络，他派出去寻找刘词及联络的人，也没一个回来的。

或许是自己的进军速度太快了，刘词赶不上，不如先在这里休息一下，和刘词联系上，沟通好再统一行动。

正想着刘词，一军士来报，说是王彦升派他来送信。赵匡胤接过来打开，发现信是赵普写的，赵匡胤内心安稳了许多。看来王彦升已经找到赵普，赵普正辅佐王彦升，如果是这样，王彦升那头就不用担心了。

可是，细看赵普的信，他却大吃一惊，刘词过世了。

刘词是突然身亡的。

刘词是有勇有谋的悍将，有他策应，赵匡胤可以放心大胆进攻，没有他策应，任何进攻都得留下后手。清流关本来就易守难攻，而他带来的军队，虽是重金招来的死士，却缺乏作战经验，训练时间也不够，他只能在战斗中训练他们。这样的军队，是经不住失败的，必须用胜利来鼓舞他们，否则哗变和溃败，转眼就能发生。

赵匡胤无比沉痛：唉，天不助我，让我大周痛失一员大将啊。刘词乃大周擎天柱，此刻竟然撒手人寰。

刘词病逝，这就把赵匡胤一拨人马晾在了清流关，该何去何从？

陶縠急得团团乱转，他知道赵匡胤的性格，那是只能前进不能后退的，可是这次不一样。他对赵匡胤说："这次，我们得先撤军，我们是孤军深入，孤立无援，打攻坚战是没有机会获胜的。只要稍有延迟，周边的敌人就会上来合围我们。只要清流关能守住半天，他们的外围军队就能来清流关救援，完成对我们的包围！"

赵匡胤点点头道："你说得对，但是，战争就是要奇迹，我们就是要创造奇迹！"

陶縠摇头叹息，不知道如何是好，这个奇迹怎么创造？要是赵普在就好了。他陪着赵匡胤，两个人在大帐内，思前想后，就这样熬到了子夜。无论如何天亮前得行动，不是进，就是退。

赵匡胤酒量很大，但是只要行军打仗，他就滴酒不沾。楚昭辅看他在大帐中团团转，就温了一小坛子酒，让火头军做了一点儿牛肉，冷切后拿了过来。

在南方，牛肉可是稀罕东西，南方人不放牧，养牛主要是为了耕田，把牛当自家人一样待，不仅不舍得杀牛吃肉，平时，冷暖饥饱，照顾得好着呢。南方人吃鱼、吃米，赵匡胤是北方人，吃肉、吃面出身，不喜吃鱼，到了南方，就苦了。

楚昭辅弄了几头牛，带在队伍里，一方面可以当作运战具的牲口用，另一方面还能当军粮。牛肉是好东西，赵匡胤见了一定嘴馋，说不定就把烦心事给忘了，至少能轻松一会儿。

果然，赵匡胤闻到了肉香，问楚昭辅："你哪来这东西，这我不能单独吃！"

楚昭辅知道，赵匡胤最恨当将军的克扣士兵，他向来与普通士兵同吃同住。楚昭辅知道赵匡胤的性格，赵匡胤把自家的金银细软都投入军中当军饷，好吃好喝的都先给士兵，这是赵匡胤的习惯。

"放心，今晚杀的，明天一大早，每个士兵都有份儿，熬着肉汤呢。先给你弄点儿来，尝尝！"楚昭辅想了又想道，"将军，你就不要怪我了，依我对您的了解，天不亮，可能就要发起进攻，这些牛带不上了，就是带着也已经没用了。这些军士，很多人回不来了，让他们吃顿饱的吧！"

赵匡胤坐下，陶穀在他对面坐了，楚昭辅摆上肉，又要倒酒。赵匡胤伸手挡住，道："不行，闻闻就可以了，不能真喝。"

说着，赵匡胤抱着酒坛子闻起来，楚昭辅看着心酸，但他嘴上不敢说出来。他对赵匡胤佩服得五体投地，当年王元功战死，他和赵普去收尸，两人看了又看，王元功身上中了六十多箭。偏偏赵匡胤不信王元功死了，跑去一哭喊，人就活了。后来大家都说赵匡胤是神，神一流泪，阎王爷就能看见，阎王爷看见了，给他个人情，就把王元功放回来了。

"天就要亮了！"赵匡胤抬头看看帐外，他是茶饭不思啊，一刻也放不下战事。

正在这时，帐外有人走动，人还没到，声音先到了："给老子让开，我要见将军，快点儿弄吃的喝的，快点儿！"

一士兵道："将军，你停一下，我通报一声！"

"通报个啥？我回来了，有要紧事！"王彦升推着那个士兵，走了进来，一见赵匡胤，撩开战袍跪下道，"给大哥磕头，我回来了！"

赵匡胤心里高兴，道："这个时候，来得正好，马上是一场大战，天上突然掉下大将，天公助我！"他站起来，要扶起王彦升，王彦升不让，偏要磕了三个头才起来。一起来，他看见桌上的肉了，大声道："有这等好事？冷切牛肉等着我？"

王彦升看看楚昭辅，说："你快去做点吃的，把整个牛头拿来，一会儿还有人到。"

赵匡胤看着王彦升磕头，心里顿生豪情，这些兄弟都是生死之交，他们是把身家性命都寄托在我的身上了，我该如何，才能对得起他们一片赤胆忠心？

赵匡胤心里疑惑，问道："兄弟，你这时赶来，是有破关良策？"

王彦升道："然也！一会儿让赵夫子跟您说，他马上就到！"

赵匡胤听说赵普要来，心里有点儿谱了，他摊开酒碗，倒上酒，高兴地说："王彦升，你是立了大功了，把赵普给带来，我们兄弟又能团聚了！"

果然，一会儿曹彬和赵普一起进来了，原来王彦升是让曹彬单人独骑接的赵普，这是险招。此地两军犬牙交错，穿行往来，有时遇到友军，有时遇到敌军，这还是明着的危险，更多的是那些便衣细作，神出鬼没。如果让人带着人马接护赵普，反而不安全，一个人偷偷去接，那是险中险，却也是最安全的。赵匡胤心里高兴，曹彬谋勇都不在王彦升之下，地位也和王彦升不相上下，但是，他们兄弟为了大局，能屈能伸，实在不易。曹彬乃有勇有谋的上将，将来一定要重用。

曹彬进来拱手道："我把赵先生请来了！"

赵普上前，要给赵匡胤行礼，却被赵匡胤挡住了。赵匡胤连连说道："赵先生，夫子，你来得好啊，来得好啊！"赵匡胤拉着赵普的手，又拉了王彦升，"今天，大战临头，复得先生，又归我猛将！哈哈，哈哈，我必胜也！"

赵匡胤的自信是有道理的，赵普上知天文，下知地理，此来早有准备，带来了清流关地图。赵匡胤一看，跟他收集到的完全不一样。赵匡胤每到一处，都重视收集当地史志，了解当地人情，之前他也派细作收集了当地地图，也找了当地人，那地图他是日日看，夜夜看，哪条路纵向，哪条路横向，有多宽，有多长，他几乎能倒背如流。但是，看了这幅地图，他对赵普是真佩服，这个人是有心人，当年在西北就到处堪舆，了解风物人情，上呈的资料如此翔实，以至于现在成了大周国宝，大周统治西陲，那些资料是基础。

现在，清流关的资料又来了。

"清流关长期被南唐占据，我们大周缺乏了解，书面资料几乎没有，赵夫子，你是做了一件大事啊！"赵匡胤拉着赵普道。

曹彬也说："将军，一路上和赵夫子聊天，受教不少。赵夫子是治国大才，统领个枢密院是绰绰有余，可惜那些老朽昏聩无能，不能任人唯贤啊！"曹彬指的是谁，大家都清楚，范质为首的那些大臣，代表的是先皇在世时的老势力，他们不仅仅是想恢复先皇时的地位，甚至还怀念北汉呢！这些人嫉恨赵匡胤这些青年军官，说他们鼓动皇上到处伐战，弄得民不聊生，国库空虚，天天在皇上耳朵边灌输什么孔子仁政，要皇上学周文王。

罗彦环听曹彬这么说，气不打一处来。他也是跟着赵匡胤一路西征的猛将，可是回来后没有得到任何封赏，他把恨记在了范质身上。“大哥，你何苦这样低声下气？哪天你带我们回去，把范质那老儿，抓来炖着吃了！”罗彦环说要炖人、吃人，那可是真的，他和王彦升两人，当年在北汉时，曾经一同去打土匪。抓到一土匪头目，他们就在土匪山寨下，支起锅炖了，就着酒边吃边聊天，山寨上面，箭如雨下，许多箭就落在他们脚下，有一支箭正中罗彦环右肩。他右手端着酒不动，左手伸出，拔下箭头，继续豪饮，面不改色地坐着，这可把对面的喽啰兵吓坏了。到晚上，那山寨门就开了，都是来投降的。

赵匡胤看看罗彦环，道：“此话不可再说，大战临头，皇上是等着我们早日报捷，不希望我们为了自己那点儿蝇头小利唧唧歪歪，如果真是那样，我们和那批人又有什么区别？”

赵普道：“将军，先让大家休息，做好准备，军队凌晨出发！”

赵匡胤知道，赵普是要跟他两个人单独密议，他让其他人回去，道：“照着赵夫子的吩咐去准备！”他相信赵普。

看大家出去了，赵普重新摊开地图，拿出毛笔来，在地图上描画起来。赵匡胤俯身过去看，原来赵普画的是一条密道。赵普道：“此道只有当地猎人知道，平时不通，但是这个季节，水枯木萎，也许可以通过。建议以一支佯攻部队凌晨出发，大张旗鼓，大道直奔清流关，天亮时，在关下列队，吸引皇甫晖出战。此时，我主力直插清流关后，偷袭清流关城，让他回不了窝，同时切断皇甫晖撤回滁州城的退路，让他也回不了滁州！”

赵匡胤点点头，这是一着险棋，非常凶险，如果大军轻装夜行，到达清流关后，天亮不能占据清流关，就有被南唐军从滁州、清流关两面夹击合围的危险，那时是没有任何退路的。南唐军在附近集结了十五万人，他赵匡胤区区几千人，即刻就会灰飞烟灭。但是，如果成功，不仅可以得到清流关的险要地形保护，占据有利据点，还可以以它为后方攻击滁州，如果滁州也能拿下，将威胁整个南唐军的后路，那寿州城之战可以获胜，整个战局就能扭转了！

赵普道：“夺取清流关只能派王彦升去，此次他单独领兵，虽然没有经历大仗，却锻炼了能力。此人勇猛非常，舍生忘死，可堪重用！”

赵匡胤攥着手里的虎符，一边踱步一边思考，突然他转身道：“我亲自去！让王彦升戴上我的铁面具，假扮我，充当佯攻，我亲自率军包抄清流关，而且我要连夜偷袭！”

赵普看看赵匡胤，有这样的统帅，他佩服。什么地方危险，他就往什么地方去，他总是出现在最危险、最关键的地方，总是带头冲锋，此战有把握！

两人合计完，赵匡胤马上叫来楚昭辅，让楚昭辅点齐五百人，立即出发。

赵匡胤一边穿衣服，一边对赵普道：“夫子，我这就出发，带五百人，明天天亮前，我们会赶到清流关后山。你们到达清流关下，叫阵攻城时，我们潜伏进入清流关，然后里应外合，一举把清流关拿下！”说完，赵匡胤把军令、虎符交给赵普，“我不在军中，一切听由夫子处置!”

赵普深深一揖,接过军令、虎符,嘱咐道:“此去凶险,深入敌后,没有接应,将军一定要小心谨慎,如果发现对方有戒备,切切不可强攻,要立即撤退!”

赵匡胤点点头说:“到清流关吃早饭吧!”

显德二年(955)十一月,江南湿冷异常,空气中凝着湿漉漉的雾气,这让赵匡胤的行军变得更加诡秘,同时也增加了难度。视线只能看见三步,三步开外就认不得人和路了,士兵们只能手拉手,前拉后推,一个挨着一个。赵普找来的猎手,真是熟悉路,这么大的雾,没有依靠任何工具,他竟然没有迷路。原来,猎人们平时在山里转悠,每到一处都要做上各种记号,久而久之,这山里就像他们自家的后院,处处都熟悉,哪里都有记号,外人进来三转两转就晕头转向了,而他们只要找到记号,就立即能把路重新找出来。

天蒙蒙亮时,这五百人已经到了清流关后山,他们躲在树林里,都能听到清流关内公鸡的打鸣声了。赵匡胤看见身边的楚昭辅手上脸上全是血,那都是树枝刮的。冬天的枯树枝,一旦被折断,折口就像锋利的刀剑,刮上就是一道血印。楚昭辅为了保护赵匡胤,常常挡在他前面,手上脸上被刮得不成样子,他身上的衣服也湿了,露水太大了,楚昭辅忍不住打寒战。赵匡胤心里焦急,楚昭辅都忍不住吃不消,别人就更是如此了,如果赵普此刻不发起进攻,天亮雾散,军队容易暴露,就是不暴露,军队在这样的林子里趴两个时辰,恐怕也要出问题。

正在此时,就听关外连声炮响,那声音划破早晨的寂静,打在他们身边的山石上，又弹回去，在清流关上空打了几个回旋，真是瘆人！他们听得都耳朵发胀，全身发麻，炮声太响了，要是哪个人真在睡梦中，那得惊得从床上蹦下来。那声音并不停止，一连响了数十声，紧接着就是呐喊声。声音太远了，听不清楚，不过赵匡胤听得出来，那声音是在骂皇甫晖，他能想象，那边王彦升正穿戴着他的铠甲在叫阵。赵匡胤心里想：皇甫晖啊，你听了得有点儿血性，赶快出战。按照皇甫晖的刚烈个性，他应该会毫不犹豫地出战。清流关后有滁州，上有寿州，下有扬州，周边南唐陈兵十五万人，无论怎样，他都占有优势，赵匡胤的数千人，一定不在他眼里。只要赵普骂阵难听一点，他一定忍不住，或者根本就不会忍。

果然，一顿饭的工夫，清流关里也响起了号炮声，接着皇甫晖率领人马冲了出来。

虽然大雾弥天，但赵匡胤等人听得见马踏銮铃的声音，对皇甫晖也佩服起来，能那么快集结部队出阵，说明皇甫晖平时练兵有方。赵匡胤听了一会儿，渐渐地马蹄声远了，城里安静了下来。

赵匡胤一挥手，所有人立即放下绳索，顺着绳梯滑了下去。这五百人犹如下山猛虎，大家都知道，这一下去，不是你死就是我亡，必须玩命。

大家把刀含在嘴里，从背上取了火油，沿街泼洒，瞬间点燃了一条街。城内的南唐士兵都以为失火了，纷纷跑来救火，连城门口的守城士兵，也提着水桶过来了。赵匡胤带着大队迎面截住他们，一个一个收拾，楚昭辅则带领一队尖兵，直接冲上城头，城头上那些士兵正在观阵，看他们的主帅如何出关迎敌，哪里想到从他们后面上来的是敌人。楚昭辅带人悄悄摸上去，到了跟前，出手就砍，那些士兵哪里是对手，纷纷被砍翻了，他们还没看清来者是何人，就在大雾中做了刀下鬼。

紧接着，楚昭辅就让人升起吊桥，放下城门。那边皇甫晖感觉不妙，知道清流关被偷袭了，自己中了调虎离山计。他大声叫道："赵匡胤，听说你是条好汉，怎么玩这种猪狗不如的把戏？有本事来跟我一对一，你赢了，我服输！"

皇甫晖真以为对面是赵匡胤，王彦升脱掉头盔叫道："皇甫晖，你爷爷是王彦升，你看看，你连你爷爷都看不清楚了？"

皇甫晖一看，气得直打哆嗦，大声喝道："王彦升小儿，偷鸡摸狗之徒，气死我也，快来受死！"

赵匡胤站在城头，知道这要是真打起来，胜负还很难说。皇甫晖虽然丢失了清流关，但是此地离滁州咫尺之遥，如果皇甫晖能坚持到日上三竿，滁州守将周木耀从东来援，寿州方向何延锡、何延徽从西来援，东西夹击，加上皇甫晖中间开花，他这几千人就危险了。再加上遍寻清流关，没有发现皇甫晖的副将姚凤的影子，姚凤此时可能正率军在外巡逻，如果他赶回来，再加个前后夹击，自己就更危险了。

他疾步往城门下跑，边跑边喊楚昭辅集合出城。楚昭辅立即带着大家也跟着往下跑，到了城下，赵匡胤正好看见王元功牵着一匹马跑来。

王元功聪明，怪不得王小姐要派他守护赵匡胤。赵匡胤昨晚因为要偷袭，战马和盘龙棍都没带，身边只有一把大戒刀。王元功把马给他，他抱着马脖子，用戒刀刀背狠狠地在马后的胯骨上敲了一下，马受惊了，前蹄离地，高高举起，然后疯了一样冲出了城门。赵匡胤抱住马脖子，耳边就听呼呼的风声，眼睛被风吹得都睁不开，等他再睁开眼睛的时候，他看见的就是皇甫晖。他举起大刀，一声不响，对着皇甫晖的脑袋砍去。皇甫晖正在对着王彦升叫骂，哪里料到真的赵匡胤就在他身后，而且已经冲了过来。就在两匹马差不多齐平的当口，赵匡胤手起刀落，就看皇甫晖的脑袋“扑通”一声，掉到了地上。

赵匡胤一个猫腰，从地上捡起皇甫晖的人头，高高地举过头顶，那人头血淋淋的，还在滴血。那血迎风一撒，落在赵匡胤的身上，赵匡胤变成了一个血人。赵匡胤大声喊道：“各位南唐的军士听着，我是赵匡胤，这是我和皇甫晖之间的个人恩怨，和各位无关。现在，皇甫晖已经被我斩杀，各位只要放下武器，我保证不会伤害各位性命。”

那些军士被赵匡胤的神勇吓坏了，人人胆战心惊，听赵匡胤这样大喊一声，很多人吓得已经两腿直打哆嗦了。这时，王彦升急令军士擂鼓，齐声呼和：“投降不杀！投降不杀！”

这种声势，地动山摇，那些南唐军士，一个个放下了武器。

赵匡胤松了一口气，跟着赵匡胤偷袭清流关的军士们也松了一口气。他们也着实吓坏了，赵匡胤一个人单骑冲进敌阵，他是在敌人的包围圈里，要是那些南唐军士有一个人站出来，带领众人围住赵匡胤，拿赵匡胤做人质，那就太危险了。

可是，就在赵匡胤稍稍放松的当口，就听得对面自己的队伍里，突然传出了喊杀声，立时对面的马军挥刀冲了过来，南唐的军队来不及迎战，就在瞬间，被杀得人仰马翻。赵匡胤定睛细看，发现真是王彦升下令全线掩杀过来，要灭了南唐降兵。

赵匡胤不知道王彦升怎么会下这种命令，他想阻止，但这边楚昭辅和王元功也是来不及思考，看对面掩杀过来，也抽刀冲杀过去。

可怜那些降卒，约有三千多人，纷纷人头落地，他们也不知道怎么回事啊。“赵匡胤啊赵匡胤，你害死我们，我们变成厉鬼也不会放过你！”那些降卒诅咒着，但是，一切都晚了，王彦升带着大队人马，砍瓜切菜一般冲过来，不一会儿工夫，原来站着的，全部躺下了。

赵匡胤大喊：“住手！住手！”

但是，王彦升那边鼓号齐鸣，手下士兵根本听不见赵匡胤的喊声，更主要的是士兵们都以为王彦升是赵匡胤呢，多数人在那种情况下是只看衣服和旗号，看不了面相。赵匡胤内心一片悲哀，唉，刹那间，数千人就这样由生而死！

正在这时，王彦升冲到他面前，翻身下马，他脱下头上的面具，“扑通”一声跪倒。赵匡胤一看，眼前是一个血人啊，王彦升不愧是一员悍将，一路杀过来，杀到他的面前，也不知道杀了多少人，铠甲上沾满了血，还在往下滴。他跪下的地方，泥土都被染红了，“大哥，我有罪！”

赵匡胤正想骂王彦升，但还没开口，就听得他们身后，号炮连天，喊杀声此起彼伏，赵匡胤抬头一看，原来是外出巡逻的姚凤回来了。姚凤带的可不是一般的巡逻队伍，而是一支真正的野战军。他们偷袭清流关成功，之所以那么容易，就是因为姚凤星夜把大部队带出了城。姚凤性子急，又好战，听说赵匡胤来了，他觉得他的机会到了，军人出外打仗，哪有不想建功立业的，尤其是碰到赵匡胤这样的对手，那是大周正在崛起的一代将星，他一定要去跟赵匡胤会会。他硬是从皇甫晖手里要了一万人马，来偷袭赵匡胤。要到人马后，他立即打点行装，连夜出发，来主动寻找赵匡胤决战，他手头总共带着上万人，而且都是清流关守军中的精锐。

皇甫晖之所以让他带人走，一方面，他俩是好兄弟，皇甫晖为人比较骄傲，平时没什么朋友，当初从北汉投降而来，周边没什么人看得起他，甚至他自杀都没人救他。但是，姚凤不一样，姚凤觉得皇甫晖是个英雄，常常偷偷接济他，和他切磋武艺，听说皇甫晖儿子死了，家里遭了难，他又把自己能生养的妾送给他，两个人的关系由此变得像兄弟一样。此次出征，姚凤也力保皇甫晖，对李璟说："皇上，皇甫晖是上上大将，军中上器，我宁愿自己做副将，希望皇上封他为滁州主帅！"

李璟听了姚凤的话，才让皇甫晖任主将出征，不过李璟生性犹疑，多谋寡断，他留了一手，任命自己的亲信太监王绍光为滁州守将，这实在是大错特错。他这样做，让皇甫晖和姚凤心里气不过，本来滁州和清流关是相互依存的，现在皇甫晖和姚凤憋着气，要单打独斗，压根不想搭理这个王绍光。而王绍光觉得自己是主帅，是来检视皇甫晖和姚凤的，根本就不把皇甫晖和姚凤放在眼里，双方不但没有合作，而且根本是不通气。

皇甫晖对姚凤倒是感激涕零，姚凤当然也想建功立业，兄弟俩在战场上扬眉吐气，好让那些看不起他们的人后悔，尤其是让王绍光看看他俩的本事，能知难而退，辞职回去，让他和皇甫晖负责滁州和清流关的防务。

这时，赵匡胤看见姚凤率部像疯了一样杀了过来，王彦升的身后，涌起一片乌云，烟尘滚滚。赵匡胤来不及责备王彦升，他知道，王彦升也许是对的，如果刚才没有开杀戒，此时，让姚凤和皇甫晖的人马里应外合，他们这几千人恐怕是根本没有生还的希望。

"你起来，先杀退姚凤再说！"

王彦升把赵匡胤的马牵来，又把盘龙棍和铁面具交给他。赵匡胤接过，不及说话，上马扬鞭，准备应战姚凤。

这个时候的姚凤已经红了眼，知道自己闯下大祸，带人出关应战，却不想让别人偷袭了后院。他担心皇甫晖玩命冲杀，一是为救皇甫晖，一是要夺回清流关。他不等排兵布阵，一声令下，全军冲锋。

瞬间，一万人的队伍排山倒海般汹涌而来，赵匡胤一挥盘龙棍，下令："全军撤到城墙之下！"他又对王元功道，"率领你的弓箭手，立即登城，用弓弩射住阵脚！"

王元功听明白了，赵匡胤是不想跟姚凤硬拼，姚凤可以拼命，赵匡胤却不可以，赵匡胤手里只有这点儿兵马，拼完就没了。他们离大后方太远了，根本没有补给，连吃的都没有，别说是人员补给了，赵匡胤带出来的人是一顶一的宝贝，不能轻易损失。皇上还寄希望他们来打通东线战场呢。

王元功率领了他的队伍一千五百人，飞一样地上了城楼。天助赵匡胤，那城楼上到处是皇甫晖备战留下的弓箭，有箭，有弩，箭是好箭，弩是好弩。这一千五百人，先是用弩，弩的射程远，可以达到四百步，顿时天上飞蝗一片，像乌云一样盖住了飞驰而来的姚凤所部，姚凤所部的前锋，"哗啦"一声，倒下一片。但是，姚凤是疯了，他不顾一切，鼓声不停，后面的士兵就不止步，前面的倒下，后面的又冲上来，他们愣是用人体当盾牌，向前推进了数百步。这个时候，王元功挥动令旗，让大家换弓，弓的射程近，但是射速却快了很多，一个弓箭手，可以同时射出两支箭。这回，姚凤的士兵们犹豫了，前锋的队形散开了，后面的人开始怯懦。

站在城墙下观阵的赵匡胤，看到对面的旗帜乱了，尤其是后军的旗帜也不整齐了,知道时候到了。前军可以乱,但是后军和中军绝对不能乱,赵匡胤看到姚凤的后军乱了,知道姚凤已经败了。他一举盘龙棍,腿一夹马肚。那马知道要冲锋了,前腿举起,后腿先下蹲,然后猛地蹬地,几乎是站了起来。赵匡胤整个人高起了数尺,全军都看见他立了起来,又看着他冲了出去。没有人擂鼓,但是,所有人不约而同地呼喊起来:"杀——"全军跟着赵匡胤向着姚凤所部席卷而去。姚凤所部经过刚才的强攻,本来已经挫了锐气,此刻看见那些浑身是血的血人掩杀而来,更是心惊胆战。前军开始退却,后军看不见前军退却,还在往前挤,两股人流对撞,整个队伍就乱了。前军与后军互相踩踏起来,姚凤已经控制不住,他慨叹一声:"天灭我也!"

在飞蝗一样的箭雨中,姚凤看见一个头戴黑铁面具、手举盘龙棍的大汉向他冲来,他知道那就是赵匡胤:"赵匡胤小儿,你害死你爷爷啦,我跟你拼了!"

赵匡胤是顺着箭雨往前冲,姚凤催马顶着箭雨冲,这一冲,就被王元功在城楼上看见了。平时,姚凤喜欢摆谱,他的将旗是用整张大牛皮绷起来的,牛皮多重?风吹不起来,那就只能是用两根旗杆支起来,由两个大汉掌着。姚凤往前冲,那两个大汉也跟着向前冲,目标特别大,这边看得清清楚楚。王元功喊道:"对着那将旗,给我射!"

一般军士,喊两声军号——"起""放",一个循环,可以射两支箭,眨眼工夫,一千五百人可以射出三千支箭,三次"起""放",立即把姚凤的将旗变成了刺猬皮。姚凤手中挥舞方天画戟,左右遮挡,那么密集的箭雨,愣是射不中他。不仅他自己没事,他的马也没事，他保护自己的同时还保护他的马。此人武功的确高强。

赵匡胤一路前冲，高高举起盘龙棍，逼近姚凤。他知道，姚凤非同一般，得用非常手段。

王元功看见了，命令大家停止射箭。突然，战场上像是寂静了，赵匡胤大声喝道："我就是赵匡胤！"

姚凤听了，不及答话，抡起方天画戟，向赵匡胤砸来。赵匡胤不躲不闪，看方天画戟砸下，就要到他头顶的当口，他举起盘龙棍，对着姚凤也砸去。这招厉害，那是不要命的打法。

姚凤尽管已经疯了，但是，人都是有本能的，他看见赵匡胤完全不顾性命，一时间竟然愣了一下，抽手，本能地来抵挡赵匡胤。他整个身体都是前倾的，身体的重量都压到了方天画戟上，身体的惯性非常大。他意念一闪，手一缩，方天画戟转换了方向，但是惯性还在往前，身子就不由自主地被带着向前歪倒了。这时的赵匡胤看得分明，他那不要命的出击，其实并没有使出全力，本来就是为了逼出对手的本能，对手本能地收缩自保，这个时候，他就有机会了。他立即改变了盘龙棍的出击方向，只是稍稍一转，那姚凤就正好送上了门，姚凤的前胸扎扎实实地被盘龙棍击中，他一阵晕眩，嘴里感觉有一股甜甜的味道冲上来，他一张嘴，"噗"的一声，一股热血不由自主地喷了出来。姚凤一个倒栽葱，摔到了马下。

赵匡胤命人把姚凤捆起来，带下去救治，这时那些南唐军都呆住了。平时，姚凤在他们心目中就是神，他们见到姚凤怕得要死，但他竟然如此不堪一击。他们的心里一方面是害怕赵匡胤，另一方面是对赵匡胤有点崇拜，赵匡胤击败了旧的战神，那他就是新的战神了。

他们不顾颜面，都跪了下来，只要赵匡胤让他们活命，他们就跟赵匡胤。

“赵将军，我们投降，我们想跟着您！”“哗啦”一下子，跪下一大片。

赵匡胤举起盘龙棍，高声喊道：“降我者，不杀！”

四、望尽南唐

1. 滁州夜

赵匡胤看着博山炉里冉冉升起的香熏，一缕青烟飘飘忽忽盘旋而上。这种青铜的香炉，下半部分是半人高的铜脚，上面是一只炉子，炉盖子上镂空雕刻着西方极乐仙境，烟就从那仙境中袅袅飘出。

这玩意儿稀罕，赵匡胤从来没见过，那香味也是稀罕，轻忽，若有若无，但是却沁人心脾。“隔日，拿去送给皇上享用去！”他心里这样想。

楚昭辅进来，身后跟着两个江南人，给他端来一只大碗，是面片，还有一碟子醋，一盅醽醁，一碗清蒸的咸鱼。楚昭辅招呼那两个江南人一样一样地上菜，一边说：“这是江南的醽醁，有点儿泛绿，您尝尝，看看习惯不。”

赵匡胤伸手端起酒盅，楚昭辅又把酒盅夺了去，交给那领头的江南人，道：“你先尝尝酒菜！”

那人弯腰点头，一仰头，把一盅酒喝了，又拿起筷子，每样菜尝了一口。

赵匡胤看看楚昭辅,楚昭辅是粗中有细,是怕江南人毒杀我赵匡胤?

赵匡胤是北方人,喜欢吃面,这个楚昭辅知道。赵匡胤一尝江南人做的面片,味道不正,朗声对那两个做菜的师傅道:“让你们做我们北方人的面片委屈你们了。”

那两人赶紧说:“不委屈,为将军做饭是我们的荣光!”

赵匡胤道:“这江淮一代,淮扬菜我早就听说过,听说你们做面,不是我们北方人的做法,是用鸡汤鱼汤放在锅里和着面,煨熟的,怎么没做你们江淮的面来?”

那两人立即跪下道:“将军饶命啊,我们听说将军您是北方人,才学着北方人的做法做给您吃的,是担心您吃不惯我们江南的面!非是小人不愿做啊。”

赵匡胤立即起身道:“唉,非是责怪你们,是我随口一问,我本没有那么讲究!”

赵匡胤喜欢吃肉,尤其喜欢羊肉,看看那咸鱼,实在没什么胃口,也不知道楚昭辅是怎么弄来的咸鱼。果然,楚昭辅看他盯着咸鱼看,就是不下筷子,道:“将军,听这两人说,这咸鱼是前任滁州知府特别爱吃的河豚鱼做的,河豚鱼剧毒,只有腌制之后,才能去毒。”说着,楚昭辅挠挠脑袋,“其实,我也不懂的,只是听这厮说起,且保证好吃,就让他做了。”他指指那个领头的,那领头的禀道:“将军,河豚鱼是千真万确的南方美食,多少人求之不得,我们知府王大人就喜欢这口,小人也特别擅长做这个,所以,就做了给您尝尝了。”

楚昭辅用拳头挥了一下那厮,问道:“什么知府王大人?他在哪儿?”

那厮立即缩肩，带着哭腔道："小人错了，只有赵将军，哪里有王大人啊。"

赵匡胤并不知道河豚在南方人眼里的价值，他没吃过河豚鱼，他看看那鱼，黑黑的，闻着也没什么特别香的。倒是那鱼边上的几块肉，看起来不错。他用筷子夹了一块，放进嘴里，果然鲜香透骨，他的牙齿都打颤了。北方人没享用过这等美味，他点点头，向那厨子竖起大拇指。

正在这时，门外有一群人吵闹，是南方人的话音。赵匡胤听不懂，放下筷子，问那厨师："敢问老丈，门外是何声音？"

厨子侧耳听听，回道："将军，我不敢说，怕您发怒。"

赵匡胤摆摆手道："有什么不敢说的？有我在此，没人伤得了你！"

厨子道："外面的人好像是在吵，说是周军的一个将官，抢了他们家的闺女，他们是来要人的。"

赵匡胤站起来，走到门外，一群滁州本地人站在台阶下，王元功站在大门口挡着，不让他们进。为首的一老者，看见赵匡胤，跪了下来，后面的人看他跪了，也纷纷跪下。那老者道："赵将军，您乃是当今神人，明断如山，请您做主！"

赵匡胤伸手扶起了老者，老者须发皆白，此刻他两眼噙着泪花，用衣襟不住地擦拭，赵匡胤心里不由得升起同情。老者道："将军，你的一个手下抢了我的女儿，可我的女儿已经许配了人家，这就是我的亲家，我如何对他们交代啊？我只好来这里请将军做主！"

赵匡胤要扶起老者，老者不肯起来，嘴里说着："请将军做主啊！”赵匡胤心里说：谁那么大胆子，光天化日之下，朗朗乾坤，敢强娶民女？他看看王元功，王元功摇摇手表示不知道情况。赵匡胤问：“你可知道是谁抢走了你的女儿？”

那老者道：“他是您的爱将王彦升。他说了，行不更名，坐不改姓，就叫王彦升，而且他还给了老儿二十两银子，说是聘礼。我不要这聘礼，我不卖女儿！求将军为我女儿做主，她已经许配给了人家，一女不能二嫁，咱这里的规矩，不能破！”

赵匡胤并不觉得一女二嫁有什么问题，当然他也听说过江南的风俗，女人将贞洁看得很重，女人不能二嫁，但是在大周，没这个道理，再嫁是常事。不过，赵匡胤还是生气，这个王彦升，到哪儿，强抢民女都是犯罪。他对王元功道：“去把王彦升叫来！”又转身对那老者道，“如果真是他干的，我一定给你们做主！”

说着，赵匡胤请那些人进帅府，给他们凳子坐，自己又回到屋里吃了两口。还没吃完，王彦升腾腾腾地大步走了进来。赵匡胤一看，心里一愣，这个王彦升，形销骨立，左手用一块白布条扎着，挂在脖子上，战袍下摆被烧焦了，露出了小裤，都不成体统了，一腔怒气不好发作。

这是跟着自己出生入死的兄弟啊，到底是一个民女重要，还是自己的兄弟重要呢？

但是，转念一想，要是我大周的名声就这样毁在王彦升手里，他赵匡胤的名声就这样毁在一个好色之徒的手里，岂不是更加冤枉，老百姓的民意，又岂能不管不顾？他厉声喝道：“王彦升，你可知罪？”

王彦升道：“知罪！”

赵匡胤叹气道：“王彦升啊王彦升，亏得我对你如此重视，你就不能成熟一点？大丈夫何患无妻，怎能临阵强抢民女？军法难道你真的不懂？”

王彦升也不躲藏，态度坚决地说：“这女人我是要定了，大哥，你要是想杀我，就杀吧！”

赵匡胤一听就火了，道：“你还有理了？我告诉你，你今天不把那女人送回去，我就杀了你！”

王彦升一听，也火了，回答道：“你要是抢走我的女人，就不是我大哥，你要杀我，你现在就杀！”说着，王彦升一屁股坐在了餐桌旁，拿了桌上的剩菜剩饭，大吃起来。

王元功一看情况不妙，立即拉住王彦升说道：“王将军，赵大哥的话你都不听了？且把那女子送回去，不就没事了？”

王彦升一边嚼着鱼肉，一边嚷嚷道：“那女子是真心跟我，我不能负了她！”

赵匡胤听得更加气了，心里说，你用刀子逼着人家，人家一个女人，敢不跟你？“好，你说那女子是真心跟你，那你可敢当着我的面和她对质？如今，她的家人和夫家都在这里，只要她自己说要跟着，我就放了你！”

赵匡胤心里已经打定了主意，如果那女子有半点怨言，告他王彦升强抢民女，他定要严惩王彦升，给百姓一个交代。

没想到王彦升并不惧怕，对王元功道：“你去，把你小嫂子叫来，问问她，她到底是不是愿意跟我，要是她有半个不字，我一定让她走！”

王元功有点儿犹豫，今天这个架势，如果那女子真来了，在这里状告王彦升，岂不是我大周要损失一员大将？

赵匡胤盯着王彦升，说道“兄弟，你只管吃，待会儿如果不是你说的这回事,就不要怪你哥哥翻脸无情!"

王元功低着头往外走,他不敢直接去找那女子,他先来到赵普的营帐,道:"赵先生,不好了,王彦升被抓起来了。他抢了个民女,还说是人家要跟他的!这会儿赵将军让我找那民女来对质!"

赵普道:"别急,我们先去找那女子问问,到底是怎么回事!"他和王元功一路走来,"王将军,如果这女子哭哭啼啼,说是王彦升强迫了她,你我当如何?"

王元功一握手中钢刀,道:"赵先生,我听您的!"

赵普知道,王元功的意思是杀了那女人,赵普看看他的刀,点点头,又摇摇头,叹了口气。

两人急急地走到王彦升的帐篷,一看,内里果然坐着一女子,看上去脸上并无悲戚,相反很平静。赵普过去深深一揖,道:"小嫂子,我是赵将军帐下赵普,听说我家兄弟王彦升喜欢你,要娶你为妻,不知你可愿意?"

赵普心里是想试探试探这女子的意愿,如果这女子说不愿意,就得想点儿法子劝劝她,他甚至想到,拿点儿金银细软来打动她。赵普心里知道,王彦升是个见了女人就马上没头没脑的人,这女人是被他抢来的,这一点应该是铁定的。可是,完全出乎赵普的意料,那女子轻轻地起身,和悦地道:"看你们这么尊重王将军,我也很感佩,小女子能容身王将军帐下,此生心满意足矣!"

赵普一听,有点儿不相信自己的耳朵,道:"小嫂子,这话可得当真,不然,王彦升将军就要脑袋落地了!"

那女子点点头,赵普看看那女子,不像说假话。虽然他心里犯嘀咕,但是情况紧急,还是先让她去会会赵匡胤,当面对质一下。

王元功立即拉来了马匹，让那女子骑上，三人急急忙忙地来到赵匡胤大帐，王彦升已被拉到帐外去了，赵匡胤正在等着他们，在坐的还有一些乡亲。赵匡胤看见他们带着那女子进来，起身对这女子一礼："这位大嫂，听说我帐下有人强抢了你，不知可有此事?"

赵普正要上前，替那女子答话，没想到那女子见了乡亲父老，又见了赵匡胤，立即变脸，冷笑道："听说你就是赵匡胤? 你治军有方啊，你手下的人强抢民女，烧杀抢劫，无恶不作，你可知道?"

赵匡胤一听，倒吸一口凉气，说道："哎呀，是我的责任，请你慢慢讲来，我一定为你做主!"

谁知，那女子痛骂起来："我丈夫和弟弟，都被你们杀死了，我又遭如此侮辱，我能活么? 我就想让你给我偿命!"

说着，那女子向着赵匡胤扑来! 赵匡胤一躲，王元功顺势抓住了她，那些乡亲也上来劝。

老者说："唉! 女儿，哪有打仗不死人的，赵匡胤将军做主，放你回去，我们爷俩还有相见之日，已经是感恩不尽了!"

赵匡胤心里恼恨，下令道："来啊，把王彦升推出去，斩首示众!"

赵普知道，此刻他们处于南唐军势力范围，王彦升带着赵家军一半的人马，要是真有个闪失，他们有全军覆没的危险。他立即跟王元功使眼色，道："王将军，你速速带这位小嫂子去认人，如果真是王彦升所为，必不姑息!"

王元功心里也明白，这个时候不能杀王彦升，他带的队伍是这次战役的主力，大敌当前，先杀自己的大将，如何是好? 他听赵普让他带那女子去认人，立即明白了，那就是让他偷梁换柱!

他带了那女子到了帐外，吩咐几个兵士都穿了王彦升的服装进来。果然,那女子认不得人了,胡乱认了一个又否定,最后自己也没了主意。

王元功就劝她说:“大姐,我们是对不住您,可是您也不能冤枉好人啊,您是好人,一定不愿看到有人冤死吧!”

没等王元功和那女子聊几句,赵普就来传令:“将王彦升处斩!”

王元功会意,把那女子交给赵普,自己去行刑。他心里也难受啊,对着那士兵道:“借你人头一用,将来,我给你父母养老送终,为你妻儿请功!”

2. 真州成名

滁州。夜刚至,天已黑!

夜近深沉,听不见一丝响动,经过一整天的激战,该睡的都睡了。似乎鸟儿也睡了,要么,就是它们不愿意待在这地方,它们也跑了。

空中,乌云遮月,没有一点亮光。

城头上,只有值更的士兵手里的火把,在夜中无声地燃烧着。

这是赵匡胤和他的军队不熟悉的地方。四处都是南唐人,滁水中是南唐的舰队,他们本来是来接战的,现在,发现滁州已经失守,便暂时驻扎在河中,岸边是南唐的步军,他们被赵匡胤吓坏了,暂时不敢发动进攻。

赵匡胤知道,他们这样不进不退,是在等待什么。

赵匡胤起身,到城墙上巡查。天上,一颗流星划过,在乌云密布的夜空,显得分外刺眼,这更加让他不安。

滁州其实无险可守，城墙年久失修，水势和山势，都不利于守城。

这时，前面有个人走来，后边跟着一名亲兵，他看出那是赵普。

赵普疾走几步，来到跟前，问道：“将军，你没睡？”

“睡不着啊！大敌环伺，我们不过是砧板上的牛羊！老百姓又不站在我们这边，很危险！”赵匡胤道。

突然，城下疾驰而来一队人马，有人对着城头高喊：“上面的士兵听着，我们是大周的军队，自己人，你们赵将军的父亲，马军副都指挥使赵老将军来了，快开城门！”

赵匡胤心里想：这装得也太大胆了吧？装谁不好？也不能装我老爷子啊！

他看看赵普，赵普也在看他，两个人的心思想到一块儿去了。

赵匡胤道：“爹，你我虽然是父子，可是我们更是大周的臣子，现在是夜里，我不能放你进来，这是我大周的法令，孩儿不能违法。”

赵匡胤侧耳听，想听听是不是他父亲。一会儿，果然有声音传来：“儿啊，你做得对！老父今夜就驻扎在城外，为你们守城，你们安心歇息吧！”

赵匡胤听了，真是他老父亲来了。赵普道：“可以让士兵放吊篮下去，吊你父亲一人上来。”

赵匡胤摇摇头道：“父亲不会同意，他一生戎马倥偬，没有哪一刻是愿意让自己离开军队一个人享受的！”

赵匡胤心里知道，即使是用吊篮，也很危险，如果吊篮在半空中，南唐军乘势发动进攻，他们无法还手，反而危险。

果然，这边士兵喊道，放吊篮下去，请老爷子一个人上来叙话，那边，老爷子拒绝了。

赵匡胤道："就让老爷子在城外住一晚上，明天天亮，我再向他老人家请罪吧！"

城墙上，有个伍长道："四周都是敌人，老爷子在城外危险啊，再说，夜里南方湿气重，要是老爷子身体有个什么闪失，生病了，怎么办？将军，让我下去，背他老人家上来，我用性命担保，绝无闪失，有任何闪失，我愿受军法惩处！"

赵匡胤摇摇头道："不行！不能让你们冒险，更不能让我大军冒险！"

那伍长身后的军士全部跪了下来，道："将军，那是您父亲哪，让我们去吧！"

赵匡胤依然摇头，赵普听见黑暗中有人在哭泣。他也叹气道："这是战争，一切以战事为重，大家不要感情用事！"

士兵们的啜泣声反而大了起来，赵匡胤知道，这是士兵们想家了，大家跟着他西征，如今又要征讨，和家人聚少离多，心里都不好受！

赵匡胤硬硬心肠，和赵普走下了城楼，外面有父亲在，他稍稍安心一点。

正在这时，王元功跑来，上气不接下气，一见到他就哭了，哭得说不出话来！

赵匡胤心里一阵烦恼，一个男人怎么这样小家子气，便问道："你怎么了？大敌当前，哭哭啼啼，成什么样子？"

王元功道："小姐，她，她，没命了！"

赵匡胤纳闷，王小姐下午不是还好好的吗？

王元功止了哭声，回答道：“将军，小姐今晨就受了重伤，只是怕你担心一直没有告诉你，这会儿人已经不行了，让我来喊你！”

赵普也急了，他知道王小姐在赵匡胤心中的地位。在军中，王小姐替赵匡胤分忧解难，是好帮手；在人后，王小姐从来没有架子，一心一意照顾赵匡胤，这要是有个三长两短，如何是好？那是赵匡胤真正的红颜知己。

他拦住王元功，道：“别急，带我去看看！”

三个人一路小跑，赵匡胤后背上都是汗，衣服贴着身子都湿了。到了王小姐帐前，赵匡胤就听里面一阵哭声，是王小姐的几个亲兵、丫头在哭。王小姐斜躺在床前，赵普侧身过去，抓住王小姐的手腕，给她把脉。王小姐摇摇头，对着赵匡胤道：“将军，我不能陪你左右了！”

赵匡胤眼睛立即就红了，大声质问她身边的人：“你们怎么照顾的小姐，她伤成这样为什么不早告诉我，为什么不治？”

王小姐轻轻摆手，让赵匡胤靠近她，轻声说道：“将军，不要怪他们，是我不让他们告诉你的！”

赵匡胤看看赵普赶忙说道：“你快给她把脉，快快给她治，怎么治都行，你快点！”

赵普摇摇头，赵匡胤傻了，怎么好好的一个人，说走就要走了呢？

照理说，赵匡胤是一员战将，哪种阵仗没有经历过？死人是常见的事，军中哪天不死人？可是，一想到王小姐要死，他却是悲从中来，不禁放声痛哭。

“天负我，让我不能和你终老！”赵匡胤的眼泪从胡子上掉下来，掉到王小姐的脸上。

王小姐笑了，很疲倦，但很美丽，用虚弱的声音说道：“将军对我很好，我这一生知足了！”她拉过王燕儿的手，放在赵匡胤手上，“妹妹，将军就靠你照顾了！”

说完，王小姐闭上了眼睛。

赵匡胤抚尸痛哭，不能自已。

赵普拉住赵匡胤，道：“将军，这不是悲恸的时候，你还要考虑众将士的未来！”

赵匡胤不理赵普，赵普拿起剑，一剑砍掉了边上一名大夫的脑袋。赵匡胤止了悲声，正色问道：“赵普，你怎么能滥杀无辜？”

“这怎么能算无辜？他名为大夫，却无仁心仁术，不能医病救人，还活着干吗？”赵普厉声道，“你再这样哭下去，你也是滥杀无辜，你可知道，众将士的性命全系在你身上？”

赵普摊开地图，道：“将军，你看看，我们现在向西不靠寿州，向东不靠扬州。固守滁州，根本就不可能，你难道真的要在这里哭死不成？王小姐她要是知道你在这里为她殉葬，九泉之下一定不能安心啊！”

王元功带着哭腔禀告道：“将军，王小姐为什么不让你知道她受伤了，就是因为滁州危险，她怕分了您的神！”

赵匡胤冷冷地问道：“依你们之见，我们又当如何？”

“现在就把将士喊起来，饱餐战饭，即刻起程，往东！和李重进留在江北的韩令坤会合，听说韩令坤已经攻占扬州！”赵普道。

赵匡胤思量，如果往寿州方向退却，一来会把追兵带到寿州，正好让南唐军援助了寿州，这个，皇上决不答应；往东，和李重进会合，沿线只有瓜洲渡有敌军，如果把这里的敌军也引向扬州，那就可以把南唐的援军引开，让皇上在寿州安心打仗。

他明白了赵普连夜起程的想法，如果等待天明，南唐的水军和步军醒过来，形成合围，那他们就出不去了。可是城外的父亲，怎么办呢？

赵普道："老将军此刻前来，正是为了让您有机会立即进军，他看到您发兵六合、真州，必能做好断后。"

赵匡胤听着，心里一阵悲凉，赵普是要我不孝啊。老爷子刚刚到，还没歇息，不让我接他进城，也就罢了，现在要把老爷子一个人扔在这里，所谓断后，其实是把他交给南唐军队啊，早知如此，我们又为什么打下滁州？

"昨晚天黑前，我已经派潘美出城，此刻，他应该已经率军抵达六合、真州一线，明晨，大军从东门出城，只能委屈老将军断后了！"

赵匡胤心里骂赵普："你把心思用到老爷子身上去了，他只有几百人，怎么断后？"不过，想来想去，也只有这一招了。

赵匡胤的军队是大周军队中机动性最好的，人人轻甲，平均一人有两匹马，每有胜仗，只要马匹，其他辎重一概不要。刚刚打下滁州，缴获了大批马匹，部队得到给养，如今，他们乘着天将明未明的时刻，突然悄悄起兵，等他们走出三十余里，后面的探马才来报，南唐军尾随而来。

赵匡胤忙说："快去探查，赵老将军何在？"

赵匡胤派了王元功护送王小姐的灵柩，同时接应赵老将军。他相信王元功，此人虽出身寒微，但是打仗勇敢，做事靠谱，他应该能保老爷子安然脱险。

赵匡胤率军一路东来，这里的地理风貌他是熟悉的，毕竟在泗州屯兵已有半年。远处地平线上出现了大批杨树，左有一座高山，右也有一座高山，如果没有记错的话，左边的山，叫青山，右边的山，叫马山。

这里就是真州地界了。

赵匡胤心里想，南唐无人啊，要是在这里派驻一队人马，守住两座山，任他是神，也无法通过啊。正想着，前头的探马来报，说是遇到了自己人，两军要合在一处。

赵匡胤提马来到军前，一看是一队大周人马，大概有千把人。这队人马衣帽歪斜，军容不整。赵匡胤立马军前，大声喊道："哪一路人马？你们的头领呢？"

这时，军中走出一匹马来，马上是一员瘦脸军校，赵匡胤不认识，却听那军校道："赵将军，别来无恙！您不认识我，我认识您。我是侍卫都指挥使韩令坤帐下韩进是也，奉我家将军之命，往西，做开路先锋，欲往寿州和皇上会合！"

赵匡胤一听，不对啊，这是东线作战，怎么他们要往西去和皇上会合？便问："怎么回事？皇上命我等开辟东线战场，让我们在东线牵制南唐军队，你们怎么要往西去？"

韩进愣了一下，道："赵将军，末将有任务在身，请赵将军不要妨碍我们执行军令！"

正在这时，有探马来报，南唐主李璟派他的姑父李景达率军六万，在真州渡江，已经上岸，此刻正往真州而来。赵匡胤听了探报，又看看韩进，心里知道，这韩进哪里是要援助寿州，分明是想逃跑！

“我且问你，你家韩将军现在何处？因何只有你一人率军？”

韩进摇摇脑袋，说：“我家将军觉得扬州守不住，不如放弃扬州西进，和皇上合兵一处，我们要去助攻寿州！”

赵匡胤一听，这个韩令坤真是没有眼光，此时放弃扬州，就等于放弃了东线，让李景达可以毫无顾忌地杀向寿州。他眉毛一竖，厉声断喝：“我赵匡胤在此，有敢由此退却往西一步者，斩！”

那韩进，也不是好惹的，他一听赵匡胤这样说，不由分说，举起手中的方天画戟就冲了过来，道：“赵匡胤，你敢挡我等去路？”

赵匡胤看他催马过来，并不答话，一夹马肚子，迎头而上，一棍劈向韩进。韩进正举着方天画戟要往赵匡胤身上戳，还没戳到，自己先被赵匡胤给砸到了。

赵匡胤勒住马缰绳，道：“我乃大周御前马军都指挥使赵匡胤，你们听我号令，随我一起去战李景达。临阵脱逃，斩！奋力效死，赏！何去何从，你们选清楚了！”

韩进的部下都纷纷说：“我们听赵将军的！”

赵匡胤带着军队，来到青山脚下，这时潘美来请战：“将军，李景达刚刚上岸，我们不如趁他立足未稳，即刻出击，打他个措手不及！”

赵匡胤道：“不可！他带着六万人，如果此刻接战，他看出我们的虚实，那就不好办了！”

赵普也说：“这个李景达，有谋无勇，你看他上岸之后，不敢接战，而是在那里扎营，可见他是怕我们，不知道我们的虚实。我们不如布下埋伏，用疑兵诱他进入我们的伏击圈，然后灭他！”

赵匡胤和赵普想到一块儿去了。他们都想到了青山，赵匡胤命潘美带人到青山上布上疑兵，一旦这里接战，他们就在山上摇旗呐喊，驱马奔跑，让南唐军队以为山上都是大周军队，他们被包围了；又让曹彬、高怀德带一队人马，绕到李景达的背后去，一旦他们出营来战，就从背后偷袭他们的大营。

赵匡胤正布置着，突然又有来报，说韩令坤的第二支部队又过来了，要往西进。赵匡胤知道，兵败如山倒，如果这支队伍真的西去了，那这仗就彻底没戏了。

他看看身边，只有楚昭辅可用，便说："楚昭辅，你去，有往西半步者，杀无赦！"他抽出自己的佩剑，交给楚昭辅。楚昭辅知道，那意思是说，就用这把剑，杀一儆百。

楚昭辅跟随赵匡胤多年，对赵匡胤深信不疑，忠心耿耿，这事是提着脑袋办，如果办不好，不是死在韩令坤的手下，就是死在皇上的大铡刀下，杀自己人，那不是闹着玩的。

但是，楚昭辅不怕，他只相信赵匡胤，对赵匡胤唯命是从。

果然，不一会儿，楚昭辅回来了，剑上鲜血淋淋，道："杀了三百人，止住了，他们都回扬州去了！"

赵匡胤心稍稍定，知道韩令坤暂时不会逃了，有他在扬州，至少有个名分，他在这里收拾了李景达，就去扬州。

不出所料，李景达埋锅造饭之后，三通鼓响，数万人列队而来。他自己在阵中间，万人大阵，齐齐整整地围绕在他的周围，赵匡胤心里有底，这种人不堪一击。李景达坐在十六人大轿中，大轿子又在大军的正中间，这样的将军，不来送死，谁来送死？

他兵分四路，三路分别由罗彦环、曹彬、潘美带队，自己则率中军，正面阻击李景达。他知道，只要冲向李景达的中军，中军一旦动摇，这支队伍就是容易散乱，散乱中，如果潘美、曹彬等能齐出击之，必能取胜。

这样的阵仗，只有自己出战，正面攻击才行。

曹彬知道这样打的危险性，赵匡胤只率两三千人，大概只有敌人十分之一的兵力，如果冲入敌阵，不能冲散敌人的队形，相反被敌人包围，那就麻烦了。他担忧地问道："将军，我们在这里和李景达对阵，你说我们有援兵吗?"

赵匡胤摇摇头。

曹彬又问："我们如果败了，有地方退么?"

赵匡胤又摇摇头。往哪里退? 往西，是刚刚放弃的滁州，南唐正好合围他呢！往东，那里是正想逃跑的韩令坤，韩令坤不可能接应他。此战唯有胜利，才能保命，否则，哪里也去不了。

曹彬道："既然如此，将军，就让末将替将军先死吧！"

赵匡胤听着，笑了，对曹彬和潘美道："你们说，你们能让我死了吗? 罗彦环刚刚走，他能让我死了吗?"

几个人正说着，赵普大汗淋漓地跑来，后面跟着一队人马。赵匡胤一看，那队人马赶着大车，车上装着炮，每个炮口有碗口粗，一共有三门。后面是一辆堆着书的车，车上是赵匡胤缴获的图书，那是他在滁州之战中缴获的姚凤的书。姚凤是个有文化修养的军人，府内竟然有千册图书。赵匡胤如饥似渴，他深知读书的重要性，于是下令把这些书统统打包，单独装车，让赵普带在军中。

赵普汗流浃背，衣裳都贴在膀子上了，手里端着一只木盆，盆里是黑火药。

赵匡胤认得这东西，他在兵书上看过，但在实战中没有用过。如果没有错的话，炮管应该是用竹子做的，内外都上了桐油，给竹子增加了韧性，更加结实，外面箍上了铜箍，这样炮管不怕火药爆炸。他心中大喜,有这等利器,对付南唐步军方阵,就更有把握了。

赵匡胤让自己的亲兵卫队也参加进来,众人一起把那三门炮推到了青山的山脊上,正对着远处的山口,那是李景达大军必经之地。赵普道:“将军,先派小股部队袭扰,假装不支,后撤,把李景达引入青山和马山之间,待他们进了我们的伏击圈,我们就在这里发炮,炮弹打完,再冲锋!”

“赵普,你真有两下子,你从哪里弄来这些炮?”潘美羡慕地问,看得出来,潘美对这些炮非常感兴趣。他摩挲着这些炮,反复端详,说:“这炮将来能左右战局,一门能顶十个骑兵!”

赵普道:“那就交给你,你来研究,将来我们自己造!这是姚凤的,昨天我们冲击太快,他们都没来得及用上!”

楚昭辅已经带军冲下山去,他们要做佯攻。

赵匡胤看着赵普竖起了一根木杆,杆子上刻上了刻度。他让一个士兵爬上木杆,在杆顶上挂上了一根绳子,绳子的一头系着一块石头,绳子中间有个活扣,赵普拿一根竹竿穿在那扣里,上下滑动。

赵普让大家按照他的竹竿的角度和方向来调节炮口的方向,大家一会儿抬起炮口,一会儿压下炮口,一会儿左转,一会儿右转,几名亲兵累得满头大汗。接着,赵普让士兵往炮口里填黑火药,然后安上卵石。

赵普抬起手,大家都盯着他的手,只要那手一挥,这里就可以点火发炮了。一下子,周遭都安静了下来,远处山脚下,是数万人的大阵,南唐大军还煞是整齐,阳光下只看见那些高举着的旗帜逶迤而来,烟尘越来越大,大到看不见人影,只见烟灰。《孙子兵法》

上说，用部队行军时的烟尘，就可以判断对方的兵力，而赵匡胤从军以来也经历过大小阵仗，可以说是数也数不清了。但是，他实在是没有看见过这样的军队，那烟尘如此大，大到了整个山口都笼罩在一片白色的云雾之中。

从山上望去，看不见人，只看见旗帜在烟尘上，而烟尘犹如晨雾，由近及远，遮住了整个南方的天空。

赵普的手就那样举着，一动不动。大家也凝神不动，没有人发出声响，连马也凝重了，仿佛知道这是多么紧张的时刻，不能有任何闪失，不能出声，它们不打响鼻，不抖动尾巴，更不动半步腿脚。

所有人的眼睛都聚焦在那只举在半空的手上。

接着，大家听到了整齐的步伐声，那声音地动山摇；再接着，步伐声停止了，停在了山口上，他们犹豫了，不再往山里进。赵匡胤知道，那是李景达在探查，看看山里有没有埋伏。赵匡胤想楚昭辅该出击了，要做得像样一点，让李景达吃点儿甜头，果然，那声音又响了起来，只是这次乱了，里面带着冲杀声。

赵匡胤手搭凉棚，往下望去，楚昭辅带着三百人，从山口冲出，对着李景达的中军直冲而去。楚昭辅直接用偷袭的方式，冲进对方的军阵，这简直就是拼命。赵匡胤点点头，那是赵家军的打法，赵家军一路走来，就是用这种打法，制造了许多以少胜多的战例。

果然，对方的军阵乱了，赵匡胤看到对方的先锋部队开始转向，这正是赵匡胤要的效果，一旦对方前锋向后转，而中军又来不及跟着转，形成人流交错，那一切就好办了。果然，对方前军转完，楚昭辅的人马又杀回来了，楚昭辅带着三百人往外杀，李景达的中军在后面猛追楚昭辅，正好和李景达的前军迎面碰头，楚昭辅的人马杀入前军，前军被打乱，中军来援前军，弄得中军也乱了。

这时,赵普手一挥,就听地动山摇地三声炮响,裹了火药的石头飞向李景达的队伍,在李景达的大军中炸开。李景达的人马互相踩踏,士兵争相逃命,还没跑呢,第二波炮又来了。

赵匡胤一看时机到了,一挥手中令旗,让第一波队伍正面开始冲锋。赵家军个个是好男儿,个个都像离弦的箭一样。这第一波冲锋的队伍百里挑一,都是赵匡胤亲自训练的精兵强将。他们冲下去,接应到了楚昭辅的那三百人,两队合流,向着李景达的大队冲去。两军重新接阵的当口,赵匡胤又一挥令旗,第二支队伍从左翼包抄,也冲了出去。

李景达的大军并没有退却,而是改换了队形,中军阵形成了一个圆阵,外围用盾牌护住,里面用长枪架着,再里层是弓箭手。

不过,赵匡胤也看出了破绽,中军这样做,完全是为了保护李景达,把前后军不当自己人了。中军挡在大道上,让前军如何后撤?又让后军如何前来支援?只要让前后军大乱,让他们自相攻击,就能彻底瓦解他们。

赵匡胤让亲兵放火箭,那是信号,让罗彦环从后面对李景达发动进攻,让李景达以为自己被包围了。响箭吱吱响着,闪着赤色的火焰,在天空中划出了一道弧线,向着云端飞去。

罗彦环是赵匡胤非常信任的勇将。后晋时期,他随石崇贵征辽,作为石崇贵十勇士之一,大名府一战成名,二十岁就升任兴顺指挥使。后晋为辽所灭,罗彦环誓死不降,带一千匹战马投北汉,并为北汉收复了汴梁。郭威拥兵自立,建立大周,他成为都虞候,其职务在赵匡胤之上。但是,当时枢密使王浚骄横跋扈,企图挟制郭威,被郭威贬斥,罗彦环受到牵累,被贬为邓州教练使。罗彦环成名很早,军事才能不在赵匡胤之下,他却主动和赵匡胤结为兄弟。赵匡胤识得此人，也认定此人将来一定是个大才。此前，征蜀国，罗彦环主动来投，和他同甘共苦，此次，罗彦环又身先士卒，和他共进退，来攻六合，赵匡胤把他放在最艰险的地方，是有道理的。赵匡胤手下的潘美、曹彬等人勇猛异常，但都还没有独当一面的经验，单独领军，孤军作战，军中还只有罗彦环可以依靠。

那是最凶险的地方。罗彦环绕道江边，从江边的南唐水军和步军的夹缝中开始攻击，后有水军的箭雨，前有溃退而来、争先恐后试图登船逃跑的李景达大军，罗彦环所率不过千人而已，此战九死一生。

赵匡胤知道，要想胜，此刻只有一条路，拼了。他看见冲下去的两路军马，已经杀入李景达的队伍，南唐军中掀起了一波又一波的声浪。他一挥令旗，最后一路赵家军从右路杀出，从右侧迂回包抄，冲向李景达中军。

这时，他也看见，有一部分的周军在后撤。

他知道，这已经是最后时刻，他是这场战役唯一的后备部队，只有他和他的三十个亲兵了。他举起盘龙棍，空中，盘龙棍画了个圈，胯下的马似乎早已知晓了主人的意思，前蹄举起，后蹄一用力，像一股涌泉，突然爆发而出。

赵普看见，赵匡胤的马向着山下飞驰而去，迎头碰上那些退却回来的周军，那些溃兵又都纷纷调转马头。赵匡胤抽出利剑，在那些士兵的铠甲上猛抽，那些士兵会意，知道赵匡胤一定会带领他们打胜仗，一个个像是又活了过来，纷纷调转马头，向着李景达的队伍冲锋而去。

李景达的队伍本来已经站住了脚跟，突然又被从后面冲杀而来的罗彦环给搞蒙了，就听队伍中有人喊："水军被周军打败，水军跑啦!”这一喊不要紧,李景达的整个大队都慌了,正在这时,马山上的曹彬和潘美突然冲了出来,他们每个人的马后面都拖着一条长长的树枝,树枝挂在地上,扬起漫天尘土,看起来声势浩大,让人猜不透到底有多少兵马。

李景达的大队终于乱了,六万人开始互相踩踏,人人都想夺路而逃,人人都逃不掉。

李景达逃到江边的时候,身边只有三十余人,他看见他的水军真的扔下他逃到了江心,而他的身后,除了一小队残兵败将,什么人也没有,“大势已去,大势已去! 我愧对皇上,愧对江南父老!”李景达捶胸顿足。他怎么也想不明白,六万人怎么就在半日之内,就没了。整整六万人哪,那是南唐的命根子和最后的希望,却被他在这里葬送了。

监军陈觉从后面赶了上来,道:“将军,不要悲伤了,赶快逃命吧!”

李景达看看陈觉,怒斥道:“你这个奸臣,如果不是你胡说八道,不是你进谗言,让皇上杀了我水军大将李丹宇,我又怎么会沦落到今天,让一个小人逼到如此地步?”

中军大帐,赵匡胤手里拿着酒杯,帐外,罗彦环率队围着一群士兵,大约有两百来人,那些士兵是昨日阵前踟蹰,让赵匡胤用剑打过的,他们的盔甲上都留下了赵匡胤的剑痕。此刻他们都被剥去了上衣,赤着身子,跪在赵匡胤的大帐前。太阳冉冉升起,先是照在他们的后背上,把他们的后背晒热了,接着是照在他们的头顶上,把他们的头顶也晒热了。

众将走出帐外，候着，这一候就是两个时辰。潘美有点儿受不住了，知道赵匡胤军令如山，这些人恐怕难逃死罪。但是，如果全杀了，又太可惜，里面不少是随他们西征归来的老兵，昨天也不知道是怎么了，这些人怎么就突然怯阵了？

他走进大帐，道："将军，还是甄别一下，杀几个带头的，其他人放了吧？"

赵匡胤一边喝酒，沉默片刻，说："不杀他们，我们怎么对得起昨天那些战死的将士？杀他们，又何如？你来得正好，给他们兵器，让他们一对一决斗，战场是勇敢者的游戏，既然他们不知道何为勇敢，那就让本帅重新教会他们！"

潘美震惊了，赵匡胤不是这样的人啊，怎么能让自己的士兵自相残杀？

"他们已经不是我们的士兵了，只有让他们死去一回，活过来，才能重新归入我们的队伍，否则，他们就是敌人！"赵匡胤厉声道。

潘美不说话了，躬身出来，大喝一声："给他们武器，让他们自相决斗吧！"

那些士兵不敢相信自己的耳朵，要他们自相残杀，胜者活命？

赵匡胤抿了一口酒，对着帐门口的亲兵道："拉弓搭箭，怯阵者乱箭射死！"

士卒突然迸发出兽性，纷纷上前取了战刀，拼杀起来。不一刻，死的死，伤的伤，只剩下百余人。

潘美掀开帐帘，走进来道："将军，只剩一半人了。"

赵匡胤问："这百余人都是能战敢战的死士吗？"

潘美沉默不语。

赵匡胤放下酒杯，冷冷说道："让他们继续决斗。"

潘美步履沉重地走出帐外。帐外一场血腥的决斗继续进行。有的人断了胳膊，躺在地上哀嚎，被边上的卫士上前补了一刀；有的人被刺中了胸膛，不能再战转而自刎而亡；有的人则像疯狂的野兽，扑向身边的人，见人就杀，见人就砍。这场决斗如此血腥，连边上看的将士们都感到惊心动魄，转眼间只剩下不到五十人了。

赵匡胤走了出来，沉声道："可以停了。"这声音并不高亮，却极富穿透力。那些正在打斗的人似乎都听到了，几乎同时停下了刀剑。

赵匡胤道："昨日你们怯阵，可知罪？"

兵卒们扔下刀剑，纷纷跪倒："知罪！"

赵匡胤又问："临阵怯逃置兄弟于不顾，就如你们今日自相残杀。你们可知晓这其中的道理？"

"将军，我们知罪了。请将军赐我们一死吧！"

赵匡胤喝道："知耻而后能勇。你们可以活着，但永远不要忘了昨日之耻、今日之悲！"

"来啊！"他对着身边亲兵吩咐道，"每人颁发黑色战衣一套，编入亲兵队伍，令其戴罪立功！"

柴荣终于得到了他想要的辉煌。

经过六合一战，南唐可以动用的援兵已经被赵匡胤彻底消灭，寿州的刘仁赡再也没了盼头。显德四年(957)三月二十一日，南唐名将刘仁赡终于出降，寿州监军周廷构、副使孙羽抬着病重的刘仁赡出城，刘仁赡躺在担架上，此时已经口不能言，只是"以手指口"，谁也猜不出这个南唐第一名将，此时想的是什么。他到底是真的愿意投降，还是被迫无奈，谁也没有机会猜测这位名将的最后时刻，他的内心到底有过什么样的波澜。

刘仁赡投降后，柴荣封其为天平节度使兼中书令，但是不出几日，一代名将刘仁赡就故去了。柴荣在给刘仁赡的诏书中如是写道："尽忠所事，抗节无亏，前代名臣，几人堪比！朕之伐判，得尔为多！"柴荣乃是一代明君，他看到一个名将的内心，能理解和体谅一个名臣的苦衷。可以说，在乱世，能尽忠尽孝，从一而终的，实在是少数，大节不保，小节失序，这是多少人的一生写照。刘仁赡的命运又何尝不是一场悲剧？他的忠孝是有意义的吗？奇怪的是李璟，这个南唐皇帝，在刘仁赡死后，竟然也痛哭流涕，追赠刘仁赡为太师。一个降臣，他得到了敌对双方的尊重，这在历史上是罕见的。

3. 南唐尽割江淮

显德五年(958)，南唐皇帝李璟终于意识到，长江以北的土地保不住了，这个以李氏后裔、大唐国祚继承者身份存在于世上的国家，它的存在只是一场空梦，这个世上并不需要什么大唐正统，他们的江山可能不保，而这个时候，人民并没有站出来，并没有站在他们一边。那么这个世界要什么呢？

这一年对于南唐李璟来说，是一个不好过的年份。寿州被攻克以后，接着是濠州。濠州的郭廷谓派人送来急件，向他求援，可是这个时候，李璟哪里派得出援兵呢？放眼金陵，留下的不过是老弱病残，南唐主力早已尽出，并在瓜州、寿州被打散，战死的战死，投降的投降，如今，整个南唐都笼罩在失去亲人和国土的悲哀中。

李璟没有惩罚那些投降和失踪士兵的家属，他累了。

李璟看着皇城下绵延无尽的金陵城，这里曾经歌舞笙箫，这里曾经人人都沉浸在欢乐之中,曾经多么富庶祥和的国家啊。然而,北方,却偏偏不让这里和平。濠州,已经没有能力解救了,他给郭廷谓写了一封信,表示要朝廷派兵是不可能了。

李璟累了,保护子民,让他们繁衍生息,过上好日子,他没这个能力了,就让能保护他们的人去做吧。

可是,他还是错了,柴荣要的不是寿州、濠州,而是整个江淮,甚至整个南唐,他为此不惜杀人放火。

二月,柴荣再克楚州。周军打楚州打得艰难,楚州防御使张彦卿把楚州的每一个人,不分男女老少,楚州的每一个家庭,不分贫富贵贱,全部变成了军人。楚州没有一个人投降,一个月、两个月、三个月,周军围着楚州,就是攻不下,直到六个月后,城里实在没吃的,所有人都饿得拿不起武器,城墙才被攻破。

就这样,楚州守军全部战死,但没有一个投降的,柴荣下令屠城,不管男女老幼,一律杀死,可怜楚州的数万乡民,就这样一个不留,全部人头落地。

柴荣小儿,你到底要如何?李璟的心抖了,他恨柴荣,但是,他更加怕柴荣。柴荣已经挖通了邗沟和淮水间的通道,周军已经直达长江口,柴荣数次达到长江口的迎銮镇,带领殿前都虞候赵匡胤、慕容延钊等直接攻击驻扎在江中沙洲上的南唐水军,一举烧毁南唐战舰三百余艘,直接威胁金陵。

大周会在金陵屠城吗?李璟想到了投降。

此刻,南唐在江北还有大周尚未攻克的四州土地,如果此刻投降,把这四州作为谈判筹码,也许还有机会让大周退兵。李璟这样想。

可是，需要一个机缘，一个缘由，谁来先提出这个想法呢？难道要李璟自己提出不成？

李璟不能这样做，相反，他要反其道而行之，他对跟在身后的冯延巳道："先皇留下的基业，要葬送在我的手里，那是万万不能的。如今，内无强兵良将，外无友邦救兵，唯一能做的就是我亲征江淮，与柴荣小儿一决高下，如此，虽死而无憾也！"

冯延巳其人好高骛远，不懂战事，却常常轻言好战，当年就曾经怂恿李璟的父亲李昇，要他吞并大周。如今，南唐被大周打得遍体鳞伤，他更是觉得不服气，道："皇上御驾亲征，一定能战无不胜，齐奏凯歌！"

李璟听了，气得不知说什么好，觉得冯延巳似乎已经老而昏聩，完全不谙世事。

冯延巳说得兴起，凑到李璟的正前方，对着李璟道："臣请皇上打开府库，把金银全部拿出，分与将士，普天之下莫非皇家，这些金银分出去了，早晚还是皇上的。但是，如果土地被大周拿去，就再也要不回来了。"

李璟转过身，不看他。

冯延巳又说："皇家所要的财物无非是国土和子民，金银乃是粪土，皇家强，交子可以随便印刷发行，人人抢着要；皇家不强，那这金银，也买不到人心和物品……"

李璟正望向金陵的大街，似乎在思考什么，脑袋"嗡嗡"地响，他听不清冯延巳到底在说什么。这时，他看见了陈觉，便问道："你从前线回来，被李景达弹劾，我没杀你，你现在倒是说说，我们这个仗能不能打？"

陈觉打仗不行，心思却转得快。他走出队列，对李璟道："皇上,柴荣不过是个后生,年轻气盛,来犯我朝,并没有什么远大的志向,我们和他缠斗,胜不能大利,败却一定失了颜面,和这样的国家交往,不如拿点儿甜头哄哄他,也就罢了!"

冯延巳瞪着眼睛,梗起脖子,高声道:"陈觉,没想到你贵为中书令,却是个软蛋,你想投降不成?想割地求和不成?"

李璟摆摆手让冯延巳住嘴,说道:"让陈爱卿把话说完!"

陈觉道:"北方周国,所求无非是我国之粮米、布帛,而他们又没有银钱可以来采买,这才导致了战争。臣请皇上赐给北方大周国主金银,让其有资本可以和我国贸易,鼓励他们通过贸易求得所需,也请皇上赐给他们布帛,让他们有衣服穿,如此一来,两国可以化干戈为玉帛,永保和平。"

冯延巳气得青筋暴跳,不知说什么好,这不是明显的卖国言论么?北方大周,那是虎狼之国,怎么会满足?今天给他们钱粮,让他们强大了,后天他们还会来要更多。什么贸易?他们就是懒,就是贼性,不事农桑,单想抢掠,你要是想和他们永保和平,那是做梦,虎狼之国不能成友好盟邦。

这时陈觉的属官刘承遇出列奏道:"皇上,北方人善农,而不善于桑蚕,觊觎我丝绸绢帛,这是事实。但是,他们生产的粮食,并不被我们需要,如此一来,他们和我们贸易,就只有输出金银的份儿,长此以往,他们则变得无力支撑贸易。当下之计,给他们金银,等于给了他们头寸,让他们来和我们贸易,培养他们的贸易精神,此不失为良谋。只是,我江北的子民要受苦了!"刘承遇说着,哽咽起来,眼睛也红了。

李璟本来觉得刘承遇说得不错,差不多要把局面给扭过来了,但是,听着听着这个刘承遇又把话说出去了,他在心里痛骂刘承遇。

他担心的并不是江北的所谓子民，失掉几座城没什么关系，保住王位，能在江南偏安，也很不错，别让家底被大周一锅端了。他打断了刘承遇，对陈觉道："柴荣新近即位，并不知道大国的礼乐典章，我们应该尽量帮助他渡过这个难关。我看，爱卿就由你去跑一趟，跟他说说治国安邦的道理，而我们可以给他一些帮助。"

陈觉听明白了，李璟明着是让他去教训一下柴荣，实际上那是要他去北方求和。求和的事，要说容易也容易，要说难，那是难于上青天。他对李璟道："求和成，臣是罪人，求和不成，臣也是罪人，请皇上赐给我两项权力！"

李璟看看陈觉，手一摆说道："你的权力还不够大？这个国还被你卖得不够快？"

陈觉一听，心里透心凉，心想：这个时候，连皇上都想推脱责任，还有谁敢承担责任？他本来想说，我要我家人不死的权力，我要有先做后奏的权力，现在也说不出口了。他下定了决心。他知道，留在朝内，恐怕也是死。第一次增援寿州，他做监军，失败，第二次增援寿州，他还是做监军，还是失败。这场江淮之战，那些在外的武将，刘仁赡、张彦卿等，要么战死，要么投降，战死的，自然是英雄，就是投降的，也是英雄，而他呢？他只是一个监军，不能死在沙场，已经是耻辱万端，如今，如果出使求和，又怎能不屈辱承死？死多少回都不算过分啊。

"臣，愿意为皇上分忧，别无他求！"

李璟终于听到了一句他要的，"就是你了，陈觉，你去吧，保你无罪！"李璟知道，陈觉就是要这个免死牌！

陈觉来到镇江渡口，心里着实凄凉，上次他和李景达从这里渡江的时候，带了六万人，结果被赵匡胤打败。现在，他又带队渡江，此刻，他再也没有兵可带，带的是江南剩余的四州——黄州、舒州、庐州、蕲州的地图，这四州能满足柴荣的胃口吗？南唐帝国，虽然沃野千里，人口亿数，然而，此刻实在也拿不出其他了，再拿，难道要拿江南之地割让求和？那是南唐血亲之地，割让任何一块，都会让南唐无法存活。

如今，吴越和南汉，已经蠢蠢欲动，他们正想从东面和南面夹击南唐，如果真是这样，南唐就要亡国了。

江上没有一丝风，后面是金山，山上的寺庙传来阵阵钟声，前面是青山，在青山的山脚下，有一座镇子，列属真州管辖，叫作迎銮镇。陈觉心里有个不好的预感，感觉此去不是去议和，而是迎接柴荣南来的！为什么叫迎銮镇？难道，我南唐国运当灭？他柴荣，将来要成天下共主？

这时，一艘渔船驶了过来，好像要靠近他的官船，护卫大声喝止："哪里来的船家？这里是御史的官船，不得靠近！"

船上闪出一老者，那老者道："听说陈觉大人要渡江北去，和后周和谈？我等草民特来献上江鲜，希望陈大人不虚此行，和谈成功。"

陈觉看看那老者，招手示意护卫道："让他上来，我想听听他的说法。"

侍卫搭了一条跳板，连通了两只船，两只船都有些摇晃，跳板不是很稳，更重要的是小船低，大船高，跳板的角度很陡。那老者显然是老练的船家，在跳板上很轻松地就走过来了，有一刻，他忽闪了一下，两手举起，停住脚，平衡了一会儿，又没事了。

老者上得船来，陈觉才看出，那老者须发皆白，至少已经是六十开外的年纪了，道："老人家，陈觉真是不敢当啊，此去不过是苟且求和而已，哪里当得您这等厚望？"

"我等不过是草民，希望两国不要交兵，好能图个生活。如今，两边干戈不断，我们一家分成了两国，儿女在江北，父母在江南，叫我们有家难回，有亲难投，陈大人此去，有何羞辱？不过是讲和求存，打胜了是讲和，打输了是讲和，都是和字而已。"

陈觉心里想了想，他说得也对啊。胜败都是和，只是这个和字，却是难写啊。"老人家，您有何高见？"

"对于老百姓，和是纳粮当兵，战也是纳粮当兵，只是前者可以活着纳粮当兵，后者要生生死死，不得安宁。对于官家，战和，却不仅仅是利益的事，还是脸面的事，没有了颜面，官家在我们面前又如何名正言顺地要这要那呢？所以，先生此去不过是图个颜面！"

陈觉突然感觉茅塞顿开，道："哎呀，老先生，您这是真知灼见啊！"

"我们皇上要的无非是保住江山和社稷，先生您何不在江山和社稷上多提要求，而在利益上多给对方呢？"

陈觉听明白了，那还是要他让利啊。可是，手上除了那四州的地图，还怎么让利呢？无利可让啊。他心里清楚，即使是在此刻，李璟也未必真了解大周的军力，他未必真心求和，也许还有其他打算。如果是让他来探听虚实，实则是在准备重新开战，那他就死定了。

上了北岸，陈觉拿着李璟的亲笔信，信中李璟表示，向柴荣道歉，请求划江为治，休战罢兵。李璟说得很细，献上江北四州，表示诚意，同时，愿意自降帝号，禅位于自己的儿子李弘冀，从此称臣，愿意岁岁纳贡、年年称臣。

上岸行了不多时，就到了迎銮镇。陈觉心里嘀咕，听说柴荣杀敌人不眨眼，楚州上万百姓，一夜杀光；杀自己人也不眨眼，当初高平之战，胜了，大家欢欢喜喜地回营，他却在大胜之日，杀七十余战将，就因为他们临阵脱逃？鬼才相信呢，那是杀威棒！胜利之后，不需要这些人了，就把这些人统统杀光。

来迎接陈觉的是魏仁浦，魏仁浦一脸寒冰，带着陈觉并不走直路，而是重新绕回去，从江边走了一段。这段路上陈觉见识了大周的水军，大小战舰有六百多艘，整齐排列，舰上水兵个个是彪形大汉，枪戟林立，旌旗招展。接着又绕道青山背后，他看见青山上摆着大炮，听说当初是姚凤所造，他恨自己当初没有发现姚凤这个人才，如今，姚凤的大炮尽为大周所有，不仅上次用来轰击他和李景达的大军，现在还装备在了大周的战舰上。人家离自己几十丈远，就能开炮轰击，自己根本不能还手，他当初听自己的水军将领回来的汇报，还不相信，现在看到这些大炮，相信了。

大周的军队真是厉害，人人都有马骑，让他更羡慕的是，一人两匹马，军队列阵，骑一匹，手里牵着一匹。

陈觉气馁了，唉，这还跟别人怎么打啊？看来，南唐失败也不是没道理的，并不是士卒不勇敢，实在是军备比不上人家啊。

越是靠近迎銮镇，陈觉越是害怕。陈觉第一次驰援寿州的时候，也曾经有过几场小的胜利，他是大周的敌人啊。柴荣会不会记恨他，让他偿命？要不要跪着觐见呢？来，就是递降表称臣的，就是李璟来，也得下跪。他想好了，见面就跪！

但是，到了柴荣大帐跟前，陈觉却突然感觉自己错了，这个大周皇帝有两下子。柴荣等在帐门口，见他到了，紧走两步，靠近他。他正要下跪，柴荣却一把抓住了他，缓声说道："陈爱卿，免礼，你来，是我们的客人，我们之间不需要那些俗礼！"

人就是这样，本来没想过得到善待，现在柴荣如此善待他，他就彻底崩溃了。陈觉虽然经历过的场面不少，但这次他几乎哽咽着道："皇上，罪臣是来求和的，您不必如此善待！"

陈觉没有任何的迟疑，他把南唐皇帝李璟的最后底线全盘托出，只求周军不要进攻江南，不要攻打金陵。没想到，柴荣大笑起来，道："我兴师来讨伐，只取江北，只要你们不和契丹媾和，愿意率国归附，我还有什么可以多求的呢？告诉你家皇上，他还是皇上，我们两国要永保和平，成为兄弟之邦！"

陈觉几乎感激涕零了，问："真的只要江北四州，您就退兵了？"

柴荣点点头道："是的。让你的国主放心，我可以直接写信给他。"

第二天，柴荣交给陈觉一封信，陈觉一看，果真如此，里面没有提到分外的要求，但开首语是"皇帝恭问江南国主"云云，陈觉知道，柴荣没有提出的事，在这句问候里提出了，那是为了给李璟一个面子，人家该要的还是要。

他不能擅自做主，便派刘承遇回江南禀告，李璟自然看懂了里面的潜台词。削去帝号，改称唐国主，原来的天子仪仗全部撤销，用大周年号、周历纪年，等等。

显德五年(958)四月，柴荣率领赵匡胤等凯旋回京，这是柴荣继位以后第二场胜利，第一场是高平之战，确认了他当之无愧的皇帝领导权,他战胜了北汉,此后,北汉再不敢来犯。第二场就是这场和南唐的大战,历时接近三年,终于尽享江淮之地,让南唐这个老大帝国俯首称臣,彻底解决了南方的威胁。

如果说,大周在他父亲手上是风雨飘摇的小国,如今的大周,已经稳稳地站住了脚跟。向北,他以少胜多,战胜了北汉;向西,他击败了蜀国;而向南,他则让南唐俯首称臣。更重要的是经过这几仗,大周新一代军人成长起来了,他有了更大的军事资本。凯旋归来的柴荣踌躇满志,但还有一个心病没有解决,那就是燕云十六州,这些地盘被契丹占据着,这让他寝食难安,大周的东方门户,犹如完全不设防的柴院,而门口就坐着一只饿狼。

4. 王朴与赵普

赵匡胤此时已经升任步军都指挥使,这个官不小,在禁军中排行第三,更重要的是他年轻,是禁军高级将领中最年轻的。

他知道自己有功,但是,也知道自己不能表功。他的父亲在这场战争中死去了,老人家是病死的,谁都在说那是因为滁州那夜,赵匡胤没有开门,太不近人情。他不仅没有开门让他父亲进城,相反,他带队连夜出城,没有接上父亲,把父亲扔在了滁州的郊野。老人家在回汴梁的路上就一病不起,三个月后,病死在并州。赵匡胤内心非常痛楚,那晚如果接了父亲进城,也许他老人家就不会死。同样让他痛心的是王小姐,王小姐西征路上陪着他,南征又陪着他,如今,胜利归来,玉人却已不在。

当然,也有高兴的地方,高兴的是自己的弟弟赵匡义和赵光美都长成了大小伙子,尤其是赵匡义,已经能在家里照顾母亲及家人,做事大方得体。该给他找门亲了,访来访去,赵普来了一个主意，让他娶符皇后之妹。

这符皇后是柴荣的第一任皇后，宣懿符皇后，又称大符皇后。符氏原为北汉魏王符彦卿的女儿，名门闺秀，这女子是个明理而胸怀大志的女人。她为柴荣尽心尽力，还常常能给柴荣许多劝谏，可惜的是，符氏命短，显德二年(955)，随柴荣亲征南唐，征南唐不利，回到京师路上病逝，终年只有二十八岁。符皇后过世前，不放心柴荣，亲自为他做媒，让他娶了自己的妹妹，即小符皇后。

如今，赵普建议赵匡义要娶的就是小符皇后的妹妹、大符皇后的三妹。这当然是一门好亲事，赵匡义能娶上皇后的妹妹，和皇上成了连襟，那就沾上了皇亲国戚的光。想当初，赵匡胤征西战功卓著，却不得封赏，原因就在于他是个外人，对于皇上来说，如果你是外人，功劳越大，反而威胁越大。这也是李重进、张永德等功劳不大而能居高位的原因，国是他家的国，官当然也要让他家的人来当。

赵匡胤找到张永德，请张永德说合。

张永德是赵匡胤的顶头上司，官拜都点检，而此时的赵匡胤是都指挥使，赵匡胤找张永德自然是名正而理顺的。更重要的是张永德打心眼里欣赏赵匡胤，不遗余力地举荐赵匡胤的同时，把赵匡胤当作兄弟。自从当年高平之战，他们结下生死之交后，他们的感情就没有变过。张永德位高权重，但是，在赵匡胤面前常常非常谦虚，有主意甚至让赵匡胤来拿。

张永德都点检府大门口，站着几个便装的小厮，张永德为人低调，大门口不站军士。拿张永德的话说，军人是出门打仗用的，不是给当官的站岗放哨、看家护院的。那些小厮都认识赵匡胤，知道赵匡胤和张永德要好，张永德吩咐过，赵匡胤来不用他们通报，可以直接进去。一小厮弓着腰，直接引着赵匡胤往里走，赵匡胤看那小厮虽是便装的打扮，身手却是异常的敏捷。他跨门槛，脚下轻点，整个身子几乎没有上下晃动，人已经闪过了他，跑到前面去了，那是轻功。

走到中院，张永德正打个赤膊，光着上身在练拳，边上也站着几个小厮，有拿棍子的，有拿刀斧的，看样子是在陪练。这会儿，这些小厮都站着在看，张永德手里没拿家伙，赤手空拳，他一个鹞子翻身，在地上立定，又一招大鹏展翅，人跳起来，独脚站在了荷花缸的缸沿上，大家鼓起掌来，赵匡胤也鼓掌。

张永德站在高处，看见是赵匡胤，立即跳了下来，有小厮递过一把大刀，他推了，没要，而是走到赵匡胤跟前，抓住他的手说："来来来，来得正好，和我练几招！"

赵匡胤也是爱武术的人，也练拳脚，还专门研究了一种用来训练军士的长拳。当然赵匡胤的独家功夫是盘龙棍，他独创的盘龙棍法，那是天下独步的。

赵匡胤也不推脱，但也不想直接跟张永德动手，道："我们两个不用直接比，我们就用这水缸！"

张永德不解道："这水缸怎么个比法？难道要搬起来不成？"他沿着水缸兜了一圈，"好，你说，怎么个比法？"

赵匡胤看看水缸，又对着张永德比画道："哎呀，这是你家的水缸，它认得你，不认得我，要是比，恐怕我是一定要输给都点检的。但是我敢比，就看都点检敢不敢比了！"赵匡胤来了个激将法。

张永德双手背在背后，看看水缸，他不相信赵匡胤的话，什么水缸认得人，但是说他不敢比，那是不可能的，天下的事，还没有张永德不敢做的。

那些小厮们都知道，这两位要是比武，那必定是有好戏看的。

赵匡胤道："水缸里注满了水，那我就和都点检比试一下，用这水浇花，院子里的每棵花都浇到，但是水缸不能动，水不能洒，咱们就用这两只手，浇花！"

张永德感到奇怪，摸摸脑袋问："用双手舀水？浇花？我这个院子可大，数十人练武都能摆得开，那些花都种在墙脚边的花坛里，你怎么浇？"

赵匡胤不肯说细节，撸起袖子道："都点检，您就说吧，比不比？如果比的话，我们得有个条件，如果谁输了，得答应赢的一方一个要求。"

"比！那还用说！"张永德摸不着头脑，但不肯认输，再说他也不怕输，他输得起。

赵匡胤跟一小厮要了一条腰带扎在腰里，双脚并拢，取半蹲的架势，两手运气，在空中旋转，转着转着，那手势越来越快。大家开始看不清那手在何方，只觉得一轮圆圆的光环在转。接着，就见水缸里的水开始搅动，那水直直地竖了起来，成一条线，向上升腾。升起到一丈多高的时候，他一转身，那水柱像长了眼睛似的，对着墙脚的花洒去！就这样，赵匡胤用两只手卷起的水柱，把院子里的花浇了个遍。

张永德和那些小厮都看傻了。神人也，神人也！张永德在心里佩服。

怪不得赵匡胤能打仗，三千人对阵六万人，他也敢，原来有这等功夫！他以前怎么不知道？

这功夫，张永德没有，怎么比？张永德只好认输。不过张永德也是聪明人，一看赵匡胤主动来找他，又说打赌，就知道赵匡胤有事求他。他不等赵匡胤说话，领着赵匡胤往屋里去，小厮递上茶水，知道两人定有话说，就知趣地出去了。张永德道："你找老哥是有事？直说呗，啥事？"

赵匡胤酝酿一下，想如何说好。

没等赵匡胤开口，张永德就说："你是来说王朴的事？都不用说了，我知道啊，你得忍！"

张永德说的是什么事呢？原来大前天，赵匡胤去宫里见皇上，路上碰到了郑起。那郑起不过是个小文官，却敢挡住赵匡胤的道，要赵匡胤下马。郑起的人和赵匡胤的人就打了起来，结果郑起的人还打赢了，人家是皇城里的巡城文官，而赵匡胤是禁军武将，算是虎落平阳了。

赵匡胤看在眼里，心里很不是滋味，让那军士跟着郑起的人去评理，据说正好遇上了王朴。没承想，王朴正色对赵匡胤的人道："你家将军乃是皇上股肱不假，但也是武将。武将遇文官该下马，这个礼节一直是本朝所有武将都要遵守的，他岂能不知？"

赵匡胤的人吃了一鼻子灰，回来抱怨。赵匡胤对王朴倒是没什么意见，安慰了几句手下，这事也就过去了。王朴说得也对，如果禁军的武将在汴梁人人都可以耀武扬威，那汴梁还怎么管？

不过，这事却让赵匡胤的手下不服气，他们在禁军中传来传去的，结果张永德也知道了。

赵匡胤摇摇头道："都点检，王朴大人的处置，我是心服的，哪里有什么不服气的？都是那些小厮不懂道理，乱传话，传到您耳朵里还好，要是传到王朴耳朵里，恐怕要多出事来！"

张永德看看赵匡胤，觉得赵匡胤说得没错，倒是王朴有点小题大做了。“要说的不是这个事，”他穿起衣服道，“那你是有其他事，你直说吧，我们俩还有什么不能说的？”

赵匡胤道：“听说符皇后有个妹妹，聪明贤淑，正好我二弟赵匡义尚未婚配，我想看看能否高攀，麻烦您提个亲！”

赵匡胤心里实在不好意思，但是事到临头，不好意思也得说。他心里没底，一边假装看墙上的一幅山水画，一边等着张永德的回话。

没想到张永德特别爽快，就像是早有预备一样。张永德拉他到椅子上坐，又把茶几上的茶杯向他的方向挪了挪，说：“你来找我，我没有不接受的道理，这个月老我一定要当啊。”张永德喝口茶，又说，“我是真心希望为皇上揽人才，如果借这场姻亲能让皇上和你更加亲密地走到一起，那是再好不过的事了。”

赵匡胤听张永德这样说，也就放胆直言了。他本不是那种扭捏的人，此刻就索性一口气说出来了：“都点检，这件事还有个难处！”

张永德大大咧咧地道：“有啥难处，你说，都包在我身上。匡义这孩子我了解，是个好孩子，这个忙我得帮！”

赵匡胤站起身，对张永德深深一躬，便说：“不情之请，这些年我在外连年征战，皇上有些赏赐都贴给部下了，单靠老父的俸禄养一大家子，家里什么积蓄也没有。要是真能娶符家小姐，我们也没钱啊！所以，彩礼还得烦劳您借给我们！”

张永德一听乐了，问道：“赵匡胤啊，你乃国家柱石，你拿钱训练新军，招募乡勇参战的事，我都听说了。有人说，你有野心，我说，你那是忠心，让那些人拿自家钱出来试试？”他站起身，看看赵匡胤，又沉下了脸道，“唉，那是国家愧对你啊，彩礼的事你就放心吧，要多少，都从我这里拿。”

枢密院书坊内，范质、魏仁浦、李穀、杨徽之、郑起等人或站，或坐，或者踱步，大家都在等着王朴。已经一个多时辰了，王朴还是没有出现。

郑起有点儿急了，低声问身边的王公公："枢密使怎么还不来?”王公公弯着腰道："这个，小的也不知，枢密使日理万机，刚才又说是要和皇上议事，恐怕是还忙着吧。”范质看看郑起，压低了嗓音道："你急什么，枢密使忙完了自然会来！还不安心等着。”

范质和郑起等都有事找王朴请示。范质在主持编辑《大周刑统》，那是一部真正的刑事律法书，要总结唐律法的种种成果，汇编一部让国家走上法制轨道的基本法。郑起在重编礼乐，自安禄山起兵之后，中原一片混乱，礼崩乐坏，人心不古，国家政治没有了系统的规范和典章。武夫当道，致使社会一片混乱。郑起等人要为国家编制一部根本的政治大法。这两件事，都不小，都由王朴牵头。

每天，这些人都要来呈上进展，一条条让王朴过目。王朴性格比较直，见谁都是直来直去，也不顾及颜面。就是范质，历经数朝的老臣，王朴批评起来也是没头没脸的。所以，大家都怕王朴，但大家也不敢对王朴如何，王朴没私心，这是大家都公认的。再说了，王朴深得皇上的信赖，皇上把他当左膀右臂，别人还能怎么着呢？此刻的王朴，不仅仅是大周第一的文官，位列宰相之上，而且也是国家第一的武官，枢密使是国家最高军事长官。不但范质等这些宰相要听他的，而且李重进、张永德、赵匡胤等人，也都得听他的。

王朴忙，那是肯定的。但是，让这些枢密院的副使、宰相这样等着，也不符合礼数吧。

陶穀背着手在书房内踱步，兜着圈，踱步到王公公面前，斜眼看了一眼王公公，鼻子里“哼”了一声。王公公看在眼里，知道陶穀有才气，也有胆气，可惜王朴不欣赏他。王公公对陶穀恭恭敬敬，他犯不着得罪这人。陶穀表面上对王朴、范质等人都很客气，但是骨子里却不把他们放在眼里，实际上他和谁都没什么私交。

陶穀对着王公公道：“公公，麻烦您老通报一下，枢密使到底能不能接见咱们？”

王公公不紧不慢地也是一个弓腰，道：“老臣不敢，只是老臣出来的时候，看见王大人正在书房看折子，这会儿恐怕也是在处理急务吧。”

陶穀用鼻子又“哼”了一声，道：“看折子？那是给皇上的，怎么都由枢密使大人代劳了？难怪枢密使大人没时间见我们！”

王公公眼皮也不眨一下，用手上的拂尘掸了掸茶几，那样子有点像是驱赶陶穀，不阴不阳地回复道：“枢密使大人在忙什么，老臣无权过问，老臣只是心疼枢密使大人而已！”

枢密院门外，四个壮汉抬着一顶四人大轿一路小跑，轿子上坐着王朴。他斜躺着身子，似睡非睡，脑袋跟着轿子微微摇晃着。那四个壮汉应该是知道主子在睡觉，走路飞快，但是轿子的运动轨迹却似一条直线，几乎没有任何颠簸。王朴脸色特别不好，在打着瞌睡。

王公公看见王朴时，几乎是“噌”地跳了出去，跪在轿子旁迎接王朴。王朴弯腰拉起王公公，嘴上说：“王公公，你这样折煞下官了!"

陶榖看看王朴,脸上流露出尴尬的神情。

王朴并没有直接走进书房,而是拐到了书房边上他独享的办公房去了。大家你看看我,我看看你,最后,范质上前,正欲说话,被王朴的身边人李密挡住了。李密道:"大家有折子,交给我,我来转呈。等大人看了,再叙话,各位还是在这里等着。"

王朴坐在椅子上,王公公立即给他后背部垫上垫子。他咳嗽了两下,半躺着,稍稍好些。"王公公,今天大家有些什么事要商量?"王朴问。

王公公一边给他调蜂蜜水,又给他研磨茶叶,烧上山泉水,一边道:"倒也没什么,范质、李榖都是来交差的,我看,他们是来听听您的话音。"

王朴嘬了一口蜂蜜水,喝不下又吐了出来。王公公似乎早预料他会吐,手边准备着痰盂。王朴吐完,王公公接着道:"范质的折子,我瞟了一眼,大概是说他已经老了,一个人弄《大周刑统》恐怕难以胜任,他提请让窦仪跟他一起干。"

王朴问道:"窦仪?"

王公公扶起王朴,在他耳边轻声道:"那窦仪是他的门生,他大概是想提携一下窦仪吧。"

"那就准奏,让他带上窦仪吧,改天让他带窦仪来,我和窦仪谈谈!"王朴闭上眼睛,自言自语道,"这个范质,就是这点儿小心眼,没出息!要广罗人才,他眼光如此狭小,能举荐什么能人?"

王公公给他捶着背,又道:"李榖倒是已经整理好了《大周正乐》九章,又编了《大周通礼》,我看弄得都有模有样!"

“哦?”王朴看看王公公,“此人手脚倒是快!”

“此人才气有余,而稳健不足,《大周通礼》如此浩大的工程,怎么可能他一个人弄到头呢? 他的两封奏折,竟然都只用他一个人的名字,如何能过? 我看要压一压!”王公公轻轻地说,那语气像是自言自语,又像是在亲密耳语,反正不像是在正式交流。

王朴看看王公公,道:“李穀乃是当朝宰相,是历经数朝的老臣了,可是要说老辣,确实不如你!”

王公公脸上表情没有任何变化,继续道:“他是您看重的,但是,他却不晓事,我也提醒过他,但他似乎并不领情。”

王朴眯上眼睛,点点头,像是在瞌睡,王公公又道:“听说,赵匡胤在为他弟弟提亲!”

王朴没动,仿佛没听见。

王公公给他斟上茶,又道:“是向符皇后家提亲,要娶符皇后的妹妹!”

王朴睁开了眼睛,一骨碌坐了起来,忙问道:“什么? 谁搭的桥?”

王公公不动声色地回答道:“听说是张永德!”

王朴厉声道:“张永德,吃里扒外,不晓事体!”

李重进府上,李重进和李筠、韩通三个人在喝酒。李重进主掌当朝禁军,李筠是外放大员,两人都伺候过几朝皇上,尤其都伺候过先帝,是先帝身边的重臣。如今柴荣上位,虽然重视他们,但权力开始渐渐地向赵匡胤、王审琦、石守信等年轻的将官身上转移。最近皇上连续提拔了赵匡胤、李继勋等,这些人纷纷做了都指挥使,有的还兼了地方节度使。

李重进抿一口酒,对李筠道:“你就看吧,当初高平之战大胜,皇上是如何对待那些老臣的,除了张永德这小子升官发财的,有老臣吗?相反,冯道故去了,还有那么多老将军,不仅没得到善待,反而被杀了头!”

李筠摇摇头,一口干了酒,道:“杀七十余旧将,当初你不是也同意的吗?我倒是觉得赵匡胤这小子难缠。他不要钱,不要女人,只要人缘,凡是跟他打仗的,只要跟他走一遭,就成了他的人。你看看,那个罗彦环,有出息么?地位比他高,武功不见得比他低,现在呢?像是他赵匡胤的跟班!自己不要官,反而推荐赵匡胤!”

李重进拍拍手,里面走出一队美女来。那些美女,一个个袒胸露乳,穿得薄如蝉翼的。李筠的眼睛都看直了,道:“你哪里弄来这些尤物?”李重进微笑不语,李筠就站起来,搂上一个,灌上一杯酒。那女子被呛得直咳嗽,眼泪都流出来了,惊恐地看着李筠。李筠哈哈大笑,在那女子的脸上亲了一口,揶揄道:“还是你们这次南下有收获啊,我在北面挡着北汉的那老小儿,又挡着契丹,累死累活,还什么都没有!”他摸摸那女子的腰,感慨道,“哎呀,我说呢,还是江南女子细腻,你看这腰,这皮肤,哪是北方女子能有的?”说着,他举起酒杯,一小厮过来给他斟上酒,他喊道:“来,干一杯,干一杯,今宵酒醒何处?温柔乡中,有美景!嘿嘿,你李重进,哦,做人不能太小气不是?”

李重进心里有些不舍得,那是他在寿州大捷的时候,乘机找来的女子,一个个都是百里挑一的,只得道:“得,被你看中,我还能不答应?不过,我有个要求!”

“五百匹马!”李重进道。李筠看看身边没其他人,压低了嗓子问道:“你要马干吗?禁军的马不都是皇上让赵匡胤统一采买的吗?”

李重进对着李筠摇摇手,道:“那些采购的马我能要? 我要这五百匹马,是放在家里,家里才安全!”

李筠明白了,马是给家丁的,他李重进要建自己的小军队!“你还真是有远见哪! 你做得对,哪天谁想得罪老子,老子就拿家丁跟他干!”李筠道。

李重进摇摇手,看看左右,谨慎地说:“你别乱说,我们是忠心耿耿的,一心只为国家,没有二心。”

李重进的贴身护卫李元看在眼里,不露声色地端上酒,给每人斟上。

韩通比他们年纪小,资历浅,平时不怎么插话,只是喝酒。李重进自说自话道:“李大人,您是国家柱石,有您挡在潞州,在潞州经营多年,潞州已经固若金汤,那北汉是不敢来犯的。现在,张永德张将军经营澶渊,我却感觉担心,那里根本没有险要关口可以据守,契丹人什么时候想来就来,如入无人之境!”

李筠听了,好像酒醒了一般,正色对韩通道:“韩通,你也该外放一下了,去北方吧? 现在南方刚刚平定,皇上暂时没什么担忧的了。我感觉,下一步皇上就是针对契丹,打燕云十六州的主意。你想想啊,有什么比一个年轻的皇上拿下祖上好几辈都拿不回来的燕云十六州更有成就感? 你去了升官发财,将来样样随你挑! 也好顺便打点儿草谷回来,将来可以过上好日子。”李重进看看自己家,金碧辉煌,又指指外面的院子道,“你也该有座大院子了,大丈夫活在世上一辈子,如同草木一秋,图个什么呢? 不就是好日子么?”

韩通不明白李重进和李筠今天找他喝酒到底是什么意思? 怎

么突然说到他身上来了，让他去濮州？

李重进点点头，道："对！你去。濮州那是皇上待过的地方，正对着契丹，皇上对那里非常重视。你去，对内，能挡住赵匡胤的官路；对外，可以施展拳脚，筑一道真正的防线！"

韩通不解，只是喝酒。李重进见他没有作声，又解释道："你这半年，疏通汴河，让淮河船只能直接靠泊汴梁，皇上很欣赏。你有没有想过，去濮州帮张永德也挖一条河，用一条河挡住契丹？"

李筠道："潞州，有老夫在，防守上肯定无忧，但是进攻就难说了。濮州，如果你能去，建一道壕沟，用于防御可以挡住契丹，用于进攻，将来可以将我大周的粮草、军马用舟舰直接运送到契丹境内，你一定能在皇上面前立一件奇功！"

韩通放下酒杯站起来，深深一礼，道："两位大哥的提点，小弟永志不忘，此去一定尽责尽力，建好防线，挖沟开渠，两位大哥放心。"

韩通小声问李筠："您要我真的帮张永德？"

李筠大笑起来，反问道："你啊，这还不懂吗？你去，看着张永德，看他怎么和赵匡胤来往！"

韩通摇摇晃晃地往外走，李重进在韩通耳边道："皇上在濮州做过刺史，主政濮州多年，你去了，要有头脑，那是皇上的血亲之地，发家之处，你要去经营好！"

赵匡胤坐在堂前，看着堂前的燕子，燕子飞来飞去，一会儿衔着一根枝条回来，一会儿衔着一根羽毛回来，那是在做窝。他身边站着马弁赵六，赵六拿根竹竿，要捅燕子窝，被赵匡胤挡住了。赵匡胤想着赵匡义的事，这时，赵普带着一队人进来，那些人抬的抬，扛的扛，弄来许多的东西。为首的是张永德的管家，赵匡胤认得。那管家走上前来，递上帖子，赵匡胤一看，是三千两的银票。他知道张永德也是个清官，做武将的没什么分外的收入，这三千两给得不容易。他又看看那些东西，道："老管家，有了这银子，怎么还拿那么多东西？那多过意不去啊！"赵匡胤知道，将来还银子已经不容易，猴年马月能还真说不上，那些东西，都是绫罗绸缎、珠宝玉器，那就更加还不上了。那管家道："是我家主公吩咐的，说银子得有，礼也得有，让我都给您配齐了送来，这是按照王公贵族的礼仪准备的。您放心，我打探了好几家，大约都是这个规制，拿出去不寒碜！"

赵匡胤心里热乎乎的，有张永德这样的上司，他为大周卖命也值得了。他拿出一锭银子，打赏了管家和那一行人，把赵普让到屋里。赵普也掏出一张银票来，赵匡胤一看，有一千两，忙问："你哪来银子？"赵普跟着他没弄到什么钱，都没拿过俸禄，好在现在他升了副都指挥使、忠武军节度使，可以开幕招人和发薪饷了。但是，吏部办事慢，到现在也没个信儿，便又说："赵普，你可不能贪污啊，这钱哪儿来的？你还回去！"

赵普道："是王彦升给您的！"

赵匡胤一听，心里一震，道："王彦升，不是在军前被我斩首示众了吗？他怎么还活着？"

"当时，王元功放了王彦升，让他跑了。如今王彦升在北方经商，有点儿钱了，派人给您送来一点！"

赵匡胤哪里听不出来，王彦升一介武夫，怎么会经商？肯定是在干占山为王、打家劫舍的活儿。如今到处是战火，良家不能安生，做贼寇却反而过得不错，大众不事农桑，只想着发战争财！赵匡胤鼻里“哼”了一声，便道：“这钱，我是万万不要的。”

赵普看赵匡胤这个脸色，知道事情不好，立即转了语调说：“王彦升不知好歹，重罪脱逃，还敢来贿赂将军，那是罪加一等啊，这钱，我们能要吗？”说着，他扔了银票，掸掸手，仿佛嫌那银票脏了他的手似的。赵匡胤看看赵普，道：“王彦升的事，先放放，眼下着急的是，王朴一伙反对匡义和符小姐的婚事，而且拿这说事，要把我外放到甘州去！听说，王朴已经拟好了折子，就等皇上御览亲复了。”

赵普踱着步，不住地点头、摇头道：“将军，您任用我为长书记，是失策。当今天下，夺国之才有两个人，一个是他王朴，一个就是我赵普，现在一个为皇上所用，而另一个为您所用，您要用一个安邦定国的人才有什么用呢？难道你要当皇上不成？将军的失策之二是，您听了我的建议，试图和皇上攀亲，皇上的亲，哪是您好攀的，您那叫攀龙附凤，这就又显露了您的野心，您是有深藏不露的野心的！”赵普说着，坐了下来，端起茶几上赵匡胤的茶杯，喝了一口。然后不说话，闭上了眼睛，仿佛是在想事情，又仿佛是在等赵匡胤回复。

赵普看赵匡胤不说话，弯腰悄悄地把银票捡起来，放在了桌上。他在等赵匡胤说出一些宽慰他的话。但是，赵匡胤什么也没说，此刻他的内心很乱。

赵匡胤在沉思，上次王朴当着众将的面斥责他，说他不懂道理，在文官面前不下马，是越礼。他已经感到王朴等对他的敌意，但想不透他到底是在什么地方得罪了王朴，让王朴对他如此嫉恨？现在，他想通了，无论如何，王朴等都不会放过他，只要王朴在一天，他就不会有好日子过，王朴就是他的天敌。西征归来，王朴不让皇上提拔他，南征归来，皇上给了他一个副都指挥使，却不给他任何实权，现在还要把他外放到甘州去，那是什么地方？外放那里，等于流放！

他站起身，看看横梁上的燕子，那些燕子亲昵地互相啄着羽毛，它们多幸福啊，只要有个窝，就能一家过。而人呢？赵匡胤将如何自处？他想到南征中死去的王小姐，想到父亲，不禁悲从中来。

如今他在朝廷里，没有一个真正的朋友，没有一个真正的同党。他要被外放，要不是王燕儿回来说，他还真不知道，没有任何人给他通报。他自己倒是不要紧，想想楚昭辅、曹彬、潘美等这些人，这些人跟着他出生入死，如今他一下子没了音信，这些人如何自处呢？

这时杜老夫人从内屋走了出来，举起拐杖，对着赵普捶地，捶了三下后，道："赵普啊，这是打你的，本该打在你身上，当然我儿也该打！"杜老夫人又对着赵匡胤用拐杖捶地三下道，"匡胤，你也该打！这点儿小事就害你们兄弟互相怀疑，不能相互扶持和信任？你们有出息吗？"

赵匡胤立即起身，对着他娘道："娘，我哪里怪他了，我只是在想事！"

杜老夫人不依不饶，道："你给我跪下！"

赵匡胤是个孝子，听娘这么说，不得不跪，不敢不跪。杜老夫人又对赵普道："你也姓赵，也算是我儿，今天你们两个，就结拜兄弟，以后永不反悔，永不背叛！"

赵普也跪了，两人同时发誓。杜老夫人道："有什么大不了的，能比当初流离失所，没饭吃还难过吗？你们俩好好商量，我就不相信，两个大活人找不出路子来！”

赵普道：“去了甘州，要想再回来就难了。未来大周的战略重点肯定在燕云十六州，在对付契丹上。将军不如主动请缨，跟随张永德去濮州，在那里进可以袭扰契丹，建功立业；退，将来总有一天，那里要全面开战，一定能一展抱负，为国建功！”

赵匡胤听了，觉得有道理，二话不说，拉了赵普，两人骑马一路到了张永德府上。

张永德正好在家，两人把想法一说，没承想张永德却说：“你们来晚了，刚刚王朴已经来过，派韩通随我去濮州，充当防御使，在那里建堤坝。”张永德拿出地图展开，地图上深（今河北深县）、冀（今河北冀县）两州间的葫芦河，被重重地画上了红线，有的地方被拉直了，有的地方又画弯了。赵匡胤仔细观看，不由得暗暗佩服，如果按着这条线挖深河道，加高堤坝，不仅可以疏浚河流，用于灌溉、交通，还可以作为抵御契丹的天然防线。在这防线之上，又画着一系列堡垒，那些堡垒错落有致，都能利用地势。赵匡胤数了数，一共有李晏口、束鹿、鼓城、祁州、博野、安平、武强等七座堡垒，赵普也是军事家，善于军事地理，当然也看得懂这张图。张永德不等他们问便说：“这张图是韩通所献，他已经获得皇上批准，这次跟我去濮州准备专门负责葫芦河防线的建设！”

赵匡胤心里说，我们来晚了一步。但是，他嘴上没有说出来，“恭喜将军得一员猛将，能有这样的见识，将来必能助将军镇守边关，保国安民！”

张永德并没有注意赵匡胤的态度，而是点点头道：“看了这张地图，我想早点儿动身，立即筹备去，早一天建成，早一天安心啊！否则，我在哪里都觉得不安生。”

枢密院内，更夫缓缓地走着，一边敲着梆子，“笃笃笃”的更声显得特别响。王朴的屋里还亮着灯，屋外几个太监站着，王朴不走，他们就不能休息。几个年轻的太监，交头接耳，王公公出来送人，听见几个太监在闲话什么，对他们“嘘”了一声，让他们安静。

几个太监顿时绷紧了身体，不再说话。送走了一个，接着院外又走进来一个。就这样，一个一个地接，一个一个地送，已经是第七拨人了。那些太监实在不理解，王朴今天到底在干什么。

来人跟着王公公走进里屋，王朴坐在桌子后，正在看一张密折，听见来人，并不客气，头也不抬地说道：“来了？看你的折子，没有什么新内容，是不是你年纪老了，该休息了？”

来人低头道：“老臣无能，听不着什么重要的话语，只是老臣敢以性命担保，赵匡胤没有二心，他让其弟攀龙附凤，不过是赵普的一念之想而已，这个赵普野心不小，应当除之！”

“赵普能有什么风浪？这个人才情有余，但是德不配位，够不上他的才情，我看不会有什么大动静的！”王朴道。

“赵匡胤和赵普，两人结拜兄弟，赵匡胤不愿意去甘州，找张永德想去濮州，都是赵普的主意。”

王朴点点头道：“这些我都知道了，对我们很有用！”

来人不再言语。王朴推了一下桌上的一包金银，道：“这是你的，拿去吧！”来人悄悄地收了那包金银，缓缓退向门口，到了门口，正要转身离去，王朴又喊住他，说：“王金川，你儿子已经是禁军校尉了，你不再适合做卧底了，过一两个月，你就退了吧，回家好生将养，颐享天年！”王金川紧走两步，到了王朴跟前，“扑通”一声跪下，道：“王大人，我一家老小都蒙大人恩典，为大人，我们万死不辞！”王朴摆摆手，让王金川出去。

王金川哭着走了出去，到了门口时又抓住王公公的手道："王公公，谢谢你了。"

王公公挥挥拂尘，道："那是你的造化！"王金川从袋子里摸出一锭银子，塞在王公公的手里，王公公顺势接了。二人无话，挥手别过。

王金川出去后，郑起从屏风后走出，道："王大人高明，幸亏我们早有所料，提防得早，否则还真是挡不住他！"郑起说的是如果赵匡胤去找皇上，要求去濮州，可能皇上立即就会答应。他们都知道皇上这些日子，天天看燕云十六州的地图，一门心思想夺回燕云十六州。自从石敬瑭把这片土地拱手让给契丹，之后多少君王想过要把它收回，却眼见着它在家门口而不可得。如今，柴荣要是能收回这地盘，岂不是正好树立了中原王朝的大国威信，如果能顺势让契丹彻底臣服，更是能解决东北边关的百年威胁！

赵匡胤是冉冉升起的青年将星，柴荣肯定乐意让他去濮州。当初，王章等人西征，数月没有进展，最后，赵匡胤主动要求去，而且只带三千人，就拿下了秦、凤、成、阶四州，让蜀国俯首称臣。如今，柴荣又为什么不依样再来一次？就如同复制对南唐的大胜一样，让契丹也彻底投降，这是柴荣作为一个青年皇帝的最大梦想。

王朴站起身道："赵匡胤在布一个大局，他想通过联姻和皇上建立联盟，又主动请求去濮州，想在那里挑起战端，拥兵自重，要挟朝廷。他自以为聪明，却不知道人算又怎能比得上天算？"

郑起不明白，问道："大人，天算是何意啊？"

王朴道："昨日接到报文，党项族犯我领土，袭扰甘州，甘州知府请求朝廷派兵增援，赵匡胤没有理由不去，他应该立即动身！让他去那里和王章合作吧。"

郑起弯腰给王朴斟上茶,恭敬地说:"大人,他哪里有大人的聪明才智。不过一介武夫,有勇无谋而已。"

王朴摇摇头说:"非也! 赵匡胤有勇有谋,胆略超人。更何况,他还恬不知耻,一个能抛弃父亲的人,一个人让自己的兵士互相残杀的人,一个能利用女人往上爬的人,厉害啊,厉害得让人害怕!我担心的是,他会故意挑起我们和契丹之间的矛盾,让我们过早和契丹开战,置我大周于危险之境,坏我先南后北的大局!"

郑起沉默了,看看王朴桌上堆积如山的折子,说道:"大人,卑职能体会大人此刻的心境,大周连年开战,国库空虚,需要劝农奖桑,与民休养。国家更要确立法制、建立政制,现在是百废待兴,又有多少人真能明白大人您的雄才大略呢!"郑起说着,叹了一口气。他实在有点担心王朴的身体,这样劳累,就是像牛一样健壮,也不见得能支撑多久。

王朴咳嗽了两下,用手抹了一下嘴唇,有一丝血迹。他偷偷地擦在了手巾上,没让郑起知道,说:"是啊,中原乱局已经百年,法统和纲常俱乱,平均十年换一个皇帝,不到二十年换一个朝代。大周要打破这循环律,就必须从依法治国和教化人心、恢复政治上入手,恢复上古尧舜的礼仪,制定大周的正乐,制定文武官制,建立以文官为核心的国家政制体系,均田法、联保法都要实施。这些都是急务,否则大周就无以立国,我们凭什么打败契丹和南唐? 光凭武力是不行的,重要的是文化和经济,文化能够开民,经济能够富民,我们才能让万民来归,万国来朝,兵不血刃而能独霸寰宇。"

郑起点头道:"大人放心,我们都坚决支持大人的见解,皇上也一定能理解大人的思路。"

王朴摇摇头,道:“皇上要的好像不是文治,而是武功,他要的是立马见效的开疆拓土,而我要的却是长治久安。皇上和那些将军们走得太近了,已经被那些武夫们左右,好战好杀,我担心啊!”

郑起道:“是啊,楚州屠城,让我也大吃一惊,大符皇后在,还有人劝皇上,如今大符皇后薨了,小符皇后还年轻,我恐怕皇上他更是会好强斗狠,对外用兵不断了。”

王朴起身,身后的太监过来,一个个灭灯,在最后的灯光中,王朴脸色一会儿明一会儿暗,飘忽不定,忽而说道:“郑大人,你真愿意和我一道?你不怕别人骂你是求和派?是懦夫、卖国贼?”

“卖国贼?我单知这国是您王大人帮着建起来的,但不知王大人您也会卖国,我单知这千疮百孔之国,让大人您操碎了心,我们只是急着修补它,也不知能卖给谁!”

“查赵匡胤在滁州之战中,搜刮民脂民膏,战利品不上缴!”王朴对郑起吩咐道,“查南征中,赵匡胤与十员大将结义,私自结党,图谋不轨!”

义成军节度使府邸门前,两棵千年胡杨一夜枯死。一大早,管家来报的时候,石守信正在吃早饭。夫人亲手做的小油饼香飘四溢,半杯温热的羊奶掺了酒,石守信一口一口地抿着,享受着这悠闲的早晨。

他不相信管家絮絮叨叨的汇报,两棵胡杨壮实得不能再壮实了,像两个二十出头的壮汉,它们站在那里的时间比这宅邸还要长,怎么说死就死了呢?他放下小油饼,端着杯子和管家往外走。“难道是有人使坏,毒死了两棵胡杨?”

管家跟在他身后,心里七上八下。

“大人，咱这宅子，风水全靠这两棵胡杨。胡杨死了，咱会不会遭什么灾啊？”

石守信可不相信这些，他是从死人堆里爬出来的武将，只相信自己的力量、意志，相信人定胜天。可是他走到门口看见两棵胡杨的时候，还是惊呆了——昨晚还茂密苍翠的两棵大树，如今是一地枯叶加上两根枯枝。他脸色阴沉地在树下踱步，想看看其中的蹊跷。

正在这时，沿街四匹快马飞驰而来。到了近前，发现四人皆是御林军装束，一人高声叫道：“圣旨到！”

石守信连忙上前跪地接旨。

来人念道：“石守信居功自傲，结党营私，两军阵前拉帮结派，着即削去军职，拿下查处！”

街拐角，匆匆赶来的楚昭辅正好看到这一幕，上前悄悄问那御林军士：“这是怎么回事？”

那军士看了看楚昭辅，道：“小人怎知？小人们只是执行公务而已。”

楚昭辅掏出银两塞在军士手中。

那军士道：“你以为我们御林军都是贪腐宵小？出门前，韩通将军吩咐过，左手拿，斩左手，右手拿，斩右手。”但这军士并不移步，而是盯着脚下。

楚昭辅蹲下身，把银两塞进军士的靴筒，说道：“还请您多透露些个，让我等有个期盼。”

那军士小声道：“恐怕你家大人得罪了王朴枢密使吧。有人告你家大人结党谋反、虚报军工、勾结外患、拥兵自重。”

楚昭辅一想，是不是赵匡胤、石守信十兄弟结义的事惹祸了？

其中有王审琦、罗彦环等，均是手握重兵的大将，更重要的是，他们分别掌握了御林禁军和厢军的命脉，内外交织，纵横交错，一旦被告谋反，真是百口莫辩。

楚昭辅感觉自己来晚了。

京城赵匡胤府内，赵匡义匆匆走进书房，在赵匡胤耳边悄悄道：“石守信被捕了。”

赵匡胤一惊，放下手中的书，走到门口左右一盼，见四下无人，关上房门，问：“是不是楚昭辅回来了？”

赵匡义焦急地摇头，道：“楚昭辅没有音信，是张永德派人来报。”

赵匡胤道：“那帮文官奸臣也，害我大周柱梁！大周要亡，就亡在这帮文蠹手上！”

王燕儿隔墙侧耳听着，听不清楚这兄弟俩在说些什么，于是抬了抬手中的托盘。她走到书房门口，伸手要敲房门，却又停住，此时屋内什么声音也没有。少顷，她直接推开了房门，迈步走了进去，却见赵匡胤兄弟俩各端坐在书桌一侧，二人正下着围棋。

赵匡义笑嘻嘻地说：“有您煮茶，我哥是越战越勇，我怕是赢不了了。”

王燕儿笑道：“我不也是在给你添茶么？隔日，我还要给你说亲呢。不知你看上了哪家的姑娘呢？”

赵匡义正要回答，赵匡胤接口道：“匡义还小，婚姻之事暂不急，况且母亲已有设想，我们兄弟只听母亲吩咐便是。”

王燕儿收了托盘，心里觉得好笑：你赵匡胤那点心思谁人不知？外面已经沸沸扬扬，都说你在请人为他说媒，想娶皇上的妻妹，攀龙附凤，这等大事怎能瞒得了我？如果你们求我，说不定我能帮得上忙。如今你们拿我当外人，那也就休怪我没提醒你们。原来王燕儿已经从宫内得到消息，皇上接到数位大臣的密奏，要查处这些军官们，其中最重要的对象就是赵匡胤。“赵匡胤啊赵匡胤，你居功自傲，看不起人，心里只有你那从定军山上下来的女贼，命该当绝竟不自知，而唯一能救你的人就在眼前，你却有眼无珠。”王燕儿想着，端着空茶盘迈出书房，连书房的门也懒得替他们关上，快走几步来到院中，狠狠地把茶盘摔在地上。

摔完了，王燕儿又立即恨起自己来，想想自己也是太自私了。王小姐拿出全部身家来资助赵匡胤，不离不弃，甚至丢了性命，自己却小肚鸡肠，怎么就没做一点儿积极的事呢？既然认定了赵匡胤就是自己的终身所托，又为何不能无私地奉献于他，助他一臂之力，让他成功呢？男人都是要哄、要宠的啊。她恨恨地对自己嘱咐道：“以后，要好好对待他。我要做几件事，让他相信我！”

看着王燕儿走远了，赵匡胤对赵匡义说：“山雨欲来啊！他们利用滁州遇父不纳，坏我名声，这不是道德家的迂腐议论，相反是在有计划地制造舆论打击我。目下查我等私下结党，还查我在滁州私吞查没敌产的事，那是想收网捞鱼啊，人家结网，我为水中鱼，奈何？”赵匡胤叹道。

“哥，你到底有没有侵吞滁州查没的敌产？”

“二弟，连你也不信任我？信那些胡扯？我要是真侵吞了那些财产，你成婚我会不拿出来？”赵匡胤道，“说白了，二弟，你哥对几个小钱根本不看在眼里，你哥要的是万民安泰、国家富强！”

“哥，你不要财富，不要光宗耀祖，难道要的是整个国家？”赵匡义的声音不由自主地高了起来。赵匡胤拿起镇纸,敲了他一下,四下看看,道:“不得乱说,你哥没这个想法,你哥的想法是当今皇上非常圣明,我们应该忠心辅佐他,安邦定国。”

“哥,说的是这个理,可是皇上认你这个兄弟吗?”赵匡义忧心忡忡地问。

“哥不懂政治,只懂打仗,吃亏就在这里,有时候胜仗打多了,反而是缺点,不容于人!”赵匡胤叹口气道,“当今的情势,哥是得罪了一帮人,和我们作对的有皇亲国戚,也有前朝老臣,他们什么也没做,享受着荣华富贵,却不知足,时刻想着要得更多,害怕别人跟他们分享。”

“将军,你说得有道理,可还没说全,改革势力,你也得罪了!”赵普从内屋走出来,这几日,他就宿在赵匡胤家里,也是焦急上火,各方传来的消息对赵匡胤不利,但是,大家又理不清头绪,不知道为什么一下子像坠入了无底深渊,敌人却永远躲在暗处。“我感觉,我们可能也得罪了王朴,他的思路是先南后北,先和后战,是主和派,而他把我们当成了主战派!”

赵匡胤拿起手中的书,那是黄石公的《三略》,赵普瞟了一眼,正好看见这样一段文字:“得而勿有,居而勿守,拔而勿久,立而勿取。为者则己,有者则士。焉知利之所在?彼为诸侯,己在天子,使城自保,令士自处。”赵普心中一愣,暗想:难道我眼前的赵匡胤将来的确要居有其国?难道皇上真的在忌惮赵匡胤?难道这背后的始作俑者正是皇上本人?他拿过书,又看到:“使义士不以财。故义者,不为不仁者死;智者,不为暗主谋。”赵普不由自主地读了出来。

赵匡胤听了赵普的诵读,有些不自然起来,夺过赵普手里的书，道："不要读了，读出来，不知道我们的人还以为我们在想什么呢！其实，我只是随便翻翻而已。"

赵普把书还给赵匡胤，闭上眼睛，背诵起《三略》来："夫能扶天下之危者，则据天下之安；能除天下之忧者，则享天下之乐；能救天下之祸者，则获天下之福。故泽及于民，则贤人归之；泽及昆虫，则圣人归之。贤人所归，则其国强；圣人所归，则六合同。求贤以德，致圣以道。贤去，则国微；圣去，则国乖。微者危之阶，乖者亡之征。贤人之政，降人以体；圣人之政，降人以心。体降可以图始，心降可以保终。降体以礼，降心以乐。所谓乐者，非金石丝竹也；谓人乐其家，谓人乐其族，谓人乐其业，谓人乐其都邑，谓人乐其政令，谓人乐其道德。如此，君人者乃作乐以节之，使不失其和。故有德之君，以乐乐人；无德之君，以乐乐身。乐人者，久而长；乐身者，不久而亡。"

赵普曾经隐居数十载，研究经略，这一点赵匡胤知道，但是今天听他随口大段背诵，还是很惊讶。

奇才也，国之重器！

可惜，柴荣不用他。

他打断赵普的朗诵，说道："王朴的做法是对的，是长远之策，而东征西伐，劳民之政，非在长远。"

赵普拱手道："将军治军有方，而治政则不如王朴，王朴对付将军您的，是治政之方。他布下一张大网，随时可以收网，而将军你在网中，则不知哪里可以突围，这张网越来越紧，你却找不到纽结在哪里，无法打开绳网！"

赵匡胤点点头，赵普说得对，政治，不是他的强项，他不会玩，只能被别人玩。赵普道："政治的玩法，是结盟，明抢使不得，得在台面底下使劲儿。为今之计，我们一是要分化对手，二是要找人结盟！”

赵匡义年轻，处事性急，问：“找人结盟？能找什么人呢？”

赵普不紧不慢地道：“符皇后！我们只要能让符皇后认可，让匡义和符小姐的婚姻能成，就一切都迎刃而解了。和皇上做了一家人，外人再怎么说也没用。江山是咱们自己的江山，自家人的江山，谁还能置喙？”

赵匡胤听了不免有些失望，赵普啊赵普，我们眼下处境困难，被人当出头的椽子来打，不就是因为我们想这门亲事，结果是好事不成，反而变成了坏事。现在，石守信和王全斌都在被审查，其他人也人人自危，我们还去谈婚事？

赵普知道赵匡胤有疑虑，补充道：“有一个人，将军可以用。”

“何人？”

“远在天边，近在眼前！”赵普卖关子道。

“你快说，只要能办，咱们快快办，要是石守信等在监狱里受不住，被诱供，说不定会弄出更大的乱子来，这事得快！”赵匡胤催促道。

“王燕儿！王燕儿深得皇上信赖，我看她是真心喜欢将军。王小姐故去的时候，拉着你们的手，要她照顾你，王小姐没看错人。王燕儿经过这些事之后，为人成熟了，她能去斡旋，去和符皇后直接沟通，甚至和皇上直接沟通。如果她愿意出马，那就有希望！”赵普盯着赵匡胤，“将军，就看你的了！”

赵匡胤沉吟良久，王燕儿跟他南征北战，一路照顾得尽心尽力，自己对她不冷不热，实在是因为她忌妒心太强，小肚鸡肠不成大器，也或者是因为王小姐的出现，把她比下去了。其实，王燕儿长相不错，会照顾人，若说她是皇上按在他身边的探报，那是莫须有的。赵匡胤背着手，心里拿不定主意，王燕儿这些日子对他也是不冷不热的，回来后，一直没有提结婚的事，倒是提过要给王小姐做法事，超度亡灵，赵匡胤一直不信这些，也没答应。

"赵普，你说说，我们如何行得？"

"只要你开口，让王燕儿去一趟宫中，和符皇后说说体己话，一切都能迎刃而解。如果她探得的口风不好，我们再寻思其他法子不迟。"赵普道。

赵匡义在边上听着，心里没有什么想法。他也不认识什么符皇后的妹妹，结婚这档子事对他来说，仿佛还很遥远。但是，现在哥哥的事业需要他和符家小姐成婚，那他是无法拒绝的，兄弟同心，其利断金，他责无旁贷。

王燕儿回到屋里，坐在床沿边上，思来想去，不禁垂泪。想想自己在高平之战中失了家人，后来被王彦升抬举，献给赵匡胤，因为喜欢赵匡胤，才跟着他，却不承想赵匡胤对她不冷不热。本来有个王彦升，算是异姓哥哥，还有个念想，如今，王彦升已经被赵匡胤杀了，她连个念想的人也没了。她该恨赵匡胤，可是，她又恨不起来。王小姐故去的时候，抓着她的手，让她照顾赵匡胤。她心肠竟然软了，觉得照顾赵匡胤就是她的宿命。本来王小姐出现，她的心已经死了，她只想照顾王小姐，看着她和赵匡胤生活就满足了，如今王小姐的嘱托让她又燃起了希望。

可是，赵匡胤这人，就是不知冷热，甚至怀疑她。

她从枕头底下拿出一双鞋来，那鞋显得特别大，一看就知道，赵家大院里的人，只有赵匡胤有这样的大脚。可是，鞋子做了好久了,她就是没法送出手,怕赵匡胤不要,她就没脸再在赵家待着了。

她也想过离开赵家,可是去哪里呢?

王彦升死了,她的故家也已经没有人,她哪里都去不了。她不知道王彦升还活着。

这时,她听到门口有响动,凭着直觉,她知道那是一个男人,而这个男人,又有如此强大的气场,让她心跳。

只能是赵匡胤。

她不敢相信自己的直觉,定下身子,侧耳听着,门外,那人也似乎停着,在听里面的动静。

赵匡胤是粗中有细的汉子,那是在让她有个心理准备。果然,赵匡胤咳了一声,问道:“燕儿?在吗?”

她颤声答道:“在的。将军,您找奴家有什么事么?”

她听得自己的声音中有股子媚态,恨自己不争气,刚才还在骂这个男人负心,现在一听这男人呼唤,就又轻浮了。她坐着没动,轻声问道:“将军,您有事,让下人通知我一声就行了,何必……”她止住了声音,不知道自己到底要说什么。她希望这个男人推门进来,一下子就把她揽在怀里。她有很多话要说,她是夜夜思、日日想,真有很多话要说啊。

赵匡胤果然推门进来了,环视四周,这是一间下房,屋里的确寒酸了一点,不过却清洁整齐,一尘不染。他转了转,看到梳妆台前有一只圆凳,就坐了下来,说道:“燕儿,你在我们家,委屈了!”

“跟着将军是奴家的福分,不委屈!”王燕儿这话倒是真心的,要不是赵匡胤,她还不知流落在什么地方呢。

赵匡胤细看王燕儿,粗布衣裳,身上什么装饰也没有,心里不禁有些愧疚,道:“燕儿,你跟着我有五年了吧?你在我家,上下照顾，什么活儿都干，我却没有好好地待你。”

王燕儿几乎有些感动了，这个在战场上叱咤风云的军人，什么时候考虑过这些儿女情长？便说：“将军，您别这么说，您军务繁忙，给将军分忧，那是我们该做的，只是没有做好。”

“你做得很好，很好！”说着，赵匡胤从腰中解下一枚玉佩，“这玉佩，我戴在身上也久了，给你吧，做个信物。”

王燕儿心里欣喜异常，但嘴上却说：“将军，这玉佩珍贵，还是将军戴着好。我们妇道人家戴着，反而不美！”她心想：赵匡胤，你要是真心想把这玉佩给我，你一定会把它直接戴在我的身上。

赵匡胤没想到王燕儿会这样说，拿着玉佩的手，停在了半空中。王燕儿看着他的手，心里着急，她挪挪身子，把腰肢对着赵匡胤，可赵匡胤把玉佩放在了梳妆台上。“燕儿，我来是有一桩事情要你帮忙。你看看，匡义年岁也到了，该物色一门婚事了，我和母亲商议，符皇后的三妹就很好，要是能娶符皇后的妹妹，那我们家就算烧着高香了！”

王燕儿心里酸楚起来，原来是来说赵匡义的婚事，不是真来找她！

她侧过身去，背对着赵匡胤，落泪起来。赵匡胤看了，不假思索地卷起袖子来给她擦泪，哄道：“你看看你，怎么哭了呢？这是好事啊，这两年，你对匡义好，他是知道的呢。”

她点点头问：“你是要我跟符皇后说去？”

赵匡胤点头道：“对。你们女人家先说说，要是符家也有意，咱们就去提亲，要是符家没有意，你带个话回来，我们也就不动这心思了，免得两家尴尬！”

王燕儿心里说，恐怕没这么简单吧。但她知道，不该捅破这层窗户纸，赵匡胤是个好面子的汉子，要是不给他面子，他是死活不会来求人的。当初，皇上认了她这个妹妹，要他们完婚，可赵匡胤就是不肯答应。

王燕儿站起身，款款施礼道："将军，您放心，我明天就去宫里，跟符皇后讲，我觉着这事有希望。匡义年轻英俊，将来一定是国家栋梁，符家小姐，我也听说了，长相那是没说的，又是大家闺秀，知书达理，他们是天作之合，焉有不成之理?"

听王燕儿这样说，赵匡胤也乐观起来，接着，两个人又商量了进宫的细节，赵匡胤把赵普教的一些话都说给王燕儿听了，结果，都被王燕儿推翻了。赵匡胤有些焦急，王燕儿道："你这个呆子，符皇后是个女人，她怎么会像你们这样考虑问题? 她只是会想，她这个唯一的妹妹，将来能不能过得快活，而她能不能得着一个知心的人，那些什么才能、才干一类的话，她听了不仅不会上心，反而会担心呢，匡义能知疼知热，让她妹妹一生无忧吗? 我得说这个!"

赵匡胤听了，觉得有理，点点头道："那就按你说的法子去和符皇后说吧!"

王燕儿回到家时，已经是张灯时分，赵匡胤也不点灯，一个人枯坐在书房里。他实在是担心石守信等人，这几人年龄都比赵匡胤大，要说资历也比赵匡胤高，他们之所以和赵匡胤结义，是真心觉得英雄之间应该惺惺相惜。如今，他们被莫须有的罪名牵绊，个人安危事小，国家危亡事大，如果他们都因为自己而受牵连，那整个国家不就倒了? 这些人可以说是大周军队的栋梁。

他一听到王燕儿进门的声音，就站起来迎了出去，看王燕儿的脸色，看不出来什么有效的信息。他陪着王燕儿到了饭厅，下人端上饭菜来，王燕儿倒是不好意思了，往常只有她等赵匡胤的份儿，甚至陪饭也轮不上她，更不用说赵匡胤专门等着她，陪她吃饭了。

她不端碗，不拿筷子，而是离席，款款施礼道："将军，您不用如此，奴家有今日全仗将军的福，奴家能做的，万死不辞！"

赵匡胤也起身道："哪里的话，这几年，多亏你照应家里，只是我忙于军务，没能好好陪你，今天我俩可以这样叙叙。说来，我也人近中年，应该多照应家里一些，老实说，我身体也不如从前……"王燕儿把手放在赵匡胤的手上，止住他，不让他说下去，忙说道："将军，你在奴家的心目中永远年轻，您真的还年轻，将来大有作为，您是要改变历史的大人物，不用在我们这些庸人身上花时间，我们能跟您亲近，照顾您就是我们的福分呢！"

赵匡胤听着，觉得王燕儿真是懂事了，仅仅几年的工夫，说话做事就全不一样了。几年前，她得着个皇帝义妹的虚名，就骄傲得不得了，要逼婚，而今却是低调得让人难以置信。看来，人是会变的，尤其是聪明的女人，这几年真是怠慢她了，没有好好了解她。

"你真这么想？"赵匡胤两手抱住王燕儿的手，看着她道，"其实，我只是个凡人，成不了什么大事，能做点事都是你们帮衬的结果，我太自以为是了，让你们吃了那么多苦！"

王燕儿靠着赵匡胤坐下，道："将军，您的担忧可以放下了，符皇后非常明理，她听了奴家的话，甚是高兴，觉得这是天作之合的好事。当时，皇上也在，皇上让我带几句话给你。一是，要你把攻下滁州后私拿的银两财物送回去，有人说您整整拿了一大车东西；二是所谓的十兄弟结义的话茬不要再提了，你们都是皇上的股肱，结义也该和皇上结义，私下结义不妥！"

赵匡胤听了王燕儿的话，释然了，皇上原来的确是对他有误解啊,能说白了,就是好事。赵匡胤道:“这是谁诬陷我?我怎么会贪污财货?”他左思右想,想不出自己怎么在滁州就贪污银钱了?

突然,他想到攻进姚凤的官宅之后,他发现姚凤的书房里有数千册书,爱不释手,就让人把那些书单独装车,运回汴梁,看来是这车书惹的祸。

王燕儿道:“奴家和了解将军的人都相信将军拿的是一车书,但是那些不了解将军的人就不这么想了。将军的确当时没注意这个小细节,没避嫌。依奴家看,已经有人在诋毁将军的孝心了,说将军滁州遇父不纳是不孝,私纳钱货是不忠,这两件事,将军得有个万全之法,扭转局面!”

赵匡胤左思右想,如何破局呢?

王燕儿见赵匡胤不语,轻声说:“将军,不如把这些书献给太庙。您攻下滁州,缴获了南唐大将的书,献给太庙,让先帝和祖宗们高兴,这等战利品着实就有了象征价值,谁也说不得您了!您可以请皇上主持敬献仪式,约请一些将军,请皇上带队,一起在太庙盟誓,作为武将要遵守法统,多读书,学文化,永志不搞武人干政,遵从文官政治!”

赵匡胤一听,大喜道:“燕儿,没想到你有这么好的主意,解了我的困局。”

“将军,您那么聪明,怎么会想不到呢。其实,你们都能想到,只是不愿意想而已。”

赵匡胤听了深以为然。王燕儿又说:“我曾经听你说过魏仁浦这个人,说这个人可以交,你为什么不去找找他,和他商量商量呢?”

赵匡胤这回是完全服气了,是啊,可以找找同盟,像魏仁浦这样的人，他们不会主动来结交武将，但是，武将可以找他们聊聊啊。他想着，觉得自己的思路已经打通了，竟觉得畅快起来。他又掏出那块玉佩，想给王燕儿戴上，王燕儿却真的不要了，并说："将军，您真想送我礼物？"王燕儿眼珠子转转，想了想，"将军，您要是想给我礼物，我倒是要的。"赵匡胤认真地点头，王燕儿在他的心里，现在真是自己人了，要什么不能给呢？"那我要你的剑！"赵匡胤有点儿惊讶，问道："我的剑，有什么用？"王燕儿回道："我要像王小姐一样，将来陪你打仗，你教我骑马练剑！"赵匡胤点点头，把她揽在怀里。

五、争斗升级

1. 战与和

汴梁鹿野苑，是皇帝打猎的地方。赵匡胤和柴荣骑马在前，王燕儿和符皇后并肩骑马在后。突然，猎狗狂叫，赵匡胤看见一只鹿从身边的草丛飞奔而出，赵匡胤拉弓搭箭，闭一只眼睛，箭头指着鹿的心脏部位，但是他并不松弦，而是等着。身边，柴荣也搭箭，柴荣的箭已经射出，凭着军人的直觉，赵匡胤知道，皇上的箭非常准，应该能射中，他用不着放箭了。可是，太奇怪了，皇上的箭像是病了，摇摇晃晃，速度明显缓慢，追不上鹿。赵匡胤一松手，一支重箭飞出，百步之外，鹿应声倒地。

然而，不待他们近前，鹿却挣扎着又起身，落荒而逃，猎狗们纷纷兴奋起来，向着鹿追去。

柴荣看看手里的弓，停下马，有点儿惶惑，对着赵匡胤说道："匡胤，最近不知怎么了，朕总是感到没力气，拉弓放箭，竟然放不远！"说着，皇上轻咳了一下，并不觉察是在咳嗽，可能是已经习惯了，但赵匡胤隐隐地为皇上的身体担忧起来。听符皇后说，皇上每天只睡两三个时辰，其余时间都在办公，阅读奏章，皇上是一个事必躬亲的人,可是,国家那么多事务,他样样都管,管得过来吗?

赵匡胤突然觉得自己不该放箭,应该让那鹿逃去,皇上射不中,他却能射中,岂不是太不给皇上面子了?

皇上是太累了,皇上也是人,精力也是有限的,便回道:“皇上,您可能是累了!”

“皇上,皇后,燕儿去追那鹿!”王燕儿拔剑在手,一提马缰绳,她的马前蹄立起来,嘶叫一声,飞奔而去,后面几个禁军跟着。柴荣看在眼里,由衷地说:“朕这妹妹,是个妙人啊。如今在你的帐下,又成长为一位女将了。你们完婚时,朕要封她为一品诰命夫人,哈哈,让她的官儿比你的大,看你还敢不敢欺负她!”符皇后也跟上说:“是啊,匡胤,你可得给燕儿一个交代,她伺候你这么多年了,也不容易!女人家就这样几年,耽误不得的,不像你们男人!你们男人有事业,可以上战场,女人呢?男人就是她们的战场,男人不要,她们就失败了。”

赵匡胤笑了笑,拉着马缰绳,让了一个位置给符皇后,三人一起站住。赵匡胤回答道:“我哪里敢欺负她,她欺负我还差不多!”赵匡胤说的也是实话。

这时,远处一匹马飞奔而来,到了近前,原来是一名军士,是张永德派来的八百里急报。柴荣给了各地战将急报的权力,无论在什么地方,各地急报都可以随时交给皇上,由他亲自处置。

柴荣展开张永德的文书,当即看了起来。柴荣的确是一位勤勉的皇上,一年到头,没有休息,没有娱乐,更重要的是,他继承了郭威的传统,生活非常简朴,每顿饭一菜一汤,数十年来,都是如此。赵匡胤想劝劝皇上,让他保重龙体,全国臣民的希望和重托都在皇上身上呢。

五、争斗升级

柴荣坐在马上，看完奏章，把奏章交给赵匡胤说："你看看，朕想听听你的意见！"

赵匡胤接过一看，原来，契丹南京留守萧思温发兵来犯，张永德率兵抵御，两军在冯母镇对垒，八百里急报，是来要粮饷的。信中言辞恳切："吾皇，臣等兵将无时无刻不西望汴梁……"赵匡胤看了，鼻子一酸，他不知道大周第一的大将，官拜天雄军节度使、都点检的张永德在濮州过的是这种日子。

"有人要朕和契丹谋和，说我们连年征战，需要几年的和平，让百姓休养生息，你说呢？"

赵匡胤想起王公公的交代，当今朝廷，以范质、魏仁浦等为代表的文官，正力劝皇上休兵罢战，他们用所谓儒家的仁义话语，说服皇上，行仁义王道，以王道而为霸业。他们这一路真正的想法是反对武人干政，试图建立以文官为核心的政治体系。另一路是王朴的思路，王朴觉得，真正急迫的威胁是北汉，北汉一直是大周的心腹大患，尽管高平之战挫了其锐气，然它是僵而不死，时刻准备复活。北汉刘崇不接受高平之战的教训，到处宣称自己才是汉人统治的正朔，一会儿给南唐写信，一会儿给蜀国写信，与这个交结，与那个结盟，更是与契丹沆瀣一气，时刻准备着要来夺大周的政权。总之，王朴觉得不先拔掉北汉刘崇，征契丹就没有胜算。这两派人物都不主张攻打契丹，都主张要与契丹议和。

但是，王公公对赵匡胤透露："当今皇上，要的是一场跟异族的战争，一场和契丹战而能胜、能从异族手中收复国土的战争！"王公公叮嘱赵匡胤，千万不要说先征北汉，更不要说与契丹议和。

赵匡胤思来想去，皇上约自己出来打猎，又在打猎的时候接张永德的急报，是不是皇上自己导演的一场戏，意在试探自己对征讨契丹的想法？赵匡胤在是否征契丹这点上与皇上的意见是一致的，北汉不足为虑，刘崇根本就没有重新问鼎中原的雄才大略，他只是个历史小丑而已，姑存之无患，主动攻之，反而会得其咎，先取契丹，拔幽蓟之地为中原之屏障，同时可隔断契丹、北汉的联系，孤立北汉。北汉僵而不死的根本原因是和契丹结盟，目前，契丹国内，耶律璟号称是睡王，晚上饮酒，白天睡觉，根本不理朝政。耶律璟非常残暴，喜欢生吃人肉，杀自己的皇亲国戚来吃着玩，弄得人心惶惶，众叛亲离，他还怎么打仗？所以，要收复燕云十六州，要攻契丹，一是非常必要，二是正处于适当时机。

赵匡胤一边思考一边缓缓地道："征契丹，一举收复燕云十六州，可让我北方得到坚守之门户，不至于时刻都是门户洞开，让北汉和契丹年年都来讨便宜。"

柴荣点点头道："匡胤，你的想法跟朕的一致，征伐契丹不是说一定要灭其国，现在，契丹内乱愈演愈烈，耶律璟无力窥探中原，他们南京留守萧思温也不是能攻善战的武将，而是一个文官。这个时候，我们为什么不乘机拿回燕云十六州，重新关上我们的东方门户呢？更何况，萧思温这个家伙，天天袭扰我们，他这是想拖垮我们！"

赵匡胤理解了皇上的想法，道："皇上，如果进攻契丹，臣愿意为先锋，为皇上开路！"

柴荣终于笑了，点点头，一鞭子抽在赵匡胤的马屁股上，然后自己也提缰催马，两个人并肩飞驰。后面是侍卫亲军和禁军，分成两路跟随着，再后面是一溜烟尘。

正值三月，汴河边上，柳树已经泛绿，魏仁浦手里掂着鱼竿，鱼钩扔在水里，可是鱼钩上的鱼饵早已经被鱼吃光了。他没有装钓饵，就那么握着鱼竿，枯坐着，显然是没有心思钓鱼了。

王朴拿了一只小马扎坐在他身边，问："魏大人，听说您和刘崇有私信往来，你可知道刘崇最近的想法？他是不是要来攻我大周啊？"

魏仁浦手一抖，差点儿把鱼竿给扔了，和刘崇有私信往来，那可不是随便说的，那是私通敌国啊。

"王朴啊王朴，你这是把我往死里整啊。"魏仁浦心里想。

魏仁浦坐着一动不动，在等王朴继续说下去。王朴追到汴河边上来和他谈话，应该不是来问他和刘崇通信的事吧。

王朴却突然不说话了，似乎陷入了沉思。一会儿，他又轻轻地咳。魏仁浦发现王朴的咳嗽和皇上的咳嗽非常相似，都是轻轻的，若隐若现，他有一种不祥的预感。

一会儿，王朴从怀里掏出一封信，递给魏仁浦。魏仁浦一看，正是刘崇写来给他的，这个刘崇，做事如此不谨慎，他心里恨恨的。

"枢密使，我跟刘崇所有往来都可以公开，这信您也可以拆开看。"他反戈一击。

王朴并不在意，回答道："魏大人，这样的信，在你府上应该还有十数封吧？"

魏仁浦愣了，王朴把手里的信张开，一松手，那信随着风飘入了汴河。

"这事算过去了。记住，你没有跟刘崇有过任何通信。"王朴道。

魏仁浦点点头，有点儿感激王朴。王朴本可以把这信交出去，要说这事可以比天大，够他魏仁浦满门抄斩了。王朴为什么要保他？他不怕他真的是刘崇的内应，是一个奸细、叛徒？

“我观天象，北汉刘崇当灭，而契丹却气数还旺，至少还要旺百年！”王朴用手挡着自己的嘴巴，仿佛是要止住咳嗽，“而观我自己的气数，却只有几十天了！”

魏仁浦痛苦地闭上了眼睛，颤抖着说：“枢密使大人，您何故如此说自己啊？不吉利啊。您想先灭北汉，臣无二话！”

魏仁浦说的都是心里话，对于刘崇，他没有什么可以留恋的了。刘崇每年派人偷偷给他送来些银两，让他在这里斡旋，魏仁浦大致知道刘崇在这里还有哪些旧好，这些人年年收到刘崇的密信和银两，这事只有皇上不知道。这些人拿了刘崇的银两，并没有真的为刘崇做事，都只是把刘崇当个傻瓜来看待，当然这种往来也的确隐隐约约地影响了大家对北汉的态度。对于北汉，就放着吧，何乐而不为呢？就像是大周的一个行省，年年来进贡，岁岁来纳粮，而且是纳给大臣，有什么不好？太原，放在他刘崇手里，比放在皇帝手里还好。不过，要说为刘崇这点儿银子卖国，大臣们却是不愿意的。刘崇哪里值得辅佐？让他在那里待着，随时都可以收拾，放放又何妨？这是众臣们普遍的想法。

现在，王朴把这事挑出来，那是要魏仁浦表态，要不要打刘崇？魏仁浦当然只能表态了，打！魏仁浦一旦表态，那一帮文官大臣恐怕也得表态，尤其是那些跟刘崇有过来往的，更要积极表态。

“那就请魏大人给皇上上一道奏章，祈请讨伐北汉！”王朴拍拍魏仁浦的肩膀，站起身来，摇晃了一下，几乎站立不稳。魏仁浦有一种强烈的预感，觉得王朴可能不久于人世了。他是在安排后事？王朴道：“魏大人，你知道如果我有不测，我最担心、最放不下的是什么事吗？”

“大周的统一大业?”

“错!”王朴站起来,甩甩手,整整衣冠,“我想的是,我活着能不能区分清楚,众大臣中谁是忠良,谁是奸臣。死了到阴曹地府,又能不能盯着,让奸臣不敢当道,让忠臣能够为皇上效忠!”

魏仁浦知道王朴的话已经说完了,他要走了。魏仁浦起身,弓着腰送王朴,又低声道:“王大人,您放心,我一定做忠臣!”

“张永德鼓动皇上先打契丹,那是祸国殃民,那是不得人心的,李重进根本就不支持他,这个你要知道。”王朴一边咳嗽,一边往外走,上了轿子。轿夫抬起轿子,他又让轿夫等等,对着魏仁浦道,“我等你的奏折!”

魏仁浦回到河边,唉声叹气,他的跟班刘京问道:“大人,何故这样哀叹?”魏仁浦道:“唉,你没看出来?皇上是想讨伐契丹,这些年,契丹年年来打草谷,抢我们的金银粮草,更可恨的是抢我们的人去做奴隶!把我们的汉族女子当生育机器,可恨可恨!”

“那大人,您怎么办?总不能跟皇上作对吧?”刘京问道。

魏仁浦叹气,有苦说不出。

2. 大婚

赵府张灯结彩,上下都很高兴,贺氏过世好几年了,杜老夫人觉着赵匡胤早该续弦了,可是赵匡胤就是没动静。赵匡胤是有主见的人,而且也有出息,这些年连年升官,也是一代人物了,杜老夫人也不好多说什么。当初王燕儿来赵家的时候,贺金婵还在,如果赵匡胤想纳个小,杜老夫人倒是不反对定军山的王小姐,本来以为赵匡胤会纳王小姐的,可惜,王小姐却命薄。赵匡胤心痛了很久,也不知道是为了贺氏,还是为了王小姐,反正是身边冷清了几年。

这是显德五年(958)初，赵匡胤为殿前检点校，迎娶王氏为夫人，皇上赐婚。

天大的好事。

杜老夫人乐得合不拢嘴，不住地给下人们发红包，赵德昭、赵德芳等几个孩子也高兴地跑前跑后帮着置办。最高兴的是看家护院的下人们，大家其实也都盼着赵匡胤有个人照顾，王燕儿和大家熟，大家知根知底，她没架子，大家愿意她做女主人。

门前门后，甚至院里的树上，大家都挂上了红色的彩头，窗上都贴上了窗花。大红的灯笼，一连串都挂到街上去了。

可是，开饭的时辰到了，就是没人来。魏仁浦那一批的，没一个人来；王朴那一批的，也没人来。赵匡胤这边，军队里的兄弟，他没请，也不能请，都是军人在这里聚会，是犯忌的。

赵匡胤预料到了这种冷场，可是皇上赐婚，让他和王燕儿成亲，他不能抗旨。他找赵普商量，赵普说，得办，乘着这机会和朝中的大臣们交往，有个人情往来。再说了，就是没皇上交代，为了王燕儿，不也得办？至于担心的事，那就让皇上去担心吧，来不来是那些大臣自己的事，是给不给皇上面子的事，他只管请。不请，就是他的不对了。

赵匡胤听着也觉得有道理，那就办吧。

然而，他担心的事还是发生了。那些大臣们都不认这场婚事。王燕儿不过是在高平战场上缴获来的“战利品”，一个女奴，赵匡胤却娶为正室夫人，还要他们来道贺？那以后，他们家里的女奴还不都要登堂入室、明媒正娶？再说了，赵匡胤平时也没对他们有过什么恩惠，不就是一个武夫，皇上赐婚，他们也不去。

众臣们像是商量好的一样，没一个人来。

赵匡胤心里凉了半截，这官场真是比战场厉害，说不给面子，就是不给面子，人情凉薄如斯！或者，他这武官在那些文官们的眼里，根本就不算什么官，根本就不配与他们来往。

符皇后宫内，上好的海南沉香用铜炉子烘热了，点上，香气从博山炉里袅袅地飘出；茶温得不热不凉，沿口的青沫有一点小小的气泡，中间是大大的福字，那是上好的徽州抹茶，又用了扬州的泉水煮出来的。符皇后看看天，看看地，心情很好。

这时，王公公气喘吁吁地从外面进来，仿佛是有事，但看符皇后在品茶，又不好直说。

符皇后放下茶杯，道："王公公，有事啊？你就说吧。"

王公公一弯腰，道："娘娘，赵匡胤今日结婚，大喜的日子呢！"

符皇后想起来了，今天的确是赵匡胤和王燕儿的良辰吉日，"前几日，叫你送了我挑的丝绸去，燕儿喜欢吗？"

王公公道："喜欢。只是，今日大喜的日子，赵府上却没什么人。"

符皇后站起来，走到金鱼缸边，给鱼儿喂食，问道："怎么，赵匡胤是不是排场闹大了，冷场了？魏仁浦呢？王朴呢？"

王公公小心翼翼地说："娘娘，魏仁浦没去，魏仁浦的学生们当然也没去。王朴没去，王朴的弟子们也没去。那些大臣都没去，有点儿冷场。您看，这婚是您赐的，这王燕儿是您的妹妹，大家都不去，是不是有点儿不给您和皇上面子？"

杜老夫人脸上也有点儿挂不住了，她问赵匡胤："这是怎么回事？不会是你的人缘不好，大家都不来吧？"赵匡胤说不出，这不是一句话两句话能说清楚的。杜老夫人道:“也好,那咱们就自个儿乐呵乐呵!”她让所有的下人们都上桌,“自个儿乐呵,还不行?”下人们都不相信老夫人的话,都不敢上桌。下人们上桌吃饭,这成什么体统?正僵持着,王公公来了,门房一看,王公公身后跟着十几个太监,再往后,还有绫罗伞盖。没见过这等阵势,管家不敢耽搁,三步并作两步跑进来禀告,赵匡胤见到那是皇后娘娘的步辇,心想:皇后娘娘怎么来了?

没等他出迎,符皇后自己进来了,符皇后问道:“我妹妹王燕儿呢?”王燕儿出来迎着,符皇后让人给王燕儿送上礼品,那是一品诰命用的凤冠霞帔,“赐王氏凤冠霞帔,琅琊郡夫人!”符皇后道。

王燕儿感动得就要哭了,“皇后!”她哽咽着说不出话来。

符皇后挽着王燕儿的手,两人一起坐定。符皇后不待喝茶,高声对众人道:“燕儿是彰德军节度使王尧义女,谁说她是什么胡人之后、胡人之妻,这些都是污蔑之词,如今她更是皇上的干妹妹,本宫当然要来祝贺啦!一会儿啊,皇上也要到呢!”

众太监鱼贯而入,皇上的贺礼真是不少,而且都扎上了红花,包上了红布,一样样地摆放在大厅里面,大厅里更加显得喜气了。

这时,那些朝廷重臣们也一个个相继赶来了,这个说:“哎呀,您看看,我们紧赶慢赶,还是落在了皇后娘娘的后头。”那个又说:“皇上的干妹妹成亲,我们当然要赶来讨一杯喜酒喝了。不管请不请,我们都是要来的!”

不过,赵匡胤最看重的那个人——王朴,直到开宴还是没有出现。皇上的面子在他的眼里也是可以不给的,赵匡胤心里暗暗地担忧起来。

上次那场给太庙敬献书籍的大戏,还有今天这场大婚,都不能让王朴对赵匡胤放下哪怕一点点的警惕，给一点点面子，王朴对赵匡胤的成见太深了。

“王朴没来！”柴荣看着窗外点点头说，“王朴跟朕说，将来如果谁会夺走朕的江山，那这个人一定是你！”

赵匡胤吓得一身冷汗，跪了下来急忙说：“末将从来没有这种想法，相反谁有这种大逆不道的想法，末将拼了死命也要将他捉拿归案，末将只忠于皇上一人，没有任何异心！”

柴荣弯腰扶起赵匡胤，道：“大喜的日子，今天你最大，不用动不动就下跪，朕看你绝不会背叛朕。从朕在蓟州任上时你就跟着朕，我们是兄弟，你不会背叛朕，朕知道！”

夜已深，更漏点点。金銮大殿上，汽灯点得晃眼，柴荣正在主持夜朝。柴荣是个勤勉的皇帝，不仅开早朝，而且还在逢十日开夜朝，利用晚上的时间，讨论重大决策。

显然，今日的朝会已经进入尾声，这时，王朴道：“魏大人，听说你有本奏？今天怎么没有拿出来，让大家讨论？”

魏仁浦听王朴这样提醒，从袖子里取出奏折，递给皇上，道：“皇上，北汉刘崇虽在高平一战败给我朝，但是他觊觎中原、中伤我朝的心思和行动却一刻也没有消停过，臣请皇上发兵征讨，一举荡平北汉，以解我北方之忧！”

柴荣听了，皱皱眉，伸手接了奏折。一般来说，大臣的奏折，如果不是密奏，在这种场合，他是会让当班的太监，或者递交人自己念一遍，然后大家讨论，但是今天例外。魏仁浦的这个奏折，柴荣没有让别人念，而是自己看了起来。

大家默默地等着，王朴也等着。柴荣看完，站起来，兜了一圈，然后看着魏仁浦道:“爱卿,你这个折子和你平时的观点可不一致,请你谈谈吧。”

魏仁浦道:“微臣建议尽快发兵,径直取燕云十六州,恢复我中原国土!契丹乃蛮夷,茹毛饮血之辈,落后愚蠢之民,妄想与我中原大国、文明之邦平起平坐,还想得到我们的承认……”

王朴在一边,没听完魏仁浦的发言,就气得用手指着魏仁浦说:“你,见风使舵的无耻小人,吾皇必丧命在你们手上!”王朴气喘起来,喘了几口之后,一口鲜血喷吐而出,“嗵”的一声,他倒在了地上,昏迷过去。

3. 宫斗

这是三月的早晨,京城四处杨花,处处飞絮,到处暖洋洋的。上巳节,魏仁浦约了张永德、赵匡胤、王审琦、石守信等踏春,起先大家都怕魏仁浦来什么吟诗作赋,都推托不来。接着,魏仁浦告诉众人,家姬排了新的歌舞请他们来听,又说酿了好酒,将以曲水流觞行风月美事。

大家都来了兴致,又纷纷报名,结果人反而多了出来。一干文臣,加上一伙儿武将,弄出二三十个人来,家属们也吵吵着要来。本来么,上巳节,就是踏青,就是让憋了一个冬天的人出来散散心,探探春,开开心。这一天,老少可以没大没小,男女可以没有性别大防,长幼可以没有尊卑,大家都可以胡闹一把。

魏仁浦到底是个文人,会选地方,选的是京郊一方水最清、树最美的林中空地。奇巧的是,这林中空地,正有一条小溪潺潺流过,溪流映着春天的阳光,似乎里面的水草也活泼了。魏仁浦让家臣沿着溪流,布上了坐垫,大家是席地而坐。他在上游,斟上酒杯,就放入溪流，一只只酒杯从上游漂来，上游是赵匡胤等，中游是王溥、杨徽之、陶穀、赵普等一干文臣。魏仁浦拿出好酒，微微地用炭炉热了，然后用上好的鸡骨白瓷杯盛了，放在水上，任由水带到各个人的面前。石守信、王审琦这些人都是海量，张永德更是号称千杯不醉，而赵匡胤甚至可说是从来就没醉过，只有王元功是一喝酒就脸红，一脸红就要睡觉。也奇了怪了，王元功在其他场合喝酒是一杯就醉，但是只要赵匡胤在，就能喝上百杯不倒，今天王元功就坐在赵匡胤身边，他的身后是赵匡胤的儿子赵德昭和赵德芳，两个人也是千杯不醉的量。魏仁浦开始放酒了，那酒香阵阵扑鼻而来，那些武将们只要看见有酒杯从眼前漂过，就立即截住喝了，这下到了中下游，那些文人们看到的就只是空酒杯了。溪流的末尾，魏仁浦的家臣们拿了酒杯，一溜小跑地送到上游去，可还是来不及啊，武将们太能喝了。

文臣们不干了，要求对诗，首先是王溥站起来，来了一首：

枣花至小能成实，桑叶虽柔解吐丝。
堪笑牡丹如斗大，不成一事又空枝。

文人们都说好，魏仁浦更是放弃了置酒的职位，跑过去张罗了纸和笔，喊道：“把诗写下来！”他把纸铺在路边的石凳上，又让一个丫鬟研墨，大家一看，那丫鬟研墨时手上的动作犹如舞蝶翩跹，王溥站在边上看，眼神就呆滞了。魏仁浦碰碰他，把笔递给他，他才醒过来，提着笔，厚颜道：“魏相，您这丫鬟，这个腰身，这个手势，我喜欢得紧，心下非常急迫，您就把她赠我得了！”

大家正觉得这个王溥开口要人太不厚道，没承想魏仁浦想都没想,就对那丫鬟吩咐道:“你看看,你的福分,被王相看中了。回头我给你一份大礼,你带着去王相家中,要好好伺候王相!”

大家这才知道,今天来参与曲水流觞,还有美女可得。王溥埋头写诗的当口,赵普站了起来,吟哦道:“春至也!多谢京城人,弱柳从风疑举袂,丛兰裛露似沾巾,独坐亦含嚬!”大家鼓起掌来,都说好。赵普得意扬扬道:“我这个词如何?”楚昭辅大声叫道:“赵先生这词听起来比王相的要香艳些,听着也觉得舒服。”楚昭辅拿了酒,给赵普,道:“王相的诗,好是好,但是,就是不说好话,只是说,牡丹是花架子,没有用,不如枣花。我看这丫头,长相甜美,觉得是牡丹,而不是枣花啊,而且‘独坐亦含嚬’,就像是说的她哦。你看看,她坐在这里,一点儿也没高兴的样子!”他这样一喊,弄得王溥一个大红脸。王溥是当今一等一的才子,状元及第,诗才是赫赫有名的。听楚昭辅这样说,就不好意思,他放了笔,交给赵普,要赵普写。赵普更是一等一的聪明人,立即道:“我这词,是改写了刘禹锡的,不是我创作的,只是觉得这一刻改过来,吟诵给你和这小姑娘听,是恰到好处,你们是才子碰上了佳人,真是羡煞我也!”说完,他深深一揖。这时,魏仁浦出来做和事佬,便说:“别急,别急,你们都喜欢小红,却不知道小红有二十来个姐妹,而且,今天都来了,赵普先生,你看看吧,挑一个!”

大家哄笑起来,有人说南唐有个大臣叫韩熙载,天天在林中夜宴,招待朋友,招待完毕,就把女孩子全部送给宾客,魏相是不是也要学韩熙载啊。魏仁浦道:“当年,我和韩熙载相熟,两人于乱世之中都觉得应该帮一英雄成就大业,他选择南去,而我选择北来,如今我逢上了明君圣主,是我的幸运啊,而韩熙载,可惜了,明珠暗投!”王元功听了,大声道:“魏相,您别担心,如果韩熙载是您的朋友，将来我们去金陵，破了南唐，一定把他给接来，让你们老友团聚。”魏仁浦点点头道：“好好好，国家强大，少不得你们这样的武将，其实，都得靠你们！”

赵匡胤在这种场合，是当然的主力。他劝酒有个法子，叫作抢着喝。每个人面前三杯酒，然后每个人发一支箭，最后是比箭的长短，最短的人喝一杯。那箭是插在泥里的，实在不容易看出长短，这个时候，有个法子避免喝三杯，那就是自认喝一杯，然后，再要一支箭。这种场合，往往豪气的可以一口气要求喝三杯，拿三支箭，而酒量不好的，往往左思右想，喝一杯，然后拿一支箭，等着和别人比试，当然，也有一杯不喝，就和人比试的。

这个游戏，常常让人抢着喝，从都想喝一杯，换得别人喝三杯。

赵匡胤说：“写诗的写诗，不写诗的来玩游戏。”那些文人，也有不好写诗的，都来问如何玩。赵匡胤一说，大家都觉得好，就都来玩了，一时大家欢声笑语。

这时，树林的另一头，响起了歌声，大家才发现，女眷们也是热闹非凡，都在唱歌了。魏仁浦听了女眷们唱歌，一拍手，道：“哎呀，怎么就忘记了呢？今天喝多了，其实今天请大家来，是看我新排的曲目的！”说着，他拍拍手，喊来了一个完整的戏班子。

演戏了。

大家边喝边聊，一边听戏唱曲，好不快活。正在这时，树林外面来了两个小孩，长得虎头虎脑，甚是可爱。可是，这两个孩子到了林中，看到他们在这里看戏，却是口气极大，其中一个道：“这林子，我们要了，你们可以走了！”这么多人，这么大场面，一个小孩敢这样说话，可见是王公贵族之后了，但是大家都不认得他俩。这时，那孩子的弟弟冲上来，对着大家的坐垫和酒器，一顿乱踢，大声说：“你们还不走开？让你们让，你们就得让！”

魏仁浦的家人们看不过去了，上来逮住两个小孩，魏仁浦摆摆手，示意把他们送到林子外面，交给他们的父母领走吧。可是，未等魏仁浦说完话，外面就来了一队人马，穿着侍卫司马军的军服，为首的是一校尉，赵匡胤不认识。虽然都是中央军，归皇上直接统辖，但赵匡胤统辖的是殿前司马步军，殿前司的多数守在皇城，同时也负责皇宫的防卫，而侍卫司常常要派出野战。目下，侍卫司都指挥使是李重进，他是先皇郭威的外甥，而赵匡胤的顶头上司是张永德，他是先皇郭威的女婿，两个人来往不多，甚至有互相攻讦的地方。张永德非常不喜欢李重进，今日看见侍卫司一个小校尉这样大胆，就气不打一处来，他断喝道：“哪里来的小兵，敢在这里撒野？”那小校看起来不是善类，平时肯定是娇横惯了，一看众人都穿着便服，虽然其中也有举止气质高雅非凡的，但是，看起来也不像是有什么大背景的，因此对张永德的吆喝根本就不搭理，而是对着魏仁浦喝道：“老东西，你要是不听少爷的劝，有你好果子吃，听着，乖乖地滚！这里我们要了。”

张永德气得说不出话来。赵匡胤看不下去了，正要上前理论，就听林子那一头，家眷们惊叫起来，原来那些侍卫司的将校们从那边开始赶人了。楚昭辅和王元功哪里受得了这个气？他们的上司们在场，尤其是张永德和赵匡胤在场，他们胆子也大，取了随身的朴刀，冲上前去，道：“光天化日之下，你们想怎么着？这里是我们先占下的，我们就是不让，要滚，你们滚！”那校尉却并不退后，而是一腿踢在楚昭辅的肚子上。楚昭辅没有防备，本来他也没想要和这种人动手，一骨碌仰倒在地，连翻了几个滚，跌入了水里。那些将校们都笑起来，里面多是嘲笑的意思。

五、争斗升级

王元功看不下去了，举刀对着那校尉的肩膀就砍了下去，那校尉不躲不藏，等着王元功的刀到了他的肩膀上，稍稍一偏身，让过刀锋，用左手一推刀背，右手顺势就来抓王元功的手腕。王元功一惊，战将的本能就激发出来了，这种本能一旦激发出来，就没法收回，那是要出刀见血才能罢休的。王元功这时一个下蹲，让过了那校尉的手，刀背一转，对着那校尉的腰部就来了，这回那校尉是躲不开了，只听得“噗嗤”一声，刀锋进了那校尉的身体。

王元功大概是手下留了情，刀进去一寸，透过衣服，进了皮肉，顿时鲜血迸溅了出来。

对方那些人吓了一跳，他们可能真没想过会有人动手，而且是动手杀人。他们一下子拉开了距离，抽刀上手，一场血战眼看就要上演。赵匡胤从地上起来，张永德也起来。赵匡胤想喝止王元功，可是已经来不及了。

正在这时，林子外面一声咳嗽，走进来一人，大家一看，那不是李重进吗？他被皇上派到扬州去了，做了扬州刺史，在那里监视南唐呢，怎么就回来了呢？赵匡胤起身迎上去，那李重进见是赵匡胤，一脸笑，又一看，张永德也在，又笑着和张永德打招呼。

赵匡胤立即道：“李将军，卑职对部属管教不严，发生了这种事情！”

“这个李重进是皇亲国戚，又有战功，恐怕今天这事要有麻烦。”赵匡胤心里想。

没想到，李重进并没有发作，而是回头看看躺在地上的校尉，对着他踢了一脚，道：“自己无能，还在这里装死？滚一边去！”那些士兵上来，抬了那校尉走开去。李重进转身对着张永德拱手施礼，道：“张将军，是我们失礼了，请多多海涵！”又对着赵匡胤道，“赵将军，是我治军不严，让你笑话了！”

说着，也不待张永德和赵匡胤还礼，径自走了。

众人被这李重进弄得莫名其妙，李重进怎么突然出现在这里？赵匡胤脑子里闪过一个念头：皇上是让李重进在监视我们？皇上真的不信任自己和张永德？也许自己和张永德走得太近，也许自己和殿前司的下级将官们结义这事，在皇上心里还没有释怀？又或者，皇上有什么特别大的动作要做，召李重进回来商量？赵匡胤想想，又笑自己多虑。应该是有战事了，而且可能是在北面开战，所以，李重进才会回来的吧。

王朴突然过世了。这让大家怎么都不敢相信，朝中多少人怕他，多少人敬他，多少人把他当神，又有多少人把他当鬼。无论是恨他的，还是敬他的，都在内心里觉得他是不会死的，谁会想到，一个朋友或者一个敌人，就会这样突然消失。

然而，王朴却是有自知的。当魏仁浦带着柴荣的皇命，来为王朴办丧事的时候，他的夫人已经整理好了全部家当，要离京了。

她拿出了王朴的遗嘱，王朴在遗嘱中要求，不得办丧事，只准在家里停灵一天，然后由妻儿护送回家乡。妻儿不得接受皇上的封赏，特别是儿子不能做官，家人都不得居京！

柴荣听了魏仁浦的汇报，非常震惊，这怎么可能？王朴难道知道自己不久于人世？他为什么不跟他说？他这里有的是太医，完全能为他治疗啊。

“魏仁浦，他有给朕的留言吗？”

柴荣不相信王朴会没有留言给他，更不相信，王朴会让他不要照顾妻儿，王朴这样绝情？

他喊赵匡胤："立即准备车驾，朕要去王朴府上，吊唁他！"

魏仁浦"嗵"的一声跪下了，道："皇上，去不得啊，王朴的死，原因蹊跷，臣怀疑，可能是传染病。皇上万金贵体，怎么能去？万一染上了疾病，叫我们这些臣子怎么办？"

"魏大人，王朴乃朕的股肱之臣，一生忠心耿耿，如今走了，朕却连送他一程也不去？这说得过去吗？命所有大臣都去，现在就去！"

赵匡胤来不及通知汴梁的巡防司，只能亲率殿前司的军马，直接护驾出发了。

一路来到王朴家，赵匡胤一看，心里也凄凉。王府门头矮小，门口竟然没有拴马桩，进得门里，一进的院落，正屋三间，两边厢房各三间，就是九间房。赵匡胤以为这只是王家的第一进，进去之后一看，才知道王家就只有这一进，皇上来了，就只能在灵堂待着了。

柴荣走上前去，扶住王朴的夫人。王夫人显然是已经哭过无数回了，不过人却很精神，对皇上的问候应对如流，不失礼节。皇上道："你放心，你和孩子的生活，朝廷会永世照料，朕封你为一品诰命夫人，永享大周富贵。"说完，又问，"朕的王朴兄弟，可有什么遗言留下？"

王夫人摇摇头，道："原来有一封信给您，他说，如果您来看他，就交给您，如果不是您，就烧了那封信！"

柴荣急了，忙说："朕这不是来了吗？你快快把信给朕！"

"已经烧了，皇上！恕臣妾不能遵旨。"王夫人禀道，"我们母子已经收拾好了行李，准备归乡！"

"没有朕的准许，你怎么能烧了王朴给朕的信？没有朕的准许，你怎么能回乡？难道朕照顾不好你们母子吗？朕堂堂皇上，不能照顾你们？天大的笑话！”皇上正说着，没想到王夫人侧身挡住众人的视线，偷偷把一卷纸塞在皇上的手里。王夫人想来是已经看过王朴的遗书，知道这遗书要得罪人，所以假意说已经烧了，掩人耳目，然后偷偷交给皇上。

灵堂前，柴荣眼泪不住地流，开始还能抑止自己，但是经大家一劝，他竟然嚎啕起来，众人不禁都落了泪。赵匡胤看看四周，除了桌椅，什么贵重的家具都没有，这个王朴真是个贤臣啊，可惜，天不假年，英年早逝！赵匡胤也落起泪来。

王朴是他的死对头，说不出什么原因，就是处处提防，时时抵制他，可是王朴的为官品格让赵匡胤不由得不敬佩。赵匡胤此时一方面为自己的政治对手的死亡感到了一阵轻松；另一方面也为大周失去了一位能臣而感到悲伤。

王朴性格刚直，智略过人，有他在的场合，没有人敢信口开河，但是，也没有人敢高谈阔论，发表真知灼见。他的个性太刚直了，容不得不同意见，对谁都直来直去，以至于无人敢触其锋芒，也因此，他没有真正的朋友和盟友，有时甚至他的门生都会因为怕他而离他远远的。但是，赵匡胤是佩服他的。有一次赵匡胤的导从和一个文官冲撞了，赵匡胤的官阶高，那个文官的官阶低，那导从就不乐意了，鼓动赵匡胤去诘难那人。这事到了王朴那里，王朴当面一阵训斥道：“你赵匡胤是个武官，你就是再大，也不过是在庭前伺候皇上，而人家是个文官，就是再小，也是和你同殿称臣的同僚。你不能因为导从受到冲撞而弹劾人家！”

赵匡胤被硬生生地顶了回去，但是自那次之后，赵匡胤对王朴反而多了一份敬畏，王朴做事有原则，不会因为对方是谁就破坏了他的原则，这样的人值得敬畏。

赵匡胤苦劝，皇上就是哭，哭哭停停，弄得都要入夜了，还不走。王朴家里是办丧事，皇上在这里，都得陪着，什么事也做不了啊。还是王公公有办法，把符皇后给请过来了，符皇后劝道："王相生前您对他不薄，身后，您当也尽人主之责，给他料理好。您这样痛哭，不照顾自己的身体，也不是王相在九泉之下愿意看到的啊。听说王相遗愿是安葬故里，由妻儿扶灵回乡，您该安排沿线地方官接送，再说，他们孤儿寡母一路颠簸，也要盘缠，您得赏赐，这些您都得安排啊！"

柴荣这才醒过来："他的妻儿朕当照顾，不能让他们回乡啊！"

王公公道："妻儿回乡是王相生前的遗愿，皇上还是尊重为好。可以封他夫人为一品诰命夫人，在他家乡为王相树碑立传，建祠堂。要么，还可以赐丹书铁券，让他家永不交税服劳役，有罪可免死。"

柴荣有些糊涂了，大概是伤心过度吧，一个劲儿地想词，怎么封赏王夫人。王公公一看，这事还得等皇上心情平复了，再慢慢商议，便说："皇上，奴才还是建议，由范质范丞相拟一道御旨，回头由您审阅，之后颁布！"

接着，众人不由分说，把皇上扶进了御辇，王公公喊道："皇上起驾啦！"然后，手中的拂尘一挥，对着那些抬辇的道，"快快，快快快，快走！"

柴荣又叫停，招手喊赵匡胤："匡胤，你来，和我一起，我有话说。"声音中都带着哭音，赵匡胤只好上去陪他。

御辇的帘子一放下，柴荣就突然止住了悲声，捏住赵匡胤的手问："你说说，王朴给朕的留言是什么？"

赵匡胤摇摇头，真想不出来，也许是一篇和《平边策》一样的鸿篇大论？

柴荣摇摇头道："你什么都猜不到？可能和你有关啊！"

赵匡胤更奇怪了，王朴的遗言中会有跟他有关的内容？

"王朴的遗言，是一份忠奸图，里面详细列举了本朝内廷官和外放官员的关系，谁和谁是一派的，谁是忠臣，谁是奸臣，图中都做了标注！"

赵匡胤惊呆了，真有这么回事？用人不疑，疑人不用，这份遗言要是真的落在别有用心的人手里，那是个大祸害啊。

赵匡胤有点胆战心惊，缩回了手。

柴荣在他的肩膀上拍了拍，说道："你说说，王朴会把哪几个人归为忠臣？"

赵匡胤道："末将不敢乱猜！"

柴荣又问："那么，你在这份名单中，是忠臣还是奸臣呢？"

赵匡胤说不出，按照平时对王朴的观察，此人一定会秉公论断，但是以王朴对他的态度来看，王朴又一定会说他是奸臣。一是私结党羽，试图作乱；二是私藏敌产，侵吞公物，单凭这两条，就该当成奸臣了。要不是王朴过世，说不定一定会追究到底，让他没好日子过。

"那么，你到底是奸臣，还是忠臣呢？"柴荣追问。他盯着赵匡胤的眼睛，不放过赵匡胤的神色变化，眼睛里分明在说，立即回答，否则你就是奸臣！

赵匡胤心里犯难起来，要说打仗，他是义无反顾的，论忠于皇上，那也是义无反顾的，关键是有的时候，他也有一点点私心，尤其是感觉到皇上对他和他的部属不公平的时候,他多么希望自己能当家做主,能给大家公平待遇。也有的时候,他会对皇上的做法感到不满,比如攻占楚州之后,皇上下令屠城,楚州的人民没有什么罪过,他们只是在南唐的统治下被迫参与了楚州保卫战,因为这点就进行屠城,难道这是王道?这样做,和契丹打草谷,在大周烧杀抢掠有什么区别?

"末将是否是忠臣,请皇上圣断!"赵匡胤回答道。

没想到,柴荣反而拍了拍他的肩膀,用温和的语调说:"你是忠臣,应该是忠臣,永远也不要反对我,你一定要做忠臣,答应我!"

赵匡胤点点头道:"末将永远忠于皇上!"

4. 出兵契丹

公元 907 年,耶律阿保机统一契丹各部,称"天皇帝",国号"契丹"。契丹原是北方草原民族,逐水而居,各个部族之间联系非常松散,唐太宗时在契丹人住地设置松漠都督府,酋长任都督并赐李姓。但是,唐末内地大乱,迭剌部的首领耶律阿保机征服了其他各个部落,用一整套中原制度,把契丹部族统一起来,成立了契丹国。契丹拥有北方丰美的水草地和盐湖,盛产战马和食盐,资源丰富,因而逐渐强大。公元 916 年,耶律阿保机定都临潢府,帮助石敬瑭立国,得到了燕云十六州,之后又征服了渤海国。

耶律阿保机是一个有雄才大略的人,效仿中原体制在南部建立各种城郭,收留从内地逃难而来的民众,又设立南北院双重体制,游牧族和农耕族分治,渐渐地国力强大起来,创造了契丹文字,以保存自己的文化。

公元 947 年,耶律德光南征,十二月,攻占汴梁,俘出帝石重贵。次年，改元“大同”。当然，契丹在文化和政治上，并没有能力统治中原，因而占领汴梁后不久就放弃了，耶律德光也在放弃汴梁后撤的途中病故。不过，契丹已经非常强大，是不得不正视的北方第一强敌，这在大周已是全民共识。契丹设立南院，任用汉人官僚，统治燕云十六州，积极发展经济，从没有放弃对中原的觊觎。

柴荣特别痛恨契丹，不仅仅因为契丹是异族，更重要的是因为其和北汉结盟，又偷偷联系南唐和蜀国，试图建立一个以自己为统领的反周联盟，这个是柴荣不能忍受的。

显德五年(958)三月十五日，王朴过世之后的第二天。金銮大殿内，天色微明，大殿内所有的灯盏都点亮了，文武群臣都到了，大家在殿内站着，各人都怀着心思。不过，大家都预感到皇上召集众臣，尤其是召集了那么多外地刺史回来，一定是有大事商量。

皇上高高地端坐在龙椅上，张永德催促皇上，小声道:“大家都到了，该开始了。”张永德很焦急，带着韩通从前线赶回来，是来讨要兵马的。

皇上不讲话，看看下面的群臣，有一个人还没有到，他在等这个人。张永德能征善战，但是，他此时的身份是殿前都点检，指挥殿前司下辖部队。尽管皇上一路增拨人马给殿前司，但殿前司终究是内卫部队，而大周军队的都指挥使是李重进，真正出征还得李重进出马。

王公公看看时辰，心里也很焦急，李重进要是迟到，会犯大忌。过了一会儿，李重进带着几个人进来，后面跟着几个人抬着一面木屏风。抬进大殿之上，李重进让那些人把那面木屏风安置在皇上的左手边，皇上和大家都能看到的地方。大家一看，很是吃惊，屏风上是燕云十六州地图。这回，大家有点明白过来了，王朴过世，皇上对于攻打契丹已经迫不及待。

柴荣清清嗓门,对众大臣说:“各位,请大家来,是商议如何对付契丹。契丹占我领土不说,还年年南侵,烧杀抢掠,这些年掠我大周子民数万人,朕对这些子民负有责任,更重要的是,边关子民,不堪其扰。当年,朕在澶渊领刺史之职,就曾经暗下决心,有朝一日,一定要收复三关和幽州,夺回我北方门户。如今,我们已经平定了南唐,打败了后蜀,解决了北汉,唯一威胁我们的只有契丹了,我们要不要打?如何打?何时打?请大家谈谈。”

范质一听皇上这样讲,急了,清清嗓子,道:“契丹的确要打,但是,时机非常重要。如今我大周刚刚稳定一年,农地十有九荒,人口十有九失,再战契丹,必须好好准备,一战而胜,切切不可操之过急。王相遗愿,唯愿皇上谨慎征讨,应该韬光养晦,以待时机!”

王公公咳了一嗓子,赵匡胤知道,那是要他表态,他得抢在李重进前面表态:“皇上,我大周的头号敌人是契丹。一是契丹亡我之心不死,当年它灭后晋而代之,本不想撤退,只是因为中原军民强烈反抗才勉强退兵;二是我大周敌人中,最大最强者是契丹,击败它,其他国家可以传檄而定,如今北汉、后蜀、南唐,如果说还有勇气反抗我们,就是因为背后有其在支撑和怂恿;三是今日辽朝皇帝昏聩无能,嗜酒如命,杀人如麻,听说他常常晚上通宵宴饮,喝醉酒后,见人不顺眼,就杀。据臣所知,他的地位极其不稳,六年前,他即位不足一年,担任政事令的国舅肖眉古得和宣政殿学士李瀚就曾经商议来投奔我朝。当时,我朝刚刚建立,先皇未能乘机收复之,之后耶律娄国、耶律宛等又相继试图夺位。依臣的探马报告,其四弟耶律敌烈对这个皇帝哥哥很不服气,另外,政事令耶律寿远和太保肖阿等,都已经受不了这个睡帝的昏聩和嗜杀。要说攻辽,末将以为，此时正是好时机。一来，我朝刚刚平定南唐，南唐不敢和其联盟，从背后攻击我们，目前我们绝无腹背受敌之忧；二来，我们可以联系耶律敌烈，分化他们，让他们自相怀疑和残杀；三来，燕云十六州的子民虽常年生活在辽朝统治之下，但是却心向我朝，均翘首以盼王师。"

赵匡胤这番话是有备而来，是和赵普商量好的，这一通话，让皇上听了非常满意。不待赵匡胤说完，皇上迫不及待地问道："赵将军，具体进兵的方略，你可有考虑？"

赵匡胤知道，他的话被皇上听进去了，微微一躬，道："禀皇上，都点检大人就如何攻辽，已经和我们做过多次讨论，他有详细的方略！"

一旁李重进听了，有点儿按捺不住，脸色阴沉着，冷冷地道："既然你们已有方略，为何不拿出来让我们一起学习学习呢？"

张永德出班奏道："皇上，如果以夺回燕云十六州为目标，我们战可胜。首先充分利用我有水军，而契丹无水军的优势，我们可水陆并进，水军直接进攻瀛州、莫州，先行占领之。再有发动奇袭，利用偏道奔袭出击，充分利用燕云十六州离辽朝大本营远，其主力来救耗时长的时机，而各关守将多为汉人，不会为其卖命，只要做好工作，他们必然投降。"

李重进听不下去了，他敲敲木屏风，道："水军？人家在旱地上，筑起城郭，经营多年，这些城郭都坚固耐久，我们水军如何攻克？攻契丹需要步骑兵，而不是水军！"

赵匡胤知道水军是张永德在攻寿州时建起来的，是张永德的势力，这次出征，一定要带上。"皇上，经过历年修整，尤其是去年韩通将军的修整，我水军已经可以直达瀛州、莫州，臣愿意为先锋，率领水军，先行出发。臣愿立军令状，如果不能攻克瀛州、莫州，以迎王师，臣愿受军法处置！”

张永德听了非常满意，赵匡胤敢于在这个时候挺身而出，愿意立军令状，这个先锋，应该是他的了。先锋官，如果赵匡胤算一个，韩通再算一个，那就齐活了。赵匡胤是他的人，韩通是李重进的人，两边平衡。

柴荣点点头道：“赵将军的话有理，此番出击，水军应该积极出战，为国效忠！”柴荣这边鼓励了一下赵匡胤，那边也不忘激励李重进，“李将军，你们侍卫司有何高见？”

李重进没法高谈阔论了，再谈下去，就没他的份儿了，他一拱手道：“侍卫司愿意打头阵，臣愿领军出征，不攻下燕云十六州誓不还朝。”李重进本来做了充分的准备，想来朝中显摆一下，让担心失败的文臣们看看他侍卫司军队的厉害，给大家打打气，同时领命出征。现在，被赵匡胤抢在前头先说了一通，大家也不愿意再听他高谈阔论了，他索性什么也不说，直接表示愿意领命出征。

他心里想的是，只要他挂帅出征，赵匡胤做先锋，就是为他出力，那是来一个欢迎一个，来一双欢迎一双。

王公公暗暗点头，觉得赵匡胤反应快，有想法。王公公早就知道，这场战争是一定要打的，而且皇上要亲自出征。他暗示过赵匡胤，应该申请做先锋官，这个张永德也知道，所以，他们两个这是在皇上面前唱了一出双簧，李重进不知道自己掉进了陷阱。

柴荣走下龙椅，清清嗓子，道：“北鄙未收复，将亲至沧州！四日后出征。”

赵匡胤的卧室里，王燕儿拿出一只盒子，偷偷打开，看着。赵匡胤进来，王燕儿似乎受了惊吓，一下子合上了盒盖，赵匡胤没有在意，从后面抱住王燕儿，道："后天就要出征了！"

王燕儿一手遮住盒子，一手环过来，抚着赵匡胤的手柔声说道："将军，我陪您出征！"

赵匡胤坐下来，说："这次啊，你不去，你哪儿也不去，也该让你休息休息了，不能再这样跟着打仗了，太危险。"

"将军身经百战，都不说危险，我一个妇道人家，只要能陪着将军就不怕什么危险！"王燕儿深情地说，"不能为将军抵挡刀剑，但愿能为将军抵挡风雨！"

"不用！你在家里照顾母亲和几个孩子，另外还要筹备匡义的婚礼，事不少啊，家里如果只有母亲，我还是不放心，母亲老了，需要人照顾！"王燕儿点点头，把盒子抱起来，端到赵匡胤眼前。

赵匡胤感到奇怪，问："什么东西？"

王燕儿道："你猜猜看？"

赵匡胤实在想不出盒子里是什么，王燕儿打开盒子，里面竟然都是银子。赵匡胤问："哪来这么多银子？你可不能受贿啊，谁来送钱，谁就是跟我赵匡胤过不去！"

王燕儿道："将军，你也该想想咱们一家了，匡义结婚要多少钱，你知道吗？孩子大了，也要准备钱。再说，万一你有个三长两短，这个家怎么办呢？"

赵匡胤叹口气，想想也对，每次出征都是出生入死，这次更是如此。契丹乃天下第一强国，战契丹，胜算不高，也正因为如此，王朴在世的时候，一力阻止攻契丹，就是怕一战而败，国将不国。

可是这钱，是万万要搞清楚的，到底来路正不正。王燕儿道："是王彦升的，他真的做贩马的生意，挣了钱！他说，他从北面的胡人那里买马,贩卖到内地,一次往返有三倍的利润。就是太危险,两边不开边贸,中间又夹了一个北汉,弄不好就要被没收,遭劫!”

赵匡胤不说话,王燕儿推推他,道:“他只是想回来,回来跟着你效力。他说,他就是个军人,做个马贩子,虽然生活不错,但是没意思,你就让他回来吧。”

赵匡胤点点头,应道:“让他回来吧,军中正是用人之际,让他戴罪立功!”

两人正说着,管家从门外进来,说是赵普来了,在书房等着呢。赵普是来商量出征的,赵匡胤立即就跟着管家往书房里来。到了书房一看,王彦升站在赵普身后,一见赵匡胤进来,王彦升立即跪下说:“将军,想死你了。”说着,王彦升哭了起来,“将军!”赵匡胤眼睛也红了,一晃一年多了,王彦升瘦了许多,鬓角竟然有了白发。他近前,搀起王彦升说:“兄弟,回来就好!正好和我们一起出征!来来,听听赵先生怎么说。”

赵普摊开地图,道:“将军,我们和契丹之战,我方有人数优势、兵器优势、战法优势。但我们也有劣势,一是机动性不足,我们多是步军,无法快速机动;二是远途进攻,粮草接济不足;三是后方空虚需要处处分兵防守,以备敌人骑兵机动袭扰。我方应该发动闪电战,采取奇袭策略,在半个月内,拿下益津关、瓦桥关、淤口关,然后合围幽州,在一个月内拿下幽州。不待契丹北院聚集人马来援,我们已经结束战斗!”

赵匡胤点点头,道:“不过,这次皇上御驾亲征,动静大,要达到奇袭的目的不容易!”

“所以,我建议,我们率领水军提前出发,首先攻占乾宁军,然后直奔益津关,夺取益津关之后,不等皇上到达,直奔瓦桥关。”

“按你这种打法，实际是把皇上当成了疑兵，皇上是佯攻，而我们变成了真正主攻部队。打下三关，彻底扫除夺取幽州的障碍，这个我有信心，可是我们这样做，会不会让皇上不高兴?”赵匡胤沉吟着，这样做的风险是必须先行出击，自主开战，如果胜还好，败则很容易成为替罪羊，甚至被皇上削夺军权。

王彦升道:“我有个两全其美的方法，我们可以先行进攻乾宁军，拿下之后，立即进发，做好攻占益津关的充分准备，在关下等待皇上大军到达，皇上大军一到，立即攻击，让这个大胜仗变成皇上的胜仗，之后邀请皇上登舟，直奔瓦桥关!”

赵匡胤点点头:“王彦升啊，你这是粗中有细，不错，就这样办!”

显德五年(958)三月十八日，柴荣以赵匡胤、韩通为前锋，以李重进、张永德为主将，亲率二十万大军，举国出动，发动了大周第一次与契丹的大战。那一天，汴水河边、码头上人头攒动，多是妻儿来送别丈夫和父亲的。王燕儿带着德昭、德芳也来送行，赵匡胤远远地看着三人，心里一阵酸楚。其实，自己出去打仗危险，而在家里等着征战归来的亲人们，又何尝不是生活在另一种危险之中呢?

柴荣带着李重进和张永德来给赵匡胤、韩通送行，第一拨是赵匡胤和韩通，他们率领水军，由水道进军，第二拨是李重进和张永德，他们率各自的部队分头出发，抵达沧州后集结。柴荣延后十天出发，待他到达沧州，全军彻底集结完毕，开始进攻。

柴荣站在高高的将台正中央，把先锋官大旗和虎符交给赵匡胤说:“赵将军，此去责任重大，你带的不仅仅是水军，是整个大周子民的希望和寄托，切切不可轻敌。望你带领我大周健儿，奋勇杀敌，一血我大周立国以来对辽之耻!”

五、争斗升级

赵匡胤撩开战袍，单腿跪地，接过虎符，道："末将绝不辜负皇上的厚望！"他身后是王审琦、石守信、杨光义、王彦升、李继勋、王全斌、曹彬、潘美、崔彦进、史延德、刘廷让、刘守忠、刘庆义、韩重赟、楚昭辅、赵普等人。大家齐声呼喊："皇上放心，我等一定奋勇杀敌，为国尽忠！"柴荣听了非常高兴，他的身后，范质却皱着眉头。赵匡胤的一举一动都被他看在眼里，他身后的这些文武校官更被他看在眼里。这些人都是他赵匡胤的将官，是他赵匡胤的死士，哪里是大周的将官，哪里是当今皇上的死士？在赵匡胤的下属中，范质尤其重视赵普，这个人当初是王朴最忌讳的。赵普有经世治国之才、夺国之志，这样的人，赵匡胤用在身边，为了什么呢？难道真的是忠心耿耿为了大周的天下？还是为了赵匡胤他自己的天下？

接着，柴荣又把副先锋的虎符授给韩通，范质看到韩通手下大都是歪瓜裂枣，没几个像样的人才。韩通道："末将是个粗人，不会说好听的，末将只想说，愿意用脑袋担保，一定打胜仗，让皇上放心。"他拿了虎符，磕了头，又补充道，"皇上，往北去打仗，实在辛劳，您何必亲自出马，让我们这些小的去就行了，您不如就在京城等我们的消息！"

柴荣笑了，他知道韩通是个粗人，性子直，他说的话倒是由衷的。因为韩通这几年一直在疏浚汴河，打通宁州水道的工作也是他做的，他了解那一带的地理，知道那一带不比江淮，实在是凶险莫测，气候也寒冷多了。如今汴梁虽然已经春暖花开，而幽州还结着冰，寒风刺骨，风沙漫漫。

柴荣一扬手，令旗官一挥旗帜，就听岸上"砰砰砰"的三声炮响，一艘艘战舰，起锚、扬帆、开桨，起航了。两百艘战舰，绵延三十余里，柴荣愣是立在春风中一个时辰有余，看着一艘艘战舰在他的脚下驶过。那些将校们都在舰船上列队行礼，大家都想看看皇上的真容，每个人心里都很激动，那将是一雪前耻的战争，今天他们出征，皇上在这里为他们壮行，将士们个个热血沸腾。

第二卷 陈桥双辉

葛红兵 著

上海大学出版社

目　录

一、登基大典

1. 收复三关

赵匡胤站在旗舰的舰首，他担心两岸的军民会认出他们，楚昭辅站在高高的吊楼上，负责瞭望。舰队离开汴梁之后，赵匡胤就让所有的舰船都撤掉旗帜，所有的将士只能躲在船舱里，不能出来活动。

整整一天，都是如此，不准停船上岸，不准开火造饭，大家都很憋屈。不知道赵匡胤到底要怎样，大家希望的是堂堂正正地和契丹干一仗，灭了契丹。

韩通也不理解，打仗，为什么要神神秘秘的，更何况是收复燕云十六州，这是好事，沿途的百姓应该是欢迎的，应该让他们知道，让他们来参战，说不定百姓会箪食壶浆，以迎王师。

舰队一路东行，已经越过了沧州，韩通有点儿忍不住了，心想：赵匡胤啊，你这是什么意思？皇上不是叫我们在这里等大队中军集结，然后一起出击的吗？我给旗舰发信号，要求停船靠岸，可是，旗舰毫无反应。更何况天色已经暗了，在黑夜中行船，尤其是前方已经进入契丹境内，河道的水文我们不熟悉，河道两侧的敌情我们更是不熟悉，如果被敌人在两岸埋伏，从陆上夹击，就会有全军覆没的危险。

韩通是真的急了，上了小船，在河中等着。赵匡胤的旗舰靠近了，他从小船登上旗舰，看见赵匡胤的两眼里充满了血丝，身边一排主将竟然都在，道："赵将军，正好大家都在，我要求停船，如果现在继续进军，一是有违皇上军令，二是危险，如果遇到敌人两岸夹击，我们必死无疑！"

赵匡胤看看他，缓缓地打开了地图。韩通一看，赵匡胤在地图上标的竟然是乾宁军的详情：乾宁军一千二百人，守城的宁州刺史是汉人王洪。赵匡胤道："将军，不必惊慌，长他人志气，灭我等威风。前方宁州敌将王洪，原也是我中原军人家庭出身，其父亲是石敬瑭时期的大将，曾经位居骁骑大将军。此次我们东征，如果他懂得道理，应该开城投降，这正是他建功立业、归我大周的好时机。"

韩通一听，就吓傻了，道："赵将军，宁州是三关门户，守军虽说只有一千二百人，但城关坚不可摧。如果我们贸然上岸，和他们接战，当夜不能成功，第二日就有陷入重围的可能！"

赵匡胤摆摆手，道："哎，将军，您不要再说了，我乃先锋官，皇上将军队交付给我，一切责任由我来承担。今晚就发动攻击，趁其不备，出其不意！"

辽朝宁州刺史王洪府上，王洪在议事厅里急得团团乱转，一会儿唉声叹气，一会儿搓手搓脚。手下几个将官，一个说："大人，得立即上报朝廷，请朝廷派援兵来！"一个说："大人，怎么出去？已经被赵匡胤给围住了！再说，就是出去了报上信，恐怕也是远水救不得近火!”再一个说:“大人,不如动员全城百姓上城参加作战,百姓参加护城者,一律免来年赋税,赏银十两! 重赏之下必有勇夫!”大家正在议着,王洪的母亲李老夫人拄着拐杖走了出来。王洪是个孝子,立即走上前去施礼,李老夫人不紧不慢地坐下,道:“儿啊,我们是哪里人士? 祖居何方?”王洪道:“我们乃山西洪洞人士,祖籍山西啊!”王母又问:“如今,你拿的是谁的俸禄? 吃的又是谁家饭?”王洪道:“儿不孝,拿的是大辽的俸禄,吃的是大辽的饭!”王母高声断喝:“呸,亏你还知道惭愧,你要记得你是中原人,如今你带的也是中原的百姓,中原的皇帝无道,我们流落此处,无奈侍奉异族,就犹如儿女脱了父母,寄养在其他人家。现在中原出了明君,难道你还要这样继续侍奉异族不成?”王洪看看母亲,心下惊恐。这时,一个将官接口道:“令堂说得也对,我们都是中原汉人,大周朝如今兵强马壮,天子神明英武,我们为何不率军归降,重归中原,不仅可以免于战火涂炭,也是为宁州百姓重新找回了家国!”这时,另一个将官道:“大人,只要您决定,我们跟着您,绝无二志!”

王洪沉吟着,这时一个军士进来报告:“报! 周军送来一封书信,是给刺史大人的。”王洪接过书信,原来是赵匡胤写的。赵匡胤说得非常清楚,只要王洪归降,周军确保宁州安全,军队将秋毫无犯,而王洪等一律升职留用。

赵匡胤的这封劝降信说得可有点儿过头,要知道,这些其实是只有皇上才能做主的事情,不过,将在外君命有所不受,紧急时刻,必须有紧急手段。

王洪看了,把信又交给大家。一个将官说道:“这些年,我们也看见了契丹国主昏庸无能,而契丹的大臣们又看不上我们中原人,视我们为奴隶,同样是子民,我们的税赋要比他们的牧民高一倍,这种不平等，实在是太欺辱人了。不如反了，投靠大周！”

赵匡胤来找韩通，要韩通进城纳降，而他自己则星夜兼程，要赶往益津关。韩通正在喝酒，他是饿坏了，让士兵做了两个小菜。韩通这人打仗有两下子，吃饭倒是真的为了打仗。他还安排了士兵轮岗，准备随赵匡胤夜战攻城。这会儿，赵匡胤走进他的帐篷，说让他代表周军纳降，他还不相信，这怎么可能？周军在这一带多少年没出现过，也没打过仗，更没有胜仗可言，这里的辽将们，怎么就一下子降了呢？便问道：“是不是你赵匡胤名头太大，或者，我的名头也不小，让他们怕了？”

赵匡胤嘱咐道：“他们投降了，就是我大周子民，不仅不能祸害他们，还要给他们粮草，周济他们度过春荒。他们一下子转到了我大周，失去了跟草原上的贸易和周济往来，恐怕会有难处，你要帮助他们解决！”

韩通点点头，道：“这个我晓得，尤其是他们刚刚投降我大周，心里自然有各种忐忑，我会安抚好他们。另外，粮草明日后日各有些到来，我先给他们拨付一些，尤其是军人，不能亏待了。”

赵匡胤一听，韩通也是个明白人，什么都能想到，也就放心了。

他又嘱咐道：“我连夜起航去益津关，你在这里纳降之后，一定要尽快写信给枢密院，让他们快快发粮草过来，无粮军心不稳。我们现在的情况是进军的速度的确太快，粮草跟不上，但是又不能像契丹军队那样到处打草谷，抢劫！”

韩通有点儿犹豫，怎么说这也是四万人的先头部队，而且已经深入敌境上百里，粮队无论走水路还是旱路，都要在敌境中穿过，那是相当危险的。如果粮道被截断，部队不但要饿肚子，还有被前后包抄的危险。“赵将军,是不是在这里等等,等待皇上中军集结,在皇上统一指挥下进军?”

赵匡胤摇摇头,一边往外走,一边道:“我们要替皇上分忧,不能把什么事都交给皇上,尤其是打仗,现在是争分夺秒的时候。我们先走一小步,先夺一座城,皇上来了,就能快走一大步,少冒险,皇上就能更加安全,在夏天到来之前,解决幽燕问题的可能性就越大。”

韩通也明白,赵匡胤的忧虑是对的,一旦契丹发现了他们的部队,派骑兵狙击,从契丹北方到南方,契丹骑兵只要三十天就能集结完毕。如果他们再从大后方包抄,断了周军粮道,那就更加可怕了。现在的确是争分夺秒的时候。

韩通点点头,跟从赵匡胤出来,又让士兵拿来一串饼子。赵匡胤一看是刚刚烙好的煎饼,里面还是热的,面上还撒了肉丁。韩通道:“赵将军,我明天安排好,就来为你断后。粮草你放心,有我韩通在,明天就不能让大家饿肚子!”赵匡胤接了饼子,心想这个韩通有两下子,他的军队在短短的时间里,就造好了饭,烙出这么好的饼子。这烙饼好,荤素都在里面了,不用杯盘筷子,就着水,站着走着都能吃,备战的当口,吃这种东西既上口快,又能充饥。

在舰队的第一艘船上,王彦升站在舰首,紧张地看着前方。可是,他眼睛瞪得越大,就越是看不清水面。他骂身边的军士:“奶奶的,你们说你们看不见?你们怎么能看不见?要是船碰上礁石,或者触堤搁浅,我杀了你们。”大家都有点儿怕王彦升,知道王彦升不要命,可是没法子,天太黑了,又不让点灯,水面上什么也看不见,这样行船,要是真的搁浅,还真是没法避免。

王彦升急得满头大汗。突然，他想出了一个主意，让一排士兵拿着竹竿站到船头来，竹竿时刻探测前方和左右，勿使船撞上堤岸或者礁石。就这样，赵匡胤的舰队在河中悄无声息地向前行进着。

赵匡胤治军真是厉害啊，韩通在后面看着舰队没入黑夜，不由得由衷佩服他。韩通听说赵匡胤手上有一支由死士组成的神勇军，听说那神勇军是在滁州之战后组建起来的，每一个人都是经过和死神搏斗而留下来的勇士。他心里非常向往，什么人能建立这样一支完全忠于自己、不惜命的军队呢？他赵匡胤能，那是军事奇才。

他想，明天一定要赶上去，把粮草给他们送去，不能让这支军队出事。

赵匡胤到达益津关的时候，天刚蒙蒙亮。赵匡义一看，益津关和书中写的一样，面朝河岸和海岸，背靠大山，整个关隘依照山水的形势建造，巧妙地利用了地形，完全是一夫当关万夫莫开的格局。

这会儿天刚亮，关里关外的老百姓已经开始来来往往，赵匡胤命令王元功带领一支队伍，穿上老百姓的衣服，伪装成进关办事的当地农民，混进关。

赵匡胤不敢相信，这里的防守太松懈了，关内只有五百人，而且周军已经进入关内接近千人了，对方居然没有发现。

赵匡胤让王全斌列阵，准备攻城。没想到的是，守将姜勇府也是中原人，当他看到王全斌的一万人大军的时候，已经感到完全没有守城的希望了。如果这个时候关上大门，然后凭着关隘，据险自守，还有点儿机会，但是他知道自己太大意了。早晨巡城的士兵来报，说关里来了可疑的人，而且数量很多，他现在联系起来一想，周军的先头部队可能已经悉数进城，就等他出城迎战，这些先头部队可能会在他的后方放火，让他有去无回。

想来想去，姜勇府同样选择了投降。

赵匡胤的捷报传到沧州的时候是三月二十四日，李重进已经集结完毕，张永德也带着人马赶到了，可是，柴荣还没有到。柴荣是个急性子，这次却这样不急，让他们没想到。李重进很焦急，非常希望能尽快进军，打两个大胜仗，让侍卫司在皇上面前露个脸，当然他自己也好露个脸。等到赵匡胤的捷报传来的时候，李重进终于绝望了，这场战争是赵匡胤的战争，或者是张永德的战争，也许他这次根本没有什么机会了。

当柴荣终于到了沧州的时候，李重进明白了，这场战争的真正主角是皇上，在大周，只有一个主角，那就是皇上。这场战争的策略早在一年前就已经制定完毕，赵匡胤率军从水路进攻，一举拿下三关，然后再以大队人马进军，包围幽州，通过围困迫使幽州守将投降。

三月二十八日早晨，柴荣穿上了铠甲，那副甲是王公公专门请了当今最好的造甲师，用金铁和玄铜打造，许多地方用了金丝镶边，显得大气、华贵。头盔用的是铜包金，金子太软，做不了头盔，但是全部用铜，又不能体现皇上的高贵，于是，匠人发明了这种铜包金的工艺，此后这种工艺成为民间金银首饰的标准工艺。铠甲的里面穿着龙袍，王公公拿了镜子，让皇上前后照着看。皇上觉得不错，又觉得有些地方不对。他看看门廊里父亲郭威的那副铠甲，那才是真正的战甲，无论到哪里，都不会有人小瞧，那是身经百战的一位将军的铠甲。柴荣也是一位马上皇帝，当年也打过仗，冲过锋。他还是很想穿上当年冲锋陷阵时的那副铠甲，可是王公公说：“不行，那甲太差，不容易显出皇上您的身份。”他不知道，一个皇上在战场上要什么身份？一个皇上在战场上就是一个军官、一个战士，他还要什么身份？王公公拿来个小凳子，放在马肚子下面，柴荣一看就明白了，那是让他蹬着小凳子爬上马去！他摆摆手，示意王公公把那个凳子拿走，说：“我不用凳子，你真以为我出征是去做做样子？不是，我要率军打仗！我是一个真正的将军！我要和耶律璟戏于幽州，看看是我大周的皇帝厉害，还是他契丹皇帝厉害！”

比起十日前送赵匡胤的场面，今天的场面更加壮观宏伟，老百姓人山人海，夹道欢送。从皇宫出来，一直到南门，两边都是老百姓，走到南门口，守卫南门祗候班，带队的一个姓陆、一个姓乔，两个人带着守卫，在南门口轮值守班。今天因为皇上要从南门出征，大家也不轮班了，都来帮忙。大家穿上了新军装，一早就排练，叫作献壮行酒，由姓陆的举酒，姓乔的说话。

王审琦和石守信反复叮嘱不能出错，他们也反复演练，演练的时候，万无一失。

这时，柴荣的马队已经过来，等柴荣到了城门口，姓陆的领队举着托盘，托盘上放着酒杯，那酒杯是先前从宫里借来的，酒杯里的酒也由昨晚值班的太监亲自试过没有问题。这时，轮到姓乔的说话了，他要说一通祝贺大军凯旋的话，姓乔的背诵了无数遍，可是这个时候偏偏出了问题。这个姓乔的见到皇上，脑子里一片空白，什么都忘记了。

他只能讷讷地说：“皇上，有去无回！”有点儿像鬼附了体，真是让人着急啊。石守信就站在他身边，一听这话，立即一把拽住他，道:“找死,诅咒大周皇上,死罪!”

好在王审琦也在他身边蹲守着呢,一听他说话不对劲儿了,立即上前打圆场道:“祝皇上旗开得胜,马到成功,大周永昌。所有与大周为敌者,都有来无回!”

柴荣本来心里很高兴,可是被这个姓乔的头领弄得有点儿不快,不过,他还是大人大量,道:“对,让所有和我们敌对者,有来无回!”又低声道,“放了这头领,出征当日,杀人不吉利!”

柴荣脑子里有点儿乱了,怎么叫有去无回呢?难道这人话语中有什么蹊跷?

大军路过濮州,这是柴荣发迹之处。当年,太祖郭威还没有起事,任枢密使的时候,柴荣就在此任刺史。如今经过这里,再见当年的景象,柴荣发现,十年了,这里几乎没有任何变化,便问王公公:“朕当国几年了?”王公公道:“回皇上,皇上当国五年。”“那么为何这里什么变化也没有?”王公公答不上来,觉得怎么答都答不好。

王公公一提马缰绳,思索片刻,然后道:“皇上得道圣君,体谅百姓疾苦,不做面子工程,这是百姓的洪福!”

柴荣点点头,又摇摇头,将信将疑,回道:“王公公,你安排一下,回来时,我要在这里住下,待两天,和这里的百姓唠唠家常,听听他们的呼声!”

王公公回禀道:“皇上体恤民情,明察秋毫,此乃万民福祉。老奴一定安排好,请皇上放心!”

柴荣达到沧州时,张永德和李重进已经早早到达,大军安营扎寨之后,两人一直在安排皇上的大帐、饮食以及仪仗队、殿值亲军、太监、宫女的住宿，等等，事无巨细，都要安排妥当。皇上亲征，对于出征的将士来说，是个考验，后勤保障要花去不少精力，护卫工作，更是要花精力。

中军大帐的辕门口，地上铺了红地毯，上面还撒了花。为了照顾好皇上，李重进还带上了自己的妻妾，这会儿先行而来的太监和宫女，正在李重进妻妾的带领下，紧张地忙碌着，这边搬桌椅，那边准备饭菜，而李重进则在考虑如何把军事会议开好，让皇上安心。关键是，赵匡胤已经拿下两座关卡，有两个捷报可以报给皇上，皇上应该会心情不错吧。现在赵匡胤又在第三座关下扎营，做好了进攻准备，只要皇上一到，那里就开始攻城，给皇上一个喜事连连。

唯一需要皇上协调的是粮饷，周军远征而来，粮道艰险且长，如今汴梁留守宣徽南院使吴廷祚，却发来密信，称京城无粮可调。近日接连发出十三道催粮令，多数空手而归，吴廷祚要他们沿途自行征集，说已经派出征粮官，照会沿途各个州府接济。张永德这个气啊，二十万大军，绵延六百里粮道，路上运粮民夫和车马的损耗是三分之一，明天需要一万担粮草、两万民夫，昼夜不停地运粮，而远征大军如果没有后续粮草支持，士兵带在身上的军粮，最多只能支撑九天。

李重进十分着急，水军已经开始告荒了。水军是在水上的，一旦没有补给，立即会失去战斗力。这情况要是发生，皇上怪罪下来，谁也逃不脱，赵匡胤的催粮口信已经来了两次，派来领粮的军士已经积了两批，那些军士都急了。

李重进让军需官把附近州县的官员名单摸清，看有没有自己的老部下或者旧好就在附近任职，如果有，就以自己的名义先去借粮。两人正商议着，军士来报，说赵匡胤的第三批军需官到了，一定要见李重进,挡都挡不住。

李重进让领头的进来,他不相信一向特别有办法的赵匡胤会这么缺粮,以前他打仗不都是号称不要给养的吗? 这时,赵匡胤的军需官进来了,那是一年老男子,一看就是满脸沧桑,皱纹都深得像刀刻的。李重进一看这样的人,就不由得要尊重他一些,人家毕竟是老军士了,这么大年纪,还在为国打仗,怎么能不让人尊重呢?

那军需官一进来,跪倒后就哭着说:“将军,前天我们已经断粮,大军三天没吃的了! 那些孩子,都已经开始吃野菜!”

李重进搀扶起那老军士问道:“老军士,为什么不就地征粮? 买粮也行啊。”

“赵将军说,我们是孤军深入,如果这个时候放军队出去征粮,尤其是用武力征粮,我们和契丹的打草谷有什么区别?”老军士抹着泪道,“赵将军自己也饿了三天了,他和大家一起饿肚子!”

突然,看门军士跑进来报告:“大人,京城的军需官到了,带了粮草来!”

李重进立即对赵匡胤的军士说:“你放心! 只要有粮草,我先给你!”

一会儿,果然进来一人,李重进不待他自报家门,便迫不及待地问:“你快说,你带来多少粮草?”

那人抹了一下汗,回禀道:“一万担!”

李重进一听就火了,大声质问:“从来没有说过一批一万担,至少也是三万担,你竟敢私自做主,简省了两万担?”

李重进一手下,拉拉李重进,道:“将军,别生气,先问清楚再说。”

那军需官下跪道:“属下鄂州知县胡良功,接到宣徽院文书之后,立即组织粮草,运了过来,路上已经走了一个月。我们那里去年遭灾,实在是筹集不到三万担,老百姓今春都在饿肚子,就这一万担,有一半还是富户凑钱一起从邻县买来的。”

李重进听了,感慨道:“你是个忠臣,你是第一个到达的军需官!但是,我不砍你的脑袋,我的脑袋就要搬家,只有杀了你,我才能让那些运粮官下定决心,不敢不带着十足的粮食来!”说着,他对着门口的军士吩咐道,“来人,把他拖出去斩首示众!然后传我号令,有延误军情、粮草不能足额限时送到者,斩首!”

两个军士搀着那可怜的胡良功出去了,没一刻,军士又进来了:“报告将军,那知县没等行刑,就死了!”

李重进不信,刚刚进来的时候还是好好的,难道这人胆子那么小,吓死了?那军士道:“他们一路没有休息,径直赶了两千八百里路到达这里,军医官说他是累死的!”

李重进听了,“哎呀”一声:“我愧对忠臣啊!”

那军士道:“那还斩首示众吗?他可是忠臣啊!”

李重进叹了口气道:“把他脑袋砍下,放在盒子里,让传令兵带着,四处传话,有不按时将粮草送到者,胡良功就是前车之鉴!”

大家听了都唏嘘不已,赵匡胤派来的水军军士哭着说:“将军,我们也知道您的难处,真是难为您了。”

李重进感到有些后悔,这场仗的确打得太急了点,这才想起王朴为什么要拼死抵制。不当家不知柴米贵,当家有当家的难处,他是真担心这个仗没打完,国家就已经被拖垮了。

可是李重进也知道,这话不能跟皇上说,皇上是听不进去的。事到如今,已经没有回头路,只能一往无前,大周太需要一场胜利来给自己充门面,连年战争国家没有休养生息,青壮年都在战场上，哪还有人生产。如今的农田里，只有妇孺小儿，他看看赵匡胤派来的老军士，内心充满了悲凉。如果有机会一定要劝劝皇上，暂时息兵，让百姓过几天好日子，让国家有个积累。

皇上的到来，让军营里充满了高昂的气势。皇上听说赵匡胤已经夺下两座关口，如今正在瓦桥关下，不日可以克服瓦桥关。皇上龙颜大悦，赵匡胤不愧是大周第一战神，他在哪里出现，哪里就一定有成功的把握。皇上也知道，现在的关键是速战速决，契丹在此地已经经营良久，为了统治汉人，契丹专门建立了南院，用汉人统治汉人，许多汉人已经契丹化，有些人本来就是为了逃避中原战火或者是中原统治者的横征暴敛而来到这里的。契丹人虽然也要他们交税，但草原民族的统治比较粗犷，那种为了战争反复加税、苛捐杂税多如牛毛的情况反而少了，有一部分人是真心拥戴契丹，想留在契丹的。这些人对战局构成不利因素，更重要的是大周立国以来，尤其是柴荣继位以来，战事不断，刚刚拿下南唐的江淮地区，那里生产水稻和小麦，稍稍富足一些，但国力未稳。

但愿这仗能解决大周生存的根本问题，解决了契丹之患，如果能得到二十年的和平，那么大周就能休养生息。

当张永德说赵匡胤已经挥师东去，目前正在瓦桥关下等待皇上的时候，柴荣已经迫不及待了。他说："那就不在这里驻扎了，朕要去赵匡胤的先锋营，帮助赵将军立即发起进攻，拿下瓦桥关。"

李重进立即反对，他是中军主将之一，对皇上的安全负有主要责任。他说："使不得，从沧州往瓦桥关，陆路需要一整天，夜里行军极不安全！"

没想到皇上却说："朕可以坐船去，刚才张永德说，赵匡胤派来的运粮船正在上货，朕不如就坐运粮船去。”

张永德马上反对道：“护粮的船队力量没有那么大，皇上如果上船，我怕万一风声泄露，恐有不测之危险！”

柴荣笑道：“朕看，你们是把朕当成没用的摆设了，你们以为朕是手无缚鸡之力的文人？朕也是武将，当年也是打过仗的，不碍事，朕这就出发，立即赶到前线！”

李重进还想劝阻，可是皇上就是不听。没办法，李重进主动道：“臣愿意陪皇上前往，张永德将军率军也立即出发，沿河跟进，只要我们互为掎角之势，相互支持，就没有什么大危险！”

柴荣点点头，举起手里的玉斧，猛地一挥，说：“怎么能被契丹人吓到？走，看看去！”

王公公跟着皇上往外走，一边指挥其他太监赶快收拾东西，对皇上道：“老奴也是这样认为，那些食古不化的文臣和惧怕契丹的武将，应该好好教育教育。皇上英明神武，一定能手到擒来，战胜契丹应该是不在话下的。”

柴荣点点头，道：“李重进，你该听听王公公的话，他不是军人也不是文人，反而能看得更加清楚！”

柴荣的船乘着春汛，沿河东下。水流非常湍急，船本来就快，那些划桨的军士看见皇上，一个个像发了疯一样，纷纷使出了吃奶的力气，都想在皇上面前表现一把。柴荣来到舱室，看望大家的时候问道：“大家对战事有信心吗？”大家异口同声道：“有信心！定要收复燕云十六州！”

契丹的确是不得人心啊，对于中原地方的人来说，是一大祸害。他们居住在草原上，平时放牧，是牧民。等到枯草季节，他们骑上马就是马军，像旋风一样，从草原上飞驰而来，见人抢人，见物抢物，无恶不作，简直就是土匪。大家都想一口气灭了契丹，或者给他们一个重重的教训，让他们以后再也不敢来犯。

次日天亮，柴荣被嘹亮的军号闹醒。他爬起来，站到舰桥上，突然发现战船已经停泊在岸边。岸上，大周的水军正在操演，军营里旗帜飘扬，巡逻的巡逻，遛马的遛马。近处，赵匡胤和将士们整齐列队，不知在晨露中站了多少时辰，那是在迎接他。

他大声喊王公公，王公公拖着鞋子跑了出来，道："皇上，皇上，您醒了？老奴起迟了！"

柴荣道："快快拿铠甲衣服来，朕要慰军。"

柴荣被赵匡胤接到先锋大营，路上他最关心的就是战况。赵匡胤说："已经递过战书，就待皇上您一到，我们就叩关攻城了！"

身后，郑起问道："赵将军，听说您把这次出征的水军都带来了，怎么没见到几艘战船？"

赵匡胤回道："这个瓦桥关，建在一个半岛上，有两座关门，一南一北，水军主力已经绕道关北，堵住其退路，同时阻击可能来援之敌，我们将在南门发动正面攻击。"

柴荣登上高坡，查看整个战场，对面好一座雄关，城墙足足有十丈高，宽足足有五丈余，全部用山石垒成，坚不可摧。关前正面是护城河，护城河连着大河的地方用手臂粗的铁链连着一个一个大木桩。柴荣倒吸一口凉气，道："匡胤，难为你们了，这座关不容易破，易守难攻！"赵匡胤一拱手，道："皇上放心，我们已经想到了破敌之策！"柴荣感到惊奇，问："如何破敌？""这城关虽然雄伟，但是只要我们掘断上游水道，等待水涨起来，然后放水淹它，它就跑不掉。如今正好是春汛期间，据赵普推算，不日之内，上游会有大雨，那时我们众志成城，一定能把它一举拿下！”

柴荣点点头，道：“时不我待，不能多等，匡胤，要力争尽快攻城！”

赵匡胤回道：“末将也很急，只是苦思无他良策。不过，臣请求皇上给臣特别的权力，臣要派人进关，游说姚内斌来降。”

“这姚内斌我倒也听说过，当年我在濮州任职的时候，就听说他是一员猛将，也是中原人，但不知如何才能说服他来投降我大周。像这样的人才，提出什么条件，你尽管答应他就是！”柴荣放下手里的马鞭，将自己身上的一只玉佩摘下来交给赵匡胤，“你就拿朕的玉佩去，玉佩犹如朕，只要姚内斌来降，朕定然待若上宾，不会亏待他！”

赵匡胤犹豫着，说道：“皇上，我只怕您不肯同意。有个条件您一定能做到，但是您不一定肯做！”

柴荣一夹马肚子，开始下山，道：“你说吧，金山银山，交给他都可以，只要他是大周子民，他要钱可以给钱，要地可以给地，要人也可以给人！”

赵匡胤道：“他要的是一个人！”

柴荣问道：“何人？”

“范质！想当年，姚内斌的父亲曾经和范质同殿称臣。但是，当年他父亲因为一桩冤案被牵连，死在狱中，而审查这个冤案的就是范质。听说范质狱中夜访姚内斌父亲，次日其父就自杀身亡了！”

王公公从山坡下气喘吁吁地上来，走到皇上跟前，禀告道：“范丞相他们赶来了！”柴荣道：“来得正好，有请范丞相！”

柴荣一扬马鞭，打马而去，后面的赵匡胤只听见皇上在前面大声道："朕去跟范质谈谈，看看他有何良策。"

范质正领着一批文官上来。他是来诉苦的，国库空虚，这几年打仗年年超支。他看见皇上打马冲着他过来，吓了一跳，腿肚子都抽筋了，要不是对面是皇上，他早就撒腿跑了。皇上到了近前，不待皇上开口，他先就禀告道："皇上，京城留守派人来禀告，征粮情况不理想，十有八九征不满额。昨天您到来之前，李重进、张永德已经杀了一名县令，但也解决不了问题啊，老臣建议，是否就地征粮？"

柴荣道："就地征粮，要以打胜仗为前提。看见没有，前面的瓦桥关，只要能攻克，里面粮草有的是，现在的问题是，里面有员战将，叫姚内斌，你可知其人？"

范质被问得愣住了，敌方守城主将，他怎么会认识？他在脑子里转来转去地搜寻，仍然想不起来，便摇摇头，道："老臣不认得什么姚内斌，不知皇上为何有此问？"

柴荣把赵匡胤的一番话转述给范质听。范质一听，也不顾什么老成持重的体面了，叫道："老臣哪里害过什么人，老臣一生无愧于心，也无愧于国！"

柴荣忍不住要讥讽范质："得了，你范质乃一代名相，著名的贤臣，谁不知道。我只想说，当时你是不是真的判过一个姚姓官员？是否和他有交情，了解一些内幕？我想让你去劝姚内斌来降！"

这个范质，是个标准的儒生，当听说要他去劝降，连连摇手道："这事老臣干不了，您是要老臣的命啊。"

柴荣问："你怎么就不能去了？你是不是当初的确对不起人家父亲？"

范质道："非也，相反我是他父亲的好友，当初我劝他父亲自裁，是为了保护他父亲的名节，他父亲那一死，倒是让老臣佩服了。只是，他家怎么就出了这样一个不孝子，竟然投降了契丹？这种人我不去劝，劝也没有用！"

柴荣就用激将法，道："赵匡胤就说你不会去，也不敢去，怕丢脑袋。现在看来，你就是这种人，你就是不敢去！人家是你的晚辈，你去说说，让他回到我中原来，他不愿意回来也可以，可以在这里自立为王，只要不挡道即可，朕可以封他为镇北王，永享瓦桥关主人的地位。他本是中原人，又何必侍奉契丹贼子？"

范质被皇上这样一激，不好再说不去，只得硬着头皮道："我去。"柴荣把手中的玉斧交给范质，道："这样吧，朕本想让赵匡胤带上我的信物去，好叫人家相信。现在朕把玉斧给你，这物件陪着朕已经有六七年了，你拿去交给他，朕愿与他结为金兰之好，只要他来降，朕绝无亏待他的道理。"

范质颤颤巍巍地接过玉斧，知道这东西皇上平常是不离手的，现在皇上把它交给自己，让他带给姚内斌，可见皇上对姚内斌的重视。他此行只能成功，不能失败。

不出赵匡胤所料，姚内斌并不想做契丹鹰犬，更重要的是当今契丹国主是个彻头彻尾的昏君，饮酒作乐，每每醉酒，必然滥杀无辜。想到自己祖上本也是忠臣良将，从来没有想过要侍奉异族，现在，终于有机会立功，回归中原，他还是愿意的。他又看到来和自己谈判的竟然是大周一等一的丞相，还带来了皇上的玉斧，这是大周皇帝神威的象征，这个面子可不小。

如此这般，柴荣到来，兵不血刃便拿下了瓦桥关。

一、登基大典

瓦桥关总兵府大厅，柴荣赐宴群臣并犒赏了姚内斌，姚内斌更是拿出了瓦桥关所有的好东西来招待大家。宴会上，姚内斌献上了一种美食，叫“林蛙”。当厨师端上来一盘清蒸的林蛙时，姚内斌介绍说，这是东北山林间的神物，女人吃了五十岁还能生育，男人吃了七十岁还能上阵。林蛙只在东北有，就在契丹人老巢上京附近的深山里。那山绵延八百里，山上有一汪湖泊，曰天池，这林蛙就产在那天池里，这东西一年只长三个月，其他时间都在冬眠。那里冷极了，这林蛙常年就躲在冰里面，接收了大自然的精气神，对人来说，是了不得的神物，要三年才成熟。

柴荣听了非常神往，说道:“一定要直捣天池，与众爱卿在天上游!”

这时，李重进的大队人马也到了，他让军队驻扎城外，自己进城。一看李重进到了，柴荣立即催促赵匡胤和张永德，要他们率领先锋部队马不停蹄地立即进军幽州。

可这时大家却发生了分歧，范质道:“汴梁已经没有米面卖，市面上的米面全部被京城留守送到前线来了，而各地的征粮官也纷纷告急，实在是无粮可征啊。”

李重进竟然也成了一个反对派，把他如何杀军需官，又有多么愧疚说了一遍，最后对皇上说:“此次东征，我们兵不血刃，拿下三关，已经是极大的胜利了。此次胜利，虽然拿下的地盘里没有幽燕，但契丹国主已经怕了，派来了大臣萧思温。萧思温是契丹一等一的大臣，和当今契丹国的伪太后有一等一的关系。如果能赐他们和平，订立盟约，他们一定愿意要和平，一定能确保边境长治久安，将来不会来骚扰我们了!”

柴荣冷笑道:“都点检，你是不是怕了? 一个小小契丹，就让你怕了？你怕的话，先回去，朕不回去。”他又转向身边的其他人，说道，“你们有谁想回去就走吧。朕一个人也要去幽州，不拿下幽州，朕誓不还朝！”

听柴荣这么说，大家不敢再劝。这时，李重进道：“臣愿为皇上出征，攻取幽州，皇上尽管在这里等臣下的好消息！”

柴荣又摇头，厉声回道：“非也！我定要与那耶律小儿戏于草原之上，让他真正领略我大周文明！”

文人中赵普是最懂眼色的，知道阻止皇上亲征幽州已经是不可能的事了，皇上有他自己的情感和想法，皇上要的不是一纸合约，而是一场真正的光宗耀祖的胜利，臣子应该尊重皇上。赵普道：“臣建议，由赵匡胤将军率部为左路军，乘战船逆流而上，退回益津关，从益津关出境，包抄幽州并切断幽州和北汉的联系，防止北汉来援。同时通知潞州李筠，让他向北汉方面佯动，放出风声，要攻击太原，让刘崇不敢出来捣乱。另外分兵一路，由韩通将军率领，为右路军，从东线沿海边进军，挡住渤海国来援之敌的同时，从东面包围幽州。皇上亲率主力，一路往北，从南面正面进攻，这样就对幽州形成了三面合围之势，让出北面，让他们逃跑，自古围城不围死！再说，我们并不是要杀光他们的人，只要夺回领土而已。”

赵普说完，柴荣连连点头道：“赵先生说得对，但不必像你说的这样累。大军横扫六合，战无不胜，不如一鼓作气，一队前进！”

他安排李重进任先锋都指挥使，率中军先行进发。李重进率部赴瓦桥关北，急行军到固安县，一举攻占固安县。此时，李重进的先头部队离幽州只有一百二十里，也就是说只剩下一天的行程。李重进本不想打，现在皇上反而让他打头阵，这就是皇上的霸气。

然而，这也正是让赵匡胤担忧的地方，李重进本就有怯战之意，如今他做先锋，为皇上中军开路，很容易贻误战机，给皇上的中军造成压力。

2. 病龙台

五月初三，三军已经接近形成合围态势。柴荣兴致勃勃地前往固安县城视察，然后又前行到固安县城北的安阳水，在那里命令士兵架设桥梁，以待大军进军时通行。经过一天的奔波，柴荣于傍晚时分才回到瓦桥关，准备夜宿。

这天，风非常大，夹杂着小雨，赵匡胤回来时，头疼欲裂，连晚饭也没有吃，就躺下睡觉了。可是柴荣非常兴奋，薄暮时分，让王公公去找赵匡胤，要和赵匡胤等一起登城关外的小土山，观看三军军容。赵匡胤急忙起来，楚昭辅给他一件棉袄。他把棉袄披上，正要出门，又想起皇上是要看三军军容，那得赶快准备一下。他让楚昭辅把王元功喊来，让王元功去准备，说道："皇上今天兴致好，要登上城北的小山，看三军军容，通知大家，单岗变双岗，巡逻加倍，所有人等全部出帐篷操练。"

他吩咐完，骑马来到皇上的大帐，发现皇上已经在等着了，边上还有张永德等人。几个人一起来到山上，张永德故意带着皇上来到山丘的北面，这里正好可以看到赵匡胤的军营。只见黑色"赵"字大旗迎风飘扬，在微冷的残阳中猎猎作响，一队队、一排排的士兵踏着整齐的正步往来有序地操练着。稍近处，是一队骑兵，正在练习冲杀。这些人都是黑衣黑甲，黑面具蒙面，柴荣觉得奇怪，转身问赵匡胤："那可是你的骑军？听说你在滁州获胜之后，在六合打败李景达大军，当晚抓捕二百余名不战自退者，让他们自相残杀，最后才留下五十人。你就用这五十人组建了一支黑旗军，是否就是他们?”

赵匡胤点点头,道:“正是他们,末将是让他们知耻而后勇,现在这些人已是我大周最勇敢的战士了! 他们个个可以以一当十。”

柴荣道:“匡胤你是治军有方啊,果然练出了一支英勇的赵家军!”

赵匡胤立即纠正皇上的话,他不敢让皇上觉得他在建立自己的私家军队:“皇上,我练的是大周的军队,他们都是皇上的健儿!”

皇上今天情绪好,并不跟赵匡胤计较,而是说:“罢罢,你不要担心,赵家军也是我大周的军队。朕就说你一定能练出一支新军,果然两年不到,你的军队已经成为可以藐视一切武装的铁军。大周有你这样的将领和这样的铁骑军,何愁天下不平?”

大家都很高兴,又说了一会儿闲话,都有点儿累了。王公公也看出来了,轻声在皇上的耳边提醒:“皇上,该回宫休息了,明天还有明天的事呢!”

柴荣听了,也觉得该休息了,就带着大家往下走,下边有人牵着马过来。柴荣正要上马,忽然,远处来了一群老百姓,手里拿着牛肉、酒等食物,原来是老百姓听说皇上来视察,就主动来献食了。柴荣高兴地接了牛肉、酒,和那些百姓一个个干杯喝酒,又唠起家常,问其中一位长者:“这些年,你们过得如何? 可曾想念中原?”

那老者许是也喝了点酒的缘故,激动地告诉皇上:“皇上,我们老家原先也是河南的,我出来有四十年了。那个时候,我们在河南老家,还有祖父、祖母和很多亲戚。可是自从来到这里,我们就回不去了,边关阻隔,契丹不允许我们回去,回去的也不准再来,再来就当通敌论处,我们过得很艰难啊,有家不能回。现在,大周的军队来了,皇上您来了,还是您惦念我们啊,我们就像是孩儿找到了父母！”

柴荣听了心里喜滋滋的，回答说：“你们放心，朕一定要把和平带给你们，让你们活在自由和舒畅的家园里，也请你们监督我们，我们一定能做到。”

他转身对身边的书记官道：“记下此时此刻，记下这里的百姓对我们说的每一句话，也记下朕说的每一句话！”他又问那老者，“老人家，这里是什么地方？好让书记官记下我们的对话，让历史记住这一刻！”

老者不假思索道：“这里并没有什么正式的名字，当地人都管这里叫病龙台！”

柴荣一听，脸色就阴下来。王公公也感觉到了这个地名不妥，立即呼喝牵马的兵士：“快，把皇上的马牵过来，皇上累了，速速回宫休息！”

大家无话，一路回到大营。柴荣一个人回营休息了，也没跟大家招呼，这不符合他的性格。大家也分明感到了某种尴尬，所有人都知道，那是一个不好的兆头，但都不愿意挑明，不知该怎么化解。

赵匡胤也非常焦急，回到大帐没歇息就找来赵普商量，看看有没有什么法子化解。赵普脸色铁青道：“将军，我看星象，西边天子星垂落，暗示最近有天子要驾崩。原本我想应该是辽帝耶律璟来援幽州，我军一举将其击杀！可是，经您这样一说，我感觉这事就复杂了，辽帝并不关心这里的百姓，也不关心幽州以南这三关的归属。我们回来的细作汇报说，这个贼皇帝本就认为这三关是我们中原的，现在我们中原来取回就取回吧！看来他是不准备和我们决战了！”

赵匡胤原本是不怎么相信这些说法的，但赵普能说会算，说的常常都能应验，而如今，他说得有鼻子有眼的，让人不得不信。他问赵普："有什么办法可以化解么？"

"天子星陨落在西，如果吾皇能够往东巡狩，也许是个法子。可是皇上一心要收复幽州，一定会亲临战场，肯定要往西的！"赵匡胤点点头，这个时候谁都不可能说服皇上不往幽州去。

战局依然在向着有利于大周的方向发展，五月初五，大周易武节度使孙行友攻下易州，活捉了辽易州刺史李在钦。孙行友亲自把战俘押来行宫，柴荣看了非常高兴，命人将俘虏押到集市上去，斩首示众。他下诏以瓦桥关为雄州，益津关为霸州，征发千余民夫修筑霸州城池。初六，他又命张永德、李重进率兵从土门出击北汉，用主动打击的方式，阻止北汉来援。

大家也放松了，觉得那个"病龙台"也许只是一个偶然事件，应该已经过去了。皇上如此年轻，大军又如此占据天时地利人和，病死的应该是辽朝的将官和皇帝。

可是，就在这个时候，柴荣突然病倒了。他的病来得如此猛烈，以至于谁都没想到，像柴荣这样年轻力壮的人会突然倒下，变成那样。当大家走进皇上大帐的时候，几乎所有人都吓得面无人色。皇上躺在床上，浑身如火炭一样，两眼赤红，眼窝深陷，身体上下起伏着，高喊着"别杀我！别杀我！"仿佛是在梦游。赵匡胤看看赵普，心里隐隐地担忧，会不会让赵普说中了？一个大夫拿着包了冰块的袋子，按住皇上的前胸，太监们则每人拿着一个小的冰袋，在皇上身上擦，想给皇上降温，可是谈何容易。王公公将赵匡胤拉到一边说："现在李重进、张永德都不在皇上身边，皇上最信任的只有你和范质了，我已经通知魏仁浦、王溥、韩通迅速赶来。请您就在此等候，如果皇上醒来，就请将军劝谏皇上，请皇上退兵还京，医治身体要紧，这里乃蛮荒奇谲之地，不宜久留啊！”

赵匡胤点点头，说：“放心，我一定劝皇上，皇上龙体要紧，仗是永远也打不完的，但皇上是大周的柱石，这个柱石不能倒。”

赵匡胤就夜宿在皇上的大帐里，但并没有等来皇上的清醒。次日早晨，赵普来找他，把他请到僻静处，悄声说：“将军，我昨晚算了一卦，很不好，也许这次皇上缓不过来了！”

赵匡胤道：“你说，皇上一直没病，怎么突然就病了？真是可惜，眼看就要收复幽州，怎么就天公不作美，不让我大周成功呢！”

赵普抓住赵匡胤的手，说：“你信佛么？这两年，皇上毁了多少佛寺，大周境内大多数寺庙被毁，大多数铜菩萨像被熔化做了大周的钱币，大多数和尚尼姑被迫还俗结婚生子！”

赵匡胤道：“我不相信报应的说法，如果要有报应，还不如应验在我的身上，我杀人如麻，我……”说着，赵匡胤看看四周，“你回去吧，我去照顾皇上，你带好咱家的军队，要随时能出发！”

赵普点点头，道：“您放心，都是自己兄弟在带兵，赵家军不会乱！”但他还是拽住赵匡胤，继续道，“也许皇上不久就有性命之忧，将军要做好打算！”

赵匡胤惊得说不出话来，缓和后说道：“什么打算？尽忠报国是我们军人的分内事，哪里需要什么打算？”说着，他甩开赵普的手。

赵普追上他，一把重新抓着他的手说：“皇上年轻，没有成年皇储，也没有立皇储，符皇后只有十八岁，压不住群臣。群龙无首，将军，您该自觉担当大任！”

赵匡胤摇摇头，说："要有什么大任，也轮不到我，我只是一个殿前都指挥使，你这些话对张永德将军说，兴许还有点儿意思！"

赵普听赵匡胤这样说，急了，把赵匡胤紧紧地堵在角落里，不让他走，道："张永德将军当然是个好人，也是您的上司，我们当然应该拥戴他。可是，我夜观星象，他不可能成，没这个命！"

"那我就有这个命了？"赵匡胤讥讽道，"你别说了，这可是要杀头的！"

赵普却依然不放弃，声音都大了起来："将军，凡事预则立，不预则废，到时候恐怕来不及啊！"

赵匡胤不理他，径自走了。

柴荣大帐。早晨的阳光，虽然有些凛冽，但还是暖和的。赵匡胤掀起帘子，看看外面，是一个艳阳天。他回头拿了毛巾，在冷水里搓了一把，重新敷在皇上头上，这时，皇上突然醒来。他虚弱地问："谁啊，挡住我晒太阳！"

"皇上，您醒了？"

"是啊，睡了一个好觉。昨天你在照顾我？王公公呢？"

这时，王公公正好拿了一个盖子来灭蜡烛，听到皇上在找他，高兴得立即奔了过来。他哑着嗓子，喊道："皇上，您醒了，您醒了。"又转头喊众太监，"还不出来，灵醒着点儿，皇上醒了。"

柴荣轻声喝道："别大呼小叫的，好像我怎么着了一样，不就是睡了一觉吗？"

王公公带着哭腔说："皇上，您可吓死老奴了，昨天好几个太医没合眼，感谢上苍，天佑大周啊，皇上您没事了？"

柴荣声音大起来，道："别婆婆妈妈的，哭什么？你嗓子哑了，是不是昨天哭过了？没用！”又转头问赵匡胤，“大军进军情况如何？李重进和张永德进军到哪里了？”

赵匡胤跪下道：“皇上恕罪。末将昨晚擅作主张，通知张将军、李将军速来瓦桥关议事，他们此刻应该就要到了。”

柴荣低下头，慢慢地躺平，叹口气，悄悄问赵匡胤：“昨天，朕是怎么了？让你们如此大骇？”

赵匡胤不知道说什么好，他只好说：“皇上您好些了就好，我这就去喊太医，赶快再来看看！”

柴荣道：“去喊吧，把他们都喊来，朕现在就要知道朕得的是什么病！”

赵普带着一个当地人，偷偷地进了赵匡胤的大帐，原来他请了当地的巫师来。赵匡胤觉得赵普实在太过分了，这可是死罪，皇上向来不相信这些。如果私自和巫师交流，妖言惑众，那是要掉脑袋的，难道赵普不知道？

赵普一屁股坐下来，喝了一口水，又拉那个巫师上前，巫师道：“将军，此地那座山，叫病龙台。当地有个传说，说那是皇上到了要立即病殁的地方，我们巫师常常到那座山上去祈灵，请神灵附体，增加法力。”

赵匡胤冷冷地道：“你们这些无稽之谈，我会相信？”

那巫师却不理他，而是翻着白眼，像得了癔症一样地颤抖并说道：“皇上，您才是真正的天子啊！”

赵普腾地站起来，道：“那么，生病的那个皇上又是怎么回事？”

“他是一条过路龙，注定要把皇位让给我们面前的这个真龙天子！”

赵匡胤抓住他的衣领，道："你不要胡扯，我问你，有没有什么办法让他好起来？你要是有办法，我重重赏你，否则我要你命！"

那巫师浑身颤抖，突然口吐白沫，倒地而亡！

赵匡胤蹲在地上，看看那巫师，又看看赵普，大声呵斥道："怎么回事？赵普，是不是你带人来演这出戏给我看？"

赵普全身打颤，道："我也没想到啊，这是怎么回事？"

两个人稍稍冷静了一下，赵匡胤到门口跟护卫亲兵吩咐道："快去叫楚昭辅和王彦升速来。"

赵匡胤吩咐赵普："今天这事，对任何人都不能说，就是我们自己人也不能说！"

赵普点点头，道："那是当然，这事太奇怪了。"

赵匡胤松了一口气道："不是你导演的戏就好！让这事过去了吧！"

"皇上，"李重进轻轻地呼唤柴荣，他回来得非常快，"皇上，臣回来了！"

柴荣睁开眼，他的眼皮非常重，睁眼都非常费力，几乎看不清眼前这个人，也听不清他在说什么："你大声点！"

李重进靠在柴荣的耳边，道："皇上，我们不能退兵啊，如果退兵，就前功尽弃了，非但三关将得而复失，相反，让契丹得到报复的机会，我们的老百姓将会受到更加残暴的掠夺和屠杀。我们退了怎么对得起这些支持我们、欢迎我们的老百姓啊！"当初，李重进不想进兵，但是这会儿，他又不想退兵了。

柴荣似乎听明白了，点头道："李将军，你说得对啊！你怎么回来了？你应该在前线，应该继续进攻。"

李重进道:“我接到赵匡胤的通知,让我即刻回来,他说皇上要召见我!”

柴荣闭上眼睛,仿佛陷入了沉思。这时王公公进来,给他端来药。他摆摆手,王公公就给李重进使眼色。李重进会意了,把药碗端在手上,道:“皇上,吃药吧!”李重进偷眼看看那药,问道,“王公公,这药是谁开的方子?”王公公一勺勺地给皇上喂药,低声说:“是几个太医一起诊断,最后集体开的方子,说是皇上进了邪气,必须用重药才能解除。”

这时,外面一阵响动,有战将的战甲鳞片碰擦的声音,那声音非常清脆,一听就知道那是高级将领,王公公猜那可能是张永德。王公公道:“李将军,我来照顾皇上,你们几个就在门外等候吧,让皇上歇会,一会儿等范质、魏仁浦、王溥等都到了,麻烦您召集大家一起进来议事。”

李重进起身,挡住了张永德。张永德看见李重进从皇上大帐里出来,非常惊讶道:“前线战情紧急啊,李将军,你怎么回来了?”李重进道:“皇上有恙,臣怎么能不回来?”张永德忙问:“皇上昨天还好好的,怎么就突然抱恙了?”他要进皇上大帐,李重进不让他进,道:“你就等等吧,让皇上歇会儿,等大家都到了再一起议事!”张永德心里生气:凭什么就你能进,不让我进?我担心皇上,得看看他。李重进道:“皇上没有宣,你进去干吗?”

张永德被噎住了,说不出话。他脸憋得通红,在帐外站着。好在这时赵匡胤、范质都走了过来,赵匡胤一看张永德回来了,走过来施礼,向大家说了情况。范质立即就急了,道:“我说我们应该退兵,你们偏偏不听,现在你赵匡胤应该负责皇上的安全,你是怎么负责的?听说你把皇上带到了病龙台上,你安的什么心?”

赵匡胤知道范质有意找碴，这时候，他也不想计较，关键是得有个主张。张永德替他解围道：“情况紧急，前线战局瞬息万变，我们这些主将都不在营中，却还在这里争来争去，关键是得有个决议。大家议议吧，现在到底是进，还是退？还是不进不退？这都得赶快决定。”

赵普低声建议道：“请都点检主持御前会议，最好让大家充分发表意见，卑职建议，把几个太医请来，一起商量。”

张永德点点头，正要发话，太监领着几个太医进来了。张永德道：“你们几个先说说，皇上的身体到底是小恙还是大恙？到底还能不能向前？”

太医们互相看看，都不敢说话，张永德问：“几位先生不要担心，现在是说实话的时候，你们不要互相商量，各自说真话！”

一个年长一点的太医字斟句酌地回道：“回禀都点检，卑下认为皇上得的是风邪之症，一方面是皇上积劳成疾，更重要的是皇上在这边关之地，地气中有不利于皇上身体的烟瘴，皇上受了这烟瘴之气，急火攻心，不能扶正，故而……”

张永德道：“请直说结论吧，你的意思是皇上必须迅速撤退回京？”

太医点点头，道：“这里风露不定，水气难测，凶险之地也。稳妥起见，应该立即回京，着京中太医院立即会诊，这里医生不足，医药也不足，更重要的是不具备养病的条件。”

张永德又问另一个年轻一点的太医：“你的观点呢？”

那太医深施一礼，缓缓道：“皇上得的乃是绝症，如果处于绝地，又在大战之前的绝时，恐有不测！卑职建议，立即撤兵，即刻回京，可能还有一线生机。”

张永德不信，一个大活人，前几天还披挂上阵，能吃能打，现在怎么就突然得绝症了？便问："你说，是何绝症，万万不要危言耸听！"

"禀告都点检，此乃气绝之症，体热外化作邪气，烧灼其身！"

张永德看看那几个太医，问："你们觉得他说得对吗？"

那几个太医不说话，张永德急了，道："快快说话！赦免你们无罪！"

那年轻的太医看看大家，道："你们又何故如此胆小？如果皇上有何不测，你们知情不报，罪加一等！"

一个太医站出来说："昨天卑职们在讨论之时，的确有这个论断，因而也是按照这个路子开的方子，今天皇上已经醒来，看结果方子也是对的。不过，皇上年轻有为，乃真命天子，上有天星护佑，我等也拿不定，还是请各位大人定夺！"

张永德觉得好笑，随口说道："皇上的身体到底得的什么病，难道要我们这些文臣武将去定？"

没想那太医却真的说道："皇上的病，不是我们说了算的，皇上的病，只能由各位大臣说了算！"

赵匡胤看看那个太医，心里想：此人有政治才干啊，怎么就做了太医，太可惜了。

李重进已经听出了小九九，看来皇上病得不轻啊，这个时候如果自己坚持继续进攻，这进攻的任务肯定就落在了自己头上，而张永德正好护驾回京，伴在皇上身边，还不知道要说多少他的坏话。他缓缓道："皇上得病的事情，要严格保密，大帐外布置殿前班值和侍卫军值，双岗，防止闲人入内，所有宫女太监，不得擅离岗位，更不得出帐。另外，缓缓退兵，由韩通负责向东佯攻，由赵匡胤负责向西佯攻，通过大规模军队调动，让契丹感觉我们正在准备发起主攻。我和张将军分头交叉撤军，先由我部撤退到雄州一线，然后皇上撤至我军中休养，接着张将军撤军，到濮州建立大营，皇上再撤至濮州，最后一站，回京！雄州、霸州的防守，由韩通职掌，不得后撤。三军的联络和支援，由赵匡胤部负责并断后接应。”

李重进有雄心，也有大才，是不可多得的军事将领，可惜此人太过小气，没有真正的盟友，甚至也没有真正的部下。这个时候，他的小九九打得不错，但赵匡胤也能看得出来的招就不算是高招。

赵匡胤道：“末将认为，还是请都点检统一号令！当下之计，军中不可一日无主，末将愿意听从都点检号令！”赵匡胤认为，这个时候应该由张永德来主持大局，李重进还不行，虽然现在是紧急时刻，但是方寸不能乱。

赵普也说：“对啊，还是请张将军主持大局！”

李重进听他们两个这样说，鼻子都气歪了。可是没办法，他在文人圈子里没有势力。另外，他的手下大将韩通又没有来，韩通也不知道到哪里去了，出了这么大的事，竟然不见人影。

不过，他也认了，这个时候还有什么可计较的呢！缓声道：“那就请张将军代表我们大家和皇上商量吧！”

一旁的赵匡胤听到李重进的退让，心里突然对李重进有了蔑视：这个人外强中干，不足以成大事！

李重进说完，站起来伸伸腰，踱起步来。那些文臣听了都有些不高兴，范质道：“李将军，还有我们这些文臣呢！我们都还没有发表意见，难道这件事就由你和张将军决断则可？倘若如此，又何故把我们叫来？”

李重进心里好笑，这些文人哪里有点儿忠臣的样子，都这个时候了，还要整个面子出来，便道："好吧，好吧，你们议吧，你们决定了就通知我！"

张永德站起来，道："各位有何高见，我一定转呈皇上。"

王溥道："开战之前，我反对开战，就是担心今日之局面。但是，既然我们已经宣战，而且兵不血刃就拿下三关，又为何仓促退兵？皇上可以退至沧州疗养，也可以先行回京，各位将军就不能于此刻有所担当，继续作战？"

魏仁浦摇摇头，道："王相，话不能这样说。皇上的身体是第一位的，我赞成退兵。但是，幽州乃契丹门户，是他们不得不举国防守的重镇，迄今为止，我们打的还是局部战争，一旦开始夺取幽州，就不再是局部战争，而是一场举国之战，这个仗不好打。契丹贼王耶律璟已经举国征兵，正在赶来，如果接战，恐不是一朝一夕能打完的。如今皇上身体有恙，如果变成持久战，我方粮草接济是个问题，而皇上的身体是否能坚持那么久，更是个问题。为今之计，应迅速退兵。"

范质道："如果能有礼有节地退兵，跟契丹完成一次交割，我们也许可以保有三关，体面返回。因此，我们应该派人和契丹和谈，赐和于契丹。此时赐和，依我看，契丹会感恩不尽，也许可得边关数十年和平！"

魏仁浦道："那个睡王耶律璟，我们能相信？"

范质道："耶律璟不能相信，但太后述律平却是可信的。"

大家都把眼睛转向张永德，张永德看看赵匡胤，道："匡胤，你怎么不说话？你说说。"

赵匡胤道："当初出征，我们就说过，把它当作一场局部战争来看待，我们不是为了灭契丹，而是为了收回中原的东方门户，和契丹媾和。如今,我们的目的已经基本达到,此时和契丹和谈,也许正是时机。皇上应该尽快撤离此地,皇上的病在此地恐难恢复,如果有何不测,我们怎么担待得起?皇上肩负大周使命和国运,我们无论如何小心,都不为过!"

张永德点点头,道:"好吧,大家等我一会儿,我进去向皇上禀告!"

张永德正要进去,范质抢前一步,道:"微臣也愿意和将军一道担责,微臣和将军一起进去!"

张永德笑笑,道:"老丞相,您是不信任我,怕我传错了皇上的话吧?"

3. 退兵

瓦桥关留守的中军,大家都以为即将开拔去幽州,可传令兵传出来的号令却是撤退,有些人就传:"前线已经败了,这里保不住了!"一部分百姓听到风声后,竟然大车小车地拉着家当跟来了,要随队伍撤往中原。

姚内斌坐不住了,找到赵匡胤问:"赵将军,我既然已经降了大周,就会忠于大周,但你们突然撤兵得有个说法和安排!不然,我们这里人心惶惶,民保不住,兵也保不住,难道要我们重新投降契丹不成?"

赵匡胤理解姚内斌的担忧,说:"姚将军,你放心,御前会议上我已经为你提出了建议。一是擢升你为幽蓟节度使,总揽幽州、蓟州全局,我留殿前司三万兵马给你,如果北方有来犯之敌,可助你抵御之。二是韩通部三万兵马,暂留三关南,助你守卫三关。"他又把王彦升介绍给姚内斌:"我的人马留在这里,由王彦升将军带领,你们认识一下，交个朋友。”他转头对王彦升道，“彦升，姚将军乃我中原忠良之后，如今贵为幽蓟节度使，你一定要助他守好边关。”姚乃斌听了，心里有点儿底气了，道：“多谢将军提拔！王彦升将军和韩通将军的人马，我一定照顾好！”王彦升心里知道，让他留下来，是监视姚内斌，同时当然也是帮助他。他看姚内斌这个人有气势，有胆魄，应该可交。“希望他是条汉子！”他心里想，便道：“姚将军，我们明人不说暗话，今日将军可愿意与我结拜为异姓兄弟？如果能结拜，什么都好说，如果不能，嘿嘿，我可不敢助你！”姚内斌哪里不知道王彦升这话的意思，立即对着赵匡胤和王彦升道：“在下指天为誓，对大周绝无二心，王将军看得上我，我愿意和王将军结为兄弟！”赵匡胤道：“你们怎么忘记了我？”姚内斌道：“不敢高攀啊，如果将军看得起，末将愿为将军赴汤蹈火！”

三人正议论着，外面突然起了争执。原来是一群当地的民众来找赵匡胤，要赵匡胤带他们一起走！赵匡胤怎么也弄不明白，这些人怎么不找皇上或者张永德，而来找他呢？姚内斌道：“这些人听说你是大周第一的战将，都觉得找你放心！”他挡住赵匡胤，“将军，你不用出去，我去说服他们！”赵匡胤站起来：“我们一起去！”他俩肩并肩地往外走，路上赵匡胤对姚内斌道，“我们一走，这里就交给你了，切切注意，不可出战，应该死守，你的城后驻扎我大周六万人马，只要你拒不出战，守住一两个月，契丹定会退兵！”姚内斌道：“将军，我不怕战，怕的是没有希望。将军，如若回京之后，皇上身体好转，记得我们幽蓟军民都翘首盼望王师归来，一雪前耻啊！大家都不愿意为契丹奴隶，大家都愿意做大周子民！”

姚内斌说着，眼睛湿润了起来。赵匡胤也有点儿难过，这一走，也不知道何时能回来！不过，他还是安慰大家，大周不会忘记这里的百姓，一定会尽到保境安民的职责，让大家过上好日子。

大周的军队开始后撤，虽说这次打的都是胜仗，但大家看到队伍后撤，就都乱了神，各种谣言四起。中军队伍中有开小差逃跑的，也有不顾大队单独后撤的。好在赵匡胤的队伍断后，他沿途收拾掉队的老弱残兵，一步步布下细作和交通站，他不仅不能撤还要赶往固安县，摆出进攻态势。

他们要佯攻固安。队伍走到傍晚时分，来到了距离幽州一百二十里的固安县城附近，他让队伍摆开阵形，做好攻击准备。王全斌和高怀德已经知道他们是佯攻来了，但是他们都很年轻，年轻人就是好战，都想打一仗试试，所以阵势一摆开就开始叫阵。

按照王全斌的说法，打下固安县城是佯攻，叫阵然后撤退也是佯攻，不如打下来再说。

两个人在阵前一顿乱骂，正骂着，固安县里一阵号炮，城门缓缓打开，里面冲出一队人马，来将竟然是辽朝南院留守萧思温。这萧思温是个文人，两个妹妹都嫁给了耶律家，成了皇后。因此，人虽然没什么能耐，但官做得不小。

萧思温这会儿冲出城外，也是没有办法。他手下有个叫兴哥的将军，这人勇武有才，鼓动他一定要出战，而他就想守着，等耶律璟来救他。他一听说大周皇帝来攻，吓得要死，急忙给耶律璟写信求救。他哪里知道耶律璟根本就不来，也因此，周军才能大踏步地前进。如今，他的消息非常闭塞，并不知道柴荣生病的事，还在不断写信请求耶律璟增派兵马，请求他前来亲征。耶律璟不来，他是绝对不敢出战的。

兴哥看他猥琐，不敢出战，就来他面前闹："我们契丹国，向来都是勇士当先的，你现在天天缩头乌龟似的，三关丢了，你也不救，就在这里等着，你等什么呢？再等，幽州也没了！”

萧思温并不生气，只是说：“周军来得急，去得也一定急，你不用担心，只要我们坚决不战，他们就胜不了，过不了几天，他们就得撤兵！”

萧思温的计策是对的，周军远道而来，战线太长，粮饷供给困难，的确急于决战。他这个策略是用空间换时间，换取最终的胜利，但他手下那些将士却并不理解，他们都是马上起家的，哪里懂什么中原的战术战法？“再这样，还要这些将士干吗？干脆都投降算了。”兴哥气愤地说。

萧思温没办法，只得出来做做样子。

高怀德是大周冉冉升起的将星，艺高人胆大，在跟赵匡胤西征和南征过程中成长很快。他一看萧思温出来了，觉得正好可以给他个下马威，要撤得有个大胜仗再撤，不然被人追着屁股跑，怎么行？

这时，兴哥不等萧思温吩咐，一马当先冲出阵营，对着高怀德道：“对方来将，通名受死！”

高怀德一看，兴哥人高马大，手中拿一根狼牙棒，高怀德使枪，枪法来自高家祖传，但是枪有个缺陷，就是自身重量轻，和狼牙棒对阵，有点儿吃亏。身后的王全斌道：“高兄，你且先休息一下，让我来会会这个无名小辈！”

兴哥听得懂汉话，听王全斌说自己是无名小辈，气得哇哇乱叫。

本来，王全斌也没有真想侮辱他，但被兴哥这样一叫唤，也烦了：“呸！哪个来送死？现在还不知道呢，那就来吧！”

王全斌提马冲过去，二话不说，举刀就砍，高怀德看王全斌冲了过去，心想不能让王全斌吃亏，不如一起上，把兴哥撂翻。他举枪对着兴哥就刺过去，兴哥眼睛的余光看见高怀德的枪缨子，一闪腰要躲，可手上的狼牙棒已经和王全斌的大刀接上了。那王全斌力大无穷，又因为预感兴哥力气大，第一招就使出了全力。他几乎是立在了马上，把整个身子的重量都压在了刀上。刀和狼牙棒接触的瞬间，他又一催马，那马经过长久训练，知道怎么配合，前蹄往下一顿，整个马的重量也传递了过来，兴哥挡住了王全斌的刀，就躲不开高怀德的枪，那枪“噗嗤”一声就刺进了他的铠甲，接着高怀德一挑，枪的倒须勾住了兴哥的腰带，把他整个人拉下了马！

周军士兵一拥而上，把兴哥俘虏了。

萧思温一看这形势，本来就不想硬碰硬打仗的他，立即鸣金收兵。队伍“呼啦”一下，就往城里退。固安县城只是个小土城，城墙都是用土夯起来的，高不过一丈，宽不过数尺。高怀德和王全斌都侦察好了，看萧思温想跑，哪里会放他退回去，两人指挥大军就追。

萧思温胆子小，一路往回奔，也没安排将士分批撤。照理撤退时要安排弓箭手压住阵脚。如果敌人追来，弓箭手可以在两侧开弓放箭，把敌人挡回去。但萧思温跑得太快了，一路跑，还一路喊着让城上放吊桥，开门。这一开门，高怀德他们的机会来了。高怀德骑的是一匹西域快马，这种马有个外号，叫“骁跰豹”，在西域能爬雪山，在雪山上能追上豹子。如今他一马当先，追上了萧思温的队伍，直接杀入契丹军阵，一路追着萧思温。萧思温没想到大周有这样的战将，猛得要吃人，他只好抱住马脖子狂跑。进了城，他就大喊“放城门，放城门”，可是城门已经放不下来了，后面还有那么多兵马呢，而周军就跟在契丹军的后面，一步不落，真是兵败如山倒啊。照理说,契丹军都是草原上猎手出身,战斗力没得说,但是主将一逃,士兵们就没了主心骨,只能跟着逃,眼睁睁看着周军追上来,砍瓜切菜一样被收拾得没有还手之力。萧思温脑子挺灵活,看高怀德追得厉害,索性也不回府了,直接就从城的南门奔向了北门,然后穿城门而过,逃走了。

在城北的草原上,那里驻扎着一支刚刚从北院调来的契丹粮草部队,他奔向了那里。

高怀德和王全斌就这样占了固安县城。

赵匡胤知道,固安县城能占,也应该守,以攻为守,以进为退,才能确保大部队安全。再说,看萧思温这个样子,只要耶律璟不来追究,他是断然不会回来抢的,那就先占着。如果张永德安然撤退了,接下来的事再议了。

然而,赵普却不这么想。赵普觉得赵匡胤应该赶快伴驾,此乃极端重要之时刻,赵匡胤不能陪伴在皇上身边,将来危矣!

夜。北方的天空分外高远,北方的夜露也分外凉。赵普拉着赵匡胤来到草原上,两人并肩走着,赵普一路看天,似乎是在思考。他问赵匡胤:“将军,你说人活一世,究竟是为了什么?”

赵匡胤长长地叹口气,道:“男子汉生当建功立业,把公平带给天下,把安宁带给百姓!”

“那么,将军你做到了吗?你今天做的和你的理想是一致的吗?”

赵匡胤摇摇头,道:“去日苦多,来日无多,一事无成!天下分崩离析,百姓苦不堪言!”

赵普指着天,又指着地,严正地问赵匡胤:“将军,此刻只有天地你我，天知地知，你知我知，我想问你，当今的皇上是那个能把公平带给天下、把安宁带给百姓的皇上吗？我想问你，你觉得这样的皇上和国家，是你要的明君和乐土吗？”

赵匡胤看看天，看看地，想了又想，道：“皇上不信任我们，身边充满了小人；国家田地不均、税赋不均，百姓耕无田，如何是好？”

赵普领着他走到一处山坡高地，下面是如银的草场，月光如华。“将军，王侯将相宁有种乎，何不你来做皇上，建设你心中的王道乐土！”赵普道。

赵匡胤不说话。

赵普也不说话。

两个人就这样沉默着。

过了好一会儿，赵普道：“将军，你把我送给皇上吧，这样你安全些，否则，你总有一天要么反了，要么被皇上杀了！”

赵匡胤还是不说话。

赵普又道：“将军，你知道这里是什么地方吗？”

赵匡胤看看天，看看地，似乎没有听见赵普问话。

赵普道：“飞龙台！”

赵匡胤这回听到了，将信将疑地问：“这里真叫作飞龙台？”

赵普道：“是的！”

赵匡胤又不说话了，径直下了山坡，往回走。

赵普跟在他身后，道：“这是天意！”

大军静悄悄的，没有号角和声鼓，风起云不动，思归人未还。

沧州周军大营，柴荣躺在一张躺椅上，一动不动。他一个人待在大帐里，好几天不见人了。

王公公劝道："皇上，李重进求见。他已经求见您好几天了，您是不是该见见他？"

柴荣不耐烦地挥手道："告诉他，一个躲在后方的将领和一个躲在后方的皇上，没有什么好见的，让他有什么事做什么事去！"

王公公低着腰给柴荣煎药，炉子里的火"哧哧"地冒了上来，烟熏着他的眼睛，疼得睁不开。柴荣扔了一块手帕给他，王公公拿了一把小凳子，移到皇上边上，一边给皇上捶腿，一边道："皇上，老奴的意见，退兵也不见得就是失败，相反是胜利啊。两个月内我大周军队兵不血刃夺得三关之地，已经是重大胜利，夺下三关，我与辽的边界北移了八百里，开疆拓土不说，还获得了重大的战略纵深。即使是在此刻，赵匡胤部还攻占了契丹的固安县城，固安县城掌握在我军手上，而契丹大军却不敢来犯，经过此战，契丹再也不能小瞧我大周了。北方边境可以安宁了，这是了不起的成就啊！"

柴荣咳嗽起来，叫道："把那什么玩意，弄走，弄走！"他的脾气明显变得暴躁了，也许病人都如此吧。王公公解释道："皇上，这是宫里来的太医给您做的药引子，就是让您闻了病能好得快！"他给皇上递过一块毛巾道，"您用毛巾擦擦脸，要是受不了，就用毛巾捂住鼻子！"柴荣看看王公公，说："你自己怎么不用毛巾捂住鼻子？"王公公笑着回答道："皇上的药，我们做小的闻着也是福分呢。再说了，老奴要是不闻这药，万一太呛人了，老奴不是害了皇上么，老奴得留着鼻子闻药的味道！"柴荣笑了，说："唉！你啊，你是又狡猾又老实！"王公公又递上一碗汤水，恭敬地说："皇上，喝药吧。"柴荣接过药问："王公公，要是朕不在了，你会不会念着朕？"王公公惊慌地道："皇上，可不能这样说话，您是真龙天子，上天有好生之德，必会保佑您平安无事。您看，您不是好多了么？"柴荣喝了一口，又咳嗽起来:“你不要骗朕了,你觉得朕好起来了吗?你说说,除了你,还有谁会念着朕?这些大臣中哪些人值得信赖?”王公公不敢多说话,便回答道:“皇上,大周的臣子个个都忠诚,您尽可以信赖。只是,如今赵匡胤不在您身边,照应的人总少了一些!”他悄悄地提了一下赵匡胤,是因为昨晚赵匡胤派人来,特地给他送了一支千年辽参。今天早晨,张永德又拿了一支辽参来,他猜赵匡胤一共准备了两支,一支通过张永德送给皇上,而另一支竟然是给了他!赵匡胤是不想留在固安县城,是想来皇上身边啊。

“皇上,老奴有话,不知当说不当说?”王公公想了想,索性和皇上说说开,也许能帮上赵匡胤。柴荣喝了药,把碗给了王公公。王公公递上白水,让他漱漱嘴,然后道:“皇上,虽然皇子年幼,但是也该立为王储,以免国人虑念!”

柴荣点点头,道:“是啊,可符皇后如此年轻,而宗训又如此年幼,将来他们孤儿寡母,如何自处啊?朕真担心他们生在帝王之家,不但不是他们的福分,相反是他们的厄运啊。”他的话音里竟然有哭腔。

柴荣一世英雄,此刻却是如此无助。王公公非常无奈,不知道怎么安慰他。“皇上,老奴能做什么?也许老奴一个人做不到,但是全体大臣协力,一定能做到,皇上您吩咐吧!”

“先召范质、魏仁浦、王溥前来,次召张永德、李重进前来,让他们分头来觐见吧。你亲自去把皇后和皇子接来!”柴荣吩咐道。

王公公道:“老奴知道了,这就去办。只是皇上,大臣们都希望您回京,皇上还是回京吧,住在这里,缺医少药,怎么行啊?再说,京城不能一日无主啊。”

“朕就想看看,他们在没有朕的情况下,到底能不能活。没有朕，难道天地就停止运转了吗？国家就不发展了吗？”王公公点点头，道：“那也不能在沧州啊，不如去濮州，那是您的发迹之地，恐怕也更安全些，离京城也近。”

柴荣点点头。

“皇上，可宣赵匡胤前来护驾。”王公公又悄声补充道。

柴荣叹气，然后躺下，闭上了眼睛。王公公给他盖上一条羊毛毯，轻轻地走了出去。

山的北面还有冰块，尤其是峡谷中的冰还没有化开，但是天气已经开始热了，走到太阳底下的时候，人就起汗，而一旦走到山阴里，人又冷得不行。

赵匡胤带着队伍，从固安县撤退，时值正午，大家都想休息，赵普却不同意。

“将军，我们应该尽快赶到沧州，如果让李重进先到，我们就没有机会了。”

赵匡胤不相信他们有什么机会，对赵普厉色说道：“在我们面前还有好几道沟坎，我们有什么机会？顾命大臣？托孤之臣？我们都赶不上，无论如何赶，都赶不上那些位置早就排在我们前面的人。你以为我赶回去是要争你说的那些？不是，我要是为皇上尽忠，保护皇上！”

赵普没什么好说的了，放松了马缰绳。赵匡胤见赵普似乎明白了过来，就不再搭理他，一扬鞭子，跑到队伍前头去了。

这时，王彦升、楚昭辅等赶了上来，王彦升问道：“先生，将军到底怎么说？他骂你了？”

赵普点点头，王彦升道：“将军他就是这个样子，愚忠。皇上都要不在了，他还忠于谁啊，谁要他忠啊？你也别担心他，他现在就是脑子不开化，我们兄弟知道您的心思，您有什么事，就直接吩咐我们，我们直接做了得了，要是将来他怪罪下来，我顶着！我都是死过一回的人了，还怕什么。再说了，我们这是为他好，为大家好！”

赵普点点头，问道：“罗彦环可在？”

王彦升看看四周，用手上的刀背磕了一个士兵一下，道：“你去把罗彦环罗棒子找来，就说赵先生有事找他！”

那士兵“喏”了一声，拨转马头去了。王彦升凑到赵普跟前，问：“你是不是有什么计谋，要我做什么？”

赵普一边沉思，一边道：“回头你和罗棒子一起去，这事得小心着点！”

一会儿，罗彦环催马过来，跳下马对着赵普施礼道：“先生，我来了，你找我有事？”

王彦升叫道：“叫你肯定是有事了，不过你也不用这样大动干戈，每次都下马行礼，累得慌！”

罗彦环看看王彦升，也对他行礼道：“王将军，好啊！”

赵普把他们几个拉到路边，悄悄说：“我要你们骑上快马，马不停蹄赶往濮州。我预计皇上不日起驾，到了濮州会做停留，皇上会在那里接见各位大臣，安排身后事！”

罗彦环是第一次听说皇上要驾崩了，脑子“嗡”的一下，说：“先生，这可是杀头的话啊，您跟将军商量过了吗？再说，皇上真的要驾崩了？”

赵普道：“这个时候，只有赌一把了，我们赌赵匡胤将军成为顾命大臣！”

王彦升听罗彦环这样说，非常不满，说道："罗棒子，你是不是不想干？不想干就早说，我的刀可是不认人的！"他摆弄着手头的刀，罗彦环哪里真怕他，只是感到震惊，没有思想准备。"我不是这个意思，为兄弟我死一百次也不会眨眼睛，可这事太大了，咱们得谨慎啊！"

赵普道："当前的形势是，几个文臣我们干预不了，但魏仁浦排进前三是没有问题的。关键是我们赵将军是否也能排进前三，关键是军权！"

罗彦环道："李重进、张永德、李筠、慕容延钊……这些人排在将军的前面，的确是不好办啊！怎么才能让皇上想起将军呢？"

赵普道："如何让皇上想起将军，我已经安排了。皇上身边有王公公在就好办，前时我让人带了两支辽参去沧州，一支通过张永德献给皇上，一支我特地偷偷送给了王公公，我想王公公一定能明白我们的心。我思来想去，皇上要安排顾命大臣有两种方法，一是安排李重进、张永德两位将军直接留京，拱卫新皇帝，一是把李重进和张永德外放，让他们一个守卫南边，一个守卫北边，而在京城建立一个以文官为核心、以年轻将官来辅佐的班底，这个框架里，如果有我们赵将军和韩通等人，就有机会了。"

罗彦环点点头说："你这么一说，我就明白了，这次我们回师就是要让将军快快出现在皇上身边，影响皇上的决策？"

"对，不仅如此，我们还要促成第二方案，让第二方案在皇上心里扎根。"赵普道，"这就要我们有些谋划了！"

王彦升道："赵先生，要比脑子，我们不行，要比行动，我们肯定行，你说吧，要我们做什么？"

赵普道："你们真的什么都愿意做吗？你们敢吗？"

王彦升瞪着眼睛道："我们何时怂过！你放心吧，我们的命都是赵将军的，只要是为将军好，我们可以舍命！"

"舍命倒不用！"

赵普从马鞍袋里掏出一块木牌，打开让罗彦环看。罗彦环一看木牌上写着"都点检做天子"，倒吸一口凉气，道："先生，这可是对我们殿前司大不利啊！"此刻做殿前司都点检的是张永德！

赵普正色道："殿前司只能有一个人出线，你希望这人是谁？如果张永德将军出线，那我们赵将军还有希望吗？"

罗彦环道："这可能要出大事！"

赵普道："放心，谁都不会相信这个牌子。只是皇上看到这个牌子，一定会受到影响，李重进和张永德将军不会死，但他们也许也不会进京。我们只是不希望他们进京，我们要的不过就是这个结果！"

王彦升道："罗棒子，我们就听先生的，先生哪里会害将军。"

罗彦环拿了木板，放进自己的布袋里，对赵普深深一礼，道："先生，这事就到你我他为止，你也别让他陪我了，我一个人去，如果出了事，你们就当不知道，我会自我了断，绝不会让你和将军牵连进来！"

王彦升拉住他说："不行，我要陪你去，你一个人去，我不放心！"

罗彦环道："有什么不放心的？这又不是去打仗、杀人、放火，两个人去，路上反而不安全！"

赵普道："我反复想过，你此去危险重重，边关上到处都是巡查军士，你一路西行，要用上将军的令牌，但进入沧州之后，就不能用令牌了，万一被人搜身，搜出木牌就会非常危险！"

王彦升道:“我来护送,远远地跟着,如果出现巡逻队纠缠,那就上去帮忙!”

罗彦环握了握手里的剑,问:“你是说,你来杀人?”

“对! 我来杀人,你跑!”王彦升道。

濮州,柴荣大帐。一股股的药味弥漫着整个帐篷。范质、魏仁浦、王溥风尘仆仆地赶到,在大帐外扑打着身上的灰尘。王公公掀开大帐的帘子,他们立即闻到了一股说不清的味道,范质内心充满了不祥的预感,这多么像死神的味道啊。他想起当初,先皇郭威弥留之际,四周也是这种味道。“皇上,您还如此年轻,大周还完全离不开您,您怎么能撒手不管? 唉,您早该听我的,不要出征,您不听。早该听我的,不要这样操劳,您不听。如今大周该何去何从? 哪里是大周的未来啊?”范质不禁老泪纵横。王溥看见范质这样,心里也难过,他也已经听说皇帝不肯回京,要在这里养病,这个架势,是要做最后的打算啊。王溥道:“老丞相,你别这样,这样见皇上,不是让皇上更加难受吗? 我们得高兴一点,千万不要这样!”他扯扯范质的衣袖。范质会意,用袖子擦擦自己的眼睛,他老眼昏花,胸前抱着一摞文书,正要进大帐,脚似乎跨出去了,却根本没跨进门槛,结果一个狗吃屎,跌进了大帐。魏仁浦心事重重,没有注意范质,但范质“扑通”跌进去,还是把他从沉思中惊醒了。他拉住范质,两个人搀扶着,走到皇上跟前。

皇上脸色蜡黄,皮肤呈现出一种亚麻色,血管和血液流动的样子都映出来了。

他半躺着,手指动一动,让三个大臣看他身后的符皇后和皇子柴宗训。他声音虚弱地问道:“你们见过皇后和皇子吧!”

三个人见过了符皇后和皇子，皇后和皇子显得特别可怜，两个人一个十八岁，一个八岁，都还是孩子，毫无政治和军事经验，要在这虎狼之世让大周站住脚跟，在这虎狼之臣中立住身形，如何是好啊？

范质道："皇上，微臣带来了一些奏章，请皇上定夺！"

范质其实也知道这话是说说的，皇上都这样了，还怎么定夺，只求皇上说一句"你们自处！"然后把自由裁夺的权力交给他们就好了。果然，皇上道："就交给你们几位，由范先生您为首，枢密院自行裁处！"

魏仁浦道："皇上，微臣还是请皇上摆驾回宫！这里缺医少药，不好将养；更重要的是，京城百姓、全国百姓都想念皇上，希望皇上回到宫中，执掌朝政啊！"

魏仁浦说着，声音就嘶哑了。

柴荣摆摆手，不让他们说话，让王公公拿来一件东西。王公公捧着一个盒子进来，盒子里是一块木牌，上面写着"都点检做天子"六个字。

王溥道："皇上，这是有人故意作乱，要害大周啊！"

范质老成一些，沉吟着。魏仁浦则反复端详着那木牌，道："皇上，这东西哪里来的？谁给您的？"

王公公道："是夹在粮草中而来，一个军士发现，密报上来的！"

范质道："皇上，此事不可全信，但也不可全盘忽略！坏就坏在他是假借天意，妖言惑众。一来此事说明张永德将军不是不可靠，而是更加可靠，但他留在京城是不可能了，会人心惶惶，甚至会有人鼓动他造反。可以撤他都点检之职，但也可以授他天下兵马都元帅的虚职，实领沧州节度使，驻守边疆，防止契丹和北汉侵扰，同时，皇上可授他密旨，给他生杀之权，如京城有不测，可以率兵回京勤王！为了限制他，同时可以授予李重进同样的权力和职位，让李重进实领扬州节度使之职，驻守南边，防止南唐作乱！”

魏仁浦听了点点头，已经接到赵普密信，要他排斥李重进和张永德，现在这个想法被范质说出来了，他有点儿高兴，自己不用直接说这番话了，他又有点儿疑惑，难道范质也被赵普策动了？他一边看着皇上的反应，一边接着范质的话，慢吞吞地说：“文官中，我们三人会料理一切，您放心。武官中，我觉得忠心耿耿，又稍稍年轻，且容易掌控的就是赵匡胤和韩通！可让他们一个挂副都点检职，一个挂侍卫司马步军副都指挥的头衔，让他们互相牵制，作为留京禁军和侍卫军的实际指挥。”

王溥道：“这样，实际上赵匡胤就是殿前司的总指挥了，因为张永德将军不再任都点检了，而韩通却是侍卫司的副职都指挥，地位低了，如何制衡赵匡胤啊？”

魏仁浦看看范质，希望范质能发表意见，但范质却不说话，他只好说：“殿前司有兵马不过二十二万，而侍卫司却有兵马三十万，两者本来就不平衡，侍卫司负责全城防御和野战，权限实在是太大了，而不是太小了！”

王公公看他们三人讨论有了争执，悄悄地递上茶水，想出了招数，说：“这水啊，要端平不容易。有的时候，你感觉面上平了，实际上里面很不平，关键是看人心，心平了，一切就都平了。”

范质道：“秦始皇时，世上有谶语，‘楚虽三户，亡秦必楚’。可不？后来起兵闹事的是楚人，陈胜、吴广，是楚人，项羽也是楚人，由不得人不信，也不能全信。如今‘都点检做天子’的谶语，已经在坊间流传了数代王朝，也应验过数回，到了我大周，由不得人不信，也不能全信。依老臣之见，将来都点检一职就空着，不要再任命他人了，副职作为过渡，慢慢地也去掉吧！”

“范老丞相老成持重，就按照范老丞相的意思办吧。”柴荣睁开眼睛，看看他们仨，又指指符皇后和柴宗训，“朕就把他们两个托付给你们了！”他又对符皇后和柴宗训道，“以后，有什么事情都要仰仗三位大臣。宗训，你要视三位丞相为父亲，以后要像尊重朕一样尊重他们！”柴宗训听懂了父皇的话，对着三位深深一揖道：“三位相父，以后要请你们多多关照了！军国大事都请三位做主！”三人立即明白了，这是皇上托孤啊，便立即跪了下来回答道：“皇子，我们都是您的臣子，做什么都是应该的，您有什么尽管吩咐，我们万死不辞！”

柴荣累了，但还有很多话要说，轻轻说道：“你们是老臣，恕朕直言，代表的是老臣的利益，你们中多少人是世袭，几代为官的？只有王溥，是贫寒人家考上来的。李重进、张永德呢？你们年事较高，身边利害关系复杂，大家族盘根错节，给赵匡胤和韩通一点儿机会，他们可以代表下层军官和民众，至少他们身边聚集着的是一批小人物，他们想向高层爬，积极性高一些。”

三人点头称是。柴荣又说：“另一方面，这也会有危险，他们太年轻，不守规矩，难免有不满和反骨。其实，等他们真做大了，就会知道做大的难处，朕为什么没有推进均田和均税？就是要平衡各方利益。如果这个国家没有那些贵族和大户，全部依靠贫民，那么国家就难以组织起来，出现危险的时候，就没有人真正站出来维护我们。如果全部站在大户的立场和利益上来考量，那么民众就会起来造反。如何把握这个度，赵匡胤和韩通还不够格！不过，朕走以后，你们一定要逐步放开，尝试均田和均税。另外，就是儒、道、佛三家，儒生不可全信，道家不可放任，佛家一定要限制！这是我大周既定国策，不得更改。朕走以后，大周要由文官主政，枢密院由文官执掌，万不得用武官，大周要用法治，《大周刑统》尽管还有弊端需要再改，但是朕时间不多了，要趁朕还在的时候颁布实施。朕说的是，三天内要颁布实施，由朕来颁布，对将来你们实施有好处，人人要守法，就是皇上，也要尊重法律。对官员的管理和惩戒，宗训，将来你也要依照刑统。当年大唐王朝为什么失去朝纲？就因为官员们可以不受法律的限制，他们超越法律之上，兼并土地，抢夺他人为奴，大唐才垮掉了。"

柴宗训道："父皇的话，我记下了！以法为绳，可以正国！"

王公公看着柴宗训，觉得这孩子有一股子气场，将来不一般。他有点儿后悔当初自己没有亲自带这孩子，否则今日又何必如此惶惶地找人做靠山？这孩子就是个依托！

柴荣闭上眼睛，挥挥手。王公公道："皇上，那我们这就出去了，您先歇着！"

赵匡胤命令军队停在沧州，他要好好想想，这个时候绝不能出错。京城里，石守信来了密信，告诉他到处都在流传"都点检做天子"的谶语，他知道，那是赵普的计谋成功了。这不是他想要的结果，张永德是他的大恩人，没有张永德，就没有他赵匡胤，如今他却要亲手葬送张永德的政治前途，关键是张永德被拉下马之后，李重进会不会同时被拉下马？

按照赵普的想法，如果张永德不能回京，皇上一定不会安排李重进回京，如果是这样，就该轮到他和韩通了。韩通不过武夫而已，不足挂虑，但皇上会不会把慕容延钊、李筠这样的人安排进军队高层，让他们进京呢？

此刻，赵匡胤到底该干什么呢？

他大声喊军士："来人，叫赵普来见！"

他的声音还没有落下，赵普就掀起门帘进来了，忙说道："将军，我就等在门外呢，不敢走开，就知道你要叫我！"

"你来得正好，立即下我的命令，让潘美和萧思温交换战俘，不得和萧思温接战，写战报给皇上，萧思温代表契丹求和，北境已经无忧，让皇上放心。同时也请示皇上和谈的条件，双边开埠，互利互惠开放贸易，我国每年提供五十万两白银给契丹作为货币使用，而契丹提供三十万张狐皮，或者十万匹马作为交换！写得越细越好，立即起草双方盟约！"

赵普道："我已经找好了班底，今晚就动手，一定要让皇上相信北方战事已经结束，您可以回去了。一定要让皇上相信，北方契丹怕您，只要您主事，他们就不会再来闹事，而您有能力处理两国事务！"

赵匡胤看看赵普说："赵先生，好好做事，不要多想。自作聪明，往往被聪明耽误！"

赵普蹙眉道："知道。这个时刻，谁都不能自作聪明！"

"撤下我军营的旗号，所有的人都不能出营。就地休整，等待皇上命令。"赵匡胤道。

王公公蹑手蹑脚地进来，把皇上的被子拉了拉。皇上睁开眼睛："是你啊？什么时辰了？"王公公被吓了一跳，恭敬地问道："皇上，您没睡啊？""睡不着，一睡觉，脑子里就是先皇和当初被汉主冤杀的那些亲戚们，难道是他们来找朕去了吗？"柴荣想翻个身，伸手给王公公，王公公托起他的屁股，慢慢地给他翻。他转了一半，髋骨靠在了床垫上，疼痛难忍。“皇上，您太瘦了，都是骨头，您该多吃点儿！”王公公道。说着，王公公俯身到皇上的耳边，“皇上，人奶最有营养，老奴找了个奶娘，刚刚生娃不过三天，而且是头生娃，奶水好，让人试过了，健康着呢。老奴让她挤了奶，放在暖壶里，现在还暖着呢，您喝口尝尝？如果觉得胃口不好，老奴让人做成酸奶，这样更好吃些，也卫生。”柴荣点点头，他有强大的求生意志，要一统江山做天下共主，要让大周成为万世敬仰的太平盛世、天上国家。可是，天不假我以年！他喝了一口奶，味道很腥，但还是坚持着喝了两口，“这样吧，还是做成酸奶吧！”这些天已经好几次了，他想吃，可等御膳房做好后，他却又不想吃了。酸奶会不会也是如此？“王公公，李重进、张永德到了吗？”

王公公愣了一下，一边思忖一边说：“扬州那里出事了，南唐有个叫李博闻的人，带着一万人马来犯我境，事情紧急，李重进赶去扬州处理去了。张永德和赵匡胤正在北境，契丹来使求和。皇上，他们来了奏章，想问您是否准其求和？”他真佩服赵普，早早就预见到了今天，而赵普给他的说辞，这会儿都派上了用场！

“张永德和赵匡胤，他们还是有能耐啊，只要有他们，北境就可保无虞。那个南唐，难道真的还有异心？难为李重进了，没有他扬州不安全，我大周南方不安全啊！”柴荣忧心忡忡道，“请张永德进来吧！”

大帐之外，李重进和张永德垂首立着，李重进焦急地搓着手，看见王公公出来，连忙走上前问：“王公公，皇上身体怎么样？能见我们吗？”

王公公道:“皇上身体好些了,只是还有些累,皇上口谕,请李重进李将军急速回扬州驻扎,防止南唐作乱,命张永德将军速速赶回瓦桥关,主持和谈!”

李重进脸上流露出失望的神情,张永德也焦急地说:“还是让我们见见皇上吧,我们不放心啊,王公公,帮忙通报一下!”

王公公轻声说:“皇上反复说了他无妨,要两位将军回去,尽好两位的本分则可!”

李重进一跺脚,道:“唉! 大周就要败在你们这些人的手里!”说完便转身走了。

张永德被李重进的态度弄得有点儿摸不着头脑,愣在那里。看着李重进走远,王公公悄声对张永德道:“到处都在传都点检做天子的谶语,都点检,您可得聪明着点儿啊!”

张永德一拱手,问道:“王公公,还请王公公示下,我到底该如何?”

王公公道:“大周正缺您这样的人守护边疆,尤其是沧州地界不平静,如果将军这个时候要求辞去都点检的职位,到沧州任节度使,皇上一定能感受到将军的忠心!”

张永德点点头道:“王公公,我知道了,多谢公公提醒。”他给王公公施了个礼,转身走了。王公公看着张永德的背影,摇摇头。

王公公回到大帐内,皇上闭着眼睛,想是睡着了,他在皇上身边轻轻地走动,又搬动东西,轻轻地弄出一些声响,果然,皇上被吵醒了。“王公公,现在又是什么时辰了? 我刚才睡了多久?”

王公公道:“皇上,这已经是酉时了,您已经睡了两个时辰了,该吃药了!”王公公又端起药,一口一口地喂给皇上,“皇上,赵匡胤派人来报,契丹求和,请示谈判的法度。他起草了一个和约,想让您过目!"

柴荣点点头,道:"朕最担心的就是契丹,这次能和谈,有个一二十年的和平,那就是我大周万民的福祉啊!"

王公公道:"这事重大,是皇上此次亲征的重大胜利,应该让他亲自来汇报一下,也许可以搞一个庆贺仪式,冲冲喜气!"

柴荣摇摇头,回答道:"仪式也许朕看不到了,你让赵匡胤来吧!对了,李重进和张永德怎么还没来?"

4. 柴宗训登基

符皇后给柴宗训正了正帽子,然后戴上流苏冠,流苏冠许是太重,或者是不合头型,戴完,柴宗训的脖子就梗住了,前后左右都不敢动,像是怕帽子掉下来。王公公也给柴宗训整理了一下,重新解开帽子的扣,放松了一点,再系上。这会儿柴宗训更是不敢动了,一个小太监安慰柴宗训道:"皇上,您不用怕帽子掉下来,掉不下来,系得妥妥的,放心好了!"那是跟着柴宗训一路长大的太监小安子,王公公听了小安子的话,瞪了他一眼,厉声道:"小安子,你是找死,你胡扯什么掉不掉帽子的,皇上的帽子是能掉的吗?这话也是你能说的?"小安子立即低眉道:"皇上,小安子该死,小安子该死,小安子说错了!"柴宗训看看小安子,不知道他到底说错在哪里,不明白小安子干吗那么怕王公公,道:"小安子,你不用道歉!"小安子更加紧张了,忙说:"皇上,是小安子错了!"柴宗训皱皱眉,转身走到勤政殿前的台阶边,那里有几只鸽子正在嬉戏,道:"小安子,拿点儿食来,帮我喂喂它们!"小安子听了,像是解脱了一样,一溜烟地跑了。

太阳还没出来,那些鸽子怎么这么早就起身来这里觅食了呢?

柴宗训细看着，才发现那些鸽子脚上都系着绳子，绳子很细，不细看很难发现所有的鸽子都用一根绳子系在一起。“这些鸽子是用来干吗的？放了它们吧！”柴宗训道。王公公答：“皇上，这些鸽子是用来庆贺大典的，一会儿登基大典完成就会放了它们，让它们把新皇登基的消息传遍五湖四海，也把皇上的恩德传遍五湖四海！”

这时，范质气喘吁吁地走来，到了柴宗训跟前，跪下道：“老臣叩见皇上！”柴宗训扶起范质道：“枢密使大人，请起！”范质颤颤巍巍地道：“皇上，登基大典开始，请皇上上殿！”柴宗训一看，天色微明，太阳还没有出来，他想不通为什么不等天亮了再登基。黑灯瞎火的，这也由不得他了，前导的太监打着灯笼，他跟着那个太监一路走，到了丹陛下，那个小太监退到他身后，用灯给他照着台阶，让他上丹陛，登龙椅。他回头看看符太后说：“母后，您站在那里？”柴宗训不是符太后所生，然而此时，他感到最亲近的人只有符太后了。符太后道：“您是皇上，母后也得祝贺您啊！”

柴宗训又是皱眉，一个人登上龙椅，龙椅上摆着金黄绸缎缝制的垫子。他坐在垫子上，发现脚够不着地，这些太监竟连这个都没注意到，心想有朝一日，他要把这些太监全部都换掉，让小安子各打他们五十大板！

门外“嘭”的一声，接着又是一声，礼炮响起，然后是各色人等鱼贯而入，柴宗训坐得太高了，离那些人又太远，根本看不清楚那些人的面貌。然而，在所有人中间，有一个人却入了他的脑子，那就是赵匡胤。他长得太高了，比常人高了一个头，还是个红脸。这个赵匡胤，他在父亲的房间见过，父亲让他拜赵匡胤为义父，要赵匡胤照顾他，然而柴宗训从内心里却非常怕赵匡胤，他想不出赵匡胤有什么特别可怕的地方，可就是怕。

有太监高声喊："殿前司都点检赵匡胤觐见！……"

柴荣还是让赵匡胤做了新都点检，赵匡胤取代了张永德！

"都点检做天子。"

大街上，屋子里，灶膛间，寺庙里，军营里……到处都在流传着"都点检做天子"的谶语。

范质忧心得睡不着觉。

这谶语先皇在世的时候不是已经处理过了吗？现在怎么又来了？这是在妖言惑众啊。是不是有人在捣鬼？要么是赵匡胤的人在捣鬼，试探民心，要么是赵匡胤的反对者在捣鬼，要害赵匡胤？

范质是个史学家，熟读史书，又历经数朝，知道各种掌故。

当年，郭威大军反叛后汉隐帝刘承祐，带兵进京，按照当时的规矩，要士兵们支持他叛变当皇上，他就得允许士兵叛乱后抢劫剽掠一把。郭威进京，杀了刘承祐之后，自然也是如此，纵兵大掠三天。京城的百姓对此早有预料，多数都默默地忍了。可是，有个叫赵童子的人，知书达理，善于骑射，看到郭威大军到处抢掠，愤愤不平地对大家说："枢密使郭太尉，志在杀贪官污吏，杀奸臣，他发的是义兵，军队当然也是义军，如今这帮宵小之辈到处烧杀抢掠，是强盗不是义军，他们的做法肯定也不是郭太尉的意思，他们一定是瞒着郭太尉在做，我们应该反抗。如果有谁来抢劫，我们就杀了他们。"这个赵童子就带着一些乡亲在巷子口筑起了工事，张弓搭箭，所有试图来抢劫的军人，要么被他射死，要么跑开了，就这样他保住了一方平安。更重要的是，乡亲们为了感谢他的恩德，纷纷主动拿来各种东西给他，回报他的东西堆得像座小山一样，他却说："请大家不要侮辱我，我这样做岂是为了这点儿利益？我不是利令智昏的人，东西你们还是拿回去吧！”这事传到了郭威的耳朵里，他感到很震惊，私底下对柴荣说：“我曾经听到一个谶语，说‘赵氏合当为天子’，这个人如此收买人心，又击我痛处，才略和度量都不是一般人物，很可能就是找来应验谶语的人，不早早除去他，我们的地位恐怕迟早有一天保不住！”后来郭威让人诬告他，最后将其斩首了。

而如今，“都点检做天子”的谶语又起，联想起太祖郭威在世时的这段故事，范质心里特别不踏实。如果柴宗训有什么意外，他这个当老师的恐怕是要跟着完蛋的。

然而这又是莫须有的事，拿不到台面上来说，他想来想去，还得和几个枢密使密商才行。

他来找魏仁浦，想跟魏仁浦商量此事。

魏仁浦的家，他还从没来过，做了那么多年同僚，竟然没有走动过，他也觉得有点儿奇怪。

魏仁浦的宅子在鸿菊巷，他让轿子到鸿菊巷门口停下，然后走进去没几步，就看到一高大门楼，上面写着“魏府”。这宅门，可比他家的大多了，这魏仁浦平时挺低调，家宅可不低调，他心里说。他上前敲门，一个家仆开了门，看看他，冷冷地问：“你找谁？”范质问：“这是不是魏仁浦魏大人的家宅啊？我是范质，特来访他，请通禀一声！”那人上下打量着他，那眼神真让人不舒服。他今天穿的是便服，掸掸身上的灰尘，道：“麻烦您通报一声，在下范质！”那人不乐意了，说：“这是宰相府，不是什么人都能来的，要是什么人都来敲门，每个人我都要通报一声，我不忙死了？”范质耐住性子说：“我是范质，烦请您通报一声，你家主人一定会愿意见我的。”那人根本不理他："什么'饭质'，我还粥质呢。你该哪儿去哪儿去！你要我通报，我跑腿不累吗？"范质一听，这是索要钱财啊，他摸了一下，平时也不带钱，有点儿尴尬，道："您只要通报了，我回头一定给你赏银，我的轿子在巷口，没有进来，怕打搅了你家大人，一会儿我就让他们进来给你送钱！"那人更加不乐意了，说："你以为我是要你钱呢？我是不会要钱的，但也不会让你这种人混进相府！"说着，"嘭"的一声，门关上了。

范质心里憋屈极了，闷闷地出了巷子，管家惊讶道："主公，您不是找魏大人谈话吗？怎么这么快就出来了？"他气愤地说："别提了，我连门都没有进，那个家仆根本不帮我通报，气死我了。"管家一听，道："主公，这是我不好，我应该跟您进去的，这个时候，您拿点儿钱打点，他们来来回回通报，也要费腿脚，大家给点儿小费也是应该的。"他大吃一惊道："你知道这个，你怎么不早说？我们家是不是也这样，你们都管来访的人要小费，不给就不通报？如果是这样，有多少穷人和乡亲会因为没有钱打点你们而见不上我？"管家道："我们是不收钱的，但主公，我们也的确帮你挡掉了很多人，如果不是这样，您天天见人，分分秒秒见人，还见不过来呢！"那管家吩咐轿夫，抬上轿子进巷，进到魏府门口。那管家上去敲门，还是那个家仆开的门，管家大声吩咐道："你快去通报，你家大人的顶头上司范大人到了，请他快快出来迎接！"那家仆一听："什么范大人？"范质的管家喝道："你还不去通报，误了事，拿你是问！你只要说范大人到就可以了。告诉你，我们等不得，要是你家大人出来迎接迟了，我们就走了！"那家仆这才哈哈腰说："您等会儿，我这就去通报！"

一会儿，魏仁浦小跑着出来，打开大门迎接范质。范质在魏府的轿厅下了轿子，这轿厅比他家的客厅还大，头顶的梁是金丝楠木的。“魏大人，您家的门槛高，进不来啊！”魏仁浦听范质这样说，脸上稍稍有点儿挂不住，忙说：“范大人，您看，我家的门槛再怎么高，也高不过您的啊，您是我们所有人的主心骨！”范质从鼻子里“哼”了一下，魏仁浦倒是谦恭，立即吩咐人准备花厅喝茶。两人走到花厅，这边已经布置好了，窗前是一丛松枝，外带一丛菊花，远处是一点山影，中间是一池塘，里面盛开着荷花，远近点缀着一些太湖石。花亭内里，是大红木的茶几和椅子。两人坐下了，魏仁浦递上茶，问道：“范相，您怎么亲自来了？有什么事，您吩咐一声，小弟来访您啊！”

“魏相，我是急啊。大街小巷都在传‘都点检做天子’，你可知道？”

魏仁浦哈哈笑起来，道：“这种无稽之谈，范相，您也相信？”

“不由得不信，京城里民众都在说，人人在嘀咕啊。你不觉得可怕？”

魏仁浦又哈哈两声，道：“我不觉得可怕，谣言止于智者！”

范质心里怀疑起来，这个魏仁浦怎么回事？难不成他已经被赵匡胤收买了？想到这里，范质不禁后悔起来：如果真是如此，那我不是成了他们砧板上的肉？于是，反问道：“魏相，听说你跟赵匡胤很私交甚好啊？”

魏仁浦道：“我跟赵匡胤这些武官能有什么来往？只是偶尔在皇上的要求下跟他们有一点点交游，私下是没有来往的，范相就不要怀疑我了！”

范质又道：“我观这座宅子，气象广大，内涵万千，恐怕所耗不菲吧？”

魏仁浦道:“这宅子倒是花了些精力,是因为我的弟弟在经商,他为了孝敬父母,帮着置办起来的!”

魏仁浦的回复天衣无缝,范质找不到漏洞。他的态度不卑不亢,范质犹如碰到了一堵看不见的墙,这墙分明就挡在他俩之间,但就是推不倒,也不知从何处推。

范质还是有点儿不甘心,又问道:“魏相,你说说,这个赵匡胤,我们要不要提防一下?”

魏仁浦道:“如何提防?当初不就是因为一个‘都点检做天子’害了张永德,结果才出的赵匡胤么!现在又因为这个原因把赵匡胤也撸掉,还会出下一个都点检、下一个赵匡胤的。恐怕还真不好预料,下一个都点检是什么样的!”

“总归还是要防范一下吧?”范质道。他有点儿失望,魏仁浦也是先皇的托孤之臣,他现在这样的态度,恐怕大周江山就要葬送在他的手里。

太后寝宫内,符太后正和几个宫女在插花,一个宫女拿了花进来,符太后帮着一起插,大家都说太后插得好看。

柴宗训从门外走进来,在符太后身后轻声道:“给母后请安!”

符太后没看见柴宗训进来,柴宗训声音太轻了,她也没有听见。

柴宗训的脸上透露着一个少年所没有的成熟和忧虑。他手里拿着一份奏章,是礼部侍郎郑起的,柴宗训虽年幼,但他知道这份奏折非同小可。郑起在奏章中称赵匡胤必起兵谋反,应该立即削夺其领军之权,移其官位,以观察动向。这封奏章是郑起实名呈报的,看来郑起是认真的,但郑起在奏章中又没有列出有力的证据。

这时，王公公道：“太后，皇上来了，他给您请安呢！”

符太后这才转过身来。

柴宗训把奏章递给符太后，说道：“母后，您看看。”

符太后打开看后也忧虑起来，皱着眉头说道：“应该不会吧。听王公公说，赵匡胤可是一个忠臣！”她对着王公公道，“王公公，您伺候先皇，了解这些大臣们，您说说呢。”

王公公道：“老奴只懂得照顾皇上和太后娘娘，不懂政治，跟这些人也不认识，老奴只是觉得赵匡胤不像是要造反的样子！”

符太后想来想去，还是不放心，说：“知人知面不知心啊。王公公，招我妹妹进宫来，哀家想跟她聊聊，另外，也一起请王燕儿来吧，好久没聚聚了！”

王公公道：“娘娘，您可得留个心眼，虽说你们是姐妹，可现在您是太后，而您妹妹是赵匡义的夫人！大周一家，但符和赵可也是两家呢！”王公公心里想的是，平时他在太后身边说了太多赵匡胤的好话，此刻应该稍稍给自己留条后路。

符太后道：“放心，哀家不会那么笨！”

太后寝宫内，一众宫女们忙来忙去地端来各式菜品。符氏姐妹、王燕儿三人坐着。符太后道：“你们看，先皇在的时候，你们来得还多些，如今反而来得少了！”

王燕儿夹了一筷子菜，放在眼前的勺子里，便说：“太后娘娘，我们想您，也想得紧呢！只是怕打搅了您的清净，赵匡胤这几日也在说，要请您到我们家去看看，当初，要不是您赐婚，又来亲自主婚，我们可没有今日！”

符太后正色道：“你记着这些，哀家感到很欣慰，当年先皇在的时候，一直说将来真正的忠臣一定是你们赵家，他一直惦记着你，把你当亲妹妹。现在先皇不在了，你可不要忘了我们母子，要多来看看！”

王燕儿被太后说得有点不好意思了，道：“太后娘娘，您要多保重身体，您要我们多来，我们就一定多来，随时都可以来，住在宫里陪您都可以。我和都点检，我们大伙儿，只想大周平安，只想着太后您平安。”

赵匡义的夫人符小珍也道：“姐姐，你要是闷了，就来我们家里看看，家里可热闹了。天天一大早，匡义他们就打拳、出操，上午开课听讲，下午下棋，还经常出去骑马，这些男人玩的东西也不错。你看，我现在也会骑马了，还能射箭呢！”

符太后听了符小珍的话有些好奇，也有些警觉，便问：“你们在家里练兵？每天早晨出操，有多少人啊？”

符小珍没听出符太后话音里的疑问，凑到姐姐跟前道：“也不知道他哥是啥想法，一大家子，五六百人，男的天天早上都要出操，弄得家里也打打杀杀的，不过挺好玩的，我现在每天也参加出操！这些天，我们在练习阵法……”

王燕儿挡住符小珍，回道：“妹妹，你可是误会啦，那不是出操，那是家人的早课。匡胤他是军人，他觉得每天早晨统一吹号，让大家一起起床，可以让家里热闹些。每天一早大家早早起床，多做事情，主要是为了鼓励德昭、德芳两个孩子，要学好文武，将来报效国家呢！”

符小珍听王燕儿这样解释，马上改口道：“对，对。主要是为了德芳和德昭两个孩子，养成晨读、晨练的好习惯！”

符太后不再追问，换了个话题问：“妹妹，你什么时候给哀家添个小内侄?”

符小珍听了,脸一红,王燕儿道:“太后娘娘,小珍她已经怀上了,我看她特别喜欢吃酸的,说不定是个男孩呢!”

“姐,我生孩子,您可得来看我,我怕着呢!”符小珍道。

符太后笑道:“没事,到时候哀家派太医来,为你接生。你生的可是皇亲国戚,天上的众神也会保佑你呢!”

王燕儿道:“大周国运昌盛,小珍妹妹一定能生个儿子的!”

三个人正说着,王公公进来了,道:“太后娘娘,两位夫人,赵家的轿子到了,说是来接两位夫人的!”

符太后笑道:“你看,你们都还说要多陪陪哀家呢,现在你们的轿子都到了,都回去钻你们的暖被窝吧,哼,你们哪里是来真心陪我的?”

说着符太后吩咐王公公:“把哀家准备的礼物给她们搬上,南唐国主送来的香蕉,刚刚到的,你们拿去尝尝,还有吴越的钱氏送来的海鱼干,尤其是那个干贝,真是鲜着呢,你们拿去分分!”

符小珍听姐姐这么说,眼睛就红了,道:“姐,我今儿个不回去了,我陪你!”

王燕儿知道她们是亲姐妹,应该给她们两人单处的机会,就道:“这样吧,妹妹,你就留在宫里。回去我就替你跟匡义说说,我们两个轮着来陪太后,这样太后不寂寞了,我们家里也照顾到了。”

符太后拉着妹妹的手道:“放你们回去,只要你们多来看哀家,让哀家知道外面的情况,特别是要多支持两位将军为国效力!”

王燕儿和符小珍上了轿子往外走,远远地回头一看,符太后还站在宫门口,望着她们。

二、急迫兵变

1. 龙袍

宽窄巷，王公公的府内。屋里除了一桌一椅一橱，桌上有一面铜镜外，其他什么也没有。这里非常低调，甚至有点简陋。

王公公打开门看看，左右没人。他推开书桌边上的墙壁，原来里面有个隐藏的柜子，柜子里有两个盒子，王公公拿出上面的一盒子，里面是一堆金银珠宝。他拿出一串珍珠项链，挂在脖子上把玩一阵，又拿出一只戒指，戴在手上看了又看，然后合上盒子。他又打开了另一只盒子，里面是一件衣服，他把那件衣服穿在了身上，仔细看，原来是一件龙袍，前身绣着一条活灵活现的龙。王公公穿着龙袍，在屋里转了一圈，学着世宗的样子，敲敲书桌道："赵匡胤啊，爱卿，你是忠臣还是奸臣？"

那龙袍套在王公公身上显得特别大，王公公晃来晃去，那龙在衣服上就像活了过来，游走一般。

王公公打眼正好看见镜子中的龙袍，把自己吓了一跳，立即对着镜子跪下道："皇上，老奴伺候了您一辈子，你可得保佑老奴，老奴要是对不住您，您可得原谅老奴啊！"

说着，王公公脱下龙袍，叠好，又放回了盒子。他把那只装了金银珠宝的盒子放进墙壁里的柜子，把墙又推上。

正在这时，走廊里传来脚步声，一个小太监小跑过来报告："公公，赵普先生到了。"

王公公抱起衣盒，走出门来，转身把门小心翼翼地关上，落了锁。小太监想接过他手里的衣盒，他不让小太监搭手，忙说："不用，我自己抱着就行！"

他们沿着门廊一路快走，院子里到处是两人走动的回声，穿过一个院门，进了前院，到了厅房，赵普坐在客座上正喝茶。见王公公进来，赵普站起来，施礼道："王公公，赵普有礼了！"

王公公把盒子放在中间的茶几上，自己坐在另一侧说："赵先生是都点检大人的文胆，将来也是国之文胆啊！光临寒舍，却不知道有何见教？"

王公公这是打一个防守反击，本来就是他约的赵匡胤，但是此刻，他却想试试赵匡胤的底线。

赵普道："本来，应该是赵匡胤将军来的，只是考虑到要避嫌，赵将军托我前来。不知道王公公有何吩咐？"

王公公摇摇手，道："我一个太监，有什么可吩咐的，只是想念赵将军了，想和赵将军聊聊天而已！"

赵普似有所悟，从身下拿出一个锦盒。他打开锦盒，里面是一颗夜明珠，在灯光下闪闪发光，整个屋子似乎都被照亮了。王公公摇摇手，道："这些东西都是身外之物，你们赵将军视之为粪土，却不知我们这些太监也用不着，也是粪土罢了！"

赵普并不生气，把锦盒放在茶几另一端靠近王公公的地方。没想到王公公却是当真的，他把那盒子还给赵普说："赵先生，这个盒子就请您还给将军，就说我老了，一个太监用不着这些，还是让那些用得着的人用吧。"

赵普也不再坚持，道："王公公，目前形势逼人，将军非常为难，请公公教我们。"

王公公不紧不慢地道："山雨欲来风满楼啊。"

"不知这山雨何时来，而这风又从何而来？"

"雨从南边来，而风从北边来。"

赵普点点头，道："公公的意思是扬州和潞州？请公公明示！"

王公公不说话了，两人沉默了一会儿，王公公把那只小的锦盒拿起放在大的衣盒上，起身说："您的礼物请带回，我倒是有一件礼物，要交给你家将军！"说着，王公公用手指在那两个盒子上点了一点，站起身出门去了。

门外那个小太监见王公公出来了，闪身躲在了墙后。赵普打开盒子看了一眼，一脸惊慌，立即合上盒子，抱起出门。

小太监跟在赵普身后道："先生走好，不送。"

2. 李重进

扬州，北人都把这里当作江南，因为这里曾经是南唐国的地盘，现在经过三次战争，终于并入了大周的版图。

这是十月的秋季，汴梁的杨树已经早早地掉了叶子，而扬州的杨树却是倒垂着的，表皮上依然挂着青青的叶子，在扬州的日子总是这样，葱茏着呢！

李重进每日都来这瘦西湖边上的冶春园小憩，这里的三丁包子和蜀冈茶让他回味无穷，而冶春园里的头牌小姐胡四娘，那小馒头乳，那一声莺啼般的啁啾，那一汪湖水般的眼睛啊。他对谋事兰虎倩道:“女人的好,只有你用了才知道,你不用,不知道!”兰虎倩劝他:“她是妓女,咱们大周律法不让官员狎妓,不是有官妓么?你随便挑啊,或者把胡四娘买了,充官妓也好,带回家也好,不都好吗?”兰虎倩是怕他有危险,这些妓女多数是当初南唐统治的时候,就在这里做生意的,她们和南唐方面的关系是说不清道不明的。万一她们是细作,把李重进劫持了,或者暗杀了,那么大家都得死。

李重进并不听劝,道:“告诉你们吧,我们不是那样死,就是这样死,如果被南唐杀了,那还有史书可以记载一下,大致也是为国而死。要是被赵匡胤杀了呢?”

兰虎倩道:“属下正是忧心此事!”

李重进不满兰虎倩,便说:“你忧心此事,我也没见你给我什么建议啊?”

这会儿,李重进正在冶春园喝茶,昨夜睡得晚,一夜痛饮,早晨实在起不来。但胡四娘偏偏喊他起床,说是城里的上春首饰店刚刚进来一对翡翠手镯,料子好,是老货,她要去看。

李重进就通知兰虎倩带着人,抬了轿子在外面等并嘱咐道:“一会儿去把那翡翠拿回来,让胡小姐看看。”

李重进嘬一口茶,看看天,一对鸳鸯在湖面上悠悠地歇着,他瞄着胡四娘。这胡四娘真是美,身上没有一处不让人留恋的。胡四娘看他正盯着自己看,叫道:“该死的,乱看什么?昨晚没看够吗?”

这时,兰虎倩摇着扇子迈着方步进来,施礼道:“李大人,我到了!”

李重进知道,兰虎倩不乐意给胡四娘施礼,打招呼也让他觉得丢了文人的面子,可他偏偏要捉弄一下兰虎倩,便打趣道:“跟胡小姐见个面,打个招呼吧!"

兰虎倩给胡四娘施了一礼,道:"胡四娘,好啊!"

胡四娘也知道兰虎倩的脾气,并不计较,道:"兰先生,难为您这么早赶来。我其实是可以走着去的,一会儿我要去看一对镯子,也麻烦您帮忙参谋参谋。"

兰虎倩道:"看翡翠我不在行啊。"

胡四娘就道:"那哪个方面在行啊?"

兰虎倩没好气地道:"我什么方面都不在行,只会写写字,作作画。"

李重进叫道:"行了行了,别酸了。一会儿我们陪小姐去弄翡翠来,快快回来喝酒,让胡四娘给你也找个妞。"他对胡四娘吩咐道,"快快,找个妞来,陪兰虎倩,咱们四个先看翡翠去!"

李重进一行四人,来到上春首饰店,店主看见他们进来,立即迎了出来。四人不说话,进到里间,店主往门外看看,远远地看到街角有个男人,影子一闪,就不见了。店主皱皱眉,回到店里,让伙计看着铺面,对李重进道:"李大人,您要看的货,得到里间,这里的货,都是给一般人看的。"李重进点点头,四个人来到里间,店主拿出一堆镯子道,"两位小姐,你们随便挑!"胡四娘和那姑娘高兴得立即翻弄试戴起来,李重进看看店主,又看看兰虎倩,他们三人悄悄地来到更深的房间,有一个穿着皮坎肩的人,一看就知道不是本地人。见李重进进来,那人起身给李重进行礼,那是军礼,标准的步兵军礼,李重进点点头,那人拿出一封信来。

李重进打开信纸,里面什么都没有,信纸上是白的。李重进把纸拿起来,对着窗外,纸上显出字来。原来,对方是用清水在宣纸上写字，水干了，字迹也就消失了，粗看还是一张白纸。但细看之下上面有水渍，这些水渍辨认起来也不难。

李重进看到的是“进京勤王”四个字，问道：“这是范相亲手交给你的？”

那人点点头。

李重进把那张纸放在蜡烛上点燃，对那人道：“这里不能久留，你今天就走，回去吧。”

“怎么回复范相？”那人追问道。

“不用回复。”李重进道。

陈觉拿着一把紫砂壶，对着壶嘴喝水，水在他的喉咙里咕噜咕噜地响着，另一只手拿着一支小的竹棍，在调教鹦鹉。那鹦鹉叫道：“陈大人饶命，陈大人饶命！”陈觉大笑起来，道：“你还真乖巧，饶你一命！”

刘承遇从外面进来，手上拿着一封书信，道：“大人，江北李重进来的密信，指明交给您！”

陈觉一愣，便说：“我跟这个李重进素无往来，和他有什么好说的？”

刘承遇把信交给他。陈觉拿着信，在蜡烛上烘了一烘，蜡封熔化了。“愿与江南交好，与陈兄悠游于淮北，于黄河品鲤鱼，于汴河看花灯！……”他把信交给刘承遇，道：“你预见到了吗？大周恐怕要乱！”

刘承遇一听，道：“陈大人，上天赐我们良机啊，让我们南唐能重新崛起！”

陈觉不以为然地看看刘承遇说：“这是啥话，你真觉得这个李重进就能起事？就是他真敢起事，他又真能成事吗？”

陈觉在寿州曾经被李重进打败，如今，他已然忌讳李重进这个名字。刘承遇一听就叹起气来，唉，这个李重进，明珠暗投了。“大人，如果周世宗不死，我南唐必亡！如果柴宗训长大成人，坐稳了皇位，我南唐也必亡！如果柴宗训坐不稳皇位，让赵匡胤做了皇帝，我南唐更是必亡！当年李景达千岁，率领三十倍于赵匡胤的大军，可在六合被一举击败，将来我南唐可有多少军队能够经得起这样的失败？”

陈觉用竹棍戳了一下鹦鹉，鹦鹉立即叫起来：“大人饶命啊！”陈觉冷冷地说：“你说的是几十年以后的事了，那时候我们早就不在了，我们犯得着为那么远的事担心吗？我死后，南唐在不在和我有什么关系？”

刘承遇上前一步道：“不管如何，大人，这是一个机会。我们至少可以通过支持李重进，让他们自相残杀，他们内乱对我们有好处！”

陈觉不耐烦了，道：“目光短浅！你可知什么叫引火烧身？如果李重进失败，得罪了赵匡胤和张永德，我们还有机会偏安金陵过我们的好日子吗？”

刘承遇脸上露出痛苦的神色，哑着嗓子道：“大人，要不要把这封信给皇上看看？”

“不用。给皇上看，徒增皇上的烦恼，现在皇上烦恼的事还嫌不多啊？就让皇上安生安生吧。”

陈觉看着刘承遇，冷冷地没有说话。刘承遇转身离开之际，陈觉突然伸手，对着那只鹦鹉一戳，鹦鹉大叫起来：“大人饶命，大人饶命啊！”

夜深了，深冬的扬州城上，挂着一轮明月。瘦西湖内，一个家仆提着灯笼，领着一个一个将领往后院的湖心亭而来，所有的人都不说话，一切都在沉默中进行着。沿途都有兵士站岗放哨，看样子，事态严重。

李重进坐在灯下，将领悄悄进来，分头坐在桌边，一会儿，人都坐满了。李重进道："开会吧，大家放开了议，各抒己见吧！"

兰虎倩站起来一拱手道："各位，京城到处在传言'都点检做天子'。经查，这是赵匡胤等故意放出来试探民心的谣言，京城如今被这谣言弄得人心惶惶，枢密使范质大人来密信，要我们进京勤王！请各位前来，就是商议此事！"

一员将领站起来，道："太尉，我们都是您带出来的兵，跟您经历百战而不能弃，今天更是如此，只要您下命令，我们万死不辞。不过，枢密使大人的信里可曾提到赵匡胤等作乱的证据，比如，他们软禁了皇上、皇太后，或者拘杀了大臣？"

李重进道："没有。但是事态严重，枢密使大人要我们先行一步，掌握主动。"

又一个将领站起来，道："自从我们来到扬州之后，一天也没有放弃训练。我们把收缴盐税积攒起来的钱都用来造了兵器，从北方带来的老兵无时无刻不希望回乡。将军，就请下命令吧。"

一个书生站起来，道："清君侧，必须得到地方大员们的理解，不知大人可曾联系潞州李筠将军和在西陲守边的向训将军等，这些人如果能支持大人，我们回军，自然可以不战而屈人之兵。"

李重进摇摇头，道："已经联系了南唐，有南唐支持，我们就足够了。"

那书生大惊道："将军，错矣。这是勤王，不是造反，如果我们引外援入室,就失去了正当性,不仅不能获胜,相反还要获咎啊。”

兰虎倩打断那书生的话,道:“胡扯什么?你哪里懂得将军的部署?有南唐支持我等勤王,有何不可。想当年周世宗在世时,与南唐国主结为异姓兄弟,南唐国主有难,世宗在世一定会义不容辞。如今,我皇上有难,南唐国主帮助匡扶,又有何不可?”

李重进摆摆手,道:“兰先生,让大家说话。”

兰虎倩道:“将军当断不断,必遭其殃!此刻不发兵,将来等赵匡胤打来,发兵就来不及了。”

李重进犹豫着,这时,李重进的儿子李理站起来道:“父亲大人,皇上没有发来圣旨,而京城也没有传来皇上遭难的消息,如果此刻我们贸然发兵,也许会给赵匡胤等留下把柄。”

兰虎倩道:“这个时候了,还怕赵匡胤抓我们的把柄?将来赵匡胤来抓我们的时候,可不会这样想,无论我们发不发兵,他都会说我们谋反,来剿灭我们!”

李理道:“父亲,我们有钱,也有朝中接应,但缺兵士,准备起来需要一年多,不如再择时机?也可以看看赵匡胤他们到底有何举动。”

兰虎倩顿足道:“你这样是害了你的父亲,将来你们会死无葬身之地!”

赵匡胤来到勤政殿上,大殿里空落落的,一个太监远远地看着赵匡胤,又一闪身走了。

黑暗中,走出一官员,赵匡胤上前道:“御史台李穀大人!”李穀点头道:“将军您来了,王公公正在等您呢。”

两人来到偏殿,王公公正在那里打扫。他手里拿着拂尘,正掸着花瓶上的灰。看赵匡胤和李穀进来,他迎上前去,恭敬地道:“小的给两位大人请安!”

王公公给他俩让座,又递上茶。赵匡胤请王公公也坐,王公公却道:“我还是站着。做事是我们的本分,做事舒服!”

赵匡胤问道:“王公公,李重进那里有什么动静?”

王公公手里活儿不停,边干活边说:“李重进派人给南唐的陈觉送去一封信,陈觉没有理他。有人动员李重进进京勤王,李重进左右犹豫,还没有主张。”

赵匡胤笑道:“李重进首鼠两端,成不了大事!”

王公公道:“他手下有个叫兰虎倩的谋事,力主进京,此人倒是有点胆略。”

“公公可有对付此人的办法,留着此人在李重进身边,迟早要惹祸。”李穀问道。

王公公转过身,拿了一只花瓶,看了又看,然后两手一松,花瓶落在了地上。“这个兰虎倩,明珠暗投,李重进哪里是扶得起来的主儿? 再说了,他打碎了主子的花瓶,不是要惹得他主子不快吗?”

“可惜了,一个人才!”赵匡胤道。

3. 急迫之间

楚昭辅风尘仆仆地从大门口进来,绕过花园,转过小花厅,一路奔跑。赵匡胤和赵普正在花园里下棋,赵匡胤举起棋子,停滞在空中不动。楚昭辅俯身在赵匡胤的耳边道:“截到给李筠送信的人了!”赵匡胤点点头,楚昭辅拿出一封信给赵匡胤。赵匡胤轻轻落子,低声说:“不看了,烧了吧!”楚昭辅不解地问道:“没什么重要的事?”赵普接口道:“说重要也重要,只是我们已经知道内容了。”赵普也落下一子,问道:“人处理得干净吗?有没有留下什么话?”楚昭辅抹了一把汗,道:“没有。死活不说,没办法,只好就地处理了。”

赵匡胤叹口气道:“树欲静而风不止。如何?如何?”

赵普道:“这个时候,不能再犹豫了,如果你犹豫,将来就是李重进为王,而你为寇!你可知,李重进在等什么?他在等他自己的决心,一旦他下了决心,无论将军是否登基自立,他都会发兵。”

“先帝尸骨未寒,我又怎能夺其国、害其子?”赵匡胤仰头,看看天。

赵普道:“难道将军忘记了一统江山的志愿吗?你相信柴宗训能做到吗?等到柴宗训长大,你已经老了,那时,你就没有时日看到你的理想实现了。”

三人正说着,王彦升跑了进来,到赵匡胤的跟前,打开身上的包裹,里面是一颗人头,嘴里还衔着一张纸。赵匡胤道:“信你看了?”

王彦升道:“大哥,里面什么都没有,一张白纸!”

赵普拿出那张白纸,对着阳光一照,纸上显出四个字“进京勤王”。王彦升摸着头,不好意思地笑了,说:“你们这些文人有那么多鬼心眼,要我说,跑来跑去的干吗?吼一嗓子不就得了。”

赵普不满意地嘟囔道:“带个人头回来有什么用,又不会说话,将军要的是活口,留下证据!”

王彦升道:“这个我晓得的,先生不是吩咐过吗?这个家伙太倔,就是不让绑,他自己咬舌头死了。”

赵普转身对赵匡胤道:“事态已经不好控制了,再犹豫,恐怕就要错过时机了。”

赵匡胤点点头道:“发信给姚内斌,让他给朝廷发求救奏折,就说契丹来犯,边境告急,请求朝廷派兵来救!”

赵普欣慰地笑了,兴奋地对楚昭辅道:“兄弟,可以大干了!”

皇宫后花园,符太后和王燕儿并肩走着,一路看着牡丹。符太后道:“今年也奇了,你看着牡丹,到这个时辰还开着呢,艳丽得不得了,许是今年会有什么好事,说不定你家将军又要建功立业了呢。你可知,契丹又来犯了,朝廷正在计议要不要你家将军出征。”

王燕儿蹲下闻了闻那些鲜花,道:“啥子我家将军,他是大周的将军,成天不着家,一听说契丹来犯,就吃不下睡不着的,这不正主动找枢密院的人商量去了。”

“他想要领兵出征?”

王燕儿摘了一朵花,道:“不,他不想出征,说自己老了,就想在京城享享福,该让年轻人去打仗了。他推荐韩通任征讨都指挥使,高怀德任副都指挥使让他俩东征呢。”

符太后有点放心地问:“他不想出征啊?”

王燕儿道:“他这一年变了,就喜欢女人,喜欢看戏,这不上个月还买了个女的回来,气死我了。打仗,他是再也不感兴趣了。”

符太后问:“那你觉得他还能打仗吗?”

王燕儿道:“那是肯定能打的,他不打仗可惜了。不过,您可不要让他去,他让我跟您说,他不想去。”

这时,柴宗训从花园对面的小道走来,身后跟着几个太监,走到近前,跟太后行了礼,又问候了王燕儿,道:“枢密院正商议事情,说是契丹来犯。唉,契丹人就是说话不算话,非得教训他们一下。”

二、急迫兵变

符太后和柴宗训一起走进勤政殿，范质、魏仁浦、王溥、郑起正在议事。郑起道："京城到处都在传'都点检做天子'，这个时候派都点检出征恐怕不妥！"

范质点点头，道："应该另外选派干将出征。"

王溥道："不如请韩通将军出征，他和契丹人打过仗，熟悉地形，了解契丹人的战法，有一定胜算！"

魏仁浦道："两位都想防范赵匡胤，却不知如果把韩通将军外派去打契丹，京城空虚，是不是正好给赵匡胤制造了机会呢？"

郑起摇摇头，道："不能让韩通将军走，相反，要调集周边的人马来京城交给韩通将军，让他势力更大！"

王溥道："赵匡胤要谋反，韩通就不会谋反吗？如果韩通谋反，也许在座的各位都会没命，如果赵匡胤谋反，也许我们还有日子过。其实，这不是谁要不要谋反的问题，而是制度问题，如果只是依靠武人的良知和道德，那是远远不够的。国家是皇上的，军队忠于皇上就对了。皇上很重要，皇上能代表国家。可是，我们的皇上太小了，没有这样的威望。如果没有这种忠诚，我们就要在制度上确立分权，军人只能负责训练军队，而调动军队必须由文人集体决策。我的建议是，军队的调动权可收归枢密院，而训练要分门别类地授权，操练队列的，操练枪棍的，操练马术的，等等，各科目的教练团队都要分列并且互相制衡。军事将领平时应该没有权力，都只能在枢密院待职，只有在有战事时，才授予实际职务！"

范质毕竟老成持重，摇头道："不可，现在收军权，等于向这些军人宣战，反而可能促发兵变！"

郑起站起来道："各位大人，微臣有个计策，不知可否？赵匡胤可能起事的根本原因是他有人望，基础是有军权。我们可以分而弱之。乘着契丹来袭的当口，分他的兵，把他麾下的军队一分为四，四分之三调出京城，划归慕容延钊指挥，军官从各州府的团练使、刺史中调拨。这支军队出京作战之后，我们再从扬州、潞州、蓟州等调集新军拱卫京师。赵匡胤善于收买人心，据说他把许多年轻将官统合起来，成立了义社，骨干有十数人，这些人如果分而治之，各派往边远地方任职，可以分化他们。同时，要防止赵匡胤继续收买人心，索性把'都点检做天子'的传言放大，让大家认识到他的真面目。"

范质点点头道："这个计策可行，立即执行之！"

大家议论着，没有注意到符太后和柴宗训的到来，等到太监们喊道"皇上、皇太后到！"时都吃了一惊，他们的这种讨论也太大意了。范质走到太后、皇上面前说："皇上、太后，臣等正在议论出兵讨伐契丹之事，我们预备请慕容延钊挂帅出征，从全国征调将官二十名，随军出征。"

符太后道："军队从殿前司抽调？那么赵匡胤不出征吗？"

范质道："我们还没有跟都点检商议，京城的拱卫也很重要，我们希望他留在京城。"

符太后道："哀家听说他也不想出京城，只是哀家担心，如果他不出征，会不会没有胜算？皇上刚刚继位，就犹如先皇当年刚刚继位一样。先皇继位，我们胜了高平之战，而今我们也同样需要一场胜利！"

王溥上前来，拱手问道："太后的意思是让赵匡胤带兵出征？"

魏仁浦道："太后所言甚是！"

符太后吩咐道："令慕容延钊为先锋官，王溥为监军，由赵匡胤任都指挥使，赵匡胤殿前司军队和潞州、扬州侍卫司军队混编，此战必须胜,不胜可能亡国!其他一切,等跟契丹的仗打完再说吧。”太后又请过皇上,“皇上,请把你的佩剑赐给监军王溥,让他有先斩后奏之权。同时通知李筠率军至霸州、李重进率军至濮州策应赵匡胤。”

几位文臣听到太后如此吩咐,都倒吸一口凉气,大家苦苦思索而没有结论的事情,太后一念之间就解决了。用李重进和李筠作为后路军,一方面可以为赵匡胤殿后,另一方面可以作为对赵匡胤的监视。此战赵匡胤败了,回来自然当引咎辞职;胜了,可以任他为太尉,去掉实质军权,如此一来,主动权届时就全部掌握在皇上手里了。

范质点点头,觉得这是稳妥的做法。范质对郑起吩咐道:“就按照太后的意思拟旨。哦,再加上一句话,军情紧急,必须三日内起兵!”

郑起点点头道:“越快越好,以免日久生乱!”他们想的是如何把赵匡胤和他的军队尽快弄出京师。

郑起拟好旨读了一遍,范质又道:“等等,请太后授赵匡胤太尉衔吧,现在就授。”

太后点点头,并不反对。

郑起当即拟好了圣旨,交给王公公,让王公公立即送到都点检府上。范质对王公公作揖道:“王公公,请一定带上太后的口谕,请赵匡胤三日内起兵。前方军情紧急,还望赵将军为国立功,保社稷太平!”

王公公拿了圣旨,找人准备了轿子,去都点检府的路上,他在想如何提醒赵匡胤。

到了赵匡胤府上,赵匡胤的军士一看是来下圣旨的,都觉得高兴,心想点检遇到什么好事了吧。可一听圣旨,是派他们出征,这些军人一方面有些担心战事,一方面也觉得高兴,养兵千日用兵一时,如今国家需要,正是他们建功立业的好时候。赵匡胤接了圣旨,问王公公可有什么要交代的,王公公用眼睛扫了一下赵匡胤,把圣旨卷起来,然后点点圣旨,把圣旨交到赵匡胤的手上。

赵匡胤领会了王公公的暗示,接住圣旨。王公公道:“老奴的任务完成了,老奴告退。预祝将军旗开得胜,凯歌而还!”

赵匡胤送王公公到门口,看着王公公离去,赶忙回到内室,慢慢地展开圣旨,这一看吓出一身冷汗,里面是这样几行字:我送给您的礼物,可以拿出来用了。少则三日,多则五日,按时使用,则可!

赵匡胤摸不着头脑,找来赵普。赵普一看,说:“将军,王公公有件礼物送给您,因为怕泄密,我一直收藏着,现在可以给您看了!”

赵普叫来赵府管家,吩咐道:“前时,我交给你保管的盒子呢?取来交给将军吧。”

管家道:“在小人的家里,我这就回去取。”

也就是一顿饭的工夫,管家夹着盒子回来了,赵普把它交给赵匡胤,赵匡胤打开一看,是一件龙袍!

赵匡胤道:“你们胆子不小!”

公元960年正月初一,这个年过得不安稳。赵匡胤下午接到圣旨,立即召开会议,各路将军急着赶来,大家商议来商议去,没有定论。李处耘道:“要等待扬州、潞州的将官,至少要半个月,哪里等得及?”

王彦升道:“不如让慕容延钊先出兵,挡一阵子。我们先把年过好,年后出兵,也不迟么!”

赵匡义也来了,道:“太晚出兵,拖延了时日,恐怕对皇太后不好交代吧?”

赵普点点头,道:“匡义说得是,救兵如救火。此刻,我们应该越快越好,不必等扬州和潞州的将官,应该明日就打点准备,后日一早即刻出兵!”

大家都说急了点,赵匡胤最后道:“大家不要争了,我赵家军向来以快著称,这次也当如此。后日一早,即刻出征,延误战机者,斩首!”

大家没话说了,只得同意。当赵普分配任务的时候,大家却发现他实际上安排绝大多数的部队次日就出城,而且都是在次日的凌晨出城,真正等到后日出城的就只有辎重了。大家知道,赵匡胤打仗历来讲究神速,都没有什么疑问,各自领了任务散去。

大家散去之后,赵普焦躁起来,在屋子里踱步,一会儿握拳,一会儿凝眉,最后对赵匡胤说:“将军,我还是担心。我们在明处,他们在暗处,怕对我们不利,请将军现在就出城,到城外驻扎!去李处耘部大营吧,他那里条件好一些。”

赵匡胤点点头,道:“这样也好,皇上如果来饯行,我可以立即回来。”

赵普摇摇头,道:“将军,再不可奉诏返还,你与皇上已不可再见。我们也须加快速度,不能让李重进、李筠抄了我们的后路,必须赶在他们出兵之前就解决所有的事，让他们不敢出来。”

赵匡胤真是久经阵仗的大将啊，说开拔就开拔，没多时他们已经到了南城门口。南城门口的两名校官认得赵匡胤，一名姓陆的军士长突然阻住他们，然后跑进值班房拿出一个酒坛子，又让每个值班军士拿碗出来，给他们每人斟上酒。“赵将军，你们就要出征了，我们没什么好送的，就送一碗酒吧，祝愿将军多杀敌，早日凯旋，等将军凯旋时，我们还在这里接将军。”

赵匡胤有些尴尬，接过酒喝了，道：“珍重，就此别过了。”

赵普和大家一样，都喝了酒，然后快马加鞭往李处耘的军营赶去。

大家刚刚出了南城门，城里就来了一队侍卫军将官。这些人把马抽得浑身是血，疯一样追来，追到南城门口，抓住那些值班的军士就问：“赵匡胤呢？他们是不是从这里出城了？”

守门的军士哪里见过这阵势，大家赶忙点头。那些追来的军士里有个领头的大呼：“不巧！不巧！天灭我大周也！”那姓陆的军士长糊涂了，忙说：“赵将军刚刚快马出门，是去为国打仗啊，这怎么叫天灭我大周了？”那领头的道：“唉！刚刚接到细作来报，前线根本没有看见契丹兵，楚州、霸州、定州都没有，是有人谎报军情。赵将军可能是要举兵造反！”那姓陆的军士长惊呆了，道：“这可如何是好？都点检手握兵权，他造反，谁挡得住他？”

那领头的道：“你们好自为之吧。”

“是我们的过错，请抓了我们去交差吧！”

“不知者无罪，是我们来得太晚了，也许是天意！”

“真是知人知面不知心啊，都点检果然要反！可我们绝不会答应他。这个城门，我们一定会守住！我们不会让他败坏军人的声誉。”

符太后寝宫内，范质痛哭流涕道：“太后，我们太大意了，让赵匡胤得了兵符。他已经连夜出城，此时已经到了李处耘的军营，京城里的老百姓开始出逃，殿前司军营的士兵们都在说‘出兵之日，策点检为天子！’”

符太后哭着问：“难道你们这群男人中就没有人能阻止他吗？”

“已经来不及了，太后。殿前司的军队出城的有二十万兵力，而我城中的守军，现在不足两万人！”

“难道这些军人都会跟着赵匡胤走吗？就没有真正忠于周室的吗？范相，你还不快快发令，让韩通上城墙守城，让李重进、李筠，还有张永德，回来勤王！”

范质瑟瑟发抖，说不出话来。歇了一会儿，符太后似乎突然冷静了下来，问道：“范相，是不是你也怕赵匡胤？你觉得大周气数已尽，应该让位给他？”

范质突然声嘶力竭道：“太后，臣是大周的官，生是大周的人，死是大周的鬼，我要去赵匡胤营中质问他，你让我去吧！”

符太后问道：“李重进现在在哪里？叫韩通来，让他带我们母子去李重进军营！”

4. 陈桥兵变

陈桥驿，赵匡胤在酣睡中，不说前进，也不说后退。大家都不知道他在想什么。

大营的僻静处，王彦升跟一个军士聊着，那军士连连点头。

军士回到营中，对边上的人说：“皇上要撤了都点检，我们这些人没活路了!”

部队开始骚动,有人说:“不如策动都点检当皇上,我们去打仗,给一个小孩子卖命,他能懂我们的辛苦和牺牲吗? 我们要赵将军做皇上,否则不去!”

赵普找到楚昭辅说:“我算下来,下午饭后天上会有两日的现象,你到时候带大家看这异象,说地上要出新的皇上了。”

大营门口,楚昭辅在地上放了一盆油,让大家来看。他看看天上,觉得不像是要出两个太阳的样子,可是赵普说的他相信。大家吃过饭,有的回营休息,有的在门口闲聊,有几个人凑过来,又有一些人凑过来,其中一个军士问:“楚将军,您这是什么意思?”楚昭辅说:“你们一起来见证一下,一会儿你们会看到天上有两个太阳,可别说是我瞎说的,大家一起看看!”一个军士好奇地问:“天上有两个太阳? 那可是稀罕了,另一个太阳从哪里来啊? 从东边升起? 还是直接就挂到天上?”楚昭辅被问得说不出话来了,转念一想便回答道:“那是异象,解释不了! 你什么时候见过两个太阳? 这个世上,从来就只有一个太阳,就像地上只有一个皇上一样!”那军士不解地问道:“照您这么说,天上出两个太阳,就等于地上出两个皇上?”楚昭辅大声说:“地上出两个皇上? 你觉得两个太阳是要出新皇上的兆头?”那军士怕了,连连摇手道:“我可没说,这个可是要杀头的!”这个时候围拢过来的人更多了,楚昭辅有些担心,要是没两个太阳,这怎么收场? 大家聚在一起,一边说话,一边等着,都在小声议论,觉得这事有点奇怪,多数人不敢相信又不得不信,楚昭辅在底层军人中人望高,大家都信他。

大家等着,影子拉长了,太阳逐渐偏西了,可天上还是没有两个太阳,有些老成一点的军士走开了。一个老军士走过来,在楚昭辅手上放了一根玉米，说："楚将军，吃玉米吧。您别多说了，赶快回吧。天上要是出两日了，那不是好事，要是不出，对楚将军您，就更不是好事。老年头，这叫妖言惑众！"楚昭辅拉住那老军士，道："你放心，这个天上两日一定得出，就是不出也得出！"老军士看看楚昭辅，有点儿惊讶地问："楚将军，我跟随您和赵将军打仗有十年了，您得说清楚点，到底要我们干什么？我们都听您和赵将军的，就是天上没两日，赵将军叫我们干啥，我们还是干啥！"楚昭辅不好直说，只说："老军士，您是西征时就跟着咱们的吧？"老军士道："是的，我们都享受优待，每月的饷银都是三倍给的，家里也享受免赋税的优待呢。这些都是赵将军争取来的。"老军士压低了嗓音道："楚将军，您说是不是赵将军要当皇上了？您直说，我们一定听赵将军的！"楚昭辅沉吟了一下，看看天，又看看周边那些正在散去的士兵，大家等不得了。"太阳什么时候出两个？得等到什么时候啊，楚将军？"有人问。楚昭辅小声跟那老军士道："赵将军就是真龙天子，你回营跟老将士们说说，让大家都知道，皇上要削夺赵将军的军权，然后让我们去东边送死。他要把你们派给李重进、李筠，你们干吗？他们会给你们这么好的待遇吗？"那军士点点头道："楚将军，您领着我们干吧。我们杀回京城去，让他皇帝小儿下台，赵将军做皇上！"

就在这时，有军士高呼起来："天上有两个太阳了，天上有两个太阳了！"楚昭辅抬头，只见天上白光闪闪，刺眼得什么也看不见。他跑到油盆子边，朝盆子里看，里面果然有两个太阳。

众人对着楚昭辅喊："楚将军，您说吧，这是上天给我们什么指示？是不是地上要出新皇上了？"

楚昭辅大声道："就是这个意思，上天要我们赵将军当皇上，大家说好不好?”

众人齐声高呼:“赵将军当皇上!赵将军当皇上!”

楚昭辅领着众将士,高呼着口号,沿着营中的巡查小道游行起来,沿途军营的军士纷纷前来参加,一时间整个军营炸了窝,都参加了游行。

楚昭辅引领将士游行到中军大帐,知道赵匡胤在里面,便问护卫军士:“将军在吗?我们找将军说话!”

赵匡胤听到了外面的声音,听到领头的是楚昭辅。此时,他背对着门,稳稳地坐着,手里举着棋子,思考着,缓缓地落下一黑子,又拿起一白子,高高举起。一会儿外面的声音更响了,门口一个军士探头进来,似乎想要说什么。赵匡胤头也不回,手一甩,甩出一颗棋子,正中那个军士的脑门,那军士“哎哟”一声,缩回了头。

赵匡义也带着一队军士赶来了,绑来了一个便装打扮的人,那人喊着:“军爷饶命,军爷饶命!”但没人理他,大家推搡着他,踉踉跄跄地到了帅帐门口。赵匡义站到旗杆石上,大声喊道:“大家听听,这个人怎么说。他是去调兵来攻打我们的,他要去调外省的兵,来杀我们!”

军士们都怒喊道:“为什么要杀我们?皇帝小儿,我们在前方杀敌,你在后面要捅我们刀子,我们不为你卖命了,我们杀回京城去,让赵将军做皇上!”

赵普帐中,赵普和罗彦环在桌子的两边站着,桌上画着一条线,罗彦环拿着纸条,赵普嘴里念念有词:“侍卫马步军都指挥使李重进,放右边,侍卫马步军副都指挥使韩通,放右边,侍卫马军都指挥使高怀德,放中间。”

罗彦环道:“高怀德以前都是跟我们一起出征的,现在赵将军的妹妹又嫁给他了,他能骑墙?他应该可以放我们这边吧?”

赵普摇摇头,道:“不能指望他,他身在对方阵营,如果能按兵不动,就已经很不错了。侍卫步军都指挥张令铎,放右边。”

“这是赵将军的义社兄弟啊,怎么就不把他放我们这边,这不生分了?”罗彦环嘟囔道。

“殿前副都点检慕容延钊,放中间。”赵普道。

“你都把我们的人放中间了,那我们还有什么人?”罗彦环抗议了,“你把我们的人都看成什么了?墙头草?他们都是兄弟,不会临阵背叛赵将军,不可能!”

“我只是体谅他们的难处而已,不是不相信他们!”赵普思考着,“殿前都指挥使石守信、殿前都虞候王审琦,放左边吧。”

“他们两个,那都是出生入死的兄弟!”罗彦环把他俩的名字放在左边,一看左边的人太少,“唉!怎么将军不把他们带在身边?我们这边人太少了!”罗彦环悄悄地把侍卫步军都指挥张令铎放到了左边,又移到了中间,道:“张令铎至少不会是他们的人,还是放中间吧?”

赵普看看罗彦环,问:“你敢为他担保?这个玩笑开不得,要知道他一个人也许就能决定胜负!他过来,我们多三万人,他过去,我们少三万人,一来一去,是六万的力量消长。”

罗彦环犹豫了一下,又立即点头道:“我用脑袋为他担保,他是咱们的人,不用担心!而且他是出了名的仁厚,他就是实在不愿意支持我们,也不会反对,就是给他一百个胆子,他也不敢,我们这些义社兄弟,每个人一口唾沫都得把他淹死!”

“你担保?”

“我担保。如果有问题,我提脑袋给你!”罗彦环瞪大了眼睛,重重地捏起写着张令铎名字的纸片,索性把它放到了左边,“这样,我这就派人去找他,让他表态!”

“不能!只能让他们自己选方向。现在,谁都不能去说!关键是,我们举事要一举成功,这些人只要坐着不动,就可以了。但是如果我们失败,没能控制住京城的局面,要他们主动出兵来帮助我们,那就难了!”

“那也无妨,真要他出兵,我去找他借兵,他不会不借!”罗彦环道。

赵普不语。

罗彦环又道:“赵先生,你可能不了解情况。赵将军的兄弟们,保静军节度使杨光义,昭义军节度使李继勋,忠远军节度使刘庆义,彰德军节度使韩重赟,左骁卫上将军刘守忠,右骁卫上将军刘廷让,这些人你摆上不就得了?放进来。”

赵普道:“这些人用得着摆吗?”

“那你心里,到底是把这些人放在中间,还是左边啊?这不是左边人太少,我着急吗?”罗彦环急道。说着,他把那些人的名字都摆上了。

这时,王彦升带着解州刺史王政忠、左骁卫上将军刘守忠、右骁卫上将军刘廷让,还有曹彬、潘美等也来了。他急吼吼地道:“赵先生,我可是把人都喊来了。怎么这个时候了,你们还在这里纸上谈兵?”“别担心了,都是我们的人。”罗彦环也有点儿急了,看看桌上还有陕州节度使袁彦、潞州节度使李筠这两个人的纸条没摆,他拿起来,直接摆到了右边,“就算这两个人在右边,又能怎样,让他们有来无回!"

赵普道:"你们可愿意听我的指挥?"

大家我看看你,你看看我,潘美道:"我们都愿意听令!"

屋子里人多,大家心神不定,议论纷纷,都在说:"怎么军士突然不听话了,游行起来了。这在赵家军身上是没有发生过的!"还有人说:"赵大哥怎么谁都不见,他怎么了?"更有人说:"听说皇上要撤了赵大哥,这个我们不答应。我们要让皇上给个说法!"

楚昭辅给赵普找来一张凳子,赵普站了上去。这个时候,赵匡义也来了,喊道:"赵先生,你得发话,这个时候不能群龙无首,你说说,我们到底怎么办?据说皇上有密诏,找李重进进京了,他是要对我们动手啊!"

赵普清清嗓子,对众人道:"各位,现在情况非常危急,外有契丹大举入境,内有奸臣当道,妄想撤了赵将军的职,你们说怎么办?"

罗彦环见大家不说话,大声喊道:"这个时候还能怎么办?有的选吗?我们反了,先回去杀了皇帝小儿,然后再打契丹。我们保家卫国,家国都被那些奸臣把持了,还有什么意思?不如先回去,我们要赵将军做皇上!皇上不过是个小儿,任人摆布,他能理解我们这些人的辛苦?我们不能为他卖命!不如让赵将军做皇上!赵将军做皇上!"

大家一听,这个口号从罗彦环嘴里出来,都有点儿明白过来了,这是早就计划好的啊。"可这到底是不是赵大哥本人的意思呢?"有人小声问。王彦升盯着大家看:"谁在问?这怎么不是赵大哥本人的意思?这就是赵大哥本人的意思!"

那人是刘廷让,他可不怕王彦升,索性扯开嗓子道:"要是赵大哥本人的意思，我们上刀山下火海，又有何妨？可是王彦升，我信不过你，你得让我们见了赵大哥，听赵大哥亲口说才行。要是那时候，谁不跟赵大哥，那就不是我兄弟，我只有一个字‘杀’，我先杀了他！”

大家齐声附和，情绪高昂得超乎想象，是时候让大家去见赵匡胤了。赵普喊道：“竖起大旗，我们找将军去！”

赵匡义身后几个人带着旗帜，一面旗子上写的是“清君侧”，另一面旗子上写的是“斩奸臣”，旗子竖起来，大家跟着旗子往赵匡胤大帐来。王彦升拿出了一件衣服，对大家伙儿喊道：“我给咱们大哥衣服都准备好了，你们看看！”

大家一看，那是龙袍，个个都心知肚明了。刘廷让问赵普，京城里的王审琦和石守信两人准备好了吗？

赵普点点头，道：“都安排好了，现在就是担心杜老夫人、嫂子她们，其他人不要紧。关键是，我们行动要快，在城里那帮文官们反应过来之前把一切搞定。”

大家一路走，后面跟的人越来越多，整个军营都沸腾了。没几步就到了赵匡胤大帐跟前，赵普和王彦升直接掀帘进去，王彦升道：“将军，皇上要撤你职，这个我们不答应，我们要推翻皇上小儿，请将军做皇上！”

赵匡胤摇摇头，说：“不可，现在我们面临契丹危险，就是皇上身边有奸臣，我们也要先对外，再对内！”

王彦升道：“大家不放心，都害怕你会被害，我们索性打回去，等你做了皇上，我们再去打契丹。否则，我们在前面打契丹，奸臣在后面算计我们，我们还能活命吗？我们不愿意为皇上小儿卖命，我们愿意为你出征！”

赵匡胤还是摇头，道：“不行，世宗在世时，我保证过，要忠于大周！”

众将士听得不耐烦了，罗彦环道：“大哥，我们旗子都做好了，你到外面看看！”

赵匡胤问：“什么旗子？”

罗彦环拉起赵匡胤，道：“你来看看！”这个时候，王彦升一把扯开龙袍，给赵匡胤披上，道：“将军做皇上了，将军做皇上了！”

赵匡胤没留意王彦升会来这一手，龙袍披在身上，扯也扯不下来，就这么被大家推着往外走。等到了门外，赵普大声宣布：“我们请赵将军做皇上，我们回京城去，不能让那些人害了我们的家人！”

大家连声高呼：“皇上万岁，皇上万岁！”

赵匡胤被大家拥护着，赵普安排道：“起程，回京！”

赵匡胤挥手止住大家：“大家要我做皇上，可以。但是得答应我一个条件，进京之后，不能烧杀抢掠，必须秋毫无犯！今天凡是参加的各有封赏，但决不允许抢掠！”

赵普连忙让楚昭辅先行回京，安排杜老夫人等避难，同时和石守信、王审琦联系，让他们做好内应。

京城的老百姓已经开始出逃。大家都有了经验，每次禁军拥立新君主，都会纵容大军抢掠三天。这些禁军官兵，热衷于拥立新君，底层的多是为了这三天的大掠，中高层的除了得到大掠的好处，还有机会升官。

可是，赵匡胤让潘美做监军，所有抢掠者格杀勿论。赵匡胤要打破这个恶性循环，让士兵知道，他们回京不是抢，不是掠，是来勤王，做真正的治国平天下的大事。

大家心里有点失望，但对赵匡胤是敬服的。

其实，中上层军官是不愿意抢掠的。抢掠之后，京城满目疮痍，恢复非常困难，更加加重了新政权的难处，更重要的是，人心弄散了，新皇上怎么当得好，军队还有什么威望？

赵匡胤派楚昭辅和王彦升先悄悄回京，让楚昭辅去通知王审琦和石守信，让他们保护好皇宫，同时开一条道让大军回京。王彦升回京后立即找王审琦，要逮捕范质、韩通等人，不让他们作乱。同时他还有一个使命，回京后，他要安民。这个差事不好做，他没有名目，名不正则言不顺，他代表谁安民呢？

赵普编了一些民谣，让他回去满大街张贴。

王彦升不识多少字，但那些民谣都还挺有意思："天上两个太阳，地上两个皇上！""新皇上爱民如子，老皇上吃人不惜！""赵氏做皇上，安稳放心上！"王彦升道："这些有用吗？不如我让人到处喊话，'拥立赵匡胤当皇上的，不杀，反对新皇上的，一律杀掉！'这更管用！"赵普说："千万别，你今天进城，就让人到处张贴，这样老百姓就不跑了。"

王彦升点点头，说："放心吧，这事重要，我不会搞砸的！"

赵普又在王彦升耳边道："进城后，第一件事，是韩通。"

王彦升道："怎么对付他？"

赵普用手掌做了一个刀劈的动作，然后厉声说道："从来就没有见过不流血的兵变！"

王彦升笑着说："这个还不容易？"

赵普又叮嘱他："其他人万万不能杀，切切要记住，一个都不能杀！"

王彦升说："放心吧，只要他们不反抗，就不杀！"

二、急迫兵变

从来没有一支大军会这样雄赳赳气昂昂地归来，他们没有打胜仗，却比打了胜仗的士气更加高昂，他们沿途都在跟百姓说大周就要变天了，要有新皇上了，大家要过上好日子了。

老百姓早就有了心理准备，这回还真没多少人跑路，甚至还有很多人来迎接他们。

老百姓就是这样，希望有个新皇上，希望这个乱世有所改变。更重要的是，赵匡胤在军中的确有威望，派出去的细作回来报告，袁彦和李筠都没有动静，而李重进的兵马出来一天，到了六合就又回去了。

赵匡胤知道，现在的问题只有一个——韩通，如果他不反抗，就什么事也没有了，兵变成功了。

兵贵神速，初五的早晨，天还没有亮，赵匡胤的大军已经回到了京城外。

巍峨的城楼从薄雾中显现出来的时候，他们又回到京城了，这回他们是来当家做主人的，大家都非常兴奋。

赵普和赵匡义走在队伍的前面，到了城门边，他们看到城门上还留有给他们出征送行的标语："除蛮夷，征必胜！"那是老百姓和看城楼的军士们合力用石灰水刷出来的大字，赵普有点不好意思，但这个时候也顾不得那么多了。

赵普想起出城的时候，他们和这里的军士还喝过酒，当班头领姓陆，便大声喊道："陆头领，快来开门，赵将军回来了！"

一时城门楼上伸出几个脑袋来，都是守城的军士，那个陆头领也在当中。赵匡义也喊道："陆头领，是我们，我们回来了！"

陆头领喊道："你们为什么回来？是战契丹得胜还朝？还

是……"

赵普听出这姓陆的头领是不想开门，心想：难道他们要跟我们兵戎相见？还是韩通已经做好了开战的准备？

这时，赵匡义又道："契丹强大，而我大周却不能全力迎敌，皆因皇上幼小，不能直接当政。另外，皇上身边出了奸臣，必须清除奸臣，否则大周就危险了。现在，我们拥立都点检为皇上，你们速速开门，保证你们不仅不死，而且论功行赏！"

陆头领道："将军，恕我们不能开门，我们是皇上的门卫，为皇上守门，你们没有皇上的手谕，我们是万难开门的！"

赵匡义听了，暗暗心惊，也有些无奈，随后大喊道："你们这是愚忠，这样会害了我们的大事，也害了你们自己！"

陆头领对城下的大军喊道："说一千道一万，我们万难开门！"喊完，他问那姓乔的小头领："你说如何？"那姓乔的小头领也道："你说得对，我们是大周的军人，当为大周尽忠，今天，我们这门是开不得的。但是，不开门肯定是死，你说吧，我们如何自处？"

陆头领掏出佩剑，对众人道："我给大周的军旗磕个头吧！这个门不开，我们也是挡不住他们的，如今，我们大家已经是死路一条了，我用自杀谢罪，可保大家一条活路！"说完，他自杀而亡。在他之后，那姓乔的小头领也道："我怕他一个人路上孤单，又怕他一个人顶不了在座各位的死罪，我也去陪他一遭。"说着，他也对着大周的军旗磕了个头，然后拔出剑来。众人抱住他，他冷静地说："你们不用劝我了。我死后，你们割下我和陆军校的头，等赵匡胤将军派人来的时候，就交给来人，他们不仅不会杀你们，还会好好地安抚你们。拜托各位了，我们死后，麻烦照顾我们的老小，逢年过节，来我们的坟上上杯酒！"

二、急迫兵变

说话间，姓乔的小头领，手起刀落，自刎而亡。

城门下，赵匡胤的大军越聚越多，赵普道："留一半在此驻扎等候，其他一半人往北城门去，王彦升在那里等我们！"

赵匡义等带着将士们往北城门而去。北城门口，王彦升和一队殿前司的亲兵已经等候多时，他们拿了赵匡胤的兵符，告诉那些守门军士这里换防了。那些人将信将疑，但是看到兵符都不敢不从。王彦升带队来到城门之上，远远地看见赵匡义带着大队人马过来，对众人说："开门，接将军进城！"

大家七手八脚地卸了门栓，用绞车把大门放了下来。

王彦升指着两个军士道："你们留在这儿接应大家，其余的人跟我去找韩通！"

韩通家里，一军士飞奔而来，道："将军不好啦，不好啦，赵匡胤谋反了，赵家军已经到城下了！"

韩通大惊，忙起身穿衣服。混乱间，衣服穿反了他也顾不得，"备马，备马！"他奔到大门口，家将已经牵了马来。仓促间，韩通带着一群家将往皇宫奔来。

范质等已经在殿上了，符太后在哭，柴宗训看着大家，满脸忧色。范质问道："韩通呢？韩通呢？这个混蛋他去哪里了？这个时候还不见人影！"

韩通急急忙忙地上殿，道："范相，我在这里呢！赵匡胤这个反贼，他已经带兵到了城下！"

范质质问道："你做的什么京畿护卫？你连自己都护卫不了！"

韩通一听，道："范老丞相，这不是互相责怪的时候，谁知道他要造反啊，是谁把他仓促间派出去的？为今之计，是派人守住皇宫，不让他进宫，我带人去抓了他的家人来做人质！你们赶快派人带皇上的手谕出城，找李重进、张永德等来勤王！”

魏仁浦道：“你看看，这里有军人吗？还有谁能守皇宫？”

众臣都道：“是啊，人家有二十万大军，而韩将军你手里只有一万人不到！”

韩通跺跺脚，道：“你们这些人，我算看明白了！你们都要投奔赵匡胤！”他心里很绝望，感觉这些人并不是真想抵抗。他扔下众人，跑到外面，点了几个人，道：“你们跟我走，我们去赵匡胤家，把他母亲和妻儿抓来！”

韩通带人奔着赵匡胤家而去。刚进赵匡胤家的街口，猛然间，一阵箭雨袭来，韩通身边倒下去好几个人。原来楚昭辅带着赵匡胤的家将，大约有五百多人，在巷子口筑起了工事，早已埋伏多时，就等韩通来。韩通见状，立即调转马头奔逃，他要回家，带上家人、家丁撤离。

韩通狂奔回家，刚进他家那条巷子，就遇上了王彦升。王彦升道：“韩通，我是王彦升，在殿前司赵匡胤帐下效命，今天特地来捉拿你，只要你乖乖就擒，我保你性命无忧，不然的话，我的刀可是不留情面的！”

那韩通已经吓得有点傻了，哪里相信王彦升的话，只知道王彦升是杀人无数的魔王，于是二话不说，抱着马脖子就冲，一下子就冲进了自家的大门。那些家丁看韩通回来，纷纷上前打探。这时，王彦升带着人也跟了进来，此时他已经失去耐心，举刀就砍，大喊一声，“杀——”便举刀冲进人群，一阵砍杀，将韩通一家八十余口尽数杀绝，韩通更是被剁成了肉酱。王彦升还不放心，让大家清点人数，发现就是没见韩通的长子。韩通的长子叫韩守祯，是个矬子,长得矮小,但非常有智慧。当初,他就反复跟父亲说,一定要先下手为强,解决赵匡胤,否则将来不仅韩通自己没命,还会连累一家老小!赵普跟王彦升交代过,要找到韩守祯,但就是找不到。王彦升心里气得不得了,左思右想,让大伙儿又搜了一遍,但确实搜不到。

赵匡胤进城之后,直接回到殿前都点检衙门,石守信在那里守着。听说赵匡胤回来了,他立即率众将出来迎接,道:"将军,是否升帐?"

赵匡胤说:"升帐,我有话说!"

大家都觉得赵匡胤肯定有很重要的话要说,纷纷聚拢起来,结果他只是说:"少帝和皇太后,我曾经侍奉他们为君主,所有的公卿大臣都是我朝中的同僚,你们不得凌辱他们。近代以来,自立为帝王者,初入京城,都要纵兵大掠,抢劫国库和街市,你们在陈桥驿回师的时候,都许过愿,发过誓,不再如此。所以,我希望大家遵守。事情成功,我一定重赏大家,如若不然,我一定不会轻饶各位,犯禁者一定灭族!"

赵匡胤说完,回内屋去了。

大家愣住了。石守信当仁不让,一一安排军务,道:众将分头把守京城各重要关口和部门,不得抢掠,各大街市不得关门闭户,要开门营业,整个京城秩序井然!

剩下赵匡义等,大家摸不着头脑,赵匡胤到底在等什么?这个时候,王彦升回来了,道:"大哥做皇上了吗?大哥封了我什么官?"当得知赵匡胤在里屋睡觉,不让大家进去,就道,"我看啊,赵大哥是想要皇上来请他就任,我们请他做皇上不算数,要那些大臣们和皇上请他做,你们说是不是?我去找范质他们来,让他们来请大哥上任！”

赵普点点头，道：“谁说王将军是粗人？王将军是一等一的精细人！”

王彦升马不停蹄，到了宫里，找到了范质、魏仁浦和王溥，让他们一起去都点检衙门。那范质气得浑身发抖，责问王彦升道：“你们赵将军食大周俸禄，却干出这等不忠之事，为何还要来羞辱我们，不如杀了我们罢了！”王彦升哪里有空听他啰嗦，让两个军士一把架起他。那两军士一左一右，夹着他，边上又有人上来，七手八脚就剥了他的衣服，道：“这是周朝的官服，你还想做周朝的官？现在改朝换代了！”有人看他还戴着帽子，一把便扯掉了。

王彦升又搜寻符太后和柴宗训，到处找不到，一问才知道，符太后和柴宗训已经到世宗的功德寺去了。柴宗训脱了龙袍，在那里待罪，等候赵匡胤发落。

王彦升道：“走，去功德寺，把太后和小皇上请上，一起去都点检衙门！”

这个时候，魏仁浦拱手一礼，对王彦升道：“王将军，太后和皇上毕竟是我们主上，还是我们先去都点检衙门和都点检商议以后，再去请太后出面吧！”

王彦升想想也对，毕竟是皇上和太后，他也有点儿发怵。

王彦升押着范质、魏仁浦、王溥等人来到都点检衙门，赵匡胤听说三位宰相来了，立即从里面迎了出来。范质一见赵匡胤，大声质问道：“先帝待你如兄弟，如今先帝尸骨未寒，你却要取而代之，要从他孤儿寡母手里夺取皇位，是何居心？”

说完，他回头看看魏仁浦和王溥，希望他们两个至少在口头上声援自己，可那两人都不说话。两人眼神闪烁，不敢跟他对视。

二、急迫兵变

赵匡胤一听范质的质问，落泪道："老丞相，我受世宗厚恩，一辈子也报答不了，我怎么会做这样的事情？我今天为三军逼迫，不得已到了这个地步，实在是有愧天地。如今，我也不知如何收场。我遏制了三军，不得劫掠，现在，大家都还听话，京城也算稳定，不过，我也不知道能遏制他们多久。此事如何了结，就请三位宰相尽快定夺！"

那些军士听赵匡胤这么说，都觉得憋屈，对着三人怒目相视，道："我们都是粗人，今天没有主上不行，我们一定要新皇上！"

赵匡胤大声呵斥，要众人退下。

魏仁浦道："自古皇位贤能者居之，就请赵将军接受禅让，登皇位吧，臣等愿意听从皇上号令！"说完，魏仁浦"扑通"一声跪下了。王溥见魏仁浦跪下，也跟着跪了下来。

范质一看，真是大势已去，道："先帝待你不薄，还请侍奉好太后，安抚好少主，这样我们这些旧臣也能安心！"

赵匡胤道："老丞相，你放心，就算你不说，我也会这样做！"

登基的事拖不得，一时间，大家簇拥着赵匡胤来到崇元殿。范质、魏仁浦、王溥召集文武百官举行禅让大典，让小皇帝把皇位禅让给赵匡胤。

赵匡胤来到皇宫时，已是傍晚时分，皇宫里的太监和宫女们在王公公的带领下都集合好了，正等着赵匡胤。王公公见赵匡胤进来，立即带着大家下跪，道："迎接皇上！ 给皇上请安！"

太监们一溜一溜地跪倒，接着是宫女们。周世宗节俭，太监宫女本来就不多，再加上出现兵变跑了一些，留下的就更少了。赵匡胤看见跪着的宫女中有两人手里抱着孩子，赵匡胤知道那是世宗的儿子。世宗有四个儿子，老大柴宗训，老二夭折了，看来这就是老三和老四。他侧身对潘美道："你去处理，这个不用朕说了吧。"

潘美两只手在剑柄上不住地搓着，低声道："末将知道怎么处理，可是一想到先皇的恩德，末将就止不住地难过！"

赵匡胤低头想想，走到龙椅边坐下，知道潘美有想法。赵匡胤接了王公公递过来的茶，想了想低声对潘美说："你去吧，世宗毕竟曾是皇上，他的儿子不能做你的儿子，就认成侄子吧。"

潘美这才松了一口气，俯身在赵匡胤耳边道："我一定好生养大他们，让他们懂道理，过寻常百姓的生活！"

王公公听在耳里，但假装没有听见。

符太后牵着柴宗训的手进了大殿，赵匡胤几乎认不出她了。昔日光彩夺目的符太后，这会儿穿着民间仆妇的普通衣裳，柴宗训也脱去了龙袍，只穿着普通人家的小夹袄，下身是一件灰色的土布裳。他还是个孩子，眼睛里透露着恐惧。这种恐惧不是一个小孩子应该有的，赵匡胤有些不忍，但他不能说什么，这就是政治。他看着符太后，想起当初她为他主婚，又把妹妹嫁给自己弟弟，心里很是难过，但这会儿他只能冷冷地对着符太后点点头。

门外，乐工开始演奏，王朴亲手订立的礼乐终于可以用了，当初授命他整理礼乐的世宗，怎么也不会想到，这礼乐竟然是用来结束大周王朝，开辟赵家王朝的。

王公公来回打点着，他同情眼前的这对母子，但别无他法。就犹如赵匡胤同情这对母子，也别无他法一样。

范质走到符太后跟前，向符太后禀告道："禀告太后，已经跟皇上说过了，新朝会善待你们母子的！"

二、急迫兵变

符太后点点头，这个时候，她已经不能决定自己的命运，好在她很有自知之明。当初赵家军进城的时候，她就认命了，早早地脱了装束，到功德寺去等待新主人的宣判，这让她能在新主人面前获得活下去的资格。

禅让大典开始了。一群惊魂未定而又各怀心思的文武百官，终于被找齐，也终于都各就各位了。他们排着整齐的队列，等待仪式的进行。他们不仅仅是这仪式的观礼者，也同时是这仪式的参与者，赵匡胤需要他们见证这一刻，需要他们来证明他这个新皇上的合法性。可是，大家都忘记了一件事，那就是禅让诏书，赵匡胤直到王公公宣布禅让仪式开始时才想起，根本没人拟这个文书。

总不能让太后临时讲话，这可马虎不得。

这时候，赵匡胤发现，从文臣的队伍里走出了翰林学士陶穀，他掏出早已写好的禅让诏书，道："太后，这是微臣拟定的诏书。"

赵匡胤想：此人奇才，他能预测到朕需要诏书？还是赵普事先就做好了安排？他看看赵普，赵普没有看他，而是在忙着安排各项琐事。

符太后代替柴宗训开始宣读禅让诏书：

> 天生烝民，树之司牧，二帝推公而禅位，三王乘时而革命，其极一也。予末小子，遭家不造，人心已去，天命有归。咨尔归德军节度使、殿前都点检赵匡胤，禀上圣之资，有神武之略。佐我高祖，格于皇天，逮事世宗，功存纳麓。东征西怨，厥绩懋焉。天地鬼神，享于有德，讴歌狱讼，归于至仁。应天顺人，法尧禅舜，如释重负，予其作宾。呜呼钦哉，祗畏天命。

这个诏书念得可不容易。符太后得强迫自己说否定自己的话，还要强迫自己说别人的好话，还得把言不由衷的话说得特别像真心的。

符太后读完诏书，牵着柴宗训的手，退到一边。范质在前引导，在魏仁浦、王溥等众臣的叩拜中，赵匡胤走向龙座，终于坐上了皇位。这时，符太后又双手托着诏书向前几步，呈给坐着的赵匡胤。赵匡胤接过诏书后，先下殿，在偏殿中换了龙袍，然后由宣徽使李高利宣布他升殿，接受百官朝贺，同时处理国务。

因为赵匡胤任归德军节度使，治所在宋州，所以，他定新朝的国号为宋，改元“建隆”。

从此，大宋王朝诞生了，中原的历史翻开了新的一页！

赵匡胤升殿的第一件事，就是封柴宗训为郑王，封符太后为周太后，以奉周祀，使郭威、柴荣地下的亡灵不至于绝飨，同时迁周太后和郑王于西京洛阳。赵匡胤没有食言，履行了对范质的承诺，侍奉太后如母，养育少帝如子。只是，郑王寿命不长，二十一岁就过世了，而周太后则一直活到淳化四年(993)。

三、绝命讨伐

1. 无法安眠

天气好时，赵匡胤就喊了赵普一起出门走走，王彦升虽然新任京城巡检，但实际上他也不怎么懂如何护卫皇上，用的还是当初军营那套，在他眼里皇上四处走走看看，并没什么。这给了赵匡胤不小的自由。

这天，赵匡胤约了赵普到汴河上钓鱼。天刚刚下过大雪，远近四处，都是齐膝深的雪，汴河上结着冰，值班军士弄了一只雪橇，赵匡胤和赵普一起坐在雪橇上，军士们用绳子在前面拉着。冰面本身就滑，又落了雪，就更加滑了，军士们拉着绳子，跌跌撞撞，有时快，有时慢，后面的军士责怪前面的不出力，前面的又怪后面的不把好方向。一个军校正在喊后面的军士踩住，不要让雪橇滑动，结果，自己脚下一滑，一跤跌倒，雪橇也冲出去好远。赵匡胤哈哈大笑起来，要他们索性放开了跑。大家大笑着，前拉后推，左冲右突，玩起了溜冰。

到了汴河的中心，军士们凿了冰洞，赵匡胤坐在雪橇上，拿了鱼竿，一边钓鱼，一边对赵普道：“魏仁浦因为没有参加科举，一直受到范质、王溥等人的排挤，所以比较支持我们，这次应该让他继续留任枢密使，范质和王溥也都暂时不动，留住他们可以安抚人心，你任枢密直学士，如何？”

赵匡胤暂时还不能太明显地去旧纳新，那些老臣如果反弹严重，还会带动各路封疆大吏一齐反对新政权。赵普自然理解，他一拎鱼竿，鱼线上果然有条鱼，鱼太大了，鱼线“啪”的一声断了。

赵匡胤道：“要钓大鱼，不能急啊！”

赵普道：“大宋江山，要稳扎稳打，要做千年、万年的强大王朝，要一统山河，海内谐心，建造天下人的王道乐土。要做的事情太多了，没有时间争职位。再说了，现在我们立足未稳，团结大多数才是正道，利用好所有能利用的人，让天下英雄聚集，让天下人心聚集，这才是我们要做的！”

赵匡胤点点头，知道赵普理解他。他把自己的鱼竿交给赵普，道：“朕的鱼竿交给你，我们有几斤几两，又能钓到几斤几两的鱼，你心里要有数，我们的河海是全天下的河海，我们的鱼竿承担着全天下的重量啊！”赵匡胤解开衣扣，脱下衣服，那是一件蓝狐皮袄，将其披在赵普的身上，问道，“你看军队的人事，如何安排？”

赵普道：“暂时只能是过渡，万万不能大动。现在是要稳住中央禁军，用稳住中央禁军的办法稳住周边的节度使们，能争取多少时间是多少时间，我恐怕李筠和李重进肯定是要造反的，其他的，还有一些在骑墙，比如袁彦等。”

王公公端来两杯热水，跪在雪地上递给赵匡胤。赵匡胤立即道：“王公公，您年岁大，又是朕的股肱之臣，以后不必这样拘礼！”赵匡胤一下子把两杯都接了，一杯递给了赵普，一杯自己抿了一口。王公公看看赵普又看看赵匡胤，便说：“皇上，你们君臣也太要好了。以后，我伺候您喝茶，就给您端一杯，你们两个分着喝就得了。”赵普这才发现，他喝的是赵匡胤递给他的茶，急忙道：“这可不敢，皇上就是皇上，臣子就是臣子，不能乱了分寸！”这时又一条鱼上钩了，赵普一提鱼线，几个军士一哄而上，立即去抓。那鱼力气太大了，在雪地上到处乱蹦，眼看着就要重新跌回冰洞里去，一个军士急了，他奋不顾身，一个鱼跃扑在了那鱼儿的身上，另外两个也立即扑过去，三个人总算制服了一条鱼。赵匡胤大笑起来，道：“大宋的军人，有你们这样奋不顾身的劲儿，何愁天下不能统一啊！天下的鱼尽归我大宋，哈哈哈哈。赵普，钓鱼的水平比朕高！”那些军士道：“都是皇上英明，找的地方好！”赵普也笑了，认真地说：“皇上，都是您授予我的鱼竿好！”

赵匡胤第一次在自己身边人的身上体验了权力的快感，道：“可惜了王彦升，他要做出牺牲，你去找他谈谈。朕要厚葬韩通，封赏他的儿子，而王彦升这次不能升职了，让他先挂个外地的团练使名衔，避避风头，不过人就不必真去了，就在京城巡检衙门先干着，将来有了机会再说吧！”

赵普道：“他逢人便说自己是巡检，给自己封了一个都城巡检的职位。韩通刚死，多少大臣心里慌着呢，王彦升杀了韩通，就接任韩通的职务，这难免会让那些老臣胆战心惊！”

赵匡胤道：“王彦升啊，王彦升，还是不成熟，没有城府，老捅娄子！”

“看啊，快看，这就是皇上。”远处有人喊起来，河边一下子聚拢来很多村民。赵匡胤索性走到民众中间，正在这时，人群中有一个人诡异地靠近赵匡胤，突然掏出一把尖刀，刺向赵匡胤。赵匡胤也是武将出身，虽然这会儿做了皇上，身上穿着龙袍，行动不便，但他有武将的敏锐，一个侧身，闪过了那人刺来的匕首，一伸手卡住那人的手腕，使劲儿一带，那人就趴下了。他又用脚一踹，那人在冰面上滑出十丈远，正好被赵匡胤身后的禁卫军抓住。

大家都愣住了，王公公更是赶上前来，挡在赵匡胤身前，各军士都拔出刀围拢来，护着赵匡胤撤回到了岸上。

赵匡胤到了岸上，却不走，叫人把那刺客押来。刺客被绑着推过来，赵匡胤问他："不用怕，朕不杀你，朕只想知道你为何要刺杀朕？"

那刺客道："你窃取大周江山，人人得而诛之！我乃大周军队校官，我誓死效忠大周！"

赵匡胤沉吟了半晌，对那刺客道："朕不难为你，你走吧。至于后周江山，朕一定要拿它来善待百姓，给朕二十年时间，朕给你一个天下一统的大宋，如果朕哪天真的做得不好，你再来刺杀朕，不待你动手，朕会引颈就戮！"说完，他命令护卫，"放了他！"护卫们你看看我，我看看你，都松了手。

回程的路上，赵普道："皇上，为今之计，要立即大赦天下，同时要立即安抚后周的军人。我看，原来侍卫司的将官们一定要尽快安抚，要多加升赏，否则不仅侍卫司的人会不满，外地地方大员们的军队也会动摇。人就怕前途不确定，他惧怕我们，就容易出事，他相信了我们，就安心了。"

"朕已有主张，你看看如何？"赵匡胤道，"高怀德、张令铎、张光翰、赵彦辉等侍卫司的将领，都官升一级直接留用。韩令坤一定要稳住，就让他做侍卫司马步军都指挥使吧，他是李重进的人，由他代替李重进，可以让李重进无法反对。李重进就擢升太尉，同时让石守信做副都指挥使，一方面是辅佐他，另一方面也有些掣肘。慕容延钊有人望，也要安抚，就让他做殿前都点检，让王审琦做殿前都指挥使，辅佐他，你看如何？”

赵普点点头，道：“跟我想得差不多，就应该如此，应该赶快宣布。另外，文官这边，只要加几个我们的人，其他都不动，您看呢？是否可以请归德军节度判官刘熙古任左谏议大夫，观察判官吕余庆任给事中，另外沈义伦放到户部去，可以先任郎中。”

“这个你来定，朕看光义就任殿前都虞候吧。从今天的情况来看，恨我们的人还不少，要尽快让王彦升到位，光义要尽快成长！”赵匡胤没有提什么反对意见，只是补充了一下。

“接着就是对李重进、李筠、袁彦、张永德、符彦卿这些人进行安抚，都给他们擢升两三级吧，分头派人去。”赵普道，“这些节度使，手上有钱、有权、有军队，一定要各个击破，让他们表态！”

“这不能拖，分头让人去吧。朕写信，你找人，比如符彦卿，要立即去跟他解释，说我们会善待符太后，就让光义去。他去见自己的岳父，说话要容易一些。张永德那里派曹彬去，张永德一向欣赏曹彬，曹彬信佛，又沉稳，他去应该问题不大。袁彦那里，要派个厉害的角色去，当年朕跟袁彦打交道，就没占过上风，现在朕做了皇上，难道他袁彦就不能让朕一下？派潘美去！”

曹彬和赵光义去见张永德和符彦卿，这两个人很爽快地答应了。

没过多少天，派去见袁彦的潘美也回来了，袁彦开始只和潘美喝酒，不谈接旨的事。后来听说周朝的旧臣一个没动，枢密院及侍卫司、殿前司还是那些人，他就勉强接受了，但又提出免除陕州三年税赋的要求。潘美不好答应，也不好拒绝，就请赵匡胤酌处。另外,袁彦派了他儿子和潘美一同回京,并让他儿子就留在京城侍奉皇上。赵匡胤明白袁彦没有异心,他是按照老规矩,让儿子来做人质呢!

这些人都还算好说话,难的是潞州的李筠和扬州的李重进。

2. 征讨李筠

李筠原本是后周开国皇帝郭威的好友,当年他和周太祖郭威并肩作战,拿下后汉国祚,郭威称帝,他是开国功臣,迁李筠为昭义军节度使、检校太傅、同平章事,治潞州。

赵匡胤接受了禅让,去周立宋,李筠难过,好几次拿出周太祖郭威的画像,对着画像哭。他对郭威和后周有感情,如今江山易主,没个商量。

更重要的是,赵匡胤年纪轻轻,是个后生,要让老臣对着他下跪称臣,他心理上受不了。他也反复试图说服自己,可情感上就是不能接受。赵匡胤不过是个晚辈,没有什么特别的功绩。

这天,他正对着郭威的画像喝酒,心里难过,哭了一会儿,他的谋士闾丘仲卿来劝他:“主公,你不能这样意气用事。要起事,现在是孤掌难鸣,而且得准备,不如派人去赵匡胤那儿,递上贺表、礼物,先去看看动静,看赵匡胤怎么对我们,然后再做决定。我们要是老不表态,就怕赵匡胤要起疑啊!”

“呸!赵匡胤小儿,窃国大盗尔,我怎么能北向侍之。将来九泉之下我怎么对我的老兄弟交代,我不可能服他!”

李筠根本不听劝。

“主公,实在不行,您暂时什么也不做,就等赵匡胤来,难的事情让他去做,我们以不变应万变!”闾丘仲卿又道,“不过,如果是这样，不如我们事先准备起来，将来有个异动，还好自保。为今之计，我们得对外联络北汉、西蜀、南唐、契丹，对内联络李重进、袁彦等，朝中的大臣们也要打点，尤其是丞相范质、中书舍人赵逢侍，还有刚刚退下来的老丞相李穀！”

“这些你去做吧。多带金银，派得力的人去说项，包括北汉的刘钧，他虽是个小国寡君，却也曾是我中原正朔。至于契丹，那是北方蛮夷，觊觎我中原沃土，我文明之邦岂能北向而侍蛮夷小儿？我们万万不能学石敬瑭，跟异族合谋，那是要被世人唾骂的！”李筠吩咐道。

两人正议论着，李筠的儿子李守节来了，进门便问道：“父亲，您又喝酒了？母亲三番五次劝您老不要喝酒，您不是说喝酒就头疼吗？”

李筠道：“你们几个争气，我就不用喝酒了。你们几个不争气，我就只能喝死算了。”说着，李筠拿过酒壶，又斟上一杯，“来，来，你也喝上一杯！”

“父亲，孩儿哪里让你失望了？你批评孩儿吧！”李守节其实是个孝顺而懂道理的人，在潞州的年轻一辈中，也颇有人望。

“我听军队里的人说，你要归附宋室？归附他赵匡胤？你倒是很有见识啊！”李筠冷笑了一声，一口喝了酒，抽出佩剑扔在地上，“你拿去，看看有谁不愿意跟你归顺宋室的，你就杀吧！”

李守节吓得立即跪下道：“父亲，孩儿可不敢擅作主张，一切都听您老吩咐！”

“你要夺权，独当一面，还早着呢！”李筠醉醺醺地看着李守节，“郭家的天下，大周的皇权，轮不到赵匡胤来夺。要夺，也是我夺。我的权，现在也还轮不到你，你要做赵匡胤，还早着呢！”

闾丘仲卿听着李家父子的对话，忧心忡忡，道："当今天下，能跟赵匡胤一争胜负的只有契丹，南唐、蜀国、北汉都不是对手，如果我们不能和契丹联盟，那就一定要和李重进联盟，能打败赵匡胤的就只有我们大周的自己人了。"

李筠看看闾丘仲卿说道："你怎么长人家志气？我有儋珪这样的大将，有胯下汗血宝马，有掌中百步神弓，我怕他赵匡胤小儿？他是个宵小晚辈，你们为何这么怕他？"

闾丘仲卿点头道："是，是。不过，您看李重进那里，是否现在就派人联络？"

"李重进多谋而寡断，做事不利落，恐怕去而无功，不过你还是派人去吧。实话说，有他无他都无妨！"李筠道。

闾丘仲卿又道："主公，如果您下定了决心，此事宜早不宜迟。北汉的援助，如果没有契丹支持，恐怕不能得力。如果我们孤军起事，最好的办法是避其锋芒，先上太行山，拿下怀州、孟州，占据并死守虎牢关，然后我们就有主动权了。向东可以威胁洛阳，和赵匡胤一争天下，保守一点，守住虎牢关，可以让潞州长期自保。一旦形成胶着战局，李重进、袁彦，乃至符彦卿等就会动摇，而南唐、蜀国、荆湖的其他小势力，就会投靠我们。"

李筠道："你说得也有道理，但不必那么麻烦，只要北汉来援，我们就可以直接起事，从泽州出发，直取汴梁，一战而定乾坤！"

闾丘仲卿还想说什么，李守节拉拉他，二人退出。

小道上，闾丘仲卿叹气道："主公太轻视赵匡胤了，赵匡胤这个人多谋善断，而且善于用人，如今禁军都在他手里，敌我实力相差十倍，如何是好？"

李守节道："我看还是要劝父亲，要是潞州没有中原支撑，就不是潞州了。北汉刘钧地小人稀，多年来连我们都打不过，哪里能真正支持我们和赵匡胤一拼？闾丘先生，您可要谨慎，不要鼓动主公！”

闾丘仲卿面露难色地说：“如果主公一意孤行呢？”

李守节沉默不语，闾丘仲卿看看李守节，道：“局势危殆，公子，您可不能先丧气了！”

御花园里，赵匡胤在听戏，王皇后坐在他身边。天已经热起来了，赵匡胤喝了一点儿米酒，有点昏昏然，坐在椅子上打起瞌睡来了。他手里拿着一把玉斧，王公公盯着那把玉斧，许是有一刻，赵匡胤真是睡着了，手一松，那玉斧沿着衣服滑落下来。眼看着就要掉地上了，王公公显出与其年龄不相称的敏捷，一把托住了玉斧，那玉斧妥妥地落在了他的手里。

赵光义在边上看着，觉得奇怪，这个王公公是有武功的啊！刚才那个动作，一般人做不出来。

王公公把玉斧托在手里，等着赵匡胤醒来。没想到赵匡胤闭着眼睛道：“王公公，范质、李穀他们有什么动静么？李重进呢？”

王公公道：“皇上圣明，范质和李穀都收到了李筠的信，范质没有回信，李穀的回信已经送出了。”

“李穀的信，你看了吗？”赵匡胤知道，这个王公公手下有一批专门检视信件的人，有些人已经安插下去十数年，都是老手，是当年受世宗所托布下的眼线，现在正好接着用，让他们为大宋尽忠。

“回皇上，李穀的信，我让人誊抄好，放在您桌上了！”果然，王公公会意，早就布置妥当了。

“不用看了，烧了吧。”赵匡胤道，“以后，恐怕还有这样的信，都不用给朕看了，你看过则可，然后烧了。”

王公公小声道：“那我就列个名单给皇上，比如赵逢侍等。”

赵匡胤摆摆手，显然心情不那么好，道：“这个名单也不用列了，你能把朝廷里所有人的名字都列出来？这个时候，脚踩两只船的人肯定不少。想当年，我们大败北汉，而朝中那些大臣却十有八九还和北汉往来，世宗也没有拿他们如何。如今，我们大宋要以理服人，就让他们联系吧。”

王公公弯腰点头，道：“皇上说得是。这个名单列不得，咱们不列！”

赵光义在边上听得心惊肉跳，道：“皇上，果然如此，这些人里通反贼，应该格杀勿论！”

赵匡胤道：“多数人只是没骨气，耍个滑头而已，想骑墙观望，杀是杀不尽的。要的是怀柔，稳住他们，他们不冲出来主动谋反就可以了。再说了，这些文人有什么要紧的？秀才造反，十年不成，让他们去骑墙好了，变不了天。倒是那个李重进，我们要稳住他。处理李筠的时候，如果他从后面捅我们刀子，那就麻烦了。王公公，你派出去的人如何了？带了多少银子？”

王公公道：“皇上，李重进派了手下军校翟守珣负责和李筠的联络，翟守珣已经从扬州出发，明晚就要经过汴梁，老奴请您单独见一见他。老奴已经安排好人手，明天就能接到他，不过此人恐怕只有皇上亲自出马才能搞定。”

赵匡胤突然来了精神，站起来，走了两圈，道：“这个人朕记得，当年有过一面之缘，有点见识。朕随时可以见他，而且朕可以便服出城去见他，他可能不方便来见朕。”

赵光义道：“皇上，让我陪你去吧。我不放心，要是有危险怎么办?”

赵匡胤摆摆手,道:“你去准备对李筠的战事,朕料他不久就会反叛,命石守信为主帅、高怀德为先锋,带兵向泽州方向移动,在泽州拖住李军,等朕的亲征大军赶到,再和李筠决战。你,还有马全义、李继勋等,准备随朕亲征!”

赵光义道:“我们都走了,谁来留守京城?”

赵匡胤想都没想,用玉斧一点道:“赵普!”

正说着赵普,赵普就来了。他拿来了一堆地图,道:“皇上,我这几天研究了李筠可能的战法,不好对付啊。关键是,只要他起事,就可能会带动一大片!对外,我们最担心的是他和契丹联合;对内,我们最担心的是他和李重进联合。除此之外,从战略上讲,如果他占领虎牢关,据险自守,可以自立称王,偏安一隅。虎牢关居高临下,易守难攻……”

赵光义道:“赵先生,你是不是想陪皇上亲征?”

赵普道:“那是当然,这场战争关系国家存亡,必须速战速决,我得陪皇上去!”

赵匡胤“嗯”了一声,赵光义和大家都转头看向他,赵匡胤想了又想道,“好!还是你陪朕出征!”

3. 双面间谍

翟守珣领了李重进的将令,从扬州出发去潞州。

李重进接到李筠的信之后,决定尽快和李筠商量出兵的事,两个人一块儿出兵,胜算大一些。尽管两个人之间有重大分歧,但是眼下,他们共同的敌人是赵匡胤。

李重进把翟守珣当作自己的心腹。可是,他并不知道翟守珣的内心是怎么想的，更不知翟守珣的真实身份。翟守珣是当年世宗派在他身边监视他的细作，由王公公主管。如今，王公公利用他为赵匡胤服务。翟守珣装扮成马贩子，去西域买马，这样一路往泽州、潞州去就有理由了。他选择坐船，经邗沟到淮河，然后再沿着黄河，骑马西行。这条线路，可以经过汴梁，也可以不经过汴梁，他想了又想，还是给王公公发了一封密信，告诉王公公他要去潞州，然后就在泗州等王公公的消息。

翟守珣其实是王公公一手培养起来的亲信。当年周太祖郭威在世的时候，给了王公公一笔钱，让他选拔一批将才和文人，通过秘密培养，把他们放到各个大臣的军队、家庭中去，用他们来监视这些军队和大臣。翟守珣是个孤儿，从小被王公公收养，认王公公为义父，有了这层关系，尽管翟守珣在李重进营中已经做到了三品观察使，但他内心还是把王公公当成自己的直接主管和大恩人。王公公这批亲信在世宗期间发展壮大了不少。

当他走到泗州的时候，王公公派的快马已经赶到，他得到王公公的密令，要他经过开封一趟，有要事相商。

有了王公公的命令，他便不再拖延，催促船家立即赶路。

汴梁刘家洼码头。这地方他熟悉，当初在这里驻扎的时候，他特别喜欢去附近一家春来面馆，面馆的老板娘还是他相好。如今再次回来，已过三年了，这里有了很大的变化。世宗是个好皇帝，他不仅把邗沟河疏浚了，而且把汴河疏浚了。这里的水道更加宽阔了，码头也修得更加高大了，岸上的商业街则完全是新修的，老街不见了。他信步走上新街，一眼看见了春来面馆。在外的游子就是这样，见了熟悉的饭馆都会觉得亲切，更不用说那里还有老相好。他走进面馆，里面的伙计和账房他都不认识，这还不是饭头上，店里没人。

他问账房："春来老板娘在吗？"

账房推开手里的算盘，看看他，用手往后院一指，道："老板娘在后院呢。您是哪位，我给您通报一声去？"

被账房这么一问，他心里突然一抖，心想：唉，是啊，我算哪位呢？

他摇摇手，找了一个桌子坐下，道："不用通报，我就是来吃碗面。以前我经常来，从前的账房和伙计我都认识，现在变了，都不认识了。"他有些惆怅。

那账房倒是热情，招呼说："那您坐会儿，正好歇歇，我给您沏壶茶。"

正说着，从后院走进来一女子，三十来岁的样子，后面跟着一个小女孩，约莫三岁。他一看，这不是春来么？春来带着小女孩进来，哄道："等你爹爹回来，他呀，一定会给你带好吃的。扬州，那也是大码头，有很多江南的好吃的！"

小女孩问道："那有我们春来面馆的面好吃吗？"

"当然！"

"你不是说，我们春来面馆的面是全天下最好吃的吗？"小女孩问道。

他站起来，那女子一下子也看见了他，当场愣住，惊呼："是你！"

"是我！"

那女子眼睛湿润了，转过身抱起孩子，然后吩咐伙计："来，给先生端碗面汤来，滴上两滴醋。"

小女孩看看他，突然伸手喊道："爹爹！"

他震惊了，看着那女子，问："你女儿？"

她点点头，用手挡住小女孩伸出的手，阻止小女孩喊他爹爹！

“她爹呢？”

她摇摇头，道：“不在了。”

“怎么回事？”

她不正面回答他的话，却说：“你怎么回来了？我还以为你不会再回来了，你再不回来，我这个面馆就要搬走了。”

他看看她，恍然大悟道：“你在等我！”然后，又再看看孩子，似乎突然懂了，“现在终于知道，我为什么要回来了，因为你在等我！”

她突然流着眼泪说：“她更在等你呢！”她把孩子放在他手里，然后哭着奔进了后院。

他抱着孩子，跟着进了后院，才发现后院挺大。进了上房，迎面坐着两个人，一个是王公公，他正要上前参拜，另一人人高马大，打眼一看，吓得他放下孩子，倒头便拜，请罪道：“皇上！罪臣见驾来迟！”

赵匡胤立即扶起他，轻声说：“这里没有皇上，只有朋友，朕今天来就是为了会你这个朋友。”

他又见过了王公公，王公公道：“皇上专门拨款，为春来面馆重新做了面门，又安置了人手。”这时，春来出来了，看得出来她已经补过妆。她拿来了一只新茶杯，给他斟上茶。王公公接过他手里的孩子，道：“你和皇上聊，我们出去。皇上急着见你，在这里等你半天了。”

他有些感动，慨叹道：“皇上乃九五之尊，能这样等在下这一介武夫，在下实在没想到。”

赵匡胤道：“听说你要去潞州，你且说来。”

他把李重进派他去和李筠联络，准备联手攻取汴梁的计划和盘托出。

赵匡胤道:“时间紧急,朕也就不客套了。朕已经让人伪造了李筠的回信,回信中把李筠起事的时间推迟了半年。你回去劝说李重进,无论如何让他不要和李筠合作,就说他办不了大事。”

翟守珣道:“这个可以,不过不可能拖很久!”

赵匡胤知道翟守珣说的是什么意思,道:“朕赐李重进丹书铁券,擢升中书令,能换得他的忠心吗?”

翟守珣肯定地摇头道:“不可能,李重进终究不会归顺大宋。”

赵匡胤道:“朕给你准备了一点礼物,都放在店里了,你可速速回扬州,劝说李重进勿要造反。只要拖过半年,解决了李筠,一切都好办! 尤其要劝说他,在李筠起事的时候按兵不动。我们已经想好计策了,都放在这封以李筠名义写给李重进的信里了。”

翟守珣点点头,他知道要是把这封伪造的信交给李重进,又劝说李重进不要和李筠一起造反,将来,要么是李重进死,要么就是他死。唯一让他能活下的机会是李重进被赵匡胤灭了。

赵匡胤知道翟守珣的处境,道:“翟守珣听封,朕封你为殿前司马步军副都指挥使。”

翟守珣跪下谢了恩。赵匡胤又道:“我们君臣就以半年为约,半年内,朕必亲率大军,戏水于长江之滨!”说着,王公公敲门进来,赵匡胤起身,两人悄悄离去了。

李筠的节度使衙门偏厅内,李守节和闾丘仲卿在等京城来的使臣。

其实,李处耘、王彦升带着赵匡胤给李筠的诏书,在离开京城的那一刻,李守节就已经接到了密报,他唯一能交心的人是闾丘仲卿，可是在这件事上，闾丘仲卿却无能为力。

“少主，这个时候您可不能动摇，主公已经决定要造反，这个弯他扭不过来，我们就不能硬拉他。再说，如果我们出其不意，占领虎牢关，拥兵自重，退可以自立为王，进可以向东，争夺天下。”

李守节大惊，把手里的水杯都给扔了，道：“难道你们已经计划好了，一定要谋反？”

闾丘仲卿点点头，道：“箭在弦上，只等他赵匡胤出牌。而且，我以为此事宜早不宜迟，我方主动，方有胜算。”

李守节作为后周的第二代贵族，对后周的感情本来就没有第一代那么强烈，另外，他还有点崇拜赵匡胤，如果能和赵匡胤共事，天下太平，那有什么不好？可惜，他父亲不这么想。李守节左右为难，一方面忌惮父亲，另一方面也忌惮赵匡胤。照理说，朝廷的使臣过来，李家应该出城相迎，李处耘、王彦升也是这样想的，他们到了潞州城外，一看没人迎接，就先在城外住下了，然后派人来城里通报，结果城里还是没反应，两人就生气了。他俩在驿站里喝了点酒，睡不着，就议论起来。

王彦升快人快语道：“这个李筠，可能真如皇上所说，是铁了心要造反，这是要给我们下马威啊。他这样对我们，其实是不给皇上面子，不如我们直接回去，就说李筠反了，跟皇上要了兵再来。附近的黄州，有我的好兄弟富真，他那里兵强马壮，我可以找他借来兵马，咱们把李筠给灭了！”

李处耘虽喝了酒，但他想得比王彦升多，便问：“你忘记皇上的吩咐了？”

王彦升被李处耘这样一问，说不出话来。“我可没潘美的好脾气。据说，潘美几乎是舔人家屁股了，袁彦根本不见他，他就等在那儿，最后给袁彦献上美女，才见得着面。见面的时候，听说潘美说尽好话，才让袁彦放弃造反，你相信他真是用一通大道理把袁彦给说服了？”

“潘美和袁彦拜了把兄弟回来，把袁彦给稳住了，皇上很高兴，觉得事做得漂亮。现在的局势对我们两个有利，袁彦是铁了心跟皇上，要是李筠敢胡来，袁彦就从后面给他捅刀子，你说这是不是对我们有利？我们得说服李筠，至少不能让他现在反。”李处耘有点脑子，这也是赵匡胤派他来的原因。

“照你这么说，皇上还怕他李筠不成？我们禁军有二十万人，全部在我们哥儿几个手里，他李筠有多少人？区区三五万人，能把皇上吓住？”

李处耘起身，拿了诏书来看，又看看赵匡胤写给李筠的信。信上言辞恳切，称呼李筠为兄长，又说自己做皇上是迫不得已，现在既然做了，就希望兄长能让他一分，赵匡胤的信近乎是祈求了。李处耘道：“皇上给李筠的信真是谦恭啊。你想想，皇上能这样，我们就不能这样？皇上不是担心李筠一个人，是担心李筠身后代表的后周势力！”

王彦升道：“我苦闷得紧，杀一个韩通，他就骂我，韩通不能杀吗？杀一儆百，效果好得很，你看现在那个范质还有王溥，多听话。”

“这次可不行，除非我们真能把李筠给杀了！”李处耘道，“我恐怕他已经有了提防，我们根本近不了他的跟前。”

王彦升知道李处耘说的是刺杀。他有点明白，杀了韩通，皇上内心是高兴的，不杀人能叫兵变？这次皇上派他陪着李处耘来，就是要用他的快刀。皇上是聪明人，他不说，就是让他们自个儿做，要是做好了，皇上自然记着，要是做坏了，皇上自然是没有干系的，这就是皇上的智慧。王彦升道："只要他请我们吃饭，让我坐他的左边，我就有机会。"王彦升掏出一块玉石把件，在手上翻来覆去地把玩。

李处耘踱来踱去，道："没有绝对的把握，不准动手，只有我给你发信号，你才能动。"他言辞非常严肃，盯着王彦升，王彦升看看李处耘，知道李处耘是动真格的了。这事不能瞎来，万一失败，就坏了大事。李处耘踱到他跟前，一把夺过玉把件，摸了两下子，一拔便打开了，原来那玉把件雕刻成了一只金瓜。不仔细看还以为是一个物件，仔细看才发现里面内藏乾坤，可以抓住后面的瓜秧拔开，拔开后，跟瓜秧连在一起的是一把玉石做成的剑，李处耘用手指头试了试，血顿时就冒了出来。

王彦升立即跳了起来，道："哎哎哎，你找死也不能这样啊，这可是有剧毒的啊！"原来，这个瓜里喂了毒药，王彦升抓住李处耘的手指，用嘴猛吸，吸一口吐一口，吸一口吐一口，李处耘不动声色地看着，吸到最后，他的整根手指都泛白了，王彦升又给了他两粒药丸，"吃了，这个是解药！"

李处耘吃了药，还是来回踱步，最后说："李筠乃武将出身，号称大周第一，他要见我们肯定是一身戎装，这个东西难起作用。"

王彦升不乐意地问道："你说不起作用？那什么能起作用？"

李处耘还是摇头。

两人好不容易稍稍睡了一会儿，第二天早晨起来，还是想不出法子。第二天，李守节就派了人来，原来李守节终于说服父亲，让人去迎接他们。

李处耘和王彦升，到了潞州节度使衙门口，李守节和闾丘仲卿才装模作样地迎出来。两个人作势要下跪，李处耘马上拦住道："守节大兄，你我不用拘礼，只是节度使大人在哪里？我们可是带了皇上的御旨来了，还有礼物。节度使大人不接旨，传出去不好听啊。"

李守节道："家父正在准备，请两位钦差大人到偏厅稍稍休息。"

李处耘和王彦升跟着李守节往里走，路边一步一岗，潞州军士的确训练有素，人人挺立如旗杆一般。到了偏厅，两个人打眼一看，偏厅里外围着军士，李处耘知道李筠是做好防范了，让人把京城带来的礼物全部放下，然后把礼物单子交给李守节，让李守节过手。

李守节倒是谦恭，一一过手，然后命人上茶。

李处耘和王彦升就坐着喝茶，一杯茶，两杯茶，三杯茶，一直喝到了晌午，又喝到太阳都偏西了，李筠还是没有出现。"连饭也不准备让我们吃了？"李处耘心里嘀咕，"如果是那样，恐怕我们今天是跑不掉了，李筠非得杀我们不可啊。"李处耘心里想着，看王彦升眼神不对，知道王彦升要发飙了，忙道："守节大兄，王彦升王将军乃是都城巡检，他这次是特地慕名前来，想向李老前辈拜师学艺，不知道是否有缘。"李处耘也不提皇上御旨的事，知道李筠不出来是不肯接旨，就是不愿意做宋朝的官。

就在这时，闾丘仲卿终于出来了。他走到李守节跟前，道："少主，主公为两位钦差准备午宴，样样菜都亲自过问，现在终于准备好了，请两位大人入席吧。"

李处耘虽不乐意了，但这鸿门宴还是得吃。看四周站着的都是潞州的兵，这些人说不定就是来结果他们性命的。李处耘站了起来，王彦升也跟着站了起来，李处耘悄悄打开御旨，放在袖袋里，“一会儿见到李筠，来个突然袭击，就颁给他。”他心里想。

到了宴会厅，李处耘一看，李筠果然是坐着的，根本没有站起来迎接他们的意思，又一看，那是每人一个的小方桌，主人和客人之间隔得远着呢。潞州和北汉接壤，再往北边和西边，就都是草原。这里的人，吃饭时也带有草原风俗，每人一张小桌子，上全羊是最大的尊敬，羊肉对他们来说，那也是最好吃的东西。

羊肉已经摆好了，得用手撕，酒也摆好了，每张桌子边上都站着一个美女，她们是专门为客人斟酒的。

李处耘灵机一动，几步走上前去，靠近了李筠。李筠有点警觉，身后的护卫立即冲上来，李处耘试出了李筠是真不放心他们。他掏出御旨和书信，放在一块儿，道：“李老将军，皇上让我带了御笔亲书的信给您，皇上说他想您，特让我们来问候老将军。”说完，他双手递上。李筠坐着没动，但是他那护卫不明就里，伸手就接了转递给李筠。李筠没法子，也只好接了放在一边。

“二位将军，乃军中豪杰，青年领袖，老朽佩服得紧，特地备置了一点薄酒，请你们赏光。”李筠倒也客气，说来也是，李处耘和王彦升之前没有得罪过他，相反，同在周朝为官时，他们两个地位低，还是很尊重李筠的。李筠端起酒杯，道：“来来来，今日只是饮酒，别的不谈，按照我们的礼节，远方的客人来，我们要先干三杯为敬！”说着，他一连干了三杯，李处耘和王彦升心里想：让我们饿到现在，又让我们空腹饮酒，这是什么路数？是不是要让我们醉酒失态，然后治我们的罪？李处耘和王彦升都是海量，就是三十杯酒下肚也不在话下，干完后，两人又回敬了李筠三杯。

两人坐定，刚想动手来点羊肉，却发现桌上既没有筷子，也没有刀子。这时,闾丘仲卿端着酒杯走了过来,道:“两位将军能来潞州,是我们潞州百姓的洪福,我代表潞州百姓欢迎两位大人。”话刚刚说完,闾丘仲卿仰着脖子,三杯酒眼见着就干完了。

王彦升立即站起来,道:“闾丘先生,我是一介莽夫,不过也听过先生的大名,佩服得紧,就让我代表我们二人喝三杯,然后再回敬您三杯吧。”他有点担心李处耘,要是李处耘醉了就不好办了,他只能牺牲自己。可闾丘仲卿不高兴了,道:“哎,将军,哪里有这等话来,我当然是要与您二位一个一个来。否则,敬意不诚,我们潞州百姓是不答应的。”

王彦升一听,这怎么就代表潞州百姓的民意了?喝个酒还那么讲究?他只好耐住性子,等着闾丘仲卿先和李处耘喝了。他摸了摸腰里的玉石金瓜,偷眼看看李筠,果然让李处耘猜着了,李筠穿着戎装,身上披着软甲。

这一顿喝,李处耘和王彦升没过一个时辰,就有点支撑不住了。李处耘想来想去,只好站起来严肃地说:“各位大人,我和王彦升将军不胜酒力,还请各位原谅,只是你我同朝为官,今日有机会遇见,实在是高兴得紧。而今日更是一个喜庆的日子,就在刚才,李老将军接了皇上的御旨,升任中书令,皇上说了,李老将军是国家功臣,为国守边,应该和皇上一起共享天下,应该是一字并肩王。让我们一起祝贺王爷!”

李处耘虽然喝多了,可是他心里清楚,这个时候要是弄不好,是要杀头的,还会背上罪名,只要李筠说钦差大臣侮辱他,那他们二人就肯定没命了。于是,他举起酒杯,作势喝了个干净。

李筠身边的人不明就里,“呼啦”一声,都对着李筠大呼小叫地祝贺起来,然后干杯的干杯,斟酒的斟酒。就在此时,李筠突然泣不成声，他心里憋屈，赵匡胤明明窃了国，还堂而皇之地来封赏他，而他却要被迫接受封赏。“我愧对太祖啊！”他让李守节去请周太祖郭威的画像，李守节不敢不请了来。李筠把画像捧在手里，大呼：“太祖，我愧对你，没有守好你的江山！”

王彦升从斟酒的美女手里夺了酒坛子，往李筠身边来，李筠身边的护卫警觉得很，挡住了王彦升。王彦升还要往前趋，另一边又来两个护卫，李筠这才反应过来，看看王彦升，道：“王将军，你是要和老夫饮酒？”

王彦升见状，只得说：“大喜的日子，当然要饮酒，不醉不归么！我看将军也是海量之人，何不痛快一些，我们就以坛为器，喝个痛快。”

斜对面，李筠手下大将儋珪站起来，道：“听说王将军刀法惊人，改日倒是愿意用我的枪和将军游戏一番。今日得见将军，果然仪表非凡，愿意和将军交个朋友，陪将军来上几坛。”

王彦升本来是想用喝酒作掩护，借机靠近李筠，然后择机除掉他。不想儋珪手里也提着一坛酒，另一只手却悄悄地使着力气，点住了他的腰眼，儋珪明着也不敢乱来，只能暗地里抵着王彦升。王彦升的穴道被儋珪控制了，脑袋“嗡”的一声，气血上冲，瞪眼看看李处耘，李处耘别过脸去，不看他。王彦升整个身子再加一坛酒，全部扑向儋珪，儋珪不能躲，也不能反击，只好张开手，给王彦升来了一个怀抱。这个当口，王彦升用脚踩住儋珪的鞋子，手从酒坛子后面伸出，推了一把，儋珪“嗵”的一声向着李筠倒去。说时迟那时快，王彦升抬脚就向李筠奔去，可是身体还没动呢，脚下一绊，摔在地上，跟儋珪又抱到一块儿去了。

李处耘对着王彦升瞪眼睛，原来是李处耘绊的他，他没脾气了。他想起身喊话，不承想两眼一黑，晕了过去。

当王彦升在客栈醒来的时候，已经是次日晌午，李守节和李处耘在楼下等他多时。他迷迷糊糊地下楼，看见昨天为他们斟酒的两个美女正穿红戴绿地站着迎接他呢。李守节道："父亲派我进京向皇上谢恩，我跟你们一起走。"

王彦升摸摸脸，心想：怎么风向一夜之间变了？是不是昨晚的酒喝出了效果？

李守节打开一只箱子，道："这是送给王将军的，家父让我向您问好。"王彦升一看，里面全是金银珠宝。他不爱钱，爱美女，倒是盯着那两个美女看。李守节是聪明人，一看就知道王彦升的意思，又道："这位是家父送给您的。"李处耘插话道："两位都归你，我不要。"王彦升看看李处耘，李处耘说的是真心话，他家里有个母夜叉，谁也不敢惹，带着小的回去，那是万万不可能的，除非皇上发话。王彦升耸耸肩，对李处耘道："好吧，我就代你收着。"

三人一路无话，昼夜赶路，到达洛阳时，洛阳的地方官给了李处耘一封皇上的密信。李处耘一看，后悔不迭。密信说的是，事态有变，李重进已经安抚好了，要他们先解决李筠，让李筠尽快造反！李处耘知道，这出戏，上半场已经演完了，戏名叫《劝归顺》，下半场要开始了，叫《逼尔反》。李处耘这会儿还不知道，皇上让人伪造了李筠给李重进的回信，大意是说他李重进跟李筠不是一路的，李筠不会和李重进合谋。如今，李筠准备归降北汉，以后井水不犯河水。这信能迷惑李重进一时，但李重进日后要是真的好好想想，一定会看出破绽。现下，必须逼李筠立即谋反，然后尽快平定李筠，让全天下人看看新皇上的厉害。

李处耘催促大家尽快赶路，恨不得一夜到京城。李处耘知道，皇上在京城已经安排好了戏，只要李守节一入戏，下半场就能开演了。

进入京城，他们把李守节安置到了驿馆，驿馆里热闹非凡，住满了军人，都是外地来的军官。一问才知，他们是要征战潞州。

李守节脸色煞白，道："李将军，皇上刚刚赐给家父一字并肩王，我不是来谢皇恩的吗？您可得多替家父说话，家父是真心归顺大宋，愿意为大宋守疆。"

李处耕安慰李守节道："李兄，皇上对你们父子，视同亲人兄弟。明天，你见了皇上，说明你们父子的真心，就一切都好办了。"

两人跟李守节匆忙告别，急急地来见皇上。一见皇上，王彦升立即就说："李筠是一定谋反了，他当着我们的面，拿出周太祖的画像一通哭，还说他对不起周太祖，一点没把我们两个钦差放在眼里。"

李处耘也说："是啊，我们到了潞州，他不仅不出来迎接，就算我们上了门，他还不接旨，最后还是我硬塞给他的。"

赵匡胤点点头，道："明天我自有打算！"

乾宁殿上，赵匡胤歪着头，斜坐在椅子上，王公公在一边给他端着茶，范质、王溥及赵普、赵逢侍等都站着。李守节弯着腰快步走进来，手里捧着一只盒子想交给赵匡胤，却没有人来接。赵匡胤看他走近了，道："太子，您来是有何事啊？"

李守节一听，吓得魂飞魄散，把手上的盒子放到地上，倒头便拜，颤颤巍巍地道："皇上，皇上，您可不能听信谣传啊，我们父子忠于皇上，绝无二心啊！"

赵匡胤道："贤侄，你父亲一生和北汉的刘钧父子打仗，现在突然和刘钧成了君臣，有这回事吧?”

李守节道:“皇上，哪里有这事啊!”李守节不敢辩驳了，跪着头也不敢抬，心想自己的小命恐怕是要丢在这里了，早知如此，就不跟从李处耘、王彦升来了。他偷眼一看，李处耘和王彦升果然在。

王彦升像是看出了他的心思，说道:“皇上，臣有话说!李守节是个忠臣，他一直都在劝他父亲齐心向宋，李筠父子并无二心，臣愿意担保。至于皇上截获的李筠给李重进和北汉的信，臣也觉得蹊跷，不如让李守节直接说个清楚，也好让君臣之间冰释前嫌!”

李守节开始还以为王彦升是为他说话呢，听到最后，才知道王彦升那是害他。“皇上，家父和李重进、北汉的通信，都是正常的公务和军务往来，并无二心。”

赵匡胤道:“李守节，朕不杀你，朕让你回去给你父亲带个话，朕将率领十万精兵与他一会!”

李守节吓得抖若筛糠，抖抖霍霍地告罪后退出了。

王溥道:“皇上，李筠乃前朝老臣，思想有些不通，情感上有些失控，还是可以理解的，不一定要兵戎相见。如果需要，臣请去潞州一会，一定劝说他死心塌地地顺从皇上!”

赵匡胤道:“卧榻之侧岂容他人鼾睡?鸡不杀何以儆猴?有的人你永远不需要争取，只需要消灭他!不过要消灭他，就得让他先膨胀。你们有渠道的，也可以给他带个话。”

李守节当夜就离开了京城，一路往回赶，真是日行千里，夜行八百，一天一夜就赶回了潞州。这一报告，把李筠气坏了，说是要谋反。李守节左思右想，道:“父亲，是否可以请辞节度使之职，交出兵权，您养老归山，我们伺候您，让您安享晚年!”

李筠抚摸着自己心爱的长弓，道:“没有想到我会是这个结局，老了还要挽弓仗剑。如今，老父是走投无路了，你们可以投降归顺，但我不可以，宋室的禁军是我当初建立起来的，里面的军官多数都是我的老部下，我潞州十万军马，占了宋室半壁河山，就是我交出军权，赵匡胤也不会让我活着，只有我死了他才会放心。再说，他需要一场战争来证明他就是当之无愧的皇上，自古哪有兵变不流血的，不是在京城，就是在边疆。可惜的是李重进和张永德、符彦卿等，都是大周的皇亲国戚，却不敢站出来对赵匡胤说不，如今北汉孱弱，联盟又帮不上忙，天亡我也！”李筠长吁短叹，悲慨不已。

李守节心里也难过，拂泪道：“父亲何必如此悲观？既然如此，我们父子就和他赵匡胤拼了，也不一定就是我们输！”

李筠摇摇头，道：“我们不可能赢，也不能赢，如果真的爆发一场大战，契丹一定从背后来袭。那么，我大好中原，就要落入蛮夷手里。赵匡胤真乃天下一号英雄也，这中原也只有他能掌控，老父老矣，要是世宗不死，也许行。可是天不公啊，世宗刚刚改革军制，推行均田，开挖运河，什么都准备好了，人却不在了。”

李守节听了，禁不住号啕起来。李筠又道：“我带三万兵去泽州，在泽州与赵匡胤相会吧！”

李守节站起来，道：“父亲，三万兵哪里够，把潞州的兵全部带去。我潞州十万健儿，愿意为父去死，没有一个会退缩，孩儿去准备。”

李筠摇摇手道：“不可，如果我潞州十万健儿全部去打赵匡胤，那么谁在这里挡着契丹呢？再说，我潞州十万健儿都打光了，潞州还有什么理由得到赵匡胤的重视？七万少壮留给你，赵匡胤来时，不要抵抗，开城投降，我谅他不会难为你，我死了，我们一家还能血脉留传。你就留在潞州，我带闾丘先生等出征，儋珪也留在潞州，他只能去打契丹人，不能打我中原汉人。”

李守节跪倒磕头，道:“父亲，您放心，我一定守住潞州，绝不让契丹人染指!”

闾丘仲卿急急忙忙地走进来，对这父子两人深深一礼，道:“赵匡胤的大军已经从汴梁出发，石守信、高怀德带的先锋已经过了洛阳，主公，即使我等不反，也得反了。主公，还是你说得对，您是不反也得反，一个中原容不得二主，而您又不愿意效法石敬瑭侍奉契丹，恐怕只有自固求保了。”

李筠道:“先生的策略我不是没有考虑过，如果我占据虎牢关，割地自保，自立为王，也能保个偏安。可是那样，我们中原就又要分裂了，老夫只求与赵匡胤决战一场，让天下人皆知我李筠对得起大周!”

建隆元年(960)四月二十九日，李筠、北汉联军与宋军前锋石守信、高怀德部激战于泽州城下，李筠失败，退守泽州城。六月初一，赵匡胤亲率大军赶到泽州城下，只用了十三天就攻下了泽州，李筠蹈火自杀。

宋军进而开赴潞州。李守节听说赵匡胤来了，没有反抗，直接献城投降。

此时，李筠的那些老部下，还有和李筠有联系、有过交往的人，都非常害怕。后周时任过宰相的李穀在洛阳的家中自杀，赵逢侍上书，交出了和李筠的通信，请赵匡胤降罪。赵匡胤思想前后，该怎么安抚人心。他按照王公大臣的规格厚葬了李筠，同时既往不咎，封李守节为单州团练使。李筠旧部和曾经同李筠私下有往来的朝臣们才安定了下来，泽州和潞州的局势算是彻底平定了。

现在轮到李重进了，当初在大周时，李重进因为和张永德争权，对张永德进行打击陷害，顺带着对张永德的部属赵匡胤也很不友好。赵匡胤得天下，成为大宋天子，李重进心里非常害怕，想着和李筠一起起事，光复大周。但是得到李筠的回复竟是李筠对大周没感情，不愿意和李重进联手，他跟赵匡胤谋和。赵匡胤即位之后，免去了李重进侍卫亲军都指挥使的职务，封他为中书令。中书令地位虽高，几乎是一人之下万人之上了，但这是虚职，还没有侍卫马步军都指挥使的事权大，更没有侍卫马步军都指挥使的实权大，后者是国家最高军事长官。

李重进心里嘀咕，觉得这是新天子削他的实权。他在扬州，原来兼着节度使，主要是来防着南唐，现在在京城的官变成虚职的了，扬州就是他唯一可以待着的地方。他跟赵匡胤报告说要去京城，亲自向皇上谢恩。他决定去京城探探虚实。

赵匡胤知道他是要来京城探探情况，搞私下活动。他当然可以趁李重进来京时杀他，但这不是最好的办法，会让天下人耻笑他没有肚量，滥杀无辜，得让李重进自寻死路。

赵匡胤就让翰林学士出身的李縠给他写了一封冠冕堂皇的信。信里说，君主是元首，臣僚就像股肱，虽然相隔遥远，但也是一体的。保持君臣的名分，希望能永远不变，而朝觐的礼仪，又何须忙于一天。话说得不紧不慢，不咸不淡，不热不冷，但言下之意是让李重进就在扬州待着。李重进只得在扬州待着，可是没几天就听说赵匡胤把李筠给灭了，李重进有预感，李筠之后就该轮到他了。

这不，李筠刚刚被灭，对李重进的动作就来了，赵匡胤要对各地的节度使进行调防，首先就是拿他开刀，调他为平卢节度使，要他立即上任，同时又派了使臣，赐他丹书铁券并带了口谕，让他进京朝觐。他接了这丹书铁券，心里翻腾不已。

他睡不着觉，让人点上灯，在灯下看了一会儿兵书，那是一本南唐人写的书，书名叫《狼奔经》，此作者是个名不见经传的人物，但是书却写得很好。书里说，行军打仗最忌讳的就是主将心神不定，不下决心。主将犹豫，部队忽左忽右，忽前忽后，就会让军士产生怀疑，从而丧失信心。他想想，这事不能再拖了，再拖下去，扬州他也守不住了。

他找来翟守珣，问道："翟将军，你上次去见李筠，他不是说投降了北汉吗？怎么没几天就被赵匡胤给灭了？这个人当初可是个能人，武功盖世，手下又有能臣。"

翟守珣道："主公，我看这个李筠，他是小事清醒，大事糊涂啊。他不跟你联合，却去投靠一个北汉，北汉能有多大实力？名义上是一个国家，还有中原正朔的体统，但那是花架子，它和契丹媾和，那在政治上被中原人判了死刑，这个时候李筠和北汉军联手，怎么可能成功？"

"那么，依你的意思我们该如何？"李重进忧心忡忡，"听说是赵匡胤逼着李筠谋反。我得到的密报是，李筠曾经派儿子进京谢恩，可赵匡胤一见面，就问'太子，你来何事？'这是什么话？"

"赵匡胤是恨李筠和北汉勾连，私下叛国。赵匡胤也是武将出身的马上皇帝，哪里是李筠派个儿子来耍耍嘴皮子就能忽悠住的？"

李重进心头一震，他已经跟南唐联系过了，这要是让赵匡胤知道，那也是要步李筠的后尘啊。李重进道："如此说来，我是不反也得反了？"

翟守珣暗暗吃惊，不是说不反了吗，怎么又反了呢？

这时，就听李重进对身边的护卫道：“去吧，你把那女子带进来，让他们见一见！”

翟守珣一听更糊涂了，在节度使衙门里，有什么女子是要他见的呢？一会儿，他就看见内室里走出来一女子，翟守珣一看，两腿就软了，那是春来，便问道：“你怎么来了？孩子呢？”

春来道：“节度使大人把我从京城接来，让我在这里等你，和你见上一面。”

“孩子呢？”翟守珣大声问道。

春来道：“孩子在。”

李重进道：“翟守珣啊翟守珣，我对你不薄，你何苦要害我，让我失去和李筠合兵的机会，又让我在犹豫不决间失去了扬州军民对我的支持。你竟还挑拨我和南唐的关系！”

翟守珣突然跳起，扑向李重进。这时，站在翟守珣身后的护卫一把抓住他，把他摁倒在了地上。

李重进站起来，正要说话，外面进来一名军校，报告道：“大人，监军安友规果然逃跑。”

“可曾抓住？”

那军校跪下道：“大人，他一个人跑了，没带家人。他一个人用绳子从城墙上哧溜下去的。”

李重进听了，又坐了下来，道：“好啊，我不动手，他赵匡胤却先要动手。他是要釜底抽薪，让我坐以待毙啊！”

他坐了好一会儿，命令道：“去，把安友规的家人，还有所有不听话的人以及所有和安友规平时来往密切的人全部逮捕，明日午时，处死！”

4. 扬州兵变

蜀岗校场，军营里一片死寂，马不敢吃草，人不敢起坐。人人自危，都在传昨晚逮捕了五百位将官。军士们都害怕，怎么一下子抓了这么多人，他们到底犯了什么法？

上面通知，让准备行刑。五百人都要杀？大家不敢相信。

八月的扬州，天已经不那么热了，风里还有点凉意，何苦自己人杀自己人？军营里大家议论纷纷。

这时，一队士兵押着数百人来到大校场上。

这几百人一看校场上准备的东西，都知道要发生什么了。

校场上，准备了一排溜的树墩子，树墩子大概有半人高，正好够一个人跪着伏在上面。一个个树墩子排着，上面放着斧头，这些人叫了起来："为什么抓我们？我们到大周守江山近十年，我们忠于大周，让我们上战场，和宋军一战吧！"

有明白人知道李重进要谋反，大家是被那些反对李重进谋反的细作牵连了，就大喊："都指挥使大人，我们都是您带出来的兵啊，我们愿意跟着您作战！"

里面还有小孩，他们都没被绑上，可以自由走动。有些小孩虽然害怕，但还是跑过来看看那些树墩子，问："叔叔，这些树墩子干什么用？"他们看看被押着的亲人，那些亲人都面有悲戚，但谁也不能说这是杀人用的。有军士跟小孩说："这是让大家坐的！"于是，有的小孩坐在那墩子上面，还有的小孩叫父母过来坐。

军士们心里难过，那些等待被砍头的不少是他们的兄弟、朋友。

大家心慌慌地等着，也没人来通知，等到日上三竿了，才有人来说节度使大人要到了。不一会儿从营房里走出来几十个大汉，都是精挑细选出来的，他们是执行死刑的。再看营门打开的地方，一溜烟地跑进来二十来匹快马，那些马跑进来之后，围住了刑场，大家都小声说："节度使大人到了！"

这个时候，那些被押着的人中就有人往前冲，押他们的人则用剑柄敲打他们，立马有人就倒地了。

李重进穿着一身银甲，这种甲是用玄铁打造，又用细麻打磨，打磨之后的甲片呈现出银色，不上锈，甲片和甲片之间碰撞时，声音非常清脆，有点儿像是银器碰撞的声音。这副铠甲在大周时期非常有名，原先是石敬瑭用的铠甲，后来被大周太祖郭威得到了，赐给了李重进。李重进平时不穿这铠甲，今天穿起来是想给自己壮壮胆。

"不杀，不足以立威！"他心里想。

这时犯人队伍中冲出来一个校官，道："将军，我是您的护卫小机关啊，跟您前后二十年，我没犯法啊！"

李重进看看他，说："你跟错人了。你做我护卫二十年，最后还跟错人，就更加不可原谅。"

那人就跪下哭道："将军，是您让我去给监军当护卫的啊，安友规逃跑，我没挡住他，是因为我实在不知道他要跑啊！他家人都没带！"

犯人跪下一大片，纷纷道："将军，我们都无罪啊，我们是大周的军人，愿意跟随将军作战，为大周复国作战！将军别杀我们，让我们为大周而战吧！"

这时，边上那些押犯人的人也有所动摇，有个军士出列跪倒，道:“将军,这些人都是我们的兄弟,他们并不想投靠谁,他们都是好军人,请将军相信他们,让他们和我们一起作战,死在战场上,总比在这里死掉好!”

李重进看看,心里有点不耐烦起来,道:“杀!杀!快杀!”

五百人,就这样一批批地被杀了。

杀到最后,那些行刑的都开始落泪了。

有个女人被砍头的时候,晃了一下,刀斧手一斧子下去,砍下了她的半个肩膀和一条手臂,她大声哭喊:“疼啊,疼啊!”一个小孩冲过来大喊:“娘!娘!”大家知道,那是安友规的三老婆,平时,也有人去安友规家里时见过她的。那刀斧手一看这个情景,有点傻了,不知道如何是好。那女人又喊道:“你快给我一斧子!你快给我一斧子!”那刀斧手这才对着在地上晃动的女人,又是一斧子下去。

这场行刑,整整持续了两个时辰,附近的村民都跑过来看,李重进自己也看不下去了,悄悄地走了。

扬州城里人人自危,很多人拖家带口往外逃难。这些逃难的难民,多数从南城门出去,因为多数人还是拥有南唐统治的记忆,再说北面比较穷苦,江南比较富庶,过了长江,怎么着也能糊口饭吃。也有一部分人是往北去的,那是周世宗一朝迁居而来的北方人。这样一来,扬州就乱了,李重进实在看不下去了,就让人在城墙上看着,不管单个往外跑的,还是成群结队的,就随便挑一个用箭射,每天都能射到一二十人,民众也不敢再往外跑了。可是民众的心也乱了,都觉得李重进这人残暴,大家恨不得他早点败了,赵匡胤的大军早点到。

可到了这个节骨眼上,赵匡胤偏偏不急了。他知道李重进在扬州翻不了天，自己随时可以灭了李重进，但赵普劝他道："皇上，听说你想讨伐李重进，但现在你又不急了，这是为什么？"

赵匡胤道："让朝里和他有往来的人再害怕几天不是很好吗？朕听说扬州城里的人都要跑光了，而朝中的人也有在揭发他的了。"

赵普道："皇上，扬州城有跑出来的，更有像翟守珣那样等着您去解救的。多数的扬州子民都是您忠实的臣民啊，再说，朝内那些官员当初和李重进往来，是因为李重进是朝廷委任的大官，您不是也委任他为中书令吗？还是请皇上尽快发兵，解救扬州的子民吧！"

赵匡胤这才派石守信为先锋，自己率领中军在后，于九月初一出发，不出一月，就把李重进部给平定了。

四、逼入迷局

1. 释兵权

转眼就到了冬天，赵匡胤登基后诸事都还顺遂，可就是有一件事让他夜不能寐。

赵匡胤召集赵普、卢多逊、吕余庆、刘熙古等来商议，这会儿赵普已是枢密副使了。“赵先生，我想改一下年号，你看如何？一是那些老丞相都该退了，范质、王溥都是前朝老臣，不适合我朝新气象，朕要推行均田、大宋刑统，没有新人不行。另外，军队也要改，‘都点检做天子’这样的事不能再发生了，你看如何改？”

吕余庆跟随赵匡胤多年比较了解赵匡胤的想法，也知道改革迫在眉睫，但如何改呢？现在人才青黄不接，用老臣去实施新政，恐怕不得力，更重要的是他们都是既得利益者，最恨改革。吕余庆道：“开科举，让天下读书人都有进阶之路，能为大宋服务，用文人统治天下，天下就太平了。将来，用文人州官代替武将的节度使，地方政务、法务、财务和军务分开，可以防止节度使专权。”

赵匡胤道：“朕当初就有这个想法，要用文官来统治国家。武将可以夺国，但不能治国。这事现在就办，要快办特办！”

赵普道："三位老丞相可以辞职，但范质在大周时曾经为周世宗编撰《大周刑统》，我深感佩服。《大周刑统》比此前历代编撰的刑律典章都要好，不如让他继续编下去，我们需要一部《大宋刑统》作为上至皇帝下到子民都要遵守的根本大法。只有人人守法，人人知道什么可以做，什么不可以做，这个国家才能长治久安！"

赵匡胤也同意让范质去做。当年冯道曾经为周太祖郭威守墓，如今范质就去为周世宗完成刑统吧。

赵普又道："如今国泰民安，我大宋要开启以德治国的太平盛世！"

赵匡胤一听，便说："朕要的就是依法治国、以德治国，让天道在地上得到践行。"

曦宁宫内，杜老夫人正和女儿赵月枝说着话，赵月枝守寡在家已经很多年了，没有儿女，赵匡胤当了皇上，便封她为燕国长公主，赵匡胤同时给她物色夫婿，心里属意的是殿前副都点检高怀德。

赵月枝没见过高怀德，不乐意自己这样被哥哥左右，她有自己的想法。她一边帮着杜老夫人织布，一边想跟杜老夫人说话，想让杜老夫人跟赵匡胤说说，不要把她当政治牺牲品。她噘着嘴，还没开口呢，杜老夫人倒是先说起来了，道："瞧你这样子，你是觉得哀家当了太后了，何必在这里做样子织布，是不是？"

她老实地点点头。

杜老夫人道："哀家就是做给皇后看的，皇后母仪天下，要懂得体恤民情，懂得为天下女子做榜样。女子不孝敬公婆，不助耕勤织，不看好孩子，她的丈夫就不得安生，就不可能真正为国家出力。"

赵月枝心里不服气，便说："您这几匹布就能让天下男人都为国出力了?”

杜老夫人点点头,道:“对! 我们不能上战场为国杀敌,但能在家里做好后勤,让他们在阵前放心。”

赵月枝停下手里的活儿,道:“娘,那你是说我就得嫁给那个高怀德了?”

杜老夫人道:“高怀德是天下人都敬仰的英雄,当年跟你哥哥西征,出生入死,后来又帮助你哥哥夺天下,将来还要西征、南征、北征,后蜀、南唐、北汉,让天下尽归我中原大宋! 这样的英雄你不嫁,你要嫁给谁呢?”

赵月枝听着,不禁有点儿动容,道:“天下如果能统一,以后不再打仗,倒是很好! 皇上,他真的要统一天下?”

杜老夫人点了点头。赵月枝道:“可是,如果我嫁给高怀德,就不会希望他出征啊。丈夫出征,那是一个女人的噩梦,如果他有个三长两短,难道我还要重新做寡妇不成?”

杜老夫人摸摸赵月枝的头,道:“女儿啊,你生在皇家,这是你的命!”

赵月枝流泪道:“我就不要这个命!”

杜老夫人从墙上取下一把剑,道:“这是你父亲的剑,如果你不要这个命,就问问这把剑吧! 赵家的人只有一条命,就是为国尽忠!”

“可我是女人啊!”

杜老夫人摇摇头,道:“女人也一样!”

杜老夫人把剑交给赵月枝,说:“拿着吧,去你的夫家,把它好好保存,将来交给你的儿子、孙子,让这把剑的精神永远地流传下去,大宋的强大需要你们一代一代的付出!”

赵月枝含着泪水，接了剑。

这时，门外太监进来通报："太后，皇后来看您了！"

王燕儿当上皇后以后，对杜老夫人越发敬重和孝顺，不过杜老夫人却并不买账。

杜老夫人对赵月枝道："王燕儿太会做人了，反而让人不放心，她没必要对我一个老婆子那样假仁假义的。她这样做，恐怕是想让她的孩子做太子，这个哀家不会答应。你想想，大周为什么到了你哥哥的手里？就是因为周世宗让一个小孩当皇上，女人干政，孺子当皇上，国家必遭祸害。"

赵月枝道："娘，您想得太远了吧？皇上身体那么好，传位的事还早着呢。"

杜老夫人摇摇头，道："如果一定要有一个恶人，那只有哀家来做了。"

赵月枝道："您真想干涉他们？您想让谁做太子？德昭？德芳？"

杜老夫人又摇摇头，大声道："请皇后进来吧！"然后她踱了两步，又小声道，"你弟弟！"

赵月枝吃惊地看着杜老夫人，问："光义？"

杜老夫人点点头。

王燕儿捧着一个盒子走进来，走到杜老夫人跟前施礼道："给母亲大人问安！"

杜老夫人搀起她，道："罪过，罪过，哀家哪里需要天天这样，不用的。"

王燕儿又过来跟赵月枝打招呼："哎呀，妹妹也在这儿呢，我正要找你去。昨儿党项族的首领派人来，送了他们那里的大枣，那枣有鸡蛋大，可是稀罕物，我正想着给你送去呢。”

杜老夫人也来了兴致，问：“那么大的枣倒是没见过，稀罕的。你这盒子里就是那枣?”

王燕儿打开盒子，里面是一件云锦织就的衣服，道：“太后，这是给您带来的南唐贡品云锦，您试试。”

杜老夫人一看那衣服，就知道那是给年轻人穿的，艳丽着呢，说：“这是给年轻人穿的，你穿吧，你是皇后，人家送给你，又不是送给哀家的。”

王燕儿嘴甜，马上道：“去年他们就说要送云锦的衣服来，我就跟他们说，要给太后织一件，他们从我这里要了您的尺寸。二十个绣娘花了一年时间才完成的，人家特别敬重您，说这是送给您的。”

杜老夫人不相信王燕儿，怀疑她是编话让她高兴。不过，王燕儿毕竟是皇后，不能不给面子，就道：“好，哀家试试！”她让宫女脱了外面的裳子，套上那云锦织的衣服。那衣服上绣的云彩和凤凰，犹如活物一般，稍一走动，好像都灵动起来，整个人也像仙子。

赵月枝不禁赞叹道：“哎呀，江南的人就是聪明，织造的这衣服那是天上才有的啊。佛经里描写的极乐世界，才有这么好的衣服吧。”

杜老夫人信佛，听赵月枝这样说，也很高兴。不过，她还是纠正赵月枝道：“女儿，不可为这种花里胡哨的东西左右了你的趣味。要知道，当家过生活还是我们的粗布好，牢靠、耐用。这衣服就是漂亮，但不耐用，太浪费了。我们大宋不能这样，江南就是这样奢侈和贪恋金贵物事，将来必然为我大宋所灭！”

王燕儿款款一拜，道：“太后说得对，我们要勤俭节约，把钱用在大事上。皇上说了，他每年要把十分之一的库银另外存放起来，将来有了机会，一定要用这些银子去赎回燕云十六州。要不然就用这些银子招募十万健儿，去和契丹死战，夺回燕云十六州！”

杜老夫人点点头道：“我儿有志气，你要帮他！女人只有懂了男人，男人才能真疼你，而你的男人是一国之君，你更要懂得他才是。你是一国之母，让你的恩德施加海内吧，和我儿一道，让天下一统，让海内归一吧。山河破碎得太久，民众痛苦得也太久了。”

王燕儿听了杜老夫人的话，是真心佩服老夫人的见识，又禀告道：“太后，皇上命我准备中秋的大宴，皇上要大宴群臣。我这是来讨教的，这个大宴到底要怎么准备才行？皇上说，这是国宴，要大气，要让所有的人感动，我真是没主意了。”

杜老夫人一听，道：“匡胤到底要干什么呢？大宴群臣？他有什么话要跟群臣讲？”

王燕儿给杜老夫人整理衣服，给老夫人系了一只衣服扣，缓缓道：“他说，这次要请那些挂了节度使头衔的侍卫军、殿前司的武将们！”

杜老夫人转脸对着赵月枝道：“你听到了，这说不定跟你有关系，就让我们一起来准备吧。”

王燕儿道：“我来自北方，知道一些北方面食的做法，比如炊饼，会做一些黍麦的。但是听说最近京城来了一些南方人，他们办起了南方人的饭馆，里面有用稻米做的煎饼，用碧油煎的，面上黄色，里面却是白色，那是顶好吃顶好吃的，也不知妹妹和太后，是否知晓？如果请了他们来，首先把主食做好了，那也是奇功一件。皇家的宴会层次总不能低于大臣们吧？皇上说的是要让每个人都能开怀畅饮！”

四、逼入迷局

众人正说着，赵匡胤走了进来，后面跟着王公公，王公公手里端着一盆油煎的炊饼，远远地大家就闻到了香味。赵匡胤给母亲行了礼，然后对王燕儿道："皇上要是跟大臣们比奢侈，那是哪个大臣都比不过的，但这样一来全国上下就会崇尚奢靡浪费。皇上要是跟大臣们比简朴，那也是哪个大臣都比不过的，如果都来比简朴，全国上下就能崇尚节约，人人节约，家家简朴，就不会出现盗匪及盘剥，大宋江山就能长治久安了。"

王燕儿立即施礼道："皇上说得是！母后正是在议这事，如何又节约又热闹，这可是学问！"

这时，王公公插话进来，端上炊饼给太后，又接着给王燕儿和赵月枝，道："请太后、皇后和长公主尝尝，是皇上亲自吩咐小的弄来的。"

王燕儿突然叫起来："哎呀！别吃，有虱子！"

赵匡胤伸手接过炊饼看看，嘴巴一吹，然后"吭哧"咬了一口，道："好吃。这个用来招待大臣们，肯定会让他们大吃一惊！"

这个时候，王公公"扑通"一声跪地，道："老奴该死，老奴该死！"

赵匡胤摇摇手，道："快起来，这事不要跟人御膳房的人讲，不然他们该找那炊饼师傅麻烦了。过一段时间你提醒他们注意卫生就好了！"赵匡胤扶起王公公，"以后，不要自称老奴，这样不好，你也是老臣了。"

王公公摇摇头，道："为奴不能失了规矩，老奴如果自己不守规矩，怎么能让下面的人守规矩呢！"

赵匡胤听了也就不再说话。赵月枝有点不好意思，道："皇上仁厚，如此照顾臣下！"

赵匡胤道："唉！前时有人来报，一村里有人私自打斗，用竹竿习战斗之事。当时，朕非常恼怒，就派楚昭辅去执法，楚昭辅把那两人杀了！可是，后来有人奏报，那两人不过是村童而已。"

赵月枝道："范质这个人，有很多缺点，但他带头编的《大周刑统》却是一部好的律书，皇兄为何不拿来重编？"

赵匡胤击掌道："对啊，应该编一部《大宋刑统》，用简明扼要的语言，让老百姓知道什么能做，什么不能做，全国上下都来遵守。而官员判案，则要严格依据刑统，不能逾越法律。应该允许百姓申辩，要建立申辩制度。还要严格控制死刑，特别是要禁绝诛九族之刑。这些刑罚，都要由刑部审裁！"

赵月枝不待赵匡胤说完，就道："皇兄应该亲自审核朱批！"

赵匡胤点点头。

七月初九，天气很热，皇宫里张灯结彩，张罗宴会的宫女和太监们急急走去，又急急走来，道边的柳树，被他们的走动带得一会儿左摆，一会儿右摆，没了脾气。

但是，那知了却是不管谁来谁往，依旧"唧唧"地叫着。

御花园内，遮阳的帐幔下午就张起来了，园工又给所有的花草洒了水，这会儿，掀掉帐幔，院子里分外清凉。

王燕儿和赵月枝站在台阶之上，看着众人忙碌。王燕儿看几个小太监在摆放杯盘，招手让一个太监到长桌的一头去，用单眼给每只盘子、杯子定位，"每只盘子都要在一条直线上，不能前，也不能后，知道不?"

赵月枝哂笑了一下，每次听到王燕儿的北方腔，她就有点儿想笑，但又不能真笑。王公公看在眼里，走前两步，挡在赵月枝的侧面，让赵月枝正好转个身，她脸上的神情，王燕儿就看不到了。

这时，园子里燃起了十来柱青烟，王燕儿从屋里往外跑，给她打扇的宫女忙不迭地跟了出去。王燕儿问道："这是干吗？"她有点儿要恼怒了。赵月枝道："皇后放心，那是我吩咐的。这会儿先熏一下蚊子，等到那些大将们来的时候，就没有蚊子了，喝了酒，还能出来赏月、弹唱，岂不美哉。"

"哎哟！还是咱们小姑子想得周到，"王燕儿侧身回来，脸上有点儿挂不住，"是不是想着高怀德将军要来啊，才这么体贴？"

赵月枝轻轻一笑，心想：赵家是天子家庭，这聪明和大气，恐怕别人学不得的。她想起母亲的话，得让赵光义做储君，赵家的天下，绝不能有任何危险。

王燕儿碰碰她的肩膀，道："怎么？被我说中了！"

赵月枝不禁苦笑，就要嫁给高怀德了，将来她这一家子一定要为守护赵家的天下尽责，可这是守护赵匡胤的赵家，还是守护赵光义的赵家呢？

这时，一乐班在太监们的簇拥下排着队走进花园，有的抱着胡琴，有的扛着打鼓，更奇怪的是里面还有碧眼金发的域外之人。"那是赵月枝特地安排的，高怀德会喜欢么？"她在心里暗问。王燕儿一看，知道那是赵月枝弄来的，道："妹妹，这些人真能演奏好曲子？"

赵月枝走过去，拿了一把琴给王燕儿看，道："皇后，这你可不懂了吧？将来我们应该模仿唐朝，设立教坊，专门研习音乐，我们不能学后周，只有武夫。郭威和柴荣，只懂征战，没有生活情趣，没有艺术，国家和平还有什么意义？要教老百姓热爱生活，这才是教化。有了音乐，老百姓才会安居守法，他们享受了美好生活。哥哥身边的那些武夫，尤其需要音乐的陶冶，你看他们的粗俗相，唉！”赵月枝拨动琴弦，琴声轻柔，但却如暗香涌动，“今天，我请的个个都是好手，音乐里的各色种类都配齐整了，筚篥部、大鼓部、拍板色、笛色、琵琶色、舞旋色、歌板色、杂剧色、参军色等全都有，今晚的节目可多了，有些你肯定都没看过。”

王燕儿不由得佩服起这个妹子来，自己是没有什么音乐意识的，只是高兴的时候哼哼曲子罢了。

忽然，那些乐手歌手试唱起来，她一听，吓了一跳，这不是叫卖的声音吗？在她的家乡，那是走街串巷的小贩叫卖用的，那也是音乐？

她急了，要是赵匡胤听了发起火来，那可不是好玩的，弄这些也许会被将军们笑话。她拽拽赵月枝的衣袖，小声说：“这不会出事吧？这些可是乡野村夫的东西！”

赵月枝听着笑了起来，道：“我就是要让这些将军们想起小时候，想起乡音，让他们落泪。这才是音乐吧！”

说着，赵匡胤走了进来，一只袖子挽着，袍子的右半襟撩着，赵月枝一看，“噗嗤”一声乐了，说：“你这样还像一个皇上么？一会儿你的那些将军来了，都要笑话你呢！”

赵匡胤把袖子放下来，把衣襟也放下来，正了正帽子，道：“有你这样的妹妹，谁敢笑话朕？”

王公公也帮腔道：“谁敢笑话皇上？”

这时，赵普走来，手里抱着一只坛子，走近才看出，那是一坛酒。王燕儿上前道：“赵大人，你带坛酒来，还要自己抱着？”

赵普郑重其事道：“我这酒是专门放在皇上御座之前的，皇上离座前一定要喝，并且劝大家喝下去！”

赵月枝不明所以，问："赵大人，这是为何？你这酒有什么好处？要皇上这样？"

赵普看看赵匡胤，赵匡胤转脸不看他。

王燕儿看在眼里，不知说什么好，就听赵普对王公公道："王公公，这酒就放您这里，您照看着，一定要皇上喝！"

王公公弓腰道："赵大人参加酒宴，何不自己敬了大家，反而热闹，岂不和美？"

赵普道："我可没这个资格，喝不上酒。"

一壶酒，有那么麻烦？王公公看着赵普的背影，又看看赵匡胤，心想皇上应该喊赵普回来，可皇上假装没看见赵普。王燕儿想上去喊住赵普，可看看赵匡胤的样子，便不再出声了。倒是赵月枝立即吩咐身边的宫女道："去，送送赵大人！帮我问大人好！"

赵月枝知道这场宴会是赵普安排的，但临了赵普怎么不参加？

这时，高怀德走了进来，面前有个太监在引路，他跟在太监后面。尽管如此，他那高大的身躯还是掩不住他高高地露出了一个头，十分威武。赵月枝一看，脸就红了。高怀德白面有须，身材高大威猛，男子气概逼人，赵月枝的心放下了，哥哥和赵普没有骗她，那是要她守着一个武将过好日子啊。

想到自己的前夫，她就要落泪。那一段婚姻太苦了，她没有过上任何好日子，后来回娘家寡居，虽然心情是顺的，可是赵家并不富裕，她帮着母亲杜老夫人打点家用，也没过上什么好日子。再者，没个贴己的人说话，长夜漫漫，一个孤身女子，不免时时自我爱怜，如今要是再婚，有高怀德这样的人，也不枉一生了。

那边，高怀德也看见了她和皇上，他先是给赵匡胤施礼，接着是王皇后，又是杜太后，最后才轮到她。轮到她的时候，高怀德就是低着头，不肯抬头，她偷偷地瞟了他一眼，心下喜欢。

高怀德之后，是李处耘、王彦升、楚昭辅等，他们是一帮兄弟，坐在了一起。赵月枝看看，觉得还是高怀德中看，人俊，有气魄。

高怀德等刚刚被人领了落座，这边王彦超来了，王彦超的官位倒是并不比高怀德大，但他领禁军右金吾卫上将军，又是永兴军节度使，镇凤翔，是封疆大吏，所以，他的座次比高怀德靠前。王彦超手里托着一条玉带，呈给赵匡胤道："皇上，臣下带来一条玉带，您看看，喜欢不？"

赵匡胤知道，王彦超是武将，弄来这东西肯定是花了不少心思的。他不想让大家觉得他有此喜好，以防上行下效，枉费精力和钱财，便道："王彦超将军，朕有三条玉带，一条是黄河，一条是长江，一条是淮河，又哪里需要您这条带子，您还是拿着自己用吧！"

王彦超脸上露出尴尬的神情，不知如何是好。正在这时，赵匡胤又说："不过，你好不容易弄来，朕就要了，下不为例！"他让王公公取了玉带，王彦超正要落座，就听赵匡胤又说，"王将军，当年你在青州任刺史，朕来投奔你，你为何不收留朕呢？"

王彦超吓得面无人色，"扑通"一声跪倒在地，叫道："皇上，我那地界不过一小面盆，哪里容得下皇上这样的真龙天子。如果当初您留在我那个小面盆里，您恐怕就没有今日了！"

赵匡胤哈哈大笑，道："朕顺天应人，按照上天的意思统治臣民，在哪里都应该是一样的！"

王彦超见赵匡胤笑了，摸摸头上的汗，道："皇上，您这样问倒是真把微臣吓死了！"

王彦超忐忑不安地坐到了座位上，心里非常纠结，预感今天这个酒宴肯定有什么关，不好过啊！

接着，殿前都点检镇宁军节度使慕容延钊、侍卫亲军都指挥使韩令坤、马步军都指挥使石守信等一众闹哄哄地进来。他们都是赵匡胤的老部下和老兄弟，大家都没有像高怀德那样拘谨，一窝蜂地给赵匡胤施了礼，纷纷找座位坐下。他们之后，是王审琦、张令铎、赵彦徽等人，这些人也不过来施礼，直接就由太监们领到了位子上。

赵月枝让那些乐工们开始演奏，一边演奏，一边有舞者跳舞。那舞者几乎是全裸了，肚脐露在外面，音乐响起，她踏着节奏，颤动肚皮，腰肢、屁股、奶子都颤动着，好不撩人啊。有些武将征西时看过这种舞蹈，就跟着拍手，手舞足蹈起来，也有些从来没有接触过的，心慌意乱，端着酒杯，闻着酒的香味。高怀德在西征路上，曾经看过王彦升召集的类似舞蹈，倒是不怎么稀奇，可他一个未婚的人，看得还是有点儿面红耳热，赵月枝看在眼里，心里想：倒是一个纯真的人呢！

大家看着赵匡胤，那意思是先来几杯，然后再来雅的不行吗？

赵匡胤知道这些人都有好酒量，随即道："诸位爱卿追随朕戎马一生，历尽千辛万苦，经历无数生死劫难，如今终于迎来太平盛世，朕要和诸位同享富贵和安康！"

说着，他举杯一饮而尽。

王彦升已经等不及了，自斟自饮起来。

这时，宫女们拿来了投壶，那是一只铜做的大酒壶，壶口有碗口那么大，宫女们又给每位将军发了六只筹子，大家知道，那是要玩投壶游戏。坐在首位的慕容延钊拿起筹子就要投，没想到赵匡胤道："各位，今天的游戏要换个形式，每人一次可以投六只筹子，投完之后，如果不满意，觉得中的不多，比不过人家，可以自己申请喝一杯，再投六只筹子，两次里面选多的一次，失败的人要一次喝完六杯！”

慕容延钊听完这个方法，觉得也不错，但建议道：“皇上，不如这样，谁想重来，重来多少次都可以，反正每重来一次，就得喝一杯！”

赵匡胤想想，道：“也行！”

慕容延钊就开始投，六只筹子投进了三个，他觉得还得投，于是喝了一杯，又投，还是三中。他又想想，道：“皇上，还是让末将再投两次吧。”

说着，他也不待赵匡胤同意，一口气喝了两杯。太监们被他的好胜心激发了，帮他数数，结果这次是六发中五。

接着是王审琦，王审琦道：“皇上，我一口气喝三杯，投三次！”

赵匡胤很高兴，觉得自己的主意好，大家现在抢着喝了。王审琦喝了三杯，投了三次，他最多一次投中四个，有点儿郁闷，道：“早知这样，不如一口气多喝它几杯！”

这些将军都争胜，于是越喝越多，还有的人一下子喝到了第七杯，都超过罚酒六杯的量了。

酒酣之际，王彦升起来敬酒，举着酒杯道：“多亏皇上带着我们大伙儿打天下，才有了今天的好日子，我们全家都要感谢皇上！”

赵匡胤和他一饮而尽，忽然道：“王将军，你有几个女人？”

王彦升不明所以，道：“皇上，我只有一个女人。”

“那你想不想要更多的女人？”

王彦升毫不犹豫地回答道：“做梦都想，可皇上不是不让要吗？上次在滁州，您差点杀了我！”

赵匡胤摇摇头，道："男人一辈子只有一个女人是不够的。朕把这些舞者都赐给你，你带回去吧。"

王彦升一听，眼睛都直了，问赵匡胤："皇上，您可是君无戏言，您要是真给，您现在就跟大伙儿说一下，一会儿我就把她们带回去了。"

赵匡胤站到一只凳子上，当众宣布道："这些歌儿舞女，都赐给王彦升了，君无戏言，回头就送到王将军家里去。"

赵匡胤关心王彦升，处处照顾他，知道他忠心耿耿，就是脾气暴，有时候容易好心办坏事。不过，王彦升也为赵匡胤吃了不少委屈，比如杀韩通的事，赵匡胤为了平息后周老臣的怨气，不得不处分他，斥责他，没让他升官。但在物质上他是完全满足王彦升的，王府是赵匡胤下令在风水宝地上新造的，直接引来汴河水，穿过府邸。为了能引水，他还去视察过，专门命人造了风车，把水输送上来，引入王家府邸的后院。

现在，他又赐给王彦升一队歌姬舞者，大家羡慕不已。

这时，王审琦站起来，道："皇上，我们能有今日，都是靠皇上的大智大慧。皇上乃真龙天子，跟随皇上，听天应命，我们都要感谢皇上！"

赵匡胤听了，忽然叹气道："各位，先且慢喝酒，各位可知道，朕每天晚上都睡不着啊。"

王审琦听不明白，道："皇上，您有何忧虑？且讲来给我们听，我们万死不辞，一定为皇上分忧。"

赵匡胤道："人生如此短促，而时间的流水又是如此快捷，犹如白驹过隙，各位何不多买良田，多置美女，过上快活逍遥的生活呢。"

王审琦还是听不明白，喝了酒，一边思忖着，一边坐下。

高怀德道："皇上，您担忧的无非是北汉依然没有归附，而契丹依然占据着幽燕之地。臣下已经研究清楚，不日可以献计，一一拿下！"

赵匡胤摇摇头，道："非也，非也！"

高怀德问道："难道皇上还有其他忧虑？"

赵匡胤想到赵普来给他送酒的样子，要是他今天在酒桌上不把话说明白了，这个赵普明天一定要来啰嗦，看着赵普留下的酒，他让王公公给大家斟上，"朕这个位置，你们谁不想坐！"赵匡胤脱口而出。

高怀德一听，大惊失色，匍匐在地，道："皇上，我们可没有非分之想啊，我们都是忠心耿耿的。"

赵匡胤追问："你们忠心耿耿，却不知你们的手下是否也一样忠心耿耿？如果他们要把黄袍强行披在你们的身上，你们又当如何？"

赵月枝听赵匡胤第一句话，还以为他是喝酒喝高了，再听第二句，心想，原来那是皇兄要这些武将们辞官啊。

这时，她又听赵匡胤道："朕要多多地给你们良田美女，让你们世世代代不愁吃不愁喝，日日能歌舞笙箫，夜夜可以安享太平富贵。"

大家听后，都有点儿明白了，只有王彦升有点儿醉了，道："皇上，你不要我们了？那我们这就走了。"

赵匡胤不好多说什么，心里也难过，道："酒席终有夜阑人散的时候，这酒就喝到这里，没有喝完的，全部分赠给各位将军！各位回去，勿忘朕今日之言，君臣之约！"

这时，一群太监出来，搀扶将军们出门，有那心眼细的偷偷问太监："公公，刚才皇上跟我们有什么约定啊？我是不是应约啊？"

那些太监都说："将军，你要皇上赏赐良田美女，过日日享福的生活，就不要兵权了。"

那些将军一听，心里都明白了。

第二天，慕容延钊、王审琦、韩令坤等一应将军，都递来了辞呈，都说要告老还乡，请皇上赐给他们良田美人。张令铎、赵彦徽更是好笑，上表说自己有病，上不得马，开不得弓，不能打仗了，请皇上解除兵权。赵匡胤都一一同意了，让他们罢去禁军职务，到地方任节度使。之后，赵匡胤就不再任命新的殿前都点检和侍卫亲军马步军都指挥司，而是把禁军指挥权一分为三，分别由殿前都指挥司、侍卫马军都指挥司和侍卫步军都指挥司三衙统领，三衙互相掣肘，不能独占权力。于是，军权就等于回到了皇上的手里。

赵匡胤对这些将军还不太放心，把自己的妹妹嫁给高怀德，把两个女儿分别嫁给石守信和王审琦的儿子，又让自己的三弟赵光美娶了张令铎的女儿。他想用姻亲关系来巩固和这些武将们的感情，让国家上层，尤其是军队联结成一个牢不可破的网络。

然而，赵月枝却并不理解他的举动。她不敢跟赵匡胤当面说，但是背后却找赵光义和杜老夫人哭鼻子，道："他这是要让我受穷啊，让高怀德做个什么劳什子节度使，要是离开京城，我还有什么意思？"

杜老夫人深明大义，知道赵匡胤的这个安排完全是迫不得已，说："你要体谅皇上，跟你的丈夫去你们的封地，为你的丈夫生儿育女，要尽好你的孝道，守好你的妇道，不要仗势欺人，让你的夫家不得安宁，那样你的夫家就有祸了，你也不会善终。”

赵月枝点点头，道：“嫁鸡随鸡嫁狗随狗，我懂得的。”

杜老夫人看看女儿这个样子，心里也有不舍，就道：“你不要多虑，将来你们必然能回来，只要这江山是我们赵家的，只要这天不变，你的儿孙就将永享富贵。同时，你也要多想想，这富贵是怎么来的，要为大宋江山谋福，去守护它的边疆，爱护它的百姓，让它永远安康和平吧！这是你作为一个赵家人应该做的。”

赵月枝泪眼婆娑，道：“皇兄这样对待高怀德，公平么？女儿不服！”

杜老夫人摇摇头，道：“你如果不站在赵家的立场，不站在你皇兄的立场考虑问题，你就不配做长公主，哀家也不认你这个女儿！”

赵月枝只得点头道：“是，女儿知道了。”

2. 迷局

福宁殿门前的乌鸦已经叫了好几天，太监们不时地来驱赶，但是赶走了，它们又回来，太监们都有一种不祥的预感，杜太后也许将不久于人世了。

福宁殿内，有股子老人身上的陈腐味，混合着药味，在空气中氤氲弥漫着，被从西边射进来的斜阳一照，这味道分外浓重。赵匡胤要来，王公公先到福宁殿，他让人拿来上好的海南沉香，点了起来。

过了一会儿，杜太后醒了，王公公一面派人立即去报皇上，一面立即让人给杜太后准备洗脸水梳洗。不久，小太监来报，皇上来了。王公公轻轻地在杜太后耳边说道：“太后，皇上来了，您有什么吩咐，您就跟皇上说！”

杜太后睁开眼睛，屋子里有点儿昏暗，但是她能看见她的儿子赵匡胤。她一共生了四个儿子，老大早早过世了，老二就是赵匡胤，而老三赵光义是她的最爱，老四赵光美还小。

“皇儿，你可知你到底是为什么夺得了后周的天下？”

赵匡胤没想到母亲会在这个时候问这样的问题，答道：“孩儿是托了祖上的洪福！”

“错！”杜太后轻轻地侧身，正对着赵匡胤，眼睛死死地盯着他，道：“是因为柴荣把皇位传给了他乳臭未干的小儿，你是从小儿手里夺得了天下！”

赵匡胤点点头，但他如今身体强壮，德昭等孩子也在成长中，这事要紧吗？他不明白母亲想说什么。

“你希望你身后犹如柴荣那样，妻儿不保、身家尽丧吗？”杜太后问道。

赵匡胤摸着母亲的手，道：“母后有什么吩咐？”

“哀家要你答应，你身后把皇位传给你的弟弟赵光义，让赵家的天下永续流传！”

赵匡胤一惊：“这？”

这时，王公公进来道：“赵普大人到了。”

赵匡胤一惊，是谁通知赵普来的？不待赵匡胤说话，杜太后直接对王公公吩咐道：“快快有请！”

赵普听到杜太后的话，径自走了进来，躬身给杜太后施礼。杜太后轻轻地摆摆手，道：“这些俗套就免了，哀家叫你来，是让你写一个誓约。哀家要把这个誓约放在金盒子里，差人单独保存，以便日后昭告天下，否则哀家死不瞑目，哀家在底下也不得安生！”

赵匡胤听到这里，眼前竟然浮起当初周太祖郭威去世前的一幕，那个时候，郭威让李重进、张永德等下跪、发誓，要他们辅佐柴荣。现在，轮到他了。他要发一个什么样的誓呢？

杜太后道："皇儿，你听着，哀家要你答应，将来你百年之后，把皇位传给你弟弟赵光义。你可答应？"

赵匡胤听明白了，母后的临终遗嘱是要赵家的江山，保证能世代相传，而为了做到这一点，她想到的法子是兄终弟及，而不是父子相承。赵匡胤和赵光义感情很好，他想了想，自己的儿子年纪的确尚小，如果真的传位给他们，恐怕他们顶不住。

赵匡胤犹豫着，眼前出现了父亲的身影，当初拒父于滁州城外，实在不孝，如今母亲又要离世了，当如何自处？他眼睛一闭，跪下道："孩儿谨遵母命！"

杜太后满意地点点头，对赵普说："你把皇上刚才的誓词记录下来。"

赵普不好推脱，再说皇上都已经说了，他只好拿起笔墨，写了下来。杜太后让他照着读了一遍，最后道："赵普，写上你的名字吧，这份文书是由你记录起草的，由你作证。"

赵普在文书上署了名。

杜太后吩咐王公公："王公公，这份文书，就由你保管。"

王公公点点头，接过文书。

杜太后又吩咐道："就把它放在金盒子里，存放在福宁殿的房梁上，日日派人看护，直到昭告天下的那一天。"

王公公点点头，嘴里应道："是！太后！"

"皇儿，从现在开始，你就任命光义为开封府尹吧。"杜太后道。赵匡胤道："母后，您放心，我一定按照您的吩咐去做！"

杜太后不作声，缓缓地闭上了眼睛，像是沉沉地睡着了。

四、逼入迷局

赵光义看看身后的汴梁，那是最辉煌的都城。现在要离开汴梁了，他在心里说："我是暂时离开，我一定会回来的！"

他的妻子符夫人看他站在路边，望着皇城，于是也下了车，陪他站着，问："相公，你不想离开？"

赵光义点点头道："这么多年了，我和大家相处习惯了，突然要离开，不舍得。"

符夫人知道，赵光义说的大家是八十万禁军，是那些禁军军官，赵匡胤杯酒释兵权之后，禁军主要由赵光义掌管，如今，赵光义转任开封府尹，他的军权也就卸掉了。

符夫人道："相公，你是不舍得军权吧？皇兄既然让你做开封府尹，就是太后的懿旨发挥作用了，皇兄卸去了你的军权，他可能是不希望你现在就坐大吧！"

赵光义不置可否，他看着远处起起落落的云朵，又看看皇城的城楼，问："你父亲明年什么时候进京述职？让他早点好好准备，我想推荐他来任枢密使，执掌禁军。"

符夫人点点头，道："我已经写信给父亲，让他好好准备，乘明年皇上生日的时候来京城给皇上祝寿。"

符夫人说完，就拉着赵光义上车。赵光义还是不动，符夫人道："相公，你是在等什么人？"

赵光义点点头，又摇摇头说："我不让任何人送我，此时不可张扬，如果铺张张扬，会让皇兄起疑忌惮。"

符夫人突然明白了，道："你不让他们送，但还是希望有人来送。唉，皇上既然任命你为开封府尹，怎么又让你去洛阳呢？这不是明摆着忌惮你吗？"

赵光义失望地看着来路道："不会有人来了。"说着，他和符夫人一起来到车旁，准备上车。

正在这时，大路上掀起一溜烟尘，来了几匹马，赵光义手搭凉棚，一看，原来是史珪、石汉卿、吕端、冯拯四人，这些人平时都和赵光义交好，尽管他们接到赵光义不许送行的传话，但他们还是追了出来，要为赵光义送行。

到了近前，四人下马，史珪从马上取出酒坛子，石汉卿拿出几只杯子，史珪倒了酒道："相公此去，不知何时能归，我们四人特来相送，没有什么礼物，只有热心和薄酒。"说着，他自己干了。

四人相继干了酒，这个时刻，大家也无话，其实是不能说话，这样送行，是什么话都不必说的，都在一个情字里了。赵光义干了酒，一句话也没说，上了车。

终于，他对着车夫喊道："上路。"

夜。赵普家里，所有的人都已经睡了。只有赵普，还在独自看书。

这时，有人敲门，家丁开了门，黑暗中一人奉上一札书信，瞬间，那人又折回了胡同，没在了黑暗中。家丁拿着书信，疾步跑入赵普的书房，将书信递给赵普。

赵普用竹签挑开信封，信纸上是空白的。他举起信纸，对着蜡烛一照，原来是一封密信，嘴里喃喃道："开封府尹的密使往来于汴梁和常德之间，开封府尹和高怀德来往密切，开封府尹可能动员高怀德举荐符彦卿任枢密使。"

赵普看了，倒吸一口凉气，点着了密信，倒坐在椅子上，半晌不动。

过了好一会儿，赵普喊家丁："你去请张琼大人来见我！"

四、逼入迷局

张琼是河北大名人，后周的时候就跟着赵匡胤了，赵匡胤率军到泗州练兵时，他跟着赵匡胤攻打清流关。那时赵匡胤一马当先冲出，不想关上一支冷箭迎着赵匡胤射来。张琼看见了那支箭，但已经来不及提醒赵匡胤，毫不犹豫猛扑上去，挡在了赵匡胤身前，自己正好被射中。那箭太厉害了，把他的护心镜击得粉碎，箭头刺进了他的心窝，差点儿就要了他的命。

目下，赵光义离开了京城，去了洛阳，张琼接替赵光义擢典禁军，由内外马步军都军头、领爱州刺史，代为殿前都虞候，迁嘉州防御使。张琼是接替赵光义的人，本来，他应该一切按照旧制，赵光义是皇上的兄弟，明眼人一看就知道那是要接替皇上的人，他在时的一切都不应该动，动了就是得罪将来的皇上。可张琼偏偏不，他是个直性子，到任以后，首先是差军饷，领干饷的全给他赶跑了，这可得罪了一大帮人。要知道，能在赵光义那儿领到干饷的人，不是赵光义的死党，就是对赵光义有用的人，他这样做等于是捅了赵光义的老窝。

史珪、石汉卿等最是忠于赵光义的军校们，对张琼横挑鼻子竖挑眼。有一回，张琼校场点兵，左等右等，史珪、石汉卿就是不来，原来，他们是故意迟到，给张琼难堪，张琼哪里受得了这气。他二话不说，派人抓了他们两个，就是一顿板子，这顿板子让张琼打出了威信。可是不仅这两人从此非常痛恨张琼，声明和他势不两立，那些受过赵光义恩典的人，一下子就抱起团来抵制张琼。不过，张琼仗着救过赵匡胤的命，仗着赵匡胤赏识他，并不怕他们。

赵普知道张琼的个性，他要用好张琼。

张琼没有骑马，而是乘着一乘小轿子来到赵普家。他一到，就被管家直接领到了书房。

赵普用碾砵碾茶，又用沸水一遍一遍地淋热茶盅，最后把茶末放在茶盅里，用半沸的水沿着茶盅的杯壁浇在茶末上。茶汤渐渐出色了，茶面绕着水的方向转着圈，接着，茶末都聚拢到了半面，另半面是褐色的茶汤，张琼看到了一张黑白相间的太极图。

张琼坐着不动，知道赵普是个文人，虽然读书不多，却号称半部论语治天下。他的确是文人气十足的，喝个茶，还有这么多门道。

终于，赵普端起茶盅，递给张琼，张琼连忙倾身，双手接过。

张琼双手捧着，闻了又闻，但是不喝，他在等赵普说话。

赵普道："看见这茶汤了吧？茶是茶，水是水，一清二楚，混淆不得！"

张琼不知道赵普到底要说什么，思忖道："丞相，您有吩咐尽管说，我张琼万死不辞！"

赵普笑道："都虞候，你也是一方大员了，怎么随口就说万死不辞，寻死觅活，那是战争年代的事，现在是太平年代，要的是这个。"他指指自己的脑袋，"如果没有这个，你就是想寻死，也死不好。"

张琼问道："丞相，是不是有什么消息？"

赵普道："开封府尹善于结党，在禁军中安插了无数私人，又和长公主、高怀德一家交往深厚，他已经得到太后的庇佑，现在又如此结党，我怕要出事。"

张琼这回喝茶了，道："丞相，那是皇上的家事，我们管不上吧。再说，对于赵家江山，我们这些外人不是只有尽忠的份儿么？"

赵普冷冷地问道："张大人，你想尽忠，我倒是要问你，你向谁尽忠呢？是当今皇上，还是未来皇上？未来的皇上，他要你尽忠吗？想想史珪那些人，恐怕不等新老皇上更替，你的命就不保啦。"

张琼听赵普这样说，心里倒是有同感，要是赵光义当皇上，史珪、石汉卿那些人哪里会放过他，便问："丞相，那我们怎么办？"

赵普道："先下手为强。"

太阳出来了，赵匡胤让王公公给他在御花园弄了个躺椅，上面铺了狐皮褥子，没想到他一躺下就睡着了。"许是人老了，瞌睡多。"他自叹道。王公公接口道："皇上，您哪里老，您要是老，老奴还不是已经朽了？""王公公，你啊，就是嘴甜！"他问道，"那你说，朕怎么一躺下就想睡，可是睡一会儿又要醒呢？想当年，朕领军打仗，几天几夜不睡觉，也是常有的事，哪里有什么瞌睡？等到仗打完了，一睡就是几天几夜，又哪会一会儿醒来呢？谁也叫不醒朕。"

王公公递上刚好温暾的参汤，道："皇上，您这是被乌鸦叫醒了，乌鸦叫，可比不得人叫，那是没有不醒的道理的！"

赵匡胤一看，树上果然有不少乌鸦，道："听说，你让很多人做了弹弓，专门用来驱赶乌鸦？"

王公公回道："这等小事皇上也知道了。乌鸦在头上转，容易让人烦躁，扰了皇上和皇后娘娘的清梦，所以我让他们每人备上一只弹弓，没事的时候就打，这些天才刚刚开始，有点儿作用了。"

赵匡胤非常感兴趣，道："你去把打得好的叫来，朕要和他们比试比试，要是谁打得好，朕有赏！"

大家伙儿听说皇上要打鸟，打得好的还有赏，纷纷跑回去拿来了自己的弹弓，先呈给赵匡胤。赵匡胤一看，有些弹弓制作得真漂亮，是用鹿角做的支架，弓弦用的是上好的牛皮，有一只弹弓还镶上了小铜片钩子，收弓的时候可以挂弓弦。

赵匡胤和一干人走到后花园的深处，大家都蹑手蹑脚不作声，人人都张弓待发，但就是不发，原来都在等皇上先打。赵匡胤瞄准一棵树上最大的乌鸦，一松手，石子飞出。这时，他身后的太监们也全部松了手，数十颗弹子一起飞出，接着，“噗噗噗”，树上落下十数只乌鸦来。

赵匡胤看了高兴，喊道：“人人有赏，要是用这种法子练兵，上阵，你们都是好手啊。”

这一下子，后花园里的乌鸦就全飞了，赵匡胤又带着那一干人，往另一边去找乌鸦。这时，一个太监从门口跑来道：“皇上，张琼大人求见。”

赵匡胤道：“啥事那么急？就说朕在忙呢，让他改天来。”

赵匡胤没有理会张琼，这会儿心思全在打鸟上。说着，他就领着人往御花园的另一边去了。

可是，张琼并没有走，而是在御花园门口等着，过了一个时辰，又让太监去通报。太平盛世，赵匡胤虽然成天也忙忙碌碌，但是一歇下来就有一种坐等终老的感觉。这会儿他带着大家东奔西突地打鸟，那些太监虽然缺乏训练，但在他的指挥下，慢慢地有了步调，有点儿像一支军队了，这让他很有成就感。

这时，太监又来汇报，他忙放下弹弓，赶到门口。张琼过来施礼道：“皇上，末将等您多时了！”

赵匡胤道：“你有事就说吧，朕正忙着呢。”

张琼道：“末将是来报告，东城的箭楼要重新修了，前都虞候曾经拨过一笔款子，立了项，但是至今没修，可是款子却已经出去了。”

赵匡胤听了，气不打一处来，问：“张琼啊，你是来说赵光义的坏话呢？还是真想要修箭楼？想修，你就奏报上来，重新请款修一下不就得了?”

张琼说道:“那笔款子到哪里去了? 找出来不就得了,哪里需要新款子?”

赵匡胤大声呵斥道:“朕还以为你有什么大事急事,为这么鸡毛蒜皮的事急着来打搅朕。去吧,改天再说!”

赵匡胤说着,转身就要走,张琼却大声说:“再鸡毛蒜皮,我谈的也是国事,总比您打鸟重要吧!”

赵匡胤气了,一挥手,手里的玉斧子就飞了出去,正中张琼的面门,弄得张琼满嘴是血。张琼“哎呀”一下,用手捂住嘴,一张开嘴,两颗牙被打落了,赵匡胤吼道:“滚! 滚! 滚!”

“我滚?”张琼也气了,用手巾包起牙齿,道:“皇上,今天的事情,末将不能跟您计较,但是将来自有史家会评说。”

张琼站着不动,赵匡胤看着他,心里突然又想笑。他知道自己错了,但是自己是皇上,又不能认错,便对王公公使了个眼色。王公公立即跑上前去,推了张琼一把,把张琼往外拉,忙说:“张将军,您这样跟皇上说话,可就是您的不对了,您先回去歇着,明日再议,不行吗?”

张琼被王公公连拉带扯地弄到了外面,还在大呼小叫:“我说的事再怎么轻,也比在花园里打鸟重要!”

王公公连忙呼人来,让人驾着张琼出宫去。

赵匡胤对王公公道:“王公公,你带上几坛好酒,带上御医,替我去看看张琼吧。”

王公公道:“皇上,您也没错。张将军说的事不利于开封府尹和您的关系,如此这般,群臣们这样站队,将来定然不妥,皇上给他点儿颜色,也是一个警告。”

赵匡胤把手里的弹弓还给身边的太监，背着手往外踱步，想起那天晚上，太后过世时对他的嘱咐，点点头道："你说得对，可是……"他想想，又止住了话头，换了一个话题，"你盯着赵普了吗？他和张琼是不是有来往？"

王公公紧跟两步，靠近赵匡胤耳边悄声说："张琼数次深夜私访赵普，两人在书房常常密谋许久。"

赵匡胤哈哈大笑起来："密谋？他们两个能密谋什么？"

王公公低声说："一个是宰相，一个是首屈一指的武将，一个掌握政权，一个掌握军权。"

赵匡胤止住了笑声，问道："你的意思是？"

王公公声音更低了："老奴没什么特别的意思，老奴只是为皇上着想！"

赵匡胤想了想，心里有点儿忐忑起来：当初陈桥兵变，他黄袍加身，要是没有王公公，那是不可能胜利的，王公公为什么会站到他一边呢？因为他有审时度势的能力，如今，他突然站到了赵光义一边，是不是他又在用自己审时度势的能力？难道我赵匡胤真的老了，你王公公要另找高枝了？赵光义是否能做皇上呢？他能让大宋江山永续流传吗？想到这里，赵匡胤觉得自己有点儿乱了。在他的一生中，从来没有什么问题能像今天这样令他如此惶惑。

"跟赵普说一声，今晚我要去他家里喝酒。"

3. 哪个赵姓

大雪连着下了一下午，晚饭后还下着。赵普让人在院子里挂了几盏灯，可以在雪夜中看院子里的梅花。不一会儿家人拿来几盏灯，他吓了一跳："怎么这些灯都是镀金的？"

赵安回道:“大人,这是去年南唐使节送的,您可能忘记了。这些灯一直没有用过,今天喜庆,瑞雪兆丰年,就拿出来用用吧。”

赵普心里有点儿忐忑,这让皇上看到了,还不知道他会怎么想,忙说:“你们赶快去换了,换普通的灯,带个灯罩就行,我们一会儿在这里喝酒,皇上能看见窗外的雪景和梅花就可以了。”

赵安摇摇手,道:“大人,家里哪有其他灯啊,去年几盏灯都是用纸糊的,用几天就坏了。再说了,您是当朝宰相,您不用这种东西,谁敢用? 不就是镀了一层金子吗? 人家还用真金白银的呢。”

赵普道:“赵安,你还是撤了这些东西,不能让皇上觉得我是贪官。”

赵安一拱手,认真地说:“小人想起一个故事,不知道大人想不想听?”

赵普知道赵安平时喜欢读书,脑子好使,就说:“你想说什么就直说。”

赵安道:“当年始皇坚持要王翦领兵讨伐楚国,楚国是一等一的大国,要讨伐楚国,必须举秦国全国之力,也就是说,把秦国所有的军队都拉出去才行。他回始皇道:‘若非要用老臣,必给我六十万大军。’始皇同意了,于是王翦带着六十万秦军向楚国去,始皇亲自来送,一直送到灞上。临别前,王翦请求始皇给他田地和美宅,始皇说:‘将军既已出兵,何患贫穷?’王翦说:‘为大王部将,虽立战功却终不得封侯,所以趁大王亲近臣下之时,多求良田屋宅园地,为子孙置业。’始皇大笑。王翦一路行军,一路不断地派人回去跟始皇敲定他要的良田和美宅,王翦这样做,不仅仅让皇上身边的那些大臣们看不下去了,就是跟着他出征的那些部下们,也看不下去了,就跟王翦说:‘将军,这样求赏太过分了,我们觉得丢人。’王翦对他的部下说：‘皇上多疑，不信任人，现在把全国的兵马都交给了我，我只有以多请田宅作为子孙基业的方法来打消秦王的怀疑，否则，如果我们走不到楚国，大家回去之后说不定都得不到一个全尸。’”

赵普看看赵安道：“赵安，你在家里做家臣，委屈你了，将来一定找机会让你外放，去做个县官试试。”

赵安问：“那么，这些还留着吗？”

“留着吧。”

晚饭刚过，皇上就来了，只带了十几个卫士，身边伺候的只有王公公一人。赵普领着赵匡胤到了书房，赵匡胤一看，这书房真气派，书橱里的书大概有数千卷。赵匡胤笑道：“赵普啊，赵普，你是真舍得花钱。这些书你都看了？”

赵普道：“忙，哪里来得及看？不过，皇上的命令不敢不从，皇上不是要我多看书吗？”

赵匡胤想起当年自己在攻克清流关、滁州之后，缴获了南唐部将和乡绅的大量书籍，那些书装了几大车，运回了汴梁。为这事，他还被人告了，说是他贪财，将缴获的资产运回家了，得亏周世宗是明白人，不然他的命可能不保。他说：“当年，我们是没钱买书，只能抢了别人的书来看，目下，我们是有钱买书，天下的书尽归我们所有，却没有时间和体力看。这些日子朕看书，常常感觉眼睛昏花。不看书，头脑挺清醒，一看书，就想睡觉。你说，朕是不是老了？”

赵普摇摇头，道：“皇上万岁，哪里会老？”

赵匡胤用玉斧敲敲自己的手心，又敲敲桌子，道：“赵普，你可别跟朕玩虚的，朕这个万岁在你眼里到底是个什么形象？你倒是说说。”

赵普哪敢跟赵匡胤玩虚的，道：“要身体好，必须畅饮，不能饮，就没有好身体。”

说着，赵普打开炭炉，让木炭的火活过来，不一会儿，上面的酒壶里就开始冒水汽，酒香在屋子里弥漫开来，那酒本来就温着，恰到好处地温着，现在更是好到极点了。

王公公跪到炭炉边，提起酒壶，给他俩斟上。赵匡胤道：“王公公，你到外面歇着去吧，别累着，我和赵大人会照顾自己。”

王公公知道，那是皇上要跟赵普说话，他不便在边上听，便躬身起来，退了出去。赵匡胤又补充道：“你也别在外面候着了，找个地儿歇着去。今晚，我们恐怕要很晚。”

赵普道：“皇上放心，王公公和您带的卫士都作了安排，他们冻不着饿不着。”

赵匡胤不待赵普让酒，就自己饮起来，一喝果然是好酒，就问：“蒲中酒？”蒲中是山西境内的蒲州，那里出产好酒，赵普道：“好酒躲不过皇上，皇上一喝，就喝出来了。”

“赵普，你也俗了，弄蒲中酒来，俗了！”赵匡胤看看窗外，雪又大了，道：“今晚，我们别俗了，搬到外面去，院子里不是有个亭子吗？去那里，就在雪中喝！”

赵普急忙起身，端着盘子道：“去得去得，我已经派人在那里摆好酒席了。”

两人往外走，一拉门，赵匡胤看到门外面笔挺地立着七八个家仆，有男有女。他指着赵普道：“你啊，你还是把朕当外人。”吩咐道，“留两个，其他人都歇着去吧。”

这时，有人拿来了灯，撑着伞，给他俩引路，赵普手上的菜盘子，也被人急急地抢了去。走在花园小径上，雪花打在赵匡胤的脸上，他觉得很惬意，道："哎呀！还是这样喝酒看雪舒服，你这里安静，皇宫中太闹腾。"

赵普道："那皇上随时可以来微臣这里。"

"不打搅你？"

"这一切都是托皇上的洪福才有的，怎么叫打搅呢？这就是皇上的家。"赵普打趣地说。

两人一路走，赵普看雪地里正放着光，心想那些照着梅花的灯，皇上看了不知道会怎么想，再说他也不知道皇宫里有没有这种灯，要是有，皇上用，一个大臣也用，这是逾越，要是没有，那就更加不好了。这时，赵匡胤似乎也注意到了那些梅花，便说："赵普，没想到你还有那么好的雅兴，这梅花漂亮。"他用鼻子嗅嗅，香气缥缈。

赵普心定了，皇上没注意到灯，注意的是梅花。

两人在亭子里落座，家丁在他们身后围上了帘子，把温酒的火炉也打开了。赵匡胤一落座，才发现这亭子有秘密，原来身下是暖和的，"你这亭子不错，烧了地火？"

赵普道："这是微臣的发明，在底下凿洞，把炭火放进去，这样亭子就暖了。"

赵匡胤道："什么时候你到朕的宫里，给宫人讲讲，朕要在宫里也弄一个这样的。"

赵普道："这是特地弄来迎候皇上的，皇上喜欢，我明天就进宫把图样给他们，让他们立即也做一个。"

两人饮了几杯，赵匡胤问道："赵普，今儿朕来是想问问内外方针大计。"

赵普点点头，饮了一杯道："皇上，有什么特别的思虑吗？"

赵匡胤道："人生犹如白驹过隙，突然之间，我们都已是中年之人。可惜，燕云十六州还在契丹人的手里，北汉也还没有铲除，南方还不稳定。"

赵普摇摇头，道："皇上如此思虑没有必要，攘外自有武将们，皇上只要鞭策之，则可。"

赵匡胤举酒，停着不动，道："朕想御驾亲征，拿下北汉，如何？北汉不破，契丹必不能破，燕云十六州，必不能拿回，我汉人在契丹的国土上，为人奴，为人妾，朕不能安心。"

赵普道："皇上，当年周世宗在位，曾经亲征北汉，又如何？"

赵匡胤不语。

"王朴乃天下大器、镇国之才，在世时他时曾经说过，北汉留着，可以隔绝契丹、女真、党项对我的袭扰，灭了它，却要耗我资财，伤我元气。"

赵匡胤摆摆手，道："饮酒，饮酒，这个朕知道。"

两人都不说话，闷闷地喝酒，最后还是赵匡胤打开话匣子，道："开封府尹那边的情况，你可知道？"

赵普心里想说：如今这个大宋江山，已经分裂成两半了，一半儿是您的，一半儿是您弟弟赵光义的，群臣也分成了两拨。

"朕已经垂垂老矣，然而德昭、德芳尚幼，当初太后在时，朕曾经答应太后，绝不让大宋江山重蹈后周覆辙，这江山给光义，又有何不可？你是朕的股肱之臣，当时又亲证了太后的金匮之盟，应该理解啊。"赵匡胤接着说，"什么是好生活呢？我们曾经沙场百战千战，九死一生，如今权倾天下又如何，孤家寡人而已，未尝有一日能安心，有一夜能安枕。"

赵普摇摇头，道："皇上，我们冒死兵变，又百战沙场，除了为自己的好生活，还有什么？不过是要子孙安享权柄，拥有天下而已。如果您是真龙天子，那么，您的子孙就应该应上苍的使命，来统治天下。这才是正朔，才能让天下人臣服，否则，这个赵家王朝就要结束，而另一个赵家王朝就要崛起，可这绝不是一个赵家！天下人怎么知道谁是真正的天子？大宋的江山如何才能成为万众一心的信仰？"

赵匡胤似乎突然之间被赵普说服了。他沉吟着，不说话。

赵普的声音突然之间大了起来："如果您不能传位给您的儿子，那么这个大宋江山在大家的眼里，就不值得守护，因为没有真龙天子承天应命的江山，是得不到百姓的信仰的！"

赵匡胤点点头，道："为今之计，又当如何？"

赵普斩钉截铁地说出两个字："迁都！"

赵匡胤并不惊讶，迁都也许是此刻唯一的选择，但是有多少人愿意跟他迁都呢？大家追求平安富乐，汴梁这样的繁华之地，他们住惯了，如今要让大家举家搬迁，谈何容易？

赵普道："此时犹未晚矣，再拖延，恐怕就不可能了！"

赵匡胤知道，赵光义在当初陈桥兵变时就是主力，兵变成功后，在禁军经营多年，如今禁军里的新一代将领，几乎都是他一手扶植起来的，那些跟着自己打天下的老将们，反倒没了兵权。赵匡胤用玉斧敲敲自己的手心，又端起酒，喝了一杯。赵普拿起酒壶，给他又斟上，道："苏合香酒，皇上，您尝尝！"

赵匡胤问道："苏合香酒？你从哪里弄来的？去年不是说苏合香减产，只有一点点都送到宫里来了吗？"

赵普不慌不忙道："如今下面的人送东西，但凡是送给宫里的，一定是有两份，一份在汴梁，一份则去了洛阳。”

“你拿它来给我喝？”赵匡胤问了一句，然后放下酒杯，“不喝这酒了，我进来的时候，看到你厅上放着几个坛子，都封着口呢，不如把那些酒拿来喝吧，如何？”

赵普立即起身喊赵安：“赵安，去把客厅里的酒坛子搬来，都搬来，我们要换酒。”

赵安其实就蹲守在一处树丛的暗影里，他哪里敢真去休息？他一听赵普喊他，立即跑了出来，抖了抖身上的雪，应声道：“大人，我这就去取来。”

不一会儿的工夫，赵安带着四个家丁，每人抱来了一个坛子。那坛子看起来够沉的，几个大小伙子都是青壮，抱着似乎也有点儿吃力。

赵普道：“都开了，今天皇上不醉不归，这几坛酒，正好！”

赵安欲言又止，似乎想说什么，但赵普已经有点儿喝高了，挥挥手道：“别啰嗦了，开坛！”赵安无奈，当着赵匡胤和赵普的面打开坛子，这回赵普吓得突然醒来了，原来坛子里不是酒，而是一整坛的瓜子金！

赵普立即起身跪下道：“臣罪该万死！臣罪该万死！”

赵匡胤笑道：“赵普啊赵普，你贪财我怎会不知道，那就贪吧。不过，你要告诉我原委。”他指指那些金子，赵匡胤心里突然悲凉起来，普天之下，莫非王土，这天下的财货都是他赵匡胤的，可有些人却把财货搬来搬去又藏来藏去，真是好笑。

赵普道：“吴越王钱俶，鬼心眼太多，臣中了他的奸计，请皇上治罪！”

赵匡胤苦笑，摇摇手道：“钱俶，他还真以为大宋的军国大事都由你们这些书生说了算？”

赵普也有点儿醉了，问道：“那么，张琼他一个武将，能决定大宋的国运吗？”

赵匡胤道：“张琼那天来御花园闹事，是你们商议好的吧？你们要弹劾开封府尹吧？”

赵普侧了一下身子，像是坐久了需要动一下筋骨，但赵匡胤明显感到，那不是身体上的原因，而是心理上的原因。

赵普内心正经历着巨大的波澜，什么问题能让一个宰相、一个经历过那么多事的人如此不安？

“张琼，他身在禁军一线，他的感受最深。禁军中，当年开封府尹定下的所有规矩和人手都不能变，无论是有没有问题的，都不能变。甚至有什么问题，那些将校们先要私下请示开封府尹，才来禀告张琼，张琼做傀儡久矣。”赵普道。

赵匡胤听了，也是一震，遂问道：“你说的当真？”

赵普点点头，道：“皇上，你只要睁开眼看一看，你就会发现情况比我说得严重，我真不敢说，就如同你不敢看一样。”

4. 步步相逼

张琼被史珪、石汉卿联名告了，在他们的诉状上，同时还有一千六百名士兵的手印。赵匡胤看到史珪、石汉卿的联名告状信后大吃一惊，告状信中列举了张琼的罪恶，一是克扣军饷，二是虐待士兵，说张琼私蓄家奴、戏子一百余人，任意把士兵当作家奴，私建千亩豪宅……要是这些都是真的，那真是十恶不赦啊。赵匡胤脑袋“嗡”的一声，心想张琼啊张琼，你也背叛我？如果真是这样，我也保不了你。

可张琼毕竟是救过赵匡胤命的人，赵匡胤在犹豫。他想找赵普商量，但赵普正好去处理黄河修堤的事了，要过半个月才能回来。

他找来卢多逊，想让卢多逊出出主意，或者让卢多逊去查一下，没想到卢多逊却摇头道："皇上，张琼乃皇上身边大将，微臣昏聩，有何德能审查他?"

卢多逊不傻，知道张琼是赵匡胤的人，而史珪、石汉卿是赵光义的人，两者干仗，不仅仅是私人恩怨，更是政治杀伐。两个政治派别要在张琼身上干一仗，开封府尹是想一战定乾坤，拿下禁军领导大权，这个时候，如果不能按照开封府尹的要求审案子，必然得罪开封府尹，那就是得罪未来的皇上；而如果不能按照当今皇上的要求审案子，那自然是死得更快，那是得罪了当今的皇上，对当今皇上不忠。当今皇上恐怕还蒙在鼓里，不知所以。

赵匡胤没想到卢多逊会推脱，他还不清楚眼前的局势，道："那么，谁合适审张琼一案?"

卢多逊心里打了一个小九九，说道："皇上，如果要真查，我就推荐史珪，史珪检举张琼，让他们两个对质是最好的办法，就让史珪去查如何？不过案子还是要由皇上您亲断！"

赵匡胤问道："为什么?"

卢多逊感觉赵匡胤还没有完全明白当下的局势，自己更加不能站在赵匡胤这边了，道："张琼是否犯案皇上有疑惑，自然是皇上亲审更好。"

卢多逊老奸巨猾，有敏锐的政治嗅觉，更有滑头的政治态度，在心里说：皇上，只要您亲审，您就能明白很多。

这时，王公公突然献上一盏菊花茶，不经意地道："皇上，张琼这事又不是什么大事，哪里需要皇上您费神？让史珪去问问，问清楚了不就得了？”

卢多逊看看王公公，王公公也看看他，他们两个脸上一点儿表情都没有。但瞬间卢多逊了解了王公公，王公公已经站到了开封府尹的阵营里，而他卢多逊脚踩两只船，恐怕要有麻烦。

卢多逊也点点头，道：“这倒也是，张琼案不算什么大案，让史珪去问问清楚，就可以了。”

赵匡胤无话可说，顺口道：“那就让史珪负责吧，让他去问问张琼。”说着，赵匡胤叹口气，“唉！要是魏仁浦魏相还在，这种事情又怎么会发生。”

赵匡胤突然想起魏仁浦，不禁泪流满面。两年前，魏仁浦随他出征北汉，劳累而死，已经葬在洛阳了。

夜，胡家庄，清冷的月挂在高空。这个村子盛产枣子，如今，枣树都已经挂果，赵普捏着一粒枣子，在树林里来回走，外面是张琼派来的人，黑魆魆地站在田埂上。

这是赵普视察黄河堤防之后歇脚的地方。不承想，张琼的下属追到了这里。

来人道：“张琼大人已经被史珪抓捕，抓捕时，张大人让我速来报您，求您快快救我家大人。”

赵普心里大骇，皇上怎么糊涂了？让史珪审张琼，那是要张琼的命啊。

赵普当即就脱口而出：“张大人的命恐怕保不住了。”

赵普转了一圈又一圈，天都要亮了。他还是没想出好主意，为今之计，只有一条：立即赶回汴梁，也许还有一线希望。

他喊道："来人，立即起程，回汴梁！"

刑部大狱里，张琼散着头发，裤子里都是屎尿。他戴着接近二百斤的枷锁已经站了整整两天，没有吃的，不能睡觉，也没有如厕的机会，一只大枷用铁链链在柱子上，吊着他的脖子。他也无法坐下来休息，他感到，哪怕再吊一会儿自己就要死了。他已经完全站不住了。

这时，史珪才出现，要来提审张琼。

史珪对狱卒道："把张琼剥光，用冷水浇透，然后再给我牵过来！"

那些狱卒知道，整治犯人首先是要让他疲劳，让身体吃不消、站不住时不让他睡下，又渴又饿时不让他吃喝，这是第一步。第二步是让犯人失去自尊，让他的意志垮台，比如让他屎尿全部拉在裤子里，剥掉他的衣裤，让他赤裸着受审……张琼就这样被赤身裸体地拉到了大堂上。张琼已经整整站了两天，脚都肿了，也饿了两天，这会儿眼睛都花了，可是当他看见坐在堂上的史珪时，大声道："史珪小儿，你诬告我！"

史珪并不看他，手一挥，边上便有小吏冲上来，用板子打张琼的耳光。这种板子，有一尺半长，上面浸过桐油。这些小吏打耳光都有特殊的本领，下手狠，到了犯人面颊跟前的时候，突然反向回抽，等到板子打到脸上的时候，带起的不是压力，而是粘着脸皮之后的拉力，三五下之后，犯人的脸皮就被拉开了血口子，再三五下，犯人的脸就犹如鬼魅。

张琼是一条汉子，当年他在阵上用身体为赵匡胤挡了南唐的毒箭，那箭钉入他的骨头，大夫怎么也拔不出，他让大夫把自己绑在柱子上，告诉大夫："你尽管动刀子！"

那大夫一边动刀子，他一边喝酒，面无惧色。

如今他却是虎落平阳，史珪看张琼不喊叫了，挥挥手，让那几个衙役停手，道："张大人，属下是奉了皇上的命令来提审你，都是走过场，希望你不要介意。你若是渴了、饿了，你可以跟属下说，属下一定帮你打点。"

张琼知道这史珪不是个好人，心里想：皇上，您让这个小人来提审我，明摆着是要我死啊，我还有什么盼头？

他不说话，低着头。史珪也不等他答话，对衙役道："给张大人拿酒来，让张大人解解乏。"

那衙役会意，拿了酒来，那酒是高粱烧，度数高，一般人喝了嗓子能冒烟。张琼一天一夜没喝过水，口渴难当，张口喝了一大碗，立即面红耳热，燥热难当，更加口渴了，恨不得咬了嘴唇舔自己的血。

史珪慢条斯理地喝了口茶，然后踱了到门口，对衙役吩咐道："给张大人穿上衣服，押回去吧。"

那些衙役不明所以，照理说，这样整治下去，犯人是一定会张口的，难道史珪大人不要张琼说话？

张琼心里明白，这史珪不要他口供，而是要他的命。把他弄死之后，随便编什么口供，都是死无对证。

张琼被衙役押着走出刑房，这时，有一小卒在后面轻轻地喊他，声音非常微弱："张大人，我叫阮武，曾经是您的部下，跟您在滁州打过仗。"张琼听着，没回头，低声对阮武道："你别叫我张大人了，我如今必死无疑，请你解下我的腰带，带给我的母亲，就告诉她，我不能尽孝了！"

阮武知道，张琼这是吩咐临终事。他从张琼身后伸过手来，解了他的腰带，悄悄收在衣服底下，道："大人，您放心，我一定送到。"

史珪的书房里，博山炉里点着上好的海南沉香，手上把玩着一对青铜小兽，那青铜小兽头像狮子，身子做得胖大敦厚，有点儿像大象，他反复把玩着。夜已经深了，给他打扇子的奴婢眼睛都睁不开了，一个瞌睡，手上松了一松，扇子打到了他的肩膀上。他抬头看看那奴婢，用手在她脸上捏了一下，问："瞌睡了?"那奴婢脸上露出了一丝厌烦的神情，身子不由自主地躲了一躲。史珪不高兴了，手上用了力，顿时，那奴婢的脸上被捏出了一道血印。那奴婢不敢躲了，硬生生地忍着，眼泪在眼眶里打转。

这时，门房突然跑进来，道："主家，石汉卿大人来了。"

"他这么晚来有什么事?"史珪心里有点儿忐忑，立即把那对青铜小兽放进锦盒里，吩咐那奴婢道，"快快收起，放到后头去，给石汉卿大人沏茶。"

话音未落，石汉卿已经不等通报，自顾自地进来了，不及坐下，拉着史珪的衣服，道："赵普回来了!"

史珪听了，脸色大变，心想：赵普不是在黄河边上治水吗? 是谁走漏了风声，给他传递消息，让他回来了? 这赵普，他以为自己还有能耐，能救张琼?

石汉卿看他不说话，追问道："要是赵普把张琼给救了，张琼肯定不会放过咱们啊!"

史珪摆摆手，道："事到如今，张琼是无论如何不能活着出去了，要是让他活着出去，不仅我们没命，连着开封府尹可能也没命!"

“那你说怎么办?”

史珪对着石汉卿的耳朵说了一句话,石汉卿道:“这要是传出去,可不得了。”

史珪大声道:“那比你将来死在张琼刀下,如何?”

老狱吏叹着气,帮张琼脚底上收拾了一下,又在墙洞里放了一盏灯,道:“有个灯,人就灵醒一点,张大人,你可要醒着。”他是担心张琼站着站着,就昏过去,醒不过来了。

老狱吏同情张琼,这人当初也是一条好汉,如今落得这步田地。

张琼披头散发,两眼发直。他想站,站不了,想坐,坐不了,生不如死。他想蹲下来,脖子里的木枷立即就锁住他的喉咙,让他呼吸不得,他真想这样吊死算了。可是那枷锁的锁正好在让他死不得的位置上,当他真想死的时候,那枷锁又成了支撑,让他死不成。

已经是后半夜了,老狱吏看看没人来了,给张琼披上一件外套。张琼泪如雨下,道:“老狱吏,难为你了,你这样对我,我就怕连累了你。”

老狱吏摇摇头,也不说话,出去了。

正在这时,两个禁军军士走了进来,看他们头上的红帽缨,两人级别都不低。两人态度不错,轻声对老狱吏说:“我们奉了皇上的御旨,来看望张琼,你开了门,我们进去和张将军谈谈。”

老狱吏一看是禁军,也顾不得看什么圣旨不圣旨的了,觉得这些人是张琼的部下,自然是来救张琼的。他赶紧打开了牢门,说:“你们再晚点,张将军恐怕就没命了。”

两个军士摆摆手,不让他说话,又要他把张琼的手铐、脚镣,还有肩膀上的大枷卸了。张琼一屁股坐到了地上,接着又躺倒了,闭着眼睛，道："你们是来要我命的？"

两人点点头道："带了吃的来，你要是能吃，就吃两口。"

老狱吏听了大吃一惊，正想说话，那两人摆摆手示意让他出去。

老狱吏出去了，两人又说："张将军，委屈你了。你跟错了人，更加不该弹劾开封府尹。如今我们来是给你个了断，皇上赐你自尽，也算是给你个保全名节的机会。你的家人、老母亲，皇上会照顾好。"

"我不相信皇上会要我死！你们假传圣旨，迟早有一天，天地会为我鸣冤，到真相大白时，你们都逃不脱惩罚。"

其中一人道："谁会为你伸冤？"

"头上三尺有神灵，你们就不怕神灵降罪吗？"张琼闭着眼睛，"你们这群宵小，跟着史珪，会有好结果吗？"

"你的神灵不是我们的神灵，你的神灵我们不信，再说，你平时不是说不信神吗？怎么这会儿倒信起来了？"另一人回道。

"卑鄙小人，当初我应该杀了你们，留不得你们如今来害我！"张琼愤愤地吼道。

张琼在地上躺了一会儿，气力恢复了一些，声音也大了。那两人就有点儿不耐烦了，便说："你这是不合作啊？张将军，如果是这样，我们兄弟就要帮你一把了。"

两人互相使了眼色，一左一右，平着抱起张琼的腰，张琼叫道："你们要如何？杀我？"

两个人不答话，将张琼的头对着牢房的北墙，狠狠地撞去，顿时，张琼脑浆迸裂，血溅了一地。两人看也不看张琼，放下他的尸体，转身出去了。

赵普来到宫门口，照往常，那些班值早就过来打招呼，给他开门让道了。赵普有皇上给的特权，可以过门不下马，可今天不一样，那些班值站着不动，赵普下了马，走到那些班值眼前，赵安上前对那些班值道："你们没看见那是我家宰相吗？快快开门让路！"

那些班值不动，一会儿从里面走出一个小校来，不紧不慢地走到赵普跟前，道："宰相大人，恕小人无礼，没有皇上的宣召，这个时候既不是早朝，又不是晚朝，小人不能放大人进去。"

赵普心想，张琼肯定死了。他心里暗暗叹气，皇上啊皇上，您怎么这样糊涂。"那就麻烦你通报一声，就说宰相赵普求见。"

这个小校敬了个礼，转身进去通报了。一会儿，小校从里面出来，道："王公公说，皇上刚刚歇下，有什么事就请宰相明日早朝再说吧。"

赵普这回真有点儿吃不准了，到底是皇上不想见他，开始疏远他？还是皇上被蒙在鼓里，他们根本就不想给皇上传话？

赵普道："我就站在这里等，等皇上歇息好了，再求见。"

一听这话，那小校为难起来，站着不知如何是好。赵普一看，就知道这小校是被人左右了，说皇上歇着了，其实这话是王公公告诉他的。小校低声道："宰相，您稍候片刻，一会儿小的再给您进去问问。"

赵安凑到赵普耳边，道："宰相，这样等下去不是个办法，相反会把你置于逼宫的境地，不如我们先回去吧。"

赵普道："我与王公公交游多年，想来，他此时不会不帮忙。"

赵安又道："大人，看来张琼已死，您再怎样急，也来不及救他了，不如放松些，先回去休息，等明日早朝再说。"

赵普摇摇头，道："我倒要看看，皇上什么时候见我！是不是皇上他不敢见我!"

勤安殿上,赵匡胤接过史珪递上来的抄家清单,他看了看,问道:"史大人,你不是说张琼私蓄家奴、戏子百余人吗?怎么只搜出了一个?"

史珪不慌不忙地道:"张琼的家奴,一以当百。"

赵匡胤又问:"你说,张琼家宅百亩,怎么家宅只一进,总共十间?"

史珪又道:"张琼家宅,一以当十。"

赵匡胤火了,怒道:"你们就这样以莫须有的罪名害死了朕的一员大将!"

石汉卿道:"皇上,张琼畏罪自杀是事实,如果他没有罪,又何必自杀?张琼之死,事出意外,又在意料之中,臣请皇上宽大为怀,多多赏赐他的母亲,也可擢升他的弟弟。张琼曾经跟随皇上南征北战,他这样走了,也算是保下了名节。"

听了石汉卿的话,赵匡胤一时有点儿糊涂了,这张琼到底是否有罪?他想起张琼当初的好,又想起张琼最近跟赵光义闹别扭、弹劾赵光义的事,心想你们都是朕的股肱,又何必这样你死我活,不能相容呢?

赵匡胤点点头,道:"你们去吧,容我再想想。"他突然感到一阵头痛,眼睛像是要从眼眶里爆裂出来一样,提高了嗓音道,"出去吧!"

这时,王公公回禀道:"皇上,赵丞相回来了,他在午门外已经等候多时。"

赵匡胤摇摇头,道:"让他改日再来,就说朕不舒服。"

赵匡胤知道，赵普是来救张琼的，可张琼已经死了。赵匡胤头疼欲裂，这个时候他不想见赵普，无法跟赵普对话，甚至有点儿怕赵普质问他。

赵普终于知道皇上不会见他了，赵匡胤已经不是当初的大哥、都虞候、枢密使，而是皇上。皇上居于深宫，宫深似海，他见不着了。想起当初，赵匡胤雪夜来访、煮酒赏雪的情景，言犹在耳，一个表情、一个动作，一切都还在眼前，而如今，近在咫尺却不能见。

宫门外的罗汉松弯了腰，而天上飞过的大雁似乎也噤了声。他赵普也应该弯腰噤声，然后走人，就像头顶上的大雁一样。

赵安默默地牵过马来，赵普虽是文官，却保持了战争时代骑马的传统。他听见赵普的声音哑哑地从似乎很远的地方传来，“走吧。”他点点头，“走吧，先生！”赵安说道。那小校看不过去，让人拿来上马凳，赵普看看马凳，抬脚踩了上去，没想到他的脚是那样没有力气，竟然上不了马凳，赵安看在眼里，眼疾手快托了一把，他总算是上了马。

赵安牵着马，快步地走，知道赵普此时此刻只想离开，马似乎也懂得赵普的心思，又稳又快地小跑起来。可是赵普却突然勒住了马缰绳，调转马头，望着宫门。他就这样站着，似乎在等皇上出现。然而，宫门口并没有什么动静，没有人出来。

赵普几乎是有了错觉，问赵安：“刚才，是有人喊我们吗？我怎么听见有人喊我们回去。”

赵安心里一酸，道：“丞相，您别着急，咱们先回去休息，明天上朝，再跟皇上说。”

赵普道：“不会上朝了。”

五、终成定局

1. 赵普罢相

赵匡胤早早起来，太监们端来粥，粥是用洛阳产的小米和着山东的甜瓜熬出来的，清香中带着甜味，非常好吃。赵匡胤吃了一碗，又吃了一碗，太监们不敢给他再吃了，怕他吃坏了。王公公不在，谁都不敢劝皇上，第三碗只好给他减半，他又全吃下去了。

来到朝堂之上，赵匡胤看看左边，原本临朝，只要赵普在，那里是有一张凳子的，是让赵普坐着奏事的。赵普是宰相之首，赵匡胤特许他可以按照前朝旧制坐着奏事，其他官员都是站着奏事的。这个改革，其实也是赵普的主意。赵普认为，以前皇上和大臣议事，皇上坐着，大臣们也坐着，不能显示皇上的威严和专断，应该是皇上坐着，其他人只能站着。赵匡胤看赵普站着说话，距离远，又累，还是赐赵普坐着奏事的权力，不过别人就只能站着了。

赵普明明已经回来了，怎么王公公没有为他准备座位？便问："王公公，怎么没给赵丞相准备座位？"

王公公轻声道："皇上，赵丞相昨天没有来通报他到底来不来上朝，所以今天没有准备，不过他的凳子就放在后边呢，只要他到了，我就让人拿出来。”

赵匡胤点点头道：“那就开始议事吧。”

这时，翰林学士卢多逊出班奏道：“皇上，臣要弹劾一个人。”

这卢多逊是开封府尹的人，原先在赵光义手下做事，深得赵光义的赏识，后来赵光义把卢多逊推荐给赵匡胤，赵匡胤提升他为翰林学士。赵匡胤比较喜欢卢多逊，因为他博学。当然，赵匡胤不知道，卢多逊常常跟翰林院负责掌管书籍的小吏通好，皇上借了什么书，他立即就知道了，赶紧回家看，披星戴月地看。第二天皇上在朝上讲起时，他当即能对答如流，这样一来二往，在赵匡胤的脑子里，朝堂之上最有学识的，就是卢多逊了。

卢多逊跪倒，缓缓地拿出一卷文书，双手举过头顶呈上。王公公立即跑下去接过来，又快步跑上来，递给赵匡胤。赵匡胤心里充满疑惑：王公公怎么今天这么利索？他不看奏章，直接问卢多逊：“你们写东西不容易，容朕回头慢慢看，如果是要紧事，可以直接说。”

卢多逊道：“臣要弹劾宰相赵大人。”

赵匡胤并没有吃惊，对赵普他也有点儿不耐烦了，赵普喜欢钱，私下受贿，他是知道的。他不仅收受本朝官员的礼金，还收受周边小国的进贡，可赵普毕竟是他最信任的人，是跟他一路战斗过来的战友。如今，其他参加兵变的将领都已经解甲归田，身边剩下的本已不多，张琼又刚刚死于非命，让他损失了重要股肱，此刻，如果再处分赵普的话，朝廷动荡，就要大伤元气了。他沉吟了一下，问道：“卢大人，你果真要弹劾赵丞相？”

卢多逊胸有成竹道：“是的，国有难，必为股肱不正，上行下效。赵大人身为魁首，不能正己正人，又如何服人？微臣弹劾他三事：

一是他违反禁令,私运木材扩建府第;二是其子承宗违反宰辅大臣间不得通婚的禁令,娶枢密使李崇矩之女为妻;三是他收受贿赂,包庇抗拒皇命外任之官员,此三者,赵普欺君逆上……”

卢多逊振振有词,赵匡胤听得心里发凉,卢多逊说的这些恐怕句句属实,但是要惩处赵普,他却下不了手。

赵匡胤打断卢多逊的陈词,挥挥手,想缓一缓,回去想清楚后再来商议。可事态出乎他的意料,御史雷有邻站出来道:“臣附议,赵大人收受贿赂,包庇作奸犯科之徒,为自己的小利而害了国家大利,这实在不是一个宰相应该有的作为。这样的人做宰相,臣等不服!”

赵匡胤沉吟着,在等大臣的队列中能否站出什么人帮赵普说说话。可大殿上出现了令人难堪的沉默,赵匡胤心生悲凉,一方面为赵普,另一方面也为自己。他心想:赵普啊赵普,你是一人之下,万人之上,又何必如此贪小,最后落得没有一点儿人缘呢?

赵匡胤不知道,赵普不是没有人缘,而是此刻赵普代表的是一种反对赵光义的力量,赵普是在以一己之力和赵光义斗,谁都知道,赵光义是未来的皇上,现在站在赵普一边,等于是自寻死路,给自己的政治生命画上句号。

赵匡胤并不明白这个道理,只是以为赵普的人缘太差,涉贪太深,渎职太过,引起公愤了。

赵匡胤沉吟了一下,道:“众位爱卿,你们所说的句句为真。只不过,赵丞相劳苦功高,朕不忍心……”

赵匡胤还没有说完,王公公就用手悄悄地拉他的衣摆。赵匡胤停住话头,向下一看,下面突然跪倒一大片。他不明所以,就听各位大臣齐声道:“皇上,赵丞相欺君罔上,不处置,臣等不服!”

赵匡胤恼了，心里想：你们就这样不待见赵普？难道是想让朕现在就免了他？罢了他？贬了他？他平缓了一下自己的语调说："各位爱卿，起来说话。"

可是，没有人听他的，大家就是跪着不动，他正想再劝大家起来，只见王公公对他使眼色，他明白了，大家要的正是他现在就罢免赵普，如果他不能当机立断，恐怕这个局面不好收拾。

他暗自叹气，王公公在他耳边道："为今之计，不如先平息一下众怒，另外也给外藩看看我们大宋的威严，可以请赵丞相暂时先屈就于河阳三城节度使，这样对赵丞相来说，不算什么贬斥，对大家来说又有了个交代。"

赵匡胤心里正犹豫，下面又有人大声奏道："臣听闻赵丞相已经回京，但今天却不来早朝，臣不知这样的丞相又如何能有担当？"

赵匡胤只好道："那就请枢密院拟个奏折，商量一个处置的办法吧。"

话音刚落，赵匡胤就听卢多逊道："臣等已经拟好，请皇上过目。"

赵匡胤突然后悔起来，他们这是预谋而来的啊，而他则是一步步地落入了他们的圈套。王公公把卢多逊的奏折递给他，他一看，竟然跟刚才王公公的话是一样的——请放赵普为河阳节度使。赵匡胤看看王公公，王公公突然低眉看脚尖。这一刻，赵匡胤明白了，王公公已经站到了赵普的对立面上，甚至王公公已经不站在他赵匡胤的立场上了。

赵匡胤愣在那里，可卢多逊等却不让他有冷静的机会，众臣纷纷齐声奏道："请皇上定夺。"

赵匡胤点点头，合上奏章，递给王公公道："准了。"他希望王公公能看清他真实的态度，帮他圆一下场，相反王公公高声宣示道：“赵丞相的事情，皇上已经准了，各位起来吧。”

赵匡胤听了，恨不得上去抽王公公的嘴巴子，然而他没有，他感到四处都是陷阱。他的四面都是墙，可是这个墙到底在哪儿，又是谁筑起了这堵墙？他不知道。他被墙围住了，而真正的推手，都躲在墙后头，他没法儿看清楚。

天已经凉了，赵普穿着一件厚的夹袄，可还是冷。他坐在马上，赵安在前面牵着马。路边是凄凄惶惶的茅草，叶子早已经黄了，脉络还没有黄透彻，但越是这样，越是让人觉得凄惶。

赵安想让赵普在京城歇几天，自己好安排一下行程，尤其是行李多，此去也不知道什么时候能回，或者能不能回。他想把能带的都带上，但赵普不让。“立即走，即刻走，明天就走！”

一早出来，没有停歇，太阳刚上三竿的时候，他们已经到了城南的卧牛村，赵安放慢了脚步，道：“丞相，要不要歇歇？”

赵安心里想，丞相在朝为官十数载，怎么可能没有朋友来送，就是大家不知道他走得仓促，今天一大早出城，也是有迹可循的，有心人应该能跟来送个行，给丞相一个安慰，他动了这个心思，脚下就慢了。可是，赵普似乎早就看穿一切，说道：“走吧，不会有人来送。”

赵普知道，这个时候，没人敢来。他不仅仅是得罪了未来的皇上，现在是连现任的皇上也得罪了，他是彻头彻尾的失败者，谁来谁送死，是用自己的政治生命做赌注，没有人会来。他也不希望有人来，那些能来的，都是真正关心他的人，因此而丢了官，不值当。如果都丢了官，那他的政治基础就彻底没了，将来永世不得翻身。

“走吧,不要歇了!”他催促赵安。

赵安扭头到处看,脚步迟疑,赵普一提马缰绳,索性让马小跑起来。赵安只好也抬脚小跑,道:“真是的,这路好难走啊。”

可是,转过一道弯,就在卧牛村的前头,那景象让他们大吃一惊,皇上就站在路边,等着赵普。皇上真是料事如神,怎么知道丞相今天要走,而且就走这个方向呢?去河阳,可以走这条路,也可以出东城门走另外一条路,皇上竟然就在这里等着了,就像他们君臣说好了一样。

赵匡胤看见赵普的马走了过来,走上前去,抓住赵普的马缰绳,扶赵普下马。赵普也不推辞,下了马,早有禁军班值来,牵了赵普的马到一旁喂料喂水去了。赵安看在眼里,心里感到一丝安慰:到底还是那个雪夜来畅饮的皇上,为宰相牵马拽镫,历史上有几个皇上能做到?

赵普下得马来,就地跪倒给赵匡胤行礼。赵匡胤道:“先生,我们之间不必拘礼。”他扶起赵普,看看赵普道,“你瘦了,让你受委屈了。”

赵普道:“微臣再怎么委屈,也不算委屈,只是微臣担心皇上受委屈。”

赵匡胤心里明白赵普说的是什么,但不能让赵普继续说下去,这个话题只能意会,便道:“丞相一路西行,要注意保暖,天气凉了。”

赵普点点头,道:“皇上,以后微臣不能跟在皇上身边了,皇上要照顾好自己。”

赵匡胤拿出一把剑,交给赵普道:“这是朕随身佩戴的宝剑,已经十来年了,交给你。如果有什么危险,可以用此剑自保。”赵匡胤是担心有人要害赵普。

赵普摇摇头，道："皇上，我不怕危险，也不会有什么危险，到了河阳，我反而安全了。"

赵匡胤若有所思地点点头，又摇摇头。

赵普道："皇上，微臣走后，希望皇上心中时刻有一把剑，当年皇上纵横四海，马上得天下，如今，皇上……"

赵匡胤挡住赵普的话头："丞相，朕定会来看你，放心。"

这回轮到赵普吃惊了，来河阳看他？那不就是说皇上要巡幸洛阳、河阳？这是个危险的举动，赵普一拱手道："皇上，如果西巡，自是百姓的福祉，不过……"

赵匡胤知道赵普要说什么，但不能让他说出来："朕意已决，不要劝朕了。"

"皇上，如若西巡，不如北上，北上可以攻北汉。"赵普的心里话是，如果皇上真的意识到大权旁落，希望重新拾起大权，可以通过发起攻打北汉的战争来重招旧部，带出军队，北汉弱，正好可以用来解决皇位争端。只要重新把禁军掌握在自己的手里，召回当年的大将，权力的重心自然会移回，曹彬、潘美等都还是忠心耿耿的，但如果贸然出巡，却不一定是个好主意。

赵匡胤听懂了赵普的话，点点头，说："这也是个办法，你且去河阳，我等君臣不久就会见面。"

赵匡胤让军校拿了酒来，自己接过酒杯递给赵普，道："来，喝一杯。"

赵普接了酒杯，饮了，然后上路。

赵安发现，王公公没来，跟随皇上的全是军校。"先生，王公公没来。"

赵普点点头，道："我看见了，是没来。"

赵安觉得自己还是不如先生聪明，他看出来的东西，其实先生早就看出来了。有一件事他百思不得其解，便问道："先生，我看那些禁军，都不说话，难道他们是哑巴了？我们说话，好像他们也没听见？"

赵普道："这些禁军，全是被刺穿了耳膜、割掉了舌头的。"

赵安听得毛骨悚然。赵普解释道："这种做法，是石敬瑭发明的，后来一直流传下来。有些穷人家，就专门让自己的孩子刺了耳膜、割了舌头进宫来，有条活路，总比自己去势做太监好。"

赵安道："咱们皇上也用这种人？"

赵普叹气道："以前咱们皇上不用，坚决反对，现在怎么又用了，我也不知。"

赵普感到自己和皇上的确疏远了，皇上身边发生如此大的变化，而他竟然不知情。

2. 西巡洛阳

尽管已经是秋风飒飒，但是御花园中，依然还是有各种花儿争奇斗艳。有一种血色红花，更是开得娇艳，赵匡胤对王公公道："晋王府上是否有这种花？如果没有，就给他送去！"

王公公点头："小的记着了，明儿就去办。"

赵匡胤又道："晋王府上的后花园，是不是没有水？这个你要亲自关心，给他引一条水流，有了水，院子里才活泛，有生气。"

"皇上，这后院里引水，工程不小，又关涉到开封府尹家里的风水，您看是不是让开封府尹自己去做主？"王公公小心翼翼地问。

赵匡胤不动声色地说："朕已经找好人，给他看过风水了，就等施工。你明天就带人去开工吧，这样开封府尹回来，就能看到新的后花园了。”

王公公立即改口道：“皇上如此关心开封府尹，等他回来，一定会感恩不尽的。”

赵匡胤看看王公公，没有说话，背着手独自往花园深处走去。

王公公在他身后不近不远地跟着。他突然有些后悔起来，觉得自己口误了，皇上只称晋王，不称开封府尹，而他却连续称呼“开封府尹”，这不是违逆了皇上吗？皇上刚刚削去了赵光义的开封府尹职位，难道一个太监要给他复职不成？

赵匡胤走到一口井边，停了下来，向王公公招招手，道：“王公公，你过来，我有事问你。”

王公公小步走上来，轻轻地说：“皇上，你找我？”

“王公公，你跟我多久了？”

“皇上，老奴自打皇上登基以来，就一直跟着皇上。”王公公心里有点儿惶惑。

“你辅佐我登基，有功劳啊。”

“老奴不敢居功，老奴只想跟着皇上您，伺候您做事则可。”

赵匡胤长叹一声：“当初您也伺候过柴荣，那是我的大兄啊。你伺候我的时间也太久了，难道不想你的先主吗？”

王公公愣住了，低头不语。

赵匡胤又道：“你以为开封府尹就一定能做皇帝，坐上龙椅？你想像当初一样找个新主子？王公公，你就一定认为你能活得比我更长久？”

王公公道：“皇上，老奴知道了。老奴此生不会投靠他人，在人间不会，在阴间也不会。就是到了阴间，在那边也是皇上的鬼，也要伺候皇上。”

赵匡胤看看那口井，冷冷地道：“你去了，朕会给你一个风光大葬。”

王公公用衣袖抹了抹眼睛，给赵匡胤跪下道：“老奴最后一次给皇上磕个头吧！”

赵匡胤点点头，待王公公跪下，匍匐在地，他转身走开了。

王公公一直趴在地上，直到听不见赵匡胤的声音，才缓缓地起身，摘下头上的帽子，脱了鞋子，然后纵身就要往井里跳。就在这时，他身后出现了一个小太监，那太监一把拦住他道：“公公，皇上让我在这里等您呢。皇上说有事找您，让您到乾宁殿找他。”

张琼死后，赵匡胤提拔张霁为禁军校尉，可惜张霁不是张琼，张琼是天生的武将，一辈子就喜欢打仗，勇冠三军，又忠心耿耿，而张霁更喜欢儒术。张霁百思不得其解，为什么皇上让他去当校尉？当赵匡胤深夜找他进宫，问他洛阳的事情时，他才明白过来。

他看着斜躺在卧榻上的赵匡胤，心里想着是否要说实话。他哥哥是被史珪、石汉卿害死的，而他俩背后是开封府尹，谁都知道皇上中了圈套，没有及时救助张琼，是因为四条理由：一是“擅选官马乘之”，二是“纳李筠仆从于麾下”，三是“养部曲百余人”，四是“巫毁皇弟光义为殿前都虞候时事”。这四条罪状，第一、三条暗示张琼整备兵马，暗图谋反，第二条显示的是他和叛臣李筠有私下往来，网罗了李筠旧部，而第四条说的是他对开封府尹不满，不同意开封府尹将来继位，条条是往死里整张琼。可是前面三条，每一条都只需要简单审查就能搞清，事实是张琼死后，抄家审查，这三条都不存在，而真正让张琼必死的，其实是第四条，张琼得罪了开封府尹,有了这一条罪状,连赵匡胤也不能保他,只能让他接受审查。

一旦赵匡胤同意审查张琼,就给开封府尹一派害死张琼制造了机会。赵匡胤也正是因为张琼的死,才意识到事态严重。然而,如今的局势已经不利于他,禁军已经被赵光义掌握,而朝中的重要大臣大多都已被赵光义收买,没有被收买的也惧怕着赵光义的势力。尤其是张琼冤死、赵普罢相,这一文一武两位大臣的命运,让他们看到了得罪赵光义的下场,他们变成了冬天的蝉,什么话也不说了。

在张琼这件事上,大家都看得很清楚,张琼对赵匡胤那是无限忠诚的,然而,忠臣的命运却是如此。可以肯定的是,赵匡胤并不糊涂,他也不想杀张琼,可史珪、石汉卿却并不在意赵匡胤的态度,几乎是肆无忌惮地害死了张琼,如果不是有一个更加强大的政治力量支撑着他们,他们怎么敢如此放肆?

其实,赵光义更不在乎赵匡胤的态度,按照部署,他应该驻守洛阳,他却偏偏不去洛阳,而是在洛阳和汴梁之间的皇岗——这个有风水的地方待着,他在皇岗可以遥控京城里的一切。在这个地方,他可以随时潜回汴梁。后来他干脆以重修院落为名,常常回去见各种人。

“皇上,如今京城里的一切都由开封府尹遥控,您难道就真的不知道?”张霁低下头,不看赵匡胤。

赵匡胤敲敲手上的玉斧,两个人都听到了玉斧发出的叮当声,赵匡胤就像是从睡梦中醒来一样:“张霁,你恨我吗?”

张霁不说话。

赵匡胤又道:“你恨我,我知道。”

张霁还是不说话。

赵匡胤直起身来，一旁小太监立即端上茶水。他挥挥手，让小太监出去，屋里只剩下他们两个人。赵匡胤又说：“你哥哥冤死，是朕不对，你恨朕说明你真实，不虚伪，但朕要你来，却是要你保护朕。如果你想报仇，你现在就可以动手，如果你不想报仇，想继承你哥哥的志愿，做一个忠臣，朕也给你机会，朕要升你为都虞候，主管禁军。”

张霁是个文官，尽管他饱读兵书战策，却并没有战场经验，也没有领过实授的军衔，赵匡胤走了一步险棋。然而，不走这步棋又该如何呢？那些跟他打天下的人如今都被削去了军权，包括王彦斌、罗彦环、楚昭辅等这些跟他多年的老部下，现在都不带兵了，如果突然招他们回来带兵，一是他们不一定愿意，二是可能激起突变。“就张霁吧，关键是人心！”赵匡胤相信人心在他这边，是他创建了大宋王朝，他不相信有谁真能从他手里把他的王朝夺走。

张霁犹豫着，轻声说：“皇上，此事不知您是否做好了决然的准备？如若我们意志不坚决，行动不果断，臣恐怕反而要连累皇上，葬送大宋王朝。”

赵匡胤点点头，道：“爱卿所忧甚是，不过我们定然有胜算，此事就是拨乱反正。”

张霁摇摇头，坚定地说：“皇上，这不是拨乱反正，而是平叛救国，如果皇上还没想清楚这事的性质，臣下劝皇上还是不要动手。此事到底有多严重，臣下只想说一个人，王公公，您找他问个明白，一切就都了然了。”

赵匡胤看看张霁，觉得之前低估了这个人。他站起来，踱了两步，又坐回去，对张霁道：“你不用担心王公公，他对朕应该没有二心。如果有，他应该死过几回了。”

张霁吃了一惊，这回倒是他沉默了。

赵匡胤又道："朕派你去找高怀德，他是朕的老部下，他一定会接待你。"

张霁摇摇头，心里明白高怀德现在只想明哲保身，不会出头帮谁，一个是哥哥，一个是弟弟，他都得罪不起。他完全可以坐山观虎斗，等赵匡胤和赵光义斗出个结果来再投靠，犯不着现在就站队，万一站队错了，将来可能性命不保。张霁想的是，现在还有谁一定会站在赵匡胤这边。他想来想去，只有赵普，照理说，赵普也算是因为赵光义而下台的，再说，赵普一直反对赵光义接班。可惜赵普做宰相多年，拥有一批死党，却也得罪了不少人。如今，这些死党都已经被赵光义整肃得差不多了，倒是那些对赵普怀恨在心的人却掌握着大权。赵普没有军权，又能帮上什么忙？

张霁道："皇上，此事是否跟赵普赵丞相商量一下？微臣愿意去探访赵大人，跟他计议一下，把他的意见带回来。"

赵匡胤心里懊恼不已，悔不该当初把赵普去官发配。就算他愿意回来，一个落了难的丞相，人脉非常单薄，如何能成大事？

赵匡胤道："你去找高怀德，就说朕不日要巡视洛阳，朕到洛阳后，可能要在那里住一段时间，甚至就不走了，让他动议迁都洛阳。"

张霁一听，豁然开朗，还是皇上英明，早就布好了局。汴梁是赵光义的天下，皇上去洛阳另立一个朝廷，振臂一呼，可能什么都解决了。汴梁最多就是一个陪都，如果是这样，那么高怀德就显得举足轻重了。

3. 高怀德府上

高怀德此时领衔归德军节度使，节度使在唐代是主掌军民两政大权的地方大员，但到了赵匡胤时代，军权已经都收归中央禁军统管，节度使只是个荣誉头衔，手上根本没有军队，归德军大多数时候驻扎在东部和北部，以契丹为作战对象。高怀德却定居永定，那是相反的方向，他不在归德军驻扎地，根本没有军队指挥权。燕国长公主过世三年了，高怀德已经不再领驸马都尉衔，手中就更没权力了。

大宋实施的是更戍法，军队是轮番调动，并不常驻一地。当初，赵普和赵匡胤设计这套策略，就是为了防止地方大员拥兵自重。

这是开宝九年(976)的春天，春节刚过，张霁来到永定。

到了归德军节度使府上的时候，张霁傻了眼，这里哪是什么将军的府邸，完全是一个乡下财主的庄园。门楼是平的，而不是重檐歇山式样的，完全是地方民居的做派。门前也没有下马桩，甚至拴马石都没有，似乎这里根本没有什么人骑马来访。张霁心里有点儿难过，想当年高怀德是威震南北的悍将，如今却是生活在这样一个毫无军人和官家气势的村野庄园里面。

张霁是聪明人，理解高怀德的低调。高怀德也是聪明人，既然皇上对他们掌握兵权有忌惮，那就索性做到底：家里一件兵器不留，和朝廷里的官员、地方官员一个都不来往。高怀德把自己的家宅搞成这样，那是故意的。张霁不知道，高怀德这样的武将，生活在这样一个地方，这样一个宅子里，他心里到底如何？莫不是他修佛，真的入道，恐怕内心会非常不平静吧。

张霁和几个亲兵把马牵在手里，站着喊："有人吗？"好在门是开着的，有人看见他们一行人来了，慌慌张张地跑出来迎候，听说是京城来的，二话不说，跑进去通报了。

五、终成定局

一会儿，张霁看见一个胖乎乎的男子从里面跑出来，跑到近前，张霁看到他头上满是汗，那男子到了跟前，张霁看得仔细些了，直觉告诉他那是高怀德本人。来人身材高大，眼神中透着威严，可又穿着便服，上衫是粗麻的，没系腰带，只是领口扣了一个扣子，衣襟儿上还有饭粒，下裳挽起来，别在腰间，像是正在做什么粗活，莫不是节度使府上的什么管家吧？

那人近了张霁的马，道："哎呀，原来是京城来的贵客，家里都是些没见过世面的村人，不知道迎接。我是高怀德。"

张霁手头的马缰绳一紧，忙通报自己的名头："高将军，末将张霁，官拜禁军都虞候，前来拜见。"说着，他撩开战裙，跪倒叩拜。

他这个叩拜，叩的是他哥哥张琼的好友高怀德，同时也显示他不是奉了皇上命令来拜见高怀德，而是私下来的。

高怀德赶忙扶他起来，道："这可使不得。我高某不过是一介村夫而已。"张霁起身的当口高怀德仔仔细细上上下下地打量他，好一会儿，嘶哑着声音道，"像你哥哥，像你哥哥！"高怀德说着，嘴唇颤动起来，话音仿佛被风吃了，发不出来了，张霁怎么也听不见了。

张霁见高怀德如此，心里悬着的石头放下了，高怀德没有忘记当年的战友，也没有忘记那份战场上建立起来的兄弟情。高怀德拉着他往内里走，进到第一进大院，张霁看见院子里有小桥流水，小景小致，却没有一点儿军旅痕迹。又进了第二进，还是没看见练武的地方，倒是看见了千秋架，再看，这院子也不像有第三进的样子。张霁就问道："高将军，您平时都在哪儿练武啊？"高怀德摇摇头，拉着他只顾走，边走边说："我哪里还练武？我只求安饱，此间乐，不思其他尔！"

张霁身后跟着一溜跟班，不好多问，这时有家人过来，领着张霁带来的跟班们到厢房休息，只剩他和高怀德两人到了堂屋，两人分宾主坐下。张霁道："皇上听说我要来，特地让我捎个口信给您，皇上念着您呢。"

高怀德脸色不好起来，站起来，对着东方拱手道："感谢皇上惦念，我在此间，日子过得很好。"

张霁正要继续说话，这时一个小女孩拿着一只小风车走了过来，娇声说："爹，娘给我做了一个风车，你看，你看。"

高怀德把那小女孩抱了起来，在她左脸上亲了一口，又在她右脸上亲了一口，似乎把张霁给忘了，张霁也站起来，试图跟高怀德说话。但是，高怀德竟然蹲身和小女孩玩起来，小女孩喊道："爹，我要骑马。"

高怀德立即趴到了地上，四肢着地，道："骑马，骑马。"

张霁看着这情景，知道高怀德是误会他了，高怀德可能以为他是代表皇上来巡视的，看看他是不是老实本分，过着安分守己的生活。

张霁知道，高怀德是在他面前做戏，便一把抓起茶碗，"嘭"地扔到了地上。随着茶碗炸开的声音，他大声喝道："高将军，该醒醒了，难道当初那个立马横刀、和党项人生死决战的将军，就是今日的马儿吗？"

高怀德一愣，停下来，听着张霁的话音。可是，张霁的话音一落，他模仿着马的嘶鸣，又在地上爬起来。张霁真急了，一把把小女孩从高怀德身上拉起来，重重地往边上一放，对着小女孩声色俱厉地吼道："你一个女孩家，骑什么马？那是马吗？那是你爹。"

张霁顺势就要拉高怀德起来，这时小女孩突然恶狠狠地用手里的风车捅了张霁一下,出手非常狠,力道之大让张霁竟然站立不住,打了一个趔趄。小女孩瞪着眼睛对高怀德道:“要你管?你是谁?滚出我家去。”

说着,她纵身一跃,飞身上了高怀德的后背,用手在高怀德的屁股上一拍:“走!到后院蹴鞠去!”

高怀德立即爬向后院。张霁喊道:“高将军,高将军,我是代皇上来看你的,我有话说。”

可是高怀德没有回头,爬向后院去了。

赵匡胤在等着张霁回来,他焦急万分,又闲得无聊。王公公建议道:“不如去御花园走走。”赵匡胤没多想就点了头,王公公说,“最近御花园可有意思了,来了一群鸟。”

原来,王公公是要带他到御花园打鸟玩,赵匡胤是比较喜欢这个游戏的。王公公了解赵匡胤,赵匡胤打弹弓是一把好手。“请上宋皇后?”王公公又建议道,赵匡胤不置可否地点点头。谁去都一样,这个时候,赵匡胤对什么都意兴阑珊。自从王皇后过世之后,宋皇后执掌后宫,也不知道怎么的,赵匡胤对宫闱之事就失了兴趣。

冬末的汴梁还很冷,御花园里萧瑟一片,都是些枯枝败叶,甚至有些小河小水的还结着冰。御花园里没有鸟,赵匡胤拿着弹弓在御花园里兜着,说来也巧,正在这时树上突然现出一只锦鸡。赵匡胤二话不说,举起弹弓就打,竟然一下子就打着了,但那锦鸡并不直接掉落下来,而是盘旋而下,又像是要展翅高飞。众太监立即齐声呼喊起来,呼喊声果然起了作用,那锦鸡慌乱起来,不辨方向,三两下就被树枝刮了,掉下了地。

一个太监冲过去捉住锦鸡，拿到赵匡胤跟前。锦鸡竟然是活的，赵匡胤有了些兴致，正要举手接过锦鸡时，树上突然冲下来另一只锦鸡，对着赵匡胤的头就啄，还真啄到了他的冠冕上。赵匡胤一抬头，冠冕掉了下来。

王公公立即冲过去，想接住冠冕，可哪里来得及，冠冕在他手上打了个转，弹起来，跳了两跳，还是掉到了地上。王公公脸色煞白："皇上，老奴该死，老奴该死！"

那个小太监更是吓得呆若木鸡，不敢动了。赵匡胤心里很窝火，但不好说什么，只得道："不过是一只锦鸡而已，不是你们的过错。"赵匡胤心里突然不好受起来，这是一只烈鸟啊，宁可牺牲自己也要来救同伴，而人呢？如今他和他亲弟弟之间，为了皇位，却要兵戎相见。

"放了吧，放了吧。"他让那些太监们放了那两只锦鸡。

4. 夜深沉

夜已经很深了，已是宵禁的时辰，除了夜巡的军士，偶尔有列队走过之外，大街上一片寂静。

晋王赵光义的亲吏程德玄穿着软底鞋，一身黑衣沿着街边急急地走着，手里提着一只灯笼，但是没有点着，要去接一个人——马韶。说起马韶，这是一个世外高人，据说他是陈抟老祖的嫡传弟子，上知天文下知地理，尤其对河图洛书有研究。按大宋律法，私下研究这些是要杀头的，但马韶不怕丢命，跟程德玄说："晋王践祚！"他是说，将来晋王要当皇上，他这样说并不怕丢命，但程德玄不仅怕自己丢命，更怕晋王因此丢命，连忙稳住了马韶，自己偷偷回来报告。此时赵光义正在家里弄花园里的水系呢。赵匡胤派人给他修花园,一定要给他的后花园开条小渠,那些人把后花园挖开了,也不知道要做什么,一个劲儿地挖,完全是开膛破肚的做法,晋王府上下还得小心伺候着,就连赵光义也挽着袖子,来回跑着,乐颠颠的。

程德玄悄悄地拉住了赵光义的袖子,赵光义说:“你有什么话就说吧。”程德玄道:“花房里有样东西,要给您看看。”两人走到花房里,程德玄看看左右没人,就说:“晋王,您这样可不成啊,一个后花园就把您给困住了?这个院子要修到什么时候?您看看,他们是来修园子的吗?他们是来毁园子的。”赵光义也看看左右,压低了声音,苦笑道:“你说不修就不修?我倒是想完工,能完工吗?”程德玄说:“我今天出去办事,遇到老朋友马韶,他是跟陈抟老祖学天文地理的,他拉住我,一定要我转告你,说‘晋王践祚’,说你要当皇上啊!”

赵光义一听,脸色就变了,厉声说道:“这话是你能说的?是马韶能说的?你不要命了?你想死,我还不想死呢!”

程德玄说:“我是那种不更事的人吗?给我一百个胆子我也不敢啊。但是我用性命担保,这个马韶从来没有虚言的。我相信他,他这样说一定是看出了天道。”

赵光义点点头,道:“箭在弦上不得不发,难道我真的是天命所归?”

赵光义想了想,俯身在程德玄的耳边道:“你晚上把他带来,我会会他。”

程德玄听了,点头要往外走,赵光义又说:“你今晚同时吩咐家丁,在边上候着,如果这个马韶言辞轻佻,是个胡说八道的主儿,你就不要怪我不念及你的情面,只能杀了他了。”

程德玄点点头，道："要是他言辞反复，不可信赖，今晚不用您吩咐，他出晋王府的那一刻，就是进鬼门关之时。"

程德玄领着马韶，本来可以走后院的柴门进来，但是现在后院住满了来挖沟的兵丁、役夫，这些人都是皇上派来的。他们只好从正门走，到了正门口，程德玄轻轻地叩了三声门。门"吱呀"一声开了，程德玄让马韶先进，马韶看看大门，特地大声说："我不是求人的，我是来告状的！"程德玄一听，这个马韶说的是北方话，他心里就怕，就轻声说："你怎么哪壶不开提哪壶？我们晋王就是怕蛮子，你还用蛮子话高声喊？"马韶笑道："我就是说给皇上的人听，晋王门口永远有皇上的人在听着，我这样说，皇上知道我来了，我的命就保住了。"

原来赵光义此时最担心的是有北汉、契丹的人来京，那些人要是不知天高地厚，冒冒失失地先找他再上朝，赵光义就难免会有里通外国的嫌疑，这是他一定要避忌的。

马韶故意这样做，就是要让赵光义下不来台，他是往赵光义的痛处捅刀子，让他知道流血的痛楚。另外，最主要的还是保住自己的命，便道："程兄，你以为我不知道，今天我跨进这个门，就是我的鬼门关，我将来要么飞黄腾达，连你程兄也要敬我三分，要么小命就交给你手里了。"

程德玄点点头道："你这是玩命，你知道就好。老实说，我的命也把握在你手里，要是你的命不保，你想想，我的命又能保到几时？"

两个人沿着廊道，走到一个丫鬟的房间里，房间里没点灯，黑得不行，马韶眼睛不适应，脚下一绊，差点儿摔一跤。他正要叫，边上有人一把拽住他，把他摁住，他腿一软，就坐到了地上。对面的人说:“你是马韶？有话跟我说？”程德玄在边上下跪道:“晋王，我把马韶带来了。”

马韶立即要下跪，被赵光义挡住了，道:“大行不辞小让，不必拘礼，先生有话要跟我说，不妨直说。”

马韶道:“我是来救晋王的命的。晋王要是不让我救，不相信我，我就没话可说。”

赵光义叹口气，在黑暗中道:“你且说来，如何救我的命？”

马韶展开一卷纸，道:“晋王，我带来了杜太后过世时要赵普亲笔书写的誓约，誓约中当今皇上保证百年之后传位于你。”

赵光义一震:“一纸假文书，又有何用？”

马韶立即回复道:“晋王说假，就是假，晋王说真，就是真。请问晋王，你有什么理由说它是假？当初晋王托请杜太后，要当今皇上发誓，将来百年之后由您继位，可是赵普记录的誓言呢？您说谁敢毁弃？莫不是给当今皇上毁了？”

赵光义反问道:“当今皇上如何会做得那种事？”

三个人坐在地上，四周黑魆魆的，伸手不见五指，马韶手里拿着个卷筒，赵光义和程德玄根本看不清那是什么。程德玄知道，马韶压根也没希望他们真看，看这个不是用眼睛，而是用心，用真心和决心。

屋子里一下子静了下来，这屋子平时没人敢随便进来，说是下人的房间，其实是晋王的密室，墙壁都是加厚的，能够抵御大炮箭矢，底下有通往外面的密道。从外面看，门窗齐全，其实外面看见的门窗都是假的，从外面看是窗户，里面实际上是石头墙，密不透风，风进不来，光线、声音同样进不来，此刻里面没有灯火，更是暗得不辨人影。

赵光义不说话，其他两人也不说话，屋子里静得出奇。程德玄手心冒汗，他知道晋王在考虑要不要杀掉马韶。

这时，马韶突然在黑暗中大笑起来，那声音震得仿佛屋里的所有东西都要跳起来。程德玄上前拉住他，问："你大笑什么？"

马韶又突然放低了声音："晋王，我是来救您命的，您就这样对待能救您命的人？此刻提着脑袋的是我，提着剑的是您。可是您也要知道，一旦我的人头落地，晋王的人头恐怕也不会这样安稳地安在您的肩膀上！"

黑暗中，赵光义的呼吸变得柔和了，程德玄感觉到晋王的身体放松了，不像刚才那样紧绷着。

赵光义道："你带来一纸盟约，皇兄要在百年之后把皇位传给我，而且这纸盟约还是赵普记录抄写的，请问你这个盟约，能拿去和赵普对质吗？"

马韶道："对质这种事我是不会去做的，我说是真的就一定是真的。如果一定要对质，晋王请给我一队兵马，十五日内我必回来，交给您赵普的手信，当然，也可能是他的脑袋。"

赵光义不作声，又陷入沉思。

"晋王，这个皇上您是不做也得做，因为您不做皇上，可能死得更快。难道您以为不做这个皇上，您就能保命？恰恰相反，您看看您的后院，那些人在干什么？他们是来给您挖坟的！"

赵光义转身站了起来，对程德玄道："给他一队亲兵，就十五天。如果十五天，没有你的音信……"

赵光义犹豫着，马韶道："放心，我的家人全部在京城里，就用我家人的性命担保吧。不过，我要晋王身上的一件东西，还要晋王的一个保证。”

赵光义道：“不用说了，我知道你要什么。赵普是聪明人，带上我的贴身玉佩，告诉他，他永远是大宋宰相。”

说着，赵光义把贴身玉佩交给了马韶，那是一块只有皇家才能用的龙纹玉牌，晶莹剔透，在暗夜中莹莹发光。马韶接在手里，手掌心上竟然透出亮光来。

赵光义看看那玉佩，道：“这玉佩里有故事，只要赵普看到，他就一定能相信你。”

马韶知道，赵光义就在此刻，已经下定了决心。

马韶补充道：“时机稍纵即逝，不日晋王府就会犹如火中炭、水中泥！”

张霁回到汴梁的时候，正是晚饭时分。张霁甩开那些跟班的，这么多人一起进城，目标太大，他一个人穿着便服催马进城。

过城门的时候，他本想纵马穿门而过，又一想此时身上穿的是便服，应该下马，牵着马进城，但愿这些军士不要盘查他，要是军士盘查出他是禁军都虞候，那要闹笑话了。

城门口站着八个班值，比平时多了一倍，他不在的时候，是谁做主加班值的？那些班值都瞪着眼睛搜寻着，似乎要从行人中找出叛乱分子，张霁的心不由得怦怦跳起来，在心里暗骂自己，这些都是自己的手下，有什么可怕的。好在那些军士们并没有特别注意他，他牵着马，走过了城门，正要上马时，身后有人喊住了他。他停下脚步，手里攥着马鞭，朝后看看是谁要为难他。那班值走过来，看看他的马，那马高大挺拔，惹得那班值连声称赞。张霁身上惊出一身冷汗，得亏出来的时候骑了军马，军马身上都有烙印，班值一看烙印，就能认出骑马人的身份。赵匡胤当皇上之后，由赵普辅佐，对军马、耕牛的管理达到了无微不至的地步。前朝偷马、宰牛的事在本朝基本杜绝了，每一匹马、每一头牛都有记号，偷了没处放，宰了没人敢吃。张霁牵着的是一匹没有烙印的马，在当朝能这样养马的不是王侯大户，就是贵胄富商，当班的班值是惹不起的。

张霁进了京城，立即赶到宫里。

赵匡胤正在吃饭，王公公在边上伺候着，他吃的是一种面食，叫"大救驾"。显德三年(956)，柴荣征淮南，赵匡胤被派攻打寿县，攻了九个多月才打破城池，由于疲劳过度，赵匡胤进城后就病了，茶饭不进。这时，有个巧手厨师为了让他进食，精心制作了一种点心。用上好的白面、白糖、猪油、香油、青红丝、橘饼、核桃仁等材料做了一些带馅的圆形点心。这种点心的外皮有数道花酥层层叠起，金丝条条分明，中间如急流旋涡状，因用油煎炸，色泽金黄。厨师端上点心时，香味扑鼻，外形诱人。赵匡胤一见，心中高兴，食欲大增。他拿起一个，咬了一口，觉得酥脆甜香，十分好吃。再一看内中之馅，色白细腻，红丝缕缕，青丝条条，如白云伴彩虹，色美味佳。赵匡胤越吃越有味，一连吃了几顿，病体大愈。他十分高兴，重赏了厨师。

后来，赵匡胤做了皇帝，每每怀念当初在寿县吃的那种点心，就让人把厨师给找来了，问那种点心叫什么名字。厨师是个粗人，哪里知道什么名字，就直说那只是一种面饼，没名字。赵匡胤一听，对那厨师道："那次鞍马之劳、战后之疾，多亏这种糕点从中救驾，就叫它'大救驾'吧。"从此，宫里多了一道点心，民间多了一种叫“大救驾”的名吃。

赵匡胤每每心情不好，或者胃口不佳，就让人做这种点心，他心情特别好的时候，也常常让人做这种点心，让大家一起吃，或者赏赐大家。所以，大家有时候还真摸不着头脑，皇上今天到底是因为高兴吃“大救驾”呢，还是因为不高兴吃“大救驾”呢？

赵匡胤一手拿着“大救驾”，一手端着粥碗，王公公正给他布着小菜，有扬州来的干丝和酱菜。赵匡胤吃了一口，这时有小太监进来，在王公公耳边轻声道：“都虞候张霁想见皇上，我让他明天来，他不肯，说有急事。他就在外面等着，等皇上吃完。”

王公公点点头，继续给赵匡胤布菜。赵匡胤听到了小太监的话，立即放下手中的吃食，拿了玉斧，对王公公说：“让张霁进来，朕正等他呢。”

王公公急忙道：“皇上，张霁既然回来了，也不急于一时。您几天都没好好吃东西了，这不刚刚给您做了‘大救驾’，正好吃上了，不吃不是浪费吗？”

赵匡胤点点头，又放下玉斧，对王公公说：“让张霁进来，跟朕一起吃吧。”

赵匡胤当了皇上，也还没忘记节俭，平时吃饭就一个人吃，也不喊什么人陪同。可是，今天王公公恰好叫来了花蕊夫人，花蕊夫人原是后蜀主孟昶的惠妃，孟昶投降大宋后，花蕊夫人为赵匡胤所得。花蕊夫人不仅美貌如花，其诗词才情更是出众，长于词赋，赵匡胤对她宠爱有加。

张霁近前，看见花蕊夫人在场，立即低头：“末将不知娘娘在此，唐突了。末将请罪！”

赵匡胤招招手，让他走近了。王公公跟赵匡胤的确是久了，赵匡胤心里想什么，他一看便知。他立即端来一张凳子，让张霁坐，张霁哪里敢坐，他不仅不敢坐，还要退出门去。赵匡胤大声道："别文绉绉的，坐下一起吃'大救驾'，你就是来救驾的，不要拘礼。快说说，你见到高怀德了么？情况如何？"张霁看看花蕊夫人，欲言又止。赵匡胤道，"都是自己人，直说吧。"

到这时，张霁才知道宫里对赵光义接班的事已经公开化了，赵匡胤能让花蕊夫人在侧听他汇报去找高怀德的事，说明花蕊夫人参与过讨论。张霁说："皇上，我见了高怀德，此人已经完全不可用了。"

赵匡胤叹了口气，却又不信，便问道："高怀德乃朕大将，如何这么快就变得不可用？"

张霁道："高怀德当年离京去安定，就抱着一个决心，不问朝政，不言军事。他府上连一件兵器都没有，更别说是带兵了。这些年，他闭门不出，不与外界来往，尤其是不与官家来往……"

张霁没有说完，赵匡胤摆摆手，打断他的话，说道："唉，都是朕的不是，当年杯酒释兵权，让他们的事业和理想在盛年突然停止，导致今日我大宋无人能战，国家无人能为栋梁！"

张霁听赵匡胤这样说，便实话实说道："高怀德如今宽袍大袖，体态臃肿，已经了无当年英俊彪悍的战将之态，恐怕他是连马都不能骑了。"

"你是说，他根本就不能带兵打仗了？"

"是的，根本不可能，除非日头从西边出来。我看到的是一个完全没有斗志的土财主。"

高怀德的一个老家丁跟在张霁后面，把张霁送到门口，看张霁真的要走，就递给张霁一包银两。张霁一看，大概有五十两，他没有接，心里倒是有点儿同情起高怀德来：高怀德啊高怀德，你本来也是个驸马爷，是封侯拜相的王公贵胄，怎么这会儿变得如此不堪而且小气？我张霁好歹也是当今的禁军都虞候，区区五十两银子，你这是打发谁呢？这不是小看了我，反倒是小看了你自己。

那家丁见张霁不要，就道："张大人，这些银两是给您和各位路上打尖、吃饭用的，您收下，我也好安心。"

张霁拱拱手道："这就不用了，请你家大人多保重。"

说完，张霁一挥手，众人上马扬鞭而去。

内院，高怀德站在梯子上，看着张霁他们出了门，又等了一会儿，看张霁他们是真走远了，他转身快速地回到屋内，叫来一名家丁吩咐道："你速速进京，去报知晋王，就说皇上派人来找过我了。"那家丁问道："要是晋王问我，皇上派人来找主人何事，我该如何回禀？"高怀德摇摇手道："你只消说一概不知。"高怀德从怀里摸出一卷纸，里面空空如也，家丁看了纳闷，这白纸有什么用？高怀德道："去时，只要递上这张手札，晋王府上下自然会认得你。"那家丁点头道："小的知道了。递上手札，其他的我一概不说。一旦报晋王知晓，我立即回来。"高怀德道："恐怕晋王不会让你回来，会让你在京城待些日子，而且可能就住在他家。如果真是这样，你就安心住着，将来有你回来报信的机会。"那家丁点点头。

晋王府前，高怀德的家丁下马，到王府门口拍门。王府里出来一个门丁，高怀德的家丁递上手札，不一会儿，程德玄从里面跑出来，牵过家丁的马，带着家丁来到侧门，让人撤了门槛，把家丁的马牵了进去。一进门，程德玄迫不及待就问家丁："你家主人让你来，有何话说?”

家丁看看程德玄，心里不知道该说不该说，缓缓道:“我家主人让我见了晋王，给晋王问个安，带个话。”他的意思是，不见晋王不能说。

程德玄知道，高怀德派人来是重要的事，联想到日前马韶的预言，难道这个马韶真的说准了?

家丁低着头，一路跟着程德玄，两个人沉默着，走过整个大院。天还冷着，但是下午的阳光却是有点儿热，程德玄后背都出汗了。他带着家丁走到后院的马房，那家丁心里觉得奇怪起来，我是个家丁，但我代表的是高怀德将军啊，怎么让我到马房来? 这是不是弄错了?

两人进了马房，程德玄在后面关上门，家丁眼前一暗，等他慢慢熟悉了环境，这才发现黑暗中坐着一个人。

程德玄轻声说:“你不是要见晋王吗? 晋王就在眼前，还不下跪!”

家丁趋前一步，单腿跪地，眼睛却盯着晋王看:“高怀德将军府上马弁高富松拜见晋王!”

赵光义伸手，托了一下高富松道:“免礼!”然后又跟程德玄吩咐道，“上茶!”程德玄知道，那意思是他要跟高富松单独见见，便知趣地走开了。

“高富松，你家大人派你来有何事?”

“皇上派人来看过我家主人了。”

“可有其他话说?”

“没有了。”

赵光义站起来，兜了两圈，沉思着，然后他转身对高富松道:

“你一路上可安全?”

高富松知道,晋王问的不是他安不安全,而是他是否有泄漏行踪的可能。他站起来认真地回复道:“小的一路小心,确信无人跟踪。”他知道,要是他说不安全,晋王是不会让他回去的。

赵光义果然接着吩咐道:“一会儿我会让人给你些银两,派人把你送出城去。你速速回去,告诉你家主人,皇上不日西巡,而我会在京城留守。”

高富松施了一礼,道:“我一定尽快回去复命,让我家主人做好迎驾准备。”

赵光义拍了一下手掌,程德玄听了声音进来。赵光义吩咐道:“到账上领银子,然后送高壮士出城。”

程德玄领着高富松一出门,马房后面的另一扇小门就被推开了,马韶和石汉卿、史珪从里面走出来。石汉卿点上一支蜡烛,绕到赵光义的跟前,又到门口,侧耳听了听,然后道:“晋王,时不我待,该动手了,否则,恐怕我们都没有活路。”

西巡路上。张霁心里忐忑,皇上是不是老了?这么大的事,一点儿布局都没有,还是皇上特别自信?觉得天下就是他的,只要他振臂一呼,谁都会响应,谁都会站在他一边。

皇上离开京城那天就不顺。大臣里,吕端竟然哭了,起先吕端哭,大家只是以为他舍不得皇上,没承想他却说:“皇上,您这一去,说不定臣就再也见不到您了!”这个吕端倒是个忠臣,只是这次赵匡胤特地带了三分之一的朝臣跟随,并带了一些死硬护着晋王的人上路,让一部分忠于自己的人留守,吕端就是其中之一。他突然说这话,让大家都震惊得很。赵匡胤很恼火,觉得吕端实在是不懂人情世故。

他大笑三声，对吕端说："爱卿，只不过是小别，又何必如此担心？"

到了洛阳，赵匡胤祭奠太上皇和太后的时候，泪如雨下，然而这哭却让人有不好的预感。赵匡胤哭得忘记了自己的身份和场合，竟然说道："父皇啊，母后啊，孩儿这次看你们，这辈子就再没机会来了。"

张霁想，这话哪像是一个皇上说的。皇上打算一是把和晋王结成死党的朝臣带出来一网打尽，二是在洛阳巡查期间，以检视禁军为名，让自己亲近的禁军一起来拱卫，同时调各路节度使前来朝见，和各路节度使达成默契。等完成这些部署，解决了晋王集团，然后再回京，如果解决不了，就动议迁都洛阳，让晋王失去根基。

然而，到洛阳已经一个月，赵匡胤邀请的那些节度使却都没有来，石守信、高怀德、王审琦、张令铎、赵彦徽等人一个也没有来。这些人真不来，张霁倒可以理解，张令铎的女儿嫁给了赵匡胤的弟弟赵光美，不愿意掺和皇上的事，其他人更多的是被剥夺军权多年，就像高怀德早就没了参与政治和军事的志向。但是李处耘、楚昭辅、王彦升没来，这就让张霁不理解了，这些人都是赵匡胤身边的悍将，现在，赵匡胤直接招呼他们，他们竟然没有一个赶来。

张霁被一种突然降临的恐惧感压得透不过气来。这是一堵真实的墙，是赵光义已经安排好的墙。皇上不应该不知道，只是皇上为什么没有动作？这个时候的皇上，完全可以直接诱捕晋王，擒贼先擒王，只要拿下晋王，其他什么都解决了。

夜已经深了，洛阳的行宫不大，然而却显得寂寥空旷，赵匡胤摸着长剑，沉思着，王公公站在边上。

身后的一张桌子上，张齐贤一个人在吃牛肉，一个宫女端着十盘等在边上，他吃完一份，接着递上一份。张齐贤一连吃了九盘，大殿里，只有张齐贤吃肉的声音。赵匡胤看着张齐贤，王公公知道，赵匡胤等不得了，对张齐贤道："张先生，不知您对皇上有何禀报？"

张齐贤摇摇头，道："我有什么可以禀告的？是皇上有事想向我请教。"

王公公有点儿不高兴了，正要发作，赵匡胤摇摇头，阻止了他。赵匡胤道："既然你能掐会算，那就请你算算，我有什么事要请教你？"

张齐贤抹抹嘴，站起来，踱了两步，道："皇上在思考要不要回京，回去就出不来了，不回去，大臣又不愿意跟来。"

赵匡胤举起剑，对着一尊木偶，瞄来瞄去，似乎没有听。

张齐贤又道："皇上，你要等的人是不会来了，你等来的不过是我这样的谋士而已。"

赵匡胤手起剑落，木偶的人头落地。

太监们纷纷惊叫，张齐贤却不为所动，王公公皱着眉头，对太监们叫道："有什么好叫唤的？都给我站直了！"

张齐贤抬高了嗓音道："虽然你等来的只是一个谋臣，然而一个谋臣却要当十万甲兵。"

王公公奸笑起来，道："你以为你是谁？我们皇上麾下十万甲兵，铺天盖地，遮天蔽日，就是天兵天将来了，也不是对手。"

赵匡胤没有阻止王公公，觉得这个张齐贤太狂了。

这时，张霁走了进来，道："皇上，末将有话要问张先生。"

赵匡胤点点头，道："有话你就问吧。"

张霁走到张齐贤身边，直接问道："请问先生，目下皇上手头并无兵马，当初跟着皇上打天下的那些老将们大多已经老了，而且手头并无兵权，皇上招他们，他们也不敢来，请问这十万兵马从哪里来？"张霁语气咄咄逼人，他很焦急，也顾不得什么礼仪了。

张齐贤却不慌不忙道："皇上，臣有一计，可让十万雄兵马上到来。"

张霁道："张先生，到这个时候就不要卖关子了，请快说吧。"

张齐贤走到赵匡胤跟前，道："皇上，为大宋千秋万代计，请皇上迁都，汴梁有漕运之便，又经过我朝经营，如今的确物阜民丰。但是它北无屏障，东无天险，居于开阔平原，夷狄一夜可探我城门，两日可攻我城墙，如若以汴梁为都城，八十万禁军不可守，不出百年，大宋国力将被消耗殆尽！"

赵匡胤点点头。张霁看赵匡胤点头，联想到赵匡胤曾经说过的迁都之说，觉得这个张先生有点儿玄妙，放缓了语调，问道："先生说的是百年大计，而我要问的则是当下急务，请问这十万雄兵如何找来？洛阳现在就要十万雄兵！"

张霁苦的是皇上久居洛阳，进不能永居，退不能回汴梁，进退不得，久而久之必有祸患。眼前，晋王已经起了反意，如果其先动手，在汴梁自立，或者带兵逼皇上退位，该如何？关键是皇上现在还没有下定决心，不舍得对赵光义下手，皇上想兵不血刃，让自己弟弟知道进退。可是赵光义会理解皇上的苦心吗？就算赵光义理解，他手下的那些人，如史珪、石汉卿之流已经露出了马脚，在皇上面前明目张胆地结党营私，赵光义如果不动手，这些人又怎么会放过他呢？

也许，大宋内部，另一场“陈桥兵变”就在眼前。

“皇上，只要您动议迁都，同意迁都者在洛阳可以得高广大宅，官升三级，反对迁都者，留守汴梁，永不升职，俸禄降三级，并以新都筹建的名义，征集三十万天下精壮前来筑城，我洛阳新都，何愁十万雄兵?”

张霁听了茅塞顿开。

夜更深了，王公公匆匆地回到屋里，照顾他的小太监正坐着打瞌睡，王公公进屋，小太监立即站了起来道:“公公，你吃过了吗?我给你炖着鸡汤呢。”

王公公不耐烦地摆摆手道:“去去，没心思吃饭，你去吧。”

小太监施了个礼，道:“公公，您也别累着，有什么事明儿再说，或者交给小的去做就是了。”

王公公点点头道:“倒是乖巧，将来赏你个位子。去吧。”

小太监转身出门，正要帮王公公关门，却发现王公公跟着到了门口。王公公对他又摆摆手，示意让他走，小太监这才放心地走了。王公公看小太监走远了，探头里外看看，把门给关了。一会儿，他从里屋捧出一只鸽子来，在鸽子腿上绑了一根管子，然后打开后窗，把鸽子放了出去。

张霁收到晋王手札的时候，正在吃早饭，马弁进来通报说晋王有书信来。张霁让马弁放晋王的人进来，自己连忙放了碗，擦了手等着。张霁一看，来人是个马弁，看来军阶不高。马弁并不下跪，而是弯腰行礼，双手举着给张霁递上手札。张霁心里有点儿不高兴，但是他并没有计较，这个时候晋王来信，应该是有重要的事。

他张开信札一看，原来晋王要来觐见皇上，而且已经动身上路，不日就要到洛阳了。

张霁心里突然大乐，想什么来什么，赵光义自己送上门来了。

虎牢关的城墙上寒风冽冽，张霁手握剑柄，剑头插在城墙的砖缝里，他向着关外看着，在等他的家将张立中回来。张立中已经出去三天，在虎牢关外的余山岭设伏，准备一举擒杀赵光义。

那些家将，他训练了十年，一个个都是不成功则成仁的死士，三天了，却一点儿音讯都没有。

这时，远处的大路上升起一溜烟尘，按照《孙子兵法》的理论，那样的烟尘说明是大队人马，张霁的心彻底凉了，他的人不回来，而现在来了大队人马，这说明赵光义已经过了余山岭。

果然，不一会儿那队人马的前锋到了虎牢关下，张霁一看，大旗上写着“楚”字。张霁想来想去，敢这个时候无论是自己来，还是跟着赵光义来的，只能是楚昭辅。果然，从人群里走出一骑，上面是楚昭辅。

楚昭辅在城下拱手道：“城上哪位将军守关？我乃大宋朝枢密副使、权宣徽南院事楚拱辰是也，奉皇上之命，赴洛阳觐见。”

张霁咽了一口唾沫，大声喊道：“楚大人，怎么是你？你此来何事？路上是否见到晋王？”

张霁一开口，不由自主地就提到晋王，话音刚落，就恨起自己来。只听楚昭辅在城下答道：“张大人，我直接从任上赶来，并没有和晋王沟通，因此也不知道晋王的消息。”

张霁冷笑三声，心里想：你楚昭辅这样说，倒是让我看不起你了，你们早就会晤过，还能不知道他也在路上。但他想了想，不如放他进来，详细探问。楚昭辅本是个粗人，也许口风并不严实，就算问不出晋王的消息，也许能问出其他人的消息，楚昭辅和王彦升等人都是刎颈之交。

张霁让人开了城门，楚昭辅的人马往城里走，张霁在城楼上看着这些人一字排开，前后呈一条笔直的线。那些盾牌手都是右手挽盾牌，挽盾牌的手势和角度，竟然像一个模子里刻出来的。楚昭辅虽然只带着几百人，但那几百人迈着整齐的步伐，脚步声里充满了神秘的威吓之气。

张霁听着楚昭辅的队伍进城的脚步声，对身边的人说："不要小瞧了这几百人，我们几千人也不是他们的对手。"

张霁知道自己找楚昭辅不合适，但他已经没有其他办法可想，他必须和楚昭辅过过招。

张霁看着楚昭辅把一只蹄髈吃完，举起酒杯，示意了一下，仰头喝光了杯子里的酒。"皇上的意思是要迁都，汴梁不利于防守，如今契丹越来越强，金人也虎视眈眈。"

张霁有些犹豫要不要把话都说明白，没想到楚昭辅到底是军人，性子直，也喝光了杯子里的酒，把空酒杯交给边上的军士继续斟酒，说："张将军，你找我恐怕不是为了推杯换盏，也不是为了摸我老底。实话说吧，你在皇上和晋王之间站队，无论站在哪一边都是错的。"

张霁听着，没说话。

"如果要迁都，那就是兄弟相残。我们这些人都不应该站队。"

张霁这回听明白了，如果仅仅是皇位继承的问题，那是他们赵家兄弟之间的事，这些将军们都不愿意参与。

楚昭辅继续饮酒，然后摸了一下嘴唇，道:“我知道你有点儿看不起我，觉得我投靠了晋王。可我跟你说，谁当皇上不重要，重要的是我们能不能团结，能不能守护家园，造福百姓。我们不单单是为了自己，也不单单是为了皇上一个人，而是为了天下黎民苍生，这样，我们战斗或者死亡才有意义。皇上念及我们这些老臣，愿意重招旧部，我们必然前来效死，死不足惜。只是，如果仅仅是因为皇权争位，我们的死会让后人和外邦嘲笑。如果皇上要我们北伐太原，一统中原，我们则万死不辞。”

张霁听了楚昭辅的话，想起哥哥的冤死，如果哥哥是在和契丹人打仗时阵亡了，他会觉得委屈吗？不会。他甚至还会觉得那是光荣，他会把自己的儿子、侄子也送上战场。张霁握紧拳头，狠狠地敲了一下桌子，道:“楚将军豪爽，说得末将醍醐灌顶，大宋就缺您这种顶梁柱石！”

楚昭辅摇摇头，道:“我已经垂垂老矣，也许是老了，心变得软了，不愿意看到血，更加不愿看到兄弟相残。然而，事不是由我们的心决定的，也许要来的终究会来，而血要流的也终究会流。”

张霁缓缓地走到楚昭辅的跟前，在桌边单膝下跪，哽咽着说:“楚将军，您今天领来八百精壮，楚家军的精锐都在这里了吧，就请直说吧，您是不是已经知道晋王要发动政变？”

楚昭辅摇摇头，道:“有我楚家军在，有我八百精壮在，谁也不能用流血的方式夺位。”他扶起张霁，然后正对着张霁说，“张将军不用担心，有我们这些老臣在，大宋不会变成两个大宋，大宋的军人不会自相残杀。我这八百健儿就是奔这个来的。”

张霁端着酒杯的手，缓缓地放了下来，楚昭辅注意到了张霁的这个动作。

楚昭辅叹口气，闭上眼睛道："张将军，你门外埋伏了多少人？你在我楚家军的周边又埋伏了多少人？"

张霁尴尬地笑笑。

楚昭辅又说："如果是皇上的意思，不需要别人的刀剑，我楚昭辅和楚家军会自裁，但如果不是皇上的意思，张将军你这些人都不是对手。"

张霁点点头，道："楚将军，我知道我们不是你的对手，楚家军世世代代从戎，你的队伍虽然和我们的一样年轻，但是他们却都是父子相随，生死相依。听说他们中的父辈，大多已经追随你数十年，年轻的虽无作战经验，但是又犹如身经百战，乃虎狼之师，而我的军队，是大宋的第二代禁军，让人担忧啊。可如果你楚将军是为了晋王而来，那我只能和你拼了。"

"我已经劝晋王回汴梁，晋王不会来了。"

张霁慨然长叹，像是轻松了，又像是更加沉重了。"如果是这样，您楚将军又何故还带着军队再来？"

楚昭辅端起酒，喝了一碗，边上的人很快又给他斟上。他不再喝了，站起来道："我就是想告诉天下人，皇上永远是我们的皇上，没有皇上就没有我们大宋江山，楚家军为保卫大宋江山而来。"

张霁拱手对楚昭辅深深一礼，道："卑职一直不相信皇上的自信，如今您的到来让我相信皇上是对的，大宋的人不能打大宋的人，楚将军您来得正是时候。"

楚昭辅摇摇头，扶住张霁道："张将军，大宋不能内乱，需要一致对外，我是来劝皇上发动北伐，亲征北汉，一统中原，让我大宋子孙永享太平！"

张霁听了，点点头说："我同意楚将军的意见，我跟您一起给皇上联名建言。”

这时张齐贤从帐后走出，道：“两位将军未免太仁慈了，岂不知树欲静而风不止！”

楚昭辅看看张齐贤，冷笑道：“您就是大名鼎鼎的张齐贤先生？听说您在洛阳拦轿数次，终于和皇上见面，看来张先生也不过是浪得虚名，教给皇上的只是如何争权夺利的末流计策而已。”

张齐贤也不计较楚昭辅的冷嘲热讽，道：“楚将军，您说只要我们一致对外，就能消解内部纷争？我看将军您实在是太乐观了。既然今日将军进了埋伏圈，将军的命摆在我的手里，我就跟将军说个明白话，我根本不相信晋王能退回去，就是这次退回去，晋王也会重来，到那一天，我们这些人都将死无葬身之地。”

楚昭辅道：“你们这些文人，考虑的不过是自己的生死而已。”

张齐贤声音高了起来，有点儿失态，而后说：“不是我要这样考虑，而是晋王的人也会这样考虑，他们会觉得我们已经动手，就犹如放出的箭，无法收回，必要置他们于死地才会善罢甘休。如果他们这样想，那么我们将来的命运如何？这个时候，谁先手软，谁败。楚将军，我看到时候，你我的性命都将不保。”

楚昭辅道：“我和你对这个问题的看法是相同的，但我和你的不同在于，我不怕死，我愿意用我的死赌一把大宋的命运，而你不可能。如果晋王那边的人都是你这个想法，你我不会支持晋王，晋王也不会得到天道的支持，大宋就不会有晋王的地盘！换句话说，我不仅不怕死，我还相信天道，小肚鸡肠，只为苟活，又如何能和天道合拍，得到天道的青睐？大宋的天子，是得天道而得天下的，我相信这一点。至于那些人的花花道道，我不信就能胜了天去！”

5. 洛阳簪花节

阳春三月，洛阳正是簪花时节，大街上的行人头上都戴着簪花，远看洛阳的大街，行人过处，处处是花海。皇上巡幸洛阳，在洛阳居住，洛阳百姓更是高兴，人人都出来踏春、赏春，家家户户都不约而同地把自家的花草，特别是那些种得好的摆到了大街上。皇上在洛阳，那是洛阳天大的喜事，大家都喜气着。

应天门外，张霁、张齐贤、楚昭辅身穿朝服，静静地伫立着。远处首先出现了一队人马，前面是一黄色旗，上用金色丝线绣着大大的“高”字，张霁早就接到了提报，高怀德的儿子高君宝带队前来觐见。高君宝骑着一匹高大白马，身穿白色铠甲，外披红色战袍，头盔上戴着簪花。高君宝来到张霁、张齐贤和楚昭辅面前，骗腿下马，给张霁、张齐贤下跪行礼，又走到楚昭辅面前，撩开战裙要下跪，楚昭辅立即扶住了他。楚昭辅上上下下地打量着高君宝，看得心里翻江倒海。他的眼睛湿润了，想起当初和他父亲一起打天下，不就是为了让这些儿孙能长大成人，让他们能享受太平盛世吗？

“侄儿，此来一路辛苦了。”楚昭辅道。

高君宝昂着头，大声道：“叔父，不辛苦。父亲叫我来为国尽忠。”

楚昭辅拉着他的手，道：“那你可知，如何尽忠？”

高君宝笑了，从脸上的神情看他还是个孩子。“父亲说了，要听皇上的话，听长辈的话，皇上要怎样咱们就怎样。”

楚昭辅点点头，说道：“嗯，这就对了！”

正在这时，一辆四马战车缓缓驶来，车上四围挂着帐幔，绛色的帷幔被风吹开了一角。里面，老丞相王溥斜躺在椅子上，身体随着车子的晃动而摇晃着。这当朝耆老、数朝重臣，突然也赶来洛阳，让张霁有点儿吃不准了。他急走几步，上前施礼道："大人，您也来了?"

王溥看看张霁，指指天，道："天，让我来，劝皇上息兵，你没有料到我来，又当如何？我自己也没有料到我会来。"说着，他蔫蔫地往下躺了躺，不看张霁。王溥的确资历太老，老到他在皇上面前都不用行礼，在张霁面前，他更不用忌讳任何礼仪，他把对张霁的不满都摆在了脸上。

楚昭辅也跟着过来行礼，道："魏相！"

王溥抬起右手，指着楚昭辅，嗓音干涩，问道："你还认得我这个丞相？我恐怕你不认得我了。"

说着他长叹一口气，望着车顶，眼神仿佛越过了车顶，在眺望远处的苍穹。

这时，高君宝道："丞相大人，家父有书信给您。"

张霁心里感到一股寒意，不禁打个冷战，心里想：这些人私下联系太紧密了，高怀德又怎么知道王溥要来？亏得高君宝还是个孩子，不知道掩饰，当着我的面递信，这要是在私底下，还不知道有多少私信往来呢。

王溥摆摆手说："孩子，不用行礼了，信也不用看了，你交给皇上吧。"

王溥到底是王溥，政治上老道，不会给任何人留下把柄。其实，他不看信也能知道高怀德到底想说什么。高怀德一颗忠心，想让晋王蛰伏、让皇上息兵，谈何容易，像他这样到处通信，恐怕要坏事。

正在这时，远处传来呼喊声："皇上驾到！"

有人抬着王公公飞快地跑来，王公公在轿子上大声喊道："魏相，皇上来接您了！"

张霁想不明白，王溥来洛阳，怎么谁都知道。皇上知道，高君宝知道，就是他不知道。他这个禁军都虞候当的不够格啊。想到这儿，他的寒战不禁打得更加厉害。这些人私底下的往来联络，那是一张秘密的网，是他们用生命和血亲联系起来的网络，而这个网络，张霁不在其内，他就像水面上的猫，看不到水底下鱼儿的世界。他永远是一只猫，永远不能下水。

大宋的水，有多深？

皇上的御辇到了。

赵匡胤站起身，抬脚从御辇上下来，有个太监上前搀扶，被赵匡胤挡了回去。他没有踩在垫脚上，而是直接就跨大步，双脚落了地，大踏步向王溥走来。大家急忙迎候皇上，纷纷施礼，这时王溥才缓缓下了车，一个家臣过去托着他来到赵匡胤跟前，他作势要施礼，嘴里说道："臣下有何德能，让皇上来迎，折煞臣下了！"

赵匡胤赶忙扶住他，哈哈大笑道："老丞相，朕想你了，迫不及待来接你。"

赵匡胤说的是实话，在洛阳已经待了三个月，他憋闷得慌，想找人说话，而王溥是他思念的人之一，有什么事跟王溥说说，心里就敞亮了。不过，今天王溥却不买账，道："皇上，您知道我反对讨伐北汉，而您却来迎接老臣，恐怕不是因为想我吧，而是想让我这个反对北伐的人看着您怎么成功吧。"

赵匡胤也不计较，拉着王溥道："老丞相，你来见证我们成功的那一刻，难道不高兴吗？"

王溥摇摇头，道："我恐怕见不到那一刻了，我来日无多。"

赵匡胤知道这老头是跟他倔上了。"老丞相，你想气朕，没门。朕就是想你了，无论你怎么说，朕都不发火，反正你得跟着朕北伐。"

王溥道："打仗，我不如赵普有计谋，退守，我不如卢多逊有思路，老臣还是只有一个建言——息兵罢征。"

"唉，今天你刚刚到，路上困乏了，不如咱们先喝酒去，解解乏，事回头再议。"

京城汴梁，晋王府后院。

赵光义带着几个马弁在玩蹴鞠，王府里的一群丫鬟在边上为他们助阵，忽然一阵大风吹来，院子西北角的一棵大松树倒了下来，树杈径直向着赵光义砸去，马韶惊得叫起来："晋王，危险！"边上和赵光义一起蹴鞠的那些马弁看着大树杈向着晋王砸去，来不及救，大家吓傻了，呆立在原地。这时只见赵光义忽然跳起，双脚一蹲，然后人硬生生地弹起，在空中打了个旋儿，站在了倒地的树杈上。晋王府的人都鼓起掌来，有人喊道："晋王，好身手！"

马韶看着晋王，苦笑着摇头。卢多逊手里攥着两只核桃，他把核桃狠狠地扔在地上，转身走了。

马韶跟着卢多逊，在他身后轻声道："卢大人，你不应该感到庆幸吗？您跟随的晋王堪称天下第一勇士啊。"

"当今皇上马上取天下，不同样是天下第一勇士？你这个第一和皇上那个第一，怎么排序？"卢多逊讽刺马韶，看不惯他神神叨叨的样子。

五、终成定局

马韶紧走两步，把两只核桃交到卢多逊的手里，道："你刚才把两只核桃都扔了，这可不是办法，你可以扔一只，但是不能扔两只。你挑一下吧。"

"你明明知道，我是支持晋王的，现在的问题是，你们都没有意识到问题的严重性，皇上和晋王，两个只能有一个。"卢多逊心情烦躁，跺跺脚，道，"你看看今天的那棵树，怎么就那么巧，向着晋王的方向倒下去，差一点就砸着晋王，再这样下去，哪一天你我都会没命。"

马韶突然断喝道："卢大人，你站住！这样大逆不道的话，是你这个朝廷命官该说的吗？"

卢多逊突然站住，愣了一会儿，终于想通了。"我就是大逆不道了，又如何？"

马韶笑了，恶狠狠地扔了手里的核桃，道："说开了吧，卢大人，你想的是必须要杀，而我想的是何时杀。"

卢多逊跺跺脚，道："事就是被你们这种人搞坏了，用刀无非要快，快刀斩乱麻。你们犹豫来犹豫去，事全被你们搅黄了。"

马韶冷冷地笑道："那么，你倒是说说什么时候动手？"

卢多逊用手一劈，道："就在今天！缓一天，都有危险！"

马韶摇摇头，道："天时未到，地利不在我方，人和也不具备，贸然出手，不是自寻死路吗？那人身在洛阳，身边聚集了八十万禁军，你如何杀得？"

"如此这般，不如我们就在这里等死得了！"卢多逊一把抓住马韶，瞪着眼睛，死死地盯着他看了许久，然后道，"只要你跟晋王说，天时地利人和都在我们这方，时间就在明晚，其他的就交给我！"

6. 定局

开宝九年(976)十一月十三日。

王公公送完赵光义，悄悄走进宫来，手里的拂尘不知为何，就是不听使唤，上面的马尾须，像是着了风，左右飘着。他一把抱住拂尘，把马尾须全部收了抱在怀里，蹑手蹑脚地往里走。赵匡胤站在大殿的窗口，冷风吹了进来，把他的衣领子吹开了。

“皇上，您不要着凉了，外面太冷了。”外面大雪纷飞，御马台上的积雪有一尺厚。“皇上，潘美来报，他们已经攻占北汉的河汾北，缴获马匹数千，郭进部攻占代路，俘获北汉诸民三万七千余口……”

赵匡胤没有搭理他，冷冷地问：“你刚才送晋王，伺候得不错啊。”

王公公脑门上冒出豆大的汗珠，下跪道：“老奴注意到了，晋王他直接从御马台上马，老奴觉得晋王他有失臣子的礼节，应该训斥。御马台自古只有皇上可以……”

“那么，你训斥他了吗?”赵匡胤喘着粗气，大声呵斥。

“老奴不敢。”

“因何不敢? 是你们都拿了晋王的好处，得到了晋王的许诺，拿人的手短，吃人的嘴软吧?”

“皇上，晋王是您的弟弟，您又把他安排在开封府尹的位子上，自古谁做了开封府尹谁就是皇储，很多人都以为晋王将来就是要接替皇上的啊，如今虽然他不再是开封府尹了，可是……”

“可是什么? 朕让他做开封府尹，他才是开封府尹，开封府尹将来就一定是皇上吗? 或者，你们现在就把他看成是皇上了，你们眼里已经没有朕这个皇上了吧?”

王公公身子抖动了一下,不敢说话,他知道皇上在气头上。

“你为什么不说话,是朕说到你们这些人的骨子里去了吧。你为什么不说话?”赵匡胤一脚踹在王公公的肩膀上,王公公耳朵“嗡嗡”地响,眼前起了雾,他的眼泪在眼眶里打转。

王公公颤声道:“您就是打死老奴,老奴也没有办法去训斥晋王,老奴不敢啊!”

“你哪里是不敢?你是心里只有晋王,没有朕这个皇上。现在,朕就让你看看,谁是皇上。你去叫晋王,让他现在就过来,朕要你当着朕的面教训他,你敢不敢?”赵匡胤一脚一脚不断地踹着他,王公公几乎是瘫倒在地上了。赵匡胤又吼叫道,“你起来,去叫晋王来,你去叫晋王来!”

王公公在地上爬了两步,离开了赵匡胤腿脚的范围,这才起来。他快步跑到大殿之外,怕再挨赵匡胤踢。赵匡胤毕竟是武将出身,抬脚就是武功,放脚就是力道,踢在他的身上,是真疼。

当然,更疼的是在王公公的心里,他这么多年的诚心伺候,最后换来的是这样的结局,他心里不服,在赵匡胤的心里,他怎么就永远做不得一个受尊敬的人呢?

王公公刚到门外,就听赵匡胤在里面喊:“叫张霁来,让他带上刀斧手!”

王公公嘴里“嗯”了一声,脚下不敢停步,径直往外奔去。

轿子上,王公公听到下面开道的小太监禀报道:“公公,张霁大人府上到了,请公公下轿。”

王公公犹豫着,叫上张霁,恐怕晋王今晚要人头落地,此事如何是好？他想来想去，暂时不能叫张霁。张霁把私仇家恨都算在晋王身上，只要有机会是一定要杀晋王的，今天一定要先给晋王报个信。

他清清嗓子，对着小太监道："不下了，去晋王府。都给我快着点儿！"

天已经黑了，宵禁的时辰到了，街角除了有巡逻的禁军队伍不时走过外，路上没有任何行人。那些巡逻的看着他们的样子，知道是宫里出来的，也不查他们。

王公公让轿子远远地停在离晋王府一两里地的地方，自己下了轿子，一个人往巷子里走。几个太监要跟着他，都被他挡住了。

街上一个人影都没有，王公公放慢了脚步，边走边思忖。

王公公走到晋王府门口的时候，马韶正他孤零零地蹲在门口的暗影里，犹如鬼魅。

王公公踮着脚从他身边走过，走了几步远后才发现边上蹲着一个人，认出是马韶。"马先生，你怎么在这儿？你不进去吗？你是来找晋王的？"

马韶咳了一声道："王公公，我不敢进去。"

王公公道："你怎么就不敢进去了？晋王会吃了你？"

马韶俯身在王公公的耳边道："我看天象，看到晋王当立，就在今日。我觉得应该来告诉晋王，可是我到了这里，又怕我看错了，在这里等了半天，也没见什么异象，这不您就来了。"

王公公想了想，对马韶说："你这可是要杀头的。"

马韶摇摇头，远远地看见王公公带来的那些太监，那些人静静地站着，听不见他俩说话，便放心了。马韶道："王公公，跟您说吧，要不是您来了，我还真不敢进晋王府。现在，您出现了，应验了我观天象的说法，您是来给晋王送皇位的人，来来来，我们可以一起进去了。我等的就是您！”

马韶拉着王公公的手，不待他说话，就往里走。王公公说：“你当真？可是我到了这里，应验了你的星象？”

马韶点点头。

王公公思忖了一下，也点点头，跟着马韶往里走，心里似乎下定了某个决心：今天，他们兄弟俩不是你死就是我活，看来我还真是来送皇位的。

赵光义回到府上，心里非常不爽，曹王妃给他端上参汤，被他一手挡掉，参汤洒了一地。曹王妃有点儿愠色，正要说什么，他大吼一声：“滚！”曹王妃手里的参汤全泼到地上了，她哪里受过这种委屈，一下子哭了出来。他没心思安慰曹王妃，摆摆手，让下人把曹王妃请走。

他心神不宁，心里装着和皇上的不快。下午他和皇兄下棋，他一着将军，把皇兄的老将给将死了。“将军！”他喝一口水，跷起腿，看着棋局，心里有点儿得意扬扬。没想到，赵匡胤却借题发挥：“你以为将军就能胜？”赵匡胤把棋局一推，整个棋盘散了，棋局没了，“你是不是迫不及待要登上这个皇位？”他突然感到皇兄话音里的寒意，那是一种带着杀气的寒意，一时间有些慌乱，不知如何是好，接着他就听到皇兄说：“你走吧，回去吧。”

他跟着王公公走出大殿，马弁牵马上来，跟在他身后，他想都没想，抓住马鞍，骗腿上马。拉着马缰绳，马转了一圈，往外走时，他才发现那是御马台，是只有皇上才能上下马的地方，心里吓得半死。可来不及了，马已经走出来了，王公公也已经走回去了，他总不能再回头到御马台重新表演一下吧。

他回到书房，在罗汉榻上躺着，思前想后，没个主张。

众人见他心情不好，也不敢来找他麻烦。就这样，他一个人在罗汉榻上竟然就睡着了，一下子睡到了深夜里，直到程德玄进来喊他："晋王，晋王！"

他醒过来，道："程德玄，你喊我做甚？"

"晋王，王公公和马韶来了，他们有话说。"

他忙一骨碌爬起来，对程德玄吩咐道："快快有请，真是想谁谁来。"

他的热情让程德玄不明所以，便问："晋王，你正在等他们？"

他不答话，一边整理衣冠，一边起身往外迎，鞋子都顾不得穿，赤着脚就出来了。程德玄拎着他的鞋子，跟他在后面。赵光义边走边说："王公公，你来得正好，我正要找你。"

王公公奔过去，"扑通"一声跪地叩头，赵光义看王公公这个架势，吓了一跳，立即过去搀他。王公公大声道："皇上，老奴特来迎驾！"

赵光义听了王公公的话，双腿一软，"扑通"一声，也跪了下来。"王公公，救我！"他知道今天在御马台擅自走马，事发了。

马韶看在眼里，伸手拉他俩起来，道："两位，这个时候哪有时间做作，你们快起来议事。"

王公公道："皇上病危，特命老奴前来，请晋王进宫见驾。"

赵光义一愣，顿了一会儿，忽然明白过来，对着程德玄道："你带上晋王府所有家将，先去张霁府上，通报皇上病情，请他进宫议事，路上将此人处置。处置之后，你们速来宫中觐见！"

程德玄举手行礼,重重地应了一声:“诺!”转身出门去了。

赵光义又对马韶道:“马先生,麻烦你去找卢多逊,请他起草文书,联络各部大臣。”赵光义整理了一下衣服,起身对着王公公道,“我跟你进宫。”

王公公再拜,道:“皇上,老奴对张霁有点儿不放心,老奴先领德玄去斩杀张霁,然后再来伴驾。”

赵光义点点头:“也好。我先进宫也无妨。”

这时,马韶递过来一个小瓶,道:“晋王,这是您要的麻药,放在酒里饮下,两个时辰后发作,喝药之人犹如睡着一般,无任何症状。”

赵光义接过放在怀里,拢了拢衣服,沉声道:“诸位,就此别过,明日早晨一见分晓,要不是我等在阴间相见,要不就是我等在金銮殿上齐唱凯歌!”

十一月的雪下得纷纷扬扬,风起了,那些雪花就像飞絮,在漫天飘着。赵光义骑在马上,并不觉得冷,却不住地打寒战。身后是几个仆从,有的手里端着酒缸,有的手里拿着暖炉,有的手里端着菜篮,大家都有些纳闷,晋王怎么又进宫喝酒,下午不是刚刚喝过吗?他们只知道晋王要进宫喝酒,哪里知道前面等着他们的是生死未卜的命运。

一个仆从把暖手炉递给赵光义,赵光义把手炉抱在怀里,顿时他不再打寒战了。

远近的树上都是雪,远近的房顶上也都是雪,世界一片银白,煞是好看。赵光义心里产生了无尽的留恋,这世界多好啊,只要能安安静静地活着,就是福气,可他偏偏生在大宋帝王之家,是皇帝的亲弟弟，想过这种生活也不得了。

看着远近的房舍，看着那些房舍里亮着的小灯，每一盏灯就是一个家庭的故事，就是一个家庭温馨的梦吧。

他们来到赵匡胤寝宫的时候，那些太监和宫女都觉得奇怪，这么晚了，晋王怎么还来？赵光义走上台阶，值班的太监急忙起身行礼，大家都有些错愕，领头的太监道："晋王，皇上已经歇息了，您来有要事吗？不如明天再来。"

赵光义道："皇上喊我来会面，请各位公公通报一声。就说我带了酒菜来，陪皇上饮酒赏雪。"

那太监进去通报了，不一会儿，里面传出赵匡胤的声音："让他进来。"

赵光义捧着酒缸走进去，那些太监们立即从赵光义的仆从手里接了各式菜篮，也往里送。

赵光义进到宫里，见赵匡胤身上穿着棉服，那样子不像是真睡了。他让人摆了酒菜，道："皇兄，夜雪弥天，不如饮酒。您让王公公找我来，我就知道皇兄是想喝酒了，我特地带了苏合香酒，来和您痛饮一晚。"

赵匡胤道："来得好，我们兄弟好好痛饮一场，说说心里话。"

王公公赶回来的时候，已经是午夜时分，他一脚踢醒了值班的太监，道："你们这些混蛋，就知道睡觉，不好好伺候皇上和晋王！"

那些太监委屈地揉着眼睛，诉苦道："晋王吩咐了，不用我们进去，他和皇上要单独喝酒。"

王公公走上台阶，烛光映在窗户纸上。他看见赵匡胤站起来，摇了两下，举起玉斧对着晋王的身影砸去。晋王的身影佝偻着，往后退。这时,王公公听见赵匡胤嘶哑着嗓子,似乎使出了浑身气力,“你做的好事! 你做的好事!”说完,赵匡胤倒了下去!

赵匡胤的声音太响了,尤其在静得连雪落到地上都能听见的夜晚。王公公想,身后的太监也一定都听见了。

王公公转身,问身边的太监:“诸位,你们听见什么了吗? 我耳朵背,什么也没听见。”

大家被他问得莫名其妙,有个小太监不懂事,壮着胆子回禀道:“王公公,我好像听到皇上,他在说……”

王公公打断了他的话,大声断喝道:“你要小心点,你真听到什么了吗? 我们怎么都听不见? 为什么你听得见,我们却听不见?”

那小太监不敢说话了。

这时,赵光义从里面走出来,对王公公道:“皇上睡了,你们退下吧,不要搅扰了皇上。”

公元976年十一月十四日,赵匡胤驾崩,赵光义继位。

第三卷

幽云长歌

葛红兵　雷　勇　著

上海大学出版社

目　录

一、改元太平

1. 科举取贤

太平兴国二年(977)正月,赵光义举行了即位以来的第一次科举考试。

这日皇榜下来了,士子们怀着激动的心情围着皇榜,仔细查找自己的名字,接着便从人群中传来此起彼伏的喊声:“我上榜了!”

某个士子摇起手臂,道:“今日荣登皇榜,不如我做东,宴请诸位,以后还请同僚们多多照应。走,咱们吃酒去!”另一些人跟着喊道:“士子好情怀!”便一群人挤出去吃喝,后面的人又挤进来。几家欢喜几家愁,不久,围在皇榜周围的人散去了大半。这其中有一个人,袒胸露乳,头发乱蓬,一副流浪汉的样子。他呆望着榜单半天,突然大笑一声:“大才不入名,腐儒得上榜,天瞎矣,哈哈!”笑罢,乃甩袖扬长而去。

此人来到一家酒肆,巧合的是,那位高中的士子正好在这里宴请宾客。同行的士子们便高喊道:“兄台,何必独守空座,过来同饮一樽可好?"

此人并不理会,只是闷声喝自己的酒。

士子们打趣道:"兄台乃济世大才,不屑与我等腐儒为伍,然而未见兄台在皇榜上,我们更不敢与兄台为伍呀! 哈哈哈!"在座的其他人也都大笑起来。

"哑,小人得志,鸿鹄焉能与燕雀共饮!"此人正欲离开这是非之地,摸了摸口袋,又摸了摸后脑勺,却摸不出半文钱来,于是又坐下一边吃一边想办法。过了一会儿,他摇手招呼小二道:"小二,你过来! 我今日忘记带钱来,你且给我记上,改日加倍奉还。"

"我们店没这规矩呀。客官,您别逗我了,您也是堂堂科举人士,别差我这点钱!"小二一脸不屑地望着他。

士子们顷刻间笑声鹊起:"这位兄台嘴上功夫了得,口口声声说自己有济世大才,没想到却是一个骗吃骗喝的主儿!"说着一人从自己的兜里掏出几文钱来,丢在他面前,"你的酒我请了,算大爷赏你的,哈哈哈。"

此人看着还在旋转的钱币稳稳地倒在桌上,攥了攥拳头,起身高声喊道:"大丈夫顶天立地,岂可受你这嗟来之食! 小二,你去告诉店家,我有的是力气,帮你打杂一日,权当顶了这酒钱。"

"那可不行,你打杂一日,我就没事可干了。这位大爷赏了你几文钱,你收下便是。何必这么麻烦?"

此人正与酒店伙计争执不下之际,只听见店门外刀剑喧嚣之声,突然闯进来一伙强盗,手里提着刀带着叉,凶神恶煞的带头大哥的脸上还有几道刀疤。

一、改元太平

“来呀，小二，给我们安排几间上好的客房！给爷爷好酒好菜伺候着！爷爷今晚要在这里投宿，招呼不周的话，爷爷给你好看！”说着，四下扫了一眼店中，那帮士子见状，都不敢正眼看这帮歹人，纷纷偷溜出酒肆，只剩下了方才与伙计争执的那人。

那人走过去对强盗头子作了个揖，便道：“我是刚刚落榜的秀才，穷人一个，不慎将钱财花光，如今想与各位英雄一起吃个酒足饭饱，不知可否？”

那强盗头子看一眼这人，“嗖”地一挥刀，架到他脖子上，这人不仅不慌不乱，反而面带笑容，强盗头子转怒为喜道：“有意思！你这秀才，还有几分胆识，是条汉子！”说着就给他让了个座。

那士子道：“我认为当世盗贼不是卑鄙者，而是英雄。我生性豪爽，好结交各路英雄，今日幸逢各位，能把酒言欢，实乃一大幸事！”说着与强盗头子连干了三碗，觉得还不尽兴。“小二，换大碗来！”那士子与强盗们连干数十碗，接连放倒了三人。

酒至此处，强盗头子热血沸腾，立即正襟危坐道：“来来，这位英雄，我且敬你三杯。”那士子爽快地喝了。强盗头子继续说道，“我看英雄不是寻常士子，有将相之才，若非有如此胸怀，焉能不拘小节，与我等盗贼为伍？敢问高姓大名？”

那士子答道：“在下行不更名，坐不改姓，山东张齐贤是也！”

“张齐贤，与圣贤齐名，好名字。”

刀疤脸吩咐手下把包裹取来，从里面取出几锭金子，送给张齐贤，道：“这几锭金子虽然是抢来的，但我们抢的是那些歹毒的财主，还请英雄不要推辞。他日若飞黄腾达，张英雄切莫忘记我和几位兄弟。他日你只要在军中给我们兄弟几人安排个差事即可。”张齐贤手头正紧，并不推辞。

刀疤脸继续道：“实不相瞒，我们兄弟几人乃是幽州人士，不堪忍受契丹人的欺辱，不得已落草为寇，有家不能还，流落至此。日后只望能投军从戎，多杀几个契丹人，杀敌报国，一雪国耻。你是不知幽云的百姓过得苦呐，唉！”

张齐贤道：“如今大宋先皇崩殂，新皇方立，江山处处掩藏着危机。正所谓，攘外必先安内，依我看来，收复幽云之事不是一时的事，弟兄们还需忍辱负重。但我张齐贤在此立誓，他日若有机会，定让契丹人有来无还！”

“来，喝，一雪国耻，干了！”刀疤脸喊道。

皇宫之内，赵光义愁眉不展。他仔细地在皇榜上查找一个人，可翻来覆去也没找到那个名字，便传唤科举主考官宰相薛居正，随后问道：“薛爱卿，朕以为此次会试录取人数太少，爱卿以为如何？”

薛居正道：“启禀陛下，此次共录取一百六十六人。太祖在位时，一共举行过十三次科举考试，总共才录取一百八十八人。陛下改元以来第一次科举便录取这么多人，已经不少了。”

“太祖在世时，勤于平定天下，疏于治理天下。如今天下初定，正是用人之际，各级官员空缺实多，朕认为这一百六十六人还远远不够，应再录八十人。”

薛居正连忙说：“陛下，初录士子水平尚佳，这补录的士子就不敢恭维了。”

赵光义想了想，道："爱卿尽管从落第士子中择优选取即可，若文章差强人意，你可选取书法上乘之人。"

薛居正无可奈何，领命而去。

张齐贤这夜喝得烂醉如泥，睡得正香，却被外面的一阵骚乱吵醒了。

"皇榜补录啦！皇榜补录啦！"

张齐贤立即直起身来翻身下床，鞋子都没穿好，就跟着士子们去看皇榜。

众士子们喜出望外，有人欢呼着："我被录取啦！陛下真是我们的福星啊！愿陛下洪福齐天！"

众人看罢，纷纷离场，而张齐贤又落榜了，嘴里念叨着："仕途不如意，不如采风月，我且买快活去，销了这浑身的不痛快！"进了怡红楼，他挥金如土，让七八个歌女陪他喝酒，那几个强盗送给他的钱财不多久就全花光了。

老鸨眼见张齐贤的腰包空下去就变了脸色。张齐贤一摸兜，果然空了，歌女们便挣脱了他的怀抱。张齐贤面露不悦，兀自说道："方才还见你含情脉脉，现在又变得冷漠无情，才知全是曲意逢迎。真是应了那句老话：婊子无情。"

老鸨也不依不饶道："我们这里可不是谈情说爱的地方。有钱的话，我好酒姑娘伺候着，没钱那我可得送客了！伙计，给我赶出去！"

张齐贤像垃圾一般被扔到街道上。他晃晃悠悠地起身，揉了揉屁股,又拿起兜里半壶酒,边走边喝,醉倒在一座匾额上题着“陆府”二字的宅子门口。传说陆府名气可不小,因它主人的遗孀柴氏出名。柴氏生得极美,平日怕惹来是非,一直深居简出。大清早,陆府的下人们开门发现门口躺了一个醉汉,怎么赶都赶不走,便禀报给夫人柴氏。柴氏见这醉汉身材魁梧,一身英气,看着装应是一位秀才,便令仆人把他抬回家暂时安置。

话分两头。皇宫之内,赵光义又不高兴了,又把宰相薛居正传来。“薛爱卿,朕觉得此次科举录取的人数还是不够,应当再补录。”

薛居正两眼瞪圆,简直不敢相信自己的耳朵,问道:“敢问陛下,因何又要补录?”

“选才任才宜多不宜少,宜广不宜窄。爱卿速速去办吧!”

薛居正无可奈何地又去沙里淘金了。

翌日,赵光义看了一遍再次补录的名单,终于在倒数第二位发现了那个名字——张齐贤。他这才心满意足。

张齐贤睡了一夜,醒来饥肠辘辘,不知身在何处。起身,外面走进来一个丫鬟,道:“公子,这是我们家夫人吩咐给您换的新衣服,您的衣服拿去洗了。”

张齐贤粗鲁地扯过衣服,对丫鬟说:“你转过去!还有,可有茶饭,我这肚子……”“咕咕”两声,丫鬟忍不住笑了。

四个菜,张齐贤狼吞虎咽,一碗饭就下去了,他不好意思地说:“还有吗?”一碗又一碗,他吃了整整七碗。

窗外的柴氏已经看了半晌，等他吃完，才走了进来。

“公子好饭量，招呼不周之处，还望见谅。”

张齐贤还未抬头，就先闻到柴氏身上散发出的迷人香气，抬眼见其走来，杨柳细腰，婀娜多姿，仿佛画中之人。柴氏一束银簪穿高髻，两鬓乌发卷腮红，纤细娥眉，明眸杏眼，樱桃嘴，瓜子脸，娇美难喻。张齐贤看呆了。

夫人欠身轻轻坐下，道：“公子觉得饭菜味道如何?”

张齐贤愣在那里没有作答。

“可是我家饭菜不如意?”

张齐贤自觉失礼，忙起身作揖道：“主人家说得哪里话，饭菜味道好得很，如此款待，在下都不知何以为报。”

“公子高姓大名，何以落魄至此?”

“我乃山东张齐贤，是刚刚落第的秀才。”

张齐贤把自己两次不中第的经历说了一遍。

“我一介女儿之辈，先夫夭亡。市井流言蜚语，我也置若罔闻，安心打理家事。公子乃男儿之身，区区落第之事，就堕落买醉，实不该如此，应当振作精神，从头来过。”柴氏义正词严地说道。

张齐贤顿觉惭愧道：“夫人说得是，张某惭愧之至。”

“不知张公子有何打算?”

“科举之路不通，在下想去代州从军，杀几个契丹兵一雪国耻。”

“依我看，张公子乃大将之才。”

“夫人休再挖苦在下了。”

柴氏命丫鬟收拾好包袱，里面装了几锭银子，道："张公子乃是藏龙卧虎，当个小兵恐折煞了才华。还是应该再走仕途，来年重考也好。这些银子送与你作盘缠，望你莫要再堕落下去了！"

张齐贤感恩戴德地收下了。

"我不便抛头露面，恕不能相送了。来人，好生送张公子一程。"

张齐贤一步三回头，离开了陆府。出陆府不远，街上又有骚动，听说皇帝又补录了一批士子。张齐贤奔过去见自己终于中第，激动不已，道："总算是有人慧眼识英雄，伯乐识良马，哈哈哈！"

他要把这件喜事告诉柴氏，在返回陆府的路上，却听到一些不中听的话："我早就说那陆夫人养汉子，你们还不信，昨夜有人亲眼看见她让人抬了一个汉子进到府里去了！寡妇难耐寂寞啊！"

张齐贤越听越气，直接冲上去，揪住那人衣服，怒道："你这厮像个妇人一般在这里搬弄是非，造谣中伤，是何道理？再让我听见，看我不揍你，滚！"

那人见张齐贤气势如虎，不敢招惹，边跑开边嘴里还嘟囔着："这人有病！此地无银三百两！看你就像奸夫！"张齐贤不想纠缠，担心惹是生非。

张齐贤匆匆来到陆府门前，道："陆夫人，张某人中第了，特来告知喜讯！"

无人应答，吃了闭门羹，张齐贤悻悻地离开了。可他心里一直想着柴氏，高中的喜悦也冲不掉这念想。

2. 崇文编书

话说当年太祖西巡洛阳，天朗气清，心情甚好。御辇过处，百姓欢呼。突然，一个大汉拦住圣驾，高喊着：“我有治国良策，进奉皇帝陛下！”原来是张齐贤。

侍卫大喊一声：“大胆刁民，惊扰圣驾，你可知自己犯下死罪！”说罢拔刀相向。太祖突然大喝一声：“住手，你是何方人士，有何治国良策，且说来听听。若是虚张声势，言过其实，定不饶你。”

“谢陛下不杀之恩！”张齐贤不卑不亢，“我乃山东士子张齐贤，有治国十策。”

太祖道：“带他回去！”张齐贤跟着御辇，在一旁说道：“天下初定，北汉顽抗，契丹陈兵幽云，畏我宋军之勇，不敢轻易来犯。收复幽云，必先剪灭北汉，不宜贸然北上。陛下宜分封田地，改风易俗，使民有所耕，富民强国，三五年后，我大宋兵强马壮，补给充盈，收复幽云，可定乾坤！”

太祖一听到剪灭北汉，收复幽云，心想：这张齐贤非等闲之辈，胸中之志竟与朕不谋而合。太祖端着茶喝了一口，又问：“你且说说，如何富民强国？”

张齐贤躬身一揖道：“我怕说不好。”

“哦，为什么说不好？”

“陛下，小人从前日起粒米未进，现在已经两眼昏花，能否先赏赐小人一顿饭。待我饱足，一并陈述。”

侍从们都哄堂大笑。

“好，来人，赐饭！”

张齐贤吃完，讲述他的十策：“陛下，小人胸中十策，乃是：取并汾、富民、封建、敦孝、举贤、太学、籍田、选良吏、慎刑、惩奸。”

“有道理，请细细分解……”

太祖听罢，表情凝重，道：“你这十策，取并汾、富民、敦孝、籍田可取，其余皆不足取。”

“陛下，小人以为这十策皆攸关国运，无一策不可取。”

张齐贤见太祖用人讲究法度，有理有据，便不再坚持，谢过太祖，拿着赏银离开了。

太平兴国二年（977）这次科举，最终进士科录取了一百零九人，诸科二百零七人，此外，赵光义命礼部翻阅贡籍，将前朝参加了十五次考试而没有中第的人一并赐予出身。这样算来，此次科举考试整整录取了五百多人，实乃前所未有。

这日赵光义在开宝寺设宴，宴请全部中第考生。这开宝寺内供帐甚伟，中举的考生们都感到荣幸之至。

赵光义容光焕发，对诸考生说：“诸位寒窗苦读数十载，换来今日金榜题名，实至名归，是我大宋栋梁之材。请与朕同饮一杯。”

考生们起立，对着皇帝躬身一饮。

“今日惠风和畅，朕心情畅快，诗兴渐起，且先赋诗一首，以飨诸位爱卿。”

众人鼓掌。

逢春酒一杯，百卉向阳开。

梨花看似梅，光扬迎日彩。

嫩柳引清风，黄鸟声吹台。

皇帝诵出三句来，却左顾右盼，想不出第四句。“哈哈哈，来来来，共饮此杯！”

诸考生这才反应过来：“好诗，好诗！”

“方才朕先起兴一首，召唤诗情，待朕再作诗一首。”

京都繁盛谁比矣，十二楼台重重起。

九衢车骑日喧喧，广陌欢呼歌帝里。

我今御宇临天下，物泰熙熙忻朝野。

村夫击壤荷丰年，侯门朱紫皆风雅。

无为一坦已成功，关防绝虑闲战马。

唯愿君臣千万世，六合同心归华夏。

皇帝作出这首诗来，诸考生都匐倒于地：“陛下洪福齐天，大宋王朝千秋百世。我等臣子定勠力同心，以报皇恩。”

这时，赵光义问道：“哪位是张齐贤？”

张齐贤起身应道：“回禀陛下，正是在下。”

赵光义朗笑道：“张君为先皇画地陈十策，朕早有耳闻。君之十策，太祖不及采用，朕倒都听进去了。朕行‘举贤’一策，才有今日这闻喜盛宴，这都是爱卿的功劳。”

赵光义继而让宫人宣读每位考生的治所与官职，张齐贤以大理评事身份通判衡州。

喜宴在喧乐声中结束。天子门生领着赏银十万钱，即分赴各地去了。

送走诸位门生之后，这日赵光义巡视了昭文馆、集贤馆。集贤馆的书堆积如山，昭文馆又太小，走路都困难。他问昭文馆大学士："为何不妥善安置图书？"

"回禀陛下，太祖灭后蜀，得书一万三千卷，灭南唐得书两万余卷。前不久，陛下广开献书之路，搜罗天下图书，如今整个昭文馆内足足有八万卷图书。"

看着这昭文馆地处洼地，陈设简陋，勉强能遮风挡雨。赵光义对手下人说道："若此之陋，岂可蓄天下图书，延四方贤俊？若来一场疾风暴雨，还不作践了图书？"

皇帝回宫后，立即命令工部选择地段，修建新馆。日夜赶工，新馆不久就建成，壮丽恢宏，赵光义为其定名为"崇文院"。

望着崇文院，赵光义对众臣说道："朕决议延揽天下英才入崇文院编书修史，保我大宋万世基业！"

"吾皇万岁，这是天下的福音！"众臣跪拜于地。

崇文院建成后，赵光义每日来读书三卷。皇帝喜读书的事在朝中传为佳话，士子无不服膺。

二、收南平北

1. 强幸小周后

南唐兵败后，李煜被软禁在东京的一处宅院里。亡国之君，焉能欢喜？然而此刻李煜却得了美人。两人像涸辙里的两条鱼，只能相濡以沫了。

这日，李煜于梦中惊醒，打开窗户，只能看到深院高墙，不觉愁从中来。小周后看到此处，知其心中有诗，转身去磨墨。李煜接过笔，写下"问君能有几多愁，恰似一江春水向东流……"

这首词竟然越过这高墙深院，流入里巷，最终也传入了赵光义的耳中。

赵光义听闻歌词中"故国不堪回首月明中"之句，分明是反心未除，不若正好杀鸡儆猴，使已经归降的人不生异心，对于那些尚未归降的，也可起到敲山震虎的作用。

赵光义突然造访李煜府。

李煜、小周后二人正在絮谈，听闻赵光义到来，吓了一跳。赵光义可是头一次来到此地。“罪臣恭迎陛下。未知陛下光临，臣有失远迎！”

“爱卿平身！”

李煜起身。小周后在其身后抬头，赵光义定住了眼神，再也离不开了，小周后羞得将头扭向一边。公公王临机望着愣住的皇帝喊道：“陛下，陛下！”赵光义方才回过神来，走向正堂。传闻小周后有沉鱼落雁之貌，今日得见，他方知后宫三千佳丽里竟挑不出一位能与这美人相提并论的。赵光义心里羡慕李煜这等福气，却也不是滋味。他坐定，说道：“朕今日来只是想与郡公叙叙旧情，谈谈诗词，不提那些烦人的国事。”

李煜惊魂未定，听了这一句，心里放心了许多。“罪臣蒙陛下隆恩，封了陇西郡公，改了先皇所赐的违命侯，心里一直感念至今。罪臣如今潜心研究辞赋，陛下想听，当然知无不言。”

“朕近日听到朝野上下都在谈一首词《虞美人》，其中有一句‘问君能有几多愁，恰似一江春水向东流’。是朕所赐的宅院不够宽敞，还是朕所赐的金帛不够使用，委屈了爱卿？”

李煜惊得一身冷汗，拜倒于地，忙说道：“陛下所赐绰绰有余，罪臣断不敢有贪多嫌少之心！”

“哦？那么是朕所赐丫鬟仆从人手不够？”

“仆从足够，仆从足够听用。”

“那爱卿愁从何来？难道是爱卿想重回江南，看看昔日的江山了？”

“罪臣断然不敢有此念。”豆大的汗珠从李煜的额头上掉落在地上。

“如此甚好！以后这‘故国不堪回首’就莫要再唱了。要是再让朕听到，休怪朕绝情！”

“罪臣再也不敢了。”李煜连连谢罪。

“爱卿平身吧。朕还有一事，李贤妃素闻王妃有诗才，能弹唱。朕想在上元节邀请王妃去宫里赏灯作诗，不知郡公意下如何？”

李煜看了小周后一眼，面有难色。小周后方才见皇帝咄咄逼人，已经替李煜捏了把汗。现在李贤妃要请自己去赏灯作诗，正好可以化解此时这刀光剑气，于是就回道：“李贤妃邀请奴婢，是奴婢的光彩，焉有不去的道理，奴婢遵命便是！”

赵光义心中一喜，李煜相送出府门外，看着御辇远去，悬着的心才敢稍稍放下，便携着小周后回到内室。

这年春节方过，上元节转瞬即到。别人都是在欢天喜地中度过，唯独这一对苦命鸳鸯在提心吊胆中过日子。

这晚赵光义又来了。

“奴婢参见陛下。”

“平身！”

小周后左寻右看，也不见李贤妃，只好问皇帝：“今日李贤妃宣奴婢进宫赏灯，却不知贤妃何时莅临，又去何处赏灯？”

“李贤妃今日身体突感不适，再三托朕要好生照料王妃。朕已经准备好美酒佳肴，待与王妃一同享用。”

小周后说："谢陛下隆恩，既然李贤妃不在，奴婢改日再来参拜贤妃。"

"王妃莫要急着走，今日上元佳节，来来，今日一定要陪朕喝两杯！"

小周后不敢违抗圣意，只能坐入席间，赵光义一杯杯地斟酒给她。小周后不胜酒力，三杯下肚已经是头晕乏力脸发红。这红晕让赵光义心花怒放，即刻命御乐奏乐，舞女跳舞。

"朕闻知王妃能歌善舞，当年正是以一双金缕鞋，一袭天水碧，一袖帐中香，加上一曲《蝶恋花》，迷得南唐主连大周后都不要了。朕无缘得见，一直引以为憾，今日王妃正好给朕跳上一支，圆了朕的心愿，好早些派人送王妃回去！"

小周后急欲还家，遂强作精神，站立起来，身体摇摇晃晃地跳起舞蹈。她身体越摇晃，酒劲就越浓，好几次差点都栽倒于地。

"朕陪你来跳！"

赵光义也起身，扶着小周后跳了起来。小周后抵抗不住酒力，已经不能控制。赵光义将手搂在小周后腰间，她完全无力挣脱，只能听任他摆布。

赵光义命乐队退下，宣画工进殿。他命宫人将小周后抬到空中，望着酒醉后的她仿佛一朵绽开的莲花，自己急忙褪去衣服，酒醉兴起，强行占有了小周后，还急呼画工"快快将美人与我尽兴之事画下来！"

事毕，画工将画呈上，赵光义见画中的自己体壮器伟，小周后又十分纤弱柔软，便极大满足了自己的凌辱之欲。又命宫人照画一幅，一幅挂在通明殿，一幅送给李煜；自己则把小周后强行滞留宫中，一连半月都不曾放出，其间更是变着花样地侮辱她。

李煜深夜还不见小周后归来，心急如焚，不知她在宫中处境如何。这时，宫中太监宣称："王妃辄宿宫中，皇帝御赐宫画一幅，供陇西郡公赏玩。"

李煜接过画后，打开一看，便如万箭穿心，瘫坐在地，口吐鲜血不止，昏厥过去。仆从急忙抬回房内，直到第二天下午，才渐渐活了过来。李煜问仆人小周后回来没有，仆人回答尚未归来。他听了之后又不省人事。

这样一直持续了十五日，李煜每天茶饭不思，神情木讷。到了元月三十，才有人进来禀报："郡公，王后归来了，王后归来了呀。"

"哦，回来了，回来了好！"便不再多说一句。

小周后下轿，身子薄成了纸片，两眼望着门里。只是等了半天不见李煜出来迎接。"陛下呢?"小周后在府上从未改口，已经叫惯了李煜为陛下。

"郡公大病，已有半个月下不了床。"仆人回答。

小周后听到此处，突然愤愤地冲入内室，对着李煜大呼小叫。

"你堂堂一个大男人，窝在几尺小床上，这算什么? 任凭你家女人在外面受人欺辱，你连个屁也不敢放。早知你这么窝囊，后悔当初随了你。你快点给我起来，给我到宫里去讨回公道来！"

小周后生拉硬拽，把李煜从床榻上拉扯下来。李煜被小周后这么一激，倒真来了劲，一时竟然真放下了生死，要找赵光义去理论。

“我这就去宫里找那赵家老儿理论！我要去杀了他！”说着挎上宝剑，正欲出门而去。

小周后又大笑了起来。

“哈哈——呵呵——哈哈哈哈”那笑声十分凄厉，李煜便愣住了，小周后的笑声一直停不下来。

“就凭你，连个剑都握不稳，还想杀人。你连宫门都进不了！”

听罢，李煜的那股气便泄掉了，将剑摔在地上，长叹一声。

随后的几个月，两人都很难面对彼此，李煜对于赵光义的仇恨无处发泄，越发淤积，身体终于不能支撑了，只剩一口怨气，稍有清醒之时，便狠狠诅咒赵光义：“老东西！我就是有一口气，做了鬼也不放过你！”话毕，口吐鲜血。

赵光义听闻诅咒，怒从中来，便命医馆的程德玄调治药汤赏赐李煜。

王公公到了李煜这里，见他已经病入膏肓，整个人如行尸走肉，心里也多有不忍，然而皇命难违。

“郡公，吾皇知你病情加重，特命御医为你开方煮药，这药，这药，不管你是身病还是心病，不管你是苦病还是愁病，喝下去都会痊愈。”

李煜听完之后，知道自己大限已到。闭上了眼睛，唏嘘一声，正欲饮下药汤，门外却传来一声：“慢着！”

原来是小周后，她“扑通”一声跪倒在王公公面前道：“请公公容我与我家郡公说几句话。”

自从上次小周后谩骂完李煜之后，李煜在这半年之内就再也没有见过小周后，本以为小周后埋怨他窝囊，再也不会来见他了，没想到临走之际，小周后却来了。

“陛下。”听了这一句，李煜眼里涌出了泪。这一声中已经没有了埋怨，这一声是昔日的温柔加上今日的悲戚。

望着她，往日的欢笑历历在目，李煜悲声说道：“这一生，我有负于你。”

小周后坐到李煜身旁，紧紧地握起他的手，道：“陛下休要这么说。臣妾自从跟了陛下之后，享尽荣华富贵和人间欢乐。陛下才气天下无双，独独怜爱于我，我实无憾！只是造化弄人。可恨那狗皇帝色欲熏心，做出丧尽天良的事，让你我再也没办法相亲相爱。上次臣妾所言绝非是真心话，只是因为臣妾已经遭人侮辱，再无脸面见陛下了。”

李煜听罢，滚下床来，边吐血边挺着身子爬起来，与小周后搂抱在一起。还不等李煜说话，小周后便抢了那杯药汤，喝下一半去。

李煜放声大哭：“这又是何必呢？在阳间连累你，难道在阴间也要连累你啊！”

小周后显得更加平静了，道：“陛下，我们做永世不分离的夫妻。”

李煜听完之后便喝下了剩下的药汤。

2. 纳土献地

皇帝鸩杀李煜、强幸小周后的事传遍了东京汴梁。这日赵光义正在通明殿饮酒享乐，扬扬得意地看着那幅淫画，仆人来通报："陛下，李贤妃来了。"

画还来不及撤下。赵光义语带慌张地问："爱妃突然造访，不知所为何事？"

李贤妃先是看了一眼墙上的画，又看了皇帝一眼，皇帝羞得不敢对视。"臣妾今日来，是为了陛下的江山社稷。"

听到此话后，赵光义立即正色道："爱妃何出此言，朕的江山社稷朕自有分寸。"

"陛下万圣之尊，天下都是陛下的，天下的女子也便是陛下的，臣妾说得可对？"

赵光义一听这话含沙射影，便说："爱妃呀，你这是在和一个死人争风吃醋啊。"

"回禀陛下，臣妾与那王妃有过一面之缘，彼此十分投契，视为姐妹，何来争风吃醋？臣妾所虑，实为陛下江山社稷。"

"你一个妇道人家，怎懂这社稷之事？"

"今日陛下之事，万民皆以为陛下与酒色之徒无异。鸩杀李郡公，如此一来，天下人以为陛下无容人之心，却有妒才害贤之嫌。陛下若继续如此任意妄为下去，如何立尊，百官如何拜服？若失民心，陛下岂不是失了这江山社稷？"

赵光义起身怒骂："朕贵为天子，临幸一个女人，斩杀一个奴才，哪轮得到你这后宫嫔妃来指手画脚！"

"臣妾句句为陛下设想。当年太祖将我许配给陛下之时，曾嘱咐我陛下若犯错时，要勇于谏言。今日臣妾以死谏言了。"话音刚落，还未等到他反应，便朝着柱石上碰去。“砰”的一声，李贤妃倒在地上，鲜血染红了那幅画。

李贤妃以死相谏，一片丹心，抛下两个幼子去了。

赵光义悔愧难当，上前将墙上的画扯下来撕得粉碎。

宫中的风波暂告一段落，赵光义开始谋划收复江南之事，江南一带人心惶惶。

这日，清源留后张汉思摆好了酒席招待清源军节度副使陈洪进。“陈将军，我漳泉两州地处东南膏腴之地，民富但兵弱，如今南唐与大宋南北对峙，将军觉得我漳泉该何去何从呢?”

陈洪进听出其中之意，道:“末将看来，李煜风流书生，不足以坐拥天下。赵光义文韬武略，天下必归于他。当审时度势，时机成熟，可将漳泉献于宋廷，如此可以保我漳泉长贵久富。”

张汉思心中不悦，道:“宋军还未到城下，便思谋献地，这根本就不把我这漳泉之主张汉思放在眼里。”忽然间地动山摇，桌子上的酒杯打翻在地，张汉思布置的刀斧手都暴露了。陈洪进的亲兵迅速冲进来，张汉思见事已败露，遂慨叹道:“看来真是天意！我漳泉是难以偏安而立呀!”

陈洪进道:“张将军，我将你推上帝位，你却恩将仇报，要算计于我，是何道理?”

张汉思仰头道:“你仗着军权在手，废主立君，违背忠义，大逆不道!”

陈洪进无奈地说道:“我是希望你能治理好我漳泉。那幼子乳儿，稍有差池便断送了我漳泉，岂不是功亏一篑。你我身处乱世，当明断是非，一切以社稷利益为重，以虚名假节为次呀！”

张汉思低头一声叹息说：“事到如今，我也无话可说。”

于是陈洪进夺了印玺，成了漳泉之主。

陈洪进千里迢迢北上来到了崇政殿上觐见皇帝。

赵光义下了龙椅，亲自相迎。“陈爱卿，朕甚为想念你啊！”

陈洪进长跪不起：“谢陛下隆恩。臣从少年起便饱经战乱之路，后投身行伍，又看惯了人世间的杀戮，希望有一位明君出世，还天下一个太平。早就希望将我那漳泉二州还归大统，如今我呈上漳泉二州的户籍、田契和兵士，悉数献于陛下。望陛下收纳，了却我这桩心愿。”

赵光义看了大喜，道：“陈将军一片苦心，朕自当收下。朕加封你为武宁节度使，在京城颐养天年。”

陈洪进连忙道：“谢陛下隆恩。”

吴越王钱俶已经来到汴梁半月有余了。

此番进京，钱俶带了金银细软和绫罗绸缎数车，还有犀象、珠贝、名茶等，尽皆奉送给皇帝。这天早上，谋臣崔仁翼把钱俶延请至楼上，微微开启一扇窗，指着街巷上的小商小贩，道：“我王，你且看街巷这些人在作甚？”

钱俶看了一眼，都是一些小商小贩在叫卖，平平无奇。

崔仁翼道：“我王请看那边，此人已经在对街盯着这边许久了。”

钱俶感到十分奇怪，便问道：“那他们是干什么的呢？”

“我王还不明白，这些人正是宋廷派来监视王上的，怕王上潜回吴越呀！我王，您可知那漳泉的陈洪进昨日面圣，已经将漳泉献于宋廷了。如今漳泉也改姓宋了，江南就剩吴越孤存一地。”

钱俶急得额头冒汗，道：“这可如何是好？不如你设计让寡人潜回吴越，再作定夺。”

崔仁翼说道：“我王，这次恐怕是插翅难飞。吴越离汴梁千里之遥，就算我们能逃离京城，也逃不过那路上的千郡万县，就算我们能逃离那些郡县，我等回了吴越，又能如何呢？凭借吴越之众起兵抗宋吗？”

一语惊醒梦中人，钱俶坐在了凳子上，沉默无言。

崔仁翼接着道：“我王，识时务者为俊杰。昨日那陈洪进献出了漳泉，宋廷给予他高官厚禄。今日陛下已经在宋廷掌握之中，随时可能人头落地。虽不求那高官厚禄，只求保全性命而已呀！”

钱俶挥手止住：“江南的百年基业，就要断送在寡人手中了。”他忽然想到了先祖钱镠的遗训：“凡事要量力而行。后世子孙当度德量力，如遇真主，当速速归附，切莫负隅顽抗。民为贵，社稷次之。免动干戈为上。如违吾言，立见消亡；若遵吾训，百代荣光！”

钱俶速命崔仁翼，连夜起草文书上表皇帝。

第二天，钱俶携领吴越的臣工觐见皇帝。

“吾皇万岁，陛下天命所归，臣愿将吴越之地悉数献于陛下。

此乃吴越的吏民与田产，悉数归附大宋。愿陛下万岁万岁万万岁！”

赵光义大悦，道：“爱卿平身。吴越钱氏世代忠良，承袭百年家业，方有千里国土。今日得爱卿之奉，自当永彰卿之忠义。卿之所请，尽皆依允。”随后又道，“吴越王钱俶听封，朕今日封你为淮海国王，你的儿孙，皆为王子王孙，世代享受尊崇。吴越之民皆乃宋民，一年内减免徭役，以彰伐唐助宋之功。”

自此江南州县，全部纳入宋土。

3. 兵发太原

江南平定，赵光义大喜，思量大军向处，北汉也不敢顽抗。这日早朝，他对众臣说：“江南二主识天下大势，献上江南户籍、土地，如今我大宋再无后顾之忧，正是剪灭北汉的最好时机，诸位爱卿以为如何？”

群臣附和道：“北汉弹丸之地，我军兵临城下，北汉军必闻风丧胆，不战而屈。”

宰相薛居正笑着说：“太祖三征北汉，皆未果而还。北汉城高池深，民心咸附，汉人向来彪悍勇武，又何时闻风丧胆过？况且北汉有大将杨业坐镇，此人乃当世豪杰，勇冠三军，我宋军诸将鲜有能与之匹敌者。”

曹彬听了之后心生不悦，道：“薛大人莫要长了他人志气，灭了自家威风！”

薛居正道：“陛下，请听微臣细细奏来。这北汉居河东高地，东有太行，西有龙门与黄河，北是雄关雁门关，南是霍山与鼠雀谷。太原城自唐以来皆被视为龙兴之地，向来是易守难攻。缘何？太原城周四十里，横跨汾河，城门二十四座。实乃是城中城，城连城。若要攻取，谈何容易？”

薛居正顿了顿，又说：“北汉与辽结盟，若我大宋发兵攻汉，同时亦挑起了宋辽战事。如若我军先收复幽云地区，其实为囊中之物，届时大军兵发太原，不发一矢则可得北汉。”

赵光义听完又问曹彬：“周世宗及太祖亲征太原，不能攻克。朕欲举兵，卿以为如何？”

曹彬信誓旦旦地说：“如今国家甲兵精锐，人心向背，有何不可？”

赵光义高兴地点点头。薛居正急忙阻止：“昔日世宗起兵，太原依仗北狄之援，不能力克，以致师老而归。今日得之不足以开疆辟土，舍之亦不足以为患，愿陛下熟虑之。”

赵光义内心不悦，道：“宰相言之有理，然而形势不同。今北汉危困已甚，彼弱而我强，此乃良机，不可坐失。朕意已决，卿等休再多言！”

退朝之后，大小将领都精心备战去了。赵光义决定在京城西郊检阅军队。艳阳高照，天朗气清。

崔翰手中共持五色令旗，大军绵延数十里，军士所到之处，尘土飞扬，遮天蔽日，十分壮观。

这其中还有宋军研发的新武器——投石机和连弩。这连弩所发的箭可以构成一个密集的封锁网，飞鸟也难以躲过。赵光义大喜。

随后军士又推出一排投石机。石块上又加了火药，那火石从天上飞过，冒着黑烟，落到对面阵地上，一时火光四起，发出一阵阵爆炸声，像是火山爆发。众臣齐声呐喊高呼："好呀，好呀！果然是神器呀！"

赵光义已经激动得站了起来，道："有此神器，何愁北汉不除！"

赵光义走下来站在校台中央，众臣也跟随身后。赵光义道："今日阅兵，方知我大宋神威。三军将士所到之处，必然势如破竹，如入无人之境！昔日周世宗与太祖数征北汉，皆不得而还。朕决定御驾亲征，不平北汉誓不还朝。剪灭反贼，一雪前耻！"

"皇上威武！皇上万岁万万岁！"高呼声地动山摇，薛居正尤感刺耳。

第二天早朝，赵光义宣布赵廷美总领朝纲，留守京畿要地。赵廷美听后喜不自禁，上前拜谢，只听身后的吕端道："不可，陛下远征，以赵廷美之贵，理当随从。臣以为宜随陛下出征。一来赵廷美素有谋略，行军打仗可以为陛下出谋划策；二来赵廷美与陛下相携长大，知陛下寝食习惯，正可以照顾陛下龙体。陛下龙体若有半点差池，便会影响三军将士的士气。照顾陛下起居，非赵廷美莫属。"

赵光义问："赵廷美你以为如何呢？"

"臣弟愿随陛下出征，能为陛下排忧解难，乃是臣弟的荣幸！"

赵光义心中十分高兴，道："好好，有你与朕相伴，这一路便少了不少寂寞啊。朕当年随太祖南征北战，经常与太祖比试。如今正好与你比比，看看谁的计策妙了。吕爱卿，朕平日经常收到参奏你的本子，说你是个老糊涂，有渎职之嫌。今日你连朕的饮食起居都想得这么周到，看来你是小事糊涂，大事不糊涂呀。”

在场百官面面相觑，不知这是何意。只有皇帝和吕端心里最清楚，这大事不糊涂指的是哪件大事。

赵光义出兵太原之事很快就传到了辽国。辽国使臣回见耶律贤，耶律贤听后得意道：“宋军是志在必得了！”说完，便去调兵遣将。

4. 围城打援

宋军步步为营，很快便清理掉了太原城外的诸多小城，孤立太原。宋军陈兵于太原城外四面八方。北汉城头上站着皇帝刘继元和大将杨业等人。刘继元看着这城下望不到头的宋军，像热锅上的蚂蚁，坐卧不安。

潘美作为北路都招讨制置使，对着北汉城头喊道：“刘继元，你素与我大宋为敌，不时犯我中原，是何道理？你甘愿与北狄为盟，却不识天下大势，真是逆天而行。如今是你归附我中原大统的最好机会。今我二十万大军来取你太原，为了避免生灵涂炭，还是劝你早日打开城门。”

刘继元强作镇定道：“我太原城自唐代中兴以来从未陷落，你有本事就自己来取！”

潘美也不再多说，一声令下：“攻城！”

太原城城高池深，城墙上的滚木礌石用之不竭，守卒个个彪悍血性,勇猛异常。宋军自开国以来还没遇到过这么难啃的骨头。攻城战打了整整一天,十分惨烈,在城墙底下的宋军尸体已经堆成了山。宋军的好几架投石机散了架。到了晚上,宋军下令暂停攻城,来日再战。

杨业眼见自己训练的士卒惨死于这炮石之下,心中也实有不忍,回到军府茶饭不思。佘夫人心知肚明,说:“夫君往日征战,就算是打不赢,也会义愤填膺勇往直前,绝不至于唉声叹气。今日为何这般为难?”

杨业看着夫人说:“昔日我屡战辽人,杀得何其痛快!今日与大宋厮杀,同为汉人,于心不忍啊!”

“夫君既然不愿与大宋为敌,何不劝降刘主?如此汉人之间不再有厮杀,正可向那辽人要回我幽云十六州。当年为了抢夺幽云,你我先父都战死沙场。你我的仇敌不是宋人,而是辽人。”

杨业频频点头,眉宇间舒展开,道:“夫人说得是,那契丹人屡屡侵犯我河山。这些年北汉臣服于契丹,契丹人更是对我汉人指手画脚。我心里一直就窝着一团火,替契丹人卖命,这种事我杨业不想干了!夫人,我这就去陈述利害,劝我主息了这场战事。”

杨业到了刘继元的寝宫,直截了当道:“禀陛下,微臣是来劝降的。”

“大胆杨业!你携领众将夜闯寝宫,是要兵谏吗?”

“回禀陛下,这仗真的不能打了。我城中将士不足三万人,要抵御宋军二十万人谈何容易?今日一战,敌我之间平分秋色,但是这仗要继续打下去的话,我城中粮草匮乏,箭镞射尽,兵将疲乏,必有城破之日呀!"

刘继元一改颜色,将杨业扶起来后说:"杨将军审时度势,说得不无道理。那你倒说说,我等该如何是好?"

杨业说:"打开城门,迎接宋军进城。"

"那杨将军,孤且再问,我们把宋军迎进城之后,对辽国如何交代?"

"辽人向来贪利弃信,他日必破吾国,无一日不在窥探我中原,袭我子民。辽国才是我汉人的真正敌人啊! 今日辽国遣来救兵,臣愿领军攻其不备,袭取之,如此可以截获军资,送与宋人,使百姓免于涂炭,陛下也可长享贵宠,不知陛下意下如何?"

"那杨将军,你可知我北汉与辽国有同盟之约,你却来献策违盟? 辽兵来援,你恩将仇报要袭取之,岂不是背信弃义?"

"这,这,陛下……"杨业一时语塞。

"辽人既然与孤有盟约在先,我等岂能失信于人。"刘继元接着问,"杨业,你可知孤把那宋军放进城后,那宋朝皇帝要将孤如何处置? 是不是要把他那龙椅让于孤坐?"

杨业又无话可说。

"既然那宋朝皇帝不肯让位于孤,那孤岂不是要做人家的阶下囚? 你杨业劝降,是不是要改弦更张,谋立新君了? 你身为主将,不思浴血奋战,战死沙场,反倒来劝降,实在是大不忠。像你这种不忠不义之人,留你何用?"

杨业已经被训斥得体无完肤,羞愧得说不出话来。

"来人,拖下去斩了!"

这时，众将士都跪下来恳求刘继元："陛下，饶杨将军一命。杨将军实在是不忍见将士们流血牺牲，才来劝降的啊！大敌当前，斩杀主帅，于军不利啊！求陛下饶杨将军一命，我等愿誓死守城，与社稷共存亡！"

刘继元道："杨业，孤今日念在众将为你求情的份上，且先饶你一命，望你好自守城，为国效命。"杨业等人便告退了。

那日侍寝的妃子对刘继元说："陛下今日要真把那杨业给杀了，恐怕明日你我就是宋军的刀下之鬼了。"

刘继元对那妃子说："这杨业乃是一个匹夫，孤今日只是用计激一激那一干将领，不然他们怎么为孤卖命？等辽军一到，孤与他们里应外合，一定会杀退那不知死活的宋军！"

杨业回到家中，佘夫人见杨业愁眉苦脸，便知劝降不成，正要再次宽慰，杨业却挥了挥手道："夫人莫讲了，杨业已决心以死报国，不生他念了。"既然杨业已抱定死心，佘夫人也决定追随夫君。

翌日，佘夫人也披挂上阵，与杨业共同在城头督战。

宋军与北汉军激战近一月，战况陷入僵持。此时，耶律贤派大军三万人来援。主帅耶律沙，先锋官乃是敌烈。摆在他们面前的两条路，一条是石岭关，一条是镇州。镇州虽要绕道，但地势平坦，较为安全。这石岭关一带山川复杂，易守难攻，若宋军设伏，恐怕要吃亏。

于是，耶律沙对先锋官敌烈说道："敌烈将军，镇州路途虽然遥远，但地势平坦。石岭关一带山高水深，林木茂盛，易于隐蔽，恐我军遭伏。”

“耶律将军，我军若走镇州，恐怕到了太原，宋军已经进城了。到时候宋军若从我后方包抄，我军进不了城，又难以撤退，那时如何是好？依我看，宋军这时正在太原酣战，无暇北顾。即便有埋伏，也不过是小打小闹，挡不了我大辽勇士。将军只管宽心！”

先锋官敌烈一向性情如火，命令所部开进石岭关，主帅耶律沙百般劝阻也无济于事，也只能率后军随耶律沙前进。

这夜，辽军行至白马岭，只见这岭间树林荫翳，道路崎岖。时而有飞鸟从林间跃起，辽军心中无不感到惶恐。敌烈算得上是一员虎将，从不畏惧，他大声对士卒喊话道：“各位将士莫要心惊，我等速速通过此间，不到一日便可抵达太原，击宋军于不备，必可大获全胜。届时我们要乘胜追击，打进汴梁，把他们的金库搬回我大草原去。哈哈！”

眼看就快要出岭了，眼前一条深涧拦住了去路。耶律沙对敌烈说：“将军莫急，我看这条深涧两旁草木茂盛，在兵家看来，乃是凶地。若敌军设伏，击我军于半渡，我军则无力还击。”

“耶律将军多虑了，你看这条涧，宽不过五丈，我军不消一个时辰就可以全部渡过。我看宋军不过是草芥而已，他若敢来偷袭，以我将士神勇，定教他有来无回。”

“敌烈将军莫要意气用事啊！看这条涧虽然窄，但是它夹在沟壑之间，恐怕是一条险沟。况且你看那对岸都是滑石青藻，就算是上了岸也难以立足。还是小心为妙！”

敌烈说：“耶律将军若是怕了，我亲率本部兵马先渡，等我过了河，给耶律将军腾开了地方，将军就可以放心渡过。”随后转过头去，对所部兵马下令，“前部将士，听我号令，渡涧！”

一时间，敌烈所部一万多人开始渡涧。将士刚踩进去，水就没过了腰。有的就被暗涌卷了进去，还没来得及喊出声来，就被吞没在水里了。这一万多人差不多有一半人进了水里。正在此时，只听见一声炮响，山涧两旁的密林中射来无数箭矢，水中的兵士有一大半中箭身亡，另外一半则被水卷走了。

只见一支军队从左路掩杀过来，旗帜高悬一个“郭”字，原来正是郭进将军。这郭进使得一口长刀，直奔敌烈而来。敌烈心思大乱，正在愣神当中，忽见寒光一闪，一把刀已经到了自己的脖子上。“噗”的一声，血花四溅，敌烈的头就滚在了地上。敌烈所部将士见主帅已死，没了首领，纷纷扔下兵器，向着方才来的路又逃窜回去。

前军一乱，那些溃逃者纷纷冲入耶律沙的后军当中，后军也被冲乱。掩杀过来的宋军正好借着混乱，又是一通乱杀。耶律沙见败局已定，高呼：“全军撤退，迅速退出谷中！”辽军三军已经乱作一锅粥，宋军则越战越勇，一路追杀，一直追到谷外平地才罢休。

到了平川上，郭进命令：“穷寇莫追！各位将领重整兵马，以防辽军再袭！”

郭进早就料到辽军会从石岭关驰援太原，事实上，自耶律沙进入石岭关这数十里以来，走到哪座山口、哪条小道，郭进都知道得一清二楚。此役郭进以一万人敌辽军三万人，击辽军于半渡，杀辽军一万余人。耶律沙见大势已去，引败军北还去了。

5. 主降将守

宋军与太原守军又酣战了数日。城内滚木礌石都已经用尽，现在只剩下砖头和瓦片，都是强令城中百姓从家里拆下来的。杨业等将领还在城头浴血奋战，决心以死报国了。

这时，辽军在石岭关大败的消息传到了太原，人心惶惶。刘继元听罢军报，一下子瘫坐在地。如今辽军已经被打退了，靠山也倒了，他无计可施。

已经进入五月，这场仗已经打了快两个月。刘继元心想，城破之时便是杀头之日呀！于是便秘密收拾了家当，第二日曙光乍现，他便率领自己的亲兵，举着白旗，出城投降去了。

刘继元到了赵光义马前，跪倒在地。赵光义说："朕的大军兵围太原之日，便劝你早日归降，你却不识时务，顽固抵抗，弄得生灵涂炭，是何道理？"

刘继元吓得满头大汗，道："陛下饶命。臣今日闻陛下亲赴前线督战，所以自缚手脚前来认罪。实则臣乃被迫抵抗，都是因为有一帮亡命士卒为了苟活保命，在那里殊死抵抗，把我软禁宫中，使我不得传令投降呀！"

赵光义说："且留你性命，与朕到城前去叫开城门！若能叫得开，则罢了；若叫不开，朕再决定如何处置你。"

太阳出来了，蓬头垢面的刘继元来到城下，身后跟着两个宋军士卒。杨业等众将看到后万分震惊。

刘继元向城中喊话道:“各位将军听我说啊,太原城已经保不住了。昨日见西北方有星殒落,自知天命所归,人不能逆天而行,朕已经降宋了。我劝各位将军莫要再抵抗,早早卸了兵甲,以保全性命啊!”

杨业等更是莫名其妙,如此变卦,究竟是何道理? 杨业高喊:“陛下,末将恕难从命。太原城自唐代中兴以来,未曾被任何人攻破,今日若丢在我杨业手上,岂不令杨家将蒙羞。”

杨业转过头来,对着众将士说道:“众将士听令,今日我主已经降敌,如果有愿意出城投降者,杨业绝不阻拦,有愿意追随我杨业继续守城者,杨业愿与其同生共死。”

话音刚落,有一小部分人出城而去,杨业一脸无奈。太原城守军战死了一大半,出走了一小半,如今不足千人。这千人又足足抵抗了宋军三日,气得赵光义双脚跳。

第三晚双方歇战,佘夫人来到杨业帐中,道:“夫君只知忠义,但所为只是愚忠愚义,非大忠大义!”

杨业道:“何谓大忠大义?”

“你只知遵守盟约为义。但夫君所守盟约,乃是辽人权宜之约。我北汉夹在宋辽之间,宋人无法借道直击辽国,这盟约在辽人看来不过是一张绢纸而已。一旦局势有变,辽人必破盟毁约,夫君何必为这空洞的盟约而耿耿于怀呢? 况且辽人世世代代与我汉人为敌,杀我汉人如屠羔羊。若有大义,这大义便是报仇雪恨,复我幽云十六州。”佘夫人又接着说,“夫君只知效忠皇帝为忠。可那刘继元乃是小人一个,绝非真命天子。用计激你等守城,又率先弃百姓于不顾。如此小人，为何效忠于他？那大宋皇帝已经统一天下并立言要光复我汉人江山。忠于汉人之主，方为大忠。此乃大忠大义，望夫君明断！"

杨业听罢，还是不愿意投降。就在这时，守军将领们一齐来到杨业军帐下，齐刷刷跪了下来。这些人遍体鳞伤，道："杨将军，这仗咱们打不下去了。"看着眼前这情景，杨业心中实有不忍，重重地捶了一下桌子，长叹了一声。

第二天早上，赵光义命潘美准备总攻。城门却缓缓打开了，只见杨业和八百名将士手无寸铁地走了出来，跪在皇帝面前说道："我众将士今日向陛下乞降，愿陛下开恩，将我等充军，来日斩杀辽贼。"

赵光义高喊道："你等不识时务，不知死活，顽抗至今，伤了我宋军多少性命。今日乞降，朕岂能饶了你等！"

杨业答道："陛下要杀就杀我一人吧，将士们都是听命于我的。"

刘继元在身边说："陛下，我早有归降之意。就是这帮人阻我归降，我被软禁宫中，幸亏有得力助手才逃入宋营！"

赵光义听后，不由分说："将这些顽固不化的士卒和将领全部杀掉。"杨业听后大惊，常言道，杀降不祥，这赵光义居然会杀降！

众人来不及劝，刀斧手已经将八百人头斩落，血淋淋的一片，尸横遍地，连宋军看了都不忍。这时就只剩下杨业和几名偏将了。赵光义正要下令斩杀，主帅潘美立即跪倒在皇帝面前，道："陛下，杨业不能杀！”

赵光义见潘美来劝，便问：“潘将军，此人为何不能杀？”

潘美说：“杨业乃是一代良将，素有忠义之名。常言道，千军易得，一将难求。恳请陛下饶杨将军性命，他日斩杀辽寇，将功补过啊！”

“既然是潘将军有求，朕且饶这杨业一命。潘将军可将此人收入帐下，好生调教，为国效力。”潘美再三拜谢。

赵光义又下令：“将这太原城给朕毁了！”

杨业急忙站出来劝阻：“陛下，太原城毁不得呀！陛下若是毁了这太原城，日后辽军来犯，我中原地区便是失去了一道屏障啊！”

赵光义正颜厉色地说道：“杨将军难道不知，我宋军已经将辽军击溃于白马岭，辽军如何敢来再犯？况且朕已决定，即日发兵燕京，收复我幽云。到时候重夺我幽云十六州，朕将以长城为屏障，又何须区区一个太原呢？杨将军还是要安守本分！”

君令大如山，三军将士只能在整个太原城内放火，一时间，太原城哭声震天，有些百姓死守家园，最后被活活烧死。大火烧完之后，赵光义命令将士掘汾水淹城，太原的断木焦梁悉数被冲走，全城一日之内化作一片废墟。杨业望着眼前这一片废墟，想到太原城昔日的繁华，心中悲愤，无以言表。

赵光义命大军在太原城郊的高地上休整。这天晚上，潘美等将领来见。赵光义打了胜仗，十分欢喜。“各位将士此番攻打太原，旗开得胜，理当加官晋爵！来来，与朕共饮此杯！”

众将领酒杯在手，却难以饮下。赵光义是聪明之人，当然知道将领们心里在想什么。“你们在想朕今日杀降毁城之事，觉得朕做得太过分了？”众人都没有言语。

“你们都以为朕太过残暴，如那秦始皇和西楚霸王一般。你等却不知，这太原自唐以来，都是龙兴之地。有太原存在，我东京就永无宁日。周世宗和太祖皆不能平北汉，乃是这旧朝龙脉树大根深，气数未尽，如今我斩断了这旧朝龙脉，我大宋便可存千秋万世啊！”

将领们都不懂这山川风水之说，也没有办法反驳皇帝。毕竟赵光义遍览群书，或许说得有几分道理。

这时，潘美说：“陛下，有一人求见陛下，让我做个引荐，不知陛下可愿意召见？”

“是何人？”

“杨业之妻，名作佘赛花。”

“杨业之妻为何求见朕？”

“她只告诉我说有冤要申。”

佘赛花进了帐中，行完礼之后便站在那里，她的打扮不似贵妇，而是一位女将军，英气逼人。赵光义等人暗暗称奇。

赵光义便问：“佘赛花，你有何冤屈？”

“回禀陛下，民妇今日来，乃是为那八百将士申冤而来。”

赵光义一听怒火中烧，道：“那八百人死守顽抗，真的是死有余辜，何冤之有？”

“陛下可是听了那刘继元所说，这帮将领挟持于他，使得他无法求降？”

赵光义一听略略点头。佘赛花继续说道:“陛下可知,宋军方到之时,夫君杨业携众将士劝降于那刘继元,献太原于陛下。如此可免了汉人争斗,可以一致抗辽。然而刘继元诡计多端,知我夫君忠义,用巧言激我夫君死守太原,实则是等待那辽军来援。后宋军击退辽兵,刘继元见城破在即,自己一个人弃了手下忠义将士,逃命乞降去了。怎能怪得这帮将士?”

赵光义听罢叹道:“如此说来,真是朕冤枉了这八百将士。大胆刘继元,竟然欺瞒于朕,害得朕斩杀了这么多忠臣死士,来人,把刘继元押上来。”

侍卫将刘继元押了上来,刘继元一看佘赛花站在那里,心里便凉了半截。

赵光义大怒道:“刘继元,你玩弄将士的性命于鼓掌之中。害得两军交战,死伤无数。后又欺瞒于朕,妄想侥幸逃过此劫。今日幸亏有杨夫人将你的罪行公之于众,否则连朕也被你玩弄了。你还有何话要说?”

刘继元一听腿都软了,跪了下来,大喊:“陛下开恩,我是真心归降啊! 陛下,我只愿做个小民,请陛下饶我性命啊!”

“来人,推下去斩了!”

侍卫将刘继元押下,只听见一声惨叫,刘继元便人头落地。

三、兵败高粱

1. 幽云十六州

宋军在太原城外休整了几日，都等着凯旋还京，论功行赏。

这天，赵光义将众将召到帐中，好酒好肉犒赏大小将领。“今日我宋军大破北汉，中原一统，实乃千秋之功，了却周世宗和太祖一桩心事，他们在九泉之下也会含笑。”

众将士也向赵光义作揖道：“陛下英明神武，方有今日之功！”

席间各位将领喝得十分痛快，不久却见赵光义收回笑颜，愁眉苦脸，似有心事。

潘美问：“陛下既然打了胜仗，又为何如此？”

“唉，北汉虽平，幽云未复啊！何年何月才能将契丹人逐出长城以外，保我大宋长治久安呢？”

“陛下勿忧。收复幽云之事当从长计议，我等还京之后，重整兵马，谋定新策，再与那辽军一战，可定乾坤！”

潘美话音刚落，都虞候崔翰跳了出来，道：“陛下，要剿灭辽贼，何须再等？今日我大军方破太原，军心正旺，正好借此一举拿下幽州。”

潘美驳斥道：“我大宋尽精锐之士才破得固城，元气耗损颇大，如今我军已为强弩之末。辽军势大，与北汉军不可同日而语，攻辽势必要从长计议呀！”

崔翰冷笑一声：“将军说的哪里话！我军大破北汉，北汉主开城乞降，将军怎称我军为强弩之末？那辽军的确不可与北汉军相提并论，因为北汉军尚能顽抗，辽军在白马岭不堪一击。以我看来，自此取幽州，如热锅中翻烧饼一样简单！”

潘美不屑再与他争论，便道：“意气之言不足信！”

这时，诸将都将头转向了赵光义。皇帝见崔翰与自己所想不谋而合，十分高兴，便说：“开国以来，辽军与我宋军战不过数合，皆败北而还。如今郭进将军在白马岭大破辽军，辽军新败，必心生畏惧，我军正可乘胜追击。兵法云，地利不如人和。敌军怯战，我军则得人和。各位将军与朕一齐夺回幽云，再也不必受制于人了。”

崔翰马上应和道：“陛下灭北汉乃为次，外寇方为大患。我军岂能半路折返，功亏一篑？”

出征之前，赵光义只商讨了平汉之策，何时提过征辽之事？在场将士大多表面回应，其实心存疑虑。

赵光义听后，借着崔翰的话说：“我大军已辖太原，周转回东京，路途遥远，再举不易。趁着这便利，出雁门关北上，夺幽云，洗刷这百年之耻。朕主意已定，诸将莫要多言，回去准备吧！”

诸将见皇帝主意已定，不敢多言，离开营帐的时候，个个身心俱疲,垂头丧气。

太平兴国四年(979)六月,宋军从太原开拔至镇州,要翻越整座太行山。时值盛暑,不少士兵都病倒在途中。皇帝命部队在镇州集结,准备正式出征。他勒令所有将士整理衣冠、磨枪擦戟,兵发幽州。他对众将士训话:“朕此番亲自挂帅出征幽州,望众将士与朕协力杀敌,早驱辽寇,还我太平！潘美率前军兵讨岐沟关,刘遇、崔彦进等直取幽州！”

潘美跪拜禀道:“陛下,末将愿保举帐下一人为先锋官,定然所向披靡！”

“保举何人?”

“大将杨业有万夫不当之勇,可堪大任！”

赵光义犹豫了一下说:“杨业北汉降臣,寸功未立,若为先锋官,恐他人不服。”

潘美只能退下,点兵直逼岐沟关。

2. 合围幽州

宋军到了易州和涿州,两州相继献于宋军。

赵光义大喜,对潘美等人说:“我宋军神威,辽军皆望风而逃！”

潘美则说:“易州、涿州等地无险可守,守将又都是汉人,不愿同室操戈。幽州一带则不同,那里才是辽军的主力所在,陛下不可掉以轻心。”

“朕听人说那幽州守将乃是韩德让,其先祖被辽人掳去。此人有没有归汉之心?”

潘美回答:“陛下,吾看此人绝无归汉之心。其父韩匡嗣被封为秦王,其家族在辽国显赫一时,不会归降。”

赵光义若有所思,而后便道:“如此说来也免了口舌工夫,只有强取幽州。”

宋军很快就开到了幽州城南,但先锋军渡河时,沙河边忽然闯出一队辽军,杀了宋军一个措手不及。辽军正在水中杀得兴起,忽见后军已乱,只见乱军中那为首的宋军将领使得一支长枪,那长枪上下翻飞,所到之处辽将皆被挑落马下。原来是杨业,赵光义为了考验杨业的忠心,派杨业来支援先锋部队!

杨业将功补过,以数百之众,斩杀辽军千余人,生擒五百人,追出十余里,凯旋而归。

赵光义见杨业已回,疑虑方解,问:“杨将军为何轻进,追杀辽军如此之久? 须知穷寇莫追。”

“陛下,末将绝非贪功。早年守护神木之时,与那辽军战过数合,深知辽军狡猾。辽军深居草原,习得狼之秉性。若不将其赶远一些,他又会折返回来袭扰。天长日久,必然拖垮我军。追出十里开外,是为了保我全军安然渡河。”然后杨业将契丹俘虏交与赵光义,他见之大喜。

潘美连连点头,道:“杨将军真是辽军的克星啊。”

众将拜服。

三、兵败高梁

辽军大将北院大王耶律奚底大败而归，百思不得其解。他引败军愁眉苦脸地回到了居庸关得胜口，距离幽州半日之遥。

此时，南院大王耶律斜轸来到帐下，耶律奚底随即出帐迎接。耶律斜轸说："此次兵败之事我已略知一二，胜败乃兵家常事，大王切莫灰心丧气。我观宋军此次倾巢进兵，势必要拿下幽州。你我同朝共事，荣辱与共，如今不必纠结。你我应当协力退敌才是大计。"

"我并非惧怕战败，而是今日败得实在蹊跷。"

"何出此言？"

"我等用兵向来是能战则战，不战则退，边退边打，以退为进。这次我军初战已占上风，忽然见一支军队从后路杀出。我下令撤军，以为我军可以全身而退，可那宋军将领如恶狗追赶狼群一般，死咬着不放，追杀十余里都不肯罢休。"

耶律斜轸问："哦，有这等事？大王可知引兵者何人？"

耶律奚底答："我在厮杀过程中见那猛将使得一支长枪。我的几员大将合力斗他，我若不是有部将拼力保护，今日也难免一死。"

耶律斜轸更加疑虑："宋军之中何时有这等人物？他日我耶律斜轸定要擒得此将，为我大辽所用！"

耶律奚底忙劝说："大王若见此人，莫与他力战。我绝非信口开河，为今日战败之事开脱。"

耶律斜轸点点头道："且不管他。如今这情势，你我二人恐难以退敌，依我看：第一，速速请陛下派大军援助幽州；第二，令韩德让死力守城，告知他，你我二人在幽州城外随时接应；第三，将军新败，可以假意收容溃军，实则诱敌深入，届时你我合力再杀他一回。虽不能退军，亦可打击宋军气焰。”

耶律奚底听后连连点头。

赵光义听探马来报，耶律奚底在得胜口以青帜招容残军，意欲重整兵马来战，怒道：“这耶律奚底实在可恶，前者袭我军于沙河，今又在得胜口招纳残部，想与我军对抗。不灭此贼，难平心中之气。”于是命部下北击耶律奚底。

宋军一到，耶律奚底便假意逃窜。宋军心高气傲，一路追杀到清沙河附近，辽军突然分作两路。

这时，一队辽军突然从宋军后方杀出，正是耶律斜轸引所部兵马杀来。宋军后部大乱，正要回头，辽军又从两翼杀来，宋军遭到三面夹击，死伤过半。见三面被围，宋军只能向着清沙河中逃窜，辽军一路追杀。直到晚间，援军才赶到，辽军却早已退出清沙河外。

耶律斜轸大败宋军的消息传到了幽州城内，韩德让奋力拍案：“打得好！只要有南院大王在，幽州城便不会失。来人，这好消息要广为散布，让满城军民都知道，南院大王与幽州同在。”幽州军民得此消息后，人人振奋，不再畏惧宋军。

此后数日，赵光义求战不得，心里又急又恨，急召众将商讨破敌之计。

这时都虞候崔翰进言：“陛下，如今这耶律斜轸在清沙河一带虚与委蛇，实乃缓兵之计，等待辽军来援，其心无非是要保幽州不失。如果我军能一鼓作气拿下幽州，耶律斜轸见老巢已失，便再无顽抗之心了。”

这时杨业急忙进言：“崔将军所言有理。耶律斜轸所部万余人，确是在与我军纠缠，以待援军。然末将以为，此时总攻幽州不妥。辽军虽不足以与我军决战，却常袭扰我军背后。幽州守军见耶律斜轸所部仍然存在，便会赴死抵抗。幽州只可巧夺，不可强攻。”

赵光义再三思虑之后，对众将说：“诸位皆言之有理。以我看来，留一队人马与这耶律斜轸纠缠，防止他从后军偷袭。大军兵围幽州，发起总攻。只要拿下幽州，辽军来援也无济于事了。”

杨业想再劝，碍于降将身份，不便多言。

于是，总攻幽州开始了。

宋军攻势十分凶猛，烽火连天三日不绝。宋军架云梯，安洞子，如蚂蚁一般往上涌。辽军拼死抵抗，几日下来，只见城下宋军尸体已经堆成了山却仍不顾性命地往上冲。

辽军守将见宋军如此，于是乎手书赵光义，具陈归降之意。

赵光义得书大喜道：“这铁林军乃是辽军的重甲军，实为辽军精英，如今要归降我大宋，我看这幽州城不日就可攻下了。”于是他回书辽军表示同意。

李扎卢存见了赵光义的手书，自己引兵于夜间归降了。第二日，韩德让见铁林军归降，其余很多将领抗战的决心也大不如前，城内军心不定，于是急调城外守军耶律学古等人联合守城。

宋军又继续连攻几日，仍没有起色。

赵光义见策反失败，强攻又不行，思索再三，命三百名精壮士兵夜间偷袭，被韩德让发现。韩德让大喊一声："贼军哪里走！"辽军将这几百名士兵活捉。第二天早上将他们押在城头，羞辱宋军。

赵光义并不理会，继续想方设法夺城——把隧道挖进城内，再偷袭城门。不料耶律学古在城内巡视，见一老妪在路上啼哭，遂问她缘故。那老妪说："我家那老宅不知何缘故，一面墙塌掉了，把我那老伴压死了。"耶律学古顿生疑窦，急忙派人查看，发现宋军的隧道。这条隧道从城墙下穿过，已经快挖到城门边上。耶律学古命人引城中河水灌入其中，宋军有一小股士兵被淹死在其中。

赵光义的计谋又落空了，只能再次强攻。

3. 高梁河之战

这日，杨业秘密将部将召集起来，道："诸位将军，业今日料定敌军必来偷营，我等且撤空中营，于此间多埋火药，多垒草木。三军埋伏在左右两端高地之内，一旦敌军前来劫营，待其冲入中营之内，我三军将其包围，以火箭攻之，必可大胜，解我大军后顾之忧。"

三更时分，耶律奚底悄悄涉过清沙河，大军上岸之后，用冷箭射杀宋军哨卒，悄悄摸进中军大营，一声炮响便杀将进来。可是辽军冲入宋军大营之后，大营之内空无一人。耶律奚底走到大营内，见主座上背坐着一人。他拎着宝剑走来，一剑劈向那人。原来只是一副盔甲，盔甲里发出刺鼻的味道。耶律奚底一闻，随即大喊一声:“不好,中计,快撤!”

说时迟,那时快。一时间,四周射来了无数的火箭,辽军将士多半中箭身亡。火药和着草木燃烧,烧得辽军哭爹喊娘。埋伏在两翼的宋军迅速杀出,将耶律奚底团团围住。

耶律奚底见逃脱无望,正要举刀自刎,忽然宋军后方杀出一支军队来,高喊着:“北院大王莫怕,南院大王来也!”

原来是耶律斜轸引兵来救。

耶律奚底见辽兵来救,骑马奔逃而去。耶律斜轸见耶律奚底已逃,自己也不再恋战,撤出了战斗。

杨业带领属下奋力追杀耶律斜轸。忽然听到有人喊:“杨将军何故如此赶尽杀绝!”

杨业闻声命令部下停止追杀,耶律斜轸也令部下停止搏杀。杨业催马上前,认出那是汉辽结盟之时有过一面之缘的南院大王耶律斜轸。

“杨将军别来无恙乎?”

“承蒙耶律将军牵挂,我杨业甚好。”

“我耶律斜轸今日败在杨将军手下,虽败犹荣。我耶律斜轸心服口服,但我绝非贪生怕死之人,势必血战到死。”

杨业见耶律斜轸是条汉子,当年在太原时,两人虽未深交,倒也意气相投。于是杨业对耶律斜轸说:“今日我且放你回去。莫要再扰我宋军后翼。我大宋收复幽云失地,理所当然,志在必得。”

杨业调转马头,骏马嘶鸣一声,扬长而去。

耶律斜轸看着杨业远去的背影,口中念道:“此人若落入我手,定要为我大辽所用！"随即引马而去。

辽援军偷袭失败，便再也不敢轻动，只能退到居庸关凭险而守。

赵光义得知此事，便加强了对幽州城的攻势。韩德让派了十多个传信兵飞马去西京请援，耶律贤获信，见幽州城危在旦夕，十分焦急，速召群臣商讨救援幽州之事。

耶律贤在朝堂上问众臣："诸位爱卿，如今幽州吃紧，哪位爱卿可有破敌之策？"

众朝臣都知道宋军以十五万军队兵围幽州，如今幽州已经危在旦夕，而西京大同府又距离幽州百里之遥，又该如何破敌呢？众臣都面面相觑，提不出对策。

这时，南府宰相耶律沙随即向耶律贤请战："陛下，臣愿率所部兵马前去救援。"

"耶律沙将军，你还有兵吗？"耶律贤此话一出口，又觉得失言了。

"陛下怎么能如此小看我？我军虽在白马岭吃了败仗，损了先锋，可主力仍在，至今依然有万余人可调遣。"

可是在朝的其他将领都对他不屑一顾，冲着耶律沙摇头嘲笑。常言道：败军之将，焉敢言勇。

这时，只见一人站了出来，对着那些嘲笑之人高喊道："耶律沙将军在危困当局挺身而出，实乃大英雄也。你等众人战又不敢战，还在这里说风凉话，是何道理？"

三、兵败高梁

此人名叫耶律休哥，现居惕隐（掌皇族政教事务）之职。早年曾率军平定乌古和室韦两个部落的叛乱，有公辅之器。

“耶律休哥将军有何退敌之策？”

耶律休哥道：“陛下，可先派耶律沙将军所部一万人马袭扰敌军，缓解城中守军压力。陛下再在草原各部落征兵遣将，派一支大军与宋军决战。宋军如今已经是强弩之末，若我大辽有一支生力军，必可挫败宋军。”

耶律贤道：“休哥将军说得是。可是如今南院大王、北院大王都困在居庸关，我军现无大将啊！”

耶律休哥躬身一跪，道：“末将不才，愿挂帅出征。如若不胜，提头来见！”

耶律休哥器宇轩昂，陈述慷慨激昂，耶律贤哪有不允准的道理。他走下宝座，扶起耶律休哥，道：“将军，我将五院军队全部交给你来调遣，我大辽的盛衰就寄托于你了。”

“陛下放心，末将叫宋军有来无回。”

耶律贤对众臣和众部落首领说道：“如今宋军犯我南京，关乎我大辽的国运。各位首领全权配合耶律休哥将军，调集所部人马，同耶律休哥将军出征。如有违抗，军法处置！”

耶律休哥转过头来对耶律沙说：“耶律沙将军，你率领的一万人马不要与宋军正面冲突，只要不停地袭扰便可。”

耶律沙引那白马岭上战败的一万人马前来骚扰宋军。宋军和他刚刚交兵，耶律沙便败退而走。宋军得知是耶律沙领兵，知是先前败于白马岭的那支辽军，便起了骄心。宋军刚刚有所松懈，耶律沙又来偷袭，如此三番五次。宋军可以将其击退，但长期攻城，早已是人困马乏，无力再追。

潘美和杨业谋划，若辽军再来偷袭，一定要一鼓作气将他擒获；否则长此以往，宋军必被拖垮。

是夜，耶律沙又来袭营。杨业并不与敌军交战，而是带着一队人马直接奔敌后军而去，耶律沙并未留意。这时，宋军开始压迫辽军后撤。这一小队宋军如有千人之力，见一个砍一个，辽军死伤甚多，好不容易撤出去，又被宋军追杀。耶律沙回头见一将杀得兴起，被他追上的没有人能逃过一劫，他心生胆怯，驱马只顾逃命了，一直逃到了高梁河畔再无前路。耶律沙对溃逃的辽军喊道："诸位将士，如今你我已无退路。正当报效大辽的时候，你我杀将回去，马革裹尸，血溅疆场又有何憾！"

辽军一听，皆不再逃，返回来与宋军拼命。这时，突见岸边火起，只听到："耶律沙将军莫怕，耶律休哥将军率大军杀到！"一大队兵马擎着火把，朝这边杀来。

耶律沙等将士仿佛重新活了过来，宋军一听辽军来援，阵脚自乱。

耶律休哥命所有将士点起火把，一时间漫山遍野都是火把，红透半边天，足有十数万之众，整个高梁河被照亮了。潘美、杨业等将领重新稳住阵脚，赵光义尚在中军战车上督战，宋军重新列好阵脚，与辽军展开厮杀。

东方曙光微现，双方整整大战了一夜，死伤无数，横尸遍野。朝霞映在高梁河上，猩红一片。

三、兵败高梁

站在幽州城头的韩德让也是一宿未睡，关注着高梁河畔的一举一动。听到宋军败退的消息之后，韩德让重重地捶了一下墙，连拳头都磕出血来。他立即命耶律学古派出城中最后一支铁林军，助战高梁河！

双方都已无力再发动大规模攻势，可就在这时，居庸关的耶律斜轸和耶律奚底已经闻讯赶到。他们的兵马虽然只有数千，却是一支完完全全的生力军。宋军无力抵抗，全军败退。

耶律学古亲率铁林军，也加入了战斗。整整五路军马，五员耶律大将合兵一处，共战宋军。

赵光义见势不妙，像一只受惊的兔子撒腿便逃，完全不顾正在奋战的将士。宋军见大旗不在，就像是丢了魂魄一般，开始丢盔弃甲、慌不择路地朝着南方逃去，只恨不能两胁生翅。将军们无心再战，只有杨业一支军马阵脚尚稳，从容撤退。

这次轮到辽军在后面追赶宋军了。他们的骏马本来就常年奔驰在草原上，宋军的步兵只管往前跑，才刚听到身后急促的马蹄声，脑袋就被削了去。

耶律休哥敢在耶律贤面前立下军令状，绝非意气用事。他独具慧眼，天刚蒙蒙亮时，就瞅准了宋军的中军大旗，认清了赵光义的面貌。他带着所部亲兵一直朝着宋军的中军大旗下杀来。幸亏宋军将士死战，他才不得靠近。如今赵光义正在逃却，他哪里肯放过，一路追着那面旗子不放，并不理会沿途溃败的宋军。

不久，耶律休哥见赵光义正要爬过一座小丘，心中不禁一乐。他拉弓引箭，对准了略显臃肿的赵光义，“嗖”的一声，那支羽箭穿过三五人，直奔赵光义。赵光义绊了一下，那支箭没有射在他的胸口上，却射在了大股间。他“啊”的一声，昏死了过去。

耶律休哥急忙命令手下：“前面中箭的那厮是宋朝皇帝，谁若抓到那厮，赏金万两！”

辽军一听，蜂拥而上。赵光义好不容易被身边的军士唤醒，疼痛难忍，半睁开眼睛，却见所有的辽军疯了似的朝这边涌来，而自己身边已经没有多少士卒可以抵挡。他眼睛一闭，慨叹道：“朕命休矣！”

正在这紧要关头，只见一支宋军杀到，为首将领高喊着：“陛下受惊，杨业来也！”

杨业那支人马冲杀过来，将皇帝身边的辽兵一扫而光。杨业见对方主将在那里拼杀，随即取下长弓，抽出一支箭，朝那辽将射去，“嗖”的一声正射在耶律休哥的胸膛上。杨业便下马来，扶起赵光义道：“陛下受惊了！”

赵光义紧握着杨业的手，道：“杨爱卿，你来了！”

“臣救驾来迟，还请陛下恕罪！”

“爱卿说的哪里话，朕重重有赏！”

“陛下莫再多说了，赶紧骑上我的马，快些离开这里。”

可是赵光义此时股间插着一支箭，根本就无法上马。杨业只能命人将他搀扶着走并派人四处寻车来载他。后来兵士在附近一农户家中找到一辆驴车来，杨业看见那驴车，眉头一皱，天子万金之躯，怎能坐这驴车呢？但杨业看见皇帝现在已经虚弱得根本走不动路了，如此下去，一定会被辽军活捉，便命人将他抬上驴车。

杨业负责断后,但辽兵实在太多,不到一会儿皇帝的驴车又被冲散。

耶律休哥中箭之后,被士卒救醒。方才得知那一箭射偏了五寸,并未射中要害。

耶律休哥不顾箭伤,连忙忍痛问道:“拿下宋朝皇帝了吗?”

部下摇了摇头。耶律休哥强忍着疼痛坐了起来,道:“不能再耽搁工夫,休要让那宋朝皇帝跑了。快与我准备轻车,我们继续追赶!”

站在旁边的士兵迟迟未动,道:“将军,您的伤势太重,还是不要追了,您且回去养伤吧。宋军大败,已经死伤过半。再追下去就出了幽云地界,那里是宋军的地盘。”

“糊涂,宋军犯得我地界,我军难道不能犯他?快与我准备,若耽误了战机,你担当得起吗?”

那士卒无奈,只得去准备轻车了。耶律休哥又是一通追赶,死死咬着赵光义的驴车。耶律休哥的胸口不断渗出血来,辽军将士看到都很担忧。

耶律休哥催战车来追。乱军之中,他看见一驴车有众多士卒保护。耶律休哥指着那驴车对众军道:“看见了吗?那驴车上坐的正是宋朝皇帝。”

赵光义的驴车因为赶得太紧,车轮碾到了一块石头上,他连人带车都掉进了水沟中。耶律休哥望见驴车上的赵光义,大喊道:“赵光义,哪里走?”

赵光义抬头一看，耶律休哥的战车已在三十米开外。这次他觉得大限已到，后悔当初不听众将的劝阻，贸然伐辽。他浑身躺进泥水里，已经不再挣扎了。

正在这关口，又听得一句："陛下莫怕，杨业来也！"

耶律休哥闻声回转，只见杨业一刀劈来。耶律休哥慌忙低头，那刀刃划过箭头，留下了深深的痕迹，鲜血直流。耶律休哥惊得一身冷汗。杨业驱马来到赵光义面前，将他从泥水中救起。

"陛下受惊了！"

"杨将军真乃是上天所赐！"

杨业派人将驴车从泥水中扶起，赵光义再次乘上驴车，继续奔逃。耶律休哥虽然又被杨业砍了一刀，仍然是重伤不下火线，一路追赶到涿州城下才罢休。赵光义躲进了涿州城中，这才算喘了一口气。

耶律休哥大胜，获粮草辎重、兵器符印无数，辽军上下都非常敬重他。

话说赵光义一路奔逃，宋军三军无主。大将石守信与刘遇等见他没有踪影，恐怕已经遭了横祸，尸首也不知落入何处。三军不可一日无主，大宋更不可一日无君。此时，武功郡王赵德昭正好打马从身边掠过。二人心想赵德昭乃是太祖的长子，理应继承大统。

"郡王殿下，如今吾皇已不知去向，恐遭不测。三军不可一日无主，还请郡王殿下暂摄高位，挽救我军于危难当中。"

赵德昭完全听不懂这二人的话，对他们说："皇上在哪？两位将军赶紧寻来便是。”

二人默然无语。这时,石守信的亲兵传信于他:“将军,陛下已经进了涿州城,那里有三万守军,辽军见状已撤,陛下安全了。”

石守信等人听罢,才觉得方才对郡王说的话似有不妥之处。

宋军大败,所有将士重新在涿州一带集结,听赵光义重新部署。这皇帝逃到涿州后,惊悸未除,恐辽军围城,又急急奔往金台屯,方敢停驾观望。

常言道,没有不透风的墙。石守信等人谋立赵德昭之事不知如何传到了赵光义的耳中。他自知此次大败,三军对他这个逃命的主帅已经起了异心,深恐大军集结在涿州,真如当年陈桥兵变那般,又拥立了赵德昭。于是赵光义急忙派遣崔翰前往涿州,诏令三军班师回朝。

4. 逼死德昭

赵光义还京两月有余。夏末秋初,弯月悬于夜空,华丽的皇宫,竟也会如此冷清。

他忍着伤痛,心想:孤家寡人,难道这是帝王的宿命?在这愁闷抑郁之时,竟无一人可与谈心!他又想起了李贤妃,恍惚中好像看见李贤妃就坐在对面,伸手去抓,一切都幻灭为泡影。

赵光义扪心自问,自登基以来,每日勤勉。收复江南,平定北汉,建不世之功。为何满朝文武总是心怀异心呢?那日败北而走,军中文武若非及时得知自己未逝,赵德昭或已做了新帝!军中无主,大将谋立新君本亦无可厚非,然而,为何他们偏偏拥立赵德昭,而非自己钦定的赵廷美？思及此处，他愤怒不已，恨恨地将酒壶摔到地上。

第二日早朝，赵光义颁布了一道诏令：西京留守石守信、彰信军节度使刘遇，北征归途不守军律，乃至我军溃逃无章，护主无方，令朕蒙难，现即刻贬为崇信军节度使和宿州观察使。速速离京，不得有误！石守信与刘遇听罢，只得赴任去了。众臣都为其鸣不平。

武功郡王赵德昭在府中思虑良久，最终决定进宫面圣。他此次前来，不为别的，正是为了战后封赏将士之事。班师回朝之后皇帝未封赏一兵一卒，军中早已心生不满。百官明哲保身，无一人敢言。赵德昭替皇帝担忧，若长此以往，朝臣人心离散，对宋室不利。自己身为郡王，理当进言。

“陛下。”公公王临机见皇帝怒气未消，只是小心通禀。

“何事？”皇帝语带怒气。

“启禀陛下，武功郡王殿外求见。”

“不见！”皇帝甩袖转身。

王临机正要去回话，皇帝又喊住他，道：“慢，带他去偏殿！”

王临机领命而去，皇帝重重放下酒杯，起身去见赵德昭。他倒要看看这武功郡王此次前来所为何事。

君臣礼毕，赵光义看着赵德昭，淡淡笑道：“吾儿为何而来？”

赵德昭未作思索，当即道：“启禀陛下，大军北征，班师回朝已数日，儿臣欲请陛下封赏将士，以稳军心，固我大宋江……”

赵德昭的话字字戳到了赵光义的痛处。他冷笑一声，轻蔑地问:“都是败军之将,有何功劳可赏?”

赵德昭不懂察言观色,继续禀道:“陛下,儿臣以为,此次胜败不可一概而论。我军征辽虽然失利,然终究荡平北汉,陛下当分别考核,论功行赏。”

赵光义愤怒地一拍桌子,声色俱厉地说道:“汝自为天子,赏未晚也!”

赵德昭只觉脑中轰然炸响,震惊不已,“自为天子”?

赵德昭急欲辩驳:“陛下,此话从何说来?儿臣从未有如此大逆不道的想法!”

赵光义又冷冷一笑:“昔年太祖陈桥驻兵时,诸将为其黄袍加身,太祖声言自己决不愿为帝,都是部将们将他逼上了帝位!如今武功郡王在乱军之中,想必也是被那石守信和刘遇等人逼迫了?你父子二人活得都好不自在,有那么多人要逼你们,甚是辛苦啊!”

赵德昭这才想起归逃之时,诸将欲拥立自己为帝之事。可叹自己少不更事,后知后觉。他本想再解释,但赵光义疑窦已生,再解释只能加重这嫌疑。

赵光义见赵德昭已无话可说,回头便走入深宫。

赵德昭只能看着这个皇叔的背影,深深一拜,默默离开了。出了皇宫,心中千头万绪,自己一片忠心为大宋江山着想,皇叔怎能如此误会自己?父皇与自己向来不亲,直至驾崩,也未给自己封王。皇叔登基之后,自己才被封为武功郡王,位列宰相之上,自己对皇叔向来是感恩戴德的。可是今夜,皇叔竟然怀疑自己有谋权篡位之嫌！他现在已经是心如死灰了。

那夜，赵德昭坐在一盏昏黄的灯下，心中回想着皇叔的背影。赵德昭取来纸笔，留下一言："儿臣绝无谋逆之心，唯有一死以证清白！"随后抽出墙上的匕首，默默地划开手腕，鲜血一股股淌出来。烛台上的蜡烛一点一点地燃尽。赵德昭就这么离开了，时年二十九岁，尚不及而立之年。

晨间，郡王的房间里传来了丫鬟哭喊之声："郡王自尽了！"王府大乱，哭声震天，消息迅速传到了宫中。赵光义闻言大惊，迅速来到王府，看到了德昭留下的遗言，流下了眼泪，默念道："痴儿何必如此？痴儿何必如此？"

然后赵光义便放声大哭，声泪俱下，撕心裂肺，捶胸顿足。赵德昭自杀而亡，赵光义追封他为魏王，谥号"懿"。不久之后，赵光义又封赏荡平北汉的将士以及随军官员，众人大喜，便渐渐忘却了那位虽不谙世事却心地澄澈的魏王。

5. 满城之战

高梁河一役，辽军大获全胜。这日辽廷大帐之内，耶律贤召集群臣，对有功之士尽皆封赏。

耶律贤加封韩德让为辽兴军节度使；耶律学古为保静节度使；耶律沙力战有功，赦免白马岭战败之罪，不予加封；耶律斜轸、耶律休哥重重加赏！加赏完有功将士之后，耶律贤又义愤填膺地对群臣说："宋廷欺人太甚，屡屡进犯我幽州。常言道，人不犯我，我不犯人，人若犯我，加倍奉还。我意大军南下，以报围燕之仇，不知诸位意下如何?”

帐下众将都义愤填膺地说道:“陛下,派我去,派我去!让宋人知道我大辽勇士的厉害!”

耶律贤见群情激昂,说道:“如此甚好!燕王韩匡嗣听令!命你都统三军,协调诸部。”

“微臣谨遵皇命!”

“耶律沙、耶律休哥、耶律斜轸听令!命南府宰相耶律沙为监军,耶律休哥为惕隐。南院大王耶律斜轸,命你等率领东路军主力南下进攻镇州,打开宋国东大门。”

“末将得令!”

“耶律善补听令!命你率西路军出山西以为策应。”

“末将领命!”

九月初三,赵光义得到消息后,在宋辽国境东线急命守将驻扎。他在交予将领们的手书中写道:“一旦辽人来犯,三处兵马要协同呼应,前后夹击,一定大获全胜。”

赵光义又命潘美为河东三交口都部署,防备契丹从山西偷越。如今他想到了杨业当初的话:太原不能毁,毁了太原就是毁了一道屏障,此言真是不虚,他悔之晚矣。

辽军集结重兵十万余人自幽州出,直逼镇州,然而首当其冲的是一座小城——满城。

镇州守将刘廷翰得报之后,翻开地图一看,大惊失色。满城乃是一座孤城,无险可守,却处于定州南部要道,如若丢了满城,定州危矣，镇州危矣！他手指再往前滑动，却见满城北部有一条河流，名作徐河，此河在定州境内，是一条天然的防线，若能却敌于徐河，辽军不能南下。然而那徐河在满城以北三十余里，离镇州更是有二百余里，现在却不知辽军先头部队有没有渡河而过。

刘廷翰火速传令部下："速速传令全军将领，三军即刻开拔，一定要赶在天黑之前到徐河南岸列防。不得有误！传信兵，你等火速传信于崔翰将军和李汉琼将军，请他们一同前往徐河会兵抗辽！"

刘廷翰所部五万人马，从早上急行军，其间滴水未进，赶在夜幕来临之时，赶到了徐河南岸。宋军一到，眼见辽军先头部队零零散散也到了，刘廷翰长吸一口气。

刘廷翰见不远处河岸狭窄处有座木桥，大喊一声："不妙！丁罕将军何在？"

"末将在。"

"快快与我夺下那座拱桥，休要让辽军抢了先机。"

那对岸的辽军也是眼疾手快，见河上立着一座桥，迅速派兵来抢。有十来号人已经冲到了桥中心，眼看就要夺下桥。

这时，丁罕上半身赤着，手提一根狼牙棒，冲到桥心，他的狼牙棒只要擦着辽兵，身上就得开几个窟窿。一名辽军小将提弯刀向其背后刺来，丁罕肩头一抖，一个闪身便避开了那刀。闪身过程中，他那根狼牙棒也是随势而起，只听"啪"的一声，便落在了那小将的头上，鲜血和脑浆都迸了出来。辽军见那丁罕脸上沾满了鲜血，如嗜血的妖魔一般，连连退却。丁罕一直往前杀，后面的宋军也跟着往前推进，硬是将辽军从桥中心重新赶回了河北岸。

丁罕命士兵在桥心修整工事，自己将狼牙棒插在身边，站在桥头等待辽军，辽军谁都不敢再上。工事修整完毕，丁罕布置了上百名弓箭手，五十米之内的辽军尽皆被射杀，辽军便再也不敢靠近。

徐河上的桥被宋军占领，辽军主帅韩匡嗣捶胸顿足，后悔行军太慢，若稍早一步，大军便能安然渡河了。

到了第二天早上，十万辽军已经列阵于对岸；而此时，宋军崔翰所部两万人马，李汉琼所部一万人马也分别赶到。这崔翰本就驻扎在定州，距离徐河不过几十里之遥，却今天早上才赶到，刘廷翰对这个只会信口开河、大话连篇的将军摇了摇头。

辽军见桥已被占，只能强渡。韩匡嗣命辽军分为左右中三路，分别从桥的左边、右边和桥心之下渡过。渡河作战本是兵家大忌，但辽军前几月大胜宋军，信心倍增，毫不畏惧。

刘廷翰派崔翰迎击辽军左路兵马，派李汉琼迎击辽军右路兵马，自己坐镇中路。

韩匡嗣令旗一挥，道："渡河，杀向宋军！"辽军便疯了似的涌进徐河，有些人纵马往前蹚，有些人摸着过，有些人则索性抱着木头往前泅渡。

辽军渡过一半，刘廷翰从容应付，命令弓箭手万箭齐发，水中的辽军很多都惨死于箭下，然而攻势未减。有些辽军甚至已经爬上了南岸。刘廷翰将弓箭手换下，步军迎上，他们多手持长矛，辽军刚上岸，便被刺穿了喉咙，摔回河中。

韩匡嗣的中路军和右路军根本就上不了河对岸，韩匡嗣、耶律斜轸和耶律沙等人都急得眼冒金星。

这时，却见辽军左路人马有一小撮已经杀上了对岸，站住了脚跟，士兵列阵于南岸，为后军开辟了登岸空间。原来那携领辽军左路人马的大将不是别人，正是耶律休哥。他派一队精于习水的士兵，选择一条线路，先杀到河岸，开辟一块阵地，后续部队再跟上去，如此便可减少牺牲。

那崔翰见辽军左路只有一小股渡河，起初并不放在眼里。但等到那股人马登上岸后，崔翰才发现要将他们重新赶进河里可就不容易了。那小股人马并不参与厮杀，而是筑起了盾牌，形成了一道防线。宋军刚靠近，盾牌中有长矛刺出，宋军便倒下一片。那片阵地只有狭小的一块，宋军又不能使出全力迎上去厮杀。崔翰都急红了眼，可是却毫无办法。辽军的后续人马陆续上岸，那盾牌阵也逐渐向外拓展，越来越宽，不到一会儿，已经占了崔翰所在河岸的三分之一。崔翰打眼观瞧，只能看到一排盾阵，却不知后面是什么情况。这时，只见辽军的盾牌阵逐渐打开了一道口子，盾牌之后列了十数匹马，中间的马上坐着耶律休哥。耶律休哥把刀一横："杀！"辽军大股士兵冲向宋军，宋军抵挡不住。那耶律休哥与十来个辽将驱着战马，在宋军当中横冲直闯，杀了好几个来回，宋军阵势大乱，渐有败象。

"报！左路大军被辽军攻破，辽军已经渡河而来！"

刘廷翰听罢大惊失色道："什么，左路已败？"他骑着骏马速速赶来左路察看，见那为首的辽军将领正要斩断宋军中路和左路的联系，意欲全吞崔翰所部。若左路军被全歼的话，三军必败！刘廷翰不敢打下去了。

“快，鸣金收兵，三军退回满城！”

崔翰早就恨不得退兵了，如今一听鸣金，撒腿便跑；而李汉琼还在厮杀，一听宋军鸣金，虽不知何故，但也只能引兵撤退了。

耶律休哥追杀一阵，也不敢孤军轻进，因为中路军和右路军尚未登岸，而宋军败逃进满城。

辽军三路人马虽然过了河，但也死伤甚众，折了一万多人马。而宋军只有左路军损失惨重，折了五千余人。

过了几日，满城下，韩匡嗣一声令下：“开始攻城！”

辽军将无数箭镞射向城中，投石机将石块合着火药一起扔向城中，城中四面火起。宋军与辽军大战一天一夜，双方均死伤惨重。

这时，刘廷翰在城内召集众位将领。“前日我军虽然没有守住徐河一线，但辽军渡河也死伤惨重。只是如今我军被困在满城之中，若时日长久，我军水尽粮绝，如何是好？”

这时，崔翰说道：“将军勿忧。陛下在临走之时授我八阵图，此图乃是根据蜀丞诸葛孔明的阵法演变而来，必能退敌！”

“哦？将军且说说八阵为何？”

“将军，明日你我开城叫阵。我军八万人马，分作八路，每路万人为一阵。分为生、伤、休、杜、景、死、惊、开八门，变化万端，可挡十万精兵。此八阵各自为战，每阵相距百里，各阵之间不要冲撞了彼此，方能保护阵法周全。”

镇州监军李继隆问：“崔将军，若八路人马每军相距百里之遥，我军如何呼应？敌军若集中兵力攻我一路，我军岂不是要坐以待毙？”

崔翰说：“此乃陛下临行之时授予我等之阵法。”

就在大家犹豫的时候，刘廷翰站起来说道：“陛下委我等以守边重任，只是希望我等能够力克强敌。如若我军星云棋布，其势单一。若辽军乘利攻取，我军势必要大败。依我看来，还是按照我们此前的办法，合兵一处，方可决胜。违令而决胜，也比兵败辱国要强得多！”

崔翰还要再说，却被刘廷翰挡住。刘廷翰道：“崔将军莫要多说，将在外，君命有所不受！如果陛下怪罪下来，我一人承担！”

李继隆十分支持刘廷翰，说道：“古来兵贵适时适机而变，安可以提前料定？违昭之罪，我李继隆愿意独当！”

刘廷翰见有人支持，便下定了决心。

此时，李汉琼也来献计道：“刘将军说得即是。我军人马本就少于辽军，若分兵迎战，无异于自讨苦吃，我军势必要合兵一处，像是一记重拳，才能重创对手。但现在我认为还不宜硬碰硬。”

刘廷翰便问：“李将军有何妙计？”

李汉琼便将他的计谋说与众将听。

韩匡嗣正在中军宝帐筹谋攻城之策，有一宋军士卒求见，声称带了李汉琼的书信。韩匡嗣打开一看，信中写道：“将军别来无恙，末将李汉琼自知难敌将军神威，满城如今已是水尽粮绝，城破在即。末将不愿部下将士做刀下冤魂，愿率所部人马投靠大将军，恳求将军收留。末将今夜愿打开大门，到时将军可于南门外等候，吾将派一队人马接应。到时将军与我里应外合，将满城拿下。事成之后，还望将军能恕我抗辽之罪。李汉琼再拜！”

韩匡嗣见信之后欣喜若狂，这满城看来已经是守不住了。如今正好可以借这李汉琼打开城门。晚间韩匡嗣携领本部精兵往南门而去，耶律休哥见大军调动，不知何故，便赶来相问。

“韩将军夜间起兵，不知意欲何往？”

韩匡嗣大笑一声，道：“耶律将军，今夜我便可拿下这满城。城中已有人要献城于我，如此良机，焉能错过？”

耶律休哥思索片刻，对韩匡嗣道：“宋军士气正旺，乃是设计诱骗将军呀！将军莫去！”

“耶律将军多虑了！宋军已被我军困了数日，已经不堪一战。我定要拿下这头功！”

韩匡嗣引兵乃去，耶律休哥不能阻止，遂通知所部人马进入作战状态，并随时准备撤军。

韩匡嗣到了满城南门，摇火把为号，城头亦有火把回应。这时，果然有一队人马从南门出来，朝着辽军开来，为首的将领乃是李汉琼，马后高竖“李”字大旗。

“哈哈哈，李将军真的是言而有信啊！”

那队人马快到辽军面前时，突然点起火把，后军战鼓擂起，朝着辽军杀来，辽军先头部队被杀了个措手不及。而此时，旁边又有一路宋军杀到，乃是刘廷翰。这路人马趁辽军不备，偷偷埋伏于城外高地之中。两路人马把韩匡嗣的前军杀得大乱。

韩匡嗣面色一改，道："不好，中计，快撤！"

这时，城中宋军从满城四个大门如潮水一般涌出，向辽军营盘杀去。辽军猝不及防，军中大乱，四散奔逃，唯独耶律休哥所部从容撤退。

辽军一路奔逃至徐河，才喘得一口气，意欲列阵再战。这时，又来了一队人马从后方杀出。韩匡嗣大惊失色，这宋军前有追兵，后有堵截，辽军有全军覆没的危险！原来这一队人马乃是崔彦进所部两万余人。崔彦进自开战初时，便绕过长城口，伏于辽军后方，意欲与大军呼应。如今得了消息，辽军败走满城，正是棒打落水狗的好机会。

崔彦进杀得兴起，韩匡嗣眼看支持不住，拨转马头就意欲奔逃。崔彦进大喊一声："贼将休走！"催马来追。眼看着要追上时，辽军一员大将从斜刺里杀出。"韩将军只管走去，耶律休哥在此！"崔彦进听得休哥大名，高梁河之败正是这耶律休哥所赐。崔彦进正希望一雪前耻，便不去追那韩匡嗣，与耶律休哥来战。

双方战了几合，耶律休哥虚晃一刀，拨马而走，几员小将已经挡在崔彦进面前。耶律休哥高喊："来日再与你一战。"

耶律休哥从容撤退，崔彦进无可奈何，十分佩服耶律休哥深知进退之道。

宋军此役大胜。斩首辽军万余人,俘虏三万余人。生擒辽军各路酋长三人,缴获马匹辎重无数,凯旋还朝。

赵光义大赏各路将士,唯独对刘廷翰和李继隆等人说道:"你等违逆圣旨,不列吾阵。念你等打退辽军,朕恕你等无罪。功过相抵,不予封赏。"

诸将多为刘李二人抱不平。

四、金匮之盟

1. 雁门关大捷

太平兴国五年(980)三月,距满城之败不过半年,耶律贤召集群臣,商议复仇。他对群臣说道:“宋军在满城大败我军,我军焉能咽下这口气?眼下我西京大同府尚有十万大军,不如一战报仇。既然东路有宋军重兵把守,西路必定空虚。我军应从西路打开通道,进取中原。”

耶律贤这次的确猜对了,这西路宋军总数不过五万余众,还要分兵把守各个要塞。

“我王,末将不才,愿率本部精兵,直取雁门关,届时便可长驱直入,袭取汴梁,尽得中原之地为我辽国所有。”说这话的不是别人,正是驸马爷萧咄李,耶律贤身边的红人。耶律贤向来喜欢这个女婿,道:“好,大同府十万精兵全部交予你调遣,定要拿下雁门关!”

萧咄李不日便出发了,随军出征的大将还包括军都指挥使李重诲等人。

话说冬天方过，春天来了。人的血液都开始再次暖热起来，赵光义此时觉得箭伤处奇痒难忍，一发作就会想到高梁河兵败，疼痛就愈加难耐。

忽闻外面就有人传讯："皇上，前线来报，辽国十万大军兵发雁门关！"赵光义从卧榻之上翻身而起，完全忘记了伤口奇痒。他大踏步赶赴大殿之上，王临机连忙在身后跟着，说道："皇上，您的身子呀！"

赵光义语气凝重地对大臣们说："辽国为报围燕之仇、满城之败，现如今十万大军南下进逼雁门关，诸位有何对策？"

群臣无不面面相觑，一时不知如何是好。张齐贤进言："陛下，雁门关守将杨业曾大挫辽军南院大王、北院大王，令杨业为代州兵马部署镇守雁门关，依微臣看来，辽军一时半会儿攻不下雁门关，陛下可暂时安心。"

张齐贤这么一提点，赵光义才想起杨业，于是令杨业镇守雁门关。曹彬进言："那雁门关守军不足五千，如何抵挡辽军十万兵马。纵使杨业有三头六臂，恐怕时日长久，这雁门关也是要丢掉的。"

张齐贤补充道："陛下，潘美将军正在代州一带巡视，其手中尚有五万精兵，可令其速速驰援雁门关，以潘将军之谋和杨将军之勇，可保雁门关无虞。陛下可调派京城兵马，再为驰援，方可击退辽军！"

赵光义觉得有理，点头赞同道："速速命潘美前往雁门关，相机破敌。曹彬与张齐贤于汴京征调军队，以为后援。”群臣遵命而去。

那萧咄李引着十万大军到了雁门关下。雁门山高耸陡峭，即使飞雁也无法越过山峦，只能从山中的间隙飞过，嘶鸣一声，回音四起。

此时潘美所部兵马尚在三交口，距离雁门关还有一段路。杨业早已在城头巡视。萧咄李率军到雁门关下，向城内高喊：“杨业小儿，快快出城归降，念在昔日为盟的份上，且留你一条性命。”

杨业在城墙之上不屑地回了一句：“萧咄李，你寸功未立，仗着自己是皇亲国戚，方有今日统兵之任。我劝你还是早早打道回府，两军交战，刀剑无情，免得白白葬送了性命。”

萧咄李属下李重诲附耳劝阻道：“末将早年曾经和杨业打过交道，此人颇有谋略，将军还是小心为上。我大军方到此地，不熟悉地形，而对方以逸待劳。将军且休整一日，明日再来攻城。大军可以一鼓作气，拿下这雁门关。”萧咄李听罢十分恼火，他平日最憎恨被别人轻视，于是迫不及待地下令：“攻城！”

辽军蜂拥而上，却在狭窄的悬崖入口犯难，雁门关的险要地形大大挫了辽军气势。杨业在城上指挥若定。攻了半日，天色已黑，辽军毫无办法。

晚上，杨业与部将们商议退敌之策。即便有雁门关天险，然而城内毕竟只有五千守军，明日再战，恐怕难以抵挡辽军的进攻。

杨业问：“潘将军的援军现在哪里？”

“禀告将军，尚在百里之外，明日晨时便能赶到！”

“太好了。诸位将军，我有一条妙计，保管杀退辽军。”

“将军请讲。”

“这辽军向来以为我宋军只会固守待援。此次我杨业准备趁其立足未稳，出奇兵以先发制人。”

“将军要如何出兵?”

“趁夜色，我带三千人马从雁门山后小道绕至敌军后翼，明日晨时，待潘将军一到，我从辽军后翼杀出，潘将军开关迎敌于前方，我们前后夹击，定可一战而胜!”

“杨将军不可！将军只带三千人马，孤军深入，若不能杀乱辽军，恐怕将军有杀身之祸!”

“唉，今夜是出兵的大好时机，如果贻误了此次战机，再要战胜辽军就难了。我杨业个人生死无足轻重!”

“将军，还是等潘将军一到，再寻良策。”

“我意已定，诸君休要再议。你等只有一千人马，今夜要小心守关，莫让辽军偷袭成功。明日见了潘将军之后，告诉潘将军，我杨业若能杀乱辽军，潘将军可出关迎敌；若不能，潘将军要小心守关，莫要再出战了!”

杨业说罢，便带领三千人马备铁钩长绳，攀山越岭，在晨时已经潜藏于辽军后方。

第二日晨时，潘美如期赶到。偏将将杨业之计说与潘美。潘美听罢，为杨业捏了一把汗。

一大早，萧咄李又派兵攻城。辽军刚刚列好阵脚，前军已经爬到城墙一半。忽听见背后一阵炮响，一支宋军从后方杀来。只见山后尘烟四起，不知有多少人马。原来是杨业命令百余名士卒在马后拉上枝条，来回奔跑，扬起灰尘，以为伏兵之用。

看到后军开始生乱，辽军不知何故，纷纷扭头去看。本来有一股士兵已经快登上城墙，怎奈这一转，又被宋军挑下。杨业那三千人马冲入辽军阵营，淹没在敌阵中。

萧咄李见状并不在意，仍命令部下继续攻城，命李重诲领一支人马来战杨业。

杨业在乱军之中杀了几通，又退回山坡之上，准备再冲杀一次。然而杨业的偏将对他道："杨将军，你我乃北汉旧将，宋将对我等多有嫌隙。兄弟们在此厮杀，那潘美却站在城头坐视不理，你我且逃吧！"

杨业大喝一声："休得胡言，我等只要再厮杀一通，只要辽后军一乱，潘将军定会从正面杀出。"

潘美站在城头，眼见杨业在乱军之中杀得十分辛苦，却只能按兵不动。如若自己这四万人马出去和辽军火拼，恐有全军覆没的危险。如果丢了这雁门关，山西一带将无险可守。潘美攥紧拳头，头上冒着汗，仍然下令守军不得轻易出去。杨业携领部下再冲杀下来，遇见那李重诲，两人战了十几回合，未分出胜负。

杨业的三千人马在恶战之下恐怕连两千人马都不到。杨业心思一动，索性佯装败逃，李重诲便死死追赶。谁知杨业突然将马拉住，马匹嘶鸣一声，前蹄飞转回来。李重诲尚在乱神之中，只见一道寒光劈来，人头便滚在了地上。

辽军见后军主将被杀，乱了阵脚。杨业奋力厮杀，冲入了辽军的中军里。

潘美见此状大喝道:“杀得好!”随即传令部下,“救我杨将军,活捉萧咄李!”

三军将士听罢,摩拳擦掌,激昂愤慨。只见雁门关突然打开,从城中如洪水般冲出一队人马,冲散辽军。两军人马混乱中厮杀起来。

那萧咄李还在攻城,不料宋军居然敢从城中杀出,前军毫无准备,迅速被突破,溃不成军。回头一看,后方大军也已经死伤惨重,慌忙下令撤退。

杨业却已经直奔中军指挥车而来。萧咄李看见杨业,大惊失色。

只见杨业弃马一纵,飞身上了萧咄李的战车。长刀直劈落左边侍卫,刀子深入骨髓拔不出来。右边的侍卫举刀来刺,杨业飞身从腰间取出一把匕首,刺入侍卫胸膛。

萧咄李已经惊得说不出话来,看着杨业,嘴里哆嗦着。杨业道:“杨某早就告知你莫要枉送了性命。不听吾言,今日休怪我不留情面。”说完,杨业将刀拔出,一刀劈了下去,萧咄李人头滚落,眼睛还睁着。

辽军见主帅已死,扔掉大旗,纷纷溃逃。潘美和杨业追出数十里,相偕而归。

战罢,雁门关内大摆庆功宴。

“这次多亏潘将军及时出兵,挽救杨业于危难当中。杨业拜谢!”

“杨将军说的哪里话,你献计出奇兵攻辽军后翼,方有前后夹击之势。此役功劳全在杨将军啊!”

两人举杯痛饮,众将好不欢喜! 战后,杨业与潘美驻扎在代州一带,两人时常把酒言欢,谈论战法及如何应对辽军的骑兵,有时争得面红耳赤,有时又相视一笑,终生引为知己。

赵光义得知雁门关大捷,欣喜若狂,犒赏三军,加封杨业与潘美。辽军两次出兵,尝尽苦头,丢了驸马爷和大将军,再也不敢议取中原,宋辽双方进入短暂的休战期。

2. 明争暗斗

时光飞逝,转眼已是太平兴国六年(981)。

四月的京城春风和煦。闲来无事,人们便喜欢坐在酒肆里,三五成群,聊天说笑,奇闻轶事,无所不谈。

汴梁人士,个个能说会道,上至国家大事,下至寻常是非。游走在茶馆酒肆当中,若无几个新鲜的段子,最好别提自己是京城人,免得辱没了“天子脚下”这个名号!

自从开宝六年(973)八月被罢相以来,赵普便一直待在河阳。这日赵普在外喝酒,恰好坐在他对面的是出身洛阳豪门大族的妹夫侯仁宝。自从赵普失意之后,卢多逊权倾一时,处处给侯仁宝穿小鞋,将他贬去邕州。邕州乃蛮荒之地,生活条件极其恶劣,过惯了豪门贵族生活的侯仁宝无时无刻不想回到京城。

太平兴国五年(980)七月,赵光义任命侯仁宝为邕州军队主将，任交州路水陆转运使，负责交战区的后勤保障。

妹夫侯仁宝乃一介文人，从未上过战场，岂会领兵打仗？思及此处，赵普不禁长叹一声。“卢多逊！”赵普咬牙切齿地默念这个名字，不知不觉便握紧拳头。赵普心想：当年我于雪中定策，先南后北，打下大宋江山之时，他卢多逊还只不过是一名小小的知制诰，可如今，这个曾经不起眼的知制诰竟敢在我头上耀武扬威！

过了一会儿，赵普松开紧握的拳头，自己现在是一介无职无权的太子太保，如何与当朝宰相抗衡？正无奈感叹之时，忽听得酒肆中的客人争吵起来。赵普闻之忽然心中一动，原来他们竟然在议论杜太后的临终遗言之事！

这几位客人分宾主落座。主客穿一件黑布衣，宾客多着青麻粗布。左手边的这位宾客便对其他人说道：“前些日子我得知一个秘密，你们可愿意听来？”

那主客便说：“什么秘密，卖什么关子？”

“我若讲出来，你这酒可管饱？”

“你若讲得好，管你三顿。”

“好，一言而定。话说当年太祖生母杜太后患病，太祖不离左右，亲侍汤药，然杜太后病情终究未好转。自知大限将至的杜太后召太祖与赵普入宫，命赵普草拟遗旨。”

赵普听到这里，这些人竟然讲的是自己，且再听下去吧。

那宾客喝了半杯酒，继续说道：“杜太后当时便问太祖：‘汝可知何以得天下？’太祖至孝，见母亲病危，啜泣不断，无法应答。杜太后再问，太祖才止泪答道：‘儿臣得天下，乃受父母之庇荫。’你们可知杜太后如何说?”

其他客人都催促他道:“你就别卖关子了。杜太后到底如何说?”

那宾客继续说道:“杜太后闻之,一直摇头,对太祖说:‘不然,汝所以得天下,乃因后周皇帝年幼。假使后周有年长之君,汝何以得天下?切记,汝若驾崩,须将帝位传于汝弟,复传之光美,后传之德昭。由年长之君治理天下,方为社稷之福。’太祖乃是至孝之人,便回话杜太后:‘母后有命,不敢不从。’杜太后便命赵相将顾命之言记成誓书,并藏于金匮之中。”

赵普无奈,果然市井之言不足为信。突然,赵普又大喜,大喝三杯扬长而去。

客人和酒保都觉得这老头真是疯疯癫癫的。

赵普出门之后,一路在想:客人所争者,无非此事真假。有言此事为真者,杜太后去世两个月后,宋太祖任命弟弟赵光义为开封府尹、同平章事便是明证;有言太祖驾崩已然成谜,此事不可信;亦有言杜太后遗言为真,然所谓誓书藏于金匮之说不可信。

赵普又想到当日杜太后确有遗言,但顾命之事却无,金匮之事更是子虚乌有。然而当日又确实只有太后、太祖与他三人,为何不借这金匮之事再起,以报这口怨气?赵普便在心中谋划他的大事。他要做的第一件事,就是装醉,醉得一塌糊涂,醉得丑态百出。

近日赵普家中气氛非常压抑,只是因为赵普妹夫侯仁宝惨死交州。任凭这院子里花红柳绿，赵夫人坐于院中，也无心欣赏。刚刚家仆回报，老爷尚未归家，她有些担心。虽然赵普并未对她明言，但她亦猜得出，侯仁宝是被人害死的。赵普行事果断，在朝中难免树下政敌，自从被罢相之后，那些政敌便不安分起来。

“夫人，老爷回府！”

听到仆人禀告，赵夫人连忙出去迎接。赵普脚步踉跄，满身酒气，见到夫人，嬉皮笑脸，耍起酒疯。赵夫人见之，心内不禁又生忧虑。她命仆人将赵普扶到房间休息，望着赵普满鬓华发，赵夫人不禁潸然泪下。太祖在世之时，他竭力反对太祖将帝位传于弟弟。可结果呢？赵光义贵为天子，他这一朝宰相却成了无职无权的太子太保。她只是希望家人平安康泰，现在却已成奢望。

与沉闷的赵府相比，宰相卢多逊的府中则喜气洋洋。其实，卢多逊并没有什么特别的喜事，只是刚刚得到消息，赵普伤心妹夫侯仁宝之死，在酒肆中喝多了耍酒疯！卢多逊想象赵普悲痛的神色，他就高兴。一想到自己初为知制诰时，赵普对自己的打压与鄙夷，卢多逊就满心愤恨。

“老爷！”管家来到卢多逊面前，小心唤道。

卢多逊恍然回神，眉头微皱，道：“何事？”

“老爷，”管家凑到卢多逊耳边，小声道，“赵廷美府来信，王爷邀您今夜过府一叙。”

卢多逊淡淡一笑，随即敛容，赵廷美有约，会是何事呢？但他也没有理由拒绝，便吩咐下人：“告知赵廷美，吾会赴约。此事莫要声张,知否?"

管家低眉眯眼道:"老爷且安心,小人明白!"

当今皇上忌讳诸位大臣与赵廷美相交往,这赵廷美怎么会突然找他呢?夜晚,卢多逊赴约路上一直在想这件事。

赵廷美府内灯火通明,他走到窗边,深吸一口气,窗外的花香不知何时飘进屋子,清新怡人。他难得有今日的轻松。太平兴国四年(979),赵德昭自刎而亡,前不久,赵德芳又突然暴病而逝,自己虽贵为开封府尹,然而个中的惊悸与凄凉,谁人又知?

"启禀王爷,卢相已到!"

赵廷美见了卢多逊,和颜悦色甚至有些卑躬地说:"卢相啊,可算把您盼来了!"

"不知魏王找我何事?"

"无事,我想和您叙叙旧。"

卢多逊见赵廷美不肯说实话,心里一直在打鼓。陪着赵廷美下了一盘棋,听了一首曲,可心思完全不在此。

正在享用晚宴的时候,赵廷美传唤下人:"来人,将我那翡翠盏拿来呈于卢相观赏。"

赵廷美对卢多逊说:"此盏乃是我从胡商手中购得,是一块和田翡翠。那胡商开价颇高,不过我十分喜欢就买下了,你且看看我有没有上当?"

卢多逊拿在手里来回把玩,不住地点头说:"真是奇宝啊,天下奇宝啊!"

赵廷美突然对他说:"卢相要是喜欢的话,我将它送于卢相便是了。”

“微臣不敢收下。”

“卢相说的哪里话。要没有卢相这几年的周旋，我赵廷美说不定早已人头落地。”

卢多逊说：“鞠躬尽瘁，这都是微臣该做的。”

“卢相，吾观当今朝廷，就你一人可以保吾性命。我不求建功，只求平安了此残生，足矣！”

卢多逊很喜欢那翡翠盏，不舍放手，道：“魏王莫忧，微臣愿以命相抵辅助您！”

“有卢相这话，吾再无忧虑也！”

“魏王宽心，你我合当共保！”

两人寒暄客套一阵，卢多逊便抱着那翡翠盏回去了。

是年九月，本来门可罗雀的赵普府上突然变得热闹非凡，拜会之人络绎不绝。这段时间，赵夫人每天都笑得合不拢嘴，因为远在潭州的儿子赵承宗回京了，而且赵承宗将奉旨迎娶燕国长公主之女——当今皇帝的亲外甥女。赵承宗既与皇家结亲，必定会留京，不必去山高水远之地。赵普也很高兴，皇帝赐婚赵承宗，那么君臣二人之间的僵硬关系便可得以缓解。

喜事盈门，赵府前几月的阴霾气氛一扫而光。全府上下，从赵普夫妇到丫鬟仆役都兴高采烈地筹备婚事。这几年，他们在外受够了白眼与冷遇，这下可以抬头了。

然而，大婚后赵府的生活并未像赵府上下所期待的那般。赵承宗婚后不足一月，卢多逊便上奏皇帝，要让赵承宗离京归任。消息传来，赵府再次陷入一片阴霾，赵夫人又开始郁郁寡欢了，赵普更是难咽这口恶气。

这卢多逊三番五次在皇帝面前进谗言诋毁自己，才得以迅速高升，以至于坐上这当朝宰相的位子。想到这里，赵普不禁觉得自己全身的血管都紧绷起来。遭贬之祸，妹夫曝尸荒野，现在又轮到自己儿子。想当年与太祖打江山时，何其风光，叱咤风云半辈子，如今岂能栽于小人之手？

“卢多逊小儿，汝欺人太甚！是可忍孰不可忍！”赵普拍案而起，怒声喝道。侍立一旁的管家吓了一跳。

3. 秘密金匮

太平兴国六年(981)九月的一个晚上，赵光义正在崇政殿批阅奏折，忽记起翰林司柴禹锡今夜当值，便让王临机召他进宫。

柴禹锡自少年时起，便博览历代史书，赵光义居于赵廷美府时，他因善于应对而被皇帝重用，皇帝对其深信之。身为帝王，不能随意出宫，赵光义又特别想了解宫外之事，便常常召见柴禹锡，询问外事。

柴禹锡跟在王临机身后，缓缓向崇政殿走去。今夜他已在翰林院等候多时，以为皇帝今夜不会召见自己，他多少有些意兴阑珊。不过，见到王临机前来，他的不快便一扫而光，因为今夜他有件大事要禀告皇帝。

君臣见礼已毕，皇帝尚未询问，柴禹锡便立即拜倒于地，道：

“陛下,臣有要事禀报!”

赵光义愣怔片刻,见柴禹锡面色肃然,便道:“爱卿请讲!”

“陛下,臣观开封府尹赵廷美行事骄恣,想必将有阴谋窃发。”柴禹锡慷慨激昂。

事出突然,赵光义有些猝不及防,道:“爱卿之意……”

柴禹锡见皇帝满腹狐疑,便斩钉截铁地说道:“陛下,魏王恐或谋反,望陛下防患于未然!”

柴禹锡语气虽斩钉截铁,然其所说并无真凭实据,赵光义一时也不好定夺。不过,但凡危及帝位之事,即使是捕风捉影,他也要深究到底,况且他本就对赵廷美心生忌惮。赵光义深觉自己需要找人商议此事,一时却不知该找何人。他望了一眼一脸忠义的柴禹锡,淡淡笑道:“此事朕已知,有劳爱卿,汝且先退下。”

柴禹锡领命而去,赵光义不禁陷入沉思之中。太祖之子赵德昭、赵德芳皆已逝,若是自己打算将帝位传于儿子,弟弟赵廷美便是他唯一的威胁。此时柴禹锡告发他意欲谋反,若有真凭实据的话,一定要除去这个眼中钉。

两个月前,为挽回高梁河战败的颜面,赵光义给当年号称海东盛国却被耶律阿保机所灭的渤海国王下诏,约定与之合兵伐辽,并承诺成功之后,燕云故土由大宋收回,而漠北草原大地则可尽归渤海国所有。此次远交近攻之术在大宋历史上可谓史无前例。然而令人难堪的是,赵光义并未得到渤海国的任何回应。内外交困,他深觉自己所面临的危机越来越严重。

外困须徐徐图之,当务之急,他需要一个人帮自己解决内困,一个足以为自己正名之人。赵光义思前想后,最后只能想到一个人——赵普。当年杜太后临终之前有过顾命之言,赵普为当事人之一。登基之前,赵普曾竭力反对太祖将帝位传给自己。如若赵普能站出来替自己说话,天下还会有谁质疑自己?然而赵普之前极力反对自己登基,此番是否愿意帮助自己就很难说。

前往崇政殿的路上,赵普有些兴奋,亦有些犹豫。许久未曾召见自己的皇帝竟然宣自己入宫,这让赵普隐约看到一丝希望。以他多年的从政经验,可以隐隐感到皇帝为何召见自己,倘若如自己所料,那么他苦苦等待的机会终于来了。“卢多逊,老夫定会以牙还牙,以眼还眼!”赵普在心里想着,转眼之间已经到了殿前。

赵光义见赵普前来,便开门见山,将柴禹锡所奏之事告诉赵普。言罢,他试探地问道:“爱卿以为赵廷美谋反与否?”

赵光义不拐弯抹角,赵普便也主动道:“启禀陛下,吾欲居朝中枢纽,以观其是否谋叛。”

赵光义心中一惊,想过赵普有答应自己的可能,但不想赵普如此直接地提出条件。如此也好,赵普既有需要,方才可为自己所用。心念至此,他淡淡笑道:“爱卿愿助朕一臂之力?”

赵普见皇帝有此言,心知事成八九,便提出第二个条件:“臣欲贬黜佞幸,还望陛下恩准!”

“不知赵太保所言的奸佞,是指何人?”

“参知政事卢多逊。此人与赵廷美有染,既然赵廷美有谋逆之嫌,此人也脱不了干系。”

赵光义闻言，心里暗自揣测赵普所言。赵普提出两个条件，一者重回宰相之位，无妨，他本就有宰相之才，只要他肯忠心于自己，重回朝堂后自己岂非如虎添翼？二者贬黜佞幸，所谓贬黜佞幸，无非是要除掉卢多逊。比起自己的名誉与江山，牺牲一个卢多逊不算什么。

赵普既已提出条件，接下来就看他是否忠于自己了。赵光义思至此，随即问道："人谁无死，爱卿以为，若朕百年之后，皇位该传于何人？"

赵光义此言可谓司马昭之心，既已封赵廷美为开封府尹，即等于昭告天下赵廷美乃太子，此刻却如此问赵普，无非想将皇位传给自己儿子。

赵普当然知晓他的用意，且他历来主张皇位传子不传弟，当即肯定道："先帝若听臣言，则今日不睹圣明。先帝已误，陛下不得再误！"

赵光义闻言心中大喜，不禁连连点头。不愧是赵普，竟能说出如此合情之理由！赵普若复相，帝位传承危机定然将迅速化解。

从皇宫中出来的赵普，一扫前日的阴霾，心情如拨云见日般明朗，终于可以和卢多逊清算这笔老账了。

虽然皇帝没有明言，但君臣二人心里皆明镜一般。他所问赵廷美之事，需要的便是赵普的态度。既然自己也已表明心迹，接下来便要行动起来。赵光义此时最头疼何事，为何偏偏此时要问计于自己，赵普心里自然非常清楚。

回到家中，赵普即刻进入书房撰写奏疏。他想起了五个月前在酒肆之中听到的关于杜太后遗言的争论。当时有酒客称杜太后命自己将太祖之言记录成誓，藏于金匮之中。可信与否，皆是民议。既为民议，便不得不重视。思及至此，赵普淡淡一笑，拿起一条绢，提笔写下了几行字。写完之后，赵普再细细揣摩，随后满意地点点头。他将这条绢小心翼翼地卷起来，放入早已准备好的金匮之中，并且用精致的锁锁上。

赵夫人得到仆人回报，称老爷自宫中归来便进入书房，闷头不作声。赵府接连出事，赵夫人此刻已草木皆兵，闻言更是担忧不已，思虑良久，决定去书房查看情况。赵夫人在窗外看到赵普连连点头微笑，不禁一愣，难道是老爷又犯癫狂了？

“老爷，何喜之有？”赵夫人一边走进书房，一边笑道。

赵普闻言合上奏疏，想起连日来夫人的担忧难过，便笑着安慰道：“自今日起，夫人再也无须担惊受怕了。”

赵夫人问：“老爷何出此言？难道老爷忘了那卢多逊的处处刁难？”

“明日便叫他再也笑不出来！”

“老爷今日面见圣上，圣上难道要重新起用老爷？”

“夫人知我。”

赵夫人听到此处，也是十分欢喜。若赵普重返朝堂，便不敢有人再欺辱赵家。然而赵夫人心中又生出另外一个忧虑，自古以来，伴君如伴虎，老爷复出，从此以后，便真的可以万事无忧了吗？

第二日早朝，众臣列席，赵普向皇帝奏道：“启禀陛下，太后仙逝之前，曾诏臣入宫草拟遗旨，时太祖答应自己百年之后将帝位传于陛下。太后命臣将其言记为誓书，书末署太后、太祖皇帝与臣三人之名，藏于金匮之中。陛下可于宫中内院仔细寻找此金匮，昭告天下。”

众臣都面面相觑，此事倒是闻所未闻！

赵光义派宫人于内院之中仔细查找，最终找出了那个金匮，不错，正是赵普在书房之中锁起来的那只金匮。他命宫人打开，并令王临机宣读给众人：

“……切记，汝所以得天下，乃因后周子幼母弱。假使后周有年长之君，汝何以得天下？切记，汝若驾崩，须将帝位传于汝弟光义，复传之光美，后传之德昭。由年长之君治理天下，方为社稷之福……”

众臣听罢，心中实有千重疑惑，却无一人敢于提出来。现在赵普以旧相的身份将这金匮之事提出来，杜太后的顾命之言、太祖的遗愿都无可辩驳。

众臣都不约而同道：“陛下今日摄览天下，乃是我大宋的洪福！吾皇万岁万岁万万岁！”

赵光义道：“赵太保提点金匮之事，有功于我大宋朝纲，今朕加封你为司徒兼侍中，位列宰相。”

就这样，太平兴国六年(981)九月十七日，赵普重回宰相之位。

翌日，赵普复相之后，以宰相身份上朝议事。一朝为相，百官对待赵普的态度截然不同，趋炎附势者比比皆是，心惊胆战者亦有之，卢多逊虽不至于心惊胆战，但心中已开始感到不安。

叱咤风云，寂寞潦倒，所谓世态炎凉。对于百官待自己的态度，赵普心中更多的是玩味。他缓缓迈进垂拱殿，向宰相的列班之位走去，宛若一头重回领地的猛兽，威严地巡视自己的领地。与赵廷美及宰相沈义伦打过招呼，赵普不屑地扫了一眼卢多逊，向自己的位置走去。

赵廷美位列宰相之上，每朝列班，皆为御座之下第一人。然而今日皇帝进殿议事，赵廷美便首先向他提出，赵普身为国之重臣，又是老宰相，理应站在他前面。

此话一出，朝臣皆议论纷纷，尤其是卢多逊。赵普才刚刚复相，赵廷美便如此示弱。赵廷美上朝之位乃皇帝钦赐，为尹京亲王之特权，如此荒唐的要求，皇帝肯定不会答应，纵使他答应了，赵普也未必敢受！

赵光义看着众臣反应，过了半晌才问赵普："爱卿意下如何？"

赵普略作沉思，遂笑道："臣谢过陛下！"

百官哗然，卢多逊心中更是一惊，额前不禁渗出一层冷汗。赵普已经位列赵廷美之上了，莫不如主动辞官，以避其锋芒？不，此举绝对不可取，卢多逊小心经营，殚精竭虑才有今天的地位，岂可因赵普复相便屈身而退？况且，自己也是堂堂当朝宰相，赵普才不能把自己怎么样，若是自己辞官，无职无权，那样的后果才不堪设想！

4. 计设廷美

转眼已是太平兴国七年（982）二月底，这天晚上，翰林司柴禹锡又前往崇政殿。

四、金匮之盟

崇政殿中,赵光义心绪烦乱地拿起一份奏疏,随意看两眼又放下。赵普提出的金匮之盟虽然解了燃眉之急,然而却带来一个新的问题:按照金匮之盟所记,他日自己驾崩之后,帝位便必须传给弟弟赵廷美。此意与他登基之后让赵廷美以亲王身份尹京的做法是相符的,却与他的初衷相反。他的初衷是稳固自己的皇位,并合理地传位于儿子,岂会传给赵廷美?赵普不愧为一代名臣,针对皇帝所忧,他再次向皇帝献出一计。

明日便是三月初一,是水心殿落成之日,赵光义要去水心殿检阅水军。但是,检阅水军只是名义上的,其实,他另有一件谋划已久的大事要办!心念至此,他不禁握紧拳头,明日之事虽无危险,但亦只准胜不准败!刚才他遣人去召柴禹锡,此时还不见他到来,赵光义便有些坐不住。他正欲让王临机去看看,小太监已匆匆赶回:"启禀陛下,翰林司柴禹锡殿外候旨!"赵光义心中长舒一口气,明日之事,非此人助力不可。他见到柴禹锡后,又是一次密谈。

翌日,赵光义的銮驾浩浩荡荡前往水心殿。他端坐于銮驾之上,庄严地扫视着自己的子民,百姓俯首叩拜。九五之尊,帝王荣耀感,赵光义心思转动间,銮驾已至顺天门。望着苍劲有力的"顺天门"三个大字,听到銮驾之后愈来愈近的马蹄之声,他面露微笑,知道自己该折返回宫了。柴禹锡御马疾驰而来,丝毫不顾快马冲撞了銮驾。他翻身下马,跪地高声奏道:"陛下,臣有要事禀报!"

赵光义早已收敛笑意,此刻眉头紧皱,厉声道:"何事如此惊慌?"

"陛下恕罪,臣等获悉魏王欲于水心殿谋杀陛下,还请陛下火速回宫！”柴禹锡奏道。

此语一出，众人皆惊。

赵光义面色一凛，道：“此话当真？”

“千真万确！”柴禹锡肯定地说，“臣愿以项上人头担保！魏王在水心殿布局，以行谋逆！”

赵光义闻言，顿时大怒，急命銮驾返回宫中并宣赵廷美回宫面圣。

赵廷美来到朝上，问：“陛下，臣弟在水心殿静候陛下，不知陛下何故宣臣弟回宫？”

“魏王水军操练得如何？”赵光义说罢，变了脸色。

赵廷美不知其意，慌张失措地说：“臣等正尽心竭力为陛下操练水军。”

“大胆赵廷美，还在这里做戏。你在水心殿设下埋伏，意欲刺杀朕，你以为朕不知？”

赵廷美一下子跪倒在地，大喊：“陛下，绝无此事！”

“你还狡辩。宣柴禹锡！”

柴禹锡进宫之后，赵光义道：“柴大人且从头讲来，莫要畏惧任何权贵！”

柴禹锡道：“我昨日巡视水心殿，见赵廷美在水心殿四周对侍卫窃窃私语，于陛下不利。”

赵廷美慌忙回道：“那是臣弟在部署侍卫，保卫陛下安全！”

“大胆赵廷美，你贵为皇室子弟，岂不知将帅不得私会帝之近侍吗？”

赵廷美百口莫辩，只能一再道："冤枉啊陛下，臣弟只是担心陛下的安危啊！"

赵光义手一挥，决心彻查此事，之后便以"犯上作乱，蓄意谋杀，抢班夺权"之罪，罢免魏王赵廷美开封府尹之职，改授西京留守。

三月十五日，赵光义命李符代理开封府事务。百官闻之，无一人敢为赵廷美求情，昔日在赵廷美面前信誓旦旦的卢多逊现在只能明哲保身。倒是赵光义的长子赵元佐四处奔波，为叔叔赵廷美求情，却最终被赵光义怒斥而归。赵廷美已被罢免，赵光义开始大肆打压与赵廷美结交之人，枢密都承旨陈从信、都虞候范廷召等人皆因此被贬责，甚至有被削籍流海岛者。

四月初一，金明池对面的琼林苑。枢密使曹彬奉旨于琼林苑设宴，为即将离开京城的赵廷美饯行。曹彬自太祖时期便担任枢密院使至今，为人忠厚，此番为赵廷美饯行之差事，他实在不想接受，奈何皇命难违，便最终只能来此地设宴。

正是四月，莺歌燕舞，花红柳绿，宴会之上更是丝竹悦耳，歌舞翩翩。然而此时的赵廷美却宛若置身数九寒天之中，对眼前的莺歌燕舞恍若未闻。连饮数杯，赵廷美却依然不知酒中滋味如何。"意欲谋反？"赵廷美冷笑一声，太祖的儿子赵德昭、赵德芳皆以身死，他身为亲王尹京，乃天下所知的继承人，为何要谋反？什么金匮之盟，传位于弟，笑话！封赏自己以亲王尹京，无非欲盖弥彰之举！

曹彬见赵廷美神思恍惚，表情多变，随即举杯笑道："魏王此番西去,还望多加珍重!”

“珍重?”赵廷美一声冷笑。

自从德昭、德芳死后,赵廷美向来谨言慎行、谨小慎微,赵普复相之后,他自愿申请位居其下便是明证。然此刻被贬西京,赵廷美也不甚在意了。赵廷美看也不看曹彬,举杯一饮而尽。曹彬尴尬一笑,亦将杯中酒饮尽。

赵廷美把玩着酒杯望向曹彬,忽然问道:“曹大人,汝身为枢密使、先帝忠臣,请问曹大人,本王谋反与否?”

曹彬当即一愣,握杯的手不禁微微一颤,随即叹息一声,敛容道:“京城是非地,魏王此去洛阳,有何不好?”

“有何不好?”赵廷美自言自语道,放下酒杯,起身大笑道,“曹大人一番美意,本王心领!”

离开琼林苑,赵廷美望一眼对面的水心殿,自嘲一笑,驾马西行。

赵廷美之事后,往日与其有交往之人皆胆战不安,生怕自己被告发与赵廷美有染。这几日卢多逊心中甚为不安,虽然自己与魏王交往非常隐秘,然而隔墙有耳,这世上从来就不乏有心之人。想到有心之人,卢多逊的脑中忽然冒出赵普的名字,不禁冷汗涔涔。

赵廷美离开汴梁第六日,是日早朝,赵光义与百官议事已毕,正欲散朝,赵普却忽然上前奏道:“陛下,臣有本要奏,宰相卢多逊与赵廷美结党营私,意欲谋反,望陛下明察!”

卢多逊闻言,当即“扑通”一声跪倒在地,战战兢兢连呼自己冤枉，请求皇帝为自己做主。百官噤声不敢言，但谁都心里清楚，不论卢多逊是否与赵廷美相交，赵普此举大有挟私报复之意。皇帝当即大怒，命人将卢多逊及其家人全部下狱彻查！

卢多逊趴在地上如烂泥一般，依然直呼自己冤枉。卢多逊偷眼观瞧赵普，赵普在斜眼看他，嘴角带着鄙夷的微笑。卢多逊顿时感觉那根刺仿佛又扎深了一些，当即悲愤不已。然陛下在上，自己已为戴罪之身，只能长叹一声，随即被拖出大殿。

赵普在狱卒的引领下，缓缓向狱中走去。狱中味道恶臭，赵普不禁连连皱眉。

卢多逊被关押三日，蓬头垢面，衣衫褴褛，臭气熏天，俨然一个令人不忍直视的阶下囚。卢多逊见赵普前来，惨笑一声，一口痰啐在了地上。赵普看到面色惨淡的卢多逊，微微一笑道："卢大人安否？"

卢多逊恍然回神，肃容凛然道："拜宰相大人所赐！不知宰相大人屈身来此，所为何事？"

赵普避而不答，只淡淡笑道："'唯愿宫车早晏驾，尽心事大王'，卢大人可听过此话？"

卢多逊心中一惊，当即脸色大变。此话乃自己说与魏王赵廷美所言私密话，赵普竟然知晓！看来，自己与魏王相交之罪证，已是铁证如山！而且，如此大逆不道之言，若是被皇帝得知，自己岂非要被诛斩九族？

卢多逊长叹一声，无力地问道："卢某已身陷囹圄，宰相大人此番究竟意欲何为？"

“此番前来，乃为卢大人指点迷津。”赵普见卢多逊气势已败，胸有成竹道，“卢大人与赵廷美相交，证据确凿，迟迟不认罪，无非欲面见圣上，请求圣上宽恕。本官所言，卢大人以为如何?”

卢多逊不知赵普何意，遂愤愤道：“是又如何?”

赵普淡淡一笑，道：“本官此番复相，陛下曾允诺本官铲除奸佞，卢大人现在以为如何?”

卢多逊愣怔片刻，随即放声大笑，笑声愈渐悲凉和无奈。赵普话已至此，纵使自己并未与赵廷美相交，也难逃此劫。半晌之后，卢多逊收声敛容，问道：“宰相大人有话不妨直说。”

赵普则面色平静地望着卢多逊，道：“卢大人认罪画押，本官保大人全家平安，如何?”

说罢，赵普也不待卢多逊回答，便转身朝外面走去。监牢中的味道实在难闻，他一刻也不想再多待。至于答复，他相信卢多逊会给出让自己满意的答案。

复相之后忙于朝中大事，赵普已很少有闲暇来酒楼喝酒了。不过今日他依然坐在临街的座位上，旁边的酒客谈天说地，乐此不疲，外面的街道上熙熙攘攘，好不热闹。赵普静静地听着看着，不发一言。

热闹的街道忽然出现一队官兵，百姓纷纷避于两旁，官兵押送的是一身囚服的卢多逊及其家人。卢多逊因涉魏王赵廷美结党营私案，被捕入狱，证据确凿，其亦供认不讳。皇帝大怒，初判卢多逊死刑，并欲诛斩其九族。然皇帝念其曾有功于朝廷，便只削夺其官职及三代封赠，举家发配崖州，遇赦不赦。后赵普进言将卢多逊改徙春州，皇帝也默许了。赵普想的是：崖州虽远在海中，而水土颇善；春州稍近，却瘴气甚毒，至者必死。斩草须除根，他不会给卢多逊一丝机会。

望着卢多逊渐渐远离皇宫，赵普心中忽然升起几分寥落之感。终于扳倒卢多逊，他着实高兴了几天，可是今日，看到卢多逊的样子，赵普却蓦然有了些许担忧。自己现在身为独相，权倾朝野，显赫不凡，却也危机重重。赵廷美走了，卢多逊走了，当今陛下意欲巩固自己的帝位，接下来是否便是自己呢？伴君如伴虎，思及此，赵普也感到自危。

太平兴国七年(982)，曾多次打压赵普的卢多逊被流放崖州，雍熙二年(985)，卒于崖州水南村寓所，时年五十二岁。

5. 元佐发狂

太平兴国七年(982)五月十三日，排除赵廷美后，赵光义又遇到了一件天大的喜事。党项族首领夏州刺史李继捧带着亲眷迁居汴梁，而且上表献地，将党项人世代居住二百余年的夏州之地献给皇帝。赵光义大喜过望，自己不费一兵一卒便夺得夏州。

李继捧进京的欢迎仪式隆重而盛大，汴梁百姓夹道欢迎，赵光义设宴长春殿为其接风。不仅百官道贺，赵光义还特命自己的五个儿子全部到场，以示皇恩浩荡。

长春殿歌舞翩翩，丝竹悦耳，赵光义喜不自胜，与臣子把酒言欢，谈笑风生。西夏归附，赵廷美亦被贬去西京，再也无法威胁自己的帝位，眼下要考虑如何将自己的儿子提到开封府尹的位置上。

赵普所言极是，他的帝位必须传给自己的儿子。思及此，赵光义忽然意识到，自己好像没有在宴会上看到他平日里最喜爱的长子赵元佐。赵光义询问王临机元佐在何处，听到元佐称病未到，他不禁心头一阵恼怒。

前些日子元佐为赵廷美求情，赵光义怒斥他不知轻重，并告知他若胆敢再为赵廷美求情，将和赵廷美下场一样，元佐悻悻而归。自那以后，元佐性情大变，狂躁嗜杀，府中仆役人人自危。

“啪”的一声，赵元佐将侍女端来的热茶摔到地上，碎瓷片、茶叶、滚烫的茶水溅到侍女的脚上、衣袖上，侍女战战兢兢跪在地上，连连磕头求饶。赵元佐却恶毒地一笑，抽出匕首向侍女走去。阴毒的笑自赵元佐嘴角蔓延开去，闪光的白刃刺中侍女的胸口，侍女应声而倒，鲜红的血迅速流出，浸透了衣衫。

赵元佐起身，一脚踹开侍女，取下墙上的弓箭，大步走出房门。几个杂役正在院中打扫，他们一边打扫，一边小声说笑，不时也大笑两声。赵元佐望着杂役们，心中涌上无尽的愤怒。皇叔被父皇罢免开封府尹，贬出京城，这些杂役竟还有心思说笑？赵元佐嘴角微扬，张弓搭箭，瞄准了一个杂役。

赵普，那个杂役在一瞬间变成了赵普，赵元佐怒火中烧。他的手因为激动而微微颤抖，他稳稳心神，告诉自己不能慌，必须准确地将此箭射出，才能为叔叔报仇！

被当作赵普的杂役忽然用余光瞥见赵元佐张弓欲射，惊慌地大叫一声，正要逃跑，利箭带着呼啸的破风声，从他的身体穿透。

其他杂役见状纷纷落荒而逃，赵元佐冷哼一声，搭弓射箭，对准了下一人，一箭射去又应声倒下！赵元佐仰天大笑，随即张弓搭箭，朝一个被绊倒的侍女射去，又闻一声惨叫。

这时，李皇后赶到赵元佐府中。原来她听到赵元佐又在杀人的消息后，立即赶来。

"本宫的佐儿呢？本宫的佐儿呢？"

皇后进了后花园，眼见赵元佐要射杀仆人，大喊一声："佐儿！"

赵元佐似乎刚刚从梦中惊醒一般："母后！"这才将手中的弓箭扔下。

"母后，你怎么来了？"

李皇后拉着赵元佐的手："佐儿，你看看你到底做了些什么啊？"

"母后勿惊，儿臣要让这些贱奴才看看，嘲笑我皇叔的下场……"

不久，皇帝长子赵元佐发狂的消息便在京城传开，赵光义极为伤心，那可是他最爱的儿子。这一切都是因为赵廷美！于是，太平兴国七年(982)五月二十日，赵光义又将魏王赵廷美降为涪陵县公，贬至房州。

既然元佐已疯，赵光义便封次子赵元僖为王，任同平章事，到中书省参与政事。不久，宋琪与李昉被任命为参知政事。至此，大宋朝堂形成三相两参局面，赵光义对朝局的大力调整就此开始。

这一日上朝，赵普去得稍早了一些，恰巧遇到同样早到的枢密使曹彬。此前，柴禹锡因揭发赵廷美谋反有功，被授予枢密副使一职。赵普看到曹彬，忽然想到自己的处境与曹彬非常相似，不免心中感慨。中书省和枢密院中，除他与曹彬二人为太祖时期的老人外，余者皆是赵光义的人。赵普自然清楚，所谓三相两参格局，只是皇帝为分他赵普之权而已。身为元宰，国之大事不得不管，想到此前皇帝接纳西夏献地之事，赵普缓步走向曹彬。

二人寒暄几句，赵普问曹彬道："不知近日，夏州安宁与否？"

"此前李继捧奉命进京之时，尹宪亦奉命率重兵前往夏州，暂时无大事。"曹彬淡淡笑道，眉宇间却似有隐隐的担忧。

赵普察之，问道："曹公所虑何事？"

曹彬闻言，随即敛容道："宰相可听过夏州李继迁？"

赵普说："李继迁？早有耳闻。"

这李继迁的高祖父与刚刚进京的李继捧的高祖父乃亲兄弟，李继迁虽然年仅二十岁，却早已在夏州声名显赫，据说他生而有齿，十一岁时便一箭射中虎眼，十二岁时更是被当时的夏州统治者、定难军节度使李克睿任命为定难军管内都知蕃落使。曹彬忽然提及此人，莫非夏州出现变故？赵普连忙问道："夏州有事？"

曹彬道："前者陛下命党项各部首领皆携亲眷进京，李继迁不肯进京，亦不愿在夏州束手待毙，诈称乳母死亡，伪装成送葬队伍出城，逃往漠北方向。"

赵普长舒一口气，送葬队伍最多也就几十人，李继迁出逃定会聚集党项各部落反抗大宋，然党项乃游牧民族，各部落长期处于分散状态，一个年仅二十岁的李继迁难以将各部落召集起来。赵普安慰曹彬道:“曹公莫要担忧,黄口小儿,不足成事。”

“但愿如此。”随即曹彬与赵普一起进入殿中。

太平兴国八年(983)正月,一天早朝,镇州监军弥德超上疏状告枢密使曹彬,称:“曹彬秉政岁久,甚得众兵士之心;臣从塞上归来,曾听闻士卒言:‘月头银乃曹公所致,若无曹公,我辈饿死矣。’”

大宋之所以建立,就是因为太祖当时手握重兵,在军中威信颇高。所以,赵光义最忌讳军中颇有威望的大将。因此,他为了收买人心,每月额外补给戍边军士的银两,即为月头银。赵光义此举乃是为了昭告士卒,这月头银乃是恩出于上。此时听弥德超如此说,他当即怒火中烧,厉声问道:“曹彬,可有此事?”

曹彬当即跪地而拜,道:“臣知错,望陛下恕罪!”

曹彬丝毫不辩解,倒使赵光义的怒火熄灭少许。当即长叹一声,道:“汝既已认罪,也罢,朕就免去汝枢密院使一职,出任天平军节度使。”

赵光义话音刚落,赵普便立即站出列班,道:“陛下,万万不可!曹彬忠心耿耿,若只因弥德超一面之词,便罢去枢密使一职,臣恐……”

“朕心意已决,”赵普话未说完,赵光义便凛然打断他道,“爱卿莫要多言!”

曹彬立即高声道:“臣谢陛下隆恩!”

赵普噤声,心绪复杂。皇帝为何要罢免曹彬,他岂会不知。所谓月头银者,无非借口而已。此番曹彬被罢去枢密使一职,赵光义定会让自己的心腹之人取而代之。此后，枢密院将再无太祖朝旧人。

曹彬被罢去枢密使之职，告状之人弥德超心中不禁得意。他状告曹彬，无非欲取而代之。弥德超心思转动间，忽听得皇帝高声道："传朕旨意，东上阁门使王显为宣徽南院使，兼枢密副使。镇州监军弥德超为宣徽北院使，并兼枢密副使。"

枢密副使？弥德超当即一愣，自己冒天下之大不韪状告曹彬，最后却只得个枢密副使，而且还位居王显之后！弥德超纵使千般不满意，亦不敢发作，只好装出一副感恩戴德的样子，领旨谢恩。

朝堂之上领旨谢恩，散朝之后，弥德超愈想愈不痛快。自己辛辛苦苦，反倒为他人做嫁衣裳，何苦来哉！故此，弥德超在枢密院任职一月后，便经常称病告假，在家中喝闷酒。这一日，弥德超难得来枢密院点卯，见王显与柴禹锡正在商议西夏李继迁之事，便凑过去问他俩发生何事。

王显早已看弥德超不顺眼，冷言道："弥大人告病家中，不敢以国事劳烦大人！"

弥德超脸色瞬间变得难看，思及自己此前的不公待遇，当即指着王显与柴禹锡大骂道："吾言国家大事，有安社稷之功，然只得些许大官。汝等何人，反在吾之上！更令吾效汝辈所为，吾实耻之。汝辈当断头，吾睹圣上昏聩，为汝辈所眩惑。"

此话一出，王显与柴禹锡皆怒火中烧。此前赵廷美事件中，王显亦有参与，此番弥德超所言，分明在讥讽他俩陷害赵廷美之事。二人愤愤不平，越想越气，当即抓住弥德超侮辱皇帝之言，与宰相赵普一同状告弥德超。赵光义闻之大怒，下旨命膳部郎中滕中正审问弥德超。弥德超认罪伏法，赵光义夺其官职，并将其全家发配琼州禁锢。未过多久，弥德超身死。

此前，赵光义曾任命长子与次子为同平章事，入中书省参与政事，形成三相两参局面，掣肘赵普。太平兴国八年(982)，赵光义再次下令，将自己的五个儿子全部封王，任同平章事并入中书省视事，时赵光义最小的儿子赵元杰仅有十三岁。至此，大宋朝堂迎来七相三参局面。

时光飞逝，四季流转，转眼便至初冬时节。太平兴国八年(982)十月，复相两年的赵普被罢去宰相之职，贬为武胜军节度使。一个月后，原参知政事宋琪、李昉两人皆任同平章事，宋琪为首相，吕蒙正、李至为参知政事。两日后，赵光义再次下诏，称宰相位列亲王之上。

太平兴国八年(982)十一月十六日，长春殿。殿外大雪纷纷，寒彻入骨，殿内却暖意融融，赵光义亲自设宴为赵普饯行。赵普虽然行事果断，然君臣二人心里皆清楚，赵普罢相，并非赵普做错何事，只因赵普乃太祖时期老臣，与此前曹彬被免并无二致。

赵光义嘱咐赵普此去应多加注意身体，并当场作诗留赠赵普。赵普手捧御诗，仔细品读，不禁感慨泪流，哭道："陛下赐臣诗，当刻于石，与臣朽骨同葬泉下！"赵普一言论及生死，赵光义亦不禁眼眶湿润，赵普年迈，此番就任武胜军节度使，他甚至怀疑自己此生是否可以再见赵普。当下，君臣二人皆举杯而尽。

翌日，垂拱殿上，赵光义与百官议事已毕，忽然想起昨日为赵普饯行之事，不禁心绪难平，感慨道："赵普有功于国家，朕与其自布衣知遇。今普齿发衰谢，朕不欲以庶务劳之，便择善地而处之。昨日长春殿设宴，朕赐诗以道其意，普感激泪下，朕亦为之堕泪。"

赵光义说罢，宰相宋琪当即站出班列，奏道："陛下，昨日普至中书省辞行，与臣道及陛下之恩，且言此生余年，无以上报，唯愿来世，愿效犬马之力。今复闻陛下宣谕，君臣始终，可谓两全。"

宋琪言罢，赵光义深以为然，频频点头。望着满朝文武，他不禁心中快慰。赵普罢相之后，中书省的权力洗牌全部完成。至此，他终于排清内患，大权独揽。

五、陈抟谒见

1. 泰山封禅

雍熙元年(984)四月初八,垂拱殿上,赵光义威坐于龙椅之上,看着殿下的大臣,心中犹豫再三。

就在刚才,宰相宋琪请求皇帝封禅泰山。加上兖州七县百姓的两次请愿,这已是大宋臣民的第三次请愿。今天,宋琪与文武百官再次联名上表请求封禅。

封禅泰山,乃帝王权力神授之意,在文治方面赵光义便超过了太祖赵匡胤。继位以来,他一直想在文治武功各方面超越太祖,太祖打下大宋江山,建立不世之功,可多年前自己却在高梁河一战中惨败而归,留下难以抹去的耻辱。武功虽逊,倘若文治大兴,想必也无人再敢说自己不如太祖。封禅,必须封禅!想到此处,赵光义心中便波涛汹涌,激动难平。心念转动之间,他又意识到自己高兴得过早了,臣民请愿封禅泰山,自己似乎尚不够资格。封禅泰山意义重大,封禅大典乃历代帝王梦寐以求之事,但古往今来,封禅泰山的帝王却并不多见。因为封禅泰山的帝王必须满足三个条件：天下一统，国家兴盛，天降祥瑞。

念及此，他轻叹一声道："朕远未达到封禅之德，封禅泰山之事，诸位以后休要再提！"

"陛下文治武功，文德化成，祥瑞频现，足以封禅泰山！"宋琪第二次叩首道。

宋琪是赵光义在晋王府时期的旧臣了，其忠心可鉴日月。然而赵光义内心深感惭愧，思及自己的文德化成，取得帝位有谋兄之嫌，巩固帝位有冤逼之嫌，何以称得上文德化成？

心中已有定论，他正色道："朕何德何能，安能封禅泰山？"

"陛下！如今陛下盛德，四海盛世，天降盛瑞，三盛齐聚，陛下何以不敢封禅泰山？陛下今天若是不答应，臣等便长跪不起！"宋琪回禀道。

赵光义略显难色，道："既然诸位多次请愿，若举行封禅大典能满足尔等的心愿，能向上苍为天下百姓祈福，朕愿意为天下百姓做此事！好，朕今日就此宣布，封禅泰山，登封告祭，刻石记功，彰显我大宋盛世之风！诸位爱卿，平身吧。"

听到此言，代表群臣连续三次请愿的宋琪的心终于放下。他长长地舒了一口气，以手撑地，缓缓起身。

封禅泰山之事就此敲定。下朝之后，赵光义心情愉悦，到文明殿休息。王公公端上茶，赵光义用茶盖轻轻拨开水面上的茶叶，轻吹几口气，低头啜一口，茶香醇厚，齿颊留香，沁人心脾。

王公公笑道："恭喜陛下，贺喜陛下，陛下封禅泰山，建不世之业，真乃万世楷模。"

赵光义虽心知此乃阿谀之言，但也感慨道："朕为天下万民尽心劳力，鞠躬尽瘁，如今海内升平，万民安泰，朕心大慰啊！封禅泰山，乃百姓所愿，百官所请，朕为难应之，意在为万民祈福。如此造福万民之事，若是……"

言至于此，他忽然想起召请华山陈抟老祖之事。如此盛世之举，若是陈抟老祖能出山入宫，岂不是喜上加喜？自己大兴文治，陈抟乃天下罕见之英才，蜚声海内，若是他能入朝为我所用，还愁天下之才不尽归朝廷？今年初春时节，自己曾派陈宗颜携诏书与御诗，赴华山请出陈抟，至今未归，不知情况如何。

时隔旬月，诗中字句，依然历历在目。

华岳多闻说，知君是姓陈。
云间三岛客，物外一闲人。
丹鼎为活计，青山作近邻。
朕思亲欲往，社稷去无因。

"朕思亲欲往，社稷去无因。"赵光义暗思不语，心中感叹一声，突然听到太监通报："启禀陛下，陈宗颜自华山归来，现在殿外求见。"

"快传！"他不假思索道。陈宗颜自华山归来，想必陈抟老祖也已经到了汴梁。

“罪臣陈宗颜参见陛下！”陈宗颜“扑通”一声跪倒在皇帝面前，颤声说道。

赵光义意识到情况不妙，陈宗颜自称“罪臣”，莫非陈抟老祖出了变故？

“陈宗颜，究竟发生何事，还不快快道来！”赵光义又急又怒。

“陛下息怒，臣奉旨赴华山，召请陈抟老祖入宫。然陈抟老祖见到圣旨与御诗，称自己乃方外修道之人，不理俗世多年，所以，所以……”

“所以什么？”见陈宗颜结结巴巴，赵光义好不耐烦，怒声打断道。

“所以，所以，陈抟老祖感谢陛下隆恩，但称自己不便出山，让臣为陛下带回一份答谢表以及一首答诗！”陈宗颜说着，将答谢表及答诗呈于皇帝。

不管陈抟老祖的答谢表和答诗写的是什么，他已经清楚地给出了答案，那就是拒诏。普天之下，莫非王土，率土之滨，莫非王臣，帝王一言，万民服从，可陈抟却拒诏不至！

赵光义喝问陈宗颜道：“陈宗颜，陈抟未到，你竟敢一人独归？如此办事不力，留你何用！”

陈宗颜以头伏地，颤声道：“臣下无能，有负皇命，望陛下恕罪。陛下，陈抟老祖乃方外之人，罪臣不敢用强，竭力好言相劝，却依然未果。陛下，臣将功补过，愿举荐一人，此人出马，定能请出陈抟老祖！”

“速速道来!”

“是,是,陛下,臣举荐之人,名张素真,此人乃道士出身,现在朝中供事。道家相通,若由此人去请陈抟老祖,必定能事半功倍!”

“哦?既然如此,那朕就命张素真前去华山,召请陈抟!”

陈抟老祖,这位计定大宋江山的高人,在赵家平定天下之后,却隐居深山不出。建隆元年(960)之时,太祖赵匡胤就曾下诏请他出山,他当时拒诏不出,以示自己终生不仕之志。太平兴国二年(977),赵光义刚刚继位不久,又有谋兄之嫌,朝局不稳,万般无奈之下,只得下诏请陈抟入宫。陈抟初时亦不肯应诏,赵光义答应其入殿不拜,陈抟这才奉诏进宫。陈抟进宫,献出济世安民的四字之策——“远近轻重”,即“远招贤士,近去佞臣,轻赋万民,重赏三军”。

陈抟有恩于己,有恩于大宋王朝。

开宝九年(976)十月二十日晚上的“斧声烛影”,一直是赵光义心中抹不去的隐痛。设计出“金匮之盟”,然而赵廷美郁郁而终,朝中对自己非议颇多。也罢,倘若张素真依然不能请陈抟出山,此事便就此作罢。封禅泰山乃国之大典,赵光义还有许多事情要忙。

2. 华山请老祖

转眼到了雍熙元年(984)的五月。五月二十八日,接连下了几天的大雨后,不但没有丝毫停下来的征兆,雨势反而愈来愈大。汴梁皇宫也不免被侵袭。封禅大典的各项事宜都在顺利筹备之中,只是这晚窗外大雨瓢泼,雷声隆隆,电闪如昼,让赵光义也略感不安。

“大雨如注，连绵几日，想必也该停了。”赵光义放下笔，望着窗外的大雨，暗自叹道，“元佐的病愈加重了，尤其是赵廷美死后。哎，这孩子什么都好，就是心地太过纯良，怎知这宫内的血腥呢？等大雨停歇，朕便抽空去看看他。”

赵元佐是赵光义与李贤妃的长子，年幼时秉性聪颖，因为相貌极像赵光义，所以赵光义非常喜爱他。

赵光义正想找人问问赵元佐近日如何，不想心念刚起，眼前突然明光一闪，一道如巨龙般的耀眼闪电撕裂夜空，从天而降，飞进了皇宫之内。接着，一声“轰隆”巨响在头顶炸开，震耳欲聋。

“发生何事？”赵光义面带愠怒道。

王临机不敢怠慢，连忙吩咐一个小太监出殿查看。

“吵嚷之声像是传自西南方向，莫非是文明殿……”赵光义已无心处理政务。

小太监慌慌张张地跑入殿内，满面惊慌失措道：“陛下，大事不好，乾元殿和文明殿走水了！”

赵光义一听，身体骤然一震，只觉头晕目眩，身体晃晃悠悠似要倒下。王临机暗叫不好，连忙上前扶住皇帝。

及至恢复神智，赵光义推开王临机，慌忙奔出崇政殿，只见滂沱大雨之中，宫女、太监四处奔跑，“走水”之声嚷叫不绝。乾元殿和文明殿方向黑烟滚滚，明火似有若无。

“乾元殿怎会走水？”赵光义怒声喝问道。

话音刚落，漆黑的夜空又划过一道巨大的闪电，闪电劈天而下，准确无误地击中西南方向的文明殿。闪电劈中之处，立刻蹿起火苗，瞬间大股的黑烟便直冲天空。天降火灾，此乃灾异啊，况且偏偏又是乾元殿和文明殿两座正殿走水！这两座大殿在皇宫中的地位非同一般，现在因雷电走水，如此大的灾异，封禅大典怎能顺利举行？

前去查看情况的小太监早已吓得说不出话来，王临机一脚将他踹倒，大声呵斥道："陛下问话，还不快说！"

小太监"当当当"以头伏地，战战兢兢地颤声道："回陛下，乾元殿和……和文明殿，被雷电击中，所……所以走水。"

赵光义恍若未闻，目不转睛地盯着远处的文明殿，在心中无声地呐喊道："上天啊，朕纵使有千错万错，但朕举行封禅大典乃是为万民祈福，难道错了吗？朕到底该如何作为，你才会赦免朕的罪行？"

雷声已逝，"哗哗"的雨声清晰可闻。雨越下越大，文明殿的浓烟似乎小了许多。王临机见状，欣喜地向赵光义道："陛下，雨势愈大，此乃上天派下水德星君前来灭火啊！"

"此火妖异难灭，还不速帮水德星君灭火？"

皇帝一声令下，身边的太监宫女连忙朝文明殿涌去。

看着越来越大的雨势，赵光义悬着的一颗心也略微放下。他相信，老天待自己尚未太绝！只要今晚天雨不歇，文明殿和乾元殿的大火无须多久就会被扑灭。

可是，谁也未料到，如注的雨下了整整一晚，乾元殿和文明殿的大火也烧了整整一晚，直到第二天天亮，方才雨歇火灭。

“天降灾异”，大火后连续几日，这句话在赵光义脑海中始终萦绕不散，在朝堂上下、宫廷内外的议论中甚嚣尘上。

对于五月二十八日晚上的大火，赵光义有太多的不明白和不甘心。近年来各地上报朝廷的祥瑞多达上百件，但上苍降下的这道灾异却偏偏是在皇宫，而且烧的是乾元殿和文明殿两座正殿。

这一日，赵光义从垂拱殿下朝，竟一时忘记文明殿已在天火中燃毁，按照往常惯例要前往文明殿小憩。随驾的众太监先是一愣，面面相觑，半晌未敢发一语。王临机见事不对，连忙小心翼翼道：“陛下，文明殿尚在修葺中，陛下是否移驾延英殿休息？”

“修葺？”赵光义默然自语，方才想起文明殿已毁，心中不觉悲愤难平。因为一场大火，封禅泰山之事，朝廷上下已有微词，原本板上钉钉的事情，如今也变得不甚确定。若万一不能封禅，自己该如何是好？心念转动之间，他再次想起一个人——陈抟！

“王临机，前去华山的张素真可有消息？”

听此一问，王临机心中顿时警觉起来，小心回道：“回陛下，张素真尚未抵京。陛下，好事多磨，或许几日之后，张素真就将那陈抟老祖带回开封了。”

几日之后，张素真果真抵达汴梁并进宫面见皇帝。不过，张素真和陈宗颜一样，都未请到陈抟出山。

“启禀陛下，陈抟老祖言称人各有志，自己已决心终生不仕，做方外之人，所以……”张素真以头伏地，语声发颤。不等他说完，皇帝便怒声反问道：“所以你就独自回京？”

“臣，臣有罪，还望陛下恕罪！”张素真吓得结巴道。

五、陈抟谒见

“恕罪？朕要陈抟入宫，恕你之罪有何用？连你都请不来陈抟，大宋朝堂之上，还有谁能请来陈抟？”

放眼天下，大火灾异所带来的影响，除了陈抟入宫方能消除之外，四海之内恐怕再无第二人选。

一场大火，让封禅所需的祥瑞条件化为乌有。近日来，朝臣中已有取消封禅大典的议论。封禅乃大事，自己断不能一意孤行。现在，赵光义的所有希望，都寄托在陈抟身上。他厉声喝问王临机道：“当今朝堂之上，谁能请出陈抟？”

王临机一听，顿时腿脚发软，“扑通”一声跪倒在地，见皇帝脸上愠色更重，这才斗胆大声说道：“陛下，依奴才愚见，当今朝堂，葛守忠大人或许能请得陈抟老祖出山。”

“葛守忠？”

“陛下，奴才听闻葛守忠葛大人乃陈抟老祖的弟子，跟陈抟老祖有师徒情谊，假若陛下派他前去，定然事半功倍。”

赵光义听了王临机的话，觉得他说的或许可行，不过，倘若陈抟执意拒诏，自己又当如何是好？不行，必须想一个万全之策！

沉思半晌，赵光义突然抬起头，对王临机道：“传旨，宣开封知府辛仲甫即刻入宫觐见！”

这一日，葛守忠早早去礼部点完卯，一直等到过晌午，前往友人家喝酒。原本从四月份开始筹备的封禅大典的准备工作现在慢了下来。今日朋友相聚，在礼部闲着也没事，他便提前出了皇宫。酒足饭饱，已将近半夜。母亲睡眠常浅，孩子也易惊醒，便轻声叩门。敲了半晌也不见老仆开门，抬手一推，大门竟然开了。葛守忠暗自讥笑连老仆也会偷懒了，屋内却突然响起一个陌生的声音。

“葛大人恪忠职守，深夜方归，下官真是佩服啊！”

语声阴阳怪气，葛守忠连忙转身，大声问道：“你是何人？深夜到访，所为何事？”

“葛大人莫要惊慌，下官乃开封府主簿，奉府尹辛大人之命，特在此等候。”来人意味深长地笑道。

葛守忠不明所以，淡漠地回道：“葛某不才，区区从六品郎中，何德何能，胆敢劳烦府尹大人。主簿大人想必是有什么事吧？”

“打扰葛大人休息，是下官失误。不过，葛大人在休息之前，难道不想去看看小孙儿吗？”来人面露杀机，却还是赔笑。

葛守忠听出弦外之音，怒声问道：“主簿大人何出此言？”

“葛大人莫要动怒，今日晚间，辛大人听说大人乃陈抟老祖的高徒，特意来家中拜访。不想葛大人一直未归，辛大人便邀请葛大人的家小暂时去府衙做客。下官留在此地，就是为了通晓葛大人此事。葛大人的家小乃辛大人的贵客，葛大人无须担心。”

葛守忠克制愤怒，问道：“敢问主簿大人，辛大人此举究竟所为何事？还望主簿大人不吝赐教！”

来人继续笑道：“葛大人真真折煞下官，葛大人可知陈宗颜与张素真两位大人？”

这二人奉皇命赴华山召请老师皆无功而返，皇帝雷霆震怒。此事葛守忠还是听到一些风声的。如今一家老小全被请了去，家中又有开封府主簿亲候自己，此举何意，葛守忠岂能猜不到？

葛守忠暗自苦笑，只得拱手说道：“主簿大人，若有上谕，不妨直言!”

3. 师徒情深

雍熙元年(984)八月,华山。

八月的华山,树木苍翠繁密。华山乃五岳之一,以奇险著称,自古就有“奇险天下第一山”之称。华山共有东、南、西、北、中五峰,各峰景象不同,传说不一。中峰又称玉女峰,相传春秋时期萧史善吹洞箫,并因此受到秦穆公敢爱敢恨的女儿弄玉爱慕,毅然放弃宫廷生活,跟萧史来到此峰隐居,因此得名。东峰因位于东方,登台举首望日,回首白云,不可谓不壮。隐居在华山云台观的陈抟,已经许久未去朝阳峰观看日出了。南峰又名落雁峰,是华山最高的峰,南峰之上有南天门,不远处有一处隐蔽的山洞。陈抟躲在此洞里已经旬月有余,避诏不出。

“举头红日近,俯首白云低”,如此大好的日出胜景,陈抟好久没有目睹了。心中突然涌出这句诗,陈抟不禁一笑。回忆里,作这句诗的小儿叫寇准。当时自己在东峰观日出,恰巧听到小儿有感而作此诗,观其相貌,他便觉此儿乃宰相之才。直言相告其父,不想小儿在一旁听到,竟然说他是骗子。其父分外尴尬,陈抟却笑称此儿长大后必定是耿直直言之辈。现如今,寇准也应该已经高居庙堂了。

今年是雍熙元年(984),老祖已经是一百一十三岁高龄。他回想少年往事,也曾熟读经史百家之书,并且一见成诵,过目不忘。他也曾立志出仕为官,造福一方百姓,图谋一番作为,只可惜科举不第，世乱不平，无奈之下方才寄情山水，结交高蹈隐士，便生出出世之念，自此专心修道。可是虽曰修道，心思却在天下，终究是心牵天下百姓。所以又多次入世，奉诏入宫，向帝王献济世安民之策。

最近的一次，是太平兴国二年(977)，当时赵光义刚刚登基不久，便召请他入宫。大统之位，兄终弟及，稍有差池，朝局就会大乱。若是因为帝位之争而再次陷万民于战乱之中，他的确心有不忍。

皇帝继位一个月，便诏令诸州，大肆搜索知晓天文术数者，凡有敢藏匿道士者，于闹市斩首示众，暴尸街头；告发者，得赏钱三十万。太平兴国二年(977)，皇帝再次下诏曰：天文、相术、六壬、遁甲、三命及阴阳书，民间不得私自修习。若是家中有此中之书者，限诏书发布一月之内，将此类书籍全部送官充公。一旦查出，全部处以斩刑。陈抟以精通天文术数而闻名天下，当然亦在“传送宫中”之列。所以，在如此险恶情况之下，他虽然有出世之心，但也不得不奉诏入宫。

他虽然早年就已看出赵氏兄弟皆是天子之命，但那次入宫见了皇帝之后，发现他额头上有一朵阴云，若不驱散，恐怕要祸及天下百姓。他便顺应时势，为他献出“远近轻重”的济世安民之策，并暗下决心，从此不再干涉朝中之事，不再为当今皇帝出谋划策。

葛守忠带着圣旨和御诗来到华山已经许多天了，听云台观的小道童说，陈抟老祖为避诏躲进华山。葛守忠当即下令，命官兵遍搜华山五峰，无论如何也要搜出陈抟老祖，然而仍旧没有找到。葛守忠无奈,只得亲自去寻,好不容易找到一个山民,告知葛守忠南天门附近可以藏人,于是他便去寻那山洞。

华山奇险,登山劳累,葛守忠累得大汗淋漓,便坐在一块石头上休息,心绪烦乱,根本无暇欣赏这西岳胜景。这时忽听得有官兵大喊发现一处山洞,葛守忠心中一动,连忙起身前去查看。

他已料定老祖在洞中,朝着洞口连拜三次,然后说道:“恩师在上,徒儿来看你了。恩师,弟子带来陛下诏书与亲笔御诗,还望恩师念黎民之苦,奉诏入宫!”

陈抟坐于洞中,哀叹一声,没有说话。他未算到这第三位使者是自己早年的弟子。

“恩师,山洞阴冷,弟子扶您老出来吧。”葛守忠道。

“贫道一心修道,早已立志出世,在哪里接圣旨都一样,你就在外面宣读吧。”陈抟道。

葛守忠应声“是”,随即捧出圣旨和御诗,当场宣读。圣旨读罢,葛守忠见陈抟老祖无任何反应,便又大声念起御诗:

三度宣卿不赴朝,关河千里莫辞劳。
凿山选玉终须得,点铁成金未见烧。
紫袍绰绰宜披体,金印累累可挂腰。
朕赖先生相辅佐,何忧万姓辍歌谣。

陈抟听罢,默然不语,半晌,缓缓作出一诗,以为回答:

九重特降紫袍宣，才拙深居乐静缘。

山色满庭供画幛，松声万壑即琴弦。

无心享禄登台鼎，有意学仙到洞天。

轩冕浮云绝念虑，三峰只乞睡千年。

葛守忠乃陈抟弟子，也是才思敏捷之辈，见老师执意不肯奉诏，也当即和诗道：

华岳三峰客，幽居不计年。

烟霞为活计，云水作家缘。

种药茅亭畔，栽松涧壑边。

暂离仙洞去，可应帝王宣。

葛守忠深知老师心意，所以在诗中只言请他“暂离仙洞去，可应帝王宣”。陈抟听此一句，心中一动，抬头仔细端详葛守忠，但见他眉宇之间神思凝重，便问道：“多年不见，家中妻小安否?”

葛守忠心中苦涩，欲言却不能言，只得苦笑一声，道：“多谢恩师挂牵，家中妻小都好。恩师，陛下召请，实为请您献济世安民之策，恩师忧心天下黎民，弟子家小，不足为虑……”

陈抟心中顿时了然，不待葛守忠说完，便打断他道：“你的家小，亦是天下黎民。也罢，为师便陪你走一遭。”

葛守忠忧心家人，陈抟却以自己年老为由，称马车必须慢行，也好欣赏沿途风景。葛守忠无奈，一路缓行，时不时与恩师点评沿途美景风俗,心中却是焦急万分。走了十几日,车马还在关中地区徘徊。

陈抟对葛守忠道:"徒儿莫忧,你不还朝,皇上不会为难你的妻小。"

这一日即将出关,不想天色忽变,突遇大雨,一行人只得躲进附近一间破庙避雨。不想庙中早有路人于其中生火避雨,见一名白发老者与一队官兵进庙,正不知如何是好时,一位约莫四十多岁的男子从火堆旁站起身,邀请陈抟与他们一起烤火。

葛守忠见对方皆为乡野村夫,即命手下生火,不想让陈抟与村夫一同烤火。陈抟却抚须大笑,走到火堆旁径自坐下,与中年男子攀谈起来。葛守忠无奈,只能侍立一旁,警惕地望着众人。众人惧不敢言,唯有那男子与陈抟侃侃而谈。

"老丈莫要怪罪,我等皆乡野村夫,见到官员,难免心生畏惧。"男子见同行之人皆不言语,便解释道。

陈抟笑道:"你我谈笑风生,我又有何怪罪之理? 你们不像关中本地人,不知从何而来,欲往何方?"

男子抿起一丝苦笑,坦言道:"老丈慧眼,我等乃四川眉县人,因家中穷困,一个月前出剑门,越秦岭,来到关中之地,意欲前往开封做糊口营生。岂料一路走来艰难万险不说,财货被山匪洗劫一空,而今又偏逢大雨……唉,我等在此地避雨,实乃愁肠百结,正在商量何去何从,还请老丈指教。"

"不知居士名讳为何,年方几何,家中子嗣几人?"陈抟对男子颇有好感,便欲为其算上一算。

不料男子再次苦笑道："不瞒老丈，在下姓苏名杲，时值不惑之年，家中子嗣凋零，只有一子，年方十一。"

陈抟心中一惊，问道："哦，莫非是九子仅存其一？"

"老丈果然高人，内子生有九子，八子夭折，如今便只剩下一子，取名苏序。在下堪怜小儿，所以出山营生，不想落得如此境地，心中甘苦，难言其味！老者世外高人，还望为我等指一条明路。"苏杲惊觉陈抟高明，急切回道。

陈抟抚须大笑道："居士相貌不凡，乃有福之人，深处破庙之中，实乃有福之人偏落无福之地。居士困窘至此，实乃轻财好施所致。既然家中有薄田两顷，莫不如自此打道回府，安心务农，抚养小儿。守忠，大雨将停，准备出发吧。"

陈抟言毕，庙外的大雨果然骤然停歇，众人皆惊。

苏杲愣怔片刻，连忙起身道谢："多谢老丈指点迷津！"

此时陈抟已至庙外，身形未转，大笑道："苏先生，方外之人再送你四个字：耕读传家。切记，切记！百年之内，眉山苏氏，必将名动天下！"

要说这苏杲，的确声名一般，他的儿子苏序，为人慷慨，乐善好施，虽一生无甚大作为，却育有三子，其中一子名曰苏洵，号老泉，即后来与他们两个儿子苏轼、苏辙皆位列唐宋八大家的苏老泉。

从破庙出来，葛守忠小心扶陈抟上车，疑惑道："恩师今日为何对一乡野村夫如此礼遇，竟然还称其为先生。当今天下，能让您称其为先生的，怕是没有几个吧？还有，您刚才说眉山苏氏将名动天下，弟子倒认为不见得，他一乡野之人，能教养出何许名人？"

陈抟嗔怒道："守忠为官日久，不见体恤百姓，实乃为师之过。为师实言相告，百年之内，眉山苏氏之后人，不仅名动天下，且能光耀后世千年！"

4. 鸠占鹊巢

自从在破庙之中巧遇苏杲，陈抟心情大好，一路寄情山水，走走停停，到达京城时，已是雍熙元年(984)十月。

得知陈抟抵京，赵光义大喜，不仅宣陈抟第二天便入宫觐见，还特赐陈抟自宣德门进宫。第二天一大早，太监王临机便早早来到宣德门外，等候陈抟老祖大驾。退朝之后，赵光义将陈抟老祖领入延英殿面圣。王临机觉得自己推荐葛守忠赴华山请来陈抟老祖有功，所以早早就来到宣德门外等候。

可是，王临机从日出东方等到日上三竿，也没有见陈抟老祖到来，心里不免焦急起来。王临机正打算差人去驿馆打探情况，便远远看到一位须发皆白的老者，缓缓向宫门行来。老者一身道袍，身形瘦削，步履虽缓却轻盈自若，隐然有仙家之气。

王临机心下大定，快速趋步迎上去道："奴才王临机，见过陈抟老祖，奴才已在此奉旨恭候多时，还请老祖随奴才前去延英殿。"

陈抟步履悠悠，笑道："不急，不急，你我且慢慢行去。"

王临机早已心急如焚，于是谄媚道："老祖，陛下退朝之后请您去延英殿觐见，奴才眼瞅着时间不早，老祖受累，烦请走快点，以免陛下久等，到时奴才不好交差，还望老祖体谅。"

陈抟抚须而笑道："王公公倒是口齿伶俐。不过，你着急也无用，陛下现在还未下朝，你若是信得过老道，我们且慢慢行去，老道断不会让你为难。”

王临机闻言，心中道苦，陛下再三请来的贵客自己得罪不得。心念转动间，王临机笑道：“老祖哪里话，大家都说您是赛神仙，岂会骗奴才？老祖既然说慢慢行去，那奴才就领您老各处瞧瞧。您老请随奴才入宣德门，老祖，这宣德门乃皇宫正门，一般朝臣入宫，皆由旁边的右掖门进入，而陛下特许您老自宣德门进入，可见陛下对您的重视，老祖，老祖……”

王临机侃谈间，猛然发现陈抟老祖正满面笑意地看向右掖门。王临机顺势望去，一名年轻官员自右掖门方向朝此处行来。年轻官员一人独行，看起来官职不高，想必是昨夜值班，刚刚交接完毕。确定对方不是上朝高官后，王临机顿时安心许多。刚想开口催促陈抟老祖，却见年轻官员竟然向他们二人走了过来。

“下官虞部员外郎包令仪拜见陈抟老祖，听闻陛下今日在延英殿召见老祖，不想下官有此福分，竟在此处巧遇老祖。”年轻官员虽面有倦意，但相貌英伟，器宇轩昂，说起话来更是掷地有声，铿锵有力。

陈抟笑意融融，重复道：“包令仪，好名字！包员外相貌堂堂，伟岸不凡，不知跟楚国忠臣申包胥可有渊源？”

“包某不孝，申包胥正是下官先祖。”包令仪面有惭色道。

陈抟点头笑道：“包员外教子有方，陈某佩服之至！不孝之说从何而来？”

“老祖谬赞，只是长子尚年幼……”包令仪谦虚道。

五、陈抟谒见

不过，他话未说完，陈抟便已转身朝宣德门行去，边走边大笑道："包员外不必过谦，陈某所言乃你未出生之幼子。教子如此，真乃天下百姓之福啊！"

包令仪不明所以，望着陈抟的背影在原地呆愣半晌。

王临机快步跟上陈抟老祖，谄笑道："老祖，您刚才之意，莫非是说包员外的儿子将来必成国之栋梁？"

陈抟大笑两声，没有回答。王临机却暗下决心，日后一定多多留意包令仪这个从六品小官。不过，若是王临机可预知陈抟所言包令仪幼子，乃是以刚正不阿、善断狱讼闻名的包拯包青天，不知他是否还会有此攀附心思？

"老祖，进宣德门一直朝北走，进入大庆门，然后东行，再北上至宣佑门，继续北上，便可看到延英殿。"王临机领着陈抟边走便介绍道，"老祖，大家都说您是赛神仙，能前知五百年，后知五百年，您老受累，帮奴才也算算，看看奴才何时能发达？"

"王公公乃陛下面前红人，听闻葛守忠前去华山乃公公推荐，公公此时便是发达之时，何必等待他日？"

说话间，二人已行至大庆门，过了大庆门，行至崇文院附近时，陈抟忽听得一阵悦耳的喜鹊叫声，不禁心思一动，道："王公公，此叫声传自何处？"

"回老祖，喜鹊叫声乃从崇文院中传出，就在西廊史馆书库的后院，瞧，鸟巢就在那棵大树之上！"

陈抟顺着王临机的手指方向望去，果然看到一个鸟巢，一只老喜鹊正在给三只小喜鹊喂食。其中一只小喜鹊好像是吃饱了，老喜鹊喂给它的虫子，它竟然又用嘴叼着给了另外两只喜鹊。

陈抟若有所思地望着鸟巢，忽而笑道："万物有情，有趣，有趣！"

"老祖有所不知，此处鸟巢还有一个非常有趣的来历，不知老祖有兴趣听否？"

"哦？既如此，你且说来听听。"陈抟好奇道。

"奴才遵命！回老祖的话，这喜鹊窝是去年春天筑的，鸟巢筑好没几天，喜鹊就被两只黑黝黝的乌鸦给赶走了。两只乌鸦在此处生蛋孵化，没过多久，两只乌鸦就变成了六只，整天呱呱乱叫，聒噪得紧。老祖您说，乌鸦的叫声哪里有喜鹊好听，而且颇多晦气！奴才几个人凑在一块儿一商量，正打算将那乌鸦赶走呢，不想突然不知从哪里窜出一条金色的大蛇，不仅将那乌鸦给吓跑了，而且连几只小乌鸦全部被它吞进腹中。说来也奇怪，金色的大蛇没住几天，便不声不响地离开了。自此，树上的鸟巢空了有半年左右，直到今年开春，鸟巢里突然又来了两只喜鹊，在此处生儿育女。大家都说，这是以前的喜鹊回来了，不过，喜鹊都长差不多，谁也认不出来，大家如此言说，也就是图个好玩。老祖，您觉得奴才说得对否？"王临机侃侃而谈，说完之后殷切望着陈抟。

陈抟却默然良久，心思频动：此处鸟巢莫非暗合大宋帝位之变化？不过，如此大变，想必已是百年后之事。思虑及此，陈抟心中释然，边走边笑道："王公公，陛下已在等候，我们快快前行要紧。王公公，此事陛下可知否？"

"您老说喜鹊的事？陛下日理万机，此等小事，奴才怎敢惊扰陛下?"王临机恭谨笑道。

"王公公,贫道有一言,不知公公愿听否?"陈抟忽敛笑容,问道。

"老祖一言定天下,奴才不敢当,还请老祖不吝赐教。"王临机不知陈抟何意,诚惶诚恐道。

陈抟笑道:"公公莫要惊慌,公公今日带贫道觐见陛下,贫道感恩,送与公公四字:谨言慎行。唯有如此,方可平安一生,公公可记住了?"

"谨言慎行?"王临机默念四字,随即脸色骤然一凛,弓腰深拜,道:"王临机多谢老祖指教,日后定当铭记于心,身体力行!"

"王公公,不远处行来之人,不知是何许人也?"

王临机向北而望,立即小声道:"回老祖,那几位皆是朝中大臣,为首者为当朝宰相宋琪,其身后者,乃参知政事李至,后面为……"

"宋琪?"不等王临机再说下去,陈抟便轻声笑道,"有意思,贫道此次来京,何止是不虚此行,简直堪称收获颇丰啊!"

王临机不明所以,见宋琪等人已到面前,连忙上前躬身行礼。宋琪令其起身,随即走到陈抟面前道:"宋琪拜见陈抟老祖!得见老祖真容,宋琪何其幸哉!"

"老道方外之人,宰相大人言重。"陈抟淡淡一笑。

宋琪亦微笑道:"老祖,陛下此刻正在延英殿恭候大驾,陛下问道老祖,老祖一言,事关天下黎民百姓,宋某不才,不敢在此耽搁老祖。"

宋琪所言，实乃提醒陈抟须谨言慎行，不可以一言而致天下黎民之祸。陈抟何许人也，自然听得出语中机锋，当即敛容说道："宰相大人心忧百姓，实乃百姓之福。贫道方外之人，徒有虚名，向来只言胸中所思，不遮不挡。宰相大人，若无他事，方外闲人先行一步。王公公，烦请先前带路。"

延英殿内，皇帝心内焦灼不已。就在刚刚，宰相宋琪表面言说雍州大水之灾后重建工作，弦外之音却处处说陈抟是方外之人，多年隐居深山，不知朝堂之事，不懂百姓之苦，劝谏皇帝以黎民百姓为念，莫要召见陈抟。

"不召见？"赵光义将茶杯重重掷于桌上，自言自语怒道，"不召见，朕为何三请陈抟出山！若是封禅大典如期举行，朕见不见陈抟倒也无关紧要，但文明殿和乾元殿的大火，令朕不得不于六月诏令罢除封禅泰山！种种之非议，让朕如何消解？况且，朕心中疑难重重，放眼天下，除了陈抟，谁可一解？开口闭口天下百姓，难道朕不关心百姓之苦吗？不知朝堂之事？陈抟老祖献计于赵家王朝，太平兴国二年更是为朕献出'济世安民'的四字之策，朕心中敬重，如此当世奇人，朕如何不见！"

赵光义还在为宋琪的话而恼怒，却听太监高声喊道："启禀陛下，陈抟老祖已到殿外。"

"快请！"赵光义面露喜色，随即又改口道，"慢，朕亲自出殿迎接陈抟老祖！"说话间，他已来到殿外。

陈抟见皇帝亲迎，连忙上前躬身施礼，道："贫道参见陛下，陛下万福！"

五、陈抟谒见

赵光义不待陈抟躬身下去，于半礼时扶住他，笑道："老祖莫要多礼，老祖请入殿，朕已等候多时。"

君臣二人入殿，赵光义于主位就座，陈抟坐于侧位。

皇帝举杯大笑，道："自前次一别，如今已七年有余，老祖鹤发童颜，真乃仙人也！不知老祖有何养生妙法？"

陈抟亦笑道："陛下谬赞，所谓养生妙法，无非静心养性而已。天地万物，皆有其大限，贫道隐居多年，自认感应天地之间，近几年深觉自己大限不远，能于大限之前再见陛下一面，亦是贫道之幸。"

皇帝召请陈抟，本是有要事相商，不想突然听到此言，心中大骇，急忙道："老祖精神矍铄，宛若稚子，何来大限不远之说？"

陈抟坦然道："陛下莫要担忧，贫道年逾百岁，古今皆稀，能在得道飞升前见此安平盛世，实乃平生之幸。"

二人寒暄几句，皇帝屏退左右，正色问陈抟："老祖可知，朕召请老祖所为何事？"

陈抟起身躬礼，道："贫道愚钝，还望陛下明示。"

"老祖请坐。"皇帝笑道，"依朕看来，老祖不是不知，而是假作不知。不瞒老祖，朕请老祖而来，主要为三件事。其一，朕困于朝野之议，需要老祖亲临皇宫，为朕消解谣言。此中之困，自老祖进入皇宫之时，已解一半。若是老祖肯出言相解第二件事，那么前者之困，亦可以全解。"

言及此，赵光义举杯抿酒，不再说下去。陈抟见状道："陛下心忧天下万民，陛下之难，便是万民之难，贫道定当竭尽全力，为万民排难，为陛下分忧。第二件事具体为何，还请陛下直言。”

陈抟仙风道骨，面对帝王之尊，说出此言，亦是合乎情理之举。况且，陈抟心忧天下百姓，此话之中，为万民排难之心，亦是一片冰心，不可置疑。

“好，老祖高见！”皇帝拊掌大笑道，“不瞒老祖，第二件事的确事关黎民百姓。辽国多次侵我大宋边疆，犯我治下子民，百姓饱受战乱之苦，每每思及，朕无不痛心疾首，悲愤难平。所以，朕痛定思痛，欲二次北伐，却又担心朝中百官非议。老祖计谋天下，朕欲请教老祖，朕可否二次北伐，解救黎民于水火？抑或何时适合北伐，还望老祖直言。”

赵光义这番话颇有些冠冕堂皇。太祖虽已驾崩，但他留在赵光义心中的阴影却是一生一世也难以抹去的。他为了一雪自己高梁河之战的耻辱，二次北伐势在必行。解救黎民于水火，并非北伐主要原因，更多则是他兴兵北伐的借口。此中道理，陈抟岂会不知？

陈抟抚须思虑良久，道：“陛下，关于此事，贫道只有一言。”

赵光义急不可耐道：“老祖请讲！”

陈抟不紧不慢道：“祸从北来。”

此言可谓意指深远。近者而言，辽国位于大宋东北，可谓北祸；远者来说，三百年后，位于大宋北部的蒙古将灭亡大宋，入主中原，继承大统。当然，赵光义决计不可能料到三百年后之事，所以，这四字在他听来，所指无疑便是契丹辽国。

5. 祸从北来

赵光义听罢，知老祖不赞成北征之事，便问："老祖所言，朕可否作如是解？既然那祸事要从北方而来，朕便要阻止这场祸事，决定先发制人，好教它不要北来。"

陈抟摸一缕胡须，说道："陛下，贫道言尽于此，还望陛下莫要为难贫道。况且，若贫道猜测不错，陛下北伐与否，定然与第三件事有关。"

赵光义愣怔片刻，随即大笑道："老祖果然世外高人，朕心甚服！老祖所言不差，朕的第三件事，既是家事，亦是国事，皆关系天下之人，还望老祖不吝赐言。朕诚心请教，不知朕百年之后，帝位将归于何人？"

陈抟说道："陛下，道家鼻祖老子有言，上善若水，水善利万物而不争……"

"老祖莫非要朕秉持仁善之心？"赵光义打断陈抟，以为所言"水善"实乃暗指"不争"。

陈抟暗叹一声，笑道："陛下心忧万民福祉，乃最大之仁善，何来贫道劝谏之说？贫道隐居华山多年，发现一个很有趣的现象。天降甘雨，水入树木之体，滋养其生长。然云住雨歇，太阳金光自云层溢出，炙烤万物，树木之水溢出体内，蒸蒸而上中天。如此循环往复，天地万物，生生不息。贫道言尽于此，帝位何去何从，想必陛下心中早有分晓，贫道不敢妄言。"

赵光义听后不明所以，只得让老祖退去，一个人在宫中默默思量。

翌日下午，陈抟由太监王临机领着，前往中书门下观政。王临机将陈抟奉若神明，一路之上，谄媚不断。

昨天与皇帝长谈，陈抟已再无他论。皇帝要给老祖赏赐封官，陈抟坚辞，他只能收回成命。与此同时，宋琪带着手下部分官员，正站在大门外等候陈抟的到来。昨天他接到皇帝旨意，今天接见陈抟时，宋琪已打定主意，除了完成皇命之外，还要尽快将陈抟送离京城。

忽听得王临机欣喜道："老祖，到了！您瞧，宰相大人正在门外迎接您呢！"

陈抟定睛一望，远远看到宋琪带着众人向自己迎来。宋琪踏前一步，拱手笑道："宋琪领中书门下众臣，在此恭候老祖多时，老祖一路安否？"

陈抟大笑，还礼道："宰相大人多礼，贫道受之不起。"

双方寒暄完毕，宋琪领陈抟进入中书门下，边走便介绍道："中书门下乃宰相治事之所，又称'政事堂'，沿袭唐时旧制，与掌管军事大权的枢密院并举，合称'二府'。中书门下设……"

眼见宋琪打算仔细说下去，陈抟连忙打断道："宰相大人，此中处理的皆为朝堂政事，贫道区区方外之人，不宜了解过多。宰相大人好意介绍，贫道心领了。"

听完此言，宋琪心知陈抟隐退之心坚决，遂道："老祖世外之人，淡泊名利，宋某佩服。宋某听闻老祖得玄默修养之道，不知可授予他人乎?"

陈抟淡笑道:"贫道山野之人,不知神仙黄白之事、吐纳养生之理,也没有法术可传他人。诸位皆治世之才,心怀天下,即使能得道升仙,于世又有何益?当今陛下龙颜秀异,有天人之表,博达古今,深究治乱,实乃有道仁圣之主。当此之时,正是君臣同心同德,齐心协力专心致治之秋。所谓修炼,无非勤于政事,安心治世而已。"

宋琪面有惭色,道:"老祖得道高人,宋某受教,定当竭心尽力,辅佐陛下治世安民。"

陈抟抚须大笑道:"有如此良君贤臣,天下何愁不安?贫道此次进京,心愿已了,已到归去之时,宰相大人保重!"说罢,不等宋琪等人反应,陈抟便大笑着离开政事堂,出皇宫而去。

宋琪向皇帝讲述了陈抟参观政事堂之事,赵光义听罢,心知陈抟去意坚决,对陈抟更多了几分敬重。

"传旨,诏赐陈抟号'希夷先生',赐紫衣一袭,暂留陈抟于宫中,令有司增葺陈抟所居云台观。"

陈抟受号,其余皆坚辞不受,数月后归华山,居华山石洞,闲游山冈水涧,漫看云卷云舒。

六、杨业殉国

1. 萧太后摄政

辽乾亨四年(982)九月,耶律贤病逝,享年三十五岁。他留下遗诏,将皇位传给长子梁王耶律隆绪。梁王年仅十二岁,其母萧绰也仅三十岁,萧绰祖父萧思温虽为辽国重臣,但已去世多年,萧绰又无兄长可以倚靠,形势非常危急。

景宗驾崩的第二天,萧绰将朝中百官与皇室宗亲召到焦山行宫景宗灵柩前,宣布景宗遗诏。

“先皇外出狩猎,不幸病逝,驾崩前传位于梁王。梁王虽为先皇长子,年仅十二……”面对满宫帐的王室宗亲,萧绰哭哭啼啼道,“梁王年幼,先皇遗诏命哀家临朝摄政,但哀家孤身柔弱,如今母寡子弱,族属雄强,边防未靖,哀家一个柔弱女子,可该如何是好?”

萧绰一边哭泣,一边悄悄打量着堂下诸王以及文武大臣。

出身贵族的萧绰从小耳濡目染,对政治非常敏感。嫁给耶律贤之后,耶律贤体弱多病,萧绰便时常助他处理政务。在她的直接推动下，景宗时期，辽国进行了大规模的军事改革，重点就是打击和削弱贵族王公军。打压与拉拢相结合，分而治之的改革措施中，萧绰虽然很大程度上削弱了贵族王公军的势力，但他们对于刚刚继位的耶律隆绪而言，依然是非常大的威胁。

大臣、诸王面面相觑，不知这位精于骑马射箭的太后葫芦里卖的什么药，皆默然不语。

半晌，宫帐中站出一人，慷慨凛然地说道："陛下受先皇遗命登基，臣等自当竭力辅助，只要太后和陛下相信臣等，何虑之有？"

韩德让站在大殿前。"韩大人一片忠心，足慰先皇在天之灵，然朝中百官，韩大人岂能一言代之？"萧绰故作担忧地说道。

"太后无须担心，臣等身为先皇遗臣，自当谨遵先皇遗命，辅佐当今陛下！"这次站出来的，正是萧太后的侄女婿，也是高梁河之战中打败宋军的主将之一耶律斜轸。

韩德让与耶律斜轸此举让大臣们心中忐忑，一方是年幼的梁王，一方是拥兵自重的王室宗亲，虽然先皇留有遗诏，但此时该拥立谁为新主，遗诏的作用并不大。如此关键时刻，万一站错了队，那可是性命攸关的大事。鉴于此，大臣们也只能揣着明白装糊涂，故作不明所以，一言不发。

在场的诸位王爷，无不野心勃勃，有心叛乱，但也知眼前这个弱质女流，可一点都不弱。不过若要他们此刻向一个十二岁的小儿俯首称臣，实在是心有不甘！诸王无奈相视，闷声不语。萧绰收敛哭腔，目光冷冷地看着诸王与大臣，随即向韩德让递了个眼色。

韩德让心下会意，跨前一步，抽出腰间钢刀，冷冷言道："陛下乃先皇长子，继承大统顺天应民，我等自当竭力辅助，诸位岂有异心？”

话音未落，宫帐外便涌进两队杀气冲天的御帐亲骑军，大臣与诸位王爷无不胆寒。见此情景，大臣们哪里还敢再装糊涂，立即跪倒，表示愿意辅佐幼主，山呼万岁。诸王无奈，也纷纷俯首称臣。至此，耶律隆绪顺利登基，萧绰则被尊为皇太后，便是历史上赫赫有名的萧太后。

是夜，太后宫帐内，萧太后设宴，与耶律斜轸和韩德让饮酒。萧太后心中大畅，不知不觉便多喝了几杯。从辽景宗重病到今天，她一直提心吊胆，担心诸王叛乱。幸亏韩德让从中谋划，这才得以让绪儿顺利登基，令诸王敢怒不敢言。想到此处，萧太后不禁举杯，道：“今日能得诸王臣服，两位爱卿功不可没，来，哀家敬两位爱卿一杯！”

耶律斜轸饮毕，眉头紧锁道：“太后，今日之后，诸王暂不敢妄动，臣此刻担心边防之事。高梁河一战，宋国皇帝落荒而逃，此后宋辽两国虽无大的征战，但小战不断，边境不宁。四个月前，潘美在雁门之地连破我军三十六垒，臣担心宋国皇帝为一雪前耻，趁陛下新近登基之机，大举进攻。”

萧太后将酒杯置于桌上，道：“将军所言极是。宋国觊觎燕云十六州已久，然燕云之地既是我们防止中原国家长驱直入的重要军事屏障，不容有失。哀家决意让耶律休哥为南面行军都统，驻守南京，总理南面军务，便宜行事，不知两位爱卿意下如何？”

“太后英明，北院大王对新帝忠心不二，乃军事奇才，驻防幽州非北院大王莫属。臣敬太后一杯!”耶律斜轸起身大笑道,随即举杯,一饮而尽。

“臣也敬太后一杯! 高梁河之战中,北院大王两箭重伤宋国皇帝,如今北院大王驻防幽州,宋军必然不敢进犯!”一旁的韩德让也起身说道。

三人共饮一杯,说笑一番后,耶律斜轸推说天色不早,便退出宫帐。

韩德让起身亦要走,萧太后却拦住他道:“连日之事,心中感激。你我二人曾有婚约,今先皇已逝,愿谐旧好,幼主当国,亦汝子也。”

“燕燕,先皇新逝,我不便久留,以免招惹闲言。”韩德让四下望望,宫帐之中无外人。

“招惹闲言? 你我二人情深意重,纵使闲言甚嚣尘上,何惧之有?”萧太后坦言道。

韩德让愣怔片刻,望着萧太后的神色,心中不觉一暖,觉得自己做什么都是值得的。

“王临机,今夕何年?”赵光义躺在卧榻之上,呻吟问道。

王临机小心答道:“雍熙二年十二月,转眼便是新年。陛下,您感觉如何? 传太医否?”

“一群废物,宣侯莫陈利用进宫!”赵光义捂着强烈作痛的大腿,怒声道。

王临机答应一声,连忙吩咐小太监出宫宣诏,又殷勤地向皇帝递上一盏茶。赵光义轻啜一口，身上的箭伤疼痛难忍，六年来，每每这疼痛发作，就让他想起那高梁河之仇。若是不报，自己枉为人君！

朝堂之上，赵光义刚刚提出北伐之念，宰相宋琪便首先站出来反对。在辽国之事上，宋琪向来主张积极防御，太平兴国八年(983)，赵光义先后两次提议伐辽，他皆提出反对意见，声称辽国四面树敌，自取灭亡是早晚之事。如今，两年时间过去，辽国未亡，赵光义的耐心却已消磨殆尽。当宋琪再次提出反对时，赵光义毅然免其宰相之职。可是朝中并非只一个宋琪反对伐辽，宰相李昉向来主张与辽和亲，副宰相李至也反对伐辽，还有左谏议大夫张齐贤，大臣皆有此心。

为了找到一个出兵的借口，赵光义费尽心思。得知辽景宗去世，他计上心头。

他手书一封，写给萧太后："契丹当年违背盟好，兵援太原，所以出兵幽云，欲收复旧地，辽宋两国兵火连年不息，朝臣多请息民为由，朕欲与辽国和谈，赎买幽云……"

萧太后断然拒绝和谈要求。此番，便让赵光义讨得了借口。

他正在思量如何出兵，小太监禀报："启禀陛下，刑部尚书宋大人殿外求见。"

"不见！"赵光义脱口而出道，拂袖间将案几上的茶杯摔到地上。小太监吓得"扑通"一声跪倒在地，抬眼偷偷瞧着王临机。

王临机示意其下去，走上前安慰道："陛下莫要动怒，万不敢牵动伤口。"

赵光义顿觉一阵剧痛传来。宫里的太医统统是废物，连区区箭伤都束手无策！六年时间，自己大腿上的箭伤不但未能痊愈，还蔓延至小腿，疼痛难忍。

“侯莫陈利用为何还未到？”他咬牙问道，额头已渗出细密的汗珠。

王临机道：“陛下莫急，老奴马上派人去催。”

“启禀陛下，侯莫陈将军在殿外候旨！”王临机话未说完，刚才出宫召侯莫陈利用的太监便走进来禀道。

“还不快传！”王临机连忙喊道。

小太监不敢耽搁，急忙将侯莫陈利用带进殿中。

侯莫陈利用见了皇帝，皇帝忍着痛说道：“爱卿，朕的箭伤又犯了，又痛又痒，你快些为朕治治！”

“陛下莫急，陛下莫急，我这里有刚刚练好的金丹两粒，陛下用温水服下，半个时辰内管保止痛止痒。”

赵光义服下金丹之后，不到半个时辰就感觉不到痛痒了，便说道：“爱卿，你这金丹多给朕准备几粒，朕一并服下，岂不是可以根治了？”

“陛下，微臣的金丹炼之不易，需要搜罗上百种药材，耗时半年才炼得出这两颗来。”

赵光义便说：“你尽管去国库提钱，多铸丹炉，多派人手，与朕炼来！有什么要求朕都答应你便是。”侯莫陈利用窃喜而归。

寒风凛冽刺骨，飞扬的雪片刮在脸上如刀刻斧凿般，宋琪站在冷风中忍不住瑟瑟发抖。传话的小太监让他速速离开，他望着漫天的大雪，摇头苦笑。皇帝北伐之心已决，但宋琪坚定不能北伐，这是他此刻唯一的念头。血气上涌，他突然有种冲动，想要冲进大殿之中面圣直谏。

心念转动间，侯莫陈利用从大殿之内走出，道："不知宰相，哦不不，不知尚书大人在此有何贵干?"

区区一个方技之士，投机取巧之辈，竟然一跃成为朝廷右监门卫将军，领应州刺史，对于此等小人，宋琪向来不放在眼里。眼见对方从大殿内出来，宋琪勉强笑道："侯莫陈将军，陛下可好?"

"托尚书大人洪福，陛下急火攻心，引发旧疾，疼痛难忍，下官心有不忍，竭尽全力救治，陛下现已无大碍。尚书大人，下官冒昧奉劝，陛下顽疾在身，不便接见臣子，尚书大人请回吧。"侯莫陈利用冷笑道。说罢，便转身离去。

宋琪心中恼怒，却不便发作，面对漫天大雪再次感叹一声，在风雪之中离去。

2. 兴兵北上

雍熙三年(986)正月，新年气氛还未散去，雄州知州贺令图再次上书，请求出兵幽蓟之地。"昔日国家征伐太原，契丹违背盟好，发兵来援，若非决然取之，河东之师几成迁徙之义。今日契丹主年幼，国事决于其母，韩德让宠幸用事，国人疾之。"

"好，母寡子弱，佞幸弄权，真是天助朕也。诸位爱卿意下如何?"赵光义不禁大声道，喜悦之情溢于言表。

话音刚落，参知政事李至便站出班列，大声道："陛下，万万不可。伐辽之事牵扯甚广，须从长计议。雄州知州贺令图所言辽国母寡子弱之国情，亦有待查证。”

“李爱卿所言甚是，贺令图一家之言，不能偏听。但岳州刺史、文思使、军器使，以及崇仪副使等相继上言，皆称辽国母寡子弱，佞幸弄权，实我大宋伐辽之天赐良机，不知李爱卿还有何反对之言？”

“陛下，臣……”

不待李至说下去，赵光义便打断他，道：“朕意已决，休要多言。伐辽之事势在必行，如此大好时机，岂能错过？收复幽燕，拯救黎民于水火，乃朕之夙愿，百姓昼夜企盼，朕岂能置百姓于不顾？传旨，北伐事宜交付廷议！”

百官跪伏在地，齐声道：“陛下英明！吾皇万岁万岁万万岁！”

李至心中有言难诉，看到宰相李昉的位置无人列位，不禁摇头苦叹，北伐之事已成定局，自己恐怕多说无益。散朝后，他行色匆匆地赶往李昉府中。李昉年事已高，冬季天寒，前两日听闻他因病卧床，无法理政。但赵光义出师北伐，必找李昉商议，他的最后一丝希望放在这位重臣身上，愿能让皇上收回成命。

刚刚踏进李府大门，便听到一阵丝竹悦耳之声，心中不禁大骇。待李至进入厅堂，堂内舞影翩跹，鼓乐齐鸣，高朋满座，觥筹交错，其乐融融。李昉坐于上位，手执酒杯，满面红光，何来半分病态？

一旁的仆人连忙加座。李至手一挥，冷言道：“谢过大人了！朝中风云涌动，宰相大人尚有心思在此饮酒作乐，下官佩服！”

“老夫忽而有感，忆及前人旧诗一首，欲与李公赏评一番，还望李公不吝赐教。”李昉道。

“恕下官不敢奉陪！陛下欲大举伐辽，宰相大人竟有心思品评诗歌！”李至说罢起身就走。

李昉并无心阻拦，淡淡笑道：“葡萄美酒夜光杯，欲饮琵琶马上催。李公不赴疆场，为何如此心急？”

李至止步，回身端起酒杯，笑道：“醉卧沙场君莫笑，古来征战几人回？好诗，好酒！”

“诗为好诗，酒亦好酒，不过……”李昉笑声骤停，言语中满是无奈与沧桑之感。侍立一旁的管家心领神会，命舞乐弄曲之人迅速退下，推杯换盏之辈见势不妙，亦连忙退出大厅。

“李公请坐，有话但说无妨。”见大厅内只剩自己与李至二人，李昉肃然道。

“陛下意欲北伐，大人知否？”李至急切道。

李昉不急不缓道：“陛下北伐之心已久，众所周知。如若老夫所记不差，太平兴国八年底，陛下就曾下诏枢密院，命其拟出北征方略。”

“大人，今时不同往日！”李至道，“今日早朝之上，陛下当朝宣读雄州知州贺令图的上书，称辽国母寡子弱，佞幸弄权，声称此乃大宋伐辽良机。下官愚见，陛下此次伐辽之意，甚是坚决。但伐辽之举，兹事体大，祸延百姓，还望大人斟酌。”

李昉惨然一笑道：“李公，你可知贺令图之奏章乃何时所上？”

“陛下今日早朝宣读，奏章应是近几日所上。”李至直言道。

“非也。”李昉感慨道，“辽幼主登基于太平兴国七年，贺令图关于辽国国情的奏章最早上于雍熙元年。两年时间，贺令图曾多次上书陛下举兵伐辽，陛下今日早朝宣读贺令图奏章，何止伐辽之意已决，恐怕伐辽准备已非常充足，举国伐辽，将在不日之间！”

“果真如此？”

“若非如此，老夫为何要在此寄情诗酒？陛下绕过中书省，独与枢密院商议北伐之事已久，老夫无能为力，唯有饮酒罢了。”

皇帝密诏枢密院之事，李至当然有所听闻。不过，若因此便对北伐之事置之不理，实非大丈夫所为。

“李公，宋大人一个月前被罢，所为何事无须老夫多言。朝中反战者多，敢于违皇命者寡，李公何必执拗于此？”李昉好意劝慰道。

李至是出名的性情耿直之辈，当即断然道：“李某为官，但求问心无愧，既然宰相大人欲明哲保身，人各有志，李某自不强求。告辞！”

李昉也不相送，自斟自饮道：“普天之下，莫非王土，率土之滨，莫非王臣。好酒，好酒！”听到李昉的感慨，李至不屑地冷哼一声，大步朝府外走去。

正月二十一日，赵光义在早朝时宣布大宋举兵伐辽。

“任命天平军节度使曹彬为幽州道行营前军马步军水陆都部署，河阳三城节度使崔彦进为副侍卫马军都指挥使，彰化军节度使米信为西北道都部署，沙州观察使杜彦圭为副部署，此东路军自雄州而出。侍卫步军都指挥使、请难军节度使田重进为定州路都部署，为中路军，率兵出飞狐。检校太师、忠武军节度使潘美为云、应、朔等州都部署，云州观察使杨业为副将，王侁为监军，西路军自雁门出。水军从界河口出航，跨渤海湾，于辽国平州登陆，从后方助攻。抽镇西军东征契丹！”

这一日三路大军出发不久，散朝之后，赵光义前往崇政殿处理政务。宋琪再次上书一封，赵光义初读，见奏疏中言及辽国军制与兵力，不禁大喜，但读到奏疏末尾，不禁怒意填胸。

“然则兵为凶器，圣人不得已而用，若精选使臣，不辱君命，同盟结好，弭战息民，此亦策之得也。”赵光义满脸怒气，吩咐王临机将作战阵图取来。

王临机不敢耽搁，急忙将阵图取来展开。赵光义细细端详阵图，心情渐渐舒畅。为了确保各军将领按照阵图作战，他派遣了心腹文官作为监军，监督将领，只准各军将领按照阵图作战。

初次北伐行事仓促，加之后勤粮草不济，导致高梁河大败，然而此次北伐幽蓟，粮草十倍准备，七十州的人力物力，参战部队主力将近三十万人。赵光义坚信，此次伐辽，定然全在掌握之中。

早在雍熙二年(985)十二月，赵光义密诏诸将至汴梁，面授进攻方略。他叮嘱诸将：“潘美之西路军首先攻取云、应等州，中路军攻打蔚州，与此同时，曹彬东路军则以十万之众，持重缓行，声言攻取幽州，实则吸引幽州兵力，为西路军争取时间。待中路军与西路军大捷之后，再与东路军会合，三路大军会合一处，共同攻打幽州。”

如此详尽的作战方略，攻陷辽国指日可待。心念及此，赵光义不禁信心倍增，仿佛曹彬大军已直捣黄龙。“来人，拟旨，命曹彬东路军持重缓行，保存实力，与中、西两路大军会合之后再合围幽州，万万不可冒失前进！”

了却一桩心事，赵光义拿起另一份奏折，粗看几行便勃然大怒，掷奏折于地上。一旁的王临机心中大惊，小心翼翼将奏折拾起，道：“陛下，为何事如此动怒？”

“李至胆大妄为，忤逆圣意，三军已然出发，竟然还敢上书，让朕放弃北伐！”赵光义大怒道，“王临机，传旨，参知政事李至目疾发作，即日起改任礼部侍郎。”

“陛下莫要动怒，龙体要紧。”王临机劝慰道。

“尔等反对北伐，朕偏要北伐，还要御驾亲征，到时大军胜利还朝，朕看尔等如何自处！”

“陛下安排周详，北伐必将大捷，然陛下万金之躯，旧疾在身，还请保重，切莫御驾亲征。”王临机谄笑道。

赵光义心中一动，王临机所言，他岂会不知？大军北伐，朝中反对者众多，且前次北伐自己败军回朝，威信大跌，此次北伐自己若不御驾亲征，何以堵住悠悠众口，鼓舞三军士气？

王临机在一旁观察皇帝的反应，知道他并非真心御驾北伐。王临机心思转动，想到刚刚被贬官的李至，不禁抿嘴暗笑。李至既然极力反对北伐，那么反对陛下御驾亲征，亦在情理之中。

“陛下，不如下道旨意，称因为宰相李至等人力劝，以国体为重，不再御驾亲征。”

“如此也好。”赵光义说道。

3. 开局大顺

雍熙三年(986)三月初六，萧太后正在宫帐之中处理政务，耶律隆绪坐于一旁。萧太后手捧奏章暗叹一声，不停地放下奏章又拿起。

“母后，为何事哀叹?”耶律隆绪见萧太后叹气便问道。

萧太后关爱地望着那张面孔依然稍显稚嫩的幼儿，语重心长地说道:“绪儿，你是我大辽的未来之主，你要牢记，入主中原乃太祖的毕生心愿，亦即大辽的举国之愿。将来亲政之后，你要时刻以此鞭策自己!”

“母后，孩儿定当谨记于心!”耶律隆绪眼中散发出与平常孩子不同的坚毅神色。萧太后心中有种淡淡酸涩，但同时又颇感欣慰。

此刻，宫帐之外有人大声道:“报，幽州快马急报!”

“幽州? 莫非宋国发兵幽州?”萧太后心中一动，急忙奔出宫帐。

“启禀太后，三十万宋军兵发三路，攻打幽云!”萧太后心中一沉，急诏群臣商议对策。

“诸位，南京留守耶律休哥发来急报，三十万宋军兵分三路，攻打燕云之地。宋军东路先锋李继隆于昨日击溃我边境戍兵，攻占固安，燕云告急，诸位有何应对之策，不妨直言。”面对百官诸将，萧太后沉声道。

危机笼罩，百官议论纷纷，纷攘不决。南院枢密使耶律斜轸站出班列，禀告："太后，当务之急应派兵支援燕云，臣耶律斜轸愿赴疆场，击退宋军！"

"好！"萧太后大笑一声，既而肃容问道，"宋西路军潘美为主帅，杨业为副帅，你可敢迎敌？"

"杨业杨无敌？"耶律斜轸微微蹙眉道。他已隐隐听到身后大臣的怯敌之声，"杨业自雁门关大捷之后，威震塞北，辽人无不畏之，仅闻其名便肝胆俱丧。"

"正是！将军意下如何？"

耶律斜轸稍作思索，坚定地说道："边境告急，岂容怯敌？太后，臣自当竭尽全力，击退宋军！"

"好，哀家命你率军增援云州，即刻出发！"

耶律斜轸转身离开，萧太后又叫住他，缓声问道："你若遇见杨业，该当如何？"

"微臣此次出战，定取杨业项上人头献于太后！"

"错，应活捉杨业，为我大辽所用！"萧太后突然抬高声音。

耶律斜轸这才明白太后苦心，道："臣谨遵懿旨！"

萧太后略作沉思道："宣徽使蒲领听令，哀家立即派遣使者，前往各地征召诸部族兵马，增援燕京，由耶律休哥统一指挥，命他集中兵力抵御宋军东路。尔速往燕京城南大营，与耶律休哥协商御宋事宜！"

"臣遵旨！"

"慢，征召援军尚需时间，当务之急必须全力拖住宋军，等候援军。哀家即刻派出五千名御帐亲骑，驰援幽州，划归耶律休哥指挥！”其破釜沉舟之心可见一斑。百官噤声，蒲领心中涌起一股豪迈之情，颤声道：“臣，领旨！”

“明日，哀家与皇帝祭告皇陵、祖庙，以及山川神祇，陛下即日御驾亲征，率军南下，屯驻燕京城北，以为诸军后援！”

宋军西路人马在雁门关整顿，不日就要出发。这天夜里，雁门关的月亮显得寒气逼人。月下城头，佘赛花望着杨业，深深吸了口气说：“夫君，此次出征幽云，能否让妾身相随？”

杨业坚定有力地回道：“夫人，此次出征我宋军志在必得。况且我与潘将军为伍，凡事可以互相照应。待我回军之后，再与你等团聚。”

“夫君，家中之事可放心。不知为何，我总有种不祥的预感。”

“夫人，你是多虑了。为夫每次出门你都是如此，可每次不都是好好地回来了吗？”

佘赛花拍了拍杨业袖口的浮灰，道：“总之，你在外征战要处处小心。夫君向来耿直，但有时也要懂变通之道。”

“夫人，我若不耿直的话，还是杨业吗？早早安歇吧，明日还要进军呢！”杨业说着便拥着佘赛花回营帐中去了。

第二日，宋军西路军入辽。一战击溃辽军，辽兵落荒而逃。宋军乘胜追击，到达寰州。辽国寰州刺史赵延章派出骑兵增援。潘美派军队包围寰州，杨业命令士兵将运送粮草之车连成大阵，步兵为掩护，自己亲率镇西铁骑埋伏于两侧。辽军骑兵远远望着宋军，尚不明所以之时，宋军步兵便凭借弓弩、重型车弩炮，以及重型投石机等远射程兵器,突然发起猛烈攻击。如疾风骤雨般的箭镞和火石弹燃烧着、呼啸着向辽军飞去,遮天蔽日。

辽军怒不可遏,战鼓震响,发起攻击,他们嘶声呐喊向宋军冲去。在密集的箭雨和火石弹攻击下,辽军如蝼蚁一般,死伤众多。此时,杨业大喝一声,身先士卒杀出,从两翼向辽军发起进攻。

一时间,双方数万骑兵弯弓射箭,挥舞长矛大刀,互相厮杀。三月的塞北高原上,风声凛凛,战马嘶鸣,士兵呐喊,战鼓震天。与此同时,宋军的粮草车阵之中,无数重甲步兵在骑兵与弓弩重炮的掩护下,挥舞着大刀、板斧与钩镰枪冲出车阵,杀入敌阵。重甲步兵上斩辽兵,下刺战马,一时间,辽国骑兵人仰马翻。

战场之上,刀箭无眼,宋军将士亦负伤无数。这时,杨业才发现自己身上挨了几枪,即使血染战袍,他也不顾伤痛,来回冲杀,挥刀杀敌。

“将军已负伤,请撤出战场!”手下将士不忍心,大声劝道。

杨业大笑一声,扯下血色战袍包住伤口,道:“契丹人祸我子民,焉能撤退?”说罢,一把推开将士,头也不回再次冲进敌阵。

恶战在浓重的硝烟味与血腥气中落下帷幕,辽军大部被斩杀,余者全部投降。三天后,寰州刺史赵延章迫于宋军压力,大开城门,投降宋军。翌日,西路军一部向朔州进发。

当天,曹彬率东路军主力进围燕京南面要地涿州,战况十分激烈。

“大帅，将军李继隆与范廷召皆中流矢，身负重伤，难以再战，不如先行撤退，来日再战？”崔彦进眼见宋军将领负伤愈多，恳切劝慰道。

“辽军渐弱，岂有撤退之理？”曹彬断然道。

崔彦进无奈，只得继续指挥将士攻城。辽军的箭雨如注，宋军投射的火石弹呼啸着向涿州城飞去。辽军踞城而守，占尽地利，不断有攻城的宋军身重流矢倒下。

见此情景，观战的曹彬不禁握紧拳头。士卒一个个倒下，涿州城依然坚固如铁桶，没有丝毫城破迹象。曹彬想到与其让士兵无谓牺牲，不如及时撤退，保存实力，来日再战。正待发令撤退，突闻士兵回报：“大帅，涿州城北门已破，大军攻入城中！”

曹彬愣怔片刻，随即仰天大笑，命将士全力攻入涿州城。

崇政殿内，赵光义批阅奏章时竟不禁露出笑意。三路大军兵发幽云，近日来捷报连连，除曹彬东路军兵行过快之外，三路大军尽在他掌握之中。前不久，被罢去副宰相的李至上书三策，赵光义采纳上策，借机称自己不再御驾亲征，仅用作战阵图及心腹监军遥控指挥北伐。

这时，赵光义看到了赵普的奏疏，心情变得沉重。他觉得赵普杞人忧天，如今宋军气势正旺，连连告捷，会有何变数？便转手扔下赵普的奏疏。这时，王临机奔入殿中。

“陛下，恭喜陛下！”

赵光义微蹙眉头道：“如此匆忙，何喜之有？”

王临机看出皇帝有稍许不满，趋步上前，笑道：“恭喜陛下，前线再传捷报，东路军攻克涿州！”

“攻克涿州?”赵光义讶异道，同时眉头蹙得更紧。

王临机不明所以，只知攻克涿州乃大功一件，便继续笑道："正是，东路军攻克涿州，前锋逼近幽州！”

“逼近幽州?”赵光义难以置信地重复一遍，顿时坐立不安。他心里忽然想到了赵普的奏疏，那“兵久生变”四个字映入脑海。

西路军才刚刚攻克寰州和朔州，中路军还未拿下飞狐，更毋庸说蔚州，东路军此时竟已攻克涿州！三军出发之后，赵光义屡次提醒曹彬应持重缓行，吸引辽军主力注意，等待西路军与中路军大捷之后再合力攻打幽蓟，不想曹彬竟然如此迅速地攻下了涿州。涿州乃幽州之南大门，地理位置上仅相距一百二十余里。如此之近，难保不出什么变故！必须尽快传旨，命曹彬固守涿州，待西路军与中路军夺取既定目标，与其会合，才能合力攻打幽州！

王临机发觉不对，内心忐忑地望着皇帝，正欲开口询问，却听赵光义急声道："来人，拟旨！”

中路军在主帅田重进的率领下，于三月初九出飞狐道，斩杀辽军数百人。宋军兵至飞狐北界，遭遇前来救援的辽军悍将、西南面招安使大鹏翼。

大鹏翼以勇战闻名边境，在辽军中颇具威信，他率骑兵数千来援，冒充两万。骑兵善于平地作战，田重进在部将袁继忠与谭延美的建议下，扬长避短，列阵于山麓，迎战大鹏翼。双方激战数回合，胜负难决。时近黄昏，指挥使荆嗣率勇士攀登山崖，用刀斧等短兵器斩杀辽军百余人，辽军溃逃。荆嗣乘胜追击五十余里，顺势攻下小冶和直谷两座兵寨，并屯守直谷。

几日后，辽军再次进逼飞狐，兵势嚣张，田重进无奈之下，急命荆嗣退守回援。不想，荆嗣刚一撤出直谷，辽军便趁机围困直谷、石门二寨。

田重进得到消息，略作沉吟，而后问道："吾欲让尔部率先前往救援，大军随后即到，汝意下如何？"

荆嗣所率仅五百人，寡不敌众。心中犹疑之际，荆嗣突然想到屯守小冶寨的谭延美部，说道："谭延美部正屯守小冶寨，统兵两千，吾愿自小道前往联络，请其策应。"

荆嗣答应前去救援，田重进便点头道："如此甚好！"

荆嗣得到田重进首肯，立即前往小冶寨，向谭延美说明来意。谭延美惧怕辽军气势，问道："敌势如此，如何抵挡得了？"

荆嗣早已心中有数，坦言道："汝莫要担心。汝部全军于平川上列队树旗，别遣两三百人执白帜于道侧，我率所部五百人疾驱前往，彼见旗帜绵亘甚远，便将疑大军继至，敌虽众，可破也。"

谭延美听其言，当即称善。

会战当天，谭延美于平川之上列队树旗，双方大战数个回合，辽军数千人竟不能战胜荆嗣区区五百人。不久，辽军溃逃，数千人阵亡，辽军大将大鹏翼与监军马赟等千余人被俘。

几日后，中路军拿下飞狐城，再传捷报。与此同时，李继隆于涿州城南大战辽军，歼敌千余人，斩辽将西宰相贺斯。

曹彬大喜，欲上奏朝廷，然李继宣为大将李继隆之部将，曹彬乃召李继隆谓曰："贺斯乃辽西部宰相，被我军斩杀实为大功一件，李继宣乃尔之部下，吾欲居功于尔，尔意下如何？"

李继隆当即断然道："主帅好意，末将心领之，然贺斯乃末将部将所斩，理应闻于天听。主帅，末将有一事不明，不知当讲与否？"

曹彬心性仁厚，虽为主帅，然军中将士皆不甚惧之。如今李继隆言辞谨慎，曹彬不免心中警惕，笑道："将军磊落，实乃三军之福。将军有话，不妨直说。"

李继隆坦言道："我军十万之众，屯守涿州，现幽州即在眼前，辽援军未至，主帅何不趁机挥军北上，攻破幽州？"

曹彬心下一动，东路军自出雄州，大破岐沟，强攻涿州，势如破竹，乘势北取幽州不是不可，然而皇命难违。曹彬无奈感慨，当即劝慰道："大军作战，皆按照陛下阵图所载，不可有丝毫出入。此次北伐，东路军第一要务为吸引辽军主力，为中西两路大军争取时间，且东路军乃开国所剩无多之精锐，陛下担忧东路军孤军北上受损，命我等在此等候其他两路大军，实乃周详之举。"

皇帝之意，李继隆岂会不知？然夺取幽州之最佳时机就在眼前，怎能错过？且中西两路大军捷报不断，东路军固守涿州，无功可建，身为武将，此乃大忌。

李继隆道："主帅，拖延时日，若辽援军到达，夺取幽州便难上加难。且我军粮草在后，时日愈久，末将恐怕陡生变故。"

李继隆言辞恳切，曹彬却只能感叹道："我大军兵发突然，辽援军一时难至。皇命难违，将军莫再出此言！"

4. 惊天巨变

幽州城内，耶律休哥坐在案几之前，借着昏黄的灯光查看各州传来的战情，心中愁闷，坐立不安。宋西路军接连攻占寰州、朔州、云州以及应州，中路军攻占飞狐城以及灵丘县，直逼蔚州。幽蓟之地形势危急，兵力尚且不足，萧太后却不得已派兵马守备平州海岸，防备宋军。

连日来，耶律休哥白天派出精兵虚张声势，疲惫宋军。为避免宋十万大军不日攻城，耶律休哥毅然决定，将率领先前来支援的五千御帐亲骑，绕道宋军背后，断其粮道。

“报，大王，前线来报！”

耶律休哥连忙起身道：“胜败如何？快传！”

话音刚落，一名满身鲜血、气喘吁吁的兵士被搀扶进来。

“战况如何？”耶律休哥趋身上前，急切问道。

“大王，我军遭遇宋军米信和李继隆所部，战败！”兵士虚弱地说道。

耶律休哥心中一沉，眉头紧锁，面色阴沉，过了半晌，沉声道：“细细道来。”

兵士不敢犹豫，颤声道：“启禀大王，大军出发后分部行进，我部绕道宋军背后，于新城东北遭遇运送粮草的宋将米信。战不多时，我军便被宋军击败。后我部与其他各部会合，重新进攻宋军。米信部仅率龙卫精兵三百骑，被我军团团围住，接战不支，死伤大半。时天色将晚，米信虽作战骁勇，但寡难敌众，眼见就要全军覆没,不料宋军李继隆突然来援,大败我军。”

耶律休哥眉头渐渐舒展,脸色转好。话音刚落,耶律休哥笑道:“尔等虽败,然先胜之,宋军粮道已遭断毁。本王会再派军士扰其粮道,如此,宋军军心必受其扰,真乃天助我也!本王明日便奏报太后,我军大捷!”

兵士不明所以,但听奏报大捷,顿时长舒一口气。

燕云十六州居民皆为汉人,生活艰难。曹彬率东路军占领涿州,百姓欢呼雀跃。为感谢宋军解救城中百姓于水火,城中名望老者商议决定,举行社火游行庆贺。社火当天,锣鼓喧天,爆竹声声,狮腾龙跃,人山人海,军民齐乐。然而,城内喜悦的气氛尚未散去,涿州居民便被深深的震惊所笼罩。

“将军不能走!吾等在此等候大军五十年,终于等到今日,将军岂能置百姓于不顾,弃城而走?”一位白发老者拦在曹彬马前,感慨泣声道。

曹彬望着满街百姓,心中为难不已。十万大军占领涿州二十余天,粮道却被辽军截断,如今涿州城外无援军,只能暂时退出涿州。曹彬翻身下马,怆然道:“本将无能,辽军截我粮道,十万大军即将无粮可食,弃城而走,亦是无奈之举,还望老者见谅!”

老者当即不再阻拦,起身却道:“将军,城中军民饱受辽人欺辱,尔等若去,辽人必再次来犯,到时生灵涂炭,吾等何以活命?将军若是不弃,吾等愿随将军同去!”

老者话音甫落,满街百姓纷纷跪倒,齐声道:“吾等愿随将军同去!”

老少妇孺黑压压跪倒一片,泣声不断,曹彬感慨不已,万般不忍也须硬下心肠,道:“诸位请起,大军撤退只为一时之避,诸位跟随大军撤退实属不便。本将答应诸位,来日大军定会重返涿州,还诸位一个平安世道!”

“将军此话当真?”老者颤声道。

“当真!”曹彬道。

策马出城,望一眼涿州城门,曹彬暗下决心,不仅涿州,等到三军会合,他还要率军直捣幽州!

耶律休哥得知宋军撤出涿州,大喜过望,即刻派出骑兵骚扰宋东路军,同时等待援军到达。萧太后得到战报,即刻派出使者前往阵前犒赏三军,并且调整作战部署,调集兵力抵抗宋中、西两路大军。

“粮道被截,撤出涿州?”赵光义用力握着战前送来的奏报,咬牙切齿道。

“若非曹彬急功冒进,过早攻下涿州,中、西两路大军一时无法赶去会合,岂会出现如此困境! 粮道被截? 若非大军主力行军过快,粮草岂会供应不上!”赵光义气愤之余,命太监迅速展开作战阵图,筹谋大局。除东路军冒进之外,西路军在潘美的率领下已顺利攻下寰州、朔州、云州和应州,中路军亦向蔚州进发,一切都在按照计划行事。

“来人,速速传旨,命曹彬率军南还雄州,与米信部会合,养精蓄锐,等待中、西两路大军支援,切记,莫要往返奔波,令大军疲惫!辽国面对三十万宋军,必定会在全国范围内点籍招兵。然辽国地域辽阔,若要召集契丹、渤海、女真、室韦、奚人等北方游牧民族青壮年,并赶至幽蓟之地,至少需要三个月时间。我军应趁此拿下幽州!”

开战至今方一月有余,想到宋军还有两个月时间,赵光义不禁大松一口气。

四月中旬入夏不久,天气酷暑难耐。傍晚时分,宫帐之内似蒸炉,萧太后便与韩德让出帐,在微风徐徐中惬意地散步。耶律隆绪在不远处骑马射箭,不亦乐乎。一队骑兵正快马加鞭,赶往辽军大营。

幽州城外的落日与草原的落日相比,终究不那么壮丽,却也多了几分秀美。萧太后非常享受此刻的光景,似乎一切都抛在九霄云外,即使是朝堂内外非议她与韩德让的关系,即使是垂帘听政引起的争议,此刻都是云烟。只身南望中原,那里有太祖耶律阿保机的心愿,也有她的梦想。

“母后!”耶律隆绪小跑过去,向萧太后与韩德让深深一礼道,“母后,宋辽开战月余,我方援军何时可到?”

萧太后帮他擦去额头上的汗珠,笑道:“若是母后所料不差,最多一月,援军便可到达。”

“如此之快?”耶律隆绪讶异道。

一旁的韩德让笑道:“陛下莫要忘记,我辽国多为游牧民族,马背上的子民，亦擅马上作战。青年壮士一旦接到征令，便可立即打马而来！”

“正是！”萧太后补充道，“如今宋东路军南撤，暂时不会北攻，我们可静待援军。待援军到达，必使宋军落荒而逃。”

萧太后话音方落，只见一名骑兵冲进辽军大营，气喘吁吁，跌落马下，对扶住他的士兵说道：“快，禀报太后，宋东路军渡过拒马河，意欲攻打涿州！”

赵光义接到曹彬的请兵奏疏勃然大怒，奈何大军已发，只得压制怒气，重新拟定作战阵图并严令曹彬必须严格按照阵图作战。

时至晌午，酷暑难耐，宋东路军将士中暑者甚多。副帅崔彦进忧虑不已，进言道：“大帅，军中多人中暑，莫若……”

“副帅莫要多言，一切按照陛下作战阵图执行！”曹彬打断道，转头紧紧地咬着嘴，焦灼地望着帐外的士兵。

崔彦进无奈地退下，不知曹彬有苦难言。曹彬心知肚明，皇帝此举，无非要东路军稳扎稳打，保存兵力，等候援军到来再攻打涿州。但如此行军，太过迟缓。自己前几日自作主张，出兵北上，惹怒皇帝。皇帝三令五申，命他严格按照阵图作战，又有随军监军时刻监视。此时，他想到行事若与阵图有丝毫出入，便有抗旨之嫌，不由得哀叹一声。

耶律休哥得到宋军情报，再次坐立不安。辽援军未到，曹彬却再次兵发涿州，但天助大辽，宋东路军竟然行进迟缓。这是上天赐予大辽的二十天，有此时日，辽援军必将到达战场。耶律休哥心中激动难平，斟酌半晌，随即下令道："来人，传本王命令，涿州守军放弃涿州，诱敌深入，撤退前带走城中所有粮草，并填死全部水井！同时，命耶律斜轸即刻率五万精锐骑兵火速出击，绕道宋军背后，断其粮道！"

按照皇帝的阵图，宋东路军整整行军二十余天，将士所携带的预备粮草不过五十天，加上路上耗损，宋军再次面临粮草危机。就在将士们寄希望于后备粮草之时，耶律斜轸率五万精骑，一夜奔袭百里渡过拒马河，突然出现在宋军背后，出其不意偷袭了护卫粮道的米信所部两万宋军。米信所部几乎全军覆没，仅主将侥幸逃出，全部粮草物资尽被焚毁，大火连烧一天一夜。

粮道被断，宋军腹背受敌，曹彬无奈，只得命大军撤出涿州。涿州父老再次阻止大军撤退，曹彬有言在先，便团聚城中老幼，取道狼山南撤。时天降暴雨，道路泥泞不堪，百姓携家带口，行路不便，宋军将士艰难跋涉，士气十分低落。

然而，宋军将士不曾想到，更大的危机正在等待他们。就在他们缓步开赴涿州之时，辽国三十万援军已到达战场，比赵光义预计的时间整整提前一个月！

五月初三，宋东路军主力在岐沟关北遭遇辽军，四面被围。二十五万辽军铁骑遍布山野，宛若铺天盖地的黑云，压得宋军将士喘不过气来。深深的恐惧与绝望，笼罩在每一个疲惫不堪的宋军将士心头。曹彬望着满山的辽军，心中充满无奈与悲凉。战马嘶鸣，辽军呐喊，挥舞着钢刀向宋军发起攻击。

曹彬见此情形，对所部将领说道："传我将令，将仅有的粮草车围成大阵，以车阵为依托，用弓箭攻击辽军。"

如此血战了一天，两军相持不下。是夜，曹彬召集米信等人商议："我宋军如今被围在这岐沟关内，虽然暂时有战车屏护，但也不是长久之计。依我看，今夜趁敌军稍有松懈之时，我军秘密突围。只要能回到雄州，补上粮草，再与契丹决战不迟！"

米信、李继隆等人如今也别无他法。

月黑风高，宋军紧急突围，大军刚刚杀了一通，逃至拒马河，耶律休哥便率兵追到。宋军毫无准备，只能束手待毙，辽军冲入宋军阵中如入无人之境，斩杀宋军宛若砍瓜切菜，无数士兵惨叫着跌落河中，血染河水。仅拒马河一战，宋东路军主力伤亡超过三分之二，曹彬、米信率两万余残部，拼死突出重围。曹彬等人仅逃到沙河，便被辽军再次赶上并围歼。宋军将士心理崩溃，跳入沙河淹死者就有一半之多。

东路大军全军覆没。消息传至汴梁，赵光义惊骇愤恨，满朝哑然。曹彬、米信等主将被皇帝召至汴梁，押入大牢。

辽军岐沟关大捷，形势彻底逆转，举国大喜，萧太后移驾幽州，封赏有功将领。耶律休哥功不可没，被封为宋国王。

5. 杨业之死

王临机担忧地望着呆呆发怔的皇帝，心中焦急却不知如何是好。东路大军几乎全军覆没，兵败已成定局，这几日皇帝心情低落,时常晕厥。

王临机担心皇帝受了魔怔有损身心,鼓起勇气,小心翼翼地唤道:“陛下,陛下。”

发怔的赵光义这才回过神来,随即起身在殿中缓缓踱步。三月大军始发之时,赵普曾上疏问及北伐之事,字里行间透出反对北伐之意,时赵光义北伐之心坚若磐石,便对赵普的上疏置之不理。如今不忍回顾。

赵普在奏疏中提道:“窃虑邪谄之辈,蒙蔽睿聪,致兴无名之师,深蹈不测之地。”此言无疑给焦头烂额的皇帝找到了台阶与替死鬼。他沉思半晌,决定回复赵普奏疏。

宋东路军溃败,辽军反扑势若破竹,前期所收复的蔚州、灵丘、飞狐等地相继失陷,赵光义急命中、西两路大军迅速回撤。宋军全线溃败,前期战果相继丧失。赵光义心想,若是将寰、朔、云、应四州居民内迁中原,解救各州民众于水火之中,也不至于一败涂地。主帅潘美急遣杨业接应。

时杨业与主帅潘美、监军王侁,以及团练使刘文裕商议撤军之事,他们审时度势,设计声东击西之法,使宋军安全护送百姓南撤。

杨业提出:“各位将军,我愿率一支兵马攻应州,吸引辽军主力,云州与朔州居民便可借机而撤。朔州之南石碣谷地形险要,易守难攻,可于谷口埋伏三千弓弩手,阻击辽军,如此,便可保全各州居民安全南撤。”此举可谓深思熟虑,主帅潘美连连点头,监军王侁却满脸不屑,冷眼以对并讥讽道:“尔身为大将,领数万精兵却怯懦如此！当驱雁门北川中，鼓行而往马邑。”团练使刘文裕更是唯王侁马首是瞻。

王侁道：“马邑位于朔州之东，我军应大张旗鼓与辽军作战！”在杨业看来这纯粹是自寻死路，然而，刘文裕率先附和道：“王将军说得极是，马邑乃是敌军要害。”

杨业不吃他的激将法，言辞恳切地说道：“不可，此必败之势也！”

王侁冷笑道：“君之策避敌不战，便为必胜之策，吾之策扬我军威，便为必败之策？君平素号称‘无敌’，今日见敌却怯懦不战，莫非有他志乎？”

杨业心中悲愤，不觉血气上涌。自降宋以来，皇帝待他甚厚，他亦忠心耿耿，一片冰心，王侁怎可如此污蔑他？想到保民众安全撤退乃当务之急，于是他压制怒气，将目光转向主帅潘美，希望他出言解围并采纳自己的作战方案。潘美却将目光移向别处，默然不语。杨业心下了然，便不作强求，慨然长叹一声：“业非贪生怕死之辈，只因天时不利，如此而为，必使将士徒增伤亡。也罢，既然君等责备业不能以死报国，业当先于君等死耳！”

杨业站起身来，对着东京方向作揖说道：“以死报国，乃为将之本分！”

“君莫欺人……”王侁不屑，杨业双拳紧握，怒目而视。他克制怒气，转向一直沉默不语的潘美，无奈地说道，“业此行势必不利。业本太原降将，蒙上不杀，宠以连帅，授之兵柄，业感恩不已。今日业非纵敌不击，实欲等候时机，立尺寸之功以报国恩。然君等以业贪生怕死，业自当出兵迎敌，以死报国，自证清白！”

潘美当即叹息道：“将军……”

“无须多言。”杨业打断他，以手遥指陈家谷方向道，“业此去凶险，望诸君于此地设步兵强弩，分左右两翼相援，待业转战至此，君即出兵夹击，施救业部。不然，业所率兵士必死无疑。”主帅派兵救援在情理之中，潘美便当下答应。

骑上战马，盔甲已被这深秋的露水打湿，比往日更凉。杨业拍了拍战马，望了望家国的方向，深吸一口气道：“将士们！为我大宋打江山！誓死不归！”一声令下，策马扬鞭率大军直奔战场，激战后却被围狼牙口，寡不敌众，一路且战且退，向陈家谷行进。一直杀到日暮，方才赶至陈家谷，部下士卒仅剩百余人。杨业率领残兵等待着一线生机——王侁在陈家谷的伏兵。到了陈家谷，杨业在战马上大喊：“我们来了！同我杀敌去！”马蹄越近，整个战场却越寂静。杨业挥手举起长剑，仰天长叹，悲恸异常。

杨业仿佛看到了在这里发生的一切。

早晨，陈家谷。王侁小憩醒来，陈家谷附近一片死寂。望一眼黑漆漆的远方，王侁继续闭目养神。朝阳东升，天色大亮，王侁伸了伸懒腰，自己率军自寅时设伏，眼见即将巳时，却依然未见辽军身影。

他心想莫非杨业已将辽军击退，又立大功一件？不行，杨业屡立大功，自己不可于此地干等！心思转动，王侁将身边一名士兵派出，命其前往附近山上瞭望。士兵回报前方未见任何动静，王侁当即命令道："传令下去，撤出陈家谷！"

一直焦急望向前方的潘美听到王侁撤兵，连忙劝阻道："监军，杨将军未到，不能撤兵。"

王侁哪里肯听，断然道："杨业此时未归，必大破辽军，我等无须再等。撤兵！"说罢，王侁便率本部兵马撤离陈家谷。

潘美无奈叹息，见王侁兵马已撤，也只能跟着撤出。大军向西南而行二十余里，突然接到探子来报，杨业兵败被围。潘美心中大骇，欲发兵支援，却后悔没有埋伏于陈家谷，否则尚可一战。如今再去，自己所部也可能伤亡惨重。西路军处于撤退之关键时期，若是轻举妄动或生变故，不利大局。思虑再三，潘美最终痛下决心："大军听令，迅速后撤！"

前无援兵，后有追兵，杨业深知败局已定，策转马头，看了一眼部将以及与自己奋力赶至陈家谷的百余名兵士，心中涌起深深的惭愧。杨业叹息道："汝等皆有父母妻儿，与业战死，于事无益，不若分散逃去，待敌军去后，还可上呈天子此战经过。"

"将军，贵愿与将军同生共死！"老将王贵当即坚定道。

身后传来杂沓的踏马之声，辽军铁骑将至。

杨业看着那一张张满是血污却神情坚定的面孔，慨然笑道："有兵如此，业死而无憾。如此，吾等便与辽军死战到底！"

"死战到底！"视死如归的宣誓声震彻苍穹，百余兵士宣誓完毕，在杨业的带领下，回身冲入辽军阵中血战！老将王贵冲锋向前,射杀数十辽人,辽军犹如狼群死死围住王贵。箭射完后,王贵用自己所有的力气挥舞空弓,厮杀到底,辽军百支枪一起插入王贵身体,顿时,王贵倒在乱枪之下。

杨业远远看到,大吼一声,弯弓射箭,呼啸的利箭飞驰而去,一箭射穿两名辽兵。宋军之败势宛若大厦之倾覆,迅疾猛烈。宋军兵士纷纷战死,这边王贵刚刚死于乱枪之下,那边杨延玉便身中数箭而亡。杨业悲愤不已,策马欲救,不想战马却被枪矛所伤。杨业无奈,当即下马往密林中匿避。

此时辽将耶律奚底见有机可乘,当即紧追不舍,一箭射中杨业,杨业被擒。

萧太后命耶律斜轸招抚杨业,如今看来,此举难于登天啊! 耶律斜轸思前想后,再次来到关押杨业的大帐。眼见这硬汉身中数箭,多处刀伤已有腐烂的迹象,被俘之后,他一直拒绝接受治疗。杨业坐在那里虚弱不堪,神采尽失,无力与耶律斜轸直视。

耶律斜轸上前轻叹一声,劝道:“汝与大辽角力三十余年,将军威名,吾佩服之至。为将之人,无非建功立业尔,将军何故如此?”

杨业神采虽失,然风范尚在,叹息道:“朝廷待业甚厚,本当讨敌安边,以报国家,不料被奸臣所逼,致使王师败绩,业还有何面目苟活于此!”

耶律斜轸作揖道:“将军义气之人,可否为我辽军参谋,我大辽愿恳请将军辅佐。”

杨业斥责道:“我为大宋战将,再多语我定死于这剑下!”

耶律斜轸退出了营帐。

翌日，耶律斜轸接到手下汇报:“杨业在辽国大营中，绝食三日而亡。”

杨府内，佘赛花正端着茶杯，心头忽然一惊，茶杯摔倒地上，她起身走到雁门关上望着北方。这时，传信兵上气不接下气地跑到城头，佘赛花急忙问他:“我夫君如何?”

“启禀夫人，杨将军，杨将军……”传信兵悲戚地说道。

“快说!”

“杨将军誓死不降，绝食而亡!”

佘赛花听罢，强忍着泪水，对属下说道:“杨将军一死，辽军必来犯我雁门关。众将士要悉心备战，以防辽军来袭。”

众将士都跪倒于地，也强忍泪水不发，心中如刀绞一般。

驻守云应等各州将士得到杨业死讯，纷纷弃城南逃。宋军北伐前期所占州县，尽皆丧失。

七、齐贤却敌

1. 君子馆之战

这日天气炎热，耶律隆绪弯弓搭箭，瞄准“猎物”，一滴汗珠自额角滑至眼角，手中的箭倏地射出，箭尖带着迅疾的破风声呼啸而去，只听“啊”的一声惨叫，一名衣甲破烂、面色惊惧的宋军士卒应声倒下。耶律隆绪冷静地拭去额角的汗水，再次弯弓搭箭，一箭，两箭，三箭，箭无虚发，不远处惊恐失措的宋军俘虏宛若困兽，一声声惨叫之后倒下。不一会儿工夫，十余名宋军俘虏便尽被射杀。一旁的侍从也跟着鼓掌欢呼。欢呼之后，他便有些索然无味地扔下弓箭，略作思索，朝萧太后的宫帐走去。

宫帐之中，萧太后正在与军中将帅商量战事。耶律隆绪童心大起，绕到帐后躲起来偷听。

“太后，我军大败宋军，势如破竹，加之日前杨业被擒，宋军士气大跌，正是我军大举伐宋之时，望太后速作决断。”

“入主中原乃我大辽举国之心愿，然时值盛夏，天气炎热，不利行军，哀家心中自有打算。"

耶律隆绪听到此处，心想：若是母后同意大军继续南下，我也要领军作战，驰骋沙场，斩杀宋军！耶律隆绪心思转动间，萧太后对帐外呼喊："绪儿，进来。"

"又被发现了！"耶律隆绪叹口气，走入帐中。见萧太后脸上挂着淡淡的嗔笑，他立即乖巧地笑道，"方才耶律将军所言，母后为何不允？"

萧太后摸摸他的头，当即收敛笑意，肃容道："绪儿，莫要忘记母后之前所说，我大辽入主中原乃迟早之事，须作长久打算。眼下宋军虽遭重创，然我军亦伤亡不小，时机未到，不可草率出兵！母后会命宋国王耶律休哥准备器甲，储存粮米，待到秋天风高气清，弓劲马肥之时，再大举南征！"

赵普一遍遍看着手中的圣旨，感慨不已。皇帝手诏之中详述北伐方略与意图，出兵实因"念彼民陷于边患，将救焚而拯溺，匪黩武以佳兵"。赵光义自觉谋划万全，无奈将帅等不遵成算，各持所见，致使军士疲乏，为辽军所袭，溃不成军。

"大人，为何事叹气？"王继英担忧地问道。连日来，赵普经常反复翻阅皇帝的手诏，时而感慨叹息，时而激动不已，时而坐立不安。赵普二次罢相，被贬京外，身边随从不多。王继英初虽为区区笔吏，然对赵普忠心耿耿，患难见真情，赵普对他颇为信任。赵普望着王继英，沉声说道："杨业一死，北伐败局已成，辽军必将南侵，边陲百姓再遭涂炭，老夫心中不忍！"

“大人忧心百姓,上天可鉴,但要保重身体,不可忧思过度。大人,下官有一言,不知当讲不当讲?”王继英深有意味道。

“继英,你我之间何须顾虑,有话不妨直言。”

“大人,古语有云,时势造英雄,如今陛下北伐大败,下官不才,窃以为此即为时势。”王继英小心地说道,同时密切注意赵普的反应。

赵普心中一动,王继英所谓“时势”,他岂会不知?时势造英雄,英雄者,不单是幸运者,更是关心时势者。此前上疏皇帝,赵普关心朝局时政之心可见一斑。

太平兴国八年(983),二次罢相离京之时,赵普曾对当时的宰相宋琪表示,自己此生无法报答皇恩,但求来世为皇帝效犬马之劳。

王继英一语点明:“您心忧天下,希望有一番作为,而要有所作为,您就必须掌握权力。然被贬谪出京,何以为大事?”赵普心中顿时敞亮许多,但他也明白,时势虽到,却非时机。当今陛下意欲建不世之功,北伐虽败,战争不息,陛下不会就此甘心,野心勃勃势如破竹的辽国大军也不会就此罢休。

皇帝在手诏之中并未问计于赵普,只是顺水推舟走下了赵普铺的台阶。赵普深吸一口气,自己的时机何时方能来临?

这日,宋庭朝议。赵光义已经焦头烂额,辽军随时有南下的可能,不得不作出应对。

宰相李昉站了出来,道:“北伐大事,关乎国运。陛下竟不曾与中书省会谋，方有今日之败！”

“朕自知北伐时未曾知会中书省，然则胜负之事孰能料定？倘若北伐将领按照朕之计策，东路持重缓行，吸引辽兵，中、西路相机而动，如何会有今日之败？”

此时，在场的曹彬早已羞愧难当。想想自己戎马一生，一世英名却毁在这最后一战上，不由百感交集。

赵光义接着说：“曹彬冒失轻进，违诏失律，累我三军，贬为右骁卫上将军；米信不遵部署，别道劳军，贬为右屯卫上将军。潘美西路军大败，贬为校检太保，然则此时正是用人之际，朕仍命你领所部兵马镇守三交口。”

潘美俯首道：“谢陛下隆恩，臣自当将功补过！”

“王侁、刘文裕，你二人战时不察大局，折损我一员大将，罪无可赦，王侁配金州，刘文裕配登州。”

赵光义将北伐失利之责归咎于几位将领，李昉等人也无话可说。又道：“今日朝议休要再提兵败之事，当务之急是如何防御辽军继续南侵。朕命张永德知沧州，宋偓知霸州，刘廷让知雄州。李继隆在北伐途中，率所部劲旅成列而还，现擢升为侍卫马军都虞候，中路军主帅田重进尚无败绩，擢升为侍卫步军都虞候。”

散朝之后，赵光义再次绕过中书省，将枢密院诸位官员召集至崇政殿问话：“诸位爱卿，杨业为国捐躯，代州知州一职暂时空缺，如今边防危急，何人可任此职？”

北伐各路军安全撤回的大小将领，他皆已将他们派往边防各州驻守，然代州知州一职颇为重要，若辽军来犯，代州首当其冲。

代州知州人选，赵光义尚在斟酌之中。

众官员听得皇帝此言，面面相觑。古时中原长城要塞有九，即雁门关、居庸关、八达岭、紫荆关、楚长城、黄草梁、井陉关、句注塞、平靖关，九塞之中，雁门居首。而这雁门关，便位于代州。

皇帝此言，一为让众官员推荐可用之人，二为官员自荐。然代州知州一职，且不论其地理位置之重要性，单其前任知州杨业，便足以让众人望而却步。杨业既败，何人敢守？

“陛下，臣愿为代州知州，请陛下成全！”

说话者语声坚决，掷地有声。赵光义心中一喜，循声望去，待看清说话者为何人时，心中喜悦顿时消减大半。原来说话者乃枢密直学士张齐贤。张齐贤向来主和不主战，七年前，赵光义初次北伐之时，张齐贤就曾反对出兵。如今二次北伐失利，张齐贤此时跳出来，无疑是在提醒皇帝不擅听纳谏，比李昉诸人的言辞批判还要令人难堪。

赵光义不禁微皱眉头，代州知州人选，他考虑过许多人，却独独未考虑张齐贤。

“张齐贤，你一介书生，出任代州，可知肩上责任？”赵光义敛容问道。

张齐贤伏地叩首，拱手答道：“身为臣子，应为陛下分忧；高居庙堂，当为百姓解难。边防危急，臣岂能安居京城，置百姓于不顾？臣愿前往代州，抵御辽寇，靖我边防，望陛下恩准。”

赵光义再看向两边，其他人面面相觑，并未提出反对意见，看来他们没人愿意领这份苦差。

“好，张齐贤，朕就让你出任代州，此番务必旗开得胜！”赵光义知张齐贤有治国之能，却不知张齐贤治军如何。

雍熙三年(986)七月，赵光义授张齐贤给事中、代州知州之职，与都部署潘美共同统率边境军队，潘美率主力大军驻守并州与三交口，张齐贤统领代州兵马。

一如赵光义所料，是年十一月，辽军大举南下。辽国萧太后亲自挂帅，宋国王耶律休哥为前锋都统，兵发三路，西路军攻打代州，中路军与东路军自幽州出发，分别攻打满城、望都与瀛州。

赵光义已做好迎战准备，只待辽军到来，与其决一高下。两次北伐皆以失败告终，朝野上下非议不绝，他急需一场胜利来抵御舆论，挽回颜面。

然辽军虽发，前期却只有东路军与宋军进行小规模作战，战争之势不温不火。萧太后此举无非出于谨慎考虑，意在试探宋军实力，但连吃败仗的赵光义却有些按捺不住，思虑再三，他命令瀛州都部署刘廷让率军攻打幽州。刘廷让亲自率兵数万，以贺令图为前锋自河北东部北上，扬言攻打幽州。

耶律休哥得到消息后，与帐下将士谋议：“如今宋军已经无力攻取幽州，此来不过是虚张声势。但贼军势大，亦不可小觑。速报太后，请得一支援军。我在前军与敌将周旋。”

“报将军，辽将耶律休哥书信一封。”

贺令图正在帐中歇息，马上翻身坐起，说道：“速速呈于我看！”

打开书信一看,上书:末将耶律休哥久闻将军英名,乃大将贺怀浦之后,无缘得见,甚为憾事。末将屡立战功,然那韩德让嫉贤妒能,在朝中进谗,言余功高震主,如今已见罪于萧太后,恐不久将有杀身之祸。末将欲投宋久矣,然苦无良门,望贺将军代为引荐。若能成功,将军对末将有再造之恩。耶律休哥谨拜!

贺令图接到耶律休哥书信,大喜过望,手捧书信,不禁微微颤抖。耶律休哥乃辽国大将,不仅屡次大败宋军,甚至赵光义腿上的箭伤也出自他手。若是能招得他投降大宋,不仅能鼓舞宋军士气,于国有利,自己也会立大功一件。

贺令图当即回信,表示愿意接受耶律休哥降宋。为表诚意,还向耶律休哥送去贵重礼物。

不久,耶律休哥提出欲面见雄州知州,贺令图欣喜若狂,立即率领帐下数十骑人马,出城迎接耶律休哥。

虽已是寒冬腊月,天气阴寒,然贺令图坐于马上,打马扬鞭向辽军大营奔去,颇有春风得意马蹄疾之感。贺令图一行人一路畅行无阻,于耶律休哥大帐前翻身下马。听辽军兵士回报耶律休哥正在帐中等候,贺令图起先还有些不满,自己前来招降,对方竟然未出帐迎接,但转而想到辽人乃蛮夷之族,不懂礼节也属情有可原,便不再计较,大踏步向大帐中走去并大笑道:“耶律将军,有朋自远方来,主人何在?”

贺令图走入帐中,帐中两侧站满全副武装的兵士,耶律休哥侧躺于胡床之上,哪有半分待客之道?贺令图心中顿时警觉,此时方才怀疑耶律休哥投降有诈,不禁面色惨白。稍顿心神,贺令图喝问道："耶律将军，贺某依约前来招降，尔等如此，意欲何为？"

"意欲何为？"耶律休哥嘲讽地笑道，"汝贪功无谋小人，本王岂会投降于汝？汝一向自称善营边事，今日此来，无非送死！"

耶律休哥话音方落，两旁兵士迅速上前，斩下其两名贴身兵士头颅，并将贺令图拿下。大帐之外，随同贺令图前来的数十骑人马相继被斩杀。贺令图悔恨不已，然为时已晚。耶律休哥鄙夷地看了一眼贺令图，心中已在谋划接战之事。宋军先锋大将被俘，萧太后援军将至，与刘廷让或可一战。

十二月初九，闻知先锋贺令图被用计活捉，刘廷让推翻桌子怒骂道："辽人狗贼！即刻出兵，攻击辽军。"同时，与李继隆商量好，自己若陷重围，则由李继隆出兵救援。

宋军浩浩荡荡直击辽军，势不可挡。耶律休哥眼看辽军将士一个个倒下，心忧如焚，忽听得兵士来报，太后援兵将至！耶律休哥顿时大喜，命军中将士全力进攻并在君子馆一带将宋军包围。

天寒地冻，刘廷让勉强拉开一张弓弩，就听兵士回报道："将军，大事不好，辽军援兵已至，将我军团团围住！"刺骨的寒气将弓弩也冻僵了。

"嘣"的一声，利箭离弦，一名辽兵应声倒地。刘廷让稳定心神，道："莫要惊慌，传令士兵，我军使者已派出，援兵将至！"

语毕，他挥刀向一名辽兵斩去。然而宋军杀到傍晚，大军被包围，也迟迟不见李继隆率援军到来，军心开始涣散。原来李继隆接到刘廷让部陷入辽军包围的消息后，为求自保，违背承诺，急令士兵撤退，屯守乐寿。与此同时，辽援军源源而至，宋军刘廷让部危在旦夕。

刘廷让得到李继隆撤兵消息，愤恨不已，一口鲜血喷出。恍惚失神间，胯下战马被飞奔而来的辽军一刀砍断双腿，战马嘶鸣倒地，人仰马翻，刘廷让跌落在地。

“将军快走，莫要在此枉送性命！”部下卫兵翻身下马，迅速将刘廷让扶上自己的战马，然后用力一拍马背。

刘廷让哀叹一声，策马急行，率数骑趁乱突出重围。至此，刘廷让北取幽州所率数万人马，几乎尽皆战死。

2. 土墱寨之战

君子馆战败消息传来，宋军士气低落，斗志全无，辽东路军乘胜追击，大肆攻城略地。代州城内，张齐贤与代州副部署卢汉赟发生争执。

卢汉赟说道：“辽军势如破竹，且不说前者岐沟关大捷，单君子馆一役，便围歼我军数万将士。如今辽军逼至城下，万万不可强攻，只要我等守城不出，以逸待劳，必将疲乏辽军，届时辽军自去。”在张齐贤听来，却皆是怯战之言。

张齐贤想到手下仅有几千厢军，亲率本部出城支援，也是枉然。此时此刻，无论如何也要劝说卢汉赟出兵。他恳切道：“将军，如今辽军围城在即，城中百姓无不惶恐，若不速速出兵救援，届时指挥使大败，辽军必然倾巢而至，何以守城？吾与并州河东主帅潘美相约在前，若代州遭袭，潘美必来相救。吾等只待援军到来，便可杀退辽军。然指挥使于城外战事危急，吾等岂能坐视不理？”

卢汉赟讥笑道：“潘美能来救援？知州大人岂不知昔日陈家谷之事？”

“将军切莫妄语！昔日陈家谷，潘将军的确有错，然错在未能力劝王侁。潘将军适时撤退，实乃顾全大局！”张齐贤怒声喝道，卢汉赟则甩手径自离开打道回府。

雍熙三年(986)十二月底，辽军乘势攻陷杨团城、冯母镇，祁州守军开城投降。后深州守军抵御辽军，辽军攻入深州城内，以守军未开门迎降为由，将城中将士全部杀死。一月之内，辽东路军兵至博州，西路军也进逼代州。张齐贤虽与潘美有言在先，然援兵未到，他委实不敢轻易出兵，正面对敌。

张齐贤在帐中走来走去，忽然想到：不能正面迎敌，但若侧面奇袭，或可一战。

此念一出，张齐贤用拳头拍了一下手掌，道：“传令下去！”

一个满脸刀疤的小将走了进来，此将正是当年在客栈中赐予张齐贤银两的那位，只见他带着他的一伙弟兄，个个草莽英雄，气势如虹。

张齐贤对他说：“辽军此番从胡峪口进军我代州，胡峪口位于代州之东。届时潘美将军援军赶到，辽军必退。辽军乃争利之军，大举进犯，无非掳掠粮食财物。纵使潘美将军援军未到，辽军攻下代州，掳掠一番之后亦必然退去。为掳掠更多财物，辽军撤退时断不会原路返回。辽军自代州之东而来，届时撤兵，必然自代州之西的阳方口而出，退往朔州。要到阳方口，必然经过土墱寨。土墱寨易守难攻，若是在此地设下埋伏，定能伏击辽军，虽谈不上大捷，但亦可小胜一回。你速速带两千厢军精兵，前往土墱寨设伏，一旦辽军回撤，立即出击，不得有误。”

刀疤脸回答：“将军放心，末将一定教他有来无回！”随即退出帐外，引军去了土墱寨。

大军刚一出发，张齐贤心中激动尚未平复，就听得部下来报：“大人，大事不好，我军安插于辽军中的细作被抓！”

张齐贤刚刚端起的热茶“砰”地落地，茶水碎瓷四溅，衣摆鞋袜尽被溅湿。张齐贤顾不得这些，慌忙起身，急道：“细细道来！”

士兵不敢犹豫，忙道：“据探子回报，我军细作被抓，酷刑之下，全部招供！城外现出现大量辽军！”

张齐贤恍若听到震天雷声，颓然坐下。宋军细作全部招供，他与潘美所协商之作战计划尽皆泄露，若是辽军以此设伏袭击潘美部，后果不堪设想。事已至此，张齐贤隐隐有种希望，希望潘美莫要出兵。皇帝命他们二人共同统率边境军队，辽西路军大举进攻之时，张齐贤便遣使赶赴并州，约请潘美率兵会战。如今辽军兵临城下，潘美定然已得到消息，估计不日即到代州。

“大人？”不知何时，又一名士兵奔进厅内，小心喊道。

“何事？”张齐贤头也未抬，无力地问道。

“启禀大人，并州使者到。”

并州使者带来的不算是个好消息，然而对于张齐贤来说，却是大大的好消息。

“禀将军，潘将军获悉辽军兵发代州，遂率军出城救援。然大军刚出并州四十里，到达柏井之地时，便收到皇帝的秘密诏书。皇帝得知东路军队在君子馆一役惨败之后，为保存实力，命并州军队皆不许出战。皇命不可违，潘将军无奈，只得率军返回并州。”

“大人，皇命难违，潘将军率军回撤实属无奈，望大人谅解。”使者解释道。

张齐贤稍作思索，笑道：“潘将军奉命行事，本官岂有怪罪之理？使者远道而来，一路风尘，自当歇息几日。来人，备酒款待使者。”

张齐贤吩咐仆人为使者安排食宿，同时派出两名手下，叮嘱他们小心看住并州使者，没有自己的命令，使者不得擅自离开房间，以免泄露潘美部行踪！接着，张齐贤带领部下来到城门，登高望远，见城外漫山遍野皆是辽军，部下担忧不已，张齐贤却镇定自若，甚而时不时露出笑意。

“大人，援兵回撤，代州危矣！”部下见张齐贤的反应，担忧地提醒道。

张齐贤笑道：“非也。此时贼军只知潘美前来支援，却不知回撤之事。不如将计就计，击退辽军。”

部下不明所以，疑惑道：“大人有何良策？”

张齐贤与他耳语几句，部下瞬间豁然开朗，直道果然是妙计。

是夜，张齐贤亲率厢军镇守城门。待到半夜时分，两百名厢军悄悄溜出代州城，向西南而行。这两百名士兵整齐列队，每人手持一面旗帜，身背一捆干草，急速行军，直来到离城三十里处，方才散开。两百名士兵相继点燃所背干草，同时摇摆手中旗帜。辽军远远看到火光之中旗帜晃动，以为并州援军到来，顿时惊慌失措。

“不好了，宋军从西南杀来了！”辽军开始有乱象。

张齐贤于代州城上观察辽军动静，见时机已到，便迅速跑下城门，来到厢军阵前，慷慨地说道：“保境安民，在此一战！吾欲率领尔等，斩杀贼军，尔等可愿随行？”

“吾等誓死相随，斩杀贼军，保境安民！”张齐贤的一名亲近部下率先应道。

此言既罢，身后千名厢军皆齐声道：“斩杀贼军，保境安民！”

一时间，厢军战士群情激奋。张齐贤见时机成熟，遂亲率厢军，从神卫都校马正的右方出击，攻打辽军。厢军战士奋力拼杀，辽军仓促应战，节节败退，自阳方口向北而逃。

辽军逃至土墱寨，刀疤脸见辽军至此，大喊一声：“杀呀！众将士与我一同杀出去，多杀几只辽狗，为我幽云百姓报仇！”

埋伏于此的两千厢军如同洪波涌起，迅速将辽军包围，暗夜之中，辽军已是惊弓之鸟，又突遭伏击，皆惊惧不已。区区两千厢军杀入辽军阵营，斩杀辽军精锐数百人。俘获辽国北院大王耶律蒲奴宁之子一人，以及其帐前舍利一人，共夺得战马两千余匹，器甲甚多。

宋军将士士气大振。张齐贤智败辽军，却不揽功，上呈捷报之时，将功劳全数归于卢汉赟及宋军将士。

萧太后获悉，担心河东宋军潘美部自太行山东出，夹击辽军，迅速下令耶律休哥率军北撤。宋辽两国得以暂时休兵。

3. 平戎万全图

“陛下圣明，吾皇万岁万岁万万岁！”皇宫垂拱殿内，百官俯首而拜，齐声颂道。

赵光义坐于大殿之上，平顶冠垂下的十旒白玉珠在眼前微微晃动。

河北宋军屡遭大败，岐沟关大战与君子馆一战，宋军前后死伤皆数万人，致使延边戍兵十分不满且斗志全无。然辽军肆虐延边，各州县为抵御辽兵，纷纷召集乡民守城，乡民既无作战经验，又无兵甲器械，辽军攻城克州，如入无人之境，大肆搜刮掳掠城外乡间土民财物，河北一带百姓惨遭荼毒，苦不堪言。

针对百姓困厄难行之局面，赵光义下旨：“河北雍熙三年以前未交之租税，为戎兵所蹂躏者，特免赋税三年；王师所经过者，免二年；其余免一年。”宰相李昉听后，当即率先称颂皇帝。

“众爱卿平身。”

百官应声皆起，唯宰相李昉长跪于地，说道：“陛下，臣有本要奏！臣听闻陛下近日分遣使者前往河南、河北四十余州征兵，凡八丁取一，以充戎行。河南百姓不同延边之民，世习农桑，罔知战斗，仓促招兵，情非所愿。臣担忧人情动摇，乡民逃避招兵而相聚为盗，更须朝廷剪除。如此，则河北百姓困于戎马，河南之民扰于匪盗，且农耕之时，妨碍农务。诸多不利，臣恳请陛下三思！”

赵光义正欲反驳，不料开封府尹、陈王赵元僖站出班列，奏道：“启禀父皇，儿臣亦有本上奏。仲春以来，父皇多次遣使，前往各州征集乡兵。然春气方盛,农事正勤,乡民安居农桑,万不可征兵扰民。普通乡民,生性散漫,难以管理,招入行伍亦不易指挥,无法驰骋战场。然征集愈广,所耗经费愈多,此举实属不妥。今寇戎出塞,边境已宁,至于防秋,当未雨绸缪,父皇可于百官将相之内,选才谋之人付以兵权,委以重任,则有备无患。河南久居内地,不若河北累经戎马,其乡民善骑射者众,可选置军中效力。望父皇只于河朔边缘之地征集乡民,守卫当地城池,河南之事,一切听罢!"

赵元僖言罢,朝中诸位官员纷纷附议。宋军在北方战场大败,朝中官员早已非议不断,此时若再与百官意见相违,实为不智。元僖所言不无道理,且正合他意,赵光义心念至此,遂笑道:"尔等忠心为国,朕心甚慰! 如此,便独选河北,诸路皆罢。"

雍熙四年(987)六月,潘美、田重进等大将进京觐见皇帝。赵光义亲自向他们展示自己制作的《平戎万全图》。

赵光义侃侃而谈,阵图之巨大,所配备兵马武器之详细,得意扬扬道:"朕呕心沥血,方成此图。阵图上步兵位于正中,可依托战车,抵御骑兵攻击,最宜我大宋与辽对战。诸位爱卿以为如何?"

潘美与田重进面面相觑,皆不知作何回答。大军因时因势机动而变乃克敌制胜之关键,若作战之时死守阵法,则将帅掣肘,乃必败之势! 对此,潘美与田重进等大将亦是心知肚明。

潘美拱手笑道:"陛下圣明,如此详细之阵图,若与辽军对敌,则我军必胜。"

田重进等大将自然纷纷附和,赵光义爽然大笑。望着宏大的

《平戎万全图》，他心中豪情万丈，不禁大声道："既如此，倘若辽军南侵，朕定让贼军有来无回！"

辽统和六年(988)，耶律隆绪与萧太后离开幽州城，出外游猎。

"陛下，那边！"近身侍卫小声提醒道。

耶律隆绪顺势望去，就见草丛中一只雪白的兔子正在觅食。他嘴角微扬，轻轻搭箭弯弓，瞄准兔耳，然后，只听"倏"的一声，利箭飞射而出。

山林中的动物跟被俘虏的宋军完全不一样。被俘虏的宋军不仅毫无斗志，亦无一丝生气，面对利箭，即使逃跑也笨拙迟钝，与待在原地等着中箭无甚区别。动物则不同，它们有强烈的求生本能，见到猎人撒腿便跑，即使背后有追逐的利箭，它们的步伐依然矫健迅疾。

觅食的白兔仿佛预知到危险即将降临，在利箭飞射而出的同时，白兔忽地纵身向前跃去，然终究快不过利箭。利箭风驰电掣，准确地射中白兔敏捷的后腿。白兔腿上中箭，却依然艰难地向前移动。身旁的侍卫打马就要去追，耶律隆绪微微一笑，拦住侍卫道："莫要再追。"说罢，便纵马向山林深处驰去。

耶律隆绪打马扬鞭，不知不觉出了一身热汗。驰骋山林已无法满足他，他最大的心愿是驰骋沙场，斩杀宋军。仅想想，便忍不住热血沸腾。休战已近一年时间，他甚至有些怀念箭射宋军俘虏的事情了：去年初，大军北归幽州，母后犒赏将士之后，只字不提南征之事，不知她心中作何打算？耶律隆绪侧身回望，见侍卫远远落于马后，不禁心下得意，扬起马鞭用力甩出，胯下坐骑嘶鸣一声，迅速朝前奔去。

宫帐内，萧太后放下手中奏章，慢慢走出帐外。正午将至，远处，和煦的阳光穿过细密的枝叶洒进山林。想到儿子出发前扬言要为她打一只梅花鹿回营，萧太后不禁展眉一笑。

“陛下已长大，汝无须担忧。”韩德让不知何时出现在萧太后身后，笑道。

萧太后回眸一笑，道：“绪儿业已成人，虽仍然一副玩闹性子，但对国中诸事，已经有了自己的见解。幼鸟终要长大，翱翔天际，此为亘古不变之天理。”知她者，韩德让也。

“陛下近日似有心事，汝可曾留意？”韩德让将手搭在萧太后肩上，轻轻问道。

萧太后轻笑不语，绪儿所烦恼者，无非南征之事。萧太后心念转动，忽听得林中马蹄阵阵，愈来愈近。

“母后，母后！”耶律隆绪单手执缰绳坐于马上，远远便挥手喊道。

身后，韩德让却轻拍她的肩膀。她心下会意，抿嘴而笑，静静望着她的绪儿。

快马驱至萧太后与韩德让身前，耶律隆绪翻身下马，将一只梅花鹿展示于萧太后面前。萧太后径自上前，轻轻地擦拭他额前的汗珠。

“母后，儿臣有一事不明！”情绪高涨的耶律隆绪忽而敛容道。

萧太后心中了然，笑道：“何事？”

他嗫嚅半晌，终于鼓起勇气，道："入主中原乃母后毕生之心愿，如今大军休养已近一年，时机已熟，我军何不挥师南下，征伐宋国？"

"绪儿，汝言及于此，母后深感欣慰。然征伐大宋，时机未到，暂不宜动兵。"

"时机未到？"

"正是。绪儿，汝须谨记，我军攻伐大宋，必在秋高气爽、草长马肥之时，万不可以疲军出战！"

耶律隆绪隐隐觉得萧太后此言似曾听过，却想不起到底何时何地听过。看到萧太后一脸肃容，他连忙道："儿臣谨记于心！"

4. 黑面王雪耻

是日，萧太后正在帐中处理事务，耶律隆绪急匆匆冲进帐中道："母后，儿臣愚钝，大军已至涿州城三日，为何迟迟不发动进攻？"

他行色匆匆，语气难免生硬。萧太后笑问道："三日前，母后命人将劝降帛书射入城中，汝可知为何？"

耶律隆绪疑惑地摇摇头。在他看来，母后劝降涿州，无非想不损一兵一卒，攻陷涿州。但宋军愚忠，此计实难成功，自己尚且清楚，母后怎会不知？

他心中所想，萧太后已猜出七八分。

劝降帛书已发出三天，涿州城中仍无任何动静，长久等待亦不是办法。萧太后便笑道:“吾儿无须担心,三日之后,宋军若不开城迎降,我大军必将破城而入!”

涿州城宋军守将据城坚守,不肯投降。十月初二,萧太后下令,大军围攻涿州。涿州城易守难攻,然孤立无援。辽军攻城之意坚决,虽损失惨重,最终仍然攻入城内。

耶律隆绪在侍卫簇拥下,得意扬扬地驱马入城。

不久,耶律隆绪一行忽听得小巷之中传出妇女呼喊救命,以及辽兵咒骂淫笑之声。辽军破城烧杀掳掠已成常事,大家对此自然心知肚明。他心下一喜,不由得感慨辽军将士之雄风。然而萧太后闻之,却面色一变,眉头微皱,当即命身边侍卫将犯事的辽兵带至车驾之前。

那妇女战战兢兢,哭哭啼啼,刚刚受辱也就罢了,现在还被带到大军之前,北夷好杀,不知辽人意欲何为?那辽兵则面无惧色,一副惫懒模样。萧太后观那兵士,知他已杀人成性,遂厉声喝问道:“我大军南征大宋,实为拯救万民于水火,汝既为兵士,理应保卫百姓,岂可行如此无道之事?”

此言既出,闻者皆惊,尤其那犯事辽兵,更是面色惨白,自己刚刚所为,乃破城之惯例,今日怎会触怒天颜?

萧太后不待犯事辽兵求饶,便厉声道:“此人欺辱百姓,毁我军誉,施以杖刑,以儆效尤!”

两旁侍卫应声答道,遂将犯事辽兵拖下去,当场施以杖刑。在一声声惨叫之中,萧太后和颜悦色地劝慰受辱妇女,并告知其辽军将士不会再劫掠百姓。受辱妇女哭腔渐止,心内惊喜交加,不禁对眼前这位雍容华贵的妇人多了几分敬畏之感。

萧太后趁热打铁，厉声对两旁辽军将士道："哀家即刻下令，大军入城不得劫掠百姓，违者杖之！另，不得滥杀投降宋军，应将其编入我大辽军中，为我所用！"

众人面面相觑，除韩德让外，连耶律隆绪也不知萧太后此举所为何意。行军参谋马得臣当即站出，奏道："太后，宋军难以为我所用，臣恐终留祸患，莫若放还！"

凡事利弊相兼，此中道理，萧太后自然清楚。然谋大事者，必须担得起大风险，萧太后意欲收服宋朝军民之心，招降更多宋地守城军民，此时便必须如此。萧太后心意已决，遂道："莫要多言！来人，将此言传遍军中，晓谕全城。"

涿州城被辽军所破，前来增援的宋军得到消息后，迅速回撤。萧太后急命耶律斜轸追击，大破宋军。五日后，辽军转攻沙堆驿，再次大捷。

与此同时，辽军在西路自大石路进逼代州。

张齐贤再次将刀疤脸士兵召进营帐之中吩咐道："此次辽军一万人马从大石路进犯我代州，实则是为了响应那萧太后的东路军马，无须多虑。你率部屯守代州外围，一部屯守繁畤，一部屯驻崞县。到时两路夹击，辽军必溃！"

"末将领命！"

果然，战况如张齐贤所预料的那般，辽军在崞县遇袭，繁畤厢军迅速夹击，辽军大败退出西路，萧太后命人不得再进犯代州。

七、齐贤却敌

十一月初六，辽军围攻长城口。翌日，萧太后与耶律隆绪亲临长城口外督战。宋军无力支撑，弃城南逃，遭遇耶律斜轸率部阻截。耶律斜轸欲招降宋军，宋军不降。耶律隆绪由韩德让率御帐亲骑护卫，亲自率兵出征，将不降宋军斩杀殆尽。

十一月十一日，辽军围攻满城三日后，破城招降宋军。接着，辽军又接连大破祁州、新乐、小狼山砦，势如破竹，宋军闻之丧胆，望风而逃。

十二月上旬，辽军主力进逼唐县之西三十里地的唐河以北地区，遭到宋军定州都部署李继隆、都监袁继忠所部有力拦截。

辽军所向无敌，宋军将士士气低落。赵光义见辽军势威，下令诸军坚壁清野，勿与之战。李继隆部虽拦截辽军，但军中将士犹豫不决，欲遵从皇帝旨意行事。

军帐之内，定州都监袁继忠力排众议，肃然说道："辽军迫近，今城中屯重兵而不能剪灭敌军，令其长驱深入，侵略他州，此为自安之计可也，然陛下命吾等驻守边疆，抵御敌军，如此一来，陛下任吾等折冲御侮之用何在？我将身先士卒，死于敌矣！"袁继忠一番慷慨陈词，帐中诸将皆热血沸腾，纷纷表示愿率军出战，抵御辽军。

监军太监林延寿静坐一旁，见此情景不禁冷笑道："陛下诏书在此，尔等胆敢抗旨不遵？"

此言一出，诸将面面相觑，有心杀贼，奈何皇命在前。诸将心有不甘，皆将目光转向主将，等待主将表态。

一直沉默不语的定州都部署李继隆冷眼看向林延寿，暗自沉思。此前君子馆一战中，刘廷让部陷入重围，自己违背承诺未去救援，朝野、军中皆对他非议不断，甚至有指责他为不忠不信、怯敌怕死之辈者。身为大将，岂能遭受如此大辱！心中愧疚，说与谁听？今辽军再次压境，定州城中重兵把守，足可一战，此乃天赐良机，岂能错过？

思虑至此，李继隆慷慨道："阃外之事，将帅得专其责焉。往年君子馆不即刻赴死者，固为今日以报国家耳！"

林延寿等人闻之大惊，大骂李继隆抗旨不遵。诸将则群情激昂，李继隆当即率诸将出城迎战。

辽军皆善骑射，骑兵铁蹄所向无敌，然宋军善骑射者寡，且大宋国内缺少优良战马，所以宋辽两军对敌之时，宋军步兵对战辽军骑兵，未战已输一半。然此次唐河之战，李继隆以手下静塞军骑兵为先锋，冲杀辽军。静塞军骑兵本属易州，被李继隆收归自己麾下，其作战勇猛，率先攻入敌阵，冲垮了辽军阵形。

辽军大败而逃，宋军乘胜追击至曹河，斩杀辽军五千人，俘获战马万匹。捷报送至汴梁，群臣相庆，皇帝大喜，不但未追究李继隆抗旨之罪，并且下诏褒奖定州诸将，赏赐丰厚。

唐河一战，打破辽军的不败之势，重创辽军，萧太后班师北还，但仍驻留在宋境之内。

次年，辽统和七年(989)，也即宋端拱二年(989)，正月二十一日，萧太后兵围易州，遂城宋军北上来援，却被萧太后派出的铁林军击败，宋军指挥使五人被擒。不久，辽军攻破易州，刺史刘墀投降。易州乃是周世宗时收复的三州之一，此次却再度陷于辽军，直到一百多年后，宋金两军夹击灭辽，才得以短暂回归，此是后话。

辽军此番南征，虽遭遇唐河之败，损失惨重，但收复易州、涿州两地，基本消除了河北宋军对幽州城的直接威胁，可谓战果辉煌。萧太后封赏将士，大宴群臣。

几番大战之后，宋军惨败者居多，宋军将士对辽军的畏惧愈发严重。虽然赵光义依然未放弃收复幽蓟的心愿，然事实所迫，他不得不采取一系列防御举措，防止辽军南侵。为此，宋军在河北地区增设屯寨，屯兵戍守。边境屯兵，粮草须从后方调运，因运送辎重的宋军常常遭到辽军截击，所以，为护送辎重安全到达边境，宋军往往出动万人大军，沿途护送辎重。

端拱二年(989)七月，威虏军城中缺粮，急需朝廷送粮支援。为解燃眉之急，赵光义诏令定州都部署李继隆调发镇、定两州万余马步军，护送数千乘辎重前往威虏军。耶律休哥得到探报，亲率数万精骑南下，欲半路打劫威虏军辎重。

耶律休哥对将士们说："宋军总是给我大辽勇士送粮食送兵器。此番我军意在夺粮，不与敌战。"

宋军北面缘边都巡检使尹继伦擦擦额头的汗水，回头望望身后的千余步骑，一个个皆大汗淋漓，气喘吁吁，虽心有不忍，然巡视边防乃边防守军之重任，不可松懈。看到士卒们虽然辛苦，却仍大步向前，尹继伦心中甚慰，回头继续驱马向前。不知为何，尹继伦心中有隐隐的不祥之感。

"辽……辽军……辽军来了！"

一声惊叫之后，尹继伦所部士卒顿时惊慌失措。不远处，数万骑兵宛若滔天洪水，铺天盖地而来，快马奔驰，扬起的尘土滚滚而至，遮天蔽日。

“莫要惊慌！贼人已至，不若拼死一战，以身报国！”

言罢，尹继伦迅速派出两名士兵回去报信，自己率领剩余人马严阵以待。千余宋兵对战辽军数万精骑，无异于以卵击石，然宋军战士抱着誓死之决心，个个视死如归，气势十足。尹继伦心潮澎湃间，辽军数万精骑已踏马而至。

耶律休哥不屑地瞅了一眼严阵以待的千余宋兵，一言不发，带领骑兵继续前进。他们此行的目的是宋军的数千乘辎重，区区千余宋兵，何足挂齿？数万骑兵浩浩荡荡，自尹继伦部面前大摇大摆而过，无数双望向尹继伦部的眼睛，无不充满鄙夷和不屑。屈辱和愤怒在宋军士兵心中不断燃烧着。

望着辽军绝尘而去的背影，尹继伦怒声对部下道：“寇蔑视吾等如无物！彼此番南下，若获捷则还军之时乘胜驱吾而北，如若不捷，亦将泄怒于吾等，吾等将无可幸免。为今之计，吾等唯有卷甲衔枚以蹑踪其后，乘机袭之。彼锐气前驱，不期吾等杀至，吾等力战而胜，足以建功立业。倘若不胜，则纵死犹不失为忠义，岂可泯然而死，为胡地之鬼乎！”

千余部下闻尹继伦所言，无不情绪激昂，纷纷表示愿誓死相随。尹继伦遂命士兵秣马会食，待到黑夜之时，即人人手持短兵器，悄悄追踪于辽军之后，夜行数十里，终至唐河与徐河之间。

时至翌日凌晨，天色未亮，耶律休哥命士兵距李继隆部主力四五里之处扎营造饭，打算早餐后整军列阵攻击李继隆部。

这时，尹继伦见辽军防备松懈，正在埋锅造饭，下令道："诸位将士，天赐良机，此番正是我宋军报仇雪恨之时。随我杀下去，活捉耶律休哥！"

"杀呀！杀呀！活捉耶律休哥！"

辽军正在吃饭，只防范前方李继隆部，却不知后有追兵。宋军挑翻营帐，踢翻锅灶，好一通冲杀。

耶律休哥正在吃饭，忽见宋军杀到近前，耶律休哥慌忙欲整军迎敌，却被宋军用短刀砍中手臂，伤势颇重。耶律休哥无奈，只得跃上战马，落荒而逃。

李继隆见辽军后军已乱，便下令："众将士与我速速杀过去，夹击辽军！"

李继隆部遂乘机从正面向辽军发起冲锋。辽军溃不成军，败逃时自相践踏，死伤无数。李继隆与镇州副都部署范廷召乘胜追击，一直过徐河之北十余里，俘获甚众。

耶律休哥因轻视尹继伦，而招致徐河大败。此战之后，辽军闻尹继伦而色变。因尹继伦面色黝黑，故而辽军将领在此战之后，经常互相提醒："当避黑面大王。"

5. 守内虚外

端拱二年(989)正月，李继隆率军大败辽军于唐河不久，辽国萧太后率兵攻打易州之时，位于幽州西南的博野之地，宁边军知军柳开也在筹划一件大事。

柳开带着四名贴身护卫，急匆匆奔驰在空无一人的街巷之上。

初春天气，夜晚时分的空气仍带着湿重的寒气，但因急忙赶路，柳开倒也不觉得寒冷。今晚，柳开要去见一个契丹人，此人从幽州而来，奉上官之命来与柳开谈判。

柳开正要前往，副将劝阻他道："将军只身前往，恐有性命之忧！况且屈尊移驾，有失大宋体面。"

柳开说："此去关系破幽州大事，吾若不去，谁愿代劳？当年我追随米信将军，边境之民疾苦，历历在目。若有机会荡平幽云，如何不去？"遂只身前往。

一路快行，不多时，柳开一行便来到一处民宅前。护卫叩门而入，一行人来到正厅。民宅主人乃当地名望乡绅，家境殷实，为人豪爽，柳开已拜访过多次。正厅之中，除家主之外，还坐着一位辽属汉人。

双方见礼之后，柳开便开门见山道："白万德将军别来无恙，有何条件，汝不妨直言。"

这白万德，河北真定人，乃幽州守城辽军中一名高级将领，统领边军七百余帐，与这民宅家主是儿女亲家。柳开常来此地，与家主共同劝说白万德降宋。

白万德见柳开如此爽快，便说道："吾归宋之心已久，然则叛辽投宋，实为铤而走险，不知道宋国皇帝有何打算？"

柳开随即笑道："白将军忠心为国，日月可鉴。吾一定力劝吾皇出兵，与将军里应外合，拿下幽州。到时将军必为头功，吾皇定会为将军升官加爵！"

柳开爽快答应，白万德激动不已，当即问道："敢问大人，何时起事?”

大事将成,柳开心中亦喜,笑道:“莫急,此事须详细谋划,待吾筹谋已定,自当遣使而去!”

是夜,柳开回到府中,他将与白万德密会之策写于奏折,命人即刻呈于皇帝。

传信出门之后,柳开坐在烛火前,内心陷入思量:雍熙北伐宋军于岐沟关一战惨败,之后又大败于君子馆之战,两次大战皆伤亡惨重。边境之上,宋军闻辽军而色变;朝堂之中,文臣武将争议不断。关于对辽政策,朝堂上出现主战与主和两派,却不知道皇帝如今作何打算?

柳开想到前些日子在朝堂之上的一幕。

宰相李昉说:“这幽州附近燕山地区的险要地段已被辽军占领,我军无险可守,亦不具备与辽军大规模作战的条件;而且,自古战争劳民伤财,劳民者,实为伤农,若是再战,恐会损失国之根本。我军连连大败,军心不稳,大伤元气,即使再战而捷,亦是自损严重,既非功在当下,亦不利在千秋。”

柳开当时北伐归来,时任殿中侍御史,听到主和派此番言论,当即反对道:“大宋泱泱大国,岂能向蛮夷之人妥协?战败便不敢再战,岂不是畏懦之行?陛下,吾深受皇恩,无以为报,愿以不惑之年,领步骑数千人,驰往边境,出生入死以复幽蓟。纵使埋骨沙场,亦在所不惜!”

赵光义听罢道:“好,柳将军一片挚诚,朕命你为统帅宁边军,镇守边境,以俟时机。”

柳开想到这一幕，自己翘首以盼的时机已经到来了。思及此，柳开不免壮志满怀。

几日后，赵光义命人加急手书一封送给柳开，柳开打开一看，只有二字："主守"，当即全身松软，坐倒于地。

不主动出兵，岂不是人为刀俎，我为鱼肉，任辽军宰割？柳开愤愤地想着，不自觉地用力一拍桌子，手掌的疼痛让本就毫无睡意的他更加清醒了。柳开心想：将在外，君命有所不受！不等皇帝同意，自己取下这幽州，到时候大功一件，相信皇帝也定会嘉赏。

几日后，柳开筹划已定，便派遣使者前往幽州，将作战方案交予白万德。柳开于府中焦急等待消息，然使者未归，圣旨却到。柳开不敢怠慢，慌忙跪接圣旨，宣旨太监字正腔圆，朗声宣读："辽军狡猾，数次诈降，不足为信。所有边防将士不得轻出，如有违抗，军法处置！朕命柳开将军知守全州，即刻赴命，钦此！"

柳开一字一句听在耳中，一颗心仿佛沉入冰河，越沉越低。宣旨完毕，柳开"扑通"一声瘫倒在地，神情愣怔，竟忘记领旨谢恩。宣旨太监眉眼生怒，厉声道："柳开，汝不领旨，莫非要抗旨？"

柳开恍然回神，天命不可违，自己岂敢？望一眼怒眉横生的宣旨太监，柳开颤巍巍俯首拜倒，悲声道："臣领旨谢恩。"

时将正午，阳光暖暖洒向大地，驱散了边地的寒气。柳开坐于马上，缓缓驱马南行，身上寒意阵阵。这全州为蛮荒之地，柳开不惧蛮荒，只是如此一北一南，陛下用心，他岂会不知？泱泱大国四百州，却无法踏灭一个蛮夷小国，反而被打得只有防御之力，长此以往，国将焉存？最后望了一眼自己欲有所抱负的宁边军，柳开含恨转身,策马疾驰南下。

柳开驱马南下之时,赵光义在崇政殿内,陷入沉思。自岐沟关、君子馆战败之后,宋军被迫从攻势转为守势,如何防止辽军兴兵南侵,便成为他首要考虑的事宜。大败之下舆论重压,朝中反对与辽作战者日众,赵光义颇有些喘不过气来。

赵光义考虑到,自初次北伐幽蓟至现在,宋辽两国之间的关系已发生翻天覆地之变化,大宋已无力出兵北伐。大宋禁军几乎无可用之人,不得不征集乡民,以充戎行。乡民战力有限,且不利于农耕,而农业乃国之根本,万不可伤筋动骨。加之大宋西北之地,夏州李继迁动乱日盛,国内已自顾不暇,何来精力出击外敌?如今只有积极防御,放弃攻伐之事了。

他长叹一声,问侍立一旁的王临机:"王临机,朕错了否?"

正是春乏之时,王临机刚才见皇帝在专心批阅奏章,便偷偷打了个盹。忽然听到皇帝喊自己,王临机瞬间清醒,随即小心问道:"陛下有何吩咐?"

赵光义无奈苦笑,沉默挥手,示意无事。生前之事,尚且谋划在人,成事在天,更何况身后之事?

崇政殿外,春日的阳光明媚而温暖,千树吐绿,百花绽放,万物欣欣向荣。然终有一日,叶落花谢,纵使照耀千古的阳光,也会在一夕之间,日升日落。

八、故皇索命

1. 赵普三出

李昉，这个向来以性格温厚著称的宰相，自雍熙北伐失败以后，在朝堂之上几乎事事与皇帝对着干，尤其对雍熙北伐之事，李昉带领一帮文人批评皇帝。赵光义无奈之下，不得不因北伐之事发下罪己诏。即使如此，文官们依然不满意。这几日，赵光义只要从朝堂上下来，便会大发雷霆。

王临机一边偷眼观察皇帝的反应，一边在心里暗暗诅咒李昉。其他太监不清楚，他却一清二楚，朝中大臣之中，李昉能力一般，之所以能贵为宰相，只因他性格温厚，易于为皇帝所驱使。

“王临机！”王临机忽听得皇帝大喊自己名字，连忙应道：“陛下，何事?”

“汝以为赵普如何?”赵光义颇有些漫不经心地问道。

王临机心里一惊，这句话听起来似乎毫无来由，不过若是和之前自己的想法连在一起，岂不是……王临机不敢想下去，皇帝和赵普之间的关系非常微妙，并非自己可以枉议。思及此，王临机连忙伏地拜倒，战战兢兢道："老奴不知陛下何意？"

赵光义宛若未闻，默然不语，心中却长吁短叹。自雍熙北伐失利之后，自己在朝中的日子真是一天难过一天啊。北伐之前，自己绕过中书省直接与枢密院商议北伐之事，一方面的确因为不希望听到反对北伐之声，另一方面则因为文官不懂军事，与其商量亦是无益。

赵光义恨不得罢免李昉，然李昉一心为公，此时又是朝中反战官员的代表，想要罢免他并非易事，而且罢免李昉后，何人又可为相？

他突然想到赵普！此时自己陷于危困，能解危局者，唯有赵普。赵普两次为相，其资历在朝中无人可比，他若为相，无可争议。

陈桥兵变、杯酒释兵权、金匮之盟，有关大宋立国之大事皆赵普谋划。如今这舆论危机，让赵普去化解，自然不在话下；且雍熙北伐初期，赵普得知大军北伐，便上疏称北伐必败，希望撤军，若以他为相，反战文官亦不会反对。北伐东路军失败之后，他曾多次上疏出谋划策，其忠心日月可鉴。

凡事有利便有弊，赵普有才，但行事专断，很有可能威胁到自己的皇权，不过事已至此，比起赵普的专断，自己更需要他为自己解困。赵光义心意已决，不觉长长舒了一口气。

这日一大早，王继英便前往赵普府中道喜。虽然赵普此次只是由武胜军节度使改任山南东道节度使，但皇帝将其改封为许国公，则是可喜可贺。不为其他，只为皇帝终于再度想起了赵普！

很早起床的赵普亦是神采奕奕，虽然已是六十五岁高龄，但人逢喜事精神爽，赵普精神矍铄，满面红光接待了王继英。前番他上疏，皇帝以手诏回复，此番皇帝又将他改任，若赵普所料不差，不久，皇帝将委以大任！

赵普对王继英道："继英，若他日时机成熟，汝可愿随本官回京？"

王继英先是一愣，随即恍然笑道："下官愿鞍前马后，以待差遣！"

端拱元年(988)，赵普担任山南东道节度使已近一年。是年春天，赵光义下令举行籍田大典，赵普为许国公，自然位于大典之列。是年，罢相五年的赵普回到汴梁，并于大典之前，向皇帝上疏一封，言辞恳切，意欲面见圣颜。赵光义感慨不已，称赵普乃开国元勋，自己所敬重之人，应当听从他的请求，于是接见赵普。君臣二人相见，无不感慨万千，皇帝再三抚慰，赵普更是感激得呜咽泪下。

皇帝再次接见赵普，不仅朝中大臣议论纷纷，就连街边茶馆酒肆之中也议论不断，开封府尹赵元僖自然不会错过。赵元僖乃皇帝次子，自长子赵元佐因叔叔赵廷美之事发疯，纵火焚烧皇宫而被贬为庶民之后，赵元僖便成为太子的第一人选。雍熙四年(987)，陈王赵元僖被任命为开封府尹，亲王尹京，便是名义上的储君候选人。

赵元僖望着满桌的美味佳肴，没有丝毫食欲，心想：父皇再次召见赵普,莫非要启用赵普?然赵普已两次被罢去相位,父皇怎么还会再次任用他?可是赵普乃两朝元老,有经天纬地之才,既能二次罢相,第三次任相又何妨?

赵元僖只觉脑中思绪万千,一团乱麻,猜不透皇帝此举意欲何为,哪里还有心思吃饭。赵元僖手拍桌案,心中拿定主意,当即前往书房撰写奏疏,欲上呈父皇。

自己虽然以亲王身份担任开封府尹,是名义上的储君候选人,然一日未登大位,则万事不定,更何况自己连太子之位都未登上。赵元佐虽被贬为庶民,然朝中依然有他的势力,况且只要赵元佐不死,便是正统的皇位继承人。

长远打算,赵元僖觉得必须想方设法提高自己的威望。既然父皇欲重新启用赵普,若此时及时上疏推荐,既可赢得父皇好感,又可顺势笼络赵普。心中主意已定,赵元僖下笔如飞,只一会儿工夫,便已写完。赵元僖在奏疏之中尽言帝王须笼络人才以及相位之重要性,并竭力推荐赵普担任宰相之职。

公元988年正月十七日,赵光义在京城东郊举行籍田大典,祭祀神农。大典之后,他回到皇宫,登乾元门,大赦全国并改年号为“端拱”。不久,赵光义在朝中与诸大臣商议西夏李继迁叛乱之事,忽闻朝堂之外鼓声大作,众人皆惊。

朝堂之外,登闻鼓前,翟马周一下一下击打鼓身,鼓声震天。翟马周本名翟颖,之所以改名为马周,亦与此次击登闻鼓有关。前几日,好友知制诰胡旦找到他,怂恿他来此击登闻鼓,状告宰相李昉。为让皇帝看到他的一片赤诚之心,胡旦特意让他改用初唐名臣马周之名。一介平民状告当朝宰相，其结果不是一步登天，便是身陷地狱。

“堂下所跪何人，报上名来！”

从登闻鼓院到金殿之下，这段时间仿佛很短，又仿佛很长。

“大胆，陛下询问，为何不答！”

翟马周一时惊慌，不敢回话，待听到一声尖利的斥责，才恍然意识到刚才问话者乃当今陛下，遂连连叩头，战战兢兢道：“回陛下，草民翟马周，乃京城一普通佣书人。”

皇帝略一思索道：“翟马周，汝为何敲击登闻鼓？”

“启禀陛下，草民，”翟马周暗暗深吸一口气，闭眼回道，“草民敲击登闻鼓，实乃代表天下百姓，状告朝堂大臣！”

语惊大殿，众大臣面面相觑，轻蔑者有之，内心忐忑担忧者有之，当然，心知肚明者亦有之，比如知制诰胡旦的好友、枢密副使工部侍郎赵昌言。

皇帝愣怔片刻，随即厉声问道：“状告何人？”

“当朝宰相，李昉！”翟马周语声坚定道。

朝堂哗然，大臣议论纷纷，李昉脸色铁青。

赵光义颇有深意地望着殿下众人，道：“翟马周，你以何事状告宰相？”

翟马周见陛下询问，顿时心中一松，按照胡旦所言，道：“陛下，李昉身任元宰，理应忧国忧民，然我大军北伐之时，李昉却于家中宴饮取乐，赋诗饮酒，不配为相！”

赵光义暗自冷笑，以此为由状告宰相，此翟马周空有其名！然而自己若欲拜赵普为相，便必须罢免现任宰相。此前赵元僖上疏希望自己任赵普为相，当时自己没有罢免李昉的理由，便暂时搁置。如今翟马周所言虽是欲加之罪，却正合己意。如此，便只能委屈李昉了。

心思已定，他也不看李昉，只对翟马周道："此事朕已知晓，汝且先退下！"

翟马周一愣，皇帝既无大赏，又无重罚，不知何意。也罢，未获罪入狱，已是万幸。叩首谢恩后，翟马周退出垂拱殿。出得殿外，翟马周打了个寒战，遂加快脚步，匆匆离开。

翟马周退下不久，赵光义亦宣布退朝。大臣纷纷散去，李昉一人缓步迈出垂拱殿大门。寒风拂面，李昉清醒许多。虽然皇帝对翟马周告状之事未置一言，然则未重罚翟马周亦是一种表态，且自己于北伐期间设宴饮酒乃不争之事实，无可辩驳。此事可大可小，恰在此时揭出，便是天大之事。此前皇帝召见赵普，他便已有预感，皇帝有心启用赵普，若赵普回朝，自己怎能继续居于相位？

几天后，即端拱元年(988)二月十二日，李昉被罢去宰相之职，改任尚书右仆射，罢政事。同时，山南东道节度使赵普被任命为太保兼侍中，参知政事吕蒙正被任命为中书侍郎兼任户部尚书，二人皆加同平章事。至此，赵普的第三次宰相生涯开始。

宣制之日，朝班大臣听闻赵普复相，反应不一。户部侍郎雷德骧曾于太祖时期弹劾赵普"擅增刑名"而被贬官，后其长子雷有邻击登闻鼓为父鸣冤，此举直接导致赵普第一次被罢相。此时听说赵普再次复相，雷德骧当即心中害怕，不经意间竟将手中朝笏掉于地上。

“陛下！”雷德骧慌忙跪地拜道，“陛下，臣雷德骧请求卸职归田，望陛下恩准！”

赵光义闻言心中一惊，赵普初次被罢相与雷德骧有直接关系他当然知晓，但赵普再回朝堂，雷德骧竟然害怕至此，出乎他的意料。赵光义当朝不允，下朝之后又召见雷德骧，并好言劝慰，声称自己乃一国之君，定会保全雷德骧。然雷德骧辞官之意坚决，赵光义无奈，只得赐他白金三千两，将其罢为知京朝官考课。

2. 雷厉风行

“天干物燥，小心火烛！”更夫甲大声喊毕，将手中的锣用力敲了三声，旁边的更夫乙也跟着将手中的梆打了三下，“咚——咚咚”，皆是一慢两快，正是三更时分。二人常年在此地附近打更，对此处大户人家非常熟悉。再往前走一段路，便是枢密副使工部侍郎赵昌言府上。

赵府气势恢宏，更夫甲远远看到里面灯火通明，便向更夫乙努嘴示意，二人皆嘲讽地一笑，当即缓步慢行，故意拖延时间。

不一会儿工夫，黑暗中相继走出四乘轿子，轿夫皆行色匆匆，小心翼翼向赵府走去。即使人在轿中看不清楚，但两名更夫心里明白，轿中四人，一个是盐铁副使陈象舆，一个是度支副使董俨，一个是知制诰胡旦，最后一个则为右正言梁颢。因四人几乎每天晚上都在赵昌言家聚会，且皆是半夜而至，所以老百姓便给前面两位取了个外号，一个叫陈三更，一个名董半夜，成语“三更半夜”便由此诞生。

见四位大人每天晚上前往赵府，两名更夫不禁窃笑。每晚夜深人静之时打更甚是无聊，逗留于赵府附近看这四顶轿子，便是此二人最大的乐趣。

赵府书房内，赵昌言与另外四人时而小声议论，时而高谈阔论，几乎句句不离“陛下”二字。无他，只因这五人在此就为研究皇帝，以揣度圣意，投其所好取悦之。

不过今晚，五人言语中除“陛下”二字外，还反复出现“赵普”的名字。赵普今日再次拜相，取代宰相李昉，必将不再追究皇帝雍熙北伐失利之事，于皇帝有利。赵普虽然复相，却终究不若其他几人得陛下恩宠。谈及此处，五人不免得意大笑，尤以知制诰胡旦最甚。之前他怂恿翟马周击登闻鼓状告宰相李昉，李昉因此罢相而赵普代之，如此算来，赵普之所以为相，还应为翟马周记上一功。

胡旦刚刚想到翟马周，赵昌言便主动提出：“翟马周之事甚善，陛下虽未大加赏赐于他，然罢除李昉便为大胜，翟马周此人或可委以大用！”

众人都表赞同，胡旦心中更是得意。

这一日，赵普府中迎来了一位贵客，开封府尹——以前的陈王、现在的许王赵元僖。赵普刚刚拜相不久，他便前来贺喜。赵元僖曾上疏请求父皇任赵普为相，此事赵普自然知晓，如今赵元僖来贺，他当然欢迎之至。一个是欲大施拳脚的两朝老臣，需要权力的支持；一个是刚刚成为储君候选人的亲王，需要倚重老臣提高声望，此二人结成政治联盟，实乃天作之合。

二人分宾主坐下，赵元僖寒暄一番，道贺之语罢，便问道："宰相大人心怀远大，此次高居百官之首，不知有何感想？"

赵元僖所言问及感想，实则欲知晓赵普上任之后打算做什么。赵普心知肚明，却笑道："多谢许王关心。正所谓老骥伏枥，志在千里，普老骥得陛下怜爱，委以重任，自当结草衔环以报皇恩。"

赵普笑容满面，然而言及"陛下怜爱，委以重任"时，心中却有淡淡的悲凉之意。此番复相，皇帝不仅严厉警告他勿以位高自纵，勿以权势自骄，谨赏罚，举贤能，弭爱憎，而且皇帝一改先例，同时任用两个宰相。与赵普皆加同平章事的吕蒙正乃太平兴国二年(977)的状元郎。吕蒙正为人耿直，在朝中不结党羽，遇事敢言，是以深受皇帝重用。皇帝任用吕蒙正，一为让吕蒙正跟随赵普学习，一为掣肘赵普，以防他权力过大，威胁皇权。

虽然赵普所言并未切中赵元僖心中所想，但他依然立即接道："宰相忠心耿耿，实乃我大宋之福！"

"许王谬赞！"赵普淡淡笑道，"普此次回朝，发现朝中结党营私者众，其中尤以赵昌言为首的同年会最为可恶，且方士侯莫陈利用恃宠而骄，鱼肉百姓，甚是猖狂，为大宋长治久安着想，普欲除此毒疮，不知许王可否助普一臂之力？"

赵元僖心中一惊，惊其言语之直接，亦惊其魄力之巨大。赵普方才所提，皆为当今朝中最大之隐患。以赵昌言为首的同年会已渐渐把持朝政，侯莫陈利用一介方士，猖狂倒在其次，近年来他笼络士族，亦渐成朋党之势。

自古以来，朝堂之上最忌朋党，东汉党锢之祸、唐代牛李党争，此皆为教训。朝中大臣深忧此二者之祸者众，然皇帝对赵昌言与侯莫陈利用皆宠信有加，敢言除此乱者寡。今赵普甫一复相，便将矛头直接对准赵昌言与侯莫陈利用，此番魄力，不禁令赵元僖心潮澎湃，热血沸腾。且赵普既言除此毒疮，则此二党不复久存，此亦为自己大有所为之时。赵元僖起身而立，拱手道："宰相一心为公，本王自当竭尽全力以助之！"

二人一拍即合，当即商议除奸之事。赵元僖表示将全力搜集此二党之罪证。

佣书人翟马周近几日颇有些得意。此前他击登闻鼓状告宰相李昉成功，皇帝并未重用于他，但他敢于直谏之名声业已传出，一时闻名京城。好友知制诰胡旦认为他应该趁热打铁，上言皇帝自荐，状告朝中十数名大臣。若此事成功，自己必将高居庙堂。他与胡旦相约，要去胡府拿上书皇帝的言表。穿行于满大街的走卒贩夫之间，想到自己不久将高居庙堂，翟马周不禁露出一丝得意之色。

然翟马周尚未行动，许王赵元僖的亲吏便得到消息，赵元僖大喜，连忙禀告皇帝。赵光义命赵元僖查明此事。赵元僖将翟马周捕入大狱，审得全部实情。赵普深知翟马周乃受赵昌言同年会指使，意欲排挤与同年会意见不同者，对其深恶痛绝。于是赵普入宫面见皇帝，言翟马周受胡旦指使，攻击朝中大臣，毁谤时政，枢密副使工部侍郎赵昌言为其助言，亦参与其中。赵普继而将赵昌言、陈象舆等五人已结成朋党、操纵朝政之事奏闻皇帝。

赵光义闻之大惊，朋党祸乱朝堂，此中之害，他当然非常清楚。然赵昌言等人素来为他所宠信，宰相李昉诸人多次批评自己雍熙北伐之错，赵昌言等人则屡次为自己解困。往日里，但凡自己心有所想，赵昌言等人便会满足自己。此次若非赵普重新入朝，赵昌言本是下任宰相人选。赵普却突然状告赵昌言等人私结朋党，操纵朝政，他怎能不惊？

“爱卿所言属实？”赵光义的语气中更多的是难以置信。

人皆言皇帝宠信赵昌言，如此看来，所言非虚。赵普心中叹息一声，欲除赵昌言等人之心愈加坚定。

“陛下，前者翟马周受胡旦指使状告宰相李昉，后又危及朝中多位大臣，翟马周区区一介佣书人、投机取巧之辈，怎会有如此胆量气魄？现翟马周已经全部招认，状告朝中大臣之言，皆出自胡旦之手。胡旦与董俨、陈象舆、梁颢等人每夜于赵昌言府中私会议事，在朝中排除异己，任人唯亲，朝局大危，今人证物证俱在，不容辩驳。陛下，此等乱贼，不杀之不足以振朝纲！”

“杀之？”皇帝心中一震，纵使赵普所言非虚，然赵昌言对自己忠心耿耿，断不会做对自己不利之事，怎可轻易杀之？

皇帝面色犹豫，赵普当即悲愤地说道：“陛下，赵昌言乖戾难制，留之为祸，为我大宋长治考虑，请陛下诛杀之！”

赵光义心中长叹一声，遂说道：“爱卿，佣书人翟马周诬陷朝臣，即刻杖责刺字，流放海岛，禁锢终身。赵昌言等人有功朝廷，以功抵过，罪不至死。即日起，枢密副使工部侍郎赵昌言贬为崇信军节度行军司马,余者,皆酌情罢免。”

话音刚落,赵普便再次请道:“陛下,赵昌言等人必须杀,不杀不足以平民愤!”

赵光义眉头微皱,遂厉声道:“爱卿,赵昌言等人已获罪,此事休要再言,若无他事,爱卿安歇吧!”

赵普再伏地而拜,叩请皇帝诛杀侯莫陈利用。之前侯莫陈利用被流放商州,不久便被皇帝召回京城。赵普担心侯莫陈利用再获重用,查出侯莫陈利用对皇帝出言不逊,且书信中有作乱之言,便上疏皇帝严惩。岂料赵光义只是将其再次流放,禁锢商州。

“陛下,侯莫陈利用罪大责轻,存之何益!”

赵光义坐于上位,心中感慨,思虑半晌,最终无奈道:“爱卿,朕贵为天子,岂有万乘之主不能庇一人乎?”

赵普语气坚决,言辞慷慨道:“此巨蠹犯死罪十数,陛下若不诛,则乱天下之法。法可惜此一竖子,何足惜哉!”

赵光义悲愤难言,长叹一声,道:“既如此,便依爱卿所言,侯莫陈利用死罪无赦,处以磔刑!”

赵光义上谕已发,不久便心生悔意,急遣使前往商州。然中途使者坐骑困于泥路,待使者换马而至商州,侯莫陈利用已被磔于市,闻者无不称快。侯莫陈利用既已死,赵普斩草除根,将其所推荐官员,亦一应诛杀。

3. 赵普三落

早晨上朝至现在,赵光义先是于垂拱殿跟百官议事,散朝之后又接见感德军节度使李继捧。李继捧刚一离开，他便再也无法忍受箭伤痛楚，于龙榻之上休息。

赵光义会见李继捧，无非是希望李继捧招降李继迁，平了西夏之路。西夏之事既然安排妥当，他心中安慰许多。

赵光义近日箭伤发作得越来越厉害，放眼普天之下，能缓解自己箭伤之痛者，唯侯莫陈利用。思及此，皇帝疼痛难忍，便欲召侯莫陈利用，却转而想到侯莫陈利用已经被自己赐死商州，他的拳头便恨恨地捶在龙榻之上。

忍受着身上的疼痛，赵光义不禁想起了赵普复相这几月来自己的生活。堂堂一国之君，却受宰相威逼，无法庇佑朝臣。先是赵昌言、陈象舆等，后是侯莫陈利用，此几人皆是自己心腹之人，赵普却非要置他们于死地。

赵普胸怀大才，然行事强硬，复相之前，赵光义想过他或许会危及自己的皇权，亦对此作出安排，不仅对其言语警告，而且还特意安排吕蒙正掣肘赵普，以限制他的权力。不想赵普上任才几月，便以雷霆手段整顿吏治，让他这个皇帝颇为难堪。

朝中百官，跟风元宰者众，赵普甫一复相，朝中批评雍熙北伐失败之言遂消靡殆尽。至此，北方边境宋军虽仍与辽军对抗，然朝中已无人再提及北伐失败之事，涉及战事者，无非如何对抗辽军。如今任用赵普为相的目的已经达到，赵普已然可以回家养老了。皇帝不禁感到为难，赵普上任才三个月，若是此时罢免他，恐引起朝中大臣不满。

窗外忽然传来一阵聒噪的知了叫声，赵光义烦躁地微皱眉头，侍立一旁的王临机察言观色，慌忙命小太监出去将知了赶走。不想小太监刚刚退出，赵光义却忽然大笑起来，天气炎热，赵普年迈，不耐酷暑乃人之常情。如此一来，罢免赵普之事虽不可急于一时，却可徐图之。

这一日，赵普像往常一样在政事堂办公，天气太热，即使是在室内，赵普也感觉身体像是在经受烈日的炙烤，额前大汗淋漓，汗水浸到眼睛里看不清东西。赵普擦擦汗水，看看外面的烈日，时近午时，离自己退朝归家还有一个时辰。也好，还有许多政事要处理，虽然自己怕热，但更怕时间不够用。

赵普在心中无奈地感慨一声，自己身体不足惜，只担忧自己百年之后，朝中再无能臣可用。无意间看到吕蒙正就坐在对面，赵普心中不禁感到稍许安慰。自己三次任相以来，对吕蒙正尽心教导，吕蒙正也不负所望，才短短五个月，应付宰相之事已得心应手。想到此，赵普嘴角不禁浮起一抹欣慰的笑。

“陛下驾到！”

赵普一愣，与吕蒙正对视一眼，慌忙起身迎驾。一时间，政事堂诸位大臣尽皆起身接驾。君臣寒暄已毕，诸位大臣各司其职，皇帝独与赵普相谈。

“爱卿，近来身体安否?”赵光义看着大汗淋漓的赵普，关切道。

赵普立即笑道:“臣身体康健，多谢陛下关心。”说罢，赵普忍不住举手擦擦额前的汗。

“康健便好。”皇帝淡淡笑道，“近日天气炎热，朕心忧爱卿身体难耐酷暑，特送来冰块与爱卿消暑。”

赵普连忙拱手笑道：“臣谢陛下！”

“爱卿多礼。尔乃大宋功臣，万不可有所闪失。朕近日寝食难安，思前想后，深觉爱卿不宜操劳过度，所以欲请爱卿归家休息，若遇重大政事，朕再召爱卿入宫问对。等入秋天凉，爱卿再回朝主政，不知爱卿意下如何？”

赵普心中一动，瞬间感觉整个人仿佛掉入冰窟一般，额前的汗水立即变得冰凉不已。皇帝表面是关心自己的身体，实则是想让自己远离朝政。此次复相之前，虽然他已做好随时被罢免的准备，然自己毕竟年迈，且对朝廷一片忠心，原以为皇帝会准他功成之后告老还乡，岂料……

“臣领旨！”赵普起身离座，叩头拜谢，抬手擦了擦眼角的泪水，感慨道，“陛下，臣逾耳顺之年，身体年迈不支，近日更是暑热难消，陛下待臣如此，臣诚惶诚恐，感激涕零，无以为报！他日若陛下召唤，臣定当万死不辞！”

赵光义心中长长舒了一口气。此事他虽筹谋已久，心中却并无多大把握，生怕赵普推三阻四不肯归家，即使如此，他亦不能强制罢免赵普。方才见赵普半晌没有回应，他着实捏了把汗。事情既然如此顺利，他大笑道：“爱卿一片忠心，实乃我大宋之福！”

时光如梭，转眼暑热尽消，枝头的树叶由嫩绿转为金黄，进而枯黄，伴随着端拱元年(988)冬天的第一场大雪，悠悠地飘落而下。

赵普坐在自己的书房内,望着窗外纷扬的雪花,感慨万分。自从七月归家休息,转眼已过去四个月。赵普自嘲是历史上最清闲的宰相了。自归家至入冬,朝中大事常有,小事不断,然皇帝甚少召见自己,他的用意可谓非常明显。所以,刚一入冬,他便主动向皇帝上疏请假,言称自己体弱多病,不宜入朝议政,需在家休养。事已至此,自己唯有不断地迎合皇帝的心思,不断地放权,方可渐渐消除他对自己的戒备之心,为自己挣一个安稳晚年,亦为膝下儿女赢一个太平人生。赵普忽然觉得自己做个清闲宰相,欣赏眼前寂静的雪景,倒也有几分舒适自在。

窗外的雪安静地下着,仆人忽然慌慌张张自赵府门口向书房奔来,打破了书房外的宁静。赵普眉头微皱,正欲责问,忽听仆人慌张道:“老爷,陛下……陛下驾临!”

赵普愣怔片刻,随即慌忙离开书房迎驾。君臣见面,双方入正堂寒暄,皇帝心情很好,对赵普嘘寒问暖,再三嘱咐他多加保重身体,二人相谈甚欢。不久,皇帝既去,赵府之人无不欢呼雀跃,皇帝亲自到访,莫非要请自家老爷入朝?赵普看着喜悦不已的家人,面色平静地来到书房。皇帝亲临探病,自是无上荣宠,然皇帝与自己相谈许久,却甚少提及朝中之事。如此看来,他将自己驱出朝廷之心甚决啊!赵普感慨叹道,自己还是做个赏雪的闲人吧。

奈何无闲心者,何以做闲人?

4. 魏王索命

端拱二年(989)七月,京城的街头巷尾都在议论天空东北方向出现的彗星。彗星者，妖星也，此次彗星不但持续时间很长，且彗星尾部光芒越来越长，十几日之后，出于东北方向的彗星竟然还变为西北方向。此等异象，不仅百姓之中流言不断，朝中大臣亦议论纷纷。

天现异象，赵光义头疼不已。妖星乃天罚，天罚者，无非上天对当今天子不满。时北境之上，宋军被辽军打得闻风丧胆，朝中竟有人以妖星为由，提出发兵北伐，以为避祸。赵光义因彗星之事，下令避正殿，于偏殿处理政事。日常膳食也相应减少，躬身践行，以祈求上天原谅。然彗星居于苍穹旬日，却终究不见散去，朝野上下之议论，日渐甚嚣尘上。

就在他头疼不已之时，休息在家的赵普望着天空的彗星，亦忧心不已。刚刚仆人来报，街头巷尾都在议论彗星之事，百姓对皇帝的不满之情已越来越重。至于朝中百官，甚至有人翻出雍熙北伐失利之事，欲责问皇帝。

赵普并不相信妖星之说，若是区区妖星便可左右国运，那之前自己又何必精心谋划黄袍加身，后又殚精竭虑治理大宋？天象唯有被有心人利用，才可称为妖星！此时赵普的心情颇有些复杂，皇帝焦头烂额，他身为人臣，理应为其分忧。皇帝头疼，他便有了表现之机，既可为大宋尽忠，又可借机进一步解除皇帝对自己的怀疑和戒心。诸多情绪汇聚在一起，赵普感叹一声，决心向皇帝上疏一封。自己当清闲宰相已近一年，也是时候辞去宰相之职了。

翌日，垂拱殿内，赵光义与朝臣诸事商议已毕，朝臣像往常一样等着散朝。不料，赵光义却突然拿出一封奏折，称乃宰相赵普所奏，上言妖星之事，命王临机宣读。

朝臣面面相觑，皆惊愕不已。赵普长期不上朝，如今忽然上奏，又言妖星之事，不知所言为何?

赵光义恍若未闻，将奏疏交予王临机。王临机上前一步，稍清嗓子，随即高声宣读。偌大的金殿之上，唯有王临机的声音激荡其间。赵普在奏疏中一番慷慨陈词，洋洋洒洒七百言，一言妖星谪见，皇帝不必引咎，自己身为当朝元宰，政术疏遗，所以才导致妖星谪见；二言司天台伐辽避祸乃邪佞之言，未明真伪，深惑圣明之听；三言大宋开国三十年，国富兵强，近古无比，皇帝功不可没；四言自己欲亲往面圣，然病体步履维艰，恐失臣仪，乞于闲暇之时，略垂宣唤，并以自己政术疏遗为由，请求罢去宰相之职。

昨日接到赵普奏疏，赵光义仔细阅览之时便感慨不已，此时听王临机抑扬顿挫宣读，他细细听来，不禁心潮澎湃，激动难平。自己正被妖星之事烦扰得焦头烂额，赵普便上疏，以年迈之躯身担天谴，实乃大宋之忠臣。

王临机语毕，百官面面相觑，皆默然不语，寂静的金殿宛若无人。赵光义望着众人，淡淡笑道："赵普所言，众位爱卿以为如何?"

"启禀陛下，"宰相吕蒙正当即站出班列道，"宰相所言甚是，臣亦位列元宰，政事疏漏，导致妖星谪见，还请陛下降罪!"

吕蒙正言毕，当即有好几位老臣亦请求皇帝降罪。赵光义心中顿时舒畅，连日以来忧虑心惊，唯有今日，自己方才算长舒一口气。妖星纵使居空不逝，然今日之后，妖星之扰算是过去了。思及此，他好言劝慰、勉励朝臣一番，连赵普在内，并未罢免一人。散朝之后，皇帝摆驾前往赵府探望赵普。

自端拱元年(988)冬天以来，皇帝多次前往赵普府中探病，其贤君之名也渐渐在街巷传开。

皇帝御驾赵府，君臣礼毕，赵普与皇帝寒暄一番，犹豫半晌，终于下定决心道："陛下，臣病体在家，本应安心养病，以待身体康健为国效力，然臣年迈不堪，恐康健无期。臣心忧朝廷，近日思虑良久，欲向陛下推举二人，以为重用。臣惭无致主之能，但有荐贤之志，朝行夕死，是所甘心。"

赵普说话间不停咳嗽，赵光义见之不禁心忧，忙道："爱卿欲举何人，不妨直言。"

赵普强忍住咳嗽道："陛下，左正言、直史馆寇准为人耿直，且于西夏调运兵食长达五年，今西夏兵乱，寇准可堪大用。除此，知代州张齐贤亦可重用。齐贤文韬武略，知代州期间数次智破辽军，胸中有济世大才，若委以重任，乃百姓之福。"

赵光义心中一动，寇准曾上疏极言北边利害，甚得其心，早已欲擢用之，赵普此番提出，可谓正中下怀。至于张齐贤，赵普此前便上疏，称国家山河至广，文轨虽同，干戈未息，防微虑远，必资通变之材，工部侍郎张齐贤素蕴机谋，兼全德义，如当重委，必立殊功。且不说赵普如此推举，张齐贤于代州智破辽军，便已深得他的喜欢，如此大才之人，他岂有不用之理？然赵普病体如斯，依然不忘举贤荐能，此等忠义与胸怀，亦令他感慨不已。

不久，寇准官拜虞部郎中、枢密直学士，张齐贤被赵光义任命为刑部侍郎、枢密副使，入朝主政。

端拱二年(989)八月,出现于天际一月之久的彗星即将散去,赵光义得司天台言,大喜,遂大赦天下,当天傍晚,彗星全部消失。

是年十月,极少参与政事的赵普向皇帝上疏,请求辞去宰相之职。赵光义喜出望外,手捧赵普的奏疏便要批准,提笔之时却突然顿住,若是自己此刻便准予赵普的请辞,难免有卸磨杀驴之嫌,于自己声名不利。思虑良久,他亲书手诏一封,告知赵普莫要再提请辞之事。

淳化元年(990)四月,距赵普上疏请辞宰相之职已过去半年。这几日,赵光义接连收到赵普的三封奏疏,封封皆言自己年迈多病,请皇帝准许自己辞去宰相之职。三封奏疏,一封比一封措辞强烈,情绪激动。早欲罢免赵普的赵光义接连收到其三封奏疏之后,便不再挽留,批准其请辞,免去其宰相之职。但是,为了向世人展示自己的宽广胸襟,虽然他恨不得赵普无官一身轻,但依然保留其原本官职,同时任他为西京留守兼中书令,即宰相级别的西京留守。

赵普离开汴梁之日,赵光义率百官亲自送行,并且特命赵普长子赵承宗随从护送,次子赵承煦随行护理。考虑到赵普年迈体弱,精力不足,皇帝还特意任命西京通判协助赵普,减轻赵普的压力。

君臣相别,二人皆心情沉重,寒暄叮嘱间潸然泪下。

“爱卿,此去保重!”赵光义接过王临机端来的酒,感慨道,随即一饮而尽。

“陛下隆恩,臣感激不尽!”

赵普取酒亦一饮而尽，老泪横流，屈膝就要跪下去，皇帝连忙阻拦，赵普却固执地跪地而拜。

“陛下，臣此生得遇陛下与太祖，乃臣毕生之福，请陛下受臣三拜！”

三拜结束，赵光义连忙搀扶起赵普，拱手道：“爱卿为大宋江山呕心沥血，朕代天下百姓，谢爱卿！”

赵普激动不已，叮嘱皇帝保重身体，再与皇帝身后百官拜别之后，由次子赵承煦搀扶，颤巍巍地朝家走去。

“陛下保重！”赵普回身，用尽全身力气高声喊道，随即转身上车。

车驾缓缓，向洛阳驶去。太阳西斜，赵光义望着愈行愈远的赵普，内心滋味有些复杂。赵普终于走了，从此以后，大宋再无掣肘他的人；赵普走了，大宋也再难有此能臣，倘若他日再遇到烦心的难题，又有谁人帮自己化解？

“陛下，该回宫了！”身后宰相吕蒙正小心说道。

赵光义恍然回神，点头转身，銮驾威严，向皇宫行去。

至此，赵普的第三次宰相生涯终于画上了句号。

世事难料，月有阴晴圆缺，人有旦夕祸福。赵普到达洛阳后不久，七十一岁寿辰将至，赵承宗奉命来洛阳为父亲祝寿，却突然去世。赵普得知长子死讯，当即病倒。

淳化三年(992)七月的一天，赵普感到口渴，看到老妻趴在桌边睡着了,便欲出声叫喊。

可是,赵普突然发现老妻身边竟然站着一个人。赵普心下一惊,以为自己看错了,揉了揉眼睛,看到那人竟微笑着朝自己走来。那人缓缓靠近,赵普面色惊骇,想叫但叫不出声;想动却一动不能动。

那人来到床边,死死盯着赵普,嘴角的微笑忽然变得狰狞无比。然后,他缓缓伸出手,双手掐住了赵普的脖子。赵普奋力地挣扎,却毫无作用。此人并非别人,正是魏王赵廷美!

赵普的妻子醒来时,发现赵普已经咽气了。

噩耗传至汴梁,正在批阅奏章的赵光义闻之震惊,手中的毛笔掉到地上。时值傍晚,他在王临机的搀扶下来到殿外。夕阳西下,晚霞似缎,一如那日赵普离开汴梁时的落日。物是人非!赵光义长叹一声,大宋开国至今,第一批开国元勋已渐渐全部退出政治舞台,很多人已经追随太祖而去。端拱二年(989),忠武军节度使、同平章事潘美因陈家谷未救杨业一事抑郁而终时,赵光义便感慨不已,如今又是赵普。

"赵普!"赵光义默默重复这个名字,直至此时,他对赵普的感情依然有些复杂。他用赵普,亦防赵普;他恨赵普,亦服赵普。赵普于他,虽是臣子,却亦敌亦友。翌日上朝,他提及赵普去世的消息,悲痛不已地说:"普事先帝,与朕故旧,能断大事。向与朕尝有不足,众所知也。然朕君临天下以来,每优礼之,普亦倾竭自效。尽忠国家,真社稷之臣也,朕甚惜之。"

赵光义当朝宣布,废朝五日以追悼赵普,赠其为尚书令,追封真定王，赐谥号“忠献”，亲自用八分书为赵普撰写神道碑铭文，赐与其家。同时，他派遣右谏议大夫范杲代行鸿胪卿之职，为赵普护送丧事，赐绢布五百匹，米面各五百石。赵普下葬当天，皇帝恩赐其帝王专用的卤簿鼓吹仪式。

再说一段后话，六年后即咸平元年(998)，赵恒追封赵普为韩王。诏称：普识冠人彝，才高王佐，功高吕望、萧何，辅弼两朝，周旋三纪，正直不回，始终无玷，特此赵普配飨太祖庙庭。

5. 太祖索命

自从赵普死后，赵光义的身体也越来越差了，两天一早朝，三天一休假。晚上时常被箭伤痛醒，太医们又束手无策。赵元僖经常去探望父皇，亲侍汤药，嘘寒问暖，赵光义偶尔也会喜笑颜开。

这日赵元僖从内宫出来之后，心里便在想刚才看到的父皇大腿上的箭创的样子。那箭创已经瘀黑了一大片，最中心的肉似乎已经烂掉了。父皇大限不远了吧？想到这里，他眉头一皱，因为自己如今还不是太子，那似疯非疯的长公子赵元佐仍然是准王储。

次日，赵元僖带着一件东西来到赵元佐府上，用锦缎包住那东西，随行的小公公一路端着，却不知是什么。

“皇兄，为弟来看你了！”赵元僖不等仆人通报，便直入大堂。

这时，赵元佐正在墙上画画。他站在凳子上，用毛笔将大厅的白墙涂得乱七八糟，自己身上只披着一件内衣，没穿外套，头发散乱，有些发丝已经打结了。

赵元佐听见有人唤他，转过头呵呵几声，又继续去画画了。

八、故皇索命

赵元僖再叫一声:"大哥,弟弟来看你了!"赵元佐一直傻笑着画画,并不理会他。

赵元僖便走到凳子下,转到赵元佐身前,探头从下面往上望去,道:"大哥,弟弟给你带好东西来了,快下来。"

赵元佐便从凳子上跳了下来,立足未稳,一屁股坐在了地上。

赵元僖扶起赵元佐,让手下的小太监把东西放在赵元佐面前。赵元佐一直在笑,问:"嘻嘻,嘻嘻,这是什么?"

赵元僖道:"你打开看看就知道啦。"

赵元佐掀开一看,里面乃是一个小人偶,人偶的样子正是魏王赵廷美,赵廷美龇牙咧嘴,嘴角还挂有一丝血迹。赵元佐刚刚看清,就吓得一直哆嗦,口吐白沫。赵元僖忙将那个人偶藏起,大声喊道:"来人,快来人!"自己却在偷偷发笑。

离开了赵元佐府上,赵元僖感觉很轻松,今日一试,那赵元佐果然有心疾,日后不再也是自己的威胁。

回到家中之后,他一反常态地来到了正室那里。他可是很久都没来这里了,因为近日经常去张氏那里。自从纳了张氏为妾之后,他对正室就越来越冷淡。今日前来,只是想重新讨好那正室,因为那正室乃是父皇亲自赐婚,把正室哄高兴了,对他将来继位有好处。

"夫人我来看你了!"

"今天吹的是什么风啊?"

"夫人说得哪里话。我近日太忙了,等我以后继承大统,一定让你享尽荣华富贵。"

“王爷今天是犯糊涂了，臣妾已经不做白日梦了，莫非王爷有求于我？”

“说得哪里话，我好心好意来看你，你却处处生疑！”

“王爷，臣妾与你已经做了十几年的夫妻，你在想什么，臣妾岂会不知？”

赵元僖只能一笑，道：“夫人当然最懂我。夫人助我登基，以后也会母仪天下！”

说着，便喝下了摆在面前的一杯姜茶，这茶是刚才张氏送给正室享用的。

赵元僖刚喝下，忽觉腹中疼痛难忍。那正室惊得不知所措，急道：“王爷这是怎么了？”想要扶住赵元僖，赵元僖却疼得来回打滚。

她急忙喊人来救，只见赵元僖一口黑血喷出，随后便不省人事。赵元僖弥留之际，想到今天去赵元佐那里的所作所为，忽然觉得这就是现世报，便含恨而死。

赵光义得报，迅速前往王府，见皇儿惨死，哭得老泪纵横，命令彻查此事。真相很快大白，张氏欲窃取正室地位，便在茶中下毒，赵元僖误饮，乃至冤死。赵光义命人将张氏祖坟刨出，将张氏碎尸。

元僖死后，赵光义身体更差了。他想到长子发狂，次子暴毙，难道这一切都是报应？他感觉到自己大限不远了。

参知政事寇准从青州还京，赵光义秘密将其召入内宫。他屏退左右，王临机仍在。他一挥手，王临机也无奈地转身离去。赵光义便将自己的箭创示于寇准。寇准见后，大惊失色，那箭创已经开始流脓了。

“卿当知朕为何召你还京了。”赵光义提好衣服，艰难地转过身来，便问，“爱卿，朕可以将天下神器交付给诸子当中的哪一位呢?”

寇准道:“陛下您为天下择君，不可以谋于妇人，亦不可以谋于近臣。恕微臣不知之罪。望陛下择选明君。”

赵光义不理会寇准所言，问道:“元侃可乎?”

寇准答:“臣实在不知啊!”说罢俯首大拜，再也不肯抬起头。

赵光义指着寇准，道:“你你你! 罢了罢了!”

寇准离去，赵光义思索，这寇准听吾欲立元侃，并不反对。朕若立他人，以寇准的脾性，或许会一驳。

第二天早朝，赵光义召见群臣，王临机宣旨:“襄王元侃，为人仁厚，素有德名。今日封开封府尹，改封寿王。朕欲将元侃立为皇太子，择日举行册封大典。望百官相偕太子，同舟共济，开我宋室万世基业!”

这道圣旨传下之后，满朝文武拥戴。然而消息传到后宫李皇后时，李皇后却浑身不自在。

这赵元侃虽然早就过继了过来，但向来都不听她的话。李皇后总觉得和赵元侃的性情没法相投，有时候她想用些手段讨好元侃，元侃都毫不留情面地拒绝。李皇后往往碰一鼻子的灰，便与元侃疏远。

李皇后倒是与元佐很相投。她早年产过一子，可不久就夭折了。那李贤妃撞死在赵光义面前之后，元佐便被过继了过来。元佐倒是懂事，待李皇后如自己的生母，百般孝顺，李皇后在心里亲近元佐。

众人都说元佐疯了，可元佐一到她面前就一点都不疯了，说起话来头头是道，也没有什么怪异的举动。但元佐见了他人，有时顽劣，有时暴力，有时又像个小孩子。李皇后心想：这难道是元佐的保身之策吗？

太子册封大典不日就要举行，李皇后心里不是滋味。若赵元侃被立为太子，日后就顺理成章做皇帝了。那元佐将立于何地呢？于是，她传唤王临机入宫。

李皇后对王临机说："公公啊，你可知皇上要立太子了？"

"满朝文武都知道了，娘娘，是老奴亲自宣的旨。"

"那我那佐儿怎么办？"

"娘娘啊，陛下钦定，谁又能改？况且，大殿下……"王临机欲言又止。

"你是想说哀家的佐儿疯了吗？王公公，你在朝中已经三十余年，这朝中的真真假假你还看不清楚吗？"

王临机凑到李皇后面前："皇后娘娘此话当真？"

"哀家能骗你吗？"

王临机在太后面前走了三圈，转过来对太后说："娘娘，若大殿下真的是装疯卖傻的话，我王临机愿意助大殿下一臂之力。"

李皇后急切地问："那如今要怎么办呢？陛下的话是收不回的。"

王临机说："皇后娘娘莫急。陛下的成命是收不回的，如今我们只能等待机会。况且就算三殿下被立为太子,还有很多变数。娘娘且静观其变。”

至道元年(995)九月,册封太子大典如期举行。

自唐末以来,五代十国乃至于宋初百年之间,竟无一次册封太子的大典。那么此次太子大典,真可谓是百年难得的盛事,万众瞩目,翘首以盼。

册封仪式开始,赵光义命人颁发册立诏书。赵元侃改名赵恒,着常服骑马到朝元门外等候,换上远游冠、朱明衣,入殿受册,百官朝贺毕,遂前往帝陵,拜谒太庙求祖宗保佑。仪式完毕后,大街上山呼海啸:“太子真乃社稷之主也,太子真乃社稷之主也!”

赵光义招来寇准问道:“四海之内心属太子,百姓欲置朕于何地?”

寇准微微一笑道:“陛下,您慧眼识珠,将天下神器付于社稷之主,乃是万世之福啊!”

赵光义听后内心大慰。此等人才,如若能全心辅佐太子,自然是天大的好事;如若生了异心,那该如何是好?

这个问题困扰了他好几日。有一天,他突然想到了吕端。当年正是他力劝赵廷美出征,解了后顾之忧。此人识大体,又忠诚老练,正是合适的人选了。于是赵光义就传唤吕端在御花园陪自己钓鱼。

吕端与皇帝坐了近半个时辰,两人一语不发。吕端不知皇帝葫芦里卖的什么药。

赵光义突然钓到了一条大鱼，哈哈大笑。

“爱卿，朕这钓鱼之技如何？”

吕端回道：“陛下心静如水，方能等到鱼儿咬钩，臣不及陛下万分之一。”

赵光义还未尽兴，命人笔墨伺候，当即写下一首《钓鱼诗》，诗云：“欲饵金钩深未达，磻溪须问钓鱼人。”他对吕端道：“爱卿，朕将此诗送与你，你可要好好收藏！”吕端连连拜谢。

赵光义终于说道：“爱卿，你可知朕此次传唤你来，是何意吗？”

“启禀陛下，恕老臣糊涂，老臣实在不知啊。”

“在朕看来，即使全天下都糊涂了，你吕端也不糊涂。朕深知大限已到，太子年幼，你可愿全力辅佐太子？”

吕端长跪于地，道：“辅佐太子殿下乃是微臣的本分，臣定当效犬马之力，如若陷于危局，臣愿以性命保殿下周全！”

“有爱卿这句话，朕放心了！”

这日赵光义升殿之后，已经无力说话，命王临机降旨，封吕端为太子太保、顾命大臣，总理朝政。

说完，赵光义示意太子跪拜于吕端，赵恒俯首跪拜，虔敬有加，百官同时拜服。吕端手持尚方宝剑，侍立于皇帝之侧，一时威严不容侵犯。

散朝之夜，赵光义一人卧于榻上。窗外阴风阵阵，树影斑驳，他不禁打了个寒战。这时，他老眼昏花，忽然看见烛光下坐着一个人，背影很伟岸、熟悉。

八、故皇索命

“你终于来了！”赵光义说。

“为兄已经等了你很久了，你怎么现在才来！”

“幽云不能取，西夏那边也出了乱子，还有几个儿子疯的疯、死的死，我放心不下，所以才到了今天。”

“那么多宰辅，可惜终不能为你所用啊！”

“皇兄，我征伐幽云，只为收复故地，有错吗？”

“错不在此，错在你不知兵。须知将在外，君命有所不受！”

“哦。那些将领还是皇兄你的，非为弟所能用啊！”

“你太累了，该歇歇了，随为兄驾云去吧，老祖还要为我等讲道呢！”

赵光义跟着兄长，出门而去，此时是至道三年(997)三月。

王临机已是六十岁，一路跑着来到李皇后寝宫，上气不接下气地说：“娘娘，娘娘，机会来了，再等就晚了。”

李皇后急忙问：“公公说什么？”

王临机回答：“陛下驾崩了。”

李皇后一听，差点晕过去。王临机赶紧扶住，道：“娘娘啊，您先别急着伤心。现在是千钧一发之际呀，如今正是拥立大殿下登基的最好时机！过了今天，恐怕就再也没机会了。”

李皇后振作精神，问：“公公，你说怎么办？”

“皇后莫急，听老奴一言。那吕端是先皇钦点的顾命大臣，倘若将吕端骗至宫中幽禁起来，再借其名行拥立之事，大事必成！”

李皇后问：“那公公如何说与吕端？”

"老奴就称皇后召见于他，届时皇后命三五个宫人将他拿下便是。"

李皇后道："好好，那有劳公公快些去吧，迟了我那佐儿就没机会了。"

王临机出宫之后直奔吕端府。这吕端虽然不在宫中，但自从受命为顾命大臣之后，早在宫中安排了诸多内线，这时他也已得到了皇帝驾崩之事，强忍悲痛，正要出门迎接太子殿下登基，却碰到了王临机。

王临机见了吕端之后，对他说："吕大人，老奴奉皇后懿旨，召大人进宫，皇后说有要事与大人相商。"

吕端听出着王临机字里杀气腾腾，灵机一动，对王临机说道："王公公，我这就与你同去。不过我得先回内室拿一样东西。此件东西关乎大宋命运，我正欲呈于太子殿下。"

王临机听吕端说这关乎大宋命运的东西，也禁不住好奇地问："什么东西如此重要？"

吕端把王临机拉到跟前，假装四下张望，然后轻轻地告诉王临机："陛下驾崩之前，曾经留有一道遗诏，命我在他百年之后，将其转交于太子殿下。"

王临机大惊失色，问："陛下留有遗诏？"

吕端看一眼王临机，道："陛下留有遗诏在情理之中啊！"

王临机迅速恢复镇定，问道："吕大人可知陛下遗诏所为何事？"

吕端说："我一直未看。如今陛下驾崩，我身为顾命大臣，或可一睹。今日正好王公公来,王公公乃是先皇最信任的人,你我同览,正好王公公可以为本官做个见证,我吕端绝未私览遗诏。"

王临机当然兴奋,于是便随吕端进了内堂。吕端让王临机稍作休息,自己去取遗诏。不一会儿,只见吕端的几个家丁将这个内堂大小窗门用木板全部封死,钉上了密密麻麻的钉子。

王临机大呼上当,只听吕端在外面喊道:"王公公得罪了。待吕端安然送太子登基之后,定会放公公出来的。"

王临机喊着:"吕大人,你回来!吕端,你给我回来!皇后召见你!"

吕端根本不睬,扬长而去。

吕端囚禁王临机后,便就去见李皇后。他并不是只身闯宫,而是持着虎符,带着五百禁卫军。

李皇后见禁卫军将后宫围得严严实实,吕端走了进来,却不见王临机,心生了几分胆怯,也猜出了几分意思。

吕端道:"不知皇后召见老臣有何要事?"

李皇后道:"先皇殡天,哀家以为立嗣以长,此乃顺天合运。吕大人以为如何?"

吕端声色俱厉道:"先帝册立太子,正为今日继承大统之事,岂容再议!"

李皇后无话可说,吕端告退,带领禁卫军直奔太子府。进门之前,他命军士将太子府保护起来,自己在笏板上写上"大惭"二字,命人呈给太子府中的赵恒。

"禀告太子,吕端大人求见!吕大人还呈给殿下您一个笏板,上书‘大惭’二字。”

赵恒看过笏板之后，心中顿悟，立即传唤吕端。

“吕大人，宫中可有事发生?”

“殿下难道不知，陛下已经驾鹤西去。快快随我入宫继位，以免出了差池。”

赵恒听了吕端之言后，跪倒于地，号啕大哭道：“父皇走时孩儿竟不能相送!”

吕端好生相劝：“殿下，快些走!”

赵恒在禁卫军严加保护之下，到了宫中。吕端即刻召见群臣，通报皇帝驾崩的消息并着手准备登基大典之事。

众臣登殿之后，先是哭了一通。随后吕端命止，众臣便忍住哭泣，列班于两侧。

这时，只见太子赵恒缓缓走入大殿，身着紫金龙袍，头戴九旒冠冕，登上了帝位。众人正要跪拜，吕端高呼一声：“慢!”

原来方才那九旒冕冠上的流苏正好遮住了赵恒的脸，吕端道：“请陛下赦免老臣冒犯之罪，老臣欲上前验明陛下正身，先皇授以重任，老臣不敢丝毫怠慢!”

于是，吕端走上前确认是赵恒本人，这才走下来跪拜于地。百官见状，纷纷跪倒，山呼万岁。

赵恒便是后来的真宗，而太宗的时代就这样谢幕了，新的时代即将到来。

第四卷

澶渊和盟

葛红兵 高 杨 著

上海大学出版社

目　录

三、下邽之战 035

四、平定西北 068

五、针锋相对 086

一、状元小将

1. 深巷

作为连接南北、贯通东西的交通要道,华州的下邽城历来便是华州的军事重镇。这里的街道人来人往,小商贩们的吆喝声更是此起彼伏,整个大街一片繁荣热闹的景象。然而,谁也没有注意到,在热闹的大街分支出来的一条僻静的小巷子里,几个看起来强壮一点的孩童,在追打一个瘦弱的小孩。

几个看起来十来岁的孩童将那个瘦弱的小孩围在角落,其中带头的那个孩童,衣着华贵,身材高大,其他的四个孩子站在他的身后,一看便知是他的一群跟班。“寇准,你个不知天高地厚的东西!”带头的那个小孩对寇准怒目而视,“我赵小虎答不上来的题你还敢给我回答,你说你不是找死么? 你老爹还活着的时候不也就是我们家的一个小文书吗,还敢在我面前耀武扬威!”

“不许说我爹!”一听赵小虎欺辱自己过世的父亲,寇准气得双目瞪圆,一跃而起,挥拳向赵小虎打去。寇准身材瘦小,可那愤怒的双眼却犹如猛虎！寇准的这一举动着实将赵小虎吓了一跳。

可赵小虎毕竟是华州使赵炎的小儿子，接受过正规的武术训练，虽然被寇准怒视的双眼震慑住，可身体的反应还是没有落后，只见他身体稍稍后倾，抬起右脚便向寇准胸口飞踢出去。寇准本来就身材矮小，刚挥出拳头还没来得及够着赵小虎的脸，就被赵小虎那一脚踹到了墙边，又跌落到了地上。

赵小虎这一招引得他的四个跟班一阵兴奋，连连叫好。他们望着趴在地上灰头土脸的寇准，一拥而上，对着寇准瘦小的身体一阵拳打脚踢。可怜的寇准抱着脑袋蜷缩在墙边，承受着接连不断的伤痛，可他的双眼依旧瞪得浑圆，在努力克制自己不让眼泪滴落下来。“行了，别打了，好像有人来了，我们快走。”警觉的赵小虎似乎听到了脚步声，向巷尾望去，看见一个身影正在接近，谨慎的他决定先撤，“以后再慢慢收拾你。”赵小虎留下这么一句话，带着四个跟班快步离开了。

不管来人是谁，他救了寇准的小命。也幸亏那几个小跟班还没学几天拳法，他们力气也不算大，寇准的身上只是多了几块青紫的瘀伤，只有被赵小虎踢到的胸口疼得厉害，得好些时候才养得过来。检查完自己的伤势，寇准缓缓地坐了起来，依墙低着头，慢慢地揉着胸口被踢的部位。他想等着这来人向他投完同情的目光离开后，自己再站起来走回家。他正思考着该怎样度过接下来艰难的学堂时光，那来人却在寇准面前停了下来。

“你好像需要帮助啊，小伙子。”来人对寇准说。

寇准望着来人，那人三十岁样子，身材高大，体格强健，一身淡蓝色布衣，剑眉虎眼，眉宇间散发着一丝正气，让人不禁生畏。寇准看了这人两眼，被此人的气质震惊得半晌说不出话来，结巴道："没……没事，谢……谢大人关心了。"

那人倒也没理寇准的客套话，反倒伸手捏了一下寇准手腕内侧，说："呵，小兄弟不必多礼，在下姓柴，名熙，你若不嫌弃可以叫我一声柴大哥。柴某也是习武之人，看小兄弟胸口之伤绝非三五日便得恢复，正巧柴某家中也常备一些跌打损伤的药物，若小兄弟信得过柴某，可到柴某家中稍作休息，柴某给你一些药酒，以免伤势扩大，往后难以治愈。"原来这柴熙是仔细把了一下寇准的脉。

寇准心想这柴大哥倒是一番好意，自己这伤也实在疼痛难熬，可眼看日落西山，家中母亲必然是盼着我早早回去吃饭的啊。

柴熙看寇准犹豫，倒也不再坚持，想了一想，说："若小兄弟今日不方便，倒也无妨。可这伤口瘀青处三日之内必须上药，你若得空，可三日之内到城北红阁找我，跟小二说'找柴熙'便可。"说完抱拳作揖，便要离去。

寇准赶紧说："谢谢柴大哥！"

柴熙朝寇准微微一笑，扭头便走了。只见那柴熙身材高大却步履轻盈，三五步便消失在巷尾处，没了踪影。寇准望着柴熙消失的地方愣了半晌才回过神来，喃喃自语"城北红阁"，便支撑着爬了起来，挪动着回家去了。

2. 释疑

寇准内心是杂乱的，心想着：这柴熙到底是何许人也，又为什么愿意帮助自己？家中困难，肯定是没钱给自己买药酒治病的。哎，母亲在家中又该等着急了吧，可看到我这副样子回家，不知会受多大的惊吓，该如何跟她解释呢？若实话实说，又该让她徒增烦恼了。寇准眼看快要到家了，还是拿不定主意，很是烦恼。

“给我站住！”这时候身边却有一阵嘈杂的声音传来，“抓住他，别让他跑了！”寇准定睛一看，原来是两个衙役在合捕一个窃贼，和窃贼厮斗了一番，最终抓住了那人。寇准倒也是一片童心，这热闹看得是激动得手舞足蹈，一时忘了伤痛和烦恼。看衙役拉扯着带走了窃贼，寇准突然心生一计，“哎，就这么说！”于是，他高兴地回到家。

寇准还没进家门，就远远地看见母亲在门口站着，焦急地皱着眉头向四处张望，额头有汗珠滑落，一缕半白不白的头发在风中上下挣扎着。看这情景寇准差点落下泪来，可定了定神，权衡利弊，故作镇定地朝母亲走去。

寇母终于看见了儿子，赶紧迎了上去。寇准的父亲去世得早，这给本来就贫穷的家庭更加沉重的一击，家庭的担子落到了寇母身上。寇母只能靠给人做一些针线活、上街卖蔬菜维持生计。刚年过四旬的她就有了白头发，脸上的皱纹也多了起来，开始略显老态。可这家庭重担并没改变丈夫死前的遗愿：让寇准读书，别没了家风。寇家世世代代都是书香门第，虽然日子贫苦，可文人墨客倒真出过不少。寇准父母一心想让他多读书，最后能在朝廷之中谋个一官半职，可以光宗耀祖。

“平仲，你怎么才回来，”寇母家教倒也算严格，她以为儿子玩心太重不愿回家，刚想说道几句，就发现儿子身上、脸上多了几处瘀青，大惊道，“平仲你怎么回事，怎么成了这副样子，你跟人打架了?”

“娘，你想哪去了，我是那种成天跟人打架的人吗?”寇准故作镇定地说，“我啊，是去做好事啦，走吧，先别在门口站着了，咱回家说。”

寇母只好搀着儿子回到家中。寇家位于下邽城东，是这片众多民居中的一所，三间瓦房一个小院，小院中种了些瓜果蔬菜，一个古朴的大缸安放在角落。两人慢慢走进屋内，寇准看见母亲早已准备好了晚餐，小圆桌子上放着两碗清粥，一盘小菜，三个馍馍，一碟咸菜。寇准让母亲坐下，两人边吃边说。

“娘，你多心啦，我啊，是刚才做了好事!”寇准还没等母亲追问，赶忙抢先说。

“做好事还能把自己搞成这样，到处青一块紫一块?”寇母更加疑惑了。

“真的是好事，刚才啊，两个衙役抓捕一个窃贼，眼看窃贼就要逃跑了，可那个窃贼竟然朝我这边跑，我想也没想就抱住了他，帮衙役抓住了他。可惜在跟窃贼纠缠的时候被他踢打了几下，不碍事的。”寇准赶忙解释道。

“唉，平仲，你……，你一个十一二岁的少年逞这个强做什么，还好那个窃贼没有对你动刀子啊，不然你让为娘孤苦伶仃一个……”说完，寇母低下了头，又是生气，又是后怕。

寇准心里很不是滋味，可他知道不能说出自己是被同学欺负的,不然只会让母亲每天担心而又束手无策。寇准想了想说:“孩儿不孝,当时没有想那么多。受了伤,让母亲担忧了!”

“罢了罢了,明日我去街上卖点东西,给你买点药酒,赶紧吃饭吧。”寇母也没办法,只想着还好孩子没出大事。

寇准赶忙说:“刚才两个衙役大叔跟我说了,为了感谢我帮他们抓住窃贼,补偿我受的伤,这两天可以去衙门拿点药酒。娘,这您就别操心了,明日我去拿点药酒涂抹一下便是,虽然身上有几块青肿,可倒没有伤及筋骨,涂点药酒几日便痊愈了。”

“也只能这样了,那你明日去吧,治病不可耽误。”寇母点点头,这才放下心来。

吃罢晚饭,就像平日一样,母亲做起针线活,寇准则研读起《春秋》三传,寇准喜好读书,也算是受了父亲的影响。虽然父亲去世得早,可父亲生前留下的教导寇准无论如何是不会忘却的,父亲不止一次地告诫寇准要多读书,要做忠义之士。每次捧起书来,寇准总会想起小时候的事情,其实他最初对读书是又爱又恨的,读书虽然能增长知识,可也给家族带来了贫穷。父亲持家时,武贵文轻,家中几代人没有出过一个会点武功的人,个个都是羸弱书生。父亲虽有大学问,也只能在一个武官家中做文书,赚点饷银养家糊口。然而时代变了,当朝皇上竟然开始崇文,登基没几年就实行“开卷有益”的政策,这也彻底改变了他们家族的地位。虽然父亲去世了,可自己不会再犹豫是否继续走读书的道路,因而寇准也对当朝皇帝充满了感激之情。寇准年纪虽小,可他明白,当年武盛文衰,国家照样动荡不堪,老被外族人欺负。和平之道,也许真的就在书中。

3. 红阁

城北红阁，是下邽城北的一间酒楼，地处偏僻，装修朴素，但却以美味的菜肴吸引着四方来客，可以说是下邽城有名的酒楼之一。然而此时的红阁门前，一个脸上身上都有青肿的小孩正在踟蹰不前。思考许久，他终于还是走了进去。

“哎，请问小兄弟，请问您……”小孩刚进门，一个小二模样的年轻人便马上迎了过来。

“你好，我叫寇准，来找柴大哥……”寇准还是鼓足了勇气，来找这个只有一面之缘的好心人柴熙。

“哦，原来如此，好好，请跟我来。”小二一听，恍然大悟道。他先四下观察了一番，便转身带路，示意寇准跟上。

寇准跟着小二穿过酒楼，从红阁后门离开，来到一个小巷子，歪歪曲曲拐了几个弯后竟然来到一座大宅院前面。宅院外表普通，却又围墙高耸，一块匾额挂在正当中，上书“周”字。小二上前敲了敲大门，一个大汉的脸从门上的活板小窗中微微探了出来，小二忙说：“来者寇准，寻柴大哥。”小二说完，大汉的脸便消失了。

“也许是通报去了吧。”寇准心想。此时寇准的内心疑惑极了，既忐忑又害怕。他觉得这个红阁和周宅都有蹊跷，害怕自己正在接近一种危险，这种危险可能会要了他的命，可他又总感觉柴大哥不是坏人，最起码他是寇准遇见的仅有的几个愿意帮助他的人。他现在更无路可退了，他需要药品来治疗自己的伤，也要圆跟母亲撒下的谎，还想要逃离那个可怕的课堂，那里虽然有知识，但更有伤他的人！所以他今天才瞒着母亲，瞒着先生，来到这个地方。

“哐”的一声，大门打开了，小二和寇准依次走了进去。刚走进大门，彪形大汉就把大门关了起来。映入眼帘的是一个大厅，小二带着寇准穿过大厅，眼前出现的景象着实把寇准吓了一跳，这里竟然有个练兵场！几十个人在那里活动着筋骨，有练剑的，有耍枪的，有打拳的，男的女的，大人小孩，寇准为眼前的景象所惊奇，停了下来。不过，这里的人却仿佛没有看见他们，仍自顾自地操练着，只有几个像寇准这么般大的孩子也在惊奇地看着他。

“走，跟我来。”小二提醒了一下寇准，带着寇准，沿着武场的墙边穿了过去，来到一排平房前面。走了一路，小二终于在第一排房子的第四间停了下来。“柴大哥就在里面，我还有事就先走了。”说完，小二扭头原路返了回去。寇准看他离开，回过头来犹豫地敲了敲门。

门开了，是柴熙。“来，寇小兄弟，请进。”柴熙说，“坐在这里，把衣服脱下来吧。”指了指他身前的圆椅。

寇准看见桌子上摆着的几瓶跌打损伤药，也便不再疑惑，在椅子上坐了下来，脱下了长衫。

“很疑惑吧，”柴熙一边在寇准胸口和身上的瘀青处施药酒、缠布带，一边说，“看到此景，会想我到底是谁，为什么要帮你，对吧？”

寇准慢慢点了点头。

“寇小兄弟，你可知当今之形势？”柴熙问。

“略知一二，父亲当年说过‘读书人读在书外’，因而他在世时常跟我说天下之大势,学堂里也偶尔会听到一些。”寇准回话说。

“你觉得我们大宋王朝是否真如表面这般,已经历经完了战乱,进入太平之世?”柴熙又追问。

寇准低下了头,想了想说:“并非如此吧,其实说内忧外患也不为过。”

柴熙听后大惊,说:“你都能看得出来了,看来我们大宋王朝真是风雨欲来。那我再问你,你可知这外患在哪方,内忧又从何说起?”

“外患在北方,辽军势力庞大,契丹人又生性好战,再来侵略只是时间问题。内忧的话,朝廷势力党派林立,民间的地方势力残余强大,他们不满朝廷处处忍让求和的政策,早晚也会揭竿而起吧。”寇准似乎早就对局势有了了解,说起来头头是道。

“没想到你年纪虽轻,知道的还真不少,那你刚才这一路走来,对‘我们’有什么了解了吗?”柴熙听后道。

寇准一愣,小心翼翼地说:“想必您就是所谓的民间的‘忧患’吧。”

柴熙听后哈哈大笑,帮寇准把最后一点布带扎好,面带笑容地问道:“那你觉得我为什么要救你?”

寇准皱了皱眉头,想了想说:“我刚才看庭院里还有很多与我年纪相仿的少年,而民间力量既然要‘揭竿而起’,力量的壮大是必不可少的。救一个少年,也许能拉拢到一个家族,柴大哥救我,是想让我为大哥效力吧。”

柴熙听后却极为平静,站了起来,走到窗边,向外面正在一板一眼训练的孩子们望了过去，说：“你说得对也不对，其实，他们大多都是孤儿……”柴熙停顿了一下，仿佛陷入了沉思。他又看了看寇准，接着说，“有的时候救人或者说帮助别人，不需要那么多的理由，如果你有帮助别人的力量，看见一个小孩儿被欺负或者要被杀害，你会不出手相救吗？我当时见到你，看见你那浑身伤痛靠在墙边的样子，我只是想帮助你，给你施点药，没想过什么‘这小子日后将为我所用’。”

寇准听柴熙说着，起初是紧张，但当他听到柴熙说帮人不需要理由时，开始钦佩起这个大哥来了。当他最后说“这小子日后将为我所用”时，惟妙惟肖地模仿着阴暗之人的模样，寇准终于忍不住笑了，以至于伤口发作，疼得眼泪流出来。

柴熙也微微笑了起来，说：“不过你说的也有对的地方吧，寇小兄弟，你可知柴荣不知？在下不才，便是柴荣的长孙。”

寇准这下笑不出来了，眼睛瞪得圆圆的，吃惊得张大了嘴。

4. 柴荣

“吱……吱……”，柴熙的房间内此时安安静静，任凭蝉恣意鸣叫，外面操场上训练的人们不见了踪影，估计是各忙各的去了，柴熙和寇准两人对视着却不再说话，各有各的心事。

“柴荣”这个名字早已家喻户晓，寇准又怎会不知呢？柴荣当年可是叱咤风云的人杰，曾豪言“十年开拓天下，十年养百姓，十年致太平”。建大周，虽然仅仅在位五年，却立下了无数丰功伟绩。他有勇有谋，当年契丹来犯，地方势力全部保全自己，只有柴荣带兵北伐，将契丹人打回北方，维护了汉人尊严，不过也正因此，导致自身实力锐减，然而柴荣的事迹传诵至今。

让寇准想不到的是，这个救他的大哥竟是柴荣的长孙。他瞪大眼睛看着柴熙，仿佛想在他的身上找到柴荣的英姿。

“别看了，我比不上我爷爷。”柴熙把脸偏向一边说，“我比不上爷爷他老人家啊，也没办法实现我爷爷和父亲重整江山的愿望，我只能辜负我的长辈了。现在我的实力你也看见了，我能做的也就是多救几个像你这样的人。”

寇准望着柴熙，一种英雄末路的感觉涌上心头。是啊，柴熙的成长之路可能比自己还要艰难吧，他自小就背负太多东西，然而要到达的所谓的目的地，也许是根本不存在的地方。

“对了，要不要留在我这里学点东西，反正学堂你也回不去了吧。”柴熙望了望寇准说。

“可是我还想学东西。”寇准想了想说。

柴熙听后不假思索地说：“我保证这里的教育比你的那个学堂要好，从《春秋》到兵法，孙先生都能教，而且到了科举的年纪，你们都要去参加。平时几个师傅也会练练武术，如果你觉得自己适合练武也可以专修这部分，不过我看你不像是能练武的。”

寇准听后也就不愿再细想了，既然这里可以学习、读书，并且还可以学武，最主要的是，自己可能真的无法再回到那个学堂了。寇准答应道：“好吧，让我留在这里吧。”

“好，那你今日便回去跟你娘交代一下，就说要换个学堂读书，而且我们这里不会收取银两，也可以省下你们的钱来。”柴熙说道。

寇准点点头，离开了屋子。他望了望没有人的操场，感觉到了自己人生轨迹的改变。他搞不清这种改变到底是好是坏，但也感到很无奈，因为在这个时代，像他这种阶层的人没有多少选择的余地。然而他不知道，屋子内的柴熙，也在托着下巴望着他离开的背影，平日开朗的脸上竟然浮现出一丝诡异的微笑，自言自语道："你也要帮助我实现我的计划啊，寇准。"

寇准没有直接回家，先去书院跟先生道别，说是母亲帮自己转到别的书院去了，然后回到家便告诉了母亲那套说辞。这套说辞他想了一路，其实解释起来没那么复杂，总之也算是说了实话。寇准告诉母亲他和几个学子有矛盾，人家是大家大户，逼迫先生让他退学。先生虽看不过去但也没办法，就让寇准跟着城北的一个先生继续读书，学费什么的还可以少交点。母亲虽然难过倒也确实没什么办法，还说得好好谢谢先生，到了城北也得努力读书才行。寇准连连点头，长长地舒了一口气。

吃过午饭，寇准便又回到了周宅，这次他跟小二打过招呼便径直穿过红阁，自己寻路进了周宅。门口的彪形大汉叫潘大哥，让寇准直接走到最后那排屋子中央的大房子里，孩子们已经开始上课了。寇准毕竟好学，听完便飞也似的跑了过去，跑到那间大屋前面，稍稍犹豫了一下，推门进去了。先生手里捧着一本书，正襟危坐在椅子上，十几个他这般大的孩子围坐在先生面前，孩子们惊讶地看着这个陌生的面孔。可让寇准更惊讶的是，里面竟然还有几个女孩子，这个学堂竟然有女孩子在读书。先生瞪了寇准一眼，问:“你是今天刚来的?”

寇准对先生鞠了一躬,细声说:“我是寇准,字平仲,以后就拜托孙先生教授了。”

先生点了点头,说:“好,那你先去找个位置坐下吧。”说完便重新端起了手中的书本,念了起来。念了几句又看了眼寇准说,“现在在读《春秋》,你可跟得上?”

寇准回答说:“谢谢先生关心,寇准自小便读《春秋》,已经熟读过了。”

孙先生闻罢点了点头,便又自顾自地读了起来。孩子们听寇准这么一说,对这个新来的人多了几分好奇,好几双眼睛都偷偷地瞄着他。

5. 兵法

孙师傅对于《春秋》的研究很深,他的断章逐句让寇准受益颇丰,寇准很快便跟上了先生的节奏,融入进了这个学堂。下午的学习分成了三个部分,先研读经典,再看兵法,最后是跟一个武法师傅学习武术。这是他在休息时从一个胖胖的男孩那里得知的。胖男孩在先生宣布休息之后便把脑袋扭向寇准,自顾自地说:“然后就是看兵法了,虽然比《春秋》有意思多了,可是也好难啊。你好,我是张正。”

这里比原来的学堂和睦多了,有学子主动来跟寇准说话让他没了尴尬,他赶紧看着张正回道:“真的还要学兵法啊,可我对此一点不了解的。”

“那你肯定不知道一会儿还要练武术咯。”张正看着寇准，瞪着大眼睛。

寇准更是云里雾里，疑惑地说：“我也要学吗？”

张正马上答道：“当然了，这里的每个人都要学，哎，我也最犯愁练武术了，好累。”

寇准听后五味杂陈，喜忧参半。练好武术日后也许就有了保护自己和母亲的能力，可他也开始为自己的未来感到担心。他是尊敬当今皇上的，不想叛国，如果没有他的“开卷有益”，自己根本不会有任何出路；他也不会忘记父亲的教诲，做忠义之士。然而这个帮助又收留自己的柴大哥却对自己有恩情，“不过我以后就算为他做事，也绝不能有违自己的原则，但自己又能有多大能耐呢，想这些不过是庸人自扰”。寇准这么想着，苦笑了一下。

张正看不出寇准的心思，以为寇准也是为武术一事犯难，随即便拍了一下寇准的肩膀，聊以安慰。这时候孙先生进来了，把一张军事地图摆放在架子上，展示给大家看。

“欣悦，说说这个情况吧。”孙先生打开图，竟然让一个女孩来讲解。

女孩子衣着朴素，穿普通的淡灰色麻布裙，但是皮肤白皙，面容姣好，特别是她的眼睛，大而明亮，头发简单地扎成一个发髻，十二三岁的样子。寇准很少见过女孩，长得这么漂亮的女孩他更是第一次见到。然而女孩对先生的回话更是让他目瞪口呆，只听她用轻柔但坚定的声音回答说：“这是一次围城战，攻方在城四面三十里外安营，城池东面三十里和北面三十里是主要驻地，因为这两面地势平坦,适于大军进攻,而西面和南面兵力较少。他们主要依靠地形,如果是依靠弓箭手,城中兵力很难从西面和南面突围。单从地图上的情况来看,攻方似乎有极大的优势。”欣悦这边讲着,坐在寇准身边的张正调皮地朝寇准眨了眨眼睛,仿佛在说着什么。

孙先生听后点了点头,说:“嗯,说得不错。严师齐,如果你是进攻方,你怎样在损失最小的情况下拿下这座城?”孙先生指了指一个身材高大的小伙子,寇准感觉他有十七八岁了,是这里比较大的一个男孩。他的衣着也非常朴素,一身素蓝布衣,国字脸,皮肤黝黑,年纪轻轻的他已经是身强力壮了。寇准一脸疑惑地看了张正一眼。张正很机灵,知道寇准在想什么,便悄悄把身子侧了过来,低声说:“他说他才十四岁。”

严师齐想了想,用浑厚的嗓音说:“集中兵力,分别从东面和北面联合进攻,逼迫敌人投降,或者逼迫他们从西面和南面突围,弓箭手和骑兵埋伏在城外,遇敌掩杀。”

“很好,不错的办法。”孙先生听罢便说,欣悦和其他几个学生也都赞同地点着头。孙先生接着问,“李哲贤,如果你是防守方,有没有计策应对?”

李哲贤跟寇准很像,也是一副文弱书生的样子。身穿灰白布衣,样貌英俊,他想了想,摇头说:“毕竟被四面包围了,突围硬拼似乎没什么胜算。但我们城墙坚固,也没那么轻易可以攻破,如果敌人是越千里而动干戈,死守到他们粮草尽了,这也是一个办法吧。”

孙先生听后稍微点了点头,说:“嗯,死守。似乎只能这样了。”说完他环顾四周,视线停留在寇准的身上,问道,“寇准,你有什么看法?"

寇准略微吃惊,没想到先生会叫到他。大家都齐刷刷地看着他,仿佛想多了解一下这名新人。寇准有点紧张地说:"先生,我之前只是略读兵书,没有学习研读过兵法,所以可能不太懂。我从图上只能懂阵营,能不能告诉我对峙双方的人数呢?"

学生们听后有的微微一笑,有的摇了摇头。孙先生倒是很耐心,回答说:"在野的一方,一个营房代表一万士兵,在城的一方,一个哨塔则代表一万士兵。"

寇准观察了一下,东面、北面各有十万兵马,而西面、南面则各有五万兵马。城池中,东南西北共有十个哨塔,也就是说城中只有十万兵力。他想了想说:"三十万大军对阵十万驻城守军,看似兵力悬殊,其实不然,特别是分散四面围城,这种攻城方式在我看来相当糟糕。"

孙先生听后说:"唔,此话怎讲?"

寇准接着说:"这种布阵方式欠妥,硬攻的话短时间内应该难以攻下,并且会死伤无数,而只要这座城池之外有任何援救,一个里应外合,这四面围合之势就会逐个击破。因而围城不见得是很好的办法。如果让我进攻,就先劝降,再城下邀战,不行再佯装合围,安排一点兵力围住四方,再向邻近一座敌军城池散布消息,便可安排大军埋伏在援军必经之路上,待援军来时一举歼灭。城中哨兵望见战火必知援军已到,待他们出城门接应之时,合围之兵且战且走,引导到大军前合力击杀便可。"

孙先生听后大喜,心想这小子真有谋略,没读过多少兵书便能想透这么多道理，便点头说：“不失为一个好计谋，那被困之军怎样抵挡？”

“被困之军也要根据情况来，如果附近有援军，死守到援军来便可，但要与援军里应外合却有另外计谋，实在不该追敌而去，这很容易落入敌人的埋伏。应夺后路，趁敌军主力与援军周旋之际，举主力冲向敌军来的方向便可，占领一方营地。敌军见撤退之路被堵，营房被占，必无暇再战，回身袭来，再用里应外合之计，与援军合力攻击逃窜之敌便可。”

讲完后，孙先生微笑地点点头，大家则目瞪口呆，怎么也没想到这个新来的其貌不扬的少年竟然有如此周全的计谋。张正等几个学子对寇准产生了敬佩之情，也有几个少年对他产生了嫉妒之心。

6. 本意

孙先生教授完兵法便让学子们去操场准备习武，大家结伴从书房向操场走去，这一路上他们也让寇准更多地了解了周宅。

“咱们属于民间势力，你知道吗？”张正悄悄地跟寇准说。

寇准点了点头，说：“柴大哥对我有恩，我在原来的书院待不下去了，便来了这里。”

张正说：“这里的大部分人原来都过得比较惨，有的快饿死了，有的被官员或其他势力迫害，有的被仇家、债主追杀，而柴大哥本来就有些势力，我们中的很多人都是他解救回来的，然后在周宅里过着隐姓埋名的生活。”

寇准听后皱了皱眉，马上又问："那他们都做些什么？"张正告诉他，那些不能在江湖上走动的人就驻守周宅，在这里做一些活。有的在红阁，有的在溢香楼，还有的在丰源茶庄，还有些人可能在其他地方，总之都是柴大哥的势力。

"那要我们做些什么呢？"寇准又问。

"这里的人没人知道，但是我能猜到几分。"张正突然疑神疑鬼起来，这让寇准对这个小胖子又重新审视了一番。接着说，"我们中能文者参加文科举，能武者参加武科举，录入者便可去做官。"

他是想让我们当他安插在朝廷之内的细作！寇准被这个突如其来的真相震惊到了。突然，纠结着的他感到一丝柔美的目光正在注视着他，是欣悦。她盯着寇准看了两眼，发现寇准注意到了这目光，索性报以微笑。寇准望着她，也报以浅笑，心里却想着：真是庸人自扰。自己到底能不能中举还成问题，即使中举后当一个芝麻绿豆的小官又能帮到柴大哥什么呢，顶多就是对他的民间势力睁一只眼闭一只眼罢了，先在这个周宅立足下来才行啊。

"怎么样，漂亮吧？"张正看着寇准，幽幽地说，"她姓柴。"

寇准听后彻底愣住。张正接着说："是妹妹，但似乎不是亲的。"回想起刚才欣悦那暖暖的笑容，寇准打了个冷战。

"咱们这有三个女生，欣悦、柳竹、晓熙。三个都挺好看的，干吗老盯着欣悦呢。"张正朝寇准眨着眼睛说道。他们走到了一个武场，武场中央有一个小擂台，边上则是兵器架，上面有形形色色的兵器，远处有几个稻草人，还有几个木质人偶，似乎是练习拳法时用的。最远处还有射箭的地方，那里树立着几个靶子，估计外人从这个小巷子外经过，怎样也不会想到里面会有这么正规的武场吧。

这时候一个中年汉子走了过来，只见他着一身黑衣，留一脸大胡子，脑袋上倒是没几根头发，黝黑的脸上也不知是皱纹还是刀疤，横七竖八地挂在脸上，一看就是饱经沧桑的人。寇准心想如果这人行走在大街上，任谁看了也会吓一跳，要是让衙门的人逮去，案底肯定能搜出几大箱呢。

学子们都毕恭毕敬，鞠躬道："周师傅。"寇准便也附和着。周师傅眼尖，一眼就看见了人群里的寇准，用浑厚的声音说："有新面孔么，报上名来！"

寇准早就明白了习武之人和读书之人不太一样，今日终于见到了这正宗的习武之人，着实不适应，结结巴巴地说："在……在下寇准，以后承蒙周师傅关照了。"

"哈哈哈哈，让我关照你，那你以后有罪受了。"周师傅听罢哈哈一笑，边说边挽起了袖子，学生们也都哈哈笑着。

寇准尴尬地赔着笑，又不自觉地望了一眼欣悦，只见她也在笑着。跟欣悦在一起是便是柳竹和晓熙，这两人论相貌比欣悦逊色几分，虽然五官端正，明眸皓齿，可柳竹偏矮，晓熙肤色偏黑，也怪寇准女孩见得不多，一眼便相中了欣悦，可他也明白欣悦姓柴，还是离她远点为妙。

"不说笑了，还是继续练习之前的拳法招式。"说完，周师傅望了一眼寇准，叹了口气继续说，"你这也太文弱了，会扎马步吗?"

寇准无奈地摇了摇头，学子们的脸上再次浮现了笑容，这里的大部分孩子从小就学武功，寇准的窘境他们根本就无法理解。

“连一个马步都不会扎。”严师齐更是心直口快，对寇准不屑地说，“一个书生当将军，我可不敢跟着这样的将军。”重武的观念早已扎根在人们的内心深处，短时间内确实是无法改变的。

“那你先围着操场跑两圈吧，跑完了我找个人教你一些基本动作。”周师傅无奈地看了看寇准说，寇准也就只好灰头土脸的一个人跑圈去了。他心想：估计自己羸弱的形象在他们心中是无法改变了。正想着，欣悦的脸又跑到了寇准的脑海里，寇准害怕地赶紧摇了摇头。他一边跑一边自言自语着：“这个地方怎么会让女孩读书，甚至还练武、研读兵法，难以理解啊，这都是柴大哥复国大业的计谋吗？”

“过来吧。”周师傅看寇准跑了快两圈便招呼他回到练武场。随后他让欣悦教他扎马步。

寇准心情复杂地朝欣悦走去，步子迈得慢了下来，身上的伤似乎又疼痛了几分。他望了一眼远处的夕阳，希望它快点坠落下来。然而寇准不知道，这一望，便是五年。

二、内忧外患

1. 契丹

五年后，辽国。

“嗒嗒……”契丹铁骑，犹如山倾之势，冲破黄沙，踏出草原。这是又一轮的屠杀。契丹人在耶律隆绪的带领下，从边境守卫薄弱的一个关卡冲了进来，又像风一般席卷了附近的一个村庄。他们依仗着自己强健的身躯、锋利的弯刀，一个个手无寸铁的村民只能任其宰割！

杀声、喊声、悲鸣声，这个平时安静祥和的村庄转眼变成了人间地狱！一个孩子呆呆地站着，看着眼前发生的一切，不明白大家怎么了，这些威武的壮汉仿佛从天而降，而那些熟悉的大叔、大姨一个个都被砍翻在地。他正想着，突然一把尖枪从身后贯穿了他的胸腔，自己仿佛蚂蚱一般，被那大汉甩来甩去，头晕目眩，分不清大地与天空，只有一阵阵奸笑不知从哪里传来。一声大叫传来，他被抛了出去，目睹着那个大汉的头颅被一名身着银亮甲，后披白虎袍，手拿金色大弯刀的少年砍去。

这个威猛英俊的契丹少年便是当今辽国的皇帝耶律隆绪，他大声吼道："不许虐杀妇女和小孩！"他砍死了那个枪挑小孩的契丹武士，这让几个凶悍的契丹武士不满。在他们眼里，耶律隆绪如同为了猪狗杀害了自己的兄弟，然而他贵为皇帝，又有八名死士围绕在身边，所有人都敢怒不敢言。

耶律隆绪有他自己的考虑。他很喜欢汉族文化，也喜欢汉人的气质和中庸之道，然而他更是契丹铁骨铮铮的汉子，母后萧太后的指令他更是不能违抗。这次他带兵来袭只能算是一场演习，烧杀抢掠反而是其次，以虐杀为乐不符合军纪，他不能让这种粗俗的娱乐方式在军队中弥散，这将会对他日后的大计不利。

"结束了，撤！"他望了望四下，下达了撤退命令。

经过一段时间的训练，契丹勇士变得服从命令起来，不再像原来那么散漫自由，不再贪恋杀戮和掠夺，一拉缰绳便转身撤退。这俨然是一支正规军队，这支军队让任何人见了都会胆寒。

回到王寨，首先开大门迎接的便是萧太后。

"哈哈，吾儿大捷而归！"萧太后年过五十，但却愈发精神，看着耶律隆绪带兵的模样感到自豪不已。耶律隆绪骑马到萧太后身前，翻身下马单膝跪拜，然后挽着萧太后的手走进寨中。

"母后别来无恙？"耶律隆绪看了一眼萧太后，怕她年老的身体感到不适。

"这里一切都好，倒是吾儿，几日不见，又威猛了几分，带兵之法也有所见长！"萧太后拍了拍耶律隆绪的后背，看到日益强壮的儿子,更加高兴了起来。

“这次可有收获?”萧太后把放在耶律隆绪身上的手收回,向着南方远眺。

“攻打了几个城防,儿子发现瓦桥关可作为突破之处。瓦桥关地理适宜,便于粮草押运,且关前平整开阔,适宜铁骑横扫,出关后也可迅速往南,占领重要关卡。宋人矮小柔弱,骑马砍杀技巧实不比我大辽。如此一来,步步为营,宋朝土地皆归我契丹所有。”耶律隆绪答道。

萧太后满意地点了点头,拉着儿子的手在营寨之中安坐,待下人斟满饮品,便说:“很好,如此一来,只要将骑兵队伍壮大起来,你再好好操练他们,不出几年,辽国大军可横扫南方。”

原来正如寇准所预料的,辽国早已在招兵买马,气势汹汹,萧太后的南下计划终于开始实施。萧太后是一个野心勃勃的女人,她摄政后最觊觎的便是大宋的河山,她渴望入主中原,摆脱贫瘠荒凉的北方,最终达到南北一统,因而开始了这个长达数年的计划。她要让自己的儿子耶律隆绪将凶悍但难以约束的契丹士兵训练成一支正规的军队。这几年她开始招兵买马,征兵训练,跟耶律隆绪商量在几年内训练出二十万大军挥师南下,吞并宋朝,入主中原。这股慢慢崛起的力量,让大宋江山岌岌可危。然而,明枪易躲,暗箭难防。

“报——,王钦若大人的随从到了。”这声音打断了萧太后和耶律隆绪的对话。萧太后一听是王钦若的随从,当即点头让他进来。只见一个高瘦的男子弯着腰走了进来,用略显沙哑的嗓音说:“在下何平东，是王钦若大人的贴身随从，这次代表王钦若大人前来，和皇上、太后商议军机大事。”说完随即一拜。萧太后指了指边上的椅子，说：“赐坐。”便让何平东坐下了。

原来萧太后不只让自身力量强大起来，她早已开始用利益撬动宋朝大臣，结交了王钦若。王钦若身为大宋宰相，掌握着实权，又对皇帝的决策有着关键作用，如果拉拢到了他，这对于他们的大业无疑有着巨大帮助。他们这桩丑陋交易就在这间营帐中密谋了起来，大宋危在旦夕。

2. 巷战

熙熙攘攘的下邽城大街上，一对青年男女非常引人瞩目，女孩皮肤白皙，五官犹如精雕细琢过，柳叶眉，杏仁眼，杨柳细腰，头发乌黑亮直，自然地垂在腰间，然而再看她的表情，冷冷淡淡，不怒自威，给人一种距离感。跟她在一起的男孩则就完全不同了，模样普普通通，衣着更是可以用简陋来形容，灰色的粗布麻衣，穿着一双黑色布鞋，头发用发带箍了起来，五官端正却没有特色，眼大而无神，一副书呆子模样。这一天仙、一下人般的两人并排走在一起，着实吸引了不少目光。可这两人的眼神交流、举止动作却又着实亲密，他们正是五年后已长大成人的柴欣悦和寇准。

这两人表面在逛街，其实只是在完成每周的例行任务——收集情报。街道无疑是闲言碎语最多的地方，周宅是一个比较隐秘的地方，因而就设置了酒楼、茶馆，除此之外，周宅的弟子还要成组在街上游晃，查漏补缺。寇准和欣悦这两人的组合已经有五年了，从欣悦教寇准扎马步开始，他俩便成为这么一个组合。别人羡慕极了寇准，有美女作伴，而且经过了五年的成长，欣悦更是出落为一个大美人。然而对寇准而言却并非如此，他欣赏欣悦的美貌，但却克制自己不要对欣悦产生任何情感，这是他当年进入周宅时暗自下的决心。他认定自己如果爱上了欣悦，将会陷入一个无尽的深渊。让任何人想不到的是，欣悦看到寇准分析兵法的那瞬间，就把他放在了心上。事实也证明，寇准对于兵法、治国、经史有着相当高的造诣，他俩搭档的这五年，更多的是寇准给她讲演学习的内容。也就只有在武学方面，欣悦能当寇准半个老师。

“听到什么了么?”欣悦不露声色地在寇准耳边问道。

“倒也没什么，契丹南犯越来越频繁、边境百姓民不聊生、科举大考临近之类的情况。”寇准也不露声色地回答她。

“哎哟喂，这美女，长得真标志!”这时候一个猥琐的声音从他俩身旁传来，打断了他们的对话。寇准循声看去，竟是当年殴打他的赵小虎。

寇准这一看倒也吸引了赵小虎的注意，他也看了眼寇准，当即一愣，说:“这不是当年的那小子吗? 寇啥来着? 就是我当年差点没把他打死了的那个?”

“好像是寇准。”他的一个跟班立马答道，一副得意扬扬的样子。

“对对，是寇准。我说美女，你怎么跟这种人在一起啊，他是你的下人吧? 下人哪有走在主子前面的，你这狗奴才!”说着就一巴掌朝着寇准打去。五年后的赵小虎变成了一个虎背熊腰的壮汉，武艺有了很大的进步，这一掌下去要还是当年的寇准，肯定就被拍死了。

然而今非昔比，寇准早已不是当年那个手无缚鸡之力的文弱书生，在周师傅和柴欣悦的帮助下他的武艺也有了质的变化。赵小虎这结实有力的一掌被寇准一个侧身便轻巧地躲了过去。

“你这死书呆子还敢躲我！”赵小虎霸道惯了，看寇准躲了过去自然觉得很没面子，于是又增加了几分手劲，仿佛真要一掌劈死寇准。

寇准轻巧地往后一退，这一掌赵小虎又劈了空，自己倒是一个趔趄，险些摔倒。这让赵小虎何等的没面子，更加勃然大怒起来。站在一旁的柴欣悦看起戏来了，也不插手，她要看看寇准的表现。这闹市中的打斗很快便吸引了大家的注意，寇准察觉不妙，拉起柴欣悦的手便向后跑去。

寇准拉着欣悦的手迅速闪进了一个没人的小巷子里，赵小虎穷追不舍地跟了上来，而赵小虎的几个跟班却跟丢了。进入巷子后没走几步，寇准他们竟然来到了一条死胡同。赵小虎大喜，握着拳头恶狠狠地逼了过来，咬牙切齿地说:“狗东西，这回跑不了了吧？美女，既然你敬酒不想吃，就别怪我……嘿嘿嘿嘿！”

这要是五年前的寇准，挨打也就挨打了，可如今他落难，还得连累欣悦。然而，寇准也早就不是当年那个瘦弱的小孩了。只见赵小虎突然一跃而起，飞身一个手刀就朝着寇准的面颊劈来。寇准先将欣悦往后一推，扬起左手就卸掉了赵小虎手刀的力量，右手顺势向前挥出一掌将赵小虎往前推了出去，赵小虎险些因失去平衡而摔倒。这一过招让赵小虎明白寇准已不是当年的那个文弱书生了。他重新站稳,端起拳头,左脚向前一步。寇准看到认真起来的赵小虎,也不敢轻敌,立马放低身子,做了一个拳法的起手动作。

“不知道你在哪里学的武术,但你今天一定会被我打死在这里!”赵小虎怒目吼道,说罢便将右脚向前一迈,打出了祖传赵家拳的第一招“先发制人”,这一直拳直冲寇准面颊而去,速度奇快,力度又大。寇准自知根本无法招架,立马闪避。赵小虎看到寇准闪避后露出的破绽,左脚立即踢出去,寇准只得用肘部抵挡,然而赵小虎力大如牛,这一脚就把寇准踢了出去,可寇准立马一个鲤鱼打挺站了起来。

站在寇准身后的柴欣悦紧张了起来,她知道学艺不精的寇准不是赵小虎的对手,这样下去寇准早晚受伤,向前几步,将寇准挡在身后。她回身轻声说:“接下来看我的,好好看着,学着点。”寇准自知力不从心,也就站到了柴欣悦身后。

“无能之辈,还要靠女人保护!”赵小虎无视柴欣悦,心想女流之辈有何能耐,当即想要绕过欣悦再次攻击寇准。然而欣悦脚下灵动,一瞬间便绕到赵小虎身旁,一记凌波掌打到赵小虎右肩,这掌看似轻柔实含万斤神力,赵小虎当即横飞出去,撞在墙上,再也不动了。这一闪一掌让寇准看在眼里,当即倒吸一口凉气,心想这欣悦着实厉害,把赵小虎打得生死不明,可他是华州使赵炎的小儿子,这下他们恐怕惹下了天大的麻烦。

“这……”寇准心虚地看着欣悦。

欣悦也不理睬,只是说“没事”,便快步离开了。寇准只得作罢,快步跟了上去,脑海里却还在想着该怎么逃过此劫。

3. 承诺

欣悦和寇准二人辗转回到周宅，向柴熙汇报过今天的情报之后，寇准又讲了他们下午的遭遇。柴熙点了点头陷入沉思，说道："这件事我来处理吧，寇准你就专心于今年的科举大考。……没什么事你们就出去吧。"说完，柴熙再次陷入了沉思，看来柴熙似乎还有别的烦恼，于是欣悦和寇准便离开了房间。

寇准在回家的路上还想着这件事情，毕竟惹恼了赵家并非小事，他想不明白柴熙将会怎样解决这个难题。然而他无疑又欠下了周家一个大人情，再加上他已经在周宅生活了五年，这五年来无论他的文章、兵法还是武术都有了长足的进步，这些人情怎样还也还不完了。科举将至，这也许是他作为读书人唯一的出路，也是他实现自己抱负和报答周家的唯一方法。

"在想什么呢？"欣悦的问话打断了寇准的思考，她有时候会送寇准到巷口，美其名曰"饭后散散步而已"，然而明眼人看得出来，她只是想和寇准多说说话。

"啊，没想什么，只是在考虑你哥会怎么解决赵家的问题。"寇准回答说。

"其实倒也不是难题，赵炎虽然势大，但我们的人有他的把柄，他不敢轻举妄动的。相信我哥很快就会到赵府谈条件的。"欣悦不以为意地说。

寇准点了点头，心想果然做官不能给人留有把柄。

欣悦又问："科举的事情准备得怎么样了？"

“应该没什么问题了吧，就等那天了。”

“你还蛮自信的嘛。”欣悦看着寇准，笑了笑说。然而那笑容很快变得有点苦涩，她接着说，“到时候中了举人腾达了，可别忘了我们这些一起长大的兄弟姐妹啊。”

“中不中举另说了，兄弟姐妹我永远都不会忘记啊。严师齐、李哲贤他们，还有柳竹、晓熙。”一想到可能到了离开的日子，寇准也有点舍不得，毕竟长这么大，只有在周宅才有人和他称兄道弟。

“那我呢，你会忘记我吗？我不能参加科举，得留下来帮我哥，甚至……”柴欣悦停下脚步，她轻声说，“下次见面，我们可能还是敌人吧？”

“怎么会呢，你们兄妹对我有大恩，假使我日后真能在朝廷有一席之地，到死也不会找周宅的麻烦，而且如果在原则之内，我是会帮助周宅的。”寇准看着柴欣悦的眼睛认真地回答说。

“我不信。除非你……答应我一件事。”欣悦看着寇准，夕阳下两人的影子拖得很长，寇准看着欣悦扑闪的大眼睛，似乎看见了欣悦的真心。他轻声问：“除非什么？”

“你娶我。”欣悦认真地说道，“当然我不会让你马上娶我，我会等你，等你将来考上举人再娶我好不好？”

暖暖的阳光洒在了柴欣悦的脸上，她的眼珠因为激动而泛出了泪花，额上的几根乌黑的发丝被这微风吹得飘来飘去，她的衣服洁白如雪，就像她白里透红的肌肤，头发束在身后，楚楚可怜的样子完全看不出这是个武艺高强的人。寇准再也抑制不住对欣悦的喜欢，轻轻握住了欣悦略微颤抖的双手，对她说：“我答应你。”

爱情似天赐之物，来得悄无声息，然而短暂的聚首之后可能便是漫长的别离。轻易考过乡试、会试的寇准转眼就要进京赶考了，只要参加殿试便是举人，他无疑会直接留下来做官。

聚首的画面千千万万，然而离别的情况总是那么相似。穿上母亲亲手缝补的衣服，带着母亲的嘱托，首先是去周宅和师长、伙伴告别，然后便是情人间的惜别。寇准和欣悦两人在小巷尾拉着手，同样要赴京参加武试的严师齐，在红阁外等待着寇准一同上路。寇准和欣悦两人拉着手，但却尽量躲避着对方的眼神，他们怕一旦神情交融，离别将会更加痛苦，然而总有一股力量将他们的视线相连，两双眼睛立马就湿润了。他们紧紧地抱在了一起，但最终两人还是下定了决心，寇准轻轻地拥吻了一下欣悦的面颊，慢慢地离开了她温暖的怀抱。

“我很快就会回来的，等我。”

欣悦从寇准的眼神中、话语中感受到了那份坚定，缓缓地点了点头，踮起脚尖亲吻了一下寇准的嘴唇，然后面色绯红地转身跑了回去。

寇准望着欣悦消失的身影，抹去眼角的泪水，回过头寻严师齐去了。

4. 舌战

五年后，京城皇宫。

“众卿家可有对策?”龙椅上高坐的便是赵恒。他二十来岁，身着龙袍，体格微胖，慈眉善目，然而此时的他额头上渗着汗珠，一副急躁的样子。原来是契丹人又一次入侵了，根据前线探子禀报，这次辽王耶律隆绪携大军南下，眼看就要破关攻打遂城了。整个朝廷如今就像热锅上的蚂蚁，不知如何是好。

“启禀皇上，耶律隆绪蓄谋数年，操练虎狼之师。今日南下，号称收复瓦桥关，来势汹汹，势必不达目的不罢休，然而敌我力量悬殊，贸然交战只能造成更大损失。瓦桥关地处我国北部，地势险恶，气候干燥，并不适宜我宋人居住，倒不如做个顺水人情，借瓦桥关以北荒凉之地和契丹修百年之好，天下太平，国泰民安，是江山之幸也。”只见一人缓缓上前禀报道。原来此人正是宰相王钦若，五六十岁的样子，豹眼鹰钩鼻，眉毛偏重，下巴留着厚厚的胡须，头发、眉毛、胡须都已开始泛白，然而双目却依旧明亮，眉头紧锁，额间深深的川字纹更是突出了其豪杰气质。他正义凛然的外表下却早有着自己的利益算盘，他与耶律隆绪和萧太后之前的交易正在秘密地进行着。

“是啊皇上，国泰民安，社稷之幸也！”一名大臣带着一众官员附和着王钦若的话。这个带头的大臣便是王钦若的左膀右臂曹利用。

赵恒点着头，没说话，仿佛思考着什么。他扫了一眼众官员，看到一名二十来岁的年轻臣子正眉头紧锁地摇着脑袋，这倒引起了他的兴趣。他定睛一看，原来是近年刚调回京城的五品官殿中丞寇准。于是，他好奇地问道：“寇卿家可有异议？”

原本寇准当年高中进士，便授大理评事，知归州巴东县，经历近五年地方磨炼，取得政绩，如今调回汴梁，累迁殿中丞。只见他从官员队伍中走出来跪了下去，低头称：“回皇上，异议寇准不敢称。只是……”他顿了顿，想了想继续说，“王大人所言极是，契丹勇士乃虎狼之师，契丹人又生性残暴，好战且杀戮成性，微臣恐怕瓦桥关只是借口，耶律隆绪和萧太后觊觎的是我们整个大宋江山！”

王钦若听后不满意了，也不先向皇上请示，就直接回头称：“敌我双方实力高下立断，一旦开战，犹如以卵击石，后果不堪设想，倒不如趁此迁都南方，为天下开太平。”

寇准听后摇了摇头，说：“王大人，敌我双方军力是有高下之分，然而攻守有别，行军打仗千变万化，只是简单称以卵击石，而把我大宋江山拱手相让，不免有失偏颇，还请皇上三思。”

“寇准，如与契丹发生冲突，导致我大宋社稷之危，你可是罪无可赦啊！”曹利用听后直言道，“且不说契丹虎狼，此时国内硝烟四起，土匪势力日益庞大已然成势，若不早日加以铲除，日后必成大患。你若再让皇上分派兵力，招惹外敌，我大宋社稷岌岌可危啊，还请皇上三思！”曹利用说完“扑通”跪倒在地，向皇上叩首，一众大臣也向皇上叩拜。

“启禀皇上，老臣有一言。”说话的正是宰相毕士安。他在大宋当了多年宰相，辅佐过三位皇帝，因而还是深得皇上信任的。

“请讲。”

“皇上，契丹近年数次来犯，边疆百姓民不聊生，侵略之心已然显露，再任其为之，恐怕后果不堪设想。”毕士安看了一眼寇准，回答道。

“启禀皇上，杨将军求见。”一个太监在大殿外禀报道。

“快快有请。”

只见一个身材魁梧、相貌俊朗的将军快步走了进来，来到大殿前跪下，用洪亮的声音道：“启禀陛下，杨某愿意领兵回击契丹，以保社稷之安，如若失败，愿以死谢罪。”原来说话的正是杨嗣。

赵恒听后内心大喜，不想就这样将祖上打下的江山一点点拱手相让，况且寇准、毕士安等人说得极是，契丹人绝不会善罢甘休，再这样下去早晚会亡国。

寇准站了出来，跪地称：“陛下，臣虽人微言轻，可也愿效犬马之劳。愿意同杨将军北伐。”

王钦若冷笑道：“哼，你也知自己人微言轻，北伐之事哪里轮得到你参与。”其实王钦若心里早已明白，皇上有心抵抗，无意妥协，自己的谋划看来还得推迟。

赵恒没理会王钦若，道：“寇卿家有心为国出力，朕倍感欣慰，但也确如王相所言，你可能难以服众，就封你为征西大臣，同杨延昭少将军歼灭西北土匪势力，班师回京再同杨将军一起赴前线迎敌。杨嗣将军，你且带兵十万，北上迎敌。”

“微臣领旨。”寇准和杨嗣立马领旨。

寇准内心五味杂陈，西北土匪，希望不要和周家牵扯上关系，还有柴欣悦，五年没见她了。虽然自己一直遵守着约定没和别人成婚，可自己也一直没有机会回去找她，如今终于要回西北，可却是平乱大臣的身份，不知该怎样面对欣悦。自己这几年也为周宅做了一些事情,比如在朝廷和地方与周宅出身的官员互相扶持,为周宅的一些行动和事业开后门,自己的官位越大,陷进去的可能性也就越大,因而也迟迟没有和柴欣悦约照规定的时间见面、成婚。

三、下邽之战

1. 不速之客

寇准望着那熟悉的西北风貌，关于儿时的记忆不断地翻腾出来。他有种说不清楚的感觉，但他很清楚，这里是家，是生养他的地方。

“报告将军，前方便是下邽城。”行军至晌午，一个马前卫从前面驱马回来禀报。

寇准点了点头，道:“下去吧。”这里他再熟悉不过，但没有点穿。“等等，把命令传达给张俊达，大军在此驻扎，除非得令，不得私自进入下邽，让张俊达副将军监管。”寇准不想让军队的进入扰乱了下邽城的生活。

“遵命!”马前卫双拳一抱，跑了下去。

得令后士卒们迅速安营、扎寨，升起炉灶，准备吃饭、休息。寇准心里想着，明日得见见华州使，把西北的情况掌握一下，把主要的几个土匪势力铲除。寇准虽然这样想，可他心里对于后周势力还是有所顾虑的。“柴熙、柴欣悦”，他心里总是念叨着这两个名字。寇准一边谋划，一边走进了士兵们帮他安扎好的帐篷。

这间帐篷要比一般的帐篷大，布料也厚实，里面除了架起了一张单人小床外，还有西北地图、沙盘，不过西北地区的情况还不明晰，因为地图、沙盘还有大量信息需要去填充。还有一张桌子，桌子上摆放着一个装令牌的圆筒。几把椅子摆放在帐篷四周。寇准虽然直接成了平乱大将军，可毕竟是第一次当这么大的官，带领这么多的士兵，他自然还是有点兴奋的。

然而这时候的寇准还不知道，他这个差事有多难当。

“报，将军，下邽城张通判求见。”帐外通报官禀报道。

寇准一听大喜，立马出来迎接，可来的人着实把他吓了一跳。

来人竟然是张正，只见他穿着通判的官服，头顶黑色四方巾，走起路来还是当年小胖子的样子。

寇准心里一乐，叫了声“张正！”便拥抱了过去。

张正倒没有什么表情，双拳一抱，躬下身去，道：“参见大将军。”

寇准内心一怔，张开的双手也不知道该往哪里放了。他似乎想明白了什么，答道：“免礼。来，请。”他双手做了请的手势，把张正请到了大帐内，转身又跟传令官说，“叫人上几盘小菜，一壶酒。”传令官得令后立马跑了下去。

寇准进来后看到张正还站在那里，说道：“怎么不坐，来来，请坐。”说着他自己在一旁的椅子上坐下。

“微臣不敢。”张正不为所动。

“咱们都五年不见了，你怎么变了?”寇准也站了起来，望着年少的好伙伴，过往的故事还历历在目。

“我变了，还是将军你变了?”张正终于还是正视起了寇准。

“此话怎讲?”寇准问道。

“还在给我装糊涂。”张正索性撕破脸皮道，“行啊，寇准，都是平西大将军了!”说着，他抓住了寇准的衣领，恶狠狠地说道，“真没想到周宅出了你这么个白眼狼，我怎么没看出来你原来是这样的人!”

“你误会了，张正!”寇准想要辩解。

“我误会了? 寇准，你小子，我现在还是周宅的人，是你们所说的土匪，你现在就可以把我抓去，砍头立威!”张正有点急了。

“张正，咱们从小就认识，你还不了解我吗，我是那种背信弃义的人吗?”寇准也有点着急，虽然他想到会遭到周宅人的诘难，不过他没想到这人竟是跟自己最好的张正。他拉着张正走到帐中央，小声说，“我没有背信弃义，我还是周宅的人。”

“别跟我扯了，你现在是平西将军!”张正嘴上不认账，但他的心里还是有点动摇的。

“你想想，如果不是我在这里，而是其他的人，你们会有什么后果?”

这次张正没有说话，犹豫了。

寇准见张正不再说话，接着说:“我本想北上抗击契丹，皇上见我有胆色，但资历不够，临时派我来这边历练，我根本没想出卖周宅。”

“此话当真?”张正已经开始面露喜色。

“如有虚假,天诛地灭!”寇准赶忙说。

张正立马露出了欣喜的神情,用力一把抱住寇准,大声说:“平仲!”

“张正!”寇准也按捺不住兄弟重逢的喜悦心情,说,“五年没见了吧,你变化可真不少,我都快认不出你来啦!”

“变化再大也不如你变化大,升官升那么快。”张正表面上不服气,可心里着实为自己兄弟的成功感到骄傲。

“哎,这只是临时调配的,不是永久的官职,能不能成功还得看我剿匪的成果啊。”寇准接着问,“快告诉我,华州现在还有哪些残余势力?”

张正点了点头,说:“你这次任务确实很难完成,华州有三股很大的残余势力,我们算是最大一股势力吧,但是剩下的两大势力和几股小势力最近形成了同盟关系,可能就是为了应对朝廷的清剿。所以想要铲除他们,难上加难。”

“那两股势力分别是谁?”

张正接着说:“李茂也是前朝遗裔,现在已在华阴形成较大势力,拥兵三万。还有张凯达,蒲城附近几乎都成为他的势力范围,具体有多少兵力还没有摸清楚,但应该有两万人。这两股势力还形成了联盟,牵一发而动全身。”

寇准知道这里是难啃的骨头,但没想到这么难啃。

“这还不是最主要的,蒲城张凯达,据说和宰相王钦若有点关系,所以地方驻军对他们睁一只眼闭一只眼。凡是朝廷的情报,他们几乎了如指掌，难对付得很啊！你的人里估计也有王钦若的间谍。”张正小声对寇准说。

“这……”寇准也犯难了。

2. 细作

“报，将军大人，饭菜做好了。”门外的传令官报告道。

“端上来吧。”寇准回答道，于是他和张正两人坐下来边吃边聊。

“周宅那边怎么样了，我母亲还好吧？”

“令堂大人安然无恙，我们照顾得很细心，不过亏你还记得我们周宅。”张正讥笑道。

“别嬉皮笑脸。”寇准佯装愤怒。

“嘿嘿，你是想问周宅呢，还是想问柴欣悦啊？”张正知道寇准内心着急，故意吊他胃口。

“你……当然柴欣悦的事也很重要。她，还好吗？”寇准还是没有隐藏住对柴欣悦的感情。

“亏你还说得出口，一别五年，连个音信都没传回来，让人家姑娘白白等了你五年。”张正有点为欣悦感到不平。

“我在朝廷真得小心翼翼，十九岁就中了进士，难得皇上对我青眼有加，没让我做几年地方官就把我调回京城。我根本不敢轻举妄动，不知道多少乱臣贼子等着我出岔子。”寇准摇了摇头，一脸的无奈。

张正看寇准一副可怜相，也不再刁难他，说道：“好好，我也不卖关子了，你的欣悦也安然无恙，现在就在下邽等你回去迎娶她呢。本来她也想陪我过来看看你，可说什么‘五年没见，也不知人家现在是何心意’。”

寇准鼻子一酸，强忍着没流出眼泪来，心想他真是害苦了欣悦。

“那我现在跟你回下邽。”寇准说着就要站起身来，恨不得现在就在柴欣悦的身边。

“对了，我忘了告诉你，今晚有夜袭。”张正嘴里吃着饭菜，一副事不关己的模样。

“夜袭?”寇准眼睛都快瞪出来了。

“嗯，我们在张凯达那边的细作送来的情报上说‘平西将军十六日到达下邽城东，夜袭之’，看来是要杀你们个措手不及。”张正说。

“这么重要的情报你怎么才说?”寇准心里开始了谋划，“不行，我得安排一下。”

“你安排的话，那边也会知道。我们这边有他们的细作，得先把细作揪出来。”张正说。

寇准点了点头，说：“我明白了。”

寇准心里想着该怎样把这人揪出来，很快便有了主意。他跟张正商量了一会儿，两人都对这个计划感到满意。

吃罢午饭，寇准送走了张正，在营地里巡视了一番。副将张俊达在跟士兵们一起吃饭，谋士甘鑫在自己的帐中，边看书边啃馒头，几个先锋将军也跟士兵们在一起。他把传令官叫了过来，对他说:“今夜我要带领一万轻骑兵夜袭,我这里有十封信,你分别帮我放到几个副将和千夫长的营帐内,信封上有署名,不得有误。”

传令官得令后就下去了,很快军中的几个将领都得知了消息。命令下达以后,寇准便在营帐内休息,而轻骑兵们则忙碌了起来,收拾准备、整理鞍马。“接下来就等张正的好消息了。”寇准在营帐内这么叨念着。

天色阴暗下来,刚过晚饭时间,一万轻骑兵们已经在营地周围排列整齐,整装待发。就在这时候,传令官大声报告道:“报,张通判参见!”

寇准此时正在营帐内小憩,一听立马睁开眼,道:“我出来见他。”说完从椅子上一跃而起,拿上皇上御赐宝剑,走了出来。

只见张正正在外面,他的身后还有四个下邽军。四个下邽军押着两个男子,一个身着青色便服,一个身穿黑衣。张正说:“他想要从城西偏门跟下邽城里的这个快马手接应传信息,被我抓了个正着。”

只见黑衣男子看了寇准一眼,怒道:“我什么也不会说的。”然后面部皮肤突然开始变色,先是涨红,然后是发绿,在众目睽睽之下死了。周围聚集了许多的官兵,看到这一幕都大惊失色。

“你有什么想说的?”寇准对青衣男子问道。

“我是张凯达手下的快马手,负责传递情报,可他还没把情报传递给我手上,就算将军杀掉我我也没有什么可说的。”青衣男子看来真的还没有接到消息。

寇准点了点头,只见他弯下身来,摸索着黑衣男子的尸体。周围围观的官兵们都丈二和尚摸不着头脑，想着将军就算摸出情报来也无非是今晚夜袭的事罢了。

果不其然，寇准在黑衣男子的袖子里发现了一个小竹筒，里面有一封信。寇准定睛一看，笑着站起身来，大叫道："来人啊，给我把张俊达抓起来！"

几个官兵一惊，心里根本不知道寇准是怎么想的，怎么突然要把张副将抓起来呢。可毕竟军令如山，寇准麾下几个最值得信任的先锋将军立马扑了上去，把张俊达擒拿了起来。

"干什么，干什么，凭什么抓我！"张俊达一副被冤枉的样子。

"干什么，这两人你可认得？"寇准问道。

"我怎么会认识他们两个，寇大将军你可别听信谗言冤枉了好人啊！"眼看张俊达的眼泪都要出来了。

"演得挺像，我问你，你能猜到这信里的内容吗？"寇准接着问。

"大概能猜出一二，想必是今晚我们要夜袭的事，可这是各位将军、千夫长都知道的啊，为什么不怀疑他们，而怀疑我？"张俊达可怜兮兮的样子让围观的几个官兵也感觉寇准误会了好人。

"对啊，你这么说似乎有点道理，张大将军可还记得今夜我们将夜袭哪里？"寇准也一副茫然的表情。

一旁的张正看到这里都忍不住要笑出声来。张俊达说："自然记得，军令如山，今夜一万轻骑兵，夜袭下阴城南信阳小城，不得有误。寇将军你还在信中告诫，军事机密，不得与他人交谈此事，以防风声外露。"

周围的一伙军官本来还听得频频点头，可听完后立马察觉出不对，抓耳挠腮了起来，有的还把刚才的信掏了出来，确认了一番。一旁的谋士甘鑫听完张俊达所说的，当即领悟道："原来如此。"

寇准听见甘鑫所说，当即问他："你收到的信，今夜夜袭哪里？"

甘鑫回答道："启禀将军，我收到的情报是今夜夜袭下阴城北凉城。"

"你呢？"寇准又指着一个叫作王青的先锋将军问道。

"回禀将军，我的信里写的是今夜夜袭蒲城南荥阳村。"

寇准点了点头，众将领也一副恍然大悟的样子。寇准接着说："我早知营中被安插了细作，没想到他地位如此之高，多亏张通判跟我一起出谋划策，可算抓住了此人，张俊达，你可知罪？"

张俊达气得脸通红，大骂道："寇准小儿，竟然用如此奸计，我哪知你有意试探我们，竟伪造了十封信出来，所述地点每人不同，然后等着我们自己跳出来让你抓，真够毒辣。今日我栽在你的手里，可算倒霉！"说完便低下头，一副甘愿被杀头的模样。

"把他带下去，关押起来。"寇准说完，两个士兵从旁边走了上来，把张俊达带了下去。寇准接着说，"今晚还没完，夜袭的事是真的，不过不是我们，而是他们。我们刚获得情报，今晚张凯达的骑兵想要杀我们个措手不及，现在我军骑兵们已经在营中整装待发，其余兵马立即准备，等他们来，我们迎头痛击！"

"这家伙怎么办？"甘鑫指了指地上的尸体。

"扔到营地外烧掉，你们四个去做。"他让张正的手下去做这件事。

"我们立了这么大功竟然安排我们做这种差事！"张正一脸的

不情愿,但他还是让四个弟兄把尸体拖走了。

3. 夜袭

“两万人由王青暂时指挥,甘鑫辅佐,在营地中正面迎敌,我带两万人马去侧面伏击,剩下一万由张正带领,埋伏在下邽城墙内,一旦张凯达撤退,我们立即开城门出来截击。”寇准发号施令,一副大将军的模样,一点也不像个羸弱的文官。

先锋将军们也算是对他们这个小将军心服口服,第一天就做出了这么大动作,抓住细作,获得夜袭的情报。当然这也离不开张正对他们的帮助,多亏跟了寇准将军,不然今晚肯定过不安生。他们得令后立即执行,四散开来各自就位。

寇准已在侧翼埋伏好,只等张凯达的人马冲入营地,营地里由王青带领的两万人马也做好了正面迎敌的准备,甘鑫也心生一计,让御敌之策更加万全。张正也跟几个先锋将军搞好了关系,几人结伴带领士兵在下邽城北的城墙内埋伏停当。

深夜,月亮也被云彩遮蔽,巍峨的下邽城墙安静地矗立着,平西营只有几处篝火还在闪烁,四周很安静,士兵们仿佛早已进入梦乡。很快,地面突然开始震动,一大队人马仿佛从天而降,从西北方而来,他们的心情是紧张而愉悦的,认定有一场杀戮即将发生。在到达营地前还有不到一里的时候,突然营地中杀声震天,灯火通明,擂鼓大作!

“放箭!”王青下令。一阵阵箭雨呼啸而来,张凯达的先锋士卒哪想到对方竟早有防备,那灯火刺激得他们睁不开眼,根本无法躲避迎面而来的箭雨，瞬间死伤无数。大队人马想要后退，更多的人不知道该怎么办，只能跟着前面的人继续冲锋。毕竟人多势大，有大量的先锋兵驱马冲来，可前面竟是一整排竖起的防御篱笆，篱笆上有用原木削成的尖刺，停不下的兵马只得撞上去被原木插死，只有一小波兵马冲了进来，更多的人想要后退。

“杀啊！冲啊！”又是一阵杀声，不知在哪里埋伏着的大队人马从侧面横冲了进来，呈尖刀之势，将张凯达部突袭的阵型彻底切割成两半。一半成了瓮中之鳖，只等着被屠杀，另一半也被砍杀得够呛，连滚带爬地只想逃离这座人间地狱。

来了两万多的轻骑兵，如今只剩五千多人。张凯达也着实是个好汉，冲锋在最前方，看情况不妙赶紧下令撤退，凭着自己高强的武艺，愣是冲杀了出来，心里想着，此仇不报，天诛地灭！可他怎么也想不明白，为什么自己的细作没有把情报传过来，导致了这次的一败涂地。此外，看来自己人里有宋军的细作！

他心里想着这些问题，看着不远处的后方还处在水深火热中的弟兄们，一阵心酸。就在他们要经过下邽城北门的时候，又是一阵杀声震天，下邽城北门大开，一大队轻骑兵由几个先锋将领带着，从大门里杀了出来，这杀声彻底让张凯达丧失了生的欲望。他两眼一白，气得昏死了过去。然而宋军轻骑兵绝不会放慢脚步，他们鱼贯而出，拿着砍刀、长枪，将丧失求生欲望的敌军一一斩杀。

这次战斗只持续了两三个时辰，天还没亮，战斗就彻底结束了。张凯达几乎倾巢出动，志在必得，可败在了自己的孤注一掷上。两万人几乎被全歼，只有最先撤退被张正截杀的两千多人缴械投降，其余的也算英雄好汉了，杀了进去就没想活着出来，全都负隅顽抗至死，一时间横尸遍野。这让没见过这么惨烈战争场面的寇准有点莫名的伤感，虽然他们打了大胜仗。

营地内倒是一片欢快，官兵们为了这次的大胜仗欢呼雀跃，吃肉喝酒，特别快乐。“战争，真的能够让人性丧失啊！”寇准心里总是有这么一句话。他站在箭楼上，眺望着横尸遍野，竟也流下泪来。

张正爬了上来，看见寇准在哭，心里也一阵酸楚。

“怎么了，不去下面喝酒庆祝？”张正问道。

“没什么好庆祝的。杀人可不是比赛，钻研了那么多年的兵法，今天才意识到这是杀人的玩意。”寇准内心有点低沉。

张正看着这哀鸿遍野，没有说话。他想了想，还是说：“如果我们不抵御，躺在下面的就是我们啊。”

“我知道，可为什么非要你争我杀呢？”寇准想不明白，“哎，边塞的人民大抵也就是这样死去的吧，死在了契丹铁骑之下。之前我只想着杀了那些蛮荒之族，可我现在更渴望和平。”

“第一次打仗嘛，大抵心里是有些难过的，也许习惯了就好。”张正安慰道。

“也许吧，不过我不能让这些人白死。”寇准仿佛下了个决心，他说。

“今天上午休整，下午去看欣悦怎样，你俩也该见面了。”张正想要岔开话题。

寇准点了点头，脸色终于不再那么惨白，说：“有点紧张，五年没见了，不知道她变模样了没有。”

张正笑了笑，说：“变了，你见了可别被吓着，现在又胖又丑。”

寇准一惊，一副不敢相信的样子。张正看了哈哈大笑：“你见了就知道。”说着从箭楼的梯子上爬了下去，寇准也终于沉静了下来，爬了下去。

天色已经微微变亮，很快，远处的小山丘上升起了一轮红日，有着暖暖的阳光。整个大地都披上了红色的衣裳，一片安静祥和，似乎昨夜的杀戮已经是很久很久之前的事了。

寇准把传令官叫了过来，吩咐道：“你让章淦、王青带上个千百人，去把营地外、下邽城外的敌军尸体，用马车拉到西北郊外的乱葬场掩埋了吧。”

传令官得令后便下去了，章淦和王青也愿意服从命令，经过了这次大胜仗，他们打心底钦佩这个年纪轻轻但足智多谋的大将军。

4. 重逢

经过一上午的休整，寇准终于恢复了精气神，于是便和张正一行人走上了去下邽城的路，而甘鑫和王青两人带着一众将领训练兵士、研究华州地形，为接下来的大小战役做准备。

寇准一行人来到下邽城门前，他们身着灰色素衣，看不出身份，但从面相看，领头那人却相貌英俊，器宇不凡。下邽城守看来人是陌生面庞，但又确实不像池中之物，于是把他们拦了下来，问道：“你们是什么人，到本城来所为何事？”没等他问完，领头那人身后一个矮矮胖胖的身影钻了出来，说道：“我是张通判，这位是来我们下邽城的贵客，把城门打开。”

“小的有眼不识泰山，立即给您开城门。”那小吏一看是张正，就立即把城门打开，放寇准他们进到下邽城来。

五年了，寇准刚踏进故乡的土地，马上感慨了起来。道路还是熟悉的样子，多了几座城楼，街道也热闹了，熙熙攘攘，一片繁荣祥和。寇准动情地说道：“最美丽的地方永远都是这里。”他径直回家，仿佛他还是当初的那个少年。

走到家门口，张正让他的手下留在门口，自己携着寇准的手走了进去。家中变化倒是挺大的，瓦楞窗棂全都粉刷了一遍，地面也铺上石子，甚至还竖起了一套石桌椅，家中的老槐树更加枝繁叶茂，门厅也打扫得一尘不染。走进客厅，家中的家具基本都换了新的，大堂里亮堂堂的，完全没有了以前昏暗的模样。

“大妈，你看谁来啦？”张正朝里屋说着。

“哎哟，谁啊，张正吗？”里屋里一个苍老的声音传了出来，轻轻的脚步声由远及近，寇母走了出来。“啊，平仲，你什么时候回来的？”寇母声音微微颤抖道。

“娘，孩儿不孝，五年了才归家中。”寇准看见母亲苍老了不少，头上白发多过了黑发，脸上也满是岁月的痕迹。

“哈哈，回来了就好，回来了就好啊。”寇母说着，在太师椅上坐了下来，这对太师椅还是家中传下来的那套古旧的椅子，以前父亲总是坐这把椅子。

“娘，家中可还好吧？”寇准问道。

“好，都好。就是你不在家，冷清了一点。不过有张大人、柴小姐的悉心照顾,我也没有那么闷。"寇母一字一句地说,眼睛里已经有了泪花,"平仲你,做官了?"

寇准点点头,道:"嗯,孩儿现在在朝廷为官。"

"好好辅佐皇上,当一个好官,别忘了你父亲的教诲。"寇母认真地对寇准说道。

"娘,你放心,我定好好辅佐皇上,不让娘失望。"寇准点点头,拉着母亲的手,郑重地说道。

这时候一声推门声,一个姑娘跳了进来,道:"哎,大妈,是张正来了……"她指了指门口几个人,只见寇母旁边蹲着一个英俊的小伙子,再定睛一看,竟然就是她日思夜想的那个人。她当即不知道怎么办才好,直接哭着冲了上去,寇准也站了起来,跟姑娘抱在了一起。

"我恨你,你怎么才来!"柴欣悦哭着鼻子,流露出愤怒的神情。

"我这不是回来了嘛,别哭了,我在朝廷之中不敢轻举妄动,不然你们都会受牵连。"寇准安慰欣悦道。

寇母在一旁看到这一幕,早猜到这两人关系不那么简单。她知道欣悦对寇准有点意思,成天拉着她问寇准小时候的事,平时这丫头对自己也照顾有加,寇准跟这丫头在一起她自然是乐得合不拢嘴。寇母说道:"好,今天一家人又聚在一起了,我去给你们做午饭,大家吃个团圆饭。"

寇准、欣悦两人又聊了一番,便也和张正一起帮寇母做饭去了。几个人边做饭边讲这五年发生的奇闻趣事。寇准讲他为官的种种经历,从最开始怎么中的进士,怎么得到皇上的注意,怎么打破年龄的偏见让皇上信任他这个毛头小伙子，到怎么跟朝廷的各种党派处理关系，怎么处处防备着王钦若这个奸臣的陷害和奸计，说到精彩之处，把几个人吓得连蹦带跳，惊出了一身冷汗。几个人也越来越理解寇准的难处，也就再也没有因他五年来的不联系而责备他。他们三人也讲了一些下邽城的事情，柴欣悦说了她哥哥柴熙和周宅的一些事。寇母倒也没什么好说的，只是反复提醒寇准就在这几天把他和柴欣悦的婚事给办了，平西战争结束后，要他把柴欣悦带回京城。

柴欣悦听着这些，脸上红红的，仿佛心不在焉地擦拭着自己的玉镯子。寇准连连答应着，只是说婚事肯定是要办的，只不过得等平西战争结束。他可不想让新娘子刚结婚就守寡，说完自己哈哈大笑起来。之后大家都再不说话，吃完饭，欣悦一气之下竟然给了寇准一巴掌，怒视着他走开了。

“哈哈，这才是我的欣悦！”寇准还是口无遮拦，他心里紧绷的那根弦终于暂时松了下来。

“在家怎么不说吉利话呢？”寇母很不乐意地看着儿子，虽然她知道儿子的想法。

“可是这毕竟就是战争啊，战争就会死人。”寇准认真了起来。

“我不准你死。”寇母也义正词严了起来。

“我尽量遵命。”寇准一笑，但是心里想着还在生气的柴欣悦，自己也不知道该怎么办才好。

“欣悦还在周宅做事，对吧？”寇准心生一计。

寇母点点头。

寇准立马笑着说:“欣悦我带走了,让她跟我一起打仗。”

寇母自然是严厉制止。

“娘,你这就太传统了吧,你可不知道,杨业将军家七个儿媳妇可都是能文能武的女中豪杰啊,我的媳妇可不能不如她们。再说了,论武功,欣悦可差不了我多少。”

寇母还是不太乐意的,刚想辩解,只听欣悦在门旁笑出了声来。

“哎哟,我的寇大官人,您可别逗我笑了,就您那三脚猫功夫,别给我扣帽子了。”说完,她“咯咯咯”地笑个不停,“当年,要不是我,你……”

“别,别,别当着我娘说我当年的糗事,当年是当年,好汉还不提当年勇呢。您是女中豪杰,更不该提了。五年没见了,你武艺要是没长进,这回可得给我打趴下了。”寇准当着欣悦的面倒是一点架子都没有。

“别扯了。”柴欣悦根本不服气,从小到大她都是揪着寇准打,那时候寇准身体也不行,在周宅锻炼得才好了一点。

寇母赶忙劝架,想着这成何体统。

两个年轻人不管那一套,说着就走到了院子里,张正这个看热闹的还在一旁瞎起哄,完全没有劝架的意思。

两人打起来也是完全不顾情面,寇准“报仇”心切,先下手为强,左脚向前一滑,右拳就推了出去。柴欣悦不慌不忙,不退反迎,双拳化掌,向前一推,接住了寇准的直拳。寇准经过这几年的锻炼,身体素质强了,力气自然是有的,可打到柴欣悦的掌上,却有打到棉花上的感觉。柴欣悦借力打力，双掌一交错，顺着寇准的胳膊往上打出，右掌一挥就给了寇准一巴掌。

寇准疼得不行，捂着脸就退了出来，道:“不打了，不打了，君子动口不动手啊。”

没想到柴欣悦这几年习武一直没有放松，长年的训练让她武艺精进，寇准那几下还真不是她的对手。

过手之后两人又亲密起来，寇准也为小看欣悦而道了歉，欣悦则同意寇准平西之战后再结婚，但这场战争必须也有她的一份，毕竟在西北，各个势力是水火不容的。这倒也遂了寇准的意，他赶忙答应下来。

5. 复仇

是夜，下阴城南，李茂兵营。萧索的大风也吹不灭李茂兵营里的营火。在中央的大帐里，十几个身披铠甲的将领围绕在大沙盘前面，他们沉默着，但眼睛都盯着沙盘后面坐着虎皮太师椅的男子。

这个中年男子的眼睛像鹰隼一样锐利，扫视着沙盘，扫视现在的战局。他的身材高大威猛，光坐着就比其余的人高出一截，双手伏在桌案上。大家屏气凝神，等着他开口。

“张老弟还有多少兵力?”这个男子站了起来，声音洪亮地说。

“不足五千。”他身旁的一个文官松了松领口。

“因为老鼠!”一个头发泛黄的壮士站了起来，睚眦欲裂，气愤填膺。

三、下邽之战

“哼，一次夜袭，反被全歼。张凯达也确实看轻了这寇准。”另外一个谋士摇了摇手中的折扇说。

“都快入冬了你还摇什么扇子啊！”一个年轻的小伙子站起来道。他长得一表人才，在这群凶神恶煞的人里显得格格不入，“怎么说我哥哥呢，不就是一次夜袭失败了吗？咱们是同盟，你们不来帮忙也就算了，现在我哥哥失利战死在下邽了，你还摇着扇子，嫌风凉话不够力道是不？”原来这小伙子就是张凯达的亲弟弟张凯峰。

“元凉，不得无礼，张凯达虽然英勇战死，可蒲城、下阴之同盟不会解除，我们两方依旧是平起平坐的好弟兄。凯峰老弟，你放心，凯达的仇，我李茂必为他报！”李茂是有情有义的人，因此他的手下聚集了一群能人异士、英雄豪杰。

“可这寇小儿刚来华州，一夜之间就把华州三大势力砍去其一，这实力实在不容小觑啊！”小胡子谋士捋着胡子说，他是李茂手下第一谋士，人称“小诸葛”的诸葛一鸣。

“一鸣兄，你看这仗怎么打？”元凉瞥了一眼张凯峰，隔着李茂问道。

“从前线逃回来的弟兄说，他们还遭到了下邽城的伏击，这就有意思了。寇准那小儿到西北干吗来的，镇压土匪。哎，有意思了，他竟然先跟土匪勾结起来了。”张凯峰没理会元凉，对诸葛一鸣说。

诸葛一鸣听完点了点头道：“确实有点意思，不过这可就难办多了。”他看了一眼李茂，李茂也点了点头。诸葛一鸣接着说，“大人，您看，这里怎么样？”只见诸葛一鸣站了起来，拿着一根小棒指着位于下邽和蒲城之间的一个小山头说。

李茂说：“行，可以这么办。”元凉也恍然大悟地点点头，几个武将倒是没明白到底在说什么。张凯峰是快人快语的汉子，说：“哎哟，我说哥几个别打哑谜了，直接说成不？”

诸葛一鸣说：“本该是敌寡我众，寇准的这种举动直接导致了双方实力的均等，而现如今，他竟一举破坏了张凯达的夜袭并用计谋打得张凯达势力全无。现在敌众我寡，只能被动反击了。这里，”诸葛一鸣指了指蒲城和下邽城之间的一座山，“飞浪山，下邽城到蒲城之间一定会经过的一座山，这座山道路崎岖，多山崖怪石，我们可埋伏于此，杀他个片甲不留。”

李茂听后点了点头，说：“此计可行。”

可张凯峰却说：“你怎么知道寇准那小贼一定会经过飞浪山呢？”

“寇准来这里是平西，不是守城，他要平西就得一步一步来，既然消灭了张凯达，势必会转移阵地，筑营蒲城，以此来攻下阴。如若不经此番周折，直取下阴，必然是自取灭亡，然而他若去蒲城，必会经过飞浪山！”只见诸葛一鸣娓娓道来，颇有当年诸葛孔明的气势。

“此计甚妙！”他的计划得到了帐中诸将的赞许，如此这般，寇准的平西之路看来还只是刚刚开始。

6. 谋划飞浪山

寇准在下邽城安营扎寨已有个把月，这段时间士兵们得到了充分的休整。寇准和柴欣悦的关系也回到了从前,又开始打打闹闹,谈笑风生。这一天傍晚,寇准终于决定继续北上,拿下蒲城。寇准、甘鑫、张正三人便在营帐中商议攻打蒲城的计策。

“前往蒲城的路只有三条,其余野路皆为天险,无法行军。”张正用木棍指着蒲城到下邽之间的沙盘说,“这一条,为官道,地形最为平坦。从下邽直通蒲城,但这条路也是李茂方面会重兵据守的路。如果在这里与他们大决战,恐怕会两败俱伤,就算打下了蒲城,也会被下阴的余部势力围剿。”

寇准听着,略有所思,便问:“那其余两条路呢?”

张正点了点头,说:“其余两条路我们称小道,是很多江湖人士喜欢走的小路。这一条叫埋沙道,沿通河北上,地势还算平坦,也靠近水源,行军比较方便,但现在是雨季,有水患之危险。”寇准听到水患,眉头一皱。张正继续说,“最后一条人称狮子路,是江湖人士走得多了形成的小路,沿着北山走,穿越飞浪山,下山经过一个叫蒲南的小镇,再走一段大路,就到蒲城南面了。”

甘鑫问:“啥叫狮子路?”

张正说:“这还不好理解吗,飞浪山、北山都是荒山野岭,多老虎、野狼等野兽。”

寇准听完这三条路的介绍,苦笑地摇了摇头道:“都说我寇准来平西不出一月便一鸣惊人,他们哪里知道下邽和蒲城的地形根本不在一个级别。”甘鑫也眉头紧皱,说道:“难呀!”

张正看这两人,说道:“平仲你也别灰心啊,就是选嘛,要水患还是野怪?”

寇准叹了口气，抬头看了看营帐顶棚，道："现正值雨季，水患可能性太大，特别是河边行军，'水淹七军'可就惨了，敌人还没见到，自己淹死在了半路，实在晦气。这狮子路，咱们大军北进，什么妖魔鬼怪也不怕。我就怕这天险挡路，飞浪山地势易守难攻，几万兵力放在里面，我们是上不去的。"

甘鑫说："他们未必能想到我们走这条路。"

寇准摇了摇头，说："他们的谋士必定会料到。"

张正说："诸葛一鸣。"

"你说什么？"寇准疑惑地问。

"我说下阴势力里有一谋士叫诸葛一鸣，人称'小诸葛'，多谋算，大冷天的也要摇扇，自称要随时保持冷静。"张正道。

寇准、甘鑫一听就被逗笑了。笑归笑，可这诸葛一鸣既然被称作"小诸葛"，就绝非池中物，可到底怎样才能拿下这飞浪山天险呢？

7. 飞浪山之战

一支浩浩荡荡的军队沿着北山麓行进着，打头两个先锋将军穿着银亮的铠甲，背后是深黑色的披风。稍微年轻的那位将军留着小胡子，一杆乌金长枪横挂在腰间，左手扶着长枪，警惕着看着北山麓的树林。旁边那位稍微年长一点的将军背后则挂着虎头斧，磨得锃亮的斧刃在这山林间闪着寒光，正眯着眼睛，望着前方。

"今夜就能到飞浪山了吧？"年轻的小胡子将军问。年长的将军看了一眼远处，说："就快到了，不远了。"原来两人正是寇准手下的两员大将——王青、章淦。两人正带着大队人马沿着北山麓往飞浪山出发，看来最终寇准还是选了狮子路。大军中间一辆马车晃晃悠悠地前进着，寇准也许正在这马车之中。

果然，傍晚时，一座高山逐渐出现在大军面前，从东坡穿过去，就到了他们此行的目的地蒲南小镇。然而他们不知道东坡上等待他们的究竟是什么，所以不敢掉以轻心。

这时候，飞浪山南麓，密林之间隐藏着一个军事营地。这个营地在山崖之上，可谓占据天险，易守难攻。一队人马正在这树缝之中窥探寇准的军队。

“一鸣兄果然神机妙算，知道他寇准小儿必然选择狮子路，哈哈哈，他可不知道，这狮子路的凶猛！”说话的正是张凯峰。

“哪里哪里，通河下游水位太高，从那里行军只怕有去无回。官道一路更是重兵把守，他们肯定不会明目张胆从那里行军。”诸葛一鸣扇着扇子，慢慢说道。

与他们在一起的还有大将军元凉，他征战多年，经验丰富，仔细观察着军队，说道：“这支队伍虽说蜿蜒曲折，望不到边，可看阵势，却不像是主力。”

“管他是不是主力军，就算不是，估计也就是寇准没敢全军出击吧。就那么三条路，官道和埋沙道的密探都没有动静，寇准的军队只此一支，元兄不必多虑。”张凯峰看元凉畏首畏尾，很不爽，便道：“元凉将军在此等候，看我张某人这就带一队轻骑兵杀将下去，杀他们个措手不及。”张凯峰说完就带着他的副将离开了。

诸葛一鸣也觉得诡异，但觉得张凯峰说得有道理，便也没有阻止。他望着张凯峰的背影说:“穿上新铠甲。”张凯峰点了点头,没有再理会。

这时候,太阳刚被身后的山托住,还未下山,飞浪山已经近在眼前。前锋突然感到飞浪山上一阵骚动,大叫:“报告将军,前方树林有埋伏。”

“列阵,迎敌!”章淦大吼!只见一排重盾兵从队伍中鱼贯而出,手持厚木质重盾,整齐地在前方排成两排,长枪手们则手持长枪在盾兵后面,将他们的长枪架在盾上。阵型还未摆好,一阵箭雨来袭,大量的箭矢射在木盾之上。也有一部分箭雨穿过盾阵,射在了长枪手的铠甲之上。这箭雨下了一会儿,长枪手、盾兵虽称不上死伤惨重,可也确实元气大伤。这时候,飞浪山上战鼓雷鸣,一队兵马突然从三面山上杀将出来。他们从头盔上揭下黑布,只见头盔上都安着一面被磨得锃亮的小铜镜,正好将还未下山的日光一股脑地反射在宋军士兵的脸上。虽说这余晖并不耀眼,可千百面小镜子却是从四面八方将这四散的余晖聚集在了一个点上,士兵们顿时眼前一白,啥也看不清了。说时迟那时快,千百名骑兵冲了下来,犹如洪水一般,气势磅礴。还好大部队前方的盾兵和长枪手有盾牌保护,受到这光照影响较小。虽说后面的兵马乱作一团,但并没有慌了阵脚。可那骑兵下山的气势惊人,几乎没有减速,直接撞了上来。前面的骑兵敢死队直接被盾牌和长枪搅成了肉泥,盾兵们也都骨折、吐血,死伤一片。骑兵们并未减速,前仆后继,直接把这盾阵冲出个口子。冲进来的骑兵有如虎入羊圈,杀人如麻。

前方的先锋将军王青、章淦久经沙场,虽然也是第一次见识到这阴毒之计，但他们迅速镇定下来。章淦大吼："休要慌乱，自乱阵脚只会被杀，都别乱动，准备迎敌！"不愧是寇准训练有素的士兵，一旦有了指挥，便立马冷静下来。王青也定下神来，镜子的光芒一闪，他就立马闭眼，所以视力迅速恢复，待战马安定下来，他提着乌金长枪，就驾马向前，迎着骑兵杀了过去。

王青果然不愧是寇准手下的第一战将，乌金长枪在他手里仿佛活了一般，左突右进，张凯峰的骑兵们根本阻挡不住，冲在前面的都被他刺死了。他的黑面披风像一阵黑烟，所到之处，只有死亡。寇准的将士们看到王青如此勇猛，瞬间都兴奋了起来，不似之前那般恐慌，一个个提了兵器，砍杀起来。张凯峰见势，提起两把弯刀杀了过去。可没走几步，一股巨大的压力从侧面压了下来，他忙跳下马来，回身一看，自己的爱马已经被两柄大斧子砍成两段，鲜血流了一地。一个大汉跳了过来，又是一斧，要不是张凯峰灵活，险些被削去半个脑袋。

"张凯峰，别说你爷爷我欺负你，我的马已经让我打发了回去，咱们在地面上厮杀！"章淦左右走了两步，随意地挥了两下巨斧，他的周围便没有半个人影——都逃散了。

张凯峰舔了舔嘴唇，也不慌乱，左右手来回挥了两下，两把大弯刀虽说比双斧要轻，可也灵活。见章淦挥舞双斧并不灵活，他反而先发制人。可章淦机敏地向后一仰头，轻巧地避开了弯刀的横扫，右臂一扭动，斧刃便翻了上来，朝着张凯峰的下巴砍去。张凯峰没想到章淦竟有如此臂力，赶紧向后一倒，险些躺倒在地，不过要不是他躲得快，至少也会被砍掉一条手臂。章淦可不会等张凯峰站稳，他直接跳上去，又是两斧子，张凯峰这回难以闪避，只得挥刀来迎，刀斧相接的那一刹那，他只感觉虎口震裂，眼冒金星，两腿一软，跪了下去。这两方大将交手还没有两个来回，张凯峰就差点成了斧下冤魂，实力实在悬殊。寇准的士兵们自然是信心倍增，而张凯峰的手下们则全被镇住了，一时慌了手脚，不知所措。

战场局势瞬息万变，张凯峰的兵马气势汹汹地从飞浪山杀下来，确实让王青、章淦的盾兵折损大半。然而到头来他陷入了鏖战，自己的兵马也死伤一片。就在张凯峰进退两难的时候，一支冷箭直接将章淦击倒在地。

8. 救援

章淦只顾得跟张凯峰厮杀，根本顾不得身边的情况。就在章淦快要砍下张凯峰脑袋之际，元凉赶到了。这元凉，下阴人士，善骑射，有一把被称作“金刚阎罗”的劲弓，人送外号“阎罗眼”。这一冷箭，直接射穿了章淦的左肩膀，将其射倒在地。

“小贼章淦，老子跟你玩玩。”元凉带着手下百十来个精英，骑马杀来。

张凯峰见援军赶到，顿时放松了许多，抢得一匹战马，迅速跨上并向元凉这边骑来。章淦躺在地上，一时还难以起来，根本阻止不了张凯峰和元凉会合。王青倒是杀了出来，却被一阵箭雨又逼退了回去。

“看箭！”元凉再次拉起他的劲弓，将箭头瞄准了地上的章淦。

三、下邽之战

冷箭呼啸，势大力沉，直冲章淦胸口飞来。飞箭速度太快，章淦根本躲闪不及，只得举斧来迎。章淦本就力大无穷，可接着冷箭也是勉为其难。他只觉得虎口生疼，斧头砸到他胸口，当即就觉得肚子里翻江倒海，吐出一口血来。

“怎么会有如此之力量！”章淦勉强撑在地上，他知道自己已经很难抵挡第三箭了。“要不是你突放冷箭，我会怕你？”他为刚才元凉的突放冷箭愤恨不已，说完又吐了一口血。

“死人就该闭嘴。”元凉也知道自己的招数并非侠义，听到章淦最后的讥讽，他一咬牙，将第三支箭架在了他的劲弓之上并将箭头指向了章淦。

弓越张越满，章淦盯着元凉，眉毛皱在一起，已经准备迎接死亡。

然而这一箭飞了过去，却没有射中。章淦被突然出现的王青往旁边拖了半个身位，箭射空了。王青没等元凉重新架上弓箭，突然疾跑了起来，头盔上的红布也飘了起来。他将乌金长枪投掷了出去，不偏不倚将元凉扎下马去。这一切突然发生，身边没一个人能够反应过来。他们只知道，元凉就这么战死了。

元凉的突然阵亡对他的手下无疑是最大的打击，击杀他们将军的王青没有减速，继续朝他们疾跑过来，尽管王青现在手无寸铁，可他们只想调转马头往后逃跑。几个胆大的副将冲上去想要砍下王青的脑袋，这无疑是他们加官晋爵的好机会。可王青只一招就夺下了他们的兵器，三两下就把那几个副将砍翻在地。王青跑到元凉的尸体旁，踩着那具尸体将自己的乌金长枪拔了出来，没有丝毫表情。看到这一幕的士兵只觉得这个身披黑袍的男人根本不是人，而是恶鬼，是魑魅魍魉。残余骑兵的斗志都不复存在了，他们丢盔卸甲，只想着往山上的大本营跑去。然而他们没走几步，就明白了为什么时间这么晚了天还没有暗下来，原来飞浪山上早就是火光冲天，只是大本营怎么会突然遭到袭击呢？宋军是怎么上去的？通过狮子路上山只有这一条路啊。

“你们怎么上来的?!”诸葛一鸣被两名士兵反手扣住，跪在地上。站在他面前的两个士兵不是别人，正是寇准和张正。

“很难得，还有我们小诸葛不知道的事情。”寇准面带微笑，讥讽道。

“你们怎么会从东山过来?”诸葛一鸣真的疑惑了，满眼都是难以置信的神情。一队精兵仿佛从天而降，在他的军营里四处放火。这队天降之师的奇袭很快让他的大本营丧失了作战能力，自己也沦为了寇准的俘虏。

“你以为我不知道你打的什么算盘?”寇准直视这个现世小诸葛道，“在飞浪山将我们一网打尽？张正，你带队下山，和王青、章淦一起前后夹击敌人。”

张正得令马上带人离开了。

“你的如意算盘打得不错。”寇准看着诸葛一鸣，轻描淡写地说，“可惜你算漏下了一样，飞浪山可不只有狮子路一条路能到。”

“可东面是通河啊？难道你们一开始就兵分两路?”小诸葛吃惊地问。

“哈哈哈，真聪明，你领悟得很快。我让你死个明白，诸葛一鸣。我当然不会像傻子一样走进你的埋伏圈,我必须走这三条路中的一条。可我也许可以打破规则,选择其中的一条半。我的主要兵力从狮子路上走,可你不知道,我还有一部分兵力早就踏上了通河那条路。通河的上游没那么容易发生水患,不是吗,往往是上游的水彻底结冰的时候,中下游才会发生凌汛。”

“于是你们在快到飞浪山的时候,从通河这条路转移到了飞浪山的东面?”诸葛一鸣毕竟还是那个精明的谋士,一听便搞懂了寇准的计划,“你可真是个危险的对手,通河上现在结了冰,只要没有降水,你们就可以大摇大摆地在夜里从河对岸走过来,直达飞浪山下。”

“还是有一点冒险的,蒲南的天气随时可能会有暴雪,上游的水也快要将河堤淹没了,不过上天仿佛也觉得你们这些西北军阀时日不多了,这一路我毫无困难,一切都在按照计划行事。”寇准在这次对决中解决了飞浪山这一大难题,按捺不住内心的喜悦,然而想到弟兄们还在山下厮杀,他决定不在这里浪费太多时间。“不过你们下山的兵力还是给我造成了不小的伤害,我的盾兵已经损失过半了。来人,把他带下去。”说完,寇准骑上马,维持山上的战后秩序去了。然而他不知道,诸葛一鸣的一个手下,躲过了宋军,偷偷骑上一匹快马,迅速下山去了,骑行的方向正是蒲城。

9. 螳螂捕蝉,黄雀在后

飞浪山的战斗很快就结束了,寇准的大军前后夹击,张凯峰的军队还没搞清楚敌人是怎么从后方杀过来的时候,就被彻底击溃了。张凯峰也做了寇准的阶下囚，和诸葛一鸣一样，被押送到宋军大牢。章淦则在蒲南精心养伤，元凉的冷箭虽然只是射穿了他的肩膀，可箭上有毒，他还一直在死亡线上徘徊。随军郎中也拿这些他们不了解的毒没有什么办法，只能靠一些药草帮章淦续命，忙里忙外，急得满头大汗，希望尽早配制出解药。

寇准在蒲城南面的小镇蒲南外驻扎了下来。寇准想利用这段时间让他的将士们得到休息。既然已经控制了狮子路，他们只需要等押运粮草的后续部队从下邽赶来就行，这段时间士兵们就是操练和休整。毕竟过了蒲城，才算真正到了人家的地盘——下阴地界。

蒲城势力比较复杂，平西将军寇准很难在这里和李茂大动干戈。这里可以说是王钦若的地盘，蒲城的太守是王钦若的亲侄子王浩然。王浩然能动用一定的驻西兵力。虽然王浩然是朝廷的人，但不能指望他帮寇准什么，寇准甚至还不得不处处提防他。不过王浩然也不敢轻举妄动，如果直接和寇准正面冲突，也许会影响到王钦若日后的计划。

“寇准在蒲南待了几日了?”说话的正是王浩然，一个三十多岁的年轻人，官服舒适地贴在他的身上。他长得很矮胖，鼻子边上有一颗很大的痦子。很难想象他是儒雅的王钦若的亲侄子，两人并不相像。

“回禀大人，有七天了。”手下答道。

“好的，我知道了。你下去吧。”王浩然挥了挥手，让手下下去了。

三、下邽之战

“你怎么看?”一个娇柔女子的声音从王浩然身旁的屏风后面传了过来。

“很难对付他,我不能杀他,他不能死在我这里。他现在把西北军阀打得节节败退,是朝廷的红人。”王浩然很无奈地摇了摇头。

“可你叔叔传信说在这里除掉他。”女子的声音透露着一股狠劲。

“我当然知道要除掉他,可信里还说不能打草惊蛇!我不可能大摇大摆地带着兵去砍了寇准的头!”王浩然有点生气地说。

“借刀杀人,你觉得怎么样?”女子说,“既然他们已经闻讯而来。”

“你是说……让李茂来做这件事?”王浩然有点疑惑,“他不知道我们也想要寇准的命,我在这里他不敢造次。”

“有时候我真希望你能更聪明点,浩然。”女子从屏风后面走了出来,长长的黄色头发,碧蓝的眼睛,白白的皮肤,这个女子竟是一个契丹女谋士,“有时候你只需要把蟋蟀放在一个盒子里,它们就会互相撕咬,这是很简单的道理。你只需要……”

王浩然听从了她的计划,高兴地舔着嘴唇。

在蒲南的一个小饭馆里,寇准、张正、王青三人正在吃饭。

“章淦的情况怎样了?”张正问寇准。

“非常不好,虽然暂无性命之忧,可非常虚弱,他中了元凉的一种奇毒。”寇准眉头紧锁说道。

“我有错,当时不该一下子斩了元凉那老贼,我没想到箭上有毒。”王青很懊悔地说，“现在找不到解毒之法是我的错。”

“不是你的错，那种情况下你已经做得很好了，不然死伤会更严重。”寇准安慰道。

王青还是低下了头，没有再说话。突然一个人影在窗口晃动，张正敏捷地冲到窗口处，结果在窗台上看到了一封信。

“没看到什么人，只有这个。”张正拿着信回来，将它交到寇准手里。

寇准略有疑惑，将信展开，只见信上说：“明日酉时，蒲城西郊，剧毒解药，一人来拿。”

“一人来拿，这跟去送死有什么区别？”张正问道，“你怎么看？”

“疑点很多。”寇准拿着信，望着窗外的匆匆行人。

“我去，让我去。”王青突然说道，“一人来拿，又没说谁去，让我一个人去就行。”

“我觉得可以，王青武艺高强，比平仲去靠谱许多。”张正赞成道。

“可他们到底想要什么呢？”寇准自言自语道，“如果我们一点准备都没有就过去的话，无异于羊入虎口。李茂会做这种事吗？派人射伤了你，再给你送解药来，还要用这种单独约见的方式？”

“确实很值得怀疑。”张正说，“那你说怎么办？”

“去当然要去的，而且得由我亲自去。”只见王青脸色一变，一脸不满。寇准继续说道，“王青你先听我说，我去归去，可不能一点准备没有。我们要将计就计，好好商量一下。张正，你看呢？”

“你说得有道理，可我们咋想对策，如果你派一队人埋伏，对面的人看出端倪，他们也许根本就不会露面。”张正回答道。

“或是你带一队人，我带一队人，直接变成一次约战了。”寇准似乎想明白了什么。

“哈哈哈，这不是找事么，我们早晚都要在下阴决战的，何必这么心急。”张正笑寇准，“这应该是骗你去，再把你杀掉罢了。”

“张正，你提醒了我，我有点想明白了。”寇准脸上露出了微笑。

“怎么回事，你快跟我们说说，你想明白了什么？”张正猛地站了起来，急不可耐地问。

“你先别管那么多了，这是我们掌握主动的好机会。明天你有一个重要的任务，我要你去见王浩然，以下邽通判的名义把王浩然约出来，商讨水患的整治问题，比如加固堤防之类的。总之明天不论怎样也要拖住王浩然，让他在明日酉时前不能有任何动作。”

“怎么会牵扯上王浩然呢，跟他有什么关系？”张正听了寇准的计划疑惑地摇了摇头。

“王青，你明天派人在酉时前埋伏好，无论谁来，生擒住他们带头的。”寇准接着跟王青说。

“可是这样不怕他们不出现吗？”张正还是没有明白寇准的意思。

“到时候你们自然就明白了。王浩然，螳螂捕蝉，没那么容易。”寇准没有看张正，而是朝着蒲城的方向恶狠狠地说。

“遵命，将军。”王青虽然也没有完全明白，可没有疑惑。因为在他心里，只要是寇准的命令一定有他的道理，他也一定要完成。

四、平定西北

1. 赌场巧遇

第二天天刚亮，寇准就前往蒲城去了。他已经许多年没有来过这里了，上次来的时候他还很小，印象里的蒲城特别繁华。事实上，蒲城是比下邽还要大的城市，现在寇准走在蒲城的主干大街上，感到这里更加气派了。这里各种势力错综复杂，他们大都不敢轻举妄动，反而在这收敛起来，导致蒲城就像是西部地区的暴风眼，安静、繁荣。

这里什么都有，街道上各种店铺，有服饰店、胭脂水粉店、小吃店、饭馆、茶室，还有很多娱乐场所，像赌坊、妓院等等。

“还是蒲城大啊。”寇准一边走一边还在感慨，然而他知道今天要面对的是什么。一想到即将到来的难题，寇准叹了口气。边走边想，寇准来到了蒲城最大的一家赌坊。赌坊这种场所，只有元旦才可以开放，然而仅在蒲城，这里可以常年开设赌坊，所以蒲城这个地儿才有那么多人都想要占有。

但现在寇准只想进去放松放松，也许还能发点小财。

内厅很大，挤满了男男女女，他们很亢奋地挤在一张张的小桌子周围。桌子上有的摆着麻将，有的只是几个骰子。寇准很随意地看着，走到了一个掷骰子的桌子边，庄家正不停地将一个小杯子在大家面前摇来摇去。

“来来来，骰子在走，单双都有，是单是双，买定离手！”这个庄家一边摇着杯子，一边兴奋地吸引大家下注。很快，人们纷纷把手中的银子压了下去，有的人押了单，有的人把钱押在双这边。

“怎么样，玩玩试试吗？”庄家注意到了寇准这位新客人。

寇准摇了摇头，只是看着他们玩。

“五两，押单。”寇准旁边一个姑娘说。她戴着面巾，头上一顶红色的小帽子，包裹住了她的头发。

“如果我是你，我会押双的。”寇准悄悄跟她说。

那姑娘好奇地看了寇准两眼，在想他说这话的意思。然而桌子边押钱的人很快都下好注了，庄家立马将小杯子打开，她赶紧直直地盯着那两个骰子。

“四六，双！”庄家报出了数字。几家欢喜几家愁，桌子边上的人有的欢呼，有的哀叹。那姑娘偷偷问寇准：“你怎么知道的？”

“我就是知道，哈哈。山人自有妙计。”寇准卖了个关子，并不打算告诉这姑娘。

“来来来，骰子在走，单双都有，是单是双，买定离手！”庄家又吆喝了起来，新的赌局开始了。

“啪！”一个清脆的声音砸在了桌子上。“押单押双，下注吧。”

庄家看着大家说。

“这回是什么?”那姑娘偷偷问寇准。

寇准看了看那杯子,又看了桌子旁边的人们,悄悄地回答说:“还是双。”

没多少工夫,桌子边上的人基本都下了注,大部分人将钱押了单,小部分人押的是双。那女子听了寇准的建议,坚定地把钱押在了双上。

“好的,买定离手,答案揭晓!”庄家猛地把骰子盖打开,“哦,三三双,这回买双的人可是赚到咯!”

那姑娘更加震惊了,“你是怎么知道的?”她赶紧问道。

“哎呀,运气好而已。”寇准谦虚地说道。

然而他们的运气似乎怎么也用不完。女子在寇准的帮助下一直赢钱,他们玩得很尽兴,直到寇准感觉应该离开了。

“我得走了,一会儿有些事情。”寇准边说边慢慢地退到了赌坊大门口。

那女子也跟了出来,说:“谢谢你,我今天赚了很多,玩得很开心。这五十两送给你吧。”

寇准摆了摆手,说:“我不是为了钱,只是为了放松一下而已,哈哈。”

“你的性格倒是挺豪放的,像我们那边的人。”那女子说。

“像你们那边,你不是本地人吗?”寇准疑惑地问道。

“哦,对……能够诉我你是怎么能猜到单双的吗?”女子似乎觉得是自己说漏了嘴,赶紧岔开话题。

“以后有缘再见的话，我再告诉你这个秘密吧。”寇准说着挥了挥手道，“我有事要去西郊，下次再见了。”

“你帮我赢了钱，我得报答你，无论什么事，今天不要去西郊，不然会倒霉的哦。至于我是怎么知道的，山人自有妙计，哈哈。”那女子说完，便是一阵银铃般的笑声。

寇准立马就感觉到这个女子不是一般的赌徒，甚至不是王浩然的手下就是李茂的人。

寇准没有再多说，立马转身离开了。

这女子正是王浩然屏风后的那位契丹谋士萧挞雪，此时正对着寇准的背影发了一会儿愣，她还是没想明白为什么这个男子总是能赢，突然很后悔没有问他叫什么名字。如果她知道这就是她今天计划要杀的人的话，可能就没这么悠然自得了。萧挞雪回到了赌坊，继续消磨了一段时间，可她心不在焉，没有刚才那个男子在旁边，她感到赌博都没什么意思了。她只知道这个男子的形象在脑海里挥之不去。西郊那边她已和王浩然商量好，按计划行事就好，然而她不知道，王浩然此时正被张正困在东城的茶楼里，根本离不开。

2. 西郊争锋

从蒲城西大门出去大约走两里路，就是蒲城人一般称作的西郊了，这一路上有很多周围村落的农民，把水果、蔬菜拿到这条通往西郊的路上来贩卖，赚一点小钱。蒲城里是有菜市场的，但是这个自发形成的小菜市场往往价格更便宜，蔬果也更新鲜。天气越来越寒冷，他们也想多赚点钱好准备过冬物品，毕竟棉花、粮食，还有柴火才是冬天里最重要的东西。寇准走着走着突然看到了两个小孩陪着一个老奶奶摆摊卖白菜。两个小孩可能也就四五岁的样子，小脸冻得红扑扑的，在奶奶身后跑来跑去，手里抓着小泥人。寇准看着他们，想到了自己小的时候。蒲城真的是一个好地方啊，虽然各种势力错综复杂，可却达到了一种奇异的平衡，从而维持了数十年的和平、安宁，老百姓过上了好日子。这里可比东北方安宁多了，北方有契丹入境，烧杀抢掠，京城有宰相，倾轧朝纲，鱼肉百姓。虽然西部军阀频出，可百姓们却难得地过上了自给自足的生活。自己这个打破平衡的人，真的做对了吗？寇准看着卖菜的老农们不停地向他推销自己的菜，他们脸上的笑是幸福的。

寇准边走边想，他的心情有点沉重，特别是就在他们不远处马上要发生战争，自己更是打破整个西部地区平衡的人。

西郊很快就到了。这里还有一些卖菜的菜农，但寇准已经认出了这些都是他的人。西郊树林里也藏了很多士兵，酉时也快到了。这时候，一阵急乱的马蹄声从远处官道上传了过来，有四五百人的样子。寇准站在那里，不为所动。很快，大约有五百个轻骑兵站在了西郊的荒野上，树林里不停有寒光闪现，明眼人一看就是中了埋伏。然而领头的将领不紧不慢，戴着黑色的虎头盔，铠甲似乎由精铁打造，寒光烁烁。腰上挎着一把金色的宝剑，剑鞘由乌木制成，一看就是上品。他的背上有两把短戟，青蓝色的短戟在夕阳的余晖中散发着醉人的光芒。

“请问是寇准寇大人吗？”领头的将领问道。他两拳一抱，做了行礼的样子。

“正是在下，想必您就是李茂李大人了。”寇准又扫了一眼他的部下，很难想象这是一支地方军阀，整齐的队伍，严谨的阵型。寇准知道即使现在左右夹击，这支队伍依旧能够从容撤退。这也就是明知道有埋伏，李茂也依旧敢于随意进入的原因。

“年轻有为啊，寇大人！才几月有余，就已经平定了大半个西北，让我等闻风丧胆！”李茂有点生气地说，然而他说“闻风丧胆”的时候眼睛里却没有一丝恐惧。

“您过奖了，一点计策罢了，都是听皇上号令。”寇准抱了抱拳说，“李大人，可否按照约定，将元凉大人的解药给我，我的一个将领中了毒箭。”

“元凉都让你害死了，你现在还来问我要解药？”李茂恶狠狠地说，摸了一下腰间的剑柄。他一做这个动作，手下们全部将手放在了兵器上，随时准备冲上来把寇准砍成两段。

“李大人不必激动，寇某人也是奉命行事，扫清西部。元凉射冷箭在先，射伤章淦，我手下的一个小将为了救章淦失手将元凉杀了。”寇准赶紧解释道。

“胡说，元凉将军人称阎罗眼，南征北战，参与大小战役十数余次，杀敌无数，怎么会被你手下的小将给杀掉？”李茂指着寇准说。

“我不知道具体情况是怎样的，只知道事实就是这样。”寇准一副很无奈的样子。

“你的那个小将今日可曾来了？”李茂还是摇了摇头，想看一看能杀死元凉的人是谁。

寇准走到一个假扮农夫的士兵前面，问："王青王将军今日可来了？"

士兵回答："大将军，王将军来了，他率兵在西郊树林，战鼓为号，随时可带兵出击。"

"好，你去让鼓号手发信号，让他们出来，但不可轻举妄动，不能发动攻击。"寇准望了望那小树林，转身对士兵说道。

"属下遵命！"士兵立即转身，跑到一个卖米的老农面前。老农听罢，立即将车上的米缸盖子扔了下来，里面藏着一只打鼓。只见他拿着鼓槌，平稳而有节奏地敲击着，就像行军鼓一样，这应该就是暗号了。

只见那西郊树林一阵骚动，一个手握乌金长枪，身披黑色战袍，一身灰色战甲的小将出现了。他只有二十岁的样子，但冷峻的神情却给人成熟、坚毅的感觉。士兵们在他的带领下没有发动攻击，而是整齐地排在了寇准的身后，七八百人列阵，无一人嘈杂，整个过程也就一炷香的工夫。不愧是皇家的正规军，不愧是寇准训练出来的精英。

看到如此情景，身经百战的李茂也有点吃惊，心里暗想，这寇准真是有备而来，不好对付啊。他看见领头的黑袍小将军，便指着他问寇准："想必那位便是杀了元凉将军的小将吧？"

寇准没有答话，朝王青挥了挥手，说："王青，过来，李茂大人也想认识你。"

"末将遵命！"王青听罢立即驱马靠了过来，立马站在了寇准身后，跟李茂对视着。

“可真是个小将，说这孩子杀了元凉，我可不信。你看他细胳膊细腿的，元凉可是魁梧的武士。”李茂不屑地摇了摇头。

“这有什么，寇准大人比我王青大不了几岁，就已经是平西将军，用兵如神，战功无数。我在寇将军手下做事，要学习的还多着呢。”王青看李茂瞧不起自己，愤恨地说。

“哎，王青，李将军说得有道理。年轻人确实需要长辈多多管束才能进步得更快。咱俩算同龄人，我是管不了你的。不如这样吧，李将军您跟我们这个小将军切磋几个回合，管教管教他？”寇准面带微笑地对李茂说。

李茂心想，这寇准到底打的什么算盘，把我找来不决斗，倒让一个小将跟我单挑。“好啊，寇准大人，咱们英雄相惜，今日就不决战了。帮你教育手下，我倒是当仁不让，毕竟我还有仇要报呢，我得给死去的元凉兄一个公道。”说着，李茂就去摸背上的双短戟。他的双短戟有着红色的手柄，上有两条龙纹直至短戟头。这武器是戟类的一种，比较少见，虽然柄短，但也比一般的刀剑要长。戟一般很重，但挥舞起来大开大合，轻松自如，可抵四方之敌。李茂据说是用双短戟最厉害的人，因为他的武器比较少见，不明白的人还以为他将长戟折断了使用，因而人送外号“双戟狂公子”。

真的见了李茂，寇准才明白了他这个外号的意思。李茂的精钢板甲在风中飘舞，身子挺得直直的，虽说人已到中年，可健硕的身体、白皙的面庞一点都没有老态，在这沙场上真有一种优雅从容的感觉，他的军队也散发着这种气质。狂公子李茂将双戟垂在身子的两侧，对王青怒目而视，战斗一触即发。

寇准赶紧说:“李大人真有双戟狂公子之风范,寇某人今日有幸见识,真是三生有幸。可李大人要教育我的属下,总得给晚辈一点礼物吧。如果您教育完了,元凉毒箭的解药可否给我们?”

“元凉的毒,确实有解药,不过能不能给你们,还得问问这两把游龙戟。”李茂舒展身体,将双戟举了起来,向王青大吼一声,“随我来,吃我一戟!”便驾马冲了出去。

王青没有立即迎上去,他看了一眼寇准,寇准朝王青点了点头。

3. 金枪哮西风

王青慢慢地骑马跟了上去,把他的乌金长枪垂摆在小腿旁的位置,李茂已经在不远的地方等待着他了。他举起右手的游龙戟,非常挑衅地直指王青。王青突然加快速度,一个眨眼的工夫已经来到李茂眼前,猛地提枪就是一刺。王青这一刺快得根本看不清,这一招也把李茂吓了一大跳,他原以为元凉是被这小子用阴招害死的,没想到他真的有点实力。李茂立即用挥舞双戟来挡,将乌金长枪往自己左侧一推,他感觉乌金长枪的那头像是插在石缝里的,即便使出浑身力气,也纹丝未动。王青的出枪速度太快了,这一切都发生在电光石火间。眼看那枪就要伤到自己,李茂不愧是经验丰富的战将,立即将身子一侧,顺势侧倒在马背上,躲过了这一刺。他本想顺势使出他的必杀回马枪,朝王青背上来一戟,可刚一用劲,只感觉浑身虚脱,使不出力气,只好作罢继续往前骑。

两人在不远的地方停了下来,转身对视。这一交手李茂就知道自己错了，这王青虽然年轻，可实力绝不在他之下。他万万没想到这个看起来瘦瘦的小将竟有这么大的力量。

他们这一交手也引发了两边的呼声。有的为李茂巧妙地躺下躲枪而叫好，有的为王青初生牛犊不怕虎，直接往李茂身上刺而欢呼。然而寇准明白，这李茂绝对没有看上去的那么轻松。

这次王青先动了，他像一阵黑烟一样飘了起来，乌金长枪垂放在他的小腿处，朝李茂袭来。李茂只好策马来迎，将短戟交叉护在胸前，做好了防御准备。手下们看到李茂用了这一招就知道他们的将军这次是动真格的了，只有如临大敌的时候，李茂才会用这种防身的招式。他们头上微微冒着汗，为自己的将军担心。

王青又是一次迅速地朝脸突刺，李茂将双戟摆在面前，抵挡住了乌金长枪。只见王青迅速一收，再紧接一个突刺，这下直抵李茂的胸口。李茂只好再次躺身躲过身体被穿透的命运，不过王青似乎早知道他有这招，这一刺后立马转成了拍击，直接给了李茂胸口一击。李茂当即觉得肚子里翻江倒海，强忍着没有喷血。两人交完手，又是骑马到两边。王青横枪立马，立于一个小坡之上，乌黑的披风在身后飘荡，略微俯视着李茂，当真有绝代风采。

李茂骑马立于一边，表情有点狰狞，没有了刚才的那份优雅从容。“哈哈哈……后生可畏啊！”虽说这两个回合李茂没有占到半点便宜，但气势上倒也没输给王青多少。他猛地策马向王青冲去，将双戟摆在身后，王青则提枪来迎。李茂左手一个侧劈，劈到了王青的枪杆上，右手紧接一个横扫，王青将抵在枪上的那把戟往前用力推，顺势就往李茂右手一刺，这一刺直接将李茂的右臂甲胄刺出一个大窟窿，皮也带下了一块。可这李茂不愧是狂公子，像没事一样直接横戟往王青下腹刺去。王青不得已，用力将枪扯了出来，侧身骑马逃开了。

李茂直接策马追了上去，非要给王青一戟不可。可这一着急倒把自己的缺陷给暴露了，王青还没走几步，掉头就是一枪，这一枪力量极大，李茂掉下马在地上打了好几个滚，再也没有了公子风范。

李茂的将士们一阵骚乱，一个个就要上来生吞了王青。王青刚想冲上去补上两枪，立即被寇准叫住："王青，住手。只是切磋，点到为止！"王青没有多问，收枪策马回到了寇准身旁。李茂的几个副将冲到李茂身旁，将他扶了起来。一个副将把李茂的双戟小心地提着，还有一个副将则把他的马牵了回来。

"李大人，我这小将实在是不懂事，看来您也教育不了他。"寇准面带微笑地说。李茂很无奈地摇了摇头，说："今日算是中了你的诡计。"说完让一个士兵托着一个盒子过来了，李茂说，"这是元凉的解药，你收下吧。我李茂虽说中了你的道，可还是言而有信的。"

"你中的可不是我的道。"寇准收下那盒子，交给了一旁的甘鑫。

"什么意思，不是你写信给我，让我来此地决一死战的吗？"李茂一脸的疑惑。

"我怎么可能约您在这里决一死战，我们刚拿下蒲南，正在休养，这时候约您决战，不是自讨没趣吗？"寇准摇了摇头道。

四、平定西北

“你是说有人帮我们各自下了战书?”李茂脸上的疑惑更重了，但他似乎想到了什么。

“李大人，这是谁的地盘?”寇准问道。

“这是蒲城，各方势力都有，可主要还是王浩然王大人的地盘。”李茂经寇准这么一提醒，立即想通了。

“你看，说曹操，曹操来了。”寇准指了指东面，一个矮胖子骑着骏马过来了，后面跟着几百个轻骑兵。张正一脸醉醺醺的样子，在后面一边骑马一边追赶着王浩然道:“浩然兄，酒喝多了，不能骑马呀，再玩一会儿嘛，你着急去哪儿啊?”

王浩然和张正骑马来到寇准身边，只见他俩酒气熏天，看来是刚从酒馆里出来。王浩然被张正灌成这样，竟还能带兵过来，想要最后掺和一脚。

寇准作为平西将军，可谓位高权重。王浩然虽说暗地里是依仗着叔叔王钦若的，可这时候在寇准面前不能不假装低头。他假惺惺地说:“寇将军旅途劳顿，视察……察蒲城，有失远迎，还望海涵!”

“浩然兄雅兴啊，今日可喝足了?”寇准强忍着没有笑出声来，看到他的帽子都戴歪了，显得特别滑稽。可寇准完全想不通，这种小把戏就能将他困住的话，这螳螂捕蝉的计谋他是怎么想出来的，看样子这王浩然也没多少城府。

“哪里哪里，今日正好是张正兄约我喝酒，没想到聊得投机，差点错过……”王浩然的小眼睛因为喝酒充满了血丝，他眯着眼睛扫视了一下局面。

“差点错过?”寇准一副似笑非笑的样子。

王浩然假装没听见，醉醺醺地用手指着不远处的李茂说:“这不是叛贼李茂吗? 给我……”话没说完就醉倒过去了。几个士兵牵着马车过来了，将他们的主子小心地抬上马车，王浩然的兵将们就跟着这辆马车原路返回了。张正看王浩然离开了，终于没忍住“扑哧”一声笑出声来。

“哈哈哈……”寇准忍不住哈哈大笑起来，李茂也笑了起来。在场的看到这一幕的将领也都忍俊不禁。

“这胖子将咱俩约到这里来，看我们鹬蚌相争，他准备渔翁得利。还好咱俩都算好脾气之人，没有拼个你死我活，不然咱俩今天都得埋在这里。”寇准对李茂说。

“早闻寇兄机敏过人，有经世之才。今日一见，果然不同凡响。要不是寇兄料事如神，我李茂最终非惨死在这里不可。”

寇准微笑了一下，对甘鑫说:“把诸葛一鸣带上来。”

甘鑫派人将诸葛一鸣押了上来。寇准说:“李兄，您的军师这几日在我那里做客。我招待应该还算周全，今日我想他应该回您那里了。”说完向诸葛一鸣做了一个请的手势，诸葛一鸣立马跑了过去。

李茂默默地点了点头，什么也没说。这次交锋他已经完全输给这个年轻人了，就连自己引以为傲的武艺也不如他的一个小将。一想到接下来还要继续和这个人战斗，李茂有点忧虑。

“今天的事情您也看到了，其实有时候我们有一个共同的敌人。在我看来，您虽说是乱党，可也算保着一方安宁。我们这个共同的敌人却生怕国家稳固，边疆安定，只因为自己的权欲而置我大宋百姓于水火之中。今天我从蒲城走到西郊，一路皆是菜农、果农，他们推着小车，从田地里到蒲城西大门，为了一点小钱，不辞劳苦，可我在他们的脸上看到的是幸福、安详的神情。可从酉时到现在，我估计他们没卖出几棵菜，还不是因为我们一来二往，骑马持枪，让他们不得安宁啊！”寇准非常感慨地说道。

李茂听着点了点头，但又摇了摇头，听那声音似乎在说：当今皇上懦弱。

“当今皇上确实不喜爱打仗、争斗。我在朝廷费了好大的力气，才劝服他对北部边境的契丹人入侵进行反击。杨嗣将军现在已经去抗击契丹了。不过我倒是能够理解皇上的心情了，能和则和吧，打仗苦的是百姓。”寇准声音很轻，可这轻轻的声音也确实触动了在场的很多人。

“可和不和咱也很难说了算，耶律隆绪恃才傲物，举兵入侵，犯我大宋疆界。咱大宋皇帝想跟他和解，人家还不理呢，这才派杨嗣将军去反击，数月有余了，不知现如今情况如何。”寇准边说边思考着。

李茂听了寇准说的这些话，也深有启发，一腔爱国之情涌上心头。

4. 共同的敌人

李茂重新骑上了他的战马，这时候天已经完全黑了，士兵们点起了火把。两方骑兵一千余人，星星火把，连成长龙。在这夜空下，有些悲壮的意味。也许是听了寇准的肺腑之言，也许是受到那忽明忽暗的火把的感染，李茂觉得大宋这把大火已经在这风雨中忽明忽暗，不像多年前那么炽热了。不论怎样，自己始终是个宋人啊。

“可我是个乱臣贼子啊，寇老弟。”李茂盯着远处的火把，淡淡地说出了这句话，充满着无奈的口气，“缴械投降，我只有死路一条。”

寇准没有立即回答他，好像是在自言自语：“现在我是什么平西将军？可我宁愿什么都不是，只是一个在北部前线上的小兵。死在那战场上，这总比死在自己府上强。最起码我们已经尽力了，不是吗？最悲哀的是，也许我们最终会死在自己人手里。呵呵呵呵……唉。”一声哀叹过后则是很长时间的沉默。

李茂拍了拍马，驱赶着离寇准近了一些，道：“寇兄，你的实力真的很强，手下也都是勇武之师。我想，你们继续推进，下阴被攻破是早晚的事情。”

“天命不可违，我也实属无奈。如果这仗非要我打，我非赢不可，只有内部稳定了，才能团结一致，抗击耶律隆绪，而且我要速战速决。因为晚一天，北部边关被破的可能性就多一分，我掌握着太多的兵力，这些兵力不该在这里围剿自己人。”寇准道。

李茂弯下身子，俯身靠近寇准，道：“我的这些弟兄们能进入你的军队吗？你也看到了，他们不比正规军差。”

寇准眼睛里充满着信心和感动，说：“如果您是认真的，他们将是我最重要的队伍；而我将感激不尽，朝廷也不会忘记你。”

四、平定西北

“当权者不会让我活命的，只要我还在世一天，我就是朝廷的头号通缉犯，第一个要铲除的对象。可如果我的士兵们能跟你一起去抗击契丹，我也算为大宋子民做了一点事。”李茂说到最后，露出了温暖的微笑。他没等寇准回答，就驱马回到了自己的阵营。他边走边说：“众将领听令，从今日起，我们全部投靠寇将军的平西军！”话音未落，阵营中一阵骚动。李茂没有犹豫，继续说，“我知道，这听起来很奇怪，被镇压的叛军竟然主动投降了。可如今的情况不一样了！我们之所以没有听从皇帝号令，那是因为他之前懦弱，对于外族的入侵他无动于衷，只是割地、给钱，换一时的安宁。可现在情况已经发生了改变。寇将军跟我们说，皇帝派人去北部边境抗击契丹了，杨嗣将军身先士卒，如今正和耶律隆绪战斗。我觉得我们不能再这样下去了，我们都是热血男儿，只想为我们的家人抛头颅洒热血。如果契丹十万大军大举入侵，我们的家就不复存在了，我们只能看着家人死去。现在我们必须去前线战斗！寇将军的实力各位有目共睹，他短短几个月内就让我们一连吃了几回败仗。现在他承诺，让我们加入他的部队，平西战争一结束，立即赶往东北，支援杨家军，抗击契丹！”

所有的士兵听到李茂的这些话都激动万分，诸葛一鸣问道：“李将军，您也跟我们一起去前线吗？”

“我有点老了。”李茂说。

“您在我们心里是最强大的！”一个小将军大声说道。很多士兵也都立刻附和着，最后所有将士高呼：“狂公子李茂最强！最强！”寇准也被他们感染了，也带着他的手下跟着一起高呼。

李茂举起左手，一握拳，整个阵营立即安静下来，一点杂乱的声音都没有了。他接着说："弟兄们，你们有这份心我就很满意了。可有时候，就像寇将军说的，天命难违。我会尽力争取的，我相信寇老弟也会在这里帮助我。如果我能恢复身份，免除罪责，我肯定愿意成为大家的左膀右臂，一起去前线上阵杀敌！"

寇准点了点头，道："放心吧，我定会请求皇上免除你的罪责，让你和我一起去抗击契丹！"

听到寇准这么说，士兵们又一次欢呼起来。他们高举着兵器，齐声欢呼："力保大宋江山！"寇准和李茂脸上终于露出了笑容。

"力保大宋江山"这几个字喊得地动山摇，甚至蒲城内也都能听见。王浩然早已醉倒睡过去了，根本不省人事。倒是萧挞雪还站在窗口，看见那片被火把映红的天空时，生气地咬着下嘴唇。心想，没想到姓王的这么点事都办不成，一点便宜没捞到，还把计划暴露了，寇准这小子真是够可以的。

不过，萧挞雪的脑海中又浮现出了赌坊中那男子的脸，他是谁呢，长得不错，看起来也很年轻。他不会是去西郊约会吧？想到这里，萧挞雪突然把脖子伸得很长，眼睛瞪得圆圆的。没想到，她竟老想着那汉人小子。

"保卫大宋江……阿嚏。"寇准一边呼号，一边打喷嚏。甘鑫赶紧说："将军，我们撤了吧，天太冷了，您感染风寒就不好了。"

"有道理，解药派人送回去了吗？"寇准问甘鑫。甘鑫点了点头，说："将军您放心好了，我已派人快马加鞭送回蒲南，估计章淦将军已经恢复了。”

寇准点了点头，朝李茂说：“李兄，夜晚寒冷，我们先行告辞了。您也先回去吧，我们到时候下阴再见。”说完两人互相点了点头，各自打道回府了。

五、针锋相对

1. 瓦桥关沦陷

遂城外，瓦桥关。

瓦桥关是隔绝契丹和大宋的最后一道防线了。杨嗣、杨延朗两位将军在边境抵抗住了契丹大军的侵袭。契丹人依仗兵多将广，兵分两路南下，耶律隆绪的大军在高梁河遭到坚决抵抗，数月没能前进，进攻关内；而契丹大将军萧挞凛却一路厮杀，不断胜利，直接打到了瓦桥关。瓦桥关一破，契丹大军就进入宋境了。他们入境后，首要目标就是遂城，进而是定州，这是他们攻打东京汴梁遇到的第一座堡垒。

遂城内，宋军各部将军早已成了热锅上的蚂蚁，在营帐内团团转。护城将军王先知此时面如土色，看着自己的手下，又把问了无数遍的问题再次抛出来问道："杨将军来了吗?"

他的一个手下说："报告将军，杨将军得知瓦桥关告急，此时已经在往遂城进发。但据探子回报，少说也要一二十天才能赶来。"

五、针锋相对

“一二十天啊，这可如何是好。契丹大军已经兵临城下，强攻瓦桥关不是今日就是明日了。”王先知垂下头，闭上眼睛，一副愁眉不展的样子，“各位将军，可有破敌之计？”

刚刚嘈杂的军帐一下子变得安静了。将领们一个个也是愁眉不展的样子。一个长着络腮胡子，身高八尺，虎背熊腰的将军说道：“王大人，各位将军，不必多虑，我边防步兵有五千余人，轻骑兵八百有余。您给我步兵三千，骑兵五百调配，我定护住瓦桥关十日有余，待杨将军支援，大破契丹军！”

王先知一听可算有了希望，虽然这希望实在渺小。这次契丹大军入侵，耶律隆绪领兵十万入关。十万大军兵分两路，耶律隆绪带小部分军队佯攻高梁河，牵制杨家军数月，大部队直攻瓦桥关而来。王先知只好说：“徐饶大将军，有您在我放心多了。可敌我兵力实在悬殊，我怕咱们这是螳臂当车啊。”

徐饶说：“王将军，横竖都是一死，不如战死沙场，能多拖一个下黄泉也要多拖一个。”

王先知听后身上的血也立马热了起来，整个营帐的大小将领一个个向王先知请愿：“末将也要带兵在关外抵抗契丹！”

“好，众将军听令，现如今契丹人已经攻到我们跟前了！他们就在瓦桥关外觊觎着我大宋江山。瓦桥关一旦破了，他们进遂城就不费吹灰之力了。现我命徐饶为先锋大将军，李朗为左边锋，杨灿为右边锋，带步兵三千，骑兵五百，在关外驻守。一旦辽军进攻，立即应敌，死拼到底。我作为这次守关的统战元帅，和其余将军带剩余兵力驻守瓦桥关上，做徐饶将军的坚实后盾！”

“末将得令!”众将齐声说道。本来面如土色的守关将士们因为众将军的高涨热情也慢慢恢复了过来。他们在王先知和徐饶的带领下紧张有序地前往瓦桥关布防。他们想到要守护的家人,即使面对再凶猛的敌人,也都表现出了坚毅和冷峻。五千人的布防阵列很快就完成了。他们刚完成布防的当天晚上,就看到远处的火把升了起来,原来契丹人真的已经兵临城下了,但他们当晚并没有进攻,士兵们只能紧张地准备着。

这一晚似乎格外漫长。天刚破晓,三千士兵就列好了阵,从盾兵、枪兵、弓箭手,到两边的轻骑兵,井然有序,他们脸上都是视死如归的表情。站在瓦桥关上的王先知更是如此。

大约八万人的契丹大军,浩浩荡荡,根本望不到头。大军前进扬起的风沙把天都遮住了,昏昏黄黄的。契丹军队跟宋军不同,以骑兵为主,一个个长得壮硕魁梧,手上的大弯刀有大半个人那么高,锋刃磨得仿佛能砍断一座桥。

现在王先知的表情又愁苦起来,不自觉地往东面的大道看了看,希望也许能出现一点奇迹。然而那里什么都没有,只有一如既往升起的朝阳,静静地洒下血色一样的光芒。

京城,皇宫内。赵恒此时坐在朝堂的龙椅之上,一副愁眉不展的样子。他在刚刚得知瓦桥关和遂城已经失守。据快马回来的探子回报,萧挞凛三日前对瓦桥关发动了总攻,这个契丹元帅率领八万契丹军士,冲击了大宋隔绝契丹的最后一道防线。据说战斗只进行了不到一个时辰就结束了,守卫瓦桥关的五千精兵全部阵亡,甚至可以说是被屠杀的。守关将军王先知被生擒，现今生死不明，徐饶带领五百骑兵勇猛赴死。想到这里，赵恒心里一阵酸楚，接下来就是定州了，他暗自忖度着。

王钦若此时已经重回朝堂之上，看到赵恒坐立不安，在龙椅上愁眉不展，当即跪伏在地，说道："陛下，契丹大军乃虎狼之师，半天时日竟连破我大宋两道关卡，现王先知还在契丹人手中，生死不明。契丹人好战，我们虽以卵击石，可仍旧激怒了这只老虎。他们在遂城烧杀抢掠，陛下，倘若继续与他们顽抗，恐怕将会有更多的百姓遭到无辜的杀害。陛下，臣冒死以谏，割地求和，迁都升州吧！"

"臣附议。"曹利用也跪下了。王钦若派的很多大臣也都跪下了。这次辽国打进边关，让很多主战派也犹豫了。辽国兵力实在强悍，耶律隆绪、萧挞凛更是善于用兵，连杨嗣这回也吃了亏，被辽国小部分人马牵制着，无法回援。

毕士安看皇上骑虎难下，赶紧也跪拜道："皇上，杨家军还未曾战败，虽然边关告急，可待杨将军重新对阵辽国主力时，谁胜谁负还未可知啊！"

"未可知，未可知！毕大人，您可不要因为一个未可知，一个小小的希望，就再撺掇皇上去抗击契丹了！难道您嫌死的人还不够多吗？皇上，请您明鉴啊！"王钦若一副呼天抢地的样子，跪倒在地不说话了。

"皇上，据前线的消息，徐饶等几个大将军，死战到最后一刻，也没有离开边关一步，他们是为国捐躯啊。他们明白，今日战斗，他们死在战场上，今日退缩，他们就会和妻儿死在家中！皇上，还请不要放弃希望，待杨将军在沙场和契丹人决一雌雄！定州兵力还算充足，只要能坚持到杨家军赶来，我们有信心把他们打回老家去。”

赵恒点了点头，不想让边防将士白死，更不想割地求和。大宋已经做了太多的让步，他不想大宋最后在他手里亡国。这两天边关虽然有危机，可西部还是有好事的。他想起了寇准，问道：“寇将军平西大捷，所有地方割据势力均被铲除，内患基本消除了。寇将军何时归来？”

毕士安手下的一个侍郎官回禀道：“陛下，寇将军现已从下阴出发，火速归来，预计不出半月将会到达。”

赵恒点了点头，道：“希望辽国能给我们更多的时间吧。”

2. 回京

寇准做梦也没想到，平西之路最后是这样收尾的。他本以为和最大的强敌李茂的决战将会造成死伤无数，血流成河，无辜百姓家破人亡。可这一切都没有发生，他和李茂还在下阴喝了好几回酒。李茂其实根本不想兴兵作乱，他是被逼迫的。他怕有一天赵恒导致国家灭亡，所以倒不如早一点自立门户。不过既然现在皇上愿意抗辽，那么他的地方武装力量也就没什么存在意义了，结果他的军队一并加入了寇准的抗辽军。寇准来平西的时候，率兵两万，结果离开的时候，不仅兵力没有削减，反而变成三万多人马。有时候连寇准都不禁佩服自己。

五、针锋相对

可这一切还得感谢王浩然那个胖子。要不是他的那个“阴谋诡计”,他也不会想到跟李茂来一场这么交心的谈话,竟然直接让李茂投降了。

寇准身在西北,并不知道北部前线已经告急。他从下阴出来,并没有直接奔赴京城,而是回了一趟下邽老家。张正回到下邽就不能再走了,毕竟他是下邽通判,没法陪寇准回京。寇准已经决定要把欣悦和母亲接到京城里去,母亲住惯了下邽老家,舍不得离开。

“娘,你舍不得离开,谁帮着张罗孩子的婚礼呢。没几年您可能还会抱孙子,还有把欣悦接走……”寇准话还没说完,老人就进里屋收拾东西去了,一脸的兴高采烈。再看看一旁的欣悦,红着脸、低着头也跑去帮寇母整理包裹。

寇准望着两人,发现自己的口才真不是一般的好。“说不定靠我一张嘴,能退契丹万人之兵呢!”他喃喃自语道。说归说,不战而屈人之兵的好处寇准这回可是享受到了。

于是,浩浩荡荡的队伍从下邽出发了。李茂在没有确定自己是否安全之前,是不会显山露水的,他要过一段隐姓埋名的日子。张凯峰倒是货真价实的叛军首领,被直接押回京城等待皇帝发落。甘鑫、王青等文武将领,还有恢复得差不多的章淦,也随寇准踏上了归途。由于连战告捷,他们一路上心情都很不错,有说有笑。寇准跟欣悦在这一路上,感情也更加好了,渐渐回到了小时候的那种状态。然而他们不知道的是,有一些人根本没想让寇准活着回来。

寇准一行离开下邽已经三天了。他们为了更早回京,大部分时间都在赶路，也多亏了寇准的军队训练有素，很快就到北兴军路上了，还有十天左右就可以到达京城。

官道上本应人来人往，可他们走了几个时辰，突然北兴军路上的人流变得特别多。由于寇准赶了这么远的路，这一变化他并没有感受到。他只是觉得越到京城人越多是很正常的，不过他们都是往京城的反方向走，一个个似乎都在逃难。天色渐晚，落日西垂。寇准下令在官道旁的山坡上驻营休整，让几个将领轮流带兵巡逻，自己则回到营帐中休息。

不一会儿，柴欣悦端着托盘上来了，托盘上是一些饭菜。

“娘吃过了吗?”寇准问柴欣悦。

“已经吃过歇息了。”柴欣悦把托盘放到了桌子上。她今天穿着红色的裙子，梳着长长的辫子。寇准拿起筷子就吃了起来，边吃边说道:“太好了，我真的饿坏了。”

欣悦也开始吃了起来，“还跟小孩子一样，饿一顿都不行”。她假装在嘲笑寇准。寇准没有答话，只顾着不停地往嘴里塞吃的，好不容易咽下去，说:“这几日辛苦了吧?”

“这有什么，我也是经常要在外奔波的，家里事情那么多，现在我跟你去京城了，也不知道把事情全都交给我哥能不能行。”欣悦说。

“别担心啦，柴大哥还需要你担心吗，多此一举。”

“不过我可以照顾京城的生意了，这样也好。”柴欣悦仿佛没有听到寇准的话，自顾自地说。

寇准很无奈地笑了笑，继续吃饭。

五、针锋相对

吃罢晚饭，寇准邀请欣悦去外面走走。两人走出营帐，路上遇见了王青的巡逻队。寇准走上去问："有没有什么情况?"

"回禀将军，一切正常。"王青下马跟寇准禀报道。

"好，我知道了。我们去那边走走，散散步。你们注意防范。"

"末将遵命!"说罢，巡逻队便离开了。

这是一个很矮的小山头，军营驻扎在山坡和山坡下面的小平原上。这个小山坡覆盖着绿油油的草坪，还有数不清的小野花点缀其间。整个山坡没有一棵树，只在山头上有一棵很高的白杨。寇准和柴欣悦两人没走几步，就走到了树下，山头那边也是一片草原。这晚月亮很亮很圆，没有什么云彩，整个草原都被盈盈的月光笼罩着，仿佛一片银色的海洋，广阔无垠。

柴欣悦蹦蹦跳跳地跑到了山头上，被这个景象彻底迷住了，吃惊地说："哇，平仲你快看，太美了! 像大海，虽然我没见过大海。"说完自己都笑了起来。

寇准听完也笑了起来，不过眼前的景象确实很美，只有草原上才有如此广阔的景象。"等打完仗，我们去南方的海边，我带你去看看大海。我也没看过大海呢，肯定更好看。"寇准看着欣悦的脸，她的脸在皎洁的月光下也变得盈盈的，仿佛涂了一层银粉。她的眼睛本来就很大，睁得圆圆的，长长的睫毛仿佛变得透明了，晶莹极了。寇准情不自禁地说，"你在我身边，哪里都是最美的风景。"

欣悦笑了，把头埋进了寇准的胸膛。两人拥抱了一会儿，寇准搞不清是欣悦还是自己的身子变得很烫，只觉得自己仿佛抱着一团暖洋洋的东西。欣悦慢慢地抬起脸蛋，两颊绯红，在月光下更美了。寇准慢慢低下头，在欣悦的小嘴上浅浅地亲了一下。欣悦的脸更红了，她把手环到寇准的脖子上，踮起脚尖，闭上眼睛热吻起来。寇准能感受到欣悦呼出的热气，她头发的香气和长长的睫毛……

下方军营的骚乱打扰了他俩这美妙的时刻，山坡的军营里传出“抓刺客”的喊声。“我想我们还是下去吧。”欣悦红着脸，微微低着头对寇准说。

寇准点了点头，拉着欣悦走回到军营里。

“将军，我们抓住一个刺客。”寇准刚回到军营，王青就带着手下拖着一个刺客来到寇准面前。“幸亏您这时候跟欣悦小姐不在营帐内，他不知怎么混进了我们队伍，我们以为是李茂大人手下的士兵，趁我们不注意他钻进了帐篷，企图用这把刀行刺。”王青将一把金背环刀扔到地上，继续说，“他无功而返出来的时候，正好被我们一个巡逻兵发现，见他行踪可疑，刚一问话就要逃跑，我们这才抓住了他。”

寇准看了看那金背大环刀，质地精良，寒光闪闪，这把刀绝不是一般刺客可以得到的。他让欣悦先回母亲营帐里休息，柴欣悦有点担心但也没说什么，就皱着眉头离开了。走的时候，她离刺客远远的，生怕他还会拿着刀子跳起来。

“说吧，是谁派你来的?”寇准看着欣悦的身影消失后，轻轻地问跪伏在地上的刺客。寇准这才真正观察起这人的脸来。他的脸黄黄的，留着浓密的胡子，眼角上有一道很深的伤疤，他的嘴唇有点发黑，此时正激动地抖着。

五、针锋相对

“我什么都不会跟你说的，寇准。我只能跟你说，今晚你没死在我手里说明你运气好。”刺客眼睛瞪得很大，激动得唾沫横飞。他好几次想要站起来，但却被控制他的两个士兵按得更低了。

“看来是有人不欢迎我回京。”寇准看了看京城方向，“有人想让我死在这路上，答案显而易见，你是王浩然的人，或者是王钦若的人。但命令肯定是王钦若下的，让你在半路截住我，在我休息的时候把我刺死在床上。”

那刺客表情先是一怔，然后又笑了起来，边笑边说：“寇大人，你确实料事如神。京城有人根本不欢迎你能活着回去。”

“但看来上天不这么认为，我碰巧在你决定动手的时候离开了。”寇准看了看地上的刺客，很平静地说。

“你的运气不会一直好下去的。就算你能活着回到京城，你还是要战死在北方，辽国三十万铁骑不会停止，哈哈哈哈……”刺客突然喷出一口血来，原来刚才他就已经服了毒，嘴唇发黑是服毒的症状。很快，这人开始抽搐、吐白沫，脸色发绿，不一会儿就死了。

随后的几天，营帐内自然加强了防范，大部队一边往东行，寇准一边让甘鑫做好人员统计工作，防止有人混进来。夜晚则由四支巡逻队不停地巡查，以防再有刺客出现。不过王钦若那边似乎知道了派刺客这条路很难再走得通，所以之后的路上再没有出现过一个刺客。倒是寇准一直在回想那晚发生的事，刺客说辽国三十万铁骑不会停止，看来契丹人已经打进来了，竟然有三十万人马之多。难道杨嗣、杨延朗两位将军已经战败了？他越想越觉得可怕，只能马不停蹄地赶回到了京城。

3. 赵恒的决定

寇准的平西军没有进京，而是直接驻扎在了京城北的御林军驻地。寇准下令在最短的时间内休整完毕，随时准备北征。士兵们没有什么怨气，只是紧张地等待着那一刻。他们这一路上遇见了太多逃难的人和家破人亡的穷苦人。这一切的景象都在心里埋下了一颗种子——去前线杀契丹人，他们与契丹人有着血海深仇。不过寇准在这次平西之路上经历了几场大小战役，特别是与李茂交手之后，越发觉得有时候和平比战争胜利更重要。

军营由王青全权管理，寇准带上甘鑫和章淦，押送着张凯峰进了皇宫。一进皇宫，张凯峰就被押送进天牢，三人则被赵恒召到寝宫面圣。

此时已是黄昏，下着小雨，天色昏昏暗暗的，已和深夜无异。寇准三人跪在地上，赵恒激动地赶紧把三人扶起，命人搬来三把椅子，自己也坐到了书桌后面的太师椅上。

“寇卿征战数月，便平定西北，剿灭匪寇，立下汗马功劳，真乃大宋之幸！”赵恒高兴地看着寇准说。

“皇上您过奖了，”寇准看着数月没见的皇上，他的头上生了许多白发，眼睛里有血丝，仿佛一下子老了十几岁，“皇上，北部战事怎样？臣在西北，消息闭塞。”寇准此时最想知道的是契丹人打到哪里了，有没有入境。但他看皇上日夜辛苦的样子，已然猜到了结果。

“不瞒寇卿，北部战事告急！”赵恒摇了摇头，非常无奈地说，

“十日前我们已经失去了瓦桥关，遂城也在同一天被攻破，现如今，萧挞凛的八万铁骑正在横扫定州。不过定州有两万余边防军正在死守，辽军攻了几日未攻下，但预计定州坚持不了太久。”

“那杨将军呢？”寇准赶紧问道。

“杨嗣、杨延朗将军在高梁河遭遇耶律隆绪的埋伏，”寇准听到这里一惊，从椅子上跳起来。赵恒摆摆手继续说，“军队并未遭遇失败，杨将军兵多将广，只是遭遇了埋伏，被耶律隆绪的小部队牵扯了几日，耽误了回援的时间，这才导致瓦桥关、遂城失守。不过杨嗣、杨延朗现已摆脱耶律隆绪，正在火速前往定州。”

寇准一听才放下心来，对皇帝说：“不过形势确实不容乐观。辽军挥师南下，萧挞凛一支就有八万余人，耶律隆绪有两万精兵牵制住了杨将军。虽然杨将军有十万兵马支援定州，可根据情报，萧太后最少还有二十万大军将要入境，兵力对比实在悬殊。”

“还有二十万大军，你哪里来的情报？”赵恒一听，吃了一惊。

寇准回禀道：“前几日臣在营中抓住一名刺客。刺客服了毒，临死前称辽国三十万铁骑将会入侵！”

“如此说来，确实可能。寇卿有何想法？王钦若想让朕偏安升州，割地求和。”赵恒不安地挪了挪身子，似乎浑身很不舒服。

“敌我实力现在确实悬殊，可大宋并非手无缚鸡之力。我和杨将军现在就有十万兵力，再加上北部城池的守军，十五万余，如果您再借我五万禁军，出征北部，我有信心将契丹人赶回老家。”寇准说完就跪倒在地，“请皇上恩准。”甘鑫、章淦看寇准跪下了，也双双跪伏，说：“请皇上恩准！”

赵恒有十二万禁军，是护国和江山稳固的保证，现在让他拿出五万兵力给寇准，北征契丹，这是大宋历代都没有的事。赵恒倚靠着坐在椅子上，听着外面淅淅沥沥的雨声，深深地吸了一口气。

寇准三人谁也没有说话，在耐心等待赵恒的决定。赵恒站了起来，离开座位把寇准三人扶了起来。“没有什么比边疆稳固更重要，边疆不稳，禁军再多也没用。寇卿，朕给你七万禁军，供你调配，一定要把耶律隆绪打败！国家兴亡的重担，就交到你们手上了。”赵恒说到最后，声音突然变得很大，显得非常激动。

寇准三人一听立即怔住了，没想到皇帝会这么容易答应他们。寇准说：“请皇上放心，臣必鞠躬尽瘁，死而后已！”

赵恒走到书桌后的柜子旁，从里面拿出了虎符和一把宝剑。转身走到寇准面前，说：“这是禁军虎符，可调动禁军兵马。这是朕的佩剑龙渊剑，见剑如见朕，可先斩后奏。这两样东西，今天就交给你了。今日朕命你驱兵北伐，必大败契丹而回！”

三人再次跪下，寇准双手接过两样东西，叩拜道：“臣必不辱使命！”

雨仿佛下个没完，不停地在敲击到瓦片上，发出悦耳的声音。然而在相府王钦若的书房里，这声音让人很烦躁。

“你们南方雨水太多了，契丹人喜欢雨，因为雨水可以带来好收成。可老这么下雨，也太难受了，何况现在还是冬天。”一个契丹姑娘坐在窗口的小台上，厌烦地摆了摆手。

王钦若此时站在自己的书桌前面，并没有马上回答，只是一副毕恭毕敬的样子,微微笑着。他想了想说:"郡主从蒲城赶来,旅途劳顿了。"

"这算什么,我主要是不喜欢在雨里赶路罢了,太泥泞。"这郡主便是那日跟寇准在赌坊中见过面的萧挞雪。此时她得知寇准已经离开下阴,便也从蒲城赶回到了京城。

"你们皇帝有什么打算,让寇准继续北伐吗?"萧挞雪问道。

"回禀郡主,臣不能肯定,但刚才寇准被皇上召进了寝宫。寇准平定西部,立下汗马功劳,肯定想继续北伐,皇上很有可能答应他。皇上没有看起来那么笨,他似乎知道我和贵国有联系,既然他已经派杨将军去迎战辽军,应该是已经下定决心奋战到底了。所以现在很多事情他已经不再问我。"

"说实话,寇准用兵还是挺厉害的。虽然比我们的萧大将军差,但他真的算是我们的一个威胁。要不是他在赵恒面前从中作梗,我们的计划也不会遭到什么麻烦。我要在北方尽快除掉这个眼中钉。"萧挞雪说完从小台上跳了下来,"不用送了,我准备雨停就离开,去定州。"

王钦若没有再说话,低下身子望着萧挞雪离开了。

辽军围攻定州已经七日了,定州也整整抵抗住了七日。辽军所有的邀战、劝降、叫阵,定州守军一概不理。一旦辽军强攻,定州守军们则紧守城门,在城墙上放箭,将辽军逼退以后再出兵反击,当然这也只是在城门下的小范围战斗,如果全军都冲出去,他们就会被辽军八万人马吞噬。他们只能依城而战,且战且走。城门楼上还有放箭的弓弩兵掩护,最后辽军攻打不上来,他们再退回城门内。定州守军靠着这种战术，慢慢和辽军打消耗战，然而这种战术非常消耗兵力。经过七日艰苦的作战，定州守军已经死伤大半，没什么作战能力了。他们顶多再能抵抗一两次进攻，城门就必破无疑，到那时就是定州失守的时候了。所有人还在坚持，他们心里只有一个信念：再坚持一会儿，杨将军就来了！

就在他们快要坚持不住的时候，一场雪救了他们的命。大雪连续下了几天，萧挞凛怕杨家军此时从北方来支援，在雪中辽军兵马难以发挥优势，再加上腹背受敌，恐大败，于是决定暂时退军，驻扎遂城。在辽军退兵的第三天，杨嗣领兵八万人乘风雪赶回定州，定州护城将军王继忠开城门迎接。快马兵立即传递消息到京城，赵恒得知后长舒一口气，感慨上苍，并暗自命寇准来年开春领兵九万人，前往定州，与辽军决一死战。

4. 元旦重逢

寇准这个把月除了每日操练他的北伐军，和甘鑫商量北伐对敌之策外，终于完成了和欣悦的婚事。皇帝赏赐了他们京城的一座大宅子，作为寇准一家的住处，寇府就坐落在东城最热闹繁华的地段。寇母做梦都没想到能住上这么好的宅子，又大又亮堂，正厅后面还有个小庭院，她跟几个丫鬟在里面种了些瓜果蔬菜。

随着天气越来越回暖，春天终于来了。寇准很快就要出师北伐，而辽军南下的日子也不远了。除了陪伴欣悦，元旦那天寇准决定再去街上转一转，凑凑热闹。

寇府出门就是一条繁华的街道，寇准特别喜欢在这条街上转悠。他不想让人认出他来,所以往往穿一件普通的麻布衣,戴上粗布纶巾。元旦的京城格外热闹,甚至京城赌坊都可以开上三天,还有各种庙会、花灯活动,寇准当然不想错过。白天欣悦要和小丫鬟去相国寺帮寇准和寇母祈福,因而寇准只好一人出去游玩。临走前,寇准跟她说:“元旦人多,注意安全,我让章淦保护你们。”

“哎呀,天子脚下,我又会功夫,不要别人跟着了。去相国寺祈福要虔诚,带着章淦杀气那么重,都不灵验了。”欣悦摆摆手道。

“好吧好吧,那你多帮你和母亲祈福,多跟送子观音祈福。”寇准说。

欣悦一听“送子观音”,脸一下就红了,说他没有正形。说完拉了拉寇准的手,带着丫鬟离开了。寇准送她走出了大门口,回过身找到章淦,悄悄跟他说:“今日街上鱼龙混杂,我怕王钦若的人对欣悦不利,你暗中保护她,欣悦不想麻烦,你别让她发现就好。”

章淦立即抱拳:“属下得令。”说完,扶着腰间的佩剑快步跟了上去。

寇准则换上了他那件素灰色麻衣,戴上粗布纶巾,来到了大街上。元旦这天太热闹了,街上挤满了人,每到这个时候,寇准都在感慨,不论哪朝哪代,只要是和平年代,百姓就能安居乐业。战乱年代,大户人家的公子小姐也没有几天开心的日子。

今天到处都是欢声笑语,大人小孩都从家里跑了出来。糖人摊、皮影戏摊子前面围着一圈一圈的小孩子。寇准径直走过了小孩子爱逛的这几个摊位,来到了庆隆茶馆前面。庆隆茶馆是这条大街上的一家普普通通的茶馆,很大,有两层楼。这里平时来的人不多，可今天却不一样，里三层外三层围满了人，一阵阵喧哗声此起彼伏。店小二和茶馆老板的老婆、儿子儿媳在里面忙得不可开交。老板也是忙里忙外地招呼客人。原来，这个茶馆在元旦三天改做赌坊生意了。其实这也很正常，京城只有元旦三天可以做赌坊生意，因而没有常设的赌坊。每年到这个时候，很多茶楼、酒店就改成了赌坊，庆隆茶馆就是这么多临时改换门面的茶馆之一。寇准看着这热闹的场景，微微一笑，走了进去。

“来了您呐！”寇准一挤进庆隆茶馆，店小二就招呼他走进去，不过那店小二见他一身穷酸的样子，倒也没太大兴趣，很快就招呼别的客人去了。寇准也不介意，在桌子间穿梭着。很多有像他这种打扮的客人的桌子他是不会去的，人家辛苦了一年，赢走那点碎银子，实在过意不去。寇准在一楼转了一圈便走到二楼，二楼多达官贵人、官宦子弟。寇准默默点了点头，下决心让这些有钱人“放点血”。

他看见一个桌子有个空位，赶紧挤了进去。“来来来，骰子在走，大小都有，是大是小，买定离手！”庄家念叨着熟悉的台词，只不过腔调从西北味儿转为京城方言。寇准兴奋地从口袋里掏出一锭银子，毫不犹豫地押了小。这时候忽然有人一下子拉住了他的胳膊，一个戴面纱的女子扑闪着大眼睛盯着他。寇准先是一惊，那双碧蓝的眼睛，睫毛长长的，眼神中有一丝惊讶，但更多的是喜悦。女子的声音有些颤抖：“是你？”

寇准一听就乐了，道：“哎，是你！你也从蒲城来到京城了？”

“对啊，我没想到还能见到你。”萧挞雪使劲揪着寇准的衣服说。

“哎，大小姐，你快把我的衣服撕破了。”寇准有点不好意思地说，这时候桌上基本押完了。“一二四，小！”庄家兴奋地喊着，把赢的钱分给了押小的人。

“别叫我什么大小姐，我有名字，叫萧雪。”萧挞雪摸着自己的耳朵说。

“哦，萧雪。”寇准点了点头。他不能跟别人说他是寇准，但临时又想不出人名，就说，“叫我平仲就好了。”萧挞雪听到这个名字突然略有所思起来。这时候庄家又在吆喝着下注了，寇准赶紧拉着萧挞雪的手让她回到赌场上来。萧挞雪看寇准拉住自己的手，脸一红，就啥都忘了，只是笑眯眯地跟他把钱扔到了桌子上。

两人赌了大半个时辰，不一会儿身边的银子堆得跟小山一样高。一个穿着丝绸长衫，长着络腮胡子，手上戴着金戒指的五大三粗的汉子很恼怒地等着他俩，他早就盯上这两个奇奇怪怪的家伙，一个穿着破布衣服，另一个戴着面纱，看不见脸，这两人几乎赢走了他今天带来的所有钱。

“你俩是怎么回事?”他突然隔着桌子朝寇准和萧挞雪吼道，把桌子边的其他人都吓了一跳。

“对不起，你说什么?”寇准有点疑惑地问。

“我注意你们好久了，你来到这张桌子以后就没输过！你是怎么回事，你是在出老千吗?”那个壮汉越说越气，咬着他那满口的黄牙，一拳砸在了赌桌上。

庄家倒是也注意到了这两人，他俩总能赢，特别是那个男的，虽然看他俩赢钱不服气，可他更不想因此而把事情闹大。“张老爷，您息怒啊，如果这里有人出老千，我们肯定不会放过他。说，你们怎么出的老千?”几个胆小的人赶紧拿着赢的钱跑了，还有几个输了不少的留了下来，他们盯着寇准和萧挞雪，偶尔贪婪地用眼角瞥一下桌上的银子。

“我们是凭运气赢的!”萧挞雪一脸愤恨，感到受到了侮辱。

“运气不会让你们一直赢!”张老爷瞪着萧挞雪，一脸的挑衅，他接着说，“你是不是用了什么妖术? 你为什么戴着面巾，不让我们看看你的长相，丑八怪!”说完他一拍桌子，桌子上的骰子都飞了出去。这时候两楼有很多人停下了手，扫视过来，想看看发生了什么事。

萧挞雪一听就生气了，当即就想劈了他。寇准使劲拉住她，她才没有冲上去，他一边拉住萧挞雪一边说:“没有证据不许胡说。况且女子在赌场里蒙着面，这也是可以理解的嘛。”寇准想大事化小，毕竟他不想闹事。然而他嘴上虽然这么说，没有拉萧挞雪的那只手却已经悄悄把桌子上的银子转移完毕了。张老爷无意中看到了寇准不停在划拉钱的那只手。

“贼，贼!”那张老爷像发了疯似的，直接扑到桌子上来要抓住寇准。寇准一惊，赶紧往后一闪，松开了抓住萧挞雪的手。萧挞雪完全不管是否会把事情闹大，一脚把桌子踢翻了，那张老爷一下子就倒在了地上。边上几个赌客也立即扑了上去，寇准原以为这萧挞雪只是碰巧把张老爷打倒在地，结果她一抬脚又把一个冲上来的赌客踢倒在地。这帮人大都家世显赫，身后站着一众小弟，刚被踢飞的那人撞到柱子上，头上冒着血，颤抖着说："你敢踢我，都给我上！"一声令下，七八个不知道从哪里冒出来的彪形大汉向萧挞雪扑了过去。萧挞雪这下也慌了，迅速迈着小步子往后退。寇准看形势不对，把桌子往前一掀，拉起萧挞雪就往楼梯口跑去。这时候几个穿着官服的壮汉拿着刀闻声赶来，堵住了下去的路。

那几个大汉不费什么力气就把桌子挡了下来，随手扔到一边，就像扔一张卡片。寇准看前后两面被夹击，也慌了神，脑袋里出现了一系列不想看到的后果：如果自己进了衙门会不会连累家人？快要北伐了，如果这时候因为赌博出千被抓，哪里还有颜面带兵打仗？倒是萧挞雪反应了过来，"跟我来"。她拉着寇准，两人一边挥拳阻挡着冲上来的人，一边往窗口跑去。寇准刚想问，结果萧挞雪想都没想直接拉着寇准跳到了窗台上。两人拉着手一跃而下，稳稳地落在了地上。下落的时候，萧挞雪的面纱飘了起来，寇准看到了她的脸。她是个美女，皮肤很白，白得不像汉人。鼻子很高，嘴巴小小的，涂抹着口红。两人落在地上后他才发现她是那么高挑，之前在赌场里她弯着身子，他没有注意到她的身材。萧挞雪发现寇准盯着自己看，脸"刷"地红了，像是生气又很害羞地说道："看够了就快走好吗，他们要追下来了。"

寇准这才回过神，赶紧拉着萧挞雪的手跑了起来。两人都会武功，跑起来很快，元旦的大街上挤满了人，摩肩接踵。那几个穿官服的人根本抓不住他俩，只能眼睁睁地看着两人消失在人群里。脑袋冒血的那人和张老爷这时候扒在窗台上，看着两人就这么溜走了，大骂他们的手下无能。

两人也不知道跑了多远，从大街转到小巷，转来转去，好像是把所有人都甩掉了，这才放心地停了下来，喘着粗气。这时候两人的手还紧紧牵在一起，寇准突然意识到了这点，赶紧松开了手。他有点不好意思，于是想打破这尴尬的局面，问道："你觉得我们在哪？"

萧挞雪说："应该在东城的哪个小巷子里吧。"她四处看了看，向巷尾望去，看看有没有跟过来的人。

寇准努力把自己的气息调匀，说："你竟然跟他们打了起来，多一事不如少一事。"

"那个死胖子骂了我，你没听见吗？他说我是……说我是丑八怪！哎，可惜我们赢了那么多钱，到头来都没了。"萧挞雪有点失落地说。

"你真的这么认为吗？"寇准把手伸进自己的衣服口袋，抓出了一把银子。

"哇！你什么时候拿的？"萧挞雪激动地用手捧起那一堆银子。

"就在刚才你跟他们打骂的时候。"说完，两人哈哈笑了起来。

"刚才跳下来的时候，我看见你的脸了。你挺好看的，为什么要戴面纱？"

"你看到我的脸了？"萧挞雪一脸惊异，眉头紧皱，眼睛瞪得大大的，"好吧，如果你真的看到了。"她慢慢地摘下了面纱。寇准这次完全看到了萧挞雪的脸，再一次被她的美貌所吸引，很久没有说出话来。

"如果你看到了我的脸，就必须娶我！"萧挞雪突然说出了这么一句话来，寇准吓得脚一软坐在了地上。萧挞雪当即笑出了声来，“呵呵呵呵……我吓唬你呢，你太不经吓了。我有那么丑吗，把你吓成这样！”

“不是，恰恰相反，你很漂亮。可我……”寇准支支吾吾的。

“你怎么了？”萧挞雪假装很平静地说，脸朝着那巷子口，可眼睛时不时地瞄向寇准。

寇准本来还很尴尬，可脑海里出现了欣悦在相国寺的佛像前，双手合十，闭目为自己祈祷的样子。寇准一下子就平静了下来，说：“实际上我才刚成亲不久呢，现在暂时还没有纳小妾的打算。”

“哦，你已经成亲了？”萧挞雪先是惊异于寇准原来已经成亲了，转而又说，“小妾？谁要当你小妾！”说着抡起拳头就朝寇准砸了过去。

寇准反而觉得轻松自在了，大笑起来。两人闹了一会儿，寇准说：“萧雪，有缘再见吧，我要走了。”

刚才还在笑的萧挞雪突然眼睛有点红红的，点了点头，从身上摸出一把小刀。小刀只有巴掌大，银质的，刀鞘和刀柄上镶着红宝石。“这把小刀送给你吧，留个念想。”

“不行，这太贵重了。”寇准把刀子推还给她。

“这不算什么，一个小的纪念品，你收好就行。那我走了，你要多保重，平仲。”萧挞雪面带微笑地说，转身往巷口走去，没有回头便走出了巷口。

寇准把小刀放进了自己的口袋，耸了耸肩膀，“回去咯，不知道欣悦祈福回来了没。”说完也走出了巷口。

六、挥军北伐

1. 定州之战

景德元年(1004)春,寇准终于带领七万北伐军出征了。浩浩荡荡的北伐军从京城出发,送行的官员、将士家人、农民站满了整个北郊,赵恒也在北郊城楼上目送寇准和他的禁军离开。整个送行过程持续了一个上午,倒春寒的风呼呼作响,场面非常凛然壮观。人们心中只有一个想法:决战的日子终于要来了。

北伐行军相当顺利,甚至顺利得令人难以置信。

“前面是怎么回事?”寇准北行一月有余,已经快到定州,此时官道上几百个马贼挡住了前行的道路。

“报告将军,东北的马贼李星开带着他的手下阻挡住了去路,说是要见您。”部队前方的先锋兵回禀道。

“马贼李星开?”寇准略有疑惑。

“李星开是东北一带有名的马贼,往年劫过我们送往辽国的贡品,虽人数不多,但个个善于骑射,是东北一带的隐患。”

“他见我做什么?”寇准更不明白了,李星开不会是要打劫七万兵马吧。马贼这时候看见大军前来,应该瑟瑟发抖才是。

“回禀将军,这我不清楚,但我看他们的样子,并非是来打劫的。”

“我去看看。”寇准说完驱马来到大军最前面。只见一个身长七尺有余,英俊帅气,穿着紫金花甲的人站在马下。他胳膊下夹着紫金头盔,腰间别着一杆乌木弓和一把宝剑。

“在下李星开,特来投奔寇准将军!”李星开突然说了这么一句话,以抢劫朝廷贡品为生的马贼竟然来投靠官军了。

甘鑫把这一切都看在了眼里,踢了两下马肚子,走到寇准旁边,小声说:“此人是马贼,性格狂妄,且不说是不是真的投靠,就算真诚来降,日后也是祸患。”

寇准默默地点了点头,但没有理会甘鑫,对李星开说:“你回去吧,你本是朝廷重犯,不能因为你来投靠就赦免了你昔日的罪行。”

“寇将军,我李星开虽为马贼,可不抢平民百姓,只劫富贵贪枉之徒。昔日劫取朝廷贡品,是恨他皇帝老儿懦弱无用,把大宋子民辛苦所得拱手让给契丹人。今日来降,是因为早闻将军平定西北,带军北伐,战无不胜。恳请将军给我李星开一次机会,带我前去北部前线杀敌,在下感激不尽!”李星开说完,把紫金头盔往地上一扔,竟跪了下来。他的几百手下瞬间从马上跳了下来,也都单膝跪地,看着寇准。

寇准看了看甘鑫,甘鑫眉头紧皱,虽说还是不信任这帮马贼,但也说不出什么。

寇准想起了当时的李茂，于是翻身下马，走到李星开面前，扶他起来说："天下多豪气之士，李将军，我见你器宇不凡，战绩累累。除去劫过贡品，并未作恶多端，日后并肩作战，共战辽军！"

寇准虽兵多将广，可却没有优秀的能培养弓箭手的将军。这次李星开前来投奔，倒是解决了这一难题。自此寇准便有了左先锋王青、右先锋章淦、弓骑兵长李星开、谋士甘鑫，他统领中坚主力，北伐军基本定型。寇准把他的几千弓箭手给了李星开，让他统领。李星开受此重用，更加佩服寇准了。

然而就在寇准大军北行的时候，契丹军也终于有了动作。凛冬已过，萧挞凛带兵南犯！此时的定州已经有了杨家军的防守，不过辽军这次似乎想一鼓作气拿下定州，三十万大军直奔定州而来！

"杨将军，萧挞凛驱兵三十万，往定州方向来了！"杨嗣在营帐中接到禀报。

"将军，让我带兵去迎战萧挞凛！"杨延朗马上请兵，想要与萧挞凛决一死战。

"延朗先别急。契丹兵力是我们的两倍有余，直接出战恐怕难以抵抗，虽可能重挫辽军，但我们的兵力也可能全部丧失。没有后续力量，辽军恐怕很快就能长驱直入，直攻京城。"杨嗣想了想说。

"那您说怎么办?"杨延朗着急得头上出了汗。

"辽军依仗兵力充足，定会小视我们，我们只要据城坚守就好。"杨嗣深思了一会儿，说道。

"坚守到何时?"

六、挥军北伐

“算算时日,寇将军也快来了。派快马传信,告诉寇将军此时形势,让他从侧面进攻,我们再出城迎战,杀辽军一个措手不及。”杨嗣说完从椅子上站了起来,但十五万大军不可能全部都进城防守,想了想又说:“延朗,你带五万兵马南撤,和寇将军会合后再杀回来。你们在城外只会被辽军歼灭。”

杨延朗想了想,觉得杨嗣说得不无道理,可他又想留在这里抗击契丹,不过为了顾全大局他还是带兵南撤了。

然而杨嗣在这场战役的决策中还是出现了失误,他再一次低估了耶律隆绪的军事才能。

在耶律隆绪看来,杨嗣带兵固守,杨延朗引兵回撤,这是再明显不过的事情了,因为定州容纳不了这么多守军。定州这回真的在劫难逃。

杨延朗将兵力带出了驻地,定州也早已关好城门,随时准备据城迎敌。“报告将军,萧挞凛已在定州城外了,但他迟迟没有动作,只是看着城门楼,而且兵力不足十万。据探子回报,三十万大军在到达定州前,兵分两路了!”

“什么!兵分两路了?耶律隆绪这次又耍什么花招……”杨嗣突然醒悟,大叫不好,“杨延朗将军南撤了没有?”

“回禀将军,已经南撤了。”

“糟糕!”杨嗣突然有一种不好的预感,“康风,你带五万兵力驻守,紧盯住萧挞凛,一旦他发起进攻,箭雨迎敌!其余兵力随我去南门。”康风和其他几个将军没明白过来,辽军明明在北面虎视眈眈,为什么要派兵力去南门呢?不过他们相信杨嗣将军,便没有说什么，遵命照办了。

杨嗣带兵还没赶到南门就出事了，南边的守城将领骑快马截住了杨嗣，道："将军，杨延朗将军南撤途中遭遇辽军伏击，正在南郊不远处与辽军厮杀！"

杨嗣担忧的事果然还是发生了，又是这招调虎离山，萧挞凛佯装进攻定州，真正目标是驻守城外的五万兵马，如果这股兵力被剿灭，他们攻打定州会更加容易。

"马上开南大门，支援杨延朗将军！"杨嗣立即率兵马飞奔出去。他刚准备走，心里又产生了一个不安的想法，如果这个想法被证实了，那么后果不堪设想，可能会让他的整个杨家军全军覆灭。他忽然想到，如果辽军没有兵分两路，而是兵分三路，会怎样？如果此时开了南大门，刚出城门，就遭到辽军的伏击会怎样？十五万兵力被分割成三股，城门还大开，最后他和杨延朗会合，拼了命也许能杀到澶州，可守城的五万兵力根本不可能抵挡辽军，辽军从两面夹击，定州五万守军必会被歼灭！想到这里，杨嗣脊背发凉，如果这是真的，他必须做出一个选择，到底是要定州，还是要保存兵力？

身经百战的杨大将军到了这种时候竟然被一个契丹皇帝牵着鼻子走，想到这里他一阵怒火攻心。可杨将军依旧是那个果断的杨将军，留得青山在，不怕没柴烧。他立即下令：全军从南大门撤离，且战且走，会合杨延朗将军，回守澶州！

果不其然，杨嗣带着十万大军刚出城门楼不远，耶律隆绪就带着手下从南郊外不远的定州林杀了出来，不过计谋最后还是被杨嗣识破了。耶律隆绪倒也不慌张,兵分两路,大部分兵力去追击杨嗣,自己则带着一小股兵力进城了,他要去北大门把城门打开,让萧挞凛进城。他知道杨嗣把城门打开的时候,定州就是他的了,杨嗣已经做出了选择。

杨家军不愧是大宋第一军,辽军从四面围杀过来,他们也不慌乱,保持阵型,个个又都是用枪的好手,辽军的轻骑兵难以冲散阵型。

杨延朗虽然遭到了辽军的伏击,不过他不愧是大宋第一猛将,一杆菊花点金枪在他手中如暴风骤雨,所到之处,势不可挡。膀大腰圆的辽军竟然拿这个四处冲杀的宋将毫无办法,他们对杨延朗早有耳闻,今天见到了,才真正相信那些传说并没有虚构多少。

一个又一个的契丹士兵倒在了杨延朗的枪下,但他并非是神,随着时间的推移,他的速度慢了下来,他开始累了。此时,杨延朗和他的部下分开得较远,而杨嗣率大军杀了过来,杨延朗的部下看援军已到,顿时大喜。他们只顾看杨嗣将军的到来,一时竟忘了接应他们的杨将军,杨延朗没办法和杨嗣会合,被包围得太紧了。辽军见杨延朗开始顾此失彼,竟一拥而上。一个辽军小将军趁慌乱之际,一刀砍下了杨延朗的马头,那马瞬间死去,杨延朗也摔下马来,七八个大汉跳上去把杨延朗擒住了。他们也怕杨嗣此时追杀过来,赶紧上马带着杨延朗跑了回去。

杨嗣寻了半天没看到杨延朗的身影,忽然看到他竟被几个辽军擒在马上,飞奔去定州林方向了。他立即大叫不好,可根本无法从辽军中抽身,一波一波的辽军围攻着他们,他只能带军往澶州方向前进。如若此时离开大部队去救杨延朗，自己也会被擒。细想契丹定不会立马杀了杨延朗，杨嗣也无其他办法，只好维持着兵阵。辽军追了大半个时辰，眼看快到澶州了，又擒获了杨延朗，也就回撤了。结果定州一战，虽说杨家军并未损失多少兵马，还斩杀了不少辽军。可定州被攻破，杨延朗被擒生死不明，宋军可谓大败而回，只得暂驻澶州，等待寇准的到来。

2. 耶律金娥

成百上千的契丹士兵成了杨延朗马下的冤魂，被俘虏后契丹人怎么可能善待他，恨不能让他受尽折磨而死。杨延朗毕竟是宋朝的大将军，必然要押回去作为战争的筹码。连续几日的赶路，早已让杨延朗疲惫不堪，他根本没吃上一顿好饭。身上红色的烈焰甲早已被契丹士兵脱下分掉了，衣服早已破破烂烂，倒春寒让他非常虚弱。可他的眼神依然没有变，像一匹野狼，紧紧盯着前方的路。天没亮多久，遂城南大门就出现在了他的视野里。此时的遂城已经完全为辽人所有，作为辽国南下的大后方，萧太后就带兵驻守在这里。杨延朗在定州林一战战败，作为战俘被送到了这里。

"启禀太后，战俘杨延朗带来了。"一个辽国士官向坐在大殿里的萧太后禀报道。这大殿是当时遂城的护城将军王先知的宅子，现在被萧太后占为寝宫了。

"母后，这杨延朗可是宋朝大将军，宋朝第一猛士?"说话的正是萧太后的次女耶律金娥。只见她浓眉大眼，穿着一身红甲，头上梳着高高的马尾。她也喜好打仗，这次南征，她自告奋勇随军跟着萧太后和哥哥耶律隆绪，说要来开开眼界，此时正陪着萧太后在这寝宫里。

“对，金娥，你想不想见见这位宋朝第一猛士？”

耶律金娥赶忙点头，第一次入宋境，来的时候哥哥和萧将军的遂城之战都已经结束了，她还没怎么见过宋人，更没见过什么大将军了，她想见识见识这位所谓的宋朝第一猛士，到底有何能耐。

“去把他带上来吧。”萧太后下令。

“是！”这辽国士官刚走没多久，一个衣衫褴褛、披头散发的人就被拖了上来，他手上、脚上拴着重重的镣铐，两个契丹大汉按着他，让他跪在萧太后面前。虽然他的头被按着，可那双像狼一样的眼睛死死地盯着这个大宋的仇人——萧太后。

“这就是大宋第一猛士杨延朗吗？我看也没什么特别嘛！”嘴上虽然这么说，可耶律金娥被那双眼睛盯得有点心虚，她说不上为什么，总觉被瞪得不舒服，这眼睛里全是杀气。

“公主殿下，您可别小瞧了他，为了抓住他，我们多少勇士死在他的枪下。”一个契丹士兵说。

“哼，废话少说，要杀要剐，悉听尊便。萧太后，你大老远的请我来，不是来喝茶的吧。”杨延朗几日没有说话了，声音有点沙哑。

“哈哈哈，杨将军，你还真幽默啊。哀家还真想请你喝茶呢。来人，给他倒杯茶。”萧太后命人给杨延朗倒了一杯茶。

杨延朗哪里知道萧太后葫芦里卖的什么药，但他知道后面还有罪要受，现在有茶喝就喝吧。

“看来我们的杨将军还是识时务者，并非说不通啊。”萧太后话里有话。

“这是我大宋的地盘，这水是我大宋的水，这茶是我大宋的茶。我当然受之无愧！”

“杨延朗，你觉得我大辽可算兵强马壮?”萧太后知道他嘴硬，肯定没那么容易服软。

“辽国三十万铁骑，自然是兵多将广。”

“你觉得你们宋人抗击我们大辽，可有胜算?”萧太后话锋一转。

“必胜无疑。”杨延朗又恢复了刚才的眼神，盯着萧太后说。他看出了萧太后的疑惑，知道萧太后在探宋军的底，想了想说，“辽国铁骑三十万，兵强马壮，宋军势弱，可宋人千千万万，三十万辽军在千千万万的宋人前面，也是不堪一击的！”

杨延朗又说：“萧太后，我杨延朗不是贪生怕死之辈，既然踏上征途就没想着活着回去，你杀我大宋子民，侵占我大宋疆土，我与你有不共戴天之仇，你赶紧杀了我吧！”杨延朗一脸悲愤地看着眼前的萧太后，耶律金娥被他这股气势震慑住了。

萧太后想了想说：“杨将军，哀家也是惜才之人，不会轻易杀了你的。来人啊，把杨将军的锁链解了，带到后面的客房，吃喝伺候着。”

杨延朗凶猛的眼神变得疑惑起来，还没想明白时，就被带到萧太后寝宫后面的一个小房间里了。房间很小，但有书，有床，屏风后面甚至还有烧好的水和干净的汉人衣服，看来萧太后一开始就没打算杀了自己。杨延朗倒是天不怕地不怕，只要不是让他做叛国的事,他到哪里都能随机应变。既来之则安之,他心里想着便爬进了浴盆。不一会儿,门口传来了开门声,一股香味飘了过来。是谁送吃的进来了吗?正想着,耶律金娥从屏风后面探头探脑的,这可把杨延朗吓得够呛,赶紧拿毛巾遮挡住了身子,水花溅了一地。

“呵呵呵……天不怕地不怕的杨大将军也有这般落魄的时候啊?”耶律金娥发现杨延朗在洗澡,脸红红的,可她倒是开放,睁着眼睛,看着杨延朗的身子。她发现杨延朗的身上布满了伤疤,结实的肌肉上一根根青筋凸起。就算在契丹人眼里,杨延朗的身材也是相当魁梧壮实的。

“你是什么毛病?非礼勿视懂不懂?”

“你们宋人的文化,我可不懂,再说我又不是故意的,我是来给你送吃的。”说完,她悻悻地把脑袋缩了回去,最后眼睛还在杨延朗的身子上停留了一下。

“你们契丹人都这么好色吗?”杨延朗不敢出来,生怕这丫头随时把头伸过来。

“我才不好色呢,你能被我看应该是你的荣幸。本公主还没见过男人洗澡呢!”耶律金娥说。

“好吧,在下深感荣幸,但怕污了公主的眼,还是请不要乱看了,在下要出来吃饭了。”杨延朗被食物的味道刺激得不行了,肚子一直在叫。

“我知道啦,又没什么好看的,哼。”耶律金娥说道。

杨延朗快速地从浴盆里跳了出来,用最快的速度把身子擦干,穿上了衣服。衣服是用高档的丝绸做的,淡淡的蓝色。杨延朗用蓝色头巾把头发绑好，走了出来。穿好衣服的杨延朗一扫刚来时蓬头垢面的形象，他可是杨家第一美男子啊，仪表堂堂，风度翩翩，不知道的还以为他是哪家的贵公子呢。耶律金娥也看呆了，脸红红的，这下反而不敢看杨延朗的眼睛了，把头转向一边，咬着嘴唇，脑海里杨延朗洗澡的样子怎么也挥之不去。

“哇，肉，好吃好吃！”杨延朗抓起盘子里的小羊腿啃了起来，耶律金娥被逗得哈哈笑了起来。

“唉，你们宋人衣服挺好看的，但是你的吃相比我们契丹人还要难看。”

“我快饿死了，要是你快饿死了，你的吃相只怕比我更难看。”杨延朗嘴里塞满了羊肉，也不忘跟耶律金娥斗嘴。

“慢点吃，你要是噎死了母后可得怪罪于我。”说着，她给杨延朗倒上了一杯牛奶。

杨延朗看来是饿坏了，这一路上他都没吃上几口饭，一只羊腿、三个肉饼让他风卷残云一样扫荡完毕，此时的他一边喝着牛奶，一边打着饱嗝，舒服地坐在椅子上。

“你看你这个形象，说什么你是大宋第一猛士，谁信呢。”耶律金娥半开玩笑地说。

“公主大人，您倒是心宽，也不怕我此时缚住你当人质，护送我回去。”杨延朗突然眼神一变。

“你没那么卑鄙吧，拿女人当挡箭牌。”话虽这么说着，耶律金娥还是往门口方向跨了一步，眼神飘向门口，随时准备要跑。

“哇！”杨延朗大叫一声。

耶律金娥连滚带爬地跑了出去，结果杨延朗只是吓唬她，看她那狼狈的样子直叫着“报仇了，报仇了！”

门口的守卫以为发生了什么，赶紧冲了进来，耶律金娥气喘吁吁地跑了回来，说：“没事没事，我们在开玩笑，你们出去吧。”说着，让守卫离开，两人相视着笑了出来。杨延朗笑得很开心，自从被俘，他已经很久没有这么放松了。自己被抓去当了战俘，反而能轻松下来，他也不知道这是怎么回事，可能他真的已经厌倦杀戮了吧。

之后的几日，耶律金娥三天两头往杨延朗这里跑，在辽国当公主惯了，只有杨延朗不跟她客客气气，反而与她说说笑笑。她也对宋人的文化充满了兴趣，经常换上宋人的衣服。杨延朗看耶律金娥穿着宋人的衣服，有时候也会看得出神，直让耶律金娥脸红红的。这一切都被萧太后看在了眼里，但她也没说什么，反而格外喜欢杨延朗这孩子。

辽宋交好，可不是另外一个人希望看到的。发生在遂城的这件事传到了远在千里之外的王钦若的耳朵里。“必须想办法把这股苗头从萧太后的脑子里铲除掉。”王钦若站在书房的窗户前，看着笼子里的画眉鸟说道。

这一日吃罢晚饭，皓月当空，晚风习习，杨延朗正想着今晚金娥还来不来练字了。突然门口传来两声响声，门口的两个契丹守卫呻吟了一声，便瘫倒了。一个黑衣人轻轻打开门，跑了进来，跪倒在杨延朗面前。

“属下救将军来迟，望将军赐罪！”那黑衣人跪地后低着头说。

“你是杨家军的人？”杨延朗站了起来，竟然有人来救他了，这让他不敢相信，想到可能要离开这里，内心竟然有一个女孩子的笑声响了起来。

“将军，此地不宜久留，现在萧太后威胁着让杨嗣将军弃城投降呢，如果你不回去，我们可能要失去澶州了！”

杨延朗听罢内心一惊，但又觉得哪里不对。可既然户牖大开，他也管不了那么多了，当即和黑衣人走出了屋子。

可他俩刚走到前院，竟遇见了一个女子，此人穿着荷花衣，头戴粉色木簪，明眸皓齿，在月光下格外美丽。此女子不是别人，正是要来跟杨延朗学习书法的耶律金娥，她像往常一样吃罢晚饭就急急忙忙跑了过来。此时她看到杨延朗和黑衣人在一起，眉头一皱，仿佛一下就明白了。她没有叫喊，而是慢慢地走到一边，眼神里充满了悲伤。

杨延朗点了点头，不知道是表示感谢呢还是在说后会有期。刚准备跟黑衣人继续前行，可突然寒光一闪，那黑衣人竟然二话不说举刀朝耶律金娥劈了过去。这一下，杨延朗、耶律金娥都大惊失色，没想到这黑衣人来了这么一出。

杨延朗不愧为大宋第一猛士，瞬间察觉了这黑衣人的真正来意，朝黑衣人扑了上去，大叫道：“金娥快跑！”幸亏耶律金娥也是练家子，经杨延朗一提醒，立马侧身闪躲，可这刀还是劈在了胳膊上，划出了一道伤口。

杨延朗怒发冲冠，昔日的战神之力又回到了他的身体里，一跨步抓住那黑衣人的束带，用力往后一拖，直接把他摔在墙上，晕死过去。杨延朗没有停下，看到耶律金娥的胳膊已经被血染红了。“你快走啊，不要管我。”耶律金娥颤抖着说道，“你再不走，母后看到了，准以为你伤害我以后要逃走，那时候你就走不了了。”说完耶律金娥身子瘫软了下去。

“快来人啊，你们公主受伤了。”杨延朗哪里管得了那么多，抱起耶律金娥就往自己的房间里跑，把她轻轻地放到了自己的床上，一边还在叫着“快来人啊”。

不多时，杨延朗的房间就围满了人，杨延朗被契丹士兵拖走了，他的眼睛在离开屋子的最后一刻还紧盯着躺在床上的耶律金娥，一群大夫忙里忙外地给她包扎着伤口。

杨延朗又被关进了大牢，黑衣人就在他隔壁的牢房里。那人躺在地上，脑袋上也包扎着白布。

“杨将军……”他颤悠悠地说，“很抱歉，没能把您救出去，还害您落到了现在这步田地。”

“哼，别叫我将军，我不是你的将军。”

“将军……”

“是谁派你来的？”杨延朗走到那间牢房边上，眼睛散发着杀气，“不用问我也知道，你是王钦若的走狗。”

“将军，您在说什么，我怎么会是王宰相的人……”

“能别再演了吗？你演得一点也不好。你刚才在我房间的时候我就察觉出不对劲了，杨嗣将军才不会为了战俘而拿大宋的一寸土地作交换呢。为国捐躯，本来就是杨家军的宿命，如果成为国家的累赘，杨家军都有必死的觉悟。你这个谎，太拙劣！”

“哼哼……杨大将军，不管你是不是知道了，反正我的目的已经达到了。”

“我一开始就应该知道你是来挑拨离间的，没想到你最后竟然敢向金娥下手。”杨延朗气得大吼起来。

“金娥，金娥，哼哼哼，杨大将军，你已经等不及要当辽国的驸马爷了吧。这可不是我们主子想要看到的，如果辽宋打不起来，那我主子的计划就落空了。这场战争，必须有我主子添的一把火。”

“原来宋辽之战，都是王钦若搞的鬼。要不是他从中作梗，天下的形势也不会到今天这地步。”

“哈哈哈，只要等到大宋灭亡，我主子就是中原的皇帝了，你要是好好求求我主子，也许这驸马爷你还能当，哈哈哈！”那黑衣人怪笑道，“不过我估计，萧太后不会再信任你了，因为你可是逃犯，还是一个妄图杀害公主的奸佞之徒！”

杨延朗没有再说话，而是默默地回头看了看铁窗外的明月，攥着拳头，心里想着耶律金娥的笑颜。

3. 会师澶州

寇准率大军在官道上行进了个把月，终于到了澶州。杨嗣的十五万军队已经驻扎在这里。当二十二万大军在这里集结的时候，他们每个人都是豪情万丈的，王青、章淦、李星开想到大宋的命运也许就掌握在他们手里，内心都激动万分。不过他们又充满压力，知道定州已经失守，抗辽大军不能再往南后退一步，否则京城对于契丹人来说就近在眼前了。他们暗暗发誓，一步也不再后退。

大军已经驻扎下来，寇准和他的几个副将、谋士来到了杨嗣的元帅营，杨嗣已经和他的几个副将早早在这里等待着了。

“寇将军，路途遥远，您辛苦了。”杨嗣走上前去和寇准热情地打招呼。

寇准内心有点酸楚，眼前的老将军已经比当年离开京城时苍老许多，大风吹得他的白发飞舞，眼角布满皱纹，眼睛里全是血丝，也不知道是不是杨延朗被俘后他就一直没有睡好觉。定州失陷和杨延朗被俘的事他们在路上已经得到通报了，现在那个信使已经前往京城，禀报这个悲伤的消息去了。

“将军，辛苦的是您，如果不是您，更多士兵将全是契丹马下的亡魂。”寇准紧紧地握着杨嗣的手说，“我给您介绍一下，这是我的左先锋王青，擅长枪法，这是我的右先锋章淦，是使双斧的猛将。这是我的弓骑兵长，李星开。”寇准把自己的手下一一介绍给了杨嗣，当说到李星开的时候，杨嗣的一众手下都皱起了眉头。

“他不会是那个马贼李星开吧?”杨嗣身边一个五大三粗的壮汉说。

“杨焱，不得无理。就算真的是马贼李星开，寇将军将他招募到军中，定有他自己的主意。”话虽这么说，杨嗣还是疑惑地看了一下寇准。

李星开“啪”的一下跪倒在地，道：“杨将军，李某当年年少轻狂，做了对不起朝廷的事，可李某一心想为国效力，抗击契丹，只是报国无门，还望各位将军给李某一次战死沙场的机会!”

杨嗣立即把李星开扶了起来说："当年在对外政策上，国家羸弱了些，很多豪杰之士感到羞愧，纷纷与朝廷为敌。现在朝廷决定一致对外，你们能跟朝廷站在一起，应该是你们给了我们一个机会。如果全天下的人都有你这样的胸怀，十个辽国我们也不畏惧！"

在场的人大都为两人的对话而动容，但有几人还是一脸鄙夷的样子，杨焱就是其中一个。

"外面风大，我们进去商讨抗辽大计。"杨嗣手下的谋士贾平凡打破了这个尴尬的局面。大家默默地点了点头，跟着杨嗣和寇准走进了营帐。一个简易的沙盘就放在营帐中央，基本呈现了当下的兵力布局和地形状况。

"寇将军，正如你在路上得到的消息，我们已经失去了定州。杨延朗将军现在生死不明。"杨嗣坐在椅子上，有点失落地说，"辽军这次南犯，共发兵三十乃至四十万人，我们已经交过一次手，他们以骑兵为主，兵强马壮。"

贾平凡接着说："我们的军队会师后，现在有二十二万兵力，以步兵为主，骑兵不到十万，装备也比较落后。最关键的是，辽军已经占据了易守难攻的定州和遂城。"

想到眼下的局势，大家一阵沉默，宋军对辽军，形势上并没有多少改观。

"据前方情报，辽军发动攻势，可能就是这几天的事了。我们要想好防守的对策。"贾平凡说。

寇准看了看沙盘，确实如杨嗣和贾平凡所说，形势不太乐观，而且澶州和定州之间以平地为主，这更是让辽军的骑兵如虎添翼。

“如果我们利用定州林到澶州的这段山脉呢?”甘鑫问贾平凡。

“倒是可以利用，我们可以埋伏一队骑兵，但我预计用处不大，他们会迅速冲到澶州城下。侧面的打击效果不会很好，除非我们能够正面抗击住他们，再从侧面反攻，杀他们一个措手不及。可我怀疑我们很难抵抗住他们的第一波冲击。澶州是拥有八个城门的城池，他们可以从任何一个城门攻进来。”贾平凡说。

“我是说如果用这块地方搞一个定州夜袭怎么样?”甘鑫看着贾平凡说。

“夜袭辽军? 我想还不如把这点时间放到加强防卫上。”杨嗣也觉得这个想法不太靠谱。

“我倒觉得甘鑫这个想法不错，现在我们觉得辽军已经占尽了先机，契丹人也肯定这样觉得，这时候我们冒险去夜袭，他们绝对想不到。契丹人的优势就是战马多并且强壮，但如果我们在夜里袭击他们的马营，对他们的打击肯定是巨大的。”寇准一边思考一边说。

“将军，我觉得不妨一试，甘先生和寇将军说得不是没有道理。”贾平凡听完寇准说的，点了点头。

“那你觉得什么时候夜袭比较好?”杨嗣还是有点不敢作决定。

“就在今晚，今天风大，适合用火攻，偷袭契丹马营。”寇准说。

杨嗣终于也露出了一丝微笑，说:“寇将军，你的部下长途跋涉了几日，让他们今夜就休息。杨焱，今夜你和你的骑兵由寇将军指挥，夜袭契丹马营。其余将士，跟我一起布防澶州！”

杨焱道：“属下听令。”

这次夜袭由寇准统率，杨焱、李星开作为先锋，而王青作为支援，整个行动由五千轻骑兵完成。天很快黑了下来，一行人沿着定州林慢慢前进，整个队伍像丛林里的一条蟒蛇，慢慢地滑行，朝着它的猎物前进。

这两个先锋将并不那么和谐，他们在队伍前面小声地争吵着。“李星开，我不知道你是怎么混到寇将军身边的，我觉得你本性难移。哼，马贼。”杨焱很不屑地朝李星开说。

“哼，我只希望等会儿你别拖我的后腿。如果你碍我事，我第一个射烂你的脸。”李星开本来就是混迹江湖的马贼，说狠话自然不会输给杨焱。

两人没再说话，但是心里都憋了一股火。到了后半夜，队伍的行进速度更慢了，因为越接近定州，他们也就越危险，两人也顾不得斗嘴。定州很快就近在眼前了。

“马营在哪儿？”杨焱张望了一下，只有定州城孤零零地矗立在那里，丝毫不见辽军营地的位置。

“只能是西北方了，他们是有防备的，把整个军营放在远离定州林的位置，就是为了防备偷袭。而且我敢打赌，林子前面肯定有暗哨。”寇准一下子就明白了辽军的想法。

“那我们怎么办，原路返回吗？”杨焱问道。

“不能再往前走了，再走的话可能会惊动暗哨，但我们也不能无功而返。”寇准想了想说。

“那你想怎么办，直接杀过去吗?”杨焱很无奈地看着寇准和李星开。

寇准没有说话，像是在思考，突然笑了笑说:“杨将军你说得对。我有办法了。”杨焱听寇准夸他说得对，眉毛皱成一团，一副不敢相信的样子。

“星开，城墙上面有三个巡逻兵，你能射杀吗?”寇准问李星开。

李星开望了望定州城墙，上面确实有三个巡逻兵，分别驻守在城墙的两侧和中间，他握了握腰间的神臂弓，说:“没问题。”

杨焱的眼睛瞪得浑圆，不可思议地望着李星开，要知道今天的风可不是一般的大啊，更何况还是深夜，连月亮都看不清楚。

“听我说，我们来一招声东击西。杨焱，你带一小队人马继续往前走，触动暗哨，暗哨的人马不会太多，他们会发出警报，让整个军营的人加强戒备，并且大量的兵马会从城后直接过来抓你们。接下来就轮到我们了，李星开，你先去前面解决三个放哨的，然后我们大军绕后，从南门迅速到西门去，找到马营，放火烧营，再迅速撤离。一旦他们发现军营失火，必然会回防，我们再一起撤离。记住，这里驻扎着辽军三十万兵马，不要想着能够与之正面交战，我们今晚只是来放一把火的。”

“明白。”众将士纷纷听令。

杨焱虽然觉得这个计划很不靠谱，可没办法，服从命令是军人的天职。他的百人小队迅速离开大队，快马向定州林前方跑去，果不其然，他们没跑多久一个小的哨卡就出现在眼前。大概十几个契丹士兵正在站岗放哨。他们听到了隆隆的马蹄声，立即警觉起来，很快就发现敌人已经冲到了哨卡前。契丹士兵和杨焱交起手来，杨焱使用的也是枪，他的枪叫梨花枪，是一杆特别长的枪，枪头有着梨花一样的花纹。此时的梨花枪染满了鲜血，杨焱很快把那几个哨卡的士兵斩杀殆尽。

可哨卡的防御信号还是发了出去，红色的狼烟也在他身旁的大火炉子被点燃了。

城西北的军营迅速收到信号，牛角鸣声从军营传递过来。不到一炷香的工夫，隆隆的马蹄声就从西北方向传了过来，数万辽军从营中出动了，但宋军夜袭并没有让他们慌乱，他们依旧整齐地向哨卡方向奔来。

寇准知道是时候了，向李星开点了点头。

李星开骑着他的黑马迅速从定州林里冲了出去，直接往东南方向奔去。他借着黑暗，迅速接近东南角的巡逻兵，眯着眼睛在林子里搜索着敌人。

李星开不能太往前，再往前可能会暴露自己。今天的风真大，李星开心里这么想着。他让自己的坐骑放慢了速度，掏出神臂弓，架上一支箭。他在心里计算着风的力度和速度，很快摆出了一个奇怪的姿势。他把箭头瞄准了离巡逻兵很远的地方，仿佛要射的是旁边的月亮。

“中！”箭从他的手里飞了出去，竟然划出了一道奇异的弧线，像在空中飞舞的幽灵一样，直接穿透了巡逻兵的心脏。巡逻兵应声倒地，从城墙上摔了下来。剩下的两个巡逻兵也是一样的命运，都被李星开神一样的箭射倒在地。这一切都被寇准看在了眼里，再一次证明了自己所想没错，李星开的箭法会派上大用场。

障碍清扫完毕，四千多人的夜袭队伍可以从南城墙绕过去偷袭了。此时，杨焱的队伍也已经开始撤离，迅速地往定州林方向跑，再从定州林里往南撤。

寇准则和李星开悄悄地带着士兵溜到了契丹军营外，此时受到敌袭影响，整个军营加强了戒备。辽军大都在东南方向，看来寇准的声东击西战术起了作用，西北这边的军营大都空着，根本没有人在驻守。这给了寇准可乘之机，他们很快就找到了马营的所在地，就在定州西郊不远处的空地上。

“放火！”寇准简洁地下达了这一命令。早就准备好的木棒和火石被齐刷刷地拿了出来，队伍迅速在各处放火。几个驻守马营的士兵当即被宋军斩杀。很快，整个马营就开始燃烧了起来，不一会儿火光冲天。“撤！”夜袭队伍立即南撤，撤出战场。

冲天的大火很快吸引了追击杨焱队伍的契丹将领们，他们搞不清楚追击的对象就在眼前，马营那里怎么又起了大火。

“糟，中计了！”萧挞凛迅速调转马头，只留一小部分人马追赶杨焱，自己带着大部队赶回去救火。马营是辽军胜利的基石，出不得一点差错。可惜，呼啸的东风将那冲天的大火刮得越来越大，契丹人千里迢迢运来的草料成了这一场大火的祸源，无数的马匹因为困在马厩里而被烧死、呛死，大火越烧越旺，从城里运来的水也是杯水车薪，根本灭不了火。契丹人只能眼睁睁地看着大火将他们的营地烧成了灰烬。数万匹战马被烧死，几千人在火中丧生，寇准这次奇迹般的突袭，成为整个澶渊之盟过程中最浓墨重彩的一笔。就是因为这夜的突袭，将契丹强大的军事实力削弱到了和宋朝同一级别上，让宋人有了抗击辽国的资本。

七、澶州之战

1. 逃离遂城

在澶州都能看见定州方向冲天的火光，当寇准和杨焱的五千兵马安全从北面归来的时候，迎接他们的是二十余万人的欢呼声。就连杨嗣的脸上也露出了笑容，这是杨延朗被捉走的这么多天，他第一次真的放松了下来，心里也在想着，这回抗击辽国真的有希望了。这时候东边的天空泛起了鱼肚白，天亮了。

“突袭成功！”寇准、杨焱等人走进了杨嗣的营帐。他们几个拼杀了一晚，脸上带着倦色，可神情依旧是欣喜异常的。

“我们已经看到了，那冲天的大火，估计辽军损失惨重。”杨嗣说。

“比我们想象得还要顺利，萧挞凛忙着去追击杨焱将军，让我们几千人肆无忌惮地在他的马营中纵火。契丹人草料多，一会儿就全烧起来了！”寇准说。

“杨焱，待我上报皇上，给你奖赏。”杨嗣为自己的侄儿在任务中发挥了大作用感到高兴。

杨焱听了倒有点不好意思。“唉，我啥也没干，让谁来当这个诱饵都行！倒是多亏了星开兄，他的箭法可真是神乎其技！我到现在还没搞明白，你们是怎么突破北城墙的警戒的？要真是一箭射下来的，那星开兄，都是老弟我昨天多嘴，说了不该说的话，您可别在意啊！”杨焱说完摸了摸后脑勺。

“哪里哪里，李某别的不会，就会射箭，要不是杨兄神勇，和萧挞凛纠缠那么长时间，我们没有那么多时间火烧辽军大营！”李星开也谦虚了起来，双手抱拳，两人这就算化解了之前的恩怨。

“二位都不用谦虚，在这次行动中二位都是头功。杨将军，昨日大胜辽军，他们元气大伤，我们应乘胜追击，再扳回一城！”寇准向杨嗣建议说。

“寇将军说得没错，老夫正有此意。将士们已经休整完毕，随时可以向定州进军。杨焱、李星开，你们二人昨夜突袭有功，今日就和寇将军在营中休息，这次就由我亲自带兵，围攻定州！”杨嗣说。

三人纷纷点头。辽军毕竟还是势大，如若此时盲目进攻确实容易导致前功尽弃，利用几波骑兵不停地冲击定州的防守，让他们无心救火，慢慢削弱其实力才是上计。于是，三人抱拳离去。

杨嗣不肯放过骚扰萧挞凛的大好时机，被辽军攻了这么久，终于有机会报仇了。整理好行装的他带领七八万兵马离开了澶州，向定州杀去。

三日后，遂城大牢。

一缕阳光从大牢唯一的窗口照射了进来，穿过木栏杆，打到对面的墙上。一个人影悄悄地从墙那头走了进来。

“谁在鬼鬼祟祟？”杨延朗板着脸、眯着眼睛，盯着走进来的人影。突然他的神情一变，脸上露出了灿烂的笑容。来人穿着便服，可容貌极其美丽，淡妆素雅，眼神却是刚毅深邃，就是面容有点惨白，仿佛大病初愈不久，原来来人正是耶律金娥。

“丫头，你怎么来了？还打扮得如此奇怪，你的伤怎么样了？”杨延朗站起身来，走到栏杆前。

“我的伤并无大碍，皮肉伤痛而已，已经恢复了。”耶律金娥很警惕地看着隔壁的牢房，里面关着的正是伤她的人，此人在午睡。

“这人是来陷害我的。”杨延朗很无奈地笑了笑，“结果反而还伤了你，真是过意不去啊，是我连累了你。”

耶律金娥微笑着摇了摇头，道：“不管他了，现在你最重要。”说完她脸有点红，原来白白的肤色上有了一丝血色。杨延朗看到她纤弱的样子不禁有点心疼，平日里的耶律金娥有点男孩子气，如今受伤了，反而让她有了女人味。

“我怎么最重要了？”杨延朗也有点不好意思地说。

耶律金娥突然想起来什么，一扫重逢的喜悦，说：“萧将军要来杀你了！”

“为什么？”杨延朗突然明白了什么，“他吃败仗了对吗？杨将军把他打败了对吗？”

耶律金娥点了点头，隔壁牢房的那个杀手不再假装午睡，也坐了起来，静静地听着二人对话。

“怎么回事？”杨延朗压低了声音，悄悄地问。

“辽军在定州遭遇突袭，战马死伤数万匹，粮草基本烧光。杨嗣带着几万兵马每日骚扰定州，称如果不放你就把定州踏平救你出去。萧将军大怒，说是要将你在定州城上砍头。”耶律金娥说到最后差点哭了出来。

“没事没事，金娥，你给我带来了最好的消息！”杨延朗面露喜色，没想到终于等到这天，宋军大败辽军，看来寇准已经和杨将军会合，二人合力，现在已经有了和辽军抗衡的能力。

“我不要你死，”耶律金娥的眼睛里充满了泪珠，“我要把你弄出去。”

“大小姐，您要美人救英雄，也别忘了我这个死人哦，嘿嘿嘿。”那刺客把这一切都看在了眼里，此时正坐在地上，狡黠地笑着。

“算了，我杨延朗本来就没想活着回去。能在死前认识你这个好朋友，死得其所，哈哈哈！”杨延朗天性豪迈，根本顾不得什么生死，能认识知心好友，已倍感满足。

“你这个傻子，你死了，我怎么办？”耶律金娥收住眼泪，嗔怒起来，使劲捶了杨延朗一下。

“你怎么办？你找人帮我收尸就好。没事的，我就死在定州，我会在定州城墙上鼓励我的兄弟们的。”杨延朗皱着眉头说。

“真是大傻子，哈哈哈哈！耶律公主，您就让他死了吧，这种人活着也是让人受累啊。”那刺客在地上乐得直打滚。

“什么意思？你知道什么就过来跟我说话，女孩子的心思我可猜不着。”杨延朗说着拖着手铐脚镣走到那人面前，两个牢房之间隔着木柱，有勉强能伸进一个胳膊粗细的缝隙。

“人家说你傻你还真傻啊，杨大将军，你还不明白姑娘的心思?”那刺客挑衅似的走到杨延朗面前，警惕地看了看杨延朗的手铐，才放心地离他近了一步。

那刺客对着杨延朗的脸说:“我说，人家女孩子说‘你死了，我怎么办’的时候……”说时迟那时快，一只手从缝隙中伸过来，紧紧地掐住了刺客的脖子。杨延朗的双手不知什么时候已经从手铐里解放了出来，“我当然知道意味着什么。”杨延朗力能扛鼎，没一会儿把那刺客的脖子捏断了，“意味着她可能抽不出工夫帮我收尸!”说完把那刺客的尸体往地上一扔。

耶律金娥听完破涕为笑，杨延朗捡起插在手铐上的钥匙，打开了自己的脚镣。耶律金娥则用手里的另一把钥匙打开了牢门，说道:“外面还有两个牢头，我叫他们进来，你打晕他们。”杨延朗点了点头。

打晕牢头后，杨延朗换上了契丹人的衣服。

“你怎么办?”杨延朗看着耶律金娥说，脸上露出担忧的神情。

“我不能留在这里了，把你放走了，萧将军肯定饶不了我。”耶律金娥略带哭腔地说。

“你是公主，他不会难为你的。”杨延朗眉头一皱说道。

“我只是公主而已，放了你就是犯了大罪，我肯定会受罚，现在将军已经在气头上了，就让我跟你走吧!”耶律金娥嗔怒地说。

杨延朗一脸无奈，道:“好吧，反正没有你我也出不去。我们走吧，你到了外面别哭鼻子就好了。”

“我就是出来潇洒的，我的小姐姐早就在宋国玩过一大圈了，母后老是担心我，不让我来。”耶律金娥听到杨延朗要带她走，一下子就高兴了起来。

杨延朗心想，就知道这小丫头想着出去玩，什么怕责罚肯定是骗他的。但他既然答应了人家，也只好带她上路了。不过想到两人要一起上路回家，杨延朗的内心反而有点激动起来。但他好像听到了什么小姐姐，又问：“什么小姐姐？”

“跟我来就知道了。快走吧，此地不宜久留，我们得赶快出城。”耶律金娥看时候差不多了，带着杨延朗离开了牢房。

两人很顺利地离开了王先知府，杨延朗已经乔装打扮成了一名普通的契丹士兵，又在公主的身后走着，所有人都以为他是公主的贴身侍卫。两人在遂城的小巷子里走着，来到一家茶馆。此时的遂城已经被辽国掌控，随处可见契丹士兵，宋人并没有被赶走，但在契丹的高压统治下，他们的日子并不好过，很多人流离失所，成了契丹人的奴隶。

此时已经有一个人在等着他们了，她穿着蓝灰色的契丹长裙，梳着高高的发髻，如果说耶律金娥有女性的刚毅，那这位美女则真正体现了契丹族女子的柔美。此人不是别人，正是在京城和寇准作别，千里迢迢来到这里的萧挞雪。“这就是你说的那个人？”萧挞雪打量着杨延朗，杨延朗不好意思地报以微笑。

耶律金娥说：“哎呀，你这样看他，他会不好意思的。延朗，这就是我说的那个小姐姐，多亏了她给我报信，告诉了我定州的战事，不然我也不会知道你要被杀的事。”

“在下在这里谢过了！”杨延朗抱双拳向萧挞雪示以敬意。

“哎，不要多礼，既然是我妹妹的好朋友，我能帮上忙自然很高兴。何况我并不恨宋人，我对宋人的文化、历史也感兴趣。我已经在你们国家游历了一番，领略了你们的大好山河，跟我们辽国真的不一样。我也结交了一位宋人好友。只可惜现在两国交战，死伤无数，百姓也在水深火热之中啊。”

“萧小姐当真是心胸宽广，善良慈悲。你送我回到营中，我必会为陛下分析形势，争取两国早日交好。只可惜朝廷内王钦若从中作梗，在辽宋之间挑拨离间，害得两国征战不休，如若我回到朝廷，必手刃了狗贼不可。”杨延朗说到最后，义愤填膺，恨不得将王钦若杀之而后快。

“只可惜现在两国交战的事实还无法改变，我叔叔萧挞凛如今正因为定州大败而恼怒，现在你又从牢房里拐着公主逃了出来，恐怕两国日后必然会大战不休。”萧挞雪说。

杨延朗仔细一想，确实如此，当即说：“我这就带着公主到萧太后前自首，不可再动干戈！”

“好不容易救你出来，你又要去送死，你怎么不会动动脑子。”耶律金娥捶了杨延朗一下，说，“现如今公主在你手上，你不知道好好利用！”耶律金娥说完脸“刷”地红了，知道自己说错话了。

萧挞雪“咯咯咯”地忍不住笑了起来，看着小妹春心一动，自己也倒想起平仲来了。“真的，这倒不失为一个好办法，两国联姻，可以帮助两国交好，这场战争可能真的能够平息呢。”萧挞雪说完朝耶律金娥眨巴着眼睛。

耶律金娥不好意思地看了看杨延朗。

“好啦好啦，这都是后话，当务之急是我们怎样才能离开遂城。这里你也看到了，到处都有重兵把守，估计你越狱的事情已经被太后知道了，她正派人到处抓你呢。叔叔派的人也正往这边赶过来，如果不快点离开遂城，恐怕我们的美梦要碎了。”萧挞雪紧接着又说道。

可是怎么才能离开遂城呢？在城里穿着契丹服还好，但是如果要出城，一定会接受盘查，一旦被把守的士兵检查到，他俩肯定会被抓起来。

两个人一下子焦急了起来，萧挞雪又“咯咯咯”地笑了起来，“看把你俩为难的，我已经安排好了，咱们即刻行动，不过一会儿可得委屈你俩了。”

果不其然，遂城南大门有一排契丹官兵把守着，检查着所有过往的行人和货物。一位戴面纱的女将带着两个随从拉着两车草料从大道上行了过来。这一队人马老远就吸引了城门巡逻队的注意。

“喂，停车。”一个城门巡查队长带着两个士兵走上前来，“把面巾摘下来，这是什么？”他指了指后面的两车草料。

那女将把面纱摘了下来，露出了秀美的面庞。萧挞雪从腰间取出一块牌子，那巡逻队长两眼一下子就亮了，点头哈腰地说：“啊，是萧郡主，在下有眼不识泰山，还望郡主息怒。但现在是非常时期，上面下来命令，捉拿一名逃犯，逃犯可能还挟持了公主。兹事体大，我们必须严查，还望郡主海涵。"

萧挞雪点了点头，说："事情我知道了，但这些草料是送往前线的，萧将军现在急用草料，定州大火想必你是知道的。"

巡逻队长笑眯眯地点着头："我自然是知道的，可您也知道，严查过关人员和货物可是萧太后的命令。"

萧挞雪很无奈地说："麻烦快点，如果前线草料供应不及，拿你是问！"

巡逻队长挥了挥手，四五个巡逻兵拿着刀叉开始在草料里胡乱地翻找起来，他没有动手，只是笑呵呵地看着萧挞雪。他又看了看那两个随从，说："这是您的随从吗？"

两个随从都是契丹人的模样，只是脸上、身上很脏，萧挞雪又掏出两张身份凭证。巡逻队长微笑着看着两张纸，可眼睛还时不时地瞅着后面的两辆马车，他正等待着从里面搜出点什么。

然而让他失望了，一个士兵跑过来报告道："队长，都翻遍了，没有可疑的东西。"

"好的，我知道了。"听到结果他点了点头，本以为这里面肯定会藏着什么人，然后又笑呵呵地朝着萧挞雪说，"郡主，这都是上面的严令，我肯定是相信您的。还请您出城吧，尽快把粮草送到前线。"说完一挥手，全部的士兵站成一排向萧挞雪敬礼辞别。

萧挞雪点了点头，带着马车离开了遂城。一行人走小路，向西南走了大概三十多里地，再三确认没有跟踪的人之后才算真正放下心来。

"小姐姐，还是你厉害啊，想到了这个让我们离开遂城的办法。”说话的是耶律金娥，但她已经乔装得和普通的契丹农民没什么区别，脸上甚至还要脏，身上穿的还要破旧，如果不仔细看，真看不出她本来的样子。

“哈哈，倒是难为你俩了，穿得脏兮兮的。”萧挞雪莞尔一笑。

“这算什么，我在牢里的样子不比这个好。”另一个高大的农夫正是杨延朗，驼着背，戴着一顶破草帽，原本英俊的面庞上现在挂满了泥巴。他接着说，“这两辆马车足够可疑，结果真把他们的注意力吸引过去了，完全没有核实好我俩的身份就放我们走了。”

三个人想到刚才的紧张场面，现在终于轻松下来，说笑着朝澶州行进。

2. 神箭李星开

当在遂城彻底搜查了五天以后，辽国才不得不承认战俘杨延朗和公主耶律金娥消失的事实。萧挞凛的手下千里迢迢跑来拿人，在得知战俘从他们眼皮子底下逃走以后，又马不停蹄地奔了回去，告诉萧挞凛这个难以接受的事实。萧挞凛并没有当即气得吐血，但还是眼睛一花，一脚踢死了给他报信的士兵。好不容易扶着桌子稳定了下来，他咬牙切齿地说出了这么一句话：“杀向澶州！”

辽军虽然损失了近十万匹战马，可瘦死的骆驼还是比马大，浩浩荡荡的三十万大军在定州城南集结，场面相当宏伟壮观。辽国第一名将萧挞凛亲自领兵，这支恐怖的军队仿佛无往而不胜。

在澶州的宋军方面，得知辽国要大举进攻之后，才知道他们的大将军从遂城带着小公主出逃了。他们内心虽然很激动，期盼着可以跟将军重逢，可这股激动劲儿并没有持续多久，辽军已经全面压上，等待他们的将是辽宋主力军的直接对抗。这场大战还是如期而至了，将士们知道会有这么一天，可当这天真的来临，他们的内心还是很紧张。成功，则国泰民安；失败，则意味着国破家亡。

比将士们还要紧张的莫过于寇准、杨嗣等人了，他们的某个决定可能直接导致战局的变化和宋朝的生死存亡。几个人默默地站在沙盘面前，谁都没有先开口说话。

杨嗣毕竟是老将军，征战沙场数十年，获胜无数。他扫视众人，用他一如既往的浑厚的嗓音慢慢地说道："大战在即，各位应该做好准备了。"也可能是杨延朗从遂城逃离的消息鼓励了他，此时他正炯炯有神地扫视着他的部下道，"各位，对于这次的战斗，有什么想说的？"

杨焱使劲拍了一下胸甲，道："反正兵力差不了太多，咱们一个杀他十个！"

贾平凡道："杨将军不可操之过急，敌军兵力要多于我们接近十万人，骑兵数目更是我们的两倍。如果正面对抗，恐怕我们撑不住。"他看杨嗣默默地了点头，接着说，"我们唯一的机会只能是先防守，抵抗住这次的进攻。"

"可如果只是一味防守，恐怕我们的实力早晚会被消耗殆尽。"一旁的甘鑫摇了摇头说。

"对，不能被动防守，必须要予以还击。"寇准看着沙盘点了点头道，"其实我这几天都在想，定州、澶州之间的广阔平地对辽国骑兵来说,是长处也是短处。"

"平地当然适合骑兵入侵,有什么短处?"杨嗣问。

"骑兵在广阔的平原上行进,速度可以奇快,唯快不破。可那么庞大的骑兵队伍,一旦先锋乱了阵脚,整个阵势都将毁于一旦。"寇准慢慢地说。

"让他们自乱阵脚?"杨焱摸着脑袋,有点想不明白。

"对,三国时诸葛亮发明了一种木钉,骑兵冲进木钉阵里,死伤无数。咱们摆钉子阵是来不及了,可挖点陷阱的时间还是有的。我们在澶州北郊设置陷阱,再在两翼埋伏好,辽军必败。"

杨嗣听后大喜,立马下令,八九万人用一个时辰就在澶州北郊设置了深深的陷马坑。陷马坑里插上了削尖的木头,上面铺上了薄木板,并覆盖上了沙土,弄得与其他普通地面无异。战场两侧也已经埋伏好了王青、杨焱两队骑兵,总共七万余人。其余十五万步兵,一半在城门外列阵,一半在城内待命。杨嗣、寇准和李星开骑马在步兵队伍前领兵。一切准备妥当,只等辽国大军杀到。

未时时分,金甲闪耀,马蹄狂鸣,辽军仿佛一阵黑烟一般杀到。当他们目力可及澶州的时候,就在萧挞凛的带领下开始加速,万马奔腾的阵势,让在场的所有人震撼。

双方的战鼓声一阵一阵地咆哮起来,整个战场都沸腾了。站在步兵前列的寇准眯着眼睛,他在寻找萧挞凛。不一会儿,他终于在这千军万马中找到了这个辽国名帅。萧挞凛身着漆黑的铠甲,手上拿着长长的战戟,背后的红色斗篷在风中狂舞,那眼神仿佛要把整个澶州摧毁。

辽军铁骑的速度太快了，仿佛只是一个眨眼，他们就来到了眼前，先锋军更是快要杀到城下了。宋军的战鼓停了下来，整个宋军变得鸦雀无声。每个人都在祈祷，祈祷那陷马坑能够起到作用，不然后果不堪设想。一大队战马已经杀到眼前，宋军几乎绝望。可寇准坚信那计划是行得通的，果然，当第二批战马踏到那木板上时，木板开始坍塌了，辽国骑兵连人带马冲进了坑里，第一批跑得慢的骑兵也掉了进去。辽军瞬间阵脚大乱，前面的人想停下，可后面的人看不到前面的情况，只顾往前冲，结果一波接一波地撞翻了前面的士兵，一眨眼的工夫陷马坑里便堆满了被踏死和扎死的辽军士兵。

“停！”在队伍中间的萧挞凛爆发出了惊人的咆哮，契丹人的特质在他的身上得到了淋漓尽致的体现，这个九尺大汉仿佛一座小山，训练有素的辽国士兵在接到命令后立即拉停了手中的坐骑。

辽军骑兵没有全军覆灭，宋军大感失望，战鼓再次擂动起来。两翼的王青、杨焱接收到了信号，从两侧杀将过来。萧挞凛也慌了，没想到宋人使用了这么狡诈的战术，可毕竟是征战多年的人，兵不厌诈的道理他不是不懂。他对着城墙下的杨嗣怒目而视，那眼神让杨嗣的坐骑都紧张起来。

“抵抗两翼，缓慢后撤！”萧挞凛发出了开战后的第二条命令。

辽国确实实力强大，二十余万人立马兵分两路，迎向包夹来的宋军。

“北伐军，随我杀！”杨嗣使劲拍了一下马肚子，拿着银龙枪像箭一样冲了出去，带着将士们绕过陷马坑，加入左翼包夹的队伍中去了。

寇准率部向王青的右翼队伍冲了过去。此时右翼的包围圈已经有了被突破的迹象，契丹人人高马大，要不是包夹突袭，正面对抗宋军就更不成问题了。不过王青依旧勇猛无敌，一杆乌金长枪在敌阵里左突右冲，刺穿了一个又一个契丹人的咽喉。

萧挞凛选择左翼突破，大批的将士跟在他的周围，形成了一股难以抵挡的力量。如果说杨延朗是大宋第一猛士，那么萧挞凛可能真的是天下第一猛士了，巨大的青龙战戟一挥就扫倒一片，仿佛吕布再世，战神下凡！可杨焱根本不是贪生怕死之辈，提着枪就迎了上去，杨家枪法也确实厉害，一时竟然真的缠住了萧挞凛。萧挞凛使长戟横扫敌军很顺手，可面对灵活的杨家枪，还真有点捉襟见肘。眼看突破的速度趋于停滞，杨嗣又带着数万步兵杀了过来，他竟然单手挥起了长戟，右手直接抓住了杨焱的长枪。杨焱还是第一回遇见这种打法，赶紧用力往回抽。可这臂力，普天之下，萧挞凛称第二，谁人敢称第一？这枪像是扎进了石缝里一样，纹丝不动。萧挞凛怒哼一声，抓着长枪连人带马将杨焱掀倒在了地上，左手长戟直接朝着杨焱胸口刺去。

“不要！”杨嗣一看这情形，大惊失色，失声喊道。可他还是晚了一步，长戟穿透了杨焱的胸口，深深地扎进了土里。力量之大，萧挞凛连拔了两下都没拔出来，索性弃了长戟，拿着杨焱的长枪继续向前杀，如入无人之境，左翼包围圈几乎被突破。

杨嗣眼看亲侄儿被萧挞凛刺死，睚眦欲裂，悲鸣一声，提着银龙枪追赶上去。萧挞凛无心恋战，转身欲走。可杨嗣果然还是征战沙场多年,无论技艺还是力量,都在杨焱之上,两三下就把萧挞凛拦了下来。丧侄之痛让杨嗣有点自乱阵脚,要不是萧挞凛手上的枪不是自己的,耍得并不顺畅,杨嗣恐怕也敌不过两三个回合。就在杨嗣眼看要败下阵来之际,章淦提着双斧杀了过来,章淦的力量倒是能稍稍和萧挞凛一搏,二打一的局面,才让萧挞凛战马的速度降了下来。

这一切都被一个人看在了眼里。即使好兄弟被刺死,他依旧心如止水。在这场包围战开始前,他就已经锁定了目标,寇准在战前就跟他说,这场战斗,你的敌人只有一个,杀了他,宋军胜,放了他,宋朝亡!没错,他的敌人只有一个,萧挞凛的命就是他的!

神臂弓被架了起来,李星开眯着眼睛,瞄向前方。一个步兵方阵在他周围守护着,确保他的射击不被任何人打扰。时间仿佛静止下来,云也不再飘动,整个战场安静了下来。萧挞凛左突右进和杨嗣、章淦战得正酣,根本顾不得远处的这个阵势。突然,一支箭破空而来,萧挞凛根本来不及做出反应,一支长箭贯穿了他的胸口。杨嗣、章淦也被这突如其来的情况震惊到,甚至忘了对萧挞凛补刀。萧挞凛调转马头,提枪就跑。又是一箭破空而来,带着呼啸的声音,稳稳地钉在了萧挞凛的后背上。萧挞凛没跑几步就从马上坠落下来,天下第一猛士就这样死了。整个战场都沉寂下来,辽军好半天才从震惊中惊醒,像疯了一般四处逃散,溃不成军。

辽军在澶州一役大败而归,三十万人从战场上逃回来时不足一半,元帅萧挞凛在澶州中箭身亡。自此,辽军再无南下的力量。

3. 澶渊之盟

落日的余晖还赖在澶州城的房瓦上不走，整个城市笼罩在一股春天的气息当中，整个大宋都笼罩在一股祥和的氛围里。西北战事平定了，辽国的入侵被挫败了，寇准坐在澶州易兴酒楼的两楼把玩着手里的银质小刀，他的目光停留在每一个路过的行人的脸上。他们的脸上都是喜悦，寇准难得又见到了人们开心的表情，突然三个奇怪的行人撞进了寇准的视线里。

一个农民打扮的人走在最前面，像是领路的样子，另一个农民则紧跟着他，最后一个戴着面纱的女子跟在两个农民身后。这三个人太奇怪了，特别是那个戴着面纱的姑娘，怎么看都像是自己认识的那个人。寇准二话没说，扔下两个铜板跑下楼来。

“哎，真的是你！”寇准走到戴面纱的女子面前。

“平仲！”萧挞雪不敢相信眼前看到的这个人，以为自己不会再见到他了，“你怎么会在澶州？”

“你们认识？”杨延朗看到多年未见的寇准，大喜过望，而让他更没想到的是寇准竟然和萧挞雪认识。

“我们当然认识啊，这位就是我在宋国的朋友。”萧挞雪高兴地说。她看到寇准手里竟拿着自己送给他的小刀，内心一紧。

“对啊，说来有趣，我们可是赌友哦。”寇准高兴地拍了拍萧挞雪的胳膊，“对了，萧雪，这两位是谁啊？”寇准问萧挞雪。

现在轮到杨延朗和耶律金娥大眼瞪小眼了，杨延朗现在挺怕萧挞雪遇见宋人，特别是这个寇准。当他得知辽军大败的消息后既高兴又忐忑,高兴的是宋军大捷,忐忑的是如果萧挞雪到时候遇见了宋人,她还能像之前说好的那样,极力促成辽宋友好吗?宋军可是在澶州杀了她的亲叔叔萧挞凛啊!可这萧挞雪如今见到罪魁祸首,竟然还和没事人一样,高兴地称兄道弟,这到底是怎么回事?难道萧挞雪根本不知道寇准的真实身份?

萧挞雪看了看寇准,眼神闪烁着,耶律金娥一看就知道这小姐姐八成是爱上这个潇洒的公子哥,也“咯咯咯”地发出笑声。耶律金娥听到辽军大败的消息后也是难过了许久,可她毕竟更看重和平,特别是自己深爱的男人就是宋人,现在她更想看到辽宋交好,而不是战争。想到辽国现在大败于澶州,可能这就是因果报应吧,她也就释然了。

“哈哈,这两位你肯定认识,他们来头可不小啊。特别是这位兄台,他可是你们大宋第一猛士杨延朗!”萧挞雪高兴地介绍着杨延朗,以为寇准会流露出崇拜的神情。可寇准却直接跳上前拥抱了杨延朗。

“杨兄,你是怎么从遂城逃出来的?”寇准一听竟然是好兄弟杨延朗,顿时心花怒放。

“说来话长,可总而言之,多亏了这两位姑娘。”看来萧挞雪和寇准确实互相不知道对方的真实身份,杨延朗不敢再多说。

然而寇准却有点怀疑萧雪和这位姑娘的真实身份了,他知道有一个辽国公主跟杨延朗一起消失,这萧雪必然是辽人。萧雪,她竟然姓萧!寇准心里一怔,如果她知道自己的真实身份,可能就不会对自己如此友好。可已经到这一步了,他根本没有办法再隐藏自己的身份，一旦回到军中，自己的身份必会被揭穿。

杨延朗仿佛看穿了寇准的想法，道:“平仲，我现在要出城去营帐，我们就此别过吧。”

寇准看着萧挞雪，茫然地点了点头。

萧挞雪说:“我就不去了，叔叔惨死在这里，我不能不义。希望你俩能促成辽宋交好这桩好事吧。”萧挞雪催促着两人赶紧回到营中，“你们走吧，我和平仲还有话说。”

杨延朗意味深长地看了寇准一眼，带着耶律金娥离开了。

“看来你很喜欢它嘛。”萧挞雪指了指寇准手中的小刀。

“对对，它很漂亮。”寇准忘了手里还攥着那把小刀，尴尬地回道。

“看样子你和杨延朗是熟识啊。说吧，你是大宋的哪位大人?”萧挞雪以热情的口吻试探性地问道。

该来的还是来了，萧挞雪可能已经意识到了自己的真实身份，寇准心想。可既然已经无法躲避，他想了想说:“在下寇准，字平仲，大宋北伐大将军。”

萧挞雪没有马上说话，看着长长的街道，似乎在等待着什么人出现。

“你跟萧挞凛的关系不一般吧?”寇准问道。

“他是我叔叔，甚至就像我的父亲，”萧挞雪没有看寇准，仿佛在自言自语，“我父亲在战争中死了，我几乎就是他养大的，他喜欢把我和哥哥扛在肩上逗我俩玩，或是骑着马带着我们在草原上奔驰。我们大辽的天空可蓝了，你知道吗，平仲，我希望我叔叔能回到草原上去。”萧挞雪的眼睛慢慢地闭上了，眼泪涌了出来。她往前一步抱住了寇准，带着哭腔问，“我叔叔能回到草原上，对吗？”

“你叔叔一定能回去。他在死前，一直朝着北方奔驰。他死后一定能到那里，你们大辽的草原和蓝天。”寇准环抱着萧挞雪，感受到了这个娇小的身躯在颤抖，她这几天可能都在故作坚强，这一刻终于在自己面前爆发了。

“我不怨你，我更怨恨战争，”萧挞雪渐渐平静了下来，两人还是拥抱着。萧挞雪在寇准耳边说着，眼泪打湿了寇准的肩膀。“我不是三五岁的小孩，知道战争的意义。它是严肃的、可怕的，再坚强的猛士也会倒在战争的铁蹄之下。我越来越理解杨延朗和我妹妹金娥了，只有和平才能让我们的生活安定下来，就像现在这样，对吗？”

“如果辽国的云彩能飘到我们大宋来，我想我们也能和平共处。等我回到朝廷，我一定尽力促成这件事。”寇准平静地说道，他也坚定了自己内心的想法，他要终结这场战争。

两人就在这里分别了，萧挞雪要回到辽国，回去参加叔叔的葬礼。在临走前，她郑重地跟寇准说，自己其实叫萧挞雪并让寇准牢牢记住这个名字。

一个月后，京城皇宫。

“皇上，现在正值辽国虚弱，不如现在大举出兵，一路杀到辽国的都城啊。"王钦若跪在地上，求皇上出兵讨伐契丹。"皇上，只要您亲自出兵，三十万大军无往而不胜啊！何况我们已经掌握住了辽国公主，拿她做人质，契丹定会忌惮我们三分。"

"王大人，你怎么会出这种主意？"杨嗣怒目而斥。杨延朗和耶律金娥站在杨嗣的身后，杨延朗上前一步，恨不得一脚踹死这个奸臣，可现在无凭无据，王钦若在朝廷中势力又大，他不敢妄动。"我已和金娥结为夫妻，如若你想动她的歪脑筋，王大人，在下拼死也要保护自己的妻子！"

寇准也从队伍里站了出来，跪下禀报："皇上，臣寇准也有一事相求。"

"爱卿免礼，尽管说来。"赵恒真心感激这个年轻有为的少帅，要不是他，内忧外患根本无从解决。

"皇上，现在辽国势弱，确实不假。可我大宋经历了这场战争，更加虚弱了。辽国兵败，可实力还在，随时能够卷土重来，到那时候，我们抵抗都是难题，更何况攻打辽国呢？"寇准字正腔圆，一语道破王钦若话语里的症结所在，接着说，"现在辽国公主垂青于杨少将，已经在您的安排下结为夫妇。耶律公主是耶律隆绪的亲妹妹，我们更应该让这两位佳人的结合变成两国的联盟。"

"两国的联盟！皇上，寇大人想必是收了契丹人不少好处，竟然要跟敌人联盟，真是可笑！"王钦若还在垂死挣扎，如果这仗不打下去，他根本没有翻身的机会。

"寇卿说得有道理，"赵恒已经受够了王钦若的谗言，"你继续说。”

“辽国既然也有求和之意，我们应该向其示好。在澶州西北数十里处，有一湖泊，称作澶渊，在那里我们与辽国会面，商讨和平之计。”

赵恒听罢，当即点头赞同。可跪在殿前的王钦若此时却起了杀心，不能让这个和平之计成功！

景德元年(1004)秋，赵恒亲自带着众将士来到了澶州，派杨延朗和耶律金娥回到耶律隆绪那里求和。他相信这是最好的安排，耶律隆绪也一定会按时出现在澶渊。

两个月后，果不其然，耶律隆绪带着一队人马，与杨延朗和耶律金娥来到澶渊，如期赴约。可这两国的君主并不知道，等待他们的竟然是一场阴谋。

赵恒和耶律隆绪在澶渊的一个小亭子里商量了许久，就在他们快要达成共识，订立澶渊之盟之际，一股大约四五千人的骑兵从西部赶来。

“这是什么意思?”耶律隆绪看到了远处的骑兵，明显穿着宋军的服装，而且气势汹汹，绝非善类。

赵恒也搞不清楚这是哪里来的军队，但想了想就明白了——有人要阻止澶渊之盟。杨嗣跑了过来，单腿跪地，道:“皇上，有一批人马杀过来了。”杨延朗怀里搂着已经有了身孕的耶律金娥，担心地望着这些骑兵的到来。

“哼，没想到我带着诚意而来，竟遭你们这等奸计!”耶律隆绪大怒，一脚踢翻了亭子里的小石桌。

“请息怒，这些兵马并非朕所指派，定是有人从中作梗，要害我俩于此。这兵马来自西部，澶州在南面，驻扎的士兵根本难以注意到，看来是直接从西部过来的军队。”虽然赵恒没有说出，但基本能确定这是王钦若在西北的势力。

就在那军队将要杀到，宋辽和谈即将破裂之际，另一股骑兵杀到，骑马打先锋的正是寇准和他的两位先锋将军王青、章淦！一个女子不知何时走进了亭子，正是许久未见的萧挞雪，她微笑地看着这两股骑兵在眼前交锋。

骑在马上狂奔的寇准也向亭子里望了一眼，感激地看着这个给自己报信的人。如果没有她，大宋所有功业可能都将毁于贼人之手。他扬起了手中的龙渊宝剑，杀向前方。

第五卷

三川喋血

葛红兵 孟盛 著

上海大学出版社

目　录

引　子

奉符县，满地黄金。乾封县，遍地尸骨。

说来也怪，就这么一个不起眼的小县（大中祥符元年，即公元1008年，赵恒封禅泰山后，将乾封县改名为奉符县），却承载了诸多的历史。秦始皇来过，汉武帝来过，汉光武帝来过，唐高宗、玄宗也都来过此地。他们来的目的只有一个——“封禅”。

封禅是了不得的伟业，从始皇帝起便制定礼制，整修山道，自泰山之阳登山。在岱顶行登封礼并立石颂德。坊间传说，唯有一代明君，才能登泰山进行封禅，以表示帝受王命于天，向天告太平，对上天佑护之功表示答谢，更要报告帝王的政绩如何显赫。

“呀呀个呸的，百姓都快饿死了，封禅封禅，封它个啥！”一个满脸络腮胡子、手握大刀的壮汉破口大骂。

如此大逆不道的话，按理说店小二应该劝阻，免得误了生意。可是，眼下乾封县的市集空无一人，客店久未开张，好不容易引来两位住店的游子，就随他骂吧。要是劝阻，这单生意怕也是要黄了。

“韩琦将军，你就少说两句吧！”一旁的白衣书生，接过小二手中的酒壶，为这壮汉斟酒。

“你说这是什么世道？皇帝老子封禅，享尽荣华富贵，老百姓却要忍受饥饿？”

韩琦咒骂的声音很快被店外的嘈杂声盖过。

二人全向外看，方才还说笑的小二换了个人似的，一口一个“官老爷”。

领头的衙役眼珠子凸出，胡子拉碴，将小二向后重重一推，嚷道：“交不出田税就把这客店拆了。”

小二说：“官老爷，您这两天一税，任谁也交不起啊。”

“上次交的是过税，这次是住税。你看看这文书，白纸黑字还按着你们的手印，怎么想耍赖不成？”

领头的衙役踢翻了凳子，向小二抡起巴掌道：“交不出住税，这家店就收了。”

小二趴在地上，衙役咧着嘴踢向他，却被忍耐多时的韩琦用掌背挡开。

韩琦大怒道：“一个小衙役竟敢打老百姓？”

见韩琦又要挥拳，白衣书生挥衣袖，像是蜻蜓点水，竟将蛮汉之力悄然卸下。这化力之势常人是不能见到的，韩琦一惊，没有恼怒，竟哈哈大笑起来。

那个被韩琦打伤的衙役从地上起来，没了主意，眼色一勾，招呼其他同伴一起围住白衣书生。小二捂住嘴巴哆嗦地退到内室，他好心想劝韩琦一起逃跑。韩琦又哈哈大笑起来，给自己倒了一壶酒，说："又有好戏看了！"

酒才喝了三杯，他又皱起眉头，走到白衣书生和已经被打得趴下的衙役面前，直呼不过瘾。白衣书生又将衙役们扶起，他刚刚出手的分量并不重。

原先面露狰狞的衙役们此刻没了脾气，纷纷跪地求饶。

白衣书生拱手作揖，说："在下范仲淹。"

益寿宫是奉符县专门为皇帝赵恒搭建的行宫，倒不说每一块墙砖都是工匠九九八十一天日夜用金漆浇铸，单是这宫殿之上的台阶、圆柱、檐角也是由上好的石材雕漆而成的。行宫在东，西面是可供妃子们观赏的林园，与东西两面气势如虹的建筑不同的是，北面却是一间茅草屋，有重兵把守。一个道长打扮的男子坐在草屋内，闭着眼睛。宫女们为他左右摇扇，只听到身边的太监时不时称他为官家。老太监曹公公在他耳边说了一句："宰臣王旦求见。"

"让他进来吧！"男子闭上的眼睛慢慢睁开，同时，屏障内的刘皇后携宫女们将麒麟龙袍放到他面前。

刘皇后约莫三十岁，但依然保持着出嫁前的身段，只是一双深邃的眼睛，透露出一股狠劲。

"朕不穿，还是这身衣服自在。"

"圣上，穿上吧！"刘皇后走到赵恒面前，为他披上。

赵恒没有拒绝，僵硬的脸庞露出了笑容，道："好！好！"

赵恒对刘皇后恩宠有加。刘皇后出身寻常百姓，在赵恒还是太子的时候，微服出访时，便将她接入宫中，甚至不惜惹怒先帝也要立她为正室。多年来，刘皇后多次插足朝政，培养了一批自己的亲信。有人说，皇后娘娘才是大宋的实际掌管者。

宰臣王旦一进门，便大呼万岁，劝赵恒尽早结束封禅，回京处理政务。

“圣上，奉符县的百姓已经苦不堪言了。如果再继续封禅，估计这冬天就要闹饥荒。”

赵恒不答话，反而是刘皇后欲扶起王旦说道：“老丞相，快起来吧。您是今天第十二个来这里求圣上的臣子了。”

王旦说：“那娘娘也好好劝劝圣上吧！”

赵恒道：“王旦，你老糊涂了！这天下是朕的天下，这百姓是朕的百姓。现在，天下一片祥瑞，大宋积三代之力，日益强盛。封禅不是为了朕，而是为了天下百姓！爱卿多虑了，朕最近酿制了一坛美酒，曹公公替朕送给宰臣！”

王旦叹了一口气，抱着酒坛走出益寿宫。他对仍然跪在殿外的范仲淹说：“老臣也劝不动圣上了。”

此时，范仲淹因诗文而颇受赵恒赏识，此次封禅随同前往。

“王大人，你怀里的是什么？”

王旦付诸一笑：“圣上说这是给老臣的佳酿。范大人，你对封禅怎么看？”

范仲淹道：“无论如何，范某一定要力谏圣上结束封禅。”

王旦没有劝阻，而是赞许地拍了拍范仲淹的肩膀。他离开之前，往酒坛里一瞥，满坛的珍珠发出微微的幽光。

兴许是累了，赵恒躺在榻上。他召唤曹公公将太子召来。太子赵祯只有八岁，但天资聪颖，已读书千卷，深得赵恒的喜爱。

“圣上今日如此疲惫，太子就不必请安了吧。”刘皇后捶着他的背，在一旁说道。

“朕不累，曹公公把太子叫来吧。”

刘皇后心里一紧，虽然赵恒对她百依百顺，就连国事都会让她参与，但唯独谈及太子，他又会露出固执的一面。

曹公公领旨，但不急于退下，道：“圣上，还有一事，那殿外还跪着校书郎范大人。”

“所为何事？”

“也是为了……”

刘皇后说：“让他下去吧。就说圣上已经休息了。”

赵恒道：“慢着！一个校书郎也想劝朕改变心意？有点意思，让他进来吧。”这是赵恒今天第二次驳了刘皇后的意思。

刘皇后有些不悦，只得退到一边，充满怒气地紧盯缓缓上前的范仲淹。

赵恒说：“爱卿，七天后朕会起程返京。封禅之事，已经成行，不必再提！”

范仲淹答道：“臣不是为此事。”

“那是为何？”

“臣恳请圣上勤政，先祖遗训，后宫不得涉政！”范仲淹说完，看向刘皇后。

“圣上知道国库还有多少银两？知道封禅所需多少真金白银？

知道各地官员为此缴纳多少赋税？知道多少百姓无粮可食，衣不遮体，饿死街头？知道现在粮价几何？知道朝廷多少官员是刘皇后亲信？地方副使灾情不报，哪怕是一个小小的县令都敢克扣税银。盗贼横行于世，民不聊生！臣请圣上明鉴！”

“混账东西！来人，把范仲淹给我拿下，一派胡言！”赵恒踢翻了眼前的铜炉，大骂范仲淹目无君主，不忠不孝。要不是此时年幼的太子赵祯跑出来叫嚷着要和父皇玩，保不准范仲淹人头落地。

尽管范仲淹一再劝谏，刘皇后却出奇平静，道了声累了便携宫女退下，也不管这君臣两人剑拔弩张的情形。

为此，范仲淹被贬为陈州通判，做了几年地方小吏，当然这是后话了。

眼下益寿宫只有赵恒父子二人。赵恒抱起自己的皇太子说：“祯儿，你刚刚在屋外都听到了吧？”

“父皇，祯儿都听到了。”

赵恒问：“那你觉得他是好人还是坏人？”

“这，这……”小赵祯支吾半天，“祯儿觉得范仲淹是好人，但祯儿又说不上来他为什么好。”

“那你觉得父皇做得对不对？他可能永远也不能做官了。”

“那父皇觉得自己做得对不对呢？”

赵恒大笑：“祯儿竟考起父皇来了！”见父皇高兴，小赵祯也摸摸父皇的胡须，心里喜滋滋的。

可片刻之间，他的父皇又严肃起来：“祯儿，你要知道，将来整个天下都是你的。在朝廷里，大臣不分好人与坏人，只分能用的与不能用的人。记住了吗?”

“祯儿记住了！但是祯儿还想问,那母后到底是能用的人还是不能用的人,是好人还是坏人?”

赵恒一时语塞,他警觉地看向屋外。

此时,赵恒父子的对话,被屋外的刘皇后听去,可是最后祯儿问是好人还是坏人之语,她听不真切。

答案只有父子两人知道。

立春未到,延福宫外的金草鱼、海棠、水仙、君子兰都没有开花,一株株梅花也只开了一星半点,没有生气。刘皇后拿簪子想扣一朵梅花,不料花瓣掉落几许。

刘皇后此时的心绪就像那落花一样,赵恒已经病危,太子赵祯年幼,那些辅政大臣们势必要夺回原本属于她的权力。多年的相处,刘皇后觉得当今圣上虽然给她无限的权力,但同时也给了她无限的压力。她可以批复奏折,但最后还是要给他过目。她可以私自造宫殿,可以罢免官员,但是那些宫殿的支出、官员的进退总被他轻而易举地搪塞过去。说到底,皇帝还是不信任她。

朝堂的气氛早已变得和以前不一样。即使刘皇后坐得住,她的亲信们却蠢蠢欲动,其中嫡系入内副都知周怀政已率亲信五百余人,埋伏在延福宫外随时待命,用周怀政的话说,怕圣上遗诏对皇后不利。

这时,太监曹公公赶来说:“皇后娘娘,圣上召见。怕,怕是……”曹公公头上冒汗,说着说着他竟呜咽起来。

刘皇后攥紧手里的玉佩,“恰巧”遇到远处巡逻的周怀政。

周怀政不顾曹公公在旁,叩头请安说:“臣随时听候皇后娘娘调遣。”

这一停留,急坏了一旁的曹公公。曹公公忙说:“周大人有什么事都等以后再说吧。”

封禅归来后,赵恒的身体就一天比一天差。他没有躺在龙榻上,而是极力撑起身子,像是一条松软修长干瘪的蚯蚓。刘皇后见状想扶他回床上,但是他摇手,要坐到象征自己权力的龙椅上。刘皇后只好搀扶他上去。

“朕卧病这几日,朝堂政务如何? 大臣们都听任于皇后吗?”赵恒说这话时,没有表情,他的目光甚至有些犀利。

刘皇后如实回答,应该说许多奏折也都处理得较为谨慎,大致还算得体。赵恒听了微微颔首。

“还有一事,臣妾听候圣上发落。”

刘皇后将周怀政企图带兵谋反之事全盘告诉赵恒,道:“都是本宫管教不力,请圣上责罚!”

赵恒没有发怒,或许是连发怒的力气都没有。过了很久,他拿起案几上的笔墨,写了圣旨,让曹公公传达给禁军缉拿周怀政,但他又强调此事不能过于声张。

他似乎早有准备,并未对周怀政的谋反感到意外,“皇后,朕时日无多。你我再对饮一杯吗?”赵恒主动斟上酒。

从进门到现在他一直都用“朕”,她知道只有朝堂之上他才会用“朕”。刘皇后并不触碰酒杯，一向镇定的她此刻有些慌乱，这酒若是毒酒……

刘皇后皱起眉头，一干而尽。酒过肠肚，一股甘甜犹存齿间，这是上等的美酒了吧。

赵恒缓缓闭上了眼睛。

一、乱政当道

1. 红粉劫

天圣八年(1030),暖冬,霜降日艳阳高照。赵祯在文德殿休憩,摸了一把汗,盯着豆大的太阳细瞧,不由双目发黑,站立未稳。亏得贴身侍卫葛怀敏眼疾手快,勉强撑住他。被扶上金銮宝座的赵祯,对镜看到自己衣冠凌乱,两鬓因燥热搓成一条褶皱细线,不像刚满弱冠之年的青年,倒是更似满腹心事的中年人。葛怀敏见状踱步准备请御医,却被他按下,道:“不是大事,无用。”

背部浸湿的太监,端上精致的铁盒,赵祯连声称妙,不等呈上,亲自拿过。葛怀敏以为是上好宝贝,谁料赵祯轻轻撩起盒内红粉,涂抹脸上。葛怀敏不明就里,不知这红粉是为何物。可一旁的小宫女了然于心,这红粉是后宫寻常之物,众多嫔妃所用的红粉便是此了。堂堂大宋皇帝竟用女儿家的东西,甚是新奇。想到这儿,小宫女不禁“扑哧”笑出声,随即捂住口。听到笑声,侍卫葛怀敏剑已出鞘。小宫女深知皇帝威严,自己犯下大罪,怎么能嗤笑皇帝呢?

她吓得双腿发软，连忙跪倒在地，泣道："皇上饶命，皇上饶命！"

顷刻之间，葛怀敏已将弯刀横亘在宫女的脖子上，怒道："触犯龙颜，应诛三族，凌迟处死。"

赵祯面有难色，目光仍旧停留在大臣的奏章上。汴京黄河与大运河因暖冬而成旱灾，土地一寸寸变为盐碱地，往年这时应当"瑞雪兆丰年"，如今拥有百万人口的都城，人人都顶着毒辣火焰，这暖冬该如何度过？其他不说，单是制皮革狐裘的商贩，不免落得倾家荡产、妻离子散的下场。朝廷应当如何处理这意外的自然灾害？赵祯想再减免税收，可减免税收就意味着宫廷开支又要缩减一圈，自己能省就省，但太后那边不好交代，要是怪罪下来，不知又要引起多少动荡。低头见自己的龙袍已有不少补丁，赵祯长叹，治国难，治强国更难！涂过红粉的脸上又渗出细汗。他正准备起身，却发现自己的侍卫已将大刀架在小宫女的脖子上。赵祯大吃一惊，斥责道："葛怀敏大胆！竟敢在朕面前行凶吗！"葛怀敏听到皇帝的责怪，心中憋屈，也不顾礼节地回应："这小宫女更大胆，耻笑皇上涂粉，臣正准备拿她正法！"

"朕怎么没听到笑声？"赵祯料想肯定是刚刚思考过甚，不曾发觉任何声音。他走到台前，想拿起宫女手上的红粉，小宫女不知何故，紧紧攥住不放。

赵祯一笑，问："怎么？还不愿意给朕？"

赵祯这一笑倒是灵丹妙药，刚刚哭哭啼啼的小宫女竟停下哭声，满怀羞涩地望向圣上，破涕为笑。

"大难临头，还笑得出声。"葛怀敏怒气冲冲，又重新把刀架在她的脖子上，小宫女顿时失去血色，半晕半痴，抵住皇帝双足，不断讨饶。

“够了，够了，怀敏，放了她吧。”赵祯被小宫女这一拉，自己也随之踉跄倒地。

看到高高在上的皇帝竟被宫女拉得人仰马翻，葛怀敏丢了刀，上前扶起。

“皇上保重龙体，保重龙体。”

赵祯却像没事一样，拍拍身上尘土，一骨碌站起身，还不忘拉起已不知所措的小宫女。

“退下吧，今日之事到此为止。”赵祯重新回到金銮宝座上。

小宫女一听千恩万谢。

葛怀敏急忙道：“可是……”

“可是什么？”赵祯瞪向葛怀敏，硬生生地把贴身侍卫的话呛了回去。

小宫女刚要谢主隆恩，又被赵祯叫住。

难道皇帝也反悔？小宫女心里一紧，到底是九五之尊，怎么会把她一个奴婢放在眼里呢？看来杀身之祸免不了，不过，能被皇帝一笑，岂不是最幸福的百姓？要知道三宫六院，有多少妃子、娘娘连皇帝的面都没见过。想到这儿，小宫女双眼一闭，听候发落。只听皇帝悠悠一声：“这上好的红粉朕就赏赐你了，今日之事不必耿耿于怀！”

“皇帝不杀我？还要赏我？”小宫女犹如脚下灌铅，呆立不动。

一旁的葛怀敏上前推搡，道：“愣在这里干什么？还不快谢主隆恩!”

望着小宫女离去的背影,赵祯收住笑容,重新拿起汇报旱灾的奏章,寻思如何把节省皇宫内务开支的提议向太后说明。他不是不知道太后的脾性,这些年太后垂帘听政,决断朝中要务,不受三省六部约束。但太后刘氏并不痴心权术,这些年把大宋治理得井井有条,皇城内外百姓富足,边疆则是了无战事,一幅太平盛世景象。连赵祯自己都不由佩服太后的政治手腕。但说到底,自己才是大宋皇帝啊!

寻思之际,葛怀敏手捧一水晶瓷盆,里面是晶莹剔透的去壳荔枝。

“皇上,消消火吧! 这天实在燥热。”

“妙极,妙极!”赵祯一口吞下,嘴里仍念念有词,“入口即化,至喉则见凉。你也吃!”

“微臣不敢。”

“你我虽是君臣,但早已有手足之情,有什么敢不敢的?”

见葛怀敏猛地吞下一粒,赵祯道:“没想到霜降日仍有荔枝!”

葛怀敏吃完荔枝后,顿感轻盈,说话也有点飘飘然:“皇上不知,这是洪州府六百里加急送过来的,只此一盆!”

赵祯不语,盯着眼前的鲜嫩荔枝,食之无味,说:“以后不要送了。六百里加急只为这一盆荔枝,不值不值!”

葛怀敏辩解道:“这也是大臣们的好意!”

赵祯神色大变道:“葛怀敏听旨,传我手谕,各路、道、府、州、县,不得额外进贡,违者降职一等!”

“得令！”葛怀敏低头退下。

“慢着，”赵祯补充道，“还是先请示太后吧，把余下的荔枝拿去给太后尝尝。”

2. 宫女血

一股青烟从身穿凤衣皇冠的女人头上渗出。紫檀木的香炉配合这股烟火气，逐渐由内向外飘散，赵祯还未踏进福宁殿门就闻到了这股味道。接过太监的玉扇，方才让味道弥散。

头戴皇冠的女人正是权倾一时的太后刘氏。此刻她正闭眼手执佛珠，坐在蒲团上拜先帝像。身旁的宫女在她耳边私语，她意识到赵祯在殿外等候。太后曾立下规矩，无论是谁，未经允许都不能擅自来到福宁殿。当赵祯还是太子的时候，曾误闯福宁殿，结果被刘太后罚三天不能进食。

太后转过身，眼神直逼到皇帝脸上。赵祯下颚微低，退后向她深深行礼。太后悠然有节奏地转动念珠，一个眼神都没有回应皇帝。

赵祯身上旧汗冷却，新汗冒出。他恭敬地道：“洪州府贡荔枝，朕特呈上来给母后尝尝鲜。”

太后不由冷笑道：“起来吧，难得圣上还记得哀家！”眼角飞扬起一个挑眉，瞪了一眼。

赵祯揉了下腰，身子向后松弛，说：“太后是儿的母后，又是大宋的太后，没有您哪来的朕呀？如今是百年难遇的暖冬，母后尝尝荔枝去去火吧。”

赵祯说完，亲手剥了一颗荔枝，双手呈到太后面前。

太后不接，却命人带上那个曾经嗤笑赵祯的小宫女，小宫女的手紧紧抓住裙边一角。

太后余光一瞥，手指停在一颗念珠上，质问道："抬起头，让哀家看看是什么样的胚子？"

赵祯一惊，小宫女原本粉嫩皎白的脸上，满是血淋淋的痕迹。右眼到嘴角的刀疤，让赵祯看了倒吸一口气。

太后："来呀，把皇帝刚剥好的荔枝吃了。"

赵祯"扑通"一声下跪道："母后，不必动怒，切莫伤了肝火。"

"呦，连皇帝剥的荔枝你都不放在眼里？哀家亲自喂你！"太后夺过赵祯手上的荔枝，塞入小宫女的口中。

赵祯低头不语，双手握拳。他意识到什么，很快又松开了。

太后转向赵祯，把他拉起道："皇帝，这小妖人当众嗤笑天子，你说该怎么办？"

"全凭母后处置。"

太后摇头道："我要听皇帝的决断！"

赵祯心里一紧：太后无论大小事，什么时候听过自己的决断？

"杖责三十，以儆效尤！"

太后道："轻了。"

"五十？"

赵祯重新换了一个姿势，双眼紧盯小宫女的脸。

太后双目一闭，听到皇帝说"斩"字时，说："皇帝，你还不够狠！"

小宫女一听，趴在地上，拼命向太后讨饶。

“来人！将这等妖人拖出去斩了，诛九族！”

太后刚说完，小宫女当场没了气息。众人大惊，许久，齐声道：“太后圣断，皇上万岁！”

太后接过递上来的茶，轻啜一口，吩咐身边人：“给皇帝也沏一壶吧。”

赵祯仍处在刚才的恐惧中，被太后叫了两次才回过神。

太后道：“哀家有一事恳求皇上。”

赵祯不敢怠慢，道：“母后请说，朕一定照办。”

太后把刚沏的茶端到皇上面前，面带微笑，仿佛和刚才对小宫女的凶狠样子判若两人，说：“皇上，近日我连连梦到先帝，想给他修筑一座金身像，以保我大宋江山。”

赵祯心中犹豫，一座金身像不知又要耗费多少真金白银。

“哀家还想为先帝修建一座后苑，以后终老也有个归宿。”

“母后洪福齐天。”赵祯把茶一饮而尽，说道，“母后，大臣启奏汴京黄河与大运河已成旱灾，恐百姓难以为继。”

太后打断赵祯，说：“看吧，先帝显灵，这金身像势必要造，否则便是忤逆天意！”

“母后，朕担心这持续的旱灾……”

“担心什么？有你父皇在天之灵保佑你！”太后站起身，背对赵祯，斥责道，“皇帝长大了？连哀家的话也不听了吗？皇帝不了解大宋子民的生活，小小的旱灾又能如何作祟？”

赵祯见太后发怒，连忙双膝下跪，道：“母后言重了，朕只是担忧百姓疾苦。”

“担心百姓疾苦？堂堂大宋皇帝和一个小宫女不清不楚，还用闺房之物，皇帝，哀家看你是中邪了。”太后的双目如鹰隼般直视赵祯。

“母后，这暖冬天，怕他们看出朕的燥热，所以用红粉加以修饰！”

太后敲了几下手杖，说：“宫中自有去凉之道，皇帝，你就不怕文武百官笑话吗？我堂堂大宋难道会让皇帝热得用红粉修饰吗？”

“母后，儿……儿知错了。”赵祯见情况不妙，想先行告退。

“皇帝，有些话哀家不知当讲不当讲？”

“朕谨记母后教诲！”赵祯向太后鞠了一躬。

“盛世并不是靠帝王节俭出来的，你看历朝历代的皇帝谁还穿着打补丁的衣服？”

“可是……”

太后揉了揉太阳穴，闭目道：“把荔枝拿回吧！在哀家这儿，只是寻常之物。皇帝好自为之。”

半炷香后，太后对空屏障说：“出来吧，都走远了。”

又过了半炷香的时间，屏障后走出一个四十岁左右的男子，他着一身黑衣，头始终低垂。两旁的宫女逐渐退下，他才适时抬头，在太后耳边轻声耳语。

“张生，你认为小皇帝今日的言行如何？”太后问。

那个叫张生的人并不回答太后的话，而是捡起一块石头丢向湖面，湖中的小鱼四处逃散，躲在岩石下休憩。

“张生，哀家问你话呢！”

“波澜不惊。”张生微微作揖，眼神露出一丝狡黠。

太后仍旧坐在石凳上，叹息道：“小皇帝始终是小皇帝，哀家无论给他多少难堪，他始终都不敢放肆！”

张生突然双膝一跪，发出浑厚的低音：“臣以为小皇帝已经长大，方才看到太后斥责，小皇帝露出转瞬的狠劲。”

太后不语。

“张生幸得太后垂青，一直想报知遇之恩，太后可曾想过，一旦皇帝独立亲政，太后的刘氏一族恐难以兴盛。”

太后站起身，杯中茶叶不停旋转着。

见太后没有打断自己，张生继续道：“即使太后不为自己着想，难道也不为大宋百姓考虑吗？太后垂帘听政期间，从先帝到现在，谁人不知是太后让我朝达到盛世，堪比汉武皇帝。”

旋转的茶叶眼看被太后抖动得快溢出来，太后却突然放下茶壶，似笑非笑地说：“把想说的都说完吧！”

张生突然双膝跪地，献出一把匕首，道：“臣恳求太后称帝！”

3. 藏拙记

文德殿，深夜。侍卫葛怀敏正在巡视。他的职责就是一天三岗随时待命，听候皇帝差遣。

今天当葛怀敏例行向皇帝请示时，赵祯却让他坐在一旁。

葛怀敏推辞不下，问：“圣上，是不是怀敏做错什么事了？”

一、乱政当道

此刻的赵祯早已脱下龙袍，疲态尽显，道："怀敏，朕十三岁继位，如今到了弱冠之年，整整七年过去了，你觉得朕这个皇帝做得如何？"

葛怀敏回应道："圣上日夜读圣贤书，定是大宋明君！"

"你见过明君连一个小宫女都保护不了的吗？"

赵祯趴在地上，不停捶打自己，满面泪痕地说："多少无辜杀戮因朕而起，多少祸乱由朕而生，朕是明君吗？"

葛怀敏扶起泪流不止的赵祯，心里也为他感到委屈，只能安慰道："圣上保重龙体。"

"怀敏，每当我闭目时，脑海里就会浮现那小宫女的身影，她在黑暗处哭泣。朕是个没用的皇帝，是朕害了她，朕才是那个该死的人！"

"圣上已经尽力，不必自责。"

"岂止是小宫女，朝中要朕独立亲政的大臣纷纷直言上书遭贬，那些为朕卖命的将领都卸甲归田，这些都是朕的过错啊！"

突然，赵祯欲拔出葛怀敏身旁的佩剑，被及时制止。

"你就结果了朕吧。这皇帝，朕做得窝囊，处处受到监视，和犯人有什么区别？"

葛怀敏紧紧抓住佩剑劝道："圣上这样做，臣只有先死来报恩！"他把赵祯扶上软榻，说，"圣上，万千百姓都需要您来统领。"

"他们更需要太后！"

葛怀敏抬头望向窗外，道："圣上您累了，歇息吧。"

在葛怀敏心目中，赵祯是睿智的皇帝，他懂得避其锋芒，与太后斗智斗勇，说话分寸得体，可谓滴水不漏，从未像今夜这般感性。平时即使再疲惫，赵祯都不忘批阅奏章、夜读治国方略，难道皇帝已被太后管制得失去心智了吗？

见皇帝已然睡去，葛怀敏悄然退下。他走到远处荷叶池边，宫门外相国寺夜市的喧闹声时隐时现，宫门之外的百姓又如何知晓他们的皇帝此刻的痛苦呢？

突然，从福熙宫内闪出一条黑影，葛怀敏大惊，只能靠轻功尾随这条黑影。葛怀敏余光一瞥，殿内软榻上竟空无一人。

“不好，有刺客！”葛怀敏大叫一声，横亘在黑衣人面前。黑衣人并不纠缠，绕柱，左闪右避。葛怀敏用手托住刀背，佯攻黑衣人面部，实则从下三路出刀。黑衣人猝不及防，向后踉跄几步。葛怀敏顺势露出刀口，直接刺向其左路。

十几招过后，黑衣人逐渐失去主动，连吃三拳。

“说，圣上在哪儿？”葛怀敏揪住黑衣人脊背，下腕使劲，抓住其手臂顺势翻到后侧。

“葛怀敏，大胆！”

葛怀敏一听是皇上的声音，向四周循声，道：“圣上，臣救驾来迟。刺客已抓住。圣上在哪儿？”

被俘获的黑衣人扭头道：“朕在你手上！”

“圣上！您怎么……”葛怀敏丢下了刀。

闻声而来的禁卫军在殿外询问，赵祯却十分淡然地回应：“葛侍卫误以为有刺客，朕无事！”

赵祯并没有脱下黑衣行头，而是将龙袍丢给葛怀敏。

“穿上！朕要出宫！”

“圣上，臣不敢！”葛怀敏吓得不轻。

赵祯不紧不慢地说：“之前做了那么多的幌子，还是没有逃得过你这贴身侍卫的眼睛。朕要出宫探访旱灾实情，不少奏章提及京城灾情严重，朕需要实地考察。”

“臣为圣上安危考虑，请皇上三思！”

“朕的武功不足以保护自己吗?”赵祯扶起自己的侍卫。

“太后要为先帝祭祀，三日不早朝，大好机会不可错过，朕还须拜访一些名士。”

葛怀敏疑惑道：“三省六部难道没有圣上信赖的臣子吗?”

赵祯神色严峻，拂袖道：“连朕擦粉的事太后都一清二楚，朝中会有可信之人吗?”

“启禀圣上，老丞相吕夷简曾数次在太后面前为圣上的帝位据理力争。”

“丞相高明之处在于连你等不相干的人都会为他称赞！”

葛怀敏奉还龙袍，道：“圣上，臣是您的贴身侍卫，圣上去哪儿，我就去哪儿。”

“没出息！”赵祯接过龙袍，“怀敏，朕不光要你忠于朕，更要你忠于这大宋江山。说不定哪天，你就是我大宋的将军！”

“臣不想当将军，臣的职责就是保护圣上。”

赵祯眼见说不通，责备道：“喜欢跟就跟着吧！”

4. 隐居士

一个汉子坐在城墙外的土堆上，双腿盘膝，像是打坐参禅。东京集市的相国寺就在他侧后方，此刻的宁静让他到了悬空的境界。不多久，几个顽皮的稚子纷纷围住他。一个穿开裆裤的小男孩问道："先生，你这是在作甚?"见他不响，小男孩爬到他的肩膀上，架住他的脖子，这一举动引起周围同伴们的叫好。像是叠罗汉，其余几个孩子纷纷占据了他的头、肩膀以及伸展开的手臂。好家伙，一下子那汉子身上挂了七八个孩子。这下，作料的、制糖的、斗鹧鸪的艺人放下手边的活计，兜兜转转的百姓也寻觅一阵又一阵的叫好声。顷刻，他的周围已经水泄不通。受到鼓舞的孩童们有点怕生，想沿着头、肩、手臂原路下来。谁料，那汉子"咻"地起身，肩上的孩童如腾云驾雾般被抛向空中。众人大惊失色，孩童发出长长的尖音，还未收音，又稳稳地落到肩上。他抖了抖身，双肩松塌，七八个稚子跳蚤般滚落。围观的看客们不断鼓掌叫好。

赵祯夹在人群中说："此等功夫，非数十年苦练武功难以做到。"

葛怀敏附和道："这年轻人臂力惊人，乃将帅之才！"

"年轻人?"那汉子闻声，哈哈一笑，"老夫已四十有四，快知天命喽！"

四十有四？竟能徒手扛起七八个孩子？众人议论不止。一佝偻的老头来到他身旁，作揖挥袖道："吾也四十有四。"老头说完，众人哄堂大笑。人群中更有好事者，尖叫道："吾乃五十有五！六十三！哼，九九千岁！”

汉子突然神色一变，道：“大胆，竟敢称太后名号，千岁太后、万岁帝王！尔等吃了熊心豹子胆吗？”

“太后岂止千岁，垂帘听政，乃万万岁！”

“国有太后，何愁不安国保民，归我河山！”

“太后千岁万岁千万岁！”

听到这些大逆不道的话，葛怀敏不敢看身旁赵祯的脸色。

一阵奚落后，气氛由严肃变为喧闹。那汉子始终站在中央，径直走到那说太后千万岁的人群中。他怒道：“万岁只有现今的皇帝，太后仍须还政于帝。”

“腐儒。”众人又是一阵嘲笑。

“小皇帝弱冠，尚不能文武，如何还政？”

“放肆！”汉子一手抓住两个闹事的围观者。

“你凭什么抓我，大宋难道没有王法吗？”

“王法？公然蔑视当今圣上，可判忤逆罪。”他松开了闹事者。

闹事者不服，道：“该判何罪，轮不到你多话，自有本地通判明察！太后治理下的大宋蒸蒸日上，何错之有？”

众人连连应声：“宋朝自有谏言之说，吾等素有参政、议政风，何为忤逆？”

“福熙，把这几个公然论政的人拿下。”汉子大手一挥，几个府衙侍卫如同神兵天降由四方出现。

福熙朝疑惑不解的百姓说明：“此乃本地陈州新任通判范仲淹范大人！”

百姓一听范仲淹的名号，纷纷跪下。

连那些犯事的百姓都叩首道："草民不知是范公堤，小的罪该万死！"

"范青天明鉴，这连续旱灾，小的实在无法生存，求青天庇佑！"

……

"原来是他！"赵祯差点想扑上前，去拥抱这位旧臣。赵祯记得天圣元年(1023)，寇准被贬，范仲淹在金銮殿当众驳斥太后的懿旨，不惜与群臣论战。那时的赵祯年幼，但仍被这气势所震慑。不仅如此，赵祯也记得天圣六年(1028)，范仲淹任应天府书院教习。同年七月，捍海堰历时两年修成，范仲淹立首功，被誉为"范公堤"。只可惜此等文武将才始终得不到重用。

"小心！"范仲淹从人群中一跃到赵祯面前。

葛怀敏连忙上前阻拦，未料范仲淹以更快的速度躲过葛怀敏的剑托，拽住赵祯的右臂往其身后一靠。瞬间，一把原本刺向赵祯的利刃，转而刺入范仲淹的胸口。他不顾伤口，挥拳反击，只听到刺客的肋骨"咯吱"作响。

百姓一片哗然，范仲淹还想追击刺客，向前走了三步，便倒在地上。

一旁的赵祯迅速被侍卫们贴身包围保护，葛怀敏挡在最前面。范仲淹脱下上衣，上身数不清的刀剑伤疤显露出来。只见他右手捂胸，左手一提，利刃被拔出，顿时血流如注。赵祯不顾侍卫阻拦，撕下袍子为他止血。

范仲淹几度昏死又醒来，昏昏沉沉说出一句："谢皇上！"

破落的庭院，除了福熙之外，范府再没有其他仆人。范仲淹双眼紧闭，躺在不大的卧榻上。赵祯落座破椅，葛怀敏站立一侧，福熙拿着木盆紧张地向卧榻张望。

“你家大人平时就住这屋吗？”赵祯问。

福熙仍抱着木盆，答道：“是的，圣上，我家大人基本把所有俸禄都拿出来救济百姓了。”

“救济百姓？朕白天看相国寺周边，百姓丝毫未受到旱灾影响。”

“启禀圣上，汴梁城百姓贫富悬殊，有些人富甲天下，有些百姓则穷困潦倒。圣上白天看到的相国寺周边百姓属于前者，而穷苦的百姓早已逃离京城。连大人一天也只能把旱粥分成三份。”福熙边说，木盆的水因其抖动的身子不断溢出。

赵祯一听，连连点头说：“朝廷官员不管吗？”

“福熙……”范仲淹吃力地呼唤，“福熙扶我起来。”

范仲淹不顾赵祯阻拦，扎扎实实地叩了响头。

“爱卿，不必多礼。”赵祯把范仲淹重新扶到卧榻。

赵祯继续问道：“爱卿是如何认出朕的？”

范仲淹脸微红，道：“因为说到太后万岁，只有圣上神情严肃。臣见葛侍卫随身佩剑乃皇宫之物，又见刺客的夺命刀，便猜出了大概！”

“到底是谁要刺杀朕？”赵祯狠命跺脚，“就不怕砍头吗？”

福宁殿响起阵阵瓷器碎地声，太后来回在殿前走动。张生跪着，低头不语。太后踱步的声音越来越响，不断摇头，想到气愤之处又把那上好的汝窑青瓷砸成碎片。这汝窑青瓷价值连城，色泽如天空，釉含玛瑙，似玉非玉。

“太后息怒，这上好的青瓷，可价值连城，多少富贾求之不得！”张生慌了神，爬到太后脚踝。

“好啊，张生！看来你不仅要定帝位，连皇家的东西你都要管！”

张生心里一抖，说：“臣对太后的忠心日月可鉴！张生做的一切都是为太后考虑！”

“为哀家考虑？你要是为哀家考虑，就不会那么愚蠢地去刺杀皇帝！万一被人发现，你让哀家如何处理？”

“臣情急之下，一时走了险招。”

张生涨红了脸。太后不由得想到很多年前，在未进宫的时候，也就是这张脸在清晨薄暮时带来爽朗的笑声，雾中的少年吹箫为心爱的姑娘演奏古风；傍晚时分，少年箫声依旧，姑娘骑在马背上，时不时用余光瞥向吹箫的他，少年的脸涨红了，就如此刻这般。

“太后！”张生轻轻叫了一声。

太后下意识整理衣冠，仔细望向曾经的吹箫少年。

张生不敢与太后对视，道：“太后放心，刺客已……”张生做了一个杀头的手势。

“可惜小皇帝的命被范仲淹救下了，棋差一着！”

只听“砰”的一声，太后又打碎了哥瓷。

她指着张生，骂道："混账，你给我记住，这大宋江山，他姓赵，不姓刘，也不姓张！"

"他姓什么我不管，可是我不允许任何人伤害太后！"

"没有人能伤害哀家。"太后顿了顿，"你也不例外！"

当年张生执意功名，刘氏则被迫参与皇帝选妃。要是当初没有变故，或许箫声可以听一辈子吧。

张生仍然在分析当下时局，疲惫的太后思绪早已飘零在外。

"太后，小皇帝不得不防！"张生语气强硬。

太后走到张生身边，看着眼前这个双鬓已微微泛白的男人，说："不论最后结果怎样，哀家都保你无事。"

太后从怀里掏出随身令牌，交予张生。

"臣早已将生死置之度外，可是……"

"你的命不值钱，那你的夫人、稚子呢？不必多言，下去吧。"

张生缓缓退下，走到宫门外又停住了。

"张生。"

"嗯？"

"哀家还好看吗？"

"婵儿好看！"

"叫太后！"

"太后洪福齐天，永享年华。"

5. 伪装者

范府深夜仍亮着灯。

范仲淹手握毛笔，行书苍劲有力，似有魏晋风骨，但勾连之处自有横扫千军之势。一旁侍砚的福熙赞叹：“大人好字，不减当年风采！”

“当年风采？你的意思是说我老了？”范仲淹道。

“不老，不老，今天大人体察民情，不是还有百姓夸大人年轻吗？”

“他们那是夸吗？”范仲淹搁笔，说道，“如今大宋民风已不如太祖时豪气，都城上下皆奢靡之风，公然论政不以为戒，皇帝威严何在，竟让一个女流……”

“大人！”福熙打断范仲淹，突然跪下，道，“大人，福熙十五岁进范府，大人视我为弟，有些话不知当讲不当讲？”

见范仲淹不语，福熙继续道：“以大人才智武功，应当是将相之才，然大人近些年连连上书要求太后归政于皇上，以至如今只能是六品通判。福熙觉得可惜，替大人不值。就拿早上这事，万一被小人利用，必定又参一本！”

范仲淹扶起福熙，说：“你还记得我十六岁时的狂言吗？”

“自然记得，大人说，要做就做良医名相。”

“是的，如今我仍不忘此狂言。良医为何？名相为何？为这江山社稷，为这世道人心。如今这汴梁城乌烟瘴气，歌舞升平，老百姓甚至不知大难临头。”

“大难临头？”福熙不禁一哆嗦，“大人何出此言？自订澶渊之盟，我朝已无任何战事，现在正是国泰民安。”

“国泰民安？京城旱灾，百姓不以为忧，难道你就没听到集市上的百姓是怎么说的？赵家王朝还姓赵吗？"范仲淹从椅子上一下站起来，"大宋远没有繁荣，还缺少一个真正的盛世！四代中兴，五代繁荣，现在是时候要起兴了！"

福熙小心问道："现在难道不兴吗？天下无战！"

范仲淹坐回太师椅，道："和是为了战，战是为了和！自古有永久太平盛世之说吗？吾观天象，三星回旋无极，岁及荧惑，太白辰镇，行常为戒，示祸。"

福熙大惊："小人不懂大人的天象说，可老百姓说太后要夺帝位是真的吗？"

范仲淹神色缓和下来，便哈哈一笑道："福熙啊福熙，你为何也开始学青年论政？当心本官收押你！"福熙不再多言其他，只是汇报日常事务，末了，拿出一封火漆信，说："这个送信人倒也奇怪，不表明身份，说大人见信便知晓。"

接过信，范仲淹迅速过目，之后将其用油灯燃尽，他不时望向那燃起的黑烟。月渐渐挂上梢头，不知过了多久，范仲淹大吼："福熙，笔墨伺候。"

已睡眼蒙眬的福熙被惊醒，迅速端上纸笔。

"用小楷笔。"范仲淹提示道。

福熙出了一身冷汗，往往大人用小楷写文必定是呈朝廷，而呈送公文必定又是直言不讳的谏言，难道这次又是……从二品大员到六品小吏的曲折过程，福熙深知这小楷的重要性。不同以往的是，这次自家大人写得很慢，并不像以往挥毫而就，写时范仲淹不断擦拭额头汗渍。

直到翌日天刚微亮，范仲淹叫醒在一旁熟睡的福熙："快，备轿！"

福熙起身问："大人，前往何处？"

范仲淹推开一旁手忙脚乱的侍女，自个儿穿戴好官服，说是去皇宫。福熙明白六品通判是无法直接面见皇上的，除非得到皇帝亲许。果然，范仲淹说是皇帝召见。

事不宜迟，福熙立刻安排下人准备。

范仲淹却拉住福熙，叮嘱道："我去宫中一事，切莫透露给任何人。此外，把昨天非议朝政的百姓全部释放！"

日过中午，垂拱殿还是一片沉寂。赵祯坐在中央，太后戴凤冠居右侧，殿下是百官的叩首。范仲淹在朝臣中间，上前一步递上昨夜写就的奏章。赵祯不敢怠慢，转递于太后。出乎意料的是，太后像是事先知道什么，令太监诵读奏章的内容。

奏章中细数了太后专政这些年的弊端。不仅如此，范仲淹指名道姓，直言太后是大宋的敌人和罪魁祸首，太监一时语塞。

"读下去。"太后面无表情。

太监的额头不时冒汗，文刚过半，后背已浸湿一片。

"刘氏，出身低贱，行为古怪，不配做大宋太后……"

朝堂之上，众人都将目光投向范仲淹。范仲淹直视太后，像是在暗示什么。张生从百官中上前一步道："启禀皇上，范仲淹大胆，出言不逊，公然藐视太后。"

"罪臣张生企图谋反，妖言惑众……"太监不紧不慢地读着。

一、乱政当道

张生愤然道:“你不要再读了。”

朝堂下的百官已有不少窃窃私语,只有丞相吕夷简双目紧闭,一副超然物外的神情。

旁边的一名官员悄声问:“吕丞相如何看?”见吕夷简依旧双目紧闭,便自讨没趣地不响了。

但窃窃私语中依然可以听到这样的惊讶声。

“范仲淹不要命了?”

“太后要逼宫?”

赵祯手持奏章站起身,所有的喧闹声终于停止。太后紧紧盯着赵祯的背影,生怕错过什么。

坐了许久的太后终于发话:“圣上决定之前,哀家想听听各位大臣是如何看待这件事情的。”

百官不敢言语,吕夷简手持拐杖,向太后和皇帝鞠了一躬。

“吕丞相是先帝的重臣,又是顾命大臣,不必多礼。”赵祯说。

“启禀太后、圣上,臣连日风寒,恳请太后、圣上允许老朽提前告退。”说完,吕夷简竟倒地不断咳嗽,像是癫痫发作。

“丞相先行退下吧!”赵祯举起右手,道:“来人!”葛怀敏领十余人包围朝堂,众人心中一紧。

“把范仲淹给朕绑起来!”赵祯不等众人回应,斥道,“你说太后要夺朕的皇位?朕的皇位正是先帝和太后钦定的。你说太后要谋反,大宋中兴,太后功不可没。”

赵祯将奏章扔向范仲淹:“葛怀敏,还愣着干什么?绑上,逐出朝堂,即刻发配边疆。要不是念太祖不杀文人遗训,朕都想……”

“善哉，善哉！”太后起身，携亲信快步走出朝堂。

百官再叩首：“圣上英明。”

6. 箭在弦上

除去赵祯休憩，葛怀敏几乎与其形影不离。禁卫军因为连夜不休，早已疲惫不堪。最要命的是为了尽快完成先帝的金身像，画师、土工、木工同样连夜加工。皇子、王爷、嫔妃们因为施工声常常半夜惊醒，怨声载道。赵祯却并不受影响，依旧翻阅古书。身前站立的葛怀敏受不了刺耳噪声，在赵祯面前徘徊不止。

赵祯放下手边书道：“葛怀敏，不要在朕面前魂不守舍。”

葛怀敏终于停下脚步，答道：“圣上，这声音真是太闹心了。”

赵祯并不抬头，随口说：“心静。你要不愿意和朕待着，朕准你休息！”

“臣愿意。”

“是不愿还是不敢？”赵祯放下书，向噪声源头张望，“你去和他们说说吧，自从夜间做工已发生多起明火，太后会通情的。”

葛怀敏低头不语。

“怎么，还不放心朕？去吧，朕等你。”赵祯重新拿起书，嘴里念念有词。

葛怀敏沿文德宫向紫宸殿走去，途中看到十余名似木工模样的人在搬运物件。他出神地望向他们。

“你们做这一行多少年了？”葛怀敏问。

几个人听到询问低头不答，只一领头人从不远处跑过来，说他们都是江北人，自己做木工五年，这次很幸运被选为御用木工。

“做五年就能为皇家做事，手艺不错啊?”

话刚说完，一木箱的上檐盖有倾倒之势。怀敏刚想说小心，木工已勾手稳稳接住檐盖。葛怀敏不由赞叹好功夫。

领头木工连忙挥手道：“粗活而已，只怕拙了大人眼睛。”

“是吗？我看你像是练家子！”

领头木工身子微微向前倾：“大人谬赞了。”

葛怀敏突然一掌，木工顺势倒地。

“大人你这是为何?”木工挥一挥衣袖道。

葛怀敏俯身拉住木工道：“刚才得罪了，夜已深，你们尽早休息吧，免得影响宫内休憩。”

“唉，小的也没办法，监工要求尽快完工。”说罢，木工向葛怀敏拜了拜就离开了。

葛怀敏满腹狐疑，正欲走，无意却瞥见地上的粉末，捻起一点，细闻。

远处，一列夜巡队朝葛怀敏走来。

葛怀敏起身问道：“是哪个营的?”

排头的答道：“皇宫之内还有哪个营，禁卫营。”

“怎么从来没见过你们?”葛怀敏走到队伍身前，挨个查看。

“太后为先帝铸像，人头繁杂，所以调我们上来增加禁卫。”

“好好巡视，发现可疑人等立即汇报。”葛怀敏亮出令牌说。

“是，大人。”

赵祯拍打脑袋，葛怀敏侧身跪着。

“圣上，没事吧？要不要宣召太医？”

赵祯揉搓太阳穴：“夜传太医，又有许多人替朕忙活喽。葛怀敏，你刚才所说之事，别人知道吗？”

“启禀圣上，臣发现不对，立马回来禀告。这木工武功高强，禁卫军弟兄不知为何都被换掉。臣还发现，发现……”

赵祯拉住葛怀敏，问：“快说，还发现什么？”

“发现，火漆硫黄粉粒。臣……”

“继续说。”赵祯面无表情，重重地坐在龙椅上。

“太后、张生以先帝为幌子，实则想……圣上，要早作决断。”

赵祯双唇紧闭，透露出坚定的眼神：“看来比朕预料的更快，加急宣召范仲淹，想必他也快到了。”

葛怀敏一脸茫然，问：“范仲淹？他不是被圣上贬到边塞了？”

“不必多问，飞鸽传书！”

深夜，驿站外传来马蹄声，劲风吹灭红灯笼。范仲淹和一位着银白色战袍的将军各自执鞭策马，战马忽如闪电，他们的身后则是骑兵队伍，骑兵之后便是漫长的大队步兵。风呼啸过两人脸庞，身后的副将追到将军身前说步兵连夜前行，不堪重负。

范仲淹回首说：“将军，片刻不能停留，范某接到圣上密旨，太后随时可能谋反。”

将军再加一鞭，道：“老子韩琦什么时候停过？呀呀个呸，当年老子和契丹人打，一对十都没停过。传令下去，骑兵变步兵，步兵变骑兵。"

"可是，将军，战马已累死七匹。"

"七匹算什么？"韩琦往范仲淹的战马上又加了一鞭，"希文，我们快走，活捉那个老女人。驾！"

仪仗队开路，太后缓缓来到张府。管家说张生在湖中凉亭休憩，太后不等管家禀告径直到凉亭。凉亭四面环湖，水汽一升，自有凉意。紧随其后的管家咳嗽几声，张生适才发现太后正走过来，忙停下和亲信的窃窃私语，欲前来跪拜。

太后道："免了，张大人在这里寻凉，哀家好生羡慕！病好些了吗？"

"托太后的福，臣好多了。"

"刚才哀家看到张大人和下人谈论事务，你们继续。"

张生接过侍女端上来的茶点，笑道："寻常琐事，不劳太后费心了。"

太后故意提高语调，道："哀家要是想听呢？"

"好。"张生向亲信使了个眼色道，"那你就把庭院的草木修葺之事汇报给太后吧。"

"不必了，让他们都下去吧。"

屏退左右，张生坐在太后左侧，道："太后，这贡品是契丹的米糕，入口极为香甜。"

"不要糊弄哀家。"太后如小女人一般撒娇，并没接过米糕。

"糊弄什么？"

“看着我。”

“臣不敢。”

“哀家让你看，你就得看。告诉哀家，你这些天又在动什么脑筋?”

张生抿了一下嘴。

“你有事瞒着哀家?”太后不依不饶道。

“范仲淹、韩琦率兵正赶往京城。”

太后张大嘴巴问:“你说什么?”

“范仲淹被贬到边疆，实则是皇帝派他去找救兵。”

“小皇帝为什么要去找救兵，韩琦为什么肯来?”太后猛地站起身道，“你又做了些什么?”

太后上前直接拽住张生的衣襟，眼神犀利地逼问着。张生的衣服都要被撕扯裂开了。

“太后自重。”

“说，你做了些什么?”太后抑扬顿挫的话语里带着哭腔，“你倒是说啊!”

“我已经包围皇宫，今夜杀掉小皇帝。”

太后缓缓松开张生，身子慢慢向后靠，唇齿颤抖。

“你快下令取消计划，小皇帝并没有害我们。”

张生用力甩开太后，道:“妇人之仁，箭在弦上不得不发!”

“你这样会毁掉自己的。”太后双腿发软，“扑通”一声倒在地上，“不行，哀家要告诉皇上，哀家现在就要告诉皇上。”

张生蹲下拍了拍太后颤抖的肩膀，环住后腰轻轻地搀扶起太后,道:“婵儿,你想想,今晚一过,大宋江山就是我们的了。”

太后奋力挣脱张生,脑海里天旋地转,不停地喊着:“哀家要告诉皇上,哀家要告诉皇上。”

张生语气深沉有力:“婵儿,这些年你主政,我辅政,小皇帝做过些什么?”

太后再一次被张生牢牢按下。张生道:“来人,太后病了,扶去厢房休息。”

7.“假皇帝”

汴京城下,守城大将吕赟站在城楼上,俯视气势如虹的韩琦大军。

“清君侧,张生亡。大宋朝,除障壁!”城楼下四方呐喊声配合鼓声,经久不息,响彻云天,步兵甚至已架起攻城工具。

“吕赟,你老子吕夷简都让我三分,你快给老子开门!”说时迟那时快,韩琦风驰电掣般单骑飞奔来到城门前,举起手中的剑甩了出去,干脆利落地扎在了地上。

吕赟一看这架势,扬起战衣衣角甩到身后,两步上前,放声呵斥:“没得到太后懿旨,任何人都不得入城!”

“老子有皇帝手谕,你算什么东西! 快给老子开门,再不开老子要攻城了!”

“大逆不道! 乱臣贼子! 胆敢放肆!”吕赟示意放箭。

“你说我叛乱,我看是你叛乱才对。张生这个反贼!”韩琦骂声如雷。话音未落,吕赟一声令下。

顿时百千利箭如细雨，密密麻麻遮天蔽日飞落城下。韩琦高接低挡也抵不住，策马向后退去。

“我准备攻城！希文，你怕了？”

“是怕留下话柄，反倒陷圣上于不利。到时张生这等小人再倒打一耙，那……”

韩琦不屑道：“圣上要是出意外，什么都不用想了，呀呀个呸！”

“将军，这些士兵都是精壮之师，边塞更需要他们镇守。仲淹有一计，不费一兵一卒。”

韩琦放下随时准备发号施令的右手：“你快说！”

范仲淹在韩琦旁低声耳语。

“希文，你这样做可是……”

范仲淹哈哈大笑，道：“你什么时候那么扭捏！”

“要不然我去？”

“你去无用，只能我去！”

“够痛快！”韩琦清了清嗓，“来人，把范仲淹给我绑了！”

韩琦骑马驮着被缚的范仲淹再次来到城门前。

“吕赞小儿，罪臣范仲淹我给你送过来了，方才老子差点受到他蛊惑。”

吕赞心有疑惑，副将问是否开城门，砍下范仲淹的首级去邀功。

“不，别开城门。你去和韩琦说，把范仲淹吊上来。”

“有劳将军了。”范仲淹言毕被绑上长绳，都城高三十余丈，城墙是灰色古砖砌成，范仲淹一身白色布衣特别显眼。

范仲淹被吊到城墙三分之二处，吕赞的副将向守卫使了个脸色，守卫心领神会砍断长绳。韩琦大惊，副将连声说："范仲淹已死！"

怎料悬挂在半空中的范仲淹突然挣开绳索，从身后掏出钩锁，向城门石柱一挑。

副将想阻拦，范仲淹双腿一蹬，已跃上城楼。

城下的韩琦大叫："好身手！"

范仲淹并不惊慌，掸了下双肩灰尘，抬头看到四面八方无数的长矛对准他。

顿时，百十根长矛刺向他。范仲淹顺势横卧，待长矛揭开之时，已不见其踪影。

"吕赞这个小狐狸！"韩琦按捺不住心情，又瞅见范仲淹左闪右避，围攻之势瞬间化解。

一滴豆大的汗珠落在韩琦眉骨之上，他下意识地揉了一下双眼，便看到范仲淹背对城门，左手臂膀擒住吕赞，右手提短刀顶向其腰腹。

"都卫军各将士听令，我范仲淹不想谋反，但大宋江山也容不得逆贼谋反。现在圣上有难，奸臣当道，请各位将士打开城门，让韩将军进城。"范仲淹怒目圆睁。

吕赞身体尽量前倾，像是被钩子拖住下巴，气喘着说道："范仲淹造反，你们谁开城门，谁就是大宋的罪人。"

守卫的士兵们互相张望，不知如何应对。

韩琦见吕赞被擒，大喊："范老弟，老子来帮你一把！"说完，一箭向吕赞射来。

范仲淹正对守卫，未曾料到韩琦的惊人之举，待发现时只出于本能下意识闪避，对峙二人虽躲过冷箭，但吕赞因为惊慌，脖子向右侧躲闪，竟顶到范仲淹手握的短刀。血渐次渗进城墙古砖，吕赞回过身慢慢倒下，手指向范仲淹，便不再动弹。

守军见主帅惨死，直接打开城门，向韩琦发动进攻。范仲淹合上吕赞睁开的双目，自言道："吕兄，我本意不想杀你！"

范仲淹长叹一口气，夺过刺向他的长剑，用刀背弹开正骑马的副将。回首看到韩琦正和守军打得难解难分，他想上前支援，不料陷入守军十余人包围圈，刀剑从上中下三路砍来，战马受到惊吓向前方狂奔。只听到一阵马蹄声，范仲淹独自向皇宫驰去。

皇帝寝宫之外已是火光高照，张生与葛怀敏持剑对视。

在寝宫之内，赵祯穿戴整齐。赵祯握住爱妃张氏的手道："你害怕吗？"

张氏目光坚定地回答道："臣妾不怕。"

"走吧，和朕一起面对这帮贼子。"

宫门缓缓打开，张生和禁军侍卫并不下跪。

"皇上，臣等您很久了。"

葛怀敏持剑指向张生，说："既然知道是皇上，为何不下跪？"

赵祯并未看向张生，而是巡视包围宫殿的禁军侍卫，随即目光落到张生身上。

“朕要见太后。”

张生“哼”了一声，道：“你有什么资格去见太后？”

“朕是大宋皇帝，太后是朕的母后。”

张生将剑指向天穹，喉结不停伸缩，像是要把想说的话一股脑从嗓子里蹦出。他手持一份诏书，振振有词道：“这是太后手谕，赵祯并不是生母李妃所生，先帝众多皇子不幸夭折，而宠妃李妃却生下似猫似人的怪物。李妃怕先帝怪罪，只能从临盆小宫女处换子。”

赵祯向后踉跄，被爱妃张氏轻轻托住。

“一派胡言。”赵祯道，“斯人已逝，一切并无对证。”

张生突然拔剑对准赵祯道：“众将士听令，把这个假皇帝拿下。”说完，只听得几十把剑同时出鞘声。

“既然是太后手谕，怎么不见太后？”袍子上沾满血迹的范仲淹如风一般，抵住张生指向赵祯的剑。

“范仲淹是假皇帝的同谋，给我拿下。”

禁卫军向范仲淹、赵祯等人逼来。

“我范仲淹从不杀自己人，看来要破戒了。”范仲淹甩开剑托道。

禁卫军被范仲淹的气场所迫，不敢上前。

“破戒的又何止是老弟你！”只见禁卫军的后侧，三五士兵竟被腾空甩出三丈高，“谁敢动皇帝，先从我韩琦身上踏过去。”此时，在殿外屋檐上，韩琦的手下正蓄势待发。

赵祯也拔出剑，挡在爱妃张氏面前，挥剑道：“朕是先帝选中的皇帝，也是大宋选中的皇帝，你们要夺朕的帝位，如果为了大宋子民，朕退位，贤者居之；如果是为了私欲，朕血战到底！”

张生并未就此退缩，相反一步步紧逼赵祯等人，形成一个小包围圈，而韩琦手下的士卒又将张生和禁卫军团团围住。双方都不敢轻易出手，时间犹如静止，皇宫外传来相国寺街边小贩的叫卖声。

“都住手吧！”只听得手杖发出的敲击声，太后刘氏被宫女们勉强扶住。

“儿臣拜见母后。”赵祯率先向太后行礼。

“谁要是敢对圣上无礼，就是对哀家不敬！”

太后扶起赵祯，向一触即发的宫廷政变双方看去。她环顾四周，连敲三下手杖，发出低沉的声音：“明天是先帝忌日，你们今天就要在先帝面前决战吗？”

“太后千岁！”范仲淹扔下佩剑，已染红的袖口不断滴出鲜血。

太后转身面向张生，忽然吐出一口紫血，顺着手杖滑向地面，阻止张生上前搀扶。

“放下兵器！”太后捂住胸口道。

“婵……太后！”

“放下兵器！”

张生跪倒在太后面前。

太后道：“收兵！”

二、乘胜追击

1. 丧葬日

吕府上下一片安静，房间内外都生出白色的小花。在卧室内，吕夫人正因为吕赞的死而心力交瘁病倒了。她双唇惨白干裂，正“赞儿，赞儿”的叫唤着，声音时断时续，时高时低。低的时候，陪伴左右的吕夷简都听不清；高的时候，府上的下人片刻不能安息。

“夫人，赞儿已经去了。”吕夷简握紧夫人发烫的手。

吕夫人头发凌乱，她忽地坐起身来，盯着吕夷简，嚷道：“堂堂当朝宰相，连自己的儿子都保护不好，你还配做宰相吗？”

“夫人！”

“那是你吕家唯一的孩子啊！”吕夷简的手臂被夫人抓破，露出几道血痕。

“那是你唯一的孩子啊！吕家要断后了！断后了！”

吕夫人松开手，向床的内侧靠去，不断重复着：“吕家要断后了！”

“照顾好夫人。”吕夷简向身边侍女吩咐道，想起身却发现脚如灌铅。

“你真心狠，赞儿死了，你不难过吗?”此刻吕夫人情绪渐缓，但依旧神伤。

自从吕赞死后，吕夫人便神志不清，每天都会重复上述的对话。大夫说是伤心过度导致的。吕夷简知道自己常年公务繁忙，是夫人一手带大吕赞的，每每他忙完政务回府，就看到夫人督促吕赞的学业或者是陪其休憩玩耍。哪怕天气稍寒，夫人也不顾自身，接过下人递来的棉毯来到吕赞的房间，见儿子无恙便心满意足。

吕夷简曾嗔怪夫人过于溺爱吕赞，夫人总说赞儿是两人的血脉，他要是横生意外，那后悔也来不及了。

褶皱的床上几颗泪珠荡开，很快汇成一片。吕夷简将脸靠上去，嗫嚅道:“赞儿，赞儿，爹知道你是孝顺的孩子，你不会离开爹娘的。爹一定能照顾好你，爹还指望你给吕家续香火呢。赞儿，赞儿，你快回来吧!”

夫人摸着吕夷简泛着泪光的双眼，身子伛着，瑟瑟颤抖道:“赞儿五岁那年，误食毒物，夫君你不顾风雨当夜把他送往张太医府上救治;九岁那年，赞儿因背不出《论语》遭到夫君杖责，但打之前，夫君你都用相同的力鞭打自己;赞儿弱冠之年，夫君你高兴极了，把五十年的佳酿拿出来爷俩分享，要知道这坛酒可是先帝恩赐的，多少名臣良将拜访你都不曾拿出。夫君，你是疼赞儿的，你可要为赞儿报仇啊!是范仲淹害死赞儿的!”

吕夷简捂住胸口，夫人靠在他肩上，衣袖因抓痕而破损了。他抬起头，屋檐上像盘旋着吕赞的亡灵，脑海里不断冒出冷酷的字眼："吕家要断后了，吕家要断后了！"

"夫人！"吕夷简哀号着。两人紧紧相拥，哀号哭泣。

其实吕夷简不是没有体验过丧亲和葬礼的悲痛。吕夷简童年时祖父吕龟祥任寿州知州，虽说是地方小官，但祖父为官清廉，政绩突出，去世时乡人叠万民伞以示敬重，当地乡绅更是赠予难以计数的丧葬品。那时吕夷简对生死虽无概念，但受父辈指引，他抬起头，稚声稚气地对乡绅们说祖父去世前吩咐家人不能收受礼物，身后更应秉承遗训。乡绅们惊讶五岁的吕夷简竟有如此见识和勇气，不禁抚摸他的头，连说吕大人有幸，生了好儿孙。年幼的吕夷简自然欢喜地接过这些赞美，而真正让他意识到悲痛是伯父吕蒙正的葬礼。吕蒙正是先帝真宗时的宰相，三登相位，被先帝追谥为"文穆"。吕夷简还清晰地记得，伯父葬礼上，真宗着素衣，犹如石雕僵立在伯父的墓前，不多久泪湿衣袖，悲泣大宋失去一位重臣。之后，真宗斋戒三日悼念吕蒙正的亡故。这一举动，使大宋无人不知有个受皇帝敬仰的吕家。不仅如此，在吕蒙正逐渐走向衰老时，真宗曾数次驾临吕府，问谁能委以重任。吕蒙正有八个儿子，但他答道："诸子皆不足用，有侄夷简，任颍州推官，宰相才也。"就凭伯父这句话，吕夷简日后得到重任。可以说这两次丧葬，都带给吕夷简极大的荣光。

而现在，吕夷简正面临人生第三场重大葬礼。皇帝、太后都来了，而逝者是他的儿子吕赞。在数万士兵面前，吕赞被范仲淹劫持遭到误伤。这一事实充满荒诞，堂堂吕府几代人的葬礼无不天地动容，为世人敬仰。即使吕家人不能浴血沙场，也定是响当当的文臣，走得极为体面，逝者给予生者无限的恩泽。就像伯父吕蒙正走之前，为吕家延续了既有的光明，照亮了吕夷简的仕途。那么现在吕夷简唯一的儿子吕赞先他而去，又照亮了吕家什么呢？英雄？名将？良臣？也许守城的将士会轻声讨论，吕赞的死是多么得不合常理啊，范仲淹只是把短刀抵在他的脖子上，吕赞就这样轻易地死了。不显贵的生，不庄严的死，这是吕家上下都无法容忍的。吕夷简已接连上书给皇上要求严惩罪魁祸首。明眼人都看得出这是要一命抵一命，置范仲淹于死地。可如果判范仲淹死，无疑将牵连到整个逼宫过程中韩琦、张生等各派，甚至是皇帝与太后之间的平衡关系，就这一点上，吕赞的死便不能按事实公开，必须是染病而终，必须死得低调，死得稳妥。

吕夷简想不通，三代为臣的吕家竟然会遭到如此变故。他恨恨地将目光向看望自己的皇帝赵祯瞥去。

赵祯身旁的太后则面无血色，望向别处。

“丞相，怎不见尊夫人？”

“大人，圣上正和您说话呢。”下人提醒道。

吕夷简微微颔首，道：“圣上，老臣丧子之痛尚未恢复，恕臣不敬之罪。夫人痛失爱子，卧病数日。”

“丞相，不必多礼。天有不测风云，吕赞意外之死，朕仿佛失去了左膀右臂，日夜难眠。”说着，赵祯竟也留下两行清泪，“是朕的不是，若是……”

“启禀圣上，臣始终觉得赞儿的死应有合理解释，昭告天下。”吕夷简并不看向赵祯，而是将目光对准在旁边一言不发的太后。

如果吕赞死在几年前，太后一定会借此将自己的反对者范仲淹处死。吕夷简这样想到，可是经此前宫廷变故，太后老了，鬓角泛白，脸上也多了几处褶皱，像又老了几岁。

“丞相，吕赞的死，龙图阁直学士包拯已向朕禀明，范仲淹当日并未有意中伤令公子。”

“那我赞儿不就白死了吗？”吕夷简面色发红，不怒而威，盯着赵祯道。

“吕丞相的意思是，吕赞的命需要我大宋皇室来偿还？”太后终于发声，“难道为大宋死去的将士都要向圣上讨说法吗？”

“启禀太后，我吕家三代忠良，哪怕臣为大宋而死也不算什么，可是赞儿就这样不明不白地死去，老臣愧对吕家的列祖列宗啊！”

太后进一步逼问：“丞相打算如何？”

“严惩范仲淹！”

赵祯道：“丞相，范仲淹已被贬为庶民。况且包龙图判案如神，令公子是遭误杀铁证如山，朕也看过卷宗，有人证……”

“圣上！”太后打断赵祯的进一步解释，“哀家倦了，回宫吧。”

自从逼宫一事后，太后的身子就每况愈下，常常坐立不过一个时辰就倦怠了。不过，吕夷简也知道这是太后有意回避的一种手段。

太后对吕夷简道：“丞相是先帝托孤的顾命大臣，有许多事哀家需要依靠丞相辅佐，这十多年的江山风雨，没有丞相左右逢源，君臣也就无法一心了。”

“太后言重了，臣只是尽臣子之心。”

正当太后宽慰吕夷简时，管家神色慌张地跑过来，太后略有不悦。管家未向太后请安，而是跪于吕夷简的脚后跟，道：“老爷，你快去看看吧。”

吕夷简拂袖斥道：“混账东西，速向太后请安！”

太后并未质问，只是好奇地看向这个心中只有老爷的管家，道：“丞相让管家说吧，瞧这奴才也是不能憋屈的。”

“老爷，夫人……夫人去了。”

吕夷简突然失去重心，挣脱众人的搀扶，倒在地上，只念叨三个字：“范——仲——淹！”

2. 鬼迷心

吕夷简闭上眼睛，坐在太师椅上。短短几日，爱子、夫人接连过世，让这位身经百战的老臣陷入难以言说的悲痛之中。他头上的白发渐渐掉了，身上的衣服糙出了线头，桌上摆满了倾倒的酒瓶。吕夷简握住酒瓶，撑起身，环视冷清的屋子，冬天里他裹紧粗布衣，感到十分寒冷。

管家走进来道：“老爷，张公子拜访。”

管家是聪明的，如今张生也被革了职，整日陪伴太后左右，称其为“大人”或者直呼其名都不妥。

“哪个张公子?”吕夷简似乎没反应过来。

管家轻声回答:“是太后身边的张生!”

“不见。”吕夷简低头自顾自地喝酒,酒见了底。他再拿起旁边的酒瓶,晃了晃,发现都是空的。“管家,再给我拿些酒来。”

片刻,吕夷简接过酒,而另一边持酒的手却并不急于放开。

“放肆!”吕夷简欲夺下酒瓶,抬头发现是张生,便松开手。

“你来干什么,看老夫笑话?”

面对两朝元老吕夷简,张生还是后生。他恭敬地向丞相拜了几拜。

“草民张生,来助大人一臂之力!”

吕夷简斜着眼问:“老朽了,助什么力呢?”

张生坐到一侧,贴着桌子凑近吕夷简。

这一亲近举动,引起吕夷简不适,他朝另一侧让了让。

“老夫为官三十余年,深知没有天知地知你知我知的私话。张生,有话明讲!”

张生并不介意被直呼其名,说:“大人,你难道不想为夫人和公子报仇吗?”

吕夷简拍案而起,道:“送客。”

张生并未理睬管家的阻拦,横亘在吕夷简面前说:“大人在这里喝闷酒,范仲淹却在清乐坊喝花酒。大人,如果不为自己考虑,也要为大宋江山考虑。此等有违德行的乱臣一旦重用,大宋亡矣!小人知道大人看不起张生的沽名钓誉,但张生最多算是鬼迷心窍,可是范仲淹呢?调兵,攻城,逼宫,杀宋将。此等做法,太后、圣上碍于脸面无法决断，难道我们做臣子的也不上心吗？现在亲者痛，仇者快。大人是大宋的平章事，也就是一人之下万人之上的宰相，如果大人不处置范仲淹，张生就当从未来过大人府上，大宋再无良将。”

张生一讲便是半炷香的工夫。吕夷简闭上眼，没有反驳，更像是一个冥想者。张生言毕，起身离开。

“慢着，你说范仲淹去清乐坊这种地方?”吕夷简缓和了口气，“管家，给张先生上茶。”

张生并未饮茶，继续讲道：“大人还记得范仲淹上一次的贬官吗？实则是为了联络韩琦。”这一段历史张生不愿意多谈，否则又将涉及一系列逼宫的事件。他说，“现在，范仲淹被贬为庶民，实则是韬光养晦，以求东山再起。若是大人和我们……”

吕夷简示意张生不要再说下去了。

“张先生要注意言辞，这是太后的意思还是你的意思？张先生适才说范仲淹寻欢作乐，现在又说他谋求东山再起，老朽不知哪句是真，哪句是假?”吕夷简知晓了张生来访的本意。

遭吕夷简这一问，张生有些难以回答，刚才的慷慨之词，瞬间苍白无力。张生只能虚与委蛇道：“大人以为如何呢？太后想听大人的意思。”

“是张先生想听老夫的意思吧?”吕夷简步步紧逼。

张生意识到无论是太后还是吕夷简，这些阴谋家只要进入权术之中，原先的了无生气会立刻变为生机勃勃，比如此刻的吕夷简，目光炯炯有神。

沉默片刻，老辣的吕夷简发话："张先生的心意老夫领了。老夫和太后共事多年，太后深知老夫的秉性，老夫的个人恩怨势必自己来报。张先生替我问候太后。老夫那日看太后脸色不佳，像是染病。太后是大宋的顶梁柱，张先生关切了！"

3. 残阳血

张生和急匆匆走出福宁殿的太监撞了个满怀，太监手上的金盆掉在地上，发出"咣"的声响，淡红色的液体倾倒出来。张生蹲下身子，看清了，是血。

太监猫着腰，低声说："太后这些时日天天吐血，又不肯传太医，大人你劝劝吧。"

张生点点头，想向太监再叮嘱些话，太监却被卧榻上的太后叫了进去。

"多嘴的奴才，进来吧。"

"太后，宣太医吧。"张生跪倒在床侧，烛台上蜡烛显着微微弱光。

"把蜡烛拿近点，让哀家好好看看你！"

"来。"太后在张生的帮助下，慢慢坐起身，从衣袖口袋拿出一封草拟的圣旨，"看看这个！"

张生接过一看，身体像是被电了一下，露出尴尬的浅笑。

"小皇帝说要把钮儿立为皇后，钮儿的性子你是知道的，她远没有皇后之德，也不可能有主持后宫之才。"太后每说一个字，都要停顿片刻，听上去有些含混。

“因为钮儿是太后的侄女。”张生把手放到膝盖处，身子微微前倾。

“我听得到！我看着小皇帝长大，他和张妃感情一向甚笃。”太后若有所思，盯着蜡烛渐小的火苗。

“雨中黄叶树，灯下白头人。”太后默念着，叹了一口气道，“你我都知道，小皇帝这样做的目的是想安抚我们。”

张生道：“刘氏一族将继续享世间富贵，后代蒙受恩宠。”

“你说得没错。皇帝长大了，知道什么是得，什么是失！”

“小皇帝与张妃，就像我和太后！”

太后抓紧帷幔，欲上前指责张生的无礼，不料吐出一口紫红色鲜血。

“太医，太医，在何处？”张生急忙道。

张生欲起身却被太后拖住，太后道：“不要宣太医，哀家的病不能让其他人知道。”太后紧紧抓住张生的手，躺倒在床上说，“哀家执掌政权二十余年，什么人没见过？却始终看不透两个人，一个是小皇帝。他对哀家有时尊敬无比，连日常琐事都要哀家做决定；有时又态度强硬，连宫女之命都看得重如泰山。他像是一支随时会发射的箭。”

太后一下说了太多话，胸口剧烈起伏。

“太后！切莫多言！”张生顺势接过话头，“小皇帝不管权谋还是智力，都是仁爱之君，这次的封后之举真的是良策。”

一说到权术谋略，太后立马两眼放光，恢复了昔日与张生决断政务的神态。

“其一，不用多说，圣上这样做的目的是安抚太后及其家族；其二，一旦发生政变，小皇帝的安危势必要关联到皇后的安危，所有的派系都捆绑在一起，那……”

张生注意到太后的脸色渐渐发黑。

“说下去。”

“其三，这告诉老臣们，他日若独立亲政，皇帝必先会保留他们。但我认为，此等良策，小皇帝绝无思量，必定出自高人之手。”不等太后作出回应，张生继续说，“此人必是范仲淹！我已派密探打听过，范仲淹贬为庶民后，经常出入清乐坊，寻花问柳，恐和小皇帝有秘密联系！”

“清乐坊？哀家知晓范仲淹二十多年，他竟然会去清乐坊，闻所未闻。”

太后并未被张生的话触动，而是裹紧棉被，缓缓道：“我另一个看不透的人就是你。张生，今天你能否告诉哀家，在你心中哀家和江山孰轻孰重？”

张生道：“太后。”

“如果圣上放过我们，你愿意放弃所有的名利和哀家一起归隐山间吗？”太后在“放弃”二字上加了一个重音。

张生反问：“太后，你肯吗？我们都被帝王家包裹着！”

太后摇头道：“哀家有时候在想，要是先你而去，圣上会怎么对付你呢？”

两人都不说话了，太后的心渐渐冷却。

4. 花间酒

清乐坊在相国寺街的东边，不需要用尺丈量，只要用耳听，哪里的琴声最响，哪里的媚声最勾人，便能知道它的具体所在。这日，一个四十开外的壮汉被几个歌妓围绕着。

“呀呀个呸，老子要找范仲淹。”

只见一丰满的女子用身体顶住壮汉的后背，细语道：“客官，找什么淹？我叫小嫣陪陪客官？”

“给老子滚开！范仲淹你老小子在哪儿？你韩琦哥来看你了！”韩琦边骂边寻找范仲淹。

“客官，这里不能进！”

韩琦上了二楼，踹开一扇一扇屋门，不少受了惊吓的文人正狼狈地拿衣寻裤。

“斯文败类。”韩琦继续硬闯着，突然在一扇门前停下脚步，里面响起熟悉的笑声。

“老小子。”韩琦对围上来的歌妓说这便是自己想要找的人。

“你们给俺带点酒上来吧！慢着，再来十斤羊肉！”说完，韩琦往她们手里放了几锭银子。

收到银子的姑娘们，高兴地说：“客官好气魄，别吃肉啊，我身上就有肉啊！”

“你这肉我吃不起！快走吧，惹恼了老子，一个子儿都没有！”

屋里突然响起古韵琴声，韩琦不懂琴艺，只能伸着脖子去窥视里面的情形。

“是韩将军吧？进来吧。”范仲淹问。

“方便吧？”

屋内又是一阵笑声。

“那我就不客气了。”韩琦闭上眼，推门而入。

厢房内范仲淹正仔细聆听一名女子抚琴，那女子左右脸颊各有一道刀疤，脸颊泛起殷红。范仲淹也少了官场的正气，多了点世俗的风月气，酒杯一盏一盏地交错着，酒罐里的琼浆慢慢流淌着。

“你们当老子不存在吗？”

琴声停止，范仲淹示意：“小莲，快拜见韩琦韩将军。”

小莲并不俗气，而是细步款款，身材玲珑，要不是脸上有疤，定是美人胚子。

韩琦满脸不悦，道：“哎，不必了，风月之地，说什么将军不将军的！”

范仲淹大手一挥，有些醉意，道：“韩琦兄，小莲给你倒的是上好的米酒，你别着急喝，先闻闻这味儿，边塞的烈酒是没有那么醇香的。”

“什么香不香的，一般得很！”韩琦一干而净。

歌妓端着羊肉上来，韩琦什么也没说，几乎是夺过羊肉就吃。先是喝一碗酒，再吃肉，后来索性直接把头埋到肉堆里，范仲淹和小莲不禁吞下口水。

再抬头时，韩琦脖子渐红，吃进的羊肉全喷了出来。他不断捶打自己的胸膛，突然哭泣道：“我在这里吃肉，可是兄弟们呢？发配的发配，挨饿的挨饿。”

范仲淹示意小莲等人下去，自己坐到韩琦身旁，猛喝一口米酒，酒水从嘴角漏出，顾不得擦拭就被韩琦拽住领口。

“你说，我们是去保护圣上的，为什么最后受到惩罚的是我们？”

范仲淹任凭韩琦拽着摇晃。

“如果没有圣上，我们人人都会被判死罪！”

“圣上让我们救驾，又要罚我们来救驾！你范仲淹单骑护主，可最后被贬为庶民。老子想不明白！小老弟，这到底是为什么？你在这里喝花酒，我心里不好受！”

范仲淹拿起酒壶，站起身，望向窗外。

“小老弟，你还记得当初你骑马找到我军营时说的话吗？”

“文心将胆，先忧后乐！”范仲淹和韩琦一同说出。

其实罢官是有意为之。那日城门对峙，误伤吕赞，范仲淹便知自己得罪守旧派大臣吕夷简。太后与圣上的争斗一触即发，三派互相牵制，尚能制衡，如果接连与两派交恶，必定受制于人。可是现在这些话决不能对韩琦讲，不是信不过，而是不能。范仲淹独自酌了一口酒。

“怎么？喝闷酒？”韩琦自顾自地吃羊肉，也不管什么礼数。

范仲淹道：“看看周围，除了喝闷酒还能干什么？”

“老小子，我们都已过不惑之年。难道大将只能窝在风月之地喝闷酒吗？”韩琦夺下范仲淹的酒杯，“醒醒吧，老小子，将士即使不能战死，也不能苟且。老子脑筋是不好，但是有一身过硬武功，不做将军也罢了，但起码能做侠客。大丈夫要喝天下酒，走天下路，做天下事！你看老子接到圣旨和你闯三关多畅快！”

见范仲淹不语，韩琦有些恼怒。

范仲淹起身，轻推一下窗子，街上的四五个穿粗布衣的壮汉正回身躲避范仲淹投来的目光，他们腰肌处有几把锋刃闪着寒光。

韩琦打了响嗝，撑着桌子起身道：“这肉也吃了，酒也喝了，你我就此拜别吧！”

“将军，要到何处去？”

“边疆！”韩琦提上刀，束紧腰带。

范仲淹有些语塞：“可是将军不是也和仲淹一样，被剥夺官位了吗？”

“呀呀个呸的。”韩琦执刀砍碎空酒瓶，闻声而来的小莲见状连忙拾起碎片。

“老子怎么能和你一样，老子被夺了兵权，大不了再重新当兵，不像你没了官就像没了命，你就在这里寻欢吧！”韩琦瞪向小莲，大步流星地走了出去。

范仲淹叹了口气，整个身体靠向墙壁。韩琦兄啊韩琦兄，我怎么会在乎这一官半职？太后党羽众多，日夜监视，只有熙熙攘攘的清乐坊才是最清净之处，喝酒、吃肉、唱戏、找乐，各有各的癖好，谁还关注一个落魄文人呢？韬光养晦，才能百战不殆啊。不经意间，范仲淹望向正清理碎片的小莲。今天，小莲穿的是青色亚麻的碎花布，料子定是在相国寺街边买的，可是这做工，前宽后窄，下摆并不前后一致，而是前裙略微高过膝盖。最妙的是细腰之处别着一串铃铛，一旦起舞，铃声自然形成伴奏。

那日，范仲淹苦于无法摆脱探子监视，便径自来到清乐坊。一进门便是胭脂花粉，笛声琴声萦绕在耳，加上歌妓的软语，百声入耳。探子自然不便出入烟花之地。见已摆脱探子，范仲淹想要屏退左右，怎料那个老鸨说："呀，官人，来到清乐坊，怎能不点茶？"

点茶，其实是道里的规矩，客人必须要点一歌妓方能上楼，否则就不许入门。都是些俗透了的世间女子，但就在这个时候，小莲的琴声响声，接着几句词传入耳中：

娉婷似不任罗绮，顾听乐悬行复止。

磬箫筝笛递相搀，击擫弹吹声逦迤。

歌声婉约，如同人站立在空谷之中，听松涛阵阵。范仲淹少年时酷爱风雅，精通音律，这《霓裳羽衣曲》自然是知道的，但音律节拍往往需要数人才能完成。领班却说这曲是一人自弹自唱。

范仲淹大为称奇，连说："此曲只因天上有，就点她吧。"

围在他身边的歌妓顿时扑哧笑出声来，领班有些尴尬道："小莲，卖艺不卖身！"

"哈哈，我喜欢的是琴，无妨！"

领班又告诉范仲淹："小莲相貌丑陋，几乎没有人为小莲点茶。”

范仲淹丢下银子，便席地而坐道：“别人不点，我就要点。不论多丑，银子照付，放心吧。”

小莲登台连续演奏《九功舞》《庆善乐》等，范仲淹时不时叫好。小莲发现范仲淹听得一愣一愣的，脸颊红了。自此之后，范仲淹来清乐坊必是小莲作陪。

“呀，”小莲叫了一声，原来是手指被酒瓶碎片划破。范仲淹回过神，从衣服上扯下一块布，替她包扎。小莲抬头望见范仲淹正笨手笨脚为自己的伤口打了一个大大的结，又笑出声，道：“这个大结怕是不能弹琴，只能打鼓喽。”

“打鼓好！大宋将士们最喜欢听到战鼓。只要有鼓声，那就是浴血杀敌的信号。”范仲淹边说边做手势，“就像这样，咚——咚——咚咚。战鼓声需要随战事的进展而变换不同的节奏。”

小莲收拾完碎片，坐到范仲淹旁边问：“那公子必是大将军，小莲很少听到战鼓声。”

范仲淹的眼神黯淡下去，道：“我也很少听到战鼓声了，只是一介市井小民。”

“市井小民也有志向，我相信仲公子会夺取功名。”

“你叫我仲公子？”

小莲有些怯怯地说：“那大汉不是仲淹、仲淹老小子这样称呼你的吗？”

“哈哈，有趣有趣！”

“那你是？”

范仲淹做了一个手势，示意小莲靠近，顿了顿说："我叫范仲淹，字希文。"

小莲的笑容立即凝固，停在原地，又一字字重复了一遍。

"你就是那范公堤，青天大老爷范大人！"小莲后退几步，要不是范仲淹及时扶住，她险些就要摔倒了。

范仲淹安慰道："现在我也是平民了，不用害怕。"他有些后悔，要是换作平时，他绝不会公开身份，也许今天韩琦来过，让他有些懈怠。也许，仅仅是因为小莲的缘故，他有些喜欢这个女子。

"谢谢大人告诉小莲这些。"小莲眼泪汪汪道，"大人不嫌小莲丑，小莲何其有幸，小莲又何其不幸！"

范仲淹略有领悟，道："小莲，告诉我你的身世，就凭你的几首曲子，你必定出身显贵。范某虽然人微言轻，但是只要有需要，定倾囊而出，竭尽全力。"

小莲靠在范仲淹的胸口，眼泪浸湿了他的衣襟，道："我本是党项族野利家大臣的小女，父亲随首领李德明南征北战，颇受器重，阿姐也嫁给了首领之子李元昊。不知为什么，首领病了，爹爹和李元昊政见相左，这个畜生竟然把阿爹阿娘全杀了，姐姐也被赐死。他们放了一把火，家也被烧了。我藏在火堆里一动不敢动，我的脸就在这时碰到硬物，渐渐流出脓，渗出血。只能千辛万苦逃到汴梁，要不是清乐坊的小姐们可怜我，小莲不知道还要遭受多大的罪。"

"李德明每年来宋朝贡，着实儒雅，真没想到其子竟如此残暴。"他望向小莲，这姑娘的骨子里头透露出一股韧劲。

他抚摸着小莲脸上的疤痕问:“伤口现在疼吗?”

小莲换了轻松的语气道:“秋冬之际本应会疼的,但是今年是暖冬,上天垂爱,又遇到大人,就不疼了。”

范仲淹一脸认真,道:“我把你赎回去好吗? 这样小莲可以每天都为老夫弹琴了。”

“不。”小莲却道,“大人是英雄豪杰,小莲只是清乐坊的丑女,不配进范府,只希望大人永远记得小莲的琴声,那就足够了。”

5. 黄锦囊

这些天,葛怀敏有点躲着赵祯。倒不是因闯祸,而是害怕自己做错事。范仲淹走之前交给他三只黄色锦囊,说圣上要是苦无良策,便可按顺序打开锦囊。葛怀敏是相信范仲淹的谋略的,知道这些锦囊对于圣上来说生死攸关,况且范仲淹在相国寺街边舍命相救,要是圣上出现意外,他这个贴身侍卫诛九族都不够。于是,他便应承下来。

当张生与韩琦各自收兵之时,葛怀敏看赵祯实在痛苦,就把第一只锦囊交给了他。看到锦囊里的字后,赵祯非但没能减轻忧虑,反而更加愁容满面。第二天上朝时赵祯召张生、范仲淹、韩琦等觐见,太后在一旁端坐闭目。

范仲淹信心满满,还和葛怀敏使眼色。有了这层暗示,一切都烟消云散,葛怀敏心中欢快,难关已渡,范仲淹、韩琦护主有功,定是本朝重臣。自己也在危难时刻挺身而出,想必圣上的忧愁也只是像之前的哭戏一般,做给外人看的吧。结果却相反,张生仅仅被革去官职，以艺人身份陪伴太后左右，范仲淹、韩琦则被贬为庶民，其余救驾将士均遭发配流放。

爱妃张氏看到赵祯消瘦不少，眼眶凹陷，就找到葛怀敏要第二只锦囊。葛怀敏犹豫片刻，还是把锦囊呈上。张氏说范大人必定有力挽狂澜之术。打开锦囊一看，赵祯拍案而起，骂道："欺人太甚！范仲淹是要朕当孤家寡人吗？"锦囊上的字依然是正体小楷，要赵祯立太后侄女为皇后，将爱妃张氏打入冷宫。

"朕是有感情的！这锦囊妙计，朕看范仲淹是糊涂了吧？"葛怀敏摸不着头脑，讪讪地退下，心里是一个劲儿地痛骂范仲淹。爱妃张氏是开明之人，日夜劝说赵祯要以国家大事为重。赵祯思前想后不肯把张氏打入冷宫，但立后之事还是按范仲淹的计策实行。

午时，赵祯召葛怀敏侍读。赵祯并未像往常一样执卷，而是盯着葛怀敏。

"你们都反了吗？贴身侍卫，不跟在朕的面前，朕的宠妃天天躲避朕，朕到底有多吓人？"葛怀敏看见过赵祯的绝望、痛苦，但从未见过他如此发怒。

"圣上，臣有罪，不该听信范仲淹这乱臣的话。"

文德殿冷冷清清，自从立后起，赵祯也将每日的早朝改为两天一次，所有的事务交由吕夷简，自己则沉浸于佛道。

"范仲淹有没有什么消息？"

葛怀敏愣了一下。

直到赵祯问了三遍，葛怀敏才犹豫着答道："范仲淹和一丑女在清乐坊……"

二、乘胜追击

“清乐坊？朕看重的大臣在清乐坊，好笑，好笑。”赵祯席地而坐。

“大宋重臣在清乐坊？堂堂大宋帝王连叛将都无法捉拿，甚至连皇后都无法选择！”赵祯喃喃自语道，“好一对君臣连心。”

葛怀敏急了，攀住赵祯的脚，抬头却发现圣上脸颊右侧有一个清晰的手掌印。

“圣上保重龙体！”

“保重龙体？”赵祯指着自己的脸说，“被皇后掌掴，历史第一人吧！”

葛怀敏不知皇上这些天和新皇后是如何度过的，也没了主意，只能不停告诉自己定当守卫圣上安全。

“拿出来吧！”赵祯叹息道。

“可是圣上，范大人说必须到最危难的时刻才能拿出来，况且臣不想让圣上再痛苦下去！”

“朕现在已是四面楚歌，再失去什么朕也能承受。”

葛怀敏想想也对，不再坚持，拿出了第三只锦囊。

赵祯接过后，匆匆一阅，便陷入沉默。

信上只有一个字：等。

三、分裂之势

1. 大国殇

明道二年(1033),太后病危。国中上下一片沉寂,连相国寺街边的小贩都没了喧闹声。不少官员想见太后,全吃了闭门羹。不少群臣小声议论,太后若是一去,大宋的江山政权必定再次动荡,谁能接过大旗仍是未知数。他们都知道太后不可能轻易将权力交给小皇帝,大宋皇帝自有“禅让”之说,能者居之。当年太祖皇帝并未传位于子嗣而是由其弟继位,便是一例。其实,明眼人很清楚,此刻只要谁掌权,谁就能称雄。大多数官员认为,反对太后的大臣要么像范仲淹一样被贬为庶人,要么降职去往边远地区,都城一带的权力都集中在太后派系手中。结果很可能是权力重新归太祖一脉,张生辅佐。但事事瞬息万变,范仲淹当初的单骑救主,也让人看到了小皇帝强悍的一面。

平静之下已是暗流涌动,今日的早朝首次没有太后垂帘听政。大臣们见宰相吕夷简独自站在一处。一身材矮小的官员上前问:

"丞相德高望重,太后病危,看来大宋需要丞相定国策,不知丞相有何担待?"问者极为聪明,在权力尚未明晰之前,先打探吕夷简的口风,好以此为自己的官路做准备,众人见状随声附和。

吕夷简起先不答,见实在躲不过,便说:"太后洪福齐天,尔等却议太后身后之事,不怕降罪吗?"到底是老狐狸,吕夷简只一句话便堵住了百官之口。众人自讨无趣,各归其位。一到早朝时间,葛怀敏就从殿后出来,说太后病重,圣上取消朝政为太后求福。宣告完毕,只留下满朝惊愕的臣子们。

相比朝堂之上的沸腾议论,文德殿就寂静多了。葛怀敏正手舞足蹈地描绘大臣们吃惊的表情。

"圣上,你可不知道,有一些老臣听说不早朝,气得胡须都上扬;另一些懒臣则高呼万岁,一眨眼的工夫就不见了。"

葛怀敏继续说着,赵祯时不时回答,思绪始终停留在范仲淹的这个"等"字上。带刀侍卫按理不能过问朝政,葛怀敏想赵祯已被范仲淹这个"等"字迷住了。先是把功臣除去,再是将爱妃打入冷宫,现在又把圣上逼疯,范仲淹这哪是锦囊妙计,明明是夺命三刀。葛怀敏越想越气,后悔不该听从建议,要是不把这三只锦囊给圣上就好了。

"圣上一年来都在看这个'等'字!范仲淹歪门邪道,圣上小心处置。"

赵祯抬头,听到自己的贴身侍卫的劝诫,甚为不满,怒道:"小心处置?这话怎讲?"

葛怀敏知道这反问是存心刁难他，作为圣上的贴身侍卫，他哪怕冒忤逆之罪也要把宫外传闻告诉皇上："太后病危，如今暗流涌动，有传闻说，张生暗通各州大吏再次起兵，圣上要早作打算！"

"范仲淹那里有什么动静？"

如此关键时刻，赵祯仍关心爱将。葛怀敏始料未及，答道："圣上，范仲淹仍喝花酒，逍遥自在，探子来报，范仲淹要把清乐坊的丑女娶回范府。"

赵祯并未像之前一般生气，而是在御桌前来回踱步。

"范仲淹是对的，贸然行事只能暴露自己的弱点。太后这些年到底有多少党羽，多少臣子和朕是一心的，这些在当下都能看出！"

"可是圣上，如果叛军杀到殿外，再如何观察都无用了！"

赵祯敲了一下葛怀敏的脑门，道："呆子，皇后在，我们就在！"

葛怀敏恍然大悟。与此同时，福宁殿侍女拜见说："太后要见圣上。"

赵祯紧紧捏着范仲淹的锦囊随宫女来到福宁殿，葛怀敏跟在最后。太后并未如意料之中的躺在床上，而是头戴凤冠，神情严肃地望向赵祯。张生并未陪伴左右。太后示意葛怀敏退下，福宁殿里只有太后与赵祯二人。葛怀敏扒在门缝边，试图看清一切。

赵祯觉察气氛有些尴尬，便为太后倒了一杯茶，道："朕看到母后身体好多了，甚感欣慰。日后朝中诸事仍需母后处置。"

太后突然抓住赵祯的手，杯中茶水倾倒了出来，激动地道："哀家从先帝开始辅政，二十多年，阅人无数，圣上心里想什么哀家早已知晓！"

赵祯能感受到此刻太后的凤冠触碰到他的额头，太后面露凶相，道："贬谪范仲淹，实际上却是让他搬救兵，圣上的这一招哀家十多年前就用过了。当时先帝刚走，圣上还年幼，哀家和老臣相吕瑞为防止外戚专权，贬寇准，搬救兵。"

赵祯手背汗毛竖立，脊背像是贴着一把随时会穿透自己的利刃。

"立皇后，舍大臣。丢卒保帅，够难为你了。"太后说这话时语气平淡，像是叙述久远的传说，"圣上，要是废你另立也绝非难事，可当年哀家和吕夷简历经千辛才拥立你为帝。当初李妃生下你，就被嫉妒心极强的董妃用朽木调包，先帝误以为李妃生下的是妖孽，圣上可曾知道是哀家央求先帝开恩，进一步探查真相。"

赵祯如梦初醒。他曾听闻坊间有此一说，但认为这只是流言。此时他不由得握住太后苍白的手说："母后对朕有养育之恩，朕铭记于心。"

"哀家一直在想，人这一辈子，你争我夺，但到底有多少君王能有天下心？说句不该说的，圣上切莫不悦。"太后顿了顿，待一口气呼出，继续道，"论雄心谋略，圣上不及太宗；论才华艺术，圣上不及李后主，但圣上仁爱有加。这大宋江山啊，起起伏伏，各种算计，圣上太仁慈了，哀家怕你无法担待，一直想辅佐你。"

"朕一直不知母后的良苦用心。"

太后突然大笑，捂住胸口，费力地说："圣上，你看，哀家说什么，你就信什么。真正的君王是半信半疑，圣上要切记。"

赵祯点头称是。

“圣上。你现在是不是盼望哀家随先帝而去，你就可以独立执掌朝政，是吗?”

赵祯擦拭了一下额头渗出的汗，道:“朕愿母后洪福齐天！朕愿大宋江山如同开元盛世！”

“扶哀家起来！”太后一手撑住拐杖，一手搭在赵祯肩膀上，两人缓慢地走出了福宁殿。在门缝窥视的葛怀敏反应不及被抓了现行，赵祯略微一侧身，葛怀敏退到一边。

太后引着赵祯向南走去，随从跟在他们身后数十米开外。

“圣上，即使百官都希望哀家死，但唯独你应该求哀家多活些岁月。”太后边走边说，“要是哀家不在了，你如何处理刘氏老臣，王公贵族会听你的吗？还有契丹、党项和大宋的关系，难处理啊！”

赵祯眉头紧锁，余光瞥向太后，像是第一次认识她。

“想当初太祖黄袍加身，如果没有百官拥戴，太祖愿意吗?”太后颇有兴致地看向两旁一座又一座的宫殿。

“母后，不然朕让他们备轿?”赵祯搀扶太后，示意脚下有个台阶。

“无妨无妨。”

“圣上，这局哀家已经设了，怎么解看你的本事了。哀家怕是看不到你所言的盛世了。但是，吕夷简、八贤王、寇准、夏竦、包拯，再如后生欧阳修、葛怀敏等将臣，可以说历朝历代难得的名将良相在圣上这代都出现了。这是大宋的大幸！”

赵祯知道太后有意回避张生、范仲淹，但还是问:“如何评价范仲淹、张生二人，朕可以用谁?”

话一出口，赵祯自觉后悔，在太后一片肺腑之言后，他竟完全忘记了之前与太后的隔阂，而是像寻常母子一般，向她请教家事。

“人之将死，其言也善，圣上不觉得可悲吗？适才哀家说了大宋的大幸。大宋的不幸可能也正因为有这些能臣。想当初太祖在如何处理党项李继迁的问题上，是招安还是讨伐，就因为大臣意见纷乱而导致延误战机。”

赵祯愣了一下，未能完全消化这有点漫长的历史。

“圣上，哀家就像这浮云。”太后指着天空道，“后世的事哀家已无法管辖。成也范仲淹，败也范仲淹，顺势而为吧。”

突然，太后在赵祯面前跪下，远处侍卫皆惊惧不敢上前。

“母后，您这是何苦呢？”

“哀家曾在先帝面前立下誓言，大宋江山姓赵，哀家的使命就是维护它，否则愧对先帝。生为帝王家，死也是帝王家。”

“母后，快起来吧，这叫朕如何是好？”

“哀家的誓言已经做到了，圣上，放张生走吧，答应哀家！”赵祯第一次看到太后虚弱的眼神。

“也许是张生放过朕呢？”赵祯揶揄道。

“一介书生能号令百官吗？他有策略但无谋略，只能辅不能主，哀家了解他，他是受不得半点委屈的，可是为人臣子不受委屈如何成大事？他害怕久了，所以性格如豺狼，只有伤人才能保全自己。哀家斗胆恳求，过去的事希望圣上就不要怪罪了。圣上答应哀家吧！”

“要不是张生从中阻挠，也许自己很早就能独立亲政。若不是这个小人，自己与母后的关系不至于每回都互相试探、警惕。原谅张生？这是无论如何都无法做到的。"赵祯满怀怒气，不想与太后做过多纠缠。

"圣上，难道你不肯吗？难道要哀家给你磕头吗？"

"朕不恨张生便是了，母后快请起！"

"当真？"

赵祯紧握拳头，道："君无戏言！"

"圣上仁慈，不怪张生，有这句话哀家放心了。若圣上食言，哀家做鬼也不会放过你！"

"对大宋有功之臣，朕素来敬重。张大人心思缜密，是我朝不可多得的大臣。"

"如果是罪臣呢？"

"朕定能让他由恶从善。"

他们在一座古殿前停了下来。殿的台阶很多，但太后阻止赵祯搀扶她。

"圣上就到这儿吧，哀家到了。"

不知不觉，两人走到了一座废弃的宫殿。殿的门匾上印有"大庆"二字，石柱是旧的，门漆脱落，香炉沉积深灰，似乎一切都是破旧的，但巨大的先帝金身像矗立在主殿上。

"圣上，还有最后一事，哀家要问你。先帝那日曾和你说哀家到底是好人还是坏人？到底是能用的人还是不能用的人？"

赵祯向前一步，跪在太后面前。

"但说无妨！"

“先帝说，您是……是好人也是能用的人。”

太后独自走近金身像，喃喃自语：“我欠你的，都还给你了。”

“母后！”赵祯在身后唤她。

她没有回头，弯下身子，双手合十，一步步走向金身像，道：“别忘记答应哀家的事！”

2. 太后薨

换作平时，四周暗哨时刻监视着范仲淹，哪怕他去解手都有人秘密跟踪。起初这些人还躲着范仲淹避免被发现，后来对方也许失去了耐心，就直接坐到他的对面。今天范仲淹觉得很奇怪，他在清乐坊喝酒，却无人盯梢，自己像是一个失去焦点的人，反而有些不适应了。

“老爷，老爷！”

范仲淹听到管家福熙一边喘气一边在叫自己。

福熙似乎很久没有这般奔跑，坐定后，仍喘着粗气。他夺下范仲淹的酒，猛喝一口，便开始巡视四周。

范仲淹看着空碗，假装责怪他。

“老爷，太后薨了。”福熙掩不住喜悦，但又极为轻声地说。

“什么时候的事？消息准确吗？”

福熙拍了拍衣肩的尘土，道：“侍卫葛怀敏托的信，千真万确。老爷，太后薨了！圣上终于可以亲政，老爷定能重新出山了！”

“福熙，倒酒！”范仲淹并没有露出过多的兴奋之色。

福熙不解地问：“老爷，太后亡故，您为何不高兴？”

“我为什么要高兴?”范仲淹不由叹息,“福熙,太后掌权的这些年发行交子,完善科举,创设谏院,兴办州学。难道你不为大宋失去一位能人感到可惜吗?”

福熙说不出话来,太后令范仲淹郁郁不得志,但如今自家老爷却为这变故感到惋惜。

“大宋的危难才刚刚开始。”范仲淹摇晃着站起来,独自走向街市。

赵祯身穿丧服,在大庆殿上低着头,太后生前的意愿是丧事一切从简,但他刚刚下令不惜一切代价为太后铸造金身像,安置在先帝身旁。然而,殿外传来一阵喧闹声,打破了原有的严肃气氛。

赵祯有些不满,道:“葛怀敏,是谁胆敢在宫中喧哗?”

葛怀敏解释说都城百姓自发走上街头,为太后去世而哭泣。

赵祯细听声音,果然是妇孺的啜泣声,其中还夹杂着低沉的男子的声音。

“太后被百姓惦记着,一代太后母仪天下。众大臣听令,大宋境内斋戒七天,特赦者免其罪责。”

他转过身对吕夷简说:“吕相,一切政务按照之前布置,太后过世朕倍感悲伤,日常琐事由吕相处理。”

大赦天下,这招用得极为高明。先前因反对太后被关押的官员将获释放,当然另一个原因是赵祯答应过太后,放过张生。

老道的吕夷简点头称是,随后却说:“圣上,张生一人已骑马逃出都城!”

“怎么不拦下?”赵祯大为吃惊。

“他手上有太后的通行令牌,无人敢上前阻拦!”

赵祯有些踟蹰,道:“可知道他逃往哪儿去吗?”

“已逃往江陵府,圣上,派人抓捕吗?”

“朕已大赦天下,为何还要再拿张生问罪?张生是太后重臣,随他去吧!告诉张生亲眷,一切照旧,张生依然可领取俸禄。昭告天下,朕随时等他回来。”赵祯叹了口气,知道自己还有更重要的事情要去做。

“谢主隆恩!”张生夫人接过圣旨,亲眷们一同起身,几位随从哭哭啼啼。张夫人擦拭了一下眼角的泪珠,吩咐管家请差役喝茶。稚子打开圣旨,拉扯夫人的褶裙,问:“娘,为什么圣旨上没有字?”

张夫人正要询问,几个差役露出冰冷的目光,一人提起白刃,刺向张夫人的胸口。

捅刀的差役讥笑道:“为什么?那你去问范仲淹吧!”

张夫人睁大眼睛躺倒在地。稚子拉扯倒地的母亲,突然也一声惨叫,做了刀下魂。

短短片刻,张府已血流成河,尸体相叠。最后只剩下一看门老头正缓慢向前门爬去,嘴里喊着“救命救命”。领头的差役示意众人留下一个活口,便在老头身边耳语:“对不起,是范仲淹让我们这么做的。”之后,便拔刀刺瞎了他的双眼。

差役们收起刀,脱下官服,脸上蒙了黑布,又向四处检查了一遍，便迅速从后院逃走了。

3. 群臣危

赵祯本意是让范仲淹作为朝廷钦差去安抚张生亲眷，以此缓和二人过往在政治上的尖锐敌意，如今坊间却谣传是朝廷派范仲淹诛杀张生。赵祯紧锁眉头，看来张生是不会回来的。令他感到更大压力的是那股黑暗势力，假扮钦差刺杀朝廷大臣，这是欺君之罪，是谁这么大胆？他盯着殿下的范仲淹，说："朕这次找你来，是想请先生出山做平章事，为朕输良策。"

"臣想问圣上，如何看待这局势？"

赵祯拂袖正坐，道："大宋江山危矣，但朕苦无治国良策。太后一死，党羽如何处置？法度如何建立？西夷藩部如何处理？朕日夜忧惧！"他大手一挥，宫女们拉开卷帘，一幅宋、辽、党项、吐蕃等国的地形图悬挂在赵祯卧榻之上。

"朕犹如行走在茫茫黑夜之中，急需一盏灯照亮前方的道路。太后虽得治国之法，但法是虚法。朕需要革新，创百代之举。"

范仲淹上前一拜，道："君有此心，大宋之幸。臣定先忧后乐，替圣上分忧。大宋有强敌辽国、契丹，但子民喜好风雅，无战斗之实，是为弱兵，此其一；其二，太祖定制，制度应审时度势，百姓富而官穷，此乃天下之讥，应吏治革新，重新定制。"

范仲淹说完两点，便缄口不言。

"先生之说有其三，但只讲其一其二，是为何理？"

"其三，请圣上升丁谓、陈元为正一品知枢密院事、开府仪同三司。欧阳修、宋祁顶替其原来位置。”

赵祯点头道:“丁谓、陈元明升暗降,实权更迭,妙!”

“知仲淹者,圣上也。”

“还有其他人选吗?”

“此二人足矣,永叔精通农学,擅用新策新法改变陈规;宋祁务实稳重,心思细密,虽无才情,但可堪重任于肩。”接着范仲淹细数两人的历史,甚至是读书趣味、生活嗜好。

知人才能善用,赵祯佩服这位老臣惊人的辨才能力。

“先生大义,不以出身论英雄。那大人自己又如何打算呢?”

范仲淹退后一步说:“圣上,臣今日尚不宜回朝为官。”

原本松弛的赵祯,全身一紧,问:“先生,这是为何?只有先生才能助朕开创全新的盛世,也只有先生才知朕的痛苦。先生是不满俸禄、官位吗?”

“圣上是仁君,能为明主效命,是臣的荣耀,但现在不是时候。变法革新臣还未有全策,太后余部随时会东山再起,还有罪臣张生,圣上仁厚放其归隐,不料其家眷共七十二人死于非命。凡此种种,定有幕后黑手。臣若出山,君臣在明,敌人在暗,臣怕圣上腹背受敌。”范仲淹面有难色道。

赵祯停下脚步,道:“先生高瞻远瞩,舍弃个人功名,朕误会先生的一片苦心了。”随即他召唤殿外守护的葛怀敏,“去拿酒来,朕要和先生痛饮,畅谈天下大事。”

之后,君臣二人在文德殿对坐,并无尊卑之分,范仲淹不断拿出书卷,在赵祯耳边说着什么。赵祯大多数时候像一位安静的聆听者，时不时点头。

4. 百姓憎

受太后薨的影响，相国寺街边所有买卖都停止了。对于本地人来说不过是在屋中躲上七天，而对行路者而言则有些麻烦。他们要寻找阳奉阴违仍在营业的客店，也需要准备更多的银子。这些天，张生并没有逃到黔州，而是仍然留在都城。最危险的地方往往是最安全的地方。由于仓促逃离，他已身无分文。

从相国寺街边，往东穿过水巷，张生终于来到一家客店。这时几个提刀客正四处游走盘查，来到此店。只见领头的刀疤汉单手举起小二，盘问最近有没有其他人住店。

"都城禁令，谁敢忤逆圣旨！"被吊在空中的小二喘着气说，"客官放我下来，有话好好说！"

刀疤汉又从胸口掏出一张画像，问小二有没有见过这个人。其他几个提刀客并没有闲着，在店中洗劫一番。在确认小二并未见过那人后，提刀客大摇大摆地走出店门。

刀疤汉一脚踢开小二数尺远，还威胁道："听着，小子，见到这个人立马告诉我。不要想告官，我们还会再来！"说罢，他又扇了小二几个巴掌，将吃了一半的馒头扔向远处。

躲在远处的张生长舒一口气，道："狗皇帝，表面赦免我，实际却派杀手欲除之后快！"他也不敢再进店了。可三日未进食的张生看到店门口那吃剩下的半个馒头，咽下口水，无论如何都不想就此离去。张生佝偻着背，弹去馒头上的灰。

从地上爬起的小二，捂住胸口，吐了一口浊气，发现张生偷吃馒头，破口大骂："连你也欺负我！"小二拿起藤条，抽打张生的后背。

张生背过身，拿起再次掉落地上的馒头，连滚带爬。刚回首，好不容易得来的馒头又被另一个独眼乞丐夺去。一股压抑许久的无名之火犹如火龙迅速喷发，张生和乞丐扭打在一起，半个馒头在脏兮兮的手上不停地被来回争夺。

"你松开吧！日后到我府上多少山珍都够你吃！"

张生因饥饿渐渐体力不支，但那乞丐也好不到哪里去，他的双腿被张生按着，动弹不得。张生始终无法摆脱乞丐的束缚，松开馒头，站起身向天怒吼："多少山珍美味不曾留恋，如今我张生竟为了半个馒头和乞丐争食，哈哈哈，天要亡我！"

"老爷！"乞丐吐出馒头，惊讶地看向张生，"老爷真的是你吗？我是您府上管家啊，老爷！"

张生凑近老乞丐，道："老管家！真的是你？"

老乞丐撩起散乱的头发，用粗布袖口抹了一把脸，道："老爷是我啊！"

张生和昔日管家紧紧拥抱在一起。

"老管家，你怎么在这里？眼睛怎么了？家里怎么样？"张生一连问了许多问题，自从太后薨了，他就躲藏一处，不知时局。

老管家爆发出沉重的哭声，道："老爷，夫人和公子全惨死了！那日，皇帝派人传圣旨，说不罚家眷，望老爷迷途知返，夫人刚领旨就被差役砍死。我的眼睛也是被他们弄瞎的！老爷，要为夫人、公子报仇啊！”

张生怔在那里，道：“我张府七十二口人，他们竟……”

老管家点点头，道：“那些豺狼说是范仲淹要置老爷于死地。”

“范——仲——淹！这个衣冠禽兽的伪君子！原以为他只是投错了主，没想到他竟如此卑鄙！”

身后传来一阵马蹄声。

“张生，往哪里跑！”转眼之间，那些提刀客又回来了。

老管家推着张生说：“老爷，您先走吧，奴才贱命一条！”

“不行，要走一起走。”

“老爷带我上天入地，出入富贵，该是我报恩的时候了！”说完，管家朝提刀客撞去，马受到惊吓，乱了阵脚。提刀客虽一刀结果了他，但也一时无法追上张生。

张生见已甩开提刀客，却发现脚下是护城河。“难道我张生也要学项羽，自刎乌江吗？”张生苦笑着，站在河边。

“大丈夫志在四方，死算什么？”这时，张生才发现身旁坐着一位壮士，肩膀宽厚，穿着大宋并不多见的皮革。那壮士递给张生酒壶。

“喝完这碗烈酒，再跳下去吧！”见张生不理，壮士嘲笑道，“怎么一个要死的人还怕我在酒壶里下毒？”

“有什么不敢喝的！”张生抢过酒壶，不管三七二十一，便往肚子里猛灌。起初这酒味有些刺鼻，张生呛了出来，但酒壶很快见了底。

“好气魄!”壮汉击打张生胸脯道,“凭这般好酒量,兄台又有何事想不开呢?”

张生刚想回答,提刀客已成包围之势又追了上来。

张生上前一步,道:“一人做事一人当,我和这兄台本素不相识,各位好汉放过他吧!”

听张生这么一说,壮汉也站起身,只不过由于喝过烈酒的关系,这踉跄起身引得提刀客们嘲笑。

“一个都别想走!”壮汉怒吼道。

提刀客哄堂大笑,其中领头的刀疤汉欲牵引缰绳,用马蹄踢翻他。壮汉侧身闪过,只一勾腿横踢,提刀客便人仰马翻。顷刻间,几处暗箭射来,除刀疤汉重伤落马,其他提刀客全部横死。

“哈哈哈,一个都别想走!”壮士慢慢走向刀疤汉。

“你是谁?”

“哈哈哈,我是谁?让你死个明白,李元昊!”

壮士说完,一刀便要了刀疤汉的命。在一旁的张生早已吓得魂飞魄散,当听到“李元昊”这名字时,不由得肃然起敬,这李元昊是党项首领李德明之子。传说李元昊相貌俊美又骁勇善战,在党项部落战争中战无不胜。

“兄台,你我一见如故,可否继续再痛饮一番?”李元昊问。

正发怵的张生心中感叹:宋人常说西夷未开化,野蛮凶残,但性情中人流露出淳朴的民风是文人无法比拟的。弱肉强食本是自然法则,而开化的大宋,又有多少看不见的残杀呢?

就这样,张生与李元昊一人一口酒,微风吹拂,把酒言欢,纵谈天下大事。

5. 圣旨令

范府管家福熙正准备掌灯，瞧见赵祯率宋祁、欧阳修正走来。

“福熙免礼，走，带朕看看你家老爷去。”赵祯发出爽朗的笑声。

一旁的宋祁说：“圣上那么想看范大人，这时候说不定他正在用膳呢？”

“范大人埋头研究法制，肯定忘了用膳，是不是，福熙？”欧阳修附和。

说笑间，四人便来到了范仲淹的书房。书房内卷册遍地，难有立足之地。赵祯见漫山书海，只能低声问福熙：“你家老爷呢？”

福熙用手指向一丈高的书堆说：“在那儿。”

在书堆后面，范仲淹低头执卷，神情严肃，似乎在深思。

“是不是福熙来了？晚饭搁在这儿吧。”范仲淹并未抬头，而是在书册上批注。

福熙刚想回答，却被一旁的赵祯阻止，他不忍打断范仲淹的思考。

许久范仲淹才抬头看到赵祯及两位重臣。

“圣上。”范仲淹欲起身。

“先生免礼。”赵祯扶住有些腿麻的范仲淹。

“希文，我们可等你有一炷香的时间啦！”宋祁笑道。

“臣失礼了。”

欧阳修也风趣地说：“那你可要给圣上送礼啊！”

“哈哈!”赵祯也忍不住笑出声。

范仲淹收拢几本书,腾出一块空地,嘱咐福熙上好菜美酒。待三人坐定后,却见福熙端上“好菜美酒”——一盘酸豆,一壶米酒,几棵略馊的腌菜。

“福熙,圣上来了,去集市买点上好的羊肉吧!”

“不忙,粗茶淡饭,吃得爽口。”赵祯拾起碗筷,反复咀嚼干硬的咸菜。

“圣上,请恕罪。臣整个冬天都伏在书房,虽日夜不敢懈怠,但尚未能完成明黜陟、抑侥幸、精贡举、择官长、均公田、厚农桑、修武备、减徭役、覃恩信、重命令等十项吏法改制。”范仲淹边说边叫福熙拖出厚厚一堆他编写的吏法。

赵祯匆匆扫了一眼,而后说:“先生,改制之事要暂缓了。”

“为何?”

“他回来了。”

像是有种自然的默契,君臣四人都停顿了。没想到只一个“他”,竟让宋祁、欧阳修变了脸色;只一个“他”,竟然迫使赵祯对变法的计划进行调整。他就是李元昊。

早在天圣六年(1028),年仅二十四岁的李元昊就率兵进攻甘州,谁料三天之内李元昊便越过河西走廊。严格说来,这是赵祯继位后打的第一场败仗。每每想到此处,赵祯都会大怒:“两万守军完败于两千轻甲士,这是大宋的耻辱。”此战后,李元昊并未乘胜追击,而是即刻整顿内政。自此,西夏沉寂五年。

“圣上,变法之事迫在眉睫,箭在弦上不得不发。难道圣上忘记了当初与臣的约定吗?”范仲淹许久才说出一句话。

一旁的宋祁见气氛有些紧张,与欧阳修交换了眼色,道:“开封府知州来报,党项太子李元昊率十余人至东京探查形势,并且已掳走张生。”

“全家都死了,掳走还是自愿出走,一眼便知。”赵祯说。

无论是张生叛逃还是李元昊的进攻对大宋来说都不足为惧,难就难在是变法为先还是打击西夏为先。如果先变法,国家内部的吏治进行重新调整,此举势必引起新旧势力的再次争斗。如果先外战,真宗以来大宋在军事上除了战败就是议和,再加上太后刚薨,赵祯的基业尚未奠定,万一再败,内忧外患,大宋的命运将在劫难逃。雄心如虎的李元昊,计谋如蝎的张生,这二人联手必使天下大乱。

大宋与党项势必有一战。

翌日,天尚未放亮,范仲淹牵白马来到清乐坊。柳树吹拂,几只盘旋的乌鸦嘶哑地哀鸣,范仲淹驻足一处,望向坊间二楼的第三扇窗户。窗户上有一张印有“小莲”的红纸轻轻飘动。直到相国寺街头有了小贩的走动声,范仲淹自言自语道:“等我。”随后,他骑上白马,头也不回地离开了。而在另一边,小莲隔着窗户,靠向墙壁,身体慢慢向下滑。她捂住嘴巴,任凭眼泪流过脸庞,流过下巴,沾湿衣襟。

四、内斗升级

1. 食人村奇遇

毒辣的太阳逼迫范仲淹下马饮水，人困马饥，一个老农告诉他，翻过眼前的这座屈无山，就是党项部落的领地了，老农还提醒他，山上有一个吃人的部落，每到午夜就会觅食。不信邪的本地樵夫想多砍些柴，常常有去无回，连尸体都找不到。范仲淹拜别老农，驰马飞奔，此行的目的只有一个——带回张生。

屈无山看似不高，估摸一天之内即可翻过，但是到了党项边境又如何才能接近皇宫呢？范仲淹骑得很慢，离开大宋国土，每走一步都有可能发生意外。不知过了多久，天渐渐暗下来，竹林深处升起一股白烟，范仲淹牵着马缰绳，来回探路，却始终无法走出这谜一般的竹林。突然坐骑蹬起前蹄，像是受到了某种惊吓。

他抚摸自己的良马，自语道："黑子，镇定。"重复三遍，黑子终于安静了。范仲淹刚喘了一口气，黑子便两蹄一弯倒地不起。他俯身去查看黑子的伤情，背后竟然伸出一双脏兮兮的手。范仲淹发现那不是吃人的鬼，而是一个骨瘦嶙峋的小男孩。

“叔叔，能不能给我一点吃的？”

小男孩浑身发紫，肚脐之上的两根肋骨清晰可见，脸呈现倒锥形。

“你叫什么名字？”

“狄青。”

狄青接过范仲淹给的馒头和水，并未独享，而是吹了一声口哨，一时之间十多个小男孩从竹林周围冒出。

十多个小男孩并未发生争抢，而是在狄青的带领下有秩序地排好队。范仲淹给狄青两个馒头，狄青平均分成十五份。待分配完成后，狄青率小男孩们给范仲淹狠狠地磕了头。

“谢谢恩公！恩公万岁！”

范仲淹将这群孩子扶起，不由得感叹：“是谁说西夷野蛮，相比大宋官员的钩心斗角，相比百姓的好高骛远，这群所谓的西夷竟也懂得感恩。”

狄青告诉范仲淹，他们是党项人和宋人的后裔。党项人虽然野蛮，但以自己的血统为傲，他们嫌弃宋人的扭捏作态；而宋人自然不必说，与外族通婚，这简直是奇耻大辱，所以狄青的祖先们只能隐藏于边境，没有府衙管束，倒也自得其乐。但是这些年不知何故屈无山种不出粮食，只能人人挨饿。村子里又瘟疫横行，山下的老百姓都不敢上来，于是就说他们是吃人的鬼。自己的奶奶奄奄一息，说到悲伤之处，狄青不禁哽咽。

十几个男孩又跪下恳求：“求求恩公救救我们的家人吧！”素来

忧天下人之忧的范仲淹点头上前说:“带我去你们家吧。”

男孩们停止哭泣,响起了一片欢呼声。

“不过,我可不能保证一定能救活你们村里人。”

半个时辰后,他们来到了一间茅草屋。范仲淹抬起头,远处杂草丛生,屋内漆黑一片,看不出有人迹。他在狄青的陪伴下,半信半疑地进门,突然一股强大的外力推他进去,屋门被迅速锁住。范仲淹大惊,看似是茅草屋堆砌的房子,其实内屋是一座小型的监狱。

“狄青,快放我出去。我好心救你们,你们是这样对待恩公的吗?”

“必定是官府派来的奸细,想把我们全部杀死。”

狄青不响,低下头,其余男孩们并未理会范仲淹的叫骂,直接撕开他的包裹,将里面的馒头和一些备用食物掏出来,互相分食。

范仲淹并不放弃,仍然大喊:“食物你们拿去,我要去党项寻人,情况危急,放我出去。”

“别叫了,没有用的。”范仲淹这才发现,屋里关的不只是他一个人,身后有七八个和他穿戴相似的人。

“我们奉太子李元昊之命,捉拿有瘟疫的村民。谁料……”

“我有办法救你们出去,你们能保证不追杀这些小孩吗?”

“我们奉太子之命,否则回去也是死。”

范仲淹未料到党项士兵竟如此听命于太子。

“太子只让你们捉拿感染瘟疫的村民,也就是说,如果没感染瘟疫的村民被捉拿,你们便是犯了欺君之罪。”

不等对方回答，范仲淹直接用破椅子顶住天窗，几人见势发力掰开铁窗。

党项士兵留下一句："多谢壮士，我们会禀告太子。"

此时已是深夜，范仲淹重新回到竹林中，远处响起一个女子的叫喊声。会不会又是陷阱？他沿着声音走去，只见一个穿皮革的姑娘倒在路上，说是脚崴了。

"你扶我出这片竹林就好了，自会有人找我！"

范仲淹并不看姑娘，直接背起她，按她的指示前行并终于发现了一个小山村。

"为什么你不正眼看我？"

范仲淹放下姑娘，道："林子已走出，姑娘保重。"

"别去这个村，它是食人村，去了你就死定了。"

范仲淹甩了一下剑柄，径直走去。

"你混蛋！"姑娘拉住范仲淹的袖口，"跟我回去啊。"

"姑娘自重。"

范仲淹回过头才看清这姑娘。她皮肤较黑，说不上有动人之处，但也不俗气，骨子里透露出一股蛮劲。

两人边斗嘴边走到了食人村。他们被眼前的景象所震惊：凡是所能看见的植物比如枯草、树木、败花都有浅红的血迹；村里没有青壮年劳力，除了能看到露出肩胛骨的老少，只有草堆旁的一堆堆白骨。每靠近下一个草堆，崴脚姑娘就发出尖叫声。

前方有一间简陋的茅草屋，内室传来微弱的求救声。

范仲淹跟着姑娘走到内室，只见一老婆婆痛苦地倒在地上。两人把她扶到床榻上。

“婆婆发烧了。”姑娘说。

内室极为简陋，漏风的墙，发黄的被褥，再也没有什么东西了，就连倒出来的水都能见到米粒大的石子。

她让范仲淹撑住婆婆，自己按压婆婆的曲池、合谷、外关穴。见无效果，又从荷包里拿出银针，扎向大椎穴。

“只靠银针就能退热，范某闻所未闻。”

大概一炷香的工夫，婆婆的额头冒出不少虚汗。

“终于退热了。”姑娘鄙睨地看向范仲淹。

婆婆醒来后，扶住床榻跪下，道：“恩人啊，要不是遇见你们，我老婆子就要见阎王了。”

“婆婆别这么说，救人是应该的。”姑娘说。

“婆婆就一个人住在这里吗？”

“我家老头、儿子、儿媳都得瘟疫死啦，只剩下我和孙子。他说去找食物，也不知是死是活。”婆婆说这段话时，语气极为平静，“死了，最好能找到尸体，这样我们全家就可以团聚了。”

“奶奶！奶奶！我找到食物了。”狄青兴冲冲地从屋外跑来，手上拿的正是白天从范仲淹手上抢来的食物。

婆婆说：“青儿，还愣在这里干什么？要不是碰到两位活菩萨，我老婆子早就死了。”

“谢……谢。”狄青有些尴尬。

“婆婆不必客气，那我们告辞了。”

婆婆站起身，说夜色已黑，歇息一日再走。晚上雾重，也走不出去。

夜晚，月明星稀，狄青带范仲淹来到一间茅草屋。

“恩公，这里比较简陋，你就将就一晚吧。”狄青弯下身，尽量将茅草铺均匀。

范仲淹接过几捆茅草，伸张双臂，打了一个哈欠，自在地躺下。

“恩公……”

“嗯？”范仲淹笑道，“别说了，你是为了救奶奶，我不怪你。”

“恩公的大恩大德，我狄青定当相报。”

而在内室，婆婆执意要姑娘睡床上，自己睡地铺。

“婆婆，你是病人，怎么能睡地铺呢？”

“姑娘心地善良，老婆子只能祝你和恩公白头到老！”

姑娘原本正在喝水，听到这句话后，“扑哧”一口水喷了出来。

“我和那个木头人白头到老？婆婆说笑了！”

“难道不是吗？我老婆子可不会看错的，这感情的事讲究缘分，既然姑娘和恩公有缘，为何不成就这段姻缘呢？”

姑娘的脸微红，想起范仲淹毫不犹疑地背起她，想起两个人互相搀扶着走过层层迷雾的情景。

“不是吗？”

“婆婆别再说了。”

姑娘翻个身，背对婆婆。

四、内斗升级

翌日，当他们准备离开食人村时，不少村民说他们已经出不去了，党项部落包围食人村，扬言要放一把火把村民全部烧死。村民纷纷走到村长婆婆身边求救。

村子周围已经能看到火苗了。婆婆顿时失了神，丢开拐杖，倒在地上。

“我们也是党项子民，为何因为这瘟疫而抛弃我们？苍天，我们做错了什么？”

村民纷纷扶住婆婆。姑娘对身边的范仲淹低声说：“快走。”

“我不走，见死不救非君子所为。”范仲淹立在原地，双眼直视前方，“大丈夫从不临阵脱逃！”

“什么大丈夫，我是女子，你大丈夫难道不应该保护女子吗？”姑娘拉起范仲淹的袖口，要往林中逃去。

远处传来一阵马蹄声，轻骑士兵手执檄文，叫喊道：“食人村遭天谴，得瘟疫，吾族奉上天之命消灭食人村。”

村民们往村后方逃去，不料早已埋伏的士兵又将他们逼回到原路，将他们团团围住。领头的副将举起双手，弓箭手拉开弓弦，箭头涂有火漆，随时准备放箭。

村民皆为老弱妇孺，见这一阵势，都在原地啜泣。哪怕是有武艺的狄青，也无法抵御百千弓箭，只能徒劳地高呼：“我们也是党项中的一员，难道你们愿意手足相残吗？”

那些士兵像是豺狼，村民的哀求声激发起他们可怕的“狼性”。即使是身经百战的范仲淹面对此情此景，心中感叹，多少次的兵戎相见，都没要了自己的命，现在就是这个荒僻的小山村，竟然是埋葬自己的地方。

狄青大吼一声，只见一支箭直刺他的祖母。

婆婆闭上眼睛，刹那间，范仲淹俯身一剑挡开利箭。婆婆的命算是保住了，但范仲淹却擦伤了手臂。再回首时，几把利剑已架在他的脖子上。婆婆蜷缩在范仲淹的身边。

领头的将领皱了下眉头，欲做一个砍头的手势，手起刀落之间，姑娘站了出来，指着那个领头的骂道："野利仁荣，你吃了豹子胆了吗?"

原本威武挺拔的领头，听到这一声斥责，竟缩头缩脑，整个背都佝偻下去，就像是裹了脚的女人，柔声柔气地说："见过公主。"党项骑兵们随着领头的纷纷下马叩首。

姑娘本名叫李胜男，是李德明唯一的女儿。党项人民风彪悍，女人亦是如此，平时耕地，战时运输粮草。公主是首领的掌上明珠，就连李元昊等兄长都要让她三分。

"我让你放人!"李胜男瞪大眼睛看向野利仁荣。

"主公有令，今日务必要剿灭食人村。"

"我已经证实食人村只是谣言，他们并不吃人。"

四周适时传来村民的呜咽声。

"退下。"李胜男道。

野利仁荣仍立在原地。

"没有主公命令，谁都不能退下，除非彻底铲除食人村!"

"愚忠!"

四、内斗升级

李胜男剑指野利仁荣道:“退下。”

“众将士听令,今天谁敢放走一个村民,军法处置!”野利仁荣的脖子渗出血滴。

李胜男并不退让,剑又深入一些。

突然,远处传来震耳欲聋的马蹄声,人未到声音已经传来:“不许胡闹。”

李元昊牵引马缰绳从林中走来,身边没有护卫。要不是佩戴一把闪着光的青偃宝刀,看起来就像是一个江南游侠,脸庞俊秀,长发飘逸,结实的肌肉撑起一件松垮的黑衣。与他相对的是着白衣的范仲淹。这一黑一白之间,两人四目相对。李元昊缓缓向范仲淹走来,在还有一丈多的地方,举起宝刀。

“哥哥,你不准杀他,他救过我的命。”

范仲淹下意识地往后退却。

“抬起头来,看着我。”李元昊道。

范仲淹抬起头,眼神不卑不亢,并不掩饰什么。

因为平时交战难以见到各自主帅的真容,再加上范仲淹这几天舟车劳顿并未好好进食,面黄肌瘦,李元昊倒也未必真的认得。

“你跟我回去。”李元昊拉住李胜男道。

“跟你回去也可以,但你要保证不杀食人村百姓。”

“食人村百姓一定要杀尽!不然我们全部会死!”

“一定有其他办法的。”李胜男说,“如果父王知道你屠杀无辜百姓来根除瘟疫,定会贬斥你。”

“父王就是太过于仁爱,导致我们党项连年饥荒。”

“这和仁爱有什么关系，是你自己不了解种粮农耕之法。”

“是因为我们不懂得抢。”

“杀。”李元昊做了一个手势，有些骑兵上前一步准备射杀，也有部分士兵踟蹰不前。

“其实还有另一解。”范仲淹欲上前，却被士兵横刀阻拦。范仲淹道：“如果能找到瘟疫的病因治愈它，屠杀食人村岂不是多此一举了？况且如果能彻底根除瘟疫，百姓岂不是更加拥戴您了？”

李元昊看着范仲淹，又看向李胜男，若有所思，下令士兵放下刀，双手抓住其衣襟道：“给你三天。”

2. 巧遇桃花劫

三天的时间要彻底根除瘟疫，这简直难如登天。

范仲淹和李胜男抓紧时间，挨家挨户地检查瘟疫的根源。

李胜男蹲在地上，边检查土壤边像是背书一般说道：“《肘后备急方》有记载，伤寒、时行、温疫，三名同一种……其年岁中有疠气兼挟鬼毒相注，名为温病，并立‘治瘴气疫疠温毒诸方’一章，记载了老君神明白散、度瘴散、辟温病散等治疗、预防温病的方剂。孙思邈《千金要方·伤寒》立‘辟温’一章，记载治疗温病的方剂。还有什么呢？唉！”

范仲淹打掉了李胜男刚刚拔下的草，道：“这是草，不是草药！”

“要你管啊，我自己吃不行吗？”

“你又不是马，吃什么草？”范仲淹被她的言语逗乐了。看着眼前这个充满灵气的小姑娘，他是真心喜欢这样的妹妹。范仲淹幼年丧父，又是家里独子，家是什么味道呢？也许就像有个可以拌嘴的妹妹一样吧！可是她是这样想的吗？

“喂，你说该怎么办？都已经过去两天了。”

“经过两天考察，你有没有发现食人村与其他村落有什么不同？”

范仲淹靠近李胜男。他抓住她身后的一条蛇，他的脸轻轻碰到她的脸颊。

他又救了她。

李胜男的脸一会儿红一会儿白，都不敢看范仲淹。

“是水源！”

“什么？”

“导致瘟疫形成的主要原因是水的变质，食人村缺水，你看看周围除了竹子就再也没有其他植物了。”

“这又能说明什么？”

“毒蛇咬你一口会亡，变质的水喝一口会没事吗？”

范仲淹抓起蛇，李胜男不敢走在他的后面，因为蛇头总是对着她。

“你能不能走慢点，我跟不上。”

“我们要把蛇皮磨成粉，配合金汁，熬成汤，分发下去。”

食人村的村民们围聚在一旁，一个个都瞪大眼睛。一老翁问范仲淹：“这个是用来干什么的？”范仲淹和李胜男的行为太异常了。只见范仲淹拎出一个口袋，掏出五条大蛇，每条蛇都很粗大，五尺长。范仲淹一边紧紧捏住蛇的七寸，一边对烧水的李胜男叫道："好了没？"

不仅范仲淹的额头冒出汗，就连拿着铁铲捣鼓沸水的李胜男都禁不住抹汗，她知道要是这水不沸腾，身旁的范仲淹随时会有被蛇咬伤的危险。

水烧开后，范仲淹叫李胜男躲到一边，四周的村民也退后几步，范仲淹将毒蛇扔进沸水锅里。五条巨蛇如同进了仙君的炼丹炉，顷刻间停止搅动。村民们议论纷纷，不明白范仲淹的举动。

等到沸水锅里飘出一股肉香味，范仲淹招呼村民说："一人一碗，吃吧。"说完，他率先拿起一碗，想端给旁边的村民。有村民连连摆手说："有毒，我不吃！"

村民的这个举动让范仲淹感到意外。

"明明是有毒的蛇肉，还要给我们吃，这两个外来人是何居心？"

"没听到那天恶贼李元昊说的吗，他们叫这个女子为公主！"

李胜男听到后，抢过范仲淹的碗，喝得一干而净，道："不识好人心！"接着拉住范仲淹的手说，"走。"

"恩公莫走！"狄青扶住村长婆婆走到他们面前。婆婆环视她的村民，拐杖狠狠地扎进泥土里，说道："都说李元昊凶残，我们呢？要不是恩公和这位姑娘舍命相救，三天前我们就被杀死了。三天里，恩公几乎不睡，日夜思虑解决瘟疫的办法！你们还要如此诬陷他们，我们和李元昊又有什么分别呢？"说完，婆婆推开狄青，拿起一碗蛇汤，颤巍巍地喝下。狄青双手作揖，向范仲淹点点头，紧随其后喝下一碗。

“是啊！是恩公救了我们！”

食人村民风淳朴，谁说的有道理就听谁的，喜怒哀乐都显露脸上。转眼之间，他们便排好队，开始领取蛇汤了。有些村民好久没吃到肉了，自告奋勇又领了一碗。

晚上，李胜男独自来到林子散步，看到范仲淹正在喝酒，似乎有点忐忑，并不像白天紧握蛇的七寸时那样的威武。

“想什么呢？”李胜男拍了一下范仲淹的肩膀。

范仲淹指着天空说：“天星连成一线，这天下又有变数。”

“那么久了，告诉我你的名字吧！”李胜男道。

“本来无一物！”

“什么乱七八糟的，我听不懂！我叫李胜男，党项首领李德明是我的父亲。这些你都知道了，告诉我你的名字，来自何处？”

“我只是一个普通的宋人。”范仲淹并不看她。

“那你可有妻儿？”李胜男说这句话的时候，脸微微有些发烫。

范仲淹并不理睬，径直往前走，碰到正在寻他的狄青。

狄青道：“恩公，大家喝了你的蛇汤，感觉比以前好了。那些得瘟疫的村民，有些都可以下床行走了。”

“好，好！”

李胜男道：“看来村民有救了。”

范仲淹走进每户村民家中，查看患者的病情，李胜男跟随左右。

“一个普通人怎么知道治瘟疫的良方呢?”李胜男问。

范仲淹没有回答,而是仔细地对一个患者说:“每天多喝沸腾的水,按时领取蛇肉汤,这是其他几个草药方子,你收好。”范仲淹拿起药箱问,“还有几户人没看?”

“都走遍了,喂,你这人怎么这样?不告诉我名字,不告诉我身份,也不告诉我有无家室?”李胜男小声嘀咕着,“你是不是觉得我哥哥李元昊残暴,所以不想和我交朋友吧?”

范仲淹停下脚步,故意说:“李元昊?怎么你们是兄妹关系?”

“哈哈,我知道你的身份了。你是不是宋朝派来的奸细?”

范仲淹心里一紧,李胜男“嘘”了一声,道:“放心,我不会告诉别人的。我们党项除了我哥哥之外,其他人都是好人。你们宋朝是我们的邻居,我还想去那里玩呢。”

见李胜男一脸天真,范仲淹松了一口气。

这时,狄青从远处跑来说:“不好了,不好了,李元昊派野利仁荣包围了食人村。”

3. 送君千里外

“野利仁荣,你这个背信弃义的小人!李元昊,你给我出来!”见到村民们被党项士兵捆绑着,李胜男破口大骂。

野利仁荣下跪,勒令士兵放下刀刃,说:“参见公主,我们是奉命行事!”

李胜男走到村民们身前,说:“你们是奉命?你们这是在抗命!李元昊说过,只要食人村没有瘟疫,就不杀村民。现在你们要杀村民，这不是忤逆你们的主子吗？”

四周的士兵有些心虚。

“杀！”李元昊不知从哪里冒出，夺过一个退缩士兵的大刀，直接杀死了离自己最近的村民。这一举动不仅令村民、范仲淹、李胜男目瞪口呆，就连党项士兵、副将野利仁荣也大吃一惊。

“你这个背信弃义的伪君子。我要告诉父亲！”李胜男道。

李元昊欣赏着手里的剑，血一滴滴掉到地上。他舔尽剑上的血，用手轻轻擦拭剑上的血痕，像是在品茶。

“信义？”李元昊指向自己说，“我就是信义！”

“李元昊，你！”李胜男张开双臂道，“要杀就先杀我吧！”转身又对党项的士兵说，“我是你们的公主。要是今天谁再敢杀食人村村民一人，我定让他死无葬身之地。”

士兵们不知所措。

李元昊再次挥剑，竟然砍起了自家士兵。

“要是今天谁不杀村民，如同此人！”李元昊说完，将剑丢弃。

士兵们神情复杂，移着碎步往前。

“慢着！”远处又缓缓走来一队人马。和李元昊手下的士兵不同的是，这些士兵都戴着毡帽，手上的长剑也比李元昊的士兵看上去更加锋利。原本垂头丧气的李胜男像是突然看到救兵，眼睛放光。只见那队人马向两边缓缓散开，嘴里念着范仲淹听不懂的语言，四人抬着的宝座“咚”的一声落地。宝座上的老人站起身，不断咳嗽。不过伴随着咳嗽声，在场的所有人全部跪了下来，除了范仲淹。

老人和范仲淹对视了一下，李胜男走到老人身边说："父王，快坐下，你身体不好！"

本来严肃的老人见到李胜男立刻露出了慈爱的目光。

这老人正是李德明。范仲淹知道，李德明是一位有为的族长，奉行亲宋和亲辽政策，在大国的压力之下让党项日益强大。几年前甚至向西进兵，杀吐蕃大首领潘罗支，可谓是一代帅才，没想到如今却疾病缠身。

"父王！"原本大大咧咧的李胜男突然声音变得温和。

待弄清楚情况后，李德明只是点点头，费力地站起来，望向李元昊。见李元昊无动于衷，又坐回宝座。

食人村的百姓乘机说："族长，饶命啊！我们也是党项人，为什么要赶尽杀绝！"

几个侍女不断拍李德明起伏的胸口，像是他随时可能会喘不过气。

"元昊，既然没事，就放了他们吧！"

李元昊做了收兵的手势，顷刻间野利仁荣等人都收回了兵器。

"剑已出鞘，不沾点血，怎么行？"

只闻声音，不见其人，众人好是奇怪。

范仲淹自觉不妙，悄悄往后退几步，见无人注意自己，想趁乱逃走。

"来了，还想走吗？"此人声音中透露出一股寒意，虽说本身不具备杀伤力，但它更像一把未出鞘的利剑，逼人心魄。

或许其他人还会犹豫这声音到底是谁发出的，但范仲淹再清楚不过,是张生。

张生的出现让气氛变得凝固。

意外的是,原本趾高气扬的李元昊却放下手中的剑,搀扶张生落座。

“范仲淹,你不是大丈夫吗? 怎么想跑了?”张生道。

“范仲淹? 他怎么可能来到食人村? 他不是宋朝大官吗?”众人听到“范仲淹”的名字都惊讶得不知所措。

“张生,跟我回去吧! 皇上已经答应太后,饶你不死!”范仲淹见已无处躲藏,只能上前一步。

“饶我不死,却要诛我九族,一路追杀我?”张生撩起长袖,手臂上的抓痕触目惊心。细看之下,竟无完整的肌肤。“主公,此人乃大宋文臣范仲淹,小皇帝身边的红人,若是将其捉拿,大宋等于自废一臂,只剩下韩琦老贼。”

李元昊重新捡起兵刃,不断嘀咕:“他是范仲淹? 宋朝文臣的武功会这么好?”

“千真万确! 主公千万不能放过他!”张生道。

“大胆!”一旁的李胜男忍不住打断道,“我们历代与宋朝交好,怎么能随意残杀大宋官员呢? 父亲交代我们要懂得礼让。”

李元昊不屑道:“如果宋人也懂得礼让,为什么每年还要我们进献那么多的贡品? 为什么我们只能衣不附体,而懒散的宋人却成天大鱼大肉?”说着,便走向范仲淹。

“住手!”许久未说话的李德明从宝座上站起来,质问李元昊,“我还没死,轮不到你说话!”

说话间，李德明带来的士兵亮出锋利的刀刃。李元昊的副将野利仁荣也不甘示弱，欲举起刀子，却被李元昊牢牢按下。

李德明道：“此人到底是不是宋朝大臣，身份还有待查实。先缉拿下来！”

不容片刻思考，范仲淹被人从背后一击，昏了过去。

再醒来的时候，已是暮色纷纷。令人奇怪的是，范仲淹并没有被囚禁在大牢里，而是躺在一间偏屋的内室。他身上并没有伤痕，这一觉倒睡出了精神劲儿。外面响起了争吵声。

“父亲，你怎么能把他囚禁呢？”

“我没有！”

“那你把他关在哪里？”

“胜男，你是不是喜欢他？不然把他捉起来，当你的丈夫！”

范仲淹看到李胜男的脸红透了，恰巧李胜男也发现了在屋内的他。

范仲淹点点头，向李德明表示感谢。不知是因为刚才的话，还是李德明在场的缘故，李胜男和范仲淹反而生疏起来。但目光交会时，两人又面红耳赤。李胜男想起父亲刚才的调笑，默默走开了。

见女儿一走，李德明收住笑容，又露出忧虑的眼神。他说话时仍然喘着粗气，范仲淹想为其倒茶，却被拦住了。

“不忙，我相信你是范仲淹！深入虎穴，无论是宋人，还是党项人，只要有难，你都能出手相救。别打断我，我的时间不多了。”说话之际，李德明又咳出了不少血。

范仲淹早年学过医术，从李德明说话的神情和咳出的血丝中，已经知道这位开明的族长时日无多。一代英雄，可惜了！

“我向你保证，只要我活着一天，就不会反宋。可惜我那不争气的儿子，一介武夫，一心想要独大。原本我并不害怕，可是前些日子来了一个宋人张生，他阴险狡诈又好战。这点正好和元昊的性格相合。我们党项就要毁在他们手里了！我救过你的命，而这事端又是宋人张生挑起来的！你要帮我一个忙，保护我的女儿。”

李德明的这番话让范仲淹大吃一惊。一个党项首领并没有要求宋朝在军事上的妥协或者挟持范仲淹作为筹码，而是要求保护他的女儿。这是一件容易答应却不易做到的之事，望着已经满头白发的李德明，范仲淹点头答应。

“君子一诺千金，记住你的承诺。”

“我已有意中人，胜男如同我的小妹，我定会照顾好她！”

李德明眉头一皱，随即又释然道：“果真是君子，现在我真的相信你是范仲淹！”

等范仲淹走后，李胜男红着眼从侧门走出来，李德明擦干她的眼泪。

“宝贝女儿，谁惹你哭了？是不是姓范的小子，我这就去杀了他！”

“别，别。”李胜男连忙拉住父亲，生怕他真的把范仲淹杀了。

“放心，我倒是喜欢他，只可惜他当不成女婿。”

第二天天未亮，范仲淹被李胜男叫起来，两人骑着快马穿过树林、驿站。直到天快亮了，马也累了，李胜男才放缓脚步。一路上她都没有和范仲淹说过一句话。现在，眼前出现了滚滚的黄河水，不远处停着一叶扁舟。

“过了黄河，取道夏州，就可以到太原府了。”李胜男始终不冷不热，像是对一个陌生人说话。

“你呢？我答应你父亲要照顾你！”

“还是照顾你的意中人吧！”话一说出口，李胜男就驾马离去。

李胜男与上好的宝马像离弦之箭翻过山，仿佛有去无回的壮士。范仲淹知道李德明昨晚的话肯定别有深意，可是他这个连宋朝最高议政之地枢密院都未曾踏足过的人，又有什么资格谈论党项的内政呢？

前夜，李德明找到李胜男，希望她和范仲淹一起离开这个是非之地。父女俩都清楚，李元昊早已觊觎最高统帅的位子。

眼下，不仅是范仲淹在看李胜男那头飘逸的长发，在山的另一边，满头白发的李德明也看到了自己的女儿。他深深地叹了一口气，李胜男果然没有和范仲淹一起走，她选择回来，回到自己身边。李德明缓缓从藤椅上站起身，试图迎接自己的女儿。但是他身后，野利仁荣已经拿着刀逼近了他。

五、出　征

1. 如何是好

文德殿好不热闹，几个老臣争论得口干舌燥。起因是赵祯下令废掉刘太后执政时期自己立的刘皇后，而改立跟随多年的爱妃张氏为皇后。这种如此明显的政治信号谁都看得出，不过说到底，立谁为后始终是皇家内务。赵祯是直接下旨废后而非由中书省讨论，对于大臣们来说，这其中包含了两个意义：第一，皇帝开始全面向刘太后的一批旧官僚动刀子；第二，皇帝开始要将皇权牢牢抓在自己手里了。刘太后一族素来位高权重，子弟遍布朝野，无论是谁都或多或少向他们低过头。谁敢保证自己能完全和刘太后一族撇清关系？虽然官员们议论纷纷，但毫无例外都往两人身上看，一个是宰相吕夷简，另一个是真宗时期便极为显赫的重臣礼部侍郎、参知政事，工、刑、兵三部尚书丁谓。可以说，这两人几乎控制了大宋所有的权力。不过要认真算起来，吕夷简因为之前既不是太后一派，也不是赵祯一派，他的职务大都是虚职，真正掌管实际权力的是丁谓,他的地位仅次于太后身边的张生。

几位大臣要是换作以往都不大敢和丁谓说话,但今日朝中暗流涌动。这点也不足为奇,皇帝要全面亲政,旧贵族势力势必受到打压,原先的官员遭到清算,眼下人人自危。

“丁大人,一会儿的早朝,圣上要宣布立后之事,大人可曾听闻风声?”

“风声? 这立后之事圣上早已下诏,何言风声?”丁谓说这话时,一副要吃了对方的神情,“还是想想你们自己的乌纱帽吧!”

丁谓说完并不理睬那些官员,他的刚愎自用在情绪上就已显露,相比之下,老相吕夷简还是站在远处。众人原以为吕夷简丧子丧妻之后,行事会变得张扬,可是除去头三个月闭门不出,之后他又恢复到了之前为官狡猾的一面,甚至更胜从前。但平时少言的吕夷简这次意外地发言了,说:“诸位,风暴就要开始了。”

“吕大人何出此言?”众人皆惊,吕夷简不再说话,而是退到一处,仔细观察哪些人吃惊,哪些人淡定。

有这样想法的不仅是吕夷简,赵祯同样是这样想的。当文德殿上官员们正在激烈讨论时,藏在帷幕后面的赵祯已经了然一切。他暗暗记下了每个官员的神情和态度。

早朝开始了,出乎意料的是,赵祯这次撇开了通常的朝中要务而是直接宣布废后之事。文德殿上官员们陷入沉默,不过,不少大臣随即都下跪山呼“万岁”。也有一些官员不知所措,少部分像丁谓等大臣并不下跪,而是向赵祯瞪大眼睛。

赵祯表面上不露声色,只是在此时想起了刘太后:这位大半辈子活在权力中心的女人面对自己家族的趾高气扬会有怎么样的想法？像丁谓这种靠着小聪明谄媚的人如何能成大器？唉，刘太后、张生一走，看来这刘氏一族没落了。

赵祯心不在焉地听着丁谓絮絮叨叨的话，更在意的是始终不发一言的吕夷简——这个藏在暗处的老狐狸。

赵祯本想叫吕夷简，不料等丁谓语毕后，吕夷简站在朝堂中央，行三叩九拜之礼，说道："圣上英明！"

众官员见丞相已经俯首，纷纷跪下，这一跪倒使站着的几个人显得有些突兀，丁谓和太后余党是断不可能叩恩的。

赵祯面对此情此景莫名地感伤起来，他料到太后会有一些余党，可是没想到外戚专权竟到了如此地步。要不是吕夷简带头支持，那他的号令岂不是一纸空文？更令他意外的是吕夷简的态度。废后一事，原本就是一个幌子，赵祯想再试一试那些太后时期执政的老臣们。当触碰到底线时，赵祯就会收回圣旨。但是，吕夷简主动带头支持，让事情又成了难题。赵祯无论怎样都会得罪一派。收回圣旨，无疑是对吕夷简为首的中立派的一次打击，若确立废后之事又将触碰到老贵族们的利益。赵祯的目光穿过那群官员，在等待一个回音。

在文德殿的最后站立着一个面色发黑、头发凌乱的人，巧的是当赵祯看向他时，他也正注视着赵祯。

赵祯从宝座上起身，问道："希文有何良策？"

此时，无论是丁谓还是吕夷简都眉头紧锁。当范仲淹从朝堂之上慢慢走入前殿，一路走来，争议之声也一路不断。

“穿成这样入朝，斯文败类！”

“范仲淹是穷得叮当作响！”

窃窃私语之声逐渐变成了讥讽，朝堂之上又传来一阵阵笑声。

范仲淹若无其事，拍了拍身上的灰尘，向皇帝请安，接着便岔开原来的废后话题，而是将这几天在西夏边境的经历禀报了一番。不过，除了赵祯，其他大臣对这一段传奇经历都不以为意。

范仲淹用力拂去衣袖上的灰尘，道：“各位大人，范某并不是游山玩水，而是寻找张生，途中偶遇党项族长之子李元昊，若此二人联合，我大宋危矣！”

“蛮夷之地，如何危及大宋？”丁谓一带头，众人哈哈大笑。党项与宋朝的关系渊源已久。尽管李元昊的名声早已传遍大宋朝野，可是一人能和宋朝对抗吗？但范仲淹并不这样看，他太了解党项族了，把时间再往前推一百年，想当初李元昊的祖父李继迁被打得只剩下几十人，却靠这些残兵败将竟夺回了银州。

“李继迁夺银州的事，你们都忘了吗？”范仲淹罕见地发怒。文德殿上一片沉寂，可是没过多久又恢复了原有的热闹，官员们更关心的是立后的事。

范仲淹看到赵祯脸色铁青，这才想起自己的正事未办！

范仲淹回到大宋，还未来得及换身衣服，就被赵祯秘密接见。赵祯将范仲淹不在的这些天，朝中发生的大事都悉数说给他听。范仲淹知道对皇权来说，朝中内忧总比外患来得着急。上次刘太后的兵戎相见，虽然是皇宫之内的事，可是一旦传出去，整个皇室的威严势必受到影响，这又会加速新君旧臣的隔阂。

可是范仲淹是仗义执言的臣子，他不仅忠于大宋皇帝，更忠于大宋百姓。他在朝堂上对于边疆危机的疾呼发自肺腑。现在他才想起自己之前给赵祯出的废后计策。

范仲淹内心是极其不悦的，边疆危机关乎国家的存亡，可是朝中官员还在为自己的利益考虑。但是，再不悦也要忍受，毕竟这个计策是自己向圣上提出来的，可是范仲淹也未曾料到吕夷简会支持赵祯废后的举措。其实，无论赵祯、范仲淹选择哪一派，都会得罪另一方。不过此时，范仲淹向圣上用力地点了点头。

赵祯看到暗号，同样点了点头。因为对于吕夷简的这一招，两人还是有所防备的。上朝之前，赵祯问范仲淹如果无法选择，那该如何取舍？范仲淹沉思后说："圣上可自行裁断。"

赵祯站起身，表情凝重，想到刘皇后就不禁愤怒。

文武百官都俯身低下头，听候皇帝的旨意："朕废后之事心意已决，无须多言！"

赵祯既然这么说了，官员自然领命，但似乎有一人还不肯善罢甘休。

吕夷简又站出来，磕头说道："废后乃圣上的家务事。但是皇后毕竟是大宋子民的国母，既然圣上说废，那以何种罪名被废？废掉之后，又该如何发落？望圣上早作决断，给天下人一个交代。"

吕夷简的话合情合理，原本赵祯未想惩罚皇后，可现在吕夷简的话字字说到他的心里去了。如果在这个当口顺势除去皇后，对郁闷多年的赵祯来说无疑是一个诱惑，可是若除去皇后，那对于太后派的剩余势力是一次全面的挑战。

吕夷简的两次跪拜是范仲淹无法预计的，这又将赵祯推到一个尴尬境地。

赵祯表现出罕见的成熟，并没有过多的犹豫，便说："丞相是先帝亲任的顾命大臣，朕想听听丞相的意见。"

吕夷简举起一只手，又迅速落下，说："杀！"

2. 野心外露

范仲淹走后，李胜男不再像从前那样开朗。她很少回到宫中，而是将时间都留在食人村，那是和他最美好的相遇之地。食人村也不再像过去那样颓败、冷清，李胜男将宫中许多花草树木移植于此，又命令部下按时开垦荒地种上粮食。一时之间，食人村变得热闹极了，黄发垂髫，怡然自乐。有时候她教村民们读汉书识汉字，那些村民教她编织衣服。

不知道此刻他在黄河的那一端干什么？李胜男真想和范仲淹在这里一起生活。她想象着和那个呆子白天打鱼晚上教子的场景。

"哇！"也许是想得太入迷了，李胜男被织衣服的针扎到手心。

身旁的村长婆婆捂住她的手心，边敷上药边笑道："公主，怎么这么不小心？我可还是第一次看到编织针扎手的。"

李胜男放下手中的活，说："婆婆，我常年跟随父亲征战，虽说是女儿身，可父亲都快把我当男孩养了。我从小就不会这女儿家的手艺，奶奶再教教我吧。"

村长婆婆道："好，我的公主。老奴保证让公主拥有党项最好的女红手艺，让骑马的汉子、读书的才俊全部拜倒在公主的裙下，好不好?”

“婆婆，你在笑话我?”李胜男羞红着脸，喃喃自语道，“我只想做一件衣服。”

“是不是给恩公穿的?”

“婆婆，你还让不让我织衣服啦!”李胜男的脸更红了。

党项部落日常作息不像大宋，他们全民皆兵，有严格的寝起时间。可是现在已到三更，部落的一个圆顶帐篷还闪着微弱的光。张生和李元昊正对着一张羊皮地图进行密谈。张生如同纵横家，说到激动之处，挥舞双拳，像是要把周遭的一切都吞噬殆尽，相反，李元昊更多的时候只是一个安静的倾听者，时而点头，时而皱眉，只有一双眼睛藏有杀气。

霎时，李元昊提起手边的弯刀，终究晚了一步，帐篷外的数十名士兵已等候多时。领头的士兵是狄青，刚刚成为首领李德明的贴身侍卫，道了一声“首领有请!”

李元昊的右手始终搭在刀托上，朝张生使了个眼色，迅速被带走了。

李德明的行宫只是三座破旧宫殿，从小李元昊都不理解父亲为什么不修建与那古都长安兴庆宫相媲美的宫殿。李德明曾教导：唐宋的建筑是我们党项不敢效仿的，我们的使命就是保护我们的族人。李元昊常常不屑于父亲的话，认为他过于软弱。

现在，李元昊被父亲的手下羁押着前行，心情有些沉重。

行宫里，李德明仍然躺在榻上，示意李元昊坐下。

李元昊观察四周，并无士兵埋伏，要是他此刻动手，神不知鬼不觉，传位的玉玺就在离他不远的几案上。刚刚押送他的守卫已全部退下，此刻空荡的大殿中只剩下父子二人。李元昊将刀靠在身后，渐渐走向正不断咳嗽的父亲。先前也有类似的父子二人独处的时机，可是每当李元昊将要下手的时候，他又放弃了。

“还不动手?”李德明忽然从榻上坐起，将咳满鲜血的绸巾扔向李元昊。

李元昊刚想拔刀，顷刻之间四周的守卫破门而入，甚至是顶梁上的弓箭手都将箭头死死对准李元昊。

李德明大手一挥，守卫们又立刻消失，像未曾出现一般。

“你心里想什么，为父都知道。弑父容易，可你怎样服众呢?”李德明重新卧在床榻上，身体虚弱极了，“你的爷爷说，要让我发誓永不反宋，我一直遵行了。有时候，我也不明白，你的爷爷南征北战，将几十人逐渐壮大为数万人马，为什么临死之前让我立下永不反宋的誓言。直到我做了首领，看看不识字不耕田、只懂打仗的游民，彻底明白了我们和大宋相差万万倍!”

不久，狄青押解张生入殿。原来见自己主公被带走，张生连忙召集野利仁荣，准备派兵攻打李德明的行宫，不料被早有防备的狄青拿下。

李元昊紧紧握住刀，额头沁出不少汗。

李德明再次示意守卫退出殿外，之后对李元昊说:“把刀放下吧,我还没到老眼昏花的程度。”

“儿知错了。”李元昊见事情败露,重重跪地。

“你会给族人带来灾难,但是能够给整个部落带来希望的也只有你!”李德明扶起李元昊,抓住他的衣襟说,“你不是一直想看看这玉玺之下的继承人是谁嘛?那你去看看吧!”

李元昊接过玉玺,见上面赫然刻着自己的名字。他丢下刀,扑倒在李德明面前。李德明面带微笑,在他身边轻轻耳语,不久便陷入昏迷。

3. 边境风云

野利仁荣有几个月没有见到李元昊了。虽说主公向来行迹飘忽不定,但以往都会用烽火告诉他大致方向。现在,李德明病重,随时都有可能死去,而身旁的叔父、太后个个都是统领的有力争夺者。如此关键时刻,李元昊失踪了?难道是遭遇不测?当然,这些想法只是快速闪过,因为在野利仁荣的印象中,无所不能、无所不知的李元昊从未遭到过暗算。可茫茫大地,哪里才能找回自己的主公呢?

野利仁荣来到了热闹的榷场,见到有一算命瞎子正朝向自己。他想为主公算一卦,也想为党项的命运算一卦。

“算命的,你……”野利仁荣还未落座,就吃惊不已。只见算命瞎子的几案上摆放着一张英俊的年轻人的画像。画像上不是别人,正是自己的主公李元昊。野利仁荣询问这张画像的来历,算命瞎子并不回应他,而是答非所问。

卓啰榷场位于大宋与党项边境。党项常年向大宋输出马革皮草，以此换得大宋的丝绸与茶叶。这个榷场不同于官方贸易，而是完全依靠百姓的货物交易，双方士兵只负责巡逻守卫。一个算命瞎子竟然有李元昊的画像？野利仁荣一把揪住瞎子，亮出锋刃："说，画像是哪来的？"

算命瞎子并不是党项人，大喊："快来人，快来人啦！竟有人欺负瞎子。"

野利仁荣被摊贩们团团围住。见远处一队宋兵正向自己赶来，野利仁荣只能推开瞎子，想悄悄溜走。算命瞎子死死抓住他的衣袖大喊："别让他跑了！"

宋兵越来越近，野利仁荣明白，一旦自己的身份暴露，便违反了榷场中官方不得入市的文书，轻者，削官扣饷；重者，影响到部落的贸易。

野利仁荣只能展露党项特有的拳脚功夫，一拳挥向瞎子的嘴角，趁乱逃出。

虽然躲过了榷场的宋兵，但野利仁荣始终觉得身后有人跟着他，无论是快跑或慢走，都无法摆脱。野利仁荣自幼跟随李元昊南征北战，能在脚力上胜过自己的，怕是不多。

正当野利仁荣思索之际，跟踪者将手搭在他的肩上。此人功力深厚，有几十年的习武经验，任凭野利仁荣如何使劲，就是无法拨开那只像沾了胶的手。

野利仁荣回头一看，原本愤怒的面孔突然变得极为谦卑恭敬，原来是李元昊。

李德明、范仲淹,哪怕是野利仁荣都不知道,李元昊除了参与重要部落事务,这些天都在榷场。榷场是目前大宋与党项唯一的联系之处,他想观察了解大宋的虚实,更想为日后的复兴做准备。

主仆两人来到驿站,野利仁荣向李元昊汇报近来部落事务,李元昊漫不经心地回应一二。

李元昊问:"野利仁荣,你说我们党项与宋朝有何不同?"

野利仁荣答道:"主公,仁荣觉得还是我们党项好,天天喝酒吃肉,遇事不痛快了,骑马在草原跑一圈。咱们的女人,胸大臀翘,不像宋朝的娘们,个个都娇滴滴,看上去有病……"

李元昊道:"够了!"

野利仁荣不知道李元昊为何生气,生怕自己分析得不到位,继续说:"咱们的马那是汉朝骠骑大将军留下的种,那日行千里的能力,宋、辽都要佩服得叫一声'铁鹞子'。"

"是文化!"张生说。

李元昊连忙拱手作揖,对前来的张生说:"先生,您终于来了。"野利仁荣这才知道李元昊原来要找的不是他,而是张生。

野利仁荣给张生倒了一杯茶,问:"先生说文化不同?党项族自建立之初就学习洛阳习俗,有何不同!"

张生道:"错就错在这相同上,我党项族以牛羊为业,饮血为生。宋朝除太祖皇帝,无一崇武!党项焉能学宋?"

野利仁荣道:"什么叫'我党项'?先生是宋人吧!"

张生道:"照此说来,党项称宋朝为父,那野利将军岂不是该称我为兄?"

“张生,你这混账东西!”野利仁荣大骂。

“住口!”李元昊重新给张生沏了一壶茶,“张先生是我的老师,你要是再放肆,我就砍掉你脑袋。”

野利仁荣一听,只得干瞪张生,不再说话。

李元昊问道:“那按照先生的意思,我如何能复兴党项的霸业?”

张生拉住正埋头吃菜的野利仁荣,盯着李元昊的双眼,说:“主公,文能安天下,武能夺天下!”

4. 千金难英雄

清乐坊外,余音袅袅。小莲的琴声有勾人的力量,范仲淹闭上眼睛,微微颔首。突然,琴声断了,小莲竟哭泣起来。

“小莲,怎么了?”范仲淹用袖口擦拭她的泪痕。这一哭,脸颊更加绯红,一颦一笑,又突然声泪俱下,配合着那胭脂气,再坚硬的石头都会化为碎石。

小莲倒在范仲淹的胸口,说:“唐家无戟少爷,已和老鸨说出一千两银子赎我。”

“那老鸨同意了?”范仲淹心里一紧。

“老妈妈说,这是有钱的主,且晾他一会儿,说不定能出到两千两银子呢?”小莲已哭成了泪人,“我怕以后再也不能给您弹琴了。”

“小莲!”范仲淹紧紧抱住她,“好一个唐无戟,竟敢夺我之爱。”

范仲淹今天有点失态,不知是酒过穿肠,还是美人在怀,他决定要将小莲赎出来。四十出头的年纪，正室常年在吴县照顾稚子，娶个小妾应该不过分吧。

范仲淹询问管家福熙："家中可有一千两银子？"

福熙哈哈大笑："老爷，您是清官，怎么可能有一千两呢？前段时间，京畿酷暑，老爷将一半的俸禄都捐给灾民了！"

"那现在府上还有多少银子？"

福熙很奇怪，老爷从来不过问府中库银的事，只能掏出账本，细细盘算。

"禀告老爷！"很快福熙便合上账本，说，"除去日常开销，还剩十五两。"

"十五两？"

十五两距离一千两，还差九百八十五两，这巨大的落差让范仲淹无可奈何。去借？范仲淹不是没想过，可是考虑了一圈借钱的名单，发现都是清正廉明的官员。有些家里贫寒的官员，还是靠范仲淹接济生活的。

"老爷，您是要筹钱吗？"福熙说，"我这里还有十八两，可否帮助老爷？"

连管家都比自己有钱，范仲淹长叹一声："杯水车薪，福熙，我是穷老爷，你是穷管家，这些钱你自己用。我要筹的是一千两。"

福熙吓了一跳，老爷要筹那么多钱。可是，多年的管家经验告诉他，什么事该问什么事不该问，但好的管家可以给主人指一条明路："老爷，为何不选择典当呢？老爷不是有一幅前朝柳子厚的书法吗?"

"对!"范仲淹一把抓住福熙,"甚妙,甚妙!"

范仲淹发现福熙的唇齿间隐约有血痕。

"老爷,奴才还有一件事禀报。前不久去卓啰,老爷让我找的人虽然没找到,但是有一党项人询问我此事,而且那人看到老爷所画之人,竟向我挥拳。"

听完福熙的描述,范仲淹眉头紧锁,已经暗暗猜出几分端倪。此事非同小可,看来党项人是要有所行动了。

"老爷,那典当的事还是交给奴才来办吧。"

"不用,这事我亲自办!"

相国寺街边依然热闹非凡,范仲淹着便装踟蹰在典当行的门口。他手上拿的是最珍爱的柳子厚的《酬贾鹏山人郡内新栽松寓兴见赠》真迹。范仲淹再次抚摸了一下多年的收藏,狠一狠心,踏进了典当行。

典当行老板细细甄别后,范仲淹询问:"可当多少银两?"

"此物从何而来?"老板谨慎地问。

"我平日收藏。"

老板大笑作揖道:"王某虽不才,但知道这子厚真迹藏于范公堤范大人府中。此物为何在你手中?快如实招来。"

范仲淹的手被老板捉住,有些哭笑不得,只能拿出令牌。

"原来是范大人!小的有罪,小的有罪!"老板连忙跪下磕头。

范仲淹道:"王老板快请起!是我未表明身份,怎能怪你!"

“范大人,您说当多少钱?”

“这个……值一千两吧?”范仲淹面有难色,他未曾了解典当行情,只能估摸着真迹的价值。

“范大人能割爱,想必遇到难事,王某敬重大人的为人,就一千五百两,当期大人自定!”

“我只需一千两。”范仲淹坚决推辞,“范某也不知什么时候能取回此作,一切按规矩办事。”

5. 重重意外

小莲说唐无戟要出一千五百两银子赎她的身。

范仲淹拿着好不容易得来的一千两银子,暗自怒骂:“这唐无戟到底是何许人,小莲脸上有疤,寻常富贵子弟是不容易喜欢上这样的一个女子的。”

小莲道:“我未曾见过唐无戟少爷,连他的容貌、品性都不了解。”

福熙看到范仲淹和小莲一起,心中有些惊讶,道:“老爷,这唐无戟是丁谓的小侄。”

真没想到向来飞扬跋扈的丁谓竟能想到这一招妙棋,用钱来钳制自己。

“老爷,即使你出到一千五百两,这唐无戟定会升到两千两!除非……”福熙说。

“除非我登门拜访,与他为伍。我范仲淹何时与这等小厮往来!”

福熙道："老爷那可如何是好？"

"小莲的事让您费心了。"小莲拿出一只铁箱子，里面有些金银细软，"这是小莲的全部家当，差不多也有五百两。请您拿去赎小莲，老妈妈不会难为您的。"

范仲淹知道小莲已将下半辈子托付于他，这些细软是她的半生心血啊。

福熙道："老爷，赎小莲小姐的事，奴才立刻去办。还有一件更重要的事需要您立刻前往。"

"何事？"

福熙神色凝重，道："党项首领李德明死了！"

"继位者是谁？"

"李元昊。"

文德殿内，赵祯和范仲淹并未像往常那样君臣并肩而坐。

范仲淹长久地跪在石级下。

"范仲淹，要不是我通知你的管家，你都不知道党项部落已换首领了吧！"赵祯将边境发来的奏折扔向范仲淹。

"圣上，臣恳请即刻出兵讨伐党项！"范仲淹的头重重磕在地上。

赵祯更为暴怒，走到范仲淹身前，道："我大宋为何要讨伐党项？就因为首领归天？偷袭，我大宋怎么能做这种偷鸡摸狗的事？"

"圣上，李元昊狼子野心，管家福熙见到党项士兵在榷场出没。”

“那又如何，我大宋百万军队，还怕一个区区的党项吗？”赵祯拂袖，坐回宝殿上，“即使要决战，也不应该趁对手政局未稳之际。”

“臣怕夜长梦多！”

其实，君臣二人早有嫌隙。范仲淹从党项归来后，其废后之计被吕夷简识破并反戈一击，赵祯与旧贵族的矛盾急速加深。另外，坊间关于“狸猫换太子”的传闻从未间断过。朝廷内部，敏感时期还未完全过去，范仲淹就想毫无因由地举兵攻打党项。这种劳民伤财且不道义的战争，在赵祯这儿是断不可行的。

赵祯道：“退下吧，范爱卿！朕有点累了！”

“圣上。”范仲淹长跪不起，“臣考察过党项，男人能与猛虎决斗，女人能弯弓射雕。上至六十老者，下至六岁稚子，都善骑术。兵器……”

“你的意思是我大宋士兵还比不过党项人？”

“启禀圣上，若不偷袭，绝无胜算可能！”范仲淹目不斜视，盯着远处的石柱。

赵祯气得打碎一只瓷杯，殿外的葛怀敏闻声而来。

“你再说一遍！”赵祯抓起范仲淹的肩袖。

“绝无获胜可能。”

赵祯来回踱步，道：“葛怀敏听令，将范仲淹押入大牢！”

葛怀敏身子一抖，道：“圣上！”

“算了。范大人还是管好自己的个人生活，卖了字画去青楼！

这事还不够你操心的吗?”说完,赵祯拂袖而去。

夜晚,范仲淹在酒楼买醉。

“店家,再拿二十碗黄酒上来!”桌上已摆满了空碗,范仲淹真想大醉一场。他想过吕夷简、丁谓之流会暗中监视他,但从未料到圣上也派人监视他的一举一动。若失去皇帝的信任,之后的振兴大宋计划就难上加难了。

福熙劝道:“老爷,别再喝了。小莲姑娘已收拾细软,到范府了。”

“哦。”已经微醺的范仲淹连忙起身,奔向自己的住处。他急需有个弹琴之人能抚慰他有些孤寂的心灵。

今天的范府看上去和往日有些不一样,小莲正打扫着房间。

“老爷,你回来了!”小莲道。

范仲淹的眼眶有些泛红。

“老爷,你喝酒了? 我去帮你沏一壶茶!”

范仲淹抓住她的手,说:“不急,小莲先为我弹奏一曲吧!”

不知怎么,范仲淹却无心听琴,始终想着党项。此刻他们到底会干什么呢? 李元昊有了张生,更加不好对付。丁谓、吕夷简,还有捉摸不定的圣上。大宋,大宋,你到底将走向何处? 范仲淹看着小莲,又有一些浮想。

6. 谋定而后动

接连几日,党项发生了许多变化。李元昊听从张生建议,所有族人全部剃掉原先仿宋的发式,无论老少全部只留两边的头发。

五、出　征

族人议论纷纷，可这只是李元昊改革的第一步。他随即下令，党项从今往后，不准再穿宋人的丝绸类服饰，全部改为党项传统的皮革麻衣。

习惯很难改过来，有些反对者聚集在宫门外，李元昊下令逮捕闹事者，当场砍下脑袋。张生宣布："不服者，如同此人。"

百姓缄默不语。李元昊最大的改革措施还在后头，他看着族人，张开双臂道："党项历经父辈们的努力得以到现在，然北有契丹，东有宋国，西有吐蕃，四周又多沙漠，灵州寸草不生。我要建立我们的都城。现在我们将建造新的兴庆府。我们不能学宋、学辽，我们身体里流淌的是老党项人的血液。"

先兵后礼，不怒自威，无人反对，族人们纷纷拿起烈酒干杯。

不过，现在只有野利仁荣有些郁闷，对着一群驼背的大学士，说："你们给我好好地编，将来加官晋爵少不了你们的。"李元昊嘱托野利仁荣，召集党项最有名的学士，创造属于自己的党项文。

野利仁荣想不通：为什么主公不带兵打战，反而开始搞文化了？他掏出自己的宝刀，刀锋不再锋利，往刀背上吹口气，竟落下灰尘。唉，野利仁荣走出屋外，练了几套刀法。挥刀那一刻，李元昊正向他走来，野利仁荣连忙收刀。

"怎么？想带兵打仗了？"

"回主公的话，许久不练，刀法有些生疏了。"

李元昊一把抢起野利仁荣的宝刀，说："无论藏多久的宝刀，一旦出鞘，怎能不沾血回鞘？"

野利仁荣眼睛瞪得发亮，问："主公，我们要打仗了?"

"野利仁荣听令，速领两万人马！取道夏州，夺取河西走廊。野利仁荣，这一仗必须胜。这恐怕也是几年内唯一的战争。"

"主公。"张生从远处赶来，衣襟上还带有血迹。

野利仁荣颇为不屑地挖苦道："张先生是刚刚杀完人?"

张生道："确实。"

野利仁荣问道："那杀的是谁?"

"阿保机。"

"放肆!"野利仁荣大惊，"阿保机是主公的舅舅，张生，你想造反吗?"

"我还一并拿下了卫慕氏。"张生擦拭了一下袖口边缘的血。

野利仁荣拿起宝刀，架在张生的脖子上，道："张生，主公定将你五马分尸!"

李元昊命令野利仁荣放下宝刀。

"主公，张生大逆不道!"野利仁荣愤愤不平。

李元昊对张生的行为并不震惊，反而说："是我让他这么做的。"

只听得宝刀清脆的落地声。

黄河边上早已人山人海，水浪不断冲击岸边。

"李元昊，连生母你都敢杀害?你不得好死!"

从李德明死去那一天，李元昊已经密切注意到生母卫慕氏和舅舅阿保机的异常行为，他们本想招兵买马，打算趁李元昊不在宫中之际，串通各部企图谋反。不料，在榷场等候多时的李元昊携张生杀回宫中，张生一剑结果了阿保机的命。

现在，黄河边上被捆绑的人都是李元昊的亲人，共十二人。

李元昊走过每个人的身前，他们都低下了头。只有李胜男抬起头，一口唾沫啐在了李元昊的脸上。

“我做鬼也不放过你！”

李胜男这双愤怒的眼睛，让李元昊想起了死去的父亲。李德明曾在病榻上要让李元昊发下重誓，保护妹妹平安。一瞬间他回想起小时候自己受伤，妹妹李胜男给他敷药的场景。往事历历在目，李元昊扭过头去，再也不敢望向李胜男。

造反者中已有不少人开始哭泣，哀求饶命。李胜男依然目如鹰隼，直视李元昊。

“来人。替李胜男松绑，软禁公主府。其余人等扔进黄河。”说完，李元昊直接策马远去。没有人注意到他的脸上流出一滴泪，在飞奔的马上迎着对面而来的烈风，这一滴泪洒向的是无人知晓的地方。

李元昊来到李德明的坟前，双齿因愤怒而来回厮磨，嘴角也渗出了一丝血，道：“父亲，我不杀他们，他们会杀我。”

六、三川口惊魂

1. 头战之势

“让我进去!”未见其人,先闻其声,范仲淹被阻挡在宫门外。

葛怀敏立刀横握,道:“范大人,圣上现在不想见你! 您这样硬闯,让小的也为难啊。”

“麻烦葛侍卫再向圣上通报一声。”范仲淹毕恭毕敬地向葛怀敏鞠了一躬,“本官有非常重要的事,今日一定要见到圣上。”

“好,我再试一试。不过话先说好,你可不能再硬闯!”

范仲淹连忙点头称谢。

葛怀敏再次入殿,道:“圣上,范大人已在门外等候多时,他说见不到圣上就不走了。”

赵祯抿嘴,右手一挥,道:“这个范仲淹就是倔脾气! 宣他进来吧。”

“圣上,请速速派兵攻打党项。”范仲淹道。

赵祯疑惑:“党项没有犯我大宋边境,为何要攻打? 范爱卿,你为何屡次要劝朕攻打一个小部落?"

"圣上,自从李元昊统领党项以来,他们已经夺取河西走廊,如今他们尚未壮大,将来党项一旦兵发大宋……"

赵祯摇了摇手道:"爱卿不必多言! 据大臣所言,李元昊一直在创造党项文,改革内政。他们不敢与我大宋抗衡!"

"罪臣张生已辅佐李元昊,两人狼子野心,几年未有动静,势必在等时机成熟,一举南下!"

"禀告圣上,吕夷简求见。"葛怀敏适时地插话,打断了君臣两人的争论。

"圣上!"未等到宣召,吕夷简就直接闯入内殿,跪倒在赵祯面前,"圣上,李元昊称帝了!"

赵祯听到此消息,慢慢坐下,有些迟疑。

"现在该如何布兵?"赵祯询问许久未开口的范仲淹。

范仲淹点点头,道:"臣恳请圣上增加兵力防御边境。"

"为什么我宋军不能进攻党项呢?"吕夷简质问范仲淹。

范仲淹道:"如果两军交战,我方败了呢?"

"我宋军有百万兵力,党项人口仅五十万人,小小党项如何能胜我大宋?"吕夷简往地上用力敲了一下拐杖,"臣恳请圣上立刻发檄文,讨伐李元昊!"

赵祯道:"好! 速速召集文武大臣!"

"禀告圣上,"葛怀敏从殿外赶来道,"李元昊已发兵攻打金明寨!"

"圣上,臣有一计,可保万无一失,"范仲淹见皇上并未阻止自己，便继续说道，“金明寨自古乃兵家要地，臣主张韩琦挂帅，率军死守金明寨。待时机成熟，向李元昊求和！”

赵祯勃然大怒道：“你当真以为朕不敢杀你吗？未战先怯，懦夫！”

“吕夷简听令，三日之内与百官商量出御敌良策，令石元孙将军率一万兵力前往延州。至于范仲淹，贬为庶人。”

兴庆府终于建成。李元昊坐在龙椅上，接受朝中大臣跪拜。张生则站在朝堂的中央处，一身宋衣，左手执扇，与西夏大臣的皮革衣格格不入。

李元昊宣布：“奉张生为西夏第一国师，自由出入军营。三军都听命于国师。”

“君上，将西夏军队都交给一个宋人，怕不妥吧？”一位西夏老臣劝诫道。

“是啊，君上，那张生妖言惑众，恳请君上收回成命！”几位大臣随即附和。

不等李元昊回答，张生转身面朝众人。他当着大臣的面，一件件脱去自己的衣服。只见张生枯槁的身体，没有完整的皮肤，手臂上是发黑的烙铁印，背部是如藤条般的皮鞭印，若退后几步，很难说这是人形，更像一具白骨。

张生道：“宋朝皇帝灭我全族，此仇不共戴天！”众人见此便不再言语。

“非也。”李元昊亲自替张生穿上衣服，向朝堂外的地方一指。

张生顺着手指方向看去,自家的小儿子正向他跑来。

原来,那个屠杀的夜晚,张生的小儿子被仆人藏于地窖,才幸免于难。李元昊初到大宋边境,就是为了寻觅他。

“天不亡我,我张氏一脉有后了!”

张生抱紧儿子,当众向李元昊起誓:“君上,请准我即刻奔赴金明寨,我要将宋军置于死地。”

“君上,真要和宋军交战吗? 此战无论胜败都会消耗我方实力。”老臣们议论纷纷。

“此战决不会败!”张生信心满满道。

金明寨的前方由横山山脉阻隔,山势高耸,翻过山脉直趋延州城绝无可能。若是西夏军绕开横山,从承平、保安两地切入,又会碰到庆州环庆副都部署刘平、延州西北保安军石元孙,北面保安军又有宋将许怀德坐镇。李元昊如何强攻? 别说夺下延州府,就是攻下金明寨也是痴人说梦,金明寨的四周又有塞门寨等十八连营环绕。自古延州就是军事要地,振武军节度使范雍骑马回看连绵不绝的大宋军队,又俯瞰前方数十里之外的西夏军。

“这李元昊集结了西夏多少兵马?”范雍问。

副将郭遵下马回答:“回将军,李元昊举国兵力,驻扎夏州。”

范雍说:“西夏所有兵马都聚集夏州?”

郭遵答道:“确实! 共十万大军。”

众将士不由得发笑:“西夏举国兵力才十万人? 我大宋乃百万大军!”

此时，小兵来报："一延州平民说有要事来报，说非见将军不可。"

"哦？"

这一延州平民正是范仲淹，他从东京一路赶到延州。

"原来是庶民范希文！范大人这是你第几回被贬了？"范雍骑马在范仲淹面前好不威风。

范仲淹并未生气，而是单膝跪地说："范将军，请听平民一言。将军千万不可与西夏军决战。李元昊部长途跋涉，粮草运输困难。只要拖上几月，西夏军便会自行退兵。"

范雍并未等其说完，就命令道："来人，将此人给我拉出去砍了。"

郭遵等老将一听范雍要斩杀范仲淹，纷纷求情，道："将军，将其逐出军营即可。待凯旋，再治罪不迟！"

范雍思量一下，这范仲淹与韩琦交好，之前又是皇帝身边的红人。万一真把他砍了，皇上怪罪下来会影响自己的仕途。于是，他下令将范仲淹逐出延州。

被捆绑的范仲淹仍大呼："将军，切莫速战，切莫速战！"

"休破坏我军建功立业！"范雍拔出长剑大喊，"诸将听令，三千骑兵随我取下逆贼李元昊的脑袋！"

此时，擂鼓震天，呐喊阵阵。西夏军见宋军骑兵南下，李元昊也率军迎战。一时之间，这漫天的喊杀声不绝于耳。西夏军利用汗血马跑动速度快的特点，尽量躲避宋军的弓箭。可宋军毕竟人数众多，迅速将西夏军包围。这首仗打得难解难分。一旁观战的李元昊有些紧张，西夏军兵力有限，耗不起与宋军同等的伤亡。

不多久，李元昊下令西夏军撤出战场，自己也差一点被流箭所伤。

见西夏军仅三五回合便狼狈逃窜，宋军气势恢宏，范雍大笑道："都说李元昊用兵如神，看来也不过如此。"

郭遵说："将军，要不要乘胜追击？"

范雍责怪道："我大宋仁义之师，怎能追击穷寇？李元昊向来狡诈，恐有埋伏。待休整后再与之一决高下。"

郭遵道："将军，还有一事。"

范雍道："说来。"

"方才两军对战时，末将只看到逆贼李元昊，却不见罪臣张生。"

范雍不以为意，道："此等苟且之人，怕是无脸再见宋军。不足为怪！"

张生确实并未来到战场。他由延州赶往榷场，尽管宋军和西夏军在交战，但不受官府控制的榷场的贸易仍在继续。临别之时，李元昊问："先生为何在大战之日却要奔赴榷场？"

张生答道："大宋文人众多，他们虽不懂用兵之道，但深谙经商之术。臣担心大宋会利用贸易手段钳制我们。"

果然，来到榷场，张生一路探访，证实了内心的担忧。宋朝百姓已经不再向西夏提供玉米、稻谷等粮食，更多交易丝绸、茶叶。无论出多高的价格，宋人都不卖粮食。

西夏本来农耕就不发达，两国开战，粮食更加紧缺了。张生通知部下停止西夏百姓与宋人的所有贸易往来。

“国师，如果这样做，西夏商人将怨声载道，他们都是从贸易中获利的。”

张生道：“国难当头，还管个人小利？将马匹全部充为军用！”

听到此令，西夏商人纷纷聚集到张生面前。若不是士兵保护，张生不一定能全身而退。

张生拿出李元昊手谕，道：“无论男女，在年龄范围内，均须服兵役！不从者，杀无赦！”

2. 阴谋

初战几日，西夏军的粮草已有断炊迹象。军中的骑兵每天只能吃上一顿饭和一碗菜粥，而步兵只能吃上一碗菜粥。有些士兵因寒冷而时常蜷缩身体，不要说拿兵器，就是站立也困难重重。

开战第三天，军中幕僚来报，因为西夏军难以忍受饥饿，军内已开始哄抢粮食。还有一些不怕死的士兵组队偷偷跑到宋军营地，企图偷粮分食。结果，被宋军发现后乱刀砍死，吊在城门外的高墙上。

十万人马对战三十万大军本来就难以想象，西夏全国也只有四五十万人口，十万的士兵数量已是极限。

李元昊注视远方茫茫宋军，不由得长叹：“宋军只用三成兵力，而我西夏已尽全力。这样下去可如何是好？速战速决竟也没有取胜的把握!”

野利仁荣道:“君上,自开战以来,西夏军和宋军伤亡各半。宋三十万大军又能奈我何? 我看这宋军也不过如此。君上,臣有御敌良器,可让西夏军以一当十!”

李元昊忙问:“快说,是何良器?”

野利仁荣道:“臣和铁匠师傅一起锻造了一种特殊的甲片。锻造之时不用炽热火焰,而是放置到极寒之地,经三日打造后,甲片无比坚韧。”

李元昊道:“妙,可这阴寒之物如何安置到士兵身上?”

野利仁荣道:“君上不必担忧。这冷锻甲披于战马,纵使宋军人数再多,又能奈它何?”

李元昊说:“可惜宋军后方源源不断补充粮食、兵源。我方若再无克敌之策,恐怕要打道回府了。可有国师消息?”

野利仁荣答道:“国师正从榷场赶来,估计几日内便可到达军营!”

“报! 国师已到军中。”此时李元昊听到帐外士兵来报,不由喜出望外,顾不得穿上铠甲,直接出门迎候。

张生见李元昊出迎,好生感动,道:“君上,臣何德何能,让君上如此费心。”

李元昊拉住张生的衣服,吩咐野利仁荣去热一壶酒。他将近来的战事以及锻造甲片之事一并告知张生。

张生听完后,立刻下跪参拜,道:“恭喜君上,这一仗宋军必败无疑。”

李元昊有些吃惊道："国师为何如此确信?"

张生问："君上，两军交战，何为重要?"

李元昊思考片刻道："粮草!"

张生道："那我军已获胜大半。臣听闻野利将军锻造甲片之术，更确信我西夏军必胜!"

李元昊有些疑惑："可国师，我们的粮草不足三日。"

张生道："三日足矣!"

李元昊道："愿听国师良策!"

是夜，野利仁荣率五百轻骑赶赴承平。

"注意隐蔽!"伸手不见五指之夜，野利仁荣和士兵藏于槐树背后。只见那星星点点的火把逐渐逼近。听闻是轱辘声，野利仁荣一声令下，顷刻间护粮的宋军便被西夏骑兵杀得丢盔弃甲。令野利仁荣感到意外的是，不少宋军并未殊死搏斗，而是丢弃粮草，向远处逃窜。

见粮草得手，野利仁荣便停止追击。他命令道："快，将粮草运走，国师说宋军不久便会杀回来。"

果然，听到粮草被劫，节度使范雍派三千士兵追击西夏轻骑。野利仁荣拿出张生预先所画地图，率部从密道离开。

追击轻骑的三千宋军因为夜深，非但不能拦截野利仁荣，自身反而陷入迷雾般的树林之中。躲在暗处的张生令弓弩手张弓搭箭，宋军在明，西夏军在暗，宋军被那细密的箭雨射得无从躲匿。只有少部分宋军杀出一条血路，落荒而逃。

得胜而归的西夏轻骑受到全军鼓舞，李元昊在军营设宴。

李元昊道："各位将领！这是我们第一次获胜，我李元昊愿和大家同甘共苦，大家每天吃什么，我也吃什么。在战场上，我就是一名冲锋的士兵！"

众将听闻此言，纷纷举起兵器道："誓死追随君上！巍巍大地，西夏为王！巍巍大地，西夏为王！"

李元昊走到张生面前道："国师，下一步如何走？"

张生道："君上这些粮草也只能维持七天。臣以为要从根本上解决粮草问题，只有一条路——劫粮仓！"

"劫粮仓？国师，这宋军这次吃过亏后，必定重兵把守粮仓，我们如何攻占？"

"兵无常势，水无常形。"

3. 危机初显

宁边州的火山军府位于大宋与契丹的边境。这里出奇得安静，没有训练声，也没有呐喊声。几个偷懒的守卫正躲在帐篷内赌博，另一些士兵趴在地上睡觉。

"大，大，买大！"赌博声、呼噜声慢慢增大，不久传到主帅韩琦的耳朵里。

"呀呀个呸的，你们当这里是赌场？"韩琦捉住一个已经赌红眼的士兵，撩起衣袖就一阵暴揍，"你当老子吃素的？"

原先散漫的士兵见到韩琦，纷纷后退几步。被打的士兵一个劲儿地求饶道："将军，这澶渊之盟签订后，我们无仗可打，整日无所事事，您说这还有什么精神头？”

“是啊，将军放过他吧，我们只是一时无聊。”众人纷纷求情，他们知道韩琦治军严明，再不相救，不消半炷香的时间，同伴就会被韩琦的拳头打死。

“报！有个姓范的求见，自称是将军的朋友！”一名士兵禀告。

韩琦放开那个赌博的士兵，说道：“算你走运，走，跟我去见范仲淹！”

韩琦来到主营终于见到了许久未见的范仲淹。也许是路途劳顿，此时的范仲淹疲惫不堪，对韩琦说的第一句话竟是：“有吃的吗？”

“来人，备好酒好菜！”韩琦将范仲淹扶到卧榻之上。

见酒菜放到桌前，范仲淹也不客气，直接饮酒吃肉。起初还用筷子，后来直接改为手抓。他的这副吃相，看得身边的几位将领都咽下了口水。

“我说小老弟，你这是怎么了？你不是待在汴梁吗？”

范仲淹将延州发生的事情告诉韩琦，并说：“将军，我这次从延州城骑死三匹马才来到你这，就是要告诉你，大宋与西夏的第二场战役主要靠你了。”

韩琦被酒呛了一口，道：“我说小老弟啊，大宋与西夏第一仗才打了几天，你就说要准备第二仗？”

范仲淹道：“宋军必败无疑。西夏军骁勇善战，他们的战马是祁连山汗血宝马一脉，我步兵不能取胜。李元昊善于用兵，现在还有张生辅助，焉有不胜之理？”

韩琦一时语塞："你这些建议为何不禀告皇帝?"

范仲淹道："圣上和我有隔阂，振武军节度使范雍又是一个好大喜功的人，范某有心无力！只能千里来此，望将军日夜训练士卒。西夏军不同于辽军，他们生长于沟壑之地，与猛虎作伴。将军要用奇门遁甲之术来防范西夏军的猛攻！"

韩琦道："皇帝不辨忠良！可这奇门遁甲之术，还是小老弟你精通，不如你留下来替我训练！"

"好！"

韩琦捶了范仲淹一拳，笑道："我说你现在怎么这么不客气?以前是想留也留不住你，现在我一说你就应?"

范仲淹道："这次不同以往，如此战局，我大宋就岌岌可危了！"

韩琦知道范仲淹从不开玩笑，紧张地说："那明日就整顿军营！"

范仲淹道："择日不如撞日！"

延州城内，范雍大骂部将："粮草乃兵家作战重中之重，你们被鼠辈李元昊劫了粮草?我大宋颜面何存?来人，将这些人拖出去砍了。"

范雍踢翻椅凳，在想损失十天的粮草该如何上报给朝廷。万一朝廷责怪下来，这头上的乌纱帽可就不保了。

战事已过去半月，大宋与西夏互有伤亡。范雍也有些着急，要是再不击破西夏军，定会被朝中大臣耻笑。即使李元昊再用兵如神，我堂堂三十万宋军不能被西夏乌合之众歼灭吧?范雍长吁短叹。

副将郭遵说:“将军,这玉峰寨内的粮仓是否要增加守卫?”

范雍道:“劫我粮道,难道还想截我粮仓?派李士彬带五千精兵日夜守护粮仓。若粮仓失守,李士彬提头来见!”

郭遵道:“将军,末将疑惑的是那日粮草被劫,我率部追击,可转瞬间,敌军竟不见踪影。”

范雍道:“你的意思是?”

郭遵道:“金明、玉峰、保定共有十八个寨,末将以为应将粮草分散放置到各个寨中。若一寨有失,至少其余各寨安然无恙。”

范雍道:“不可。此计虽妙,但容易分散兵力!我大宋五千精兵还守不住一个粮仓吗?”

郭遵又道:“将军,或者将粮仓分为两地!万一粮仓被截,三十万大军顷刻之间将无米下炊!”

范雍思忖片刻,这李元昊向来狡诈,万一粮仓被截,这是掉脑袋的事情。既然郭遵提出良策,万一被截,还可以怪罪到郭遵头上。

范雍道:“就按你说的办。”

4. 偷袭之术

晚上,玉峰寨门外的西夏军虎视眈眈,他们没有强攻,而是在军前绑了一个老妇。此妇人正是玉峰寨守将李士彬之母。

“人人都言李士彬忠厚善良,恪守孝道。我倒要看看他是要老母还是要粮仓!”张生和几名西夏副将放声大笑,试图引起宋军的注意。

原来张生在从榷场返回庆州的途中，特意绕道太原府将李士彬之母绑回西夏。

此刻，寨楼之上的李士彬正看着自己的母亲。士兵们说："李将军，不如我们直接杀下去，夺回令堂。"

张生见寨内未有动静，就用皮鞭抽打李母，那一阵阵哭喊声听得人心惊胆战。

李士彬叫下属拿箭来。他慢慢将箭头对准自己的母亲，双眼掩泪望着，说了一句："娘，对不起了。"只听"嗖"的一声，利箭就直刺李母胸前。

张生和其他西夏将士被李士彬的举动震惊，看来大宋将领并不都是酒囊饭袋。

李士彬挥剑高呼："逆贼张生，今天你休想夺粮！"

张生大手一挥，下令全军撤退。

李士彬见来敌已退，含泪微笑。不过他的手下士兵来报："将军，玉山寨已失守！"

玉山寨不是别处，正是粮仓的另一聚集之地。其实，张生只率领几千骑兵摆出阵仗来钳制李士彬部，而李元昊则率一万大军突袭玉山寨。

"来人，将郭遵给我绑了，打入地牢！"得知消息的范雍气急败坏，要是没有郭遵的主意，那一半粮草就不会被劫。他连夜给朝廷写信，说明粮草被劫之事与自己无关，全是郭遵私下做主。可是写到一半，范雍又停下笔。郭遵受罚，也会牵连主将。

“报！”副将韩德禀告，“李元昊正率兵攻打金明寨！”

范雍惊呼：“不好！金明寨一旦被攻破，延州城就危在旦夕！速让李士彬率一万精兵死守金明寨。”

“报！将军，张生率部包围城下并传来一封信！”

范雍看完此信，不由哈哈大笑。

韩德问：“将军，何事发笑？”

范雍道：“张生是来求和的。他愿意退兵二十里外，只要已占领的玉山寨。小国之民，目光短浅！”

韩德提醒道：“会不会这又是张生使诈？请将军三思啊！”

范雍道：“断然不会，只要上城楼一看便知！”

其实，范雍不是没想过张生使诈，但军中一半粮草被夺，朝廷要是得知此事，定会兴师问罪。既然张生议和，不如自己遣散一半兵力，以此省下一半粮草。若再有战事，重新征召便是。

范雍登上城楼，张生果然率兵退到二十里外的荒郊搭起军帐，天空中飘荡缕缕炊烟。

韩德提议：“将军，不如趁西夏军兵马未稳，派五千精兵直捣黄龙！”

范雍一口拒绝：“不可，此非仁义之战！”

离延州城二十里之外的城郊，张生正指挥众将撤离，只留下一些炊具。

张生说：“范雍好大喜功，竟将谋士郭遵关入大牢，又遣散了一半兵力，天助西夏！"

李元昊道："先生料事如神！我军现在可直取延州府！"

张生说："君上莫急。臣打算将承平、万安、甘泉一并收入囊中。"

李元昊道："一切依先生行事！"

火山军府夜晚灯火通明，范仲淹依然在等待战报。得知西夏有意与振武军节度使议和，范仲淹不禁叹气："三十万宋军竟会败于十万西夏军！"

韩琦道："小老弟，不是议和吗？宋军未败啊！"

范仲淹道："张生熟知范雍为人，此乃假和！不出半炷香的时间，张生定将取得金明寨以外的三十六寨！"

韩琦忙问："这可如何是好？延州城要是被夺，对局势非常不利啊！"

范仲淹道："恐怕不只是延州被夺，其余要塞都会失守！"

"呀呀个呸的，老子就不信大宋会如此不济！"

果不其然，不到半炷香的工夫，延州府就传来玉峰等三十六寨被夺的消息。

韩琦说："小老弟，不如我请示圣上，带兵到延州解围！"

范仲淹道："此去延州，日夜不息，也要五日。为今之计，只有将军情如实汇报给圣上！"

韩琦愤愤道："实情？范雍这小子，竟敢欺瞒圣上！看我不参他一本！"

范仲淹走出帐外，夜观星象。

5. 声东击西

范雍得知延州周围三十六寨被夺后，带兵出城偷袭张生统辖的西夏军。可是刚到二十里外的西夏军驻扎地就发现军帐内无一兵一卒，只有一些正燃烧的炊具。范雍这才彻底意识到被骗，连忙返回延州府内。

看来，张生的确有指挥才能。范雍接连调兵，他令环庆副都部署刘平、延州西北保安军石元孙及黄德和三部于保安会合，四方合力夺回三十六寨。

范雍亲自挂帅，刘、石二人为先锋，黄德和镇守本营，李士彬守金明寨。可几天里，一路未见西夏军拦截。很快宋军到达三十六寨，城墙上并无旌旗，也无任何守军。

石元孙道："末将愿意带五百精兵入寨！"

范雍道："将军不可轻举妄动，张生诡计多端，夺下来的寨子焉能有不守之理！诸将随我埋伏，韩德带五百骑兵入城。"

令人意外的是，这次张生并未摆迷魂汤，三十六寨大门洞开。连范雍都开始迷惑，这张生葫芦里到底卖的是什么药！

范雍骑马到玉峰寨，寨门上刻着四个字："蠢将范雍！"

"来人，把那块匾给我取下来！"范雍气急败坏，"宁可弃城，也要耍嘴皮子，文人之愚！"

"大人救命！"远处有一偏将骑马而来，身上沾满血迹，面孔乌黑，右臂也被箭射伤了，“范帅，我乃李士彬部偏将季次，李元昊部猛攻金明寨，我军殊死抵抗。请主帅速去救援，金明寨危在旦夕！”

金明寨囤积大量粮草，范雍想到，若金明寨失守，延州城将会成为一座孤城，周围无险可守。

范雍下令：“诸将听令，全力赶赴金明寨！失金明寨，延州失矣！”

范雍率部来到金明寨下，这里安静得出奇，看上去没有恶战的痕迹。

“不好！”范雍大叫，“金明寨已经失守，石元孙从左路带三千精兵，刘平从右路带两千精兵，其余步兵随我从中路攻寨。”

而在另一边，守卫士兵连忙报告李士彬有人攻寨。

李士彬想起被辱的母亲，集合众将，道：“听令！李元昊已兵临城下，我们唯有殊死一搏！所有弓弩手都去城上，其余人等随我迎敌！”

守卫士兵道：“报！攻寨的军队穿我宋军服饰！”

李士彬道：“这定是张生使的障眼诡计！之前，主帅叫我小心防备西夏军偷袭，看来所言非虚。令弓箭手放箭！”

石元孙拾起一支箭，道：“主帅，城上放的箭为何是我宋军的？”范雍仔细拿来一看，箭托上的确印有“宋”字样。右路副将刘平立马说道：“主帅，我们中计了。一定是张生诱使我来此。末将从未见过季次。”

在范雍身旁的季次见形迹败露，欲往西北方向逃去。刘平挡在他身前，只三五来回，季次就成了刀下鬼。

“张生现在又在何处?”范雍叹了一口气,撤出金明寨。

“报!”一小卒倒地不起,来报,“主帅,我乃延州城马前卒,黄德和将军已被西夏军围困,望主帅速速返回救援!”

范雍和众位将领陷入僵局,不知到底该救还是不救。

石元孙劝阻道:“主帅,这定是张生的奸计,想让我军自相残杀,他好坐收渔翁之利!”

刘平道:“荒谬,张生之计不可能连用两次! 主帅,再不迅速返回延州,延州就保不住了!”

范雍下令:“刘平将军带领骑兵为先锋开路,其余人等与我殿后,以防逆贼从后杀出!”

此刻,张生正率部攻打延州城,宋军明显已难以支撑。

李元昊道:“国师,不到一炷香的时间,延州将会插上西夏旌旗!”

张生道:“臣恭喜君上。”

西夏副将来报:“君上,宋朝援军正朝我们赶来!”

张生颇感意外,问:“范雍何时变得如此聪明? 我设置的伏击呢?”

西夏副将道:“赶来的不是范雍,而是刘平,伏击已被他突破!”

李元昊拿起大刀,问:“国师,我们还继续攻城否?”

“两面受敌,对我们不利啊。”张生抡起蒲扇,“君上放心,这延州城我们迟早拿下。臣已让野利将军带一千步兵再偷袭金明寨,估计等范雍到了延州城,金明寨差不多就被我们拿下了!”

“妙！”李元昊大笑道，“有国师在，西夏何愁不兴？”

趁刘平尚未赶来，李元昊率兵返回了西夏军营。

范雍率部抵达延州府，见城中还插着大宋旌旗，终于放下心。

刘平开城迎接。

“怎么不见黄将军？”范雍问。

刘平一阵支吾：“主帅，黄将军见援军迟迟不到，自己保安军损失惨重，直接回保安了。”

“混账！”范雍不悦，“目无军法，黄德和就不怕军法处置吗？”

刘平道：“主帅，末将认为延州之事应尽快禀告朝廷，张生善于用兵，我宋军已损兵折将！”

范雍道：“刘将军、石将军放心，朝廷的援军已在路上，粮草也随之而来！”

说完，范雍的额头上冒出冷汗。损兵五万，粮草丧失一半，这罪责该如何承担？

副将韩德拖着伤腿，在远处喊道：“主帅，不好了，野利仁荣偷袭金明寨！李士彬将军殊死抗击，恐怕金明寨守不住了。”

范雍闻听此言，站立未稳，顿觉眼前发黑。

范雍道：“刘将军，现在该如何是好？”

刘平道：“将军莫慌。如今只能和西夏军决一死战了！”

范雍问：“刘将军有何良策？”

“我们兵分三路救援金明寨，以张生的性格必然沿途设下重兵伏击。我们与之交战，黄将军再从后方包抄，将伏击的西夏军包围。李元昊见势必定会打开金明寨，派兵援助，趁此机会主帅再带一路人马攻寨！”

范雍点点头，道：“此计甚妙！这延州城只能看造化了！刘将军认为张生会在何处埋伏？”

刘平坦言：“三川口！”

6. 兵败如山

刘平率前锋向三川口推进，出乎意料的是张生并未伏击，而是带领一万骑兵隔着一条小河正对着刘平、石元孙的宋军。

张生道：“刘平，此战必败，你还是归顺西夏吧！”

刘平喝斥道：“逆贼，我宋军十万之师，你如何抵御？”

张生道：“黄德和的援军不会到了，范雍毫无军事才能，即使百万大军又如何呢？”

张生说罢，两路西夏军将刘平、石元孙部包围，但刘平并不慌乱，号令部属排开偃月阵。尽管西夏铁骑长驱直入，但偃月阵左右两翼迅速从身后将其包围。西夏骑兵勇猛无敌，可速度过快来不及反应，宋军拿长矛直刺马蹄。

张生大惊，披冷锻甲的西夏战马素来战无不胜，竟然十分轻易地被刘平破解。可是西夏军毕竟人数众多，宋军构不成合围的力量。很快，西夏军突破了宋军中路的防御。

石元孙喊道：“不好！李元昊已率部攻打延州城，主帅无法前来相助，黄德和部不知所踪！”

张生大喝：“刘平小儿，速速投降！”

刘平不为所动，率兵布平行阵，宋军如铜墙铁壁横亘在侧。

虽然双方士兵数量不对等，但是刘平的布阵丝毫不落下风。

刘平高呼："众将士听令！延州城的乡亲父老已经获救，李元昊回庆州自救。现在，就让我们战死沙场！巍巍大宋，势不可挡！"

张生这才领悟到，刘平早已看穿自己的计谋，派人直取西夏都府，好一个声东击西。果然，探子来报，麟州都教练使折继闵、柔远砦主张岊、代州钤辖王仲宝率兵攻入西夏境内。张生大叹："延州一役，竟败给刘平！"

尽管刘平不断摆阵法，但实力的巨大差距导致宋军越战越少。石元孙身中三箭依然挥刀杀敌，最后，跪倒在地上。

战事异常惨烈，过了午时，宋军只剩下十余人，而西夏军也锐减到千余人。

刘平发现身边士兵越来越少，对天空大笑三声："希文师，吾尽矣！"

张生意识到，能将西夏军拖到现在的，不是刘平，而是刘平的老师范仲淹。原来范仲淹早年曾在同州教过刘平数月兵法，这次作战中也有书信往来。

见刘平企图自刎，张生下令："给我捉活的！"

由于刘平的成功阻击，只剩千余人的西夏军不能再对延州府形成威胁。张生执意要带兵进攻延州，此时天空飘起了大雪。

副将劝道："国师，前路被大雪覆盖，士兵们受不了严寒，请国师班师回朝吧！"

雪花越来越大，很快西夏军无法分辨方向。不多久，积雪竟有数尺高。

张生不得不下令："班师回朝！"

副将问："国师，这仗还会继续打下去吗？"

张生道："好戏才刚刚开始！"

七、前路茫茫

1. 三川口之责

深秋的文德殿夜晚格外清冷，赵祯紧急召见平章事吕夷简、兵部尚书欧阳修等重臣。

赵祯质问："这延州府的奏报为何迟迟不上，大宋与西夏的第一仗到底战况如何？"

见大臣们无人回应，吕夷简说："圣上，这延州到汴梁路途遥远，恐消息延误。"

赵祯拿出一张奏折，亲自念道："这是黄德和的奏章，'两军交战，势均力敌，然刘平、石元孙错误指挥导致战机延误，振武军节度使范雍虽力战但已无力回天。三十万大军几乎全军覆没，臣德和蒙圣上所托，力保延州府不失'。"

大臣们听完后大惊，大宋三十万大军竟然全军覆没？大宋竟败给一个刚刚建立起来的小国？

赵祯道："宣黄德和觐见！"

尽管战败，但此刻黄德和并不害怕。因为刘平、石元孙已经被绞杀，范雍畏罪自尽，他可以推脱责任："圣上，臣有罪，未能战胜西夏。"

赵祯道："黄将军请起，若不是你，我大宋早已失去延州府。"

欧阳修道："圣上，这三川口一战，臣尚有疑惑。刘平、石元孙是我大宋猛将，刘平将军素有'诸葛'之称，何故战败？"

"刘平、石元孙傲慢无礼，向来骄兵必败！"黄德和道，"欧阳大人，你是兵部尚书，怎么一点兵法都不知晓？"

"黄德和！你！"欧阳修一时语塞。

赵祯笑道："黄将军，朕要好好赏你！"

"谢圣上！"

赵祯脸色一变，露出凶相："黄德和接旨！范雍昏庸无能，多次战败不报。三川口一役，黄德和部竟独自离去，未按计划救援。刘平、石元孙二将力战不逮，三川口全军覆没！来人，把这欺君的罪臣拉出去腰斩，头颅放到延州城池上，告慰死去的将士们！"

"圣上饶命！圣上饶命！"黄德和趴在地上，"圣上……"

赵祯斥责道："朕能饶你！但那死去的将士亡灵能饶你吗？大宋的子民能饶你吗？来人，拖下去，斩了！"

大臣们对赵祯突如其来的转变感到吃惊，这欺君之罪非同儿戏。要不是赵祯已有耳闻，派殿中侍御史文彦博调查黄德和部，恐怕还会被蒙在鼓里。

可这延州府惨败，西夏军是用什么方法打败三倍于己的宋军的？主帅已死，副将已亡，这一切的细节都无法考证了。

吕夷简奏道:“圣上,这三川口之战,虽然我宋军损失惨重,但是好歹延州府保住了。臣担忧西夏军会再犯我宋境!”

赵祯问道:“吕爱卿有何良策?”

吕夷简道:“臣推荐召回庶民范仲淹,共商抗击西夏大计。”

文德殿内议论纷纷:“这范仲淹已经被贬三回,又不断重用。这一升一降,常人恐怕早已拒绝出仕,隐居山林。”

赵祯这才想起,开战之前,范仲淹屡次奏称上书两军作战宋军必败,不如趁早议和。为了这事,赵祯将他贬为庶民。现在,战况果如其所言。

“这范仲淹现在身在何处?”赵祯问。

欧阳修见无人回应,便说:“禀告圣上,范仲淹已在火州军韩琦麾下!”

赵祯问道:“他去那里干吗? 宋辽不早已议和了?”

欧阳修道:“回圣上,那范仲淹说……”

见欧阳修一阵支吾,赵祯道:“但说无妨,朕不怪你。”

“范仲淹说,这大宋与西夏的第一仗必败无疑,圣上迟早会让他统兵御敌。他要早作准备,打赢第二仗!”欧阳修说完,长舒一口气。

大臣们面面相觑,既佩服范仲淹的预测,也为其大胆而感到可笑。

赵祯道:“好! 朕倒要看看,这范仲淹有何能耐,竟敢口出狂言! 传朕旨意,宣他回朝中!”

是日，吕府竟然挂起了灯笼。自从夫人和儿子相继离去，吕府就始终寂静无声。吕夷简要管家多炒几个菜，喝酒庆祝。

管家有些奇怪，问："老爷，何事如此高兴？"

吕夷简有些微醺，道："范仲淹终于回来了。"

管家一听，不禁疑惑："老爷，奴才有一事不明。为何老爷要极力促成范仲淹回朝？老爷不恨范仲淹吗？"

"我不仅要他贬官，还要让他死！把他五马分尸！"吕夷简说完，给他对面的两个空酒杯倒酒，喃喃自语道，"夫人、赞儿，你们放心，我会替你们报仇！范仲淹，这次他决计会身败名裂的！"

2. "莲"香惜玉

当夜，吕夷简秘密进宫，说有十万火急的军情要面见圣上。其实，自从范仲淹被贬为庶民后，朝中的事务大部分都由吕夷简处理。赵祯虽然不喜欢这只老狐狸，但对其政绩颇为认同。

吕夷简并不绕弯，而是直截了当地问："圣上会给范仲淹安排何种官职？"

赵祯深知吕夷简和范仲淹的隔阂，怪就怪在白天吕夷简极力推荐范仲淹出仕。"朕命范仲淹为陕西经略安抚使！"赵祯如实说。

吕夷简连忙阻止："圣上有没有想过，范仲淹素来以险招取胜，但是十万大军都交付于他，圣上真能放心吗？"

赵祯起身在殿内来回走动，道："范仲淹的确有谋略！"

"圣上，行军作战，不同于处理政务。即使范仲淹智谋十倍胜于李元昊、张生，但范仲淹生性耿直，能在军营中有绝对威信？"吕夷简说,“圣上,范仲淹曾单骑救主,但掌握重兵的他,还能……”

话到重要之处,吕夷简反而低头不语。恰恰这不语,倒提醒了赵祯很多。

“依吕大人的意思,这次对西夏的战事应该选何人为帅?”

吕夷简道:“夏竦可担此重任。子乔知洪州时曾取缔洪州巫师,勒令其改归农业;一身公义,守父三年,拒使契丹,素有威望。”

赵祯问:“可夏竦并非武将,能担此任?”

吕夷简道:“圣上,夏竦善于调和之术。三川口失败,无人奏报朝廷,故黄德和之流见而不救。如今,夏竦执掌大权如同圣上亲临前线,请圣上尽早决议!”

赵祯情不自禁地点头,吕夷简句句在理。延州险些失守,就在于“将在外,君命有所不受”。有了忠君的夏竦,再加上韩琦、范仲淹,何愁不胜西夏。

翌日,赵祯在文德殿上下旨封夏竦为陕西经略安抚使,韩琦、范仲淹为副使,共同负责迎战西夏的事务,韩琦主持泾原路,范仲淹负责鄜延路。早朝过后,范仲淹请求与赵祯密谈,曾经互为知己的君臣再次相见。

赵祯有点言不由衷地说道:“范爱卿对延州的局势分析,朕深感佩服。这次西夏来犯,正是范大人建功立业之时。”

范仲淹不以为意,更担忧的是赵祯对战事的态度,道:“圣上,这次交战,北方契丹正虎视眈眈,大宋境内今年秋收不利。如能议和,圣上允还是不允?”

赵祯不悦道:“这仗还未打,范大人为何想议和? 难道对我大宋将士没有信心吗?”

范仲淹坚持道:“圣上,若宋军再败,是战还是和?”

赵祯怒斥道:“未战先怯,这是你范仲淹的行事?”

眼见赵祯拂袖而去,范仲淹道:“圣上,臣还有一言。此去陕西路途遥远,圣上切不可被小人左右。臣死不足惜,但大宋命运全凭此役!”

“朕自有分寸,范大人早些歇息!”赵祯冷漠地答道,继而走出文德殿。

回到范府,范仲淹一个劲儿地喝闷酒,小莲在旁侍酒抚琴。

小莲问道:“老爷,你受到皇帝重用为何还要借酒消愁?”

范仲淹道:“得不到圣上信任,这封官有何意义?”

“老爷,既然不喜欢做官,不如与小莲做一对寻常夫妻!”小莲为范仲淹沏了一壶醒酒茶,“老爷,以后你独钓寒江,我织布缝衣可好?”

范仲淹道:“待剿灭西夏,我也是时候告老还乡了。”

“那我们说定了!”小莲听后高兴极了,连忙给范仲淹整理换洗衣服。

每次看到小莲,范仲淹会不由微笑,可是这次真能剿灭西夏吗?

“老爷,你这次是去哪儿? 还需要小莲准备什么?”

“我这次去鄜延路!”话一出口,范仲淹就后悔了,这将帅驻地向来隐秘,连范仲淹都不敢相信自己会脱口而出。见小莲并未有所反应,范仲淹补充道:“这些粗活我来便是。”

小莲夺回他的衣鞋,说:“您是堂堂宋朝大将,粗活还是让小莲来!”

“那小莲可否为大将军生个小将军?”范仲淹抱起小莲道。

小莲一听,脸渐渐绯红。不知怎么,似乎再痛苦的事,范仲淹只要见到她,一切都像雨后初霁,没了忧愁,没了烦恼。即使明天奔赴生死战场,见到小莲,他依旧那么快乐。

可若仔细看去,小莲那惹人怜爱的眼睛里慢慢流下两行清泪。

康定二年(1041),范仲淹率部驻守鄜延路,也就是原先的延州府。这里经过三川口之战后,已不见城落应有的繁华,没有商铺,街市没有行走的百姓。雨雪覆盖着土地,范仲淹走在雪地上,与通判耿傅体察民情。

范仲淹道:“此地不宜再起战火,需要重建延州府!”

耿傅道:“老百姓都躲在屋里,宁可饿死,也不愿出来。要是再和西夏打仗,恐怕这延州府要成一座空城了。”

前方有一老妇正沿街乞讨,衣不蔽体,拄着拐杖,手拿破碗。可是,没有人家为她开门。范仲淹于心不忍,派部下给了老妇一些馒头,老妇也不客气,拿起馒头就往嘴里塞。

范仲淹问:“老人家,家里还有什么人?”

老妇放下馒头,眼神迷离无光,嗫嚅道:“死了,死了,全死了。”顿时,老妇号啕大哭。风渐渐变烈,老妇身上散发出腐烂的味道。

她突然意识到眼前的人是穿军服的。正当范仲淹要给她银两的时候，她向他吐了口水。

她拽住范仲淹喊道："还我丈夫，还我儿子，还我女儿。"

副将们保护范仲淹，想赶走她。老妇看到明晃晃的刀，突然安静了。但不一会儿，她像得了疯病，向远处逃窜，边逃边喊："不要杀我！"

范仲淹长叹："开元时延州户一万六千三百四十五，乡六十，而今安在？"

耿傅提醒："副使，圣上是望你能带兵打仗。可若不攻……"

范仲淹道："尔等无须多言，本官自有安排！"

"小老弟，可算找到你了！"韩琦脱下战袍，一拳击打在范仲淹的肩上。

范仲淹大惊道："韩将军，你来延州府作甚？万一李元昊此时偷袭泾、原二州，你如何返回？"

韩琦并不在意，道："到时候借你的兵，再杀回去！"

"如果张生再带兵打回延州府，你我两地皆失守！"

韩琦如梦初醒，道："哎呀！小老弟，我来是想问你，我们下一步如何攻打西夏？"

范仲淹道："韩将军，听范某一言，这次我延州一路不准备主动进攻西夏。"

"什么？"韩琦大惊，"圣上派十万大军给我们，你却不进攻？"

范仲淹道："眼下士气低迷，民不聊生，攻则必败！"

"打了胜仗，士气就高涨了！"韩琦争辩道。

七、前路茫茫

“一旦攻出去，若又像三川口一战断了粮道，那十万大军又将全军覆没！”

韩琦叫道：“老子打仗什么时候输过？你五万大军守在延州府，无仗可打，不也是劳民伤财吗？”

“若不攻，可招纳怀柔各族，或可协力抵御李元昊！”范仲淹语气坚定，“范某此意已决，韩将军请尽早回驻地！”

“范仲淹，老子要到圣上面前参你一本！”

两人争吵之际，城外已响起了战鼓声，原来张生已率军围攻延州府。

耿傅道：“范副使，逆贼张生下了战书，约你明日午时决战！”

“呀呀个呸的，上门找死！”韩琦一脸兴奋道，“别明日午时，今日老子就杀他个片甲不留！”

范仲淹并不理会，反而告诉耿傅加固城墙，没有他的命令，谁也不能出城门迎敌。

登上城楼，只见西夏军竟挥动印有“宋亡”的旌旗。韩琦拔剑而起，耿傅等将士也纷纷拔剑。

范仲淹劝诫道：“韩将军，李元昊善于偷袭，这定是西夏军的诱敌之策。”

韩琦道：“今天，这张生的狗头我取定了，拦我者死！”

范仲淹下令：“来人，把韩琦将军给我绑回去，这里我是主将！”

韩琦喊道：“谁敢捆我？”士兵们惧其威严，不敢动手。

谁料范仲淹竟动起手来，众人尚未反应过来，他已将韩琦捆紧。

“韩将军,得罪了!”范仲淹下令,“来人,护送韩将军离开!”

“范仲淹你听着,你打不打西夏我管不着,但是我那一路定杀它个片甲不留!”

范仲淹拱手作揖,道:“韩将军,若有需要,范某定全力相助!”

“不必!”韩琦策马而去。

耿傅担心道:“范副使,韩将军日后会不会与你产生嫌隙?”

范仲淹道:“韩将军日后会明白我的良苦用心。”

西夏军见延州府城门紧闭,讨不了什么便宜,便散去了。

李元昊道:“看来范仲淹是有备而来,如此羞辱,仍不开城决战。”

张生道:“臣恭喜君上!”

李元昊感到不解,问:“喜从何来?”

张生道:“范仲淹坚守不出,我西夏军虽不能强攻,但范仲淹大军也无法出城。我等能安心进攻韩琦老贼一路。”

3. 皇帝也犯难

春寒料峭,浮云中间透露出五彩霞光,可太阳若隐若现,光芒中没有一丝温暖。赵祯长久地注视两份奏章,一份是范仲淹加急送来的“勒兵清野”之请,一份是韩琦《乞坚守攻策勿以异议阻兵奏》的血书。两份奏折观点截然相反,范仲淹主守,韩琦主攻。主帅夏竦不敢轻易定夺,故请赵祯定夺。是攻是守,朝廷之上也分成两派。主守派认为,三川口之战后,宋兵已无精兵再去攻打西夏,严寒之际，粮草不生，应待时机成熟再讨伐李元昊。主攻派认为，严寒之际，西夏军心未稳，此时出其不意，定能取胜。

文德殿上，不少老臣皆因长久站立，瑟瑟发抖，纷纷披上皮革，坐在木椅上。可几个时辰过去了，战还是守，仍没有定论。

欧阳修奏道："圣上，战场不容半点迟疑，请圣上早做决断，以免延误战机！"

鲜有言语的吕夷简此时跳出来干涉，道："尚书莫急，此战应慎重，守有守的策略，攻有攻的战法！一步错，步步错！"

欧阳修反驳道："吕大人从未沙场点兵，战事瞬息万变。也许此刻，手起刀落间，又一宋军将士命丧敌手！"

吕夷简眼神发光，如同一道闪电，道："欧阳尚书此言似乎对我大宋毫无信心，为何不是西夏军被我宋军诛杀？"

"够了。"赵祯走到两位重臣面前。西夏已经步步紧逼，可朝堂之上，大臣们还在逞一时口舌之快。赵祯搁着脑袋，问龙图阁学士宋祁有无良策。

其实，宋祁也犯难。范仲淹和韩琦都是他的挚交，原本强者联手西夏指日可破，未料在对西夏的军事策略上，二人竟产生了分歧。

战也不是，守也不是，赵祯心里有些烦恼。他屏退文武大臣，独自来到南花园。要是刘太后在世，也许这点问题就能迅速决断吧。尽管已亲政六年，除了每年减免赋税外，赵祯自感也无德政。他希望能够为大宋开疆拓土，但又担心祖辈的基业能否传承。

想起太祖、太宗昔日开疆拓土，结束五代纷争，自己的父亲真宗早早开创咸平之治，而到了自己，拥有十余位文臣名士却连一个小小的党项都无法征服，竟然还让它立国，天下百姓是否都会笑话自己还不如刘太后?

突然，赵祯胸口一阵疼痛。他佝着身子坐到凉亭上，屏退左右后，竟吐出一大口鲜血。要不是勉强扶住围栏，赵祯早已跌入小潭。见葛怀敏正往此处赶来，赵祯连忙遮住胸口，擦干血迹。

“圣上，文武大臣还等着您做决定呢!”葛怀敏见赵祯有异样，“圣上，您没事吧?”

赵祯摇头，强忍精神，道:“传旨下去，韩琦即刻发兵，拿李元昊首级来见。范仲淹配合进攻，若延误战机，军法处置!”

见葛怀敏离去，赵祯又吐了一口鲜血。

自继位以来，赵祯夙夜忧叹，常常日夜批阅奏章，整理国务，勤政图治，唯恐宋朝不兴。

赵祯拖着疲惫的身体走向文德殿，欧阳修已在殿内等候多时。他见到赵祯缓缓走来，连忙跪下请安说范仲淹走之前，留下一只黄色锦囊，若举棋不定时，可打开一看。

赵祯并未理会，径直坐到龙椅上。他示意欧阳修打开锦囊，然后，闭上眼睛像是睡着了似的。待其拆开，赵祯问:“是不是写了一个‘等’字?”

欧阳修颇感惊讶，道:“圣上料事如神，锦囊里的确是‘等’字。”

“告诉他，朕等不了!”

过了一会儿赵祯又补充道:“让范仲淹想好万一韩琦战败后的

对策！”

可等不了的不只赵祯，还有李元昊、张生率领的十万西夏大军。

4. 赶赴“鸿门宴”

正当赵祯与诸臣为战或守举棋不定时，李元昊、张生各自率部进攻韩琦、范仲淹的驻地。由于范仲淹始终奉行拒不出战、修筑城墙的策略，使百姓有了休养生息的时机。他将之前起草的变法新政灵活运用在延州，延州府内竟出现了热闹的贸易景象。

城墙外，西夏军仍然继续攻城。可是一轮又一轮的进攻都被守军的弓弩阻挡。只要不贴身肉搏，西夏铁骑将毫无用处。

耿傅前来告知朝廷旨意，范仲淹接过圣旨，久久呆立在城墙之上。墙内百姓安定，墙外弓角连鸣。其实从军事角度看，西夏一直兵临城下，粮草供应不及，数月后，李元昊会自行退兵。

耿傅道：“范副使，圣上让你出兵与西夏速战！这可如何是好？”

“李元昊在城下数月无果，再熬上数月待西夏军疲惫，我军再突袭，定能取胜！”范仲淹答道。

“可是这圣旨……”

“圣上只令攻西夏，并没有言明何时进攻。”范仲淹笑道，“这延州府军何时伐西夏，本官可自行决断。此役孰胜孰败并不全在本官，张生让李元昊钳制住我，自己与韩琦将军苦战。若韩将军败，泾、原二州危矣。”

耿傅道:“那应尽早告知韩将军!”

“韩将军立功心切,身边缺少谋士,不知本官推荐的侍郎王珪能否担此重任。”范仲淹神色凝重,“本官只有一事不明,张生是如何提前知晓宋军两路的分布? 我都无暇出城查看,就已被围困延州府。”

耿傅道:“副使的意思是军中有细作?”

“此事要暗中盘查,不可轻举妄动,以免军心不稳。”范仲淹说,“本官一定要把他揪出来!”

范仲淹伫立在城墙上,感到远处有一张无形的大网正慢慢逼近他。军中内鬼,韩琦鲁莽,张生狡诈,元昊雄才,圣上多疑,这些不利因素全部压在他身上,如何才能想出这破敌之道?

范仲淹道:“耿傅,下一张请帖,就说我范仲淹在长安岭宴请李元昊! 我与他不带护卫,皆独自前往!”

耿傅大惊,道:“副使,此举有违两军作战不见主帅之规! 李元昊不见得会赴宴,请副使三思!”

范仲淹道:“李元昊素有雄才,即使这是鸿门宴,他也会奔赴!”

三日后,长安岭,李元昊手持烈酒准时赴宴。

范仲淹道:“元昊兄,范某等候多时。”

身穿战甲的李元昊并不见外,像是回到了自家兄弟住处,竟自顾自地吃起来,道:“希文,你这牛羊肉不及我西夏地道。我西夏羊肉用羯羊烹制,加花椒、小茴香、八角、桂皮等调料,炖煮之时,手提羊骨一抖而骨肉分离时即成。大宋羊肉味浓,不甚好吃!”

七、前路茫茫

范仲淹为李元昊倒了一杯酒,笑道:“既然李兄爱吃西夏的羊肉,又为何垂涎我大宋的羊肉?”

李元昊道:“大宋羊肉虽不及夏,但饮食做法极多,就单说馒头,便有四色馒头、水晶包子等百余种样式,煎、炒、烧、烤、炖、蒸、煮、涮等手法,元昊怎能不垂涎三尺!”

范仲淹放下碗筷,道:“敢问李兄,城门外的大军,还能有多少吃粮?”

李元昊心头一紧,道:“半月有余!”

范仲淹大笑道:“党项素来民风淳朴,怎么倒学会了欺诈之术?”

“依你看,我有多少粮草?”李元昊问。

“不足三天!”范仲淹伸出三根手指,“我只要守上三日,尔等无粮可夺,变为疲惫之师,我再出城迎战!”

李元昊故作镇定,但内心大骇。此次攻宋已举全国之粮,若三天之内无粮草可夺,西夏将只能退兵。那时范仲淹再反扑,不仅灭宋无望,西夏自身将处于灭亡之境。

李元昊笑道:“希文请我来,不只是为了请我品尝大宋美食吧?”

“西夏士兵吃不饱饭,大宋士兵不想饭碗被抢。莫不如像你我一般,李兄带酒肉,我提供山珍海味!”

李元昊低声说道:“你是想求和?”

“不是我,是我们!”范仲淹说,“即使西夏赢了这场战役又如何?张生的目的难道只是为了国师之位吗?想当初他是刘太后的谋士，形同国师，难道大宋不如西夏？"

李元昊似笑非笑，问："即使我肯撤兵议和，大宋皇帝肯吗？"

"如果李兄真愿撤兵，范某定为百姓考虑说服皇帝接受和议。"范仲淹双手握拳道。

李元昊举起酒杯，道："几年前你曾孤身来到西夏勘查地貌，现在又敢与我对饮，为天下百姓着想与我和谈。我李元昊敬重你是条汉子，大宋皇帝若不重用你，可到我麾下！"

"若能和谈，自当与李兄对饮三百杯。若和谈不成，战场相见，范某必当取你首级！"言毕，两人举起酒瓶，干下烈酒。

不过趁杯酒交错之际，范仲淹令耿傅带领一小股士兵化装成难民，奔赴韩琦的泾原一路。

5. 横生意外

韩琦虽然性格鲁莽，但是粗中有细。他在谋略上略逊于范仲淹，可是他的作战经验谁都无法匹敌。既然范仲淹说此战要守，那他也不敢贸然进攻，只是慢慢将兵力从镇戎军转为驻守怀远城，待西夏军从天都寨南下，立刻包抄其后。只是在选将时出现了一点麻烦。

韩琦原意是让耿傅率部包抄，可诸将认为，让范仲淹的部下立主功不妥。

"将军，我泾原路人才济济，难道找不出一个断后的副将？"

说话的是任福，河南开封人，此人乃真宗禁军卫士，后因作战颇为勇猛升任秦凤路马步军副总管，上任仅四十天就已整装待命，曾以一敌十，带领几十余宋军消灭数百党项军，被封为侍卫马军都虞候。说实话，让任福断后真是大材小用了。

可耿傅不依，道："范副使说务必要让在下断后，以保全军安危！"

"笑话，毛头小儿竟然口出狂言！我等安危，需要你来保护？"任福冷笑道。

韩琦道："任福，不可无礼。我虽不同意此次范仲淹拒不出兵的态度，但其智谋足以令本人佩服。共同御敌，不分你我。本官决定断后之事由耿傅统帅。"

"报！"都监武英从帐篷外直接连滚带爬进入军营，"报告将军，不好了，不好了，范仲淹投降叛国了！"

韩琦大笑道："范仲淹叛国？哪怕全天下人都叛国了，范仲淹也绝不会叛国！"

武英道："末将所言句句属实！侄儿在范营任炊事，他亲眼看到范仲淹和李元昊正在长安岭谈笑风生，那手切羊肉还是他端上去的。侄子见此事非同小可，所以托人捎口信于我！"

"将军，范仲淹其心可诛！"众将愤愤道。

耿傅道："韩将军，范副使如此行事，必定有他的道理！"

"再大的道理，能有天道大吗？密会敌军主帅，按照大宋律令应当斩首！"韩琦道，"来人，将耿傅带下去，赶出我韩营！"

"请将军三思。范副使和将军出生入死，怎么会投敌背叛呢？"耿傅道。

韩琦皱着眉头，显然对这个消息感到痛苦，但他更需要给身边将士一个交代。

“待本官查明真相，如属实，韩琦定当禀告圣上。”韩琦轻声说道。

突然，军帐外出现一阵喧闹声。沿着声音一路寻迹，原来距城门数里之外的山坡上站着几千西夏骑兵。有几名西夏将领来到城门下，大声呼喊：“韩琦老将不足惧，终日罢兵求休憩。入土老人披盔甲，黄发稚子都不泣！”

“韩琦老妖，回家带孙子吧！”韩琦这才发现城门下还有张生，只带十余人敢在城外叫嚣，是可忍孰不可忍！

韩琦命令开城门，众将连忙劝阻。

“将军，这定是张生的诱敌之计，将军切莫上当！”

韩琦举起长矛，道：“十几个乳臭未干的臭小子，看我如何收拾他们！”

见将士抗命，韩琦穿上红袍，竟从数丈高的城门上跳下。无论是宋军还是西夏军都看得目瞪口呆。要是换作寻常百姓，这跳城楼无意于自杀，轻者也要缺胳膊断腿。韩琦在地上滚了几圈，像没事一样站起，朝刚才嘲笑自己的西夏军冲去。

韩琦虽然勇猛无比，几个来回就砍翻三五人马，但是远处的张生指挥布阵，很快，韩琦被团团围住。西夏的汗血宝马像是受到妖术蛊惑，用马蹄向韩琦踢去。原本韩琦正攻上三路，未料这一偷袭，毫无防备的韩琦被蹬出数米远。

城墙上的宋军将士顿时慌了神，要是主帅被擒，这岂不是大伤士气？任福情急之下也从城墙跳下，手执弯刀从西夏军身后偷袭，短短几秒，西夏战马相继被砍倒。

受到鼓舞的宋军将士纷纷举起兵器，打开城门御敌。既然阵法已被破，张生急令手下立刻撤离。十余西夏骑兵在宋军还未大举压上前，如同一阵风消失得无影无踪。

见追击无望，韩琦停下来，大吐一口鲜血，竟昏厥过去。

待过了个把时辰，韩琦醒来，四肢无力。大夫说是腿骨发生错位，又加上急火攻心，需要静养三月。众将士围在左右都沉默不语。范仲淹拒不出兵，自家主帅又受伤无法带兵，万一西夏来犯，这可如何是好？

探马来报，张生已调动五万兵力秘密聚集在宁安寨，准备随时南下夺取军事要塞羊牧隆城。如果此城被夺，西夏军可一路东进直取陇州、坊州，万一再失守泾、原二州，宋军将无险可守。病榻上的韩琦知晓其中利害，他召集众将商议。

“朱观、武英部率一万人马兵发笼洛川，常鼎为中路军率一万五千人据守六盘山。任福断后统兵两万伏击张生余部。”

待众将士退去，韩琦独留任福。

韩琦道：“任福，你生性勇猛刚正，有我当年风范。但是，此战关系重大，切记若正面遇到西夏军，不可迎敌。你我的谋略都不及张生，唯有范仲淹可与之一较高下。”

任福不以为然，道：“范仲淹胆小怕事，一心求和。末将瞧不起这等鼠辈！”

“罢了罢了！我要你发誓，不能正面交锋，只能伏击！获胜之后，切不可贸然追击！”韩琦立起身子问，“耿傅何在？”

任福如实回答：“还跪在军帐前，说自己有愧范仲淹重托，不肯离去！”

韩琦道：“耿傅是条汉子！我要你重用耿傅，把他当作你的军师。”

任福不情愿地答应了。

八、蛇蝎美人

1. 神秘奏章

范仲淹与李元昊密会的事情被赵祯知道了。“他这是要干什么?”赵祯拿着奏折,龙颜大怒。群臣议论纷纷,有些人认为应该即刻捉拿范仲淹,将其交由相国寺彻查。也有些官员觉得事有蹊跷,或许是李元昊的反间计。

朝中一些守旧老臣对此愤愤不平。

“圣上,让通敌叛国之人继续镇守边境,千古奇谭,闻所未闻!”

“若仍用范仲淹,天下人会笑我大宋无人!”

“恳请圣上罢免范仲淹,抚慰死去将士们的在天之灵!”

见挚友处境危急,欧阳修直言:“臣认识希文十余年,他一直以天下为己任。臣愿意用性命担保希文绝不可能通敌叛国,请圣上三思!”

其实,赵祯也并不相信这份匿名奏折。今天早朝,中书省就接到这份匿名奏折。如果是有凭有据,为何不直接署名更具有说服力？文武百官都知道赵祯善于纳谏，下至七品小令，上至王公贵族，无论是谁只要有错，必定严惩不贷，相反，举报的大臣则有重赏。显然这匿名者有故意诬陷范仲淹之嫌，但奏章中叙述详尽，时间地点皆有据可依，又令人不得不信。

赵祯问："吕爱卿，此事你会如何决断？"

吕夷简回答："臣不相信范大人会冒天下之大不韪通敌叛国，他做事自有分寸。即使范大人果真做对不起朝廷的事，只凭一道奏折又能证明什么呢？圣上，临阵换将，兵家大忌，而且韩琦将军有伤在身，实在不宜换帅。"

赵祯道："那范仲淹就无事了吗？"

吕夷简答："此事可交由相国寺秘密彻查！如发现新证，再做判断不迟。"

欧阳修附和道："吕大人言之有理。圣上，若希文再战败，数罪并罚也未尝不可！"

赵祯心中思量，这范仲淹有难，吕夷简非但没有落井下石，反而是极力维护，其中定有蹊跷，不如静观其变。

赵祯道："丞相所言极事！就依汝所言！"

散朝后，管家在殿外等候吕夷简回府。以往，吕夷简都需要管家搀扶才能坐上马车，而今天他一个跨步登上马车。

管家问："老爷如此高兴，是范仲淹被革职了吗？"

吕夷简道："差一点。"

管家叹了声气，道："小的听说有人写了秘密奏折。"

吕夷简道:“本来是要革职的,但是本官又劝圣上不要革范仲淹的职!”

管家疑惑不解。

“我不仅要革他的职,还要取他的命。我不仅要取他的命,还要让他尝尝身败名裂、为天下人所不耻的滋味。”吕夷简说完双手握拳,狠狠地敲打着马车。兴许是力量太大,马车的帷幕被掀起一角,一个容貌清秀的女子映入眼中。

管家示意此女子原是清乐坊的歌妓小莲,现在是范仲淹的小妾。

吕夷简盯着看了好一会儿,说道:“我看此女不像宋人,倒是有几分异域相貌。你查查她的底细,派人跟紧她。”

“看来今天收获颇丰。”吕夷简大笑道,“老管家,我再告诉你一件奇事!”

“哦?老爷请说!”

“你可知道这秘密奏折是谁写的?”

“此人定和范仲淹有不共戴天之仇,但又未因仇恨而丧失心智。奴才建议老爷一定要重用这匿名者!”

吕夷简俯下身子,凑到管家跟前,轻声说道:“这匿名者你也认识,他就在眼前!”

2. 身世危机

小莲看着桌上的一道道佳肴,却没有品尝的念头。她看上去很憔悴,脸色如雪。她已经有几天没有进食了。

“夫人，是老奴手艺不佳，让夫人难以落筷吗?”管家福熙问。

小莲摇头，道:“菜是好菜，只是我实在吃不下!”

福熙道:“夫人，您这样下去，老爷回来可是要怪罪奴才的。”

小莲知道自从嫁给了范仲淹，范府的伙食大大改善。管家曾经说，范仲淹小时候家穷无食可吃，只能将一碗白粥分成三份，早中晚各取一份。现在，因为有她在而佳肴不断，天知道他是怎样在别的花销上省下钱的。

怕福熙难过，小莲拿起筷子，往碗里夹了一只玉虾。

“福熙，以后范府的伙食我去买吧。老爷不在，不用顿顿都吃那么好!”小莲道。

福熙连忙摆手，道:“老爷临走之前特地吩咐，一定要让夫人吃好穿好。”

小莲一笑，道:“你要是不让我去买，我就顿顿不吃。看老爷回来，如何拿你是问!”

福熙听后，只觉夫人心地善良，道:“老爷真是多福，娶了那么好的夫人。人家府上，哪个夫人、小姐不穷尽奢华，而我们夫人真的是节俭有度，时刻为老爷着想。福熙在这里谢谢夫人了。”

小莲一乐，竟吃了几口饭，随后问:“最近有老爷的消息吗?”

福熙眉头微皱，语气却十分平和，道:“边境偏远，老奴没有什么消息。”

突然，小莲放下碗筷，斥责道:“快说，不许骗我，否则我再也不吃你做的饭!福熙，我和你一样关心老爷的处境!你要是不告诉我，我会更加担心老爷。”

“好吧!”福熙叹了口气,“夫人,老奴只听街上人说,老爷投敌叛国,又听说军营中有一主帅受重伤,但不知道是不是老爷!”

碗筷应声落地。

小莲喃喃自语道:“主帅?那肯定只有老爷了!”

翌日,天未亮,小莲就已起身。在屋内来回走动了两个时辰后,她终于耐不住焦躁的心情,提着菜篮子悄悄出了范府。

范府居相国寺街最南边,地处偏僻,要去商肆必须先穿过旬阳街。此刻街上空荡荡,鲜有店家叫卖,倒是始终跟在小莲身后的三五黑衣人显得有些突兀。起初小莲回头,黑衣人稍有遮掩。之后,便不再躲藏,也无处可藏。

黑衣人追到一条死巷,小莲忽地站在五个黑衣人面前问道:“你们为何跟踪我?快说!”

一个小女子,竟然语气这么逼人?黑衣人相互对视片刻,不由得大笑道:“告诉你也无妨,当朝平章事吕夷简吕大人派我们监视你,既然你已发现,那就跟我们走一趟吧!”

“你们随意抓人,就不怕我报官吗?”

领头黑衣人又是一阵大笑,道:“报官?我们就是官,给我拿下!”

“是你们逼我的。”小莲大吼一声,只用数掌竟将上前的一个黑衣人击倒在地。其他几人见形势不妙,齐齐向小莲冲来。

小莲后退几步,突发数枚暗器,黑衣人应声倒地,直接毙命。

“我不想伤你们,你们却想害我。”小莲长叹一声,拾起地上的菜篮准备离去，一个倒地的黑衣人突然站起身向远处跑去，嘴里还大喊救命。小莲见后再发出一枚毒镖，可惜这次没能射中。

霭霭晨光打在小莲脸上，不见温柔，原本那清乐坊的歌妓变成了满脸愤怒的女侠。小莲并未走到相国寺街，而是在一条无名的横路上拐弯，来到一座荒废的庙宇。她四处张望，见无人，才敲响了庙门，敲门声为七下，三轻四缓。

庙内有七八人，为首的正是西夏大将野利仁荣。他们密谋商量着国事，对小莲的来访感到很吃惊。

小莲质问："你们说过不会伤害他的！"

"对，我们的确没有伤害他！"

得知受伤的主帅并不是范仲淹，而是韩琦，小莲放下心来，但随即露出痛苦的神色。

野利仁荣有些不悦，道："胡闹！没有我的命令，你怎么敢独自来到这里？万一被人知晓，你我皆成刀下鬼！"

小莲道："来的路上，吕夷简派人跟踪我！"

野利仁荣大惊，问："你都解决干净了吗？"

小莲低下头道："放走了一个！"

"连几个毛头小兵都解决不了！"野利仁荣一把掐住小莲的脖子，"杀人不见血的西夏国之花是怎么了？莫非你和他产生了真感情？"

"你敢动他试试！"小莲喘息困难，但用拳头抵住野利仁荣的腹部。

野利仁荣一时也疼痛不已，只能放下她。

"我劝你最好不要动真感情。一旦范仲淹知道你的身份，他还会留你在身边吗？"

"即使他要杀我，我也认了！"

"那君上呢？不要忘了是他救你出苦海的，你现在又是怎样报答他的呢？"

小莲不语。

野利仁荣冷笑道："不过，你现在可以去找他了！"

3. 将相不和

李元昊这些天有些郁闷。韩琦受伤，范仲淹不在，他竟未取得一场胜利。连一个任福都战胜不了，这对战神李元昊来说是莫大的侮辱。

李元昊问："张先生来了没有？"

野利仁荣道："已经在路上了。"

李元昊不明白，范仲淹镇守的延州府拒不出兵，为何张生始终与其对峙。刚才粮官来报军中的粮草不足三日。

野利仁荣道："君上，臣有件事憋在心里好久了，想说却不敢说。"

李元昊道："但说无妨！"

野利仁荣道："君上，为何就如此信任国师！国师虽然善于用计，可说到底仍是一个宋人！现在他掌握兵权，一起出生入死的兄弟们心中不服。在国师鼓动之下，西夏与宋连年大战，国内已经没有足够的兵粮。再打下去，臣怕民心不稳！”

想来那日范仲淹的劝诫不无道理，张生虽然善于用兵，但他也长于权术。西夏境内除了自己，无人能在计谋上和张生相提并论。让一个宋人执掌朝政又手握重兵，李元昊反复思量，这个当初和他湖畔夜谈的书生，会与他争夺权力吗？

此时，张生竟站在他的面前，道：“恭喜君上！”

李元昊疑惑道：“喜从何来？”

“我军此战必胜无疑！”

李元昊不得苦笑道：“粮草不足三日，将士士气低迷，如何能获胜！”

“君上不信？臣已有一计，范仲淹定不会贸然出兵！”

“国师雄韬伟略，是我西夏治国良将！但是大臣禀告，这仗再打下去，无论胜负，国内将一片萧条。国师，我已经不是过去那个莽撞的小子了，我是一国之君，我需要为国家长远考虑！”

张生眼眶下陷得很厉害，说话声音提高了：“君上，此战若胜，您将获得对宋边境的全部统治，臣保证只需再一战，整个大宋都是您的。想想看，这是多么伟大的功业，您的名字将会载入史册，您的子孙将生生不息。如果现在您放弃了，将一无所有，被世人耻笑！”

“我主意已定，收兵！”

张生顿时青筋暴起，跪在地上道：“臣已率部攻打羊牧隆城！请君上问罪！”

李元昊被这先斩后奏弄得大吃一惊，大声质问：“你所率的是西夏军的精锐之师，若败，我们将死无葬身之地！”

张生面无表情，从腰际献出锋刃，道：“若此役失败，张生愿受军法处置！”

“报！”帐外野利仁荣亲自执军情来报告，这个场景在以往并不多见。野利仁荣没有等他们开口，就道，“任福并未赶到羊牧隆城，而是转到张义堡，与常鼎会合，袭击我军。现在张义堡的驻军正向我们求援！”

“我军损失多少？”李元昊问。

“三千将士！”

李元昊听后，将张生上交的锋刃瞬间折成两段，怒道：“杀了你也不够！”

一旁的野利仁荣对着张生冷笑。

张生不为所动，道：“恭喜君上。任福有勇无谋，只要诱敌深入，宋军定会土崩瓦解。臣用三千将士的亡灵去换这一仗的胜利！”

“张生，你好大胆子！”野利仁荣大叫，“君上，臣恳请将这个妖言惑众之徒拿下，就地正法，以稳军心！”

李元昊大手一挥，下令：“来人，将他带下去，没有我的准许不得释放！”士兵们领命正欲捆绑张生，被李元昊阻止，“废物！将野利仁荣拉出去！”

原本颇为得意的野利仁荣顿时惊讶不已，甚至还没有开口求饶，就被拖下。

“传我命令，即日起，国师张生升为副元帅统领五万兵马，此外，野利仁荣所部也由国师统领，违令者杀无赦！”

张生跪地谢恩。

李元昊冷冷地说了一句：“我只能赌一把！”

张生升为副元帅的消息不仅震惊西夏军，同时也震惊了在延州府的范仲淹。李元昊做事向来低调，这次高调提拔张生也宣布了大宋与西夏的第二战不可避免。长安岭之议流产了！

此时，侍卫来报说有个叫狄青的人，要见范仲淹。

范仲淹听后，光着脚亲自到殿堂中迎接狄青，还自语：“如有神助，如有神助！”

几年未见，狄青早已不是那个偷馒头的浑小子了。他肩膀宽厚，双目有神。两人寒暄几句，范仲淹将他引到内殿。

狄青道：“恩公，不急，我还给你带了一个人！”

范仲淹回头一看，原先举起的酒杯“嘭”的一声掉落在地。征战之余，他日夜思念的小莲竟然就这样活生生地站在延安府军营之中，站在他的面前。

原来狄青一直是李胜男的贴身侍卫，可是主子被软禁，他只能买通看守，按照李胜男的嘱托投奔到范仲淹府中，途中又遇到小莲。一番询问，双方结伴而行，这才有了刚才那一幕。

小莲羞红了脸，道：“我听管家说你受伤了，所以就想过来看你。我知道这是军营，可是我就想看到你。”

范仲淹听后感动不已，挥舞手臂道：“你看我像受伤的样子吗？受伤的是韩将军，我好着呢！”

小莲喜极而泣，扑到他的怀里。

恢复理智后的范仲淹，看着狄青和小莲，一个是敌方的侍卫，一个是自己的夫人。两人公然出现在自己的军营中，要是传到朝廷，估计大臣们又将参他一本。

小莲看出范仲淹的难处，道："老爷放心，我就女扮男装，当你的小书童！"

狄青附和道："是啊，我们是悄悄来的，夫人一路上都戴着头巾！"

小莲边点头边从口袋中拿出湿漉漉的假胡子。她盘起头发，道："怎么样，像不像个书童？"小莲这装扮，像极了文弱书生。可是军营之内，哪是读书练字的地方？范仲淹最后将他们都作为自己的贴身侍卫。

夜晚，待到小莲入睡，范仲淹走出帐外，狄青已等候多时。

范仲淹问："她还好吗？"

狄青道："不好！"

与李胜男在食人村相遇的场景不时浮现在眼前。

狄青跪下道："请大人救救公主吧！公主被李元昊软禁，这次狄青有幸逃脱，是公主让我来找大人的。"

"她还说了什么？"

狄青的额头冒着汗，他不想说，但肩上所托的使命又让他不得不说："公主说，希望大人能亲手杀了她！"

4. 铁箱信鸽

前线骑兵快马高喊："捷报，捷报！我军杀敌三千余人！"

坐镇大营的任福，喜出望外，撇下众将，径自出营迎接。连续三日，西夏军都拒不出战，这对有志在沙场建功立业的任福来说，十分无奈。兵马未动，粮草先行，西夏的粮草只能维持七日，现在是最后一天，果然收到捷报！

直到前线骑兵站到他面前，呈上一封战书，这才把喜形于色的任福拉回现实。战书是张生亲笔写的，信封用火漆加印，只能由主将拆阅。

任福接过信，感到疑惑，败将何能言战？直到拆开所谓的“战书”，反复盯着信上的文字，任福长舒一口气。和韩琦的密信不一样，他将“战书”传阅给众将，之后，军营中传出笑声。

“张生毕竟是文人，爱面子，明明是求和书，非要说是‘战书’！”

“三千士兵，对我大宋是九牛一毛，对于西夏则是重创！”

众将嘲笑着张生的虚伪和西夏军的不堪一击。

任福摇头道：“各位，你们不要忘了范雍是怎么兵败三川口的！想搞诈降？范雍糊涂，我任福不糊涂！众将听令，全营拔寨，明日日落之前，定将张生的脑袋拿来祭旗！”

许久未言的耿傅上前劝阻道：“副都部署三思啊！李元昊长于用兵，张生善于用谋，此二人绝不会轻易投降。此事应慎重，还是先禀告朝廷。”

“禀告朝廷？你还是先禀告范副使吧！”任福挖苦道，“本将什么都知道，什么都看得见。你与范仲淹暗中通信，是想让那老小子分一杯羹吧！本将留你在身边，就是告诉你，范仲淹只能看着却永远也拿不到本将手里的战功！”

耿傅辩解道："范副使为大宋着想，怕副都部署延误战机，请三思！"

任福大怒道："来人！将耿傅拖下去，没有我的命令禁止他靠近军营！"

耿傅被挡在军营外，很是焦急。他只能询问手下可有范仲淹的来信。说来也奇怪，此前每隔两日耿傅都会收到范仲淹的回信，指点布防，可现在三日已过，还不见来信，真是急死人。耿傅只得拿来纸笔，再修书一封："范大人，自从韩琦将军受伤以来，所有军务都由副都部署任福代劳。近日，副都部署领军克敌三千，张生来信议和。副都部署明日决议率营进逼六盘山。窃以为这定是张生的诡计。然副都部署心意已决。耿傅亲启。"

翌日，任福率领两万大军由六盘山往南，没有遇到过多阻碍，径直来到笼竿城。他估量以今日作战态势，天黑以前得胜寨、天都寨等军事要塞将尽归大宋。

此时，数万宋军的前方，竟有一持刀壮士。壮士脱去上衣，露出宽厚的肩膀，此人正是耿傅。

耿傅拿起长枪，在地上画了一条长线，喊道："谁敢过线，先过我耿傅这关！"

任福策马斥责道："你怕死可以不去，但若阻挡大军前行，军法处置！来人，把他拖下去！"

上前来的两个士兵并不是耿傅的对手，耿傅自幼便随父在军中成长，虽不能说十八般武艺样样精通，但是底子扎实。转眼之间十余名士兵都被掀翻在地，一时之间无人敢靠近。

任福大怒，挥刀砍向他，怎料耿傅并未躲闪，而是迎上前去，只见耿傅的右手臂缓缓掉落，顿时血流如注，众人皆惊。

任福依旧表情严肃，道："今日兄弟这手臂，等回来再还！"

说完，大军便奔赴前线。

时至午后，宋军进抵好水川，将士们愈战愈勇，西夏军连连败退。任福拿着西夏军匆忙丢弃的铠甲好不得意，世人皆知韩琦、范仲淹，怎料如今又出了一个任福？

任福下令将缴获的兵器、铠甲搁到耿傅面前，他要将这个妖言惑众的狂徒好好教训一番。

士兵答道："耿傅失血过多，已经死了！"

"死了？"任福有些惊讶，耿傅和他几乎同时进入军营。耿傅喜欢读兵书，任福喜欢研究兵器。两人除了作战策略常意见相左外，平时并无私人恩怨。在记忆中，两人刚入军营的时候，都意气风发，发誓要为国戍边。

任福问耿傅在死前说了些什么，士兵回答，没有留下遗言，只是一双眼睛不愿闭上。

耿傅很少做出格举动，这次以死明志，难道真的是前路凶险？

正当任福陷入长久的思考时，士兵报告说捡到一只铁皮箱。

任福大怒道："一只箱子而已，为何大惊小怪！"

"将军，这只箱子无法打开！"

"岂有此理！"

直到士兵们将这只箱子抬上来，任福才相信所言非虚。这只箱子有三丈高，需要十五个士兵才能抬起来，更奇怪的是里面偶尔会发出声响。

“来人，将它打开！”

副将桑怿劝阻道：“将军，其中恐有诈！”

“怕什么？我几万大军在此！哪怕箱子里装的是李元昊，本将都要将他碎尸万段！”

任福提起长矛，向后退了几步，运足气力，随即挥动长矛，向铁箱刺去。

“嘭”的一声，铁箱裂出一道口子，数千只信鸽飞出来迅速遮蔽了天空。

黑暗吞噬了万物，也吞噬了任福的大军。

当信鸽飞出天际，白光显现，天地之间又恢复了往日的气象，任福想稳定军心，但为时已晚，西夏军早已布满山头。

此刻，任福才如梦初醒。

张生在山上挥动羽扇，笑道：“任将军投降吧！”

任福高喊：“逆贼！吾为大将，兵败，以死报国耳！”

5. 断肠毒酒

范仲淹得知任福全军覆没的消息，已经是三天后，甚至比朝廷得知的时间还晚了一天。他扶住椅子勉强站立，三万大军就这样无声无息地消失了？范仲淹不敢相信这个消息，屏退左右，把自己关在军营里。

任福、桑怿、武英、刘肃、赵津、耿傅，这些大宋的名将全都战死了，范仲淹无法想象，少了这些将领，日后谁来守护这大宋边境？

要是当初能派兵救援，任福不至于全军覆没。范仲淹不禁懊悔，他应该要像耿傅那样不顾一切地提醒任福，可是，这又不在他的能力范围之内。

“不是说过没有我的命令，谁都不允许进来吗？”范仲淹低头喝闷酒，来者没有退却，而是收起酒瓶。“混账！”范仲淹刚想发怒，但看到是小莲，立刻又心软了。

小莲依然保持范仲淹教的军中纪律，道：“范副使，别喝了，帐外的将士还等您指挥呢。”

范仲淹没有理睬，又夺回酒杯。

“老爷，你再喝就醉了！”

“那你替我喝吧！”范仲淹将酒杯推给小莲，“怎么，不敢喝？你不是叫我不要喝的吗？”

小莲擦拭眼泪，默默举起酒杯，一干而尽。范仲淹边说边继续给她灌酒，待小莲酒醉，范仲淹为她披上袍子，自己走出帐门。

值守将士见主帅深夜出帐十分惊讶，范仲淹示意他们不要出声，自己径直朝小莲的住所走去。一路上范仲淹都神色抑郁，仿佛每走一步都离万丈深渊更近一步。终于还是到了。范仲淹凭借本能在一个不起眼的柜子下找到了耿傅写给他的加急文书。毫无疑问，他的枕边人就是西夏派来的奸细。范仲淹不是一个草率的人，内心隐约有感觉，但是不愿意戳破这层窗户纸。可现在，因为他的一念之差，导致战机延误！

范仲淹握紧腰间兵刃，冲回自己的营帐。小莲还在那儿安静地熟睡着,他拔出刀欲刺向她,可手渐渐发抖,终究还是放下了。

梦中的小莲一直都在出汗,梦到范仲淹满是鲜血地躺倒在地,而杀手就是她自己。小莲接到的最后一个任务是用毒酒杀死范仲淹。李元昊答应她,事成之后,还她和家人自由。她的内心是煎熬的,一边是自己的丈夫,一边是常年生活在地牢的母亲和弟弟。小莲想对范仲淹产生恨意,拼命说服自己,可范仲淹的言行举止让她没有恨他的理由,他是好人。

小莲的手心里还握着李元昊给她的毒粉,遇水则溶,遇酒则化。她趁范仲淹离去之际,将毒粉融入水中。小莲心想,范仲淹离去定是他发现了什么。

果然,范仲淹再次回到帐中,假寐的小莲能够感受到一股冰冷的气息。拔出锋刃的声音很轻,可是刀光晃到了她。小莲额头已沁出不少薄汗,他真的要杀了她吗?

范仲淹将刀放下的那一刻,小莲也适时地醒来,道:“我刚做了一个长长的梦!”

范仲淹仍保持站立姿势,没有靠近她,问:“什么梦?”

“我梦到我们阴阳相隔了。”

“怎么会呢?来,喝杯酒,压压惊!”

小莲的心里一紧,拿酒的手一直在颤抖。往日夫妻和睦的场景又不断在脑海重现。范仲淹握紧了她的手,给自己倒了一杯酒,道:“别怕,我们会东山再起的。”

五十岁的他真能东山再起吗?小莲看着丈夫两鬓泛白,心里不忍。眼见范仲淹无所顾忌地要喝下杯中酒，小莲打翻了它，大声说：“别喝这酒，有毒！”

范仲淹微笑道：“你终于和我说了实话！”

小莲跪在地上，将李元昊拿她母亲和弟弟作人质的事情全部说了出来。

“我不怪你，你是受人所逼！”

“对不起！”

“但是你让我延误战机，我不能再留你了！”

小莲拉住他的衣袖恳求道：“小莲已经无处可去了，我想将功赎罪！”

范仲淹扶起小莲，眼神中除了平时的关切，仿佛又多了些什么。“我会尽全力救出你的母亲和弟弟的。”范仲淹说。

小莲举起另一只酒杯说：“谢谢范大人！”

范仲淹迅速打掉小莲的酒杯，道：“这杯酒有毒，你喝这杯！”

原来范仲淹早已看穿小莲的举动，悄悄掉了包，只是没想到她会阻止。要是刚才她喝了毒酒，自己会怎么做呢？想到这儿，范仲淹心中有些苦涩。与枕边人都如此钩心斗角，那帐外的几万将士有多少是忠于大宋的，又有多少是有异心的？

小莲低头将酒喝下。

“你就不怕这杯是毒酒？”

小莲擦干嘴角的酒渍，道：“范大人，我相信你！只要范大人想要，小莲的命可以给你！”

范仲淹扶起小莲，道：“还叫我范大人？”

今夜,喝过酒的小莲内心在翻腾,半是惭愧,半是感激。

6. 生死之交

第二天,延州府的城门上挂起了白绫。城内响起了鼓声,还有百姓的哭声。士兵们神色黯淡,举起兵器,发出哀鸣,好像自己的主帅阵亡了。

远处观望的张生,来回踱步思虑,他很少有这番焦躁举动,当然比他更焦躁的是李元昊。西夏将士看到李元昊出现在延州都十分惊讶。不仅如此,连他的心腹野利仁荣都来到这里。

李元昊哈哈一笑,道:“莫慌!韩琦早已是瓮中之鳖。只要看住范仲淹就行!”

野利仁荣道:“君上,看样子范仲淹被小莲毒死了!”

西夏将士听到此言无不欢欣鼓舞,扬言要攻下延州府。主帅一死,军中必大乱,正好将延州收回。

李元昊问:“国师以为范仲淹是真死了?”

张生摇头道:“君上,臣不知。”

一旁的野利仁荣轻蔑道:“你和他共事二十余年,是死是活总有个判断吧!”

张生反问:“你熟知小莲也近二十年,是死是活总有个判断吧?”

正当两人争论之际,延州府的城门突然打开,三万士兵如离弦之箭冲了出来。宋军无论是将领还是士兵都戴着铜牛面具,手执长矛,杀向毫无准备的西夏军。

张生指着那个戴红色面具的人，道："范仲淹没死，快杀了他！"

李元昊听到后，不顾侍卫劝阻，跨上战马，向红色面具袭来。

两人三五来回不分胜负，可渐渐地李元昊占据优势。他常年骑马精通马上之术，差一点就揭下红色面具。红色面具见形势不妙，策马逃出战区，李元昊在后面紧追不舍。

"范仲淹，你往哪里跑！"

眼看两匹战马快要接近，红色面具被脱下，那人对着李元昊一阵发笑："猜错了吧？"

戴红色面具的是狄青，李元昊得知中了调虎离山之计，便迅速赶回延州主战场。可还是晚到一步，不懂武功的张生已被范仲淹生擒。

范仲淹揭下和士兵无异的面具，把刀架在张生的脖子上。

"将小莲的家人放了，否则你们国师将命丧于此！"范仲淹见西夏军无动于衷，"看来，国师的命并不值钱啊！"

李元昊点点头，示意将小莲家人带上来，道："我第一次见到为了一个女人而放走敌方军师的，范仲淹我看你如何向皇帝交代！"

小莲与母亲、弟弟紧紧抱在一起，范仲淹则释放张生。

下属轻轻地在李元昊身边耳语，李元昊顿时撤兵赶回泾、原二州。

当范仲淹和李元昊对峙的时候，狄青已率五千轻骑绕开西夏军直赴泾、原二州。竟然让一个乳臭未干的小子断了后路，李元昊好不懊恼。由于西夏军主力都集中在延州及泾、原二州，机动兵力有限,狄青并未遭遇过多的阻力就到达目的地。

此时的韩琦早已成了困兽,他们被围困在六盘山附近,老将军的头盔也被乱箭射落。韩琦虽然武艺了得,无奈先前左臂受伤,只能边战边退。

西夏军占据六盘山制高点,宋军周围响起了哀怨声。方寸大乱的韩琦不禁老泪纵横,看着满山的西夏军,自知已经无力回天。韩琦自语:“大宋的将领、大宋的士兵都战死了,韩琦愧对大宋百姓!”韩琦将刀架在自己的脖子上。

“将军且慢。”只见一支箭飞过,擦着韩琦的右肩,打落了他手中的刀。韩琦一惊,这箭法百步穿杨,更令人吃惊的是使箭之人只是一个十几岁的少年。少年的后面飘荡着大宋旗帜。

狄青利落下马,道:“韩将军,末将奉范副使之命,前来救援!”

“好!”韩琦擦干泪水,恢复了往日的意气,“老子就知道范老儿不会见死不救! 走,我们杀出一条血路!”

由于主帅、副将全都在延州,西夏军见大宋援军已到,不敢轻易对战,只能鸣金收兵。

躲过一劫的韩琦不顾左臂上的伤,问道:“范仲淹在何处?”

狄青答道:“范副使还在延州拖延李元昊、张生,马上就与将军会合! 将军,请随我回营医治!”

那韩琦倒也是铮铮铁骨的汉子,连日作战早已没有麻药。他撕下战袍一角咬住,竟直接将箭头拔下来,没有过多的痛苦表情,就像是做了一件极为普通的事情。

“将军真性情！”远处赶来的范仲淹看到这一幕，佩服万分。

韩琦与范仲淹同为副使，可韩琦跪倒在地，道：“老小子，我韩琦糊涂，错怪你了！”

范仲淹扶起他，道：“将军切莫自责，你我都是从鬼门关逃回来的人，早已是生死之交！”

“呀呀个呸的，我一定杀他个片甲不留！”

范仲淹嘴上说好，可眼神透露出忧思。这次好水川战败，将近半数大宋最杰出的将领都已阵亡，守卫泾、原二州的士兵几乎全军覆没。朝廷会再给他们出兵的机会吗？

九、拯救危难

1. 牢狱之灾

“夏竦何曾怂，韩琦未足奇。满川龙虎辇，犹自说兵机。”

葛怀敏在文德殿上激情地读完了这首小诗，他只是一介武夫，自然不理解诗句的内容，可是朝堂之上的百官则吓得不知所措，有一些上了岁数的老臣则当场尿了裤子。葛怀敏摸着脑袋，还在思忖是不是自己读得不好，询问圣上要不要再读一遍。

三川口、好水川接连大败，大宋举国大骇。一个刚刚建国不久的西夏，竟然能让大宋王朝败得体无完肤。群臣都在讨伐主帅和副将因贪军功，互不派兵支援而导致战局不利，但也有小部分官员认为韩琦、范仲淹已经尽力。

年事已高、被恩准坐听朝政的吕夷简此时站起身来，道：“圣上，臣最近听到一些流言，范大人的军帐里私藏女眷。老臣不相信，想请问范大人是否真有此事？”

范仲淹据实而报：“是臣的小妾！”

吕夷简压过朝堂之上的嘈杂之声，责问道："吕某从未听说哪朝哪代将士打仗，需要带女眷伴随左右？范大人，你作何解释？"

范仲淹并不回应，而是重重跪在地上，道："臣有负圣恩，请圣上赐罪！"

赵祯走到范仲淹面前，一脚蹬在他肩上，大声怒道："赐罪？你以为朕不敢？朕告诉你，朕当然要赐罪！来人，将这等败军之将押入大牢！"

几位革新派大臣欧阳修、宋祁、包拯等纷纷请旨，称范仲淹纵然有错，但有护驾之功，现正逢大宋危急时刻，请求再给他一次机会。

赵祯怒道："再给他一次机会？你问问那些死去的将士给不给他一次机会？你们问问那些大宋百姓再给不给朕一次机会？传朕旨意，将所有参与好水川之战的三品以上将领都连降三级！"

殿中侍御使文彦博当场草拟诏书，赵祯阅后又补充道："桑怿、刘肃、武英、王珪、赵津、耿傅等阵亡将领都追封节度使兼侍中。任福虽然好战心切，但战死沙场，不失我朝气节，追封其母为陇西郡太夫人，其妻为琅琊郡夫人。下去吧，下去吧，让朕静静。"

待百官退朝之后，赵祯直奔紫嬛殿。他曾经下令后宫开支都要上报内廷，不得奢靡。每个嫔妃的宫女都有人数限制，就连赏赐、升降都有严格的规定。然而，这座紫嬛殿是为张妃临盆所建。赵祯已经三十五岁了，不知为何，始终无一皇子，倒是有不少公主。可百年之后，谁来继承他的大业？这次，张妃有孕，又重新燃起了赵祯的希望。

“爱妃,你觉得怎么样?”

张妃和赵祯昔日患难与共,道:“圣上,快些去歇息。臣妾不累,身体好着呢,希望能给圣上带来皇子!”

赵祯摇头道:“你都不累,朕还累什么?你要是生下皇子,朕封你为皇后。”

张妃听后神色大变,连忙劝阻道:“圣上,万万不可,曹姐姐会生气的。”

张妃口中的曹姐姐是当朝皇后曹氏。曹氏虽然不像刘皇后般性格泼辣,但她乃名门之后,其祖父曹彬是开国名将,叔父曹玮手握重兵,选曹氏为后完全属于政治联姻。

赵祯道:“朕早就想废掉她了!一个皇后没能生育子嗣,如何才能母仪天下?”

张妃轻轻捂上他的嘴,道:“圣上,这后宫也像个小朝廷。谁得宠了,谁遇冷了,这当中的玄机可大着呢。臣妾不愿意争什么,只想安安心心地把这孩子生下来。”

“你放心,谁都不会伤你。”

离开紫嬛宫后,赵祯责令侍卫加强守卫,除了太医,任何人都不得靠近。随后,赵祯才回文德殿批阅奏折。他不断咳嗽,像要把心肝肺都咳出来。太监们见了都不知所措。

赵祯抓住太监的手警告说:“不得宣太医。要是敢走漏风声,朕砍掉你们的脑袋!你们都退下吧,朕要和列祖列宗说几句话。”

赵祯跪在灵位面前,自语道:“列祖列宗,我赵祯比你们都好福气,拥有那么多的良臣名相。我不敢糟蹋他们,克己复礼。可是,我不知道能活多久，能否击败李元昊？列祖列宗，在天之灵，保佑朕一举攻下西夏，保佑张妃能生出皇子，让大宋的基业能得以延续！我赵祯不求天地，只求列祖列宗！”

2. 天子亲征

边关来报，十万西夏军已兵临延州清涧城。

文德殿上诸位大臣都一筹莫展，两场战役的重大失败，竟然导致边关无人可用。这次派谁为将呢？

宋祁上前奏道：“圣上，可知好水川最后援救韩琦将军突围的那个小将吗？”

赵祯道：“朕记得。那个少年叫狄青，戴着面具，骑战马驰骋沙场，与李元昊过招，不落下风！”

宋祁说：“正是此人，臣愿荐此人为将！”

不料宋祁的推荐遭到众大臣的反对，让一个毛头小儿为将，这可是破天荒的事情。

赵祯像是早有准备，道：“朕向你们推荐一人，这人的胆识不亚于狄青，让他们为左右先锋，西夏军指日可破！”只见赵祯右手一指，指向了贴身侍卫葛怀敏。

葛怀敏还未来得及反应，赵祯便下令：“葛怀敏听旨，封葛怀敏为镇戎军节度使兼太尉、讨夏左先锋，狄青为延州指挥使，即刻发兵！”

葛怀敏想时刻保护皇上，但这文德殿之上，赵祯一开口就是圣旨，他只得领命。

赵祯像看穿了他的心思，问："葛怀敏还有所奏？"

葛怀敏道："启禀圣上，这将点了，主帅是谁？"

曹玮抢先说道："圣上，臣愿意领兵将李元昊的脑袋摆在这大殿上！"

曹玮已近花甲之年，早已被封为异姓亲王。之前他称病许久未曾上朝，未料今天不但入朝，而且还主动请缨。

"好！爱卿的爱国之心，朕深感欣慰，不愧是众大臣的楷模。但是你年事已高，若担任主帅，朕无法面对皇后，天下会笑话朕手下无人！"

曹玮握紧双拳，有些愤怒，又有些意外，皇帝竟然当朝不给他面子，道："敢问圣上，现在派谁担任此元帅重任？"

赵祯起身对群臣说："你们都推荐不出一个能当元帅之人，朕告诉你们谁最合适，就是朕！"

几位老臣听后纷纷下跪劝诫。

宣德郎欧阳修道："圣上，不可啊！天子出征，只能取胜！这是决胜千里，不可冒进！"

龙图阁学士宋祁道："圣上，自古御驾亲征之君，必到了国难之时，我大宋富庶天下，百姓安定，还不到最后一仗的地步！"

"怎么？当年你们劝朕要战，现在又想说服朕和？是不是还要让朕将延州让给西夏？"赵祯眼神颇为不屑，"吕大人，你好久不说话了，到了这个时候还要装聋作哑？"

吕夷简上前一步，双手作揖道："臣愿意跟随圣上讨伐逆贼李元昊！"

“好！朕今天最高兴的就是听到这一句话。”赵祯扶起吕夷简说，“可是吕大人啊，你跟随朕出征，那朝中之事谁来负责呢？传朕旨意，在朕亲征期间，吕夷简、宋祁、曹玮为辅政大臣，中书门下枢密院等各司其职！众位爱卿不必再劝朕！朕这几日也在琢磨为什么小小西夏能打败大宋几十万大军。因为李元昊身先士卒，直接决断政务，而朕除了听七百里加急，只能等待。朕听够了捷报，也该见见前线实情了！”

散朝后，曹玮并未打道回府，而是偷偷潜入皇后娘娘的慈元殿。曹皇后此时正对铜镜梳妆。曹皇后的特点就是脸大手大，就连头上的发簪也大。要在寻常百姓家那肯定以为她是不祥之人，可曹皇后出身显赫，这金丝玉帛倒也衬托出那雍容华贵的气质。只是曹玮私闯后宫，惊得曹皇后的大脸扭结在一起。

“叔父，你怎么来了？大臣私闯后宫这是大忌啊！”

向来谨慎的曹玮也顾不得解释，拽曹皇后进入内室，环顾左右，见四下无人，关上门道：“侄女，叔叔告诉你一个消息，圣上要御驾亲征了。”

曹皇后满不在乎，继续拾起刚刚因慌乱丢下的眉笔，道：“圣上说过，后宫不得干涉内政，之前的刘皇后不就是一个例子吗？”

曹玮走到她跟前道：“哎呦，李元昊让大宋一半的将领战死沙场，你说圣上这次御驾亲征有多少胜算？”

曹皇后有些不安，道：“要是圣上出事，那往后谁来当皇帝？”

曹玮长舒一口气，侄女终于说到点子上了。

“你想想，现在张妃正怀着龙种，万一圣上出事，谁来继承大位?”

曹皇后原本拿在手心里的眉笔，掉落在地。她太清楚了，自己平日总将张妃当作争宠死敌，要是张妃一旦生下儿子，那太子之位就是他的了。日后太子亲政，她这做皇太后的美梦基本也就破碎了。

曹玮看出了她的犹豫，道:“干脆一不做二不休。”

曹皇后吓得手指哆嗦道:“不准你伤害皇上!”

“唉。我什么时候说过要伤害皇上。我的意思是张妃……”曹玮做了一个暗杀的手势，继续说道，“我有个建议，不如接濮王赵允的第十三子赵曙进宫。一旦发生变故，新帝登位，那你还是太后，我等可坐拥天下!”

“要是圣上赢了呢?”曹皇后问。

“要是圣上赢了，你还是皇后，张妃还是张妃，但是她肚子里的龙种必须要除去!”

“要是圣上怪罪起来如何是好?”

曹玮冷笑道:“要是怪罪起来，皇后尽可将责任推到我的身上，只要确保张妃无子，你依然是皇后! 不要忘了，当初要不是我，他怎么能轻易登上帝位!”

3. 陪皇演戏

三天后，赵祯亲率二十万大军讨伐西夏。他很少骑马，但一身金色铠甲，在阳光映衬下显得格外耀眼。他要让大宋士兵看到自己依然年轻，身手矫健，这定会大振士气。可是他的身边近臣不由得眉头紧皱，这是圣上第五次长咳不止。看得出，他一直在隐忍。

更令人担忧的是行军速度，现在三天已过，大军仍未到达延州。

赵祯依然胸有成竹，问狄青还有多久才能达到延州。狄青不敢怠慢，忧心忡忡地回答现在已到丹州，大军加快脚力估计明日天黑之前就可到达。

赵祯道："葛怀敏、狄青、赵珣听令！朕命你们率十五万大军日夜兼程奔赴延州，与清涧知城事种世衡会合。其余五万人马，朕自有安排。"

面对这一决定，一直跟随赵祯左右的葛怀敏不同意，道："圣上，臣愿意跟随您左右！"

赵祯扶起葛怀敏，道："你守护边境就是守护朕，怀敏啊，大宋已无将帅之才！朕这次任你为将，是对你寄予厚望。等你凯旋，朕亲自为你摆宴庆功！"

"圣上，臣要是回来，定将李元昊、张生的人头搁到您面前！"

"好，朕给你们倒酒。喝下这碗酒，朕要你们拿出百倍力气守护大宋！去吧，朕已经令王沿率定边军助你们一臂之力！"

葛怀敏等将士将酒一干而尽。随后，跨上战马，快马加鞭，消失在茫茫大地上。

赵祯望着十五万将士策马扬鞭的景象，对随军大臣文彦博感叹道："葛怀敏是将才，要是碰到一个帅才，定会是一代名将啊！他跟随朕多年，这一去，朕还真有点舍不得他！"

文彦博道:“圣上是仁君,对部下感情深厚!”

“哦,对了,范仲淹押来了吗?”

“押来了,他正在马营喂马呢。圣上,是不是要见他?”

赵祯点点头,道:“一个大元帅,现在成了阶下囚,给将士喂马,你觉得朕做错了吗?”

“臣不敢妄议圣上行事。只是范大人已经五十多岁了,臣怕他受不了这样的苦!”

“你是说范仲淹会自尽?”见文彦博不语,赵祯继续说道,“朕比你们任何人都了解范仲淹,哪怕是所有人都叫苦,但他不会!”

“圣上,是要再次重用他?臣立刻把他叫来。”

“不,我们一起去看看他。”

“快点,你给我快点!”马吏推搡着正在抬马饲料的范仲淹,“你还以为自己是大元帅呢?我告诉你,要是让马饿着了,你也别吃饭了。”

范仲淹被踢倒在地,以他的武艺即使戴着镣铐,几拳就能将马吏打晕,可他并没有这么做。文彦博示意是否要过去帮他,赵祯摇摇头。

范仲淹起身,脸上不但没有露出愤怒之情,而是笑道:“军爷!罪臣以为这行军打仗之马,不能喂它饱餐,要时常饥饿,保持矫健身型。还有这战马饲料,不同于普通……”

马吏未等他说完,便拿饲料桶往其头上砸,生气道:“哎呦,你还敢多嘴!这也是你一个囚犯所能谈论的事?胆敢管起你老爷了！”

范仲淹仍未还手，只是用手护住流血不止的头部。不过很快，马吏就住手了，赵祯将马吏踹翻在地。

“皇上饶命，皇上饶命！”

赵祯扶起范仲淹，将他带入自己的马车上。

赵祯看到范仲淹手腕之处已有血迹印出，令人去掉了他的镣铐。

“谢圣上！”

赵祯放下手中奏折，道：“不着急谢，你知道朕为什么将你带在身边吗？”

“圣上英明，要是不带臣在身边，臣估计早被吕夷简害死了！”

赵祯笑道：“再英明的圣上，要抵不过你范希文的脑子啊！朕再问你，你知道朕这五万人马将要去哪里？”

“臣不知！”

“你看看这兵部奏折。”

范仲淹阅后道：“臣知道了。”

“这满朝文武也就只有你能猜出朕的心思。但是，朕现在不急，你要陪朕唱一出戏，要等他们把尾巴全部露出来，朕才收拾他们。”

“臣还有一个请求！”

“但说无妨！”

“臣自幼学医，恳请圣上准罪臣为您诊脉。”

赵祯神色大变，问："你是怎么知道朕的时日无多？"

4. 死胎之谜

三更时分，紫嬛殿的宫女和太监都已犯瞌睡了。这时候，远方的红灯笼慢慢逼近，只见曹皇后率领一群太医缓缓走来，曹皇后的手上拿着一只褐色小瓶。

侍卫们拦住曹皇后一干人等，道："皇上有令，任何人都不得进入紫嬛殿！"

"放肆！"曹皇后打了侍卫一巴掌，"本宫告诉你，要是耽误了张妃生产，圣上定要了你的脑袋，快给本宫让开。"

侍卫们拔出刀剑，道："皇后娘娘，请回吧！"

恰巧此时，殿内张妃腹痛异常，用微弱的声音喊："快来人，痛死我了！"

原本有些无奈的曹皇后一听，立刻来了精神，大声质问："怎么？还不放行？"

曹皇后冲着殿内喊道："好妹妹，姐姐领着太医来看你了！"

正当侍卫犹豫到底放不放行的时候，曹皇后已冲入殿内。她见到宫女、太监在床榻前忙作一团，宫女春儿说要叫太医院的张太医。

曹皇后嗔怪道："哟！再叫张太医怕来不及了，本宫请了太医院的赵太医还有接生婆。你们快让开！"

春儿护主心切，不愿让曹皇后接近自己的主子。

张妃的额头沁出不少细汗，说："春儿，快让皇后和赵太医过来。”

“哼!”曹皇后鄙夷地看着春儿,“你算什么东西?”她继而向赵太医咳嗽一声,“还不快去!”

过了半炷香的时间,张妃的疼痛终于得到缓解。

赵太医的官服早已湿透,他向皇后使了一个眼色,曹皇后将赵太医引入内阁。

“快说,张妃这肚子怎么了?”

“启禀皇后娘娘,张妃并无大碍!只是……”赵太医欲言又止。

“你快说呀!”

“张妃脉象异常,时而缓急,时而虚弱,具体的臣也说不出来。但是,请娘娘放心,只要她喝了臣开的药,胎儿肯定不保。”

曹皇后点头,默许赵太医的行为,说:“你退下吧!忘了今天所有发生的事,本宫已经为你打点好行程,安心养老吧!”

此时,春儿端着药碗走到曹皇后面前说:“皇后娘娘,我家主子想跟您说说话,这药也请您端进去吧。”

曹皇后心头一紧,正想要推辞,春儿“哼”了一声,像是在嘲笑她的懦弱。

曹皇后夺过药碗,推开殿门,闯了进去。

紫嬛殿内冷冷清清,没有过多的装饰,甚至连一盆花草都没有,地砖是烟青色的。还以为圣上是多疼爱张妃呢,不过是看中她肚子里的孩子。想到这,曹皇后笑出了声。可是张妃去了哪里?床榻上空无一人。

“皇后娘娘。”声音从背后传来，不带感情，冰冷刺骨。要不是曹皇后手大，这药碗差点就落到地上。

“姐姐，这碗可要抓好啊！”

曹皇后本受了点惊吓，现在说话声音有些哆嗦：“妹妹，这药是安胎药，你趁热快喝了吧。”

张妃接过药说：“姐姐，我喝了这药只怕这胎儿是保不住了吧？”

“妹妹多虑了，怎么会呢？”

“姐姐，你就不想想，现在这紫嬛殿就只有我们两人。我的胎儿保不住，您的皇后之位还能保得住吗？”张妃哈哈大笑起来，“姐姐，以你的胆识，你怎么配当皇后呢？”

“我当不了皇后？你可不要忘了，我曹氏一族可是帮助过圣上登基，我的叔父手握禁军重兵！我怎么不配当皇后？你为了勾引圣上，什么下三烂的淫技都使得出来！”

突然，张妃将这打胎药一口喝下。

“你这是干什么？”曹皇后为张妃反常的举动感到震惊，“你不想保胎了？”

张妃喝完药后，拿出一把匕首刺向自己的肚子，可奇怪的是肚子没有流血。

“不是我不想保胎，而是我肚子里无胎可保！”

张妃从肚子里掏出一只布枕头，发出鬼魅一般的笑声。

“你这个疯女人。”曹皇后捂住耳朵，想逃离紫嬛殿。

“皇后娘娘，你想走？”张妃拉住她的手，神情又恢复到平日的样子，向殿外大喊，“救命啊，救命啊，皇后娘娘要害我！救命啊，皇后娘娘要杀死腹中胎儿！”

5. 仲淹变革

今夜注定不平静。曹玮火急火燎地奔到吕府，在此之前，他已经听闻曹皇后杀张妃龙种的消息。曹玮进吕府之前还念念有词：“成事不足，败事有余！”

吕府管家还睡眼蒙眬，听到有人敲门，大骂：“谁啊？不长眼！”

本来就在气头上的曹玮给了管家一个耳光，大声呵斥：“擦亮你的狗眼看看我是谁！”

管家似乎并不意外，捂着脸，恶狠狠地说道：“老爷说了，其他人都可以见，就是您他不能见，不然会惹杀身之祸！”

曹玮拿起剑托，道：“告诉你家老爷，今天他不见我，我就杀入吕府。”

吕府的管家也并不怕事，出人意料地将匕首架在曹玮的脖子上，怒道：“我哪怕杀了您，也不会让老爷少一根汗毛的！您敢动一下试试？”

话音未落，屋檐上方冒出三十多名弓箭手，角落里又有数十名穿黑衣的杀手，吕府大门外更排列着近百人的护卫队，旗帜上写着“曹”。士兵们举起火把，将吕府照得犹如白昼。

谁都没想到，曹玮竟将他的禁军侍卫都带来了。

“当年，曹大人带领这支精锐之师助圣上登基，现在又想助谁？”吕夷简从一间屋子走出来，从装束上看，他并没有因吕府被包围而感到慌乱，相反时不时发出笑声，“曹大人，你是要将吕府踏平吗?”

在吕夷简的示意下，管家放下匕首。曹玮也收起原来傲慢的态度，而是将吕夷简拉到内厅。看上去，他很熟悉府内的地形。

“吕相，实不相瞒，我在你府中安插了眼线！我知道吕相每日以泪洗面，恨不得能亲手杀了范仲淹，为儿子报仇！可是皇帝迟迟不下手，现在还将他带在身边，这是对死者最大的侮辱！吕大人，我们都看不下去了。说到底，就是皇帝无能无德。现在赵祯生死不明，恳请吕大人趁此之际，和我联手，杀入皇宫，另立新帝！”

曹玮一股脑儿地把想说的全说了出来。他是个聪明人，面对老谋深算的吕夷简，最好的交际策略就是没有策略，聪明人之间不打哑谜。

吕夷简笑道:“曹大人，知道我刚才在想什么吗?我想到了七年前张生也和我说过这番话。可是结果呢?全族遭灭！曹大人，咱们的皇帝聪明着呢，你还是早点放弃这个念头吧！说不定这万古仁君，还会放你一条生路！”

“如果我把他唯一的龙种杀了呢?他还会放过我吗?”

吕夷简一惊，未曾料到曹玮对权力的贪婪竟使其丧失理智。这可是毫无子嗣的赵祯目前唯一的希望啊！

不过，吕夷简一方面佩服曹玮的勇气，另一方面也耻笑他的无能。仅仅三两个回合，他就将全部的秘密和盘托出。此等气量，焉能成大事?

“吕大人，你说句话吧！我有兵，你有权。我们两人联手，这日后江山就是我们的了。”

突然,原先在屋檐上的士兵被人用长钩钩落,发出阵阵惨叫。

曹玮大惊道:“吕夷简,你这个老东西竟敢暗算我?”

“曹大人,本官只是个文人。”

两人同时往门口看去,等候他们的是总管太监李德海。以前,李德海收了曹玮的银子定会吐露一些风声,可现在李公公神情冷漠,道:“圣上口谕,请曹大人和吕大人即刻到延福宫。”

曹玮在延福宫被卸下佩剑,双脚颤抖,无法站立,吕夷简只能扶着他走入内殿。他们每走过一扇朱雀门,门就由太监们闭合。

赵祯道:“两位爱卿,来了。御膳房做了几样小菜,朕要和你们畅饮!”

吕夷简谢过皇帝后,从容地拿起了玉筷,细心品尝起来,道:“这猪肝做的‘肝脏夹子’倒是不常见,没想到味道竟然这么可口。”

赵祯也吃一口,道:“这食材最难收拾,手艺稍微糙点,便去不掉腥味,只有朕的御膳房能化腐朽为神奇。”

吕夷简道:“圣上愿意吃寻常百姓的菜,真是一代仁君!”

“可我听说现在老百姓都吃不上这猪下水了,是不是?”赵祯放下筷子说,“朕还听说,要是再晚一点回宫,朕也没有机会再吃这道菜了,是不是?”

本来就失了魂的曹玮一听,玉筷跌落在地。恰巧此时,范仲淹快步上前禀告:“圣上,叛军已被拿下,听候发落。至于背后主谋,他们交代是曹大人!”

气急败坏的曹玮站起身,道:“一派胡言,范仲淹,你这是在诬陷忠良!圣上,请您明鉴!”

吕夷简喝完杯中酒,重重地跪在地上,道:“圣上,曹大人夜访老臣府宅,企图劝老臣谋反。老臣当时被曹玮胁迫,无法及时禀告圣上,老臣有罪!”

“现在开始推托罪责,朕告诉你,晚了!”赵祯走到曹玮面前怒斥道,“朕待你曹氏一族不薄!你的侄女是皇后,你的儿子官拜正三品,你位高权重,现在居然想谋害朕!”

曹玮扑在地上惊慌失措,大声哭喊:“圣上,恕罪!老臣糊涂了,老臣糊涂了!”

赵祯上前,用剑指向曹玮,道:“你这个混账东西!连自己的亲人都想谋害朕,朕不知道以后还能相信谁?你不顾皇家脸面,竟然要害朕的龙种!”

“圣上,是那个贱人!她根本没有怀龙种,不是臣妾的错!”曹皇后也被侍卫押解而来,她的神智有些不清,一直在重复张妃故意要害她的话。赵祯走到她的面前,她也没有任何反应。

赵祯望着眼前疯癫的皇后,又看了看这一把年纪掩面哭泣的曹玮,叹了口气道:“你们都想害朕,但是朕不会害你们。朕失去了龙种,但朕不想再失去你们了。曹玮,你就回家养老吧!”

曹玮顿时止住了泣声,望着皇上连连道:“罪臣谢圣上隆恩!”

“来人,将曹皇后送回宫吧。她丢得起皇家身份,朕丢不起。”赵祯转身看到吕夷简还跪在那里,摇了摇头道,“吕相对朕有再造之恩,罚你连降三级吧!”

“谢圣上！”吕夷简十分坦然地说。

文德殿外的官员比以前要多出数倍。赵祯下令京城二品以上、外省四品以上的官员全部进京面圣。范仲淹代替了吕夷简的职务，站在百官之首。不仅如此，欧阳修、蔡襄、王素、余靖，甚至是许久未见的韩琦也都位居前列。

赵祯道：“好久没见到各位大臣了！朕昨天梦见太祖了，他拷问朕，一个好端端的大宋到了朕手里，怎么变得如此不堪？连一个小小的李元昊都剿灭不了，你们睡得安稳吗？朕昨天是哭着醒过来的，朕有愧于先帝，朕有愧于列祖列宗啊！”

群臣叩首道：“臣有愧先帝！”

“都起来吧！”赵祯感到有些疲劳，又坐回龙椅，“朕有时候在想，到现在都没有皇子，这是上天在惩罚朕的无为吗？昨夜的事你们都听说了吧，朕感到丢人！朕不知道还有什么脸面在百年之后面对列祖列宗。都说说吧，问题出在哪里？”

龙图阁学士宋祁上前道：“圣上，臣以为古今战事，并不绝对是以强胜弱，当年太宗兵粮有余，可还是兵败高梁河，如今我大宋无法胜西夏，缺少‘上兵伐谋’，而逆贼诡计多端。”

“是啊，兵不厌诈。但是你们有没有想过，为什么两战皆败？难道只是因为李元昊有了张生的辅佐吗？”赵祯拿起奏章道，“户部侍郎王德朗，你给我出来！朕念你祖上恩德，给你公田。你倒好，还要鱼肉百姓！刑部员外郎廖才给我出来，朕让你公平决案，你倒好，背地受贿，谁给的银子多谁就无罪。你的良心给狗吃了吗？还有你们,你们一个个徇私舞弊,参你们的奏章已经堆满朕的延福宫了。要朕把你们全部撤职查办吗?朕以前觉得大宋最危险的地方是边境,现在才知道,最危险的地方就在这文德殿内!"见到群臣都不说话,赵祯放缓了语气道,"朕只是要治治你们的病,等你们病好了,你们仍然是朕的臣子,大宋的顶梁柱!昨天,范仲淹上了一道折子,朕觉得可行。范大人,给他们念念你的良方吧。"

范仲淹接过折子,环顾群臣。也许是久未露面,对于金光闪闪的文德殿他有一种眩晕感,但是很快他稳定情绪,念道:"臣以为今日之格局,在于吏治之无为。唯有变法,才能使宋成为天下之霸主……法不施,则人无为。其一,废磨勘,各省官员升降,皆看政绩;其二,抑侥幸,功臣老将之子女需得考核才能世袭恩荫,其余士子参与科考入仕;其三,府兵开用,在京城附近地区招募强壮男丁,充作京畿卫士,用来辅助正规军,寓兵于农,节省给养之费……"

十、巅峰决战

1. 老臣误国

年轻的枢密副使欧阳修正率领几个知院同行，核对因恩荫制度造成官僚滥进的人数。恩荫制度自宋朝以来就是一大弊政，一人做官全家皆官，拿不完的朝廷俸禄，搜刮不完的民脂民膏，这是滋生贪官的温床。范仲淹提出的五条法令“明黜陟、抑侥幸、精贡举、择长官、均公田”都与此有关。

欧阳修看着这些受恩荫的名单，其中不乏手握重权、家世显赫的官员。“你看看这个学士，二十年内通过恩荫，其兄弟子孙出任京官的就有二十人。国库就是给这些人弄垮的。”欧阳修未曾料到，光是整理这些受恩荫的子弟名册就已花去了七天。

尽管第一批去职名单已登榜公示，可是主动上交官印的大臣还是寥寥无几，更不要说退出官宅了。欧阳修眉头紧皱，尽管他不到三十岁，但是为了这件差事已像一个疲惫的中年人。不交官印是抗旨，不移官宅是抗命。他双手握拳，重重地砸向桌面，道：“来人！将名单上的官员都给我押到这儿来，我倒要瞧瞧这些人的嘴脸。”

知院门口站满了官员，争吵声不绝于耳。其中以尚书兵部郎中王绎、殿中丞陈修古、大理评事陈博古三人吵闹最甚。

陈修古大骂：“狗仗人势得意什么？”

欧阳修将笔墨掷去，道：“大胆陈修古，你竟然敢辱骂钦差大臣？”

陈修古不知收敛，反而对身后同僚大笑道：“我问你，欧阳大人是哪年状元及第？”

“下官是天圣八年殿试十四名，位列二甲进士及第。”

陈修古又是大笑，道：“我高祖五代任掌书记、三叔陈尧咨被封为太尉。三代都是天子门生，状元及第。你一个进士也敢动我？”

欧阳修命侍卫将陈修古拿下，道：“那是你祖上积德，而你们坐享江山。陈家十子，各个高官厚禄，朝廷要动的就是你们这等纨绔子弟。给我押下去，听候发落。”

闻听此言，官员们才知欧阳修并不是口出狂言。一代名臣陈尧咨的后人竟然被捉拿入狱，这在大宋建国以来，闻所未闻。况且陈家十子个个都身居要位。他们若果真被取消恩荫，新晋的官员未必能及时补上。

陈博古见陈修古已被拿下，竟随手举起鞭子抽打欧阳修，道：“竟敢管起我们来了！”欧阳修双目瞪向陈博古，没有还手，而那些被罚的官员则一个劲儿地叫好。

虽然怒气未消，陈博古挥舞的鞭子被一双大手制住，也许他轻视年轻的欧阳修，但是对声名在外的范仲淹，他露了怯。

范仲淹道："公然殴打钦差大臣，这是藐视朝廷。给我带下去，打三十大板！"

闹事者三人，两人已被侍卫拖走，一旁的王绎见情形不对，想暗暗退下。

范仲淹阻拦道："王大人既然来了，为何要走呢？"

"大人，我不像他们，我的叔父王曾是当朝皇帝的老师，叔父教导我们不贪不执，兄弟五人，只有我和弟弟受恩荫。范大人，家父王皞勤俭有度，现在病重，全靠下官的一点俸禄养活。要是大人撤了在下的职位，一家十几口人全无归宿啊！"

范仲淹没有回应，而是对欧阳修说："无论对谁，都严格执行变法条令。"

最后，王绎被告知三日之内必须全家搬出官宅，回到自己的住所。年迈的王皞正躺在病榻上，一副垂垂老矣的样子，不断咳嗽。

王绎说："父亲大人，这范仲淹是往死里逼我们啊！"

王皞慢慢起身，费力地说："吾儿莫怕。王家三代忠良，恩荫是圣上对我们的嘉奖和信任，老臣不信圣上会让有功之臣流浪街头。"

"王兄，你可安好啊？"在门外宋祁拿着几只箱子来看望王皞。宋、王两家可以说是世交，当年正是王曾向圣上鼎力推荐宋祁，这才有了他官运亨通的现在。不过，更为可敬的是宋、王两家对朝廷忠心不二，各自沿袭祖辈美德，历代都以清廉爱民著称。

几天前,还在病榻上的王皞穿衣备马来到宋府,将自己的难处告诉宋祁。

“我已是半截身子快入土的人,死不足惜;但绎儿要是被夺了官位,我这宋府十几口人该如何是好呢?”宋祁再次听到了这句话,他明白王皞的为人,一生清廉,布衣状元,估计连棺材钱都捐给了黄河决堤的百姓!

宋祁说:“老哥哥,圣上现在一心支持变法。只要是替他人求情的官员都被撤职查办,除了早朝他谁也不见。范大人忙于农桑秋收,更是见不着面,我也不知道如何是好啊!”

宋祁指了指一只破箱子,原来他将自己的字画变卖,加上自己的俸禄,凑成这些银两和首饰。宋祁说:“老哥哥,这些你先拿去用吧,等圣上空了,我再随朝觐见。王家三代忠良,圣上定会为你破例。”

王皞叹了口气说:“既然是圣上要求的,我王家就必须要迁出官宅,不然有何面目再谈忠良?老弟,东西你拿回去吧,要是给了我,你自家还如何生活?这些恐怕也是你的半生积蓄,为兄消受不起。”

“老哥哥,那你如何生活?”

王皞笑道:“我自有办法,自有办法……”重复几遍后,突然立住不动了。

几天后,王皞为了不连累家人再花重金为他治病,用藏在被子里的匕首自尽了。

血慢慢渗出来,透过床沿,滴落在地。

“李德海，他们走了吗?”赵祯躺在一把藤椅上，手执书卷。

几十个大臣眼见范仲淹的吏治改革愈演愈烈，他们只能拜见圣上。这批人大都是先帝时的功臣，其中有些臣子曾帮助他顺利登基。赵祯不想见他们，怕看到他们求情，自己的心肠会软下来。

李德海回答:“圣上，大臣们还是没有走。他们说见不到圣上，就不走了。”

“那就让他们跪着吧!”赵祯呼出一口大气，“李德海，将范仲淹配的药拿过来!”自从服用范仲淹所配的药，赵祯的身体比以前好了些。范仲淹说，这是西域良药，若非气急之时，尽量减少服用。服下药引后，赵祯仍十分淡然地看着手边书，只是那一页很久没有翻过去。

很快，李德海又走到他身旁，赵祯询问他大臣们有何举动。

李德海道:“大臣们并无举动，只是吕夷简要求觐见圣上。”

这吕夷简降职两级为右仆射，此次的取消恩荫和他没有关系，此时来见不免蹊跷。

吕夷简给赵祯带来一个重大消息，王曙自尽了。

赵祯从藤椅上跳起来，不敢相信王曙会为了取消恩荫而自尽。

身旁的吕夷简还在添油加醋，道:“王大人说，他一生清廉，三代忠良，宁可选择自尽，也不愿意请圣上开恩。老臣已无子受恩荫，但是老臣恳请圣上给大臣们一条生路吧，哪怕放缓革新也好!”

“传令下去，王氏的碑首为‘旌贤之碑’，改其乡为‘旌贤乡’。特封王曙之子王绎，出任尚书兵部郎中、秘阁校理。”赵祯又知会李德海，“去内务府拿五百两银子给王绎，叫他厚葬其父。”

“圣上，老臣还有一事要禀报。”见赵祯点头，吕夷简继续说道，“由于录取名额减少，京城学子纷纷罢学，有人还在相国寺贴了不满朝廷的标语。老臣实在说不出口。”

“但说无妨。”

“他们说圣上不重视读书人，改革实行，十之八九的人都要丢官。考取功名，是极万分之一的可能。不如去街边要饭，还能有一口饭吃！”

“混账，学子的书都读到哪里去了。”赵祯眯起眼细细思考，吏治改革一定会牺牲部分大臣、百姓的利益，但是不改革，国力不强大，无力对外作战。

“吕大人，你觉得为今之计是停止范仲淹的变法吗？”

“圣上，大宋与西夏依旧在打仗，战时进行内部变法，很容易会引起百姓恐慌。大臣们也会认为是朝廷没钱，只能从他们身上克扣充当军饷。臣以为，应当放缓新政节奏，稳定人心。”

“新政不实行，大宋危矣；新政实行，朝廷危矣。”吕夷简说完这两句话，再次向赵祯叩首。

“吕卿，无须多言，朕自有分寸。”

2. 危险出兵

自新法颁布以来，反对声音不断，但是数月以来，国库的银两充实不少，冤假错案大大减少，减轻赋税不再是一纸空文，百姓对范仲淹充满了好感。眼下他正在石州考察当地农耕，山水秋色、晚霞映照。只是山上是光秃秃的山脊，百姓说，不知为何，这里很难种出粮食。

范仲淹看着荒凉的景象，不由诗兴大发：

碧云天，黄叶地。秋色连波，波上寒烟翠。

山映斜阳天接水。芳草无情，更在斜阳外。

“老爷，为何如此愁苦？”小莲踏着款款细步而来。这次到石州，小莲始终陪伴在其左右。

“老爷，是不是想家了？”小莲问。

“不不，我不是想家，而是只恨不能再年轻二十岁啊！”

小莲捂住范仲淹的嘴，道：“不许这样说，我们的日子还有很长很长！”

福熙策马前来，身后跟着一个庄稼老汉。福熙道：“老爷，这就是我和你说过的田老大。”

田老大浑身发黑，只是笑起来露出一口大白牙。

小莲不禁问：“田老大，你的牙齿怎么这么白？”

田老大笑嘻嘻回答：“小的用柳枝、槐枝、桑枝煎水熬膏，入姜汁、细辛之后揉成粉末擦牙。夫人，你看这就是混粉，刷子是小的用马毛做成的。”

小莲脸一红，跳到范仲淹身后，轻轻拉了拉范仲淹的袖口。范仲淹说：“田老大，你还有没有多余的粉末和刷子，我……我向你买。”

田老大说:“哎呦,青天大老爷,把它送给您可是小的荣幸啊!”尽管田老大再三推辞,范仲淹仍给他二两银子。

田老大接过银子,眼睛一亮,说:“大老爷,小的还有一样发明,老爷肯定用得着!”

田老大从远处费力地拖出一只箱子,里面有一把弓箭。范仲淹拉开弓,朝远处射去。此物不同寻常,只听“咻”的一声,风声呼啸,箭射至一棵槐树上,大家刚想赞叹,槐树“砰”的一声火光四起,片刻之间,槐树已变成焦木。

“好!好!好!”范仲淹大叫三声,“田老大,你可是为大宋立功了。以往只在《武经总要》中听闻此神器,现在眼见为实,范某好生佩服。田老大,你可是让我开眼界了。”

田老大顿时声泪俱下,道:“范大人,犬子从军战死在延州,小的发明此物,就是希望为吾儿报仇。请范大人带上它,炸下李元昊的脑袋。”

范仲淹听后更是感慨,道:“田老大,走,去你的住处。我要和你畅谈一宿,你是奇人!”

“小的只是贱民,怎么能让大人您去俺的茅草屋呢?”

“哎,我自幼便住茅草屋,草屋睡得香甜。田老大,你尽管引路便是!”

行至半路,田老大指着远处,突然发疯似的跑去。一座茅草屋正燃烧起来。范仲淹等人来不及救火,竟被几个蒙面刺客包围。由于轻装上路,除了几个随从,范仲淹再也没有带任何侍卫。

管家福熙拦在面前说:“老爷,保护好夫人。老奴会会他们!”

范仲淹说:“你们先走！几个毛贼而已。”

蒙面刺客武功不低,都是一等一的高手。范仲淹等三人来不及拿上兵器,只能赤手空拳与之缠斗。小莲逐渐体力不支,范仲淹手臂受伤。福熙的武功不如范仲淹,逐渐处于守势。突然,田老大拿着几个火球,大喊:“范大人,快闪开!”

范仲淹心领神会,拉上小莲和福熙向后退去。田老大的火球发出震天的响声,蒙面刺客被炸得不见尸首。范仲淹纵身一跃,逃离火海。

众人跑向田老大。

范仲淹大叫:“田老大,你不能死啊,你要看到大宋将士为你的儿子报仇啊！田老大!”

田老大从怀里掏出一张旧纸,吃力地说道:“这是制作火霹雳弓箭的方法,范大人,一定要为我报仇!”

福熙将拳重重砸向土堆,道:“李元昊欺人太甚,竟敢派杀手暗杀老爷!”

“我看未必是他,”小莲脸有些红,说道,“西夏武士的招式快、准、狠,而这些蒙面刺客一招一式沉稳有力,我看像宋人所为!”

范仲淹不再作声,额头多了几道深纹。变法刚刚起步,已经遇到重重阻碍。他和同僚们在惠州遇到刺杀;在宜州下令实行农桑制,农田一夜之间变为秃石;这次又遇刺客,差点要了他的命。背后的这股力量复杂多变,显然皆是为变法而来。尽管屡遭危险,但他不愿意对身边的人多说。

远处传来一阵马蹄声,几个穿黄衣的侍卫策马而来。

“请问是范大人吗?”

“正是在下!”

“圣上有旨,请范大人迅速回宫觐见!”

从石州到京城相距七百里,皇上如此紧急要召见范仲淹,想必有大事发生,所有人都不由紧张起来。范仲淹脸上没有表情,与往常一样谨慎地翻查侍卫所携圣旨并询问他们的官职令牌。

待确认后,小莲说:“老爷,你这就走了?”

“朝廷之事不得有误。福熙,你送夫人回府。”范仲淹骑上马背道,“快了,忙完这次,以后就可以听你弹琴了。”

小莲有些意外,素来自信的范仲淹竟然说出如此落寞之话。可想而知,现在的情况是如此的复杂,但她不能显露慌张和过分的担忧,这样他会分心的。她像往常一样——给他一个微笑,等他归来。

很快,他消失在夕阳下。只有马蹄声由近及远,融在晚霞之中。

3. 杀机暗藏

近些日子,吕府可以说是宾客盈门,这些大臣纷纷要求吕夷简和他们一起联名上书皇上。当然,事出有因。前段时间,因采纳范仲淹的府兵制,各地农民纷纷造反,说是既要打仗又要种田,工钱不增反减。庆历三年(1043)五月,王伦率百余人杀沂州巡检使朱进,遂占沂州据以起义;同年六月陕西大旱,商州农民一千多人,在张海、郭邈山、党君子、李铁枪等人领导下起义,活跃于“京西十余郡，幅员数千里”，当地官员纷纷逃窜。

赵祯不得已下令取消新政以来的多项措施，守旧官员们见状纷纷上书请求朝廷取消新政。新政一旦取消王公贵族不会再担心土地流失，大臣们不会顾忌家族恩荫被取消，农民们不会担忧无地可种，只是朝廷的负担更加重了。吕夷简从暗处观察这些大臣，不禁摇摇头，他们都不如丁谓、曹玮之流。他对管家说：“告诉他们，说我病了，不见客。”很快，大臣们抱怨几句都散去了。吕夷简穿上一件粗布衣，头上戴着缺了一角的斗笠，朝吕府后面走去。他让管家雇了一辆破旧的马车，管家刚想上车，却被他阻拦道：“跟我去会被怀疑的，你留在这里。”

吕夷简跟马夫耳语几句，就钻入车内。他们行走了两天两夜，终于在一座山下停住。他给了马夫足够多的银两，自己拄着拐杖上山。这里地势偏僻，即使樵夫、药农也不愿来此。

终于，他来到了一座庙。说来也奇怪，原本幽暗至极的山谷，到了这座庙却灯火通明。庙门外数十个士兵把守着，但士兵见到了他都像换了副表情。

“吕大人，您来了。我家老爷等您很久了。”

吕夷简微微颔首，便迈过门槛。内室的布置别无特色，只是蒲团上坐着一位老者，说道：“吕大人，不辞辛劳来此，所为何事？”老者回过头，原来是夏竦。

“夏将军别来无恙吧！”

自从好水川失利后，主帅夏竦就被贬为知州。当初范仲淹、韩琦等先贬后升，而他仍然在这一隅之地做小官。

“吕大人来此,不会只是问一句别来无恙吧?”夏竦笑道。

“大人就不想知道,为何同样失利,范仲淹升为平章事,而你只是个知州的原因吗?”

夏竦答:“主帅之过,夏某并不推辞!”

“糊涂!”吕夷简将拐杖往地上敲了三下,“你我都是老臣,我们只是贬官那倒罢了,可是如果国家遇到危难,我们为人臣子真的能坐视不管吗? 夏将军,你想想,我都是一把老骨头了,为什么还要来到这不毛之地? 我是为将军不值啊,为圣上蒙蔽双眼而愤怒啊! 现在,范仲淹新政变法,轻则误国,重则亡国啊! 你想想,要是新政成功,你我这样的老臣自然再无立足之地;要是变法失败,这江山还是赵家的吗?”

夏竦原本就是武将出身,被吕夷简这么一说,接口道:“你怎么知道我没有动过范仲淹?”话一出口,覆水难收。

吕夷简质问:“你派人暗中行刺他?”

夏竦自知失言,便不再顾忌,道:“没错,我也看不惯这姓范的。当初明明是我向圣上举荐他的,怎么现在他倒是官越做越大了!”

吕夷简知夏竦防线已破,颇为轻松地说:“夏将军,范仲淹武艺高强,恐怕难以行刺成功。吕某这次就是为范仲淹而来。我命管家已探查清楚,范仲淹的小妾就是夏国贵族之女! 好水川之战就是因为她延误军情,导致范仲淹迟迟不派兵援助将军。”

“原来是她坏了老子的好事!”一想起好水川之败,夏竦就气得牙痒痒。

“吕某还发现,范仲淹与欧阳修有朋党之嫌!”

一听“朋党”二字，夏竦不由端坐，道：“吕大人有无实证？”

吕夷简大笑道：“现在范仲淹大权在握，又有兵权在手，大批官员都是他的革新派。圣上也有疑心。只要夏将军参他一本，自然就能水到渠成。”

“可是现在范仲淹大权在握，又是圣上身边的红人，扳倒他不易吧？”

吕夷简从怀里掏出一封信，道：“边关来报，李元昊准备开始全力围攻延州城了。夏将军，宋军将领一半已损失，这次不派他还能派谁？只要范仲淹一旦离开京城，你再上一道折子，圣上最喜欢听谏言了。夏将军升官有望了。”

夏竦大笑道：“吕大人果然神机妙算，本朝能臣啊！”说着向外招了招手说，“来人，给吕大人接风！”

“不必了，夏将军留步！府上还有数十位大臣等着吕某一同商讨如何参他一本呢。”

笑声再次传开。吕夷简坐回马车，手里拽紧吕赞的随身玉佩，自语道：“赞儿，快了快了，等杀了范仲淹，为父再来陪你！”

4. 向死而生

“圣上，臣眼下更愿意整顿吏治。国库的钱粮已经慢慢充实，新政初见成效。臣这一走，岂不是废了新政的功业吗？”范仲淹接过圣旨，恳求道。

赵祯正在练字，并没有停下，缓缓道：“请你为将，实乃逼不得已。葛怀敏给朕上折子，这次李元昊集结了十万精锐之师，他们已经屯兵天都山。探子来报,张生献计'宋军精骑皆聚于诸边州,关中少备'。一旦攻破渭州,关中无险可守,你要让朕迁都吗?"

范仲淹牛脾气上来了,道:"那就恳请圣上扩大平章事职权,兼领军事。"

"混账!"笔上的字一歪,一副本该是佳作的对联,现在成了拙笔,赵祯放下笔说,"你这是把朕置于何处?新政激进,几位老臣已经把朕的耳根子都磨破了。你倒好,现在又要统领军政?大臣们会怎么看你,怎么看朕?"

"圣上,一家哭怎比得一路哭呢?臣知道失言,但臣是为天下百姓而言!"

赵祯叹了一口气,说道:"范爱卿可能累了,此次就做征讨西夏的经略安抚招讨使吧,打仗的事交给葛怀敏、狄青他们吧!遇到拿捏不准的情况,你可自行决断,不必向朕请示!"

范仲淹无奈领旨,退出去的时候还再三恳请:"圣上,新政千万不能停。"

"朕自有分寸,下去吧!"赵祯背过身,余光却忍不住瞥向夏竦递上来的折子,"朋党"二字犹如芒刺在背。

范仲淹来到延州时,李元昊正与葛怀敏在瓦庭激战。葛怀敏深陷包围圈,西夏军并不急于攻击,而是由骑兵不停收紧包围圈。许久未见的李元昊正挥舞大刀叫嚣:"这一次要把尔等一个个都灭掉!"

葛怀敏呵斥道:"我要和你们主帅单挑!"身边传来一阵讥笑的

声音，随即葛怀敏被流箭射中左臂坠马，要不是被手下掩护，恐怕早已被乱马踩死。

形势危急，范仲淹来到包围圈侧后方，大喊：“李元昊，老夫在此！”

西夏军作战凶狠，但纪律性差。一见到仇人范仲淹在此，不等将领下令竟全部提刀奔去。不过，这也难怪，范仲淹身边只有几十个骑兵，此时不捉拿更待何时？就连李元昊自己恨不得第一个取了范仲淹的命。

范仲淹见葛怀敏已脱险，示意埋伏两侧的士兵点火放炮。

范仲淹的援助，使得局势发生了变化。原本被逼到绝境的葛怀敏见势又指挥队伍进攻西夏军后方，李元昊反而陷入宋军的包围。

可是，葛怀敏求战心切，两军近身肉搏，混战在一起，范仲淹一时也开不了霹雳炮。

身旁的士兵问：“范大人，这到底开不开火啊！”

犹豫之际，另一侧张生的人马已经赶到，他的身后是被绑缚的李胜男。

张生大笑道：“范仲淹，快放下兵器下马投降，否则我就杀了她！”

“张生，你敢！”向来凶狠的李元昊见自己的亲妹妹竟被五花大绑架在刀刃上，愤怒不已。

张生道：“君上，范仲淹的大炮一开火，你我都将葬身于此。”

李胜男道：“哥哥，你真的要杀我吗？”

几年未见，李胜男不再是当初那个古灵精怪、大大咧咧的假小子了，眼神中反而多了一些忧郁。她看着范仲淹一身战甲站在高处，没有再说什么。

突然，李胜男挣脱捆绳，她的背后藏着一把小刀，径直朝李元昊走去。“哥哥，你为什么就不能听父亲的话呢？”李元昊并不理睬她。

“哥哥，你跟宋朝皇帝和谈吧！他们肯定会放过你的……”话音未落，李胜男的背后被插入一把长剑。

张生拔出带血的长剑说：“妖言惑众，还想行刺君上！”

李元昊下马推开张生，抱住李胜男。只有他知道妹妹是不会行刺他的，这把小刀是十岁时，他送给她的生日礼物。他希望妹妹像哥哥一样，驰骋沙场。

她转头望向范仲淹，露出微笑。

“别打了！”这是李胜男留下的最后一句话。

双方互有损伤，相继退兵。

夜晚，葛怀敏来到范仲淹帐前请罪。

“葛将军，快请起，你我都是旧相识。”范仲淹扶起葛怀敏，“你是圣上钦点的先锋，我只是军师，你这样跪着是有违军规的。”

葛怀敏仍然不起，道：“范大人，我从小就认这个理，不作亏心事，否则，不得好死。这次差点丧命也许是老天爷给我的报应吧。范大人，我也是不得已！”

“葛将军，有什么事你就直说吧！”

葛怀敏见四周无人，压低声音说道："范大人，其实圣上也不支持变法。您在宜州颁布农桑法的时候，圣上令我一夜间将百姓田地变为秃石；在商州剿匪，圣上又命我围而不歼。所以，我寻思圣上也不希望新政成功。"

"那圣上有无杀我之心？"

葛怀敏连忙摇头说："绝对没有，这一点我敢保证。圣上每次给我布置命令的时候，都要向我强调，绝不能误伤范大人。"

"有圣上这句话，老臣万死不辞！"

葛怀敏疑惑道："范大人何至于此？现在我们有霹雳炮，何愁不能灭西夏？"

"葛将军有所不知，这霹雳炮原是出自一农民之手，现在弹药吃紧，无暇铸造。张生素来诡计多端，恐怕这次大宋危矣！"

葛怀敏知道范仲淹并不是胆小怕事的文臣，他说大宋危急，必有他的道理。

"现在，李元昊左右厢兵十万人，分东西二路，一出刘璠堡，一出彭阳城，合击镇戎军，直下渭州，攻占关中之后……"

葛怀敏双目紧盯范仲淹所指的地图，冷汗不由得从后脊冒出。

"范大人，那可如何是好？以眼下我军实力绝无可能胜西夏铁骑！"

"未必如此。范某有一计，只是此计甚险，需要众将领的配合！"

"且慢！"葛怀敏对着帐外的将领道，"都进来吧。"

几位将领见范仲淹欲言又止，纷纷立下军令状："范大人，你就说吧！末将愿誓死忠于朝廷，保卫大宋江山。”

“好，范某就直言了。李元昊有勇，张生有谋，但现在两人之间的嫌隙巨大。无论是刘璠堡还是彭阳城，我们只要守住一路，李元昊就绝无可能直取关中。”

葛怀敏问：“那范大人的意思是让我们放弃一路？”

“不，放弃一路，就会引起张生怀疑。兵不厌诈，范某的意见是，所有三品以上将领只带两万人马领兵定川寨，四品以下的将领率八万人马镇守原州。李元昊看到宋军大将都在定川，他们定猛攻不止，而原州的八万人马则铸成铜墙铁壁。”

范仲淹说完，周围顿时安静下来。这招险棋的后果就是大宋名将会有全部阵亡的危险。不过除此以外，也没有良策。“大家放心，范某定当身先士卒，镇守定川！”

这一次是生死对决。

葛怀敏为范仲淹倒酒，说：“范大人，喝下这碗酒，你我就是生死之交了。”

“好兄弟！”范仲淹干下这碗酒，头顿时晕眩不已，倒在地上。

翌日，范仲淹醒来时头是晕着的，昨日还在军营喝酒，现在他却发现自己身处客栈。小二说：“一位年轻的军老爷将您送到店里，什么也没说，就给了二十两银子，叫我们好生伺候着！”

“不好！”范仲淹来不及换衣就直接从客栈冲出。

客栈离战场不远，当他抵达时，尸横遍野。“葛怀敏、刘贺、许思纯、赵珣、曹英……”他一遍又一遍喊着将士的名字，可是无人回应。

定川寨之战打得十分惨烈，宋军十六位主将全部战死沙场，他发现了奄奄一息的葛怀敏。

“葛怀敏，撑住，我帮你止血！”范仲淹撕下袍子，想给他做进一步的治疗，却被他用手按下。葛怀敏摇头道：“没有用的，范大人。告诉圣上，葛怀敏没有让他失望，狄青的原州守住了……”

“葛怀敏！”无论范仲淹再如何使劲呼唤，葛怀敏再也没有醒来。

“我等你很久了！”张生手提着刀慢慢向范仲淹走来，张生腿上还流着血，刀上也淌着血滴。

范仲淹举起葛怀敏的剑，向他砍去。尽管张生的武功不如范仲淹，但是张生并不放弃，每次倒地又重新站起。

正当对剑之时，两人的剑托被一把长矛挡开，双方都向后退了几步。

“妹妹说过，叫我别打了，你们也别打了！”李元昊说道。

张生拦在李元昊的马前说：“君上，现在你我二人合力，为何不结果了他？”

李元昊并未理睬张生，骑马经过范仲淹时说：“你损失了挚友，我损失了妹妹，没有胜利者。你是君子，那日你不杀我，现在我也做一回君子。”李元昊回头又说，“张生，你的家人并非是范仲淹所害！那几日我也在宋朝境内，范仲淹还在喝花酒呢。害你的人是吕夷简，过去不告诉你，是为了让你为我所用。现在你杀了我妹妹,你我君臣恩怨已了,你好自为之吧!”

说完,李元昊和残兵们向西而去,那里是他们的故土。

张生听到这个消息,嘴角不停地抽搐道:“吕夷简! 吕夷简!”他仿佛失去了心智,时而哭时而笑。

“你也是可怜人!”范仲淹从怀里掏出了所有的银两,塞到张生手上。他没有再看张生,而是望着尸横遍野的战场鞠了一躬。

庆历四年(1044),大宋与西夏签订议和协议,李元昊取消帝号,向大宋称臣,大宋则每年向西夏交纳岁币,包括大量绢、茶叶和银两。自此历经四年的战事就此终结。

尾　声

这是范仲淹最后一次在文德殿上朝面圣。赵祯十分罕见地没有说话，而是直接由李德海宣读圣旨，追封定川寨之战的阵亡将领并赐谥号，子女加官晋爵，其中封追葛怀敏为镇戎军节度使兼太尉，赐谥“忠隐”，其幼子葛宗晟、葛宗寿、葛宗礼、葛宗师皆升官。

欧阳修、宋祁等人因夏竦的“朋党论”被贬谪在外，而对范仲淹却并不宣布其何去何从。

此时重新得到重用的夏竦上前说道：“圣上，臣有本启奏，范大人的小妾是李元昊派来的细作，其人用心之险恶，令我等臣子心寒，请圣上明察！”

赵祯并未翻阅奏折，而是直接说道：“范仲淹私通逆贼，勾结朋党，但念其年事已高，朕不想追究了。做个安安稳稳的小官吧。”

看着范仲淹谢恩并慢慢退出文德殿，赵祯的手使劲捏紧身后的龙椅。

赵祯默叹：“自古君臣皆如此。朕肯定相信你不会勾结乱党，私通逆贼。可是这清官也罢，贪官也罢，朕都要用他们。弃之，朝廷无法运转。可朕的这片苦心,又不能说与你听。”

皇宫的大门慢慢关上,范仲淹已经五十六岁了。他摸着泛白的胡须,几个新来的侍卫上前簇拥着他。

小侍卫们说:“范将军,我爷爷说你是大英雄!”“范将军,你独闯皇宫救圣上的事迹给我们讲讲吧!”“范将军,你的功夫是怎么练出来的?”

……

离开皇宫,他没有直接和朋友告别,而是来到了一生的对手吕夷简府中。吕府空荡荡的,毫无生气。就连平日专横的管家也失去了往日的刻薄样,因为他家的老爷快不行了。

“真没想到,我吕夷简纵横官场四十余年,走之前,竟然只有你来看我!”吕夷简边咳嗽边笑,“天意如此,天意如此。”

范仲淹扶起吕夷简,将茶水递过去,道:“慢点喝,慢点喝! 吕大人,我范某一生光明磊落,不惧任何人,只是每次看到您总心生惭愧,所以想过来看看你。令公子……”

“罢了罢了,这些天我想了很多过去的事。当初我们雄心壮志为何要考取功名? 不就为了这江山社稷吗? 怎么官越做越大,心却越来越小呢? 赞儿心高气傲,自有他的因果。你看,为官时,我这里宾客盈门。现在临走时,只有一个光明磊落的范仲淹在旁,足矣!”

天空飘起了雨雪。范仲淹耸了耸肩,想找个地方避雨,却发现小莲正打着油纸伞在吕府外等他回家。

第六卷
激荡熙宁

葛红兵　方钰铃　著

上海大学出版社

目　录

一、不为京官

1. 苦心相劝

嘉祐元年(1056)八月,京城。

大雨初霁,帝都仍笼罩在一片湿气之中。早已入夏,气候却反常的阴冷,自五月起,连绵数月的雨势,至今才逐渐停息。天灾无情,距离都城不远处的澶州因黄河决口发了大水,受灾范围覆盖河东、河北、京东、京西、湖北、四川等路,人员伤亡及财产损失无法统计。京城之中,因积水来不及排掉而出现的严重内涝,使得城内“泾渭纵横”,就连安上门也被淹。数日过后,往日最是繁华的几条主街道,如今却是人烟稀少,不胜萧条。

早前,朝廷已发动在京军民全力抗洪救险,疏通下水管道以缓解灾情,时至今日,方稍见起色。为谋生计,大水还未完全退去,百姓又迫不及待摆起摊来,城里的新郑门、西水门和万胜门,小贩随处可见,他们挽着裤脚,赤脚浸在水里叫卖吆喝。运货的伙计用木筏取代了往常的拖车，在市里热热闹闹地划行；街边的商贩扛下一担担的生鱼、蔬果，颤巍巍地放在好几层石砖垒起的高台上，又转过身去招呼过往顾客；持家的妇人扎起裙摆，深一脚浅一脚地缓慢蹚水而过，许是饿得慌了，背上的婴孩哭闹不止。因这大水，水路运输艰难，货源稀少，价格便一路飙升，诸多百姓只得绕了一大圈又无奈折返。一时间，吆喝声、还价声、哭声、叹气声此起彼伏，好不热闹。

这时只见积水深处，徐徐划来一条木筏，筏头站着一名男子，着一白袍，头戴仙桃巾，手执一把扇子，直直立着，此人正是时年三十七岁的曾巩。曾巩字子固，是欧阳修的得意门生，正准备参加明年的礼部考试，现下在京待考。

“爷儿，前方就是了。”撑篙的长者恭敬地说道。转角处出现一组官家住所，三三两两，均是黄绿琉璃瓦，彼此错落着，倒也雅致。

许是心情焦急，木筏尚未停稳，曾巩便大步跨下，草草地一手拎起衣摆，就往前冲去。身旁服侍的小童忙追了上去，不停低呼：“老爷慢些！”

“王丈，你可曾收到欧阳先生下的帖子？”人还未迈入府内，他便急急问道。

门未关上，入眼之处，只见地上铺着褐色织花地毯，正对门处悬着一幅古画，画下摆一竹榻，上有一懒架，左右各铺一蒲团，中设紫檀小几，几上摆着文王鼎，鼎旁置着匙箸香盒。屋左侧是整面墙的书架，上置各种书籍古董，右侧有两把楠木玫瑰椅，装饰简朴，只牙头处饰着云纹。两椅中间夹一高几，几上有一汝窑果盆，装着新鲜瓜果，旁边摆一小铜火炉，正烹着热水，冒着白烟。

榻上倚着一人，松垮着一绿色襕衫，腰系革带，头戴直角漆纱幞头，蓄着胡须，长相虽不甚英俊，但唯独一双眼睛闪着光芒。这是时任群牧司判官、时年三十五岁的王安石。自庆历二年(1042)中进士及第以来，其政绩斐然，但因其极力要求在地方工作，曾四度辞任京官，更是出了名。无奈此次前宰相陈执中力挺，欧阳修极力挽留，王安石方才回京述职，与司马光同任群牧司判官。

曾巩进屋来，朝王安石作了一揖。王安石忙站起，微微拢了拢领口，整了整衣衫，还了一礼，招呼曾巩在椅上坐下，复又上了榻。

“曾公，可有何不妥么?”王安石问道，又从几上的青玉虎头纸镇下抽出一封帖子，细细看着。

此时恰逢侍女进来添置茶水，许是方才走得急有些渴了，茶刚点好，曾巩便接过茶杯捧在手中，顾不得茶水滚烫，对着热气吹了吹，便用杯盖轻轻拂开茶沫，啜了一口。随即他侧身擦了擦胡须，道:“并无不妥。听闻此次眉山苏家，一行来了三人，苏老虽无意科考，却携二子苏轼、苏辙进京，这几日就宿在京郊的寺庙里。三苏名声在外，不出意外，定是榜上之人，最近可是抢手得很!”

“这三苏的名气确实不小，且不论苏老如何，他这两个儿子可是聪颖异常，年纪虽轻，前途却不容小觑，日后必是大有作为!”王安石赞道。

这厢曾巩因方才下船过急，衣摆沾湿了，寒气袭来，只得将横襕往上卷起晾着，又灌了口热茶，接着道:“王丈所言正是! 昨日听恩师说，宴会之日，三苏也会参加，神交多时，此次总算得以相见。

届时，你我皆可与之探讨学问，真真是一件美事。”

王安石听言，微微颔首，复又拿起几上搁着的一本书，自顾自地看了起来。

这般待客之道，确实有些怠慢了。曾巩却也不恼，他向来熟知王安石不拘小节，且二人已是多年挚友，倒是不需这些虚礼，只无奈一笑，随手拈起一枚金杏嚼着。

稍事停顿，曾巩复又说道：“这几日，我听闻三苏和那些个京城权贵走得近了。各家皆欲与其结交，苏老虽未表态，但态度却有些暧昧不明。你也知晓，自古以来，这般拉拢的行径屡禁不止，我朝至今，表面上虽风平浪静，暗地里却是暗潮汹涌，官员之间往往互相勾结，若是放任这一现象下去，实为朝廷一大祸患！”

闻言，王安石也不免痛心疾首，愤愤说道：“荒唐！这三苏还未中第呢，那些个望族便急着拉拢，是想反了不成！这还尚在皇城脚下，各党便将当朝科考视作府内杂事，还未有个准数，便等不及指手画脚，真真是把官家置之何处，把法度置之何处？简直是大大的僭越！”

“不过听恩师说，早前因着六塔河之事，朝中人事变动频繁，现又逢上三年一度的科考，这各家各派谁不想趁机充盈羽翼？这三苏名气大，自然成为众人争抢的对象。”曾巩如是说。

王安石想起当年他几番回京述职，那些个权贵拉拢时谄媚，被拒时翻脸不认、狠狠相逼的嘴脸，心中便生起一团火，忽地狠狠将书拍在案上，怒道：“除开西北外族，此生我最恨是权贵！个个只会窝里斗，为一己之利结党营私，置百姓于不顾，真是枉居高位。不过是仗着祖上的荫庇,在京挂一闲职,作一米虫罢了!”

话音刚落,王安石像是突然意识到什么,哈哈大笑起来:“米虫,我现下不就是一条么!”喝了一口茶水,无奈道,“我这群牧司判官,也许在他人眼中是个肥缺,但对我来说,不外乎是将我锁在京城一年半之久的镣铐。递上去请辞的折子已数不清了,却石沉大海,至今也未有音讯,真真叫人憋屈!”

“介甫切莫又想着辞官的事情,此次留任,恩师可是花了好大心思。先前你四度辞官,坊间已谣言四起,说你这是欲擒故纵,故作姿态,加之当年你毫不留情拒了各派好意,已是惹恼众人,处境本就艰难。现下雱儿已十岁有余,家中又新添了丁,吴娘身子不好也禁不起来回折腾,正是需要稳当的时候……”

正欲再劝,无奈王安石忙打断道:“曾公不必再劝了,我心意已决,你瞧这好好的京城,被那些厮搅得一摊浑水,我是一刻也不想多待。加之在京为官,绝不是我此生想要,外人看似风光,实则无所作为,惶惶不可终日,大不如早年在地方为官那般踏实。至于那坊间嚼的碎语,明智之人自是不会信,我也不在乎,相信我王家上下,必也和我是一般心思。”

曾巩知王安石的固执是出了名的,便也不好再劝,闲话许久,方才想起此行的正事,忙道:“此次聚会,你的老上司韩大人也会前来,你俩皆为性急之人,早年虽有不快,但这一晃过了十余年,彼此也都长进了不少。再者韩大人不久前刚拜枢密使,如今可是位高权重,恩师今日特意让我来嘱咐你,届时切莫行事鲁莽。”话毕,正欲饮茶,盏中却早已空了,便转过身去,一手注入热水,一手有节奏地击拂。

无奈半晌收不到回音，曾巩只得转过身来，只见王安石早已离座，却是倚靠在窗边出神。红木镂空窗棂外种着一排翠竹，大雨过后，愈发显得碧绿，王安石就这般定定望着，眼中充满担忧和悲伤。

思绪飘荡，他眼前又出现了那个下着暴雨的夜晚，高门大宅中悬吊着的白衣女子，跌在地上流着血的夫人脸上错愕的表情，那个因为胎里弱出生不久便夭折的大女儿……黑夜，白雾，大到看不清前路的雨水，刀子般的银色闪电，墨绿色疯狂抽动的树影，女子的血，夫人的血，女儿的血，此刻像是抹在暗红色的窗棂上，恍如梦魇，让他忍不住战栗。他这样想着，通身沉浸在深渊似的哀痛之中，眉头微皱，眼圈竟似是红了，下巴上的胡须迎着风微微抖动，像是在无声抽泣。

曾巩从未见过这样的王安石，生生看愣了，直到炉中炭火的热气灼了手，才猛然收回，只问道："王丈又在想什么?"

听得此话，王安石才从回忆中惊醒，心下不禁懊恼道：怎得最近总是想起过去这些事，真真是荒唐！忙收拾了心情，想到韩琦，不由得嗤笑道："别说十年，就算二十年他也还是那样，现下他虽官拜从一品，说话行事却是毫无长进，为人甚是狂妄，连带着他韩家子弟也仗着权势横行霸道，真让人不齿。"

曾巩闻言，忙从椅上跳下，急急走到王安石身边，劝道："王丈切莫犯傻，识时务者为俊杰。我知你对权贵之人多有不满，但韩琦文武皆通，近来行事虽不及他早年那般有所作为，皇上却仍倚重他，赐他高位，赋他大权。如今他可不像那些身居闲职的望族子弟，并非徒有其表。我不知你们先前有何过节，但如今他正是如日中天，性子也是日益跋扈，偏偏你我皆奈何不了他，只得隐忍。恩师就是知道你这拗脾气，今日才特意遣我过来，届时你可千万别耍性子！”

见王安石闷声不答应，曾巩只得又几番追问，待他草草点了头，才住了口。

因着方才提起韩琦想起些不好的往事，王安石的心情也不复明朗，顿时失了说话的兴致，也不言语，只默默顺手夹了香块丢进鼎中，痴痴望着香烟袅袅。

曾巩见其如此这般，便也不好再多说，只得讪讪告辞而去。

2. 群英会聚

文人会社，乃宋代文坛的一个流行风尚，是文士们定期或不定期的聚会。聚会之时，常置美酒佳肴并召艺人乐妓，吟咏唱和，自得风流。但因禁止执政大臣私相会晤的“禁谒之制”在宋代有禁罢之争，故为保险起见，士人均不在私第会客。于是乎，茶肆酒楼变成了聚会之所，但也有风雅之士，往往设宴于秀丽山水之间，更是别有一番风味。

嘉祐元年(1056)九月初七，欧阳修设宴于京郊万岁山。适逢重九，便邀众文人雅士赏菊喝酒，以之为乐。

经过数月的努力，京城的内涝总算排干，这一场天灾总算过去，一切都恢复有序，京城又热闹了起来。为了参加明年元月的礼部科考，近日京城内陆续聚集了各地考生。一时间，上至士人官邸名家宅第，下至茶肆酒楼勾栏街头，处处不乏来自全国的有识之士，怀揣一腔热血和志向，高谈阔论，激扬文字，给受灾后的京城注入了一股新的活力。

今日，因着大家要去参加欧阳修所办的“赏菊会”，诸多士人府邸皆拒不见客。自巳时起，官道上的牛车便络绎不绝，牛颈上戴着红缨并系一铜铃，一耸一耸缓缓走着，叮当之声不绝于耳。

此厢王安石与曾巩相携走出宅来，正欲上车，却见隔壁宅子中走出一人，着上古深衣，头戴交脚幞头，簪一绢花，脚蹬黑革皮靴，正是司马光，时与王安石同任群牧司判官，两人志同道合，多年交好，如今更是做了邻居。

“司马十二丈！”王安石远远就唤道，旋即快步向前，作了一揖。

“王丈！”司马光应道，也作一揖，“可是同去欧阳学士所设之宴？”

“正是！一道走吧。”说着，便各自上了车，悠悠然向前而去。

行至山脚，车舆不便再行，一行数人只得下了车，拄杖拾级而上。不远处正巧走来一行三人，为首一人年事较高，着一褐色道服，宽大飘逸，头戴仙桃巾，脚着青履，正是时年四十七岁的苏洵。他身后跟着苏轼、苏辙，分别着湖蓝色和莺色褴衫，头戴小帽，下着登山专用钉履，甚是风流倜傥。

双方会面，曾、王、司马、苏四人互相作揖，而两个小辈却是端端正正，叉手示敬，恭敬唱喏。礼毕，一行人才浩浩荡荡携伴上山。

山行六七里，便听得水声潺潺，仰首望去，一股清泉泻于两峰之间。再往上走，峰回路转，却有一亭翼然临于泉上，亭四周花团锦簇，佳木茂盛。亭下临溪空地，设着诸多食案，案上各色食具一应俱全。八角亭内，众人正围坐观棋，对弈者正是欧阳修和梅尧臣。

此时的万岁山上，唐宋八大家中的六家奇迹般一同出现，真可谓群英汇聚。

正当众人热谈之时，却听得一洪亮之声自远处传来："看来是我来迟了！"

只见来者着紫色织锦襕衫，编缀着珍珠首饰，玲珑作响，腰间系一革带，上嵌犀饰，挂一金玉鱼袋，头戴钞金花样幞头，脚蹬同色靴，华贵异常，正是刚升从一品枢密使的韩琦。

一时间众人皆叉手行礼，尊其"韩枢相"，行至王安石附近，曾巩忙暗递眼色，王安石方才不情愿地低声唱喏，所幸韩琦并未在意。

"我说欧阳老九，你可以啊，这地方找得极好！这劳什子的雨下了这般久，真是差点闷死老子，今天好不容易出来透透气，我们就来好好乐一乐！"

闻言，欧阳修自知时候不早，便忙招呼众人入座，见韩琦率先行至右首坐下，众人方才纷纷入席。

待众人坐定，便有"三昧手"依次点置茶水，宋人素来以奉茶为开宴信号，一时间，茶香满盈。此人不愧为京城点茶圣手，汤花细密顺滑，经久不消，众人品后，皆是啧啧称赞。

饮茶后不多久，便有数十侍者自树林中鱼贯而出，手托漆器食盘依次上菜。宋人习惯饭前食用果品，设筵待客，均要铺陈果品，于是首先上桌的是“语儿梨”，后又上“雕花金橘”“砌香樱桃”和“珑缠桃条”，以此开胃。

此时其他菜品也开始上桌，既有出自丰乐楼的“炙鹌子脯”“润兔”“煨牡蛎”“莲花鸭签”“三珍脍”“南炒鳝”等，也有应景的“菊花胡饼”“莲糕”“水团”，更有来自禅刹，当时流行的素菜“素蒸鸭”和“玉灌肺”，另辅以“梅子姜”“辣瓜儿”等腌渍配菜，多处搜罗，足见主人用心之深。

见众人纷纷停箸不食，侍者又上木瓜汤作为结束。饭毕撤席，欧阳修便提议以曲水流觞来解闷，众人于是挪步在溪边坐下。

此时只见几名乐工捧着琵琶、萧等乐器行至众人后方坐下，欧阳修遂命侍者捧了忻乐楼的“仙醪”来，说道：“诸位，此番游戏，我们来作‘合生’，按规则，酒杯停在谁面前，便要赋诗一首，由乐工即时作曲唱和，若是作不出的或是作得不好，自是罚酒一杯！”说着，只见他取一汝窑瓷菊纹浅碗，轻轻置入溪水之中，缓缓注入酒水，小盏便一上一下浮动着，溪水潺潺流着，却是因为有一小旋涡在欧阳修面前不停地转着不走，欧阳修只得先题一首。他微微一想，望着王安石，旋即赋诗道：

翰林风月三千首，吏部文章二百年。

老去自怜心尚在，后来谁与子争先。

朱门歌舞争新态，绿绮尘埃拂旧弦。

常恨闻名不相识，相逢罇酒盍留连？

闻得此诗，众人皆拍手称好，但王安石却是羞愧不敢当，当即答赠道：

欲传道义心犹在，强学文章力已穷。
他日若能窥孟子，终身何敢望韩公。
抠衣最出诸生后，倒屣尝倾广座中。
只恐虚名因此得，嘉篇为贶岂宜蒙。

酒足饭饱之后，就到了宴会的结尾，这时只见一行首携一众女子前来施礼，自报出自京城瓦舍。行首身后有一女子，约莫是花魁，身段轻盈，柳腰袅袅，以纱遮半面，只露一双眼睛，却是眼波流转，好不娇俏。音乐声起，舞妓便列队跳起舞来。

许是有些醉了，韩琦只一味痴痴看着，耳边回响起先前欧阳修对王安石的赞诗。他突然想到，曾几何时，自己还是王安石的上司，也曾钦慕过他的才华，有了栽培提拔之心，两人在办公之时虽有不少误会，但都因着一颗赤诚之心互相认可，直到出了那样的事。说来韩琦也觉得冤枉，他虽也算是北方门阀士族子弟，但心中装着大大的抱负，到底还是和那些碌碌无为的贵公子有些不同，本以为和王安石两人也算交心，没想到一夕之间，情谊荡然无存。那件事，他虽知有愧于王安石，但并非他本意，他也做出退让和补偿了，可王安石却得寸进尺，终究是骨子里带有的高贵让他在一瞬间用身份及地位将此事压了下去。多年之后，他想起此事，还是无法释怀，有后悔，有不甘，更多的是可惜。可骨子里的骄傲仍在作祟，王安石对他越是漠然，他越觉得自己丢了面子，其实像他这样出身的人从来都不缺追捧，就连名声在外的三苏到了京城，也不免想结交他，可偏偏这王安石，他欣赏、认可的王安石，不领他的情，这让他内心有种莫名的失落。趁着几分酒意，突然他转向王安石，道：“这花魁，比起你那心肝，如何？”

此言一出，众人皆惊，从未听闻王安石流连勾栏，可如今唱的是哪一出？无奈王安石却是不接话，一味缄默着，场面不免有些尴尬。

韩琦说完这话，自己也不免暗暗叫悔，真是哪壶不开提哪壶，这该死的酒，竟让人如此口无遮拦，只得惴惴不安地望向王安石，却见他置若罔闻。瞬时，他倒颇有一种拿热脸贴了人家冷屁股的羞辱感，何况自己可是当今京城位高权重的韩枢相，王安石竟然如此不把自己当回事。他酒劲上来，嗤笑胡话道：“不过是一贱妓，供玩乐而已，你也至于如此看重。”

话虽这么说，韩琦心中却不是滋味，十年前他在扬州任官时，王安石二十五岁，对他虽称不上崇拜，却也是毕恭毕敬。他欣赏王安石的才华，王安石也敬他文武并重，二人关系也算融洽，后来因着那件事，才翻了脸。但那事韩琦真真是冤枉的，不过是他韩家一个远房侄儿强掳了个雅妓，他也并未多管，怎料那女子性烈，受辱当晚就悬了梁，待他匆匆赶往现场，只见王安石抱着尸首悲痛欲绝，当下便愣了。后来他才得知，那女子正是王安石的相好，虽说不过是一个妓女，但终归是自家子弟逼得人家自尽，也着实有些过意不去，于是只得登门赔罪并允诺立马打发侄儿走。无奈王安石这脾气，却是如何也不领情，硬要一命偿一命，真是荒唐！他韩家子弟竟会和此等卑贱之人等同？当下便拂袖离去。自那日起，王安石便是这般不冷不热的态度，韩琦听多了好话，偏到了王安石这里，处处吃瘪，只能暗暗叫屈。

王安石听闻韩琦所言，心下怒火渐渐升起：一条人命在他眼里竟只供玩乐？正欲反驳，却见韩琦一旁的欧阳修对他摇头示意，只得暗自忍着。

不料这韩琦却是不依不饶，借着酒醉说起浑话来："小老弟，你要是觉得可惜，我立马赔你几个新的，最近我倒是得了几个辽、西夏的美女，真真别有一番风味，赶明儿我就给你送去。"此话说得极为不雅，一时众人面上皆有些讪讪，欧阳修只得出来打圆场道："韩枢相醉了。"

可那厢韩琦却不领情，想到他今日官拜枢密使，谁人不对他客客气气，只有王安石还是这般阴阳怪气，摆明了不给他面子，当下便怒了，晃晃悠悠站起来指着王安石道："你这茅坑里的石头，别给脸不要脸了，别人知道你这愣头青的脾气，我可不吃你这一套。堂堂男儿，却把个妓女挂在心上十余年，简直可笑！"

话音未落，却是迎面一碗冷冽的溪水，韩琦顿时酒醒了一半，也顾不得满脸狼狈，猛地几步冲上前，用力抓住王安石的领子，怒喝道："你这是在做什么？"

那厢乐声戛然而止，众乐工舞妓忙不迭急急退下，生怕招来是非。

韩琦毕竟曾是武将，人高马大，王安石顿时被紧紧勒住，双脚微微离地。但他却丝毫不惧，把手中酒碗往地上重重一砸，抬头恨恨逼视韩琦，却是懒得和他废话一句，只这样直直瞪着。

这时众人陆续从震撼中惊醒，却是无一人敢上前相劝，而曾巩更是急得满脸通红，忙望向欧阳修，却见欧阳修也只是无奈地摇摇头。

王安石这番举动更是激怒了韩琦，僵持片刻，他狠狠用力将王安石摔进溪里，指着他从牙缝里挤出一句话："你给老子记住！"便拂袖离去。

事已至此，众人也只得纷纷告退，一时间只剩下曾巩、司马光、欧阳修三人。见众人离去，曾巩忙将横襕往腰间扎起，脱了靴子，和司马光一道蹚水过去将王安石扶起。拖至岸上，三人皆已力尽，跌坐在地上，这时王安石想起刚才韩琦狼狈的样子，忽地哈哈大笑起来，其余三人皆是大吃一惊。欧阳修见他竟无一丝悔意，也不禁有些气恼，转身愤愤离去，曾巩见此状，无奈摇了摇头，便追着恩师离去。

这下山间只剩下王安石和司马光，他们二人虽在政见上有所不同，但私下里却是惺惺相惜、感情甚好。这时，王安石笑着笑着，却又突然号啕起来，司马光不知那些个旧事，也不便多问，只得默默陪着，半晌过后，两人才一道回府去。

所幸事后韩琦并未和他较真，他将不追究此次经历当作是对王安石最后的仁慈。就算还清了吧，韩琦这样想着，此后，若是你我站在对立面上，我定不会对你手下留情。

3. 往事成风

那日的事情还是很快传遍了京城，虽说韩琦不计较，但对于王安石来说，却并不好受。这个伤疤，这件全家人讳莫如深的事情，如今被公然撕开暴露在他面前，依旧鲜血淋漓。虽说全家上下一致对此绝口不提，但王安石还是发现了很多小细节。他能感受到夫人吴氏的受伤，以至于接连几日她都让王雱不用过去请安了，似乎也是怕见到汀时吧。而汀时，这个本就沉默寡言的孩子，这几日更是闷闷的，他虽是王雱的伴读，却是打小一块长大，如亲兄弟一般，加之他姐姐的关系，王安石见他如此，心中不免心痛，却不好说什么，只得无奈看着。王安石虽不太在乎他人看法，但也不希望家人因此被人指点，离京成了他目前最迫切的愿望，先前递上去的辞呈迟迟没有回音，他只得继续往上递折子以表决心。

王雱，这个聪明绝顶的孩子，虽说事发之时才五六岁，但此后多年，对于汀时的存在，对于父亲和母亲之间的芥蒂，自是早已察觉。这几日流言纷纷，他稍加多想，便已知悉真相，所幸他并非骄纵公子，是个记情之人，不但没有对汀时疏远，反倒担心起他来。

又过了几日，王雱便趁着父亲出门、母亲午休的机会，偷偷邀了汀时和两个妹妹去郊外爬山。汀时起初还百般推脱，无奈王雱推出二妹妹来，汀时对她总是疼爱有加，比起大妹妹来，更多了一丝不一样的情愫，此时的她才七八岁光景，正是贪玩的时候，软磨硬泡之下，汀时只得答应。一行四人行至门口，正巧碰上回府的王安石，躲闪不及，在呵斥下只得老实交代。王安石见王雱如此大胆，时下风口浪尖，竟敢偷带着两个小妹出府，实在莽撞，正欲发火，却看到汀时一脸的闷闷不乐，心下一软，稍加训斥几句，便答应亲自带他们出去。于是乎，一行人带着几个家丁便出了府。

郊外的山也不算险峻，一群人打打闹闹，虽说爬得慢，却也愉快，攀至山顶，已经是傍晚。放眼望去，京城尽收眼底，只见夕阳西下，落入远处依稀可见的护城河内，河面波光粼粼，璀璨无比。现下正是晚膳时间，河上的画舫也都纷纷点起灯来，一时间，灯火阑珊，好不繁华。

王雱虽待过扬州，但毕竟那时年幼，没有太多记忆，今日见此番景象，不免有些兴奋，忙对汀时道："你快看！"汀时只是呆呆望着远处，在想着什么而出神，眼中满是浓浓的哀伤，拳头不由自主地握紧，以至于还未痊愈的伤口又渗出血来。

"可是想起了你姐姐？"王安石见状，走到他身边，轻轻把手附在他身上，柔声问道。见汀时不多言语，他只得默默望着前方，思绪飘向远处……

时光回到庆历三年（1043）八月，扬州河上。

这年夏天特别炎热，河上的画舫都挂起了麻质的隔断，应着江南水乡的名号，这里历来是各大酒肆春楼在夏季的别院。

微风徐来，水波粼粼，连带着红木八角灯笼底下的红缨也随着左右晃动，本是兽毛制成，光亮可鉴，鲜红的颜色又染得饱和，恍若上等胭脂膏，在阳光的照射下显得极艳，好不诱人。

高温将河面上蒸出一层水汽，淡淡地罩在各色画舫上，远远望去，只见得朦胧氤氲中淡粉、淡绿、淡紫的纱随风轻轻飘动，恍若仙境，扬州人统称这些个酒家为“神仙居”，也算恰当。

风过之处，夹带着一丝淡淡的脂粉气和上好香料焚烧的残香，和着河面上荷花清冽的香气钻进行人的鼻，像是最撩人的诱惑，勾得人不得不驻足，只想着走下阶去一窥这麻帘之后是何等的旖旎风光。但想归想，却甚少有人这样做，这虽是清雅之所，却是奢华之地，历来只是侯门子弟和文人雅士的聚集所，并不对外开放，寻常百姓只得过个眼瘾，站在岸边看个尽兴。

“啪”的一声，挂在船舱门外的麻帘被掀开，一只骨节分明的手，因多年写字，手指遒劲有力，只是关节处变得略粗，青筋依稀可见。这是时年二十二岁、时任淮南节度判官的王安石，最是年少得意时。

见他进来，众人忙迎上前来，纷纷作揖，足见王安石在众人心中分量不低。这一群人是时下扬州城的有识青年，为首一人正是王安石任扬州时交的挚友孙正之。

“今日我邀大家来，是想与诸位共同探讨国事，年前我朝与西夏一战大败后，各类弊端便暴露显现，加之朝中政局有变。三月，吕夷简吕大人致仕，晏殊拜相，招纳贤才，起用新人，中枢机构当即耳目一新。我素知诸位皆是有识之士且心系国家，他日必会为国效力，而如今正值内外交困之时，诸位有何见解？”孙正之开口说道。

此言一出，船内便炸开了锅，一时间，众人皆争相讨论，一番热议之后，总算轮到王安石。

“要我说，当今之世，唯有改革二字！”此话说得坚定，掷地有声，众人皆点头表示赞同。王安石接着说道，“我素以为，当今弊端，多在冗费冗官两方面。自开国以来，我朝官位设置细杂，多有闲职，以至于组织庞大却不作为，机构臃肿层叠严重，此为一大开支；另外，戍边战士众多，战斗力却低下，以至于多次战争皆以失败告终，花出去的军费千千万万，却如打了水漂一般，此为另一大开支。开支庞大，加之官员众多，层层而下，管理混乱，以至于财政吃紧，只得从百姓身上刮取，导致有些地区民不聊生。”

“确实如此，不知王判官对此有何解决之计？”孙正之追问道。

“节流！减少不必要的浪费，精简机构。”王安石斩钉截铁地说道。

众人闻言，犹如醍醐灌顶，急忙追问具体实施办法，王安石便一一耐心道来。

这一席话，足足讲了半晌工夫才停下，思维清晰，文采斐然，且论及各个方面，有些竟连细节之处也说得分明。可见王安石年纪虽轻，却是大有见地，以天下为己忧，日日思考国家大事，的确是一难得的人才。言毕，众人皆是呆立当场，久久不能回神。

孙正之眼中赞许更甚，更带有一丝崇拜和骄傲。他缓步向前，抱拳向王安石施以一礼，说道：“王公才情高远，涉猎广泛，吾等自愧不如。”话音刚落，众人也纷纷走上前来，想要与之攀谈结交，无奈时辰已经不早，王安石只得以家中有事，便匆匆离去，惹得一众人等遗憾不已。

这场座谈随着他的离去落下了帷幕，众人陆续散去，由着各自在岸上等候的童仆扶着上了岸，画舫在几阵猛烈的晃动中渐渐归于平静。

此时，船舱侧室的珠帘被卷起，琴音初奏，抚琴之人心境清雅，从第一个音符响起便透着说不出的高远缥缈，但弹至后半阕，却隐隐透着一丝焦躁。

“刺啦”一声，琴音戛然而止，抚琴女子坐在琴前若有所思。

“姑娘，可有事?”这时有一随侍女子忙跑至帘前问道。

“没事。”一个淡淡的声音响起，这女子似是生性清冷，就连声音也透着空灵和疏远。“罢了，你进来，我且有一事问你。”女子又接口说道。

自知姑娘素喜清净，旁人只得在外服侍，得了允诺，侍女方才轻身进了侧室，在一旁静静候着。琴案前坐着一女子，头戴珠翠朵玉冠儿，眉间沁绿，粉点眼角，着月白衫子，外罩浅蓝色纱衣，挽着碧色帛布佩带，结于胸前，下着湖蓝锦裙，生得清丽脱俗，尤其是那一双眼睛，透着说不出的清洌澄澈，别说在勾栏里，就是在世间，也是少见。

“眉儿，方才最后发言之人，是哪家公子?”女子缓缓开了口，淡淡的语气却是透着一股娇羞。

“回姑娘，那是淮南节度判官王安石，去年三月中了进士。现在此地为官，年仅二十有二，学问自是不用说，生得仪表堂堂。姑娘问这做什么?”

“没什么，听他谈吐不凡，好奇罢了。”

眉儿生在这烟花之地，自是早熟，听得这话，心下早已明白了八九分，笑着打趣道："怎么，这世上竟也有人入得了青芜姑娘的眼么？"

女子听至此，淡淡一笑，嗔道："莫要胡说，去帮我换盏茶来。"

不多久，青芜起身出来，走到刚才议论的正厅。长长的裙摆在紫红色的镶金边地毯上逶迤拖动，一双纤小的足在室内悠然移动着。行至案前，方才饮过的茶盏还未收去，青芜看着，想起那人慷慨陈词的模样，忽地笑了，一双眼微微弯起，涟漪荡漾，有着说不清的温柔风情，生生把人看醉。

许是在室内坐得久了有些闷，青芜随即向着舱外走去。

"外面风大，姐姐莫要冻着，快快回屋里去。"一个六七岁的小童匆匆跑来。

"汀时，我不冷，只是透透气。"女子脸上泛起少有的温情，抚着小童的脸柔声应道。这小童正是她的亲弟弟，三年前随着姐姐双双被卖进勾栏，性子和姐姐不同，甚是开朗，因而颇得众人喜爱。

这时船上的长者高呼一声："开船咯——"船便缓缓向着河心驶去。

"姐姐快回屋去休息着，一会儿还要在晚宴上弹琴，莫要累着了。"青芜闻言，只得紧了紧小童的衣服，转身回舱。

华灯初上，夜幕已经降临，这晚上的扬州河和白天却是截然不同的风情，若说白日里是清雅仙境，那么晚上便是繁华人间。船檐上的灯笼被点亮，昏黄的光透过猩红的纸淡淡映出来，旖旎暧昧。江上诸多画舫，此刻皆是灯火通明，照得整条扬州河好似一条缀满珠翠琉璃的宝带。一些画舫中渐渐传来清丽歌声，伴着琴声、琵琶声叫醒了整条护城河，夜市开幕。

青芜坐在窗边看向窗外，眼中透出一丝疲惫，又是这样觥筹交错的夜晚，她轻叹一口气。晚间的风带着一丝清凉拂面而来，微微吹散了发髻，她却浑然不知，只是盯着河面出神。

“到咯——”长者喊了一声，船便左右摇晃了一下悠悠停下，身后的眉儿匆匆走来，急唤道：“姑娘快去更衣吧。”

青芜闻言，又换上了那副冷淡清雅的面貌，转身向里走去……

又过了几日，因着孙正之要跟着哥哥前往温州上任，众人便设宴为之饯行。酒足饭饱之余，闻得有人叩门，开门一看，原是一众酒纠前来助兴，一贯人等款款入内，却见最后跟着青芜。

众人皆惊，因这青芜姑娘是扬州有名的雅妓，就算花上千金也是难以得见一面，怎料今日出现在此。

而那厢青芜却是大大方方地坐至琴案前，略施一礼，便拨起弦来。琴声一出，在座者皆交口称赞。这姑娘看起来虽柔弱，却有着很强的气场，不愧是扬州第一雅妓，就连王安石也不由得注意起她来。

一曲奏毕，青芜忽然开口道：“各位爷，小女有一言，不知当说不当说。”

本就不明她此番前来的目的，众人也实在是好奇，王安石道：“说吧。”

“当日诸位在此议事，青芜实有听到，心下实在敬佩诸位，王判官一席话，更是解了青芜多年疑惑。但青芜却以为，这般节流，却是有些操之过急了。”

闻言，王安石不免觉得新奇，想她一介女流之辈，竟还有这般见地，当真少见。自己当日那番话，可是多年思索累积，她却觉得操之过急了，倒是有趣。

青芜见他无恼怒之意，又说道："若是这般节流，势必触及文官集团利益，届时必会引起猛烈反扑，陡增阻碍。"

这话的确有些道理，王安石当时年纪尚轻，想事情也过于急进，加之所受挫折不多，有些想当然了，倒不如这烟花女子看得透彻。王安石仔细一想，心下不免一惊，沉默片刻道："那依姑娘看来，该如何呢？"

"避重就轻。"青芜淡定吐出四字。此时眉儿推门进来，急急唤道："姑娘，司音行首让你过去。"青芜遂蹲身施了一礼，匆匆离去。

是夜，王安石躺在床上辗转想着这四字，突然一下豁然开朗，心下欢喜道：避重就轻，她倒真是个聪慧的女子。

自那日后，王安石便常常前来与青芜交谈，更加觉得这女子不一般，一来二去，两人渐生情愫。之后，王安石开始携青芜和汀时外出游玩，常至秀美之地，一人作诗，一人抚琴，汀时则绕在他们二人身旁浅唱，此情此景，恍若一幅画。

当时士大夫家里，多是三妻四妾，青芜虽是烟花女子，但当朝也有着纳妓为妾的先例，无奈青芜却是绝不接受。她原是福建汀州一书香世家出身，父亲无心仕途，归隐田园，后因所处之地偏远，多有流寇出没。一日她与弟弟外出嬉戏归来，却看到躺在血泊中的父母和四壁皆空的屋子。父亲终其一生，只有母亲一人，这样的美满，正是青芜一生的追求。眼下她为妓，这般生活怕是不可求了，但实在不愿为现实改了心愿苟且活着，也许日后，也会有一生一世一双人的机会。

见她这般态度，王安石之后便绝口不提纳妾之事，和青芜也始终维持着君子之交的关系。

就这样过了三年，却发生了意外，当时在扬州做官的韩琦家的远房侄子看上了青芜，硬要纳她为妾，几番被拒后，却把青芜强掳了关在韩府。韩琦当时在扬州声望高，众人也是敢怒不敢言。消息传来，年轻气盛的王安石一时热血上冲，遂在当夜偷偷潜入韩府，欲救她出来。

行至韩府，却听得府内巡逻的小厮一声惊呼："死人啦！"当即心悬了起来，猛地撞开守门的侍卫，冲进府去。只见西厢房内悬着青芜，脸上满是愤愤之意，那双曾经一尘不染、恍如天仙的眼睛此刻狠狠瞪着，盛满恨意和不甘。

这时已经有人把青芜放了下来，无奈她早已断了气，回天无力，一代名妓，就这样香消玉殒，真是令人唏嘘。

王安石入得房内，只见青芜只着白衫，浑身血迹斑斑，该是今夜受辱了。王安石当下心如刀绞，也顾不得旁人，猛地把青芜抱在怀里，失声痛哭。

这时韩琦携了众人赶来，见王安石此状，心下顿时明白几分，暗道：可真不巧！先前侄儿掳人之事他也知道，但只是一勾栏女子，也无所碍，便未在意，怎料这女子性烈，竟吊死在他府上。而王安石与之感情非同一般，这下闹出这么大的事情，他面上也的确挂不住，当即怒火攻心，转身狠狠扇了侄子一巴掌，喝道："你这厮，看看你做的好事!”

韩琦本就力大,这一下把他扇得狠狠跌在地上。此时王安石却忽然拔出身旁侍卫的佩剑,叫着:“狗东西,拿命来!”便直直向他砍去。韩琦侄儿忙闪身躲去,大喊:“叔叔救我!”却见韩琦无动于衷,而这边王安石却是疯了一般不停追着他刺,不出一会儿,他身上便多了好几道伤口,冒出血来把衣衫都染红了。眼瞅着侄儿就要命丧剑下,却见韩琦略使眼色,身旁几个侍卫忙冲上去把王安石拦下。

虽然侄子可恨,但若要眼睁睁看着他死,韩琦也做不到。更何况,这女子无论如何,只是妓,若要官家子弟以命相抵,也实在不妥,他只得低声向王安石赔罪。

见此情形,王安石也知自己反抗无用,只得重重把剑丢到地上,哭天抢地地哀号着。

而谁都没有注意,屋外院子里,王安石正怀着孕的夫人吴氏却是跌坐在地上,止不住地流泪。原来老爷夜行而出,是为了这事,这女子又是何人? 事出突然,她还来不及反应,便突然感到身下一热,似有什么东西流出来,怕是动了胎气。

那一夜过后,所幸吴氏并未流产,又适逢到任之日,王安石只得带着痛苦愤懑的心情携数人进京述职。临行之日,却见汀时急急跑来,说什么都要跟着一起走,王安石见他心意已决,便留下他当了书童。

而后在鄞县任官时,吴氏为其生下一女,因为那次的变故,女儿自出生起便体弱多病,不多久便夭折了。

一、不为京官

转回嘉祐元年(1056),眼看着夕阳下了山,夜幕也已降临,一行数人便匆匆下了山。

嘉祐二年(1057)元月,翰林学士欧阳修为权知贡举,梅尧臣为点检试卷官,三年一次的礼部贡举拉开帷幕。苏轼、苏辙、程颢、吕惠卿、曾布、曾巩、章惇皆榜上有名。

考试结束,几家欢喜几家愁,而王安石经过两年的不懈努力,递上去的折子几乎堆成了山,总算得到了下地方的任命,知江南东路常州。

二、事与愿违

1. 丧子之痛

嘉祐二年(1057)五月,王府。

一妇人头上挽着高髻,簪着白兰花,眉间匀着一朵粉白色梨花,轻移莲步,款款前来,此人正是王安石的夫人吴氏。

此刻厅内,聚着曾巩、司马光、欧阳修等人,皆来为王安石送行。吴氏见状,半蹲行礼,向在座诸位道了“万福”,才对王安石说道:“老爷,一切都已打点妥当,时候不早,我们该起程了。”

闻言,一众人等便浩浩荡荡向门外移去。王府门外,停放着几辆马车。那时候马匹不多,士大夫出行皆用牛车或驴车代步,而常州距离京城路途遥远,念及王安石家眷众多,圣上便赐了几辆马车以示恩典。此举甚是微妙,先前王安石和韩琦的事情闹得沸沸扬扬,一直无视王安石调任请求的朝廷却在此时允诺他离京,坊间一度传闻王安石是彻底失了圣宠,直到圣上亲赐下这些马车,也算是表明了态度,给足了王安石颜面,一时之间,众人心中也都有了考量。

门外，掌管府内杂事的内知正指使着家仆们搬运行李，马车前有一少年，白袍银靴，腰间挂一墨玉，垂着红缨，这是王安石的长子王雱，时年十三岁。少年身侧有一书童，唤作汀时，生得俊俏无比，在他身后立着两个女孩子，分别着翠色和粉色衣衫，将发结在头顶，挽成双髻，这是王安石的两个女儿，八九岁光景。

见众人出来，他们忙恭敬行礼，甚是乖巧。此时侍女拿来白纱盖头替吴氏戴上，一个中年婆子抱着一个两岁男童走上前来，吴氏忙接了去抱在怀里，这是王安石两年前刚出生的小儿子，红唇粉面，肉嘟嘟的极为可爱。

见状，王安石柔声道："下来，给诸位叔伯行礼。"

男童随即奶声奶气地答了声"喏"，从吴氏怀中跳下，步履蹒跚地走至众人面前，有模有样地鞠躬，俨然是一个小大人，逗得众人皆笑。

王安石上前将他抱起，脸上是少有的温柔。王安石这些儿女虽年幼，却是聪慧伶俐，尤其是王雱，年纪轻轻，早已盛名在外，颇得众人疼爱。想到此番离去不知何时再见，司马光等人心下确实不舍，纷纷上前赠了些书、玉等，又嘱咐了一番，方才作罢。

这时后方管家来报，说是王安石弟弟一家也已装点妥当，即刻便可起程，王安石遂告别众人，带着一众老小，踏上了去往常州的路途。

当晚，丰乐楼。

顶楼的望月阁中，此时热闹非凡，推门入内，只见屋内围着一众权贵子弟，正在寻欢作乐。

“王安石这厮，真是假正经，当日我吕家拉拢他，竟被他一口回绝，还斥我为游手好闲之辈，整日只知道寻乐勾栏瓦舍，败坏祖荫。可你们看看他，外表装得衣冠楚楚，背地里却和妓女暗通款曲，真是让人大跌眼镜。”

说话之人是京城新起权贵吕氏子弟，当日聚会上韩琦因醉酒把王安石的事抖搂出来，早就传遍京城，成了人们茶余饭后的谈资。一时之间，有人惊，有人叹，但最高兴的莫过于这些当日被骂得狗血淋头的“米虫”们。他们生来便居权贵之家，从小听着阿谀奉承之言长大，怎料他王安石，位不高官不大，却是油盐不进，拉拢不成，竟还把他们贬得一文不值。此事一度让他们觉得十分挫败，所幸后面出了那事，这帮脆弱的子弟的内心才算找到了平衡。于是这段时间，在他们之间最流行的活动便是聚众数落王安石，以解心头愤恨。

话落，席间另一人便接话道：“吕兄所言甚是，都说心虚的人叫得最响，这王安石真是好心机。当日他四度辞官，本就有作秀之嫌，又装作正直清白，博了好些虚名，把大家都蒙在鼓里，幸好韩枢相揭了他的假皮，真是大快人心。”

此时，一妓裹着玫红色纱束胸，上着一件鹅黄色短衫，半开半露，一对酥胸若隐若现，好不香艳，正坐在他腿上，喂他酒喝。他忙把头凑过去一口气喝了，视线却是直直落入衣内，忽地伸手在女子腰间狠狠掐了一把，惹得她一声惊呼，假意嗔道：“爷真坏！”说着便欲转过身去，却被身后之人一把搂住，连带着头上高高盘起的发髻猛地一晃，当即便散下些发丝，垂在额前。

就这一番嬉笑打闹之后，众人都有些乏了，一些性急之人早已站起准备离席，一人突然说道："既是如此，此番离京，倒不如让他有去无回。"此人名叫李之昂，来历神秘，只说自己出自巨贾之家，权贵子弟虽对商人看不上眼，无奈他颇懂投其所好，素来和公子哥们交好，又有坊间传闻说他似乎和韩家有些关系，故众人皆不敢招惹他。

此言一出，众人又来了兴致，纷纷坐下。见状，他便继续说道："这王安石，现下已经有了一次做京官的先例，日后保不齐会再次在京留任，坊间虽流言四起，无奈皇上却照旧礼遇有加，早上更是赐了马车。按此情形，只要他一松口留京，仕途必是一帆风顺。"

这话说得绝对，但却也是一大实话，当时朝堂之上，文武之争自开国起便从未断绝，之前的六塔河之事，狄青下台，此番争斗更有愈演愈烈之势；军事上军费庞大，险些拖垮了国库，却依旧兵力羸弱，以至于外族皆虎视眈眈。值此内忧外患之际，朝廷正是用人之时，而王安石素有盛名，早年在鄞县执政时，更是大有作为，自然在朝廷极力招纳之列，平步青云指日可待。

因是实话，众人皆是点头承认，而这时，便有敏锐之人站出来客观分析道："王安石素来看不惯权贵之流，与其等着日后他位极人臣拿豪门贵族开刀，断你我财路，不如先下手为强，永除后患。"

这话像是一团火焰，瞬间将众人内心的理智烧得精光，此前尚觉得杀朝廷命官是万万不可为之举，现下却觉得也不是不可以，至于如何杀，才是关键。

静默片刻，吕公子灵光乍现，旋即说道：“先前各地发了洪水，京师之外生灵涂炭，现下虽已过去一年，灾情却依旧严重，难民四处流窜，人在绝境中往往有过激行为。这几月，各地打劫掳掠之举屡有发生，更有甚者杀人放火，一时间人心惶惶，混乱无比。而常州距离京城路途遥远，上任路上，王安石必会经过那些地区，到时我们买凶扮作流民，在一偏远之地，杀之而后快！而且有着难民这一幌子，到时候，朝廷再彻查也查不到你我头上来。”说着，眼睛微微眯上，嘴角扬起一丝奸笑。这办法的确可行，加之屋内众人在不满王安石这一事上，倒是达成了惊人的一致。于是乎，一场阴谋正在酝酿……

且说王安石一行数人，浩浩荡荡赴任而去。此次任命，可是实打实的一把手，王安石也算是如愿以偿。常州毗邻繁华之地，若是用心，的确能干出些名堂，在王安石看来，这也真是一个好去处。坚持了两年的努力，总算换到了一个心满意足的结果，王安石心中不免快活，于是携着弟弟一家兴冲冲离京而去。

为首的马车载着王安石和长子王雱，第二和第三辆载着吴氏和一众女眷，后面跟着弟弟王安国。再后面的马车里，为了照顾方便，载着两个婆子，一人怀抱王安石幼子，一人身上倚着另一男童，正是王安国之子，而最末则是跟着家仆、侍女。一路上，欢歌笑语不断。

二、事与愿违

刚入江南路，行至皖地边境一人烟稀少之地。为首的马车忽然急急停下，车夫狠狠地勒紧缰绳。因为突然被拉住，马一时间施力不成，前蹄高高抬起，发出一声凄厉的嘶鸣。

恐其跌倒，车内的王安石忙拉住王雱，坐定后，便掀起侧边的布帘，问道:“王贵，怎么回事?”

车外随行的管事忙解释道:“爷儿，前方有个四五岁的小童，可能是饿得慌了，一见人来，就晃悠悠地奔到马车前，险些撞上。”

一边说着，一边拉起车厢前的隔帘，让王安石看清情况。

只见地上跌坐着一个男童，衣衫褴褛，面黄肌瘦，脸上灰扑扑的，一双眼睛睁得大大的，因为方才受了惊吓，盈满泪，眼瞅着就要落下来，真真可怜。

见此情形，王安石不免产生恻隐之心，忙唤了人来捧着干粮、清水给他。

小童见状，忙不停地磕头谢道:“多谢员外! 多谢员外!”又语气怯懦地说道，“我爹娘就在前面，求求员外救救他们。”说着，颤抖地伸出手指着身后不远处。

王安石闻言望去，只见不远处确实聚着一众灾民，因为力气枯竭，此刻皆或跪着或躺着或坐着，其中一人像是患了重病，正被一老妪搂在怀中，有一声没一声地痛苦呻吟，周围众人均是有气无力，低低哀号着。

“安国，随我去看看。”闻言，管事忙从后面请了二爷过来，又奔到最前端扶着王安石下马车。

此时身后马车隐隐传来吴氏担忧的言语:“老爷，一路走来，遇上的难民一波接着一波，我们接济了不少，存粮盘缠都有些吃紧。虽已入了江南路，但到东路常州也还有些时日，若是再如此般赈济，恐难以维持生计了。”因为官宦之家的女眷不便抛头露面，吴氏只得隔着车帘说道。

“浑家不必担忧，我自有打算，此地距离常州也不远了，再赶个几天就会到了，之后几天我们尽量省些口粮出来，足以熬到任上。士大夫应以天下为己忧，又怎能见死不救，安国，随我前去。”

见王安石这样说，吴氏也不便再劝，只得在原地候着。

刚去不多久，王安石、王安国两兄弟便领着众难民前来，命侍者捧出些炊饼，一一分了，又赐了一小袋米，众人皆伏在地上连连谢恩。

此时却见那患重病的中年男子腾地站起来，从腰间抽出一把银刀，直直向王安石面上刺去，而伏在地上的人也纷纷站起来向着王安石他们扑去。见状，王安石大惊，忙侧身一闪，尖刀划破了袖子，臂上还是被割了一刀，当即鲜血迸出。大家都慌了，吴氏也顾不得什么礼数，忙探出身来，欲下车扶他，怎料却被王安石狠狠喝住。

“王贵，护送女眷先走！”王安石高声疾呼。王贵闻言，却是踌躇不决，王安石只得又厉声喝道，“还在这里愣着作甚，快走！”王贵只得下令众人调转车头急速逃开，只留下些会武功的家仆。

边道上，五辆马车正在飞奔，因为顺序调转，王雱所乘的马车便落在了最后。此时，车内忽地飞出一道白影，重重跌在地上，正是书童汀时。

二、事与愿违

“汀时，你疯了！”王雱急急吼道。

“老爷是我的恩人，我不能看着他出事。”在地上顺势滚了几圈之后，顾不得疼痛，汀时匆匆丢下一句，便头也不回地向前跑去。

那个刺青，这是汀时此时脑海中唯一的念头，他虽懂些功夫，但终究只是一个孩童，这么贸然跑回去，虽说是救老爷，实则杯水车薪。但就在刚才转弯之时，那个刺青突然掠过他的眼前，他如遭雷击。是他！姐姐出事的那个夜晚，在肇事者被韩琦追着打的混乱之中，在王安石抱着姐姐恸哭之时，那个角落里匆匆而去的他，颈后也有这样的刺青。到底姐姐的死是意外还是阴谋，这个问题萦绕在汀时心中太久，这么多年他都说不出口，此刻真相仿佛就在眼前，于是他顾不得那么多，毅然决然跳车往身后奔去。

另一边，马车一路不停飞奔而去，道窄难行，此刻也顾不得那么多了，只顾逃命。马嘴边已经渐渐吐出些白沫，车夫手中的鞭子还在一刻不停地朝马背上狠狠抽去。

马车内的吴氏，此时焦急万分，身后老爷还不知生死如何，两个女儿又被吓得不轻，正紧紧钻在她的怀里，小小的身子抖成筛糠似的，身上的冷汗把衣衫浸湿，沾在背上，脸上泪痕还未干，却又止不住地哭了起来，喊着“娘，我怕”。

跑了半晌，行至一崎岖山道，一侧是垂直而上的高耸石壁，一侧则是深邃悬崖，险峻异常。车夫只得紧靠内侧，稍稍降低速度而行。许是先前以那种极限速度跑得久了，突然减速，前方一匹马便双蹄一软，直直跪倒在地，身后拖着的车厢也被它带着猛地一晃，竟生生拉着跪在地上的马翻下崖去。见此变故，众人皆大惊，吴氏忙一把掀起车帘欲探情况，只见前方王贵跌跌撞撞跑来，“啪”的一声，跪在地上痛哭不止，号啕道：“夫人……小少爷的马车，掉……掉下去了！”

吴氏闻言，犹如五雷轰顶，当即昏厥过去。一双女儿见状，高声痛哭起来，而王安国的夫人听闻此噩耗，突然“啊”的失声尖叫，疯了似的跳下车扑到崖边，三四个侍女忙紧紧拉住她。此时夫人一个疯一个昏，管家王贵又是瘫在地上哭喊不起，众人见这般情景，都慌了神，一时间，哭声、叫声四起，场面一片混乱。这时王雱刚从后方匆匆跑来，脸上还在落泪，却能看得出是在拼命隐忍，嘴唇被咬出血来，但他知道，现在这里只能靠他了。

“王伯，别……别哭了，先把娘亲救醒再说。”王雱定了定神，抽泣着说道。

王贵闻言，忙止了哭，心想：我这老糊涂，真是昏了头了。便立即开始指挥起来，众人才又恢复了秩序。

王安石、王安国一众人等经过一番血战，总算逼退了贼人，却是伤亡惨重，过了好一会儿才一瘸一拐地追上队伍。怎料还未来得及喘气，二人便听得儿子的死讯，当即崩溃，跌坐在地上。王安石眼前浮现起小儿子生前种种，心像是被刀扎一般，又想到他如今跌下深渊，尸首也难以寻到，更是痛心不已，绝望地吼了一声，不停捶着地。地上的碎石扎进他的手，不多会儿便血肉模糊，但无论如何，也比不上他此刻心中的疼痛……

2. 初来乍到

嘉祐二年(1057),王安石到任常州,一路走来,触目惊心。洪水刚过,民生凋敝,路上的难民一波接着一波,千金散尽,也救不了几个。王安石第一次感到自己的力量是这等薄弱,在大自然的灾害面前,人显得脆弱不堪,极度的贫穷和饥饿,逼着人走向犯罪的道路。就像那次江南路的意外,本是好心相救,却不料被反咬一口,失了两个孩子,这会儿王安国还卧病在榻,弟媳经此一劫有些癫了,也不知能否再好起来。王安石坐在新府邸的榻上,手中的书迟迟也没有翻一页,思虑万千,这时他脑中又忆起京城临行前幼子蹒跚的步伐,他奶声奶气地伏在娘亲的肩上。念及此处,王安石便慌忙打断自己不敢再想下去,怕又生生涌出泪来。他试着宽慰自己,罢了,都过去了。他微微晃了晃头,又翻起书来,眼角却扫到门口那个徘徊多时的身影。

"雱儿,进来吧。"王安石说道。

他看着自己如今仅存的这个儿子缓缓步入屋中,心中一惊。这场变故给每个人都带来了不可磨灭的创伤,体现在王雱身上,便是迅速成熟,仿佛一夜之间,这个本该无忧无虑的孩子变得这般沉稳了。他着藏色的衫子,袖上还别着一小块黑布,表面像是没事,但王安石知道,他的这个儿子不比从前了。

"父亲。"王雱俯身行礼,便退到一边,盯着地面也不言语。

王安石见他这般模样,心中更是一痛,不免柔声问道:"雱儿,可有什么事?"

王雱闻言，却也并未马上开口说话。如今他愈发沉默，说话前都得再三斟酌，这并非王安石所想见到的。他怀念往日那个意气风发的儿子，因为王雱自幼聪明，向来口若悬河，就是在一些高官大儒面前也不怯场，也许放肆，但却天真，这才是十三岁孩子该有的样子。王安石嘴上虽不说，心里却也暗暗骄傲。可现下他这般思虑犹豫，也不知是怕什么，又好似对这世上所有事物都产生了怀疑，什么都不信了，这着实让王安石心疼。他不免想起自己如今只剩下这一个儿子，若是自己又遭遇什么变故突然离世，今后王家还得靠他撑着，现如今他这副唯唯诺诺的样子可怎么成。

“有什么就说，没有就退下。”王安石提高声音喝道，此举实属无奈。他对儿子总是矛盾的，作为一个父亲，他希望孩子慢点长大，但作为王家一家之主，又经此变故，更觉人生无常，王雱须快速成长起来。他一面心疼儿子心中的创伤，一面为了让雱儿尽快变得强大起来，只能用些强硬的法子。

王雱见父亲这般严厉，不免一愣，眼中闪过一丝受伤的神色。但他兴许懂得父亲的用意，定了定神，开口说道：“父亲，我觉得弟弟之死着实有蹊跷。”

“又是这句话？为父说过几次了，此事莫要提了，查也无处可查。”王安石听闻此言，心中不免烦闷，这是这月来王雱第五次说起此事了。眼下他们刚到常州，事情琐碎，实在无暇顾及其他，更何况是去查一起无从查起的意外。

“可是弟弟死得惨，母亲、叔叔、叔母如今都已病倒，为何不将那些乱贼抓来处死，为弟弟报仇！”王雱不免激动地高声说道。

二、事与愿违

终归是个孩子,他还是这样急的性子,倒是有些以前的模样,王安石心中有些安慰,但又马上否定自己的想法,不能放任儿子沉浸在仇恨中。眼下,有更重要的事情要去做。

但王安石看着王雱这副急切的样子,想着他也是心系家人,着实是个重情的孩子,语气也不自主地缓和起来,耐心劝道:“雱儿,为父知道你心中的苦,丧亲之痛,我又何尝不知。但此事已经过去一段时日,就得往前看。事分轻重,男儿当心怀天下,以国家大事为重。现下我们刚到常州,这儿不比早年的鄞县,情况要复杂得多,就前几日考察的情况来看,着实不乐观。这儿的百姓过得不好,正是要改革整顿的时候,你又怎可天天只顾着自家的小事。眼下更重要的是帮助为父治理好这块辖区。”

王安石何曾不想还幼子一个公道,当日事发突然,事后想想,却有诸多疑点。这些所谓流民,饿了多日,本该虚弱不堪,动起手来却是力满气足,着实奇怪。细细想来,这事怎么看都不是一起单纯的流民暴动,而更像是一场有预谋的谋杀。但究竟是谁想要害他,他却无从得知。他深知自己的脾气,怕是在京城得罪过不少权贵,人人都有出手的可能,况且当时正值洪水灾害,各地流民众多且居无定所,根本无从查起。那行刺的几人,跑的跑,死的死,一个活口都没擒住,所以要弄清楚这事,着实要费一番力气。

虽说如此,王安石却并不想让王雱参与进来,他已经失去了一个儿子,他不想再因为这事连累到雱儿,现下该是打消他的这一念头才是。再说这新官上任,诸事琐碎,常州地广却偏僻,田地空余无人耕种的比比皆是,政令也松散得很,有些百姓甚至对此视若无睹。又因州郡官员变动频繁，官民互不相知，仰仗着刀笔小吏。这其中贪赃枉法、欺上瞒下、吃拿卡要之事并不会少。民不聊生，已经到了不得不管的地步。王安石清楚地知道，自家的事不管多大，在国事面前都是小的，所以这事并非不查，而是须待以后慢慢查，现在身边无人，他实在有些力不从心。

听完父亲一番劝，王雱自知父亲心意已决，便也不多说，叉手一拜后便郁郁离开。王安石望着他的背影，只得无奈地感慨他终究还只是个孩子。但他知道，王雱生性固执，这事怕还没个了结，来日方长，王雱迟早会明白他的一番苦心。他已经失了一个孩子，不会再让悲剧重演，一切的阴谋、危险都让他一个人受，家人最好永远都不要知情。从今往后，这一世，他会尽他所能，护家人周全。

待王雱离去之后，王安石踱步回到榻上，重新翻开书，却怎么也看不进去。方才一席话，更加提醒了他这常州境内的严峻形势，究竟该从何处下手，他不禁陷入了深深的思虑。

又过了几日，王安石照例准备出门视察民情，想到王雱已经五日没和自己说话，心中总觉得自己是否对他过于严厉了，只得唤身旁的王贵去叫他，但还没等王贵走出几步，便又急急唤道："让汀时去请。"

汀时和王雱自幼一同长大，感情自是非同一般，所以没过一会儿，就成功地将王雱拉了来。这厢王雱还有些扭捏，只一味别过头去，摆出一副不想多言语的姿态。王安石见其这般，只得无奈不去计较，孩子终归是孩子，愿意出门了也是好的。见人已到齐，王安石便下令出发,一行六七人便挤上一辆马车而去。

几经颠簸,总算到了目的地,这是常州境内的一个小县,是王安石视察的最后一站,其实他心中已经有了一个大致的治理方案。此次出行,是以防有缺漏,更多的是想转移儿子的注意力。他偷偷观察王雱的神情,虽还是一副淡淡的表情,但比起先前已经稍显缓和,他不免有些欣慰。

众人来到这里人口最密集的村子,常州历来是以农业为主的地方,田地更是遍布各地,在这里也是如此。百姓都在地里不停地劳作着,这时一个六七岁的小童从他们的右手边颤抖着经过,肩上担着两大桶水,因王安石一行人皆站在田垄上挡住了去路,他只得怯懦地低声唤道:“老爷们让让,让让。”这声音犹如蚊蝇叫唤,所幸王安石离他较近,便示意大家让开。

只见这小童踩着众人让出的一条小道,摇晃着艰难地前行,小小的身躯仿佛下一刻就会倒下,重且大的水桶挡住了他的视线,他只能盯着脚下的路一步步小心翼翼地走着,看着让人着实不忍。王安石刚欲唤王贵去搭把手,便瞅着那小童一头撞上最前头不知道在想什么而出神的王雱,木桶重重地晃动了一下,便跌落在地上,连带着自己也重心不稳,一头翻下田垄,跌在地里,另一只木桶这时不偏不倚地倒下,水尽数泻在身上。一时间,他头上、身上淌着泥水,活像一头在泥地里打滚的小驴子,还来不及抹去脸上的泥,便吓得伏在地上一个劲地发抖,嘴里喊着:“各位爷饶命,小狗子不是故意的,不是故意的。”这一动静闹得颇大,以至于地里不少人都抬起头向这边张望。这时人群中突然冲出一个妇人,箭一般地朝这边冲了过来，还没说话便重重跪倒，伏在地上用余光瞥见这一行人皆穿着不凡，不免又是吓得一抖，再看边上那位少爷，此时衣衫的整个下摆均已湿透，自知是自家小子闯了祸，得罪了大人物，心中绝望，只能转身狠狠抽打身旁的儿子，骂道："叫你不长眼，不长眼。"以期能够消掉对方的一点怒气。可还没等她打到三下，手便被牢牢握住。她下意识转身看去，却见刚才那少爷不知何时跳下了田垄，这时正站在她身边。另一位少爷这时去扶起跌坐在地上的狗子，她还没明白过来发生了何事，便见那少爷突然朝她一拜，谦逊说道："本来便是我没注意，撞了这位小童，不关他的事。"

这时王安石也开口说道："大姐莫要动怒，此事确是雱儿不小心。"那妇人见状，心中自是不胜感激，忙跪在地上不断磕头谢恩。正欲起身离去，这时远处急急跑来一人，走近一看，才知是县令，许是跑得急了，还未站稳便急急拜倒在地，呼着："下官来迟，请王知州恕罪！"那妇人听闻此言，更是吓得腿下一软，忙拉着身边的小童慌张地跪下。王安石自知这样的阵仗未免太大，自己虽是一个知州，但说到底，不过只是个为民办事的父母官，不稀罕这种派头，便忙让众人起来。

这一插曲很快便揭了过去，随后在县令的陪同下，王安石又视察了几处，便打道回府。

是夜，王府内众人吃过晚饭，王安石便在议事堂处理公事，他脑中又忆起早上那个小童担水的艰难身影，改革的心愿便更加坚定了。这时王雱在厅外求见，早上一事似乎成功地转移了他的注意力，王雱此时深切地感受到民间疾苦，再联想到先前他们一路走来所目睹的惨状，总算能暂时放下弟弟的死。他想起父亲对他的教诲，心中便突然想到一个法子，于是便急急忙忙地跑来，欲说给父亲听。

“雱儿，前来所为何事，若还是为了弟弟的死，你回去吧。为父此时还有更重要的事情要做。”王安石道。

王雱却并未离去，而是坚定地看着他，说道：“雱儿此次前来，并非为了弟弟的事，而是有关今早所见，雱儿心中有一想法。”

“你且说。”王安石闻言，不免略有兴趣地抬起头。

“雱儿认为，现在常州的百姓过得并不好，我们应该解救他们于水火。”

“如何解救？”王安石问道。

“唯有改革！”王安石闻言，不免眼前一亮，但却强压下心中的狂喜，继续追问道：“从何而改？”

“水利！”父子两人异口同声地说道。

经过先前那一变故，父子两人未免有些疏远，但就在这一刻，他们又好似达到了空前的默契，恢复成以往那种亦父子亦知己的状态。王安石不免一阵激动，儿子总算能走出阴影，着眼于大事而非小我，更多的是一种找到知己的兴奋，他俩想到一块去，这下好了，他再不是孤身一人了。

他丝毫不掩饰自己的喜悦之情，忙走到王雱身边，将他带到厅内悬挂的那幅地图前，耐心解释道：“雱儿所想，正是为父所想，我国自古以来便是以农业为本，常州百姓更是以农业为生，所以在辖区内绝不能出现田地撂荒不事生产的局面，可见农业是百姓的唯一依靠。但你我皆看见，百姓务农时确实有诸多艰难，那小童担水灌溉的艰难，也是整个常州百姓的艰难。为父近日研究常州地形，却发现这一辖区内水系丰富，河流纵横。你看这里，芙蓉湖、长荡湖、太湖、孟津河，其他还有数不清的小支流，可见此地并不缺水。”

“但水流之间并无联系。”王雱清晰地指出问题所在。王安石眼中更加一亮，真是他的好儿子。“但雱儿却不知道，该如何将它们联系起来。”

一个十三岁的孩子能想到这一层，已经不容易，至于解决方案，王安石心中已经拿定了主意：“凿运河。”

王雱闻言，未免一惊，开凿运河这一工程的浩大程度可想而知，是否可行还是个未知数，但他知道，一条运河将对此地的农业产生翻天覆地的变化，这无疑将会是一件功在当代、利在千秋的大事。况且父亲素来执着，只要是他所想的，他都能做到，早年的鄞县，不也在父亲的治理下发生了翻天覆地的变化么，那么这次的常州，大概也会如此。

想至此，王雱便打消了自己内心的疑虑，近日来因为父亲对弟弟之死的不作为，让他对父亲失去了崇拜之心，这时的王安石，才是他印象中那个锐意进取、说到做到、心怀天下的父亲。这次的工程虽然利国利民但异常艰巨，自己早已不是当年那个无忧无虑的孩子，弟弟的死让父亲深受打击，这个家他也应该试着帮父亲一起撑起来了。

“若是雱儿能帮到父亲什么，父亲只管说，雱儿自当尽心尽力。”王雱说道，这时他看见王安石已经坐在案前拾笔写了起来，他深知父亲就是这样的急性子，也不便多打扰，转身便离去了。

但他们把这事想得太简单了。当王安石奋笔疾书时，他铁定没想到，这般好意最终竟会黯然收场。

3. 力不从心

王安石是一个说到做到的人，开凿运河的想法一旦确定下来，他便风风火火地将其付诸行动。这日，夫人吴氏端着一些茶点，叩响了书房的门："老爷，妾身给您准备了些点心。"王安石闻言，忙起身将她迎了进来。自从幼子死后，夫人的精神不大好，身体也跟着每况愈下。他接过夫人手中的托盘，半扶着她进屋坐下，关怀地说道："夫人身体还未痊愈，此等小事，交由下人做就好，切莫吹了冷风再冻着。"

吴氏听闻此言，心中一热，忙起身欲拜，却被王安石轻按了回去，只得坐在椅子上说道："妾身听闻老爷近来连日操劳水利一事，已经久久没有好好吃上一顿饭。我深知你的性子，在兴头上定是什么都听不进去，又见昨日里王贵被你轰出房外，想来定没有人敢来劝你，今日便斗胆前来，劝你稍事休息，且吃了这碗银耳羹降降火。"说着，便端起桌上的瓷碗，轻轻吹了吹，递与王安石。

王安石望着眼前憔悴的夫人，心中不胜感慨。想当初自己中了进士，正是意气风发的年纪，又有些小名声，也算是大家眼中的如意郎君了。那时的吴氏，也是满怀期望嫁进来，却没承想，这一晃十五年过去了，自己倒是对她颇多亏欠。自己这个性格本就不圆滑，这几年也得罪了不少人，加之自己总想在地方干点实事，也连带着她跟着自己四处颠簸，早年因为青芜的事害她孕中落了病，让那女儿不足月便夭了。夫人这些年来身体都不怎么好，前些时日又丧了幼子，身体已是脆弱不堪，现下还这般为自己劳心劳力，着实让他感动。他忙接过碗，当着她的面几口喝下了。

吴氏见状，表情渐舒，上前用袖帕轻轻为王安石擦了擦，自知王安石尚有要事要做，也不便多打扰，转身便离去。行至门口，她却突然好像洞悉了王安石心中所想，便停下来，说道："老爷不用觉得亏欠我，一切都是妾身自愿。我知道老爷是心怀天下之人，不会为了些儿女情长的小事为难。这次开凿运河之事，工程浩大艰难，我会养好身子，不让你挂念，你只管放手去做便是。"说罢便款款离去。

王安石望着夫人坚毅的背影，第一次觉得这个女子原来并不单单是他印象中的温顺柔和，而是骨子里也透出一股刚毅，不由得对她又多了一丝怜惜。虽然王安石自知对夫人的爱，远不如当年对青芜那般热烈，他和夫人之间，更多的是亲情，也许正是因为这种亏欠加上怜爱，才使得王安石这十几年来从未纳妾，在以后应当也不会纳妾。

吴氏走后，王安石也逐渐收回了心思，眼下最重要的，该是如何策划兴修水利一事。常州地大，辖区东西约两百里，南北约一百六十里，若是要在境内开凿一条运河，单凭一己之力绝无法办到，必须和相邻地方合作。王安石也知道这绝非小事，须上报上司，于是便提笔修书一封，请示浙西转运使。

二、事与愿违

书信寄出去已有五天，这几日王安石也没得空，整日召集部下商讨如何开展工程，万事皆备，就等着上面的文书一到，便可开工。这日，王安石正和大家议事，王贵便慌慌张张地跑来："老爷，到了到了！"说着，他恭敬地将文书递上。

王安石忙接过手来，想着这等造福百姓的事该是万无一失，便将文书打开，可不承想这信上却只写着几个字：兹事体大，再议！

这给了王安石当头一棒，这可如何是好？众人见他脸色大变，一时间也大致明白了这事估计上面是反对的，便也不再言语，毕竟为人下属，听人办事，只得宽慰王安石道："王知州，这事切莫太急了，若是上面不同意，我们也没法子，只得从长计议。"却不料王安石把书信往桌上狠狠一拍，怒喝道："不过是一帮怕事的，只想着自己这官坐得稳不稳，丝毫不顾及百姓死活。这事虽难，但却并不是不可行，既然这相邻州郡不助我，我便靠自己，我就不相信，这事还能黄了不成。"

此话一出，可是吓坏了众人。这王知州初来乍到，的确是不清楚这里的民情。常州地大人稀，再加上经费不足，这几年来并不富裕，哪来的人力物力去开凿一条人工运河呢，这王知州想得未免太过理想了。正欲再劝，却听得王安石发令道："各位县令，我们未得到邻里相助，只得靠自己。这事能大大改善百姓生活，无论多么困难，我们都要克服。自明天起，你等便召集县内的壮丁、民夫，前来开工，如何？"

听闻此言，众人也都不敢应承，王安石看着他们沉默的样子，心便凉了一半。这上不允下不应的，难道得靠他一个人来办么？

只得再次追问道:“诸位,意下如何? 这工程虽大,我们若是团结一心,此事必可成功!”

可众人皆面面相觑,也都支支吾吾说不出个所以然来。王安石见状,心中更加急迫,这事已经谋划多日,不能就此搁置。常州境内的百姓还处于水火之中,自己作为父母官,不能只贪便利无所作为,明明有这样一条正确的路却不去走,他想起那天看到的面黄肌瘦的小童,心下更是一酸。可眼见众人这般模样,他当真急了,只得直直跪倒在地,重重拜下,道:“王知州在这谢过大家了。”

众县令见他这样,真是不合礼法,哪有上司拜下属的,也都接连一个个地拜倒在地,这时为首的司马旦只得无奈说道:“王知州爱民之心,吾等尽知,我又何尝不是如此,但兴修水利一事,役大而亟,民有不胜,我等当真力不从心! 我深知此事对百姓而言,有百利而无一害,但这工程浩大,又不获上层支持,单凭你我之力,实在微弱,当厚积薄发,切不可急。再者若是尽数调出各县民夫,以至于无人生产,田地荒废,也是不佳。请令诸县岁递一役,虽缓必成!”众人听得此言,也纷纷附和。

这话说得滴水不漏,虽是反对王安石,却句句在理,让人挑不出刺来,王安石自知无法再辩驳,只得作罢。但他深知若是一年轮一县,等到完工,不知这知州都换了几茬了,这并非他所愿。但眼下众人如此这般,他也只得从长计议。

待众人散尽,王安石这才默默步至书案前坐下,陷入了沉思。眼下该如何推进兴修水利一事,看大家这般态度,他难道得放弃这事么? 不行,本来他数次辞去京官,已是惹得朝廷不悦,这次好不容易得了地方官一职，此行前来，便是为了能予民便利，为民做事，若是在任上碌碌无为，又怎对得起圣上的信任呢？但眼下究竟该如何说服这辖区内的县令呢？

王雱自从那日提出水利改革的法子之后，王安石便有意无意地教他一些处理政务的方法。今日议事，为合礼法他虽未出席，但王安石却并不忌讳让他知道情况。这会儿王雱听了消息后匆匆跑来，王安石也并不奇怪。

“父亲，孩儿听说，此事可是遇到了困难？”王雱人还未迈入房中，便急切问道。

见他如此，王安石便喝道：“雱儿急什么，切莫失了分寸，怎可这般莽撞，人未入，声先到，这是为人子女该有的态度么？”

王雱闻言，心下一阵委屈，自己也是为父亲忧心着急，可无奈理亏，只得叉手朝父亲深深一拜，也不敢自行起来，就这样弓着腰候着。

王安石见他这般，心中又是不忍，对这个儿子，他心中总是矛盾的，明明恨不得把这世上最好的都给他，却又不得不对他严厉。他自知雱儿早慧，所获称赞过多，未免有些骄纵，性子又急，和自己一般固执。他深知自己这种性子是不讨喜的，容易得罪人，只得暗自希望自己能早些将儿子的性子拗过来，免得日后吃亏。“起来吧。”他上前轻轻扶起儿子。

“水利一事，确未获得上司支持，也未取得邻里相助，辖内各县也想要袖手旁观，雱儿，这下我们可是孤立无援了。”王安石苦笑着无奈说道。

王雱一时也想不出更好的法子，心中颇为苦闷，想到自己无法为父亲分忧，当真枉负了少年才子的盛名，心中更是懊恼。但他转念一想，又觉得此事其实并非完全无望，便开口说道："孩儿认为，父亲乃堂堂知州，为何要顾及下属意愿，只管传令下去，他们还哪敢冒着不为民谋事和不遵从指令的罪名不作为呢?"这话说得甚是轻狂，也难怪是出自一个十三岁少年之口，但仔细一想，这话却并无不合礼法之处，只是这般强硬的态度，不知道会不会木强则折。

这是最坏的方法，王安石这样想，只有到不得已之时，才能用官职和权力去压，眼下须得再想想其他更好的法子。

过了几日，此事终究没有任何进展，上面摆明了不参与的态度，你王安石要发疯，可别拉着别人，只管在自己的治下，想怎么折腾都行；而下面的人却打起了苦情牌，不管王安石如何劝说也皆是油盐不进。王安石第一次感受到，有一个属于自己的队伍是多么重要。但这想法一出，就被他自己狠狠打消，怎可动了结党的念头，王安石立马告诫自己拉帮结派是朝廷大忌，自己先前拒绝京城各大权贵圈子的邀请，以洁身自好，现在可不能做打脸的事情。但来到任上已经一月有余，此事不可再拖延下去，如今只剩下最后一条路了。他提笔犹豫半天，终无奈写下前前后后数十封公文，盖了印，封了火漆，让王贵派人分发下去。

第二天，王安石和王雱便在议事厅内焦急地等待，昨日的公文已经发出，今天该是召集民夫的日子，可这会儿已经过了辰时，却不见一个人来。王雱有些沉不住气了，道："父亲，该不会没有人来吧?"王安石心中着实也没有底,但眼下他是最不能慌乱的人,只得沉声说道:"别急,且等等再看。"

又过了一会儿,门口总算有了些动静,王安石忙走下台阶,各县县令纷纷来了,可这带的民夫,却是稀稀拉拉的,一个个面黄肌瘦、羸弱不堪的样子,就靠这些人也能挖出一条运河么?待众人来齐,王安石粗略数了数,这民夫只有五十余人,这偌大的常州,不该只有这些。还没等他发问,司马旦便抢先回话道:"王知州,我等遵从命令,已带了空闲的民夫来,共有五十六人,请王知州查看。"王安石听他这么一说,更是有苦不能言,这人摆明了拿话压他,先前县令已说过境内人手不够,没有空闲的劳力,自己偏要让他们去召集,眼下他们随随便便拉了一帮人来,自己又不能嫌少,但聊胜于无。于是他只得下令,命众人进库房拿好工具,随他一同出发。

人力不够,再加上每个人都瘦弱不堪,工程进展缓慢,但事已至此,再无回头的机会,王安石的一股蛮劲又上来了。这几日他已经动员家仆参与进来,各县令也象征性地遣来几个小仆,他还在不间断地向上司和邻近州县请求支援。

但事情却并未朝着他所希望的发展,又过去了半个月,始终没有一个人给他回信。加上天公不作美,这一个月总是阴雨绵绵,使得土地泥泞不堪,一些身子本就虚弱的民夫因为双脚整日泡在泥水里,肿胀不堪,更有甚者已经生病倒下了,眼瞅着这人一个个地少下去,王安石感到力不从心。

对于生了病的民夫,王安石并未遣送回家,而是将他们安置在府中,夫人吴氏负责照料他们。她身子还未好全,此时却也无法继续闲着，只得出来打点上下，弟弟王安国还卧在榻上，弟媳还是那般痴傻的状态，吴氏这样来回奔波、里外兼顾，不出几日便消瘦了一圈。

这日，又是一个雨天，已经是工程开展后的第三十三天了，他们挖出的长度还不足百米，照这样下去，完工之日遥遥无期。王安石站在堂前，望着屋檐上滴落的雨滴，一种深深的无奈感笼罩着他。这种无奈感不比丧子的疼痛刻骨铭心，也不比先前在京为官的那种麻木，而是一种食人骨髓的无力感。这种无力感令王安石发疯，让他第一次对自己产生了深深的怀疑，他是否错了，执意当地方官的他，真的能为百姓做事么？没有更大的权力，不站在更高的位置，是否就会这般束手束脚，事与愿违？没有他的党派，没有为他所用之人，他一己之力，实在是太过渺小了。他这样想着，却不知自己的衣襟早已被雨水浸湿，王贵想过来为他打伞，却被他制止。王安石想起在这外面，那些冒着雨丝，浸在刻骨阴冷中的民夫，他突然意识到，他们不是在挖予民恩惠的运河，而是在挖自己的坟，在埋葬自己。

吴氏这时缓缓走来，站在王安石身后默默地看着。作为王安石的夫人，她深刻地明白王安石此刻心中的无奈和挣扎。她也不明白，早年在鄞县的方式搁在常州，怎么就行不通了，她实在不忍心将这个消息告诉王安石，但她不得不说。等了片刻，吴氏上前，哀痛地请罪道：“妾身照料不周，前日里送来的李三福，方才去了。”说着便半蹲着跪下身去。

王安石闻言，不由得闭上了双眼，这样的局面，他早已想过。

他转过身，望着跪在地上虚弱的夫人，心中又是一酸。是啊，为了他自己的固执，多少人在默默遭罪呢，他上前将吴氏扶起，宽慰道："你尽力了，快回去歇息吧。"吴氏还欲说些什么，却被王安石堵住了口，"你先什么都不用想，为夫自有打算。玉穗，扶夫人回去歇息。"

待吴氏走后，王安石走到收容民夫的厢房，看着一个个躺在地上面如土色的百姓，看着他们肿胀的双腿还在往外流着脓水，看着他们只剩一口气勉强地活着，看着身旁服侍他们的家仆红肿的双眼，听着他们时不时的咳嗽声，他终于死心了。不应该再有任何一个人死去了，这事该停止了。

"王贵，传令下去，兴修水利一事，推后再议。厚葬李三福，给每个民夫发放抚慰金，让他们散了吧，回家好好养养。这事就罢了吧。"王安石心痛地说出这句话，便像被抽干了精力一般，直直地倒了下去。

等他醒来，便看到屋内乌泱泱跪了一群人，各县县令都前来请罪，但王安石知道，最该怪罪的应是自己，来到常州任上还未满一年，什么事都没做成，劳民伤财的帽子便扣上了。这下，真不知道该如何面对父老乡亲了。他不明白，为何一件出发点如此好的事情，会发展到这样的地步，他再一次感受到自己的无力和渺小。身居低位，自然事事被人限制，无人可用，自然事事亲力亲为，可又偏偏精力有限。他第一次有了招兵买马的念头，有了爬上高位、手握权势的欲望，这种想法让他心惊，这不是他所认识的自己，自己从小的教育从未教给他这些。他不由得对自己产生了怀疑，这种精神上的打击毁灭了他一贯以来的信念和自己的信心。他的力不从心，他的事与愿违，真不知该对何人说起。

这几日，他一直在思考今后该如何执政，现在他真是没脸见百姓了。兴修水利的余波还没过去，却有一封调任书悄然而至。

三、山雨欲来

1. 甘居幕后

嘉祐三年(1058)二月,王安石任提点江东刑狱。

提点江东刑狱,是个名副其实的实职。按理说照王安石的性子,这种位置应该正中下怀,但也不知是之前常州治水利的失败还是因为司法部门无法让他大展拳脚,王安石在任期间,始终没什么出彩的作为。倒是他任命刘季孙这一介武夫作为府学教授,落了个议论纷纷。宋朝重文轻武,故大多数文人打心眼里看不起武将,在朝堂上互相倾轧的情形比比皆是,虽不少重臣如韩琦也是武将出身却也位居枢密使,那一口行伍话还是被传统士大夫所不齿。

刘季孙与王安石非亲非故,这文武相斗的浑水,换作谁都不愿意去蹚,可王安石偏不。也许是因为他父亲官位不高,从小便带他四处游历的原因,王安石的骨子里,倒没有什么腐朽世俗的士大夫的优越感。只要是人才,不论文武,就应该破格录用,再加上他自己出了名的拗脾气，这事竟还真的办成了。事虽办成，但反响倒是颇大，都说好事不出门，坏事传千里，王安石的这次用人竟成了汴梁官员、百姓们饭后的谈资。权贵笑他，士大夫怪他，就连和他素来要好的司马光也修书一封给他，认为此事欠妥，有违常理。他所敬重的欧阳修在得知此事后，更是大为恼火，骂他这是跌了文人的价儿，让别人看轻了去。

王安石从没想到这么件小事也能翻起这样大的浪，这令他震惊。近年来天灾不断，百姓生活在水深火热之中，正是朝廷用人之时，竟还会为了几个虚名大肆谴责他，这不免让他觉得自己虽然不在京城，但依旧处处受限。常州兴修水利力不从心，最后落了个劳民伤财的话柄，这次想要提拔有才之人，竟也有这么多人阻止，这令他犹如困兽一般不知该往何去。失子的悲痛，治水失败的反思，以及他心中想要拯救天下苍生却无法达成的宏愿，犹如一条最利的皮鞭，日夜抽打着他的良知，让他终于决定，不能再这样避重就轻下去了，他要向朝廷提出改革。

十六年的宦海生涯如白驹过隙一晃而过，王安石因为自己甘做地方官的初衷，这些年来也看尽了这个国家底层最现实的一面。他深知国家的诸多方面都已积弊很深，就凭他这个地方官的微薄力量，想要改变不过是蚍蜉撼树。唯有朝廷实行改革，才能改变大局。他想到之前朝廷对他的百般挽留，心中感慨万千，他甚至幻想若是当初留京为官，是否就不会让自己陷入这种束手束脚、无处施展的僵局？这个念头着实把他吓了一跳，他王安石岂能是这种贪图名利之人。于是带着这些复杂的情绪，他斋戒三日，用一颗最虔诚的心和满腔的热情,挥笔写下万言书。

饱含着王安石多年政治心血的万言书送了上去,却犹如石沉大海,没了音信。王安石忐忑多日却等不来一个结果,不免奇怪,朝廷之前对他稀罕得紧,怎的这一会儿说不理就不理了。正当他百般疑惑之时,朝廷的回复终于到了。

嘉祐三年(1058)十月,朝廷调任书到,王安石回京就任三司度支判官。这份文书的到来,恰如王安石一拳打到了海绵里,只得又按照老规矩,辞官不就。但这回朝廷没有批准他的请辞,于是王安石只得携妻带子以及一众家眷,踏上了回京的道路。

让王安石欣慰的是,朝廷虽未采纳他的改革意见,但是改革的意识还是有的。三年后的京城,一大批政治新星聚集,苏轼、苏辙等人的活跃,好友司马光的积极,颇有一种新气象。说到底,他是孤独的,自己的思想无人理解,自己想做的事也无力可施。他很清楚当朝皇帝年岁已高,做事求稳,彻底改革自然不行,好在改革势头还在,也算是聊胜于无了。

当时改革的重点主要放在茶、盐和裁军上,涉及面虽不广,但对经济方面,倒是有一定的效果。王安石虽常与司马光等人探讨改革方向,但他俩一个趋急一个趋缓,常常意见不合,不欢而散。又因王安石始终觉得这是个治标不治本的办法,但如今也不可逆势而为,渐渐地便也不再热切。无奈当时的朝廷,有数不胜数的人想要借着改革的势头冲上去以获得平步青云的机会,拉帮结派的人不在少数,这更令王安石感到深切的孤独和无助。

嘉祐四年(1059),王安石好友王令因脚气病死去,留下怀有身孕的遗孀，正是王安石当时做主为其求亲娶来的王安石妻从妹吴氏，孤儿寡母的，便投奔了王家。孩子出生，是个眉清目秀的女娃，因为这样的家世不宜将名字取得高调，便唤作清水。

嘉祐五年(1060)，欧阳修极力举荐，屡次修书王安石，为其引荐吕惠卿，王安石只得碍于面子见了，不料二人竟一拍即合，一来二往，便也渐渐熟络。许是王安石孤独得久了，极欲觅得个志同道合的知音，吕惠卿的出现，让王安石在政见上有了一定的支持，信心也大为增加。都说好事成双，王安石不仅在政治思想上找到了同伴，嘉祐六年(1061)，王安石的后院也添了个红袖添香的可人儿，这是韩琦的“杰作”。

且说那韩琦的固执，不在王安石之下。当年和王安石一同在地方为官时因自家子弟弄没了他的一个相好，不料王安石记恨至今，三番两次拂了他的面子。他与王安石，本就不是什么水火不容，为了这么个风尘女子不和，实在不像话。他现下位高权重，树大招风，一堆人等着要抓他的小辫子，偏偏对方又是油盐不进的王安石，若是他俩的私怨被有心之人利用，传出去说他韩家仗势欺人，杀害民女，又得招惹是非。于是自王安石回京以来，他便想要将这事了了，先前因为改革的事情耽误了一阵，现在该是解决的时候了。

这等私事自然不好与外人商量，所幸他的家中也养了不少出谋划策的幕僚，大多数都是一本正经的，偏偏李之昂最得他的心，没有什么文人的臭脾气，人聪明不说，更是灵活，事情往往办得滴水不漏，于是便交代下去，令他觅个合适的女子来赔给王安石。

李之昂不知出于何种原因，对于王安石进京似乎有很大的意见。早前因他的撺掇，借了权贵的手想让王安石有去无回，不想却失败，这次王安石竟然再次进京，他绝对不能放过这个绝佳的机会。韩琦的要求正中他的下怀，世间最狠不过温柔刀，杀人于无形，他想起脑海中那个熟悉的身影，那双晶亮的眸子，那样温暖的声音，心中不免一窒，但那也只是一瞬。他回想起自己从嘉祐元年(1056)进京以来，无时无刻不在准备着，甚至他的一生，都因为一个荒唐的预言而等待着、隐忍着。现在，终于让他等到了，不能再出现什么差池!

当日夜深人静，他便戴上斗笠，熟门熟路、七拐八拐地摸进京郊一座别院，开门的是一个女子，约莫二八光景，眼眸流转，看清来人后有一种掩藏不住的惊喜，忙将他迎了进来。李之昂来到屋内，她便拉着他说个不停，俨然一副天真少女的模样。李之昂自知此事不可再拖，只得狠心打断她，道："云娘，我们等的那一天，到了。"说完便转过头去，不忍心看她的反应。

云娘闻言，犹如一盆冷水将她从头到脚浇个透。她想起五年前自己被李之昂从贼人手中救下的场景，想起那个温润少年对着她伸出手，说："你愿不愿意跟我走?"父母双亡的她那时还那么小，少年的出现，就是她的希望，自那时起，她便决定一生追随他。当三年前他对自己说有可能之后会利用她来完成一项任务时，她只问了一句："对你很重要么?"在得到肯定回答后，她便决定义无反顾地要去做，只要他好，怎么样都行。她只是没想到那一天来得这么快，只是遗憾他们两人相聚的时间太少，但也无可奈何，只得答道："好。"

李之昂闻言，心中却是慌了，他设想过云娘的怨怼、云娘的反抗，但没想到会得到云娘这样简短的回答，心里吃了一痛，道："你就不问问我要你做什么？"

"你说的，无论什么我都会去做。"云娘毅然回答道。

"我要你嫁人，做我的内应。"李之昂回头对她说道。

云娘万没想到是这样的答案，一愣过后心中犹如被刀割一般，自己的心意，她不信他没有察觉，看来终究是神女有意，襄王无梦。他，也只是个遥不可及的梦罢了，一切都是自己的妄想。她强行压制自己内心排山倒海的伤痛，这份伤痛好似下一秒就要压垮她，所以她不能出声，因为一出声，便会不可控制地流泪，她只能默默点头。

李之昂见状，知道再不舍也只是为自己添堵罢了，女人，终究没有权力来得真实可靠，况且这个信念已经伴随他一生，他马上就要成功了。于是他迅速从先前那种悲伤的氛围中抽身出来，交代道："你是我远房的表妹，懂了么？"说罢也不等云娘回答，便率先离开了。

翌日一早，李之昂去向韩琦复命，说若是赎了这勾栏里的雅妓，免不得让别人说他们有侮辱王安石之嫌，显贵家的姑娘又不合适，小家子里出来的送出去又丢了韩家的脸，最后选来选去，只得选了自家的表妹。虽不是大户人家，但从小也读过几本书，识了些字，样貌清秀，也算是自己私心，为自家人求个好归宿，好声好气地求韩枢相多多提携。韩琦闻言，自觉此事甚妥，随即便找了婆子将云娘接来看过后,便带着她上王府赔罪去了。

与其说是赔罪,倒不如说是添堵,王安石对当年之事甚是介怀,不料他韩琦今日又旧事重提,心中不免窝火。又听闻韩琦的来意后,王安石霎时火冒三丈。他把他王安石当作流连美色的登徒子么?当下便让王贵请他出去。可巧牛脾气遇上了牛脾气,韩琦见王安石这般不识相,也不想退让,一来二去,二人便在前院闹了起来。吴氏听闻这一动静,只得出来,朝韩琦福身作揖,还没等她开口询问,就听得韩琦高声质问道:“怎得?夫人不知道善妒也是七出之一么?我堂堂大宋的知制诰,连个妾也纳不得了么?”吴氏着实冤枉,实在不知道发生了什么,便劈头盖脸被韩琦一顿数落,当下便愣了。王安石看此情状,更是急火攻心,当下便反击道:“莫要往我浑家身上泼什么脏水,当初你韩家逼死青芜,现在随便塞个人就想前罪尽销,真是荒唐!”

韩琦看王安石好话不听,只能用无赖方法对付了,当下拉了众人便走,独独留下云娘,边走边说道:“这姑娘,今天我是当着众人的面嫁进你王家来了,今后你要休要赶,也都是你的事,与我无关!”说着便消失在门口,只留下云娘孤身站立在院内,进也不是,退也不是。就算再坚毅的姑娘,经此羞辱,也承受不起,当下便忍不住嘤嘤啜泣起来。

王安石见韩琦这般无理取闹,拂袖愤愤离去,只剩下吴氏和这云娘站在院子里,真是尴尬。吴氏之前因青芜之事动了胎气失掉一个孩子,这是她心里一个永远解不开的结,又想起丈夫当年为青芜那般闹,更是让她吃痛。今日云娘的出现,仿佛是时时刻刻提醒着她青芜的存在，这让她觉得如鲠在喉，甚是难堪。无奈那韩琦吃准了她不会赶云娘出去败坏人家清白，当下只得摆出一个正室应有的大度，接云娘入府。

是夜，韩府，在大家都熟睡之时，唯有李之昂一人独自清醒，送走云娘，这也是无奈之举，他只得饮酒自伤。酒酣，只见他从袖袋中摸出一枚铜质勋章，因为常年来的反复磨搓，这枚勋章已经发亮。李之昂望着它，若有所思，想起自己经受的种种，不免落了泪，嘴里嘟囔道："父亲，姐姐，这下你们该认我了吧。"说完便醉倒在案上。

残烛还在烧着，照着李之昂，映出几分受伤的神色，他手中紧紧握着那枚勋章。细细看去，那勋章上似乎一面是纹饰，另一面则刻着一个字——梁。

2. 阿云之狱

日子就这样不慌不忙地过去，在京为官已经五年，王安石的政治构想始终没有实现。这段时日也算是碌碌无为，反倒是苏轼、苏辙等人后来居上，积极得很。云娘进府也已经一年有余，所幸她本也是不争之人，对吴氏也是百般尊敬，和王安石的几个子女也玩得要好。她名义上虽是妾，但也不过是个空名罢了，和王安石并没什么深切交流，除了每月向李之昂汇报些王安石的衣食起居，其余时候，也算活得自在。

嘉祐八年(1063)，流年不利，自年初起，朝中就一直有人离世，先是太子少傅田况，再是庞籍紧随其后，时年五十三岁的赵祯看着原先的辅丞一个接一个离他而去，心中尤为不忍。想到八个月前朝堂之上，韩琦等人逼其立储，自知此事已到了不能再拖的地步，只得立了侄子赵宗实为太子，心中不免郁闷。求了三十年的皇子到头来终究是南柯一梦，赵祯的这块心病至此，也算是无药可医了。他看着当初辅佐自己的大臣们一一离世，又想及韩琦、司马光等人的强势跋扈，自知自己的时代已经颇有一种气数将尽的意味，一股火蹿上来，没缓过来，就此病倒。三月辛未，赵祯驾崩。八月，王安石因母丧回到江宁守孝。

一晃又是五年过去，轰轰烈烈的仁宗时代结束后，英宗时代又匆匆而过。治平四年(1067)，赵顼即位，这个刚满二十岁意气风发的皇帝，他的到来，伴随着山雨欲来风满楼的气势，即将开启一个全新的格局。

早在当太子的时候，赵顼便早早听过王安石的大名。这位皇帝不同于仁宗的和缓，年纪虽小，心中却有一个疯狂的梦想，初一上位，便毫不犹豫地显露出他对军事的热忱。无奈当时整个朝廷积弊已久，国库亏空，无法支撑军事上的发展，再加之富弼等老臣的极力反对，他便只能硬生生地将这个欲望按下去。面对日益严峻的形势，改革似乎已是不得不行，但要求进言的帖子发出去，总是收获甚微，这群官僚大臣，不是打哈哈，就是说不到点子上，这让他愈发焦急，同时，心中也越来越偏向王安石。在多日苦求治国对策无果之后，皇帝不顾众臣反对，任命王安石为江宁知府，旋即任命其为翰林学士兼侍讲，至此，王安石再次回到京城，回到这个权力、政治和风暴的中心。

熙宁元年(1068)四月,赵顼开始私下召见王安石,谁都不知道他们说了什么,但随着见面次数的愈加频繁,一些大人物终于坐不住了。

七月,韩府。

正厅之上,早已有数人落座,但却没有一个人能轻易开口,茶盏中已再无热气冒出,众人却也只能面面相觑。几日前韩琦辞官的消息早已不是秘密,是真心隐退还是以退为进无从辨别,今日他特召众人来,实在让人摸不着其意图所在,大家只能硬忍着不开口,静观其变。

韩琦何等精明之人,混迹官场多年,历经仁宗、英宗两朝,到了赵顼一朝,早已是花甲老叟,虽身居宰相高位,且因着北方门阀的关系勾连着数个大家族,关系链上的大官小官更是数不胜数,但他早知权力一物,该拿该放,如今在这风口浪尖选择隐退,是最合适的选择。当今的皇帝,不比仁宗和英宗,正是最自信最有干劲的时候,先前数次要群臣进言,他就已经知道这位主子注定不是什么碌碌无为之辈。王安石的再次入京,更是提醒了韩琦,改革已是必然,那么他必须掌握先机,求得一个全身而退的机会。但离京并不意味着放权,这仅仅是权宜之计,是韩琦无奈之下退而求其次的一步。让他甘心放下权力,真是痴人说梦,就凭他手下这纵横复杂的关系链,他绝对能做到保存自身的同时,尽可能减少损害,今日召集众人,也是为了此事。

在座之人,多是士族公子,得益于祖荫入仕,也有不少虽不出自名门望族,却是数代为官,他们构成了宋朝一个庞大的团体——

士大夫阶层。他们在重文轻武的国策下成为最大的受益者，为国献策的同时，享受着各种特权，攫取各种利益，少数能在利益的洪流中保持清醒，仍然保有一颗赤诚坦荡的爱国之心，多数只能淹没在权力金钱的旋涡中，无法自拔。司马光恰恰属于前者，对于士大夫阶层这种权力和利益之间的微妙平衡，他是默许的，这一点和王安石截然不同。但他同样有他的抱负，正如年轻时候的韩琦一般，还没有被太多东西牵绊，还是心系天下百姓的。人都会有私欲，加之这几年在京城，司马光一步步靠近权力中心，心境早已不复当初。他是个很有耐心的人，也是个很有毅力的人，所以他不急着登顶，但若是有一天，有人和他处于水火不容的两极，有着此消彼长的命运，那么他绝对也会奋力反击。

来了一会儿，众人内心都有着自己的考量，气氛安静得令人尴尬，终于还是韩琦打破了宁静，道："诸位，我即将离京，今日特请大家来，是有些事情还要与诸位相商。"人群中不免一阵骚动，一些原以为韩琦的辞呈只是一种威胁手段的人难免震惊。对于他们来说，韩琦的存在，他的被重用，代表着圣上的看重，代表着国家利益和个人利益之间的平衡，而如今他的离去，是不是说明如今的圣上，这个二十岁出头的热血青年，察觉了什么，还是说那个让历代君主都不敢轻举妄动的皇权和官权之间的微妙平衡，即将被打破？

"韩相非走不可吗？"有人忍不住问道，一时间，众人都将眼光聚焦到韩琦身上，想要从他脸上窥得究竟，希望这张脸上能有他们希望看到的笃定。但是他们所看到的只是一个老者的无助和无奈，他说："这朝中，已经没有我的立足之地了。"

这下人群中才开始有了真正的骚动,一种不安的感觉向他们袭来,这种不安的感觉终将变成恐惧,指使他们做出一件又一件肮脏卑鄙的事情。这时门外着急跑来一人,正是司马光的侍从,说是宫里传话来,让他赶紧进宫一趟,于是司马光忙告辞回家换了官服,急急赶去。

赶至大殿,却见圣上面前赫然立着王安石,原是今日有一起纠纷案件,需要众人共同裁判,于是便让内侍将奏折捧了去让两人看。案件涉及一名女子,名叫阿云,是登州一个普通的农家少女,年不及十五,生得白嫩俏丽,柔弱不经事,父亲早丧,去年又死了母亲,家贫如洗,无以度日。阿云的叔叔为了弄点钱,欺负阿云年幼,不顾阿云母丧未满,强行做主,将阿云许配给村里的老光棍韦大宝。韦大宝长相难看,让阿云非常不满。阿云生性倔强,不想就此毁掉自己的一生,思前想后,便决定冒险自救。

一天,阿云独自来到韦大宝家,韦大宝正在屋里睡觉。阿云壮了壮胆子,便举刀乱砍,但是阿云身体弱小,连砍了十余刀,也没能把韦大宝杀死,只是断其一指。案子很快告破,阿云被捕,受刑后只得全部如实招供。案子到了登州知州许遵那里,许遵有着长期办案经验,而且性格坚强,不从流俗,审阅完卷宗后,作出判决:阿云定亲时,“母服未除,应以凡人论”,订婚无效,不算韦大宝的妻子,所以也就谈不上谋杀亲夫,可免死罪。

不料案情上报到审刑院和大理寺,却遭到一致批驳,不顾情节,改判阿云“违律为婚,谋杀亲夫”,处绞刑。许遵不服,再次上奏,从另一个角度来为阿云辩护,请求考虑阿云受审时主动供认犯罪事实，应以自首论处，免于死刑。案子又被交到了刑部，刑部对此案的判决却与审刑院和大理寺相同，还是要处死阿云。正在这时，许遵被提拔到大理寺任职，针对刑部的判决，许遵指出：阿云应该从轻发落，如果不论青红皂白，“一切按而杀之”，就会“塞其自守之路”，不符合“罪疑唯轻”的断案原则，请刑部再议。御史台的官员知道了这事，指责许遵枉法。许遵不服，请朝廷将案件发给翰林学士们讨论，于是便有了今天的一幕。

这个案件并非多么稀奇，但在此时，却显得暧昧非常。当下王安石入京，他所代表的一派南人新秀便蠢蠢欲动，改革的势头已经越来越猛，赵顼与王安石经此前一次谈话后关系日益密切，王安石早已是宰相炙手可热的人选。韩琦辞官，一切都在往王安石那边倾斜，但司马光也是赵顼倚重之人，甚至之前皇帝想要任命他为长官，着手改革。所以这时候这样一个案件，便不再那么简单，究竟是变通法度从轻判决，还是不近人情只遵古法，变成了赵顼对两方态度的试金石。赵顼虽一腔抱负，在行事上却小心谨慎，改革虽已势在必行，但让谁改，怎么改，却有很大空间来商榷。按说若是圣上属意王安石，早该有所安排，但他对王安石，也没有太过热络的举动，圣心难测，这让司马光和王安石此时颇有一种莫名紧张之感。

司马光毕竟在官场多年，有着比王安石更为老辣的中庸之道，改革一事，实在敏感。宋朝根深业大，积弊已久，犹如一座巍巍大厦，支柱却被蛀烂，如何补救，轻重之度，需要很多考量，且之前并不是没有改革的先例，从缓，是最为妥善的处理方法。相信这个刚刚即位的青年皇帝也是如此考虑,至少目前,他不会轻举妄动。于是乎,司马光便表明自己的立场,依照旧条例,谋杀之人不能自首,依旧判阿云绞刑。

圣上闻言,不禁沉思,祖宗之法不可废的道理他很清楚,司马光句句在理,无一错处可挑,只得暗自沉吟:“爱卿所言甚是。”他很清楚地知道,司马光的这个选择,除了选择站在刑部和御史台一边,更是选择站在宋朝开国以来早已稳定的官僚系统一边,站在太皇太后曹氏所代表的正统祖法一边。他,一个刚刚坐上皇座的小皇帝根本无法反抗,当然,还因为他自己内心深处的恐惧和担忧。他并非正统嫡系,而是过继到仁宗的一脉,这让他在太皇太后曹氏的面前,始终有着心虚和卑微,他敬她,换言之,他害怕她,在他意气风发的背后,有着最深沉的自卑和急于获得承认的迫切。他想成功,但他更怕失败,这是让他迟迟不敢开始改革的最大原因,但与王安石的数次交谈,让他越来越接近他想要的成功,更何况他们还有一个最默契的观点、一个变法最大的秘密、一个属于他俩的野心和梦想,这就像毒药,让他愈发想要接近,欲罢不能。尤其是当王安石对改革有了更为清晰细致的步骤时,这让他觉得,这场成功,志在必得。几个月来,他都在这种害怕失败和渴望成功的纠结中苦苦煎熬,直到今天,他在试探两人的态度,同样在试探自己内心最真实的想法。于是他望向王安石,在等着他的态度。

王安石在听到司马光的回答之前早已想好,不管怎么样,他都会按照自己最真实的想法说实话。其实站在他的立场上,他有更好的选择,可以选择一个更为稳妥的态度保障自己现有的优势,毕竟现如今，韩琦辞职，首相之位空缺，圣上对自己的好感日增，他是离权力中心最近之人了。这几个月来那么多次谈话，神交多时，他早已明白圣上最宏大的梦想，同时也清楚他内心的顾虑和恐惧。但他不想说出一个既能变通又不至于太过激进的处置方法，他不想。

他素来不是贪恋权贵之人，一直以来都只想做点实事。他知道自己是一个固执的人，所以在早年走了些不必要的弯路，职守地方，造成与朝廷中心脱节，形单影只却不自量力。兴修水利的失败，那些无辜逝去的生命，深深打击了他，也一刻不停地提醒他，一定要拥有权力，才可以干自己想干的事情。但对于权力，他素来坦荡，他不会处心积虑地去获取，他会明明白白地让圣上甘心把权力交到他手上。所以数年来，他不停在脑海中构思这场不得不来的改革，不停地思考、完善、修改，直到今日，终于有了一个蓝图。此刻，他不仅离权力只差一步，离他毕生的理想也只差一步了，两相权衡，他毅然选择遵照自己的内心，“我支持许遵，阿云不该死”。

说完他便抬眼直视圣上，眼中是前所未有的坚定和力量，他志在必得，相信圣上心中也是这样想的。但是圣上看着他，却陷入了沉默，这种沉默令所有人不安，所以司马光当即说道：“按照大宋刑统，阿云必须死，这是延续数朝的条例，现下推翻了它，你是何居心！”

“七月朝廷曾签发了一道诏令，‘谋杀已伤，按问欲举，自首，从谋杀减二等论’，难道祖宗之法重要，当今圣上的法诏就可以置若罔闻了吗？”王安石立马反击。

赵顼闻言，眉头不禁一皱，一道犀利的目光便向司马光射去，一个心怀抱负的在位者，不管心中有多少恐惧，都比不上别人对自己皇权的质疑，这是历代皇帝的逆鳞，从来不可忤逆。司马光深知这一点，忙跪下身去，大呼“微臣不敢”。圣上的沉默让司马光第一次感到害怕，这是一种将要被取代的恐惧。和先前不同，他感到自己不如王安石，王安石的胜算比他大得多。看来还是小看了圣上的胆子。

这算是王安石和司马光的第一次正面对峙，其实自从王安石此次回京，他便知道司马光和他的关系反不如从前了，这种感觉微妙不可言说，但彼此心知肚明，往日的情还在，此刻却剑拔弩张。赵顼如鹰般的目光在二人脸上逡巡。王安石那个坚定的目光，他的话，都像一团火焰，瞬间燃起了他的熊熊决心，但他还是要谨慎，所以他强压下心中的欲望，决定选官再议。

司马光回去之后，在夜深人静之时，偷偷进入韩府，书房的灯光彻夜透亮，没有人知道他们说了什么，但司马光却成了唯一知道韩琦辞官离京原因的人，同时，韩琦身边的李之昂成了司马光的幕僚。而王安石也未曾闲着，吕惠卿等人连日进出王府，显得尤为忙碌，整个京城弥漫着一种山雨欲来的紧张感，所有人都在等一个审判结果，对阿云的审判，对司马光、王安石的审判，对新旧势力的审判，对大宋未来走向的审判。

几日后，圣上表态，“宜如安石所议便”，随后不管司马光等人如何阻挠，阿云流放边地，终究逃过一死。九月，韩琦以相使身份出判相州。

3. 宫门风波

熙宁元年(1068)十一月,天象异常,早前多地地震,现下虽已是严冬时刻,愣是没有一片雪飘下来。夜深了,气温越发得低,竟比往年还要冷上几分。

宣德门早已下了钥,只剩下稀稀拉拉几个侍卫守着,当值的侍卫长却没了踪影。不远处的角楼上,还依稀有点点火光,这时走进来一个人,嘴里骂骂咧咧地嘟囔一句:“呀呀呸的! 这鬼天气真是冷得紧!”站哨的侍卫方才还闭着眼睛打着瞌睡,这时忙把眼睛睁开,回头一看,原来是今晚当值的长官邢贵,估摸着外头太冷,是想要在这里躲懒,忙转过身去,装作没有看见,笔挺挺站着。

从角楼上望去,街道上早已没了行人,就连平日里最热闹的勾栏,也早早地关了门,天气太冷,没有人愿意出来,整个京城都隐匿在一片深不见底的黑暗之中。这时远处走来一人,披着墨色的氅子,一顶厚重的毛毡帽把脸团团围住,行色匆匆。行至宣德门口,不出意外,便被拦下,来者熟门熟路,忙把那帽子摘下,露出一张脸,本就生得黑,此时更是冻得通红,这是时任翰林学士的王安石。

“打扰了!”王安石随口一说,便直直朝左侧的掖门走去,不想却被拦下,脸上不免露出一丝诧异。正欲开口,便被呵斥道:“来者何人? 竟敢私闯宫门,好大的胆子!”随即便有两柄长矛架在他的颈上,冰冷的刀片透过领口的毛触到他的肌肤上,冷得他不免一哆嗦。见此阵仗,王安石不免疑惑,心想莫非今日,圣上是忘记交代了？忙朝左侧的掖门望去，也没有引路的公公候着，心下更是奇怪。

此时守宫门的侍卫可容不得他再多想，私闯宫门是死罪，事关重大，可不是他们能够担待的，忙死死地将王安石架住，等待上头的发落。那厢角楼上的邢贵刚有些睡着，便被来人急急叫醒，正欲大骂，一听有人私闯宫门，瞬间清醒过来，一个激灵从地上爬起，跑下角楼去。待他气喘吁吁跑至宣德门外，便看见来人早已被制服，此时正被擒在地上跪着。他一看情况已经得到控制，心便渐渐放松，刚才美梦被扰的火气蹿上来，便要发作。又见来人气度不凡，衣着也不似平民人家，身犯重罪，神情却没有一丝慌乱，心中一时没了底，只得瞪着王安石，暗自揣度此事是否要通报。

“敢问先生是什么人？可有通行的凭证？”邢贵一时摸不准来人的身份，只得小心翼翼问道。

王安石闻言，真真是为难，圣上交代过，每次的密见不要让任何人知道，谁知今日出了这种变故，话跑到嘴边，却只得狠狠咽下。

邢贵见王安石这般沉默不语，一颗悬着的心便渐渐放下，看来并不是什么大人物，脚步便轻狂了起来，三两步走到王安石面前，用两根指头捏着他的下巴，阴阳怪气地说道：“你可知，私闯宫门是死罪？”

王安石见状，心中不免暗暗叫苦，又不能多说什么，只得紧闭嘴巴默默跪着，心里暗暗祈祷着圣上能快点遣人过来。邢贵见状，心下更加猖狂起来，原是来找死的，他正愁着这大冷天的漫漫长夜难以熬过去，现下来了乐子，自然要好生折磨一番再去通报。既然这么想定，邢贵也不急，竟叫了后头一个小兵弓身趴在地上，自己坐在上头，一把抢过王安石手中的毛毡帽子戴在头上，左右正了正，甚是得意。

王安石见邢贵颇有一种看戏的姿态，自知此事还没完，只得跪着，深夜里的地像千年寒冰，冷气从他的膝盖一丝丝地钻进他的身体。他的帽子被抢走，仅系着薄薄的头巾，风从头顶刮过，犹如一盆带着冰碴的水浇下来，冻得他瑟瑟发抖。他见掖门那儿依旧没什么动静，心中更是凉了一大截，看来这夜他是躲不过了。

自从他服完母丧回京以来，幸得圣上的赏识，一番改革的构想方有一丝实现的希望。四月起第一次觐见至今，每十日的密会，让他和圣上更加心神相通，心中甚至已经出现了一幅未来的蓝图，这让他敢于面对任何险阻。当然，从他回到京城的第一天起，抵制便已经开始了。他服丧的三年里，在先帝一朝，韩琦、司马光的势力日益强盛，此次回京，韩琦虽已辞相，但他的势力还在京城盘根错节。早前的好友司马光，却不肯让好不容易得到的权力失了去，越发强势起来，就两人今日在朝廷上的地位，可谓针锋相对，愈行愈远，渐渐到了水火不容的地步。他们二人的宅子虽是隔壁，却早已没了多年前的和睦，宅墙深锁，别说两家人之间没了走动，就连宅子内的下人外出置办些东西也是分道扬镳，甚至颇有些敌对的意思。王安石对司马光的态度倒没什么太大的变化，无奈后院里的婆子们嘴碎，最爱干些挑拨离间的事情。渐渐地，这两家的下人之间，倒是多了些针锋相对的意思，致使坊间甚至还生出些不和的言说，传到两家大人耳中，按王安石的性子，自是不屑，可到了司马光那儿，却是硬生生憋出一肚子闷气，更暗暗与王安石生出些嫌隙来。加之朝堂上圣上对王安石日益倚重，使得司马光对王安石越发有意见。

这世上再密的墙，也免不住透出一丝风来，王安石每隔十日的深夜外出，虽做得隐秘，却还是被司马光得知，他心中不免疑惑，便偷偷派人跟了去，不料这一路追踪王安石却追到了宫门口。消息传到司马光那里，他也不免震惊，虽说圣上此次召王安石进京的目的再明显不过，却不料两人之间的关系已经如此密切。无奈他司马光虽在前朝朋党众多，权势日益强盛，在后宫，却是无一人相识。在这几个月的焦虑之下，他不得不为自己谋条出路，和韩琦搭上了线。韩琦作为三朝元老，颇得太皇太后曹氏的敬重，尤其在仁宗驾崩、英宗继位的关口，可谓是劳苦功高。

太皇太后曹氏久居后宫，年事已高，自是不喜改革动荡，且这后宫和民间的关系却又暧昧，商人虽为世人所不耻，但再高的心性都不如人家手上的真金白银来得硬，致使高官背地里多与民间大贾勾结。再往上走，便演变成后宫贵人们的一条财路，略施权力予人方便的事情不在少数，结果便是本该流入国库的银子，都一股脑儿涌进了贵人们的口袋。偏这后宫与前朝的关系错综复杂，诸如此类的事情虽人人相知，却也缄默不语，就连当今圣上也不敢轻举妄动。

但时至今日，国库亏空已到了山穷水尽的地步，就连先帝的葬礼也只能草草了事，可见朝堂上的当务之急便是生财。司马光等人虽为朝廷栋梁，在此事之上，却是处境尴尬，虽然心知要尽快使国库充盈,想出的法子却进展缓慢。进展越慢,众人心中便越是焦急,生怕走到最后一步会拿自己开刀。在这种形势下,圣上召王安石进京,便变得有些敏感起来。

一时间,朝堂上开始默默分起了党派,以司马光为首的传统士族自是各自抱团,其余的科考新贵南人团体则盼着搭上改革的顺风车平步青云。而在后宫,常年获利的太皇太后曹氏众人,自是不满王安石。太后高氏作为太皇太后曹氏的侄女,更是唯她马首是瞻,而圣上的宠妃朱德妃因出身不高,自然投圣上所好,支持改革,偏向王安石。无奈王安石无感于后宫争斗,不予回应,她只得转过头来,默默与吕惠卿搭上了关系。

自司马光与韩琦搭上线以来,依靠韩琦在王家的眼线,对于王安石的踪迹更加了如指掌。王安石秘密入宫这件事犹如一把利剑,日日悬在司马光的头上,王安石与圣上的关系越亲密,对于他们来说,则越是不安,眼看着改革之势就快水到渠成了,迫使他不得不提前作出反击。就拿王安石密见圣上这件事来说,可谓一把双刃剑,虽说此举使王安石与圣上日益亲密,但密见终归无法得见天日,且在宫门下钥之后入宫是为死罪,若要打击王安石,必得在这上头做文章。

夜深人静之时,王安石在夜色的掩护下悄无声息地出了门,同时王宅的后院里扑棱出一只灰鸽子,虽闹出些动静来,但没有谁注意到,除了一墙之隔的司马光。他听着鸽子扇动翅膀的声音,心情却很复杂,一方面希望计划成功,另一方面又念及与王安石的交情,心下多有不忍。可无奈人在这世上,总有太多的身不由己，早已过了血气方刚的年岁，这几年来的纷争教会他如履薄冰的为官之道，利益的冲突致使他和王安石就算再志同道合，也终究处在对立面上，今日若是事成，他也不后悔，箭在弦上，不得不发。

且说当日夜晚，太皇太后曹氏突然称病，急召圣上侍疾，待圣上入殿，便当即屏退众人，只留圣上一人，迟迟不肯放他回去。眼看约定的时辰就要到了，圣上却还未出来，贴身内侍福公公只得在门口干着急，又无法进去禀明圣上，只一心盼望着宫门外的王安石切莫出些什么意外才好。这时只见远处火光攒动，兵甲之声铮铮入耳，他心中大感不妙，无奈太皇太后不适，他一个奴才，绝无进去叨扰的资格，只得忙遣了身后的小徒弟跑到远处看看出了什么事，希望能将御林军拖住些时间，一边急急祈求圣上快些出来。

时间一分一秒地过去，宝慈殿的殿门却丝毫没有一丝要打开的意思，小徒弟这时慌慌忙忙地跑来，说是有人私闯宫门，当值的侍卫长官正带着人马过去了。福公公一听，心便凉了一半，看来王安石的这个罪名是担定了。正在此时，只见殿门打开，圣上从里头急步而出，不等福公公开口，脸上已是了然的神情，忙大步往前而去，身后的福公公众人，只得小跑跟着。行至御花园，却见圣上突然停下，口中说道："来不及了！"忽地又叫道，"快去叫御林军来，就说朕在此处遭了刺客。"福公公闻言，瞬间了然，忙带着小徒弟一路狂奔而去。所幸在逼近宫门之处拦下了御林军，待福公公禀明来意后，急急带着一众人马"救驾"而去，而此时，走在队伍末尾的小徒弟却偷偷往宫门跑去。

三、山雨欲来

王安石还跪在宫门外，膝盖早已被地上的寒气冻麻了，一颗心也随着时间的推移渐渐凉去。他看着眼前跋扈的邢贵，看着左手边紧闭的掖门，依稀看到远方火光点点，兵甲铮铮，他知道，今夜他难逃罪责，心中虽有不甘，却只得绝望地闭上眼睛。

可好一会儿也没什么动静，他又睁开眼来，却见掖门打开一条缝，有个小公公从里头出来，急急跑向他，行至他面前，忙将他扶起，同时呵斥邢贵道："你好大的胆子，竟敢将王大人扣压在此！"

邢贵一听，自是不服，不知来者是哪儿的公公，年纪轻轻，口气却不小，当下便顶撞道："此人私闯宫门，我自有扣押他的职责。"却不料小公公掏出一块宫牌，他定睛一看，竟是福宁殿的宫牌，当下跪倒在地，口中叫着："小的有眼不识泰山，公公恕罪，公公恕罪……"

小公公这时拿出一枚玉佩交予王安石，说道："圣上见大人今日将祖传玉佩落在宫内，知此物对大人意义非凡，怕大人担心，特地急召大人入宫来取，委屈大人了。"王安石一听，自知已经得救，忙顺着话感恩戴德一番，随即接过玉佩，好生道别之后，也不顾麻木的双腿，一瘸一拐地向宅子走去。小公公望着他安全离去的背影，心中长舒一口气，他看向跪在地上抖得如筛糠般的邢贵，厉声喝道："今夜之事，如有一个字走漏出去，小心你们的脑袋！"随后也急急离去。

这时好不容易止住的雪又开始簌簌落下，落得如此密，如此急，待王安石回到家，早已冻得如雪人一般。吴氏忙起身唤人来为他梳洗，而别院里的云娘，此时看着主院里亮起的火光，心下不免失望。计划失败了，她何时才能回到李之昂身边呢？这时身旁的女娃突然翻身过来握住她的手指，她看着清水枕边放着的香包，想起白日里和王安石两个女儿一起做女红的时光，心下又不免生出一丝愧疚，只得摸摸清水的头发，命令自己不要多想赶紧睡去。王安石此时在热水的浸泡下总算有了一丝暖意，躺在床上，看着吴氏忙前忙后的身影，看着她为自己紧紧掖好被角，又想起今日种种，忙握住妻子的手，动容地说道："开始了，一切都开始了！"

窗外的雪还在一刻不停地下着，天已经蒙蒙亮，此时天际却忽地出现一道白光，犹如一道长虹贯穿而过。这等异象，在王安石眼中，在彻夜未眠的司马光眼中，在早起更衣的圣上眼中，意味非同寻常。他们知道，一个新的时代，就要来临。

四、帷幕拉开

1. 暗流汹涌

自那日王安石从宫门外回来之后，王府便没有一刻不处在一种紧张戒备的状态，门房的人总是不停在通报，然后一个又一个官员行色匆匆地走来，一猛子扎进王安石的书房，半晌才又急急忙忙地出去。他们的脸上，有不安，有焦虑，更多的是一种蠢蠢欲动的欣喜和渴望，而一墙之隔的司马光府上，也是同样的场景。最为微妙的是，这两府平日虽繁忙，却从不曾有交集，从这两扇门中进出的人流仿佛如水和油一般，不会彼此交融。越接近年关，除了一如既往的漠视之外，越发有一种剑拔弩张的势头。当日的宫门风波让王安石意识到走漏消息的风险，这世上本就没有密不透风的墙，更何况敌人就在身旁。

敌人，王安石从不想这么称呼司马光，他们曾经是志同道合的朋友，是惺惺相惜的知己。他还记得那日和韩琦争执的时候，是司马光毅然决然地站在他这边，陪他蹚出冰冷刺骨的溪水，没有问话，更没有责怪，只是默默地让他靠着号啕大哭。他以为司马光是不一样的，就算他的出身不能改变，但他也绝非那样的士族公子，谁承想今日，二人却渐渐走向两极。

那夜从宫门回来之后，王安石想了很多，改革之风盛行，随着圣上对自己愈发亲近，注定他的敌人将会越来越多。那日的陷害，无数人有害他的动机，但事情这样隐秘，究竟谁有最大的嫌疑，他不敢想，他还想为自己保留最后一份私心。但随着司马光府上日益密集的人流，他的担心，正渐渐变成现实。

熙宁二年(1069)正旦，王府。

天刚蒙蒙亮，王府上下便开始忙碌起来，今天是一年里的头一天，是最隆重盛大的年节，一些礼数须做到位。

后厨是最忙碌的，婆子们早早便准备起来，屠苏酒和术汤在锅里暖着，热烟袅袅，案上码着一排一排的年馎饦，瓷盘里垒着各式瓜果蜜饯，等着一会儿摆放到巷子里去。随着管家王贵的通报，知是主子们已经起来，婆子们忙唤了丫鬟们将这年菜端上桌去。

后院的厢房里，这时最是热闹，王安石的小女儿王菀之请了安后便要到云娘这边来用早膳，一年前王雱中了进士后便到旌德上任，之后大姐又出嫁到吴家去，这府上便只剩了她。父亲整日忙碌，母亲虽慈爱，终是要管着她的，加之现下她已十四光景，年后就要及笄，母亲整日在她耳边唠叨，要她修身养性，安心待嫁。无奈她本就是活泼好动的女孩，又因是家中幼女平日里最得宠爱，便常常寻了由头到后院里躲懒。云娘虽是她名义上的长辈，两人年纪却差不多，再加上云娘这边还住着王令的遗孀和清水，三个小姑娘便总爱在一起说话打闹。

热腾腾的年馎饦端上桌来，甜甜糯糯的口感最是得小姑娘的青睐，清水忙嚷着："这么好吃的东西，我要给汀时哥哥送去！"说着便要爬下桌去，吴姨忙伸手去捞她，清水如今已经长成九岁的少女，府里众人都因着她的身世对她百般宽容，所以她拥有一个非常幸福的童年，造就了这纯真爽直的性子。她最喜欢跟着汀时，从小便在他屁股后面转，甚至多次扬言长大后非汀时不嫁，众人也只当她是童言无忌。

汀时自小喜欢二小姐，这事在他们小辈人的眼里早已不是什么秘密。虽身份悬殊，但王雱和汀时亲如兄弟，自是站在他这一边。可大小姐却始终保留看法，毕竟汀时的身世她比妹妹清楚，也明白母亲对于汀时的想法。母亲虽不是善妒之人，也绝不会将女儿早夭一事移祸汀时，但终归膈应。在王家的三个儿女中，她不比哥哥天资卓越，也不比妹妹聪颖，但她是最理智的那个，所以在婚姻大事上，她非常明智地选择听从父母之言，嫁给父亲好友吴充的儿子。她清楚地知道，从古至今，官家女子的婚姻从来不是两情相悦就可以的，她知道父亲的处境，知道他们一家即将面对的挑战和危险，所以在吴家的帖子送上门的那一刻，她便主动答应了下来，省去了父母的纠结。父亲从不会将儿女婚姻看作政治的筹码，所以之前王雱因为自己的喜爱娶了同县的庞氏，但她却心甘情愿地选择用政治立场和利益维系住自己的婚姻，这是她对父亲最大的帮助。出嫁前夜，她和妹妹彻夜深谈，而从那之后，二小姐便一次也没有主动找过汀时。

王菀之心里早就明白汀时对自己的心意，但睿智如她，也不是不知道这中间的阻碍。她不像清水，可以完全顺从心意地去做一件事情。她虽得宠爱，却无法骄纵，这就意味着她不能执着地罔顾母亲的心结、父亲的为难，而奔向汀时。当然她对汀时确是无法抗拒的，也许没有一个女孩子可以抗拒这样一个清淡如兰的男子。现如今的汀时，早已长成温润如玉的翩翩公子，由于童年的变故，让他对待他人总有一种戒备和疏远，当然亲近之人不同，尤其是对王菀之，他这座冰山就会春暖花开，他有专属于王菀之的温柔和情意，只此一份，在王菀之眼里，更是甜蜜。虽然自己的担忧和姐姐的告诫言犹在耳，但随着年纪的增长，她在男女之情上便更没了懵懂，愈发大胆起来。虽说姐姐出嫁之后的数月，她一次都没有主动找过汀时，但总有碰面的机会，也许没能说上话，但两人眼中的婉转流情，却依旧炙热。她想他，没有一刻不想，这种思念疯狂地蔓延，三番五次冲破她的理智，让她想要义无反顾地投入他的怀抱，但是，她终究没有。所以在她听到清水要去找汀时的那一刻，她的感受是复杂的，她既按捺不住内心的欣喜，但同时也有着求而不得的纠结和拼尽全力的克制，所以她只得垂下眼眸专注于自己眼前的这碗年馎饦，有一下没一下地捣着。

云娘自是知道王菀之和汀时之间的过往，当下见她一味沉默，便知汀时此刻不宜出现，忙哄清水道："清水乖，汀时哥哥在老爷那边也吃这年馎饦呢。清水不是喜欢吃吗，那就多吃点。来，坐到云娘这边来。"

无奈清水只是一味打闹，嘴里喊着叫着要汀时哥哥来。谁料她人小机敏,趁着云娘要来抱她的空档,一溜烟钻下榻就往前院跑。

汀时自小便是王雱的伴读,但王雱一年前离京上任,却硬是把他留了下来。当然这其中有撮合他和妹妹的意思,更多的是对父亲的担忧,他深知此次父亲回京并不简单,早已敏感地察觉这京城里早就暗流涌动,将要变天了。作为儿子,他最知道父亲的性子,父亲不屑于官场权力之争,但别人不会放过他,那些在官场中摸爬滚打许久的老狐狸,会用最肮脏龌龊的手法打压扫荡一切危害他们地位的人,父亲固执坦荡,但绝不是他们的对手。

虽说这几年得益于吕惠卿跟在父亲身边,多次提醒父亲,让父亲躲过很多陷害,但王雱对吕惠卿,却如何都信任不起来。在父亲的眼里,吕惠卿是他最得力的助手,但这让王雱感到害怕。他无法忽视吕惠卿在说起改革变法时目光炯炯的背后涌出的野心和欲望,无法忽视他一次次敏锐察觉到阴谋背后的精明,更无法忽视他一次次劝父亲一定要招纳贤士的做法。父亲从不爱结党,但近年来,不管是主动或被动,父亲身边的人还是一个个多了起来,王雱内心虽认可这种做法,也为这种形势感到欣喜,毕竟早年兴修水利的失败,让他深刻明白,在宋朝庞大的官僚系统之下,单靠自己的力量是一件多么可笑的事情;但看着父亲对吕惠卿日益增加的信任,他却由衷地感到不安,他不知道吕惠卿身上这种对于政治手段的敏感和对于权力的野心,最终会不会变成他无法控制的反骨,在一定时候与父亲对立。

他曾与父亲多次探讨此人,知道父亲并未对吕惠卿言听计从,只是现下父亲正是用人之际，对一个人能力的需要暂时大过对他人品的考量，毕竟他们所要对抗的，是根深蒂固的旧形势旧法度，是多少年屹立不倒的官僚系统，这使得他们不得不迅速招纳贤士组成一支精锐的队伍。王安石眼下需要的是战友，却并非朋友，战友和朋友的区别就在于，只要立场相同、利益相同，他们便可以一致对外。王雱知道父亲并非愚钝之人，不会轻易被小人遮蔽双眼，但他依旧不放心，所以他把汀时留了下来。他知道汀时对父亲的忠诚，也明白父亲对待汀时的不同，只希望自己不在父亲身边的几年里，不要有太大的变故发生。

此时的汀时，早已成了王安石的贴身侍从，但终归不是一般下人，他现在正和王安石与吴氏一起在前院用早膳。三人的饭桌上，气氛总是沉默，吴氏虽不苛待他，对他却很冷淡，相比之下，王安石对他是上心的。也许一直怀着对他姐姐的愧疚，王安石对汀时的教育和王雱如出一辙，只是汀时自幼便对武术有着不一样的热衷，他体格瘦弱本没有习武的天赋，但他从七岁至今，不论风雨，愣是没有一天落下练功，终归因为勤奋小有所成。

“雱儿来信了，说是庞氏年前诞下了个男孩儿，现在已经满月了。”王安石忍受不了这种沉默，开口说道。

“是吗？这真是件喜事，可惜我不在他身边，不然真该和他好好庆祝一下。”汀时是发自内心的高兴，他和王雱，兄弟情深。

“是啊，汀时，你俩自小一起长大，如今你也该成家了。你现在可有心仪的姑娘？我一定为你做主！”王安石真切地问道。

汀时听闻此言，吓了一跳，知道老爷对自己真心实意，对女儿更是慈爱非常，自己虽是这样的身份，但老爷绝非封建之人，如果说了，会不会得到老爷的支持？他知道王菀之也是喜欢自己的，但总是碍于种种不可多说，而他作为男人，本该勇敢些。

于是他鼓足勇气，突然起身跪下，两手相叉，朝着老爷夫人便行了大礼，道："我心中确实有心仪的女子，还望老爷夫人成全。"

这一举动让吴氏心惊肉跳，她是菀之的母亲，自己女儿的心思，她非常清楚。她不是不喜欢汀时，甚至她愿意待他如王雱一般，寻一门和王府门当户对的婚事，让他以少爷的规格娶亲，但菀之不行。她还记得那个雨夜，那个早夭的女儿，汀时虽无辜，但她作为母亲，也有着自己的愧疚和心结，谁都可以，菀之不行，所以赶在汀时说出那个名字之前，她便急急打断了他。

"汀时，现在家里就剩下你和菀之，你俩从小感情就要好，前几日我还和菀之说起她的婚事，她愣是说要等你成亲了再说。菀之年纪也不小了，还是这般胡闹，我也拿她没办法。这下好了，你有了心仪的女子，也算了却我一桩心事，等忙完了你的事，菀之也该出嫁了。老爷，这几月我倒是收到不少帖子，等着这阵子过去，我们再好好为女儿挑挑。"

王安石并非薄情之人，对子女平日里也甚是关怀，但心中装的更多的是天下大事，对后院的儿女私情却是一概不知，听夫人如此说，只觉得十分在理。加之今日是正旦，难得能从数月的忙碌和愈发紧张的形势中抽身出来，有闲心坐下来同家人吃饭。多日里对家人的忽视让他颇感歉疚，在这个话题上不免又多了一些热心。现下听吴氏这么说，便来了兴致，忙答应下来，又转身过去急急想要追问汀时看上了哪家姑娘。汀时此时跪在地上，心却凉了一半，刚才，就差一点点，菀之的名字就要脱口而出了，但夫人那番话，她有意无意的打断，都如一盆冷水，将他的冲动瞬间浇灭。

他自小便是敏感之人，王家众人对他也皆是真心，但终究是寄人篱下，而夫人或多或少对他有一种不可言说的冷淡和距离。他深切知道，他和菀之两人之间最大的阻碍，便是这份母女亲情了。他爱菀之，但绝不会让她为难，所以在夫人开口的那一瞬，他便放弃了自私的念头，只是老爷突发的热心和追问让他一时间想不出其他搪塞的借口，只得无言跪着，拼命想着能够转移话题的借口。

“汀时哥哥，汀时哥哥……”清水的呼喊成了此时他的救命稻草，一下子把他从局促尴尬中解救出来。他松了一口气，一抬头，便看到清水如同一只敏捷的小兔扑进他怀里。他忙接住她，同时宠溺地摸了摸她的头。清水自小就是他的小尾巴，他也把她看作亲妹妹，虽说现在她已经不是小孩子了，但对于她对自己这些分外亲昵的举动，他也没多想，只是看在别人眼里，却未必如此。

“清水，过来姨这里。男女有别，你是小姑娘了，不能再和汀时哥哥那么样闹，你是有教养的小姐，得懂些规矩。”吴氏嘴里这么说，语气中却并未真正动怒，她对清水，最为怜爱。当初将妹妹嫁给王令，是她做的主，谁承想王令早逝，留下妹妹和肚子里的清水，她自是愧疚非常。所幸清水在众人宠爱中长大，倒没有受到太大的伤害，平日里活泼胡闹些，便也随她去了。

清水闻言，也不从汀时怀里起来，只是仰起小脸撒娇道：“姨，我知道我知道，我就是想你们了，想着今天正旦一定过来请个安，而且，我今天吃到好好吃的年馎饦，我想让汀时哥哥去我那里一起吃。”说着便站起来，有模有样地福身唱喏，逗得王安石和吴氏直笑，然后趁着气氛融洽，拽着汀时就往院外跑。汀时本就想快快离开这个地方，便顺势和清水一起走了。

王安石经她一逗弄，心情也大好，想到她这古灵精怪的样子，便和吴氏打趣道：“这样的小女子，真不知道以后谁能制住她。”吴氏闻言，只是舀了一勺年馎饦送进嘴里细细嚼着，漫不经心地说道：“我看她对汀时倒是上心。”

吴氏一句话，王安石不免若有所思。这时管家王贵急急走来，手上拎着一只红木漆盒，问安后便将盒子呈给王安石，同时捧了一封请帖，说是隔壁府上送来的。

原本正旦期间串门走访，互赠些年菜最是平常，依着司马光和王安石的交情，往年这个时候两府之间的走动甚是密切，但今非昔比。两月之前那次变故，虽没有证据指向司马光，但他却有着最大的嫌疑，王安石虽然不想承认，但也无法一直自欺欺人。加上吕惠卿在这种事情上，总是比他更加理智清醒，平日里在他耳边分析了不少，也提示了不少。这几月来，两府内的忙碌王安石看在眼里，他明白这是两方人马在做最后的准备，大战即将来临，只是不知何时何地会打响第一炮。

这个时候，司马光送来这封请帖是何用意，王安石暂时摸不透，是试探？是发难？还是说，这是友情的诀别？去还是不去，王安石需要仔细考虑一下。

为难思虑之时，吕惠卿走进屋来，见桌上还摆着碗，知是大家还在用膳，忙止了步，说了声“叨扰了！”这几月，他成了王府的常客，进出王府，犹如自家那般自在。吴氏见他来，知道他俩又要说些正事，她一个妇道人家不宜久留，便福身告退。走出正厅，她便听到后院传来阵阵笑声，她回忆起刚才汀时跪在地上惊险的一幕，眉头微微一皱，又想起清水对汀时不同寻常的亲昵，心下有了考量，便侧身对边上的侍女道：“一会儿去厢房请吴姨过来，就说我有事要和她商量。”

过了最忙碌的早膳，王府上下渐渐清静下来，但那两间门窗紧闭的房间，却久久没有打开门来，没有人知道他们说了什么，但所有人都知道，这府内府外，早已暗流涌动了……

2. 兄弟情断

对着司马光送来的那一封请柬，王安石想了很久，和吕惠卿反复商量之后，决定还是赴约。用过午膳，两人便往隔壁府上行去。王安石和司马光本就是邻居，所以出门左拐没走几步，便到了司马光的府邸。

王安石记不清有多少次来过这儿了，曾几何时，他也如今天的吕惠卿出入王府一般，进出司马府如自家般自在。可谁料此次回京，却是与往昔不同了，所以他刚打起双腿前的衣摆想要迈步，却还是放了下来，恭敬地站在门口，递上帖子，劳烦下人进去通报。

“王大人，我家老爷有请。”管家从内宅中走出来，毕恭毕敬地说道。王安石和吕惠卿闻言，便欣然步入府内，谁料还未行两步便被拦下，管家抢先一步横在吕惠卿面前，婉言阻拦道：“这位贵人似不在老爷的帖子上,还请留步。”

吕惠卿虽说如今官位不高,但因为王安石的关系,也是京城里数一数二的抢手人物,哪里受过这样的冷落,当即脸上便挂不大住。正要发作,王安石忙转身对管家解释道:“这是吕大人,我的朋友,今日前来,确实有要事欲同你家老爷相商。”

管家闻言,却是波澜不惊,想是早前司马光吩咐了什么,只一味冷冷说道:“老爷说了,今日私宴,只请王大人一人,正旦里不谈公事,若有要事相商,烦请这位大人择日再登门拜访。”说着便转身欲引王安石往府内去。

王安石见状,也只得无奈先遣吕惠卿回自己府内,跟着管家走了进去。司马光府上布局和从前还是一个模样,只是细节之处愈发精致。韩琦罢官离京,他成了北方贵族子弟们聚会的新中心,这府宅之内的贵气倒也符合他如今的地位,但王安石内心,却也不免闪过一丝落寞,果然他还是变了。脚步跟着管家七转八转,便到了司马光府上的别苑,管家便先行告退。王安石只身一人站在门口,却迟迟没有迈出脚。

“王丈,还傻傻站在外头做什么,快进来吧,茶汤都给你备上了。”司马光亲昵地对外头喊道。在王安石听来,却恍如隔世。时光一瞬间倒转到若干年前,他俩是那样无话不谈的知己,都是年轻气盛、意气风发的年纪,整日高谈阔论,品茗喝酒,下棋作诗。他还记得司马光那时对自己的支持和信任,记得他对自己儿女发自真心的关怀,记得他俩在一些问题上因政见不同而争吵,事后又相拥而笑。此时听到他这样熟悉的语气,王安石心中不免也暖了几分,也许他们真没到他想的那一步。

“司马十二丈，别来无恙啊。”王安石故作轻松地说道，说着便叉手行了一礼。司马光见状，忙站起身来还了一礼，然后疾步向前，给了王安石一个老友间久别重逢的热情拥抱，之后又玩笑般地在他肩上捶了一拳，说道：“还真是许久不见了啊。”

司马光待人处世比王安石圆滑得多，有时候对待一件事，就算两人抱着一样的拒绝态度，拒绝方式也是不同的。王安石是斩钉截铁毫无转圜余地的拒绝，而司马光的拒绝里，总是透露着百分之一的可能。这便注定了在这个纷乱复杂的官场，后者更加游刃有余。在京多年，司马光早已熟悉了为官之道，而且近一年来借着韩琦给他的暗中帮助，愈发得心应手起来。对待不同的人，说不同的话，这样的事情他做过不少，只是对王安石，他多少还是不同的。如果说到了水火不容的地步，那他会毫不犹豫向他开炮，但是在内心深处，他的确不愿意两人走到针锋相对的地步。他发自内心地欣赏王安石，甚至在改革这件事情上，他是支持的，只是他有更多的东西需要维系，他做不到像王安石那般心无旁骛、毫无私心。

他有属于他的传统和制度，也有他的无可奈何，所以在他手上的改革，注定不会是王安石所期许的那样。但随着近年来皇帝对王安石的愈发倚重，使他渐渐不安起来，数月来他每日都在和身边人商量对策，他们凭借着自己盘根错节的关系网，早在很多地方都布下了力量和眼线。虽说王安石府上也在紧锣密鼓地筹备着，但司马光打心底里觉得，若是真正对立起来，他俩根本就不是势均力敌的，王安石拥有的亲信太少，仅仅是圣心罢了。圣心虽至关重要，但大宋立国以来，就算是皇帝，也无法真正做到随心所欲，何况当今圣上还是个二十岁出头的青年，他要忌惮的东西，只会更多。

每日总有不计其数的人在司马光耳边叫嚣着，每日都在策划如何打击这帮不自量力的新秀，但他心底，对王安石总是保留着最后一分的仁慈。但李之昂呈上的密报中，王安石和圣上私下会面的次数越来越多，司马光知道，已经到了剑拔弩张不得不采取行动的时候了。韩琦多次修书过来催促他开始行动，并且声称自己早已在后宫布好了眼线，只要司马光扳动这场战役的开关，一切的一切，都会开始运作。年前那次宫门的陷害，在他人眼中，是司马光的宣战，但其实在司马光心里，这仅仅是一次试水，他在试探自己目前究竟有多大的力量，同时，他也在衡量，若是开战，王安石会受到怎样的伤害，毕竟他们二人只是政见不同，私交上却完全没有一点问题。他司马光虽对权力有着自己的野心，但绝不是好用阴谋之人，对待王安石，他仅仅只想保住自己的利益，绝无伤害他的意思，尤其是危及他的性命。

万事无两全，宫门的那次陷害，司马光虽然得知了自己背后有太皇太后曹氏的支持，但毕竟最后是圣上保了王安石，这就说明了圣上和王安石的关系，比他们想象的要紧密得多，而圣上对待改革的看法，势必就是倾向王安石的。再这样下去，不仅自己这边所有人的利益会受到伤害，甚至地位也会受到威胁，所以王安石和他，终究只会走向对立的两端。近几个月来王安石府内来来往往的人群他都看在眼里，他自己府上，也是如此。他知道，这是两方人马在做着最后的准备，大战即将拉开帷幕，虽说他万般不愿，但也只能如此。他这边的人物个个都是狠角色，若是真斗起来，形势将不再是他所能掌控的，那么王安石所代表的南人新秀，势单力薄，绝对不是自己的对手，所以他出于私心请王安石过来，希望能说服他。

王安石听闻司马光这声似嗔似怒的抱怨，心绪复杂，他已经四十多岁，混迹官场二十载，早已看惯了虚假客套，但他无法忽视司马光话语中的那份真心，这令他想起他俩今日的处境，更是不胜悲伤，只得回话道："是啊，这段时间我们都太忙了。"

忙，一个字，道尽千言万语。司马光闻言，也不免有一丝尴尬，只得讪讪地请王安石入座。可毕竟他们二人之间，今非昔比了，屋内氛围也实在是令人窒息。茶碗中的汤水已经添了两回，两人也只是有一句没一句地搭话，谁都没有把话往正题上绕。这时传来一阵少女的笑声，如此爽朗，如此恣意，在这种异样的沉默中显得格外好听。寻声望去，却见得屋外庭院，一墙之隔，一只彩毽忽上忽下，那是王安石的后院，想来是几个小家伙在嬉闹，王安石眼下掠过一丝温柔，连带着司马光也陷入了追忆。

"雱儿现下也已经二十四五岁了吧？"司马光开口问道，他对王雱，也是发自肺腑的疼爱。司马光两个孩子早夭，早年便将疼爱全部倾注在王雱身上，即使后面由兄长那儿过继了司马康，这份疼爱始终没有消失。

王安石知道他对儿子的真心，态度也不免缓和，说道："是啊，前几日雱儿修书来，说是庞氏诞下麟儿，曾经那样小小的孩儿，现如今竟也为人父了。"

司马光闻言,也是不胜欣喜,忙解下腰间的玉佩递与王安石,硬说要作为贺礼,打趣般问道:“雱儿信上可曾问起我?”

王安石一听,心下不免有所慌乱。雱儿早慧,早已知道父亲和司马光之间的纠结,虽对司马光如亲人般敬重,但终是站在自家父亲这边,甚至早早便告诫父亲,若是发生变故,切莫让私情坏了大局。先前一场风波,让身在旌德的王雱得知后不免对司马光生了戒心,此次来信,更是叮嘱父亲要多加留意,却是没有一句对他的关怀问候。自己儿子的疏远让王安石此刻不免感到一丝羞愧,连带着握在手中的玉佩都越发冰冷起来,只得垂眸喝了一口茶,应付道:“自是有的,左右不过是些寻常问候罢了。”

司马光见王安石当下的局促,心下已是了然,但也没有动怒,只是更加觉得有一种时过境迁的悲怆,不免叹息道:“还记得雱儿从小便经常说,以后要和我们共立朝堂,共商国策,说是天底下最聪明的三个人在一起,肯定没有我们干不成的事,没想到这一天竟来得这么快。”

“是啊,一年前雱儿中举,上任旌德,不出几年,也会回京。眼下圣上正是用人之际,他那样的年纪,自是能有一番作为的。”王安石答道。

“你呢?你这样的年纪,就不想有所作为吗?”司马光试探道。

王安石沉默了一会,坚定答道:“自是想的,无关乎年纪,无关乎权力,只关乎天下苍生,我的确想干一番大事业,从以前到现在,从未改过。”过了半晌又说,“我的理想,你不是最清楚吗?”

司马光听至此,不胜唏嘘。他的确是最明白王安石理想的人,那时候他们把酒言欢，嘴里念着说着，都是自己的大志向，只是现实会一步步把大多数人的理想消磨掉，最后变得畏手畏脚，瞻前顾后。司马光就是如此，他在心怀天下的同时，有了更多的思虑和考量。

“一定要改革吗?”司马光问道，话题终于到了正题上。

“不得不改!”王安石想也不想地回答。

“一定要那样改吗?”司马光沉默半晌后，又艰难地问道。

“要! 若不彻底，就不会有真正的改革。”

司马光在听到这个自己意想之中的答案时，心中还是不免一凉，但还是继续劝道:“可你知道，当今朝廷，正如一座被虫蛀的巍巍庙宇，你那样大规模的激烈改革，稍有不慎，整座大厦便会倒塌。”

“若是不及时撤走被虫蛀得最透的栋梁，换上新的，这座大厦迟早也会轰然倒塌，冒一定的风险，总好过不作为。”王安石答道。

“不是不作为，是换个方式作为，你我都是为着天下百姓好的。”司马光目光炯炯地望着王安石，企图说服他。

“换个方式? 你敢说你的方式里就没有你的私心吗?”王安石质问道。

司马光沉默了，他的确是有私心的。作为传统的士大夫阶层，在宋朝的体系中他们已经形成了属于自己的一套利益和特权系统。当今朝廷最迫在眉睫的问题，无外乎经济，不管是早前先帝的丧葬草草而办，还是圣上在即位后便急急召见诸臣讨论国库亏空的问题，都注定了当今圣上所要的改革，必将从经济入手。

不仅如此，后宫贵人也不乏与民间巨贾之间有暗地里的勾结，加之后宫贵人多出自这些贵族，这使得他们在这件事上，坐在了同一条船上，一方面不希望事情败露拿自己开刀，另一方面更是不愿意失了这条源源不断的财路。既然改革已是定局，所以他们便想要尽可能地选择自己阵营里的人作为改革的主导者，司马光便被推向前台。虽说司马光并不是贪恋财富之人，也没有利用自己的权力牟利，但他终归是体制内的人物，承受着祖宗长辈的压力，更有显赫家族的制约，这让他在改革上不免有了更多的无奈，在王安石看来，这便是他的私心了。

王安石看到司马光的沉默，不禁失望，只得叹道："所以你我，终不是一路人。"

司马光听到这句话，心中一痛，但还是不甘心地道："你可知，你会受到多大的阻碍，你可知，我们会有一千一万种办法让你无法成功。"

王安石只是不在乎地一笑，道："知道，但我不会退缩！"说着他突然想起之前宫门风波的疑点和自己内心最不想承认的怀疑，直视司马光，"我只想知道，你是否也会成为我的阻碍，你是不是也会不计一切阻止我，甚至要我死？"说完这句话，他突然心中没来由地一紧，只得暗暗低下头，拨弄手中玉佩的红缨，等着司马光的回答。

"会。"虽然声音很轻，但司马光还是说了这句话，王安石早就知道他会如此回答，只是亲耳听到时，心还是钻心的疼。多日里的自欺欺人在此刻成了一个最大的笑话，让他觉得自己这么多年，真是错付了真心，两眼一热就要落泪，只得生生噙住。但他终究是太在乎这段情谊了，所以他需要一个更肯定的答案，来了断彼此，他怆然一笑，戚戚然问道："宫门的那次陷害，是不是你做的？"

而这一次，他没有听到司马光的回答，在他望向司马光的时候，他看到的是一个涕泪纵横的人，这是他曾经最好的朋友，看来以后都不会再是了。他们曾经美好的过往在这哭泣中消耗殆尽，从今往后，他们只会是敌人了。

王安石不忍再看，忙转过身，仓皇而逃，只留下司马光一人呆坐在榻上。他望着王安石离去的背影，心中竟有一丝释然。是啊，总算理清楚了，他也可以下定决心了。他端起茶盏，将今日尤为苦涩的茶水一饮而尽。

王安石跌跌撞撞回到府上，吕惠卿便急急迎上来，见他这般景象，忙问发生了什么。王安石心力交瘁，无心多说，只是喃喃道："一切都结束了，一切都开始了。"

吕惠卿心下了然，不禁劝道："王丈，现下正是最需要你的时候，你不能倒下，你要振作，你想想圣上，想想天下，想想百姓，莫要让一己私情坏了大事。"

王安石闻言，强打精神，定了定心，又恢复了往日理智冷静的模样，召来管家王贵说道："把早前要你找的新住处的图纸拿来给我挑挑，这地方是不能再住了。还有，府上不干净，这几日查一查，把那几个内奸捉出来！"

消息传到后院，众人未免震惊，但这样的结果，早早也就料到。毕竟这几个月来的气氛，他们就算再迟钝，也知道山雨欲来了，当下也不再有玩耍的性子，便要散了去。只是云娘此时的慌乱和落寞落在汀时眼里，却有一丝别的意味。他还记得那夜老爷出门之后他坐在房顶追忆姐姐时那只从后院里扑棱飞出的鸽子，他知道云娘在后院养了好些鸟禽，这让他不免多了一个心眼。云娘的身上，究竟藏着怎样的秘密，他要查清楚。

正月初十，王安石举家搬往白水门的新府邸，坐在牛车上，他看着身后越来越小的老宅，在默默告别，告别一位老友，告别一段情谊，告别一个旧的时代……

3. 元宵廷争

正月里总是异常繁忙，一个节日接着一个节日，一场盛事接着一场盛事，自王安石搬家以来，最为繁忙的几天已经过去，转眼便来到上元节。因为先前的事，王安石这几日皆是郁郁的，连带着王府上下的气氛也很沉闷，经过前几天的休整，搬家的一切事宜已经初步打点妥善。恰逢元宵，吴氏一早便吩咐下去说要好好办办，也给这新宅子添点喜气。所以天才刚亮，王家的下人便挂起灯来。

元宵的京城，比之正旦，更多了一丝节日的气氛。上元节自太祖时起，便因“朝廷无事，区宇咸宁”，加之“年古屡丰”，又再增了十七、十八两日举行庆祝。节日期间，京城的百姓皆成群结队集聚在御街游乐，两廊下歌舞、百戏、奇术异能不断，乐声悠扬。坊间有击丸蹋球者、踩绳上竿者，也不乏表演傀儡戏、魔术、杂剧、讲史、猴戏、鱼跳刀门的民间艺人。在城北边，又搭起台阶状的鳌山，灯火辉煌，灯上绘有神仙传说，左右还用彩绢结成文殊、普贤菩萨，整座鳌山上张灯结彩，极其新巧，灯多用琉璃制成，随风摆动旋转，流光溢彩。鳌山顶端安置木柜贮水，不时放水，恍如瀑布飞溅而下。更用草把缚成双龙，遮上青幕，草上密置灯烛数万盏，远望如双龙蜿蜒飞腾。从鳌山到附近的大街，约一百丈，均用荆棘围绕，称作“棘盆”，实则是大乐棚，棚内各色彩灯照耀如同白昼，乐人奏乐，同时演出飞丸、爬竿、掷剑等杂戏，好不热闹。

早年王安石均在地方，严格意义上来说，这是他们一家在京城过的第一个上元节。府外的人声鼎沸传到小辈人耳中，使他们早就坐不住了，清水一早便嚷嚷着要出去玩，王莞之、云娘虽未开口，内心也是想的，大抵这个年纪的人都愿意凑这个热闹。所以用过午膳，清水便催着娘亲去夫人那儿申请出府去玩。本来待嫁闺中的女子，最是不宜抛头露面的，但吴氏看着这几个孩子这些天也打不起精神，便多了一丝宽容，特允了他们可以出府观戏去。吴姨不喜热闹，自是要留下陪自家姐姐，所幸汀时习武，也能起一定的保护作用，所以吴氏便又派了几个得力的侍卫跟着，反复叮嘱过后，要人给云娘、王莞之、清水都戴上厚厚的面遮，方才放她们出府。

此时夜幕渐渐降临，最是热闹的时候，清水等人前脚刚出府，王安石后脚便穿戴整齐也往外去。原来朝廷每年都在上元夜设御宴于相国寺罗汉院，仅赐中书和枢密院长官，王安石自那次宫门风波之后，除了正旦的宫宴远远见过圣上一次，便再没有见过圣上，更别提交谈了。这几月斗转星移，时局变换，他本就担心圣上心思犹豫不定，更是摸不准今日圣上对于改革又是什么看法。此次宫宴，规模较小，他须得想办法和圣上说上几句，于是早早便往相国寺去了。

酉时，罗汉院。皇帝坐在正中，众位卿家分列两侧入座，内侍宣读之后，菜蔬便上桌了，一时间，觥筹交错。司马光坐在王安石的对面，在一众臣子的敬酒中，显得尤为繁忙，偶尔几次和王安石眼神交错，也只是一瞥而过，真如最熟悉的陌生人一般。王安石心下了然，也不再纠结，只往皇上那端望去。

皇上看着台下一派景象，不动声色，只一味拣着盘里的菜吃着，偶尔回过头对着身边的内侍说上几句。王安石目光炯炯地望着他，他自是有所察觉，也回望过来，却只是淡淡的。王安石看得陡然一惊，心下便凉了三分，正欲低头时，却看见皇上微微把手往门外一指，王安石经过前几月和皇上的夜夜交谈，两人之间早已默契非常，当下便有所会意，只是碍着此处人多眼杂，忙把脸上的惊喜隐去，端起汤小口啜着。

这时见这场宴会已经渐渐走向尾声，皇帝便依照惯例遣了内侍官福公公去取赏赐的簪花来，王安石见状，心领神会，在福公公离去后不久，便也以要更衣的借口，离席而出。出院门刚走几步，便看到福公公候在拐角处，王安石忙追上去，施了一礼，静静等着福公公的话。福公公最得圣上宠信，对待这变法的事情，也略知一二，这下得了圣上的旨意，正有一句话要传给王安石，便示意王安石上前。王安石忙走向前去，福公公便附在他耳边低声说了一句："圣心未变，一切照旧。"

这话对于王安石来说，可谓是一剂最有效的强心剂，瞬时让他惊喜不已，他回想起自四月开始和圣上一次又一次的面谈，那幅改革的宏图又再次在他心中清晰起来。其实旁人不知，王安石和圣上的谈话已经涉及改革的方方面面，不仅讨论了改革的方法、具体的条例，更是深刻明白改革的意义是为了什么，最重要的是，他俩在一个大问题上达成了空前的共识，而正是这样一个问题，便注定了改革的速度必须急进。在操作上，虽然无可奈何地选择了急进，但在这背后，却掩饰不住二人内心的一腔热血。至于这个大问题究竟是什么，还不能明说，这样的问题在重文轻武的大宋显得尤为敏感隐晦，尤其在如今的朝廷氛围下，这个问题确实显得有些不合时宜。但不可否认的是，任何一个想要有所作为的君主，都不会打消这种疯狂的念头，更何况是一个正值盛年，意气风发野心勃勃的皇帝。同时，也正是这样一个不为外人知晓的共识，成了王安石变法最重要的底牌和最坚定的倚仗，让他一步步出乎众人的意料，走向权力的顶峰。也正是这种出乎意料，真正激怒了反对派，让他们对王安石开始了最为残忍凶猛的反扑，就连司马光也不例外。

当然此时，一切都还未真正开始，在福公公那儿获取了圣意之后，王安石心下更为坚定，他忙谢过福公公，转身回院内去。

在王安石重新落座没多久，福公公便捧着几盒簪花回到殿上，同时手中还拿着一折奏章，呈给圣上。圣上翻开一看，眉头一皱，再看看台下众人，皆是他大宋最为重要的智囊，便心生一计，开口对众人说道：“诸位卿家，现在朕有一事，还需大家商讨。”说着便让福公公宣读了奏章上的内容。

原来是早前河朔地区的大水灾，眼下需要商讨赈灾对策，无奈国库早已亏空，财政紧张，如何救灾成了当务之急，尤其在这个当口，这是一次绝佳的试探机会。既然自己心中已经有了决定，改革已是必然，正是用人之际，加之他明白王安石一向耿直且不善结党，并非长袖善舞之人，虽名声远扬，早年得罪的人也不少，但凭他一己之力，所要面对的阻碍千重万重，若是用这事作为一道试题，在一定程度上，倒也能为自己选拔出一些得力助手来。

奏章宣读完毕，底下便炸开了锅，在座众人身居高位，虽各怀异心，终也有才华和能力，不是碌碌无为得过且过之辈，听闻此事，便也有了应对之策。

曾公亮首先站出来说道："微臣以为，眼下虽财政紧张，但也应该全力救灾，我愿意放弃即将得到的郊祀典礼的赏赐，充公作为赈灾的物资。"这话说得颇有一种大义凛然的滋味，圣上闻言，也不免赞许，点了点头。

众臣见状，自知在这等表决心的事情上绝不能落于人后，忙接二连三站出来附议，一时间，台下可谓热火朝天。这样的阵仗，看在圣上眼里，也不免震惊。原以为这些大臣，最是怕给自己身上惹事，谁料想今日，倒是无私。但是圣上再聪明，也只是一个二十岁出头的年轻人，他不知道，自从他和王安石密见的消息走漏，这群狡猾的老狐狸便惶惶不可终日，生怕自己一旦失了圣宠，便沦为改革的炮灰。

经过多日的商讨，他们早已决定用一种以退为进的策略，放弃小利益而维系住自己的大利益，现如今一个个迫不及待出来表决心，实则只是一种障眼法。素来以刚正无私闻名的司马光，在这等大事上，更是标杆一般的存在，不用多说，自是同意。

台下众臣表的决心一浪高过一浪，一会儿便募集到一大笔数目的银两，足以先撑上一段时日。圣上震惊之余，也不免感动，想当初他刚一即位召众臣询问财政一事，大家还是打着哈哈不愿做出头鸟，没想到不出一年，竟有这样的觉悟，这让他对改革一事更加有了信心。不过说到改革，他便想起王安石，目光自然落在他身上，却见王安石此时坐在位子上若有所思，迟迟没有表态。久等不到结果，圣上未免心急，便点名问道："王爱卿，此事你有什么想法？"话音刚落，殿内气氛便陡然紧张，众人皆知圣上和王安石关系密切，此时王安石的回答，显得尤为重要。但他素来是无私之人，早年执意留在地方做事，心系百姓，在这样的事情上，绝不会落于人后。他们之所以早先一步提出自己出钱赈灾的念头，就是想先发制人，摆出一副端正的态度，让王安石挑不出错来，同时，也迎合圣意，表个忠心。王安石的不表态，对于他们来说，最是不安，现在圣上特意点名王安石，他们便面面相觑，紧张之余，一个个心中也有了计算。

王安石自是不管其他人的心思，这几个月来，虽然因为之前宫门一场变乱终止了和皇帝的会面，他却没有一天停下对改革的思考，与吕惠卿等人日日激烈探讨，让他对变法的步骤、方法有了更为详细的想法。此时圣上发问，他便不慌不忙地出列说道："微臣以为，此等节约之法实在杯水车薪，换言之，简直是面子工程。"

此言一出，犹如一个巴掌狠狠扇在早前附议的众臣脸上，一些人面上便有些挂不住，早有急躁之人出言反驳道："王大人此言差矣，我等以身作则，解财政燃眉之急，怎会是面子工程？"

王安石闻言，也不急，回道："当年唐朝宰相常衮，节省自己的餐饭，结果却被人讥笑，辞饭不如辞位。今日国用不足，尔等慷慨解囊，自是解了当下之围，但并非长远之计，真正的问题不在这里。”

此言颇有一丝嘲讽的意味，在一些人听来更是刺耳，司马光忙说道：“真正的问题的确不在这儿，但此举虽收效甚微，总比尸位素餐好，这是我等对朝廷的忠心，对百姓的关心，且眼下此事最为关键之处便是物资不足，以身作则捐款捐资，有何不对？”

王安石目光长远，多日的思考让他手中有了撒手锏，他的高深莫测此时便显露出来。他深知赈灾一事实则只是个引子，圣上所要知道的，是真正涉及实质的东西，正好他对此考虑已久，于是胸有成竹地答道：“知道国库空虚的根本是怎么造成的吗？最关键的原因，便是没有找对真正会理财的人。”

此话一出，正中皇上下怀。这个问题在他即位之初便曾经隐晦地对司马光提出过，让他当这个长官，管理财政。谁料司马光拒绝了，之后此事便被搁置，如今王安石再度提起，必是有信心，这让他不免眼睛一亮。司马光此时却不这么想，内心却最明白此话对皇上的吸引力，他博览群书，自知这样的理财之道，自古便没有一个妥善的下场，最终只会害了百姓，这也是当初他拒绝皇上提议的最大原因。如今王安石再度提出，这让他尤为不满，若是早前他还是由于自己的私心在变法进度上和王安石政见不同，但此时，却是一种发自内心的不认可，他甚至觉得，王安石在迎合圣意，来诱骗圣上为自己谋得权力。这让他愤怒，所以大义凛然地指出：“何为善于理财之人？你所说的理财之道，前朝早已试过，不过是按照户口、人头数目尽情搜刮民财罢了。百姓穷困，便会沦为盗贼，暴乱四起，不是国家之福。”

但王安石接下来所说的这句话，却真正让他暴怒。王安石面不改色地回答道：“善理财者，不加赋而国用足。”此话犹如一颗炸弹，瞬间在皇帝心中引爆，短短几个字，却拥有着这世间最强的魔力，把皇帝一下子吸引住了。但这话未免太过超前，听在司马光耳朵里，却有一种哄骗的味道，同时超出了他所自负的博览古今的知识储备，让他有一种被挑衅的错觉。他立马接口道：“天地间的财物皆有定数，不在官，便在民，如何才能不加赋而国用足？那些个财物，难道会平白无故生出来吗？怕不是你想变着法子抢夺民财罢了，这比加赋更为恶劣！你可知，早前桑弘羊曾用此术诱骗汉武帝，后果恶劣不堪，前史可鉴，难道现下你还要重蹈覆辙吗？”司马光真正愤怒了，无关乎自己的颜面、私欲，这是一种被欺骗的愤怒，原以为王安石与他只是政见不同，没想到几年过去，他竟变成这等卑劣之人，要拿天下苍生的命运作为自己政治的筹码，自己先前还对他百般手软，真真不值。

司马光的愤怒没有错，至少在那个朝代，他的愤怒，理所当然。天下财物皆有定数，这是一条真理，从未被打破，但王安石真正的伟大之处，便是他那超越时代的视角和眼光，面对司马光的质问，他并未动怒，甚至心底更有一丝欣慰，所以缓缓道来：“天下之物确有定数，但财可生财，若是手段得当，刺激经济，财物便可增值。”不得不说，王安石这种超前的想法，的确更为高明。

司马光沉默了，这代表他内心也在认可，他虽然害怕改革会伤及自身利益，但目前听来，却是没有太大的担忧，他甚至有一点被说服了。毕竟他不同于其他士族子弟，他对这天下苍生，也是有着自己的抱负和承担的，若是有这等好事，何乐而不为？但他人却并不如此，马上又有很多人出来指责王安石的狂妄，但自这时起至最后，司马光都没有再说一句话。

自王安石在圣上心中砸下重磅炸弹之后，不管众人如何争吵，听在圣上耳朵里，都没了意义，现在他急需一个人静下来理清思路，所以他遣散众人，忙起驾回宫去。众人见状，只得散去，曾公亮等人原想今日在圣上面前得些好感，谁承想又被王安石搅了局，失了财物不说，还没捞到什么好，心下愤愤，出了门便扬长而去。司马光却走得很慢，他在思考，王安石的话越是在理，他心中便越是纠结，待他回过神来，四下早已无人，而他眼前，是王安石一个落寞的背影。是啊，现在他身边的帮手都还位卑言轻，本就没资格参加今日的御宴，刚才的廷争，王安石一人面对众人的发难，犹如一个孤独的斗士。他心中不免一动，忙疾步追上他，却不知从何说起，思索半刻，只得说了一句："若是如你所言，甚好。"便匆匆离去。

王安石闻言，心中一暖，低头一笑，也坐上车回家去。这是大宋政治最温情的一幕，也是最珍贵的一幕，更是最无私的一幕，在尔虞我诈的背后，的确有这样一群人，他们纵使立场不同，政见不同，但都有着赤诚的爱国爱民之心，在廷上剑拔弩张的争论背后，私下里却不会因为一己私欲刀剑相向。无奈世事从来就不会完美，造化总是弄人，会有无数的束缚、误解、构陷，混在利欲的洪流中，吞没一切……

五、艰难重重

1. 初露锋芒

自那日一场元宵御宴之后，京城可谓是要变天了，一方欢喜一方愁，王安石这派，如有神助欢喜异常，王安石的最后一次亮剑，可谓是奠定了他作为改革领袖的地位。至此，对待改革一事，两派的矛盾对立点便从由谁领导转移成了是否会伤及自身利益。不得不说，对于王安石变法的反对抗争，并非一开始就如此剧烈，甚至在此时，更多人是站在他这一边的，这其中不乏一些士大夫阶层的中坚力量。毕竟王安石所提出的财政之道，不需要削减他们的收入，而仅仅作为一种增值的手段，既能为天下百姓谋利，又不伤及自身，何乐而不为呢？

经过一个月的准备，圣上终于对于这场变法有了第一个正式的动作。熙宁二年(1069)二月，圣上任命富弼为宰相，同时，一个全新的部门——“制置三司条例司”建立，负责人为副相陈升之。

出乎意料的是，王安石并未被授予大权，但这丝毫不影响他作为改革主导者的地位。谨慎如赵顼,他明白改革须循序渐进,饶是他身为一国之君,也不得任意妄为,对待变法一事,表面上还应以稳定为主。所以他一方面以富弼的威望来安抚人心,另一方面让王安石躲在幕后,全力支持他组建自己的班底。至此,变法的核心人物,吕惠卿、苏辙、章惇等人,依次走向历史舞台。

七月,第一项法令均输法出台。均输法的意思很简单,便是增加发运司的权力。发运司是自太祖赵匡胤一朝便建立的一个部门,主要负责淮、浙、江、湖等六路的漕运,把南方的物资运到京城来。这也存在弊端,地方发运使没有决定运什么的权力,只得执行三司长官的命令,而远在京城的长官因为信息的滞后和与民间的脱节,往往不知道这个时节最好的资源是什么,更不明白每年每地具体收成如何,只是凭借印象大笔一挥,发运使只好领命将货物拉来。长此以往,必然造成京城的供需脱节,急需的物资稀缺,积压的货物却还在源源不断地运过来。奇妙的是,京城并没有因为这种问题民不聊生,反倒愈发繁荣起来,这又涉及了宋朝的商业。

当时京城的大街小巷里,小贩商家星罗密布,京城物资的短缺成了商人发财的机会。同时,一些规模较大的商贾之家,为了寻求制度的庇护,勾结高官贵族,更有甚者和后宫攀上了关系,这就像是一股涌动在繁华表象下的暗流。

这种民间经济的繁荣所造成的巨额财富,因为制度的不完善,只流进官僚商户、后宫贵人的口袋。宋朝此前历来国力强盛,倒也不计较,只是到了本朝,今非昔比,国库亏空,日益沉重的岁币加之官僚系统内的腐败,一步步蛀空了大宋的基底,致使先帝的葬礼都只得草草而办，可见财政改革已经迫在眉睫。

当今圣上内心又有着自己的大抱负，如何迅速生财，成了变法的最初动机。所幸王安石是一个毫无私欲之人，所以他无视这些不成文的灰色规则，无视这个庞大的官商勾结的利益系统，通过增加发运司的权力，用强力的国家机器，将这笔巨额财富从他们手中硬生生抢夺过来。

他任命薛向为长官，用皇帝拨下来的五百万缗内藏钱、三百万石上供米作为启动资金，在很短的时间内，便将这个属于国家的买办机构办得风生水起。这让皇帝很快便尝到了变法的甜头。的确，王安石现在所做的事情，正如他先前所讲，不加赋而国用足，不仅解决了京城的供需问题，更让国家在买卖之间赚取了差价，同时没有增加官员、百姓的负担，乍看起来实在是两全之策、完美之计，但事实并未如此顺遂。

八月，王府。

采办物资的家丁刚一进府，管家王贵忙迎上前去，问道："可买到了？"

家丁无奈，摇了摇头，打开手中漆盒的盖子，不出所料，空空如也。王贵虽有所预料，但还是忍不住失望，低声叹道："这可如何是好，自从七月老爷的新法实施以来，这城中的商户便不知是得了谁的撺掇，直说老爷是捣毁经济的元凶，竟纷纷拉起阵营，绝不向王家出售任何物资。已经一月了，家中的存粮早已见了底，真不知该如何是好。"话音刚落，便听得身后脚步声响起，回头一看，正是夫人吴氏，他忙将漆盒顺手藏到身后，行礼问安。他自小便跟着王安石，忠心耿耿，敬佩其心中志向，自知数月来王安石已经心力交瘁，吴氏身体一向不大好，这等小事，本该由他来解决，不应给他们添忧。谁料吴氏何等聪慧之人，接连几日菜蔬上的捉襟见肘她早已察觉，只消找个后院的婆子一问，便知道发生了何种变故。

她作为王安石的正妻，多年来不离不弃，连年在地方奔波，本就不是娇贵妇人。面对这种小挫折，早有应对之计。她深知但凡是大字号的商户，背后都与官家勾结。王安石此举，的确损害了他们的利益，有逆反心理也是正常，便对王贵说道："别再执着于这些大字号的商户，去城郊东直门外的集市上看看，那里的百姓不会有这么复杂的心思。"

王贵闻言，忙拒绝道："夫人，万万不可，老爷这样的身份，若是我们王府要到那种地方采办物资，真是失了身份，岂不是更会被好事之人耻笑。"

吴氏却只是释然一笑，道："无碍，谁又不是寻常百姓呢？老爷的性子你最清楚，何时在意过别人的想法。快去吧，莫要打肿脸充胖子，真到了揭不开锅的地步，才真真遂了某些人的意。"

王贵只得应下，当即便遣了家丁再去城门外走一遭，傍晚时分，便拎着满满几盒食材日用回了府。晚膳时分，吴氏望着一桌食蔬，虽不甚精良，倒也新鲜，心便渐渐安定。好在王安石本不是在意这等细节之人，这几日更是一心扑在新法上，吃饭总是草草了事，倒也没有发现这等异常。

翌日，司马光府上，吕诲满面红光走了进来，司马光正卧在榻上细细端详手中的茶饼，见他来，忙坐直了身子招呼道：“吕公来得可巧，我刚得了扬州制茶名家陈家今年的新茶饼，说是茶沫细腻、茶汤丝滑，这会子正让人去请天仙阁的三昧手过来呢。”

吕诲闻言，脸上笑意更深，忙道：“如此甚好”，便翩翩入座。他与司马光素来交好，出身相似，又同属一个阵营，特别在如今新法风行的当下，更是愈发亲密起来。

“吕公今日前来，面色红润，可是近来有什么好事发生？”司马光见他喜上眉梢，打趣道。

吕诲满肚子的话，正等着司马光开口问，当下便道：“好事倒是没有，笑话倒是有一个。”司马光知他前段时间因为新法的推行，手底下几个相熟的铺子进账均锐减，连带着他能抽成的油水也少了，正是郁闷之际，今日这般开心，却是稀奇，便也不打断，由着他说去。

“你可知，今日我家的车夫告诉我一个怎样的笑话？说是他家婆娘昨日去东市采买，看到几个衣着得体之人疯了一般大肆采购，在这素来是下层百姓聚集的市场上，甚是稀奇。几番打听之下，却是当今最炙手可热的王安石的府内下人，你说这最得圣上青睐的大红人，何以沦落到这般境地？真真如那商鞅一般，作茧自缚！”吕诲连日因新法的推行暗伤了私利，又无处申冤，只得暗暗忍受着，今日得此消息，正好出了一口恶气，心中大为快活。

司马光得知此事，心中滋味甚是复杂。他对王安石的确没有个人意见，均输法的推行虽在一定程度上损害了他这一阶层的利益，但说实话，终是为着百姓好的。再者堂堂士族，个个家境显赫，就算少了这些灰色的利益，也并未伤及根本，又何必在这等小事上执拗不放，多费心思，实在有失大家之风。他心中不耻，只得暗讽道："不过是失了些蝇头小利，也至于你们如此大动干戈，怎么，新法才刚刚开头，你们就坐不住了?"

吕诲闻言，面上讪讪，他知道司马光和王安石过去的交情，当下便有些尴尬，但这事落在他头上，也实在冤枉。他吕诲虽看不惯王安石的做法，但也终是坦坦荡荡的正人君子，绝不会浪费时间捏着这点小事动歪脑筋，忙解释道："我自然不会在这事上失了自己的格调，只是那些整日坐吃山空的子弟，早早就坐不住了。他们一向目光短浅，只管认着眼前的利益不放，这些时日正铆足了劲想要将他打压下去呢。"

其实在司马光所在的阶层中，虽然目前因为共同的利益和立场站在同一个阵营，里面却还有派别，司马光、吕诲等人，自是不屑与那些忝居官位的呆瓜同流合污，当下便不再继续这个话题。

这时点茶圣手正好来了，司马光问候几句忙让他将茶饼拿下去打出茶汤来。不消一会儿，两碗碧绿的茶汤浮着洁白的沫，被装在黝黑的建窑瓷盏中端上桌来，一时间，芳香四溢，司马光、吕诲忙低头饮去，竟深深陶醉其中久久没有讲话。

过了一会儿，吕诲像突然想起什么似的抬起头来，掏出一方锦帕将胡须上的茶沫擦净，颇为不屑道："虽说现如今的均输法并未伤及我们的根本利益，但那伙子南蛮的泥腿子，却不得不防。"言语中皆是对南人新秀的敌意。自古北方门阀士族，凭借着得天独厚的地理位置，处处占据了先机，渐渐成为一支地域贵族，有很久的传统，而南方，多被认为是教化不开的蛮夷之地。虽说近几年越来越多的南人中举当官，但终不是官场的主流，就算在京，也只能算是局外人般的存在，从不能与北人臣子相提并论。可如今由于王安石的关系，好一批早年多被排挤的南人官员便渐渐抱团，想要搭着改革变法的快车翻身，这让出身高贵的北人臣子感到不快。他们骨子中的优越感不允许这帮人一朝得志，更不允许他们越过自己去，所以对他们更是加了劲打压。加之新法的实行，让一大部分官员颇有一种被欺骗的愤怒，想当初他王安石信誓旦旦许诺，绝不动摇大家的利益，转过身去，却挑着他们私底下的灰色交易开刀。这让变法初期很多支持王安石的人有了一种深深的背叛感，对待新法也渐渐失了理智。

司马光闻言，眉头也是一皱，他虽欣赏王安石，却对南人没什么好印象，这是流淌在他血液中的骄傲作祟。而如今借由王安石的关系，最为活跃的吕惠卿，在他眼里，更是小人般的存在，每每看到吕惠卿和王安石形影不离的时候，他的心底总会冒出一丝酸意。他越是珍惜和王安石之间的情谊，便越是觉得吕惠卿这等奸佞小人，定是在王安石耳边灌了什么坏水，当下也恨恨附和道："不过是小人得志，终不能成大器。"两人又交谈几句，便散去了。

均输法推行之后，不仅民间对新法的反对暗流涌动，朝堂之上，也不乏认不清形势的好事之徒执意要在皇帝一腔热血大肆改革的关口，跳出来弹劾打击一番，结果不过是被皇帝打发了去。

司马光等人最是知道如何拿捏和皇帝之间的关系，眼下若是贸然站出去持反对意见，只会平添皇帝的反感，再者新法并未对他们造成什么实质影响,便也乐得观望。均输法推行了两个月,虽遇到一些阻碍,但圣意坚定,很快便有所成效。王安石知道变法之初,最是急不得,他需要稳步前进,借着皇上打压反对派的势头,只有把均输法推广到全国,才能慢慢地改变众人百年来顽固的旧念头,为日后颁布的法令打下基础。

可以说,变法的第一场战役,改革派胜利了,王安石藏在圣上身后,显露出一丝锋芒,这为他日后成为历史上最受争议的宰相开了一个好头。所以,他迫不及待地推出了自己的第二项法令——青苗法。

2. 青苗法兴

青苗法,若要解释它,需得和一项盛行于隋唐两代的法令"常平仓法"联系起来。常平仓法,实则是政府的公益,百分百为民造福,丰收时,国家出钱稳定市价收购,防止谷贱伤农;灾年时,国家再出面以低廉的价格卖给百姓。但宋朝的腐败已经深入到这个国家的方方面面,一些唯利是图的官员,无视百姓疾苦,借着手上的特权,私吞粮食不说,更有甚者和奸商勾结,囤货抬价,发国难财。百姓没了粮食,只得饥饿度日,到了开春,更是没有播种的种子,只得去借高利贷。借时容易还时难,卖儿卖女的惨剧时有发生,长此以往,富的越来越富,穷的却越来越穷,最终沦为佃户、奴隶,从此再无翻身之日。而富户们,则通常倚仗背后的关系,买得一官半职,混入士大夫的队伍,大肆享受特权以躲避赋税、纳粮和服役。

这是一条庞大的交易线,一端牵着地方的富户地主,一端牵着中央的权贵士族，通过剥削百姓，两相得利。王安石和久居京城的人们不同，早年在地方的游历和任官，让他切身体会过民间疾苦，他深刻知道百姓是处在怎样的水深火热之中，对待这样利用特权欺压弱小的行为，他向来十分厌恨。所以在他为官的二十余载，他没有一天不在思考，最后得出了一套法令系统，便是青苗法。

青苗法的实质，同样与钱挂钩，但这次朝廷不再另出本钱，而是将全国各地的常平仓、广惠仓里的粮，从贪官手里收回来，捏在朝廷手里，作为生财的本金。具体做法便是将粮食兑成现钱，在河北、京东、淮南三路，分夏秋两个季节，贷给困难的农民。当然，不同于常平仓法的公益性质，青苗法并不白贷，等到两季庄稼收成之后，要加两成的利钱归还，实际一年的利息是百分之四十。

这时高尚的人就要跳出来振臂呐喊了："王安石你这厮，压根是强盗！如此高的利息哪是救民，这明明是逼死百姓了。"所以在青苗法推行之前，作为变法班子中的一员，苏辙便义正词严地反对，直言利息太高，百姓必定有借无还，天下必定大乱。且常平仓法尽善尽美，只是被一些人钻了空子，只要加强吏治，就可以有理想的效果。王安石虽固执己见，但绝不是不听取他人意见之人，且青苗法不比早前的均输法，涉及大宋的根本——农业，绝不可以轻举妄动，所以在苏辙提出反对意见之后，他也觉得颇有道理，此后一个月，对于青苗法绝口不提。但不提不代表他不想，就在苏辙得意扬扬自觉自己用一种无比高尚的姿态蔑视了王安石之时，他却不知道，在官场混迹不满一年的他，此时是多么幼稚。

这一个月来，王安石多次进宫面圣，他与圣上就青苗法的目的、措施进行了一次又一次的分析。常平仓法的确好，却不合时宜，国家连先帝的葬礼都没钱置办了，又从何处生出些闲钱来救济百姓？再者，四成的利息看似高昂，实则却还是大大低于民间私贷，最为重要的也是王安石和圣上最默契的那一点，他们接下来要干的这件大事，需要大量财力支持，这就意味着他们当务之急就是赚钱。在赚钱的同时，还要尽可能予民福利，把自宋朝开国便盛行的兼并之风刹住，将这些贪官恶民的不义之财扼杀。多日的对谈让王安石和圣上对于青苗法的看法又达到了空前的一致。

但在这个变法的初级阶段，他们还没有足够的力量来控制形势的走向，尤其对于这个二十多岁的皇帝来说，在他内心深处，隐藏着深深的自卑。仁宗无子，晚年被臣子们逼得没办法，才过继了英宗过来立了太子，这才有了他今日的皇位，虽说也是理所当然，但终究不是嫡系正统，这样的标签扣在他身上，让他经常午夜梦回，心惊不已。所以对着当今太皇太后曹氏，与其说是敬重，倒不如说是敬畏。所幸太皇太后慈爱，平日里待他也不苛刻，但身居高位之人，总是害怕哪天会骤然跌下，尤其在他初尝了权力的滋味后，更是惶惶不安，所以急切想要做出点成就来证明自己。

出人意料的是，王安石在此事上并没有想象中的急迫，他没有赵顼那样多的顾虑，他的担心，只有一条，怕百姓受苦。他非常知道这项法令关乎民之根本，稍有不慎，便很容易引起动乱。毕竟早年在地方兴修水利的失败，犹如一场挥之不去的噩梦，令他日日煎熬，所以在这等大事上，他自是要一百二十分的小心。青苗法是他变法系统中尤为关键的一环，也不能因为顾虑就不去做，所以王安石在等一个时机，一个最容易成功的时机。

此时的青苗法早已被世人熟知，一些人拍掌叫好，一些人将其视作对自己底线的挑衅。要说之前的均输法还是小打小闹，顶多夺了一些商人的利，那么青苗法一旦推行，则会彻底截断一些人在地方最大的一条财路。他们愤怒了，同时，他们也害怕了，这是特权阶层与生俱来的危机感，他们感到自己最能够倚仗的特权在失去含金量。但早前因为弹劾均输法，范纯仁、冯京等人接二连三被皇帝驳斥、赶走，在这事成为定局之前，谁也不愿做出头鸟，所以他们只得暗暗摩拳擦掌，积蓄力量，但表面上却只能观望。

王安石自然知道这隐藏在背地里的阻力，但他现在所能倚仗的只有两点：法令的效力和圣上的决心。随着反对派的暗流日益汹涌，他决定不再被动等待，要先发制人。近年来他身边也聚集了不少帮手，虽不比保守派的强大，却也大有可用之人。再者变法对他来说，并非一时兴起，他用数十年的时间来谋划，在地方也布下了诸多暗线，青苗法的推行需要皇上的支持，同时，还需要他自己的坚定。所以他需要做一次迎合时局的尝试，来为这燎原之火点上第一把柴。几番思量后，他当即便授意下去。

没过多久，河北转运司的王广廉便上奏，说是愿意在河北方面卖几千个“度僧牒”作为本钱，在陕西转运司试行青苗法，皇上自是欣然应允。没想到这星星之火，最终迅速蔓延开来，一时间扩大到河北、京东、淮南三路，而常平仓中一千五百石的粮食也被动用。这样的速度，是王安石没有想到的，但等他反应过来已是如此，初步试行的成功更是增加了他的信心，让他最终也没有多加干涉。

就这样，伴着大张旗鼓的阵仗，伴着王安石胸有成竹的允诺，皇上半推半就地带着一颗悸动不安又满怀期待的心，开始推行了青苗法。

九月，王安石走进自己办公的政事堂，意气风发，内心雀跃，却有说不出的孤独，虽说王安石身边不乏能手，但此时大多位卑言轻，这就造成了目前和他共事之人，都是反对新法之人，这让王安石在政事堂的处境可谓腹背受敌。冷嘲热讽自是不会少，更不乏正面冲突，前有唐介，后有吕诲，虽最终都被赶出京城，王安石却深刻地认识到，自己需要一个并肩作战的战友。于是当即修书上奏，要升吕惠卿为太子中允、崇政殿说书，圣上准奏。至此，当前改革派和保守派的战况如下：唐介生疮而死，吕诲被贬出京，而吕惠卿平步青云，伴随着另一项新法——农田水利法的出台，富弼毅然辞官，相位空悬，可以说，改革派取得了压倒性的胜利。

保守派的连连失利，让司马光终于坐不住了，他眼睁睁看着新法生生掐断多少家族的财路，看着圣上和王安石越走越近，看着身边一个又一个保守派倒下去，而现在，就连吕惠卿这等蝼蚁，竟也爬到和他平起平坐的位置，甚至影响到了他的地位，这让他感到愤怒。他虽也有一颗为民造福的心，但当危及切身利益时，他只能选择自己。

司马光并非贪财之人，但受不了自己的位置被别人占了去，他已经五十有一，如何受得了这样的侮辱。在名望上，他可说是和王安石平起平坐，都被看作是心怀天下、大公无私的典范，所以无论皇帝如何无视反对派的阻挠，对一道道弹劾的奏章置若罔闻，但对于他的意见还是愿意听的，所以他毅然决然地站出来，开始对青苗法连发三波攻击。

第一波，他向皇上进言，直言吕惠卿是奸佞小人，规劝皇上莫要被谗言蒙蔽，却收效甚微；第二波，与吕惠卿当廷辩论，依靠身边众多的支持意见，暂时占了上风；到了第三波，他终于直面自己内心的纠结，选择修书王安石，站在一个好友的立场，耐心相劝，直言青苗法的弊端。无奈三封帖子都被草草回复，这让他窝火，好比他捏紧了拳头使出全身力气，却打进了一团棉花中，何况那种来自昔日好友的无视，更让他大感挫败，一时间竟想不到什么更好的方法，只得暗自焦虑。

而此时，在他府中，有一个人比他更焦虑。李之昂看着王安石战胜一切阻碍，热火朝天地开始变法，内心的不安焦虑便日益加深，他深深觉得，那个荒诞的预言，可能真的会发生。他回想起他八岁那年，抚养他长大的母亲突然病故，临终前将他的身世告知他，让他去找自己的生父。当小小的他拿着母亲的信物叩开梁府的大门，迎接他的却并不是父子相认的感动，而是冰冷的蔑视。他是老爷的私生子，毫无地位可言，但念在他孤苦伶仃，好歹是梁家血脉，终把他留了下来。作为西夏的汉人贵族，梁府的一切在他眼里都是那样的华丽新鲜，他虽过着寄人篱下的日子，但远远望着高傲美艳的姐姐、飞扬跋扈的哥哥，在他的内心，竟暗暗生出一丝渴望来，渴望被认可，渴望成为他们的一员。所以那两年，他日日在无限期盼和无限失落中循环往复，看着哥哥姐姐一派祥和的相处，看着父亲和他们的其乐融融，他不甘，他嫉妒，但当姐姐推开他的房门，站在他面前对他粲然一笑时，他只觉得连年来的郁闷都被一扫而空。

他至今还记得那天的场景，美丽的姐姐站在他的面前，向他伸出手，身后的阳光温柔地洒在她白皙的皮肤上，她小巧的鼻尖轻轻一抬，一双眼中便盈出了笑意。她轻启朱唇，清丽的嗓音夹带着珠翠的叮当声，对他说道："你愿不愿意做我的弟弟？"

他望着那双伸过来的手，仿佛是这世间最美好的存在，他看着女子背后耀眼的阳光，如天国一般温暖，暖得足以融化他这么多年来受过的一切苦痛，所以他急忙伸出手，小心翼翼地叠在女子手上。许是那天的阳光太刺眼，又或者是他被这突如其来的喜悦冲得失了方向，这时他只要稍稍一抬头，就会留意到女子眼中不可掩饰的厌恶和狡黠，但他却没有，就这样，他度过了人生中最幸福的一个月，如梦般的一个月。

一个月后的晚上，当姐姐对他说："你不能留在我们身边了，因为有一件大事需要你去帮我们完成，你会愿意吧？"他才如梦初醒，一瞬间，背叛、失望、不甘疯狂朝他涌来。

他急忙问道："为什么一定是我？"

姐姐只是将他拥入怀里，心疼地说道："因为你是我弟弟，因为我们流着一样的血，因为上天选择了你。"

李之昂这才知道，姐姐出生时，天象异常，父亲特意求得大巫来占过一卦，大巫只留下八个字："人中之凤，祸起南王。"便不再多说，毅然离去。这对梁府来说，可谓喜忧参半。梁府虽是贵族，终是汉人，在西夏也算是边缘人物。李元昊英勇善战，西夏和大宋之间战事不断，对于这些在西夏的汉人来说，立场终归是暧昧的，只得战战兢兢独善其身罢了。如今出了人中之凤的预言，自然是好事，但需得将后半句的祸端止住。所以在这十多年间，梁家上下都在不停地找一些能人异士，占卜、算卦，终于将目标缩小，“南王”直指南边的王安石，至于如何将这一祸端除去，却又有一番考量，直到李之昂的出现，一切都有了眉目。月前被请上门的高道更是直言李之昂就是除去王安石的关键，所以这才有了这一个月来的姐弟情深。但此时的李之昂，毕竟还只是个孩子，不清楚这高门大院中的阴谋诡计，虽然心有不甘，但终究在姐姐的柔情攻势下烟消云散。

就这样，九岁的他，在姐姐亲自依着西夏风俗为他颈后刺了字后，孑然一身，孤独上路，去往那个他无比陌生又毫无倚仗的地方。这么多年，他奋力拼搏，机关算尽，才混得如今这样的地位。对于王安石，他是有杀机的，但他不是生来就心狠手辣，若是因为一句毫无根据的话，就让他去杀一个既没有私怨又没做坏事的人，他做不到。所以他私心想着，若王安石没有直接危害到西夏，自然不会和他姐姐有所关联。可眼下王安石一步步走向权力的顶峰，新法在如火如荼地进行，姐姐如今已经如愿当上了西夏的太后，权倾朝野，更是容不得有一丝威胁的存在，早前更是派人递消息过来，让李之昂速速动手。

此时面对王安石的意气风发，李之昂陷入了深深的焦虑。一方面，他急切想要完成姐姐的任务回到西夏，像哥哥梁乙埋一样，坐着万人之上的位置；另一方面，这么多年的摸爬滚打，让他见惯了算计。他内心其实还装着对梁家众人的怀疑,他明白自己很有可能被利用了,但最终对权力的渴望战胜了他内心的善良。王安石,确实是不得不除了,他紧紧握着袖袋中那枚梁家的勋章,一抬眼,满是杀机。

3. 青苗法废

宝慈殿,铜鼎里燃着安神的香料,青烟袅袅,一室馨香。

“现在是什么时辰了?”重重宫帐中突然传出一声问话,声音虽苍老,但却带着一种无法抗拒的尊贵。帐外候着的女官忙疾步向前,小心掀开一层层布帷,生怕透进一丝风来,行至床前,远远跪下,回话道:“禀太皇太后,已经申时一刻了。”床上躺着的正是仁宗的皇后,当今的太皇太后曹氏,她依旧是这宫里最尊贵的人。

“哦,哀家这一觉竟睡了这么久,看来真是老了啊。”太皇太后说着,便从被中伸出一只手,跪着的女官会意,忙上前服侍她起身,替她披上外衣,才唤侍从将帐子卷起,同时一小队宫女忙捧着一应用具缓缓向前。

“太皇太后万寿无疆,怎么会老?”女官是跟在太皇太后身边多年的嬷嬷,最得她信任,如今也已两鬓斑白,但行事却依旧麻利,她一面将漱口的金盆递过去,一面轻声回话道。

虽是奉承,但听在曹氏耳朵里,也不免舒心。她低低一笑,将嘴里的水吐出,又由着女官用巾帕为她擦拭干净,才开口嗔道:“莫要哄哀家,你我如今都是这宫里的老人咯。”说着,她突然想起一事,便问道,“顼儿今日可有来问安?”

女官忙答道:“皇上心孝,问安自是一日都不会少,方才已经来过了,见您憩着,等了一会儿便回去了。”

曹氏闻言,倒也满意,这个孙子,不比他父亲,对自己,总是礼遇有加,是个懂事的孩子,但近来行事,却有些急躁。她虽久居深宫,但也还没到痴傻的时候,一些闲言碎语,虽然没人敢在她面前说,但高太后近几日的问安,言语中对于朝政的躲躲闪闪,她自然也猜出了几分意思。正想着这几日找皇帝来问上几句,便吩咐道:“明日顼儿来请安时,让他留一留,就说哀家找他有点事情。”

待太皇太后梳洗妥当,快到了问晚安的时辰,便由女官搀着往正厅里去,刚一坐下,高太后便进殿来,礼数做全福身问了安,便让身后女官递上一封信笺,对太皇太后说道:“韩司徒来信了,特别交代,要呈予太皇太后。”

“韩司徒?哪个司徒?”后宫虽严禁和外朝通信,但对于太后来说是特例,只是在太皇太后这里,向来无人搅扰,又从哪里冒出个司徒来?曹氏闻言,不免疑惑。

高太后忙又解释道:“韩琦,大名府的韩大人。”若是别人,她何故来打扰太皇太后的清闲,只是韩琦,三朝元老,权倾一时,仁宗驾崩时力助英宗即位,可以说是她的恩人,自然特殊些。何况当时韩琦力排万难稳住形势的笃定表现,也颇得太皇太后的赏识。这段时日高太后因为新法的问题焦头烂额,好多宫外的财路都减弱甚至断了,正是烦心的时候,眼下韩琦的一封信,让她觉得一瞬间拥有了千军万马,所以估摸着太皇太后午憩已经起身,便急急赶了来。

“哦，是韩相。”太皇太后了然道。从她的言语中，不难看出对韩琦的尊敬。即使此时他早已辞官离京，走下权力的巅峰，但在她老人家心里，他依旧是那个独领朝纲的元老级人物。

她回忆起仁宗驾崩之日的混乱，想起韩琦冒着以下犯上的风险在朝堂之上用身体紧紧压住四处逃窜的英宗，生拉硬扯着给他戴上帝冠，然后迅速拥立新帝登基，用他的威信，稳定众人，立下汗马功劳，心中不免闪过一丝悲痛。仁宗走后，她虽在宫中备受尊重，却仍感孤独，英宗不是她亲生的孩子，对她甚是傲慢，她有苦难言，常常被气得半死。而后赵顼即位，对她虽孝顺有加，终究隔着一层，无法真正亲近。加之近来朝廷上换血厉害，一些仁宗朝的老臣接二连三地辞官，取而代之的是王安石等锐意进取之流，官位都还没坐热，就急吼吼地将变法搬了出来，所幸本意是为国家好的，她也不能多说什么。但历来宋朝对南人北人的看法就大相径庭，甚至有地域歧视的嫌疑，就连仁爱宽厚的仁宗也认为南人轻贱，不可倚重。曹氏眼看着如今借着变法的由头，越来越多的南人在官场崛起，在她眼里，便是小人得志，于是大为反感，但后宫不得干政，因此也不便多说。

“这倒是稀奇，韩相竟还记得哀家这个老人家。”太皇太后打趣道，心中也不免有一丝欣喜。她久居深宫，虽说地位尊贵，但早已没有什么实权，早年那些拼命巴结的人便渐渐少了，她这宝慈殿，颇有一种无人问津的凄凉，难得有故人的消息，便也来了精神。但转念一想，都说无事不登三宝殿，韩琦此次来信，莫不是这宫外翻了天？连忙追问道：“可是有什么要事？”

高太后闻言，心中一喜，太皇太后年事已高，早已不过问这宫内外的事情，今日最怕她压根就没兴趣看韩琦的信。但现在看来，倒是可以放心，既然太皇太后愿意看，她便有八成的把握可以说服她，当下忙起身将信笺呈上去。

太皇太后示意身边的女官拆了信，坐直了身子，将这书信放得离眼睛稍远些，微眯了双眼细细看着。开篇无非是些问候的吉祥话，但越往下看，就越是荒唐，太皇太后眼中满是震惊和难以置信，这让她的手都忍不住渐渐颤抖，待她将通篇看完，已是震怒。身边熟悉她脾性的女官看在眼里，此刻尤为不安，近几年太皇太后的身体已经大不如前，最忌大喜大悲，忙开口劝道："太皇太后，小心凤体。"话还未说完，便被狠狠打断。

"反了！这天下，莫不是要反了！"太皇太后抬眸，双眼一横，将这信重重拍在桌上，力道大得生生将她精心养了多年的水葱似的指甲震断了一根，此时隐隐渗出血来。她此时只觉得急火攻心，眼前一黑，力气似被抽尽，就要倒下。女官忙上前扶住她，却被她一把推开。"这个孽子，是想把祖宗打下的大宋毁了去吗？"说着便一下下捶着自己的胸口，心口如刀剜一般。

太皇太后暴怒，屋内众人忙齐刷刷跪下，喊道："太皇太后息怒，太皇太后息怒。"高太后未曾看过信上具体内容，没料到太皇太后竟有这样大的反应，心下也是意外，此刻也"扑通"一声跪下，叫着："母后息怒，仔细自己的身子。"话落便急忙磕起头来，满头珠翠噼里啪啦一阵乱撞。

"息怒，息怒，叫哀家如何息怒？"太皇太后哀声叹道，"事情发展到这个地步,为何你没有早点告诉哀家,真当哀家是死了吗?”高太后听得这声质问,忙抬头解释:“母后,我确实不知究竟发生了什么事。近来的确有不少人在我耳边说了些话,我只当是胡乱诌的,并未多想,还请太皇太后明示。”高太后这些年来在后宫一手遮天,指使手底下的人瞒着太皇太后和不少宫外巨贾、民间富户牵上了线,白白得了好些钱财,新法的推行,她作为直接的受害者,自然要想方设法地去打压。但她明白太皇太后刚正不阿,最是不喜后宫滥用私权为己牟利,更痛恨后宫干政,此时忙装出一副两耳不闻窗外事的模样。

“你自己看!”太皇太后一把将桌上的信挥到她面前,便瘫倒在榻上,拼命顺着气。高太后忙抓过信来看,韩琦在信中描写他亲眼所见青苗法的推行如何民不聊生,直言自己的痛心,更将仁宗搬出来,惋惜仁宗留下的太平盛世已经不复存在。难怪太皇太后如此震怒,但此举正合高太后的心意,她忙添油加醋道:“简直岂有此理,我大宋本就是繁荣盛世,哪需要这些个新法来改变什么,眼下倒好,搅得天下大乱,臣妾恳请母后,废止新法。”说着便又磕下头去请命道。

太皇太后此时已经稍稍平静下来,但仍旧无法平息自己的怒气,当即便遣女官去请皇帝过来,女官领命,忙一路小跑出宫,往崇政殿的方向而去。

崇政殿,皇帝案前,此时也摆着一封奏章,同样出自韩琦之手,造成的影响也不比太皇太后那里小。

“王爱卿，你如何解释！”皇上将这奏章重重砸到殿下跪着的王安石身上，狠狠问道。

王安石此时却是一头雾水，青苗法正在如火如荼地推行，农田水利法也已经出台。他连日繁忙，今日皇上却急召他进宫，谁料他刚一跪下，便是这般场景。他忙将奏章捡了来看，越看脸色越白，吓得他背上冷汗津津。他知道，反对新法的人一直都很多，无非是拿着法令本身说事，但这封奏章上，通篇都是民间百姓如何凄惨，新法如何杀人于无形，一幕幕人间惨状好似发生在眼前，读来不禁让人揪心。但他是最了解新法的人，若是推行下去，绝对不会出现这样的情况，这定是有人陷害，所以他当即便说道：“圣上明察，绝无此事，定是有人恶意陷害。”其实这样的话，他说过不止一次，自新法推行之初，恶意构陷之事便不会少，每一次，他都是跪在圣上面前，说着冤枉，稍加查证，便会还他清白。他对青苗法很有信心，此举定是诬陷。

“陷害？韩司徒三朝元老，忠心耿耿，即使身在地方，也如此关心朝廷大事，甚至亲自上书，怎会是陷害？”皇帝驳斥道。

虽说皇帝十分相信王安石的为人，但此事涉及韩琦，便大不同了。韩琦当年是促使仁宗立下太子的大功臣，后又力助他父亲即位，这才有了他的今天。对于他来说，可谓有再造之恩。何况奏章上所描绘的事情，有凭有据，绝非胡诌，定是新法出了什么问题。他是最害怕新法出问题的人，害怕自己好心办了坏事，证明自己不成，反落为笑话。当下韩琦一封奏章，就好比重重扇了他一个耳光，让他从这几个月的得意扬扬中瞬间清醒过来，他不得不重视新法，毕竟有这么多人反对，他怀疑自己是不是真的做错了。

王安石低估了韩琦在皇帝心中的地位，听得皇帝此言，心便凉了一截，但他绝不能放弃辩解："圣上英明，当日你我共同探讨青苗法的方方面面，这才加以推行，你我都清楚，青苗法对当今的形势，只有利处，怎会出现这样的问题？"

王安石终究还是太天真了，一方面，皇帝的鼎力支持，让他在变法中一路走来，虽遇到重重阻碍，但终究顺遂；另一方面，他太过相信自己的理念，而忽视了一个最重要的环节——执行。前期对于反对派的打压，王安石多选择了赶走、流放，这就造成在京城的反对势力小了，但这些人却到地方做起了长官。

因为这些私怨，加上不甘心自身利益被砍断的富户从中使坏，使青苗法的推行大大走样。

青苗法推行前明文规定了不准硬摊派，但实行起来，却被一些贪图政绩的官员无视，一味追求为官府争取利益，硬贷给不需要的上等户，等到还债时，便打着官府的名号强行索要，而那些贫困小民，自然有还不上债的时候，如此不通情理的追债，便酿成诸多惨剧。当然王安石也不傻，看完奏章，他已经意识到肯定是执行出了问题，但这并不是法令自身的原因，所以他又解释道："眼下出了问题，是执行不当，这些惨剧，都是因为执行官的硬摊派，只要我们加强监管，就可以杜绝。"

皇帝闻言，也有些被说服，毕竟当时青苗法是经由他手研究制定出来的，但他想起当时推行青苗法的场景，倒的确有赶鸭子上架的错觉，如今恰巧出了问题，是不是他忽视了什么，法令本身肯定还有问题。他稍加思索，突然想到一事，说道："为何这样一项农村的法令，还要到县城里推行？城里人又不种地，哪里需要借这样的贷，你这不是硬摊派，还是什么？"

王安石听至此，心下一抖，皇帝果然还是发现了。其实这事他早有察觉，但他觉得这倒不失为一条赚钱的路子，便也没加阻止，甚至默许，如今被皇帝翻到案上来说，他也颇有一丝被拆穿的窘迫，只得老老实实地将内心想法告知："因为能赚钱。"

这个答案的确直白，但未免有些太过直白。张口闭口谈钱，在官员们看来，有失身份，更何况是堂堂皇帝。虽然眼下国库是急需用钱，但这样摊到台面上来讲，在皇帝听来，竟生出一丝讽刺的意思，当下便勃然大怒，骂道："钱钱钱，你身居高位，怎么和这乡野村夫一般见识，我堂堂大宋，竟沦落到要去抢百姓钱的地步了吗？荒唐！"

王安石一听，百口莫辩，真是冤枉，若不是因为皇帝想要做的那件大事，他何苦想这些法子来圈钱，正是因为眼下他们需要大量的钱，这才有了他睁一只眼闭一只眼的妥协，怎么眼下皇帝竟大义凛然训斥他，当即便提醒道："圣上，您别忘了，我们是要去……"话还没说完，被殿外通报的声音打断了。但皇帝一听，心下已是了然，对啊，真是气急了，怎么把这事情给忘了，这样想着，面上便缓和了不少。福公公此时急急步入殿内，附在皇帝耳边轻声说道，太皇太后急召。皇帝心下疑惑，太皇太后怎么这么急，但事情发生在这个时候，未免太过巧合，便有所不安，只得亲自过去走一遭，忙让王安石先回去，然后乘上御辇，急忙向宝慈殿行去。

五、艰难重重

皇帝刚一踏入宝慈殿，就发觉气氛不对，忙向太皇太后问安："太皇太后吉祥。"

话音刚落，便迎来太皇太后没好气的回话："吉祥？我因为你，还怎么吉祥得起来？"

赵顼向来害怕太皇太后，这时听到这样的话，自然知道事情不对劲，忙跪下撒娇道："皇奶奶，孙儿不知道是哪里惹恼了皇奶奶。"

太皇太后此时正在气头上，见他如此，也没有好脸色，道："你眼里还有我这个皇奶奶吗？你说说，你到底做了什么好事！今日若是我不把你叫来，你这是要翻了天！怎的，真当我是半只脚踏进棺材的老东西了，竟想在我眼皮底下生事。"

曹氏乃名将之后，素来行事雷厉风行，不怒自威，几句言语砸过去，赵顼便觉得有些承受不住，只得低声应道："皇奶奶教训得是！"

太皇太后见他如此敷衍，气便不打一处来，斥道："莫要哄我！我看你如今是大了，越发不受管了，皇位还没坐稳，就想大动干戈，祖宗之业都要毁在你手里了！可怜仁宗皇帝早逝，此情此景，如何安眠地下。"说着便嘤嘤哭起来，不胜凄楚。

赵顼被扣上这样一顶大帽子，心下一惊，太皇太后的话，直戳他内心最深处的恐惧，搬出仁宗来，更让他有一种深深的自卑，当下便跪到太皇太后身边，求饶道："皇奶奶言重，孙儿定不会干出此等错事，还请皇奶奶息怒，注意凤体。"

谁料太皇太后不领情，一把将他推开，骂道："孽子，起开！我不是你奶奶，莫要再叫我！"

此话一出，不仅皇帝惊了，高太后也坐不住了，她的本意只是想要借由太皇太后之手废了新法，但绝不是想要她对自己的儿子生出什么意见，忙起身跪下，劝道：“母后息怒，顼儿绝无二心，定是被贼人蒙蔽了双眼。”又同时对皇上喊道，“顼儿，莫要再被奸佞小人乱了自己心神，大宋立国以来，屹立不倒，何需改革？你看看你整出的新法，弄得民不聊生，现在更把皇奶奶气得如此，此等祸事，定要速速除去。”

赵顼被逼废新法太过突然，且新法和他内心最大的梦想息息相关，没那么容易割舍，当下便也不回话，只默默在太皇太后身边跪着。高太后见状，不由得着急起来，不废新法事小，惹怒了太皇太后事大，毕竟太皇太后作为仁宗遗孀，可以说是这个宫里最嫡系的存在，身份比他们这派过继而来的要正统，自然最尊贵，忙催促道：“快答应皇奶奶，把那新法废了！”

赵顼此刻颇为纠结，真是进退两难，偏偏此时太皇太后突然抓住他的手，紧紧盯着他，眼神中是说不出的迫切，骑虎难下，皇上只能不情不愿地答应。

熙宁三年（1070）二月，皇帝下令，废除青苗法，一时间，反对派欢欣鼓舞。

六、水落石出

1. 甜蜜陷阱

自废除青苗法的圣旨一下，王安石便告病回家，他的新法推行至今，还只出台了均输法、青苗法、农田水利法三项，青苗法更是重中之重，如今被废除，可谓是否定了整个新法系统。他眼睁睁看着自己筹划了数十年的新法度一夕之间轰然倒塌，深受打击。一方面，他震惊于皇帝态度的急转直下，那日进宫面圣，他和皇帝虽有争吵，但也不至于到这个地步，其中定是发生了什么大变故。另一方面，韩琦在奏章中所揭露的新法带来的种种弊端，着实让他心惊，竟然在他眼皮子底下，也有这么多人敢明目张胆地恶意扭曲新法的执行，他毕竟身在京城，消息闭塞，不知道地方上的百姓对于新法究竟是什么反应。韩琦之言，可以说是陷害，但也有可能是事实，他当即便派吕惠卿着人去地方上实地调查一番。趁着政事堂还没有发出最后的正式文书，王安石用一种心灰意懒的假象作掩饰，实则默默打探，等待转机。

而就在王安石一心苦思出路的时候，他却未曾发现，后院的一场阴谋正在酝酿。丰乐楼二楼角落的厢房，云娘和李之昂正在秘密会面。云娘在王府后院过了几年无忧无虑的日子，虽是作为李之昂的内应，却也清闲，平日里除了记录王安石的行踪，再无别的任务。但随着在王府待的时间越来越久，她的心中渐渐煎熬起来，她对王安石是有愧的。虽说平时王安石和她没什么交集，但王府上下待她倒是和善，吴氏当日接她入府，虽是无奈之举，待她却从未苛刻，一应用度俱全，更为她辟了后院一方宅院供她居住。王安石的子女待她更是不用多说，本就年龄相仿，自然要更好些。之后来了吴姨，又生下清水，她便在旁边一同抚养，现如今清水已经十岁出头，平日里待她最是亲昵，长此以往，她对王府的感觉也在渐渐改变。她本就是孤儿，幼年辗转流离，之后碰上李之昂，初尝情事滋味，但终究聚少离多，大多数时间依旧独身一人，在王府这些年，竟让她有一种家的温暖。

当她今日一早收到李之昂的信时，又惊又喜。虽说这十年来，李之昂和她因为避嫌总共没见过几面，但她还清楚记得那日李之昂英勇出面，救她于水火的温暖背影。他的形象，一下子降落在她的心房，即使十年过去，她想起他，还是忍不住有一种少女的悸动。王家虽好，终是停留在对她的照顾层面上，但她和李之昂却有着甜蜜的过去，所以一得知李之昂要约她出来见面的时候，她开心得快要跳起来，当即便梳洗一番，找了些由头遣了身边众人，在无人注意的时候，偷偷溜出府，欣然赴约。

李之昂经过先前一番计算，终是对王安石起了杀心，无奈他位卑言轻，无法直接出手。作为韩琦留给司马光的幕僚，他在司马光府上虽受重视，但司马光不比那些一心只有自己的士族子弟，更难操纵，何况他与王安石，还有着很深的交情。所以在李之昂数次借由新法撺掇他与王安石决裂，或者主动出击时，都被司马光一口拒绝，甚至惹来反感。他也不便再说，只能把主意打到云娘身上，所以才有了今日的邀约。

两人沉默许久，毕竟十年过去了，云娘早已不是之前那个一见他就说个不停的天真女子，他也不再是当时那个涉世未深的少年了。在看了众多人物的起起落落，见识了官场如何凶险，他的心境早已不复当年。加之年前他辗转得知姐姐已经登上西夏太后的位子，哥哥梁乙埋作为首相，权倾朝野，这让他内心觉得自己和权力的距离越来越近，行事也越发急迫。

“这几年，你过得可好?”云娘小心翼翼地打破沉默，说着，又用那双痴迷的眼睛望着李之昂，这个她魂牵梦萦的面孔，十年了，终于可以好好看个够了。

李之昂闻言，感慨万分，他不是不知道云娘对他的心思，甚至他也对云娘有着异样的感情，但此等儿女情长，被他自己狠狠压下，应以大事为重。时隔十年，他听着云娘情意满满的问话，心中不免一动，答道:“我很好，你呢?”然后他直直迎上云娘炽热的目光，似也要将她望穿。

云娘望着李之昂的眼睛，在那里，她清楚地看到浓浓的思念，他，也是在意她的！这让她感到不胜甜蜜，脸一红，忙低下头轻声说道:“很好，只要你好，我便好。”

李之昂听到这句话，也是颇为感动，当即便握住云娘的手，惊得云娘猛一抬头，便撞进李之昂热烈的目光中，心中五味杂陈，思念、埋怨，此时都烟消云散，两人就这样痴痴望着，几乎要落下泪来。

“吃饭吧。”李之昂清醒过来，想起今日的正事，忙从这样暧昧的气氛中抽身出来。

这顿饭吃得倒是愉快，之前的一番话将这十年的生疏打破，云娘和他，仿佛又回到了当初那个小木屋中同桌吃饭的场景，云娘还是一刻不停地对他讲着这十年来她的所见所闻，眉飞色舞，那双晶亮的眸子，还是和从前一样。他能看得出，云娘这几年在王府过得不错，王安石倒是个和善的好人，可惜他们生来便是你死我活的对手，他断然不能因为这些影响了自己的计划，当下便打断云娘的话，突然道：“云娘，我们成亲，可好？”

这是一句云娘从被救起的那一刻就日思夜盼的话，就这样毫无防备地来到，她愣了，一阵狂喜过后，却是不胜唏嘘。她现在早已过了成亲的年龄，再者她的身份，是王府的妾，如何再与他人成亲，只得悲戚叹道：“如何成亲？我早已是别人的妾了。”

李之昂知道她会是这样的反应，按照原计划，不慌不忙地继续说道：“我不在乎，我们可以逃离京城，远走高飞，天下之大，怎会没有你我容身之处。”

云娘闻言，心中一惊，她本就不在乎什么身份地位，只要有李之昂在身边，她什么都可以不要，当即便答应道：“好。有你这句话便够了，我随时都可以跟你走。”

六、水落石出

李之昂见状，知道云娘已经上钩，又继续说道：“但是走之前，你还要帮我做一件事，可好？”

云娘此时早已被喜悦冲昏了头脑，渴望数年的事情突然来临，自是怎么样都不愿意让它溜走了去，当下立即答道：“可以，自然好！”

李之昂随即在袖袋中摸出一个小瓷瓶，递到云娘手上，然后又附在她耳边轻声讲了几句。

“不可以！我做不到！”云娘还没把话听完，就急急叫了起来，忙把手中瓷瓶往地上一丢，用脚踢开，好像这瓷瓶是这世间最毒的蛇一般。

李之昂没有料到她此刻的反应会如此之大，只得哄道：“云娘，只要做了这件事，我们就可以过上幸福的日子了，你不想吗？”云娘还没从震惊中缓过来，心中发冷，抖得如筛糠一般，李之昂忙将她拥入怀中，一下一下轻抚她的后背。

云娘渐渐平静下来，心中却十分纠结，只得说道：“我自然是想的，只是你要我做的那件事，我做不到。王大人是个好人，我不能害他。”

李之昂见云娘如此不配合，颇为恼怒，忙将她从怀里推开，用手紧紧捏着她的下巴逼迫她与自己对视，狠声说道：“你莫不是对他动了心！”

云娘忙解释道：“没有！云娘的心里，从来只有你一个人，只是王大人待我很好，王家所有人都待我很好，我不能干这样背信弃义的事情。”说着，就落下泪来，嘤嘤啜泣着。

李之昂见状，心中也不免吃痛，云娘对他一片真心，他何苦要如此为难她，只是现在，他也是没有办法，才出此下策。他语气便有所缓和，耐心哄骗道：“这个东西，不是毒药，是我辛苦觅来的假死药。若让他服下，不会要了他的命，只是暂时让他昏迷罢了。事成之后，我既可以摆脱他人的制约，你也可以趁着府上慌乱逃出来，我们就可以永远在一起了。”

云娘被说动，但还是不大放心，追问道：“这可是真的？你莫要骗我！”

李之昂只得继续劝道：“你见我何时骗过你，我的心意，你还不明白吗？”他回忆起刚才云娘说起清水时眼中闪烁的光芒，知道她心中最渴望的是什么，接着说道，“只有这样，你才能有自己的孩子，你留在王府，妾的身份也只是形如虚设，最后，也只有孤独终老的下场。不如我们一起离开这里，我们可以找一个风景秀丽的地方住下来，生很多很多孩子，我们会有自己的小家，好吗？”

云娘听到此处，早已心神荡漾，几乎要被说服，而此时，李之昂的唇便落在她的唇上，带着不由分说的霸道，狠狠占据她的脑海。情迷意乱之下，她再无思考的余地，只得胡乱应下，两人多年来被压抑的情感一下子爆发出来。

云娘再睁开眼，枕边早已无人，她回忆起方才，这是她第一次将自己全身心交到一个男人手上，更何况，还是她情之所系的男子，一时间心境已经大为不同。她在李之昂留下的气息中心神荡漾，突然一个转身，将床边的瓷瓶紧紧握在手上，下定了决心。

待她深夜回到府上，她早已不是原先那个懵懵懂懂的云娘了，对李之昂的渴望，让她想要用最快的速度完成这件事。但她与王安石从未有过接触，平日里也只待在后院厢房，如何找到下手的机会，她陷入苦思冥想。

翌日一早，她便起身梳妆，悄悄摸出了后院的大门，往书房行去，她知道王安石有每日晨读的习惯。当她蹑手蹑脚推开书房的门，果不其然，王安石正在案前翻阅书籍，听闻声响，忙抬头一看，眼中尽是疑惑。

云娘忙装出一副毫不知情的样子，战战兢兢地跪下，谢罪道："妾身不知老爷在此，搅扰了老爷的雅兴，望老爷赎罪。"

王安石见她的确吓得不轻，小小的身子诚惶诚恐地伏在地上，心中没来由地便起了一丝怜爱。他素来不是苛待下人的人，虽说云娘此举确实欠妥，但打发回去闭门思过就好，当即便说道："无碍，你是哪个院的？王贵没有教过你什么地方该来，什么地方不该来吗？"

云娘闻言，只是一愣。的确，王安石对她也只是十年前的匆匆一瞥，之后便再没有找过她，不记得她，也是正常。只是当下，她也不知如何回话，只得喃喃道："妾身，妾身……"

王安石见她说不上来，心中便疑虑更深，瞧她的衣着也不同寻常下人，又听她自称妾身，于是记起原来她就是当年韩琦硬塞给他的妾。当时因为对青芜的愧疚，事出荒唐，让他对云娘莫名生出些敌意来。这些年来，政务繁忙，让他根本就忘记了这个人的存在，今日一见，却生出一丝愧疚来。当时她也是受害者，如花般的年纪，被强嫁进来，独守空闺十载，乃至今日出现在他面前，竟然都不认识。不知道这样寄人篱下的日子，她是怎样熬过来的，更别提成百上千的夜里，那些深入骨髓的孤独了。眼下见她如一只受惊的小鹿缩在地上，心中愧疚更甚，忙起身将她扶起来，问道："你是云娘?"见云娘微微点了下头，又问道，"你来此处，可有事?"

云娘回道："妾身平日里闲着无聊，曾经误打误撞进来过几次，发现这里藏书甚多，又没人，得空便过来想要打发时间。"

王安石见她柔弱可人，听得此言也并未多想，他虽有晨读的习惯，近几年因为变法事宜繁杂，总没有很得空的时候，导致书房常常空置。这几日因为青苗法被废告病在家，倒是清闲，想来云娘不知此处是自己的书房，今日才会误闯，知晓了她的来意，便亲切问道："你喜欢看书?"

云娘点了点头，老实说道："自然是喜欢的，只是妾身出身不高，不识得几个字，虽说看不懂什么，但想此处书多，就是空气也是比外面好些，不如多来这里闻闻，没准哪日便开了窍。"说着，便抬头看向王安石，面上一派天真。

王安石闻言，扑哧一笑，他自幼博览群书，夫人吴氏也出身书香门第。自己的几个子女，王雱自是不用多说，就连两个女儿在他的教导下，也是文采斐然。难得听到这样天真的话，倒是稀奇，连带着这么多天来的阴霾也有所消除，又见云娘脸上无比认真的神色，当即便对她消除了戒心。

他看云娘的年纪倒与他的小妹差不了多少，当下便更亲近了一分，又考虑到这十年的冷落，心中难免有所愧疚，便打趣道："若只是这样呼吸点空气就能开窍，这世上的人岂不是要将我这书房踏为平地啦。”

云娘只得撒娇道：“那这样妾身真是没救了，这书房日后也是没必要来了。”说着便假装嗔怒，转身离去。

王安石见她此刻倒是有着小女子的娇俏，早年小妹也是这般可人，小女王菀之也经常这样撒娇。云娘此时的动作倒将他内心最柔情的一面勾了出来，忙出言挽留道：“有救有救，以后若是我得空在此，便让人唤你过来，我教你识字，可好?”

云娘闻言一喜，忙应道，心中想到今日目的已经达到，便忙寻了个理由告退了去。在身后房门关上的一瞬，云娘脸上的笑意便隐了去，事情虽然发展得比她想得还要顺利，她的心却如何也开心不起来。王安石对她越是宽容，她的负罪感便越多，当下便怀着满肚子的心事，回到了自己的院里。

一连五天，王安石都在书房亲自教云娘识字，云娘学得很快，王安石也颇有成就感。这人啊，越到晚年，就越想着能含饴弄孙。王安石虽然有一腔大抱负，但终究只是一个平常人，府里孩子少，清水虽在一方面填补了这个空缺，但太过贪玩，云娘娴静聪慧，短短几日，进步神速，让他倒有一种教小儿孙识字的错觉。长年累月在精神高度紧绷的状态下生活，这事倒成了一种放松，所以接连几日，他都乐此不疲。

“老爷，吕大人有急事找。”汀时与老爷关系亲密，便得了管家王贵的吩咐找到书房来请老爷，刚一推开门，便如遭雷劈。此时，他竟然有点不相信自己的眼睛，因为他看见老爷站在云娘身边，颇为亲昵地帮她握着笔，两人好像正说到什么好玩的事情，气氛无比温馨。一瞬间，他感到愤怒，忙高声质问道："你们在干什么！"

云娘吓得手上笔一掉，在纸上落下一个大大的黑点，有一种阴谋被识破的窘迫，当即便低下头不说话了。王安石见汀时进来，不免吃惊，汀时是青芜的弟弟，此时却撞见他和云娘共处一室，加之云娘又是韩琦送进府的，汀时素来将韩琦看作杀害姐姐的元凶，对待云娘，自然不会有什么好脸色。眼下居然撞破这一幕，王安石也难免尴尬，忙起身向他走来，解释道："汀时，事情不是你想象的那个样子。"

汀时当然听不进他的话，脸上布满失望、震惊和戒备之色，无奈前院里吕惠卿急找，必然是派去地方的探子有了什么回音，王安石当下也不宜久留，只留下一句"你等我晚上回来和你解释"，便匆匆离去。

王安石走后，室内便只剩下云娘和汀时两人，云娘正准备开口解释什么，就被汀时狠狠打断。他想到云娘进府的蹊跷，想到宫门风波那夜后院里飞出的鸽子，又想到今日的场景。他对云娘已经非常怀疑，其他事情能忍，但他忍不了这个女人占着她姐姐的位置，要干什么见不得人的勾当，当下便威胁道："今日之事，你最好没什么别的心思，不然我就算拼上我这条命，也要杀了你！"说着便愤愤离去。

当夜，王府中王安石和吕惠卿通宵议事，云娘这边灯也燃了一宿，汀时的话让她辗转反侧，她害怕、不安，同时又愧疚，但李之昂的甜言蜜语犹在耳边，她终于还是迷失了心智。苦恼了一夜，手中的毛笔竟不知不觉画出了那个她无比想念的图案，那是属于李之昂颈后的刺青。那日云雨之时被她瞥见，觉得十分特别，便暗暗记了下来，这时候被她毫无征兆地画出，自是透露了她的心声。无论如何，她都会选择李之昂一边，所以她也不再苦恼，将这纸张晾干，小心翼翼地收入自己的香囊，一边想着该如何躲过汀时的视线，尽快把事情办了。

2. 初登相位

距离青苗法被废已经过去十天，王安石终于出山，将这多日来的反思、考察，汇聚成一封奏章，上奏给皇帝。那日吕惠卿前来，的确给他带来了很好的消息和两位得力助手：一位是李定，在地方多处游历，亲眼所见青苗法的效果，并非韩琦所说那样惨烈；一位是蔡卞，蔡京的弟弟，今年中举的进士，年轻有为，重要的是，相当支持新法，并且立场坚定，是个可造之才。王安石有了这样的一手资料，心中便安定了许多，几番思索，几番考量，终于将多日所想汇成这封奏章，满怀希望地呈了上去。

而当皇帝看到这封奏章时，心中也是颇为欣喜，当日他下令废新法，实属无奈之举。当时情况混乱，太后和太皇太后不断威逼，他只得顺势而为，但最关键的原因，是出自他内心的担忧。韩琦所言，句句剜心，让他一瞬间便失去了对新法的信心。毕竟他年纪还轻，在对待政治法度上面还稍显稚嫩，何况韩琦待他有恩，又是大宋的忠臣，历经三朝，在政治上，有着比他出色很多的表现和经验，这样言辞恳切地直抒新法弊端，将新法造成的具体危害告知他，劝他废法，不得不说，对他的影响非常大。他内心十分害怕把事情做坏，所以当时头脑一热，便下令废法，但冷静下来想想，又颇为不甘，毕竟新法的核心意义，和他最想做成的那件大事息息相关。换言之，他毕生的梦想，他不甘心就这样放弃，当即便派了两个亲信的宦官张若水、蓝元震出京，到地方上去暗访，秘密调查青苗法到底反响如何。

昨日两人快马加鞭回京，直言在青苗法推行的地方一切都好，没有什么硬摊派的行为，一切都是自愿。皇帝闻言，心中一定，这变法的天平又渐渐往王安石这边倾斜过去。

心下有了决定，但他却不能轻易有所行动，毕竟十天前太皇太后震怒，逼得他满口答应废新法，现如今又贸然地支持变法，定会再次激怒太皇太后。这件事还得慢慢来。所以一连数天的问安，他都显得尤为耐心，眼看着太皇太后的怒气渐渐消弭，便渐渐将这变法的前前后后同她耐心交代，并将那两个宦官叫来，亲自和太皇太后描述民间的实际反应。同时，提拔司马光为枢密副使，让他进入朝廷最高的领导集团中，地位远在王安石之上，借此平息反对派的抗拒。

司马光接旨后，尤为得意，之前对青苗法的三波攻击都收效甚微，谁料韩琦一脚猛烈的助攻，直接逼得皇帝废法，眼下皇帝巴巴地升他官，颇有一种讨好的意思，这让他从数月来被忽视的愤怒和地位被威胁的焦虑中走了出来。

但司马光从来都没有要把王安石当作自己的死敌的意思，先前对于新法的攻击，并不是针对王安石，而是为了自己。当时的他，是到了地位直接被威胁的地步，所以才不得已跳出来反击，再者吕惠卿是他向来看不起的人,竟然要和他平起平坐,这让他大受刺激。直到他听得众人整日说着新法的不好,人民如何如何悲惨,才觉得王安石是不是做错了,当即修书三封,苦心相劝。谁料王安石不愿和他多费口舌,这让他更加窝火,面对和王安石有关的事情,他终于不能保持一颗平常心了。

而后局势突然翻盘,他今日又被升职,他在确保自己地位的同时,才想起王安石当下的处境,当即便借着皇帝下旨要王安石回来办公的由头,大肆渲染,公然指责王安石失职,言辞激烈,所幸王安石并非小气之人,并未在意。但这一举动,在皇帝眼里,却是惹人生厌。多次警告后,司马光依旧我行我素,终于王安石也意识到,司马光行事已经欠考虑,失了公允之心,对待新法的态度便不好控制了。

王安石此时到了最为敏感的时候,韩琦的抨击历历在目,他不能再放心让任何一个对皇帝产生影响的人身居高位了。所以在奏章呈上去之后的几天,在获得皇上的肯定回答之后,他毅然决然复出,第一件事,便是批准了司马光的辞呈。按照旧例,宋朝官员每次上任前,都要礼貌性地推辞。王安石不念旧情,对司马光发起的第一次反击,收效明显,司马光当即被排除在两府高官之外。而后新法重新实行,自然受到纷至沓来的反对意见,都被皇帝和王安石一一压制。

熙宁三年(1070)年底,皇帝提拔王安石到首相的位置,确立他百官之首的地位,至此,王安石正式走上了权力的巅峰。同年,王安石的爱子王雱举家回京,任太子中允。王安石至此,可谓是家庭、事业两相美满，意气风发。

但对于汀时来说，这一年却并不这么好熬。之前因为云娘的事情，他和老爷之间总感觉没有从前那般亲密了，之后一个更大的打击在等着他。蔡卞因为在任官当地极力推行新法，对王安石表现出最大的支持，王安石认为此人可以栽培，生了招婿的心思。这正中吴氏下怀，王蒄之已经及笄，在父母亲的极力撮合下，最终嫁与蔡卞，一对苦命鸳鸯，被生生拆散。同时，云娘一方面因为汀时的防备，总是近不了王安石的身，另一方面是王安石重新复位后一日比一日繁忙，一刻也不得停歇，她一直没有接近他的机会，总找不到下手的时机。眼看着王安石成了首相，李之昂的担心却在日益加剧，多次催促云娘下手。

熙宁四年(1071)的正月，多日繁忙的王安石总算是得了一丝清闲，一大清早，便往书房走去。坐了约莫一个时辰，他便听得门外有一阵窸窸窣窣的声音，忙问："谁在外面?"

云娘此时端着一碗木瓜羹，手心里全是冷汗。她稳了稳自己的心神，大口呼吸几次，便推门进去。

王安石见来者是云娘，也不免有一丝尴尬，当日汀时撞见他们在书房的场景，他现在再想来，也觉得冷汗津津。他对云娘，的确没有什么心思，顶多是多留心了些，但汀时那日受伤的神情却狠狠刺痛了他，让他连带着对青芜的愧疚，惶惶不安。对云娘，早就没有了之前的热络，见她进来，也只是淡淡说道："你怎么来了?"

云娘心下紧张，结结巴巴回话道："妾身看老爷连日繁忙，特意熬了这碗木瓜汤，给老爷润口。"

王安石见她磕磕巴巴、小心翼翼的模样，又有了一丝心疼，语气便缓和了些："放着吧。"

云娘唱喏，将这木瓜汤郑重放在案上，便告退了，王安石自然也不留她。

合上门的那一刹那，云娘就好似失去了所有的力气，脚下一软便要瘫倒。她想起方才她颤抖着将瓷瓶里的假死药倒入汤中，不出一刻，王安石便会晕死过去，心中实在后悔，但因为李之昂的关系，她不得不做。行囊都已经收拾好，只要王安石一出事，她就会按照原计划离开，在酉时到达李之昂和她约定的城郊小树林，同时也说好，若是到了戌时她还没有出现，便说明任务失败，李之昂便会独自离京。

她心想，终于要解脱了么？可是为什么她的心此刻却是这样的沉重，她想起王安石那短短五日和她相处的场景，曾经也给她带来了不小的欢喜，想起清水老是黏着她，想起王莞之和她彻夜彻夜的交谈，诉尽小女儿情事，想起吴氏待她的宽厚。十年的光阴，若说没有感情，谁都不会相信，眼下就快要与众人分别，心中也是尤为不舍。

当她正沉浸在自己的悲伤中无法自拔时，她身后却突然响起一声怒喝："你在这里做什么？"说着便有一个黑影从天而降，落在她身后。

原来汀时连日来因为烦闷，都将自己关在院内练武，一个飞跃之时，就瞥见了云娘在书房外徘徊，当即用轻功急急赶了过来。

云娘本就没什么力气，被这样一吓，当下的反应便是要逃，无奈脚步虚浮，没走几步便重重跌倒在地，就连袖袋里的香囊都不慎甩了出去，连带着那张画有李之昂刺青的纸竟飘了出来，当下便大惊，也顾不得腿上的疼痛就扑过去把它抢了来胡乱塞进衣服里。

汀时在她身后，看到云娘慌乱的动作，便往那纸上去看，不看还好，一看犹如雷劈，当下愣在原地。那个刺青！姐姐出事的夜晚，在肇事者被韩琦追着打的混乱之中，在王安石抱着姐姐悲痛恸哭之时，那个角落里匆匆而去的他，颈后也有这样的刺青，还有当时他们第一次离京在路上遇到流寇时，当中有一个人也有这样的刺青，怎么云娘这里也有！他觉得自己好像被吸进了一个深深的阴谋之中，这让他不寒而栗，当即便冲上前去想要看个清楚。无奈云娘早他一步把香囊收进衣内，便要逃走。汀时自幼习武，当下便三步并作两步冲到云娘身边，一把把她扳过来，大声吼道："你是什么人？你手上拿着的那个刺青图案是哪里来的？"

云娘哪里知道这其中的曲折，只知道这是李之昂的刺青图案，如何也不能将他暴露，忙扯谎道："哪里来的刺青图案？不过是我胡乱画的。"说着，就要挣脱汀时的手，但力量终究悬殊，汀时此刻早已怒火冲天，哪里懂得手下留情，当即便将云娘一把翻过来双手反扣在身后，便要去搜她的身。

云娘大惊，男女授受不亲不说，此刻她最怕汀时发现那个香囊，所幸她刚才塞进了里衣内，饶是汀时再大胆，也不敢明目张胆地扒了她的衣服，忙大声叫着："你放开我，放开我！"

王安石在送走云娘之后，并未多想，依旧沉心看书，手边的木瓜汤发出阵阵清香。他想到此时离早膳也已过了一个多时辰，肚子也有些饥饿,便将汤碗拿了过来,舀起一勺,就要往嘴里送。谁料才刚到嘴边,门外便发生了很大的争吵,他忙把碗放下起身出去一探究竟。

只见汀时此时正将云娘压在身下,一双手直往云娘身上摸去,云娘衣衫半解,甚是狼狈,正在撕心裂肺地叫喊。王安石见状,大为震惊,怒斥道:"汀时! 光天化日之下,你在做什么?"说着便上前要拉开他,无奈汀时执拗,又比他力大,当即便把他挥开,王安石一时急火攻心,"啪"的一声,便狠狠打了汀时一个耳光。

汀时没有防备,当下便被扇得别过了头去,云娘趁机从他手中逃出来跌坐在一旁,紧紧捂着自己的衣服,嘤嘤哭泣。汀时不甘,又要冲上去,被王安石拦下,只得急急对王安石叫道:"她一定知道姐姐死的真相,她知道!"

王安石不解,连忙追问,汀时才又将刺青的事说出来,王安石便去问云娘,云娘此时只是一味哭着,直呼冤枉。汀时闻言,忙说:"冤不冤枉,脱下衣服来一搜便知!"云娘好歹是王安石的妾,虽没有实质,但如何受得这样的羞辱,王安石闻言,也觉得甚是不妥。何况云娘一介弱小女子,当时青芜出事,估计还是襁褓婴儿,如何知道这里面的事情,定是汀时误会了。再者汀时护姐心切,对待云娘,向来敌视,加上先前的那件事,激动些也能理解,忙安抚道:"你不要急,这中间定是有什么误会,你莫要急,我一定会查清楚。"又对云娘道,"你且先回去。"

云娘如获大赦,当即便向院外跑去,跑到一半,复又想起一事。她回想刚才王安石极力维护她的场景,心中一暖,又想到自己竟要对他下毒,更是羞愧难当。一时间,自责和悔恨让她突然清醒,她发现自己曾几何时,竟变成这样一个为达目的不择手段的女子,当下便又折返回去,也不管王安石和汀时的震惊,一头冲进书房,将那碗木瓜羹摔到地上砸个粉碎。王安石忙进屋来问她发生了何事,云娘一时间也不知道如何解释,先前只想着要把这碗毒汤倒了,忽然灵光一闪,忙蹲下身子捡起一瓣碎片便做出一副不堪受辱欲自杀的样子。王安石忙又上前阻止她,好生安抚一番,这才放她回自己屋去。

后院的一场风波,就这样平息下来,王安石事后多次询问云娘是否知道青芜的死以及汀时所说的那个刺青,云娘皆缄口不语。王安石初登相位,要操心的事情太多,也没有多少精力来管这些事情,便也渐渐搁置。至此,云娘事败,李之昂离京,一切又都好像回到了原来的样子,云娘在深深的惋惜中,又不免有一丝庆幸和释然。

而汀时因为这件事情和王安石愈发生出了嫌隙,就算王雱从中周旋,都没有什么用,便也无可奈何。汀时日益沉默,现在除了每天在自己房外习武练剑,便闭门不出,王安石虽心疼,也只得随他去。

3. 真相大白

王安石的家事,在朝政面前,自然成了小得不能再小的插曲。随着他登上相位,手中的权力越来越大,身边有了王雱的助力,也是如虎添翼,皇帝对他的信任一日深过一日。新法的推行出奇顺利，改革了科考制度之后，保甲法、免役法相继出台，虽然遇到了很大的阻碍，但都被一一克服。很明显的是，在这一系列新法的实施下，国库迅速充盈起来，同时因为保甲法的推行，集结了一波强大的民间武装力量，至此，州县之间因禁军太远、厢兵太差造成的管制空白被填补，再没有发生任何叛乱。而随着这些条件的具备和改良，他和皇帝之间那个不敢明说的大秘密，那件急切想做的大事情，终于被搬上了议程。

时间一晃来到熙宁五年(1072)，变法已经进入了第四个年头，一些方面都渐渐走向成熟，效果也颇令人满意，不仅在财政，而且在军事上都有了很大的进步。二十四岁的赵顼终于坐不住了，迫不及待地把自己的梦想搬上台面来，那就是战争。

正是血气方刚的年纪，宋朝早年的战败割地，在他看来自然心痛不已。他是很有抱负的人，也很想干出一番大事业来，收复失地，开疆拓土，这是他的终极梦想，这一点在他刚即位时便显露出来，无奈诸多臣子极力相劝，才只得作罢。

所幸之后碰到王安石，两人一拍即合，让他在一开始商量变法时便毫无顾忌地将这个野心告知于他。王安石果然没有让他失望，不仅没有打击他，反而十分支持他。只是打仗并非儿戏，需要前期很完善的筹划、充足的军费和优秀的将领，所以君臣二人虽然达成共识，但也只能细细谋划。而后身边各国虎视眈眈，梁太后执政下的西夏，近年来野心勃勃，大宋与西夏的大战一触即发。南边的蛮族叛乱不断，更不要说数年来的死敌——最强大的辽国了，这便让战争显得尤为迫切，所以变法的很多疑问，此时便都有了答案。比如变法的速度为何不缓步向前而是急进，比如新法对赚钱的执着，这都是在为之后即将到来的几场大战做着万全的准备。

只是战争一事，向来在宋朝是最敏感的话题。宋朝富饶繁华，但周边强敌环伺，立国百年来，战乱不断，在对待和外敌之间的战争上，多采用花钱买和平的方法。但长此以往，国库亏空厉害，且国家地位每况愈下，早年也有连连战胜的风光时候，但到了现在，在军事上到底是落了下风。可打仗毕竟是一件劳民伤财的事，若非不得已，不能贸然主动挑起战事。

大宋这些年来虽在对外战争上总是处在被动的位置，但在朝堂高官的眼中，却非如此。在他们心里，崇尚和平是高尚的态度，是大国的气度，是涵养和素质，是堂堂大宋不同于那些野蛮民族的根本原因，所以乐得用岁币的形式维持和平，或者在边境开辟一些榷场，让出一部分利益。但是，外族的贪欲是无限的，一次又一次的加价，边境的抢掠，都在一点点地掏空这个帝国。终于，国库亏空到不能再亏的地步，烂摊子交到当今圣上手里时，他便有了打仗的念头。

经过多年的积累，再加上一个合适人选的出现，让赵顼和王安石终于放心地将这个大秘密昭告天下，并且选定了他们要跨出的第一步——征讨西夏。而这个最合适的人选，便是王韶。他曾在熙宁元年(1068)上《平戎策》三篇，详论取西夏之略，认为西夏是可以攻取的，若想攻取西夏，应当先收复河、湟二州，这样西夏人就会有腹背受敌之忧。他建议趁着现在各羌分裂，互不统属，将他们割裂开来，各个击破。一旦各部都臣服了，即使西夏再强大，也只会孤立无援,不足为惧。

《平戎策》一方面正确分析了熙河地区吐蕃势力的状况,另一方面又提出了解决西夏问题的策略,非常实用,因此得到了王安石和皇帝的高度重视和采纳,当即王韶便被任命为秦凤路经略司机宜文字一职,主持开拓熙河之事务。多年下来,已是万事俱备,就等着皇帝下旨了。

熙宁五年(1072)三月,为解决边境军费,市易法推行。

四月,皇帝一身铠甲,铮铮有声,出现在太皇太后的宫殿,进行着多年来从未落下的请安,但此刻在太皇太后眼里,却格外特殊。他请安完毕之后,便笔直站立,英气勃发,开口问道:“皇奶奶,孙儿这样穿,可好?”

太皇太后闻言,感慨万分。她是名将之后,已经是好多年没看到这挺拔的军装了,一时间勾起了她内心的那份雄心壮志。她没想到,有生之年居然能看到孙子这般英姿,心中也是由衷欢喜的,但此刻皇帝神采奕奕的样子,却让她颇为不安。这是要打仗了吗?她敏锐地察觉到。

随着年岁增长,她行事便渐渐喜欢平稳,兵戎之事,实在不是她所希望看到的。但此刻看着这闪闪发亮的铠甲,也不免动了心,在她的内心深处还有着那样一颗开疆拓土的野心,所以她一时间,竟不知该回什么话。往事涌上心头,五味杂陈,终究化为泪水,默默从眼中流下。她看着皇帝的坚定和决然,便明白了,自知劝也没用,便只能喃喃说道:“甚好,甚好。”

五月，皇帝、王安石面对排山倒海般袭来的反对声和质问声，稳住心神，力排万难，还是将战事化为不可更改的现实，将古谓寨升为通远军，命王韶兼知军，行教阅法。

七月，王韶引兵筑渭源堡及乞神平堡，破蒙罗角等族，为秦凤路沿边安抚使。至此，拉开了熙河开边的序幕。

伴随着熙河之役的打响，变法的核心实质终于真相大白。王安石和皇上并肩站在宫门角楼上，看着宋朝的大好河山，心中激荡。他们一同携手，实现了一个伟大的梦，这让他们此时的关系超越了君臣，更有一种战友的亲密和知己的默契，多年来的心血此时变为现实。他们默默望着远方，感慨万千，他们都知道，变法到了这个时候，才真正走到了成败的分水岭。此次战役的结果，便会影响到变法今后的走向，虽有不安，但终究被信心盖过。他们在等，等捷报传来，等一个鼎盛时代的开启……

七、信任危机

1. 熙河开边

熙宁五年(1072)八月,王韶击败木征于巩令城,筑城武胜。王安石接到捷报,当即写信给王韶表示祝贺。冬十月,置熙河路,领熙、河、洮、岷州、通远军,升镇洮军为熙州,以王韶为龙图阁待制、熙河路都总管、经略安抚使兼知熙州。十一月,河州瞎药等来降,封为内殿崇班,赐姓名包约。十二月,王韶又收复镇洮军。

熙宁六年(1073)元月,王安石听到王韶在前线又有新的胜利,心中欣慰,再次写信给王韶鼓励道:“承已筑武胜,又讨定生羌,甚善!”二月,王韶进筑康乐寨、刘家川堡,再次出兵占领河州,活捉了木征的妻子,震动很大。王安石难掩激动之情,再次寄信给王韶:“得喻以御寇之方,上固欲公毋涉难冒险,以百取胜。如所喻,甚善!甚善!”

三月,王韶攻取河州、熙河地区,不料羌部首领木征逃走。不久后,羌部集兵数千反击香子城,掠宋军辎重。王韶当即就命侍禁田琼率七百兵星夜行军，前往救援，进抵牛精谷，却遭羌部袭击，兵败被杀。王韶急遣先锋苗授率领五百骑兵自河州回击，大败羌部兵。之后再攻牛精谷诸部，再次获胜，还守香子城。三月二十四日，王韶又遣知德顺军景思立打开通道，尽夺羌部所掠辎重，同时，王韶终于带着主力大军赶到，开始发起总攻。谁料木征狡猾，自知硬拼不过，开始兜圈子跑路，但敌不过宋军迅猛，两天后在架麻平被围堵，四千多吐蕃人被歼，战绩辉煌。谁料木征逃跑后，复入河州，趁着宋军首尾不能相顾的空虚，一举收复老巢。

这是宋军行军的弊端，以往每次主动进攻，都会落进这样虎头蛇尾的套路中，浪费了时间，付出了代价，该攻下的地方最终却还是守不住。但王韶不同，他是一个军事奇才，向来反对死打硬拼，而是要用脑子智取。于是不急不忙，先筑香子城，控扼要地，复遣军渡洮河，攻克康乐城，又亲自率军破珂诺城。四月下旬，王韶还熙州，遣军平南山之地、建康乐城、刘家川堡与结河堡，打通饷道，随即率军破踏白城，转兵香子城。又派德顺军景思立率领两千兵力躲开主战场，进筑河州，打得吐蕃人措手不及，随即占领河州，又马不停蹄，攻下岷、叠、宕等州，战果累累。

至此，熙河开边之战的第一阶段结束，王韶转战一千八百里，拓疆近三千里，招附吐蕃人三十余万人，虽木征还没落网，但也不妨碍这成为大宋建立以来最大的一次开边行动，同时也完成了对西夏的侧翼包围。

捷报传至京城，皇帝和王安石相拥而泣，这是欣慰的泪水，多年来日日夜夜的忙碌，克服了多少艰难，才让新法得以推行，新法的成功让隐藏在背后的真正目的浮出水面。他俩还记得第一次在朝廷上提出熙河开边时官员们的反应，他们虽然立场坚定，手段强硬，但内心还是没底的。所以自王韶出京的那一日起，他们便日夜煎熬，战战兢兢地等着战报的到来。如今，王韶没有辜负他们的期望，交出了一份很好的答卷，同时，也是新法交出的一份完美的答卷，皇帝和王安石终于可以长吁一口气，他们做得并没有错。近年来，一些反对新法的人被逐一打倒，苏轼被贬、吕诲病死、司马光辞官远赴洛阳修书，再加上之前欧阳修的隐退，韩琦的权力也终被限制在大名府内。朝廷上，对于新法的阻碍渐渐变小，皇帝和王安石的眼前只剩下一派清明。

可事情绝不会如此顺利，就在王韶回京述职的空隙，西北再出祸端。逃走的木征卷土重来，令人吃惊的是，湟州董毡也迅速行动起来，派副将鬼章率兵两万，围攻河州。河州守将景思立领兵六千，进行回击，面对三倍之多的敌人，激战数个时辰，交锋十多个回合也没有落于下风。这时鬼章派兵直接从宋军后路进行包抄，后军将领却避战而逃，鬼章轻而易举杀入军中，中军、前军突然遇袭，将军王宁战死，韩存宝、魏奇重伤，战况急转直下。景思立得知后，立马派弟弟断后，无奈之下，全军向附近的山岭转移。回到山上，景思立悲愤难当，就要拔剑自刎谢罪，被众人拦下，之后又激励部下，冲下山再战，最终阵亡。余下兵将只得退进河州城，死守待援。消息传回京城，举朝震惊，皇帝立即让王韶赶回熙河，主持大局。

半月过去，进一步的消息仍未传来，皇帝如坐针毡。紫宸殿，众官上朝。

王安石站在队首，立在一侧，这时一人手执笏板出列奏请，说到熙河事宜，恳请停战，言之凿凿："臣恳请圣上立即停战，熙河一战，劳民伤财，现下诸将战死，朝廷损失惨重，为何还要拖下去？河州本就是他人土地，生争硬夺，终生祸端。眼下木征、董毡联手，直逼边境，来势汹汹，臣跪请圣上下旨，归还土地，以寻得停战。"说着便扑通跪下，头抢地，重重磕着。

这话听在改革派众人耳朵里，一瞬间便激起了怒火，河州本就是大宋的土地，不过是被外族强占了去，现下物归原主，何来生夺硬抢一说。再者，战争作为变法的后续，实则和新法度息息相关，这样公然地要求停战，不就是变相打击新法吗？吕惠卿当即便忍不住了，忙出列奏道："河州本是我大宋之地，如今是收复，不是抢夺，何来归还一说？再者胜败乃兵家常事，如今只是暂时落了下风，王将军已经回去主持大局，相信局势很快就会有改变。"

对方队列中又有一人忙出来反击道："现下已过了半月，还未有捷报传来，可知前方必是一场苦战，此次不比之前，董毡加盟，力量不容小觑，我们已经失了先机，若想反败为胜，谈何容易？与其等着战败被胁迫割地赔偿，不如自己先作出态度来，把握先机。"说着便也跪下，叫道，"臣也恳请圣上，立即停战。"

一言既出，忙有人上前附议，一瞬间，廷下乌泱泱跪倒一片，咚咚咚地磕着头，为首一人的额前已经青紫，身子摇摇欲坠。眼看着就要血溅当场，皇帝见此阵仗，也不免慌乱，忙出言制止道："诸位爱卿，先起来，停战一事，容朕考虑。"

吕惠卿忙急急跪下，劝道："圣上，万万不可，如今停战，前功尽弃，便是要把先前累累战果拱手送人了！"皇帝闻言，也不免纠结。的确，之前捷报频传，王韶战功赫赫，已经取得很大的成果，眼下若要他放弃，心中实在不甘。再说战争一事，本就是他心中梦想，也是他大力推行，如今下令停战，草草收场，看在外人眼里，岂不笑话，皇帝的脸面，又要往哪里放？但他终归还是太年轻了，面对战争，没有很大的定力和耐心，加之他的性格中又有着自卑懦弱的一面，让他有些时候比起对战争胜利的渴望，更害怕战争的失败。所以之前西北动乱的消息一到京城，他便慌了阵脚，如今半月过去，也没有新的捷报传来，这让他越来越不安。今日见得群臣这样恳请停战，一时间，竟有些拿不定主意，只得向王安石寻求帮助道："王爱卿，对此事你有什么看法？"

王安石此时心中确实复杂。在对待战争一事上，他是非常有信心的，《平戎策》中所说的方法，在他看来必胜无疑，何况王韶英勇善战，这么点动乱很容易就可以平定。若是搁在半月前，面对这样的停战建议，他是一定会大为斥责一番的，但是这半个月来前线没有消息，让他也隐隐生出一些不安。何况宋朝在军事上向来就不强势，前朝次次败仗历历在目，这让王安石也不免有所担心。他内心，对这场战役终是有把握的，眼下也只能以安抚为主，尽可能地为王韶争取时间。他便站出来说道："再等一月，若还没有进展，就考虑停战。"

"一月之久，边境足以翻了天去。再拖上一月，难道要等得敌军杀入境内，兵临城下，才晓得罢手吗？到那个时候，停战谈何容易，若是惹出祸来，谁来负责？”反对派当即驳斥。

皇帝闻言也不免陷入苦思。若是偷鸡不成蚀把米，收复河州不成，反倒再丢了国土，他可真是要变成大宋的罪人了，他只能望向王安石，等待他的回答。

王安石心中虽有这样的担心，但此刻却由不得他退缩，深呼吸几口，好似下了一个很大的决定，坚定地说道：“我来负责，微臣愿以项上人头作保，若是一月后战事再无进展，定以死谢罪！”说着便把头上的长翅帽摘下，郑重扣在地上，深深磕下头去。皇帝见状，心中大惊，这是王安石要用自己的性命作保，想他堂堂一国首相，权倾朝野，竟愿意为这件事搭上自己的官位甚至性命，实在无私。这时王安石这几年来为新法所作的种种贡献一下子涌入他的脑海，他想起他们彻夜交谈，想起王安石面对众人发难时毫不退缩，想起他始终站在自己这边，支持他的梦想，为他制定出相应的新法，用心良苦，忠心可鉴，当即便感动得不知所以，眼眶一热就要落下泪来，忙说道：“王卿之心，日月可鉴，准奏！”说着便走下阶来，扶起王安石，又为他戴上官帽，一副感激涕零的样子。众官见状，自知凭着圣上和王安石的交情，此事再无转机，也只得作罢。

走出紫宸殿，王安石还在暗暗心惊，刚才朝上事出紧急，才逼得他做出那样的承诺，一月之期说短也短，若是真没什么进展，他到那时也只有一死。但又想若是现在支持停战，便是让整个新法功亏一篑，他毕生的理想，都将化为泡影，到那时就算身居高位，也终是苟活于世，便也不再多想，心中只期盼着王韶能争口气。

这时吕惠卿快步追上他，刚才王安石在朝上的一幕，他差点吓破了胆，心中也觉得为了这件事搭上自己实在没有这个必要。要知道，他和王安石是一荣俱荣，一损俱损，再者政治之事，两派对争，虽言辞激烈，但都是就事论事，何苦将战火引到自己身上，许下滔天誓言，这让他们一条船上的人便如同砧板上的鱼肉，只得听天由命、任人宰割。吕惠卿出身不高，好不容易混到今天这样的位置，自然不愿意轻易失去权力，无奈王安石是他恩公，只得轻声抱怨道："王丈，今日之事，你做得是否太过，你千辛万苦坐上首相之位，怎的如此轻易便愿意交出去。战争胜败，都属平常，这次失败，我们还可以筹划几年，下次再战，若你因此丢了性命，实在不值。"

王安石理解吕惠卿的关心，便回道："你知道我并非贪恋权力之人，区区首相之位，如何与天下苍生相提并论。我坐上这个位置，就是想予民福利，若是做不到，又怎能心安理得地享受这样的地位？再者，熙河开边，意义重大，不仅是一场战争，它代表着新法度，可以看作是一次对新法的考核，关系重大，若是草草收场，你我之后若是还想做什么，困难就会更大。所以我不得不尽力一搏，不过你且放心，我有把握，这场战争，我们非赢不可！"

吕惠卿见王安石如此执着，也不便再劝，望着王安石毅然离去的背影，心中突然生出一丝不安。王安石在政治上的确不算是聪明，甚至在面对大事时，明知是陷阱也要往下跳，这份大公无私，吕惠卿虽然深深敬佩，但却感到害怕，这种害怕源自一句老话："人不为己，天诛地灭。"当年的他，什么都没有，干起事来自然毫无顾忌，但如今，他拥有了很多梦寐以求的东西，若是这样轻而易举地当了炮灰，他一定不甘心。所以对王安石，这个十多年间一手将他提拔起来的大恩公，他第一次生出了一丝厌恶的念头，这个恶毒的念头一经冒出，便疯狂蔓延，会在几年后的一天让他变得面目狰狞，最终走向灭亡。

西北边境，王韶此时自然不知道京城内发生了什么，他眼下所有精力都放在指挥作战上。当时他刚攻下河州，一心想要继续开拓，无奈粮尽物缺，逼得他无法恋战，只能回京述职。谁料噩耗传来，他所担心的一切都成为事实，待他日夜兼程赶到这里，早已不是往日模样，看着自己一心打下的土地，大为痛心，当即便计划反攻。但此次董毡的加入，敌军力量大增，所以他极力压下部将们激动地喊着要为景思立报仇的誓言，敏锐地分析出若要破此局面，必须切断对方的援军，这便让他没有贸然正面开战，而是集结两万精兵，先是扫荡结河，断了西夏有可能派兵的一切路线。紧跟着越过河州，攻击踏白城，切断鬼章的退路，扫清这一切，在半月之后正式开始围剿。

鬼章发现后路被断，立即后退，河州暂时解围，在踏白城之西被王韶堵住，一番激战，吐蕃被斩千余人，接着鬼章再逃，王韶追击，在银川，破敌十余堡，焚烧帐篷七千余座，斩首两千余级。至此，王韶行军五十四日，涉一千八百里，先后斩首敌军七千余级，焚两万帐，获牛羊八万余。鬼章败逃，木征率领八十多个酋长归降，改名赵思忠，熙河开边正式取得了真正意义上的胜利。

而此时，距离王安石许下的一月之诺，正好还有最后三天的期限，捷报传来，皇帝大喜，当下晋升王韶为观文殿学士、礼部侍郎。这样的胜利，实在是朝廷的大喜事，变法实行五年间，大宋迅速换血，脱胎重生，焕发出前所未见的新气象。他意气风发，终于狠狠地证明了自己，内心的自卑，一扫而空。从今天起，他便是一个英明勇武的皇帝，无关乎血统，他就是天之骄子，这让他前所未有地感到自信和自豪。当日力劝停战的朝臣如变色龙一般大变脸，出来带头祝贺，要讨皇帝的欢心。最大的功臣王安石，此刻却没有这样虚伪的念头，战报传来，他比谁都要开心，不仅是他保住了性命，更多的是对新法的欣慰，当下情绪激动，眼眶红润。皇帝见状，也深受感染，他对王安石是发自内心的感激，当众解下腰间的玉带，系在王安石身上，两人对望，眼中皆是激动，更多的是对彼此的信任，至此，皇帝和王安石的关系更近了一步。

这时是熙宁七年(1074)四月，变法至此，取得了全方位的胜利。五年间，通过各种新法，大宋的国库赋税成倍增长，相比仁宗、英宗两朝捉襟见肘的状态大为改善，景福宫里的三十二间库房，每间都装得满满的。人民积极开垦荒地，再通过农田水利法等增产，大宋出现了前所未有的富庶。王韶在熙河、章惇在荆湖、熊本在四川，接连大胜，大宋的疆土也得到了扩展，皇帝和王安石从来没有哪一刻比此刻更为满足。

2. 流民图现

历史的悲哀，就在于科学的缺乏和知识的局限，就在大宋上下气象更新时，上天用它最常见的手段，开了一个最残酷的玩笑。

王安石迎来了他这辈子最大的敌人。人祸可以避免，天灾却不行，人类在自然面前，总是显得如此渺小，自然灾害往往被看作是上天的警示，和皇帝、臣子、政治、军事息息相关。大宋立国百年来，自然灾害时有发生，这也不算是什么稀奇事，本也没多大的关系，皇帝祭个天，表一下自己的诚心，再赈济灾民，便也就过去了。无奈熙宁年间的两次天灾，都发生在新法推行期间，自然会被一些有心之人抓住，变成反对新法的强有力的武器。

熙宁六年(1073)，华山地震，引发泥石流，文彦博等人便纷纷上奏，直言政治昏暗，百姓受苦，上天在发出警示。皇帝那时正一心扑在各路战事上，无心理会，之后前方捷报频传，他心中的不安感便渐渐被喜悦盖过，便没有理会。到了熙宁七年(1074)，北方大旱，一连七八个月，愣是一滴雨都没有下，且范围甚广，连带着北方的辽国也是旱情严重。辽国因为地广人稀，且不事农耕，影响不大，但到了大宋这里，却不是这么简单。灾情严重，范围广大，一时间，北方各地百姓民不聊生，没有收成，便没法吃饭，天不下雨，也没水喝。朝廷当即大开粮仓，终究杯水车薪，七八个月里情况日益恶化，饿死的饥民无法统计。为了活下去，吃土啃树皮的行为已是平常，更有甚者，吃死人果腹，到了后面，竟演变成杀害同伴，生吃活人。伦理道德在求生面前变得一文不值，杀人吃人，饮血喝尿，当时的灾区，真可谓是人间地狱。

二十七岁的赵顼此时真的害怕了。变法取得了阶段性的胜利之后，这一年来，他终于从没日没夜的繁忙中抽身出来，如今的朝廷，已经没有什么可以直接反对他的力量了。他通过新法的推行，在短短五年里，迅速成长为一个成熟可靠的皇帝，国库充盈，军事上的成就也让他非常欣慰。这时的大宋，正朝着他最希望的方向发展,这让他特别珍惜这个来之不易的结果。

和平之世,边境安稳,新法也已经成熟运作,空闲下来的他,自然有更多的时间想别的事情。一年前那场地震,虽然引发泥石流灾害,但仅局限于华山一地,且当时他没有精力多加理会,便随它去了。

今年的大旱,非比寻常,规模巨大,灾情出乎意料的严重,这让这个闲下来的皇帝格外重视。何况赵顼本就是小心谨慎的性子,而且天灾向来有着更多的意义,他难免要多留个心思。对于当前形势的越发珍惜,就越让他觉得,绝不能出一点岔子。灾情还在不断延续,老天已经一连七八个月都没有降下一滴雨,国家想出的救济法子都已见了底,他夜不能寐,渐渐地便开始怀疑自己是不是真的做错了什么。所以这次不等臣子们上书提醒,他自己主动逢人便问:“爱卿,如此天灾,是否朕真的做错了什么?是不是新法触怒了上天呢?”当然这次,他却没有得到自己想要的答案。

出乎意料的是,反对派并没有像以往一般大肆攻击,他们大多数都选择了沉默。为什么呢?为了自保。王安石今时早已不同当初,王韶熙河开边的大胜,加上荆湖、四川的平乱,成为反对派和改革派胜负立判的最大根据。那样大的功劳,绝对无法轻易抹去,所以王安石在朝堂上的威信日益强盛,加之反对派的几位核心人物近年来贬的贬,死的死,缺乏一个有权威的领袖,他们就是一盘散沙,早已没有早年的攻击力。最重要的是,皇帝和王安石的关系极好,当朝赠与玉带,这样的荣宠,旁人想都不敢想,也让王安石站在了权力的巅峰。反对派就算不满,如今也绝不会主动发难,所以当皇帝问他们新法与天灾的关系时，他们都非常默契地选择沉默。见风使舵是这些官员最拿手的绝活，也是官场生存之道，饶是之前如何要与王安石拼个你死我活，审时度势之后，自然便会避免以卵击石的正面冲突。更虚伪的小人，转身便去奉承王安石的也不在少数。况且皇帝对新法向来支持，苏轼、司马光等人也因反对变法而被贬谪，前车之鉴，谁又敢直接在皇帝面前说新法的不是呢？

多番询问无果，皇帝知道这些臣子都在打哈哈，因为日夜焦虑，他终于忍不住了。一日在与王安石讨论新法的时候，开口问道："爱卿，北方大旱，民不聊生，这是不是上天的警示？"

王安石面对皇帝的恐慌，却显得尤为镇定，当即便安抚道："圣上大可放心，天旱、水灾都是最平常的事情，就算在上古圣君尧舜禹汤之世也在所难免，都是自然现象，没有那么多玄乎的东西。我们只要尽力而为，救济灾民，便不用担心。"

"可是此次旱灾，非比寻常，时间又如此凑巧，难道真的没有别的意义？"皇帝是真的害怕了。

王安石看着皇帝，也没多想，此刻他无论如何都不会想到，皇帝会将这场灾害怪到新法的头上，所以只是耐心劝导道："无碍，这都是小事，上天有它的意愿，我们只要做好自己的事情便可。"

这时皇帝便说了一句话："怕的就是人事未修。难道这是上天对我们变祖宗之法又发动战争的惩罚？我们是不是真的做错了？"

王安石愣了，他何曾想到，满心支持新法的皇帝，熬过了众臣的反对，熬过了后宫的压力，熬过了战败，竟会在现在艰难都被扫除、一派清明的关口，因为一场天灾，就对新法产生怀疑。但当下虽然震惊,他却没往深处想,只当是皇帝压力太大了。毕竟皇帝在五年之中,在面临很多更大的困难时,都选择站在他身边,做他最坚定的战友和后盾,只得又好生安慰一番,便回去继续寻找可以对国家有益的新法了。

但王安石对皇帝的态度,还是过于笃定了,他低估了天意和圣意的联系。皇帝作为天之骄子,作为和上苍意志联结的人,如何会将此事看作是纯粹的自然现象,所以他没有及时发现皇帝语气中的意思,这让他日后面对突然改变的局势,措手不及。

而对于皇帝来说,此时的他却陷入了痛苦的深渊。王安石作为他最信任的人,这样向他解释,他应该是要听的,但是他内心那种深刻的恐惧和自卑又冒了出来,王安石此时大无畏的态度和分析,却激起了他内心的恐惧。这样不畏惧上天的人,当然会触怒上天,新法、战争都是动荡之事,看来自己真是做错了,难怪新法在推行之时,便受到了这么大的反对,原来它本就是逆天之事,这下连上天都看不下去了。越是这样想,他心中便越是内疚,当下便开始写罪己诏,向上天承认自己这些年罪孽深重,并恳请天下臣民,帮自己共同回忆究竟做了哪些错事,必将改正,以寻求上天的谅解。

诏书经过中书省,王安石看到时但并未在意,毕竟每逢灾害发生,作为君主,都要如此反省一番,这是传统。之前所有反对新法的大人物都被贬到外地去了,就连文彦博最近也被贬了。朝堂上,早已没有人可以威胁到新法了,新法成果累累,皇帝又是最支持他的,他的确没什么好担心的。只是当日皇帝那样慌乱的神情,他内心也不免有一丝不安，所以想要快点做些事情来度过这场灾害。

在王安石忙于研究新法之时，皇帝却依旧没能从恐慌的情绪中走出来，直到有一天，看到了书案上摆着的两样东西。他翻开其中一样，这来自远方的司马光，他积极响应皇帝诏告天下的罪己诏，总结了六大条，直言新法种种弊端，皇帝看罢，心中便有了数。打开第二封奏章，来自郑侠，曾经是王安石的学生，后来因为和王安石意见相左而不欢而散，变成了反对派，如今正在安上门当差。在奏章中，他同样罗列新法的坏处，直言“若是罢免新法，天必下雨”，之后更是放言："若是新法罢免后十天内还不下雨，就可以砍了他。”皇帝看到落款，却是陌生之人，当下心中便有疑惑，想来是误送进来的，便欲丢弃，这时奏章后面却滑出一张画，他随手拿起一看，如遭电击。

这张画，画得栩栩如生，同样出自郑侠之手，灵感来源于他前几日在城门上的所见。中原大旱，数以万计的灾民涌向都城，却都被拦在城外，露天而居。他一眼望去，只见瘦骨嶙峋、衣不蔽体的灾民一直蔓延到天边，时时刻刻都有人在死去，哀鸿遍野。他看得心疼，对新法更加反感，当即便将所见一一画下，绘成一幅《流民图》，夹在奏章中，又想办法避开中书省，直接送至皇帝面前。如他所料，皇帝看了画，便跌坐在龙椅上，心中久久不能平静，这是他第一次直面灾害的惨烈之状。先前都还只是听说，如今亲眼看到，更是震惊异常，他回想起数月来心中的煎熬和不安、内疚和悔恨，当即便觉得自己把百姓害惨了，真是千古罪人，当即下令废除一切新法。

消息传到王安石耳朵里，当时他正与吕惠卿、邓绾等人共同讨论一项新的法度，当下便呆在原地，连带着吕惠卿和邓绾也不敢相信自己的耳朵，反复追问来通报的宦官，每次都得到同一个答案，但仍是无法相信。这事来得真是太突然了，先前新法推行得那样顺利，皇帝一直站在他们这边，京城也没有什么可以动摇皇帝的人物，怎么几天时间，就有这样翻天覆地的变化。他们一时间没了主意，只能看着王安石。

王安石此时面如土色，这样的结果，就算他想破脑袋也想不明白。新法的失败，他不是没有想象过，但它可以败在反对派的手上，可以败在太皇太后的威压下，可以败在本身法度的错误上，但绝对不可能会在一切顺利的情况下，败在一场再寻常不过的旱灾上，败在这个他最亲密的战友、最相信的人、也是最支持变法的皇帝手上。几年来的殚精竭虑，在此刻突然化作一股疲惫，让他瞬间失去所有力气，愤怒、挫败、背叛，狠狠向他砸来，一时间急火攻心，当即便喷出一口血来，随后两眼一黑硬挺挺向后倒去。

3. 辛酸罢相

待王安石再睁开眼睛，已经是半夜，他这一昏迷，竟有半日之久。他望着床顶，脑中一片空白，这是发自内心深处的绝望，他失败了，一败涂地，但令他意外的是，此刻他的内心，异常平静。先前的所有情绪此时都烟消云散，他日夜不停转动了六年的脑子，在这一刻得到了前所未有的休息。废法的消息一出，逼得他不得不停下脚步，一下子松懈下来，深深的绝望笼罩着他，他心灰意懒，没有不甘，没有愤怒，没有背叛，没有后悔。对待新法，他自知已是尽力，如今落得这样的下场，他无能为力，便不再多想，又闭上眼睛，任凭巨浪般的疲惫包裹住他的手脚，让他无法动弹，又昏昏沉沉睡了过去。

第二日，王安石依旧起不来床，他太累了，真不知道是什么样的信念才足以让他支撑这六年。他已经五十四岁了，早已步入老年，多年来的操劳让他比同龄人更要老上几分，突如其来的打击一下子将他击倒，让他终于有了第一次实质上的休息。但人一旦突然从高度紧张的状态中松懈下来，身体各部分便无法马上适应，加上积攒了多年的劳累突然卷土而来，和他算起总账。一夜之间，王安石头发花白，好似老了十岁，如同病入膏肓的老叟，瘫在床上，竟连说话的力气也没了。这种情况下，自然无法上朝，更何况王安石这时还没想好如何面对皇帝，便也只能告假在家。

王安石在病中得了几日清闲，改革派的其他人此刻却没有这么轻松了，新法被废，相当于一下子否决了他们这一票人，下场如何，不得而知，只得做着最后的挣扎。下朝后，吕惠卿特意留了下来，要与皇上再说上几句，他绝不像王安石那般横冲直撞，心中虽极力反对新法被废，但绝不可能在此时直接和皇上的决定唱反调，挑战君威。所以当下，他没有提一句要复立新法的建议，只是怆然泪下，说着王安石病势如何汹汹，恳请告假侍疾。皇帝闻言，心中一痛，王安石对他意义非凡，如兄如父，这么多年并肩作战，让他俩之间的感情早已超越了君臣。他深知新法对王安石的意义，自然明白王安石此时是受了怎样大的打击，忙关切地问王安石的病情。

吕惠卿只得摇了摇头叹道:“王丈此次打击颇大,在听到消息的当下便急火攻心,吐血昏迷。王丈操劳多年,身体本就虚弱,一时间各种病症并发,情况不容乐观。”说着便用袖口去抹泪,他是要用苦肉计唤回一点圣心,很显然他成功了。

皇帝听着吕惠卿之言,仿佛亲眼所见王安石当日的情景,心中内疚非常。新法的推行,为他带来了很多好处,在这六年里,他从一个战战兢兢的小皇帝成长为今天的样子,是王安石一直陪在他身边,支持他,帮他解决困难,助他实现梦想。如今因为天灾,他也没与王安石商量便将新法全部废除,合理却不合情,的确是做得不对。但这种愧疚并不足以让他改变自己的决定,毕竟王安石再好,终究比不上这天下苍生来得重要,何况他俩君臣有别,关系虽要好,若是因为王安石的病便立马改变自己的决定,也太过草率,更是失了皇帝的颜面,几番思量,也甚是纠结。

五日过去,王安石还是没有上朝,皇帝看着朝堂上空空如也的首相之位,心中不免有一丝落寞。放眼望去,朝堂下诸臣,却无一人能让他如此信赖。再者,新法被废,他多年来的信念一下子丢失,眼下竟不知道该做什么了,他听着臣子们空洞的言论,没有一丝进取的意思。他开始怀念王安石,怀念那个一心为民、想要让国家富强的忠臣,他又想到王安石的病,突然就很怕他会因此死去,毕竟他现在还没有那样的能力,可以一个人领导整个国家往更好的方向去,所以心中便被满满的不安感填满。

又过了两日,皇帝平静下来,细想当日见到《流民图》的场景,情绪已经变得正常,谁都有失常的时候,那时他第一次赤裸裸地见识到灾难的残酷，冲击太大，致使他做出了非理性的举动，如今静下心来想想，的确过激了些。何况当日之事，也颇为蹊跷，区区一个安上门当差的小吏，如何能将画送到他面前，这其中是否还有一丝阴谋的意味？而最为重要的是，新法被废已经过去七天，灾情却并没有获得缓解，该下的雨还是一滴都没有落下，可见这根本就不是什么上天的警示。这样想清楚之后，废除新法便失去了意义，且本来对待新法他就是支持的，这样贸然放弃，心中也非常不舍。他当即又下令，宣布除了“方田均税法”之外，新法全部恢复。

短短七天，改革派犹如坐过山车一般，急下急上，新法恢复的消息一出，吕惠卿等人欢欣鼓舞，重新放开膀子，按部就班地将新法风风火火地开展起来。但卧病在床的王安石，却没有感到欣慰，取而代之的是深深的无力，皇帝废法的举动让他死了心。好比商鞅变法，秦孝公当时是倾全国之力鼎力相助的，给了商鞅最大的信任和支持。但到了当朝皇帝这里，却没有这样的魄力，他回忆起之前种种，面对反对派的攻击，每次处理皇帝都下不了决心，他都得反复上奏、商量，才得以把反对派贬出京去。而这次就因为一次旱灾，一幅旁人的画，他便可以无视新法的好处，否定它带来的一切改变，说都不说一声便全部废除，这让他一想到就气得血液倒流。他太累了，不仅是变法太累，而是这样的变法太累了，几天之间，心境便有了很大的转变，他强撑着病体，披衣起身，怀着满腔的疲惫和绝望，写下他的辞呈。

时隔七日，皇帝收到来自王安石的第一个消息便是这封辞呈，心中悲痛，忙回信极力挽留，直言王安石的辞官让他寝食难安，定是之前废法一事让他受了委屈，又好生安慰体恤一番，关心起他的身体，甚至说已经派了太医前去诊治。王安石回信，对慰问表示感谢，但辞官的态度仍十分坚决。

作为一个君主，赵顼此时表现出了极大的耐心，甚至降低身份，自责道："定是爱卿觉得我不是一个成功的君主，所以要抛弃我。"王安石心中一软，但敌不过他的心累，回信道："并非如此，圣上聪慧，又很上进，日后定会取得很大的成就。微臣年老体衰，无法再尽心辅佐，但在我之后，必有更好的年轻才俊来辅佐圣上。"

赵顼见信，心中更加难过，但依旧不放弃，动情相劝，搬出王安石进京的目的和济世安民的理想，又强调自己与他如何志同道合，先前的合作如何愉快，反正用这世上最温馨的语言，做着感人肺腑的挽留。王安石不为所动，依旧要辞官，他心力交瘁，至少此刻，他是不想在京城再待下去了。

皇帝依旧没有批准王安石的辞呈，所以王安石只得在府内休养。

这时，一个故人回到了京城，时隔三年，李之昂再次回京，此次目的只有一个，杀了王安石！三年前他指使云娘给王安石下药，自以为万无一失，虽然久等不见云娘的出现，便以为事发，云娘已经被处死，只得按原计划，只身一人回到西夏去找姐姐。谁料王安石并没有死，甚至发动熙河战役，直接收复河、湟二州，西夏腹背受敌。梁太后震怒，当即便下令将李之昂关了起来，念在血脉相连才饶他一命。李之昂就这样在西夏被监禁了三年，其间受尽白眼和羞辱，但都不敢轻易死去，因为他一定要活到杀了王安石为止。而后费尽千辛万苦，他终于得以逃脱，便一刻不停地赶往京城，要为自己和云娘报仇。

一个月黑风高的夜，王府众人都已安睡，一道黑影悄无声息落在院内，目标明确，径直往王安石的寝屋摸去。待他推开门，却发现王安石此时并未入睡。原来王安石病中总是口渴，夜里总要起身喝水，正好撞上他进得屋来，大吃一惊，忙叫道："来者何人?"李之昂见状，忙疾步向前，手中的剑便往王安石身上刺去。王安石一惊，手中杯子滑落，砸碎在地，旋即侧身一躲，但臂上仍深深挨了一剑，当即便冒出血来。李之昂忙又转身接着向他刺去，王安石也略习过点武，当下便侧翻向一旁滚去，无奈手臂吃痛，滚到一半便停下，狠狠撞在桌上，力道之大，直接将桌掀翻，惹得桌上一应物品皆摔在地上，噼里啪啦作响。李之昂见动静太大，便加快速度，使出杀招，要速战速决，剑身闪过一道白光，直直往王安石脸上刺去。王安石如何敌得过这样的招式，更何况正生着病，身体虚弱，只得放弃抵抗，闭上眼，等待死亡的到来。

"叮"的一声，王安石感觉剑气已经逼到他的鼻前，却迟迟没有等到剑的刺入，忙睁开眼，只见汀时已赶到，及时拨开李之昂的剑，两相交锋，李之昂落了下风，忙向门外逃走。

汀时自幼习武，武艺高强，如何能让他逃了去，两人在院子里激战数十回，李之昂手中的剑被汀时打飞，当下便被反扭在汀时身下，不得动弹。汀时忙扯下他脸上的遮布，这个面孔颇为熟悉，一时却又想不起来。这时，管家王贵带着家丁匆匆赶到，吴氏、王雱也闻讯赶到,见王安石手臂鲜血直流,忙为他包扎。李之昂已经被制服,被家丁捆绑起来,就要扭送官府。待他转身,因为打斗激烈,衣衫早已破烂,颈后的刺青此时清晰地露出,汀时一看,从地上跳起,冲过去将李之昂抓过来,一把扼住他的喉咙,叫道:“是你!你到底是谁?我姐姐的死,是否与你有关?”李之昂闻言,一时间也莫名其妙,他从未见过汀时,如何知道他所言是何意。但汀时此时却突然暴怒,狠狠将他的头按下,手指摸过他的脖子,随即捡起地上的剑,叫着“是你!就是你!”便要向他刺去。

王雱见状,忙上前将汀时拦下,这是有法度的国家,杀人是要偿命的,就算是王府的刺客,也得扭送官府听从发落,这样私自杀人,是要伏罪的。无奈汀时此时听不进任何劝解,一心想杀李之昂,他犹如一头猛牛拉也拉不住,王雱只得叫了好几个家丁,才把汀时压在地上。汀时一味叫道:“杀人凶手!杀人凶手!”王安石见汀时如此失控,又听得他刚才说着和青芜相关的事情,忙走到汀时面前,问他是什么意思,汀时这才把他当年所见说出来。在姐姐死去的那个夜晚,在难民暴动的现场,他都看到了这个人,因为他颈后的刺青,自己绝对不会认错。

事情到这里,就愈发显得错综复杂,一个是王安石的知己,一个是王安石的儿子,两个亲近之人的离去,都与此人有关,这背后究竟隐藏着怎样的阴谋,谁要害他,他一定要查出来。王安石当即让王雱将李之昂送至官府,好好彻查此事。

李之昂自知刺杀失败,已是死路一条,便不再反抗,直到出府的那一刻,他看到站在人群之外那个熟悉的背影。他震惊了,云娘没死！但也等不及细想，他便被押送了出去。

在牢里，他燃起了熊熊的恨意，云娘在骗他，这个该死的女人，都是因为她，让他的人生成了最大的悲剧，他要杀了她。而此时，他心中突然有了一个一箭双雕的念头，反正自己是将死之人，不如多拉两个垫背的。

七天之后，开封府尹突然带着一众衙役，冲入王府，二话不说，便要将云娘抓走。王安石等人忙询问缘由，府尹直说云娘是西夏奸细，要抓进去好好审问。王府上下一头雾水，只得眼睁睁看人将云娘捉了去。之后，京城谣言四起，街头巷尾都在传言王安石宠妾是西夏奸细，传到皇帝耳朵里，他也大为震惊，虽相信王安石与西夏并无关系，但众口铄金，如何堵住悠悠之口，才是关键。为了证明清白，皇帝下令王安石亲自处死云娘。

王安石站在开封府的地牢里，面对着一身囚衣的云娘，五味杂陈。他实在没有想到身边之人竟会是西夏的奸细，他举起手中的剑，指着云娘，看着她瑟瑟发抖的模样，终究是下不了手。云娘此时心中却很平静，要说死她也是害怕的，但此情此景，对她又何尝不是一种解脱。再见李之昂的那一刻，她便知道，是她负了他，抱着对他的愧疚，她对李之昂的所有指控供认不讳。她不想再违逆他的意思，就如他所希望的吧。西夏人也罢，奸细也罢，反正自己这条命也是他救的。但她内心却没有想要伤害王安石的念头，直到王安石站在她的面前，她才知道，自己的身份竟是在给王安石抹黑。她这一生太过痛苦，徘徊在两个男人之间，在良知和欲望之间深深煎熬，最终负了所有人。

对于王安石，她是有歉疚的，如今认了罪；对于王府众人，也是一种背叛，所以当她得知圣上要王安石杀了她以证清白的时候，她是欣喜的，终于能报了这个恩情。所以她微笑着，向那柄剑走去，突然前胸一顶，让剑没入自己的身体，鲜血从胸前冒出，她却感觉不到一丝疼痛。多年来，没有一刻能比此时更加轻松，她一步一步往前走着，直到剑从她背后刺出，贯穿她的身体，呼吸渐渐变得急促。她能感觉到体内的热量在一点点地消减，但她不觉得痛，最终满足地闭上了眼，几日后，李之昂也被处死。

经此风波，王安石彻底感到全身心的累，京城里阴谋环绕，让他心寒，他想到小儿子的惨死，便再也忍不住了，当即又上奏，立请辞官。这次，皇帝准奏。

熙宁七年(1074)四月底，王安石一家轻车简行，悄悄离开了京城，没有惊动一个官员和百姓，王安石带着满身创伤，带着一颗疲惫不堪的心，辛酸罢相，回到江宁。

4. 黯然退场

王安石罢相离京，一时间便没有人出来主持大局了。皇帝忙提拔韩绛出来做首相，同时提拔吕惠卿为参知政事，继续变法事宜。王安石的离京，对吕惠卿来说打击很大，一时间像失去了主心骨一般，但面对自己的突然升官，也忍不住十分惊喜。要说这么多年来，对王安石没有一丝不满，那是假话。他毕竟做不到王安石那样的大公无私，所以在王安石不顾一切推行新法的时候，他的内心其实是有一丝不安的，他怕变法一旦失败，自己便会成为陪葬，那么他这么多年获得的地位、权力都将消失。如今坐上了副相的位置，更是不愿意失去权力。

皇帝却不知道他此时心中的计算，只知道他是王安石的亲信，在王安石离京之后，他是继续执行新法的最好人选。就这样，吕惠卿在王安石之后，登上了权力的顶峰，成了变法的第二位领袖。但他毕竟不是王安石，对改革派众人来说威信不够，一些人清楚地意识到，王安石倒台，权力层必将重组。如今皇帝虽提拔了吕惠卿继续推行新法，但吕惠卿与皇帝的关系，怎能与王安石相提并论。早前全面废法的事情还历历在目，当下一些定力差的人顶不住这样的压力，突然改变立场，要站到反对派的阵营里去，对新法发起攻击。曾布便是其中之一。

但曾布还是低估了皇帝对于新法的支持，当下便惹得皇帝不悦，忙命吕惠卿彻查此事。吕惠卿得令，心中一喜，他与曾布素来不和，如今落在他手里，必要大肆打压一番。一方面，吕惠卿不比王安石的仁慈，行事乖戾，尤其是对于这些曾经与他有私怨的人；另一方面，如今他身处高位，作为改革派的一把手，需要立威，曾布这时的反叛，被他当作杀鸡儆猴的例子，便公报私仇，以处理改革派内部叛徒的罪名去办。曾布当即被贬官为饶州知州。吕惠卿初尝权力滋味，心中快意非常，没想到一朝权力之手，竟是这样好的感觉，得意起来，心中的欲望陡然增加，让他一瞬间面目突变，开始大肆在官场上打压报复先前结仇的人。

首先，吕惠卿害怕王安石离任后新法动摇，于是遍发书信给各监司、郡守，让他们上书陈述利害，向皇帝施压，然后从容地请求皇帝下诏,表明始终不因官吏违法而废除新法。在有了这个保障的前提下,他迅速开始组建属于自己的亲信班子。

熙宁七年(1074)五月,废罢制科,原先王安石认为进士所考与制科无异,不必有制科之试,执政时考进士已不考诗赋。到吕惠卿执政时,再次提出制科只有记诵,却不深究经义,多次与皇帝陈述利弊,皇帝下诏废罢制科。

六月,郑侠上书说吕惠卿结党为奸,堵塞言路,认为他是还未除尽的奸人。吕惠卿大怒,想到之前郑侠的一幅《流民图》,害得新法尽废,当即命中丞邓绾、知制诰邓润甫弹劾他,最终郑侠被谪放至汀州。

一系列的打压之后,他终于将目光放到王安石身上,这位对他有栽培之恩的大恩人,此刻已经离京,但他知道皇帝对王安石的态度,若不是王安石执意离京,皇帝如何舍得放他走。眼下皇帝对他的支持,让他清晰地认识到,这其实是对王安石的支持。这让他强烈地感到不安,如今尝过了权力的好处,他如何也不肯放弃,想到若有一日,王安石愿意出山,想必皇帝会张开双手热烈迎接,那么到那时,他这个副相的帽子也只会被毫不留情地摘去,必须要想个法子阻止王安石再次进入政治的中心。恩情和友情,最终在利欲的旋涡中被吞没,吕惠卿突然反戈一击,开始对王安石进行一系列的打压。当然他不会直接表露出来,而是借着一种迂回的方式,背后捅人一刀。

熙宁七年(1074)十一月,冬至日郊祀大典上,朝廷依照惯例,要赦免一些有罪的官员,在特殊的情况下还会受到嘉奖,以示朝廷仁爱。吕惠卿做出一副忠心耿耿、设身处地为王安石着想的样子，为王安石请命，直言王安石此时官位太低，恳请圣上念及他当日功劳，封他为节度使。节度使在大宋只是一个虚名，并无实权。这时吕惠卿的野心便昭然若揭，他是要变相地将王安石彻底封锁在权力之外。吕惠卿的高明之处就是他非常擅于伪装，但皇帝是何等聪慧之人，怎会听不出他话中的意思，当下便心生不悦，驳斥道："王安石离职并非有罪，何来赦免一说！"吕惠卿闻言，心下一惊，他知道自己失败了，再无翻身的机会，想要在皇帝面前压制王安石已经是不可能了，当即诚惶诚恐解释一番，失望而归。

吕惠卿却没想到自己的这番话，在皇帝心中产生了一连串的反应。首先是不悦，他批准王安石的辞官，实属无奈之举，面对王安石坚定的态度，他无法挽留，再加之皇奶奶和母后的劝说，认为王安石树敌太多，不利于新法推行，他只得暂时放王安石离京，是权宜之计。谁料吕惠卿竟是虎狼之辈，一上位来，便用雷霆手段连铲数人，速度之快，手段之狠，让他大为吃惊，对待吕惠卿，便逐渐防备起来。其次是不安，吕惠卿这样的手段，究竟对新法的推行是不是有利，这几个月来，他无时无刻不在思考这个问题。今日听得吕惠卿这一番话，他突然醒悟过来，才发现吕惠卿的疯狂，竟已经将整个局势扭转了过去，让整个朝廷陪他冒险，这让他感到深深的不安。最后便是浓浓的思念，他思念王安石在朝堂上的情景，那时的他心中是如此的坚定，王安石当政的朝廷，没有阴谋诡计，有的只是一心为民、造福百姓的志向，眼看着吕惠卿渐渐增长起来的势力逐渐不好控制，他这一刻，一心想要王安石回京，当即修书一封，加急送往江宁,力劝王安石复位。

经过几个月的休养,王安石的身体也渐渐恢复,整日过着闲云野鹤般的生活,但对天下苍生,还是挂念着的。对皇帝的怨恨,渐渐地也减少了,皇帝的书信,言辞恳切,直言朝廷已经到了一个很危险的地步,吕惠卿把新法拖到悬崖的边上。王安石心中大为悲痛,新法是他毕生的心血,绝不能如此被败坏,当即收拾行囊,日夜兼程,不出七日,便抵达京城。

很快,王安石复相,举朝震惊,吕惠卿审时度势,立马又变了嘴脸,冲到王安石面前去表忠心,安心处在王安石之下,做着他的二把手,但两人之间的感情,早已不复当初。

王安石不计较个人恩怨,不代表别人也不计较,王雱向来就害怕吕惠卿的野心,对他无法信任,这次吕惠卿的背叛,更是让他对他充满了敌意。王雱知道父亲一心为天下,此时不计前嫌重新接纳吕惠卿,但他心中却过不了这个坎。眼看着父亲与吕惠卿又越走越近,他看着吕惠卿虚伪的嘴脸,实在忍不住了,便联合众人,弹劾吕惠卿。

消息传到王安石耳朵里,他大为震怒,这样公然弹劾,与之前吕惠卿所做之事有何区别?虽然他清楚此次回京,早已不同早前,他身边已经没有多少人可以信任,吕惠卿表面上虽对他言听计从,但背地里却是另一番作派。只是眼下正是推行新法、一致对外的时候,他绝不会选择窝里斗,王雱这样鲁莽的行动,让他恼怒。他当即便冲到王雱院中,将其狠狠数落一番,王雱心高气傲,深受打击病倒,从此,再也没有爬起来过。熙宁九年(1076),王雱病逝,给了王安石致命的一击。

此番复相，时移世易，王安石早就有力不从心之感，眼下爱子的离世让他无法接受。他想着因为变法，自己这些年来遭受了多少背叛，失去了多少亲人、朋友，突然感到前所未有的厌倦。眼下政局太平，他再次萌生了强烈的退意。辽国虎视眈眈，皇帝因为严重的恐辽情绪不听劝诫，毅然割地，他有一种彻头彻尾的无力感。熙宁九年(1076)十月，他第二次罢相，去意坚决，再次回到江宁。

这是一次真正意义上的隐退，王安石此时已经和寻常老人没什么两样，他不再是那个权倾天下的首相，不再是那个指点江山的变法领袖，但依旧是那个心怀天下的人，他的时代已经过去，他心满意足，回归田园。

元祐元年(1086)，王安石病重，弥留之际，他回想自己的一生，了无遗憾，终其一生，他都在为百姓做事。在他执政的时候，国库充裕，政令更新，民生改善，军队强大，熙河收复……他感到十分欣慰。他这一生，虽然碰到很多困难和陷害，但拥有一个心爱的女子、一位贤惠的夫人、几个可爱的子女；拥有一个支持他、信任他的皇帝；同时也拥有一些真心实意的朋友。吕惠卿虽背叛他，终究也曾是一个很好的战友。他没有怨恨，感到由衷的幸福，就在这种安详的氛围中，闭上了他的双眼。

第七卷

大地裂痕

葛红兵 徐毅成 著

上海大学出版社

目　录

引子

元丰五年(1082)。

这一年西夏军在永乐城大破宋军，蒙全圣、罗世念等人在广西起兵反宋，这些边地的局部战乱虽然棘手，但并不能真正撼动大宋的江山，也不能影响其稳固的根基，西夏、大理、吐蕃等边陲小国对于中原大地构不成太大的威胁。最强大的邻居辽国，也因公元1004年订立的“澶渊之盟”，与大宋七十余年相安无事，尽管大宋每年要给辽国进献岁币，但能换来太平日子，也算是值了。公元1082年，苏东坡创作了《赤壁赋》，司马光正在写《资治通鉴》，这些都可算得上是大事，而这里要记载的这件事看起来却似乎不那么重大，但当历史曲折向前，回过头来看，却是个不得了的日子，正是由于这天一位大人物的诞生，才使得宋朝在历史上被分为“北宋”和“南宋”。

元丰五年(1082)的十月初十，本是再普通不过的一天，却发生了一件颇具传奇色彩的事，此事的真伪无从考证，但其寓意颇为深长。传说在这天夜里，赵顼莫名地感到心神不宁，在龙榻上辗转反侧，难以入眠。他坐起身来，想要起床如厕，迷迷糊糊之间，耳边一阵吱吱作响，心里估摸着是寝宫外阵阵妖风钻进门窗发出的怪声，门窗剧烈地晃动着，但仔细一听，又好像是有人从外面用力推拉。这尖细的风声如同一个怨妇低声抽泣，在深更半夜听起来让人心里发怵。皇上的胆儿不大，愣在那里侧耳听着，便意顿时减去了一大半。

他原本想推醒床上熟睡的林贤妃，但念及自己贵为九五之尊，又是堂堂七尺男儿，说半夜如厕怕鬼似乎有失体面，只好作罢。没过多久，窗外的妖风趋缓，皇上便定了定神，壮了壮胆，慢慢起身从床上下来。他小心翼翼，怕惊动什么，一步、两步、三步……正当要迈出第四步的时候，突然间一声巨响，寝宫的正门直挺挺地打开了！这一下着实来得突然，皇上猝不及防，一屁股瘫坐在地上，吓得连惊叫一声的力气都没了。他浑身颤抖着，但见一团白色云雾从外面幽幽地飘了进来，这云雾越散越开。皇上惊异地看着这一切，目瞪口呆，整个人好像陷入了一种迷乱的状态中，这似乎不像是现实生活中会出现的情景。

床上的林贤妃似乎全然没听到方才的巨响，只是翻了个身，依旧睡得死死的，她的呼吸声极其细微，好像随时都会消失一般，这令皇上感到了彻底的无助。皇上想开口召唤侍卫和太监，但却惊讶地发现，此时他的喉咙像是被谁扼住似的，一丁点儿声音都发不出来。皇上吓得魂飞魄散，在心底里叫道："闹鬼了！闹鬼了！看来还是个厉鬼！"

传说中，厉鬼都有一个特定的人形，寄居在一团云雾之中，忽隐忽现，每到午夜便会在人意想不到的情形下现身，这传说看来并非信口雌黄。果不其然，待云雾渐渐散去，一个诡异的身形就浮现了出来。赵顼定睛一看，只见那人一袭青衣，气度不凡，若真的是鬼，也必然是鬼魂中的贵族。很长的一段时间里，皇上仍发不出声音，直到用力地咳嗽了一声，好像把胸腔中的一块阻滞之物用力咳了出来。

“你……你，你是何人？”皇上终于勉强地发出了声，结结巴巴地问道。尽管他竭力地控制着，但是声音仍不可避免地颤抖起来，恐惧已经让他暂时忘记了自己九五之尊的身份。

青衣人没有作答，在这样的时刻，没有什么比沉默更令人不安的了。月光昏暗，此人面色煞白，无半点血色。他神色黯然，眉头紧蹙，似是有着深深的忧思，手中一把精美的折扇微微摇动着，挟着一股阴柔之气。许久，他发出了空灵的低吟浅唱：

春花秋月何时了？往事知多少！

小楼昨夜又东风，故国不堪回首月明中。

雕栏玉砌应犹在，只是朱颜改。

问君能有几多愁？恰似一江春水向东流。

短短的几句唱词，那青衣人唱了足足有一炷香的时间，此刻，他已经走到了赵顼跟前。但他的声音像是从遥远的深谷传来，有一种摄人心魄的魔力，皇上听完之后，也莫名地悲从中来。他突然想起这是《虞美人》的曲调和唱词，猛地睁大了眼睛，道：“莫非你是……”

“李煜，字重光。”青衣人自报家门，声音依旧缥缈，绕梁不止。

皇上一听到“李煜”二字，如遭晴天霹雳，恐惧感变本加厉地袭来。南唐后主李煜早已死去百余年，而且这李后主当年正是被太宗皇帝毒杀的。大宋王朝不仅夺走了李煜的命，还夺走了他的国家和他的爱妃，现在时隔百年，李煜的魂魄竟然出现在寝宫，难道是厉鬼寻仇来了？想到这里，赵顼吓得屁滚尿流，拼了命地往墙角里钻，像是穿山甲，能把这墙角钻出洞来。李煜缓缓抬起头来，与瘫在地上的皇上四目相接。皇上见状顿感一阵凉意，哆嗦不已，额头直冒冷汗。

“皇上莫怕，我虽为鬼，却是无害于人的。”李煜说罢，深深地作了一揖。

“你是来跟我大宋寻仇索命来吗?”皇上掩饰不了声音的颤抖。

李煜收起手中的折扇，凄然一笑，道：“皇上言重了。当年南唐亡国，乃是我自己昏庸无能，致使气数殆尽，一切皆是我咎由自取，又岂敢生出嗔恨之心?”

李后主果然是一个知书达理的人，就连做了鬼也彬彬有礼，但阴柔的语调令人感到刺骨的寒冷，仿佛平静的海面下埋藏着某种巨大的危机，黑暗在深处逐渐积蓄强力。

“那……那你深夜来访，所为何事?”

“我是特地前来拜谒皇上的。因白天不便现身，只好等到深夜，冒昧之处，还望皇上见谅。”说罢，又是深深的一揖。

“朕与你人鬼殊途，无缘无故，为何要来拜谒?”角落里的皇上支起身子，倚墙端坐道。

“这个……”李煜刻意地顿了顿，“是为了答谢皇上的收留之恩。”

“收留?”皇上一脸的疑惑，“朕什么时候收留过你?”

“皇上日后便知。”李煜露出神秘的微笑，说道，“其实，除了拜谢收留之恩，更重要的是，向皇上道喜。”

“喜?”皇上听完更困惑了，连忙问道，“喜从何来?”

李煜像是故意卖关子，还是用同一句话搪塞着：“这个，皇上日后便知。”

李煜阴阳怪气，欲言又止，一连说了两个“皇上日后便知”，若在平时，这必会引得皇上龙颜大怒，但此刻赵顼惊魂未定，面对神秘莫测的鬼魂，全然没了脾气，好像身上的阳气已经被这月光吸食得所剩无几。

就在和李后主简短对话之际，时间似乎流逝得飞快，方才还是深更半夜，现在却已是拂晓。透过大敞着的门窗，皇上远远地望见东方泛白，天色转亮。眼前的一切都如此模糊，像是蒙上了一层霜。皇上恍惚地看着，揉了揉眼，就在这举手之间，时间又再次迅猛地向前迈进——闪耀的日光从门窗灌进来，占领了所有原本阴暗的角落。那身穿青衣的李后主，身形变得越来越淡，就像墨汁在清水之中稀释散尽，他那瘆人的笑容让人从头一直凉到脚心。

“皇上，皇上!”一个女人的声音在耳际响起，那声音缥缈而模糊，但赵顼还是依稀辨认得出，那是林贤妃的声音。那声音由远及近，终于来到耳边，皇上勉强地睁开眼睛，看见了那张秀美的脸庞。

林贤妃的脸上满是关切和紧张，她伸手轻轻地擦了擦皇上额头上的汗珠，皇上却是一脸的茫然，好像根本不知道先前发生了什么。

“爱妃，怎么啦？”皇上问道。

“皇上！”林贤妃抱住他，娇嗔道，“皇上方才直冒冷汗，颤抖不已，臣妾怎么叫都叫不醒，真是吓坏臣妾了！”赵项一边爱抚着林贤妃，一边使劲回忆，却完全想不起来。他感到头疼，两边的太阳穴有些发胀，便用手揉了揉，然后来回抚摸着自己的额头。

“朕只记得做了个噩梦，至于是什么噩梦，已经忘得一干二净了。”皇上在林贤妃的帮助下缓缓地坐起身，神色有些凝重地说，“无端梦见不祥之物，恐是凶兆，改日朕要请真靖大师算上一卦。”

“皇上休要多虑，依臣妾看，这梦都是反的，梦见凶恶，必有吉兆！”林贤妃劝慰道。赵项听爱妃这么一说，顿时忧虑全消，转忧为喜，捏着林贤妃的脸蛋说道：“说得是，说得好。爱妃可比那真靖大师还要厉害。”

赵项和林贤妃在床上打情骂俏了一番，随后召宫女和太监进来服侍更衣。一个小太监进门后跪伏在地，满脸兴奋地禀报：“恭贺皇上！昨夜丑时，喜得一龙子！”赵项一听，立刻喜上眉梢，问道：“当真？生子的可是陈才人？”太监答道：“正是。小皇子生得白白胖胖，现正在侧殿等候皇上赐名。”

“好，好，快替朕更衣，朕这就要去见见儿子。”赵项说着又转向林贤妃道，“爱妃说梦见凶恶，必有吉兆，看来所言非虚啊，哈哈！”林贤妃听了，勉强挤出一丝笑容，一边若有所思地替皇上更衣。

赵项走到侧殿时，太后和众妃嫔早已候在那里，齐声恭喜皇上喜得龙子。那襁褓中的小皇子在母亲身边大声地哭泣着，陈才人躺在床上，略显虚弱，显得比平常更加楚楚动人。皇上坐在床边，心疼地抚着陈才人的脸颊，随后又掂了掂小皇子，甚是欢喜，关切地对陈才人道："你这次可真是劳苦功高啊，朕要晋封你为美人！"

陈才人娇弱地笑了笑，道："谢皇上，请皇上给皇子赐名。"皇上默思片刻，又想起适才林贤妃说的"必有吉兆"云云，于是说道："你觉得赵佶这个名字如何？'四牡既佶'的'佶'字！"

陈才人道："好名字，多谢皇上金口赐名！"话音刚落，在场的太监宫女全体下跪磕头："恭喜皇上，贺喜皇上……"赵顼仰天大笑，抱起那啼哭中的婴儿，轻轻地拍着他的背。这名叫赵佶的小皇子，便是日后的风流天子宋徽宗。

在皇上的轻拍下，婴儿的哭声渐止，他看着自己的父皇，咧开嘴，露出了在人间的第一个笑容。赵顼看着小赵佶那可爱的笑，心中却莫名地一怔，他突然觉得那笑容似曾相识，但究竟在哪见过，却怎么也想不起来。

一、赵佶继位

1. 祥瑞之兆

从那小赵佶发出第一声啼哭开始算起，时光不紧不慢地流转了十七年，来到元符二年(1099)。在这十七年里，大宋王朝早已更换了新君，那神宗梦见李后主后，没过三年就因病驾崩于福宁殿，同年安葬于永裕陵。神宗临终前嘱托旁人，务必将新法沿用下去，可惜当年变法的首倡者王安石早已驾鹤西去，自此一个时代彻底终结。

神宗的长子赵煦继任皇位时，年仅十岁，因而朝中实际掌握大权的人成了太皇太后高滔滔，她重用司马光，尽废新法。可怜的小皇上赵煦就在太皇太后高氏和司马光的阴影下度过了自己的少年时代，一直等到元祐八年(1093)九月，太皇太后高氏病逝，赵煦这才取下了禁锢在身上多年的枷锁，夺回了实权，准备大干一场。然而，这个年纪轻轻的皇上却没有预料到自己七年之后就将英年早逝。

一、赵佶继位

再说那十七岁的赵佶，元符二年(1099)的他还只是端王。在众多的王爷中，端王是最才华横溢的一位，每日吟诗作画、拓碑临帖，既喜好书画又精通音律，十足一个风流才子，似乎只要有笔墨纸砚、美酒佳人便能愉快而满足地度过一生。可就是这么一个好似纨绔子弟的王爷，内心却觊觎神器，暗怀上王之志。当然，这一点几乎无人知晓，除了端王府上一个名叫杨震的管家。杨震深知自己主子的野心，也深知这野心有可能招来杀身之祸，所以一直谨小慎微。

一日，两只仙鹤从天降至端王府，朝中大臣得知端王府出现祥瑞，纷纷来贺，端王赵佶心中也暗自欢喜，但杨震却把前来道贺的人们打发走了，说那只是鹳而已，根本不是传说中的仙鹤。过了没多久，端王府再现祥瑞，莫名长出灵芝，又一次引来好事的大臣们。赵佶感到得意，欲请大家前来观赏，未料杨震却早已经抢先一步将灵芝给铲了，并对外宣称这只是因为府上湿气较重长出菌，并非灵芝。赵佶性格张扬，好出风头，对杨震这样几次三番扫兴的行为感到十分不满。

“杨震，你好大的胆子，竟敢把本王的灵芝给铲了！”

杨震连忙跪倒在地，给赵佶磕了个响头，说道：“王爷啊，小的这也是为您好，仙鹤降于庭、灵芝长于阁，固然是祥瑞之兆，但若是大肆声张，这万一要是传到皇上的耳朵里，难免引来不必要的猜忌。”

赵佶一想，觉得倒也不无道理，自己的上王之志断不可让旁人看出来，否则恐怕要被人认作是鹰视狼顾之徒，引火烧身，得不偿失。于是打定主意要韬光养晦，但是他的心情又久久难以平静。这天晚上他躺在床上翻来覆去地琢磨这件事，清楚自己的才能远在皇上赵煦之上，只因年龄比他小了几岁而与皇位无缘。现在，频频出现的祥瑞之兆是否是玉皇大帝降下的旨意呢？想到这里他再也躺不住了，起身呼唤下人："去，把杨震给我叫来。"端王家里的这位管家可以说是从小陪他长大的，所以赵佶对他极其信任。

杨震深夜受到召唤，还以为有什么重要的事情，三步并作两步就来到赵佶的寝室。赵佶神色凝重，吩咐身边人都退下，坐在榻上沉默不语。杨震问道："王爷深夜召唤小的来，有何吩咐？"

赵佶清了清嗓子，道："杨震，你跟本王多年，是我最信任的人，我有件小事要交给你办，但你要切记，此事虽小，却不可向任何人提及。"

杨震连忙伏地表示忠心："谢王爷信任，小的绝不向外人泄露半句。"

"嗯，起来吧。"端王道，"拿笔墨来。"

杨震起身，走到案边熟练地准备好笔墨纸砚。端王提笔，吁了口气，然后用他所独创的"瘦金体"流畅地在一张小纸条上写下："壬戌、癸亥、丙寅、己酉。"杨震凑近了看，认出这正是端王的生辰八字，便大致明白了他的用意——说到底还是对那些祥瑞之兆念念不忘。端王搁笔后，折叠起来交给杨震，嘱咐道："这是我的生辰八字，你明天拿着这张纸条到大相国寺外算命，每个卦摊都算上一卦。你就说这是你自己的生辰八字，不准说是我的。"杨震道了声遵命，接过纸条，小心翼翼地藏进袖管，便退下了。

2. 生辰八字

翌日，杨震揣着端王的生辰八字来到大相国寺。这大相国寺始建于北齐，已有五百余年的历史，本为佛门清净地，但因其坐落于闹市，所以热闹有余，清静不足。

寺门外零零散散地摆了十几个卦摊，杨震来到一个卦摊前，递上纸条，说这是自己的生辰八字，想测一测吉凶。那算命先生接过看了看，兀自念道："壬戌、癸亥、丙寅、己酉……"随手抓了一卦，沉吟片刻，然后说了一大堆常人听不懂的术语。他口若悬河，杨震听得云里雾里，终于忍不住对算命先生问道："能否说得清晰些？这卦代表什么意思，是吉是凶？"算命先生又支支吾吾说了半天，大概的意思是说，灾祸将至，需在他那里买点符回去烧成灰服下，方有可能逢凶化吉。杨震一听这套江湖术士骗钱的老把戏，当即掷下几文钱，转而到别的卦摊去了。随后又一连问了好几个算命先生，都是满口胡言乱语。

到了傍晚，杨震已问遍了几乎所有的卦摊，花了不少冤枉钱，也耗费了不少时间，仍一无所获。杨震沮丧地在大相国寺外晃悠着，思量着回去该如何向主子交代。就在这时候，他忽然发现寺庙东侧的墙角里蜷缩着一个衣衫褴褛的道士，那道士瘦得皮包骨头，见杨震正向自己走来，便用他的公鸭嗓喊了一声："算卦，算卦喽！"杨震本准备打道回府，见这里莫名又多出个卦摊来，心想"死马当成活马医吧"，便把纸条递了上去。

那道士用两根手指头慵懒地接过纸条，漫不经心地看着，突然他将纸条揉成一团，用力地向地上掷去，嘴里大声喝道："去你的，竟然跟我开这等玩笑！"

杨震愣在原地，不明白道士为何会有如此激烈的反应，心想大概是遇上了疯子，便自认倒霉，弯腰捡起地上的纸条。

此时，那道士又开口了："你拿着天子的生辰八字就不怕惹来杀头之罪么？"

杨震一听此言，顿时大惊失色，将纸条收起，紧张地凑近那道士，压低声音说："你这道士在胡言乱语些什么？这明明是我的生辰八字，怎么会和天子扯上关系？"

道士无奈地笑了笑，摇了摇头，便慢慢站起身，掸了掸身上的灰土，收拾起自己的摊子，临走前对杨震说道："这是谁的生辰八字，你自己心里清楚。既然不肯坦诚相待，我也就不多言喽。"说罢，他伸了个懒腰，转过身慢吞吞地往大相国寺边上的一条小巷走去了。

杨震愣在原地，心想这道士看似疯疯癫癫，竟能一眼看破玄机，看来绝非等闲之辈。杨震跟上步伐，准备继续追问，但当他来到那小巷口，却发现这是一条死路，而那道士竟已经无影无踪了。

杨震回到端王府后，将那道士的事告诉了赵佶。赵佶听后难掩兴奋之情，在屋里来回踱步，思虑良久，对杨震道："这世间竟真有此等高人？那道士还说了些什么？你可曾继续追问？"

杨震见赵佶迫切的神色，便自行添油加醋道："那……那道士还说，王爷您这生辰八字，乃是天子命格，还望您日后能善待天下百姓。"

听得此言，赵佶若有所思，有些恍然出神，一边就慢慢地坐了下来。

赵佶对那道士的话笃信不疑，知道自己当皇上是万事俱备，只欠东风。所谓“万事俱备”，是因为他早已打点好关系，上至向太后、朱太妃、朝中重臣，下至宫女太监，提起他端王爷，无不歌功颂德，端王的德行和才华早已受到广泛的认同；而“只欠东风”，则是因为，欲登大位尚须静待天命——天命取决于体弱多病又膝下无子的皇上还能撑多久。

皇上赵煦可算是命运多舛，在当了多年的傀儡皇帝之后，终于获得了实权，却又为疾病所累，难以大展宏图，甚至连传宗接代都做不到。在这种挫败感中，他郁郁寡欢，也因此病得更重了，寿数也即将被耗尽。

3. 立新皇花落谁家

对于赵煦而言，命运似乎是一个定数，他眼睁睁看着自己堕入厄运却没有能力解救自己，他的生命一点一点被蚕食，一点一点下沉，直到被淹没。在弥留之际，除了嗟叹和发脾气之外，他没有任何其他的事情可以做。他把自己的嫔妃叫到身边，在耳边虚弱地呼吸了几声，却说不出什么话来。

而对于赵佶而言，赵煦的病危却成为一个契机，不久他终于等来了他的“东风”。元符三年（1100）正月十二，年仅二十四岁的赵煦驾崩，宫廷上下满是哀号，但这对于赵佶来说，实在是件值得庆贺的事，他做了多年的皇帝梦终于就要成为现实。

果然，没过几日向太后就在福宁殿里召集群臣，商讨谁来继承帝位的问题。这向太后乃是神宗皇帝的皇后，哲宗朝时升格为皇太后，赵佶早就认清了形势，想方设法笼络向太后身边的人，因而向太后的耳边尽是各种对赵佶的赞美之声。久而久之膝下无子的她也对赵佶产生了好感，认为端王赵佶无论人品还是才学，都比其他的王爷高出了一大截。现在哲宗驾崩，继位者尚未选定，但在向太后的心里，早已有了答案。

在福宁殿里，向太后坐在帘后接见群臣，受召唤的宰辅大臣们依次进入殿内。他们每人都带着肃穆的表情，一来是因为皇上驾崩，二来则是因为今天的事情事关重大，既关系到大宋的国运，也关系到他们个人的命运。向太后坐在帘后，慢慢悠悠地向大臣们问道："大行皇帝尚无子嗣便不幸崩殂。有道是国不可一日无君，当务之急是要迎立新皇。各位都是先皇的重臣，今日请共同商讨继位人选。"向太后开门见山，而帘外的大臣们却是一片沉寂，他们谁都不敢轻易开口提议。

这样的当口，在场的诸臣都心有顾虑，生怕站错了队，砸了自己的脚。拥立新皇这事，就如一场豪赌，若是拥立对了人，将来自是有功，但倘若拥立错了，往往没什么好下场。群臣们面面相觑，谁都不肯开口，以至于向太后不得不发出了又一声催促，隔了许久，终于有人开口。

"臣以为当立简王，他与先皇乃是一母同胞，于情于理，皆当嗣位。"宰相章惇进言道。

向太后听到章惇的"一母同胞"四个字，不由得皱了皱眉头，只轻轻说了声:“不妥,简王排名十三,断无僭越之理。”章惇听出了向太后声音里暗藏的不满,意识到自己犯了忌讳——那哲宗是朱太妃之子,现在要是再立简王为新皇,便意味着朱太妃的两个儿子接连当了皇帝,这显然是把向太后置于一个尴尬的境地。章惇的提议被迅速否决后,又再奏道:“若是依几位藩王的长幼之序,应立申王。”章惇所说的申王名为赵佖,是神宗的第九个儿子。赵佖算是有贤德的,但是儿时患病,一眼失明,堂堂大宋的皇上,若让他来当,未免贻笑大方。向太后再次果断地否决了章惇的提议。章惇连番受挫,一时语塞,其余大臣们也是面面相觑,无人开口。

“申王既不可立,按长幼序,当立端王,各位意下如何?”向太后终于说出了自己一直想说的话,她心里明白,按照长幼之序来排,合情合理。不料此时章惇又一次跳了出来,几乎在向太后话音落下的同时奏道:“端王轻佻,不可以君天下!”

这话一出口,章惇便立刻后悔了,倘若端王赵佶真的继任了皇位,自己的下半辈子估计不会有什么好果子吃了。此刻的章惇恨不得时光倒转,但已经来不及了,向太后和所有大臣都清清楚楚地听到,这句话也已被记录在案。更要命的是,这时候他的老对头、知枢密院事曾布开始落井下石。

曾布本来一直沉默着,一副没睡醒的样子,现在却突然精神大振,高声斥责道:“宰相此言差矣,端王贤能,人尽皆知,实是继承皇位的不二人选,况且依长幼之序,这也是天经地义的。宰相无端发此议论,到底居心何在?”能言善辩的章惇此时已经完全说不出话来，他恨自己的这张嘴，居然在如此短的时间内就给自己种下了这么巨大的祸根。按此形势来看，端王继任已经是板上钉钉的事，无法改变。果然，向太后接过曾布的话："诚如子宣所言，端王仁孝贤能，又年长于其他诸王，实是天命所归，众卿是否还有异议？"

太后既已说出"天命所归"四个字，再反对那就是逆天行事，大臣们当然不再有异议，一致同意端王继任。大宋的历史也因为这场短会而开启了全新的篇章，转入令人难以预料的方向。

4. 年轻的大宋新君

赵佶此刻在端王府里静静地写着字，等待着消息。他已经等了太久，反而比从前心平气和了，或者说，他已经胜券在握。他相信自己是天命所归，此时笔墨落在宣纸上，看起来波澜不惊，但当他听到门外急促的马蹄声时，他的心还是颤动了一下，手底下的笔墨也向着一个错误的方向偏去，好好的一幅字，就这么给毁了。他搁下笔，慢慢抬起头，向门外望去，只听得一个太监用细细的嗓音喊着："太后圣谕，宣端王进宫！"这一声在赵佶听来格外悦耳，他再也按捺不住心中的欣喜之情，即刻快步来到大堂迎接前来报喜的使者。

两名太监也极其恭敬地拜见端王，然后引着他上了停在端王府门口的马车。走出端王府的时候，赵佶回过头来看了一眼，心中愉快地想着"这端王府，恐怕是再也不会回来了"。

一路上，赵佶的心上涌起百般滋味，一件自己做梦都不敢想的事情就要成为真真切切的现实，却突然感到有一种不现实的感觉，他甚至用力地捏了一下大腿，以确定这一切并不是在幻梦中发生的不实之景。

不久，赵佶便来到皇宫，等待他的已是九五之尊的排场，大臣和太监们依次排开，迎接这位年轻的大宋新君。他徐徐前行，来到正殿之下，礼部尚书正站在那里宣读太后懿旨："太后懿旨，皇上不幸驾崩，端王受命于天，继任天子之位。"

赵佶接旨后，两个太监便从旁走出，为他戴上皇冠、披上龙袍。赵佶来到哲宗的灵柩之前。赵佶"扑通"一声便跪了下来，身后的百官也连忙下跪，他高声号泣，百官跟着哀号。赵佶哭得极为真诚，泪水湿透了崭新的龙袍，文武百官见状，无不为之动容。隔了许久，赵佶似乎还是没有起身的意思，身旁的曾布便开口劝道："皇上，您与先皇兄弟情深，天地可鉴。但还是请您以江山社稷为重，保重龙体啊！"因自恃有着拥立之功，曾布很自然地便站到了离新皇最近的地方，而章惇则退在后方，一言不发。

听了曾布之言，赵佶轻拭双颊，终于缓缓起身，两个太监连忙上前将他扶起，随后一左一右扶着他走向龙椅。赵佶抹干了脸上的泪痕，坐上皇帝宝座，正襟危坐，颇有天子的风范，与那皇冠龙袍都格外契合。一时百官跪拜，声势浩大，一扫哲宗驾崩所带来的哀怨氛围，"万岁万岁万万岁"的回声在皇宫的上空不断盘旋而上，升入耀眼的云端。

赵佶登基半月之后的一个黄昏。

皇上的龙轿停在了向太后居住的清仁宫门外，在太监的搀扶下，年轻的皇上风度翩翩地从轿中缓缓走出。在这短短的半个月里，赵佶已经将天子的风范化入一言一行，也习惯了在自己所作的字画上题上“天下一人”的落款，他的龙椅算是坐热了，但毕竟还没坐稳。因此他时常出入向太后寝宫，主要是与她商讨朝政，以示尊重。

要说半月前赵佶继位后的第一件事，便是请向太后垂帘听政，毕竟要稳固上位，眼下只能依靠太后这块招牌，向太后象征性地推辞了几次，就答应了下来：“既然皇儿如此恳切，哀家也不便再作推辞，只是大事方面还需请皇儿自己做主。”赵佶连声拜谢，心中暗喜，一来是因为找到了向太后这座稳固的靠山，帝位不易旁落；二来是向太后似乎并没有当年的太皇太后高氏那样的政治野心，不像会借着垂帘听政来掌握大权。作为新皇，赵佶显得尤为谦逊，时不时来给向太后请安。

此刻向太后身边的宫女正在门口恭迎皇上驾到，然后引着他进了门。进到里屋，见向太后正坐在帘后，赵佶便给向太后请安，向太后则按惯例请他到帘后入座。

“儿臣今日前来，一来是向母后请安，二来也是想与母后一同议政。”

向太后见赵佶一副勤于朝政又十分尊敬自己的样子，感到十分满意，心想拥立他看来真是明智之举，当即便夸赞道：“皇儿真是越来越有当年老先皇的风范了，日后必能成为一代明君，为后人称颂。”

赵佶道：“多亏母后答应垂帘听政，要不然儿臣还真不知道该如何治理朝政，母后能以江山为重，尽心扶持儿臣，实乃万民之福。”几句客套话过后，他便切入正题，“有一事，儿臣这几日百思不得其解……”

见赵佶欲言又止，向太后道：“皇儿但说无妨。”

赵佶缓缓站起身，略有些沉重地走了几步，道：“自元祐起，新旧党争便日趋激化，当年为平息纷争，推行新法，先皇不得已将旧党投入大牢，但根本的矛盾仍然存在。依母后之见，新法与旧法该如何取舍？”

“新党旧党，无论贬抑哪一方，都难以平息争端，不如取一个折中之法。”

赵佶一听，心中大喜，向太后的意思正与自己不谋而合，当下说道：“母后所言甚是，取折中之法乃是上策。”

达成共识后，赵佶便似吃了一颗定心丸，事实上，新法旧法对他而言都无所谓，当务之急是要巩固政权，避免朝廷中的任何一派占据主导，尽可能地使两大阵营相互制衡，而向太后的答复正合了他的心意。

当晚，赵佶便命人送书信，将当年那些被流放到各地的旧党大臣召回朝野。对于一个新皇而言，雪中送炭要胜过锦上添花，与其去提拔朝中原有的旧臣，不如将那些被驱逐的老臣重新接纳回来，他们不但经验丰富，而且还会心存感激。

5. 新皇继位三把火

没过几日，早朝之时，廷上出现了几张久违的老面孔，皆是哲宗时期被贬的旧党大臣，有些是新皇刚从监狱里赦免出来的，还有些则是从各地被召回来的。为首的是一名年逾六旬的老翁，正是韩琦之子韩忠彦，刚从大名府被调回来。韩忠彦看起来有些激动，他本是名臣之后，哲宗时期的冷遇让他心有不平，如今新皇一继位便把他召回宫来，必是要有所重用，这让六十多岁的他体会到一种扬眉吐气的快感。他瞥了一眼廷上的几名新党的老对头，心想“风水轮流转，这下该轮到我了”。赵佶大手一挥，示意太监宣旨。太监便打开那金色卷轴大声地念了起来，主要的内容是升大名府知府韩忠彦为吏部尚书，调真定府李清臣为礼部尚书，右正言黄履为资政殿大学士兼侍读。听完这圣旨，韩忠彦才明白这新皇葫芦里卖的什么药，他并不是要重用旧党成员，而是要让新旧两党停止争端，相互制衡。

很明显，在这被提升的三人中，除了他韩忠彦是旧党外，其余两人都是新法的忠实拥护者。

所谓不破不立，破格提升了这三人之后，赵佶也相应地打压了几人，在这群倒霉蛋中首当其冲的就是章惇了。章惇自己也料到了这一点，因此赵佶继位后他一直郁郁寡欢，三餐茶饭无滋味。章惇是新党的领袖，垂帘听政的向太后必然不能容他，而他在福宁殿的那句“端王轻佻”，又把新皇狠狠地得罪了。再加上此人为相期间操持权柄、遮蔽圣聪、党同伐异，因而臭名昭著，民间甚至称其为“惇贼”，无论哪条罪名都够他受了。

赵佶故意沉吟片刻，假装深思，然后说道：“对先皇在天之灵不敬，本是死罪，但念在你当政期间于国有功，就暂且免去死罪，降为知越州。"

"多谢皇上宽仁!"章惇连连磕头,既对自己的宰相之位有些恋恋不舍,又暗自庆幸,降为知州已是不幸中的大幸,他日没准还能东山再起。他没想到的是,这只是他未来一系列悲惨命运的开端而已。

此后,赵佶又接二连三地将安惇、蔡卞等人或贬官或罢免。当时有民间歌谣唱道:"一蔡二惇,必定灭门,籍没家财,禁锢子孙。"如今这一蔡二惇都相继落马,百姓无不拍手称快。

新官上任的韩忠彦毕竟是忠良之后,他为人正直,敢说真话。在当上吏部尚书后的三个月里,他便相继提出了"广仁恩、开言路、去疑似、戒用兵"四事,均被新皇采纳,一时朝臣们纷纷称颂皇上善于纳谏。曾布便第一个歌功颂德起来,在面见皇上的时候他说道:"皇上继位以来的举措,皆合人心,尤其是任命韩忠彦等直言之士,实在是贤明之至!"赵佶听后大悦,便顺着曾布的话道:"朕也知韩师敦厚贤良,正准备拜他为相,卿意下如何?"

听了此言,曾布的神色突然变得有些难看,他本来只是意在拍皇上马屁,顺带提了下韩忠彦,没想到皇上居然要任命韩忠彦为宰相。曾布本来觊觎宰相之位已久,原以为自己在皇上继位这件事上有拥立之功,大可取代章惇为相,后来章惇遭贬,曾布的脖子便伸得更长了,现在却要让这韩忠彦坐收渔利,心中愤愤不平。但他也知道皇上的决定不会轻易改变,便只好不情愿地说道:"皇上圣明,韩公清廉正直,实至名归。"

韩忠彦就此登上相位，自然便讨取了向太后的欢心。

这个时期的赵佶可以说是励精图治，集历代明君之贤德于一身。他从谏如流，向天下贤士诏求直言，诏书上的话字字恳切："其言可用，朕则有赏，言而失中，朕不加罪。"当时的人们对于引蛇出洞、秋后算账的阳谋所知甚少，便纷纷直谏，从大臣到民间百姓大都畅所欲言，并庆幸遇上了一位千年难遇的好皇帝。

一日在早朝时，赵佶感到有些体乏，急着退朝回寝宫休息，但耿直的大臣陈禾依然口若悬河，请求皇上再稍候片刻。见皇上就要退朝，情急之下，扯住了皇上的衣袖，竟把他的龙袍给扯破了。陈禾见状连忙伏地求饶。

龙袍是天子威仪的象征，代表皇家身份。撕破龙袍，无异于对皇权的挑衅，按律可斩。不料赵佶转过身来，扶起陈禾，非但不降罪，还大加赏赐，并保留那件破衣裳，以此明志，其贤良清明，可见一斑。

赵佶的恩威不仅在汴梁被广为称颂，而且传到了千里之外。

一代名相范仲淹的儿子范纯仁，时年已七十有四，继承了父亲的高尚人格，对朝廷忠心耿耿，始终以天下为己任，可惜在哲宗朝的政治博弈中不幸落马，被贬永州。如今他年事已高，身染顽疾，本以为将就此在永州终老，没想到皇上的一纸诏书将他从千里之外召回，又让他本已宁静如水的心再生波澜。范纯仁感念皇恩，当即起程返京，却不幸身死途中。

同年，赵佶改年号为"建中靖国"，其寓意是"无偏无党，正直是与”,要建立一个既不偏袒旧党也不倾向新党的太平安宁的国家。至此,他的一系列新政达到了高潮,他的江山已经完全坐稳,不再需要向太后这座靠山了。向太后的历史使命也已完成,可称得上是功德圆满,于是便“识趣”地准备放手。病重之际,赵佶来到榻边,见向太后消瘦得不成人形,潸然泪下,他是打心眼里敬重、感激她,所以每一滴眼泪都充满了真诚。

向太后虚弱地扯着赵佶的袖子,说道:“皇儿莫再哭泣,生死之事,皆由天命,不可违逆。哀家寿数已尽,自当归去。”赵佶安慰道:“母后洪福齐天,必能安然度过此劫,儿已召集所有太医会诊,并悬赏民间神医,请母后放心。”向太后咳嗽着,摆了摆手道:“自己的命,自己知道,皇儿就别再行徒劳之举了。还望你日后能继续勤政爱民,振兴大宋江山。”赵佶连声允诺,发誓要创出一番伟绩,完成祖宗未竟之事业。向太后又陆续地作了些嘱咐,便说觉得困倦,想要睡觉,他便退出。

这夜,向太后安详地离开人世,享年五十六岁。

二、相位风云

1. 曾布：斗争与博弈

右相府内。

曾布坐在自己的书房里，一边饮茶，一边凝视着桌上的一副象棋残局，全神贯注。他可算得上是汴梁城内的象棋第一爱好者，总会为研究棋谱而废寝忘食。但是相比弈棋而言，他更痴迷于现实中的斗争与博弈，最享受对手在他面前倒下的样子，在他看来，这是比日落、退潮更为美丽的景象。

此刻曾布正盯着残局出神，管家走了进来，似乎有事禀报，刚开口叫了声老爷，却被曾布制止，示意不要打断他的思路。管家只得闭嘴，退到一旁静候着。曾布继续看棋，隔了许久他突然一拍大腿，似乎是想到了破解之法，面露欣喜，终于从象棋的世界里跳脱出来。他看到管家正站在一旁，便问道："何事？"

管家答道："左司谏吴材求见，正在府门外等候。"

曾布一听，站起身来，斥责道："混账奴才！岂能让客人等在门外？速速迎进来！”管家有些委屈地应了声，便到府门外迎接。

不多时，左司谏吴材便被引到了正厅，他向曾布行了个礼：“下官拜见曾右相。”曾布热情地上前扶起吴材，道：“免礼免礼。圣取啊，方才是下人不懂礼节，未及时向我禀报，让你久等了，请你多多担待。”吴材起身，见堂堂右相对自己竟如此亲和，内心深受感动，道：“谢右相体恤，下官也是刚到而已，不知右相此次召见下官有何吩咐？”

曾布一面请吴材入座，一面答道：“其实也无特别之事，素闻圣取博学多才，性格刚正，敢于直谏。本相爱才，也敬重正直之士，一直想结交你这样的青年才俊。”

吴材虽知这样的溢美之词只是客气，曾布请自己来也绝不只是结交青年才俊这么简单，但是内心还是十分欢欣鼓舞，嘴角不由得浮现出一丝笑意，忙谦虚道：“右相抬举下官了。”

曾布把左司谏叫来，当然是有着重要的用意。他觊觎左相之位，但当时却偏偏让那韩忠彦坐收渔利，现在的曾布虽然因为拥立皇上有功，被拜为右相，但他仍然不甘心位列韩忠彦之下。在他看来，韩忠彦平庸无能，又有着几分懦弱，跟自己的雄才伟略完全无法相提并论。在过去的这段时间里，曾布屡次在早朝时与韩忠彦对着干，并总能占据上风，将许多大事的决定权都夺了过来，但他还不满足，非得把韩忠彦赶下台，取而代之不可。

作为右相，曾布不便直接上奏弹劾左相韩忠彦，便想要通过收买司谏来达成目的，因此对吴材的态度很温和。实际上，以曾布跋扈的性格，绝不会将任何人放在眼里，至于眼前这个小小的左司谏吴材，只是他即将要启用的一颗小小的棋子罢了。

曾布试探性地问道："依圣取之见，韩忠彦这个宰相当得如何？"吴材一听，手上一颤，差点把杯里的茶水洒出来。他知道曾布和韩忠彦向来不和，在曾布面前夸赞韩忠彦自然不妥。他也知韩忠彦为人优柔寡断又无胆识，并非为相之才，但韩忠彦毕竟为当朝左相，地位和名声都在曾布之上，也不敢在背后妄加议论。曾布看出了吴材的顾虑，说道："圣取请放心，这里没有外人，不妨直言。"

吴材不得已，便含糊地评论了几句："韩相为人正直，忠心耿耿，德高望重，只是略有些保守而已。"这几句评论不算尖刻，也是人尽皆知的事实。其时向太后去世，旧党失去了庇护者，新党卷土重来，而韩忠彦是旧党的代表人物，说他保守并不为过。

曾布听了吴材的话很高兴，道："圣取之见与我不谋而合，我也颇为欣赏韩忠彦的为人，但其保守的政见确实难有作为。元符末年时，废神宗新法、逐新党人才，韩忠彦也是主力，这样保守的老臣当宰相，恐不利于社稷。"

曾布等于是把话挑明了，这时候，吴材已然知道了曾布的真实用意，是要借自己的口来弹劾韩忠彦，便迅速地在心中盘算了一把。对他而言，此事有风险，毕竟要弹劾的人是当朝的宰相，但是就目前朝中的局势来看，新党将逐渐占据主导地位，韩忠彦迟早要被取代。自己若能率先弹劾韩忠彦，便可乘机讨好新党，说不定未来能借新党崛起的势头为自己谋求加官晋爵的良机。再加上现在又有右相曾布撑腰，大可以尝试冒一次险。他当即接过话头，说道："右相所言极是，皇上改元'建中靖国'，其初衷就是希望能做到无偏无党，正直是与。以此看来，选政见相对中立者为相更佳。”

眼前的这位年轻的左司谏能有这样的反应，令曾布感到非常满意。实际上，曾布正是这样一个“政见中立者”，他很难被简单地归类为新党或旧党，他有着新党的属性，但是有时又阻碍变法，始终在新旧两党的阵营之间不停摇摆，用俗话说就是“墙头草，两边倒”，善于见风使舵。

曾布赞许道：“圣取如此年轻就能识大体，顾大局，老夫感佩不已！”有了曾布这句话，吴材感到底气更足了，当即表示回去就草拟奏章，来日上书皇上。临别时，曾布还做出承诺：“阁下上书后，老夫与蔡承旨必当合力游说皇上纳谏。”曾布口中所说的“蔡承旨”，在宋史里的名声要比曾布大得多，他便是后来的“六贼”之首：蔡京。

2. 蔡京：春风又绿江南岸

且将时间向前倒推半年多，其时赵佶继位不久，在朝中担任翰林学士承旨的蔡京受到曾布排挤，被贬官到杭州。杭州这地方风景秀丽，被誉为人间天堂，但蔡京却无心欣赏，担忧自己会和章惇落得同样的下场。他郁郁寡欢，又恰逢江南连日阴雨，加剧了他低落的情绪，他的妻妾们轮番安慰都无济于事，因为他知道自己已经五十三岁，几乎没有再翻盘的可能。况且自从元祐以来，被贬到杭州的官员几乎都会在不久之后被贬到更遥远的地方，一切似乎都指向不妙的结局。

时间一晃又过了三四个月，梅雨季节已然过去多时，蔡京的心情也稍稍平复，皇帝改元“建中靖国”，提倡折中至正，消释朋党，自己暂时应该是安全的。但是他始终无法摆脱一种迷茫的状态，他对皇帝缺乏了解，不知道未来的政治风向，不知道自己将何去何从，是甘于在杭州安享晚年还是谋求翻身？如果是后者，那么又该通过什么方式呢？正值此时，他的救命稻草出现了。一个重要的人物来到杭州城，为蔡京的东山再起提供了契机，他是一个名叫童贯的大太监。

童贯是一个与众不同的太监，这一点从他的外貌就能体现出来——他的脸上竟然蓄有胡须，这对于一个太监来说显然是匪夷所思的。当然，童贯的特别之处还不止于此，后来的种种事情表明，他是一个特殊的存在。

童贯此次千里迢迢从汴梁赶到杭州，是来执行皇帝布置的一个重要任务：搜罗名人字画。众所周知，赵佶早在做端王的时候就是有名的风流才子，对各类字画的喜爱达到了痴迷的程度。如今当了皇帝，自然要将天下珍品尽数收入囊中，于是就把这个使命交给了童贯。这个消息一传到蔡京的耳朵里，他立刻就明白，机会来了。要知道，蔡京除了朝廷命官之外，还有另外一个身份——当世数一数二的书法家，天下闻名的“苏黄米蔡”中的“蔡”指的就是他。得到消息后，蔡京便立即将这位童公公请到自己府上，说是要为他接风洗尘，并命人设下宴席。童贯与蔡京之前并无太多交往，但蔡京的艺术造诣确是世人皆知，如能让他帮忙参谋参谋，必能为皇帝搜罗到真正的珍品，于是童贯便欣然赴约。

蔡京无论名气还是岁数都要比童贯大，也极少与太监结交，但他这天却显得十分恭敬，亲自来到府门外，将这位远道而来的客人迎入府院，可以说是给足了童贯面子。对于蔡京来说，他今日迎来的可不只是一个太监，更是自己未来重返仕途的一根救命稻草，这样的机会显然不是人人都能有的。毕竟这普天之下，书画的造诣能够达到他这般境界的人本就凤毛麟角。

童贯见蔡京如此看重自己，连连作揖，客气道："蔡大人亲自出门迎接，咱家真是受宠若惊。"蔡京便挽起童贯，将他引向大厅，仿佛已是亲密无间的朋友："童公公这样的贵客驾临，蔡某若不亲自迎接，岂不是有失礼仪。"二人一边寒暄，一边步入正厅，桌上丰盛的宴席早已摆好。

席上的珍馐皆是有名的江南美食：西湖醋鱼、龙井虾仁、叫花童子鸡、宋嫂鱼羹、八宝豆腐……这些当地的名菜光从菜色上看，就十分地道，比那丰盛的宫廷御宴更加诱人。每一道菜都是色泽鲜美，让人垂涎欲滴又不忍下筷，绝非寻常的厨子所能烹制。

即便是童贯这样一个来自皇宫、见过世面的人看到蔡京府上的奢华装潢都不免大吃一惊。这大厅里几乎每一样东西都是精美的艺术品，墙上挂着价值不菲的名家真迹，厅内全部桌椅的雕镂都极其考究，桌上的餐具有金盘、银盏、玉碗，分别乘着汤、菜、饭，一眼望去就令人食欲大增。再看蔡京府上的丫鬟，也一点不像丫鬟，个个倒像是大家闺秀，气质非凡。

这童公公虽然身体有残缺，但对女人还是充满着欲望，此刻一左一右两位美人伺候着他，为他斟酒扇扇，酒和美女的香味交织在一起，让他不禁有些迷醉，还未饮酒，脸上便泛起了红光。蔡京举起酒杯，道:“童公公，我先敬你一杯。初次光临寒舍，这酒菜置办得有些仓促，有招待不周的地方还请你多担待。”

“蔡大人过谦了，说真的，蔡大人的这顿饭，可真是令咱家大开眼界!”童贯并没有夸大，事实上以他过去在宫中的地位，的确没有什么大饱口福的机会，皇上身边试吃菜肴的差事也有专人负责，轮不到他品尝。

童贯性情豪爽，举杯一饮而尽，蔡京示意丫鬟继续满上。二人边吃菜边聊着朝廷内外发生的新事。提到蔡京的遭遇，童贯显得有些惋惜:“蔡大人国士无双，如今却被贬谪至此，实在是时运不济，依咱家看，皇上早晚还会召蔡大人回宫。”

蔡京大笑，与童贯再饮一杯，道:“托童公公吉言，蔡某不胜欣慰。”蔡京又亲自把银盏中的酒斟满，切入正题，“我听说，童公公这次到杭州，是受圣上委派搜罗民间丹青珍品，不知可有此事?”

“蔡大人真是消息灵通，不错，咱家这趟来杭州，为的就是这事。”童贯知道蔡京的意图，便顺水推舟道，“承蒙皇上的信任，可是咱家对于这字画可以说只是一知半解，恐怕难负重任。今天见到了蔡大人，咱家这心里才算是有底了，还请您多多帮忙参谋。”

蔡京当即表示将竭尽所能协助他，二人碰了碰杯盏，就此结下了盟友的关系。

饭局结束后，童贯正准备起身告辞时，却被蔡京叫住。蔡京道:“童公公若不嫌弃，方才你用过的器具，就当是见面礼了!”说罢他命人将童贯所用的金银餐具洗净打包，连同那两个侍奉他的美女一起赠送给了童贯。童贯连忙推辞道:“万万不可,蔡大人府上的宝物,咱家岂能随便据为己有?”蔡京笑道:“童公公若是瞧得起蔡某,就把我蔡某当朋友,既是朋友,便不分彼此,区区餐具和丫鬟又算得了什么。”他又命下人搬出个大木箱子,在童贯面前准备打开。

“这些是我蔡某人多年来收藏的一些名家字画,还请童公公代为转交给皇上。”

童贯一时半会儿还没反应过来,但他见那箱子乃使用名贵的紫檀所制,一股沁人心脾的木香扑面而来,箱子雕刻得极为精致,像是出自名家之手。童贯心中暗想,连一个装东西的箱子都如此,更不用说里面所藏的东西了。

童贯凑上前一看,果然不出所料,里面尽是一些卷轴字画,看起来大多年代久远,价值不菲,心想这蔡京可算是下血本了。对童贯而言,这件事是一举两得的,将这些字画带给皇上,既能讨得皇上欢心,又帮了蔡京一个大忙,便作揖道:“多谢蔡大人,皇上见到这些珍品,必然龙颜大悦,咱家也好交差了。”当即命手下人将这些东西搬上马车,也欣然地收下了两个美女。

二人在府门前告别,看着童贯的马车逐渐走远,蔡京站在府门外略感辛酸。他对书画的痴迷可一点也不次于皇上,那些字画都是他几十年来精心收藏的,价值连城。他把这些宝贝献出来,就是想豪赌一把,没准能用它们换回一个光明的未来。但他也想到,如果不幸打了水漂,那可真是损失惨重。

3. 童贯：蓄有胡须的太监

幸好，童贯没有让蔡京失望，在之后的一段时间，童贯和他的交往更加密切了。过了一个月，童贯带着第一批字画回到皇宫面见皇帝的时候，就开始不遗余力地为蔡京美言，说他在杭州勤政爱民，受到当地百姓的爱戴。蔡京一听说他是来为皇上搜罗字画的，二话不说便将自己几十年的收藏统统贡献了出来。皇帝打开这箱字画，如获至宝，爱不释手，当着童贯的面赞道："蔡京果然品位超群，不同凡响，献上的字画件件都是绝世精品。"

童贯道："奴才听说蔡大人自己也是当世顶尖的书法名家，与苏东坡、黄庭坚、米芾等人齐名，皇上何不收藏一些他的作品？"

皇帝微微一笑，道："蔡京的墨宝，朕早在五六年前就开始收藏了。"

原来，当赵佶还是端王的时候，就与蔡京有些渊源了。其时蔡京在京为官，一次在汴梁城北门纳凉，那里的两名衙役对他十分恭敬，各自手执一把白色团扇为他扇风。蔡京一高兴，便命人笔墨伺候，当场在那两把团扇上各题了一首杜工部的诗，赠予两人。待到几日后，蔡京又见到这两名衙役时，他们都换了身行头。两人见到蔡京，赶紧拜谢，说是有位亲王花了两万贯的高价买下了他们的团扇，现在靠着这笔钱，他们给家里添置了不少东西，还余下不少的钱财。那位买下团扇的亲王正是当时的端王赵佶，可见他对蔡京书法的欣赏。

童贯听后，叹道："原来如此，原来皇上与蔡大人还有这么一段渊源。只是像蔡大人这样的栋梁之材，谪居杭州似乎有些大材小用了。”

皇帝没有接话，只是嘱咐童贯道：“童爱卿，此次你再去杭州，还是继续和蔡京多走动走动，顺便也替朕搜罗一些他的佳作来。”

童贯道了声遵命。这时，一名小太监进来禀告：“皇上，国史院邓洵武求见。”皇帝示意请他进来，然后对童贯道：“那你先回去吧，回头朕自有重赏。”童贯谢恩，便退下了。出门的时候恰好看到邓洵武正走进来，二人便相互行了个礼。

邓洵武进到屋内，向皇帝磕头请安后，说道：“多谢皇上召见，微臣那天心直口快，冒犯了皇上，还望皇上降罪。”皇帝上前将他扶起，道：“邓爱卿忠心耿耿，直言不讳，朕欢迎还来不及，又怎会降罪于你？爱卿的那句话真是醍醐灌顶，一语惊醒梦中人啊。”

原来，前些日子邓洵武在见驾时曾对皇帝说了这么一句话：“韩忠彦能继承其父之志，而皇上不能。”

这句大实话就如同一根细针刺入赵佶的心脏，让他感到羞愧难当。正如邓洵武所说的，宰相韩忠彦是已故宰执韩琦之子，韩琦当年反对神宗皇上实行新法，如今他赵佶登上了皇位，却将韩琦之子提为宰相，毫无疑问是与父亲神宗的遗志背道而驰的。邓洵武的话瞬间点破了皇帝的尴尬处境，致使他愣在原地，一时不知该如何应对，当时便让邓洵武先退下了。经过这几日的思索，赵佶愈发觉得邓洵武言之有理。其实，他继位后之所以贬抑新党，很大程度上是因为向太后保守的政治立场，如今向太后归天，他的心中总在谋求改变，想要有所作为，却仍犹豫不决，没有行动。而今，邓洵武的话将此事提上了日程。

邓洵武起身后，皇帝又回到自己的位子上，道："依爱卿之见，朕要继承父兄之志，该当何为?"对于赵佶而言，继承父志固然是一件很有吸引力的事，但是他也清楚，实行新法绝非易事。一方面，如今的朝廷基本已是旧党的天下，变法的阻力极大；另一方面，当初他改元"建中靖国"，提倡无偏无党，如今若是重选立场，等于是推翻了自己所树之碑，有失天子威信。

对于皇帝的提问，邓洵武早有准备，胸有成竹地从自己的袖中取出一纸卷轴，呈送给他，道："这是臣花了两天时间所作的《爱莫助之图》，请皇上过目。"

皇帝疑惑地看了看邓洵武，不知道这老头葫芦里卖的什么药，竟突然献上画作。皇帝让太监将此卷轴展开，才发现上面并不是画，而是类似于年表的内容。这张表上写着密密麻麻的人名，分为左右两部分，左边是新党，右边是旧党。上面的人名，都是满朝文武，上至宰相，下至馆阁，都在其上，一目了然。旧党的那部分有上百人，绝大多数都身居高位，而新党大多位卑，宰执一栏里只有一个名叫温益的人算是新党。此图所呈现的信息十分明朗，这也是皇帝此时最大的烦恼：想要变法，却无可用之人，便对邓洵武道："此图的意思，朕自然知晓，然……"话未说完，他突然发现左侧宰执一栏有一个名字被一小块白纸遮住了，便问道，"这是什么?"邓洵武微微一笑，伸手将白纸揭去，但见其下工整地写着两个字：蔡京。

又是这熟悉的名字，赵佶心里微微一怔。

邓洵武接着说道："依微臣之见，皇上要续父兄之志，重拾新法，非此人为相不可。"

这可以说是把蔡京捧到了天上，他这么做的原因很简单：知恩图报。邓洵武曾一度被调职，当时雪中送炭，将他保回国史院的正是蔡京。这便是邓洵武竭力吹捧蔡京的真正原因。然而皇帝并没有意识到这一点，他只是觉得同一天里竟有两人向他力荐蔡京，这似乎是冥冥之中的某种安排。身边的邓洵武还在滔滔不绝地陈述蔡京的相才，但皇帝一句都没听进去，因为关于蔡京的一切过人之处，他本就了然于心。于是他打断邓洵武的话，道："立相之事，事关重大，朕考虑几日，再行定夺。"

邓洵武以为自己的提议被皇帝否决了，便不再多言，有些沮丧地退了下去。待邓洵武走后，皇帝又仔细地看了他方才献上的《爱莫助之图》，他的视线停留在"蔡京"二字上，总觉得这两个字有一种难以掩盖的光芒，在数百个名字之中闪耀着。此时此刻，他的心里已打定主意：将蔡京召回宫中，至于是否担任宰相，还须从长计议。

赵佶将那长长的卷轴收起，对身边的小太监道："替朕把曾右相召来。"

可能是因为书法的缘故，赵佶对蔡京有一种天然的好感，但他又对这种好感抱有警惕，担心自己一叶障目，只看到对方的优点而将一切缺陷忽略不计。他希望能听到一些反对的意见，以保持清醒，暂时搁置自己对蔡京的偏爱之情，所以他把曾布召来。曾布与蔡京不和，蔡京被贬杭州之事，可以说曾布是幕后主使。曾布对蔡京一向怀有敌意，自然不会像童贯、邓洵武那样竭力地美化蔡京。

然而结果却完全出乎他的意料。

曾布来到宫中已是黄昏，皇帝的晚膳已经备好，便长话短说，开门见山道："有些大臣向朕建议再度起用蔡京，爱卿对此有何看法？"皇帝正等着听曾布的反对意见，没想到他不假思索地答道："臣赞成，蔡京才华过人，不用的确可惜。其实臣这几日正在家中草拟奏章，保荐他官复原职。"

听了曾布的这一番话，皇帝不禁愕然。没想到蔡京的人格魅力和感召力如此巨大，连原本的对手都开始为他说好话，这样的人才若是再不重用，那可就太说不过去了。于是皇帝便打消了所有顾虑，当着曾布的面就写下了圣旨，让蔡京官复原职，重新担任翰林学士承旨一职。就像没有觉察到邓洵武的意图一样，他同样没有看出曾布保荐蔡京的真实原因。

曾布是个聪明人，知道皇帝就起用蔡京的问题询问自己，只不过是走个过场罢了，即便自己反对，皇帝也不可能放弃这个念头，倒不如顺水推舟，化被动为主动。另一个更重要原因在于，曾布打心眼里早已不把蔡京当成对手，现在的首要敌人是左相韩忠彦，这个固执的旧党，而蔡京则属新党。本着"敌人的敌人就是朋友"的原则，他选择保举蔡京，来为扳倒韩忠彦增添筹码。但自认聪明的曾布没有预料到，这将是一个致命的误判。

几日后，蔡京带着圣旨一路北上，连夜赶路对于他这样一个年近六旬的人而言是辛苦的，但是他的心情却从未如此这般愉悦，他庆幸自己终于可以和杭州告别了。他已经年近六旬，但一切才刚刚开始。

4. 相位风云：人算不如天算

当吴材在早朝时呈上那份弹劾韩忠彦的奏章时，曾布和蔡京短暂地当了一回盟友，默契地完成了一次落井下石，厚道的韩忠彦被那两人的三寸不烂之舌攻击得哑口无言。皇帝翻阅了那本吴材与王能甫联合上书的奏章，只见第一面上写着："元符之末，变神考之美政，逐神考之人材者，韩忠彦实为之首……"皇帝深知翻出这样的陈年往事来弹劾宰相很是牵强，但他也明白，自己要想重新推行新法，第一步必然就是罢免韩忠彦这个旧党宰相，韩忠彦必须下台，谁让他挡住了新政的道路呢？皇帝清了清嗓子，正准备按原计划大喝一声"罢相"，用龙威震慑住韩忠彦，不给他任何辩驳的机会。不料那句酝酿已久的"罢相"还未出口，韩忠彦便跪倒在地，老泪纵横、情绪激动地主动请辞："皇上，对于这份弹劾奏章，臣不予置评，也不想反驳。臣年事已高，对于朝中党争已生厌倦，今请辞去宰相一职，告老还乡，望皇上恩准。"说罢，依然在地上匍匐不起。其实韩忠彦早在拜相之时就预料到会有今天，自己拜相只不过是皇上当时的权宜之计，这相位必然坐不长，现在与其争辩不如服软，便演了这出泪洒朝堂的好戏。

韩忠彦这样的反应反倒让赵佶心里生出了几分愧疚，于是他起了恻隐之心，决定给韩忠彦一个体面的结局，当着满朝文武说道："韩相为官清正，向来就是群臣的表率，有道是瑕不掩瑜，奏章所书的陈年往事，朕也无意继续追究了。至于辞相之事，朕应允了，但是朕要命你任宣奉大夫一职。"

皇帝的网开一面令文武百官们颇有些感动，韩忠彦抹去眼泪，叩首谢恩。之后的事情都在曾布的意料之内，左相的位子自然而然地落到了他的手里，毕竟他是宰执层中资历最老的。韩忠彦被罢相之前，他就开始掌控大局，行左相之实，如今夺得左相之名，终于名副其实了。他看着韩忠彦那老泪纵横的凄惨模样，心里痛快极了，他终于拔掉了这颗眼中钉，赢得了这一盘棋。但令他没有想到的是，在即将开局的另一盘棋中，他将一败涂地，这次和他对弈的人，此刻就在他的身后。

曾布如一个全胜者般登上了相位并在权力的巅峰上彻底陶醉了。通常人在此种状态下，判断力会急剧下降。如今的曾布已无半点忧患意识，他的眼中已看不见真正的对手，对潜在的危险亦毫无知觉。他没有意识到蔡京谦逊外表下深藏的野心，也没有看明白皇帝心目中真正的宰相人选。

两个月后，蔡京被提升为尚书左丞，四个月后，又升至右仆射兼中书侍郎，进入了朝廷高层，但自负的曾布却仍然没把他当回事，因为蔡京对自己极为恭顺。在朝堂之上，但凡曾布的意见，蔡京都是第一个拥护者，绝无半点异议。而就是这么一个如绵羊般温顺的人，却在曾布毫无防备之际，突然亮出了一把锋利的匕首，让曾布猝不及防。

这天的早朝，如以往一样波澜不惊，但在接近尾声之际，蔡京突然呈上一封奏折，就陈佑甫担任户部侍郎一事提出质疑。此事只是一个小小的人事变动，几乎不值一提，曾布本也没有仔细听奏折上的内容，直到蔡京说出“陈佑甫”这个名字，他才意识到这是冲自己来的。陈佑甫是曾布的亲家，担任户部侍郎的事也是曾布安排的，这本是件芝麻绿豆的小事。

蔡京却言辞激烈地向皇帝道：“为臣者食朝廷爵禄，理应公私分明，而今堂堂宰相竟公然以权谋私，皇上若姑息之，则腐败之风必将日益猖獗。臣斗胆请皇上下旨罢相。”

曾布简直不敢相信自己的耳朵，温顺的绵羊竟然瞬间变成了咬人的虎狼，一时间，愤怒涌上了曾布的心头，他指着蔡京的鼻子吼道：“你给我闭嘴！”

蔡京却像完全没看到似的，继续冷静地陈述自己的奏折，由表及里、由小见大地论述曾布以权谋私可能带来的恶果。曾布暴怒得丧失理智，竟扑上前去，试图扼住蔡京的咽喉。这时，两个侍卫冲上前来，将他制服。

皇帝眼看事情演变成一场闹剧，便拍案而起，喝道：“曾布，你好大的胆子，竟敢在朝堂之上公然行凶！”见皇上龙颜大怒，尚书右丞温益等人也纷纷谴责曾布的无礼。

在皇上的怒喝声中，曾布终于恢复了清醒，但他布满血丝的双眼还是狠狠地瞪着蔡京。蔡京低着头，镇定地退到一旁，就好像方才的那一幕从未发生过。曾布意识到自己闯下了大祸，立刻伏倒在地道：“皇上恕罪！”

赵佶站在龙椅前，冷冷地望着曾布，然后摆了摆手，示意将他拖下去。曾布不再喊叫，这突如其来的变故让他彻底蒙了，身旁的两名侍卫便架着他向殿外走去。神情恍惚的曾布很快就被带离了大殿，匆匆忙忙地退出了政治舞台，他离殿时的狼狈相被定格了下来，并被后世记下。毕竟大宋开国百余年来，头一回有宰相是以这种方式离开朝堂的。

曾布在被架出大殿之时，脑中一片空白，好像思绪都被之前发生的变故所埋葬。他感到命运弄人，本来在拥立皇上有功的大好形势下，挤走了自己的宿敌章惇，没想到这一步竟然大错特错，真正可怕的不是章惇，而是此刻站在殿上、背对着他、离他越来越远的背影：蔡京。

曾布与章惇的命运雷同，随着一本本弹劾奏折被送到皇上的面前，他被赶出朝堂，驱离汴梁，直至被贬过江南。

韩忠彦、曾布先后被罢免，赵佶再次打开了那幅《爱莫助之图》，提笔蘸墨，将列表上韩、曾二人的名字划去。这两位宰相与其说是被同人弹劾，不如说是被赵佶一手拉下马来的。他心里一直惦记着邓洵武的话“重拾新法，非蔡京为相不可”，如今两个最有可能成为蔡京对手的人已不复存在，他便可放心大胆地任命他。果然，蔡京获满朝文武一致拥戴，众望所归地登上了一人之下、万人之上的相位。

赵佶“继承父兄之志”的计划随之拉开序幕，为表明决心，他在不到一年的时间再次改元，将“建中靖国”改为“崇宁”，以此昭告天下，舍弃原先不偏不党的立场，转而恢复熙宁新法。不久之后，又下诏禁止元祐法，开始对哲宗朝的大臣们进行打击。至此，赵佶彻底推翻了自己过去在一年里所建造的“小元祐”的丰碑。

三、河湟大捷

1. 元祐党人碑

日上三竿，赵佶迷迷糊糊地睁开眼，看见身边躺着一个十五六岁的陌生姑娘。他已经忘了她的姓氏，只记得昨天童贯将她送进宫来的时候介绍说她是浙江海宁人，他端详着她的相貌，心想这童公公虽是个太监，但挑选女人的眼光倒还是不错的。

眼前这姑娘天生的鹅蛋脸，丹凤眼，肤白胜雪，脸上还带着几分稚气，十分可爱。她在皇上的龙榻上睡得还挺香，不像前几夜的那几个姑娘，都是紧张得彻夜不眠。不过这也难怪，毕竟能被送进宫来给皇上侍寝，这不是谁都能有的经历，对于寻常人家的姑娘而言，真可算得上一次梦幻般的经历，更何况她们都是初经人事。

这海宁姑娘似乎感觉到了皇上的注视，忽然从睡梦中醒了过来，像只受惊的小兔连忙坐起身，给皇上请安，一边拿起衣服往身上穿，因为羞涩而慌乱不堪。赵佶见状，心中又生起怜爱之心，一把抓住她的手，然后将她整个人揽在怀里，拉下床幔……

云雨之后，赵佶在宫女的服侍下更衣洗漱并命人重重地赏赐了那姑娘。这天他因享受鱼水之欢而破天荒地没有上朝，心中隐隐觉得有些不妥，便让太监把宰相蔡京叫来，好将落下的政事补上。不一会儿蔡京便到了，料到皇上会召见自己，因而一直等在宫外，与一位大臣闲谈了一阵。

在太监的引领下，蔡京进入垂拱殿内。皇帝精神不振地靠在椅背上，说道："免礼，朕今日身体欠佳，未亲自临朝，望爱卿体谅。"其实蔡京比谁都清楚皇上为何不临朝，最近童公公所献上的几名江南美女都是他亲自物色的，但他还是关切地问候了龙体的安康："请皇上保重龙体，朝政之事臣会代为转达。"

赵佶便开始询问蔡京朝政之事："朕前日所下的诏书，现在朝中有何反响?"

赵佶所说的这份诏书，是他在禁止元祐法之后的进一步举措，当然，该诏书的真正策划者是蔡京。他将早些年向皇帝上书谏言者的名单全部翻了出来，并将这五百八十二人分成正上、正中、正下、邪上尤甚、邪上、邪中、邪下七等。最初，皇帝对颁布此诏还是有些许的顾虑，毕竟当时是自己诏求直言，还做出了"其言可用，朕则有赏，言而失中，朕不加罪"这样的承诺，如今却开始跟上书者们秋后算账，分明是出尔反尔，言而无信。但蔡京只用一句话便劝服了皇帝："皇上继位之初诏求直言，建言者大多骤享高禄，其中不乏以建言为名牟取利益者，此类人有欺君之嫌，应当再行鉴别。"

此时皇帝又问起群臣的反应，可见他的顾虑仍未全消，蔡京便答道："多数臣子都能明白皇上的良苦用心，当然也有少部分反对的声音。依臣所见,反对者大多是榜上有名,不过是为自己辩护罢了。此类奸佞,断不可姑息。"

"有理,就按爱卿的意思办。"皇帝说罢,见蔡京欲言又止,便接着问道,"爱卿还有何事需要禀报? 但说无妨。"

蔡京郑重地下跪谏言道:"臣恳请皇上立元祐党人碑,以免元祐势力死灰复燃。"

"立碑?"赵佶略显疑惑,觉得对元祐党人贬斥、罢免即可,立碑这样的形式似乎是多此一举。但对于蔡京而言,他不希望给对手留下丝毫可乘之机,他要让元祐党人永世不得翻身,所以选了立碑这么一个比白纸黑字更为牢固永久的方式。

"皇上欲继承父志,破旧立新,则必行此道,不然,一旦元祐党人东山再起,必将前功尽弃。"蔡京再次苦口婆心地劝说道。皇帝一听到"继承父志"四个字,心情又不觉激昂起来,近日他接二连三颁布《元祐法禁令》《焚毁元祐条件诏》等,为的无非也就是这四个字。诚如蔡京所言,元祐党人乃是变法的头号死敌,须对他们进行严厉的打压,否则遗患无穷。"好,你拟一份元祐党人名单,朕将御笔亲书,并命人将此名单刻于碑上,以示天下!"

"臣遵旨!"蔡京再次伏地跪拜,赞叹皇上圣明。他接过那无形的刀斧,准备展开一场空前绝后的政治屠戮。

三日后,当皇帝看到蔡京呈上的那份名单时,心中不免一惊,但见名单上整齐地排列着百余个名字,其中有相当一部分都是大宋朝家喻户晓的人物:司马光、文彦博、范纯仁、苏轼、苏辙、曾布、章惇、程颐、秦观、黄庭坚、李格非……他们尽数被蔡京划为元祐党人。

蔡京察觉到皇帝在审阅名单时面色的细微变化，这也是他意料之中的。拟这份名单的初衷本就是铲除异己，但凡和他有过节或可能对他构成威胁的，无论新党旧党，他一律冠以“元祐党人”之名。对于皇帝可能产生的疑问，他也早就做好了解释的准备。果然，皇帝放下名单后肃然问道：“为何将新党之人也列于其上？”

蔡京坦然答道：“回皇上，此图所列之人皆是对变法有过异议者，如章惇、曾布之流，虽无旧党之名，却行旧党之实，故一并列出，请皇上明察。”

皇帝一想倒也不无道理，昔日神宗、哲宗的变法之路之所以困难重重，就是因为不断地有人提出非议，如今将这些反对者的名字刻上石碑，便是明确向天下人昭示自己抱定了实行新法的决心。当下便令人准备笔墨纸砚，亲自将此名单抄写了一份，交给身边的小太监梁师成，嘱咐道：“传令各县府衙，召集全国各地最好的刻石工匠到汴梁，将此名单上的文字刻于石碑。”

小太监道了声遵命，小心翼翼地接过这张巨大的宣纸，折叠起来，恭敬地捧着退了下去。

蔡京罗列出的元祐党人虽多，但集合全国各地数十名能工巧匠之力，不到十日便完成了刻石的工作。全碑高四尺六寸，宽二尺半左右，所有的文字都是赵佶御笔亲书的“瘦金体”，这既是沉重的耻辱柱，又可算得上是艺术珍品。以元祐党人碑为纲，蔡京又怂恿皇帝对碑上之人进行各种讨伐，令其不得与皇室宗亲结亲，不得在京城居住，诸如章惇、曾布等人更是被贬到了天涯海角。

就此，皇上与宰相联袂，斩断了所谓“元祐党人”的一切后路，终止了持续二十余年的新旧党争。

持着皇帝的令箭，蔡京党同伐异，元祐党人碑即是用来“伐异”的绝佳利器，“伐异”的同时他还不忘“党同”，首要对象自然就是对他有提携之恩的大太监童贯。崇宁二年(1103)，适逢河湟吐蕃内乱，首领陇拶逃亡河南，包括蔡京在内的大臣们认为诸羌连结，必生边患，主张起兵讨伐。

2. 出兵西征

赵佶任命曾有过出师河湟经历的王厚为知河州兼洮西沿边安抚司公事，引兵西征。王厚上次攻伐河湟时，由王赡出任主帅，领军收复了熙州，甚至将吐蕃首领陇拶掳回京城。王赡凯旋之时，哲宗已然驾崩，赵佶刚刚继位，向太后垂帘听政。

本来，取得这场酣畅淋漓的胜利，王赡理应获得重赏，岂料当时曾布等人向向太后进言，说什么“青唐诸部怨赡入髓，日图报复”。意思是王赡此役将吐蕃人打得落花流水，导致他们对大宋恨入骨髓，时刻都想着报复，因此王赡非但无功，反而给国家埋下了隐患，该当重罚。向太后耳根软，竟然真的听信了曾布等人的谗言，将王赡流放至房州，并封俘虏来的吐蕃首领陇拶为河西军节度使，赐名“赵怀德”。当时的赵佶羽翼未丰，面对向太后的错误决断也未提出反对意见，致使王赡在发配途中刎颈自杀。

有了前车之鉴，所以此番王厚在受命之前也有几分顾虑。为了打消他的顾虑，皇帝特地以“弃河湟罪”将当初给向太后进言的大臣统统罢免，以示诚意。王厚被皇帝的诚意所打动，答应出征，却又当着文武百官的面提了个要求："请皇上让臣兼管熙河兰会路经略司。"

"好，朕封你为熙河兰会路经略司，请将军放心带兵出征。"让王厚兼任经略司，便意味着将河湟战事的一切决定权都交付给他，皇帝犹豫了片刻，还是应允了。

是日退朝之后，蔡京便来求见，提醒皇帝，下放给王厚的权力似乎大了些。宋朝向来有重文抑武的传统，正是为防武将兵权太大，造成隐患。皇帝深知这一点，道出了自己的苦衷："适才朕也是迫不得已，为了让王厚毫无顾忌地领兵，只得暂且答应下来，再寻对策。爱卿可有两全之策？"

蔡京思虑片刻，说道："皇上不妨派一名亲信担任监军，如此即可制约王厚。"

皇帝听了蔡京的建议，甚为认可："好，此计可行。但谁可担此大任呢？"

蔡京的心中自然早已有了人选，他提议增设监军本就是为了送童贯一个顺水人情，便道："臣以为，可使童贯为监军。"

"童贯？"皇帝没想到蔡京会推荐此人，不解道："太监参与军事似乎……"

"禀皇上，太监担任监军，从唐玄宗时便有先例。这童公公的师父李宪就是个太监，曾在熙宁、元丰年间立下战功。依臣看，童公公之才比起当年的李宪有过之而无不及，况且他对皇上忠心耿耿，应该是可靠人选。"蔡京道。

皇帝一想，认为假如真的派一名武将监军，未必能达到监督的目的，反而还有可能增添危机，于是采纳了蔡京的意见，下旨封童贯为监军。河湟战役就此打响，由新任命的安抚司王厚引军先行出发，随后监军童贯负责率兵至熙州与之会合。

童贯出征之前，皇帝在崇政殿设下宴席为他壮行，仿佛这次战役的主帅是童贯而非王厚。童贯登上大殿，见满桌的金盘、银盏、玉碗，竟和当初蔡京在杭州招待自己时如出一辙。皇帝继位之初本来很是俭朴，这几月在新宰相蔡京"丰亨豫大，惟王不会"等说辞的影响之下，终于过上了与其尊贵身份相符的奢华生活。

皇帝举起他的金盏，激昂道："童监军此次初战沙场，祝他旗开得胜。"

大臣们应和道："祝童监军旗开得胜。"童贯起身谢过皇上，然后豪饮三杯。

席间，童贯的身上始终透着一股豪迈之气，以至于所有人都暂时忘却了他的太监身份。他恨不能立刻策马奔赴沙场，因为这个身份已经让他憋屈了近三十年。

3. 兵败巴金城

几日之后，童贯率领大军即将迈出国境。

红日已经落到了西边，在隐没之前散发着火红的光芒。童贯坐在马上，接受着风沙的洗礼，急于让自己的脸变得粗糙。就在他准备下令全军越过国境之时，后方忽然传来"圣旨到"的号令。童贯循声向后方望去，只见一名小太监骑马奔来，一手拉着马缰绳，一手举着一个金色的卷轴。童贯连忙下马，迎接来者，将那太监请到一旁，低声问道："皇上有何旨意?"那小太监回答道："小的不知，请童公公领旨。"说罢将金色卷轴递给童贯，便作揖告退。

童贯猜测皇上是有什么新的作战策略，因而降下密旨。他疑惑地打开卷轴，阅读之后，脸色微微一变，手下人见状连忙问道："童监军，这圣旨上说的什么?"

童贯将圣旨卷起，告诉身边的将士们："皇上预祝我们马到功成，直取河湟!"说罢将圣旨往自己的靴子里一塞，翻身上马。将士们得知皇上专程降旨慰军，都十分鼓舞，纷纷上马，蓄势待发。

童贯下令跨越国境，全军将士便斗志昂扬地向西继续进发。童贯一边行进，一边心中也有些惴惴不安。事实上，这圣旨的内容是命大军迅速撤回，原因是昨夜京城起火，皇上恐怕这是兵败之兆，遂下令撤军。童贯心里清楚，若就此撤军，必将影响士气，更何况是因为那么一个可笑的原因，令他心有不甘，所以便擅作主张，抗旨不遵，以及假传圣旨。

若是这一仗打赢了，自己的罪责也许不会被追究，但倘若败了，皇帝必定会摘去他的项上人头，想到这里，他不免觉得后颈上有些凉飕飕的，但事已至此，也只有拼死一战了。

抵达熙州后，童贯与王厚大军会合，共同商讨进攻湟州的策略。王厚是一员武将，自然不把童贯这么个太监放在眼里。在他看来，派一个太监带兵打仗简直就是个笑话。童贯看出了王厚的鄙夷，但也不露声色，毕竟自己是奉天子之命来担任监军的，有着绝对的权力，无须忌惮王厚。

三、河湟大捷

王厚站在一张悬挂着的地图前作出部署:“我们兵分南北两路,南路出京玉关,北路出安乡关……”

“兵分两路?”童贯打断道,“为何不集中兵力,一鼓作气,直取湟州?”童贯刻意提出异议,试图树立威信,避免自己这个监军形同虚设。王厚看出童贯的敌意,回应道:“童监军莫非没读过兵书么?羌人持巴金、把拶之险,加之大河阻拦,必分兵死守,我军若受阻,西夏便会出兵援助羌人,届时我军将腹背受敌。”

听完王厚的解释,童贯只得闭口不言,毕竟自己对于战略之事不甚明了,也不再自取其辱。王厚瞥了一眼童贯,继续说道:“我军兵分两路,南路由高永年为统制官,姚师闵、王端为副将,率兵马二万出京玉关。北路则由我亲率大军出安乡关,渡黄河直取巴金岭。至于童监军,还请留守熙州,作为后援。”高永年、姚师闵等人纷纷领命。这时候,童贯变了脸色,说道:“将军莫非把咱家这个监军当作摆设不成?”

“绝无此意,童监军莫要多心。”王厚未料到童贯会有如此直白的抗议,便只好象征性地解释两句,“守熙州之事也是关系重大,望监军不要推辞。”

“监军岂有不参战之理?若是皇上知道此事,必然以为咱家贪生怕死,不敢出战。”童贯正色道,“请将军安排他人留守,咱家身为监军,当率领先锋主攻巴金岭,以振士气。即便战死沙场,也可无憾。”

听完童贯的慷慨之辞,王厚也对他起了几分敬意,没想到一个太监会有如此豪情,便答应道:“好!就请童监军为先锋,攻打巴金岭，我将率大军从后方接应。”

由此，童贯便以监军身份请得了此次战役的第一仗，这也是他人生的首战。

要赢得这一战显然不是那么容易的，单是巴金城的地理环境便令人头疼不已。巴金城占据天险，易守难攻，到处都是峡谷，只有一条狭长通道可以进入，行军时若稍不留神，便可能失足坠落，粉身碎骨。童贯率军一边艰难地行进着，一边隐隐担忧，毕竟此战既关系到河湟战事的全局，也关系到他本人的身家性命，如若败北，自己即便得以全身而退，也难逃之前违抗圣旨的死罪。怀揣着各种不安的心情，巴金城那庞大的城墙逐渐在他眼前清晰起来。当童贯大军来到城下，竟发现吐蕃人城门大开，守城的军士也慵懒地倚靠在那里，似乎完全没有意识到宋军的到来。

童贯最初看到这大开的城门，心中大喜，但随后转念一想，这其中恐怕有诈，便下令停止行军，进一步观察敌情。童贯身边的两名偏将辛叔詹、安永国都已迫不及待了，安永国率先向童贯请战：“监军，我看此刻是偷袭的最佳时机，再拖延下去可就要贻误战机啊！”辛叔詹也在一旁应和道：“是啊，童监军，不如让安将军和我打头阵，不出一炷香的工夫便可拿下巴金城！”童贯坐在马上，捋了捋并不浓密的胡须，思忖片刻，道：“那就有劳二位一探虚实。”

辛叔詹和安永国欣然领命，当即策马向巴金城大敞着的城门飞奔而去，心中窃喜，想着这次终于可以立大功了，但他们显然是高兴得太早了。羌人远远望见百余来人正奔袭而来，连忙组织防御。辛叔詹和安永国满以为此番可长驱直入，攻下城池如探囊取物,没料到美人狗急跳墙,拼死抵抗。前面的宋军寡不敌众,非死即伤,后面童贯大军还没有赶来支援,这安永国就被活生生地挤落壕沟,命丧九泉,辛叔詹则带着所剩无几的残兵败将狼狈地撤了回来。童贯没想到前方的败讯来得如此之快,感到措手不及,只得下令全军撤退,并给王厚发战报,请求支援。

童贯的初战就这样草草地结束了,这一仗败得十分憋屈,可以说是颜面尽失。当他再度见到王厚的时候,连头都抬不起来,只好谦卑地坐在一旁听王厚的差遣,期待他能重整军威,挽回颓势。王厚见了童贯,也没说什么奚落的话,而是用“胜败乃兵家常事”之类的话予以安慰,这让童贯心存感激。当王厚下令次日反攻的时候,童贯也不再发表什么异议。

4. 河湟大捷

第二日,宋军再次兵临城下,这一回是由主帅王厚亲自率领。

吐蕃人显然已经有所准备,背城列阵,在城墙上挥旗擂鼓,有了昨日那小小的胜利,他们在气势上已经占了上风。此时的童贯有些怯战,巴金城毕竟易守难攻,如若再败,恐怕宋军就得打道回府了。童贯看了看主帅王厚,但见他一副稳操胜券的样子,毕竟是久经沙场,浑身透着一股大将之风。

吐蕃大首领多罗巴的三个儿子阿令结、厮铎麻令、阿蒙都出现在城楼之上,这三人体形魁梧,犹如猛兽,令人生畏。厮铎麻令上身赤裸,举着两个大棒槌在那擂鼓,阿令结和阿蒙则并肩站在前方。王厚策马缓步前行,来到城下,开始向城楼上的人劝降道:“城中之人，速速投降，或可保住性命，执意顽抗者，杀无赦。”说罢拔出自己的宝剑，一道白光腾跃而起。阿令结等人当然不会束手就擒，他们早已做好战死的准备。阿令结用生硬的汉语向城下的宋军放话道：“强攻巴金城，唯有死路一条！”

只听得阿蒙一声令下，巴金城的城门打开了，千余骑兵从城中冲出，声势浩大。王厚退回阵中，他在偏将邹胜的耳边交代了几句，让他率千人绕到敌军背后，邹胜得令后便带着人马出发了。

王厚对于巴金城的地势了如指掌，断定若带大军强行攻城必然有去无回，便打定主意用弓箭迎战。王厚大手一挥，宋军便拉弓射箭，一时间，巴金城的上空像是下起了瓢泼箭雨。城楼上的三兄弟躲避不及，厮铎麻令被射落城下，阿蒙的眼睛被流矢刺穿，血流如注。阿令结逃过一劫，带着小队人马遁逃。吐蕃士兵无法前进，便只得从南门退回到城中，不料邹胜的兵马已从北门包抄，将阿令结斩落马下，至此，宋军迅速地攻占了巴金城。

这是童贯此生第一次见到如此浩大的战争场面。这一仗胜得尤为迅速，以至于他好像还没看够那漫天飞舞的箭雨，一切就已经结束了。

立下汗马功劳的邹胜来向王厚报告：“阿令结与厮铎麻令已死，但眼睛受伤的阿蒙从北城门逃窜而出，末将这就派快马前去追杀。”王厚摆了摆手道：“不用追击了，他们成不了什么气候了。这一战过后，我们胜局已定。”

正如王厚所料，吐蕃人自此便节节败退，宋军势如破竹，先后攻破罗瓦抹逋、湟州等地，河湟以南都已被大宋控制。单是湟州一战，便斩首八百六十四人，俘虏四十一人，招降一百八十三人。打下湟州之后，王厚决定暂时息战，养精蓄锐一阵，童贯便先行回到汴梁，汇报战况。

童贯此番回京心情大好，河湟战事出奇顺利，赵佶非但没有追究他抗旨不遵的罪责，还大大地奖赏了他。尽管他这个监军没立下什么实际的功劳，但毕竟也是上过战场的人了，可以说，河湟之战为童贯积累了不少资本，为他日后掌握兵权二十余载奠定了根基。

河湟战事一直持续到次年，即崇宁三年(1104)。河湟地区的吐蕃人终于被王厚彻底击溃，大宋的版图也随之扩张。赵佶站在全新的地图前，十分满意地捋了捋胡须，蔡京和童贯则站在皇帝两侧，分享着天子的喜悦。皇帝再次对童贯予以嘉奖："此次河湟大捷，童爱卿你功不可没，朕封你为武康军节度使。"

童贯跪地伏拜道："多谢皇上隆恩。"

见童贯又获封赏，站在一旁的蔡京略有些不悦，觉得自己是皇上身边第一大红人的地位似乎岌岌可危。为博取皇帝欢心，他插话道："河湟一战童公公确实骁勇，但归根到底还是仰仗于圣上的贤明。"童贯也连忙应和道："宰相所言甚是，有皇上这样的明君，别说是收复区区河湟，就算是收回幽云十六州，也绝非难事。"

听童贯提到幽云十六州，赵佶面露异色，眼中闪过一次光亮，又马上黯淡下来。蔡京也没料到童贯敢夸下这样的海口，毕竟包括赵佶在内的所有人都明白，收复幽云，难于上青天。幽云十六州是大宋建国之初就遗留下来的一块心病，而且已经持续了百余年之久。当年，石敬瑭被后唐围困，不惜以幽云十六州为代价，向契丹人求援，致使中原失去了这道天然的屏障，时刻处于契丹的威胁之中。大宋开国后，赵匡胤一心想要收复幽云，制定重金赎买计划，可惜尚未来得及实施，便猝然离世。随后继位的赵光义又试图以武力收复失地，却在高梁河一役中中了辽人的箭，多年后疮发去世。此后的长期战争中，大宋都未能夺回此地，直到景德元年(1004)，与辽人订立“澶渊之盟”，似乎是彻底放弃了对幽云十六州的争夺。但事实上，大宋历代的君王都明白，幽云十六州一日不收复，来自北方的危机便一日无法解除。

现在，赵佶的野心被童贯之言所激发，心中不免闪过这样虚妄的念头：“连太祖和太宗都无法完成的大业，朕若是能够达成，那便是不世之功，名垂千秋！”但他即刻又恢复了清醒，放下了这念头，毕竟这澶渊之盟带来的百年太平来之不易。他看着地图上的幽云十六州，不免有些失落。

但很快，善解人意的宰相蔡京便将皇帝从这种情绪中拉了出来。蔡京提议道：“皇上，如今四方安定，国库充盈，何不铸造九鼎，光耀九州，润泽天下？”此话让皇帝眼前一亮。这一年里，他可谓顺风顺水，先是继承父志，扳倒了元祐党人，又平定了河湟。如今，他亟须做一件事将这种成就感推向高潮，蔡京的提议恰好迎合了他的心意。

年末，铸九鼎的浩大工程展开，到了次年，九鼎便铸造完成。宰相蔡京一手操办了这个为皇帝歌功颂德的仪式，检查了每一环节，亲自确认没有任何差池才放心，但是百密一疏，最后还是出了岔子。正当皇帝站在鼎前祭酒之时，一尊位于北方的宝鼎却突然裂开了一道口子，这道口子自上而下，越裂越大，像一道闪电一般从顶部蔓延到底部。在场的大臣们见状，面面相觑，为那个可怜的铸鼎之人捏一把汗。皇帝则瞬间陷入忧虑，面对如此不祥之兆，不知如何是好，双手悬在半空，望向蔡京，看他作何反应。

关键时刻，蔡京处变不惊，毫不慌乱地转向文武百官，说道："北方鼎裂，辽国必乱。"此言一出，皇帝和百官面上的忧虑一扫而空，这场仪式总算是顺利地进行下去。

蔡京说出此话只是为了挽回局面，然而说者无心听者有意，事后赵佶回到寝宫便开始琢磨起这句话。这鼎裂的"吉兆"就如同当年在端王府上出现的仙鹤与灵芝一般，诱发了他内心本就存在的念想。

四、马　植

1. 太监的侮辱

自从河湟大捷，童贯便迫切地盼望着新的战争，他做梦都想回到那血肉横飞的沙场，建立真正的不世战功。收复河湟之后，西夏失去屏障，早已成了大宋的囊中之物，童贯也不止一次地上奏请求领兵攻取西夏，却都被皇帝驳回，这令他郁闷不已。其实，皇帝又何尝不想拿下西夏，扩大版图，但他念及辽国皇帝耶律延禧是西夏国君李乾顺的妹夫，若是贸然向西夏开战，辽国必然出兵相援，到时候，不但西夏灭不了，连和辽国的关系也可能因此恶化，得不偿失，所以只能眼巴巴地看着西夏这块肥肉晾在那里。童贯做着建立战功的梦，赵佶则做着收复幽云的梦，对他们而言，美梦成真的最大障碍便是北方的辽国，契丹人让赵佶和童贯都头疼不已。

赵佶的心里一直忘不了当初宝鼎开裂时蔡京说的话："北方鼎裂，辽国必乱。"尽管蔡京这话也许只是为了打个圆场，但他念念不忘，觉得这鼎裂之事没准是上天在暗示自己起兵伐辽，夺回幽云十六州。童贯的想法则要更加简单直接一些，既然不敢伐西夏是因为忌惮辽国，那就索性直接伐辽得了。这君臣二人各自在心里藏着伐辽的念头，但都没敢说出口，因为辽国就像一只猛虎，要在虎口里拔牙，实在是太危险，太不切实际。蔡京倒是极少有讨伐辽国的妄想，他不是君王，也并非武将，对战争和版图没有太大的执念。况且他年事已高，又身居一人之下、万人之上的高位，能够掌握权力、尽情享乐就心满意足了。他照样卖力地替皇帝张罗着花石纲的事，流连在权力和风雅的生活之中。但是这种惬意的生活到大观三年(1109)便终结了，在张商英、何执中等人的排挤之下，蔡京遭到罢相，再次回到了那美如天堂的杭州。

在没有战争的日子里，童贯可以说是寂寞得度日如年，好不容易积攒起来的英雄气概正在一点点地消磨殆尽，觉得自己又变回了一个彻头彻尾的阉人，盼不到翻盘的机会。对他而言，唯一可以证明自己的便是一场酣畅淋漓的胜仗，而这种无尽的等待和盼望令他心生绝望。他期待皇帝一声令下，自己便可举兵伐辽，即便这毫无胜算，但痛快地战死沙场总好过这样虚耗时日。几年一晃而过，童贯还是没有等到伐辽的号令，但他却得到了出使辽国的机会。宋辽两国订立澶渊之盟以来，几乎每年都会有好几次使者的相互往来，本来无甚特别，但是此番赵佶却让童贯担任使者，这让不少大臣都有了意见："让太监去当使者，这岂不是让辽人笑话？难道我大宋就没人了吗？"群臣的反对让皇帝有些意外。赵佶本以为童贯的声望已经够高，没想到反对的人那么多，便只好从长计议。皇帝派童贯出使辽国自然有他的道理，其中包藏着一个隐秘意图:“让童贯去探一探辽国的国力。”说到底,皇帝还是心怀着伐辽的念想,他知道辽国强大,但是相比百年之前,气焰已经削弱了不少,尤其是耶律延禧继位以来,国力更是大不如前。所以他派童贯出使,是一种试探,当然他并未明说。

赵佶思来想去,还是希望童贯出使,但也不好一意孤行,权衡之下,便将童贯由正使降为副使,改由端明殿学士郑允中担任正使一职。大臣们见皇上有所退让,便也不再加以反对。对于派遣童贯使辽,皇帝也有着充分的理由:“当初童贯打败羌人收复河湟,威名远播,辽国皇帝早就想见一见他。朕也就顺势派他去探一探辽国皇帝的最新动向,也可借此巩固一下两国所订立的澶渊之盟。”

政和元年(1111)九月,郑允中和童贯带着一小队人马押送着一大批奇珍异宝,一路北上,进入辽国境内。这些宝物中有珍贵的浙江漆具、火阁、书柜、床椅以及金银玉帛。坐在大殿之上接见大宋使节的耶律延禧看到这些宝贝,喜不自胜,毫不客气地命人收了起来。这些年,他已经习惯了大宋使节敬献厚礼,觉得中原宝贝那么多,送点过来也是应该的。耶律延禧礼尚往来,出手也十分阔绰,也将一些具有北国特色的器皿赠予郑允中。

交换了见面礼后,耶律延禧用汉语和郑允中寒暄了几句,便把注意力集中到郑允中身边的童贯身上。他看此人身形魁梧,似是一员武将,便问道:“这位大人如何称呼?”

童贯作揖道:“回辽王,我乃是大宋天子此次委派的副使童贯。”

一听得“童贯”的名字,耶律延禧显得有些惊异,盯着童贯打量了一番道："原来你就是童贯，你的名气大得很。"这确是句实话，尽管河湟战役的主将是王厚，但却让童贯一战成名，这其中最重要的原因在于童贯是一名太监。在辽人看来，宋军大败羌人并不意外，但打胜仗的居然是个太监，这事就很是稀奇了。

童贯感觉到耶律延禧和他的大臣们都在用一种奇特的目光打量着自己，就好像是见到了什么珍禽异兽一般，这让他感到很不舒服。他知道他们心里一定在想：大宋怎么派一个太监来作大使？而事实上，辽国君臣对童贯更多的是一种好奇，他们心存疑问："一个太监为什么还会长胡须？"

这个问题若是直接问，似乎有些无礼，所以所有人都憋着，直到晚宴的时候，酒过三巡，辽国的大臣萧嗣先率先问出了口："童公公是宦官，为何还蓄有胡须？"

萧嗣先的提问让童贯直接变了脸色，在他看来，这简直是一种充满恶意的羞辱。童贯也是个暴脾气，当即要起身抗议，但此时坐在一旁的郑允中扯了扯他的袖子，他只好强压住怒火又坐了下来。

这时候，微醺的耶律延禧发话了，先是对着萧嗣先一顿呵斥："混账，这种问题也是你能问的吗？"随后又转向童贯道，"童公公莫要生气，不必回答，此事悄悄告诉朕一人便可。哈哈哈！"耶律延禧此言一出，众位辽国大臣跟着笑得前俯后仰。童贯没料到耶律延禧堂堂一国之君竟然也对大宋使节出言不逊，气得脸色涨红，青筋暴起，不过他终究还是忍住了，没有当场发作。

翌日，耶律延禧酒醒，回想起昨夜拿大宋使节取乐似乎有些不妥，便派人给童贯又送了些礼并传话说："昨夜酒后失言，多有失礼，还请童公公不要放在心上。辽宋两国是世交，相信童公公定能担待。”童贯收了这份厚礼，但这丝毫不能冲淡他内心的怨恨，蒙受了这样的奇耻大辱之后，他攻伐辽国之心愈发迫切了。他暗下决心，要把这些无礼的契丹人赶尽杀绝，以泄心头之恨。

在辽国的这几日，童贯受的是上宾的待遇，也得了不少馈赠，但他的心里就是痛快不起来，总觉得每个辽人暗中都对自己存有鄙夷之心。童贯在这种猜忌和不快中度日如年。

终于到了宋使归国的日子，耶律延禧派萧嗣先将郑允中一行送出城门，萧嗣先与郑允中话别后，便要向童贯行礼，没想到童贯不理会，转身便上了马车，那萧嗣先只好尴尬地愣在原地。宋使的车队起程回国，童贯回头望了望那逐渐遥远的燕京城门，心想，下一次到这儿来，没准就要兵戎相见。

2. 北方必乱

离开燕京后，一行人夜宿于卢沟桥的驿馆中，童贯独自在房里绘下燕京城的地形图，随从敲门进来禀告：“公公，外面有个叫马植的燕人求见……”

童贯觉得有些困惑，这大半夜的，辽国皇帝还派人过来？但见随从似乎言而未尽，便追问了一句。随从继续说道：“那人说……说有收复幽云之策，要与公公面谈。”

这话着实令童贯吃了一惊，在这辽国土地上，居然有辽人胆敢说出这话来，要是被辽国皇帝听到，非凌迟处死、诛灭九族不可。此人既然如此直白地在宋使面前提收复幽云，莫非料定了大宋有伐辽的心思?

童贯当即放下手中的笔,将案上的地图收起,迟疑再三,终于决定要会一会这个马植。“让他进来,此事不可向他人泄露半句。”

随从应了一声便出门去,不久,带进来一个三十多岁、商人模样的人,这人就是马植,但此等文弱的形象与童贯心目中的燕人实在大相径庭。马植行礼后,童贯便请他坐下,让随从先行退出。童贯的礼遇令马植尤为感动,尽管初次相见,但是童贯隐隐感觉到眼前此人看似文弱,实则有着过人的胆魄,才敢冒天下之大不韪,在辽国密会宋使。

马植缓缓开口,声音极为沉稳,毫无半点怯意,说道:“多谢童大人接见,小的深夜来访着实失礼,不过确有诸多苦衷,望大人见谅。”

童贯微微点头,答道:“你能有这等勇气,绝非泛泛之辈,咱家敬你是条好汉,因而请你进来,还请长话短说。”童贯左手一摊,示意马植继续说下去。

马植自称是辽国汉人大族,曾在朝中为官,官至光禄卿。他很快向童贯表明了来意:“辽国皇帝荒淫无道。多年以来,小的一直心系大宋,希望大宋收复幽云,救我等先民于水火。”

马植的一通说辞将童贯捧到了救世主的地位,令他心动不已。原本童贯生出伐辽念头也只是为了攻城拔寨,没想到还有拯救大宋先民这一层,如此看来,此事真是功德无量。马植的言论正合了童贯的心意,但他仍不动声色,说道:“宋辽两国百年交好,我天朝大国岂可背盟?”

马植心知童贯言不由衷，若是他真的没有伐辽之意，方才便不可能接见自己，便进一步劝道："天下本就没有永恒的盟誓。况且辽国占据幽云，这对于大宋而言始终是个隐忧，若不先下手为强，恐怕也难以长治久安。"不知怎么的，马植的这番话令童贯想起了那年鼎裂之时蔡京所说的话："北方鼎裂，辽国必乱。"

那时候蔡京的话无疑只是为了圆场，以免在鼎裂之际造成人心的慌乱，但没想到竟然一语成谶，北方的战乱还真的就不期而至。马植继续向童贯阐述自己的见解："依在下之见，大宋应结盟的，不是辽国，而是……"马植说到一半抬眼看了看童贯，然后慎重地突出五个字，"北方女真人。"

马植的建议在童贯听来简直就是个笑话，在宋人的眼中，女真人是野蛮人，只是一些部落的联盟，根本不能算作国家，便斥道："让我堂堂大宋与野人结盟，真是荒谬之极！"

"大人，切不可小看女真人。他们比辽人更为勇猛，早已对辽国虎视眈眈，如今辽帝对他们也有几分忌惮。"

马植从怀里掏出地图，继续向童贯讲解道："今日的辽国南接大宋，北临女真。他日辽国若受到北方女真的冲击，走投无路，必会南侵。假如大宋与女真结盟，便可反客为主，制约辽人，甚至可以借此收回幽云十六州，稳固江山。"

童贯看着马植在地图上所指的方位，正是燕京的长城——一道在百余年前就失去的屏障。自始至终，马植没有提"灭辽"二字，而只是提议与女真结盟，收复幽云地区，童贯却不禁在脑海中勾勒出一个更为野心勃勃的灭辽计划。他觉得马植所言分外悦耳，自己之前还担忧大宋伐辽实力不济，如今有了联盟女真之策，问题便可迎刃而解。童贯行事谨慎，他在心里采纳了马植的计策，但在嘴上却故意加以搪塞，仍然说着“宋辽交好，不可背盟”之类的言辞，同时又称“须回禀皇上，从长计议”。马植知童贯已认可自己的提议，便起身告辞。

马植离开之时，天色已经微亮。十五年后，当童贯回想起那个夜晚，便会不胜唏嘘，他怎么也没想到，这个收复失地的机会竟然会和“亡国”二字联系在一起。不过他在当时也已意识到此事重大，并未像承诺马植的那样回去禀报皇帝，而是将这个念头埋在心中，决定再做打算。而马植，也继续在辽国当着光禄卿，过着身在曹营心在汉的日子。他伸长脖子等待来自南方的消息，期待着在这个历史的关键点上充当一个重要人物并名垂青史、流芳百世。对于自古以来的士大夫而言，这无疑是一个终极目标，许多人情愿肝脑涂地，也要争得身后名。马植也不例外，他绝非一个短视的、苟且的小人，而是一个富有韬略的人物。

可惜后来的事实证明，马植的愿望只实现了一半。

3. 刺客

当郑允中、童贯一行在回京的路途上跋涉之际，赵佶正在案边挥毫，锤炼他的“瘦金体”。这一年多来，少了蔡京的辅佐，他不免感到有些寂寞，尽管大臣中的风雅之士不少，但没有一个能达到蔡京那种登峰造极的地步。罢了蔡京的相位并非他的本意，现如今风头已经过去，他又开始想着要把蔡京从杭州召回来，于是不顾张商英等人反对，开始亲笔拟定诏书。

蔡京这段日子在杭州可以说是度日如年，年逾花甲而遭罢黜，这滋味实在不好受，再加上这些年来树敌太多，离开了皇城的庇护，连最基本的安全也成了问题。就在前几天的一个夜里，他的老命差点就被刺客取走了。

那夜正值月半，圆月当空，映在西湖平静的水面上，蔡京的府邸位于西湖边，他的书斋正是个可以遍览美景的好地方。蔡京站在楼阁上吹着湖风，在他看来，那绝美的冷月成了一种凄凉的象征。他只顾着嗟叹，却没有发现湖边闪过的黑影。那黑衣人身长七尺有余，身手敏捷，没几下便跃过了左侧的高墙，进到蔡府的院内。

一个下人正提着灯在院内巡视着，忽然后颈上遭到重击，便晕了过去。黑衣人便将那下人拖到一处不显眼的草丛里，继续趁着夜色攀上一棵大树，而后纵身一跃便停在了瓦上，此人轻功极高，这一跃并没有造成大的响动。

黑衣人在瓦上快速行走着，来到了正中间的地方停了下来，他伏下身子，缓缓地爬到屋顶的边缘，向下方的亭台望去，恰好能看见蔡京的头顶。黑衣人从怀中掏出一枚飞刀，准备致命一击。这次暗杀本应十分圆满，只可惜十五明亮的月光出卖了他。蔡京看见湖面上的圆月边上突然出现了一个人影，这一惊非同小可，脸上的阴郁一扫而空，变成了一种极端的恐惧。他立即转身冲回了屋内，就在他回身的一刹那，从天而降的飞刀插在了他原本站立的位置。

四、马　植

黑衣人见蔡京逃进屋,便翻身而下,追了进去。只见蔡京早已连滚带爬地逃出了屋子,一边用尖锐的声音吼着:“有刺客!有刺客!”侍从们闻声赶来,把蔡京保护起来,一大群兵士包围了这华美的楼阁。

黑衣人从二楼的窗户跳出,一边抽出背后的一把弯刀,和侍从们打斗起来,一连斩杀了十余个侍从。蔡京身边那三个武功最高的侍从一拥而上,与黑衣人缠斗了几十个回合。黑衣人终于寡不敌众,渐渐败下阵来,身中数剑,倒在地上。蔡京连忙喊道:“抓活的!”侍从们便拿刀架着那人的脖子,用粗麻绳子将其捆绑,带入柴房之中。蔡京惊魂未定,直到确定那刺客被绑严实了,才敢步入柴房。

柴房里黑漆漆的,下人们纷纷提油灯进来,这才有了些光亮。只见那黑衣人已经被扒去了上衣,双手捆着吊在梁上。他看起来出人意料的年轻,大约只有十五六岁,脸上甚至还有几分稚气,浓眉大眼,英气逼人。蔡京恢复了往日的气焰,走到那人的边上,反手便抽了他一大嘴巴,用阴森森的语调盘问道:“说,你为什么要来行刺老夫?是受何人指使?”

年轻人冷笑一声,道:“奸相蔡贼,人人得而诛之,还用得着他人指使么?”

蔡京听罢一愣,倒也不能反驳。在他为相的这些年里,从残害元祐党人到花石纲,的确是把举国上下各阶层的人都给得罪遍了。本来仗着皇上的宠爱,还是可以安枕无忧的,而如今晚年失了宠,要是那些仇家们都找上门来算账,恐怕老命岌岌可危了。

“好小子，老夫倒要看看是你的嘴硬还是命硬！”蔡京扭头对侍从说，“上刑，一个时辰之内把他的东家审问出来。”

交代完毕，他便在随从的保护下离开了柴房，回到他的书斋里闭目养神。他静坐在蒲团上，却难以获得清静，那年轻人声嘶力竭的叫声接连不断地从柴房传来，搞得蔡京的心里瘆得慌。过了大约半个多时辰，年轻人的叫声终于停了，不久，一个侍从前来禀报。

蔡京问道：“怎么样？招了么？”

“没有。”侍从答道，“那人吃不了疼，晕了过去。不过，我们在他的兵刃上发现了点线索。”说罢，呈上一把弯刀，正是那年轻人先前所使的兵器。蔡京接过弯刀，仔细地端详了半天，却没看出什么门道来。只是觉得这刀材质上佳，不由得赞叹道：“这弯刀倒是一件稀世珍宝。”

“大人真是好眼力，此刀是用珍贵玄铁锻造。”侍从说到这里，顿了顿，“但是更重要的是它的来头，这鲲鹏弯刀的主人是当年名满江湖的人称大漠苍鹰的李重山。”蔡京对江湖上的事情毫无兴趣，便打断道：“别跟我讲这刀的江湖来历，只要告诉我，究竟是何人想要刺杀老夫？”

侍从答道：“大人有所不知，李重山当年正是兵部侍郎刘延肇的贴身护卫。”

一听到刘延肇这个熟悉的名字，蔡京终于有点明白过来。七年之前，他曾亲手将这个名字写上元祐党人的名单，并在皇帝的首肯下亲自前去抄他的家，却意外遇上刘府的一名绝顶高手的拼死抵抗，那人想必就是李重山。在拼杀中，蔡京的人阴差阳错地误杀了刘延肇，为了斩草除根、以绝后患，蔡京便命人一把火烧了刘府，包括刘延肇、李重山在内的几十口人命丧火海，此事对外便以意外失火结案。

蔡京推断，这年轻人应该就是当年那场大火的漏网之鱼，他敢孤身犯险，说明和刘家关系不一般，没准就是刘延肇的后人前来寻仇。他越想越害怕，唯恐这年轻人的身后还有其他幕后黑手，当即让侍从加强戒备。侍从应声后正要退下，又多问了一句："大人，那名刺客如何处置？"

"把他剁稀碎了，喂狗！"蔡京愤愤地答道。

侍从有些为难地说："这恐怕不妥吧？是不是把他交给本地官府，依律判决？"

"老夫要处置个人还需要通过官府不成？"蔡京继续道，"不用多言了，去把他剁了，剁得越碎越好！"说罢，他摆了摆手，示意侍从尽快去办。

侍从退下后，蔡京将那弯刀从刀鞘里抽了出来，一道寒光流溢而出。那刀上还沾着隐隐的血迹，令蔡京不由得脊背发凉。这次侥幸保住了命，下一次可就难说了，难道自己真的是作恶太多，难逃上天的惩罚么？想到这里，蔡京的内心甚至莫名生出了吃素斋、放生积德的念头，完全忘记了自己刚刚还下令剁碎人的事实。

当然，蔡京吃斋的念头并没有持续多久，三天之后，当他得到皇帝召自己回朝的诏书，便高兴得把一切关于因果报应的想法都抛到了九霄云外。

接到诏书第二天，蔡京便命人备好了车马，归心似箭，他恨不能立刻回到皇帝的身边。也就在同时，杭州郊外的一间破旧的茅草屋外，一个十来岁的小姑娘正站在那里，她生得很美，只是右侧的脸颊上有一个不大不小的疤痕，像是被火烧伤后留下的痕迹。

小姑娘站在那茅草屋外，水灵的大眼睛里透着一种悲哀和恍惚的神色。一个樵夫打扮的老者从茅屋里出来，走到她的身边，劝道："小姐，别再等了，都第四天了，良儿怕是不会回来了，你快进屋吃点东西吧。"老者的疼惜和关切反而使小姑娘更加哀伤，她一把抱住老者，哭出了声，一边喃喃地说："不，哥哥会回来的，会回来的……"她就这样重复着，像是在自言自语。

这樵夫打扮的老者原是当年刘延肇家的商师爷，刘家被灭门之日，他和李重山的儿子一同护送着刘家的小千金刘仪逃离火场。这小姑娘便是当时未满六岁的刘仪，而那个刺杀蔡京未遂的少年，便是李重山之子李良。这三人隐姓埋名多年，商师爷精心谋划，李良勤练武艺，只是为了取蔡京项上人头，为刘家二十几口人报血海深仇。好不容易等到了蔡京遭贬的好机会，没料到武功高强的李良竟然有去无回。商师爷看着刘仪满面的泪痕，不由得开始怀疑，也许报仇的计划从一开始就是个错误。

刘家被灭门那年，刘仪年幼，对于血海深仇尚缺乏认识，只是听着商师爷和李良一再提及报仇。对于李良欲以身犯险刺杀蔡京之事，她始终抱着反对的态度，但拗不过李良报仇的决心。如今，和她青梅竹马的李良惨遭蔡京毒手，反倒激起了她的仇恨之心，她的眼神由哀伤转为愤恨，而商师爷却并未察觉到这一变化。商师爷在想着另一件事，此次刺杀蔡京之事败露，杭州不宜久留，下一步该何去何从呢?

4. 太监的鸿鹄之志

蔡京的车马浩浩荡荡地走在古道上,经过三天前的那次有惊无险的劫难,他加强了护卫的队伍,想着过几日回到汴梁,就无须再提心吊胆了。

几日后,蔡京归来,皇帝便毫不犹豫地罢了张商英的相位,恰逢童贯也刚刚出使辽国归来,这君臣三人又重新聚到了一起。

皇帝许久未见自己的左膀右臂,显得十分愉悦,问童贯:"童爱卿,此番远赴辽国有何收获?"童贯并未将辽人马植夜访之事如实禀报,而是敷衍地答复了一个人尽皆知的事实:"臣以为,辽国国力已大不如前。"尽管童贯此言只是一句废话,但皇帝仍然和颜悦色,对他来说,关于辽国衰弱的消息总是听不腻的。他又转向蔡京,问道:"爱卿这两年来可有在江南搜罗到什么奇珍异宝?"他只字未提罢相之事,仿佛先前几年只不过是派蔡京去杭州执行公务。

蔡京笑着答道:"臣有一件宝贝,偶然所得,想要献给皇上。"

经过皇帝许可后,蔡京便命人将一个长长的木盒呈了上来。皇帝打开木盒,见到一把精美的弯刀,那便是李良的遗物:鲲鹏弯刀。皇帝眉开眼笑,当着童、蔡二人的面,将弯刀拔出鞘,那刀刃上的血迹早已被清理干净。皇帝把弄着弯刀,兀自叹道:"好刀!好刀!"他只知此刀雕琢精良,锋利无比,却不知这是江湖上人尽皆知的宝刀,问道:"爱卿是从何处获得这样的宝刀?"

蔡京微微一笑,道:"臣在苏州有位老友名叫朱冲,其子朱勔尤善搜罗各地宝物，此刀便是他赠予我的。”赵佶一听有这样的能人，便立刻嘱咐蔡京，让那姓朱的在苏州设个应奉局。蔡京连声答应，这一下可谓一箭双雕，既博取了皇上的欢心，又给自己的爪牙谋了个好职位。毕竟这年头，搞应奉局、花石纲可是最能捞到好处的差事，童贯当年便是靠这个发家的，那朱冲也是童贯和蔡京共同的“老朋友”，蔡京瞥了眼童贯，却见他毫无反应，甚至有些心不在焉。

自从卢沟桥密会马植，童贯已经好些日子没有睡个安稳觉了，某种激烈的思绪在他的心里不断翻涌。此事他在皇帝面前绝口未提，皇帝也没有多加追问。

赵佶持着蔡京赠送的弯刀，爱不释手。他本对于兵器并不感兴趣，但是这把刀却是个例外，它的美已经让人全然忘记了这是一件可以取人性命的兵刃，而只将它视作一件工艺品。过去，他收藏的净是些奇花异石、字画古玩之类的东西，从来没有收藏过兵器，这可算是破天荒的头一遭。

童贯和蔡京从皇帝的书房中退出时，天色已经有点暗。蔡京拉住童贯，说道：“两年未见，您还是如此爽快，本相这次可算是帮了朱冲父子一个大忙了。”不料童贯却未应声，蔡京便接着问道，“童公公似乎有忧虑之事，不如道来听听？”

自从使辽归来，童贯便始终想着当夜马植的话，倘若宋辽之间将有一战，或许大宋的江山将发生天翻地覆的变化，他一直思考着大宋向何处去的重大问题，自然无心考虑花石纲之类的小事情。他见蔡京还是这么一副热衷于敛财弄权的嘴脸，内心一时掠过强烈的鄙夷之情，当即说道：“蔡相爷，为相者还是该多想想国家社稷之事吧。天色不早了，请恕咱家先告辞了。”便作了一揖，转身离去。

蔡京没想到热脸贴了冷屁股，这童太监竟会装模作样地教训起自己来，便愣在当场，看着他缓缓走远、上轿。蔡京暗自冷笑一声，还在心里啐了一口，许久，他转过身，朝着相反的方向离开了。

只不过，童贯的豪情壮志很快便燃烧殆尽，诛灭辽国收复燕云的春秋大梦做了没多久也就淡忘了，又重新和蔡京等人打得火热。宋人内心深处对辽人的畏惧并没能因为辽国的衰弱而有所减少，他们依然每年如期地向辽人缴纳岁币，维系着澶渊之盟。赵佶也是每日挥毫写字，从全国各地搜集奇花异石，也不再向童贯提及收复燕云之事。童贯就如此这般平静地度过了四年。直到第五年，一封来自北方的书信，又一次搅乱了他的心神。

当日，一个辽人偷偷地越过了宋辽边境，来到大宋的重镇雄州，给雄州知州和诜捎来了一颗小蜡丸，里面藏有一封密信，署名李良嗣。

天庆五年三月四日，辽国光禄卿李良嗣谨对天日斋沐，裁书拜上安抚大学足下：良嗣族本汉人，素居燕京霍阴。自远祖以来，悉登仕路。虽食禄北朝，不绝如线，然未尝少忘尧风，欲投中国而莫遂其志。比者，国君嗣位以来，排斥忠良，引用群小；女真侵凌，官兵奔北；盗贼蜂起，攻陷州县，边报日闻，民罹涂炭，宗社倾危，指日可待。迩又天祚下诏，亲征女真。军民闻之，无不惶骇。揣其军情，无有斗志。良嗣虽愚戆无知，度其事势，辽国必亡。良嗣日夜筹思，偷生无地。因省《易系》有云："见机而作，不俟终日。"《语》不云乎："危邦不入，乱邦不居。"良嗣久服先王之教，敢佩斯言。欲举家贪生，南归圣域，得上先人丘墓，以酬素志。伏望察良嗣忱诚不妄，悯恤辙鱼，代奏朝廷，速俾向化。傥蒙密旨，允其愚恳，预叱会期，伏俯前去。不胜万幸！

和诜将此信上呈给皇帝，皇帝阅后即刻命人召蔡京和童贯入宫商议此事。不久，童、蔡二人便先后赶到，他们都神情严肃，因为深夜召见，多半是有要事等待定夺，不容怠慢。皇帝未发一言，只是将这封信递给二人。

读罢此信，蔡京率先发表了看法："臣以为，事有蹊跷，不可贸然招纳此人，一旦引其入境，便是违反了澶渊之盟不可招降纳叛的盟约。倘若辽人得知，必然引起事端。"蔡京的顾虑，皇帝显然也已想过，但他还是召童、蔡二人前来，想必他的内心更倾向于另一个答案，童贯心里很清楚这一点，当即说道："臣的看法倒是和蔡相不同，来信者既是辽国光禄卿，必然能带来辽国的内情，况且他对辽国将亡的判断，也不无道理。臣认为值得一试。"

蔡京听了童贯的见解，脸色微微一变，但很快又收敛起心中的不悦。这几年来，童贯和蔡京虽然看起来走得依旧很近，但二人内心早有嫌隙，毕竟一山难容二虎，他们都希望稳坐一人之下、万人之上的地位。

四、马　植

赵佶听完二人不同的见解，依旧沉默不语，若有所思地站起身来，向前缓缓走了几步，童、蔡二人便也躬身跟了上去。他来到悬挂的“天下”二字的墙边端详了许久，然后像是下定了决心，忽然转过身来，身后的童贯和蔡京都还没反应过来，急忙后退了几步。赵佶郑重其事地说道：“我大宋先民受辽人统治欺压已久，当年太祖太宗曾屡次举兵，虽无法收复燕云，但此事乃是大宋列位先皇的共同遗愿，如今辽国气数将近，正是复我故土的绝好时机，即便只有一丝希望，朕也要试一试！”

蔡京从来没有见过皇帝如此慷慨激昂，一时也深受感动，连忙说道：“皇上心系故土黎民，胸怀天下，臣不胜感佩。”童贯见状，也跟着赞扬了几句。就这么两三句话的工夫，招纳李良嗣的事情就这样定了下来。但只有童贯一人知晓，这李良嗣，就是当年在卢沟桥前来夜访的辽国汉人：马植。

李良嗣离开辽国的那个夜晚，是政和五年(1115)的四月，他逃离得十分隐秘，只是带上了自己的老母、小儿子和最喜爱的妾，他的其余亲属，包括他的妻女对此事毫不知情，还在睡梦中酣睡着。李良嗣明白，自己的叛逃十有八九会使他们遭到辽人的杀戮，但是多带一人，便多一分危险，所以还是痛下决心，弃他们而去。

后半夜，月亮被乌云遮挡了一大半。李良嗣一行四人穿过辽国边界的一片树林，来到界河边上，看见那河上浮着一叶小舟，其上坐着一名船夫，头戴草笠，便是大宋派来护送李良嗣转移的小卒。李良嗣跟他对了暗号，便带着家人上了船。船夫熟练地摇起桨来，水面上泛起波纹。

李良嗣看着这片他生活了几十年的土地离他越来越远，心中竟也涌起了一丝不舍，便这样凝视着，一直到那河岸完全隐没。小船缓缓靠岸，李良嗣来到大宋的边镇雄州，终于踏上了自己朝思暮想的故国。

五、风流皇上

1. 私会李师师

政和七年(1117)的乞巧节,后宫的妃子们因为没有受到皇上的临幸而闷闷不乐,但她们并不知道,这一晚,皇上压根就不在宫里。早在两个时辰之前,他就已经踩着王黼的肩膀,翻出了宫墙。王黼是这几年来赵佶身边的第一大红人,风头俨然盖过了蔡京和童贯,他长得极为俊朗,这也是他受宠的重要原因之一。皇帝并没有断袖之癖,只是对美丽的事物有着天然的好感。加上王黼此人善于逢迎,更是让皇帝十分满意,在他的眼中,王黼除了才情之外,几乎可以和蔡京媲美了。

赵佶翻过宫墙,早已是家常便饭,每次都是王黼和太监梁师成二人贴身跟着。翻墙之时,梁师成先爬到宫墙外护着,而后皇帝便踩着王黼的肩膀强行翻出去,刚开始极为艰难,次数多了,便轻车熟路了。皇帝秘密出宫,起初是漫无目的地瞎晃,但如今,他有了固定的去处:落雁楼,他每次都是去寻访京城第一名妓李师师。

李师师是个艳名远播的奇女子，但凡有点见识的人都知道“花魁娘子”李师师的名号。尽管赵佶此生所见的美女数不胜数，后宫也有三千美娇娘，然而当他第一次看到李师师的时候，还是为之倾倒，纵使他才情过人，也无法用词句来形容李师师的美。

自打那以后，他出宫便更加频繁了。李师师并非寻常风尘女子，她还是个才女，因此便更受皇帝宠爱。皇帝恨不能将她册封为妃子，带回宫中，但最终还是打消了这个念头。毕竟李师师的名气太大了，若行此举，必然震动全国，所以他只能与李师师在宫外私会。

一开始，李师师并不知道这位风度翩翩、自称姓陈的人就是当今皇上，但后来发生了一件事，无意中暴露了这位陈大官人的真实身份。那晚有位贵客驾临，便是大名鼎鼎的高俅高太尉，无人不知高太尉是皇上身边的红人，李师师自然也不敢怠慢，把最拿手的曲儿都给唱了一遍。唱完曲，高俅便开始在李师师身上抚摩起来，准备共度良宵。谁知这时，楼下突然有人闹了起来，只听老鸨陪笑道：“陈大官人，请您下次再来吧，真是对不住了，师师今儿晚上已经有主儿啦。”但陈大官人身边那个长相俊朗的书生依旧不依不饶，吵个不停，高俅在楼上听得心烦，一怒之下，冲出房门便准备让人把这陈大官人拿下。在场的所有人都为陈大官人捏一把汗，他们都知道得罪高太尉是什么后果。但令所有人意外的是，高太尉一见到那陈大官人之后，顿时像泄了气一般，眼中甚至充满了惧怕。他几乎脱口而出一个“皇”字，幸亏皇帝使了个眼色，他才没有叫出声来，赶紧穿好衣裳，带着自己的人离开了。

自那以后，人们对这位陈大官人的身份已经猜到十之八九了，久而久之，坊间也开始流传皇上逛窑子的故事，但也只是个传言罢了，没有人敢打包票确认此事，因为这实在是太难以置信了。不过，自那以后，还真的再没有人敢与陈大官人争李师师了。

乞巧节这晚，赵佶和王黼、梁师成三人同行在汴梁的闹市里，欣欣向荣的太平盛世景状令他倍感欣慰。乞巧节可算是个盛大的节日，在这一天，儿童都要穿上新衣服，富贵之家通常会大摆宴席，女子对月遥拜，向织女祈求一双巧手，故七夕又名乞巧节。传说牛郎织女每年七夕相会一次，因而这节日变成了有情男女相会的日子。

赵佶见到街旁围着一大群人，对王黼道："我们过去看看。"三人便走上前去，梁师成在人堆里用力挤着，挤进去后，便明白这是在祭牛郎。在七夕民间喜用泥塑"摩睺罗"来祭祀牛郎，摩睺罗乃是佛教的天龙八部之一。皇帝崇尚道教，对佛教的神无甚兴趣，看了一会儿便走开了，王黼和梁师成紧跟其后。不多久，三人就来到落雁楼下，他举首张望，看到李师师正坐在窗边，背对着窗，后颈肌肤白若冰雪，美艳动人。乞巧之夜，她并未接客，知道陈大官人定会来，早已恭候多时。

老鸨见陈大官人来了，连忙迎了上去，给王黼、梁师成也各安排了姑娘。陈大官人独自上楼，见师师正在调着琵琶。她见陈大官人前来，并未露出惊喜之色，而是悠悠地道了声："你终于来了。"就好像二人之前有过约定似的。陈大官人甫一坐定，李师师就拨动琴弦，唱起曲来：

纤云弄巧，飞星传恨，银汉迢迢暗度。金风玉露一相逢，便胜却人间无数。

柔情似水，佳期如梦，忍顾鹊桥归路。两情若是久长时，又岂在朝朝暮暮！

这首秦观的《鹊桥仙》，是在汴梁传唱很广的曲子，尽管秦观被列为“元祐党人”，但这并不影响皇帝对他才华的欣赏。李师师刚唱完最后一个音，他便鼓起掌来，道：“秦少游的好词，李师师的天籁，真是美不胜收！好！好！”

两小杯酒下肚，他便将李师师揽入怀中，醉意在整个房间里弥漫开去。

正当皇帝在宫外与李师师缠绵之际，一封急报被送到了宫中，此份奏报来自千里之外的登州守臣王师中，详细描述了一件看似不起眼的小事：近日在登州附近的砣矶岛，发现了两艘辽人的船只，船上的男女老幼共两百余人，此船本是为了前往高丽国躲避战乱的，却意外登陆大宋境内的登州。这是上月底发生的一场意外。

那两艘船从辽国的蓟州出发，向着目的地缓缓航行，途中突然遭遇风暴，使得船头猛然掉了个方向，转向南边，进入宋境。

当皇帝回到宫中，初见这封奏报时，并没有意识到其重要性，读到一半的时候，他甚至奇怪王师中上奏的初衷，仅仅是有几个难民意外入境而已,这么件小事还需要上奏?但当他读到后半部分的时候,才看到真正关键的内容。原来,这些意外闯入的辽人们带给了王师中一个天大的消息:辽国与北方的金国早已交战多年,女真人占据了绝对的优势,先后占据了辽国的苏州、沈州、复州、咸州、同州等地。这个消息让皇帝又惊又喜,尽管宋辽两国交好,但宋人内心还是对辽国怀有很深的畏惧,并视其为头号大敌,无时无刻不想收复幽云十六州。无奈辽人骁勇善战,大宋只得委曲求全,接受澶渊之盟,以求太平无事。现如今辽人被女真人打得落花流水,尽显颓势,怎能不令皇帝大喜过望?他立刻命梁师成把蔡京和童贯召进宫来。

已经上了年纪的童、蔡二人对皇帝突然的深夜召见十分警觉,一路上脑中盘算着各种可能,但当他们看完王师中的奏报后,还是惊讶得说不出话来。蔡京对这件事情的真实性心存怀疑,因为在他的心里,辽人绝不会这样不堪一击:“依臣看,此事真伪尚待进一步核实。”

皇帝点了点头,看童贯的反应仍是不置可否,像是在默默回忆着什么。童贯总觉得这样的事实有些似曾相识,当年他离开辽国的那个夜晚,李良嗣(马植)就曾做过这样的预言,如今,辽国真的在金人的打击下节节败退,莫非真是到了收复幽云十六州的大好时机?童贯当即向皇帝提起“赵良嗣”这个名字。

李良嗣入境后便被赐姓赵,更名为赵良嗣,然而在被授予这样的殊荣之后,便没有了下文,久未得到重用,他似乎成了皇帝手下的一枚闲棋。如今再次听到这个名字,皇帝竟有了一种恍若隔世的感觉，这一刻他决定，把这个搁浅了多年的计划重新提上日程，与童、蔡二人商量之后，便开始拟诏。

登州府中，王师中正在与他的义兄马政一起练剑，马政在青州为官，青州与登州相邻，而马政的家室也在登州，故时常来与这位异姓兄弟切磋武艺。二人年岁相仿，又都是武将出身，交情颇深。马政擅长使枪，在与王师中比剑时明显处于下风，加上王师中这两天似乎格外兴奋，发挥超常，故而连连获胜。几回合后，马政归剑入鞘，故作不悦地说道："不打了不打了，论剑法，我不是义弟的对手。"

王师中说："大哥难得来登州，莫要扫兴，大不了做弟弟的再陪你耍耍枪？"

但马政仍然坚持向厅堂走去："我一把老骨头，打不动啦。"王师中也只得跟着马政进了屋。

马政的儿子马扩正独自在厅内抚琴，见马政和王师中进来，便问道："爹爹，世叔，今天怎么那么快就比试完了？"

王师中正要开口，马政抢先道："爹爹技不如人，就不丢人现眼啦，扩儿，你陪你世叔练练剑吧。"

王师中连忙道："罢了，老夫可不和武状元交手，免得自取其辱。"

马扩起身笑道："王世叔真是见笑了。"马扩身长八尺有余，三十多岁，武艺超群，王师中时常感慨马扩生不逢时，未能受到朝廷的重用。

五、风流皇上

此时,一封来自朝廷的诏书忽然被送了上来,王师中得到通报,神情立刻变得严肃起来。他迅速地阅读完,又匆匆折叠起来塞进了袖管。马政见王师中一脸严肃,便打趣地问道:“怎么?皇上要升你官了?”

王师中没有接口,而是委婉地说道:“大哥,真对不住,今儿弟弟我手头上突然有点要紧事,没法招待你们了。”

马政是典型的武将脾性,见王师中竟突然下起了逐客令,正要发作,却让马扩给制止了。马扩说道:“既然世叔有正经事,我们就不打扰了,下回再登门拜访。”说罢,马政父子二人便退出,马政明显有些不悦,王师中只得一个劲儿地作揖,表达歉意。

待到马政父子走后,王师中将袖中的诏书又再取出,重新一字一句地读了一遍。此时距王师中上月上奏没多久,对于一个如此重大的事件,皇帝竟能如此迅速地作出决策,这是令王师中没有想到的。而事实上,童贯早在多年前使辽的时候就已经有联合女真、收复幽云计划的雏形。

皇帝在这份诏书里,向王师中传达了一个秘密的任务:派遣高药师等辽人充当使者航海北上,去金国试探一下结盟的可能。金国与大宋之间隔着辽国,从陆地上无法直接到达,只能走海路。皇帝之所以派高药师等人前往,主要原因在于他们熟悉海路,这是中原的大多数人做不到的。

王师中当即命手下将蓟州汉人高药师、曹孝才、郎荣和尚带了上来。这些人自从误入宋境以来,日子并不好过,基本处于被软禁的状态。他们见王师中的时候,目光都不敢直视,好像犯了什么大罪似的。

王师中充分利用他们胆小怕事的心态，故意威吓道："擅闯我大宋国境，依律当斩，但念及你们带来重要情报，暂时免你们一死。眼下，又有一个可以将功补过的机会。"王师中顿了顿，看了看他们脸上的反应，接着说道，"若能抓住良机，不但可以免罪，而且没准还能得个一官半职。"一听这话，三人眼里像是突然泛起了光，伸直了耳朵仔细地听着。王师中便将事情如实告诉了三人。三人听完后，却露出了为难的神色。

"王大人，金人野蛮凶残，我等又是辽国遗民，真去了，恐怕有去无回啊。"曹孝才轻声说道。

高药师在一旁默不作声，深知这件事情是无法推脱的，因而也就不发一言。

果然，王师中接下来的话就更直截了当了："富贵险中求，要有所得，必然得冒险。本官就明说了吧，如若三位不肯接下这个差事，那就只能按大宋律法办了。"三人听罢，只得连声应允下来，此事虽然凶险，但毕竟还是有生机的，既然没有退路，不如放手一搏。王师中最后还不忘安抚三人道："皇上为了三位的安全考虑，还发了一份市马诏，等到进入金国境内，你们只需自称前去买马即可，想必金人不会为难你们。"高药师等三人磕头拜谢后，便离开了。

2. 半面貂蝉

在登州最热闹的街市上，人们平静地生活着，他们并不知道这座城此刻正在酝酿和谋划着一个重要的计划,依旧如往日一般在家长里短的闲谈中过着平淡的日子。从一家生意不错的茶馆里,传出一个姑娘悦耳的歌声,吸引着过路人的驻足,甚至进店喝起茶来。马扩便是这茶馆里的常客,他虽是习武之人,但性格脾气又极像个文人,喜欢这雅致的茶座,喜爱独自听曲饮茶。这台上唱歌的姑娘戴着面纱,身边坐着个拉胡琴的老汉,应该是她的老父。这父女二人姓商,已经在这儿唱了好几个月了,姑娘的歌声使茶馆的生意比过去好了不少。没有人见过她的全貌,但从一双眼睛便可看出,这是个少见的美人。茶客们给她取了个雅号叫"半面貂蝉",因为她总是抱着琵琶,遮去半面。

这天马扩从王师中家出来,便与父亲分开,像往日一样,独自前往这家茶馆,静静地聆听这曼妙的歌声。待到一曲《念奴娇》唱罢,坐在底下的一名络腮胡的刀客拼命鼓起掌来,他的神态极其亢奋,像是酒过微醺。他起身高声道:"小娘子的曲子唱得的确好,可却一直戴着面纱,何不摘下,让我等一睹芳容?"刀客说罢,周边几位茶客也开始跟着起哄。姑娘一言不发,就好像没听到他的话一般,眼帘微垂。身边的老汉替她说道:"各位客官,对不住,小女自幼性情内敛,不喜抛头露面。"

"住嘴,哪轮得到你这个糟老头子说话,我是在问你女儿。"刀客的语气突然变得很不客气,甚至爆出了粗口,"赶紧给老子掀了这面纱!"姑娘依旧低着头,连看都没看他一眼。刀客感到很没面子,便上前一步,欲伸手去掀开面纱,老汉上前阻止,被他推开,周围人见状,不再起哄,却也没人上前制止。刀客伸手去揭面纱的时候，姑娘也并不躲避，似乎眼前的事情与自己毫无关系。就在刀客的手将要触到面纱的时候，他忽然感觉到手上一阵酥麻，等到反应过来，才发现是被一只茶碗击中。那茶碗掉在地上，发出清脆的破碎之声。

掷出茶碗的正是马扩，此时他看着刀客，淡淡地说道："姑娘既然不肯露真容，兄台又何必勉强呢？"刀客努力定了定神，问："你是何人？"

马扩答道："在下马扩，无名小卒尔。"

刀客此刻酒完全醒了，他深知眼前人身手非凡，自己绝非对手，但又不好直接走人，那样太失面子，于是只得强行出手。他拔出刀来，向马扩冲过去，四周的茶客纷纷惊恐四散。马扩灵活地闪向人少的东北角，从桌上拿起五个空的茶碗，一翻身便跳上了桌子。那刀客挥舞着手中的刀，颇有气势，但却近不了马扩的身。每当他向前半步，便会被茶碗重重地击中。马扩以区区茶碗做兵器，也显得游刃有余，最后掷出的茶碗将刀客手中的刀都震飞到了数丈之外。刀客只得撂下狠话，夺门而逃，连刀都来不及捡回。

茶客们见事态平息得如此之快，便又纷纷回到座位上去，议论着那名刀客的恶劣行径。马扩来到老汉面前，道："老人家，光天化日，不必害怕这样的恶霸。"老汉一个劲儿地道谢。马扩又转向那姑娘道："姑娘受惊了，请继续唱曲吧。"说罢，马扩命小二拿个新的茶碗来，又坐回原位，喝起茶来。

先前一直看起来波澜不惊的姑娘此时站起身，缓缓地走到了马扩的边上。马扩有些惊讶地抬头，也站了起来。姑娘伸手斟了杯茶,在马扩的面前轻轻取掉了脸上的面纱。所有人看到这一幕,都瞪大了眼睛,因为在她雪白的右脸上,赫然印着一条长长的疤痕。即便是马扩这样的英雄人物,看到这样的一张脸,内心也泛起了愁绪,愣在原地,或许是对白璧微瑕的惋惜。

3. 幽云

自从得到来自汴梁的诏书,王师中便开始准备高药师领衔的兵船,待一切准备就绪,八月二十二日那天便从登州田横山匆匆出发了。王师中所派遣的人大半都是那群辽国汉人,这次派人去金国实际上只是试探。他的心里已经做好了有去无回的准备。高药师等人心里也明白,王师中只是将他们当成打狗用的肉包子,便事先与郎荣和尚等人商量保命的对策。

高药师一行人踏上平海军水师的兵船,王师中前来为他们送行。

王师中对这群秘密的使者说道:“诸位好汉,此行关系到我大宋国脉,假如此行成功,诸位的名字必将青史流芳,成就英雄佳话。祝各位一路顺风!”高药师代表船队成员作揖表示答谢,他表面上谦恭,心里却连连暗骂王师中:这厮分明是只挑好话说,什么此行成功青史留名,他怎就不说此行若是失败,大伙就将死无葬身之地了呢!高药师并未将内心所想表露在外,对于他而言,这条命本来就是捡回来的,更何况人在屋檐下,不得不低头,如今的处境,他也只能按吩咐去做,别无选择。

兵船起航,缓缓驶离登州,高药师、曹孝才向着岸边的王师中挥手告别，口中则骂着“王师中你个老狐狸，不得好死”之类的恶言。这船上的人个个面色凝重，好像这次航行的目的地是阴曹地府。他们经历过辽金的战争，知道金人个个高大凶猛，犹如传说中的黑白无常。

即使是卧在龙榻上歇息片刻，赵佶也是拳不离手曲不离口，他伸出食指在半空中写着字。他的书法技艺如今已臻于完美，当世的书法家们恐怕难以找出几个可以望其项背的。此刻，他的手虽然在半空中挥舞着，但心里却在想着别的事情。他不知不觉地在空气中写下了“幽云”二字，一种极其强烈的使命感涌上心头。倘若联金抗辽的计策得以实现，夺回失地，他的千秋功绩就将超越自己的父兄，甚至可以与太祖、太宗相媲美。想到这里，他不由得热血沸腾，豪迈之情充盈于胸。此时，恰好梁师成从一侧走了上来，怀揣着一张很大的图纸，通报道：“皇上，万岁山的详细图纸已经绘制完成了。”一听到“万岁山”三字，皇帝顿时从收复幽云的臆想中走了出来。他挥了挥手，示意梁师成将图纸展开。

梁师成徐徐走到几案边上，将图纸整齐地摊开在桌面，一端用手按着，另一端用御砚压着。赵佶站起身来，绕桌徐行，仔细地端详着图纸上所画的奇花异石的方位，观察良久，才说道：“东南角还要再预留一块空地，等朕得到了凤凰岩，就摆放在这个位置。”皇帝伸出手指了指图纸的东南角。梁师成应了一声，见他回到了龙榻上，便又将图纸小心翼翼地收起来，轻轻地退到了一边。

这万岁山的正式修建虽是这年才开始的，但其起源却要追溯到十多年前。那时候的赵佶刚刚继位不久，一直未得子嗣，他一想到自己的兄长哲宗的下场，就不由得担忧起来，生怕自己也因没有子嗣而导致大权旁落兄弟之手。就在这个时候，一个名叫刘混康的茅山道士给他献了一计，说是京城的东北角太低，阻碍了龙脉，如要子孙繁茂，就应当垫高东北角。赵佶一向崇尚道教，便听信了刘混康的话，命人在汴梁的东北角修建了一座园林，并搜罗全国各地的奇花异石放置于其中。一直到了今年，他突然心血来潮，自封为“教主道君皇帝”，并决意将东北角的小园林兴建成大型园林，命名为“万岁山”，此事便交由“隐相”梁师成全权负责。这无疑是个肥差，令王黼等人羡慕不已，为了分一杯羹，纷纷巴结梁师成。王黼的宅子更是开了一条秘密通道，直接通往梁师成的府邸，可见二人关系非同一般。

赵佶所说的凤凰岩是位于睦州青溪县的一块巨石，这块石头被当地百姓称为灵石，相传为天神降下保佑一方安宁的。每年的腊月初八，当地都会有“祭灵石”的习俗，而他对此石觊觎已久，但一直苦于石头巨大，极难搬运，更何况宫廷中也没有可以容纳这块巨石的地方。如今，万岁山开始兴建，石头的落脚点算是定下了，但搬运问题仍未解决。尽管如此，他还是没有断了这个念想，就像他断不了收复幽云的念想一样。

正当梁师成要退出时，皇帝叫住了他，慢悠悠地问道：“今天距丁丑已经几日了？”

梁师成立刻明白，皇帝是在惦记着王师中派往金国的船队，便回答道：“回皇上，已过了七日。”

皇帝听后低声道："七日了，应该已经到了吧。"随即点了点头，便让梁师成退下了。

按常理算，皇帝所惦记的船队确实应该到达目的地了，但是此刻这群人却出现在海上的一座孤岛上。他们在这里过起了远古人般的生活，钻木取火，砍柴打猎。他们把抓来的鱼放在火堆上烤着，那炊烟缓缓向上升，直达天际。高药师津津有味地啃着烤鱼，似乎十分享受这种远离世俗尘嚣的生活，但其实他的心里还是忧虑得很。

原来，前日当他们一行人接近金国的海岸时，看见金国那些高大如虎的守卫，便彻底陷入恐惧。他们感觉金人异常野蛮，动不动就会把人生吞活剥了。作为辽国遗民，他们进入金人的地界，简直就是来找死。全船的人都不愿靠岸，不愿送死，但又不敢违抗来自汴梁的命令。就在船逐渐接近金国国土之时，郎荣和尚挺身而出，说出了所有人想说但又不敢说的话："如此贸然进入金国，我等必死无疑啊！"这一句一出口，人们纷纷响应，就连王师中亲自委派的兵卒也深表同意。高药师见船队成员如此团结，便顺势说出了自己酝酿已久的计策：向朝廷和登州府统一口径，就说在边界巡逻的金国士兵拒绝船队登岸，向我船队射箭，无奈之下，只得放弃靠岸返航。

尽管这个谎言漏洞百出，但是对于整个船队的人而言，这就像是一根救命稻草，所有人都赞成这个借口，高药师面临生死抉择之际，也是出奇的果断，当即下令调转船头返航。

暂时脱离了被金人诛杀的危险，船队却又陷入了另一种恐惧，毕竟这是抗旨加欺君的死罪，万一事情败露，皇帝一怒之下，斩了全船的人也不是没有可能的。途中便有人提议暂缓回国，待大家权衡一下，再决定何去何从。于是，这一船人在进退两难的情况下，便在海上的一个荒岛上暂作停留。

这个小小的孤岛成了船队的避难所，所有人聚集在一起讨论向南还是向北的问题。有一部分认为金人野蛮，绝不可接近，而皇帝宽仁，未必会治大家的罪；另一部分人则认为皇帝根本没把这船人的性命放在眼里，回去也是死，不如放手一搏，前往金国。

两派人的意见争执不下，只得在荒岛上暂居，这里环境宜人、气候舒适，本该是世外桃源一般的生活，但这群人却始终活在一种焦躁的状态中，不知道命运将会如何。一直到四个月后，他们终于作出了艰难的决定：回国，按照高药师的计策行事。他们重新登上兵船，开始了返航的路途，其间方向发生了偏差，最后没有回到登州，而是登陆在了登州附近的青州。

此次出使海上的行动极为隐秘，所以青州方面无人知晓。高药师等人一上岸，便又被当作擅闯宋境的外来者而扣押起来。青州守臣崔直躬以为他们是辽国派出的间谍，对此事尤为重视，亲自来到监狱审问。高药师见到崔直躬，连忙解释：“大人，我们是大宋皇上派去出使金国的使者啊！”

崔直躬捋了捋胡须，冷笑道：“既然是使者，总有随身文书可以证明吧？”

按常理，出使他国确实应当携带文书，但是此次任务特殊，朝廷方面唯一下发的便是那份密诏，还在王师中的手上。如今船上绝大多数都是辽人，又没有一样能够证明身份的物件，高药师感到百口莫辩，只得说道："小的没有文书，但我们是宋使可是千真万确的事实，还请您转达登州府的王师中大人，就说高药师一行人已在青州。"

崔直躬仍然用怀疑的眼神看着这些人，根本不相信朝廷会派这么一群辽人出使金国，如果这是真事，那简直就是儿戏了。他当即向高药师怒斥道："你当本官是三岁小儿，会相信你这等鬼话？"说罢便转身，头也不回地离开了。

崔直躬显然不相信高药师等人的话，他并未向登州府方面求证，而是直接将此事禀报了汴梁，将一群辽人闯入宋境之事上奏给了皇帝。

汴梁此时正值一年中最热闹的元宵节。每逢佳节，赵佶都不甘在宫里闲着，太阳刚落山，他和王黼、梁师成便又一次站在了东宫墙下，梁师成率先翻出了墙，而后赵佶拍拍王黼，笑道："快把背耸耸。"王黼乐呵呵单膝跪在地上，耸起肩膀，让他踩上去。王黼不但长得英俊潇洒，力气也大，他用力向上一顶，便站起了身，将皇帝举到了檐上，另一边，梁师成护着皇帝下到地上。这君臣三人配合得极为默契，不用片刻，便已离开了皇宫。

元宵之夜，皇帝就在街市的人群中大摇大摆地走着，真正地做到了与民同乐，从这一点来看，他可算是最亲民的皇帝了。这日满街的花灯使汴梁沉浸在五光十色的海洋中。家家门前扎缚灯棚，光芒照耀通透如同白昼,街上张灯结彩,鼓乐齐鸣。戏班子纷纷搭出戏台,你方唱罢我登场,好不热闹。

李师师这次是到楼下来迎接他的,见他出现,便嫣然一笑,娇嗔道:"陈大官人,您可让师师好等。"

赵佶宠幸李师师已经三年有余,但是每次见到她都如同初见一般,有一种惊艳的新鲜感,这是他后宫任何一个嫔妃都不能比的。尽管他是当世的书画大家,但师师的形象,他无论如何都画不出来,也无法用诗词来描绘,并非他才华不够,而是李师师确实美艳到难以形容。皇宫纵使再雍容华贵,没有李师师也只是一座金色的空城,万岁山即使再美,没有李师师也如同无翼之凤。李师师让他如痴如醉,欲罢不能。

赵佶从未在李师师房里度过完整的夜晚。这天半夜,他暖玉在怀,流连忘返,但到了子时,还是不得不从温柔乡里爬出来。李师师早已习惯,便坐起身来为他穿衣。临走时,他从怀里掏出一块红色的玉佩,递给李师师。

"师师,这块和田红玉送你,见此玉,如同见朕。"皇帝一脸郑重地说道。

李师师接过红玉,表情有些惊愕,尽管陈大官人的真实身份,这院里的人都心照不宣,但这还是他第一次以"朕"自称。

李师师拜谢:"谢皇上赐民女如此珍贵之物。"

赵佶平日总是一副纨绔子弟模样,但此刻却尤为认真地说道:"师师,为你,朕即使付出半壁江山也无憾。"在这种你侬我侬、依依不舍的氛围中,二人告了别。赵佶当然想不到有一天他的情话应验了——日后他果真失去了大宋的半壁江山。

青州守臣崔直躬的奏章是第二天才抵达汴梁的。当皇帝得知高药师等人没有完成出使金国的任务时，立刻便看破了他们的借口："抗旨也就罢了，还编造了这么一个拙劣的理由来欺君！这群混账，朕一定要诛他们九族！"说罢一掌重击在案上。

童贯和蔡京从未见过皇帝如此气急败坏的样子，连忙下跪劝道："皇上息怒，皇上息怒！"但是他的怒火没有丝毫平息，还令童贯将船队之人全部问斩。

蔡京深知皇帝对出使海上之事极为重视，才会如此龙颜震怒。他劝说道："皇上收复幽云之心天地可鉴，日月可昭，但臣以为万万不可在此节骨眼上动刀啊！"皇帝看着蔡京，怒气仍然未消，但也没有说话。蔡京便继续说道，"此次出使失败，大可以再派其他人去，但是倘若将他们杀绝，将来恐怕无人敢再担此大任了。"

"不杀他们？他们这群辽人胆敢把朕当猴耍，留着有何用？"

"此次派遣的人员中，以辽国遗民居多，自然难以管束，只要我方派出一些信得过的使者，让那些辽人担任辅助职务，想必不会再有什么闪失。"蔡京说道。

说到信得过的使者，皇帝下意识地望向了童贯。毕竟他是皇帝的心腹，曾屡立战功，胆识过人，而且还曾担任过访问辽国的副使，自然是出使金国的不二人选。

童贯见皇帝的目光转向自己，便领会了意思，但他并没有像皇帝所期望的那样揽下这个重任。童贯当然不是贪生怕死之辈，只是他觉得死有轻于鸿毛，有重于泰山，更愿意在沙场上洒血，而不愿作为一个使者，让金人当活靶子使。他低头沉思了片刻，道："皇上，我大宋和女真素来有商贸上的来往，不如还是借买马的名义派遣使臣前往。"

皇帝怒气未消，来回踱步，问道："何人堪当此大任？"

童贯仍不愿自告奋勇，答道："据王师中说，青州、登州的武官中有不少文武双全的英雄豪杰，这倒是他们大显身手、建功立业、效忠朝廷的好机会。"

见童贯一再推脱，皇帝不无挖苦地说道："童贯，看来你和高俅一样，也是个蹴鞠能手啊。"童贯连忙跪地磕头谢罪，皇帝继续道，"按理说，朕应当治你这个宣抚司的罪，但念在你过去的战功，让你将功折罪，重新组织船队出使金国，如若再有闪失，你就去当掌厨太监吧。"

童贯连忙磕头拜谢，道："谢皇上，臣这回一定不负圣望。"

皇帝摆摆手，让他退下。

立下了军令状，童贯自然不敢怠慢，亲自前往登州府，严厉地训斥了王师中，把一肚子的苦闷发泄了出来，几乎是把皇帝奚落他的话语都原封不动地转给了王师中，最后还给了王师中一句："这次若再有闪失，小心乌纱帽不保！"

王师中连忙打包票，道："童公公放心，下官一定派出最适合的人选，绝不会再出差错。"尽管王师中作出了这样的保证，但童贯仍然不放心，决定在登州留一段时日，一方面将上回出使不利的"使者"严加惩处，另一方面亲自监督王师中挑选智勇能吏，重新布置出使计划。

就在童贯、王师中在登州商讨组织新船队的事宜时，汴梁却出现了不同的声音。不少大臣认为，与金人联合攻辽，是一个极其危险的想法，后患无穷，背弃澶渊之盟不妥。皇帝见了这些奏折，暗叹这些官员的迂腐和短视，在他看来，能够收复幽云这道坚固的屏障，背弃一个盟约根本就是不值一提的事，更何况辽人每年向大宋征收岁币，数额巨大，澶渊之盟本就是个不平等条约。本就在气头上的皇帝将一大摞奏折重重地从桌上推到地上，对着王黼大声道："以我的名义拟一道诏书：通好女真之事，监司、帅臣均不得干预！"王黼见皇帝如此震怒，应声后便立刻告退了。

诏书一下，文武百官便再也没有敢吱声的了。他这次是铁了心要将幽云十六州收回，因为他深知，幽云不复，大宋将永远生存在忧患之中，所谓的太平也只是暂时的表象。北方的辽人一旦恢复战力，必将举兵南下，吞没大宋江山。因此，必须抓住眼下辽人的疲态，乘机交好女真，夺回幽云，稳固江山。

六、幽云梦

1. 出使女真

这天傍晚，马政父子来到了王师中的府邸，他们是这里的常客，每次来此都毫无拘束，但今天和往常有很大的不同。在和王师中会面时，他们已经知晓了前次皇帝遣使访金的来龙去脉，马政深知此事重大，而现在这个重要的差事即将落在自己的肩上，这既是效忠朝廷、获得重用的好机会，但也有极大的风险，一旦出使失利，恐怕就要像郎荣和尚等人一样被发配到偏远地方，不得翻身。他看着自己的老朋友王师中，不知是该感谢他还是责备他。听说今日有位朝廷要员要来，马政也不免有些紧张起来，反复在揣测来的是哪位大人，究竟是蔡京还是童贯？抑或是皇帝本人？

马政父子从未见过皇帝和童、蔡二人，他们只知道这三人的大致年龄以及童贯的太监身份。因此当他们看到留着胡须的童贯进门之时，都以为此人是蔡京，请安道："下官参见大人！"童贯请二人免礼，王师中便转向童贯道："童公公，这就是下官向您举荐的马政、马扩父子二人。”童贯打量了二人一番，说道：“好！果然器宇不凡，豪迈过人，请上坐。”

当时在民间，有一个流传甚广的歌谣是这么唱的：“翻了筒，泼了菜，便是人间好世界”，说的便是百姓们对童、蔡二人的憎恨。这些年来的花石纲之祸，早已使民怨积累如山，而这其中的罪魁祸首便是童贯和蔡京了。在民间，这两个奸臣的形象早已被丑化得十分不堪，尤其是童贯，作为一名太监，被形容成近乎妖魔。所以当马扩见到这个臭名昭著的童公公时，暗自有些惊讶，原来此人身形魁梧，仪表堂堂，还有着长长的胡须，不但不丑陋，反而和自己想象中的美髯公关云长有几分相似。

童贯微侧着身子对马政父子说道：“咱家这次到登州的目的，想必王大人已经告知二位了。”二人不语，表示默认，童贯便接着说道，“一来，是奉了皇上之命，前来问责前次出访金国不利的相关人等；二来嘛，就是整顿新的队伍，重使海上，以希求与女真通好，收复辽国所占之幽云。有了前车之鉴，此番咱家特地吩咐王大人，要挑选青、登二州最有勇有谋的能臣前往，王大人便向咱家推荐了二位。不知二位可愿担此大任，为收复我大宋山河出力？”

马政即刻拜倒在地，马扩也跟着跪了下来。马政说道：“承蒙公公错爱，下官必当竭尽所能，效忠皇上！”

童贯起身搀扶马政，显得极为和善，道：“请起，咱家必将向圣上禀明你们父子二人的一片忠心。”

马政由于多年未受朝廷重用，此次突然得了如此重任，显得有些激动和忐忑。相比之下，马扩却显得比较冷静，他的脸上没有一丝激昂的表情，却似乎有着几分忧虑。

“此次出使虽以市马为名，看似屈了二位的将才，但其实与金人的盟约若能达成，你们二位的功劳可比得上咱家在沙场上打十个胜仗，还望二位能知悉此事的重大。”童贯也不忘给二人施加些压力，说罢这番话，向王师中点头示意。王师中便命手下人将高药师带了上来。

高药师面色憔悴，比几个月前足足瘦了一圈，一进门就整个地伏倒在地上，道：“高药师拜见宣抚司大人。”

童贯斜睨着高药师，问道：“你就是那胆大包天的高药师？你可知道你的那些同僚们现在都已经被发配到荒僻之地喂狼去了？”

高药师声音有些颤抖，几乎是嘶鸣一般地叫道：“小人知错了！小人知错了！求大人饶命。”他向前爬行，试图抱住童贯的脚，被一旁的两个侍卫截住，丢出数丈之外。

童贯站起身，缓缓地向高药师走去。高药师像一条驯顺的狗一般跪在那儿，听候发落。童贯看着他那惧怕的神色，似乎十分享受，过了许久才对他说：“咱家念在你精通海运，特地在圣上面前为你求情，让你此次跟随船队前往，将功折罪。”

“多谢宣抚司大人的救命之恩，小的这次一定不辱使命，即使肝脑涂地也在所不惜……”高药师说到一半，便被童贯打断。童贯慢慢地说道：“在咱家面前就别说什么豪言壮语了，对你这等贪生怕死之辈，也没啥大的指望，只愿你别再像前次一样，又溜之大吉了。到时候，即使咱家在圣上面前说破喉咙，也救不了你的狗命。”

高药师一听连忙磕了几个响头，道：“大人放心，您就是再借小的十个胆子,小的也不敢了!”说罢,继续磕头,好像要用脑门在地上凿个大洞似的。童贯对这种“咚咚”声很是厌烦,便让他先行退下了。

童贯对马政道:“此行中,若这个高药师有遁逃之意,可就地处决。”马政稍有些惊讶,随即点了点头。

前往异国,语言不通,译官自不可少,童贯接着便命人叫上来一个年轻人。这人看起来二十余岁的样子,英武不凡,与先前的高药师形成鲜明的反差。

“平海军卒长呼延庆拜见童大人、王大人、马大人。”年轻人一上来就自报家门,声音洪亮犹如晨钟。

马扩听这呼延庆声音掷地有声,似乎也是习武之人,当下便生出几分好感。童贯捋了捋胡子,从上而下将呼延庆打量了一番,说道:“据说你是呼延赞的传人,可是真事?”呼延庆答道:“正是,下官是呼延将军的四世传人。”

那呼延赞乃是百年前大宋的著名将领,曾跟随太宗皇上南征北战,传说他身上有多处刺青,纹的皆是“赤心杀贼”四个字,他的妻儿、仆人身上也都纹了这四字,以表示对国家的赤诚忠心。呼延赞更是在几个儿子耳后刺字:“出门忘家为国,临阵忘死为主。”

呼延庆的胸前也露出一小块刺青,想必是将先人的传统继承了下来。童贯瞧见了他胸前的刺青,问道:“你胸前刺的是什么字?”

呼延庆立刻将衣服扯开,只见胸口刺着“出门忘家为国,临阵忘死为主”这十二个字。童贯见状,赞道:“好!不愧是名将之后,据王大人说,你通晓多国语言?"

"精通不敢说,契丹语、西夏语、女真语都是略懂而已。"呼延庆如实答道。

马扩也曾学过一些女真语,便试探性地与呼延庆对起话来,二人说了一大堆旁人听不懂的语言后,童贯向马扩问道:"这位呼延后人的女真语如何?"

马扩道:"呼延小兄弟的女真语恐怕可以赶上真正的女真人了,下官佩服得紧。"

童贯一听,甚是喜悦,要知道熟习对方语言可是一件至关重要的法宝,便转向马政道:"看来此次出访又得多带上一人。"

马政作揖点头表示赞同,呼延庆连忙磕头谢恩。

童贯又对马政道:"好,咱家离京之前,皇上还特地下了道谕旨,封你为武义大夫。为了此行顺利,青、登二州的俊才任你挑选。"

马政与马扩再次跪地领旨谢恩。马扩心知童贯是个奸佞之人,对于频频跪拜,心里本是极不情愿的,但是见父亲下跪,自己也没有不跪的道理。此刻他在心里思量着,朝廷这次在如此短的时间内两次派遣船队前往金国,看样子皇上是铁了心要走"联金攻辽"这步险棋了。这步棋走得是对是错?马扩也陷入了一番苦思。宋、辽、金这三国的局势,有着如同三足鼎立的微妙平衡。马扩清醒地知道,军事实力上,大宋已落后多年,由于长期重文轻武,加上蔡京、高俅等手握重兵的奸臣当道,许多原本该用于增强军备的经费,恐怕也都落入了这些贪官污吏的手里。如今,摆在大宋面前的事实上也只剩下两条路：联金或联辽，想要作壁上观显然是不可能的事情，那无异于坐以待毙，因为一旦三国的平衡被打破，大宋也就岌岌可危了。这样考虑下来，马扩也就理解了皇帝的抉择——至少先利用金国夺回幽云屏障，再整顿军队，防备盘踞在北方的那群鹰视狼顾的金人。

正思索着，马扩见王师中和马政都在躬身送童贯离去，便也跟了上去。他看着身形微胖的童贯坐上豪华马车，在一群侍卫的簇拥之下，向登州城门驶去。马扩目送着这浩浩荡荡的车队远去，兀自叹了口气。

2. 万岁山

赵佶的心中时刻惦记着雄壮的山河，只有当身处两个地方的时候，才能暂时放下这种忧思，一处是李师师的温柔乡，另一处便是万岁山了。当万岁山被奇鸟奇花奇石逐渐占满，便越来越显出灵气来，好像是一方世外的桃源，仙鹤在雾气缭绕的山水间飞跃，各色的鱼儿在清澈见底的池中穿梭。即便有再多的烦恼、再沉重的忧思，来到此处也就蓦然间烟消云散了。

每逢来到万岁山，赵佶的才华便会成倍增长，原本他就才华盖世，在万岁山灵气的包围下，更是如此。他独创的瘦金体笔法刚劲清瘦，结构疏朗俊逸，形如屈铁断金，匠心独具，堪称艺术精品。他招募天下名士，大量搜集古今字画，整理编撰了诸多书谱、画谱。由他亲笔御书的钱文“崇宁通宝”“大观通宝”等字体端庄秀丽，结体瘦长，运笔挺峻，横画收笔带钩，竖画收笔带点，撇如匕首，捺如切刀，竖钩挺脱有力，字体搭配和谐自然，浑然天成。

正当他享受着令人迷醉的静谧，迷迷糊糊即将入睡之时，一阵孩童的喧闹声忽然传入了耳际。他回过头来，看见王贵妃正带着小女儿嬛嬛前来玩耍。若是他人打扰了他的休息，赵佶必会大怒，但见是自己的小女儿，他立刻露出了愉快的笑容。嬛嬛是他和王贵妃的女儿，今年八岁，名为赵多富。她长得极为可爱，又聪颖过人，富有灵气，深得他的喜爱，被封为“柔福帝姬”。她用稚嫩的声音唤了声：“嬛嬛给父皇请安”，便直接往他的怀里钻去。王氏和一旁的宫女见状，都乐坏了。他亲热地将小嬛嬛举了起来，这一父女嬉闹的场面和万岁山的自然雅致构成了一幅温馨和谐的画，如同陶潜笔下的世外桃源一般。

赵佶一生笃信道教，虔诚无比，不但自封“教主道君皇帝”，更是把道士们的地位提到了前所未有的高度，有时道士们的地位比朝廷命官都要高出一截，他们的话往往能影响他的重大决策，就像这万岁山的诞生也是出于道士的一句话。如此宛如仙境的地方，自然是他最为喜爱的场所，有时候他甚至觉得，当一名隐士比当皇帝要好玩得多。

平日里，贵妃王氏极少会带嬛嬛到万岁山来，赵佶正要问，又听得一声“太子殿下到”，大儿子赵桓慢吞吞地走来请安。赵桓看起来有些木讷，中规中矩地向他请安。他虽为太子，但纯粹是因为年龄最长，其实并不受宠，他最喜欢的儿子乃是郓王赵楷。赵楷和嬛嬛一样，是王贵妃所生，他的文韬武略和他最相似，因此尤为受宠。赵桓担忧父皇会废了自己，改立赵楷为太子，因而总是谨言慎行，亦步亦趋。

赵佶见赵桓前来，脸上丝毫没有喜悦，他一手抱着嬛嬛，一手挥了挥示意免礼："桓儿，你今天怎么也来了？"

赵桓答道："过些日子便是父皇登基十七年的纪念日，儿臣特地带了些礼来孝敬您。"

赵佶一听，这才反应过来，今日已是四月，自己登基将满十七年。这几个月为了联合金国的事情费了不少心力，竟然连自己的大日子都给忘了。这大儿子赵桓虽然天资驽钝，但一片孝心倒是令他有些感动，因为他献上的都是些散失在民间的宝贝器皿，想必是费了一番工夫的。

此后，陆陆续续又来了不少人，皇帝给前来祝贺的嫔妃和子女赐座，并命人上水果美酒，俨然在天庭开起了家宴。酒过三巡，赵楷却迟迟未现身。王贵妃倒有些不安起来，道："楷儿这孩子，大概又是读书作画忘了时辰，待臣妾叫人去唤他来……"

皇帝完全没有不悦的神色，反而夸赞道："如此醉心于书画，有朕的风范，就不必去打搅他了。"赵楷深受赵佶的喜爱，所以有些时候，他敢做一些其他兄弟姐妹不敢做的事情，因为即便他顶撞了父皇，父皇也是乐呵呵的，全然不会有怪罪之意，久而久之便养成了傲气，自然不会将其他人放在眼里了。

就在这时候，梁师成来到皇帝边上低声说了几句话。皇帝大喜，站起身道："今日朕双喜临门，既逢吉日，又获至宝！"原来，那块闻名遐迩的法螺岩今日正好运送到了汴梁，万岁山又多了一块镇山之宝。如此一来，全国各地最著名的奇石除了睦州的凤凰岩之外,都已被他收入囊中。

"来来来,都随朕一起去恭迎这奇石!"赵佶道。在场的人们纷纷恭喜他获得宝石,一边跟着他鱼贯而出,共同见证法螺岩入驻万岁山。

自从接下了出使女真的差事,马扩便很少有清闲的日子,不是在征选船队成员,便是在苦练骑射,就好像即将奔赴沙场,迎接一场苦战。之所以苦练射术,是因为马扩深谙女真乃是马背上的民族,绝不是靠三寸不烂之舌就能啃下的骨头,关键时刻,恐怕还要靠拳脚说话。对于此行的危险性,马扩也有充分的思想准备,毕竟像"不斩来使"这样的外交规则对女真人而言,或许是闻所未闻的。

在心里既已做好了有去无回的准备,便也没有太多的惧怕,马扩向来认为,既然是为国而死,把血洒在沙场和洒在斗室里便也没有什么太大的区别。只是内心隐隐觉得有一些牵挂,似乎在用纤弱而尖锐的声音对抗着他心底的豪迈。这天他不知不觉间便走到了常去的那家茶馆,想在出行前再去听一听那"半面貂蝉"的悦耳歌声。

没料到进了茶馆之中,唱曲儿的却是个陌生面孔,生意也比前些日子冷清了不少。马扩坐了下来,让小二上茶后,便问道:"这里原本唱曲的商氏父女呢?"

小二答道:"这父女二人可算倒了大霉啦,前几日官府的人来征选秀女,挑中了这姑娘。这麻雀飞上枝头的机会原是件好事,却没料到这父女二人宁死不从,推搡打斗了一阵,那老翁竟然举起一个大酒缸就往官爷头上砸,血流了一地啊……"

马扩连忙追问道:“后来呢? 这父女二人现在在哪?”

小二答道:“叫官府的人带走了。我看那官爷估计活不成,老头恐怕是要偿命了。”马扩听罢,连忙起身,连茶也没喝就走出了茶馆。

马扩马不停蹄地去了知府衙门,他进这衙门就如同进自己家门一般。衙役们都认识这位知府大人的世侄,见马扩一脸怒容,觉得有些意外,因为他们从未曾见过这样的马扩。他几乎是直接冲进了王师中的府宅。

王师中见马扩突然出现,面露异色,这个世侄向来很有教养,今日居然直接闯了进来,莫不是出使女真的船队出了什么大问题? 正猜测着,马扩便开口问道:“世叔手下的人,近日可曾在茶馆逮捕过一位脸上有疤痕的姑娘?”

王师中听得一头雾水,问:“似乎没有听说过,怎么了?”

马扩以为王师中在搪塞,便凑上前去更加郑重地问道:“朝廷近日是否在登州府招选秀女?”

一听此言,王师中似乎立刻明白过来,答道:“确有此事,前些日子童大人走的时候,确实留了几个手下人,负责在登州征选几名秀女,人数不多,因而也就没有声张。”

“这么说,世叔知道此事? 童大人手下的几人现在在哪里?”

“据通报,昨日太阳落山前就起程回汴梁了。现在,估计已经到青州了吧。”话音未落,王师中便见马扩夺门而出,临走前还留下一句:“世叔,借你的好马一用!”

六、幽云梦

在通往青州的驿道上，一群官府的人正引着几辆马车缓慢前行。那马车上坐着六位颇有姿色的姑娘，便是此次征选的秀女。姑娘们有的神情愉悦，有的却带着几分悲戚，还有的似乎兼具了这两种表情。商氏父女则被捆得严严实实的，跟在马车后面走着。在这烈日的暴晒下，即便是马车里的人都酷热难当，更不用说在马车外走路的人了。商氏父女几乎快丢掉半条命，拖着沉重的步伐艰难地行走着。

一个军士在一旁催促道："快给我走！你们杀了大人手下的人，已经是必死无疑了，可别拖累我们一起热死在这里！"这样的催促声并未使商老头加快脚步，反而使他看起来更乏力了，他"扑通"一声倒在了地上，昏死了过去。商姑娘哭了起来，也跟着跪在了地上。那军士骂道："哭什么，老头还没死呢！"他蹲下身子，掐了掐商老头的人中，不久，商老头便又睁开了眼睛。

商老头虚弱地说道："你们到底要将我们带去哪里？"

那军士用力地拖拽着商老头，答道："汴梁，听候童大人的发落。"

商老头道："原来你们是童贯这个奸贼的手下。"那军士听到老头对童贯出言不逊，立刻给了他一个大嘴巴，商老头的一颗牙齿飞落出来。

商姑娘见老父被打，恶狠狠地用头猛顶那人，也重重地吃了一拳，商老头怒道："既然铁定是死罪，不如在此将我就地正法！"

那军士一听，便抽出佩刀，恶狠狠地道："死老头！你以为我不敢么？这就送你去见阎王爷。"说罢便作势要向商老头的脖子砍上去。

商老头两眼一闭，准备受死，但那一刀却迟迟没有落下。原来那军士的手臂高悬，却没有勇气真的砍下一颗人头来。商老头见他那副孬样，暗自好笑，啐了一口，嘲弄道："果然是个没能耐的小喽啰，活该一辈子在阉人手下当差。"这一句似乎触犯了那军士，他眼中立刻被杀意所充盈，商姑娘见状道："爹，小心！"

商老头闪身一躲，那长刀严严实实地劈落在地上。那军士横砍竖劈，像是发了疯一般，商老头上了年纪，加上身上被捆，行动迟缓，好几次几乎被劈中，险象环生。那军士砍杀得红了眼，眼看刀子就要落在商老头的脖颈上，却突然觉得手腕一麻，刀子"当"的一声就掉在了地上。那军士回身骂道："哪个活得不耐烦了？"却见远处有一人一骑正向他飞驰而来。

来人正是马扩，商姑娘一眼便认出了他，那军士从未见过马扩，当即便捡起地上的刀，准备反击，却被冲来的快马掀翻在地。随行的几个同僚听见后边有大动静，急忙赶来支援，马扩扬起马鞭，奋力一甩，便将好几人抽倒在地。马扩胯下的马是王师中从西域选来的良驹，品种极优，三两下便闪到了那几人的身后。他们从地上起来，还未站直身子，又挨了一鞭。马扩将手伸向商姑娘，将她拉上马背，又驱马到商老头边上，催促他上马。那几人本来还想拖住老头，但马扩猛然掷出几枚飞镖，吓得他们不敢近身，只得眼睁睁看着三人一马向南飞奔而去。

策马飞奔了很长一段路程，太阳已近落山，驮着三人奔驰了两个时辰，这匹西域的好马也有些支撑不住，马扩等人便下马，将马拴在树旁,来到一条溪边取了点水喝。一旁的商老头“扑通”就跪了下来,商姑娘也跟着跪下了。马扩连忙伸手去扶二人,道:“老人家,这可使不得。”

马扩从怀中掏出些钱币,递给商老头,道:“我担心他们不久就会追来,请二位带上这些盘缠向南去,我将回登州,以马蹄印迷惑他们。”

商老头不敢收下这钱,二人就这样推辞了几个来回,倒是商姑娘一把拿过盘缠,道:“爹,就收下吧。”说罢转向马扩道,“大恩不言谢,他日若能再见,必以身相报,为妾为奴,绝不反悔。”她将自己的面纱递给马扩,然后扶着商老头,头也不回地离去了。倒是商老头不时回头,向马扩道别:“恩公保重!”

马扩攥着那面纱,出神地望着父女二人离去的身影。好一会儿,他将纱巾整齐地叠好,藏入怀中,而后翻身上马,向东北方向疾驰而去。

3. 幽云心事

距离马政父子船队出发的日子越来越近,皇帝不忘继续给童贯施加压力,这些最终都化为书信,飞到登州王师中的手里。辽国早已成为赵佶日思夜想的肥肉,在千里之外,金辽大战仍在进行,耶律延禧封耶律淳为都元帅,在辽东招募怨军,试图奋起反抗。但这怨军却早已溃不成军,在严寒的天气里仍然不得不穿着褴褛的薄衫,许多人都冻死在军营,这导致他们怨声四起,并将怨气转嫁到耶律淳的身上。

耶律淳心中也是暗暗叫苦，朝廷迟迟不供应冬装和粮草，只是一个劲地下令驱逐金人，收复大辽的山河。耶律淳无能为力，暗骂耶律延禧昏庸。在这种极端恶劣的情况下，怨军中相当一部分人都转投到金国去，毕竟对于人而言，能活下去才最重要。一日，耶律淳在自己的营帐里收到一封匿名的信件，上书："怨军有人谋反，今夜将刺杀元帅，请速移驾。"耶律淳初见这张纸条，本来还不以为意，但后来想想，宁可信其有，不可信其无，便秘密转移到了别的军帐之中，并令一批身手不错的士兵在军营外埋伏，准备瓮中捉鳖。

是夜，叛军首领武朝彦果然率众秘密潜至耶律淳营外，见门户大开，武朝彦暗自窃喜，便加快速度挺进。原本与之接应的另一支叛军却看出了其中有诈，首领齐桑认为，耶律淳的军营即使再松懈，也不可能像这般门户大开，这一看便是请君入瓮的架势，但他们尚未来得及提醒同僚，武朝彦便已迫不及待钻入了陷阱。

武朝彦所率领的兵马冲入营中，却不见对方有任何响动，他这才意识到其中有诈，此时四周的火光便亮了起来，瘆人得如同地府的鬼火。武朝彦连忙喊撤，掉转马头，但四周的飞箭却如雨下，无处可避，不出一盏茶的工夫，武朝彦带来的人马几乎损失殆尽。武朝彦精于骑术，总算是从人堆里奋力冲出，他只身向南狂奔，试图逃入不远处的宋朝地界。身后的追兵也紧追不舍，流矢数次擦过耳朵，恐怕插翅也难飞了，他的坐骑似乎和他想到一块儿去了，沮丧地倒在了地上。随即，寒光一闪而过，好几把刀已经架在了武朝彦的脖子上。

在耶律淳的营帐之中，所有人都围观着武朝彦即将被斩的大戏，他们手持火把，好像在迎接一个节日。武朝彦本是耶律淳帐下的一员猛士，耶律淳早知此人有反骨，却未曾料到他竟敢在这样的节骨眼上发动叛乱。武朝彦被踢倒在地，身上被绳子绑得结结实实。

耶律淳威严地走到他的身边，斜眼看了看他，随后背过身，负手而立。他向着军营的方向缓缓走去，然后大手一挥，只听“咔嚓”一声，武朝彦的人头落在了地上。人堆里发出一阵喧哗，过了许久才安静下来，当军士们回过神来，却发现耶律淳早已回到自己的帐中，点起了油灯。透过那薄薄的帐子，可以看到耶律淳高大的身影，正对着一大坛酒，兀自独饮。

转眼便到了七月下旬，在登州海岸，这个季节的阳光总让人睁不开眼，在场的人不是低着头，便是微眯着双眼，这本是一次出使，却有了出征一般的排场。宣抚司童贯又一次亲临登州，登州是边陲小镇，本来很少能迎接朝廷要员，但最近，童贯来此的次数骤然增多，还不断地带来皇帝的手谕。登州的地位似乎一下子提高了不少，而马政父子也由名不见经传的小人物，突然被推到了台前。

说这里有出征的排场，一点都不为过，连战鼓都被置于海岸边上，童贯上前象征性地擂了几声鼓，为使者送行的队伍便发出山呼海啸般的呐喊。马扩站在一旁，对这样的场面感到有些不适。因为这种雄壮的氛围似乎隐含了“壮士一去兮不复还”的意味，这更增添了船队成员的心理负担，他们一个个神情紧张，眉间满是悲观之色。

仪式完毕，马政、马扩、呼延庆、高药师等人率先登上了船，童贯、王师中率众人在岸上送行。船起航后，没多久便成了海平面上的一个黑点，消融在日光里。这天的送行活动结束后，童贯便来到一顶暗红轿子边上，轿子里的人微微拨开帘，探出身来。童贯和轿中之人说了几句，随后下令起轿去知府衙门。王师中瞥见童贯和那顶神秘的轿子，好像突然意识到什么，命令专人为这顶轿子开道。

当两顶轿子抵达府邸后，王师中证实了自己的猜想，那轿子上走下来一位三十多岁、器宇不凡、手持折扇的书生打扮的人，举手投足都不同于凡夫俗子。童贯上前恭敬地迎他，这世上能让这大权在握的宣抚司点头哈腰的人，除了当今皇上，还能是谁？童贯并未向王师中明言，只是使了个眼色，王师中便率手下人一同跪拜行礼，恭迎圣驾。有些反应慢的人一开始还没明白是怎么回事，直到听见"皇上万岁万岁万万岁"时才反应过来，激动得腿都软了。

皇帝微笑着收起手中的折扇，让在场的人们都免礼。王师中刚起身，旋即又跪了下去："微臣不知皇上驾临，未曾远迎，请皇上恕……"他的话被皇帝打断。皇帝上前一步，将其扶起，道："何必拘泥于礼节？朕本来就是微服出行，不愿引起注意。"

说罢，皇帝又向前挪了几步，站到了中间的位置，他看起来十分激动，道："各位，朕今天来到登州，就是为了亲眼看到那大船起锚的一刻。联金的这步棋朕想了整整六年,今日终于落棋了。当年太祖、太宗失去的疆土必将复归我大宋。"说到这里,他格外激动,"百年来,我大宋与辽国因澶渊之盟而暂息战端,但这太平乃是用巨额的岁币换来的,是用尊严换来的,如今我们要加倍讨回来,重振我大宋的国威!"

见皇帝已说完,童贯振臂一呼:"收复幽云! 重振国威!"

皇帝的一番激昂的话语似乎振奋了所有人,他们一同高呼道:"收复幽云! 重振国威!"这声音越喊越响,明明才几十人,却有山呼海啸之势。

至于远在茫茫大海上的人,则又是另一番心绪了,他们并没有皇帝和童贯这般激昂的情绪,更多的是对未知的揣测。即使是马扩这等豪杰,也从心里生出一种前途未卜的感觉来。他从怀中掏出一件轻柔之物,那正是商姑娘所赠的面纱。他站在桅杆边上默默出神,直到听见脚步声,才立刻将面纱收起。

来者正是呼延庆,这些日子以来,他与马扩早已熟识,二人以兄弟相称。呼延庆见马扩双眉微蹙,以为他晕船,便问道:"马兄,你怎么了? 是否感到不适?"

马扩摇了摇手,道:"没有,我只是想到前路未卜,内心有些隐隐的忧惧罢了。"

"马兄如此英雄,想必不会只是担忧性命,莫非有什么其他的考虑?"呼延庆坦率地问道。

马扩微微一笑,答道:"我马扩虽不是什么英雄豪杰,但也不至于贪生怕死,只是……你看这海天一色的光景,一片渺茫,我们这艘大船也只是沧海一粟,处于这样的情状之中,又如何能辨认东南西北？如何能知晓航向是否正确呢?”

呼延庆正要开口回答,突然意识到马扩并非真的在说航向,便没有继续接口,只是望向那遥远的天际线,若有所思。

七、梦断幽云

1. 马扩

航船在海上航行了整整两个月，这旅程中，除了一路上补给淡水的小岛之外，每日所见的景色便只有碧蓝的海天交融、日月的更替和偶尔掠过的鸥群。与出发时相比，所有人都变得邋遢不堪，有的胡子拉碴，还有因久未沐浴身上长虱子的。这种持久的苍茫和空虚让人不由得产生绝望的感觉，好像这样的日子将一直持续下去，永无靠岸之日。全船的人中，也只有高药师还保持着初时的精神，毕竟在过去的两年里，他早经历了好几次这样的远航，心里有底。

到了闰九月九日这天清晨，北岸终于从海平面缓缓浮出。看到这样的景象，全船的人似乎都精神为之一振，纷纷涌向船头，向极北处望去，似乎全然忘记了前方可能的凶险。那北边的岸上有一个移动的小点，直到船只靠近，才发现那是几个壮汉。马扩见到这些人时，着实吃了一惊，原来金人的体型竟真的高出宋人一个头。这时候，船上的人心中的惧怕才重新涌了上来，甚至有了掉转船头的念头，但恰好这天正刮着猛烈的东南风，致使船速比往常快了不少，还未来得及转舵，那岸上的壮汉已然发现了海上的动静。在这样的情况下，倘若再调转船头，未免显得有些可疑，马政当即下令继续前进，正常靠岸。

船靠上了北岸，长达两个月的浮海生涯终于结束，马政翻了地图，发现这里确实已是金人所辖的地界。但岸上的那些壮汉显然充满敌意，立即冲上前来，迅速将船上的人员全部控制住，马政父子和众人均被缚住双手。在此过程中他们为避免发生流血，按照事先安排，并未反抗。只有高药师在用女真语进行交涉，过了许久，高药师垂下头来，显然他的交涉并没有取得任何成效。

一行人如同流放的囚犯一样被金人带领着向北前行。马扩悄声问走在自己前面的高药师："你跟他们说什么？他们要带我们去哪里？"

高药师答道："他们把我们误认为辽国奸细，差点要宰了我们，幸亏我会些女真语，才保住了性命，现在他们要带我们去见他们的首领。"

马扩疑惑道："既然已经解释清楚，为何还要缚住我们的双手？"

高药师苦笑道："不晓得，也许这就是女真人的待客之道吧。"

这一路比想象中要艰难得多，几乎横跨了好几个州，没日没夜地行走，就连如厕的时候也不能解开绳子，惹得马政连声骂娘。走了好几日，宋使们几乎都没了人样，满身的秽土，衣服上也尽是些污秽之物。四周是恶劣的环境，可算是真正的蛮荒之地了。

七、梦断幽云

一路上马扩默默计算路程，大约行了三千余里路，马扩已经精疲力竭，但那几个女真人却并未现出丝毫的疲态，这让他不禁暗自惊讶：金人果真如猛虎，可怕！

当行至一个名叫阿芝川涞流河的地方，女真人将他们带入了一栋矮楼之中，这看起来只是寻常的楼阁，甚至有些简陋，但是进去之后却发现守卫森严，可见其中居住之人绝非寻常人。

被带到大堂之上，主座上坐着一个身高九尺的人，想必就是这里的主人，马政料想这可能是金国的某位重要官员或者是王爷。一个女真人在高药师的耳边说了一通，高药师听罢便神色严峻起来，过了许久才哆哆嗦嗦地转达："这是金国君主完颜阿骨打。"

马政起先一惊，但随即就恢复平静，那几个金人带他们行了那么多路，正是为了将这群不速之客带去见他们的最高首领。马扩和呼延庆也都没想到，能那么快就见到完颜阿骨打。只见完颜阿骨打留着八字胡须，面色黝黑，臂长如猿，目光如炬，马政立刻领着众人跪下来行礼。

行礼之际，马扩悄悄地端详着这位金国君主，说实话，虽然双方处于某种敌对状态，甚至一行人的性命都随时可能被完颜阿骨打取走，但此时马扩却没有太多畏惧之情，直觉使他相信，完颜阿骨打不是那种滥杀使者的昏庸暴君。事实上，马扩对于完颜阿骨打这个人，心里还有着三分敬意。

完颜阿骨打似乎是一个天生的英雄，关于他的事迹，马扩早在两三年前就已经有所耳闻，在大宋民间也有一个广为流传的故事。据说当年耶律延禧在松花江上设头鱼宴，完颜阿骨打作为女真部落的一名首领也奉命参加。酒过三巡后，耶律延禧便提出要女真各部落的首领轮番上台给自己献舞，那些首领们内心虽不情愿，但是迫于他的淫威，只得纷纷从命，上台献舞。但轮到完颜阿骨打的时候，他却断然拒绝。在场的所有人都深感震惊，因为他们都深知耶律延禧性情残暴，要斩杀区区一个女真首领，就像踩死一只蚂蚁一样，眼睛都不必眨一下。一些辽国贵族纷纷劝完颜阿骨打上台献舞，但是他仍然端坐正视着，不愿起身。耶律延禧的脸色逐渐变了，眉间开始现出了一丝怒容。在场的辽人都在心里断定，这个不知天高地厚的女真首领今日恐怕要人头落地了，他们过去见过许多人因小事而被耶律延禧残杀的实例，更何况这次完颜阿骨打抗命绝非小事，这是对堂堂大辽皇帝皇权的蔑视与挑战。可是不知怎么的，那天的耶律延禧竟然破天荒地饶恕了他，留了他一条命。

马扩回想着这个在民间被广为传颂的故事，心中暗自嗟叹：耶律延禧竟然在不知不觉间，给自己留下了后患，如今辽国大厦将倾，其掘墓人便是眼前这位威震四海的金国君主完颜阿骨打。马扩本来料想完颜阿骨打是比耶律延禧更为残暴的君王，却不料他在听说这些人来自大宋后，显得极为彬彬有礼，连忙亲自来给他们松绑。完颜阿骨打在高药师的翻译下，与马政交谈起来。

完颜阿骨打问道："贵国与我国素无交往，大宋皇上突然遣使来，不知是何缘由？"

马政答道："建隆年间，贵国常遣使来卖马，渊源久矣。如今陛下攻陷辽国，救天下生灵于水火，我大宋皇上甚是赞赏，欲与贵国交好，合计共伐辽国。"

完颜阿骨打十分喜欢马政这种不绕弯子、直言直语的方式。自从得到宋国遣使的消息的那一刻起，他就大致揣测出了大宋皇帝的用意，无非是想在这重划版图的重要时刻分一杯羹。完颜阿骨打向来对宋国没有什么敌意，甚至还有着几分敬意，他对汉人的文化也深感兴趣。如今，南方天朝大国千里迢迢派使节前来，这让他感到颇为得意。金国建立之初，便已经订立了“南联大宋”的策略，只是一直未来得及付诸实施罢了，没料到宋国率先遣使，这对于金国而言，可以说是求之不得的。但是完颜阿骨打深谙外交策略，不露声色地说道：“我朝很乐意与大宋交好，实乃两国百姓之幸。”他的话说到一半，便没有再说下去，此后便派人给宋使接风，准备晚宴，而只字未提夹攻辽国的事情。这让马政父子感到有些隐隐的不安，他们知道，自己所面对的绝不是一个有勇无谋的人，而是一个既有过人胆识又老谋深算的对手。

宋使在金国的待遇尚可，但远未达到使者应有的规格，许多人都以为这是女真人蒙昧，不懂礼节。马政感觉到这个完颜阿骨打并不简单，不可能对于外交一无所知。

入夜后，马政父子共同商讨下一步的对策，他们都不知完颜阿骨打葫芦里卖的到底是什么药，也不知道前方是坦途还是凶险。

马政忧虑道：“完颜阿骨打此人不可小视，不以外交礼仪接待我们，即便将我们一行人全部诛杀，外人也无从得知，朝廷恐怕也只能以‘使者迷失于海上’来处置。”

“父亲的忧虑不无道理，倘若金人无意与我大宋通好，试图独吞辽国疆土，的确有可能下这步棋。”马扩说道，“但是，也有可能是因为完颜阿骨打心高气傲，故意怠慢我们，试图在谈判之初就占据上风，掌握主动。”

见马政依旧担忧金人下毒手，马扩便继续说道：“既然已经在金人的土地上，如果完颜阿骨打真的起了杀意，我们也插翅难逃，又何必再去顾虑？”马政一想也是，既然已经做好最坏的打算，大可不必杞人忧天，不如趁早谋划下一步该如何斡旋。

马扩接着说道：“正所谓知己知彼，百战不殆，当务之急是要摸清完颜阿骨打真正的用意。”

马政听罢，思忖了一会儿，突然说道：“有了！派高药师去窃听，他懂得女真语，又善于轻功……”

“不妥，这样风险太大了，万一被金人发现我们在他们的地盘上派密探，必然引发事端，到时候完颜阿骨打要杀我们就有了正当理由。况且，说不定……我们的一举一动都在金人的监视下。”马扩望了眼那扇虚掩的窗。

“照你看来，我们已经被软禁起来了？”

“也未必，这只是揣测。”马扩道，“要明了我们的处境并不难，明日派一名信使送信回汴梁，若金人放行，就是我多虑了，但是假如金人不放行，那可就被我言中了。”

翌日，天刚蒙蒙亮，马扩便派信使出城，出乎意料的是，一路上并未遭遇任何责难，每个关卡都畅行无阻，这让马政父子心里的石头落了地，至少一行几十人的性命是无忧了。但是，一连三天，完颜阿骨打都未露面，甚至连完颜宗翰、阿忽等亲信都很少现身。

完颜阿骨打、完颜宗翰的反常举动，让宋使捉摸不透，直到第四天，他们终于出现，并且直接就联合抗辽的提议给出了答复。

完颜阿骨打端坐在位，很有上王之风，还有些许神秘感。完颜宗翰率先开口道："今日请诸位宋使前来，是为了商议结盟之事。"

马政父子方知完颜阿骨打等人是为此事商讨了三天，看来对方确实对结盟之事十分看重。马政想：毕竟大宋泱泱大国，强势的女真人果然不敢怠慢，看来自己之前是多虑了。只是女真人看似豪放粗犷，行事却如此严谨，这倒是让马政有些意外。

完颜宗翰继续说道："我朝同意与贵国共同来攻辽国。只不过，宋朝所需要的幽云之地，还请自行攻占。"

对于宋使而言，完颜宗翰此言无疑是切中要害的。倘若大宋有能力攻下幽云十六州，恐怕也就没必要绕这么大一个弯来搞什么"海上之盟"了。宋使此行无非是想借金人之力，乘势获利，而完颜宗翰此话一出，等于是一口回绝了宋使的这一诉求。马政对完颜宗翰的话无法反驳，因为一旦对此提出异议，便等于是承认了大宋战力不及，难以自行攻下幽云十六州。沉默良久，马政只得说道："此事还请贵国遣使入宋谈判。"完颜宗翰未作正面应答，望向完颜阿骨打，似乎是一种请示。

这时，完颜阿骨打缓缓起身，尽管这只是个很小的动作，马扩却从中感觉到了凌厉的气势。本以为他会故意责难，将话题引回来，没料到却十分爽快地回答道："好，大宋的使节既然不远万里来出访我朝，我们自然也不可怠慢。我方安排好出使人员，便与诸位一同前往贵国。"

尽管马政与完颜阿骨打的谈话都须经过高药师的翻译，但光听这位金国君主说话的气势，就似乎能够明白他话中的意思。他掷地有声，有如铁板钉钉。

完颜阿骨打当即命人找来一个名叫李善庆的渤海人，其后跟着另两个壮硕的大汉，分别是熟女真散都和生女真勃达。可见他对遣使赴宋之事早有准备，但他还是当着宋使的面向李善庆等人嘱咐了几句，大致是说入汴梁须遵从宋国礼仪，不可有丝毫怠慢。这些话自然是说给宋使听的，真正须吩咐的内容，昨夜早已交代下去。

向李善庆等人说完，完颜阿骨打又转向马政，提出了一个让宋使大为吃惊的要求："请与郎君随行的六位多留几日，共商抗辽大计。"他的语气十分平缓，但其中却蕴藏着汹涌波涛——这明摆着是要将宋使扣为人质。金使三人换宋使六人，显然是有意的辱没，马政不好发作，也无法拒绝，只得将随行的登州小校王美、刘亮等六人留下。王美等人内心愤愤，但当此关头，只好从命。

李善庆、勃达等人带上国书和貂革、人参等宝物，随马政一行人登上了那艘停靠了好几日的船，起程前往大宋。

汴梁已到了初冬时节，赵佶得到消息，马政一行人受到金国君主完颜阿骨打的接见，已与几位金使一同踏上返程之路。他倍感振奋，结盟女真之事终于在往积极的方向发展，这是一个值得纪念的重大突破。就在十一月初一，他将"政和八年"改为"重和元年"，纪念这一全新的开始。

自登基以来,赵佶已经改了四次年号,从最初的“建中靖国”,到“崇宁”,再到“大观”“政和”,如今的“重和”已经是他在位期间的第五个年号了。此次改年号源于一位学识渊博的方士的进言,他说:“太宗在做皇上第二十年时,大赦天下以示庆祝,如今皇上您也做了十九年天子了,明年也改元大赦庆祝吧?”赵佶听后大喜,当即决定当年十一月初一就改元“重和”。两个月后,也就是重和二年(1119)的正月,他便迎来了马政父子,金使李善庆、勃达和散都。对于和金使的会面,他十分郑重,既要表现出天朝大国的威仪,又不可让金使产生被怠慢的感觉。金使一抵达汴梁,便入住了宝相院等候接见。在接见金使前,赵佶委派自己最信任的老臣蔡京和童贯,还有一个能言善辩的太监邓文诰与金使商议。

当晚,在商讨以何种规格对待金国的时候,朝中的几位要员分成了两大阵营。一方是以童贯、赵良嗣为代表的,主张大宋也应持国书正式访问金国,并且以国礼对待金国的使节们;而另一方则是以蔡京、赵有开为代表,主张对待金国这种边陲蛮夷,应当要保持天朝大国的威严,不可平等视之。争论主要发生在赵有开和赵良嗣之间,这两人都以自己的三寸不烂之舌据理力争,争论得面红耳赤,而蔡京和童贯则退在一边,相对而坐,表明自己的态度,却极少开口。

赵有开可算是大宋难得的辩才,才识渊博,向来颇受蔡京的赏识,他在短短的几年内连升三级,也是受蔡京多番举荐的结果。对于蔡京而言,以何种礼仪对待金国只是一个微不足道的小问题,但因为对手是赵良嗣,这个由童贯一手提携起来的辽国遗民,这场辩论就变得重要起来。

李善庆等人受到皇帝的召见已经是第二日的下午，短暂的礼节过后，三位金使便意外地获得了封赏。只听得梁师成用尖锐的嗓音宣读："封李善庆为修武郎，封散都为从义郎，封勃达为秉义郎。"三人受宠若惊，连忙谢恩，尽管这些官职并不大，但却是有全俸的，这对于俸禄极低的金国官员来说，可算是一笔不小的横财。

谢完恩后，李善庆立刻恢复了警惕，在心中理了理头绪。他自幼熟读《孙子兵法》，深知南人狡诈，生怕此番有什么差错，中了宋人的圈套。勃达则没有李善庆这样的戒心，此刻他正看着这堂内的雕饰和瓷器发愣，这等富丽堂皇的场面是他从来都不曾见过的，仅仅是皇帝的一座副殿，就比金国的朝堂要精致得多。

蔡京等人列席，与李善庆、勃达、散都相对而坐，宫女送上水果美酒，会晤便在这轻松的氛围中开始了。皇帝在梁师成的搀扶下从幕后缓缓走出，蔡京等人和金使便一同跪拜恭迎圣驾，皇帝向为首的蔡京使了个眼色，会晤便正式开始。

初冬时节的汴梁别有一番风味，经历了海上漂泊的岁月，马扩终于能得到几天的清闲。近年来他很少来到汴梁，便在这城区内游荡了起来，因常年居于边地，难免有些不习惯，毕竟这里可算是天下最繁华的地方了，而万岁山则是汴梁的中心，可惜一般人不得进入。

马扩在这车来人往的大街上走着，忽然听得一个年轻的声音唤了一声“子充兄”。马扩循声回头，见一个年纪轻轻的公子哥正向他打招呼，仔细一看才认出来是那阁门祗候刘锜，当即回应了一声，笑颜以对。

刘锜是马扩前两年考武举人时认识的小兄弟，此人年纪尚不足二十，但射术惊人，年纪轻轻就名满天下。马扩对刘锜并不熟悉，只知道他当上阁门祗候，是由于太尉高俅的极力保荐。本来，对于和高太尉沾亲带故的人，马扩是没有好感的，但他对刘锜却并不反感，大概是源于同是习武之人的亲切感。刘锜身上那种初生牛犊的勇气，与他年轻时几乎一模一样。

在他乡闲逛时能遇上相识之人总是件好事，刘锜是汴梁人，为人也热情，当即便拉着马扩，要带他到处游览一番。

“子充兄难得来汴梁，弟弟我可得尽一下地主之谊。”刘锜满脸带着兴奋的笑容，当初和马扩切磋箭术时便对这位精通十八般武艺又侠肝义胆的兄长颇为仰慕，如今有缘再次相交，自然是满心欢喜。

好汉相逢，美酒必不可少。在最有名的御仙楼，二人相对而坐，桌上摆开四大坛仰韶佳酿，俨然一副不醉不归的架势。

刘锜是少年英雄，仰头便大口大口地饮了起来，也许是喝得太猛，不一会儿就脸红脖子粗了。马扩眼见刘锜这年轻人特有的鲁莽，想起了自己当年也如出一辙，不由得感到更加亲切了。

“子充兄此次到汴梁来，是有公事在身？我还以为你正在出使金国。”刘锜边问边给马扩的碗里斟酒。

马扩如实答道：“前日刚从金国归来，护送几位金国使者入宫面圣。”马政父子出访金国之事朝野内无人不知，但他们归国的消息，知道的人并不多。

二人干了一碗酒，刘锜接着说道：“如此说来，朝廷与金国结盟之事已板上钉钉了？”

马扩并未正面回答，事实上他也并不知此事结果如何，便反问了一句：“贤弟以为，与金人结盟可行与否？”

刘锜显然并不想回答这个问题，便举酒道：“兄弟相逢，不谈国事。”他的回避已透露了他的态度，马扩会意，便不再多谈，仰面就畅饮了一大碗。

酒过三巡，刘锜已微醺，不觉间连称呼都变了：“马大哥，弟弟我带你去个好地方快活快活！”刘锜所说的“好地方”自然就是风月场所了，汴梁既是天下的中心，也是佳丽云集的地方，马扩感到盛情难却，便跟着刘锜去了。

那宝琴阁离御仙楼不远，在刘锜的带领下，穿过几条大街小巷，没过多久就到了这个传说中的好地方。宝琴阁外一个眉清目秀的姑娘热情地上来迎客，问道：“二位大哥，爱荤的还是素的？”这是这一行的行话，素菜的意思是卖艺不卖身，荤菜则是卖艺也卖身。刘锜看了看马扩，请他定夺。

马扩精通音律，在男女之事上又有些洁癖，因而不假思索便选了素菜，这让刘锜略有些失望，他也只得跟着听听小曲，继续弄点酒小酌几杯。二人刚自斟自酌起来，便有一阵香风飘入，原来是个歌女抱着琵琶进来，马扩与刘锜立刻精神起来。但见那歌女长着一张西域人的脸庞，双眼如星辰，别有一番韵致。马扩不禁感叹，到底是汴梁,连女子的姿色都比登州、青州的高出了一大截。

一曲唱罢,乐声暂歇,歌女便过来给马扩和刘锜斟酒,就在这当口,隔壁的乐声隐约间透过这薄墙传了过来。那声音极弱,混杂在各种杂音之中,但马扩却从中听出了一种熟悉的韵味。他仔细地侧耳倾听着,终于听清了这是东坡居士的那曲脍炙人口的《念奴娇·赤壁怀古》:

大江东去,浪淘尽,千古风流人物。故垒西边,人道是,三国周郎赤壁。乱石穿空,惊涛拍岸,卷起千堆雪。江山如画,一时多少豪杰。

遥想公瑾当年,小乔初嫁了,雄姿英发。羽扇纶巾,谈笑间,樯橹灰飞烟灭。故国神游,多情应笑我,早生华发。人生如梦,一樽还酹江月。

刘锜见马扩如此认真地听着隔壁的《念奴娇》,道:"倒不知马大哥如此喜爱东坡居士。"而刘锜怎知,马扩这般侧耳倾听,却不仅是因为这词,而是为了这唱词的声音。听那声音,分明就是那时在登州茶馆里卖唱的商姑娘。这边的歌女见马扩竟听起了隔壁的曲子,觉得面上有些挂不住,说道:"这《念奴娇》,我也会唱,您听着……"说罢兀自弹唱起来。

马扩却全没听进去,突然站起身来,出了屋子,直接来到隔壁屋外,推开了门。屋内的人都是一惊,回过头来,唱曲的姑娘也骤然停下了手中的琵琶,抬起明眸望向马扩。马扩这才发现,那唱曲的只是个陌生的女子，这时候，他才从一种半醉半醒的状态中脱离出来，重新回到了现实中。他向屋内的人致歉，便匆忙退了出来。

刘锜见到马扩如此反常的举动，也立刻跟了出来，问道："马大哥，这是怎么了？"

马扩尴尬地摆了摆手道："没什么，只是这歌声像极了我的一位老朋友。"

刘锜微微一怔，而后突然明白过来，笑道："老朋友，恐怕是红颜知己吧？"

马扩默认，便不再继续应答。

刘锜又道："不知让马大哥如此牵肠挂肚的女子是什么模样，小弟好生好奇。"

听了此言，马扩又不由得想起了商姑娘的模样，想起了她右侧脸颊上的疤痕。她脸上有痕，但名字却叫"无痕"，却不知"无痕"是真名还是艺名？想到这里，他对商姑娘的身世更为好奇了，她就像一个不知来历的仙女，给人一种神秘莫测的感觉。马扩暗自想到，假如来日还有机会再见，一定要弄清楚心中的这些疑问。

2. 替罪羔羊

此时，宫中的会晤也已开展多时，朝廷最终还是决定采纳赵有开的建议，用诏书而非国书，并未将金人放在一个与自己平等的位置上，而这也是在征询了金使李善庆的意见后作出的决定。赵有开在和赵良嗣的争论中占得了上风，使者之位自然非他莫属了，皇帝当下便决定，由赵有开任正使，马政任副使，随李善庆同回金国，正式就双方联合攻辽之事进行磋商。

商定后，赵有开的脸上露出了得意的神色，看了看赵良嗣。赵良嗣是怒在心里，但外表全然不露声色。对此决议更为愤怒的人似乎是童贯，此时他早就气得一张老脸扭曲起来，对于大宋首次正式访问金国这样重要的任务，由赵有开任正使，实质上就是蔡京的胜利；而联金抗辽这件事，自己和赵良嗣密谋了多年，如今功劳却要被赵有开和他身后的蔡京篡夺了去，无论如何他咽不下这口气。

是夜，童贯在自己的府中大发雷霆，砸烂了不少茶碗。正在此时，他的管家禀告："老爷，赵良嗣求见。"童贯这才停手，命人引他进来。

赵良嗣弯腰进来，童贯自然也没给他什么好脸色，一言不发。赵良嗣看到这满地的茶碗碎渣，知道童贯发了一大通脾气，便道："大人息怒，这正使之位，下官无论如何也得争回来。"

童贯鼻腔里出了口气，道："争回来？你拿什么去争？皇上已经决定的事情，怎么可能改变？"说完，他抬起头看了看赵良嗣，见他满脸认真的神情，绝不是在说戏言，莫不是真有什么好的法子？

这时赵良嗣缓缓说道："下官是大人一手栽培的，对于这件事情，下官的心里比大人更憋屈。不过，任何事情都有解决的法子……"赵良嗣凑上前去，在童贯的耳边轻声地说了几句。童贯突然神色大变，由怒转惧。

许久，童贯说道："此事若是走漏风声，你可是死罪。"

赵良嗣平静地说道："大人请放心，这事绝对能做得神不知鬼不觉。此番为了夺回我们多年的成果，值得一试。"

原来，赵良嗣的提议便是杀赵有开而后快，他从江湖郎中那儿得到一种神奇的毒药，服下后可潜伏十天半个月，才毒发身亡，将此毒药用在赵有开身上，待赵有开出访后毒发身亡，便可免除自己的嫌疑。这时候，连一生杀人无数的童贯竟然也对赵良嗣有些忌惮起来。几乎是想也没想，童贯就断然否决道："此事万万不可，谋杀本国使节，你就是有九个脑袋也不够砍的！"

见童贯反应如此激烈，赵良嗣只得悻悻地退下了。他感到困惑的是，童贯杀人向来不手软，怎么这次就不敢了呢？他怎么也想不明白。

十日之后，登州口岸。短短一两年间，这里已经成了大宋外事活动的重要地点。从最初高药师等辽国遗民到其后的马政父子，如今，宋金之间最为正式的外交往来即将从这里开始。

在这个阳光明媚的日子，赵有开换上了一身格外显眼的装束，他的得意就这样毫无保留地写在脸上。毕竟，能在这样的历史节点上担当如此至关重要的角色，这并不是谁都能有的殊荣。此时迎风站在海岸边，他的嘴角浮现出一丝笑意，暗想：这个英雄，非我赵有开莫属！

赵有开的身后站着马政、王瓌以及金使李善庆等人，王师中照例来到口岸送行。

赵有开迈开大步，郑重地踏上了船，马政、李善庆等人紧随其后。赵有开站在船头负手而立，面向岸上的王师中，挥了挥衣袖。而此后的一幕却令所有人咋舌，赵有开舒缓的神情突然变成了极度惊惧和痛苦，岸上的人眼睁睁地看着他从船头上直挺挺地跌落下来，坠入海中，岸上和船上的人见这突如其来的异状，都乱作一团。

马政首先跳入海中，岸上的王师中也立刻派了几个通水性的军士下水救援。近岸的海水不深，没过多久，赵有开就被救了上来，但当马政一摸他的脖颈，顿时心下凉了一大截——赵有开竟已断了气！

王师中听马政这么一说，差点没吓死。他走上前，颤抖着手亲自探了探赵有开的鼻息，已没有一丝气息，但王师中仍然不敢相信赵有开已死，高声喊道："快，找医官来。"船上的金使李善庆、勃达等人这才回到岸上，还没从这突如其来的变故中缓过神来，纷纷凑上前来一探究竟。

"没用了，赵大人已仙逝。"马政道。但依旧没人能想明白，这活人怎么就在转瞬之间成了死人呢？落水才这一会儿的工夫，赵有开必定不是溺亡的。

登州府的医官很快便赶来，他蹲下身，只是翻了翻赵有开的眼皮，便转身向王师中摇了摇头，确认为"暴毙"。

赵有开猝然离世的消息很快便传到了汴梁，因为这一突然的变故，宋使出访只得暂时搁置。童贯在自己府内得知赵有开的死讯，还是心下一惊，心想赵良嗣这小子还真敢做，当即命人道："给我把赵良嗣找来！"童贯的心中满是怒气，赵良嗣这次是吃了熊心豹子胆了，他童贯一生虽是杀人无数，但杀的不是战场上的仇敌，就是些名不见经传的小喽啰，这回赵良嗣杀的可是皇帝钦定的海上之盟的正使！万一这事被追查出来，自己铁定也逃不了干系，朝野上下谁都知道赵良嗣是他童贯的人。

赵府和童府相距不远，赵良嗣不多久便赶了过来，还没来得及行礼，就看到童贯怒目圆睁着喝道："混账！看看你干的好事！"

赵良嗣吓得立刻跪倒在地，以前从未见过童贯如此盛怒，他知道这次是摊上大事了。赵良嗣颤颤巍巍道："大人息怒，如此大动肝火，不知是何缘由……"

童贯怒拍了下桌子，道："咱家没料到，你还真敢杀赵有开！"

赵良嗣听了这话后，不解地问道："什么？赵……赵有开死了？"

童贯又怒道："你还胆敢不承认？不是你还会是谁干的？"

赵良嗣伏地叫道："大人冤枉啊，人不是我杀的，大人上回都严令制止了，我怎敢轻举妄动？"

童贯见赵良嗣满脸的冤屈，似乎看起来不假，但仍然没有完全相信他，便试探着说道："够了，如若真是你杀的，在咱家面前也不必再装！现在承认，做善后还来得及。"

赵良嗣一口咬定人不是他杀的，道："大人，这人的的确确不是我杀的，您要我怎么承认？以往我要动任何一人，都是要大人认可才敢动的啊！"

赵良嗣这话倒是不假，这些年来，他对于童贯的命令从来不敢违抗，可以说是比童贯自家的狗还要顺从，以他的个性，杀人这档子大事的确不敢擅作主张。这时候，童贯对赵良嗣的话是有些信了，便说道："你起来吧，咱家暂且信你一回，但如若人不是你杀的，那又会是何人所为？"

赵良嗣答道："赵有开为人尖刻，仇家无数，能想到的人可太多了，下官不敢妄自猜测。"童贯一听，倒也属实，那赵有开的一张嘴可是他的利器，却也给他树了不少敌人。

赵有开之死也惊动了皇帝，他特地派汴梁的仵作前往登州查明死因。几日之后，仵作的信件到了，证实赵有开暴毙是由于突发的恶疾，而非死于谋杀，这回童贯才真的确定了赵良嗣是无辜的。

赵有开死后，皇帝便立刻开始重新寻觅访金的使臣，继续推进海上之盟的计划。是夜，他将童贯和蔡京一并召来，商讨使金之事。在童贯看来，赵有开一人之死，不可能阻碍皇帝的全盘计划，估计这回正使的位子自然而然地也就落到了赵良嗣的头上，蔡京在这件事上也不可能有什么作为了。

蔡京一到，便说有要事禀告，只见他谨慎地从袖中取出一张卷起的黄纸，缓缓展开，呈递给皇帝。皇帝接过纸来一看，脸上就变了色，然后将黄纸揉成团掷在地上，怒道："女真人竟出尔反尔！"

童贯上前，捡起地上的纸团展开，上面写的是一句谍报，称金国君主完颜阿骨打接受了辽人的封地及东怀王的封号，欲与辽国重修旧好。也难怪皇帝龙颜大怒，假如这消息是真的话，那完颜阿骨打简直是在愚弄大宋。童贯当即表示怀疑："不知此消息从何而来？是否可靠？"

蔡京反驳道："公公与我共事多年，可曾见我得过误报？"童贯一听，一时语塞。想想也是，蔡京此人心思缜密，异于常人，他确信的消息应该不会有错。这时，皇帝说道："这上面封地封号都写得清清楚楚，想必不是空穴来风。"见皇帝深信不疑，童贯便也不再多言，退到一边。他默默想到，这海上之盟可算是命运多舛，接二连三碰上大麻烦，这一次，恐怕又要被搁置起来。

没想到皇帝旋即又对童贯说道："命人持登州牒文，送金使归国。"童贯遵命，但内心隐隐觉得不妥，这外交文书级别一降再降，对于完颜阿骨打而言，分明是一种羞辱，可以说，这比搁置海上之盟更加不妥。正当童贯准备进言之际，皇帝却面带倦意地摆了摆手，向后殿走去。

送金使回国的差事这次落到了呼延庆的头上。呼延庆是名门之后，不缺英雄气概，但是毕竟年轻。当他陪同李善庆等人一同面见完颜阿骨打的时候，金国君主便感到不满起来，宋国竟派这么一个嘴上无毛的年轻人来，带的还是地方级的牒文，分明是没把金国放在眼里。当完颜阿骨打听说李善庆、散都、勃达擅自接受了宋朝的官职，更加怒不可遏，当着呼延庆的面，便要发作。

完颜阿骨打怒道："来人，将这三人吊起来！"

他身边的壮汉随即上前，将李善庆等人摁在地上捆扎起来。李善庆心知闯了大祸，大气不敢喘，散都和勃达还连连发出无用的求饶。三人被剥去了上衣，以一种十分狼狈的姿势被吊到了梁上，像是三头待宰的肉猪。完颜阿骨打大手一挥，几名壮汉便开始用鞭子猛抽起来。三人发出撕心裂肺的吼叫，这叫声越来越惨烈，但完颜阿骨打似乎仍然没有要停手的意思，一直到三人的声音逐渐变弱直至昏死过去，他才示意解开绳子。那三人被放下后便像是三头死猪一般被拖到后殿去了，在地上留下三条深深的血痕。

呼延庆始终站在一旁，看在眼里，心知这也是完颜阿骨打给大宋的警示，但他脸上丝毫未变色。完颜阿骨打见这番大动干戈似乎没能威吓住这位年轻的宋使，索性话锋一转，直接斥责起来："宋国特使此次访金携登州牒文，未免也太不把我女真人放在眼里，这岂是大国该有的礼数?"事实上，呼延庆从心底里也赞同这话，对朝廷这样的安排他也感到疑惑不解，既然皇帝真心实意要与女真人结盟，又为何会如此失礼。不过，在完颜阿骨打的面前，他只好使尽浑身解数为大宋的失礼寻找理由。

"天有不测风云，先前所委派的使者赵有开，临行前不幸去世，朝廷尚来不及更改文书。"呼延庆信口说道，"这权宜之计，也是经过了李大人认可的。正式的外交文书，来日我朝必会补上。"

完颜阿骨打老谋深算，自然不会被这看似轻描淡写的借口给糊弄过去，但却并没有表现出震怒，而是意味深长地说："既然贵国尚知礼节，那我金国也不能失了礼，来人，送宋使去住处歇息，好生款待!"

呼延庆一听这语气，心下暗暗叫苦，这明摆着就是要被软禁了。果然，完颜阿骨打身边的几个侍卫走上前来，生拉硬拽地将宋使"请"出了门外。

八、内忧外患

1. 屈辱外交

赵佶站在案前，正运笔如飞，蔡京前来面圣，只得站在一边，不敢打扰。他专注地在宣纸上勾勒着什么，看起来极为小心翼翼，好像生怕有丝毫差错。蔡京在旁屏息凝神，直到见皇帝搁下了笔，才敢上前一看。

画上描绘了一个听琴的场面，一人正在抚琴，另有三名听者，侧坐在前，凝神静听。蔡京见了此画，由衷赞叹道:“臣初见此画，似听到琴声绕梁，实在是妙!”

皇帝一听，很是高兴，说道:“爱卿真可算是朕的知音了，不但懂得观画，还懂得听画。”

二人便开始口若悬河地聊起琴棋书画，蔡京本欲启奏的消息也被抛到了九霄云外，过了好久才想起要上奏的事:“皇上，臣今日得谍报，金国正意图起兵攻打上京。”

皇帝一听心中一惊，道:“完颜阿骨打的胃口真是不小，依你看,这辽人可还有生路?"

蔡京沉吟道:"辽国恐怕是凶多吉少了……"皇帝向前踱了几步,蔡京也跟了上去,说道:"皇上,若是这上京被攻破,金人可就要吃独食了。"

赵佶当然意识到了这一点,但是金人扣押宋使之事却让他耿耿于怀。呼延庆在金国被软禁了数月,音信全无,金人也没有半点要放人的意思,这让赵佶觉得简直是奇耻大辱,与金国的关系便也就此陷入僵局。

"依臣所见,在这个节骨眼上,不如与金人修好,正好也可要求他们放人。"蔡京说道,而这其实也正是皇帝此刻所想。蔡京深知,迫切收复幽云的皇上,是怎么也不甘将失地拱手让人的。

皇帝说道:"好,既然如此,让王瓌书信斡旋,催促金国放人。"

呼延庆等人在金国滞留了整整半年后,终于被放回,他们出使时还颇有天朝使节的风度,离开时却极为狼狈。因为生怕金国君主反悔,他们只得连夜奔驰,终于离开了这个可怕的地方。这几个月来,呼延庆可算是饱尝艰辛,过着提心吊胆的生活,原本俊俏的脸,迅速地干瘪下去,像是老了十岁。见到王瓌的时候,他激动得差点流出泪来,随行的几人也是惨不忍睹,手脚开裂。更冤的是,朝廷似乎并没有就他们的遭遇责问金人,而是轻描淡写地过去了。此次让金国放人,无非也只是为了缓解与金国的紧张关系,重建海上之盟。

这些事情呼延庆都已看透,回到汴梁面圣的时候,也没有说太多话,只是转交了皇帝最为关心的金人的书信。皇帝接过呼延庆呈上的书信，急切地读了起来。

那信上大致说的是金国与辽国讲和不成，希望宋国一方也勿再向辽国求和。信的结尾，六个大字迅速跳入皇帝的眼中："已起兵攻上京。"这证实了蔡京的谍报，看到这几个字，他便再也坐不住了，不由得站起身来。

一旁的童贯甚是关心信上的内容，便上前将信接了过来。皇帝缓缓说道："金人果然已经出兵攻打辽国上京，如若被他们率先占得幽云之地，再要回来恐怕就难了，到时候，我大宋又将陷于失却屏障的境地。"

童贯看完信，接话道："皇上，完颜阿骨打既然特地将进攻上京的消息告知我方，看来是有意与大宋结盟，不如借此机会与金人协商，合攻辽国，收复幽云。"

皇帝等的就是这句话，立刻说道："好，既然金人诚心结盟，朕也不妨一试。"在一旁的呼延庆等人此时露出忧虑的神色，好像极度担忧这差事再次落到自己的头上。与他们形成鲜明反差的则是站在童贯身后的那个人：赵良嗣。

这回，赵良嗣终于被推倒了台前，这一天他已经等得太久，当年在卢沟桥夜会童贯的时候，他的心里就已经开始了这漫长的准备，只是一直未能得偿所愿，如今，这一夙愿得以实现。金人如今已经是箭在弦上，不得不发，在此紧要关头，大宋能否得以入盟就全看这次的斡旋了。皇帝能将此大任交给赵良嗣，自然是给了童贯面子，但同时也对赵良嗣的外交才干深信不疑。

赵良嗣站在登州口岸，那个赵有开突然暴毙的地方，心里百感交集。他竟还有些感激赵有开，若不是他的死，自己也难以成为这重大历史时刻的主角。与赵良嗣同行的还有忠训郎王瓌，他们一行浮海北上，为大宋要回幽云十六州去做最后的外交努力。赵良嗣在内心暗想，倘若这次能顺利完成任务，太祖、太宗在战场上怎么也夺不回来的地方，自己凭借三寸不烂之舌就拿下了，那可真是功勋卓著、流芳百世了。

在海上就这么漂了半个多月，船终于到了口岸，没想到一登岸他们便被几个女真小卒子给扣下了。情急之下，赵良嗣向女真人解释说自己是宋国派来买马的官吏，这才被放开，那小卒子道："现在要找皇上，恐怕得要去辽国上京了。"说罢，向着南边望了望，好像在用目光为宋人指路。

赵良嗣一愣，没有想到金人的铁蹄竟如此之快，完颜阿骨打竟会御驾亲征，看来金人这次是非要把上京拿下不可了。赵良嗣一行便追随着金人的踪迹寻找完颜阿骨打的驻军处。谁知道金人所向披靡，势如破竹，直接分三路，兵临城下，把那上京围得水泄不通。

就是在这上京城外的青牛山，赵良嗣终于看见了身披战袍的完颜阿骨打。他看起来心情极佳，热情招呼赵良嗣和王瓌，请他们一同见证上京易主。赵良嗣远眺着即将沦陷的上京，心里竟产生一丝悲凉，有那么一刻，他想到，如果被围的是大宋的京城，又将会如何，但他没有敢继续想下去。

上京城中的辽军似乎已经全然丧失了斗志，看着金军如蝗虫般从四面八方涌来，破城的结局已经不可逆转。城墙上的箭零零星星地飘落下来，软而无力。金军挥刀一挡，箭便掉落在地上。完颜阿骨打在自己的帐中观赏着这一切，愉悦地向身边的赵良嗣说道："都说契丹人骁勇善战，遇上我大金国，怎么就成了绵羊?"说罢，哈哈大笑起来，赵良嗣毕竟曾生长在辽国，此刻对辽人产生了一丝恻隐之情，眼见城中的辽人已经丧失了斗志，像是没了根的树木，一碰就倒。

金军开始撞城门，每一声撞击声都如洪钟一般，响彻云霄，辽人在城内束手无策，连城墙上的弓箭手都消失无踪了。城门被撞击出一个缺口，最后迅速裂开，轰然坍塌。金军一拥而入，像是野兽在啃食猎物一般将上京吞噬，没过多久，四个城门均已洞开，金军将领举着守城官吏的首级，出现在了城楼之上。百年辽国的上京就这样易主了，在赵良嗣的眼里，金军的攻城似乎轻而易举，辽国强大善战的形象轰然倒塌。赵良嗣这样想着，但随后又一转念：也许并非辽人太弱，而是因为金人太过强大。他看了眼完颜阿骨打如猿般的身躯，心中的恐惧便立时涌了上来。

看着上京土崩瓦解，完颜阿骨打眉开眼笑，命人取酒来，豪饮了三大碗，然后披褂，准备在将士的簇拥下进入上京。此时，他不知是有意还是无意，将赵良嗣等人忘在了身后。完颜阿骨打率领众人涌下山去，准备接管这块由辽国统治了百余年的土地。

上京会宁城门洞开，金军见完颜阿骨打来了，立刻欢呼雀跃起来，辽国的降将们灰头土脸，也跟在后面喊着。只是因为语言不通，场面显得有些滑稽。金军将领向完颜阿骨打请罪道："末将未能找到耶律延禧，恐怕他已经跑了，请皇上降罪。"

完颜阿骨打手一挥,道:“何罪之有?那耶律延禧听闻我大金前来攻城,必定闻风丧胆,恐怕十天半个月前就逃之夭夭了。”

身边的几个将士一听,纷纷表示要去追击耶律延禧,但完颜阿骨打却道:“不急于这一时,耶律延禧逃不出我们的手掌心。”说罢仰天长笑,无比豪迈。

完颜阿骨打似乎并不急于追击耶律延禧,对于辽国这块肥肉,他要慢慢地享用。当晚他便在上京的宫殿里欢庆起来,而赵良嗣和王瓌等人便被安置在了皇宫附近的会宁府中,这与当初马政父子在金国的待遇如出一辙,一连几天没人搭理。赵良嗣和王瓌都是头一遭面对完颜阿骨打,完全没弄明白状况,还以为完颜阿骨打大战告捷,忙于庆贺,把正事给忘了。事实上,完颜阿骨打对于宋国此次遣使可是极为重视,一连几日与智囊商议。完颜阿骨打虽为金人,对中原文化却是十分景仰,同时,他对宋国这一天朝大国的实力也不敢小视,宋辽之间有百年的盟约,倘若宋国对辽国进行支援,那吞灭辽国的计划恐怕就没有那么容易实现了。所以与宋国结盟是他早就在心里打定了的主意,但在他看来,汉人狡诈无比,与之交往凡事须小心谨慎。他熟读《孙子兵法》,就是为了不要在与宋人的外交上吃亏。但是,完颜阿骨打显然是高估了赵良嗣等人。

宋使在上京会宁府滞留了多日,终于获得召见,入宫面谈。赵良嗣和王瓌心怀忐忑,进入这辽人丢弃的宫殿,面见完颜阿骨打。

完颜阿骨打一开始便搪塞了一番:“大战初捷,忙于整军,有所怠慢,还望见谅。”赵良嗣见金国君主如此有礼,竟有些感动,连忙说了一大堆恭敬的话。

“对于贵国结盟之事，不知大宋皇帝有何新的高见?”完颜阿骨打问道，言语中透露出些微的不满，似乎还是对当初呼延庆带地方文书出使之事耿耿于怀。

赵良嗣此次出使之前，便已经得了皇帝的重要旨意：“与金人合盟攻辽，以燕地归我。”

在完颜阿骨打面前，赵良嗣便将皇帝的话原原本本地说了出来。在听到“以燕地归我”之词时，完颜阿骨打微微皱了皱眉，而后又迅速舒展起来。

完颜阿骨打说道：“如若我大金先攻得燕京一带，也须拱手送给贵国?”他的这个提问，赵良嗣早有准备。从先前金人的态度来看，显然是想“先到先得”，若是不给他们一点好处，要让他们让出这块地，肯定不是一件易事，为此，皇帝早已有所交代。

赵良嗣依照皇帝的意思答道：“燕地归我之后，我国每年付辽国的五十万两岁币，将转赠予贵国，以示长期交好之诚意。”

完颜阿骨打听罢，看了看身边的完颜宗翰，两人对了个眼色，随即完颜宗翰向赵良嗣道：“大宋若是必取燕京一带，那贵国攻下的辽国城池应当归我。”阿忽随声附和道：“不错，如此堪称公道。”

赵良嗣对此也早有准备，对于皇帝而言，取下幽云之地才是重中之重，至于其他城池则无关痛痒，更何况大宋也未必会尽全力攻城拔寨，所以赵良嗣几乎是不假思索地表示同意。完颜阿骨打见宋使没有异议，便命人草拟文书，与赵良嗣共同订立了盟约。

在赵良嗣看来，事情似乎比想象中顺利太多，本以为完颜阿骨打会提出增加岁币的要求,赵良嗣还在心里做好了增加十万两岁币的准备,没想到完颜阿骨打竟然连提都没提,就爽快地签字画押了。此刻在心里暗笑的却不止赵良嗣一人,完颜阿骨打和完颜宗翰等人同样窃喜着,暗中嘲笑赵良嗣的愚蠢。

原来,赵良嗣一心想着"以燕地归我",却一不小心坠入了金人布下的陷阱里。辽国"燕京一带"的范围其实早已不同于五代时期,当年后唐失去的山后之地平州、营州、滦州等地如今已不在"燕地"的范围内,金人可以名正言顺地据为己有。

直到完颜阿骨打命人呈上地图的时候,赵良嗣才意识到这一点,看到完颜阿骨打等人胜券在握的神色,才知道自己上当了,连忙说道:"山后之地自五代时期便属于燕京,理应归我大宋。"

完颜阿骨打自然不会理会赵良嗣的要求,摆了摆手道:"那都是百年前的事情了,辽国的地图上都画得清晰明了,还有什么好多说的?"完颜阿骨打的话像是一记耳光,狠狠地打在赵良嗣的脸上,看着眼前白纸黑字的盟约,他感到天旋地转起来,愣在原地,迈不开步来。

完颜阿骨打说道:"盟约已定,不可更改,我军将往西京追捕耶律延禧,希望大宋能够依约行事,起兵响应。"说罢,完颜阿骨打便起身离开,将宋使远远地留在了身后。

赵良嗣在两百骑兵的护送下回国,正愁着回去怎么交代,却被后方追来的一人一骑阻住了去路。那人极其精壮,一看就是女真人,他坐在马上,对赵良嗣喊道:"宋使请留步,皇上又有要事相商,请跟我来。”赵良嗣不知道这完颜阿骨打葫芦里卖的什么药，但心里却还抱有一丝希望，想再为“取燕地”之事争辩一回，便立刻下令调头，跟着这名骑兵，前往完颜阿骨打最新的驻地。

经过了几天，完颜阿骨打的大军已经从上京转移到阿木火。相比几日前，他的脸上生出了大片凌乱的胡须，粗犷如野人，一看就是做好了要大战一场的准备。见赵良嗣被乖乖地召了回来，他很是高兴，宋使如此温顺，这意味着他可以以居高临下的姿态来面对大宋国的使者。

完颜阿骨打表面上仍然谦恭：“请宋使从几百里外折返，真是有劳诸位了。”

赵良嗣也客气了一番，随后问道：“不知国君还有何吩咐？”

“夹攻西京之事，恐将暂缓。”完颜阿骨打顿了顿道，“西京近日爆发牛疫，保险起见，想与宋使协商再议夹攻日期。”

赵良嗣心里清楚，完颜阿骨打将自己召回，不可能只是为了这么一件小事，必定有更深层的意图。但他仍没有猜透这一点，也不再费心去猜测，仍然一心想着怎么讨回平、营、滦三州，他试图作最后的据理力争：“平、营、滦三州，为中原要塞，对我大宋至关重要，希望国君……”赵良嗣的话说到一半，便被完颜阿骨打的拍桌声打断。这位金国国君一听到这个话题便露出了怒容，向一边的杨朴示意，好像自己已经懒得对此事作出回应。

杨朴走向赵良嗣，说道：“国君已经说得很清楚了，盟约已定，不可违反，还望宋使不要再提讨回平、营、滦三州的事情，以免伤了两国的和气。”金人把话说到了这个份上，赵良嗣只得闭嘴，打消了这个念头。

完颜阿骨打从鼻孔里长长地出了口气，好像在平复自己的情绪，随后说道："双方订立的海上之盟，白纸黑字自是不能再更改，不过有些条款，尚需作补充说明。"

赵良嗣在心里暗骂完颜阿骨打是只奸诈的老狐狸，但也只得连连应声，毕竟人在屋檐下，不得不低头。有了上回的教训，他格外小心翼翼，生怕完颜阿骨打又在言辞之间设下埋伏。而事实上，这回完颜阿骨打关心的只是明确边界，他已经命人用汉文草拟了文书。赵良嗣接过一看，发现上面书写的大致是限定双方的边界，宋军不得逾越松亭关、古北口、榆关之南。有了之前盟约的内容，眼前这几条再合理不过，赵良嗣实在是无从反驳，只得又一次提笔签字。

赵良嗣算是完全定下了皇帝日思夜想的海上之盟，只是出现了意料之外的偏差。他心中惴惴不安地再次踏上了回程之路，想着如何尽最大可能掩盖自己的失误。

过了两个多月。

在汴梁，马政父子依然保持着待命的状态，此前，马政已经被升迁为文州团练使、武显大夫，却始终未被委以重任。这时候，他听闻赵良嗣已经回到汴梁，宫中却并未传出有关海上之盟的任何消息。马扩推测，这赵良嗣恐怕是出了什么岔子，倘若一切顺利的话，朝廷早就该大张旗鼓地宣扬了，总之绝不会是现在的局面。马政抱有同样的疑惑，多次试图打探一点消息，却一无所获。

马扩此时只想着尽快回青州，这汴梁狭窄的街市和局促的楼阁都让他有点闷坏了，偶尔也与刘锜相约去饮酒，但汴梁的酒似乎也不及青、登二州的酒来得美味。马扩不想充当什么使者，而且在他看来，皇帝早已把他们父子遗忘了，不如马上回家。就在这个时候，皇帝的号令却突然到了，让马政父子前往童贯府上。

原来，金使抵达大宋后，赵佶便亲自接待，夜夜设宴，还请他们到大相国寺和太乙宫等处烧香，今日又在童贯府上设宴款待。马政父子赶到的时候，皇帝、童贯和金使已然欢聚一堂，准备开席。马政父子上座后，皇帝便宣布开席。

金国使者撒卢母满面笑容，毕竟在这里受了多日款待，像桌上这些菜式，他在北国是极少有机会见到的，更别提品尝了。这几天，他几乎天天吃着这些人间美味，也看遍了这繁华富足的汴梁，心中对大宋充满了向往。此前他在金国便见过马政父子，立刻便认了出来，举杯道："二位马大人上回来我大金国，实在有所怠慢，失礼失礼！此次前来，我必请求皇上拿出最好的酒菜招待二位。"马扩心想，果然不出所料，皇帝又要派他们父子二人随金使前往金国，又看了看一旁的赵良嗣，他似乎有些灰头土脸，莫非这盟约未能达成？

赵佶向马政道："你们二位此次持国书，随金使同往，商谈约期共举之事。"

马政父子遵命并接过国书，马扩方知海上之盟已经达成，却仍未明白此行的目的，直到此后从赵良嗣和金使的对话中，才隐约知道了大概。原来赵良嗣在与金人订约的时候出了失误，失了平、营、滦三州，而这恰恰是大宋江山得以稳固的关键之地。马扩在心里暗骂赵良嗣糊涂，却也深感金人狡诈——若是换作自己，恐怕也难以识破其中的诡计。

宴后，皇帝和童贯将马政留下，交代出使事宜，由赵良嗣和马扩送金使回去。

马政直到深夜才回府，等候多时的马扩见父亲归来，连忙迎上去，问道："父亲，皇上有何旨意？"马政苦笑道："估计你也猜到了，此次前往女真，无非是让我们再与完颜阿骨打交涉山后之地，此事……恐怕不好办啊。"

"岂止不好办，简直难于登天！"马扩坐下道，"金人给赵良嗣下套，显然是有意为之，如今白纸黑字，又怎么可能推翻？依我看，完颜阿骨打可能连交涉的机会都不会给我们。"

马政道："此事虽然棘手，我们为人臣的也只能全力以赴了。"

九月二十日，马政父子携国书与事目随金使撒卢母离开汴梁，再次踏上了前往金国的路途。此前，皇帝曾遣使赴金，但从未以国书为外交文书，马政父子此番使金的重要程度可想而知。

在汴梁蛰伏了数月，终于被委以重任，马政的脸上挂着些快意，相比之下，马扩却神色凝重，对此次要回山后之地的任务毫无把握。更重要的是，他对于宋廷指望完全依靠金国来夺取幽云的意图感到极其失望。不消说，大宋在结盟之事上已然处于十分被动的地位。在两个月零九天的海上航行中，马扩还隐隐感觉到金人对宋国已经不再有当初对天朝大国的敬仰，反而不时地摆出一副居高临下的姿态。

马政一行人随金使来到了完颜阿骨打在涞流河的居所，先是见到了完颜宗翰，得知完颜阿骨打外出打猎，便随完颜宗翰来到了书斋稍作等候。马政父子在书斋等候之时，发现这位马背上的金国君主竟也开始舞文弄墨，尽管所作书法不敢恭维，但画作却颇有些形态，大多是些雄浑大气的猛兽图。

不久完颜阿骨打打猎归来，见到马政父子，如同见到老友一般高兴，道："二位马大人，好久不见！"马政父子向完颜阿骨打请了安，便随他一同入座。

马政命人向完颜阿骨打呈上国书，道："此为国书，请君主过目。"

完颜阿骨打先前对于宋国使用地方文书之事甚是不满，这时候便不无奚落地说道："大宋皇上这回终于舍得发国书了。"他在案上摊开国书，便翻阅起来。

这国书上所写的内容，正是关于"燕云之地"范围的争辩。再次提及了五代十国时期，平、营、滦等地的归属，并以委婉的言语向金国提出更正海上之盟中关于燕地范围的界定。

完颜阿骨打看到这里，不由得皱起眉头。在他看来，宋人这种反复的交涉，无异于乞讨。这一次，他干脆用强硬的措辞把话说死："请转告大宋皇上，平、滦、营三州不系燕京所管辖，白纸黑字的盟约亦不容儿戏，如若贵国仍一再要求取平、营、滦地区，实在是辱没了大宋天朝大国的威仪。"

马政听完颜阿骨打这么说，便也不敢再言，正如同马扩所预料的那样,完颜阿骨打连斡旋的机会都没给他们。宋使此行的首要任务便就此宣告失败。完颜宗翰见完颜阿骨打面有怒容,便想要暂停会晤,道:“皇上刚打猎归来,宋使也舟车劳顿,不如先去歇息,择日再商议要事。”

马扩连忙接道:“完颜宗翰大人所言甚是。那我等就先退下了。”

待到宋使离开,完颜阿骨打便向完颜宗翰抱怨道:“宋人想要不费一兵一卒就得到整个燕云重地,这如意算盘未免打得也太好了。等到来日我灭了辽国,区区宋国,必让它向我俯首称臣,明日就将这宋使遣返!”

完颜宗翰向来对宋国怀有崇敬之心,见完颜阿骨打对宋国生出了轻视之心,连忙进言道:“皇上,依臣愚见,宋国百年强盛如此,必然有雄厚的兵力,现在恐怕是有所保留,不如让宋使稍留几日,探探虚实。”

完颜阿骨打思忖片刻道:“好,我倒是要好好试一试宋人真正的能耐。”

2. 马扩试身手

两日后,完颜阿骨打率女真各部首领去荒郊“打围”,他特地叫上了年轻的宋使马扩。马扩欣然赴约,他毕竟是个习武之人,对他而言,坐在庙堂谈判,实在不如到野外驰骋来得痛快。

完颜阿骨打围猎的军马排成单行,长达一二十里,颇有点御驾亲征的意思。待到军马形成包围之势,他便树起旗帜,开始围猎。

金人的围猎看似游戏，实则包含了兵家的阵法。完颜阿骨打率先射出一箭，林中野兽仓皇奔逃，顿时乱作一团，四周骑兵便纷纷射箭，而由圈外向内横冲的野兽，则由主将施射。

马扩站在一旁静静地看着，只见围猎的队伍越围越紧，射出的箭雨越来越密，被困其间的野兽，从一开始横冲直撞、奋力抵抗到后来中箭、在原地哀号，只不到一盏茶的工夫，原本充满生命力的兽群就全军覆没了。

一连几日，马扩随完颜阿骨打从涞流河出发一路行了五百多里，这一路上尽是荒原，极少有人居住，金人便在这野外就地围猎，以供食用。金人此行的目的，当然是要试探一下马扩这个宋国武举人有多少能耐。但是这几日，马扩只是作为宾客在一旁参观打围，未曾发过一箭，金人看不透马扩究竟是露怯还是保留实力，便决议要试试他的身手。完颜阿骨打见完颜宗翰与马扩相交甚好，便把这个任务交给了他。

一日，完颜宗翰与马扩并肩而行，便假装随意地说道："马老弟，我素闻宋国重文轻武，文士都是满腹韬略、深谋远虑，相比之下，武将的水准大不如前朝，不知此话是否属实？"

马扩知道这是完颜宗翰刻意所问，当即回答道："大宋绝非重文轻武之邦，只不过和平年代，讲求韬光养晦，我朝的文士当中有许多都是文武双全的精英。"

完颜宗翰听罢，忽然将自己背上的弯弓取下递给马扩，说道："老弟是宋国的武举人，想必射术也是一流，不如露一手让我手下的这些弟兄开开眼。"

“在下的这点三脚猫功夫，就不在这里献丑了。”马扩连忙推辞道，“大宋的武举人考试以文为主，武功的考核只是走过场。”马扩假装露怯，实则是一种策略，他刻意将自己降到一个很低的位置，以便让完颜宗翰相信，大宋人才济济，自己在武功方面只是个小人物。

完颜宗翰当然不会就这么放过马扩，一再坚持请马扩施展一下功夫。马扩便不再推辞，接过完颜宗翰的弓，双腿一夹，驾马冲了出去。飞奔了一段之后，马扩猛拉缰绳，那匹马便前腿离地，像是要腾跃起来。这时，马扩双手脱开缰绳，在半空中做了个拉弓射箭的姿势，极为威武。在一旁的金军将士都忍不住拍手喝彩起来，完颜宗翰由衷喊了声：“好！”尽管马扩只是放了支空箭，但在完颜宗翰这样的行家里手看来，这功夫绝非等闲之辈所能及，在心里暗暗断定：宋人的武功果然不容小觑。

完颜阿骨打远远地看到了这一幕，心底惊叹，但当完颜宗翰向他禀报的时候，他却说道：“光是骑马拉弓摆个花架子算不得什么真本事，射箭还得看准心。下回还需再试一试他。”完颜宗翰心想也对，没准这宋人专练花架子唬唬人，还得找个时机试试马扩的射术如何，否则仍不能估测出宋国武将的真正实力。

与马扩同行之时，完颜宗翰再次假装不经意地说道：“此番打围，还未见马老弟射过一箭，不妨射它一物，让我等开开眼界。”

马扩早就明白了金人邀他打围的真正用意，便又假意推辞起来：“这几日我见贵国军士个个是神射手，故不敢班门弄斧，若论射箭的准度，在下恐怕要自叹不如了。”

完颜宗翰道："马老弟过谦了，我军将士虽然勤于练习，但始终不得要领，白白浪费了不少的箭矢，还请你给他们指教指教。"

马扩道："不敢，且让我射上一箭试试运气。"

完颜宗翰指着雪地上远远地站着的一只鹿，说道："不如就以那麋鹿为靶。"马扩顺着他的手指望去，才算是看见那鹿，那距离须得十分惊人的臂力才可能射中，看来完颜宗翰这回是有意想让他难堪了。

马扩在心中考量一番，感觉只有八成把握，但也来不及想太多，毕竟要示弱是不可能的。于是他奋力张开了弓，几乎是用尽了全身的力气，把完颜宗翰的弯弓拉到了极限，才射出这一箭。那箭离弦后划破了寒冷的空气，直接刺入了那鹿的脖颈，鹿在雪地里摇晃了几下，便倒地不起，白色的雪地上满是鲜血。

金军的队伍里顿时一片喧哗，有些人更是振奋地欢呼起来，马扩听不懂他们在叫嚷什么，便问完颜宗翰。完颜宗翰答道："他们夸你是'神射手'，马老弟果然是宋国英才。"

马扩道："不敢不敢，侥幸而已，论射术我在大宋只可算是三流！"

完颜宗翰惊讶道："看来宋国真是人才济济，令人佩服！"见完颜宗翰信以为真，马扩又继续信口说道："在汴梁，一般习武之人、侍卫官兵、边境地区的弓箭手、保甲才是真正的善射之人，屈屈在下，只不过是个小人物罢了。"

听马扩说得头头是道，完颜宗翰已经深信不疑了，这更加坚定了他最初的想法：大宋雄霸百年，靠的绝不只是运气，而是强大的文化与军事实力。

这时候，完颜阿骨打从远处走来，赞赏地鼓着掌，说道："这一箭射得好，不愧为宋国的武举人。"

完颜阿骨打转向身边的大乌迪，让他去给马扩拿一张弓、一支箭来，对马扩道："马兄弟一同来打围吧，途中如遇猛兽，务请射之。"

马扩谢恩接过弓箭，他知道完颜阿骨打给一个来使佩弓箭，这可算得上是一种嘉奖了。完颜阿骨打这回是由衷地邀请自己加入打围，这一箭无论如何不能射失，而且还得射得漂亮，因为这一箭或可关系到完颜阿骨打对于海上之盟的决断。

行约二里，到了一片林边，众人忽见一黄獐飞速蹿出，而后又高高跃起，众人都举起弓来，跃跃欲试。这时，完颜阿骨打突然高声下令道："各位且慢，马大人是远道而来的客人，这黄獐就归他了，算是我国赠礼。"其他人纷纷放下弓箭，望向马扩。

完颜阿骨打向马扩道："马兄弟，请吧！"

马扩毫不拖沓，道了声"遵命"后便策马驱驰，猛追那黄獐。在马儿跃起之际，马扩猛然引弓射箭，不偏不倚射中目标，那黄獐顷刻之间便倒毙了。

完颜阿骨打大喝一声"好！"，而后一拉马缰绳，向前飞奔，来到马扩的边上。完颜阿骨打从马上下来，扛起那黄獐走向马扩递给他，道："马兄弟，是煮是烤？"

马扩连忙从马上跳下，接过那黄獐，谢恩道："君主是喜欢蒸煮还是烧烤？"

完颜阿骨打哈哈大笑道:“生吃即可。”说罢,取出佩刀猛地割下黄獐的小腿,津津有味地咀嚼起来,而后他又割下另一条小腿递给马扩。

马扩常年生活在边地,过惯了粗粝的生活,但吃生肉还是头一回,看完颜阿骨打嘴边一圈血油混杂之物,不禁生出恶心。但他不敢不接,拔了毛就往嘴里塞,强忍着把这生肉吞咽了下去。完颜阿骨打见状大喜,本以为宋人吃不得生食,未料到马扩竟然吃了下去,这使他对宋人文弱的印象大为改观。

自马扩射完这三箭,完颜阿骨打的心里产生了细微的变化,原本在他心里从未将宋国视作合作伙伴,总觉得海上之盟是宋人想坐收渔利。如今他接纳了完颜宗翰的建议,觉得宋国不可小视,甚至开始考虑让出这山后之地。只是朝中仍有大批重臣反对此事,因而一直悬而未决。

3. 擒方腊

赵佶在汴梁的万岁山里,并非过着全然世外桃源般的生活,毕竟这外患和内忧始终萦绕在心头。外患自然是针对辽、金的,假如这回无法顺利从辽国拿回幽云十六州,他将面临金国更大的威胁,讽刺的是,现在解决这个问题的主动权又恰恰掌握在金国的手里。至于内忧,也是一直不断,最近还有一支农民起义军真正起了势头,而这义军的首领竟然是江南一个小小县城里搞漆园的小生意人。

他将王黼和童贯叫来责问,对这种民间的起义军他们不但没有提早扼杀，反而还让它成了气候，统帅三军的童贯自然是脱不了干系，而身为宰相的王黼未及时禀告，也是难辞其咎。童贯自然也有托辞，说自己近来都在忙于促成海上之盟，一时疏忽大意，才让这种蚁辈有机可乘。

皇帝向童贯道："这种无名小辈一揭竿就能成势，我大宋岂不为外人耻笑？你弄清楚那为首的来头了么？"

童贯忙答道："据臣所知，此人名叫方腊，青溪县人，经营一家漆园。起兵两三月，先后攻占了青州、睦州、歙州、桐庐、富阳、杭州……"

"行了！"皇帝打断道，"朕要知道的是他一个小小的漆匠凭什么能形成一呼百应之势！"这个问题问到了点子上，可是童贯和王黼似乎都有些迟疑，好像都在等着对方先说。

王黼见童贯没有要开口的意思，便只得向皇帝道："据臣所知，这方腊到处宣扬什么摩尼教教义，妖言惑众，想必正是以妖术控制人心，须得请国中大师破解他的妖术，方得解除叛军之患。"

皇帝向来对道教笃信不疑，一听方腊是个魔教头子，便真的琢磨起以正教压邪教的方法来。王黼混淆视听后，又继续口若悬河地说起易经来。这时候，在一旁的童贯终于沉不住气了，打断他道："皇上，这方腊之所以有众多追随者，恐怕与花石纲不无关系。"

花石纲正是直接引起方腊起义的原因，而方腊能一呼百应，也正是由于江南地区民怨累积已久。当时，几乎每户人家都被花石纲扰得不得安生，所以当有人杀牛酹酒、揭竿而起之时，江南百姓便群起响应，才几日工夫，起义军便从千余人增加到十余万人。方腊便立刻称帝，此后一路攻城拔寨，所向披靡，接连攻破好几座城池，若是保持这个势头，不出两个月，大宋江山恐怕就要易主了。

皇帝这时才从自己的太极八卦迷阵中走出来，意识到事态的严重性，必须尽快浇灭这把烈火，便果断向童贯下旨："朕命你为两浙宣抚使，总领三军，务必灭杀叛贼，不留后患。"童贯当即领命。

童贯这时候年事已高，却依然壮心不已，在他的眼里，方腊之流只不过是一批流寇，成不了太大的气候，这次的出征就权当是伐辽前的一次练兵了。不过童贯可不仅仅是一介武夫，他立即向皇帝提出了一个要求："请皇上就花石纲扰民之事下一道罪己诏。"

皇帝听罢，想了想便也答应了："你去替朕拟诏书吧。"

无论是皇帝还是童贯都明白，方腊之所以能统帅十余万人，并势如破竹地攻破数座城池，靠的并不是什么将才，也不是什么明教教义，而是靠民怨。正是因为百姓的心里有着积累已久的怨气，才会拼了命去替方腊打仗。一旦让他们心中的怨气稍稍平息，其战斗力便也就随之下降了，下这道罪己诏，可以说是招釜底抽薪的计谋。

童贯拟的这份诏书中，以皇帝的名义下令解散了应奉局，废除了花石纲，并将朱勔一家罢官，同时允诺，因受方腊蛊惑而加入起义军的民众，若及时放下兵刃，即可赦免罪责。这道罪己诏一颁布，果然立竿见影，方腊的起义军一下子缩水了不少，许多在方腊边上鞍前马后的兄弟，也纷纷离弃起义的队伍，毕竟花石纲的事情已经过去，朱勔也被罢免，再继续过着打打杀杀的日子也没太大意义。

八、内忧外患

朝廷的这一招让方腊一下子乱了阵脚，前一夜，他还在做着改朝换代的美梦，梦见自己的军队攻开汴梁的城门，梦见自己取代赵佶成为天下的新主人，而这美梦居然被一道罪己诏给轻轻松松地瓦解了。

此后，童贯便亲帅十五万兵马南下，包围了青溪县，方腊任命的新知县立刻献城投降，没有做任何的抵抗，并向他们指明了方腊的藏身之处——那是青溪县里云雾密布的一片山谷。

童贯的大军便立刻向那片山谷进发，不久便形成包围之势。这山谷比童贯预想的要大得多，在他的心中，青溪县本就是个小地方，更何况是其中的山谷。但事实上，这片地方大得很，大到可以容得下二十万起义军，方腊和他的军队此刻就藏身其中。山外童贯的十五万大军，对阵山里方腊的二十万起义军，童贯也不敢贸然进攻。一方面，据那知县所言，方腊有二十万人，从数量上便占据了优势；另一方面，这群人对于当地的地形了如指掌，同样是占得了上风。十五万大军都等候着童贯的号令，但童贯却迟迟没有下令进攻。

在童贯大军中，有不少年轻官兵急欲立功，有的干脆偷偷潜入山谷，试图生擒方腊。这其中有个名叫韩世忠的年轻人，在一名内应的带领下，孤身闯入了方腊栖身的洞穴。韩世忠并没有见过方腊，但他见过方腊的画像，所以当他看到方腊的时候，便立刻认了出来。

方腊的身边有着一批护卫，这些人并没有正经习过武，但个个都健硕无比，不好对付。他们一见穿着军服的韩世忠，便一拥而上，举刀向他砍过来。韩世忠身形高大，但却极为敏捷，一下子便退到数丈之外。正当他被围攻的同时，方腊已经准备溜走。韩世忠见状连忙攀上一棵大树，翻身一跃，便翻过了众人，一把勒住了落荒而逃的方腊。既然他挟持住了方腊，其他人便也不再敢上前了。

韩世忠就这样挟持着方腊，得以脱身。方腊知道，一旦落在朝廷的手上，自己必死无疑，于是他开始拼死反抗起来。人被逼到绝路的时候总是力量惊人，方腊奋力挣脱了韩世忠的控制，奔逃而去。韩世忠捡起地上一颗小石子就向方腊掷去，只见方腊一个踉跄便倒在地上，痛苦地扭作一团。

韩世忠慢慢地走去，一把将方腊从地上抓了起来，准备回去领功，想想这生擒方腊的功绩，自己可算是一战成名了。然而就在这时候，韩世忠远远地看到有一群人向他靠近，他还以为那是方腊的余党，不由得摁下自己腰间的佩刀，但仔细一看，原来是自己人，为首的一人正是自己的上司、忠州防御使辛兴宗。韩世忠迫不及待地向他禀报："方腊已经擒到！"

辛兴宗并未给予口头嘉奖，而是大手一挥，让手下几人将方腊从韩世忠手上夺了下来。韩世忠这才意识到，辛兴宗这是要抢夺自己的功劳，无奈对方是自己的上司，只得不发一言地跟在这队人的后面，出了这片山谷。

辛兴宗擒着方腊，将他丢到童贯的面前。童贯见到方腊被擒，顿时大喜道："好！是你擒到他的？"

辛兴宗道："末将费了一番工夫，终于找到这个魔头，当然，我的这班兄弟们功不可没。”

童贯道:“诸位都是我大宋的英雄,我定禀告皇上,让各位加官晋爵。”辛兴宗手下齐声喊“谢童大人”,韩世忠在一旁却一声未出,心有不甘,却又不得不忍气吞声。

方腊的起义之火就这么迅速地被童贯的大军所扑灭,他被一路押解回汴梁。生擒方腊的荣耀,本该属于韩世忠,却算在了辛兴宗的头上,归根结底,这功劳还是他童贯的。令韩世忠感到惊讶的是,方腊真正被装进囚车之后,丝毫没有露出怯意。在童贯的严刑之下,他依然昂首挺立,面不改色,完全一副英雄好汉的模样。不知为何,韩世忠对他倒是产生了几分敬意,而对辛兴宗这类卑劣狡诈之徒,多了几分鄙夷之情。

九、大厦将倾

1. 出兵幽燕

马扩经过两个多月的海上漂泊，又一次从金国返回汴梁。这天，皇帝并没有接见回国的使者，因为这天正好是凌迟方腊的日子，他要亲眼看着这个匪首死去。

在刘锜的带领下，马扩也来到了刑场，正值烈日当空的正午，炫目的阳光让人睁不开眼。方腊被赤裸地捆在桩上，周边围着里三层外三层的人。

"兄弟，这方腊到底是什么人？"马扩低声问身边的刘锜。

刘锜道："大哥在金国待太久了，这方腊是江南的魔头，前日刚刚被擒，送回汴梁。此人在江南妖言惑众，自封为明教教主，可算是罪大恶极，死有余辜。据说他在六州五十二县杀了平民二百万人，所掠妇女逃出者，都是裸体吊死在林中，死尸绵延百余里。"

马扩看了看空地中央的方腊，感觉那瘦骨嶙峋的身形和"魔头”二字似乎相去甚远。所谓“死尸绵延百余里”，马扩也是打心眼里表示怀疑，但他也并未说什么，毕竟成王败寇的铁律向来如此，正与邪的定论从来都是由胜败决定的。凌迟的全过程，方腊始终未吭一声，马扩看着这一切，突然想到，如果大宋哪天落到了任人宰割的地步，是否也能做到像方腊这样，不呻吟不悲鸣?

坐在楼阁之上的童贯看着方腊的肉被一片片割下，却丝毫没有庆功的愉悦感，因为一场真正艰辛的战争即将开始。昨日皇帝已经向他交代了北伐辽国的任务，因而此刻他的心里一点也轻松不起来。两个多月前，马政父子尚在金国之时便已经命信使星夜兼程地送信回国，请皇帝尽快布置联金灭辽的计划。恰逢江南战乱，才耽搁至今，如今方腊被除，皇帝便打算一心去实行计划已久的北伐了。

昨夜皇帝对童贯这样说:“幽云十六州，务必替朕收入囊中。”童贯自然只好允诺，等于是立下了军令状。但他心里比谁都清楚，要指望金人完整地让出幽云十六州是不可能的。大宋的每一个城池，还得靠宋人自己去打下来，而这场硬仗的对手除了辽国之外，还有大宋的所谓“盟友”——金国。

与皇帝一同观赏这场酷刑的人当然还有蔡京，此番将要随童贯一起征辽的另一员大将就是蔡京的儿子蔡攸。蔡攸是个十足的主战派，多年以来一直都是联金灭辽的拥护者，这让蔡京略感担忧，为此他还专门赋了首诗给儿子:“老懒身心不自由，封书寄与泪横流。百年信誓当深念，三伏征途盍少休。目送旌旗如昨梦，心存关塞起新愁。缁衣堂下清风满，早早归来醉一瓯。”所谓“百年信誓当深念”指的自然就是宋辽之间长达百年的澶渊之盟，只此一句就隐约传达出了蔡京对于此次北伐所持的反对态度。

凌迟持续了两个时辰，方腊在饱受折磨之后终于死去，这场冗长的酷刑既宣告了朝廷扑灭农民起义的胜利，又像是为北伐举行的盛大出征仪式。

两日之后，皇帝钦定的河北路与河东路宣抚使以及副使童贯、蔡攸登上崇政殿面圣。皇帝正观赏着歌姬跳舞，左右各有一名美女侍奉着。见童贯和蔡攸来了，便命歌姬退了下去，但一左一右两位相貌出众的侍女却仍在，童贯是太监，对美色不敏感，但蔡攸却忍不住瞟了她们好几眼。

皇帝发现蔡攸的目光，打趣地说道:“爱卿大战当前，还流连美女，该当何罪?”

蔡攸知道皇帝是在调笑，道:“陛下不如将这二位姐姐赏赐给臣，臣保证打个胜仗。”

皇帝答道:“你若是喜欢这二位美娇娘，就先给朕打个大胜仗，到时朕就把她们赐给你。”

蔡攸连忙拜谢，还不忘用眼神将这二位美女尽情地调戏了一番。

童贯在一旁默不作声，全然没有蔡攸那样的乐观。在他看来，这场仗打赢的可能性实在渺茫，大宋将要败给的不是辽国，而是更为强悍的女真人。

这天是四月二十三日，童贯的大军正式出征，以述古殿学士刘韐为行军参谋，保静军节度使种师道为都统制，武泰军承宣使王禀和华州观察使杨可世为副使。此外，童贯将赵良嗣、马扩等人收作幕僚，这二人为海上之盟的促成立下了汗马功劳，而且都是颇有智慧的谋臣，自然要重用。童贯大军的第一站便是进驻高阳关，此地离宋辽边境不远，可算是军事重镇，宋辽两国在此地向来相安无事，大宋也是首次派军驻扎在此，这表示皇帝是铁了心要对辽人展开攻势了。童贯深知辽国是一块极其难啃的骨头，便打定了主意要先礼后兵——最好是不战而屈人之兵，首先便下了一道榜文：

幽燕一方本为吾境，一旦陷没几二百年。比者汉蕃离心，内外变乱，旧主尚在，新君篡攘。哀此良民重罹涂炭，当司遵奉睿旨，统率重兵，已次近边。

奉辞问罪，务在救民，不专杀戮，尔等各宜奋身早图归计。有官者复还旧次，有田者复业如初。若能身率豪杰别立功效，即当优与官职，厚赐金帛；如能以一州一县来归者，即以其州县任之；如有豪杰以燕京来献，不拘军兵百姓，虽未命官便与节度使、给钱十万贯、大宅一区。惟在勉力，同心背虏归汉，永保安荣之乐，契丹诸蕃归顺亦与汉人一等。

已戒将士不得杀戮一夫，傥或昏迷不恭，当议别有措置。应契丹自来一切横敛悉皆除去。虽大兵入界，凡所须粮草及车牛脚价并不令燕人出备，仍免二年税赋。

这榜文中的“不得杀戮一夫”自然是无稽之谈，童贯之意本就是试探一下辽人，榜文一出，未过几日，果然易州、涿州的守将高凤、郭药师率先前来投降。童贯大喜，他知道这郭药师乃是怨军首领，此次居然主动来投，看来辽国的气数已尽，幽云十六州不费吹灰之力就转眼收回其二，剩下的只要如法炮制即可。

童贯将郭药师召入帐中，问道："依郭将军看，余下的城池当如何取得？"

郭药师底气十足，答道："大人不必过于谨慎，大宋未动一兵一卒，易、涿二州已经取得，燕京门户洞开，大可长驱直入。"说罢，郭药师果然向童贯请战，欲尽快立功，为大宋攻城掠地。

童贯听了很是高兴，但转念一想，这郭药师才投奔过来没几日，就让他当主将，即便攻下燕京也似乎有点名不正言不顺的意思，便只让郭药师自带精兵四千，作为助攻。

郭药师深知宋军缺乏纪律，缺乏布阵，便提醒道："大队人马务必严明军纪，随时待命，如果过于涣散，关键时刻容易出岔子。"

童贯点点头，但心里却道：你这降将也敢在这儿指手画脚？

隔日，童、蔡率领大宋十五万大军强攻燕京，郭药师则带四千精兵实施偷袭。他的所部本就是辽国军队，便伪装成被金人打散的辽军，借此混入燕京城。进城后，再与城外的宋军里应外合，一举夺下城池。这本是个绝佳的计谋，但郭药师没料到，本该在城外呼应的宋军却未能按计划抵达，而在一个叫良乡的地方遭到了一万辽军的伏击。这一回，郭药师乱了阵脚，差点被燕京城内的辽人全歼，好不容易才逃了出来。良乡的宋军在以十五比一的情况下竟然丝毫不占优势，被堵在良乡，寸步难行。令童贯和蔡攸完全想不到的是,辽国这只奄奄一息的瘦老虎,竟然还能有如此强大的战斗力。

在此危难之际,郭药师不在营中,蔡攸又从未征战过,童贯找不着人商量,无奈之下,便命人去给完颜阿骨打送了封信,说是邀金国一同夹攻燕京。

完颜阿骨打见信后大笑,对旁边的大臣道:“堂堂的天朝大国居然连区区的燕京都取不下来,这可真是天底下最稀奇的事了!”面对“盟友”的求救,完颜阿骨打也只得命人带了三万兵马前去救援。

燕京城内驻守的辽人早已丧失斗志,听闻如狼似虎的金军要来了,无不闻风丧胆,连忙夺路而逃,留下一座空城。自此,辽国五京全部被完颜阿骨打收入囊中。在良乡堵截宋军的那一万辽军听说燕京已失,也自动溃散。这回,金人可算是不费一兵一卒,就取下重城,顺便也为宋军解了围。经过此战,完颜阿骨打完全看出了宋军的羸弱,即便有声势浩大的几十万兵马,也不过是一推就倒的无根之树,他对于这支所谓“盟军”充满了鄙夷。

由于宋人自己的无能,如今金人意外得了燕京,来日却要交付给宋国,这令完颜阿骨打感到不悦。倘若不谈结盟之事,金国大可以将辽国的疆土尽数收割。

完颜阿骨打还是言而有信之人,他认为,既然有盟约在先,燕京还是应当归还的,但城池不能白给,需要宋人有偿赎买。完颜阿骨打尚未想出一个明确方案,童贯却已经前来讨城。出于盟友之谊,金人放童贯进入燕京。

第七卷　大地裂痕

随着"轰隆"一声巨响,燕京的城门被打开,童贯的兵马鱼贯而入。童贯一进入燕京,眼泪不由得流了出来,这失落了百余年的故土,如今终于算是打下来了,虽然是由金人打下的,但至少它不再归辽人所有了。这城内的一片狼藉也令童贯感叹不已,尽管金人攻下燕京没有怎么动用武力,但得到城池之后,金人却在城内打家劫舍,大开杀戒,此刻遍地的横尸令童贯悲从中来——这些人本来也是大宋遗民啊,如果是大宋军队率先攻下燕京,他们本应该在此夹道欢迎,如今却白白地沦为金人的刀下亡魂。

童贯被引至完颜阿骨打的帐中,见到童贯,阿骨打还算客气,命人为其斟茶赐座,谈及战事,却未提到交付燕京之事,他是特意等童贯先开口。不一会儿,童贯果然耐不住了,便道:"此次收复燕京,金军居功至伟,我定当上奏禀报皇上。"言下之意,是感谢金国替大宋收回了燕京,燕京归属的问题就不必讨论了。完颜阿骨打对童贯的说辞有些不满,但也没有形于色。

完颜阿骨打慢悠悠地说道:"这燕京之地本该由宋军取下,但大宋不愧为礼仪之邦,将城池谦让于我,实在高风亮节……"童贯一听这话,脸色顿时就变了,完颜阿骨打似乎没有要将燕京城交还的意思,不由得着急起来,便直截了当地问:"燕京之地本该归大宋所有,贵国何时交还?"

看到童贯有些急了,完颜阿骨打顺势说道:"童大人少安毋躁,燕京之地宋国丢失已久,百年未能取回,如今被我金国打了下来,那也是耗费了大量的国力,牺牲了无数将士换来的。宋国想不费分文就拿回去,这天底下哪有这等坐收渔利的好事?"

童贯看完颜阿骨打言语有所退让，决定跟他谈谈这笔买卖，便问道："贵国有何条件？请君主明示。"

完颜阿骨打伸出一个指头，说道："一百万缗。"

"什么？"童贯几乎要从原地跳起，"燕京一年的赋税都不足一百万缗，贵国未免也太狮子大开口了！"童贯虽觉得一百万缗要价太高，但也未敢断然拒绝，因为他知道，这燕京之地是必须拿回来的，即使金国开价再高，大宋最后也不得不妥协。

完颜阿骨打笑道："燕京之地一年的赋税是多少，我女真人比谁都清楚。区区一百万缗，不过十之一二罢了。"

事实上，童贯并不了解辽国对燕京的征税，听完颜阿骨打这么一说，不免有些惭愧。他看了看完颜阿骨打脸上那不由分说的神色，只得回应道："既然如此，待我书信禀报皇上，再做定夺。"

早在太祖在位的时候朝廷就琢磨过赎买燕云十六州的事，只是辽人从未开过价，没给这机会，如今金人明码标价了，虽然这价格昂贵，但赵佶立刻就同意了。在他眼里，再多的金钱也比不上收复燕云的丰功伟业。不过，这回皇帝还是颇有微词的——假如童贯能抢先一步拿下燕京，这笔钱完全是可以省下的，但是他又不好立刻惩罚童贯，怕给"收复燕京"这么大的好事抹了黑。于是，宋人就在一片和谐的叫好声中入驻了燕京城。童贯非但没有遭受惩罚，反而还获得了重赏，仿佛燕京城真是他攻下来的一般。

时隔百年之后，宋人首次进驻燕京自然少不了盛大的仪式和排场，赵佶不远千里从汴梁北上到燕京，只为这载入史册的重要时刻。午时，燕京城门大开，完颜阿骨打正式将城池交还给宋国，皇帝和几位重臣一人一骑，鱼贯而入。蔡京称病而未前来，“功臣”童贯和蔡攸紧随其后，再往后是赵良嗣、杨可世等人，马扩也在其中。只是与其他人的愉悦表情不同的是，马扩看起来似乎并不怎么高兴，在他看来，宋人此次北伐实在是丢尽了颜面，无论是对手辽国，还是“盟友”金国，如今恐怕都在对宋人嗤之以鼻了。今后，颜面扫地的宋人如何在这三国鼎立的局面中生存下去，这显然变成了一个很大的难题。马扩看到燕京城内的热闹气氛，总觉得这其中包藏着末日的迹象，炮仗的气味里也似乎掺杂了腐臭的气息。

交接仪式做足了排场，完颜阿骨打也很配合地完成了整个过程，但是他感到宋人这种虚假的胜利看起来十分滑稽可笑，以宋人现在孱弱的身躯，他们占据燕京的日子想必不会太久。

皇帝此时心里还在打另一个主意，他深知从地理位置上来说，云州、燕京、平州自西向东排成一线，如今这三州大宋只要回了燕京，便等于夹在云州和平州之间，若是金人哪天动起武来，两边一夹攻，燕京立马就会再次失去。因此，当务之急是要将云州也拿回来，才能保证未来数十年的长治久安。

在金军撤出燕京之前，赵佶便向完颜阿骨打提出，以与燕京同样的价格赎买云州。完颜阿骨打这回是想也没想就答应了，对他而言，云州的价值不大，仅仅是在与辽国作战时期做屯兵之用。他当即向赵佶表示，待与辽国此战结束，以相同礼节交还云州。完颜阿骨打为人自负，尤其是在此次伐辽之后，更是看清了宋国虚弱的军事实力。在他看来，无论许给宋人多少城池，金国若想取回都不是难事,倒不如现在乘机好好捞一笔,此举遭到了包括他兄弟完颜吴乞买在内的众多勃极烈的强烈反对。赵佶只知君无戏言,既然完颜阿骨打口头答应了交回云州,此事就算是成了,但是他没有想到,交割云州之事就此无疾而终。

2. 空余恨

辽人气数已尽,金军撤离燕京后,完颜阿骨打便直接班师回国,只留下少量的兵马在云州继续与辽国残余势力缠斗。这一路上,他倍感疲倦,倒不是因为战争的缘故,而是在燕京的时候过于沉迷酒色,弄坏了身体。临走时,还不忘抢了许多汉族女子回去,终于身染重病,还没来得及到达金国,就一命归天了。他的弟弟完颜吴乞买继位。据传言,这完颜吴乞买长得和赵匡胤一模一样,以至于当他灭宋之时,民间流传了这么一个说法,说当年赵匡胤的皇位落到了弟弟赵光义的手上,其后世子孙大多落魄,如今宋太祖轮回转世化身为金太宗前来夺回大宋江山。当然这只是民间的传言,不可当真,不过大宋还真就是亡在此人的手里。

完颜吴乞买一继位,便在给宋国的回信中一口拒绝了宋人要回云州的诉求,并详细说明了不归还的理由,指出宋人招降纳叛,违背盟约在先。赵佶本来还巴望派使节前去斡旋,但看到完颜吴乞买的语气如此坚决,理由如此充分,竟然也想不到有什么可以反驳的说辞。要说大宋此次招纳叛亡,也的确是真真切切的事,单是郭药师的归降就已经是人尽皆知的事实了,的确是自己理亏在先。于是,交割云州之事就此陷入僵局。

郭药师投降大宋，获得了丰厚的奖赏，还一路加官晋爵，享尽荣华富贵，这让许多辽国旧将都心生羡慕，开始向往投入宋国的怀抱。但大多人还担心耶律延禧哪天突然杀个回马枪，因此不敢付诸行动，但其中有一个叫张觉的实在是按捺不住了，率先向大宋表明了自己归降的迫切意愿。

张觉乃是平州守将，密谋归宋已久，想那郭药师归宋，那可是献上了城池的，他自然也不能两手空空地去。密谋几月后，他终于在一个月黑风高的夜晚率部起义。

当晚，金国的留守官员阿忽正在营中与两名辽国美女寻欢作乐，正欢畅之际，突然面色煞白，口吐黑血，吓得两名女子连衣服都来不及穿就逃出营帐。待到医官到来，阿忽早已暴毙，死因是他背上的两枚万字镖。这种飞镖镖头涂有剧毒，锋利无比，一枚便可致命，而杀手用了两枚，足见杀人的决心。

善于使用万字镖的人已经不多，名声在外的那位姓叶，名字不详，人称“镖神叶无名”，此人纵横于宋辽两国，无人不知，三年前告别武林，长期居于平州，后来成了张觉的门客。由于叶无名天下闻名，因而冒充镖神的也大有人在，但当医官看清了阿忽身上的伤口，立刻吓得魂飞魄散，那的确是万字镖无疑！整个金营乱作一团，仿佛遭遇了千军万马的伏击一般。不久，张觉的人马杀到，金军虽猛，但群龙无首，寡不敌众，不一会儿就被张觉消灭。

张觉起义的事情没过几个时辰就传到了赵佶的耳朵里，童贯、蔡京等人均是大喜，一旦平州落入大宋的手里，便不用担心燕京遭到金军的两面夹击，没准合平、燕之力，攻下云州也未可知，朝野上下一片欢腾,只等待张觉来降。

但凡在这种时候,必然会有个泼冷水的,果不其然,给事中吴敏就开口说道:“臣以为招纳张觉有些不妥,近日完颜吴乞买以我朝招降纳叛之实为柄,拒绝交付云州,如今我们再度招降,恐怕宋金之盟毁于一旦,必生事端。”

只是这吴敏人微言轻,所奏非但没有让皇帝听进去,反而被蔡京奚落道:“那么依吴大人看,平州就应当拱手让给金人么?”吴敏无言以对,只得悻悻退下。

赵佶当下拟好敕书、诰命、赏赐,交付给招降使臣,令其策马北上,至平州招降张觉。他吩咐好这些事,便准备坐收平州和张觉的人马。

与此同时,金国的新君主完颜吴乞买听说了平州动乱的事,怒不可遏道:“此人好大胆,敢在太岁头上动土,我必让他死无全尸。”当下点了几万兵马杀向平州。

张觉得知宋使到来,立刻远迎,好酒好菜招待,自以为已经完全控制住了平州的局面,拿着皇帝的招降文书喜不自胜。与此同时,金军铁骑正气势汹汹地赶来索命。酒菜还没备齐,金军已杀到。张觉闻知此事,都来不及通知宋使,就从后门牵了匹千里马向燕京逃去。那宋使后知后觉,被前来抢夺平州的金军给劈了,赵佶亲笔书写的招降文书也都悉数落入金军之手。

情势的急转直下,让身在汴梁的赵佶和平州、燕京的宋人都措手不及。他做梦也想不到,平州唾手可得,这原本一片大好的形势,怎么突然就被金军轻易击碎了呢?更感冤屈的是那位招降使,竟就成了刀下亡魂。

燕京城的人们也想不明白，才过了没几天的太平日子，金军怎么就又杀来了呢？此时，张觉正躲藏在燕京府衙之内，他以为到了大宋的领地就安全了，没料到这燕京城门形同虚设，金军很快攻入城内包围了知府衙门，叫嚣着让知府交出张觉。知府过了许久才出来，向金军将士解释道："张觉并未来到燕京城，若有关于此人踪迹的消息，一定禀告贵国……"

为首的金军将领道："我们一路追寻至此，是看着张觉逃窜进燕京的，请知府大人顾全大局，交出这个反贼，以免伤了两国的和气。"

知府见自己的谎言一下子被戳穿，更加慌了。他寻思着，要是不交出张觉，这金军恐怕是要火烧衙门了，但若是交出他，那朝廷那边就不好交代。他突然心生一计，说道："请诸位稍待片刻，我这就去将张觉的首级拿来献上。"

不久，知府又出来了，身旁的大汉手中提着一个血淋淋的人头。那头颅模样极其恐怖，双眼睁着，头发散乱，鼻孔和嘴巴还不住地往外溢着鲜血，一看就是死了没多久，就连金军看到这情形都有点惊呆了。为首的将领接过人头，仔细地看了看，突然好像发现了什么，立刻一脸怒容，将人头向知府掷了过去。知府闪避不及，沾了一脸的血。那将领吼道："知府大人看来是把我们当作愚蠢的豪猪了，拿个替死鬼的头颅来冒充，既然这样，就别怪我们无礼了！"

知府见状，以近乎哀求的语气叫道："慢着！"

事实上,刚才燕京知府已经得到皇帝的命令,尽力营救张觉,但这后面还加了一句:“若金人强攻,舍之。”依此号令,现在已经到了不得已之时,是该交出张觉了。知府一声令下,让人把张觉给带了出来。

张觉骂声不绝,他不明白自己和郭药师同样是归降,为什么命运却如此迥异! 金军将领并没有将张觉带走,而是命人将他推倒在地,然后大手一挥,一群金军就围上去一阵狂砍,顿时鲜血四溅,张觉被剁成肉酱了。金军将领满意地看了看,大声说道:“燕京城里的狗,你们有福了!”角落里还真有几只野狗冲了出来,津津有味地吃起来。

围观者早已经吓得魂不附体,僵在原地,不敢动弹。张觉归降就以这血腥的场景落幕了。

3. 裂痕

经过了张觉事件,宋金两国的裂痕进一步加剧。赵佶听说张觉被杀的恐怖过程,更加视金人为虎狼,而金人则对赵佶彻底失去了信任。在他们看来,这个宋国皇帝简直是个卑鄙无耻的小人,非但公然招降纳叛,还在金军压力下,懦弱无能地将张觉交了出来,可谓是既不仁又不义。只是金人并没有料到,赵佶即将走出更加令人不齿的一步臭棋。

赵佶此时对金国产生了一种巨大的恐惧,他突然意识到将辽国铲除之后,宋金之间就失去了一道屏障,三国鼎立的局面也将土崩瓦解,金国极有可能在灭辽后一路南下,把大宋也给灭了。更何况完颜吴乞买和完颜阿骨打还有所不同，完颜阿骨打对于大宋还有某种程度上的景仰，而完颜吴乞买则没有丝毫的敬畏之心，在他看来，天朝大国的所谓威仪也不过是故作姿态罢了。想到这一层，他找来蔡京父子以及童贯、赵良嗣等人，提出要尽快寻找到逃亡得不知去向的耶律延禧，并助他复国，重新建立起这道宋金之间的坚固屏障。童贯等人听了皇上的这番思虑，感到尤为意外，前不久刚刚联合金人把辽国灭得差不多了，这会儿突然又转而帮助辽国复国对抗金国？这不是搬起石头砸自己的脚么？这不是抽自己耳光么？

蔡京却知道皇帝所想还是有他的道理的，早在蔡攸跟随童贯出征的时候，他就曾经作了一首模棱两可、话里有话的诗，表明自己对于联金灭辽的一丝隐忧。如今皇帝终于也想到这一点，不过恐怕有些晚了——辽国已经奄奄一息，耶律延禧下落不明，生死未卜，就算费尽千辛万苦将他找了回来，恐怕也很难再成什么气候。尽管如此，蔡京还是按惯例附和着皇帝："臣赞同皇上的思虑，相较辽国而言，金国确实更加危险，断不可与之为邻。"

童贯却道："宋金之盟仍在，若是暗助耶律延禧，被金人发现了，那就不仅仅是败盟那么简单的事了，金人甚至可能以此为口实，向我大宋进军！到时候，江山社稷恐怕要岌岌可危了！"

皇帝听了童贯的话，皱了皱眉，事实上，这也是他所担心的，不过他仍觉得找回耶律延禧是一步不得不下的棋。"朕也是不得已才出此下策。如今金人原形毕露，即便我大宋完全按盟约行事，不招降纳叛，最后也恐怕难逃金人的铁蹄。倒不如先发制人，或许还能得以保全。”

“但大宋先是结盟金人攻辽,随后又协助辽国抗金,这未免不合乎……”童贯正说着,突然被蔡京打断。

“童大人,有道是兵不厌诈。我大宋联金在先,无非是利用金人削弱辽国,如今辽国已然成不了什么大气候,燕京等地也已经归复我大宋,而金人又不肯交还其余疆土,此时将耶律延禧重新搬出来,正是最合适的时候。”蔡京继续说道,“一来,金人会感到压力,不敢轻举妄动;二来,耶律延禧对金人恨之入骨,如今又到了穷途末路之际,我方对其施以援手,正是雪中送炭,想必辽人今后也不敢再像往日这般气焰嚣张了。如此设计,可以说是一举两得。”

听到蔡京这么一番论调,皇帝心下大喜,没想到自己的计谋竟然如此高明,当下就做了决定:“童贯,朕命你率部寻找耶律延禧,务必在金人之前将其找来!”童贯只得领命,内心暗暗骂道:可恨的蔡贼,只知在一旁说说风凉话,每次倒霉的、吃力不讨好的却都是我童某人!

带着这种无奈和怨恨,大太监童贯带上皇帝的亲笔招降书,再度憋屈地踏上了新的征程。

完颜吴乞买比他的同胞兄弟完颜阿骨打更为果断好战,还未等童贯找到仓皇逃窜的耶律延禧,他就已经开始向昔日盟友宋国开刀了。此时,他当然还不知道赵佶要招降耶律延禧的意图,只不过他已经等不及要下嘴咬这块来自南方的大肥肉了。他派出完颜宗望和完颜宗翰两员本家的大将,兵分两路南下,欲逼赵佶就招降纳叛之事割地赔偿，更是提出“以黄河为界”，狼子野心顿时暴露无遗。金西路军以完颜宗翰为首，一路向南杀到太原，声势浩大，不过太原守将张孝纯顽强抵抗，拼死阻挡住了完颜宗翰的势头，让他在太原搁浅，久攻不下。

完颜宗望率领的东路军更加势如破竹，直取燕京。是时，燕京的守将正是大宋招降的郭药师。

此时深宫内的赵佶已经坐立不安了，得知张孝纯挡住了金西路军，才稍稍有些缓解，他估计以燕京守将郭药师的作战经验，应当也能抵挡一段时间，等待后方驰援。不料来自燕京的线报却让他彻底傻眼了——郭药师降金了！这对于赵佶而言好似晴天霹雳，他做梦也没想到郭药师竟然是这么一棵毫无原则的墙头草，短短几个月的时间，竟然两易其主。事已至此，再骂小人也没用了，随着燕京的陷落，中山等地也在很短的时间内都被完颜宗望尽数收入囊中，眼看着他就要杀到汴梁了。在南下攻宋的战争中，郭药师显得极为勇猛，亲手将自己的旧主推入了万劫不复的深渊。

赵佶感到自己的龙椅已经开始发烫，倘若再继续这么坐下去，无异于坐以待毙，完颜宗望的铁骑随时都有可能冲开城门，把汴梁屠戮得一干二净。到了这个节骨眼上，什么收复幽云，什么招降耶律延禧，什么万世基业都已经被他抛到九霄云外，现如今对他而言，最重要的事情降格为简简单单的两个字：活命。他立刻就产生了弃城而逃的想法，尽管这事听起来全无颜面，但基于求生的本能，已经完全顾不了那么多了。

赵佶召集群臣，提出要“南巡”，谋求迁都的事宜。他身边的蔡京、童贯等人均表示赞同，因为对他们而言，这似乎已经成了唯一的一条生路，只要不成为汴梁的守将，就能到江南逃命，待到新的都城建立，说不定荣华富贵的日子还能继续下去，童、蔡等人纷纷表示愿随圣驾一同南巡。

十、靖康之耻

1. 赵佶退位

这几日，汴梁百姓们议论纷纷，议论的内容是城内贴满的两份金色的告示，其中一份叫《罪己诏书》：

朕承祖宗恩德，置于士民之上，已经二十余载。虽兢兢业业，仍过失不断，实乃禀赋不高之故。多年来言路壅塞，阿谀充耳，致使奸邪掌权，贪饕得志，贤能之士陷于谗言，缙绅之人遭到流放，朝政紊乱，痼疾日久。而赋敛过重，夺百姓之财，戍徭过重，夺兵士之力，利源酤榷已尽，而谋利者尚肆诛求；诸军衣粮不时，而冗食者坐享富贵。可谓民生潦倒，奢靡成风。灾异屡现，而朕仍不觉悟；民怨载道，朕无从得知。追思过失，悔之何及！

引发人们议论更多的是另一份告示，即赵佶的《退位诏书》，尽管其中尽是空洞的言辞，但因为郑重宣布了他让位于太子赵桓，因而格外引人关注。

太子赵桓就在这生死关头尴尬地继位了。他当然明白，自己是被父皇当成了挡箭牌。他向来不受父皇的待见，得知父皇要禅位给他，当场就大声号泣起来，哭晕了过去。在场的文武百官上前掐人中，好不容易把他给弄醒了，然后强行替他披上龙袍。自古以来以这种方式登基的皇帝，估计他是头一个了。待到混乱的登基仪式完毕，他才冷静下来，恍惚地坐在龙椅上，看着这空空如也的大殿，隐约看见了自己的命运。年号由“宣和”改为“靖康”，意为“日靖四方，永康兆民”。在这节骨眼上，取这么一个年号，与其说是美好的愿望，不如说是自欺欺人，这其中似乎暗含着一种自我嘲弄的意味。

赵桓登基没过几日，太上皇赵佶就带着自己的旧部离开了东京，一路向南。说是“南巡”，他压根就没想过要再回汴梁，把能带的人都带上了，似乎打算在南方东山再起。赵桓送他们到汴梁城门口，看着这一大群人马鱼贯而出，心想，这大概可以算得上是史上最声势浩大的遗弃了，心中的悲凉之情再度涌了上来。

赵佶走后，赵桓左思右想，觉得留下来守城无异于自尽，加上身边的朱皇后、张邦昌等人也不断怂恿他尽快南逃，因此满心只在想逃亡之计，全然没把心思放在如何退敌上。只是太上皇留下的烂摊子也不能说甩手就甩手，只能在上朝之际假意询问群臣退敌之策。

张邦昌很了解皇帝的心意，便道：“禀皇上，金人残暴如兽，连强猛的辽人都被他一举消灭，凭今日汴梁的这点残兵，恐怕根本不是其对手，如若硬战，无异于以卵击石。臣斗胆请陛下效仿太上皇，暂时移驾江南，待来日再重整旗鼓。”张邦昌的话一出口，便有很多人表示赞同，毕竟在这样的时刻，保住性命才最重要。赵桓见群臣与自己不谋而合，便道：“张少宰所言甚是，敌强我弱，退避为妙。”

就在这时候却突然有人站出来，高声反对道：“不妥！”赵桓循声望去，那人便是太常寺卿李纲。此人虽是文官，却有着武将之能，还是个硬骨头，要劝说他这样的人弃城，实在是一件难事。

李纲接着说道：“太上皇禅位，将汴梁托付给皇上，若是皇上拱手将其让给金人，恐怕要被后世冠上不孝的骂名！”

这李纲言辞激烈，却句句在理，令赵桓难以辩驳，只得无奈地问道：“那依卿之见，谁人可担当守将的大任呢？”

“臣认为，张少宰可担大任。”李纲答道。

张邦昌一听，面色大变，他刚才还提出要退避，现在李纲又将他推到守将位置上，这明显就是故意为之。他连忙说道：“皇上，李大人这根本就是在说笑，臣乃一介文士，怎么可能做得了号令兵马的守城将领？”

赵桓也明白，张邦昌守城根本就是无稽之谈，但他突然想到，李纲或许会是个不错的人选。此人文武双全，是一个马扩式的人物，早在十年前，就曾在辽国使节面前展露过高超的射箭本事，只是其后一直未能受到太上皇的重用。赵桓便问道：“朕以为，张少宰乃是能臣，但并非良将，李爱卿倒是有将才，不知是否愿意临危受命，抵御金人?”

事实上，李纲等皇帝这句话等了很久了。他此前郁郁不得志，如今国家遭逢大难，正是他建功立业的大好时机，当下便答应道：“皇上若是将大任托付于臣，臣必定万死不辞!”受到李纲的鼓舞，众臣也纷纷跪地表示忠心，誓与汴梁共存亡，一时间朝堂上被豪情壮志所充斥。

皇帝大受感动，本来还有南逃念头的他脸上现出一丝惭愧，站起身对李纲郑重地说道：“朕封你为尚书右丞、兵部侍郎、东京防御使，抗击金人，固我河山!”

李纲拜谢道：“臣领旨，定不负圣望，驱逐金兵!”

张邦昌在一旁暗自惊叹，多年未受重用的李纲，就在这短短的时间，成了一人之下万人之上的尚书右丞，还手握兵权。但他觉得，即便是这样的英雄，面对金人入侵的大劫难，恐怕也回天乏术。

2. 兵临城下

此时，远在千里之外的真定府，马扩已经被囚禁多时。

他并未高声喊冤，而是静坐着保存体力。在他看来，自己莫名蒙冤，只有两种可能，误会或是被设计陷害。若是前者，那不必申诉，不久真相自会水落石出，而若是被人刻意诬陷的，那即便喊冤叫屈，也无济于事，毕竟这里是人家的地盘，自己在这里基本上就是孤家寡人。

真定府的刘韐和其子刘子羽对于马扩心存疑虑已久，一来是因为他的突然到访，似乎并未受朝廷的委派；二来是因为马扩长期担任使金的要职，比起其他人而言与金人的距离更近，更是有传言称他与完颜阿骨打结为了异姓兄弟。另外，有一日刘韐意外截获了马扩私自派往保州的一名士卒。于是刘韐决定先下手为强，将其抓获，事后，刘韐命其子刘子羽草拟了一份奏折，向朝廷弹劾马扩。

狱中的马扩对于大宋江山的担忧比对自己的性命之忧更甚，据他的估算，此时完颜宗望的东路军恐怕已经杀到了汴梁城外。

马扩的估计没错，完颜宗望此时已经渡过黄河，在岸边一路烧杀掳掠，无恶不作，不久到了汴梁城下，便下令扎营，准备攻城。

降将郭药师试图尽快取信于金国，便提出先行顺汴河漂流入城的方案，却没料到，城内早有防备，河道都已被事先堵住。金军进不得城，还遭到李纲突施冷箭，死伤惨重，只好灰头土脸地败下来。完颜宗望在此扎营，却并未急于攻城，还在等待与完颜宗翰的西路军会合。几日后，北方却突然来报，说完颜宗翰的西路军在太原遭到拼死抵抗，一时无法前进，完颜宗望这才开始布置攻城的事宜。

赵桓见城外的完颜宗望迟迟不攻城，提到嗓子眼的心算是稍稍沉下去了一点，问李纲道："依爱卿看，这金人既不攻城，又不撤兵，葫芦里卖的是什么药?"

"金人的心思，臣也无从知晓，但是完颜宗望一再耽搁，有利于我方。一来为各路勤王军队赶来汴梁驰援争取了时间，二来有助于城内建立更加牢固的布防。"李纲回答道，尽管他也不理解完颜宗望推迟攻城的原因，但是他知道，攻城是随时都会发生的事情，因此不敢有丝毫的松懈。

果然，就在第二日，金人的攻城就开始了。汴梁城十二扇城门紧闭，李纲在心中祈求勤王军尽快赶来驰援，而完颜宗望则盼望西路军尽快赶来会师。见金人攻势猛烈，杀声震天，赵桓吓得六神无主，立刻就想到议和，准备像以前对待辽国那样，给予金国每年一定数额的岁币，以求太平。金人在这时候提出，想要歇战可以，但宋国必须派一位亲王前来交涉，换言之，要皇亲国戚才有资格来做人质。听闻金国提出了条件，赵桓的内心更加倾向于议和了。

李纲自然是第一个反对的，道："陛下，金人狼子野心，即便给他再多的金银财宝，也是喂不饱的，议和实乃下策！只要这几日能顶住金人的猛攻，等到勤王军到来，便可化被动为主动！"

张邦昌却极力主张议和，他附和着皇帝，说道："勤王军再快也快不过金人的铁骑，过几日若是金人的西路军赶到，恐怕连勤王军也难以抵挡！不如与金人言好，重建海上之盟！"

"重建海上之盟"这几个字皇帝很是听得进去，这让他想到了百余年前的澶渊之盟，这使得宋辽两国百余年相安无事，如今若能继续海上之盟，没准也能保宋金两国几十年的太平。张邦昌的这句话就像是最后的一根救命稻草，被他狠狠地抓住了，在心里打定主意，任凭李纲再说什么，他也已经完全听不进去了。他心里想的是，究竟委派哪位亲王前去做人质？他第一个就想到了自己的九弟——康王赵构。此人虽然只有十九岁，却与一般养尊处优的皇子不同，是一位颇具胆识的人物，让他去金营，不至于让金人耻笑，不会让大宋蒙羞。

赵桓在心里决定之后，不顾李纲的反对，转向张邦昌，说道：“张少宰言之有理，如今城门岌岌可危，议和为上策，朕命你与康王共赴金营，与金人谈判。”

张邦昌提出议和，本来就想活命，不料这下竟被皇帝推到台前，还要深入虎穴，他差点没晕厥过去。他还意欲推辞，但心想皇帝连自己的胞弟都送去金营了，还会吝惜他么？当下只好将这倒霉的差事应了下来。

翌日，赵构、张邦昌以及完颜宗望指明要的蔡京、王黼家的女眷二十余人被一同送往金营，皇帝送他们到城门口。

在城门边上，皇帝仿佛听到了城外百姓的哭声。这城墙如此厚实，硬生生将人间和地狱隔开，但它却又这般单薄，好像随时就会被外面的金人洞穿一般。

赵桓不敢再多想，转身对赵构说道：“九弟，朕静候你平安归来。”这话他自己说了都没什么底气，毕竟这就像是将一只羊羔放入老虎笼子，谁都知道，这是九死一生的事。赵构看起来却比他的皇帝哥哥要平静，安慰道：“皇兄放心，臣弟必定不辱使命。”说罢，赵构豪迈地向城门走去，张邦昌踉踉跄跄地跟了上去。

送完赵构和张邦昌出城，赵桓的心里空落落的，送走的这些人中，除了赵构是自己的同胞兄弟外，在蔡京的众多女眷中，还有一位自己的胞妹福金帝姬。貌若天仙的她两年前嫁给了蔡京的儿子，没想到如今竟被狠心的蔡家人留在了汴梁。完颜宗望早就对这位公主垂涎已久，这次趁这么个好机会，就指名要赵桓将她献上。这次前去金营，就算能侥幸保住性命，恐怕节操也不保了。想到这里,他感到无比窝囊,一连几日都郁郁寡欢,开始怀疑议和的决定是否正确。

康王赵构面不改色地地跟着城外的金人一路前行,还不时地安慰身边哆哆嗦嗦的张邦昌和哭哭啼啼的福金帝姬。赵构自己的心里也不好受,将福金帝姬献给完颜宗望,实在是奇耻大辱,但赵构打定主意,绝不能在金人面前露怯,否则,金人的凌虐只会变本加厉。

完颜宗望此时正在营中,两边站着两个汉族女子,在汴梁城外盘踞的这些时日,他过上了帝王般的日子。这时候有人禀告:"大王,宋国的王爷、大臣和美女已经到门外了。"完颜宗望放下酒壶,两眼发光,倒不是因为宋国王爷到了,而是因为他日思夜想的福金帝姬终于来了。

赵构、张邦昌和女人们都被带了上来,尽管被带进来的美女有二十余人,但完颜宗望还是立刻从中辨认出了福金帝姬。出生尊贵的女子身上总是透着一种雍容的气质,完颜宗望立刻被这气质迷住了,直勾勾地盯着福金帝姬。直到身旁的部下提醒,他才转开视线,稍稍收敛,命人将女人们先带下去,只留下康王赵构和张邦昌二人。张邦昌怕得只剩下半条命,眼睛都不敢看向完颜宗望,而赵构则不卑不亢,正视着眼前的完颜宗望。

完颜宗望打量了一番赵构,觉得这小王爷除了年纪之外,和自己想象的全然不一样。眼前这年轻人竟然没有丝毫惧意,好像不知道自己已经成为一个随时可能丢掉性命的人质,反倒像是个武林高手,一副成竹在胸的样子。完颜宗望立刻就怀疑起赵构的真实身份，满面狐疑地问道："你果真就是赵佶的九皇子？"

"正是。"赵构淡然回应道。

完颜宗望绕着赵构缓缓地踱着步，说道："你看起来很有胆识啊，和你那南逃的父皇可完全不同。"

赵构听出完颜宗望话里的嘲讽之意，回应道："看来大王是误会了，我父皇下江南只是每两年例行的巡游罢了，不日便会回到东京城。"赵构一边向完颜宗望扯着谎，一边为父皇的南逃举动感到一丝痛心与悲哀。

对于赵构的身份，完颜宗望仍是不相信，在他看来，宋国的小王爷孤身进入金营，理应吓得屎尿横流才对，眼前这人十有八九是个冒牌货。他甚至有些担心这人会不会是赵桓派来的刺客，想到这里，他吩咐属下将赵构与张邦昌软禁起来，不得外出，便草草结束了和赵构的会面。赵构、张邦昌被带了下去，完颜宗望立刻便直奔自己的营房，实在是太迫不及待地要去见见这位宋国公主了。

就在赵构、张邦昌等人被送入金营后短短三天，城外就传来了勤王抵达汴梁的好消息。赵桓听说这消息后，先是大喜，而后心情又有些复杂：早知道勤王军那么快就来了，又何必将自己的胞弟胞妹和一个忠心耿耿的大臣送去虎穴呢？

不过他心想，这毕竟是个好消息，赶来勤王的兵马有二十万之众，而金兵一共才六万人，看起来敌寡我众，赢面甚大。他的心里又重新燃起了希望，退敌似乎指日可待。他当即召见了前来勤王的大将姚平仲、尚书右丞兼兵部侍郎李纲，共商退敌之策。

姚平仲身长九尺，长着一对精致的剑眉，可惜他体态臃肿，肌肤白似女人，看起来完全没有大将之风。很明显，他将此次进京勤王视作一次千载难逢的良机，假如他能在危亡之际救皇帝于水火，必定将获得高升，不至于像前半辈子那样，只能混在边疆一带。他一入汴梁，立刻迫不及待地向皇帝献计道："微臣建议，夜袭金营，杀他个措手不及，生擒完颜宗望，将金人赶过黄河。"在他看来，二十万大军对阵六万金军，已经是绰绰有余，再加上夜间偷袭，必然稳操胜券。

李纲见皇帝难得有了反击的念头，便立刻表示同意姚平仲的建议："臣赞成姚将军的偷袭之计，有道是兵不厌诈，这回怎么说也该让金人吃点苦头！"

皇帝见姚平仲和李纲这两员大将都如此成竹在胸，又念及身在金营的赵构和福金帝姬，觉得反击的时候到了，当即说道："好，国家社稷的安危就在此殊死一搏了！姚将军，朕命你三日之后，夜半子时，率部偷袭金营，务必活捉完颜宗望。"姚平仲被委以重任，心中甚是激动，立刻跪地叩首，领命谢恩后便退了下去。

就在此时，有一封真定府传来的奏折被送到了皇帝的手上，拟这奏折的是真定府守将刘韐之子刘子羽，内容大致是以"通敌"为名向朝廷弹劾马扩。皇帝见此奏折，大为震惊，他知道马扩与其父马政是促成海上之盟的功臣，也是个难得的文武全才，怎么会在这个节骨眼上降了金人？

李纲见皇帝面露痛惜之色，便问："皇上，这奏折上写的是什么？"

皇帝不言，将奏折递给李纲。李纲接过一看，也是颇为惊讶，但他看完后便眉头微蹙，合上奏折，对皇帝道："皇上，臣与这马扩虽无太多交往，但是素闻此人是个盖世豪杰，说他勾结金人，臣实在不敢相信。况且光凭这奏折中所书的几点所谓'证据'，似乎也难以判定真伪。"

"乱世之中，人心不古啊，这马子充曾多次使金，与金人关系密切，太原遭围之后又并未随童贯一同回京，确实有此嫌疑啊。"

李纲继续劝说道："马扩这样的人才实属罕见，臣认为，在没有确凿证据的情况下，决不能贸然定罪，万一错杀，皇上将大失人心。"

听了李纲的话，赵桓觉得不无道理，当即便回了一封折子给真定府，让刘韐、刘子羽搜寻更多充分的证据，暂缓对马扩的定罪。

3. 偷袭

完颜宗望自从得到了福金帝姬，便窝在自己的营帐中，终日淫乐。金人的体力异于常人，福金帝姬已经被他折磨得不成人形，每日以泪洗面，恨不能撞墙自尽，只可惜这儿是营帐，没有坚固厚实的墙壁。就这么持续了六七个日夜，完颜宗望有些玩腻味了，终于拖着疲惫的身躯从营帐中走出。不过，从宋人那儿得到了甜头的完颜宗望早就已经将攻城的事情抛到九霄云外了，对于宋人正在谋划的突袭也全无知觉。这回，嗅到火药味的是降将郭药师。

自从上回强行攻城失败之后，郭药师就一直被完颜宗望晾在一边，金人好像已经完全忘记了他的存在。这让郭药师有些着急，由于之前的反复无常，他已经很难取信于金人，若是金国这回不能将汴梁拿下，那他可以说是前途未卜，很有可能会受到怀疑。以金人的暴戾个性，拿他当靶子练箭也是可能的，此时的郭药师比任何人都担心宋人的反击，因而他这次打定主意要冒死进谏。他来到完颜宗望面前，说了一大通关于勤王军入京的事，强调对方有二十万之众。

完颜宗望为人自负，不耐烦道："宋人二十万弱兵算什么？就算有百万雄师，也成不了什么大气候！"

"宋人二十万兵马若是与我方正面交锋，自是不足忌惮，但是……"郭药师稍停了停，像是在卖关子，"倘若宋人前来偷袭，那恐怕就难说了。"

完颜宗望一听，觉得倒也不无道理，他知道汉人拼真刀真枪的能力有限，但暗中使计谋却是高手，便问道："依你看，万一宋人偷袭，应当如何破解？"

"我方只要有所防备，暗中在外围安置弓箭手，布下天罗地网，其余一切照旧，等宋人自己上钩，就可以来个瓮中捉鳖。"

"好，此事就交给你去办，务必将这只鳖逮着。"

此后，郭药师便暗中布置，将金营中最好的弓箭手抽调出来，而完颜宗望则依据郭药师的计策，一切照旧，浑浑噩噩地淫乐着。

这天夜里，姚平仲带着大批人马，趁着天黑去偷袭金营。姚平仲派出的探子回来禀报，说金营附近并无异样，完颜宗望疏于防范，正是偷袭的好时机。姚平仲听后大喜，笑道："这女真人果然是有勇无谋之辈。"于是一声令下，一万宋军从暗处突然杀出，直扑金军大营。

姚平仲冲在最前，提着一杆长枪，勇猛无比，金营外的栅栏被整个掀翻，营内却似乎连一个把守的金兵都没有，安静得有些不同寻常。姚平仲并没有看到自己想象中金兵溃逃的景象，事实上，金兵就像是完全没听到宋军的杀声一般，还窝在营中呼呼大睡。姚平仲心中不免一惊，暗道："难道……"直到一道流矢从天而降，刺穿了一个宋军小卒的咽喉，姚平仲才猛然惊醒，声嘶力竭地高喊道："中计啦！快撤退！"宋军顿时阵势大乱，艰难地向后挪移。此时，早就埋伏在营外的金兵现身，把宋军杀了个落花流水。姚平仲骑飞马夺路而逃，好几次差点被流矢击中，幸好命大，一路逃出。可惜他带的一万宋军就没那么好运，大多数死的死，伤的伤，逃出来的没几个。姚平仲心知这回闯下大祸，便也不敢回汴梁，一拉缰绳，一路向东逃离。

这次偷袭的溃败，浇灭了赵桓心头的最后一丝希望，他瘫坐在龙椅上，对李纲道："朕一再主张议和，你们却偏要去摸老虎屁股。这下倒好，一万将士就这么有去无回……金人果然不可战胜。"李纲站在一旁，竟也一时语塞。

这一回，郭药师可算是在金人面前立了大功，完颜宗望给了他丰厚的赏赐。

赵构和张邦昌又一次被带到了完颜宗望的面前，完颜宗望遭到宋人偷袭，心中大为恼火，对赵构嘲讽道："你们宋人看来都是些言而无信的小人，当初假意与金国结盟，背地里却干着招降纳叛的勾当，这回又是假意议和，暗中偷袭。什么天朝大国，我算是彻底认清楚了。”

赵构对此只得保持缄默，而一旁的张邦昌则竭力辩解道：“这次偷袭是勤王军所为，皇上恐怕并不知情啊，还请大王明察。”

完颜宗望将信将疑，就在这时，皇帝的信札就到了。通事接过信札，念了起来。大致是说听闻此次金营被偷袭，大为震惊，此事系勤王军所为，与大宋朝廷毫无干系，希望金国继续推进议和的相关事宜，并承诺将献上太原等三座城池。信中还请求金国放回赵构和张邦昌。皇帝诚恳的态度让完颜宗望怒火暂消，当即便回了封信，表示愿意继续推进议和，请宋国尽快交割承诺的土地，对于释放人质一事，完颜宗望并未完全应允，但他提出让皇帝另选一名王爷，来换回赵构和张邦昌。

不日，肃王赵枢被皇帝送进了金营，赵构和张邦昌终于获释。赵构自进入金营以来，一副大义凛然的样子，让完颜宗望始终对他的身份存疑，而这恰恰让他得以死里逃生。

张邦昌终于回到了汴梁，一见皇帝，激动得涕泪交加，毕竟刚从鬼门关走了一遭，内心久久难以平复。皇帝迎回自己的九弟，也是欢喜不已，迫不及待地要在群臣面前宣布封赏：“康王赵构，护国有功，封安国王、定武军节度使。封张邦昌为太宰。”赵构与张邦昌双双叩头谢恩。赵构此时忽然发现，一直以来主战的李纲并未出现在朝堂之上，本想询问皇帝，但是转而一想，如今议和的气候已经占主导，主战的李纲被拉下台也是必然的。

事实上，姚平仲偷袭失败的当日，皇帝就已撤了李纲的一切职务。李纲的下台，意味着皇帝已经完全放弃了与金人为敌的念头。这一点，让十九岁的康王赵构担心起来：与金人议和，带来的究竟是和平，还是更加难以挽回的灭顶之灾？

李纲主战，名声在外，若是继续重用，又将使完颜宗望对宋人议和的诚意产生疑问。赵构尽管心存担忧，却并未向皇帝提议恢复李纲的官职。但李纲的下台却引发了太学生的不满。他们聚集在宣德门外，抗议皇帝割地议和的软弱行径，这让朝廷头痛不已。尤其是其中有个叫秦桧的，更是撰长文上书皇帝，详细论述了太原、中山、河间三镇在地理位置上的重要性，并断言割让三镇，汴梁必将不保。

读完后大怒，赵桓口中骂道："简直一派胡言，耸人听闻！"但心里却也不免开始自我怀疑起来，担心一个不小心就成了大宋江山的千古罪人，只是事已至此，他也已经没有退路了，即便是错，也只能将错就错。他想道：这次议和无论如何也不能背盟，人无信则不立，国家也是如此。

但令赵桓没有想到的是，这次率先将和议条约撕毁的却是金人。

东路军的完颜宗望与大宋议和了，但是西路军首领完颜宗翰却并不买账，自从在太原城吃了瘪，他的心里就一直有一团怒火。眼看着完颜宗望在汴梁捞到不少好处，他也坐不住了，想要分一杯羹，便离开了久攻不下的太原，一连攻下了山西的数座城池。

向来温顺的皇帝这回被金人的行为激怒了，没有想到这张和议条约才签订了没几日，就已经成为一张废纸。他下诏固守三镇，保卫疆土。同时,为了平息汴梁的动乱,他又恢复了李纲的官职。

李纲赋闲半月突然被召回朝堂之上,喜不自胜,皇帝热情迎接他,还不忘为撤销他的职务而辩白:“这几日可委屈爱卿了,为了让金人答应议和休战,只好用了权宜之计。”

李纲答道:“臣听闻黄河以北又起烽烟,还望陛下抗争到底,化被动为主动,早日布防,以防金人杀个回马枪!”

赵桓手中有了二十万勤王兵,胆子也壮了不少,说道:“好,朕决不再让金人踏过黄河!”

他说不让金人踏过黄河,言下之意是黄河以北的那些土地恐怕是鞭长莫及了,大宋的版图一下子缩水了不少。但他明白,能保住黄河以南的土地就已经很不错了,至于太上皇收复幽云的念头,根本就是痴人说梦。等到黄河以北被金人抢去,汴梁就成了大宋的边城,都城南迁的事情就得提上日程,如今太上皇还在“南巡”,会不会是打算在那里重整旗鼓?这事就成了赵桓的一个心病,便和李纲商量道:“如今汴梁战火暂歇,朕欲迎回太上皇,共商未来迁都之计。朕已经给太上皇发了手诏,让他老人家放心回城。这次得请爱卿替朕跑一趟,将太上皇接回来。”

“臣遵旨,定当保太上皇一路周全。”李纲道。

金人毁约之后,赵桓从各地调兵遣将,力保太原、中山、河间三镇。

这天真定府的守将刘韐也接到了圣旨,让刘氏父子率军前去太原府增援，并强调“太原为军事重镇，务必火速驰援”。带兵去太原，就意味着真定府没了保障，刘韐的心里一百个不愿意，但是圣旨大如天，刘韐只得遵从，便和刘子羽一同连夜带兵出城，城内只安排了少数布防，形同虚设。

真定离太原只有几天的路程，刘韐父子深夜起程，向太原进发。

太原守将张孝纯仍在死守，让完颜宗翰恨得咬牙切齿。这时候，他的儿子完颜斜保前来献计，此时的完颜斜保未满二十，在他父王眼里，还是个黄口小儿。完颜斜保略有些神秘地说道：“父王，孩儿认为，这太原久攻不下，原因在于张孝纯这个老家伙，只要杀了张孝纯，太原府群龙无首，必然大乱。”

完颜宗翰觉得这根本就是句废话，张孝纯是自己的眼中钉、肉中刺，恨不得立刻拔之而后快，如果真的有杀他的办法，何必像现在这么苦恼呢？但听得完颜斜保接着说道：“父王可记得阿忽？”

“就是去年在平州丢了性命的那个？”完颜宗翰问道。

“正是。”完颜斜保继续说道，“当日平州的戒备可谓森严，但是叛将张觉却派人神不知鬼不觉地潜入，将阿忽给杀了。”

完颜宗翰对此事也有所耳闻，但是对具体细节也没有深究，这回听完颜斜保说来，倒觉得此事有些神奇。他也明白了完颜斜保的意思，便问道：“阿忽是被何人所杀？”

“那刺客乃是中原武林令人闻风丧胆的镖神叶无名。”完颜斜保答道。

完颜宗翰对于中原武林一无所知，更是对“剑神”“刀魔”之类的江湖名号嗤之以鼻。况且，宋国要是真有这样的高手，何至于像现在这样节节败退？当即说道："此类人物，恐怕是民间以讹传讹罢了。"

完颜斜保连忙道："不，不，确有其人，而且此人眼下就在孩儿的门下。"

"不会是个江湖骗子吧？"完颜宗翰狐疑道，"况且，他应该是个宋人吧，怎么可能为我们金国效力呢？"

"父王有所不知，江湖中人，只认江湖规矩，心中没有家国。我们只消给足银两，便可让他潜入太原府，除掉张孝纯。到时候，再要攻下城池也就不难了。"完颜斜保答道。

完颜宗翰问道："当真如此的话倒不妨一试，此人开价多少？"

"十万缗。"完颜斜保补充道，"依他的规矩，不议价，先杀人，后给钱，而且此人一年只干一票买卖。"

完颜宗翰听后思虑了片刻，心想十万缗是个天价，但若能因此换得太原府，倒也是值得的。何况对方是先杀人，后给钱，到事成之后给他五万缗将他打发走也就行了。于是应允下来："好，十万缗就十万缗，三日之内，让他把张孝纯的首级给我拿来！"

十一、倾　覆

1. 太上皇归来

赵佶在李纲的陪同下返回了汴梁，一路上看见城外狼藉的景象，内心倍感萧索，恍如隔世。这些日子，他在江南的日子也不好过，眼里看到的是江南的美景，心里却惦记着汴梁城里的一草一木、一砖一瓦，还有那些无辜的百姓。他越想越觉得自己罪不可恕，在江南的这些日子活得像行尸走肉。当他收到赵桓的诏书时，才突然感到如释重负。他心知金人退兵只是暂时，日后定会杀回东京，但他打定主意，要与汴梁共存亡，以弥补自己这大半辈子所犯下的错误。

蔡京、童贯、高俅、梁师成等人内心不愿意回汴梁，知道回去就是死路一条，纵使金兵撤退，永世不再来犯，这江山也已经易主，上至皇帝赵桓，下至黎民百姓，恐怕都不会给他们活路。无奈赵佶回汴梁的心意已决，他们这些追随了二三十年的老臣也只得继续追随太上皇。

十一、倾　覆

赵桓摆开宴席迎接太上皇，父子得以重聚，但席上的气氛却十分奇怪。一边是台上的歌姬舞姬竭力营造出热闹欢腾的景象，一边却是席上的太上皇与他的老臣们一脸凝重的表情。经过了金人入侵的洗礼，赵桓明显比过去老练得多，他向太上皇询问了这次出巡江南的所见所闻，并热情地招呼童贯、蔡京等人饮酒吃菜。赵佶看着儿子，短短几个月变得越来越有帝王之相，他的心里百感交集，既有欣慰，又包含了那么一丝恐惧。他隐隐觉得，自己这个太上皇不可能当得安稳了。

几杯酒下肚，赵佶逐渐轻松下来，他斟了一杯酒，递给赵桓，说道："皇上，我们父子俩来喝上一杯！"说罢他一饮而尽，赵桓接过酒杯，脸上却现出迟疑之色，先是看了看李纲，又看了看张邦昌。场面突然变得尴尬，赵佶看出了儿子心里的顾虑，心中一阵悲凉，问道："皇上为何不饮？"

"朕觉得有些头晕，不便多饮，请父皇恕罪。"赵桓起身答道。

赵佶的双眼此时竟有些湿润，颤抖着声音说道："皇上难道是担心这酒里有毒？"面对质问，赵桓并未回答，相当于是默认了。赵佶痛彻心扉，站起身来，老泪纵横。

"来人呐，扶太上皇到龙德宫歇息。"两个体型健硕的太监立刻从一旁跃出，一人一边"扶"住了太上皇，就往外边抬去。

太上皇的老臣们面面相觑，知道太上皇这下是被软禁起来了。年迈的蔡京、童贯自知气数已尽，面上带着惨淡的笑容，二人自斟自酌，对饮起来。

童贯低声道："丞相，你我也算是殊途同归了。"蔡京再饮一杯，说道:“老夫早料到有此晚景,只希望皇上能给我们个痛快。”说罢二人大笑起来,坐在一旁的高俅、梁师成等人心里发毛。

蔡京父子回到相府,见留守家中的女人们所剩无几,而家中的丫鬟和家丁也都不知去向,值钱的东西都已经被洗劫一空。蔡京见到这样的场面,瘫坐在自己的太师椅上,蔡攸端来杯茶,劝道:“爹爹莫要太过伤心,家眷没了可以再找。只要往后我们好好为皇上效力,定能重振家业!”

蔡京看着儿子,心想,他可真是个稚气未脱的孩子,总把事情想得太过简单,上回跟童贯去伐辽的时候也天真地以为稳操胜券。如今,皇帝的刀已经悬在头顶上,居然还说着“重振家业”这样的傻话。

父子二人在自己家中度过了最后一晚,第二天早上,便得到朝廷的圣旨,被贬官到潭州,即日起程,相府收归朝廷。蔡京跪地领旨,没有想到皇帝还会饶自己一命,不由得感激涕零。

事实上,这天早晨,皇帝连下了十余道圣旨,将蔡京、童贯、王黼、梁师成、李彦、朱勔等人悉数贬官发配到各地。此外与“海上之盟”相关的赵良嗣等人也未能幸免,而同样作为“海上之盟”功臣之一的马扩,由于此时仍被困于真定府的大牢之中,反而得以逃过一劫。

2. 重镇失守

太原府仍在完颜宗翰的重重包围之中,双方陷于僵持。这天半夜,金兵突然发动一阵猛攻,这样的夜袭之前也有过好几次,但都被张孝纯给挡了回去。守夜的将士见金兵又来突袭，立刻上报。副将连忙去请张孝纯出马，可是今晚他的门却怎么也敲不开。副将只得叫了几个小卒将门踹开，眼前的情景却让他惊呆了。只见张孝纯伏倒在地，双脚朝着窗户，身下是一摊深色的血，不停向外蔓延开来。副将慌忙上前，欲将张孝纯翻过身来探探鼻息，随后惊恐地发现，他的头颅已不知去向，背上插了两枚万字镖！

没了张孝纯，太原城就像是一个被剜去双目的人，陷入一片混乱，守城的士兵失去指挥，立刻在强大的金兵面前崩溃。完颜宗翰杀红了眼，开始了他期待已久的屠戮。等到黎明时分，太原已经彻底失守，这个消息即刻不胫而走。

完颜宗翰大喜，入住太原府衙。他没有想到，这镖神叶无名还真是个活神仙，竟真的能像幽灵般潜入，神不知鬼不觉地将人的性命夺了去。他当下便让完颜斜保将叶无名请到府上，奉上事先承诺的十万缗。

叶无名来见完颜宗翰，并不跪拜，只是在接过酬劳的时候说了声“多谢”。

完颜宗翰说道：“叶大侠的本事，本王是领教了，阁下若是愿意，可以在我军担任军师一职，日后待我金人入主大宋，荣华富贵必定享之不尽……”完颜斜保在一旁使眼色，暗示完颜宗翰不要再继续说下去。

果然，叶无名只是冷冷地道了声“不必了”，便提着这一大箱钱币转身向门外走去。

把门的小卒立刻将他拦住，身后的完颜宗翰还不死心，说道：

“大侠稍待片刻何妨?”叶无名一侧身,便从两个小卒之间闪了出去,然后头也不回地向府衙门外走去。

完颜宗翰不再强留,心下暗自惊叹:中原大地竟有如此精妙的武学,假如这样的奇人能被宋廷招揽到门下,那恐怕百万精兵都无可奈何。

刘韐父子在半路上突然得到太原失守的消息,便打算调头回真定府。不料朝廷的信使送来急报,命他们赶赴汴梁驻守都城。真定府改由安抚使李邈镇守。刘韐怒火中烧,却也只得向汴梁赶去。

赵桓之所以急着将各路兵马召回汴梁布防,是因为三镇既失,唇亡齿寒,汴梁恐怕又将遭到金人的围攻。这天,赵桓来到龙德宫,看望太上皇,这是太上皇回汴梁后,他第一次去龙德宫探望。

刚踏入龙德宫,就远远看到太上皇正在舞文弄墨,像个自得其乐的隐士。太监在宫门外喊了声“皇上驾到”,他才抬起头来,搁下笔,出门迎接。

“拜见父皇。”赵桓还是显得十分恭敬。

赵佶见儿子来了,面露欢喜之色,亲切地引他进屋,拿出自己的画作给他看。赵桓对于书画并无太多兴趣,但还是赞赏道:“父皇的书画自成一家,必为后世传扬。”听了这句夸奖,他笑逐颜开。

“父皇在龙德宫住得还习惯么?”

“习惯,这龙德宫虽小,但却尤其清静。”赵佶说的是真心话,尽管这个地方远远不及万岁山风景秀丽,但是在如今这战火纷飞的日子里，能有这么一个安静的地方，他已经感到很满足了，若能就在此安顿终老，倒也不失为一件幸事。

这时，赵桓的一句话却将他从安乐的迷梦中拽了回来："父皇，近日太原失守，金人再犯汴梁的日子恐怕也不远了。"

赵佶心底一震，"金人"这两个字对他而言就是个梦魇。尽管在回汴梁之前他就想到金人再来攻城的可能，但是没想到会那么快。他知道赵桓心里责怪他，若不是自己当初非要搞什么联金灭辽，大宋江山也不会陷入这样的危险，一时不知说什么好，只能问道："皇上眼下可有退敌之策?"

赵桓摇了摇头道："眼下只得召回各城守将，若能保住黄河以南的土地，便已经是万幸了。"以黄河为界分割土地，本来是金人第一次南侵时所提的条件，而如今，却成了所能期盼的最好结果。金人的胃口越来越大，恨不能整个地吞并大宋。尽管赵桓没有明说，但他的每一句话都像是一种责难，都像是一柄锋利的匕首，向赵佶的心头刺去。

没过多久，赵桓起身离开，赵佶恭送到龙德宫的门口，待回到案边，想要继续完成那幅画，却怎么也下不了笔了。

完颜宗翰刚攻破了太原，完颜宗望也没闲着，直奔真定府而去。自从刘韐父子被朝廷召回汴梁，真定府便由李邈驻守。此人和太原守将张孝纯一样，是个悍将，利用地形的天然屏障，硬是带着真定府留守兵将抵抗了近一个月，但最终还是被金人破城。此时的马扩仍然被关押在真定府的大牢内，这段日子局势大乱，加上刘韐父子又已离开,他早就被衙门的人给遗忘了。直到金人破城的当日,马扩才知道太原、真定已经失守。

那日,真定府大牢的狱卒慌里慌张地冲进来,把牢门一个个打开,囚犯们不知缘由,还以为皇帝开恩,大赦天下,一时欢呼雀跃。

马扩出了牢门,拉住一个狱卒就问:“无端释放所有囚犯,是何缘故?”

那狱卒答道:“金军破城啦,赶紧逃命去吧。”

马扩心里一凉,才知道真定府不保,痛心疾首。当初他来到真定,本就是为了协助刘韐父子守城,没想到蒙受不白之冤进了监狱,到头来也只能眼睁睁地看着真定被金人夺去,自己却毫无办法。

马扩随着人潮,出了真定府大牢。只看到远处的金军在与残余的宋军交战,羸弱的宋军又岂是金军的对手?一个个被砍倒在地,情状凄惨。

站在正午的烈日下,马扩一阵眩晕,感到极为茫然,不知该何去何从。又看到金军的屠刀伸向无辜百姓,一个金军抢过一名少女便要扛走,还一刀砍死了她的母亲。马扩终于按捺不住内心的怒火,冲上前去,将刀夺了过来,随后将他砍倒在地。几个金军见突然有人反抗,纷纷扑上前去,欲制服马扩。却不料马扩运刀如飞,又“嚓嚓”砍落两个金军的脑袋。他的眼中布满血丝,一时杀红了眼,让高大壮实的金军都望而生畏,有金军叫道:“这人疯了!快把他的刀夺下来!”

附近的金军都聚集起来，围攻马扩，在乱刀之下，马扩早已经顾不得什么招式，一阵狂砍，直到后背挨了一刀，终于眼前一黑，晕厥过去。

3. 赵桓除六贼

童贯失去了往日的威风，一路向自己的被贬之地行去。前些天在赶路的途中，他在一家饭馆里听说蔡京被贬官潭州后没几天就因病亡故，连忙拉住那店小二追问消息的真假。

那店小二回答道："千真万确！听说是做着梦死的，这可便宜了那老贼，这种人就该被乱刀砍死。"童贯听到这诅咒之声，心里瘆得慌，面上露出了忧惧之色。

那店小二继续说道："这位老爷您心肠好，还同情这种祸害。依我看，这六贼不死，百姓就没好日子过。童贯这老贼，恐怕也没几天活头了。"

这话虽是出自一个店小二之口，于童贯而言却像是听到了丧钟一般，耳边一阵嗡嗡作响。这天之后，童贯的心里竟开始感到一丝庆幸，毕竟皇帝并没有要他的性命，这已经是仁至义尽了。如今只求江山社稷能够保住，自己也可当个小官，种种地，安度晚年。

童贯一行人行至南雄州，将近傍晚，突然风雨大作，他们便在一棵树下躲雨。这野外荒凉之至，没有人烟，更找不到可以投宿的地方。忽见远处有一群头戴草笠的人缓步走来，童贯一看，共有十人，心里不免一惊：这些人看起来绝非善类，莫非是山贼？

那群人越来越逼近，终于在童贯的马旁站住。为首的一人下了个短促的命令“上”,后边的几人便一拥而上,奔童贯而去。童贯连忙喊道:“几位好汉,刀下留情!若是要金银财宝和女人,拿去便是!勿伤性命!”

为首那人笑道:“童大人,莫非将我们当成山贼了?”

童贯听了这话,倒吸了一口凉气,他本想舍财保命,但这群人难道不为财?这时,他定睛看了看那人手中的剑柄,才明白那群草笠客根本就是皇帝派来追杀他的人!童贯意识到这一点,便知自己就算是有九条命也躲不过去了。他凄然道:“阁下原来是皇上派来的,失敬失敬。”他站起身来,步履沉重地踏进了雨水浸透的泥泞之地,来到那群草笠客的中间,说道,“皇上要来拿命,做臣子的自然没有二话,不过还请高抬贵手,饶了其他人吧。”

为首的草笠客点点头。

雨势越来越大,童贯“扑通”一声跪倒在地,向着汴梁的方向号泣道:“皇上啊,老臣先走一步了!”说罢,磕了三个头,刚磕完这第三个头,身旁的一人手起刀落,将童贯的首级砍了下来。随行的一群女人哀号着,有的索性昏了过去。草笠客提起童贯的头颅,装进一个做工精致的箱子里,便带着手下几人沿原路离开了,将童贯的家眷们留在了身后。

4. 郭京的六甲神兵

这些日子,赵桓连下了十几道密杀令,将赵良嗣、梁师成、王黼等人的头颅悉数带回,至于六贼之首蔡京,在一个月前就病死了,得以保留全尸。其实,赵桓从一开始就没有想要饶他们的命,先将他们贬斥只是为了消释他们在汴梁的残余势力。赵桓继位之初面临内忧外患,如今六贼既除,内忧基本得以解决,便可一门心思去解决外患了。三镇失守,金人果然很快就向汴梁进军。这回,金人的实力更为强大,集合了完颜宗望的东路军和完颜宗翰的西路军,比第一次包围汴梁时来势更猛。

尽管赵桓已经未雨绸缪,召回了各地的良将,却仍然自知不是金人的对手。朝廷之中,主战派与主和派又一次展开了激烈的争辩。他只觉历史在不断重演,坐在龙椅上,一阵麻木。究竟是战还是和? 选择应战,最后的结果是败退、亡国。选择议和,金人也只会像上次那样休战一阵子,最后还是免不了亡国。成为被后世耻笑的亡国之君——似乎这就是他赵桓无法摆脱的宿命。

危难之际,赵桓不得不将老将军种师道请回来,种师道得到号令,拖着病躯硬是回到了汴梁,但就此卧床不起。赵桓召来最好的太医为他治疗,最终也没能挽回老将的性命。在临死之前,种师道说出了与他这一生的英雄气概相反的遗言,他奉劝皇帝迁都,不要与金人硬碰硬,留得青山在,不怕没柴烧。

退避,本来应该符合皇帝懦弱的性格,但这次他出人意料地违背了种师道的遗言,表示要死守江山社稷。

同知枢密院事孙傅这时候进言道:“皇上,微臣有一计,或可助我军战胜金人。”

张邦昌知道孙傅这人平日里总说些疯话,一听他这话,眉头便微微有些收紧。但皇帝这时候却真正“广开言路”,示意孙傅继续往下说。

孙傅道:“皇上,当日金兵破我太原,用的是一招釜底抽薪,杀我守城将领。那杀手乃是我宋人,人称‘镖神’。依臣之见,我们得效法完颜宗望,在汴梁广招民间奇能异士。”

皇帝一想,觉得这倒也不无道理,没准真正的天兵天将还真的就卧藏在汴梁城内,便命孙傅草拟一份“英雄帖”,在大街小巷都贴上一遍。

几日后,孙傅还真就从民间挑选出一位江湖术士。

“此人名叫郭京,有通鬼神的本领。”孙傅说得是眉飞色舞,神乎其神,好像一下子把皇帝从金人攻城的紧迫情形中拽了出来,开始饶有兴致地听一个民间异人的传奇故事。

听完孙傅的一番描绘,皇帝迫不及待想见见这位异人,便对孙傅说道:“耳听为虚,眼见为实,你去将这位郭先生请来,让朕亲眼见见。”

孙傅大喜,道:“遵旨,明日我便将郭京带到朝堂之上!”

马扩再次醒来,已经是几日后的事情了。此刻的他正身处一间简陋的草屋之中,头上、身上敷着药,他想起那日与金兵搏杀时的情景,必定是当时负了重伤,被某位好心人给救了。但是,他仍心存疑虑,普通百姓是如何将他从金兵的重重包围中救出来的?看来救自己的人绝非等闲之辈。

这时候,茅屋的门缓缓被推开,一个身影缓缓进来,马扩被门外的光刺到眼睛,好一会儿才恢复过来。他定睛一看,进门的竟然是商姑娘,只见她身穿一袭紫衣,手中端着个药碗。她来到马扩边上，喜道："你终于醒啦。"

马扩还以为自己在做梦，张开嘴含含糊糊地说道："你是，商姑娘？"

商姑娘笑道："马大哥原来还认得我，正是民女商无痕。"

"是你从金人手中把我给救了？"马扩感到难以置信。

"不是我。"商无痕说道，"是我们西山和尚洞山寨的兄弟们救了你。"

"西山和尚洞山寨？"马扩更困惑了，"商姑娘落草为寇了？"马扩此言一出顿觉不妥，但是话已出口，无法收回。

商姑娘倒也不介意，答道："绝大多数都是我爹爹当年的旧将和他们的后人组建的抗金义军，如今金人肆虐，国家危难，而朝廷又软弱不堪，许多百姓都加入义军，为保家卫国出一份力。"

马扩记得商无痕的老父商老头，问道："商老先生原来也曾在朝为官？"

商无痕摇了摇头，说道："马大哥有所不知，商老先生并非我的生父。民女本名刘仪，家父名为刘延肇，当年赵佶清理元祐党人之时，我刘家惨遭蔡京灭门。多年之后，我哥哥找蔡京报仇，又惨遭杀害。"

马扩惊奇道："原来商姑娘是名门之后！那蔡贼好生狠毒，愿他日能得报大仇。"

"这仇恐怕也没机会报了。"商姑娘神色复杂，"前些日子，蔡京已经死了。"

"当真？"马扩惊讶道。

“嗯，不仅蔡京，自金人撤出汴梁，新皇帝就将六贼逐一铲除了。”商姑娘顿了顿，又道，“还有与海上之盟有关的赵良嗣等人，都被正法了。”

“原来如此。看来我若非关在真定大牢，也难逃皇帝的责难。”马扩说道。对于“海上之盟”，马扩始终抱着疑虑，但他难违圣令，最终只能无奈地成为执行者。

商无痕说道：“马大哥好好养伤，痊愈了好去抗金，来，喝了这碗汤药。”

马扩艰难地坐起身，商无痕喂他喝药。马扩的心中泛起一阵暖意，算起来与商姑娘一别已经有五六年了，但却感到就像昨日一般，对她的美好记忆又回到心头。马扩不敢去想那些儿女私情，国难当前，自己虽为一介武夫，但也应当尝试为大宋的未来探寻出路。

远在汴梁的赵桓也在为大宋江山探索出路，只不过这回，他将出路寄托在了江湖术士的身上。孙傅将郭京领到朝堂之上，绝大多数的大臣虽然嘴上不说，却都觉得皇帝这样的行为实在荒谬。他本来并不像他的父皇那样相信鬼神，只是当一个人绝望的时候，就容易将希望寄托在鬼神身上。前些日子，他已为议和之事费尽了心力，还特地请康王赵构再赴金营，然而金人这次却不再给他议和的机会，还直接扣押了使者李若水。在万念俱灰之下，恰好孙傅推荐了这个郭京，皇帝便把他当作救命稻草。

郭京看起来确实异于常人，初次来到朝堂之上，在群臣面前没有丝毫怯场。皇帝见到郭京，便迫不及待问他退敌之策。郭京不紧不慢地说道："回皇上，草民在二十年前曾师从全真教的老道长，习得了六甲之术，或可退敌。"

"何谓六甲之术？果真可以击破金人大军么？"

"六甲之术，可以隐身，我可见金兵，而金兵看不见我，相当于敌在明，我在暗，借此术排兵布阵，定可杀他个措手不及。"看皇帝脸上仍然有怀疑之色，郭京接着说道，"请皇上给草民找来一猫二鼠，草民可将六甲之术演示给皇上看。"

皇帝当下便让人将后宫的一只肥猫带来，又不知从什么地方抓来两只老鼠。郭京在地上画了个金色的圆圈，两边开了两个小口，一个注为"生门"，一个注为"死门"。郭京先将猫从"生门"放入，将一只老鼠从"死门"放入，那猫很快便扑将上去，将老鼠生生地吞了下去。随后，郭京将猫从"死门"放入，将另一只老鼠从"生门"放入，奇异的事情发生了，那猫竟然就像看不见这只老鼠一般，任由它从自己面前大摇大摆地走了过去。群臣由之前的不屑一顾，开始纷纷啧啧称奇。皇帝的脸上也露出了惊喜之色，好像从这只活老鼠身上看到了大宋江山的希望。

郭京说道："正如皇上所见，六甲之术，能够颠倒生死之门，逆转乾坤。用此术对付金人，必能保我大宋永世安泰。"

皇帝听完，双目放光，振奋地说道："好！朕封你为成忠郎，赐你金帛万两，命你到民间挑选能人志士，组建六甲神兵！"

自那日起，郭京便身穿道袍，在民间挑选自己的"神兵"。郭京挑人的时候并不管男女老少，只问生辰八字，非七月七生人不能入选，最终凑成了一支七千七百七十七人组成的“神兵”。其时金人已经将汴梁城团团围住，皇帝催促郭京出兵，郭京却答道：“皇上少安毋躁，神兵天将，非到关键时刻不能妄动，皇上只要为臣准备两辆囚车即可。”

“你要囚车何用?”

郭京神秘地一笑，成竹在胸道：“当然是用来装完颜宗望和完颜宗翰。”

此时的赵桓已经将郭京视为神明，见他一副把握十足的样子，自己也感到更加笃定了，仿佛金人根本就不足为患。数日后，完颜宗翰的大军闯入宣化门大开杀戒，皇帝见郭京仍然没有要出兵的意思，这才有些感到烦乱，命郭京迅速率领神兵出门迎战。郭京只得从命，率领着七千七百七十七人，向宣化门行去。

郭京和他的“六甲神兵”个个神色从容，带着轻松的微笑，城内的百姓见他们身穿奇服，一副无所畏惧的样子，也纷纷为他们鼓舞士气，整齐划一地喊道：“六甲神兵，所向披靡。”

驻守宣化门的弓箭手还在那里苦苦支撑，已经死伤无数。见“六甲神兵”终于现身，像是见到了救世英雄一般。郭京上前，拿出皇帝给的令牌，说道：“六甲神兵到，开城门，杀金贼!”原本紧闭的城门轰然打开，郭京大手一挥，后面的七千七百七十七人便冲了出去。对面的金兵看到这一幕，觉得大为惊异，原本久攻不下的宣化门，竟然自动打开，出来迎战的还都是一群身穿奇装异服的怪人。

完颜宗翰不知道宋人在使什么妖术，但他并没有停下强攻的脚步，金兵继续向着城门处射箭。六甲神兵都以为自己有郭京的隐身术的护佑，迅速分开向两边散去，自以为金兵看不见他们。没想到，金兵立刻调转箭头，继续向他们射去。神兵这才意识到郭京是个骗子，他们有些被一箭穿喉，有些被金兵砍杀，还有的索性直接被吓晕过去。在这样的惨烈情状下，他们的首领郭京却逃得无影无踪了。

七千七百七十七人就这样全军覆没，他们的血在宣化门外汇成了河流，金军就这样蹚过血河，自宣化门长驱直入。

皇帝得到金军破城的消息，这才像是从梦中惊醒一般悔悟过来。然而一切为时已晚，金军的刀枪已经刺破了汴梁城表面的宁静。虽然远在深宫里，皇帝却分明能听见城中百姓哭泣的声音。绝望之际，他只得再次派人前去议和。

5. 二帝被掳

龙德宫里的太上皇从太监那里得知金军破城，便再也没能握起自己的画笔——他的手颤抖得厉害，丝毫没有运笔的力气。勤王军、李纲、六甲神兵都没能挡住金人的攻势，他似乎看到大宋的寿数已尽。他和种师道一样，都曾劝皇帝迁都，不要以卵击石，但令他更感悲哀的是，皇帝并没把他的话听进去，而且自那以后再也没有来过龙德宫，自己去求见皇帝也都未曾获得批准。他知道，皇帝对自己有着满腹的怨恨。

这天，皇帝突然驾临，赵佶觉得这像是太阳打西边出来了。二人对坐，陷入一片沉默之中，隔了许久，赵佶才开口问道："皇上可想过权宜之计？"他仍然希望皇帝派人前去议和，先稳住金人，再寻求迁都，另谋出路，东山再起。

皇帝双眉紧蹙，低声道：“朕正是为此事而来，前日派使臣赴金营议和，完颜宗翰算是暂时答应议和了，条件是割地，还有……”

“还有什么？先行答应他，日后再想对策。”听说完颜宗翰答应议和，赵佶十分激动地说道。

“完颜宗翰说，要请父皇出郊相见……”

赵佶听罢，凄然一笑，知道皇帝这次来是要请他去金营当人质了，但他并不责怪皇帝，毕竟这金人入侵，是自己一手造成的恶果，自然也应由自己来承担。当下便答道：“答应金人便是，老朽入金营，若是能拯救天下苍生，倒也是将功赎罪。”他这样泰然的反应倒令赵桓感到有些过意不去，无论如何，将自己的父皇送往金营，难免要背上不孝的骂名，但如果不送他去，那么能代替他的人也只剩下自己了。

赵桓从龙德宫归来已是黄昏，思来想去，总觉得自己与其背负不孝之名遭后人唾骂，不如这次当一回英雄。反正事到如今，退缩已经无济于事了。到深夜，他才终于下定决心——由自己亲自入金营谈判。他连夜将孙傅喊到宫里，向他交代道：“朕此去恐怕凶多吉少，如有不测，务必保护太上皇和太子逃离汴梁，一路向南，务必延续我大宋香火。”孙傅泪流满面，道：“皇上洪福齐天，绝不会……”

皇帝挥了挥手，示意孙傅不要再说下去，然后他拖着疲惫的身躯，转身回自己的寝宫了。此时此刻，他的心里唯有悔恨——后悔没有采纳种师道的遗言，提早迁都南方。

十一、倾　覆

第二天,是靖康二年(1127)正月初十,本是新春佳节,但汴梁城内却弥漫着悲怆。事实上,这个春节似乎被所有人遗忘了,没有欢庆,没有爆竹,取而代之的是恐惧。

皇帝在张邦昌等人的陪同下出了城门,百姓纷纷为他送行。无论对于朝廷有多么不满,看到皇帝为了百姓亲自去当人质,还是有不少人声泪俱下。有人哀号着,痛哭着,这泪水中有为一国之君的担忧,更多的却是一种屈辱——作为一个宋人,再也没有什么比眼前这一幕更屈辱的事情了。

皇帝入了金营,本欲以割地来进行议和,只是他没想到和上回扣押康王赵构不同,金人这次根本就没有议和的打算,他连完颜宗翰的人影都没能见到,就被脱去龙袍,遭到了囚禁。

赵佶暂时逃过了当俘虏的厄运,但他也知道,自己在龙德宫里的时间不多了。向来喜好精致的他如今却披头散发,像个年老的疯子一般。他希望自己变成疯子、傻子,可以不用清醒地感觉到屈辱;他希望自己变成瞎子、聋子,可以不用看见金兵的屠刀,可以不用听到百姓的哀号。遗憾的是,他仍是这般健全,所有的知觉都是这般清晰而真切。

这样的生活令他感到生不如死,有时候他反而开始期盼金人把自己也掳去,好让这苟延残喘的日子尽快终结。

靖康二年(1127)二月初八。离赵桓赴金营仅仅一个月的时间,赵佶迎来了自己期盼已久的终结。

早晨,完颜吴乞买的圣旨被带到了大宋皇宫内。赵佶从龙德宫里出来“领旨”，尽管这一刻他已经在噩梦中预演了无数次，但当它真的发生的时候，他还是感到极度荒谬——一个曾经的皇帝在自己的皇宫内接受别国皇帝的圣旨，人世间还有什么比这更加荒谬的事情么？

前来宣旨的是翰林学士承旨吴开和翰林学士莫俦，他们是大宋之臣，如今要太上皇跪在他们面前，难免有些哆嗦，话都说不清楚：“圣上旨意，废赵氏宗室，另立异姓皇帝，命赵佶即刻出城，进入金营会见，否则将血洗汴梁城。”

赵佶跪在旧臣面前，想着自己该是什么称谓，既不能称“朕”，又不能自称“草民”，也不能自称“罪臣”，他迟疑了很久终于吐出两字“领旨”并叩了个响头。

这样的旨意更像是一种威胁，假如赵佶拒不出城或是逃之夭夭，便是陷黎民百姓于不义，对于曾经的一国之君而言，这将是最大的失败。况且，作为一国之君的赵桓已经做了表率，赵佶自然也没有什么理由逃避了。

金人还是给了他最后的体面，让他坐着一顶竹轿子出城。这破轿子本身并不起眼，只是它后面却跟了几百号人，让城内的百姓一眼就看明白了。大宋皇宫里的太后、皇妃、皇子、皇孙都被押送着出了宫，原先从来见不到的“大人物”都纷纷鱼贯而出，这种场面恐怕是戏台上也不曾演过的。

赵佶从竹轿子的缝隙里看到大街上围观的人群，听到身后自己的妃子、女儿的哭声交织成一片，觉得有些恍惚。他努力地看着轿子外汴梁城的一草一木、一砖一瓦，甚至每一个百姓的样貌，因为他比谁都清楚，自己这一出城，便再也不可能回来了。

靖康二年(1127)五月，西山和尚洞山寨。马扩在山寨中养伤，已近痊愈。

在这些日子里，外边传来的消息一个比一个更骇人听闻。先是金军攻破汴梁城，再是二帝被掳，然后是金人立张邦昌为帝，接着又是二帝在金人的“五国城”内接受了完颜吴乞买的册封。赵佶被封为“昏德公”，赵桓被封为“重昏侯”。马扩算是彻底明白什么是无能为力，国家倾覆，国君遭异族如此羞辱，自己却在病榻上。

西山和尚洞山寨对马扩而言就像是个世外桃源，几乎与世隔绝，所有消息都是从商姑娘口中得来。这天，马扩正在山顶的草屋外望着远处的日落愣神，商姑娘又上山顶来看他。商姑娘从山下带来了另一个消息，说是在靖康之难中幸免于难的康王赵构在南京应天府宣布登基。

“什么?”马扩听闻后大吃一惊，“这是真的么?”

“千真万确。”商姑娘答道，“张邦昌主动退位，康王已经改元‘建炎’。”

马扩原本以为大宋皇室已经尽遭金人俘虏，复国无望，却没料到康王赵构在金军破城之际恰好不在汴梁，得以逃过一劫。康王是赵佶的皇子中最有英雄气节的一个，金人第一次包围汴梁时，正是他亲赴金营，缓和了战事。康王当皇帝，真是再合适不过的人选。

“这么说，我大宋还没有亡国!”马扩欣喜道。他兴奋地挥动手臂，不慎用力过猛，又崩开了胸口的伤口，渗出一些血来，自己却未察觉。

商无痕见状大惊失色，道："马大哥小心，这好不容易结好的伤口别又裂开了。"

马扩这才发现伤口崩开了，赶紧坐下来，放下手臂，扯下袖口的碎布止血。无意之间，他把胸怀中藏着的一块薄纱拿了出来，那上面已经沾了些血。马扩发现后，立刻欲将它收起，但是商姑娘显然已经认了出来，顿时面色绯红，道："面纱沾了血，我拿去洗。"马扩笑道："有劳，有劳了。"商无痕起身，拿着面纱匆匆向下山的路走去。

"商姑娘。"马扩又突然叫住了她。

商无痕转过身道："马大哥，还有何事？"

"我在这养伤大半年了，如今伤势已无大碍，可否介绍我和寨中的兄弟们认识认识，或可共同抗击金人。"

"好啊！"商无痕喜道，"我们这西山和尚洞山寨倒缺个军师，马大哥是武举人，正好可以给兄弟们排兵布阵，指点指点武艺。"

"指点不敢当，但愿与所有抗金志士并肩作战。在病床上待久了，只想拿起刀剑杀金人，为我无辜的大宋子民报仇雪恨！"

商无痕道："好！马大哥，我明天就带你下山，与寨中兄弟碰面。"

马扩站起身，望向远处的落日，红色的光蔓延开去，将天地交融之处勾勒出一道壮美的金黄轮廓，极西之处像是有什么东西就要流溢出来。在这一时刻，他突然觉得那红日其实并非正要落下，而是刚要升起。

尾声

十个春秋，对于浩瀚的历史而言不过一瞬。但对于二帝而言，却像是过了一百年一样漫长。他们败得如此彻底，只得看着自己的妻女被金人凌辱，自己的江山被金人掠夺，却没有办法做出任何反击。在“五国城”的岁月里，赵佶继续写诗作画，醉生梦死，只是这作品中的雅趣已经荡然无存，只剩下李后主式的凄婉哀叹，在异邦憋屈地生活了整整十年后，他终于在一个清晨驾鹤西去，重获自由。

金人为“昏德公”治丧，将他的尸首置于铁架之上焚烧。这是金人用死人炼灯油的器具，赵桓站在边上，看着自己的父皇在火中不断萎缩，化成架子上的油，流到架子底下用来接油的容器之中。他麻木地看着父皇最后的惨象，心中涌起的却不是恐惧和悲痛，反倒是有那么一丝羡慕，因为父皇终于可以摆脱人世间的痛苦，终于可以自由地化成青烟飞散去了，而自己却还是如此年轻，不知还要熬多少年才能得以解脱。

在一旁的金兵侍卫看到他一脸木然的神色，倒是有些于心不忍，毕竟让一个人亲眼看着自己父亲的肉身化为灰烬，的确太过残忍，便好心对赵桓说道：“侯爷，您先回府歇息吧，别看了。”

赵桓却执意要看完再走，说道：“待我归西炼灯油时，自己便看不到了，不如趁现在看得真切些，也算是送昏德公最后一程，尽了孝道。”说罢，他又向前迈了两步，直视着这堆烈火和骨骼。架子上滴下来的油越来越少，而浓烟则不停向上飞升，直至天际。赵桓顺着这浓烟向上望去，他相信父皇此刻早已不在这火堆里，而是到天庭去享福了。他的耳边似乎回响起一个缥缈的声音，那声音不断重复着的正是父皇最后的两句诗——

家山回首三千里，

目断天南无雁飞。

第八卷

襄阳风雨

葛红兵　杨亦飞　著

上海大学出版社

目　录

楔子　前尘往事

临安城里雷声轰隆，房屋顶上，乌云卷作一团，旋涡一样层层叠叠，马上就要占满天空。浸在这昏沉的天色里，天地几乎一色。

一个孩子坐在院子里的一口井边，垂头愣神，偶尔抬头看看这庭院和天空，风貌虽和平日在淮东所见没有太大不同，却又十分陌生。这不足以牵动这个十岁孩童心中的波澜，比起这几日在这庭院内发生的种种事情，无论天昏地暗还是五光十色，都根本不算什么。只是那雷声太过恼人，它夹杂在女眷阵阵恸哭与号啕的声响里，让孩子头皮发麻。震雷每响一声，孩子胸口的气息便更短一寸，鼻头与眉间的酸楚便更多一分。久而久之，他便没力气再动弹，只得坐在井口，什么也不想，什么也不做，低头闭眼。

“少主！”

快要睡着之际，孩子听到好像有人在叫自己，上上下下这样叫他的人并不多。走出家门，他的名字便成了“小衙内”或者“小郎君”，还有人直接唤他“似道”。无论在天台老家还是在淮东，他都有这样几个小伙伴。

他努力抬起头，循声望去，眼前却像雾罩着一般，看不清远处之物。好不容易快要辨清楚是谁在叫他，那人又唤了一声："少主！"那人的声音略显苍老，慈祥又不失威严，"少主怎么坐在这井口？多危险啊。"

孩子认出这是管家唐柳。他满头银发，但仍然拢成整整齐齐的发髻，双目如炬，显得庄重沉稳。他比孩子父亲还要年长，在孩子祖父那一代时便是家里的仆人。孩子父亲幼时，他便已经是府中总管，祖父不能亲顾之处，皆由唐柳来办理。到了孩子父亲为官、祖父去世时，他更是家里至关重要之人，上下家仆全都要靠他来照料。父亲到了淮东，自然也把他带在身边。

孩子仍没有反应，坐在那里一动不动，只是定睛望着面前的老者。唐柳叹了一口气，走到那口井边，靠着孩子而坐。正是梅雨季节，水井里水位暴涨，几乎就要涌出井口。唐柳伸出一只胳膊挡在孩子身后。

"少主，你可知道淮东府上那两口井，为何东院一口满是清水，另一口则干涸无用？"

孩子记着这件事情，一直颇觉奇怪，却没有向旁人提及，所以不知道其中的缘故。他摇了摇头，脑袋愈加昏沉，想要听清楚唐柳所说的话，似乎要用尽全身力气。

唐柳扫了一眼不远处的屋子，缓缓开口："家主二十岁时，为了替父洗冤，东奔西走十余载，才终于平反。此举感动朝堂，家主从那时始任各方县令，又是十余载过去了，家主疲敝，家眷跟着他几次迁居，也是苦不堪言。到了淮东后，家主终于决定在此安居乐业。”

唐柳说着停了下来。他说话本来就持重缓慢,停下来也不突兀。只是那些哭声又开始入耳,孩子更觉心乱如麻,只看着唐柳,似催他再说下去。

唐柳抚了抚孩子的头,眼睛微闭,露出追忆的神色道:“家主在淮东也不得安生。女真人攻来,家主为了边务,日夜奔走前线,好几年里,几乎从未在家住过。那口枯井,在主院前,是为家主和夫人单独准备的。家主不在,夫人又喜和女仆在一道,那口井疏于打理,渐渐地也就不用了。”

说到这里唐柳睁开眼,站起身来,声音又高亢了一些,继续道:“家主问我,国与家,孰重孰轻?我告诉家主,古来贤者,无一不是选择了国,而轻忽了家。孰重孰轻,我说不上来,但视家重者,于合家欢乐,得一方景仰。视国重者,于苍生造化,得天下人景仰。以家主大才,理应以国为重。少主可也明白了?”

说罢他才转过身来,看着孩子。孩子似懂非懂地点了点头。从记事起,父亲就没有陪他超过三天的。唐柳告诉他,少主对家主来说是最重要的,但家主却有不得不做之事,难以顾全。上次家主出门时,告诉少主不久就接他去临安,没想到家主这一去就再也不能回淮东了。

想到这里,孩子又要涌出泪来。唐柳赶紧抓住他的手,说:“少主莫伤心,是我太着急了。哎,我唐某虽才陋,恨不能为大宋出力,但胜在一双眼睛识人。依我看,以少主智慧,日后定也是位高权重之人。”

孩子点点头，但心里的阴郁却没有半分消减。唐柳抓着他的手，他却低头不语。那雷声又开始大作，半晌过去，唐柳又开口道："少主，如果歇息够了，就随我再进去吧。家主有不少话想跟你讲呢。"

孩子站起身来，牵着唐柳的手随他回到屋内去。每走两步，那凄厉的哭声就更加刺耳，惹得孩子心焦。他不愿再往前走，用尽力气往后拽。唐柳只是低叹了一声，拉着孩子继续往前走。

屋内从外到里跪满了几十个人，哭声就是从这里传出来的。最里面的床上躺着一人，正在不住地咳嗽。

床边伏着一人，就是孩子母亲。她回头看了一眼门口的动静，眼睛又红了三分。她转向床上那人道："老爷，唐管家把似道寻回来了。"说罢便起身走到孩子面前，抚了抚他的脸颊，拉着他到床前。

床上那人静了半晌，终于提了一口气，睁开两眼，徐徐开口道："孩儿，可是害怕？"

孩子看着床上的父亲，全不似平日模样。数月前自己不能围抱的腰，现在已经枯瘦如竹。

"孩儿莫怕。我不在后，家里一切都有你柳伯照看，再过几年，就要轮到你来打理家业。你要向柳伯多学习才是。"

孩子一句话噎在喉间，却发不出声来，脸涨得通红。他向后面看去，唐柳站在门边，稍微一弓腰，笑了一笑，又笔直地立在那里，一动不动。

孩子父亲顿了顿，咳嗽两声，又道："我贾涉自二十岁时就四处奔走，虽未有怨言，但个中苦楚只有我自己知道。孩子，我去后，只怕苦了你。”孩子摇摇头，颤颤巍巍地说道：“爹爹，我不怕苦。”

贾涉微微颔首，道：“那便好，那便好。”

说罢，他又开始咳嗽起来，并且越咳越厉害。孩子母亲赶紧用手掌去轻拍他的前胸，唐柳端着一碗水走上前来。贾涉抬起手，将孩子揽得更紧，沉沉地说道：“我恐怕看不到你长大了，现在我帮你取好字了。”

说罢他把一张着墨写好字的纸从身边取出，交到唐柳手上。唐柳恭恭敬敬接过来，展开低声念道：“师宪……”

贾涉点点头，道：“待似道二十岁后，便是师宪。孩儿，你记住了吗？”

“爹爹，我记住了。”孩子稍稍定神，向父亲回话。再看看父亲，双眼又闭了起来，眼角满是溢出的泪水，贾涉低叹道：“只可惜，我不能亲眼看见我大宋收复山河。若再给我十年，再给十年……”

此时，远处轰鸣阵阵，紧接着一声响雷，众人皆惊，几个女眷低声叫了出来。等回过神来，贾涉已经断气，霎时间屋里哭声一片。

贾涉最后的话，只有被他揽在臂弯里的孩子听见：

“孩子，你可要记住，不论任何手段，也要守住大宋江山。”

一、漠北新雄

1. 忽必烈

夏日炎炎，这漠北茫茫无边的沙丘上，几乎要腾起云烟。

忽必烈孤身站在崖边，极目远眺这风景。这是他这些年来休息的地方，从秋到夏，都已看过一遍。

蒙古人歌颂大漠，赞其雄浑壮丽，如同蒙古人的心胸一般，宽广无垠。忽必烈却不这么想，这景色越大越深，就越孤寂清苦，如同无边的天上只有一弯明月。

相比之下，忽必烈更喜欢他读到过的那些汉人的诗句："大漠孤烟直，长河落日圆""大漠沙如雪，燕山月似钩"，仿佛汉人的这些诗句更合自己的心意。汉人的文化，比这大漠草原上以武论输赢要有趣得多。

"王爷，刘秉忠求见，在大帐等您。"忽必烈转过身来，令来人退下，自己慢慢走下崖，向军营大帐走去。忽必烈喜欢汉族文化，还结识了一批汉人儒士，作为其幕僚。忽必烈听说这位刘秉忠就在这漠北一处,便召他来军中见面。

忽必烈撩帘入门,见一名着冠儒士站在里面,褐袍宽袖,躬身道:“吾刘秉忠,应王爷召见。”

忽必烈踱步过去,扶住刘秉忠,道:“先生这么快就来了,真是雷厉风行。”

刘秉忠仍然躬身不起,道:“王爷不必客气,想来我比王爷可能还要年轻一些,直接叫我秉忠就是。”

忽必烈朗朗笑了三声,道:“在我这里,不论长幼,我尊你为汉学老师,便要叫你一声先生。”

刘秉忠面露难色,似还觉得有些不妥,但也没再坚持,只是直起身来,岔开话道:“王爷召我来此,仅为请教汉学?”

“仅为请教汉学?汉学博大精深,能与先生谈上半分,就已不易,怎么能说‘仅’?”说完忽必烈又收起笑容,沉吟片刻,缓缓说道,“不过确有其他事情。先生必定也知,吾哥蒙哥,即将在斡难河畔即位可汗。等到忽里台大会过后,我想自请总管漠南军事,这一去南下甚远,接近宋人,以我愚钝,免不了要许多人助我出谋划策。先生之才,想必可助我良多。”说罢自己走向主座并招呼刘秉忠坐下。

刘秉忠道:“为王爷献计献策,乃秉忠荣幸。”说罢方才坐下。

忽必烈又问道:“先生博闻,所谓‘谈笑有鸿儒,往来无白丁’,先生身边的朋友,定也不乏奇人,能否也为我荐举一些?”

刘秉忠苦笑道:“王爷说笑了,草原南北各路学者,都知道王爷对汉法颇有研究,无不慕名而来,像秉忠这样受召前来,已是不敬,哪还有什么朋友，敢为王爷引荐。”说罢刘秉忠看了忽必烈一眼，只见他微露不悦神色，马上又道，“只不过……”

忽必烈又来了神采，不等刘秉忠再说，追问道：“只不过什么？”

刘秉忠道：“我有一个学生郭守敬，虽然年幼，但确有经天纬地之才，假以时日，必成大器。”

忽必烈听完啧啧两声，似是忆起何事，急忙问道：“这个名儿，我听张文谦提起过，不知道与先生所说可是同一人？”

刘秉忠微微一笑，点了点头，道：“不错，此子正随仲谦在外历练。不过自我离开邢台，就未曾收到仲谦来信，如今二人在何处，我也不知。”

忽必烈极为快活，连道三声好，说道：“先生和文谦都推荐的人，我想错不了。无妨，等到了燕京，定要见一见他。”说罢两人端起酒杯，连饮数杯，谈论大漠风貌，牧民习俗，大有兴致。

说话间卫兵又自帐外进来，拜在忽必烈面前，道：“王爷，草原来信，让王爷回到斡难河畔，参加忽里台大会。”

忽必烈转向刘秉忠，道：“先生愿同往草原否？”

刘秉忠起身鞠躬，道：“秉忠愿往。”

忽必烈携刘秉忠一行人往东南方走。出了大漠，见草原绵延千里，忽必烈不由得心旷神怡。一路上忽必烈常让刘秉忠陪同饮酒。刘秉忠年轻时入天宁寺修禅，不擅此道，但又不忍拂了忽必烈兴致，只好作陪。心情好时，忽必烈便拉上刘秉忠比赛吟诗，所吟诗篇，大家、名家有之，小家有之，还有不少即兴之作，颇令刘秉忠吃惊。他想着，此主文韬武略，均有所擅，不失帝王之相，只可惜蒙哥做了大汗,却听说是个逞勇莽夫。

2. 暗杀

转眼一月之后,忽必烈一行到达斡难河畔,待了十天,忽里台大会结束,下月初一,便是蒙哥即位之日。一早传来消息,窝阔台的孙子失烈门要派人在即位庆典上暗杀蒙哥。忽必烈命令一支精兵,在即位大典上保护蒙哥,这段时间正日日夜夜加紧操练。

这一日,太阳落山,忽必烈才遣散军士,返回帐篷,却看见刘秉忠在帐帘外等候。忽必烈上前招呼刘秉忠一起进入帐内,道:"先生何事?"

刘秉忠察看左右无人,正色道:"王爷,我到此处十日,一直在民间游历,却着实听到不少骇人听闻之事。"

忽必烈苦笑道:"先生说的可是失烈门行刺一事?昔日他被剥夺继承权,贵由汗死后,又临朝称制几年,虽名不正言不顺,但今日有此怨言,也在预料之中。先生放心,哥哥与我都已做好万全准备。"

刘秉忠道:"若只是此事,倒是简单。我听民间传闻,谋反一事,并不是失烈门主谋。王爷可知道,失烈门临朝几年,实际掌控大权者另有其人?"

忽必烈心一沉,想到贵由汗辞世后这三四年间,蒙古内部动乱不堪,再加上天降大灾,水泉干涸,民不聊生,草原大漠都已乱作一团。拖雷家族与窝阔台、察合台家族,互不相让,都想为自己牟利。何况以失烈门草莽心性,即使他在位,也形同虚设,无人听其号令。

即便如此，失烈门仍然召集了一批心腹，伴其左右。各方传言，是其母亲海迷失后垂帘听政，出谋划策，才得以稳固一方。想来失烈门确实没有叛乱的胆子，若非刘秉忠提醒，自己都忘了这点。

刘秉忠见忽必烈一言不发，知其必已明白其中利害，又道："海迷失此人深不可测，听闻会施巫术毒法，此次必定也会用此法阴害大汗。忽察与脑忽恐怕也参与其中，敌人力量不可小觑。"

忽必烈露出质疑神色，失烈门在位几年，虽有良臣在侧，但与两位兄弟忽察与脑忽大为不合。他们二人另建府邸，导致窝阔台一族三主。再说用巫术害人，忽必烈更是见所未见，闻所未闻。刘秉忠见状，解释道："王爷不必不信。巫法一事，在秉忠看来，十之八九也是愚民妄言，但这几日道听途说，在色目人中确有此法代代相传，虚幻真假难以分辨，但事关大汗安危，还是小心一些为好。至于忽察、脑忽等人，这几人内斗归内斗，但眼下大汗之位已经传到了拖雷家族，他们即便要斗，也要先一起将汗位抢回来。更何况，王爷是否记得诸王曾经宣誓，只要是窝阔台合罕后人，他们都要接受其为汗。"

忽必烈脸色难看，不停地来回踱步，半晌才说："不错。只要是窝阔台合罕后人，我们都要接受其为汗。窝阔台合罕、贵由汗即位时，诸王都曾如此宣誓。这么说来，海迷失后并非没有道义旗帜，在我看来，这是要造反，而非行刺。"

刘秉忠道："怎么可以相提并论？"

这之后，忽必烈常与刘秉忠一起视察各处，以求在大典之日能够保得周全。转眼间，便到了次月初一。这天清晨，草原的太阳还未从远方升起，几队卫兵已经围成一个大圈。忽必烈站在角落，扫视着全场。场地远处斡难河畔，摆满了座席，桌子上放满了牛羊肉和驼掌驼峰，另有奶酒、奶茶和酥油，盛于盘碟杯盏之中，好不丰盛。往里，留有伴舞助兴的场地，地上铺了一层花瓣，映在茫茫草地上，颇有意趣。场地正中央留出一块空地，专为诸王进献贡品所用，空地前方就是一方高台，上立一大铜椅，正是为即位大汗准备的。如此场面，忽必烈也不曾见过，不禁啧啧惊叹，倒是身边的刘秉忠不为所动。

片刻工夫，人便陆陆续续多起来，忽必烈此时很是心烦。他想，驰骋沙场，明刀明枪，见人杀来，躲闪便是，这防人行刺，还是第一次。听刘秉忠说，这还不仅仅是防范行刺，如何防范，他心中也不明了。正瞧着，忽听有人叫自己的名字，扭头望去，正是蒙哥。

忽必烈走到哥哥面前，道了声喜，然后退到蒙哥身旁，把心中的忧虑都说了出来。蒙哥却毫不在意，只是大声笑道："好兄弟，今天是我即位之日，你只管道贺便是！有兀良合台在身边，就是来上百只豺狼虎豹，也不用怕。"

兀良合台是蒙哥的怯薛长，黑面长须，力大无穷，此刻就站在不远处。忽必烈欲要再说，蒙哥双眉一挑，止住忽必烈，道："哎！好兄弟，你与我行军打仗，还不知我心性？当年长子西征，攻钦察、斡罗思，千军万马又何曾惧过？今天在这草原上，又能闹出多大响动？你只管放宽心吧！"说罢拍了拍忽必烈，带着卫兵向那高台走去。

忽必烈只得低头叹气，心想但愿如此，胸中却仍不平静。他将目光投向草原，见时候不早，便与刘秉忠一起带着自己操练的一队精兵藏在高台后方暗处，静待其变。

即位大典准时开始，蒙哥汗坐在高台铜椅上，接受诸王觐见，不时开怀大笑。其间有舞曲杂耍，众人齐声喝彩，好不热闹。转眼半个时辰过去了，失烈门等人却迟迟未现身。草原上长风卷过，飒飒作响，军士越等越心急，忽必烈虽阵脚未乱，但也是提心吊胆，只有刘秉忠沉住气来，低声道："王爷不必心急，随机应变便是。"

忽必烈不置可否，闷哼一声。这时终于听到卫兵报失烈门呈上贡礼，却不见失烈门出现，只有一队戎装兵士分成左右两列，抬着一口巨箱，渐渐走近。蒙哥也不再笑，屏气凝神，注视下方。忽必烈更是大气也不敢出，死死盯着那口箱子，等到近了，却见箱盖好像并未盖严，里面还有异动，正要呼叫，却已不及。只见箱子落地，箱盖猛地被顶开，里面两人各持一把弩，半跪箱中，一瞬间就扣动机括，箭疾疾射向蒙哥。

蒙哥却不惊，身边卫兵立马上前挡下其中一支，另一支被蒙哥闪身躲过。此刻宾客座中已经大乱，舞女也都愣在当场不敢动弹。箱中刺客准备再射之时，蒙哥抽刀斩断来箭，跳下高台。忽必烈也自暗处出来，几队卫兵合力，瞬间刺客全被拿下。

蒙哥持刀在刺客面前来回走动，脸色铁青，却一言不发，在一头领模样的刺客身边停下，手起刀落，斩下那人头颅。有一卫兵急急忙忙自远处跑来，边跑边呼："叛军杀来了！"

忽必烈再听，果然草地上杀声大作，马蹄声混成一片。霎时，一大队人马袭来，忽必烈本以为擒下刺客便可安心，没想到真如刘秉忠所说,还有叛军在后。

蒙哥立马召集人马,短兵相接,大典盛况成了另一番模样。顿时,绿草被染成红色,河水也被鲜血染红,天地间一片昏暗。忽必烈带着自己的一队人马左右冲杀。

“王爷!”

忽必烈听到刘秉忠的叫喊,回头看去,只见他与几名卫兵被对方团团围住。忽必烈立马招呼众人杀去解救,朗声道:“先生可受伤?”

刘秉忠气喘吁吁道:“秉忠无事,王爷快快整顿兵马,去追那一队人!”

忽必烈往刘秉忠所指方向看去,一队骑兵正沿着河流奔走,往西逃去。忽必烈回头扫视了一眼战场,见蒙哥无事,便带人沿河追去。无奈大典会场边所拴马匹俱被乱军冲散,忽必烈一行徒步追了一阵,终究没追上。忽必烈狠狠啐了一声,将刀一横,回身问道:“谁看清楚了那领头的是何人?”

卫兵面面相觑,半晌才有一人道:“似是海都。”

“海都?”忽必烈低声念到,思虑半刻才回过神道,“先回大典上去!”

等他们赶回时,却发现战事已罢。摆放酒肉的长桌已经毁去近半,帐篷与旗帜尽被撕扯成条条碎片,草地上横尸百米,鲜血染红了大块地方,已经渗进土地。不少妇孺伏在原地哭泣,还有力气的,在尸堆里翻弄着,看看有没有活着的人。忽必烈想,不知要多少大雨才能洗去这土里的红渍,又要多少大雨才能洗去这些人心里的愤恨。他定在原地不动，看着卫兵平民互相搀扶，还有一些未受重伤的正在绑缚俘虏，一时间不知如何是好。

蒙哥站在一边，巡视整个战场。他负伤似比忽必烈更多几处，手下侍卫也死伤过半，但脸上坚毅之色却比忽必烈多出不止一星半点。片刻，几名百夫长押着失烈门、忽察、脑忽三人，来到蒙哥面前。蒙哥微微点头，三人齐齐被踢中腿窝，低呼一声，跪倒在地。

蒙哥仍然不语，只是在身边半截木桌上坐下，将刀口向下插入草地，刀刃上仍然淌着鲜血。忽察、脑忽均平视前方，既不与蒙哥对视，也不低下头颅。只有失烈门瞪视蒙哥，大声喝道："孛儿只斤·蒙哥，你要杀就杀。但你是否忘了，诸王从前宣誓，接受汗位的应是我窝阔台合罕后人！你花言巧语蒙骗多方贵族，这是逆天之举。哈哈，我看你拖雷家族，必不长久！"说罢仰天大笑。

蒙哥任刀刃上的血流尽，再拔出刀来，贴在失烈门脸上。失烈门顿感一阵寒意，哑口噤声。蒙哥粗声道："失烈门，我也尊窝阔台合罕为大漠英雄，但若要将汗位传给你这匹夫，我看才是对窝阔台合罕大为不敬！当年贵由汗夺你之位，我看并无不妥。今日我召开忽里台大会，受诸王选举，即位蒙古大汗，如何逆天？"说完他将刀横过来，刀锋对准失烈门脖颈，又问道，"失烈门，我也知你没有如此心计能策划此事，我且问你，是谁在背后指使你？"

忽必烈听到此处，方才知道哥哥对叛乱之事早有防备，哥哥贵为大汗，身边想必也有高人指点。再想到事前蒙哥如此镇定自若，忽必烈不禁佩服。只听失烈门道："要杀便杀，你杀了我，我也会诅咒你不会长久拥有草原！"

蒙哥听罢将刀交给身边的刀斧手，看了一眼在旁边一言未发的忽察和脑忽，狠声道："你不说我便不知吗？今日你兄弟三人一同来此，定是你那蛇蝎母亲海迷失谋划的。"说罢招呼身边卫兵，"来人，传令下去，把海迷失给我抓来。刀斧手，将这三人斩了吧！"

忽必烈一听大惊，立马上前疾呼："哥哥不可！"却被身边刘秉忠横臂一阻。忽必烈大为吃惊，但为救人于刀下，来不及细究，挣开刘秉忠，来到蒙哥面前道，"哥哥不可，留下这几人说不定还有用！"

蒙哥却道："忽必烈，今日为何多次阻拦我？这几人留着有何用！倒不如杀鸡儆猴，叫那些看不惯我的人不敢来犯！"说完招呼刀斧手仍要动手。忽必烈直接走到刀斧手面前，夺下大刀，将其喝退，又放下刀对蒙哥说："哥哥，今日一胜，已经够让不轨之徒失魂丧胆。但这几人，留下关押，还可问出事端，省下不少曲折。哥哥若嫌麻烦，我可代哥哥审问这几人。"

蒙哥见忽必烈如此坚持，满腹不解，定睛看着忽必烈，目光灼灼，却见其目光并不躲闪，只得悻悻道："忽必烈替你们求情，看在他的面上，先留着你们的狗命。审完后，失烈门交我处置，忽察、脑忽二人，发配失剌豁罗罕之地。"

说罢几名卫兵押解三人向外走去。忽察、脑忽仍是不语，用力挣脱，以示不屈。失烈门高声大笑，呼道："蒙哥！你等着吧，已有巫术施于你身，你必不得好死，不得好死！"忽必烈和刘秉忠听得此话心慌意乱，均是眉头紧锁，神色严峻。蒙哥却不以为意，只当是疯话，转眼又将大刀自忽必烈手中取过，对卫兵说："既然杀不得他们三人，总要有人替罪才是。你们去找几个俘虏中的千夫长，让我祭祭大刀。”

忽必烈心间又是一震，却已无话可再向蒙哥求情，纵是不愿，也只能任由蒙哥了。不一会儿卫兵绑了两人前来，均是精甲在身，剽悍非常。卫兵将两人踢倒在地，蒙哥挥刀便斩。忽必烈不忍再看，只好低叹一声，转头离去。

3. 疑问

夜间，草原上已经大致被清理，尸体均被裹起掩埋，哭声仍在持续。忽必烈心中愤愤，在外踱步不愿歇息。他满心感慨，清晨时分还其乐融融，盛大庆典，竟出如此事端。无奈这草原薄情，仍是茫茫不见边际，忽必烈感叹自己不能挣脱这惨淡的世间，只得连连叹气。

正走着，见一人走到自己身前，正是先前阻拦自己的刘秉忠。忽必烈心中不悦，故作怒状，冰冷着一张脸不愿看他，自顾自地走去。刘秉忠急忙两步追上，低声道：“王爷，秉忠特为王爷排忧。”

忽必烈一听更为生气，怒道：“排忧？你可知我忧在何处？”

刘秉忠抱拳道：“王爷恼我阻拦。”

忽必烈冷哼一声，道：“先生既然知道，那我问你，早先为何拦我？汉人不是说‘以德服人者，中心悦而诚服也’吗。今日让哥哥杀了那几人，若是传出去，岂不让人知道大汗在即位第一天，就丧了德？”

刘秉忠苦笑，心想这王爷虽有雄才大略，但仍少了一份决绝之心，不加历练，难以成事。他心里暗暗想着，嘴上却不说，只道："王爷，以德服人并不假，但也并非处处适用。汗位之争不比市井闹斗，大汗一人要对苍生负责，仅仅以德为事不足以警戒人心。西汉之时为争大权，就有七王之乱，最后七王尽死。大汗的做法虽然刚厉非常，但也不无道理。王爷之前想替小小刺客求饶，我不拦，但这叛乱主脑若留生路，说不定会留后患的。"说罢刘秉忠顿了一顿，见忽必烈脸色更加黑沉，便改口道，"不过今日已饶了他们，王爷也算做了一件好事，但愿是秉忠想错了。"

忽必烈听罢仍是不服，却无言以对，只得冷哼不语。两人相伴无语，走出数里，到了营寨。刘秉忠躬身告辞，只说了一句却又想起其他，便道："王爷有此仁心，乃我等之福。王爷只要记得，日后行军打仗，难免刀口舔血，只能做到勿滥杀妄戮。"说罢转身要走。

忽必烈心中已明白此中要害，沉吟一刻，又低声叫住刘秉忠："先生，我还有一事不明，向你请教。"

刘秉忠停住脚步，道："王爷还有何疑虑？"

忽必烈引刘秉忠走入自己帐内，道："此事我这几日一直在想，今天见此大乱，更是怀疑，但一直无法参透。自窝阔台合罕之后，蒙古内乱纷繁，先有乃马真立贵由汗，后有海迷失代失烈门摄政，现在哥哥又庇于母亲威望，得到汗位。这忽里台大会，表面上还是一样，分工论赏，但内里却早不似以前那般，只是想争汗位之人，笼络各方，用来考验人心。"说着忽必烈又忆起白天之事，眉头又紧三分，顿了一顿道，"今日窝阔台、察合台两族不服，将来也不一定会服，哥哥百年之后，又会有几人要开这大会，夺这汗位？这忽里台大会以后若是再开下去，不知蒙古会乱成何样？”

刘秉忠微微一笑，这让忽必烈摸不着头脑，“先生所笑为何？”

刘秉忠收敛神态，淡淡答道：“王爷果真思大有为于天下。大蒙古国的传位之法，确有很多不妥之处。自古以来，帝王争位有两种方式，一种是征伐四方，开得一方疆土，世世代代保卫下去。像成吉思汗、窝阔台合罕，北伐西征，就是此道。”

忽必烈露出敬仰神色，道：“不错，这两位都是盖世英雄。”

刘秉忠随忽必烈朗声大笑，抱拳道：“得江山后，还得守江山，文法治国，休养民生，取信于天下苍生，王道才可以长久。”

忽必烈不解道：“先生说的这些我都明白，我闻汉法儒学，在治国之道上，以德、以仁、以礼、以孝，颇为认同。但是这些以武以文，与忽里台大会，又有何干？”

刘秉忠道：“今日蒙哥汗即位，面临动乱，必以武为先，整治江山。第二位的，才是休整制法，体恤民生，以至四方仰德。这样天下安宁，民康物阜，所有人都心向大汗，今日之事，才不会重演。至于忽里台大会嘛，想必王爷日后心中自有明断。”

正说话间，帐帘又被掀开，走进一人来，正是蒙哥。他肩膀受伤，简单缠着纱布，眉间尽是严峻神色，道：“忽必烈，今日在外，一直未及问，你可有受伤？”

忽必烈只是摇头，道：“我并无碍。”说罢指向刘秉忠，对蒙哥道，“我正准备与这位刘秉忠先生谈论大会一事。”

蒙哥目光如炬，上下扫了刘秉忠一眼，点了点头，忽地开口笑道：“忽必烈就是喜欢和汉人学士混在一起，以往大战横扫四方，现在平白没了英雄气概！”

刘秉忠也是笑笑，说道：“大汗勇武盖世，王爷也是佩服得紧，正与我说，如今战事未平，又起动荡，自己定要出力出策，自请统领一方战局事务。”

蒙哥一听即刻来了兴致，大掌拍打忽必烈肩膀，道：“那倒是好事一桩！忽必烈直说，想要哪里封地，明日大会，我即刻宣布与你。”

忽必烈看看刘秉忠，微一躬身，便直言道：“大汗，我暂不请赏，只愿自请总领漠南汉地事务。”

漠南汉地幅员辽阔，也颇为危险。蒙哥闻此也是一愣，随即又大声笑道：“忽必烈果然还是想去那汉人多的地方！那好，我应你便是。只不过本想封你一块土地，我早已想好，南京、开封、京兆之地，任你挑选，但是这么说来，可就不能了。”

忽必烈大喜，道：“谢过大汗。”

三人又是一番闲谈，也论起叛乱一事，刘秉忠极力为忽必烈说话，让蒙哥相信留那三人活口并非错事。直到夜深，蒙哥起身准备回帐，忽必烈又忆起一事，急忙道：“哥哥留步，还有一事要说。”

蒙哥把撩开的帘子又放下，问道：“何事？”

忽必烈定神道：“今日战场之上，我见一队人马逃走，领头一人似是大将模样，便带人追上去。可惜对方骑马，我方步行，难以追上。后来问卫兵那人是谁，有人说瞧着模样，像是海都。”

蒙哥也是一惊，道：“海都？没想到他也参与此事。”

忽必烈道：“不错。海都此人阴险狡诈，我后来思虑，想必他也是利用失烈门一伙人而已。况且这次还让他逃了，日后恐怕要成祸害。”

蒙哥沉思不语，很久才冷哼一声，说：“忽必烈不用担心。不管是谁，将来敢反，必遭我族诛伐。此间已经无事，忽必烈且好好休息，明早来参加大会吧。别忘了，你还有几个要犯要审。”说罢看着忽必烈窘迫之状，哈哈大笑，撩帘出去。

刘秉忠略待一刻，也告辞离去，留下忽必烈一人。他走出帐外，听见恸哭声渐渐没了，才微微觉得放心。他举头看去，天上星光熠熠。汉人都说，星星是死去之人的灵魂，那不知今日这场血战之后，天上是否多了千百颗星？也不知道，这混乱世代，何时才能走向太平？更不知的是，在那遥远的漠南之南，又正在发生何事？

风云变幻，转眼岁岁年年。忽必烈在漠南召集刘秉忠、张文谦、姚枢等汉人儒士，大行汉法，颇重农业。后又在河南抵御宋军攻击，始终谨记当日初心，并不滥杀无辜，让众幕僚佩服不已。河南经略司设成之后，万户侯史天泽来到河南，与忽必烈彻夜长谈。忽必烈一向敬此大将为师，他来到河南，忽必烈便放下心来，决议率军离去。公元1252年六月，忽必烈回到草原，受蒙哥封赏，得到京兆封地，又得蒙哥准许，准备亲率大军，由兀良合台辅佐，征伐大理。

这年夏天，忽必烈行军到六盘山，酷暑难当，决意停驻扎营，在山中避暑。一天晌午，忽必烈正欲带兵出操，却听卫兵来报，刘秉忠与张文谦求见，一时间大喜过望，快步迎上前去，见二人携手同来。

二人见忽必烈便先行礼数，忽必烈扶住二人道："两位先生，何故到此山中？"

张文谦道："王爷，我们二人在京兆无所事事，整日谈天下棋，好生无趣，便想着不如来与王爷同路而行。今日到了原州，听闻百姓说有一队大军驻扎在六盘山之上，还隔几日便打猎野物，派卫兵送下山来。我们一听，知道必是王爷军队，便上山来寻，果然寻得。王爷您还真会选地方，这山中景色宜人，又甚是凉爽，您这下属兵丁，不知修了多少福分？"

刘秉忠只是苦笑摇头，沉沉道："我们二人愿随王爷南征，虽无提刀打仗用处，但也能分忧些许。"

忽必烈道："先生哪里的话，有你们二人随军，不但多了两个军师，我一路上也有人相伴，真是好极。"

说罢三人相视而笑，一起走回帐去，忽必烈又问张文谦："先生，上次所托之事，可还顺利？"

张文谦摇摇头，道："王爷，文谦办事不力。此子喜静不喜动，让他与我一起南下，一万个不情愿，只说要留在大名路，钻研他那些古怪器械。下次见了，定要赏他几顿板子。"

刘秉忠道："说的可是郭守敬？"张文谦点点头，刘秉忠又笑道，"此事不能怪罪仲谦，郭守敬在我门下读书时，便与他人大有不同。要他读书，他就瞌睡，但要他摆弄些稀奇玩意儿，他就精神百倍。"

忽必烈啧啧称奇，道："听两位先生如此一说，我更想见见此人了。"

张文谦开玩笑道:“待王爷凯旋,回到草原,与大汗一起召见此子,想必他就不敢不来了。”

忽必烈道:“好,那便回了草原,让大汗召见此人!”说罢三人哈哈大笑,朗声而语,直惊动林间无数飞鸟,不知飞向何处去。

二、檐马丁当

1. 贾似道成年

这一处林间小屋别有味道，占不大的一块地，掩映在竹林之中。屋内只有一张竹床、一张竹案，还有两幅字画，挂在竹案后面。贾似道坐在屋中，案上书卷铺陈，却已许久没有动过。半高的小窗外细竹正随大风飘摇，斜斜小雨打在屋顶的布篷上，噼噼啪啪不停地响着。积水顺着布篷边沿洒落下来，已成小小水帘。雨点虽细，雷声却阵阵不歇，让人不得安宁。贾似道听着那声音，遁入回忆之中久久不醒。

外面一人推门进来，门咯吱作响，贾似道猛地惊醒，站起身来。进来的那人乌青色的袍子，衣摆已经浸湿，成了黑色。他躬身一拜，冷声低笑道："师宪，又是看书入了神?"他声音尖细阴冷，听来极不悦耳。

贾似道低头看了看半晌没翻的书卷，笑了一笑道："哪里，只是听见这沉沉雷鸣，想到了一些往事。"说罢又坐回竹椅上，端起茶盏呷了一口。

来人收起自己手中的竹骨伞，呵呵低笑，问贾似道："师宪如此着迷，倒是想起了哪些好事？"

贾似道把玩着手中古玩茶壶，沉吟片刻，才缓缓说道："哪有好事，是我听到这雷声，便想到家严辞世之日，也是如此。"

来人微露尴尬神色，但转瞬便逝，道："那便是宗申我的不是了。不过师宪不必苦楚，听朝中元老所谈，济川公当年谋略勇武，均是非常，在这淮东边线驰骋山河，是了不得的大人物。想必到了那一边，也会成为一员仙将。"这话奉承之意再明显不过，但经他说出来，却更多了一分亲近，让人不那么难受。

贾似道低头不语，不置可否，脑中回忆当年父亲神采，却已记不得半分，只剩下一些背影轮廓。当年父亲去世后，母亲茶饭不思，日渐消瘦，虽有姐姐和一众女眷做伴，不至于落下病痛，但也无心再管理家中事务。于是十岁的贾似道便随柳伯学习打点日常事务，学得很快，等到十三四岁时，已有了一家主人的模样并且人也长高起来。贾涉当年的同袍见到似道，便想让他也去学习武艺，将来也可似他父亲一般，征战四方。但母亲和柳伯都不同意，母亲当然是见郎官在军中染病，不治而去，不愿再让自己孩子重蹈覆辙。柳伯则是熟悉似道性子，他并不愿意舞刀弄剑，若想带兵，读些兵法，才是更好的法子。于是贾似道便随柳伯和私学师父读书。

贾似道二十岁时，母亲、柳伯也相继病重过世，姐姐入宫被选为嫔妃，贾家上下重任，自此全担在他一人肩上。他一边照料家事，一边读书考取功名。嘉熙二年(1238)，贾似道中进士，面见皇帝赵昀。其时姐姐已经是贵妃，贾似道理所当然也极受皇帝喜爱。贾似道始终记得父亲临终时所说之话，所以表现得对征伐一事极其热衷。贾似道虽是文人风范，但于兵法亦通晓非常，皇帝封他之时，他自请成为军器监，却又时常夜游西湖，流连妓家，被皇帝斥责。有人为他辩护，说他虽是少年习气，但是大才可用，而后改湖广统领、户部侍郎，直到今日，得翰林学士，镇守淮南路。之后不久，姐姐贾贵妃去世。

贾似道想到此，不禁感慨光阴飞逝。十年来辗转四方，今日也算又回到了故地。来了之后，他却无太多事情可做，护边为轻，农业才为重，便向那人道："宗申所言不错，先父确是大家，但到了我这里，便成了整日阅卷抚琴之辈。我蒙先父之荫，得以镇于此两淮之地，却无甚大战事。百姓平安虽好，但我只能召民屯垦，大兴农务，实不是我所愿为。此处虽离京不远，但想入得朝中一展抱负，却也只是痴人说梦。"

那刘宗申仍是笑吟吟，道："师宪何出此言？这两年间，两淮之地仓箱可期，乡民富裕，不都是师宪之功劳？放眼大宋，又有几郡能如此丰饶？况且这边地不乱，又岂可说朝中不乱。师宪可知道那丁大全？"

贾似道略一皱眉，似是听到此人名字，有些不快，但又沉沉低笑道："知道，丁青皮嘛，与我一年中的进士。如今不是在西南任判官吗？"

刘宗申道："师宪有所不知。他现在在西南，但朝中有传闻，朝廷想要召他入朝，拜右丞相。"

贾似道大吃一惊，喝了一声："什么？"又马上收敛，咳嗽两声道，"连我都未曾听闻的事情，宗申是如何得知？"

"宗申不敢自居，论才能学识，我是半点也比不上师宪的。但若是论眼线消息，我则略胜一筹。我要是没这些能耐，师宪又留我何用呢？"说罢呵呵低笑。

贾似道看他一眼，又道："丁大全即便入了朝，成了宰相，又当如何？"刘宗申沉吟半晌，似是在考虑如何开口，贾似道却催促他道，"宗申只管说便是。"

刘宗申道了声好，才说："师宪有所不知，丁大全此人表面谦卑恭敬，但这讨幸之能，无人能及。他能谋到此位，又能一步登天，可远不是如师宪这般勤勤恳恳。更何况朝中还有一患，便是那董宋臣。这两人若沆瀣一气，不知要闹出如何动静。"

贾似道心想，丁大全这人他岂会不知，当年中举入朝时，丁大全对上时表面和气，但一到了私下，便心高气傲，不与他人来往。贾似道一月之中，与其他文人喝酒谈天，好不快活，唯独丁大全全然不理。思虑一会儿，却只道："宗申真是心思细密，但想必是多虑了。我看那丁青皮，没那么大胆子，怎敢刚一任宰相，就肆意妄为，不顾朝纲。"

"师宪真是不喜与人为恶，如此心性，想必朝中党臣，已找不出几个。这丁大全可不是小奸小恶，心思诡谲，他人难以想象。他若为祸，师宪不如趁此时机，上书弹劾，也好让自己在朝中有了功劳一件。"

贾似道连连摆手，峻声道："他与我都是在大宋为官，只为造福百姓，怎可如此对待？”

不待贾似道接着说下去，刘宗申似是一套说辞早已备好，急忙答道：“他若好生为官，振兴朝野，师宪便交他一个朋友也无不可。但他若不好好做事，只顾为己求荣，那师宪何必赏他脸面，让他下台，何乐而不为？”

贾似道略一迟疑，将案上书卷合起，向刘宗申道：“好了，不谈这些。丁大全若是为祸，我再思虑对策不晚。现在这雷声雨声，俱已没了，宗申陪我走走这竹林，赏赏风物景致，如何？”

刘宗申也不好再说下去，便笑吟吟道：“难得师宪有如此兴致，肯放下书本，游走山林，宗申哪有不陪的道理？”说罢自己取过竹骨伞，推开木门，躬身做了一个请的姿势。贾似道随即走出去，霎时间觉得清新之气扑面而来，不似刚才屋中那般憋闷。两人走向下山道路，谈笑风生，却各怀心事。刘宗申思忖何时再能提起入朝一时，却不想贾似道心中已有打算。贾似道虽不说，脑中暗暗定下心思，丁大全确实不值得信任，若真要在朝中为非作歹，倒不如自己先上书皇帝。虽不为了自己仕途，但为了天下百姓安生，也得棋行险招，非走这一步不可。

闲谈间，两人便下了山，回到镇上，告别之后，各回家中。贾似道为扫疲乏，打水洗漱，在铜镜前一瞧，又是唏嘘不已。自己穿着一身灰黄长袍，发髻散乱，不过三十余岁，却已皱纹满布，两鬓皆白。想到自己这二十年，为了父亲几句话而片刻不敢歇息，却又始终没能真正理解父亲的意思。十岁时所听见的话，已经印象模糊，但唯独最后一句，不能忘，不敢忘。若是不能入朝，造福苍生，而只能偏安一隅，在两淮之地镇守疆土，保护一方百姓，又算不算得上尽了一切努力，去保我大宋的江山呢？他走在这空荡荡的大院里，眼前出现父亲、母亲和唐柳的身影，不禁泪流不止，叹道："自金灭后，两淮暂得安生。似道这些年来，未对任何人有愧，只想着与人为善，守好这地方，不至于丢了家业。如今若想保更大之家，便只好做一回恶人不可。那人非善非贤，害他便也无妨。只是与人为恶，终非我所愿。唉，为何似道不能只做寻常百姓，享天伦之乐？"想着想着已到夜间，便回到房中，不久便沉沉睡去。

次日清晨，贾似道坐在自家屋中整理账务，只听得两声敲门声。贾似道说了一声"进来！"门便从外推开，家中最年少的女仆走进来，眉目含笑，压低声音，弯腰说道："家主，唐姑……唐小哥求见。"

说完便侧身立在门边，迎进门外一人，那人进来便佯装不快，轻轻踢了女仆小腿一脚，道："说个名字也说不好，真是笨！"那女仆也不生气，只是强忍笑意，耸了耸肩。贾似道见了只是无奈摇头道："好了，你们二人在一起便要瞎闹，整个院子都被你们搅得乌烟瘴气。"

来的那人穿着书生长衫，却因为人太瘦小，衣服显得臃肿拖沓。面皮比寻常男人要雪白许多，扎成发髻的头发也较长，一开口声音虽亮，却似莺声燕语："你这院子死气沉沉，要不是有我和凝香妹妹，你这一家子不知道要多少载才开口笑上一次！"

贾似道吟吟笑道："我说你不过。那'唐小哥'这次来，又有什么事情要和似道相商？"说话间凝香向来人笑了一下，便退出门外去了。那人找了一把椅子，拖到屋子正中间，面对着贾似道摆着，一撩衣摆就坐下来，跷起二郎腿，道："问我有什么事？我看是你忘了什么吧。"说罢又从贾似道案上取了一个果子，用袖子擦了一擦便大口咬起来。

贾似道一拍脑袋，似是想起了什么，马上赔笑道："是了，今日应是我去探望尊甫之日，竟然也给忘了，真是似道的不是。"说罢从椅上起身，整了整长衫，道："那我们这就走罢。"

那人仍是坐着不动，一口口吃着果子，道："坐下好了，我爹爹还得叫你家主，不敢盼你去看他。他只说希望你别忘了爷爷的忌日就好。"

这人就是唐柳的孙女唐小燕，贾似道十几岁时，垂髫之年的唐小燕就经常到贾家大院中玩耍。院中除了一些年轻女仆，就只有贾似道年纪最小，愿意和小燕一起玩闹。一来二去，两人成了发小，互称兄妹。后来，唐柳去世，但两人关系也未减半分。这唐小燕虽是女孩，但性格直爽，脾气耿直，不输男子，而且她也并非大家闺秀，为了方便出门行走，时常着男子衣衫，学习男人行为举止，让贾似道哭笑不得，不知该拿她当作妹妹还是弟弟。

贾似道无奈道："柳伯与尊甫皆是我贾家恩人，似道不敢妄称主人。而且尊甫早已不在贾家，我当他是长辈，不敢怠慢。至于柳伯的忌日，似道更是不敢忘记，这么些年，我有哪次没有去过？"

唐小燕不耐烦地摆摆手，道："总是来这一套，我爹是不在这了，那我还总来是不是也不招人待见？你就记得你的升官发财之道，我下次只来寻凝香玩好了。"她说的虽是小女儿话语，但却丝毫不见女人情态，只是大大咧咧，似是男人醉酒谩骂。

贾似道无奈摇头苦笑，半晌才玩笑道："小燕还是十年前的小燕，似道却早也不再如从前那般清闲了，如何有那么多时间陪你玩闹。如今有凝香在这院子里，让我安心许多，我真是谢天谢地。"

唐小燕听后并不发怒，只是低声叹气。幼年时她与贾似道一起玩耍，也一起学习。唐柳只得这一个孙女，甚是溺爱，教授贾似道时也不回避她。于是唐小燕从小便不学乐器女红，懂的全是些治国安邦、理财兴家的大道理。自然而然，长大后也变得不像个女孩儿。再加之她聪明伶俐，常在茶馆与大男人侃侃而谈，尽是家国之事，虽只得皮毛，未能切中要害，但比起平常人家、穷酸儒士，已是毫不逊色。

贾似道为官之后，唐小燕也常在旁思忖，暗中观察她这异姓兄长是否为民着想，当了一个好官。若是他有半点不是，唐小燕也必要斥责他。她时常来到贾家也并非全为了玩，也是为贾似道提些意见。好在贾似道并未犯下什么大过错，唐小燕便没什么事，闲暇时与院里女仆凝香成了好友。

她听了贾似道这几句话后，道："知道你这做官的忙，但也不必这样损我。你不是十年前的你，我也不是十年前只知道玩泥巴的毛孩子。上次赈灾之事，若不是我提醒，你哪晓得周边县镇也要照顾周全，到现在还未见你谢我呢。"

贾似道装模作样作了一个揖，笑着道："那么，似道替两淮百姓谢过忧国忧民的'唐小郎君'。"

唐小燕佯怒道："为官之后别的不会，却学会了这虚头巴脑的一套。我看你真的要少和那刘宗申来往。”

贾似道听得这话，眉头微皱，正色道：“宗申在仕途上助我良多，小燕为何总是如此不待见他？”

“什么助你良多，分明是想趋炎附势，借你之力实现自己抱负。这个人阴阳怪气，铁定不是什么好东西。就只有你被蒙在鼓里，分不清楚谁对你好，谁又欲对你不利。”

贾似道微有不悦，抖了抖袖口，峻声道：“小燕不可如此度人。宗申依附于我，乃是做我幕僚，帮我打理两淮事务，许多事情得宗申操持，我也要轻松许多。他若真是势利小人，随我一个宝文阁学士，立命在此淮东，又能有多大作为？”

唐小燕不以为然，反问道：“那我问你，你最近是否打算进京了？”

贾似道愣了一下，道：“你如何知道？”

“刘宗申等的就是与你一同进京、享受荣华富贵的机会，如今人人议论，丁大全丁青皮要入朝为相，刘宗申知道你一心向大宋，见不得歹人祸乱江山，怎么可能放过这么一个大好机会，不劝说你呢？”

贾似道奇怪道：“怎么，小燕也知道丁大全一事？”

唐小燕点点头，正色道：“街头巷尾之传言，不能全信，也不能全不信。丁大全这件事，我看十有八九是真的，就只有你这当官当傻了的，当成是戏言。”

贾似道苦笑两声：“我倒没有当它是戏言。丁大全这事，我也做了打算。”

唐小燕一听，猛地从椅子上站起来，大喜道："你有什么打算？"

贾似道并不直言，却反问道："小燕，你也知道，爹爹当年离世时告诉了我什么。我这二十年间，常问及别人，爹爹当年是如何保江山的。时至今日，我也还是不能明白，何谓'不论任何手段'。我问你，如果不入京城，只做个地方统管，赴汤蹈火，可算得了保卫大宋？"

唐小燕沉吟一刻，道："金灭之后，虽得短暂平安，但也只是因为蒙古内斗不断。三年前蒙哥做了大汗，雷霆手段，整治颇有成效。今年年初，其弟忽必烈也率军攻破大理，降了段兴智。再要发兵，必是针对大宋。到时候战事不断，我虽信得你的才能，但你能守得住淮东，能守得住合州、鄂州吗？若想要保住江山，不入朝堂，惩治奸恶，立威立信，谈何容易。"

贾似道也点点头，道："我昨夜彻夜不寐，所想所感，与你说的颇有几分相似。看来丁大全这事，不论如何我都不能不管了。"

未及再说，门外却传来敲门声，又有一女声响起，正是凝香，道："家主，刘先生求见。"

贾似道应了一声，唐小燕在一旁却略有不快。不一会儿，门便被推开，刘宗申自外面走进来，合手躬身，道："师宪。"又看见唐小燕冷眼站在一边，呵呵一笑，道："唐姑娘也在这儿啊。"

唐小燕低低应了一声，便拉住凝香出门去，只留下贾似道和刘宗申二人在屋内。刘宗申笑了一笑，回身关上屋门，继续说道："师宪，之前我和你说过的那个吕将军，此刻已经到了淮东。"

贾似道喜上眉梢，朗声道："哦？吕安抚到了？宗申何不去将将军请到我府中?”

“宗申这就去请。在这之前，还有一事要问。不知道进京一事，师宪想得如何?”

贾似道一皱眉，道:“为何问这个?”

刘宗申压低声音，慢慢道:“吕将军也是大忠大义之人，这次与吕将军见面，何不一起商讨一下，如何对付奸相?”

贾似道略感吃惊，道:“此举只为清理朝堂，助官家辨明忠奸，又非武斗谋反，为何还要与吕将军相商? 我倒是觉得，知晓的人越少越好。”

“师宪若无几人帮衬，丁大全集宰相之力，我们又如何抗衡?如果师宪忧心，先不管这些，只与我去见见吕将军好了。”

贾似道还想再问，但略一思忖，刘宗申说得不无道理。这位吕将军便是峡州知州、湖北安抚吕文德。这十年间，他解围寿春、收复五河、死守泗州，立下赫赫战功，是大宋抗击蒙古的中流砥柱，几可比得上当年的孟珙玉、余义夫。虽不知他全部底细，但他出生入死只为保得一方平安，定然不愿意奸恶之人祸乱朝政。若得如此一人相助，保全朝堂安危，又能多上几分把握。如今他前来淮东面见自己，说不定也是有什么要紧之事。贾似道想到此，也不好再辩，便遣刘宗申前去请吕文德。自己在府中整理妥当，只等两人前来。

2. 暗算

宝祐三年(1255)，才刚刚入秋，些许寒意已经渗入临安城。街上行人渐渐稀少，丁府外却是门庭若市，来去皆是朝堂上下为官之人。自传出丁大全要上任右丞相后，这块地方就没有消停过。临安城中年老一些的百姓犹能记得，以往吴潜、董槐为相之时，却不似这般热闹。这天晚上，丁府外仍旧是人声鼎沸，但他们要找的这家主人此时却不在府上。

正是华灯初上时，湖面上挤满大大小小的画舫，艘艘画舫上皆悬满灯笼。那比湖畔房屋还高的船舱内，一层有大排筵宴，二层有小屋隔间。雕花木窗上的帷幕帘幔涂上油层，厚过纸板，将船舱内外分隔，里面坐着的人只听得见内里的喧哗，连为他们准备的彩灯也见不到几分，更不用提岸边的林林总总。舱内还有歌女舞女，夜夜不息。这船内、船外、船边，各是别样景致，人来人往，倒不知究竟谁才是游客，谁才是风景？

一艘大船船舱二楼一间厢房内，正坐着三人，对盏而酌。喝下一杯，其中一华服戴冠之人乐呵呵地说起话来："大全这次倚仗董内侍太多，真是不知道如何报答才好，便在这'玉珠舫'中宴请内侍，聊表心意。"

另一人衣衫也不简单，但在三人中已是最次，也没有戴帽，只是扎了一个发髻绾起头发。他听头一人说完，也端起酒杯道："不错不错，内侍不仅照料子万颇多，对我马天骥，也如再生父母一般。我这次借子万的地方，表我心意，待到过得几日，我再请内侍到寒舍坐坐。"说罢哈哈大笑起来。

第三个人正襟危坐，却没有笑，只是微微扯动嘴角，皮笑肉不笑，仍旧面沉似水，冷声道："丁御史、马侍郎，何必与董某如此客气。这样一说，岂不更是显得疏远？子万、德夫，两位皆是大才，既有出将入相之能，又有高标青史之功，能得此官位，自是应该。董某才是三生有幸，能交到子万、德夫两个朋友。”

说话这人正是皇帝赵昀贴身内侍董宋臣。他嘴上热乎，脸上却一点未见和气，寻常人若见了，定觉得他甚是阴冷古怪，难怪乎百姓私底下都叫他“董阎罗”。而另两人，一个是户部侍郎马天骥，另一个正是殿中侍御史丁大全。

马天骥放下酒杯，颇为尴尬，但也只有赔笑。丁大全却很是高兴，拂袖高声道：“正是，内侍、德夫与我都是朋友。既是朋友，互相帮衬，也是应该。”说罢自饮了一杯，不待另二人表示，又道，“要说朋友，大全在朝中，还有一位至交好友。”

马天骥甚是好奇，侧身附耳道：“子万指的是哪位高朋，今日为何不约来相见？”

丁大全与董宋臣相视一眼，缓缓道：“这位朋友，可是约不出来。”见马天骥更是好奇，顿了一顿道，“乃是官家身边贵妃——阎贵妃。”

马天骥大吃一惊，手中杯盏内酒水洒落一地，杯子也几乎脱手落地，半晌才定了定神，压低声音道：“子万，怎可如此胡言乱语？”

丁大全呵呵一笑，重新为马天骥斟上美酒，道：“德夫有所不知，这位阎贵妃，不仅生得貌美，而且也有男子的胸襟与见识，若说气魄能力，想必是连你我也比不上的！”

说完他看了一眼董宋臣，董宋臣知会意思，也冷冷开口道：“确实如此，只可叹终究是深宫贵妃，若是男儿身，今日必要请到这‘玉珠舫'上来，也好让德夫见识见识。"说罢他站起身来，从窗口目视远方，丁大全也赶紧随着他站起来。马天骥仍在傻眼，半晌才反应过来，跟着走到窗边。

外面仍是灯火通明，熙熙攘攘。已是戌时左右，寻常人家早已入梦多时，这西湖内外却好像比先前三人进来时，更加明亮晃眼。董宋臣道："你们看这西湖美景，天下可有出其右者？"

两人躬身在旁，都道没有。

董宋臣接着说道："这临安城能得如此风貌，可算是大宋之福。你我三人，如今都可算是官家的左膀右臂，再得如阎妃一般通情达理的贵妃，又有什么事不能做得？保我大宋之威，可都是我们的事儿了。"他说的话半真半假，让人摸不着头脑，此刻就只有丁大全明白。

丁大全马上附和道："内侍说得没错。既然是我们的事，为了大宋朝廷安危，那些奸恶之人，当赶紧除去。"

马天骥不知其中利害，道："子万说的可是贾似道？"

董宋臣转过身来，摆了摆手道："贾似道去年连连上书，虽是闹出了不小动静，但也终归至于此，消停了也就算消停了。现在要对付的人，乃是董槐。"

马天骥没有料到会听到这个名字，看了一眼丁大全，却不见他吃惊，才明白自己是最后一个"上船"之人，便低沉声音道："董相公？"

董宋臣脸上未见任何涟漪，只是点点头，道："不错，除去这个人，子万的丞相之位才能安稳，到时候我们几人才真正有能力保护这个朝廷。”

丁大全躬身一拜，马天骥见状，也不再多问，只是哈哈一笑，端起酒杯道：“那天骥就敬子万一杯，祝子万马到成功。”

丁大全应承下来，道：“董内侍、德夫，同喜同喜。”

转眼已是几日之后。董槐自宫内走出，径自向自己府上去。这几月对他来说颇为难熬。一年前自己刚为丞相时，便有不少人找到他，有些人是巴结他，只为谋些好处。也有一些人为探讨为官之道，特来拜访。董槐知道这些都是必然，所以不管对方用意何在，来者不拒，但所求之事也并不一一答应。其中却有一人，颇为奇怪，就是丁大全。从前丁大全到他这里来求个一官半职，已被自己拒绝。但这一次他来，并不奉承自己，既不为谋利，也不为商议事情，只是堆起笑脸，闲聊半晌，就自行离去了。然而这几月内，总是传出消息，这丁大全在朝中散布谣言，弹劾他，官家似乎也有所动。董槐心里非常明白，这其中原因有二，一来是那丁大全仍然记恨自己拒绝过他；二来是他也有做丞相的打算，排挤了自己，他肯定更好安生。董槐无奈，只得经常入宫，为官家分析利弊，既为保全自己，也为不让朝廷大权落在如丁大全这般人的手中。

董槐所提之事，尽数朝政之弊：一是皇亲国戚不受法度管制，二是执法官员行使权力作威作福，三是京城官吏不管束下属，任其胡作非为。董槐所说之事，皆意在从旁提醒官家，提防小人，然而官家却似乎越来越听不进他的话。董槐没有察觉到的是，由于自己一向唯才是举，两袖清风，克己奉公，已经让官家倍感无人关注自己。而在丁大全诬陷他时，他又常常觐见，畅所欲言，官家自然不喜。官家知晓董槐来意，却以为是董槐多疑。

想到此，董槐唉声叹气，唏嘘不已。边走边想，眼见已到了西湖边，见那湖面之上，仍旧灯火通明，喧闹不已，想必又是那些贪官污吏在享受酒肉之欢。不知道那丁大全可在这行列之中？

董槐回到家中，洗漱整理，翻开卷宗正欲查阅，却听见门外吵闹非常，推门出去，只见门外一片火光。门外几人正在大力敲门，门板“咚咚”直响。

门内一个老家仆守着，董槐走过去问：“外面何人？所为何事？”

老家仆发着抖，涩声道：“回主人，不知道何人，也不说明来意，只是一个劲儿地砸门，我不敢开。”

董槐扶住老家仆，退后两步，听见门外传来叫喊：“董丞相，丁大全求见！能否请丞相开门相见？”

董槐感觉奇怪，只觉得丁大全聚众前来，定不会有什么好事，便不靠近门口，只是朗声问道：“这么晚了，子万有什么事？”

那丁大全也不回答，只是呵呵一笑，避开话题道：“丞相，门外街窄，冷冷清清，丞相不会是想让我在这外面说话吧？还请丞相开门。”

董槐“哼”了一声，不及回答，却听丁大全又高声道：“如果丞相不开门，就请别怪大全鲁莽了。给我砸开！”

只听得敲门声戛然而止，又传来声声闷响，是外面几人在用肩膀撞击木门。董槐大吃一惊，察觉事情不妙，连忙对身边老家仆说：“快带夫人、家眷藏入内院，不得出来！”

很快，门板就轰然倒地，撞门二人退到一边，丁大全穿着一身青灰长袍，挽手在后，慢慢踱步进来。他看了一眼董府院子，冷笑一声，转头看着董槐道："丞相好住处！"

董槐扫了一眼后面来人，尽是佩刀军士，人数不下百人，心知大事不好，但仍是岿然不动，低声道："蒙子万赞赏。子万深夜带兵到我府上，又是为何？"

丁大全来回走动，不时停下看看盆景花卉，甚是悠闲，缓缓道："丞相，官家已有旨，今夜就要罢你的相位。丞相不会还不知道吧？"

董槐见他如此，不似幌子，心下一沉，定了定神道："官家若真有旨，我董槐受着便是，又何必劳烦丁御史？"

丁大全道："我用御史台台檄调兵来此，只是因为官家不仅要罢你的相，还得治你的罪。恐怕今天晚上丞相就住不得这大院了。哦对了，今天以后也住不得了。"说罢摸了摸身边杏花，露出惋惜神色。

董槐沉声道："董槐何罪之有？就算有罪，也得官家治我，你带兵来围，又算什么？你……"

不待董槐说完，丁大全就急忙打断道："丞相何罪之有，到了大理寺，自然一切明白。来吧，把丞相绑上，丞相斯文人，你们可得轻着点。"

话音刚落，两官兵就上前用麻绳缚住董槐。丁大全走出院门，带头向大理寺方向去。董槐被推出院门，无奈之中看了后院一眼，只见百余持刃官兵都已离了大院，才放心一些，长叹一口气，知道事情已难有回旋余地，只得随丁大全去了。

一行人走到北关，丁大全突然止住众人，回身向董槐说道："丞相，今日大全就送你到此。"说罢假惺惺一拱手，便要带人离去。旁边一亲信模样的人上前向丁大全耳语两句，丁大全呵呵笑道："放心，丞相脾性忠义，哪能容得了逃犯之名。丞相，对吧？"说罢哈哈大笑，带人离去。整个大道上，只剩下董槐一人。董槐虽知自己无罪，但也心知丁大全所说没错，自己一心只为大宋社稷，哪可能此时窜逃，只能去大理寺，盼望能为自己求得一个公道。想着便身负麻绳，缓缓向大理寺走去。

大理寺卿正坐在案前，紧皱眉头，审着一卷金帛案文，只见董槐绑着麻绳，走了进来。他大吃一惊，迎上前去，道："庭植，这是作何？"

董槐奇怪道："不是官家要罢我相位吗？难道丁大全所传之事是假？"

大理寺卿面露难色，道："罢相一事确是真事，只是这案文才到我手中，庭植怎么就已经来了？"

董槐瞪视大理寺卿，眼神无光，许久才暗笑着摇了摇头道："丁大全，你竟如此心急。这朝廷大事若真到了你手中，将会是何等模样？"

刚一阵喧闹过后，北关外火光已远，街道又渐渐平静下来。

宝祐三年(1255)，又是一夜，董宋臣、丁大全和马天骥又聚在"玉珠舫"上，只不过此时的丁大全已经被拜为丞相，执掌生杀大权。

三人身边此时还坐着另外一人，长须垂地，一身褐色皮袍，盘腿而坐。这人名叫袁玠，乃是丁大全十年亲信。他端着酒杯，哈哈笑道："袁某敬三位大人一杯，以谢三位对袁某的提点。"

三人皆应下来，董宋臣喝下一口，道："袁玠，明天就是你走马上任之时，到了九江，可要好自为之。"

袁玠笑道："承内侍、丞相之情，这个制置使袁某必做得有声有色。"

丁大全一笑，向董宋臣道："袁玠在我身边这么些年，为人处世，我最明白。内侍尽管放心好了。"又转向袁玠，低声道，"袁玠，你最该谢的人，今日却不在这里，真是可惜。"

马天骥笑道："不错，阎贵妃不能在此，真是可惜。一年之前，我还不信有此奇女子，能得男子眼光与行事，想不到就在官家身边、芙蓉阁中。若无阎贵妃，我们行事真是多有不便。"

三人又是一番赞许，几轮酒过后，袁玠又为难道："丞相，袁某还有一事，不甚放心。"丁大全疑问一声，袁玠接着道，"那姚勉因我之事为由，挑拨是非，上书弹劾丞相，袁某真是不知如何应对？"

丁大全呵呵一笑，道："姚勉小人，之前就因为董槐之事羞辱我，虽是狠毒，却未兴起什么风浪。今日又说我朋奸罔上，结党乱政，真是可笑之极。他虽胡言乱语，官家自然心明如镜，也不会理会他，袁玠不必为此自责。方岳、洪天锡、贾似道、姚勉，前前后后欲以乌有之事污蔑我等，加起来也有十数次，都不成气候，只把它看作过眼云烟，掷之窗外好了。"说罢丁大全站起身来，手抓一颗青豆，扔出窗外，落入西湖水中，惊起小小涟漪，即刻被鱼分食。

是夜，四人在西湖上享乐之时，却有一人潜入宫门，在朝门上书下八个大字，乃是："檐马丁当，国势将亡。"

三、师宪拥军

1. 贾似道驱逐丁大全

“岂有此理！”贾似道大喝一声，拍案而起，却又不知接下来该作何言论，叹了一口气，只好又低声道了一句，“真真是岂有此理！”

此刻他正站在一卧房的床旁，床上躺着一人，面带病容，正是刚被罢相没几天的董槐。床边还坐着两名妇女，一人正是董槐的正妻，而另一人则是唐小燕。唐小燕已不似五年前那般如花容貌，但仍然不着女衫，穿着一身公子衣裳，比从前更像是一个文人儒士。

看到贾似道如此失态，董槐不禁笑了一笑，对自己夫人使了个眼色。夫人看了看唐小燕，眉间似有难色。董槐只呵呵一笑，道：“小燕不是外人，就让她留在此听听董某和师宪的谈论吧。”

董夫人只好起身出门，从外面把门带上。董槐咳嗽两声道：“师宪大可不必如此，官场是是非非，董某都已不去想它了，只待这一场病过去，便可在此住处养花逗鸟，颐养天年，好不快活。”

大理寺一幕之后，董槐已经是住不得丞相府了，但毕竟不像平常百姓，被没收了家当只能沿街乞讨。董槐遣散多余的家眷，带着妻子家小，住到了临安西城的老房子里。这里院落虽不如丞相府宽敞，但种几株杏花，仍是绰绰有余。

贾似道来回踱步，直替董槐叫屈道："董公难道忘了为官之道了吗？董公这些年道尽政弊，难道就不改了吗？"

唐小燕听到此语，怕伤及董槐被罢官的痛处，不忍打碎他的晚年美梦，赶忙去拉扯贾似道的衣袖，想要他不再说下去。谁知贾似道只是拂开她的手，继续向董槐说道："可恨那丁大全趋炎附势，还有个阎贵妃保全着他。我呸！要是姐姐还在世，官家哪里还会向着那个丁青皮！我也要叫他尝尝，什么叫权贵什么叫走狗。"

唐小燕见他说着说着气血上涌，不休不饶，只得插声道："师宪怎可有如此想法。那丁大全用下作手段害了董公，是狗咬了人。你再去陷害丁大全，即便是为保朝堂安宁，不也成了狗咬狗吗？"

贾似道听到唐小燕将自己比作狗，不禁一怒，瞪视着她。但他这异姓妹妹非但不怕他，看着贾似道不作声，反而甚是自恃。董槐见两人又斗起嘴来，只得苦笑道："师宪啊，你也为官多年了，官家都已称你一声开国公，怎得还是如此莽莽撞撞。要比起治世之理、做人之道，我看你还远远比不上小燕一个姑娘家。只是小燕啊，你也不是小姑娘了，不要整天光惦记读书，也该找个好婆家了。"

唐小燕确是个老姑娘了，但听了董槐这话，也不脸红，只缓缓道："董公，知道您在意小燕，但小燕大可不嫁。人说'待字闺中'，小燕早给自己取好了字，不在闺中，也不寻夫家。"

贾似道也不知劝过这妹妹多少次，只是每次她都打着哈哈糊弄过去，如今仍然不见唐小燕有些许想出嫁的迹象。他听了这话，气得问道："那'唐公子'给自己取了个什么字？"

唐小燕道："唐小燕，字'才高'。"

贾似道听了又好气又好笑，只是暗自摇头。董槐却哈哈大笑道："哈哈，确实如此，确该如此。以小燕的才学，想要找一个配得上的夫婿，恐怕是比登天还难。有你为师宪出主意，董某觉得确也比十几个幕僚还要来得实在。"

唐小燕笑道："董公又在笑话小燕了，我说的话，师宪未必能听进三分。要说出主意，我看那刘宗申的主意更能入得师宪的耳。"

贾似道道："六七年前宗申便提醒我，提防丁大全，我还不在意。现在看来，他说得一点不错，早知今日，就该听了宗申的建议。"

董槐沉思许久，缓缓道："刘宗申确实聪明非常，然而此人野心也不小。他是看出了你今日能成功业，才选择一直在你身边。至于他还有没有更多的贪念，谁能知道呢。"见贾似道似有不快，转念又打趣说，"好了，不说这些。董某这病未愈，脑子混沌，不得思考，还是与小燕聊些家长里短比较好。"

说罢三个人又聊起其他事宜，只是贾似道一直忧心忡忡，没过多久，便拉起唐小燕，欲与董槐作别。

眼见贾似道已经迈步出了门，董槐却叫住唐小燕，轻叹道："小燕，师宪心中虽有大义，但性子太直，就似当初的我，不懂回旋。这一番失落，才让董某明白许多道理。像师宪这般，仍是斗不过丁大全、董宋臣这等奸人。你若不在，董某怕他会吃尽苦头。若是他要上前线去，董某恳求小燕，为了这大宋能保有一个贤相，也能在他身边出谋划策。”

唐小燕点点头，向董槐拜别出门，看贾似道背影似意气风发，她不禁长吁一口气，却听到贾似道回头唤她：“小燕，快些，约个时日，我想见见吕将军。”

临安城西子湖畔，有一座二层小楼立在红灯绿影之中，二楼茶座上空着七八张桌子，只有一张桌子边坐着三个中年儒生模样的人。一人衣服比其他二人稍华丽，还有一人衣袍宽大，仔细一看就能瞧出是女扮男装。这三人不是别人，正是贾似道、刘宗申和唐小燕。

三人正谈笑间，店小二从楼下引上来一人，虎背熊腰，膀大腰圆，面容却修得齐整。这人见到贾似道，猛力抱拳，压低声道了一声：“下官见过贾大人。”却仍是震得这二层小楼颤动一下。

贾似道听得这一声，也不惊吓，站起身来迎笑道：“吕将军来了！”来人正是湖北安抚统制吕文德。贾似道引他到三人身边坐下，抱拳向临安宫廷方向一拜，又道：“吕将军，大家同在朝中为官，为我大宋出力，不必再互相客气。而且吕将军与似道又有近五年私交，还大过似道两岁，叫我名字便好！”

吕文德一介武夫，本是粗人，不擅说辞，自己暗忖与贾似道确有多年交情，而且无话不谈、无话不说，都一心为宋廷出力，便同意贾似道提议，哈哈一笑，刚想说话，却被旁边的刘宗申抢了先。

三、师宪拥军

刘宗申捋了捋青色衣袍，站起身来，阴沉沉道："师宪乃是枢密院事，又被拜为开国公。官家掌握天下，纵然别人的话皆可不听，可师宪的话，还是要听上一听的。宗申与吕统制毕竟官低几等，当然得称一声知事大人。"

吕文德听了此言，只得收了笑声，颇有些尴尬。贾似道不以为意，只道是刘宗申太过讲究宫廷礼仪，摆摆手打了个哈哈。只有唐小燕听得出刘宗申的用心，知道他是想为贾似道纠集党羽，以备日后好有力量与朝廷其他势力抗衡。唐小燕一向不喜欢刘宗申的为人，但也深知贾似道太易于轻信他人，毕竟朝堂之上，交朋为小，结党才是事大。刘宗申虽还有更大野心，但此举也没什么不妥，她只好冷哼一声，端起茶杯大喝了一口。

四人一人一句说起朝堂之事，其中不乏声讨几句丁大全和董宋臣。贾似道对这二人十分厌恶，吕文德也恨之入骨，说到动情处，几次拍案而起，似要马上屠尽那两人满门。

说着说着，几人说起了边防战事。吕文德道："自从宣抚离了江淮，官家让末将去做了统制，这边防一刻不得安宁。总有人说北面蒙古人不久就要打来，弄得人心惶惶。唉，不过我看也说得不错。那蒙哥，性子刚烈不输其祖铁木真，没个仗打，他是不踏实的。灭金后，他弟弟忽必烈又打下了大理，我看等他们休整好了，早晚是要来的。"

刘宗申抿了一口茶，抱拳道："我大宋精兵无数，国威不尽，自有天佑。何况还有吕将军、王坚将军、袁玠将军等英雄人物，哪怕他士兵再多又如何？"

吕文德得了赞赏，呵呵一笑，也就不再多说，只看着贾似道作何反应。贾似道却是紧锁眉头，缓缓说道："吕将军、王将军自是大才，不必多说。那鄂州袁玠，却不是什么好料。我听闻他是那丁大全的党羽，想必带兵打仗好不到哪去，甚至愿不愿为我大宋卖命都不好说。"说完站起身来，看了看西湖风景，不禁长叹一口气，道，"蒙古人一来，鄂州首当其冲，依我看弹劾丁大全一事，还真的不能再久拖了。"

刘宗申听了这话，喜上眉梢，正想开口，吕文德却抢先一步站起，走到贾似道身旁，侧身道："宣抚，依末将粗浅见识，若蒙古人来犯，不仅鄂州首当其冲，还有一地，也要率先遭难。"

贾似道问道："将军说的是哪里？"

旁边唐小燕一直不言，此时突然答了一声："合州。"

吕文德一惊，马上又反应过来，笑道："唐姑娘真是让末将刮目相看。男人都不一定懂得的事，唐姑娘却总能晓得。"

刘宗申阴阳怪气抢过话头来，道："那是自然。唐姑娘才智出尘，其他些姑娘家只懂得绣花缝衣，增补家用，把自家丈夫调教得好已是不易，哪懂什么家国大事，与唐姑娘一辈子都是不能比的。"

唐小燕知道他笑话自己孤身一人，虽不打紧，但也颇不服气，回道："小燕一人也好，两人也好，都好过只当自己是半个人，附在别人身上当块烂肉。"

刘宗申也不生气，又是阴沉一笑，还想再辩，贾似道已听得不耐烦，打断两人，又向吕文德问道："方才吕将军和小燕所说，蒙古人还要打合州，有几成可能呢？"

吕文德道："昔日余玠将军镇守川渝，于我有恩。末将在他那里与不少川中将领结交，所以消息还算灵通。唉，可惜余将军也病逝了，不然有他老人家雄威在，我大宋哪里惧他蒙古骑兵。"说罢四人都是一声惋惜，端起茶碗往地面倒了一杯，以慰余玠将军在天之灵。

拜完之后，吕文德又道："还有一位名将，也是我在川渝的旧交。"

贾似道问："吕将军说的可是刘整将军？"

吕文德点头道："不错，正是刘将军，他现在任潼川安抚，眼线也多。刘将军告诉我，蒙哥这一次要亲征合州，还要带上兀良合台、史天泽等人。"

贾似道听得这几个名字，大为惊喜，道："蒙哥怎么这么不懂用兵？这些人都来了合州，鄂州哪还用得着袁玠？"

吕文德沉吟半晌，摇摇头道："宣抚，并非如此。蒙哥虽然带了主力来合州，但攻鄂州的想来也不是平凡人等。末将猜测……应该是忽必烈。"

"忽必烈？"刘宗申起身问道："早有传言，自从忽必烈灭了大理，回去后被他亲哥哥猜疑，封去做了一个劳什子王爷。从那之后，两人便有嫌隙，蒙哥不敢用他打仗，他也乐得清闲，在封地做起了学问。这次来犯，怎么会又让忽必烈独领一路大军？"

吕文德愁眉道："我听人说，那忽必烈做了一件奇事。他听闻蒙哥要举兵，竟然连夜从漠南赶回漠北，与他哥哥倾诉衷肠一整晚，第二天从帐篷里出来时，蒙哥就与他挽着手了。从此兄弟齐心，再无他意。”

刘宗申忙道：“吕统制不知，忽必烈这奇事是有人帮衬的。”

唐小燕最喜欢这种奇闻轶事，平日也听说过一些，但没有刘宗申这般眼线遍地，便问道：“说的可是刘秉忠和张文谦？”

刘宗申呵呵一笑，装模作样地摇了摇头，道：“非也，刘张二人是为忽必烈出了不少主意，但这次化解他兄弟二人干戈的却是姚枢。”说罢见三人均是疑惑神色，便又缓缓道，“这姚枢也是一名大儒，当年随忽必烈一起前往漠北。蒙哥猜疑忽必烈时，他竟建议忽必烈将妻子和世子都送往和林，在蒙哥眼皮子底下生活，以表忠心。忽必烈哪里舍得，便说不愿，没想到第二天，姚枢又来劝忽必烈自己也回漠北去。忽必烈思考再三，只好从了，让人告诉蒙哥他想回漠北放牧。蒙哥准了之后，两人在和林相见，大宴一晚，忽必烈又依着姚枢让他做的行礼献酒，最后兄弟二人竟相拥而泣。这姚枢不得不说是一位奇人啊。”

贾似道闻言只是摇头，道：“那看来这一仗是非打不可了。这忽必烈身边如此多良才，想必他自己也不是等闲之辈，不知会不会日后也在战场上与他遇见。”

吕文德笑道：“宣抚有刘先生，又有我朝大小将官相助，不用怕他。”

刘宗申听得此言，也赶忙拱手向贾似道道：“师宪与吕统制若要上前线率兵，宗申愿随两位一道破了蒙古军。”

其时已经夕阳西下，昏黄日光洒满整片西湖，那些大船上的红灯笼也渐渐亮起来了。鸟雀离开湖畔，向临安城另一边的树林里飞去。贾似道沉吟一会，摆摆手道："若真要打，我是非自请去前线不可的。先父教我的那些统兵阵法、临敌之策，我这一生非要用一次不可。而且有吕将军随我前往，我无可惧矣。只是，宗申可留在临安，替我打点府中事务。这一次，我要带小燕同去。"

宝祐六年(1258)秋，蒙古大军进犯大宋边境。没等入冬，入川的先锋军已经攻克四川北部，忽必烈率领的大军也已经攻破汉阳，与鄂州隔江而对。大片领土被蒙古军驻扎所用，大宋子民流离失所。而这一切，让宋廷刚刚从沉睡中反应过来。

赵昀坐在龙椅上，双手扶着两侧，一言不发。丁大全弓着腰站在堂下，已经浑身是汗。偌大朝堂上，除了这君臣二人，就只有吴潜、程元凤和董宋臣三人而已。

皇帝静了很久，终于缓缓开口道："丁大全，你还有什么可说的？"

丁大全仍不敢起身，汗珠已经顺着面颊滴到地面上，轻声道："臣有罪。"

"有罪？"皇帝沉声道，"那你说说你有什么罪？"

丁大全内衫都已湿透，此时阵阵发抖，早已不像平日那样飞扬跋扈，哪还敢说一句话，支支吾吾不再言语。皇帝见他如此，冷哼一声道："丁大全，你身为右丞相，理应成为朕的右臂。没想到你满口胡言，光来诓骗朕吗？"

"臣不敢！"丁大全抬起头来辩驳一声，又低下声道，"臣有罪。"

"丁大全奸诈阴险，绝言路、坏人才、竭民力、误边防，假借陛下的声威钳天下百姓之口，倚仗陛下所赐的爵禄笼天下财路于一己之身。”皇帝随手摊开一本奏折，一字一句向丁大全念道，“丁大全，要不是吴爱卿、程爱卿、贾爱卿三番四次向朕上书，恐怕朕还被你蒙在鼓里。吴潜、程元凤，你们说说，朕该拿丁大全如何？”

吴潜与程元凤立马拱手道：“请皇上重罚。”

皇帝点点头，又慢悠悠对着董宋臣问道：“董卿家认为呢？”

董宋臣不比丁大全轻松多少，也已经是满身冷汗，生怕丁大全此刻供出自己。听到官家发问，硬着头皮说道：“臣认为，也该重罚。”

“三位都认为该重罚，那朕就依了你们。丁大全，你此刻已经不是我大宋右丞相了。下去吧。”

丁大全“喏”了一句，畏畏缩缩向后退出朝堂。

皇帝又道：“程爱卿手上拿的是何物？”

程元凤走了两步，到了朝堂正中刚刚丁大全站的位置，将手上握着的一本卷宗呈于面前，对皇帝道：“皇上，臣近来发现一本上书，是宝祐四年状元写的。此人名叫文天祥，颇见胆识气度，臣特此呈上这封上书，斗胆为皇上引荐。”

皇帝大喜道：“这文天祥写的什么？”

程元凤看了董宋臣一眼，面露难色道：“在堂上说颇有不妥，皇上，臣还是呈与您看吧。”说罢走了两步，将折子递给皇帝。皇帝翻开扫了几页，哈哈一笑，道：“董宋臣，这书可是告你的啊！”

丁大全退出去后，董宋臣惊魂未定，听了这一句话，又是一惊，宁神片刻，问道：“不知文状元所告何事？”

“告的是董卿家谏朕迁都一事。不过朕明白,董卿家是为了安慰朕,这事不予追究。不过从文章看,这人的才气确实过人。程卿家,哪天让他来见朕。”

程元凤想弹劾董宋臣,眼见未能得手,颇有些悻悻,道了一声知晓,便退到一边。见他退下,皇帝便道:“三位卿家可还有事?”

一直未说话的吴潜开口道:“臣还有事要禀。”待皇帝应了,才缓缓道,“听闻消息,贾宣抚和吕统制带兵已经到了合州。”

2. 蒙古大军压境

王坚登上城头,众将早早到了,戎装整肃,贾似道也身披重铠,与一众将官守在一旁。前些日子,蒙哥率军强攻四川,一直未果,只因蜀地天险,易守难攻,又有前朝老臣孟珙、余玠的部署,蒙古铁骑想要长驱直入,也不是那么简单的事。史天泽想到以水军偷袭,在长江中大破宋军,却又遇到了宋廷派来支援的吕文德,被杀尽了精锐,不得已而退兵。钓鱼城得以保全,吕文德也直接成了王坚的副将,此刻就立于城头,望着城下。

天色已明,只听一缕胡笳悠悠忽忽,似从大地深处升起。那胡笳起处,西北山丘之下,无数蒙古包随着山势起伏,一阵肃杀的秋风掠过,营头旌旗猎猎有声。忽听牛皮鼓响声雷动,无数人马从蒙古军大营如潮涌出,在枯黄的茅草间分三队一字排开,每队约有万人。铁马秋风此起彼伏,嘶鸣不已。鼓声略略一歇,忽又响起,只见数千蒙古大军推着巨大云梯,沿坡上行。吕文德瞧见,传下号令,城头千百张强弓巨弩搭在麻石城垛上,投石机盛满大石,系着滚木的绳索也被绷得笔直。

云梯离城墙还有三百来步，蒙古军阵中发出一声喊，云梯移动转疾，逼近城墙。吕文德一挥令旗，箭弩声响，滚木轰鸣，强弩锐箭贯穿皮制的胸甲，飞落的巨石更是将铜盔打得凹陷下去。蒙古军阵血肉横飞，染红青青蔓草。滚木撞翻云梯，将推动云梯的士卒压在下方，哀号声一片。

蒙古军冒矢强攻，久而久之，渐呈溃势。宋军士气大振，一名壮士跃上城头，将“宋”字大旗迎风挥舞，城头士气更为之一振。“咻”的一声，箭影骤闪，那名壮士身上添了个窟窿，旗子脱手坠下，在空中打了个旋儿，跌落在沾满鲜血的荒草间。宋军一时噤声，放眼看去，城下立着一匹黑马，马蹄飞扬，鬃毛贲张，鞍上一名蓝袍将军手挽巨弓，遥指城头。又听“咻”的一声，第二支箭赶到，射透一名发弩的宋军，其势不止，没入他身后同伴的心窝。王坚大惊失色，叫道：“岂有此理，这箭怎么来得……”蓝袍将军所在之处离城头约六七百步，何况以下抑上，射到城头，非得有射出千步的能耐不可，除了合州城头一张十人开的破山弩，寻常的强弩休想射到这个距离。

蓝袍将军三箭发出，催马上前，蒙古军士气一扬，止住溃势，随他前进。王坚见状，号令三军，矢石犹如雨下。蒙古军冒矢而上，两度竖起云梯，均被击退，死者堆积如山，伤者滚地哀号。蓝袍将军时时见机弯弓，箭无虚发。但城头的宋军占了地利，相持半个时辰，蒙古军气势衰弱，纷纷后退。

王坚见状喜道：“蒙古军疲了。”转身高叫道，“伏兵可出！”

远处山坳一声炮响，杀出一彪人马，向蒙古军阵后冲杀过来。一时之间，五千骑兵如风掠出，长矛手居中，弓弩手密布两侧，仿佛锐利刀锋，将蒙古军阵切成两半。原来是向宗道领兵前来。

王坚喜道："向统制好手段。"

话音刚落，忽听一声羊角号划破长空，蒙古军阵忽地变化，势如弯月，居中一部挡住向宗道的锋锐，两翼如苍鹰抱日，急速绕到伏兵身后，顷刻之间竟将伏兵牢牢围住。

城头诸将大惊失色，忽见那蓝袍将军透阵而入，弓如满月，一箭射出，正中向宗道胸前铁甲。那铠甲精铁百锻，坚硬无比，这一箭入肉三分，不足致命。向宗道忍住剧痛，正欲挥军突围，不料一名银甲小将手持银枪，冲入阵中，抢到他的身前。向宗道举枪欲拦，岂料那小将抖出一个极大的枪花，绕着向宗道的枪势，刺中他的面门。向宗道血流满面，栽落马下，转眼间便被乱军踏成一团肉泥。

主将毙命，宋军大乱。蓝袍将军与银甲小将各领一军，一左一右，仿佛两条巨龙来回搅动，宋军阵势荡然无存。蒙古军士气大振，牛皮鼓巨响震天，偌大合州城为之撼动。

王坚见状，疾道："速速出援。"诸将一齐答应。号炮两响，合州城门大开，吕文德披荆斩棘，数千人马俯冲而下。伏兵经此一役，十成去了四成，剩下的六成也如没头苍蝇般到处乱撞，听了这声炮响，纷纷随吕文德冲了过去。吕文德纵马飞驰，左右开弓，连毙数十个蒙古军，重围内外的两支宋军士气振奋，里应外合，将铁桶似的蒙古军阵冲开一个缺口。

宋军将士正在厮杀，忽见又一员年轻将领头戴红盔，亲蹈战阵，先是震惊，继而士气大振。忽听一声断喝："哪里去？"声音中尚有几分稚气，一杆烂银枪如闪电破空，抖起斗大枪花刺来。那年轻将领见银光乱迸，换作他人，势必难挡，可他无比专注，只觉这一刻光阴也似变慢，枪花一朵接着一朵，花中的一点寒星却是清清楚楚。

年轻将领只觉长枪如一条活龙在掌心摇摆，半个身子为之麻痹，抬眼一瞧，来人十七八岁，是个少年将军，因被破了枪势，脸上露出震惊之色。

宋将认出这是刺死向宗道的人，不觉一愣，怎料他拽着长枪，身体未动，坐下的骏马却直向前冲。他本就不善骑马，全凭内力有成之后身轻如燕，勉力驾驭，这时措手不及，竟被颠落马背，重重摔在地上。

少年将军年纪虽小却身经百战，见状一提缰绳，疾疾而来。宋将被摔得浑身疼痛，右手仍是紧抓枪杆不放，忽觉劲风压顶，不及转念，右手探出，竟将一只马蹄握住。那马热流入体，嘶鸣一声，歪倒在地，将那少年将军也颠了下来。

宋将死里逃生，趁势滚开，不料那少年将军也极彪悍，纵是摔倒，依旧紧攥枪尾。两人各拽一端，奋力拧动，可那枪杆极为坚韧，宋将心念一动，忽地松手，少年将军气力落空，踉跄后退，忽觉后颈一热，已被宋将转到身后运劲拿住。忽听少年将军叫道："伯颜大哥救我。"说的是蒙古话，宋将不明其意，蓝袍将军却听得清楚，应声一瞧，失声叫道："阿术。"挥弓挡开吕文德一箭，纵马奔来。吕文德喝道:"胜负未分,便想走么?"

伯颜浓眉一挑,忽以汉话沉声说道:"好,我撤围让你们走,你们放了阿术。"原来他见城中宋军倾巢而出,列阵逼近,吕文德统军有方,箭法又是自己的劲敌,遽然难以击溃。更何况己方大将被擒,再斗下去,难言必胜,于是当机立断,提出如此要求。

吕文德沉吟未决,那年轻将领却似求之不得,忙道:"一言为定。"低头忘去,见那阿术年纪幼小,面容稚嫩,不由得心头暗叹,伸手拍拍他脸,说道,"你一个小娃娃使什么枪,打什么仗,还是乖乖回家放牛去吧!"

他这话原是怜这少年幼小,不忍他在军阵中厮杀送命,落到阿术耳中却是极大的讽刺,一时瞪着年轻将领,双眼似要喷出火来。那年轻将领被他盯得心慌,见伯颜撤围,忙不迭地甩手将他抛开。

阿术翻身跨上一匹战马,驰归本阵,入阵时忽地掉转马头,以汉语向年轻将领叫道:"你叫什么名字?"年轻将领道:"我叫吕文焕。"原来这年轻将领正是吕文德胞弟。

阿术打量他一会儿,又冷哼一声,高声叫道:"我乃蒙古万夫长阿术。姓吕的,来日破城之时,咱们再比一场。"

阿术与伯颜相会,率军退到帅旗之下,见到元帅兀良合台,阿术惭愧道:"阿爹,孩儿无能,竟被对手擒了……"兀良合台面冷如铁,喝道:"来人,拖下去斩了。"伯颜急忙喝止,劝说道:"兀良合台元帅,汉人有句话叫作'千军易得,一将难求',阿术往日攻战无敌,很有祖父速不台将军的样子,今日不过小有挫折,如果杀了,岂不寒了众将的心?"

兀良合台原也不忍杀这爱子，此举不过是做给下属瞧瞧，闻言喝退阿术，问伯颜道：“我本想这合州容易攻打，没料到城内除了兵马众多，更有如此厉害的人物。伯颜将军，你可有什么法子?”伯颜沉吟道：“若是强攻，我军折损必然厉害，莫如封锁要道，围而不攻，待大汗的水陆大军齐至再做定夺。”兀良合台叹了口气，说道：“看来只有如此了。”当下勒令收兵，对合州围而不攻。

宋军此战折了向宗道，但相较之下，蒙古军死伤更多，可说略占上风。吕家两名将军一齐回到合州城中，被贾似道和王坚一通赞赏。其后宋军日日夜夜除了守城，就是在城内喝酒庆祝，连合州百姓都欢天喜地高兴不已，好像蒙古人已经退兵败去了一样。过了半月，又是贾似道与王坚在将军府内对饮，突传吕文焕求见。王坚应了一声，吕文焕走了进来，施礼道：“贾宣抚，王安抚，蒙古大汗到了。”二人上了城楼，遥见蒙古军旗帜满山遍野，比那日多出了不止一倍，士卒列阵若云，纹丝不动。大江上，艨艟斗舰浩浩荡荡，顺流而下，与宋军水师遥遥相对。城头上百十口巨锅，煮着混了火油的金汁，发出让人窒息的恶臭。巨石滚木堆积若山，城中十余万百姓尽被驱逐，精壮男子上城守卫，妇孺老弱推车牵牛，搬运矢石。

胡笳数声，悠悠飘起，蒙古军发出一声喊，如晴天霹雳，山摇地动。蒙古军水师数百艘小船载着干柴火油，燃起熊熊烈火，顺流而下，向宋军水师冲来，被撞上的大船瞬间迸发出耀眼的火光。吕文德指挥水师一面灭火，一面移开阵形。

史天泽站在船头，眼见宋军分散，大旗一挥。刘整号令水师，借水流之势奔腾直下。吕文德发令，宋军箭如飞蝗，火炮巨响，几艘蒙古军战舰被炸得粉碎，在江心打着转，缓缓沉没，江边蒙古军摆开巨弩飞石，向宋军水师还以颜色。箭来石去，巨声震耳。

半炷香的工夫，双方战船撞在一起。船上士兵东倒西歪，没倒的操起弓箭长枪，在大江上厮杀，鲜血染红江水。

陆上鼓声更急，蒙古军阵盾坚矛锐，大踏步向前进发。前方二十人一队，推着五丈高、半尺厚，裹着牛皮毛毡的挡箭牌，后面则是密密麻麻的强弓硬弩。

王坚发令，箭镞上涂上火油，火箭点燃引信，呼啸声起，向城下倾落。火光伴随着鸣爆在挡箭牌上闪现，裹着烈火的巨木也飞撞挡箭牌上，烧透牛皮毛毡。木板在冲天的烈火中变得焦黑，蒙古军阵中发出凄厉的喊叫。弩炮轰响，往城头打来，巨石、箭头接二连三地撞上城墙，坚固巨城也似摇晃起来。

王坚再传号令，破山弩绞起。这张床弩能将四十斤重的矢石射出千步，需要十余人才能转动。只听闷响声起，十枚巨矢破空而出，烟尘四起，惨叫不断，挡箭牌纷纷破碎。破山弩连发五响，蒙古军阵暴露在宋军弩炮之下，火箭在空中散发出光芒，每闪一次，城下就多了许多号叫滚动的人体，皮肉焦枯的臭味弥漫开来。

蒙古军拼命发箭还击，后方军阵扛着云梯，前仆后继地向上猛冲，终将云梯搭上城头，攀爬登城。城头巨石滚木落下，顷刻间涂上一层血红。百十口巨锅被铁链吊起，哗然倾落，滚烫的金汁落在蒙古士兵身上，烧透铁甲，数不清的士兵惨叫着落下云梯。

近百名蒙古士兵推着撞车直抵城下，不料一锅金汁伴着矢石兜头落下，士兵四散，撞车失去控制，翻倒在地，沾满金汁的巨木被地上的火箭点燃，带着飞旋的火焰，以不可阻挡之势将蒙古军阵冲得七零八落。

眼看蒙古军不支，忽听一阵鼓声密集响起，蒙古军又疯了似的向前冲来。贾似道早已看得疲惫不堪，眼见蒙古军后撤，正松了一口气，不料对方又冲了上来，忙问身边王坚道："怎么回事?"

只见王坚面色苍白，喃喃道："蒙哥到了。"贾似道极目望去，千军万马之中，一面白毛大纛迎风招展，遥遥而来。

四、合州大战

1. 兵临城下

蒙哥停住宝马，遥望城下厮杀，阴沉着脸，一言不发。他正当盛年，须发乌黑，目若晨星，腰背笔直若枪。他那位伟大的祖父给他留下的广袤帝国，也如他一样登峰造极。

怯薛长兀良合台翻身下马，小心地跪伏在他的马前，恭声道："大汗，如此攻打，非长久之计。我军虽有史将军在，但毕竟将士们不熟水战，江上占不着便宜，合州城又占了地利……"话音未落，只听得"嗖"的一声，蒙哥一鞭抽在他的背上，兀良合台不由得窒息。旁边众将也有想发声的，也都不敢再言。

蒙哥冷冷道："我十六岁随拔都汗西征，攻无不克，区区合州城又算什么？想你祖父速不台何等骁勇，身为他的儿孙，居然说出这么没志气的话！"兀良合台只觉羞愧无比，大声道："臣愿率军进攻东门。"

蒙哥也不回答，望着远处道："那着蓝袍的便是伯颜？"兀良合台转头看去，只见伯颜纵马驰骋，每发一箭，城头必然有人倒下，忙道：“正是他。”蒙哥淡淡说道：“将军骁勇，我要见他。”

兀良合台传下号令，伯颜飞马过来，翻身叩拜。蒙哥喝道：“抬起头来。”伯颜抬头，蒙哥双目若电，照在他脸上。伯颜不动声色，安然面对。

二人对视良久，蒙哥忽道：“你不怕我？”伯颜恭声道：“臣下问心无愧，怕什么？”蒙哥终于露出一丝笑意，淡然道：“好个问心无愧。起来吧，神箭将军。”

伯颜一愣，兀良合台笑道：“大汗封你呢！”伯颜恍然大悟，蒙哥已赐给自己“神箭”之号。这个称号，只有当年开国名将哲别受过，即是“蒙古第一神箭手”的意思。要知蒙古以骑射平天下，这个称号可说十分了得。

伯颜起身谢过，蒙哥道：“你一路南来，攻城破坚，必有不少心得，你认为这城应该如何攻破？”伯颜略一沉吟，道：“以微臣之见，莫如不攻。”

蒙哥皱眉道：“不攻？说来听听。”伯颜道：“大汗也看到了，这合州城规模庞大，兵马众多，宋人精兵强将均会集于此，一味攻打，急切难下。”蒙哥不动声色，只是“唔”了一声。

伯颜续道：“臣下以为，如今剑门已破，泸州归我，大可以泸州为根基，步步为营，断去合州陆上救援，而后精兵它向，西破成都，取粮草养我大军。再于大江之上建筑水寨，操练水军，而后水陆并驱，截断宋人水上援军。若能如此，合州粮草断绝，外无援兵，可不战而下。”

蒙哥摇头道："这是个万全的法子，但耗时太久，不合我蒙古军速战速决的兵法。想当年我军两度西征，纵横万里，前后也不过数年。如果依你的法子，岂不要三年时光才能攻破这个宋国么？"

伯颜本想说："宋国与西域有所不同。"忽见兀良合台冲自己摇头，不由得住口不语。

蒙哥举头凝视着城下厮杀，默然半晌，忽道："无论如何，这些宋人伤我好汉无数，待到城破，我要屠尽此城，鸡犬不留。"他的声音缓慢，但沉如闷雷，撼人神魄。伯颜与兀良合台对视一眼，均知他此言一出，已下了屠城之令。

蒙哥顿了顿，喝道："兀良合台！我再与你三个万人队，与王德臣一起，攻打东门。"蒙哥不像其弟忽必烈热爱汉学。他不喜汉人，大将中除了史天泽，王德臣最受蒙哥赏识。兀良合台迟疑道："如今哪儿还能调出三个万人队？"

蒙哥笑道："这个容易，我派一万怯薛歹军给你。"怯薛歹军是蒙古大汗的亲兵，众人听了不禁愣住。兀良合台急道："那怎么成？"

蒙哥道："你是怯薛长，怎么不成？"瞧了伯颜一眼，笑道，"神箭将军在此，谁还能伤得了我？"

伯颜听到这话，不由得心潮起伏，拜伏在地。蒙哥也不瞧他，将手一挥，忽地高叫："擂鼓三通，将号角吹起来！"马腿骨落在牛皮鼓上，响彻天地。三通鼓罢，又长又大的羊角号破空响起，慷慨悲壮之气充塞宇宙。

阿术遥望远处尘土飞扬，心想："阿爹要攻东门么？东门山势起伏，兵马不易展开，出奇制胜还可，大举进攻反而不易。”

思忖间，东门激战已起，蒙古将士提着刀枪，手挽云梯，开始攻城。东门前山势崎岖，起伏不平，城墙与一座小山间势如峡谷。宋军箭如雨落，蒙古军阵微微出现骚动。

怯薛歹军早年为蒙古各部精锐，追随成吉思汗时骁勇善战、威震四方，后来几经更替，如今多为贵族子弟，虽然精壮无比，但素日拱卫蒙哥，极少亲历战阵，更未攻打过任何城池。如今挨了几下狠的，忽地乱了方寸，将其他两个万人队一起冲溃。一时间，只见三万人乱成一锅稀粥，在峡谷中前拥后挤。兀良合台见状，催马上前，大声吆喝，想要重整阵形。

吕文德见状，请命道："东门蒙古军已乱，机不可失，末将请出城一战。"王坚知他厉害，又是贾似道亲信，自然应允。

城头号炮声响，东门大开，吕文德率一支骑兵冲出东门。他一马当先，手刃数人，忽见远处铁甲晃动，正是兀良合台。

兀良合台眼见吕文德势如破竹，提刀径直向自己袭来，他也是久经战阵，拍马急闪。哪知吕文德到了中途，突然转向一侧的王德臣而去。兀良合台呼喊不及，王德臣已经被吕文德斩于马下。贾似道在城墙上看到，不禁暗暗称好。

激战一日，渐入黄昏，一轮残阳悠悠沉落。空中罡风怒号，起伏的山峦间人喊马嘶，数十万人在一座无声的城池下舍生忘死，灰黄色的城墙被鲜血染成可怕的红色。

蒙哥一动不动地看着远方，状如一具石雕。一匹快马飞奔而来，马上的传令兵不敢惊动他，停马跪在地上。过了半晌，蒙哥才缓缓道:“说!”骑士道:“君主,攻城器械已然告罄……兀良合台将军伤了,已下前线,现在营中歇息。”蒙哥不耐烦道:“还有呢?”传令兵微一迟疑,低声道:“兀良合台将军副将王德臣将军战死了。”

蒙哥长叹一口气,仰望明灭不休的苍穹,忽地闭上了眼睛,缓缓道:“传我号令,暂且收兵!”其后一连十余日,蒙哥催动大军,不分昼夜地倾力猛攻。蒙古军死伤惨重,宋军也损失非轻。蒙古人士气渐落,合州城中也家家举孝,人人悲号。但蒙古人越是强悍,城中军民更知城破之日惨不可言,一时人人拼命,皆不落后。

贾似道天天上城督战,满眼血肉横飞,众生哀号,只觉心如刀绞,欲哭无泪。唯有夜里,来到唐小燕居处,方觉温暖安宁。他与唐小燕仍是说些家国大事,但对战争攻伐,均是略过不提。唐小燕只见这异姓兄长整日愁眉不展,自己虽有一身抱负,但毕竟是手无缚鸡之力的弱女子,也难以为其解忧。

又战十日,蒙古大军久攻不克,士气低落。蒙哥无奈,终于采纳伯颜之策,围而不攻,将养士气,并遣养伤中的兀良合台领偏师经略川西,进取川东,剪除合州羽翼。

这一日,宋军守城诸将登上谯楼,观望敌军阵势,但见蒙古军帐满山弥野,均是愁上心来。王坚叹道:“蒙哥铁了心要攻克合州,再这么围困月余,城内给养不足,二十万军民如何度日?”吕文德冷哼道:“那又如何?到时候就算易子而食、拆骨而炊也要死守城池。”

贾似道隐约听到,回头问道:“你说什么?”吕文德忙道:“末将说的是就算易子而食、拆骨而炊也要死守合州。想当年唐朝安史之乱，张巡守睢阳城，最后粮草已尽，便杀小妾以饷士卒，最后将城内妇孺老弱都吃尽了，但总算是守足三年，让安史叛军无法并力东向，攻略江南，为大唐保住了一口元气。如今合州之重远胜睢阳，关系我大宋存亡，咱们这些大将，世受国恩，遇此大难，唯死而已。虽说胜不过张公死守睢阳的忠心，但也不能输给他……”

他久为大将，见惯生死，絮絮道来，只觉理所应当，全不觉贾似道面色惨白。这“易子而食、拆骨而炊”的事，贾似道为官许久，不是不曾听闻，也曾在史书上见过，但毕竟上前线督战，这是头一回，只觉难以置信，心想必是古人的夸大之辞。至于张巡杀妾、吞食老弱妇孺的事更是全不可信，每每读及，便自动忽略过去。万不料平日自己亲信的吕文德也动了这个念头，他至此方知史书所载并非虚言，为了一城一地的得失，人们有时真会做出禽兽之举。

2. 夜劫粮草

一时间，贾似道的心中掠过唐小燕曾说过的话，不禁打了个寒战，连忙摇头，将那可怕念头压了下去。

忽听王坚叹道：“万不得已，也唯有如吕统制所说了。”王坚平日军规严正，也爱护城民，但毕竟将家国大义摆在最先，此刻也低沉起来。贾似道听他一言，冲口而出：“决然不可。”诸将对视一眼，齐齐躬身道：“贾大人若有妙计，末将洗耳恭听。”

贾似道哪儿有什么妙计，忽听诸将询问，顿觉焦急，忙苦寻妙计，沉思片刻，双眉一挑，想起昔日父亲教授兵法时，还常与他说三国故事，想到一计，定了定神道：“当年刘备拥兵八万，攻取汝南。

曹操率军征讨，屡战不利，便闭营死守，无论刘备如何挑战，只是不理。可他却暗中偷偷派兵断了刘备的粮道，而后趁他缺粮，纵兵进击。刘备大败，这一败，直败到襄阳去了。”

诸将听他说起三国旧事，均感不解。王坚迟疑道：“大人之意，莫不是要断了蒙古军的粮道?”贾似道点头道：“正是。”

贾似道又道：“所谓先下手为强，后下手遭殃。蒙古军围而不攻，无非想让咱们久无粮草，自动投降。但任他如何厉害，也绝料不到我军会以其人之道还治其人之身，反而去断他们的粮道。他们无粮可吃，只有退兵了事。自古用兵，不离‘出奇制胜’四字，蒙古军既然想不到，我们就有取胜的机会。”他这番话说得鞭辟入里，许多将领听来，均是微微颔首。

吕文德忽道：“不瞒大人，这断粮道的主意属下也曾想过，这些日子还派遣川中将领日夜打探。听说因为蜀道艰难，自川外运送粮草十分不便，故而蒙古军就地取食。三日前攻破成都后，蒙古军将川西粮草搜刮殆尽，尽数运来此地囤积，前后约有三批，足供十万大军三月之用。”

王坚发愁道：“如此说来，这断粮之计没法用了。”贾似道望着蒙古军营，皱眉苦思，忽地双目一亮，击掌道：“吕将军，这么说大部分粮草都在蒙古军营中了?”吕文德叹道：“不错。”贾似道点头道：“好，不能断他粮道，我就给他来个‘火烧乌巢’。”诸将无不吃惊，王坚失声道：“如此说来，是要攻入蒙古军营，烧他粮草?”

贾似道正色道：“白日里攻入自不可为，但夜里突袭劫营却未尝不可。”诸将面面相觑。王坚摇头苦笑道：“大人此计虽好，却忽略了一件大事。您瞧，这蒙古包漫山遍野，犹如汪洋大海，又怎么知道屯粮何处。若是不知屯粮何处，就算侥幸闯入营中也势必要费时寻找。到那时，蒙古大军腾出手来，轻易合围，就算有上万精兵、绝世虎将，也是有去无回。”诸将纷纷点头称是。

贾似道成竹在胸，闻言一笑，遥指蒙古军营道：“诸位请看，这些山峦可有树木?”诸将闻言望去，蒙古军营所在童山濯濯、寸草也无，更遑论树木了。

原来，川东多山，林木葱茏，极易隐藏兵马。上次向宗道伏兵山林之中，突袭蒙古军，蒙古军损失惨重，宋军也吸取了教训，而且林木一多，便易火攻。蒙哥来后，采纳众议，令诸军砍伐四周树木，一部分用来搭建营房，剩下的则用来制作攻城器械。如此一举多得的好事，蒙古诸将何乐而不为。合州城下，蒙古大军多达十余万人，真有排山倒海之势，一声令下，四周山林便被伐了个干净。

贾似道隐约猜到蒙古军意图，见众将迷惑，解释道：“当年刘备攻打东吴，扎营山林之中，结果被陆逊火烧连营七十里，败得一塌糊涂。如今的蒙古皇帝比刘备精明多了，砍去山林，防我火攻，所得树木，又用来安营扎寨，打造云梯。”诸将无不点头。

贾似道道：“只可惜他忘了一事。”说到这里，他微微一顿。诸将兴致已起，忙道：“大人英明，愿闻其详。”

贾似道喜上眉梢，摆手正色道：“英明说不上，但我发觉一事，山林既被砍伐殆尽，山中的鸟儿失了依凭，本该绝迹才是。不过，各位也瞧见了，蒙古军营时有鸟雀起落，而且成群结队，数量可观。”

诸将一瞧，蒙古军营上空果然百鸟纷飞，不时起落，王坚惊奇道："确如大人所说，但不知与粮草有何干系？"贾似道叹道："王将军还不明白么，这鸟雀起落的地方就是蒙古军屯粮的所在了。"

诸将恍然大悟，纷纷以手拍额，连道自己糊涂。贾似道接着说："蒙古人嗜食牛羊，但牛羊也需粮草喂养。蒙古皇帝此次亲征，驱逐北方汉人兵马、民夫数十万，这些人都以粟麦为食。以我之见，鸟雀越多，起落越频，那处的粮草便越多。大伙儿只需细心观察，将鸟雀起落处画入图纸，劫营之时，按图索骥，一一烧毁。蒙古军没了粮草，还不退兵吗？"

诸将欣喜不已，纷纷击掌称善。这些大将要么世袭军职，要么科举出身，自小习文练武，不似贾似道熟悉农耕，深知农人疾苦。每至秋收，鸟雀便成大害，成群结队啄食麦粒，村中老幼往往空村而出，敲锣打鼓，整日驱赶，不然必遭莫大损失。贾似道一见蒙古军营上方鸟雀，马上想到这个道理，一举窥破了蒙古军的虚实。

众将欢天喜地，贾似道却皱眉半晌，忽道："不过，此计许胜不许败，可一不可再。若是一战失败，蒙古军多了提防，将来定然再无机会。不知道哪位将军肯提兵前往？"

此言一出，场中倏地寂然。众将久经沙场，均知此战凶险，这一去无论成败，多半有去无回，一时间尽皆默然。贾似道叹一口气，正要说话，忽听一个嗓音道："末将愿往。"

贾似道闻声望去，吕文德的胞弟吕文焕昂然出列。王坚沉吟道："吕将军前日立下奇功，有你统军当然好，只是……"

吕文焕摆手道："王置制使的心意我已明白，但国家有难，正是我辈武夫效死之时。别说趁夜劫营，就算白昼踹营，吕某有大刀在手，也无退缩之理。”说罢，跪下抱拳沉声道，“请大人应允。”

贾似道虽出良计，但想到战事萧索，又要罔送一条人命，已无心言语，双眼一闭，只挥了挥手，就快步下城去了。

是夜，吕文焕点齐一千人马，带齐硫黄火箭等纵火之物，悄然出城。

众将登楼相送，一时秋风飒飒，掠过城头。天上星月，暗沉沉失了光芒。贾似道心情沉重，凝望蒙古军营，那里星火点点，乍眼一望，竟是璀璨绝伦。

过了约莫一个时辰，蒙古军营灯火渐暗，料是逐部就寝。便在此时，一点星火亮了起来，忽地向上一跃，好像一轮烈日从北方升起。众将呼吸一紧，大气也不敢出。不一会儿，只见蒙古军营中，十几处火头争相冒起，顷刻间火借风势，一发不可收拾。

城头诸将眼见得手，不由得相拥欢呼。贾似道却是心往下沉，极目眺望蒙古军营，一颗心怦怦直跳，似要破胸而出。

火势渐大，蒙古军营中人喊马嘶，闹了小半个时辰，忽见营中匆匆驰出百骑，直奔合州城而来。身后的蒙古骑兵漫山遍野，呼喝怒骂，衔尾紧追。

王坚失声叫道：“一千兵马，只剩下百人么？”吕文德紧张得说不出话来，只瞪大眼睛，寻找弟弟身影。忽见当先一人，反身开弓，将数名蒙古骑兵射落马下。他认出是吕文焕，不觉一声欢呼。

追赶的骑兵越来越多，箭如飞蝗，转眼间，吕文焕百余骑又少了一半。吕文德顾不得他人，心神全系在弟弟身上，只见吕文焕越奔越近，借着城头火光，隐约见他盔甲染满鲜血。忽然间，他一勒马，落在众军后面，反身发了数箭，箭无虚发，又射倒了几个追兵。

吕文德不料弟弟当此生死关头尚为同袍断后，急得面无人色，恨不能将自己这两条腿也接在那匹马的身上，当即喝道："打开城门。"

众将一愣，王坚摇头道："不成，蒙古军来得太多，逼得又紧，我若贸然开门，他们必然乘势闯入。"吕文德一瞧，形势果然如此，不由急道："还有法子么？"众将均是低头，心想既已成功，这区区几十人不要也罢。

吕文德不知众人主意，正焦急着，忽听贾似道喝道："放下绳索。"这一下提醒了众人。王坚急忙下令，十多条绳索从城头飞落，此时宋军劫营兵马正好赶到，纷纷自马背跃起，抓住绳索，攀到城头。

吕文焕跳下马来，立在城下，左右开弓，射得蒙古军人仰马翻，来势为之一缓。直到同伴尽数登城，他这才抓住一条绳索向城头攀来。

吕文焕满身是血瘫倒在城头上，吕文德一手搀扶弟弟，一边向贾似道拜道："大人英明，让我这兄弟捡回一条命。"

贾似道也俯下身来看着吕文焕，再看城下火光与疮痍，只是长叹一口气，不知说什么好。

3. 出奇制胜

却说蒙古营中，蒙哥跳下马来，望着地上的焦黑木炭，目光如三冬冰雪，扫过跪在地上的数十名守粮官员。

蒙哥瞧了半晌，忽地龇牙而笑，为首的官员壮起胆子，颤声道："臣……臣下昨夜，还……还巡视了一遍，安排好守卫回营睡觉，刚刚睡着……"

蒙哥不耐烦，五指一张，喝道："全都砍了。"侍卫们刀剑齐下，数十颗头颅滚得满地。蒙哥又回过头，阴沉沉地道，"巡夜的是谁？"

只见一将出列，拜道："末将那不斡失职，唯有一死以谢大汗。"说完，拔出腰间弯刀，引刀割颈，颓然倒地。

蒙哥点头道："此人敢作敢当，不失好汉本色，赐他厚葬。"又向史天泽道，"剩下的粮草能支用几日？"

史天泽拜道："这一次约莫是出了奸细，宋军似乎深知我方屯粮之所，一入营中便拼死冲往该处，我方不及阻拦，是故除了两三处因对方匆忙不及烧毁，多数已遭火劫……"

蒙哥挥手，冷冷道："你们这些汉人官就是啰唆，但说能吃几天便是。"

史天泽额上汗出，忙道："仅够三日之用，且川西粮草均已在此，筹措不及。川东诸城未下，粮草不足，更兼蜀道艰难，后续粮草若要运到，就算不恤牛马，拼死赶路，也当在一个月之后。"

蒙哥皱眉道："三天？"又扫视众将道，"你们说呢？"众将面面相觑，不敢答应。伯颜正要出列，身旁的史天泽忽地伸手，将他拽住。伯颜瞧他一眼，正纳闷着，忽见一将挺身出列。他识得此人名叫安铎，与自己同列马军万夫长，只听安铎朗声道："粮草关系军心士气，如今接济不上，还请大汗回军六盘山，将来再作计较。”

蒙哥一拂袖，不置可否，望着天空喃喃道：“三天？三天吗？”忽地转头，飞身跨上骏马而去。

伯颜待蒙哥离去，对史天泽埋怨道：“史世侯，你为何拦着我说话？”史天泽叹一口气，将他拉到僻静处，四顾无人，才叹道：“前三朝的大汗史某均见过，说起来如今这位大汗，与前面三代大不相同啊！”

伯颜惊讶道：“如何不同？”史天泽道：“成吉思汗起于微末，亲身攻战，创业艰难，其智略深沉，用兵如神，何时攻、何时守、何时智取、何时力敌，均是了然于胸。这般能耐，放眼百代无人可比。”

伯颜点头道：“那是自然。”史天泽又道：“窝阔台汗是守成之主，性情宽厚，凡事无可无不可，不喜深究。他自己打仗不多，但对帐下名将均能人尽其才。灭金靠的是拖雷大王，西征靠的是拔都大王，故而窝阔台汗虽不亲身征讨，却也能攻必克、战必取，不辱没他父汗的威名。”

伯颜容色一正，拱手道：“史世侯高见，伯颜受教了。”史天泽摆手苦笑道：“贵由汗早逝，建树极少，且不说他。至于这位蒙哥汗，称汗之时，蒙古已历经两朝武功，拓疆数万里，天下马蹄所及，除了南方宋国大多已囊括，国势之强，绝于千古。因之大汗甫入金帐便是盛世天子，只见疆土广大，人民众多，却不知祖上创业之苦。更兼他刚毅勇决，两次西征所向披靡，自负有余。你想想，今日阻于合州城下，他能善罢甘休么？”

伯颜听史天泽评点当今大汗，似乎略有微词，正觉心惊，但听到后面几句，却是默默点头，争辩不得。

史天泽又道："伯颜将军文武双全、气度恢宏，放在蒙古人中也是人杰，来日无论平定四方还是治理天下，都须仰仗将军的雄才。但如今时不同，则势不同，将军不可贸然出头。"

他说得隐晦，伯颜仍觉不解，还要再问，忽听胡笳声起。二人听出是蒙哥召将之号，不及多言，双双上马赶去。

来到胡笳起处，两人放眼一瞧，大吃一惊，只见大营之前，不知何时搭起了一座高台。蒙哥手持白毛大纛，立身台上，目光如炬。

此时旭日初露，霞光满天，白毛大纛在晨风中猎猎作响，胡笳三声吹罢，十余万蒙古将士齐刷刷立于天地之间，神色肃穆，衣甲鲜明。

蒙哥望了一眼四周，蓦地厉声道："我们是成吉思汗的子孙吗？"

众军齐声应道："是！"万人同声，震撼天地。

"成吉思汗的子孙有打不赢的仗吗？"

"没有！"

"有攻不下的城吗？"

"没有！"

蒙哥见众人回答整齐，气势雄壮，不禁问道："宋人有这样威猛的战士吗？"

"没有！"应答声势如滚雷，长江怒水为之绝流。

蒙哥大声说："宋军派人烧了我们的粮食，想饿死我们，你们害不害怕？"

众军均愤怒起来，大叫道：“不害怕！”

蒙哥点头道：“说得好。我们如今还有三天的粮食，三天之中能够击败宋人吗？”

众军纷纷嚷道：“能，一定能。”

蒙哥将手一挥，万众无声，只听他说：“古时候有个将军，渡过河水，烧了船，砸了锅子，只留了三天干粮，却打败了比他多几十倍的敌人。我的大军比他多上十倍，精锐十倍，三天之内一定能攻破合州，杀他个鸡犬不留，用宋人的血肉填饱我们的肚子。”

这一下，台下将士的士气澎湃到了极点，齐声叫道：“对，用宋人的血肉填饱我们的肚子。”

蒙哥从箭囊里取出一支羽箭，单膝跪倒，仰望苍穹，扬声道：“我，孛儿只斤·蒙哥，向长生天、向大地、向伟大的祖先发誓，不破合州，便如此箭！”他双手高举，奋力一折，羽箭断成两段。

一时间，蒙古大军寂静如死，唯有山谷幽风卷过将军们帽上的长缨。突然之间，一名蒙古战士跪了下去，随即十余万大军如大海波涛，带起一阵让人窒息的呼啸，从山间到谷底连绵拜倒，齐声高呼：“不破合州，便如此箭。”

史天泽跪在地上，满心忧郁，瞧了瞧伯颜，只见他也浓眉紧锁，不觉暗叹了口气。念头还没转完，蒙哥已然站起，扫视众将道：“安铎。”安铎迟疑了一下，快步出列。

蒙哥狞笑道：“你今早对我说了什么？不妨再说一遍。”

安铎面无血色，涩声道：“臣下胡言乱语，罪该万死。”

蒙哥冷笑道：“刀斧手！”一名上身赤裸、梳着三塔头的壮汉举着大斧应声走出。

蒙哥一字一顿道:“安铎胡言乱语,乱我军心,斩他头颅,祭我大旗。”

安铎不及分辩,已被按倒在地。那壮汉手起斧落,一颗血淋淋的人头滚落在地。祭师托着金盘,盛起头颅,向着苍天高高举起。蒙古大军见了,一片欢呼。

伯颜回望史天泽,面色煞白,忽地低声说道:“史大人,救命之德,伯颜终生不忘。”史天泽苦笑一下,摇头叹道:“待你这一战留下性命再说这话吧!”

4. 背水一战

贾似道来到议事厅,径自入座,向吕文德道:“蒙古军可有异动?”吕文德一怔,说道:“大人料敌如神,我等前来,正为此事。蒙古军今晨纷纷建造攻城器具,分至四郊,颇有进攻之势。”

吕文焕摇头道:“统制此言差矣,蒙古军粮草已尽,岂有攻城之理? 若是一战不利,军中无粮,岂非溃败无疑?”

吕文德道:“古人有破釜沉舟之举、背水列阵之势。正所谓‘哀兵必胜’,若是蒙古军不顾后果,倾力攻城,可是极难抵挡。”

吕文焕还欲再驳,贾似道已道:“吕将军,你兄长说得是,只是不知蒙古军倾力攻城,有几分胜算?”诸将一阵默然,吕文焕沉吟半晌,说道:“这个难说,但此时攻城,大违兵家常道。”

吕文德道:“水无常形,兵无常势,打仗用兵,又岂有常道?”

贾似道摆手道:“二位将军少安毋躁,为今之计,蒙古军攻与不攻倒在其次，当务之急，另有一事。”诸将俱感惊疑，只听贾似道命人取来一支令箭，交与吕文焕道：“吕将军侠肝义胆，故而我特命你持此令箭，率川中诸将巡视全城，但凡有军士强夺民财、欺凌老弱、侮辱妇女者，当场格杀，所斩首级，悬于通衢之地，警示全军。”

吕文焕先是一惊，继而面露喜色，高叫：“大人英明，吕六领命。”

贾似道点头道：“好，快去快回。”吕文焕一跃而起，快步走出厅外。

吕文德大惊失色，急道：“大人，此事万不可行，蒙古军即将攻城，而今临阵斩将，岂不寒了全城守军之心。”

贾似道瞧他一眼，冷冷道：“若不整肃军纪，岂不寒了满城百姓之心？”吕文德一听，支吾难言。

贾似道环视诸将，扬声道：“先圣有言：‘民为重，君为轻，社稷次之’，百姓心有怨言，岂会尽力守城？自古失民心者失天下，何况区区合州城呢？”他本是百姓出身，自然处处为百姓着想。诸将养尊处优惯了，视百姓如牛马猪羊，打起仗来塞沟填壑、生杀予夺，可说无所不为，故而听得这话，无不露出古怪神色。

贾似道顿了顿，又道：“吕统制听令。”吕文德忙道：“属下在。”贾似道道：“传我将令，从此时起，不得驱逐妇孺老幼守城。守城百姓只用十六岁以上、六十岁以下精壮男子，妇孺老幼一概还家。限你半个时辰办好此事。”

他语气平平淡淡，目中却有寒光迸出。吕文德冷汗如雨，答应后慌忙出厅去了。

贾似道又道："其他人，半个时辰以后，在谯楼前听令。"

已近辰时，金风萧瑟，吹得人心生寒意。贾似道抬头望天，但见天色灰沉沉的，仿佛凝固住了，偌大一片天空，竟无一只飞鸟。

街道上静悄悄的，虽有无数人马往来，却几乎没有什么声音。贾似道马蹄所向，无论军民，皆放下活计，默默让至两旁。贾似道马不停蹄，直至城下，翻身下马，漫步登城，回头望去，身后万众俯首，黑压压一片。

登上城墙，贾似道一番部署，军令如山，诸将各自领命，下城调度人马，前往镇守之地。

部署完后，贾似道又道："吕文焕负责城中兵马用具补给，吕文德仍然统率水军……"

话音未落，忽听胡笳悠悠，划过苍穹，一声呼啸，响遍四野。众人心中均是一紧："来了！"

贾似道起身立于塔楼顶端，居高临下，合州城内外一切动静无不尽收眼底。

只见蒙古军阵如一座座移动城池，向着合州城缓缓逼来，阵中枪矛雪亮，铁盾泛着蒙蒙乌光。

蒙古军背水一战，有进无退，蒙哥亲自擂鼓督阵，催动兵马。蒙古军死伤虽众，但士气不衰，如秋天里收割的麦子，割倒一片，还有一片；更如长江惊涛，无休无止地拍打坚城。

时光悄然逝去，转眼已是红日平西，弦月初上。两军燃起熊熊篝火，拼死夜战，合州城固然颠扑不破，蒙古军也毫无退意。

饶是贾似道穷思竭虑,也无法阻止蒙古军踩着尸山血海,渐渐逼近城头。

两方水军也战至紧要关头,战船轰然撞击,六艘宋国大船被蒙古军的楼船拦腰截断。宋国水军纷纷跳船逃命,蒙古军箭如雨下,江水染红一片。

吕文德心如火烧,忽见轻舟破浪而来,吕文德不待轻舟停稳,急将传令兵一把抓住,问道:"贾大人怎么说?"

传令兵颤颤巍巍道:"吕统制,别急。大人说了,前锋向南退却,边部出阵攻敌。"吕文德略一沉吟,恍然道:"吕文德明白了。"

史天泽正率军冲杀,忽见宋军水师纷纷溃退,不由得心中大喜,率水军追杀,逼近合州西门,架起炮弩,轰击北门水栅。刚发两炮,忽听"咔咔"两声,史天泽一抬头,只见城上一座巨弩探出头来。他久在军中,自然识得这破山弩,顿时面无血色,嘶声叫道:"全军后撤,全军后撤……"

叫声未歇,轰隆巨响,矢石激射而至,一连六发,蒙古战舰瓦解。宋军水师号炮三响,吕文德精锐杀出,趁敌混乱,五十艘黄鹞战舰冲入蒙古军水师中,纵横往来,冲得蒙古军七零八落。

史天泽抵挡不住,十艘楼船全被吕文德烧毁,史天泽无奈,被迫撤回上游。

水陆连遭惨败,蒙哥暴跳如雷,变了战法,不再四面围攻,只命两个万人队防守两翼,居中聚集六万兵马,轮番进攻北门。一时间,蒙古军如滚滚巨流,向南奔涌。北门宋军死伤无数,麻石的城墙如同一座巨大磨盘,两军在上面来回拉锯,留下无数尸体。

贾似道望着蒙古军的攻势，寻思着：这种战法，有实无虚，若要破这一刀，除非避过刀势，再施反击。略一沉吟，贾似道发令道："布成口袋阵势，随城头缺口移动，瞧见蒙古军，格杀勿论。其他将军率众，全数撤离城头。"

此令一出，宋军诸将无不大惊，吕文焕急登城道："如此一来，合州岂不破了？"

贾似道道："蒙古军全力攻打北门，若是死守，必破无疑，须设法先行泄去他的气势。"吕文焕道："万一……"贾似道截口道："敌我两军鏖战两日，均是强弩之末，蒙哥如今孤注一掷，和我豪赌。既是赌博，岂有必胜之理？狭路相逢，勇者胜。"

话音方落，城上露出一个一百来尺的大口子。蒙古军纷纷登城，但见宋军纷纷后退，正要冲杀，忽见迎面一阵箭雨射来，两侧刀剑长矛蜂拥而至。

蒙哥眼见城破，正觉欢喜，忽见登城士卒纷纷坠落城下，要么被射成刺猬，要么变成无头死尸，不由转喜为怒，喝道："怎么回事？"话音刚落，缺口已被宋军封上。

不一会儿，又见城防出现缺口，蒙古军再度登城，不过须臾，又被弩箭刀枪截杀。如此反复再三，蒙古军损失惨重，死者尽是军中勇士，士气大挫，攻势为之一顿，许多士卒虽至城下，却没了登城的勇气。

贾似道乘机发令，滚木礌石如雨落下。蒙古军死伤惨重，纷纷向后撤退，六个万人队前推后拥，乱成一团。宋军将士见状，气势一壮，齐声呼啸，偌大一座合州城，便如一头洪荒玄龟，披着淋漓鲜血,向着苍茫大江引颈长鸣。

蒙哥连杀败卒,也难挽颓势,情急之下飞驰而出。一干侍臣不及阻拦,他已直透军阵,赶到城下,挥鞭抽打将士。蒙古军见状又纷纷迎着矢石冒死向前。

贾似道见蒙古军溃败之际,士气转盛,微感诧异,凝神细瞧。只见一名蒙古将军身着华铠,痛鞭名马,神威凛凛,一路驰来,身前的蒙古军阵发出惊天动地的大喊。

贾似道一惊,腾地站起,蓄足内力,挥臂喝道:“弩炮伺候。”

机括相交,嘎吱闷响,矢石带着一股疾风向蒙哥射来。蒙哥心头大震,欲纵马闪开,但城头弩炮齐发,又密又急,一枚飞石迎面射来。蒙哥避无可避,只得将缰绳一提,座下名驹被巨石击中,当即毙命。蒙哥被那冲力带出五丈,一个筋斗,倒栽而下,势犹未绝,又滚出五尺方才停下。

这时忽见人影一闪,伯颜赶到,见状肝胆欲裂,勾住马镫,俯身抱起蒙哥向本阵飞奔。

贾似道见状再发号令,弩机引满,矢石呼啸而出。伯颜将随手长刀反手一抡,刀石相击,火星四溅。伯颜虎口迸裂,长刀脱手,一个筋斗栽落马下。但他终究了得,着地两翻,忽又站起,抱着蒙哥发力狂奔,待得第三轮矢石射至,他已远去。

鸣金声响彻合州上空,蒙古军终于如潮水退去。

贾似道凝视渐渐消失的白毛大纛,一阵说不出的疲倦感涌遍全身,不禁叹了口气,举目一望,只见落日残照映得江天如血。

5. 高唱凯歌

贾似道饮完杯中烈酒，看着王坚在下人的搀扶下蹒跚离去，回想这两日的战事，真有隔世之感。

手下众将喝得醉醺醺，不知身在何世。吕文德忽地一拍桌子，高声歌道："怒发冲冠，凭栏处，潇潇雨歇。抬望眼，仰天长啸，壮怀激烈。"

诸将听得精神一振，禁不住齐声和道："三十功名尘与土，八千里路云和月。莫等闲，白了少年头，空悲切。"

"靖康耻，犹未雪。臣子恨，何时灭。"吕文焕踉跄站起，接阕长歌，声若金石，慷慨激烈，"驾长车，踏破贺兰山缺。"

诸将欢然应和："壮志饥餐胡虏肉，笑谈渴饮匈奴血。"气势豪壮，欲吞山河。

唱到这里，堂上一静，众人均望向贾似道。"待从头，收拾旧山河，朝天阙。"这一句自当由他来唱。贾似道微微苦笑，也不作声。

吕文德酒意上涌，举杯大声道："大人此次返回临安，若有用得着吕某的地方，只消一纸文书，吕某必当肝脑涂地，在所不辞。"

贾似道未及答话，吕文焕也叫了起来："哪里话？还叫什么大人？参知政事用兵若神，天纵英明，抵得上十个丁大全！"

大将们纷纷叫道："不错，只需参知政事一声号令，我等便东下临安，横扫两淮，扯了那个丁大全，然后北伐中原，收复旧土……"大厅中一时载歌载舞，喧哗不尽。贾似道望着诸将那一张张欢喜的面孔，不知为何，心中深感寂寞起来。

这轮酒喝至子夜方散。贾似道踱出门外，心思沉重，只想着蒙古军军事如此之刚强，江山边防岌岌可危，忽听有人禀报："唐公子求见。"远处传来悠扬的川江号子，唤醒了沉醉的人。贾似道叹了一声，忽而仰天大笑，将袖一拂，向着来人指的方向走去。

五、鄂州之战

1. 蒙哥暴毙

蒙古军渐渐退尽，人喧马嘶再也听不到了，只余残弓断矛，胡乱抛掷在浸透鲜血的山坡上。贾似道只觉头脑里空空，四周寂静如死，仿佛天地间只剩下他一人。

也不知过了多久，忽听有人道："大人，还有什么号令？"贾似道回过头来，却见吕文焕满头大汗，呆呆立在身后，不觉微微一笑，叹道："传令诸军，收兵回营！"

金帐内外，大将、谋臣、妃子密密麻麻跪了一地。蒙哥躺在毛毡上，身边坐着他最美丽的色目妃子。一名蒙古大夫端着和了羊乳的药膏，在他身上细细涂抹，刚刚涂上，又被鲜血冲开。

忽地阴风惨惨，从帐外呼啸而入，灯火忽明忽暗，缥缈不定。蒙哥微微一震，两眼忽地睁开。大夫吓了一跳，失手将药打翻，乳白色的膏药洒了一地。

蒙哥只觉周身无力，眼前蒙眬，满是人影，张口欲呼，却又无法出声。他似乎看到了乃蛮旧地,那里草原无垠,牛羊如云,斡难河蜿蜒流淌,又仿佛看到原野上,血一样的落日下,骑士们向着西天纵情歌唱,还看到中原大地山峦起伏,烽烟四起……

到了得意处,他从扭伤的脖子里发出“嗞嗞”笑声。刹那间,眼前的景色又是一变,白骨成山,血流成河,大草原上失烈门对他说的一番话就在耳边。蒙哥不觉一惊,头顶剧痛难忍,眼前一块落石从天而降,越来越大,势如泰山压来。他惊得浑身颤抖,喉间发出凄厉的叫声,只听得众人毛骨悚然,不敢动弹。

良久,蒙哥终于平静下来。一名妃子壮着胆子,探他鼻息,忽地脸色惨变,晕了过去。大夫一惊,伸手摸去,但觉蒙哥面颊冰冷,已无气息。

一时间,帐外寒风更厉,帐内的灯火挣扎数下,终于熄灭了。

严冬腊月,风啸声在长江边不绝于耳。渔船都已不再出行,江面上停泊的都是各类战船,两岸皆然。忽必烈穿着厚实的皮裘,立在汉阳城外一处小山坡上,看着对面宋军船阵,一言不发。江那边的鄂州城在冬日清冷的空气中清晰可见,城头上只有宋旗在凌风中飘扬,巡逻士兵因为严寒,都已经缩到了城墙后面,不愿冒头。一切都似乎静止在那里,只有长江水仍在不断翻滚着,似一条巨大的抖动着的黑色缎带,极有规律地拍打在忽必烈脚下的岩石上。忽必烈叹了一口气,白浊的气息从口中发出,几乎都要凝结成了霜。忽必烈想到一句汉人的诗,不禁念道:“风急天高猿啸哀,渚清沙白鸟飞回。无边落木萧萧下,不尽长江滚滚来。”不待念完整首,就暗笑自己，怎得在军帐外念出此等沉重的诗，于是乎又将蒙古人的烈歌朗声唱了几句，胸中顿生豪气。

却在此时，几只漆黑飞鸟从头顶飞过。忽必烈看了，顿时感到一阵寒意袭来，正想再唱几句，却听得身后有人呼喊自己："王爷！王爷！我们总算找到你了。"

忽必烈回头向山坡下看去，阿里海牙和刘秉忠正快马向这边赶来。这阿里海牙是由蒙古大将不怜吉推荐到忽必烈身边做侍卫的。忽必烈见他不仅武艺高强，胆略过人，而且又聪明善辩，因此提他做了大将，这次自己领兵来攻鄂州，也将阿里海牙作为得力助手带在身边。眼见阿里海牙纵马近了身前，一个翻身就拜倒在地。忽必烈赶忙上前扶起他道："阿里海牙，刘先生，你们找我何事？"

刘秉忠马慢，此时才刚刚下马，也赶紧跪拜下来，不发一言。阿里海牙急得满脸通红，支支吾吾，不知从何说起。忽必烈心里一紧，知道事情不妙，双手抓紧阿里海牙的胳膊，忙问道："阿里海牙，到底何事？"

阿里海牙慢慢开口，道："王爷，宗王末哥来信，大汗他……大汗他……"未等说完已是泣不成声，再不能言。

忽必烈已经明白发生何事，松开阿里海牙，倒退两步，眼前一黑，险些跌入长江里去。刘秉忠赶忙起身扶住忽必烈，同时听到乌鸦声嘎嘎不止，抬头一看，正有几只在头顶盘旋。

2. 贾似道之忧

长江上一列船队正向东行驶，其中一条大船上正坐着刚刚打了胜仗的贾似道和吕文德、吕文焕，唐小燕跟在贾似道身边，仍旧是一身男儿装扮。虽说眼下刚在合州大胜不久，但贾似道仍是眉头紧锁，面前一盏清茶早已冷了，茶水仍和杯口一般深浅。唐小燕的那一杯茶也被捧在手里，摩挲不止。吕文焕眼里更是没了神采，在合州大宴那晚的气魄早不知去了哪里，坐在船舷边哀声连连。只有吕文德看不过去，强打精神，叫了贾似道一声大人，便要过去劝慰，没想到被唐小燕急忙拉到一边，没好气地问道："你要干什么？"

吕文德被问得一愣，自与贾似道、唐小燕、刘宗申三人在临安结识，又经历了合州战事，深感这姑娘不简单，脑中兵策政道甚至不输贾似道，因此不仅礼让她，更惧她几分。被她这一喝，突然有些不知如何是好，他结巴着说道："这……我见大人心绪低落，想宽慰几句，这毕竟……这毕竟刚打了胜仗不是？"

唐小燕叹一口气，道："你们是打了胜仗不错，可是你想，合州城下，尸骨漫山，他们可打了胜仗？"

吕文德更摸不着头脑，向天一拱手回道："吕某不明白唐姑娘所言。打了胜仗的不是我们，是我大宋，是官家，是生是死，都是振我大宋军威。再说那些尸骨，大半可都是蒙古人的，可怜他们作甚？"

唐小燕知道这人脾性，冷哼一声道："你们兄弟二人是见惯了马革裹尸，不在意了，可师宪与你们不同，他何时看过这等场面？吕将军兄弟二人几岁从军？"

吕文德道："唐姑娘问这个作甚？"

唐小燕道:“只管告诉我便是。”

吕文德略略一算,突然一笑,回道:“真真是不算不知道。吕某自绍定二年在淮东随赵葵将军从军,到现在已整整三十年了。那时候,也就是十五六岁。文焕么,应该也是这个年纪从军的。”

唐小燕点点头道:“那想必十六岁时,将军第一次跟赵将军上沙场,见到刀光剑影,夜里也是久久不能寐吧?沙场战死之人,难道是该死之人?”

吕文德这才算明白过来,向贾似道那边看了一眼,叹一口气道:“吕某明白了,大人心慈,不忍军旅残酷。可是……”

唐小燕似乎明白吕文德所想,不等他说完,便道:“将军是怕鄂州交战在即,师宪还是消沉模样,难振军威?”

吕文德呵呵一笑,道:“唐姑娘当真聪颖非常。虽说蒙哥是死了,蒙古军应该撤军才是。但眼下看来,忽必烈不顾丧兄之痛,硬要来犯了。鄂州不似合州,有王都统这等将才镇守,须得贾大人来执掌大局。这战船都已经摆好了,要是大人再不振作,可就难办了。”

唐小燕也点点头,道:“将军考虑得不错,但请将军相信,小燕有办法让师宪站到战船船头。但到鄂州前,就不要再烦他心了。”

吕文德心领神会,拱了拱手,道:“唐姑娘我自然信得过,那吕某便不去叨扰贾大人了。”转念又一想,急急走到吕文焕身边,沉声凶道,“贾大人在忧合州苍生,你却在这叹的哪门子气?”

吕文焕回过头来看着兄长,反问道:“你真不急?”

吕文德听得此话,气不打一处来,几欲将这胞弟踹下船去,低声道："说哪门子丧气话！你倒说说，有什么可急？"

恰好一阵冷风吹过，吕文焕又是一声哀叹，转而与冬风一起飘散，说道："我急那鄂州守将不是别人，偏是袁玠。"

在一旁一言不发的贾似道听到这一句终于转身，问了一句："沿江制置使袁玠？"

吕文焕站起身来，回道："正是，大人也知晓他吧。"

贾似道却不回答，眼色仍是低沉，转头又看向那大江波涛中去。吕文德听得不得要领，见二人不再说话，急急忙忙向吕文焕道："这袁玠又是何人？为何急他？可是他领兵无方？"

吕文焕道："这袁玠早先是丁大全的人。"

听到这一句，吕文德心里"咯噔"一下，明白了三四分，但未细想，吕文焕就接着说道："这人在丁大全手下厮混，染了一身坏毛病，在鄂州从不思沿江发展，两年前鄂州战船有几艘，现在仍是几艘，还横征暴敛，把军饷和民膏吃喝去了大半，简直是大宋的一条蛀虫。领兵？这等人还有什么领兵之能可谈？你可知道，忽必烈为何能一个月不到便率大军渡江到了鄂州城下？"

贾似道又一叹气，缓缓说道："民心向背。"

吕文焕道："大人英明。当地渔民早就恨透了这狼心狗肺的玩意儿，听得有战事起，哪管得上是汉人还是蒙古人，只管引过江去灭了那袁姓小儿便是。有当地人做向导，忽必烈的大军过江犹如探囊取物一般。我急的就是这袁玠，白白葬送鄂州守城大好形势。唉！要是当年孟璞玉还在，早把蒙古人赶回草原了。"他一口气说完一大段，又是连连叹气。

吕文德听完却不着急，呵呵一笑，其他几人都瞪视他。吕文德道："众位莫急，既然如六弟所说，当年孟璞玉守得鄂州，那现下贾大人也守得。哪会怕他忽必烈，就连蒙哥都葬身贾大人的计策下了。"原来他听到胞弟提到故将孟珙，便想到借此机会恭维贾似道几句，以缓和气氛。

贾似道听得此言，虽知是吕文德拍马溜须，却也暗自欣喜，把合州城下之事忘了二三，转身道："吕统制言过了。忠襄公不世出之奇才，用兵如有神助，似道哪里比得上他半分。"说完又看着江水愣了愣神，那水面波涛犹如士兵你涌我上，激烈非凡。贾似道脑里似乎已经演练起来鄂州之围如何用兵才好。他看了好一会儿，才又道，"但是似道此次领圣命受圣恩，必要竭尽所能，击退蒙古人才是，至于那袁玠，有二位将军辅助我，便轮不到他说话。"说罢走到船中央去，双手各执吕氏兄弟一手，向护卫甲士道："去热点酒来，助我们三人退敌。"

吕文焕在合州已对贾似道敬仰不已，见他如此，自己也为之一振，与胞兄一起应道："必助参政知事退敌！"只有唐小燕一人在旁冷冷观瞧，面色仍若冰霜。

3. 鄂州之战

鄂州城下，蒙古的营帐遍地十里，营火在冬夜里显得无比温暖。吃过饭的士兵都聚在火堆边取暖。鄂州战事已起月余，虽没有发生大战，但各种冲突天天都有，蒙古士兵已有不少折损。这些人里有的失去了十年好友，也有的失去了手足弟兄，又加上南方的冬天冻得人手脚冰冷,因此更加消沉。这些士兵围坐一起,却不怎么说话,只是低头看着火堆照亮他人的脸。

忽必烈同刘秉忠一起巡营,见到如此景象,满心惆怅,问刘秉忠:“先生,大汗阵亡一事已过去许久,我率兵渡江时也气势大盛。现在兵也足粮也足,为何却是如此境地?”

刘秉忠沉吟许久,不知该如何作答。忽必烈看他如此,说:“先生只管说吧。”

刘秉忠拱手道:“先前渡江时,大家以为是为大汗报仇,而且一路顺畅无阻,自然声势浩大。而今已过月余,在城下生生死死,难免伤感。再说,汉人有言,国不可一日无君,王爷久久不回草原登基,后方便始终没有保障。现下听说有人要扶七王爷阿里不哥继位,海都也对草原虎视眈眈,将士们担心家中安危,自然无心再战。”

刘秉忠还想再说下去,却被忽必烈大手一挥制止道:“先生又在劝我回去了。我说过,领命而来就不能无功而返。这鄂州我非得拿下不可,先生可不必再说。”

刘秉忠只得作罢,随着忽必烈继续巡营。忽必烈正走着,忽然听到两名士兵背对着自己耳语不止,便走上前去。两人听到脚步声吓了一跳,回过头来看见忽必烈,齐声道:“王爷!”

忽必烈见两人神色可疑,用蒙古语问道:“你们二人在说些什么?”

那两名士兵互相对视,不敢言语,刘秉忠道:“王爷让你们说,你们说了便是。不敢说出来,难道是些逆反之语?”

一名高瘦士兵马上矢口否认道："不是不是。我们在说，鄂州本来唾手可得，没想到来了个贾似道，居然变成如此局面……"忽必烈听得此言，也是眉头紧锁，往事不免在心头荡开。

一个月前，蒙古军由渔民引导，直接打到鄂州城下，宋军不擅奔袭，抵御不住，再加上袁玠用兵无方，大军几乎溃退，只得退入鄂州城中。蒙古军营几乎扎到城墙根下，忽必烈本以为可以一鼓作气拿下鄂州，没想到此时鄂州城中换了守将，从天而降了一个贾似道，赶走了袁玠，并且主动攻出城来。

忽必烈想起那一日，自己与阿里海牙正率兵围了西门与北门，却不想东方杀出两队人马。为首两将，一人黄甲黑袍，一人白甲白袍，亮闪闪好不威风。忽必烈身边有从合州吃了败仗赶来助阵的部将，一眼便认出两人，向忽必烈道："王爷，那黑袍人便是斩杀王德臣将军的吕文德，白袍人是他胞弟吕文焕。"

忽必烈听得两人名号，知道吕文德厉害，不敢大意，命阿里海牙亲往阻拦，自己仍带兵围住城门。不出片刻，两军人马便已杀至一处，阿里海牙仗着武艺身先士卒，一匹快马掠过，宋军步兵已倒下一片。没想到吕文德命队伍结起绊索，弄得蒙古骑兵无法冲阵施展，乱了阵脚。吕文德手提大刀，向阿里海牙扑来，蒙古军大乱，阿里海牙不敢恋战，急令队伍往后撤了百十来步，又掉头向宋军步兵阵中冲去，一时间僵持不下。

忽必烈眼见阿里海牙吃紧，正想率大军前往援助，却见鄂州城北门洞开，冲出几十骑来。忽必烈熟悉汉人历史，知道三国时期诸葛亮空城会魏军的故事，料想这必是宋人诡计，但又心急想乘虚攻下鄂州，便放声向军中探子叫道："宋人除了吕文德和吕文焕，可还有大将可战?"

探子也在马匹嘶鸣中大声回道："没有了！除了吕氏二将，都是些羸弱之辈，不堪一击！"

忽必烈看了一眼，远处阿里海牙正与吕文德交手，而一旁白甲吕文焕也在排兵布阵，心中思忖道：宋人大将也不过如此，两人也只与阿里海牙战个平手，不知道大将兀良合台、史天泽在合州，怎会栽在这二人手中。又想到自己兄长蒙哥在合州身死，更是面色骤变，心中恨意陡然，便向军中叫道："汉子们，随我攻进鄂州城去！"

霎时间蒙古千骑悍马从高坡上倾泻而下，直向鄂州北门冲去，刚要接近，却不想城里出来第二队人马，足有千人，为首大将又是那白甲白袍，向忽必烈大喝一声："吕文焕来战！"

忽必烈这才知道中计，原来先前与吕文德一起出战的是个"假吕文焕"，直呼上当。但此时马已冲到腿软，不可再退，况且又被宋军夹在中间，忽必烈只得命大军迎战，想着拼个你死我活。不料城墙上又站出一队弓弩手，操着两门弩炮，中间站着一人，没戴头盔，扎着文官发髻，冷冷朝忽必烈看来，不发一言。忽必烈也朝城头上看去，两人对视一眼，便知道此人就是贾似道。贾似道并不言语，将手一挥，弓箭便似飞蝗落下。不一会儿，蒙古军便已不支，不少士兵中箭倒地，无人骑乘的战马向四面奔逃。忽必烈赶紧传令阿里海牙，让他来援。阿里海牙只得弃了吕文德，慌忙向北赶去，又被吕文德追赶了一阵。好不容易来到忽必烈处，两人一起抵御了一阵,便向江边败走了。

想完这些,忽必烈又是一声叹气,知道那士兵说得不错,贾似道确实不是袁玠之流。虽然心中这样想,但不可对士兵这么说,便正声道:“贾似道又有何可怕,不出三月,我必将他生擒。”

那高瘦士兵不再言语,另一人则幽幽道:“可我听说,那贾似道就是用计害死大汗的……”正说着,突然他抬头看到了忽必烈眼里的寒光,不敢再说,把欲说出口的话生生咽了回去。

忽必烈正欲发作,却被刘秉忠一把拉住衣袖,向他摇了摇头。蒙古人平日不多礼,两个士兵也不知作何表示,只得鞠了一躬,慌慌忙忙向营帐里逃去。忽必烈叹了一声,不再巡营,转身向帅帐走去。进了大帐,他拿了一把弯刀,直插进地里,大喝一声。刘秉忠只得连忙劝他息怒。就在此时,传令兵在帐外求见,忽必烈应了一声,传令兵进来道:“王爷,郝经大人上书,说是必须要让王爷看到。”

“郝经?拿上来我看看吧。”说罢用眼扫向刘秉忠,刘秉忠摆手微笑,表示这上书和自己没有关系。

这郝经也是一名儒学大家,师从赵复学习程朱理学。当年忽必烈得到京兆封地时,从六盘山出兵之前,曾广发请帖,邀请北方贤人异士到王府讨论治国安民之道。忽必烈早有刘秉忠、张文谦、姚枢辅佐,众人皆知他尊崇汉家儒学,这一邀,邀来了百十儒生,论辩三天三夜,其中不乏显露才能之人,郝经便是其中一人。

那传令兵呈上书卷,忽必烈展开读了起来。

六、傀儡天子

1. 贾似道回朝

话说忽必烈进攻鄂州，久攻不下，正懊恼之际，刘秉忠前来求见。

刘秉忠拱手道："王爷，这鄂州战事吃紧，已经攻打数月未果，看来战事非一朝一夕能结束。蒙哥大汗已去，但国不可一日无君，我听说蒙古诸宗王正在漠北拥立阿里不哥为大汗。依臣看来，王爷还是尽快抽身，回到漠北平定内乱，再作攻打南宋的计划。"

忽必烈开始惆怅起来，没想到前方战事吃紧，后方又起内乱。忽必烈眉头紧皱，在大帐里走来走去，沉吟片刻道："先生说得在理啊，我又何尝不知道呢。只是就这样撤军，我不甘心啊。"

"臣有一计，不知可行否？"

"先生请讲。"

"虽然鄂州城还没有攻下，但是宋人已经疲惫不已，早已厌战。贾似道屯兵汉阳，虽然手握重兵，但早被我蒙古大军的攻势吓破了胆，暗地里派人前来求和，表示愿意向我蒙古称臣纳币。我们何不趁此机会招降他们呢？”

“先生和我想到一处去了啊，那这件事就交给先生了。”

“臣定不负使命。”

话说贾似道合州大战虽然大获全胜，但是目睹了战争的残酷，已经开始厌倦大动干戈。而且，蒙古大军兵强马壮，来势汹汹，他负责的长江防线也危在旦夕。他深知鄂州的重要，作为臣子，肩负保家卫国的使命，又不得不战。两难之际，有人建议贾似道向蒙古求和，贾似道便派使臣前往忽必烈行营。

最后双方约定：双方划江为界，大宋每年向蒙古奉献银二十万两，绢二十万匹。

贾似道与蒙古私自定下和约后，忽必烈即刻撤兵北上，当蒙古大军过浮桥时，贾似道派刘整率一支军队掩杀过去，短兵相接，蒙古军队无心恋战，所以战斗进行得并不激烈。刘整率部杀死、俘虏蒙古士兵一百七十余人。

贾似道大喜，立即写了一封奏折，大意是蒙古大军已经被我军打败北撤，圣上英明云云。

皇帝赵昀此刻正在临安，与嫔妃们缠绵，终日花天酒地，不知今夕何夕。

一日，皇帝正在房中与阎贵妃嬉闹，左丞相吴潜欣喜万分地求见，皇帝不快地整理好衣服，问道：“丞相如此匆忙，不知有何事？”

吴潜双手捧着贾似道的奏折，一边递给皇帝，一边道：“鄂州大捷，蒙古已撤军。”

皇帝打开奏折一看，心中大喜，道："似道不负重托，保家卫国，是我大宋的功臣啊。"

皇帝看着身旁美丽的阎贵妃，又看看吴潜，问："似道此次退敌有功，朕当如何赏赐啊？"

吴潜见此情形，也不便说些什么，只道："国舅盖世功劳，是该重赏还是加官晋爵还请陛下圣裁。"

吴潜退出房门，忧虑爬上心头，心里总有几分不踏实的感觉。

次日早朝，朝堂之上恢复了往日的生机，鄂州大捷的消息一夜之间传遍全城，可谓是"随风潜入夜，润物细无声"。皇帝满面春风，大声问道："众位爱卿，鄂州大捷，对于有功之臣，你们觉得该如何犒劳？"

一位大臣上前一步，拱手道："贾似道抗贼有功，如今蒙古大军已经北撤，边防战事消停，可宣贾似道回朝，受圣上封赏。"

"众爱卿意下如何？"

朝堂之上，异口同声道："圣上英明，吾皇万岁万岁万万岁。"

"宣似道回朝，即日起程。"

退朝后，钦差拿着圣旨，快马加鞭，一路西行赶到贾似道的住处。贾似道一听是皇上的圣旨，连忙下跪领旨。

次日一早，贾似道便带着唐小燕及家眷，从黄州出发，开拔回朝。四月初的江南，一片翠绿，满园春光，迸发着勃勃生机。贾似道的心情正如眼前的景色一样。

这天，贾似道一行人走到一地，天色已晚，舟车劳顿，打算就地歇息一晚。在前线，战事吃紧，都没睡过几天安稳觉，尤其是少了女人。遥想当年，贾似道也是流连妓场之人。现在，贾似道又开始想女人了。

贾似道身边的随从，似乎看出了主人的心思，便在贾似道耳边悄悄地说了几句，只见贾似道脸上露出笑意。

贾似道怕被人认出自己的身份，便乔装成一个商人，来到当地有名的风月场所——醉月楼。老鸨一看便知是大人物，便笑脸相迎，让姑娘们出来迎客。贾似道选了两个貌美如花的女子，相拥走进房间，一阵嬉戏打闹，便倒在床上亲吻起来。

半夜，一道黑影从窗前闪过，贾似道从梦中惊醒。说时迟那时快，一柄长剑从帐外刺来，贾似道翻身一闪，躲过一剑，大声惊呼："抓刺客！抓刺客！"贾似道的贴身侍卫在门外听见喊声，破门而入，便与黑衣人打斗起来。两个女子被这情景吓得蜷缩在一边，一阵阵地大哭起来。贾似道也早已躲在了角落里。黑衣人与侍卫交手，自知很难占得上风，便借机从窗户逃走。

贾似道被吓出一身冷汗，刺客逃走后，才缓过神来。他心里暗暗思考，这刺客是谁？为什么要来刺杀我？贾似道突然记起一事。当初，他驻军汉阳之时，督师援救鄂州，左丞相吴潜让他迁至黄州，汉阳在长江以南，黄州在江北，靠近前线，当时贾似道就想：这个吴潜莫非是想让我战死沙场？

而且就在贾似道前往黄州的途中，竟然遇到了蒙古士兵，他竟被吓得屁滚尿流，痛哭流涕地说道："我命休矣！我命休矣！"战斗进行得并不激烈，后来他发现遇到的并不是蒙古大军，而是一群老弱病残。但在贾似道看来，这一切都是吴潜有意加害于他。

次日起程时,贾似道更加提高警惕,贴身侍卫寸步不离。等到贾似道到达临安之时,皇帝下诏让文武百官在郊外迎候,这对于臣子来说,是何等的荣耀啊!

2. 独揽大权

皇帝宴请群臣,为贾似道庆功。

贾似道回朝以后,被皇帝视为大宋的英雄,封为宰相,朝堂之上无人敢与其抗争。左丞相吴潜,知道贾似道与自己有过节,便处处显得极为低调,即使是这样,贾似道仍然不罢休。

宰相府内,贾似道正在书房写字,一个漂亮的女子坐在一旁正弹着琵琶。贾似道年轻时可算得上是一位极其风流的人物,经常出入风月之地。

贾似道停笔,喝了一口茶,坐在藤椅上闭目养神,怡然自得,心想着蒙古大军南下,虽然给大宋带来灾难,但是如果不是因为这战争,恐怕他现在也不会平步青云吧!这样说来,他还得感谢这场战争!

现在蒙古内乱,大军撤走了,自己也从前线回到了临安。这里商贾云集,丝毫看不出战争的痕迹。

贾似道睁开眼,看了看弹奏琵琶的女子,脸上露出奸笑。

"你走过来。"贾似道对女子说。

女子抱着琵琶,起身缓步走来,叫了一声:"丞相。"

"来,坐我腿上,给我弹一曲《十面埋伏》。"贾似道说。

"小女子不敢。"女子羞怯地推辞道。

“我的话你敢不听么?”贾似道那狠狠的眼神让人看得心里发毛。

女子只好坐在贾似道的腿上弹奏琵琶,贾似道的手在女子的身上游走。

这时候,唐小燕突然走进来,贾似道心里不觉一惊,从椅子上站起来,女子借机告退。

“师宪,你看看你现在成了什么样子? 现在的贾似道还是合州大战时的那个贾似道吗?”唐小燕看着贾似道问道。

“小妹你误会了,前几月在前线打仗太累了,这不回到临安刚过上太平日子,就放松放松嘛!”贾似道答道。

“太平日子? 这里是太平了,可前线呢? 我大宋子民为了保卫这太平,有多少鲜血洒在疆场? 战争让多少人家破人亡? 你现在在这儿过得安逸,你可想过天下苍生?”

“好啦,小燕,这家国大事是男人们的事,你就不要操心啦!”

唐小燕气愤地摔门而出,留下贾似道独自在书房。

此刻,贾似道正坐在书房里出神,管家走了进来,似乎有事禀报,开口叫了一声老爷,却被贾似道制止住。他似乎正在想着什么,示意管家不要打断他的思路。管家退后两步,站在一旁静候。过了半刻,贾似道脸上又浮现出笑意,睁开眼从椅子上站起来,看到管家正站在一旁,便问道:“有何事?”

“左司谏姜吴德求见。”

“人在哪里?”

“正在大厅等候。”

“快带我去见见。”

管家陪同贾似道来到大厅，姜吴德向贾似道行礼道：“下官拜见丞相。”贾似道热情地上前扶起姜吴德，道：“免礼免礼。”

“丞相召见下官，不知有何事吩咐？”姜吴德一脸茫然地问道。

“其实也无什么特别的事情，只是素闻姜大人在朝中为官正直，敢于直谏，是我大宋不可多得的人才。本相爱才，一直想结交你这样的有志之士。”贾似道说。

“谢丞相抬举，小的也只是拿俸禄办事，混口饭吃而已，还望丞相多多照顾。”

“哈哈，你我二人同朝为官，都是为了黎民百姓，自当相互照顾，齐心协力。”

姜吴德听到贾似道这么说，心里自然是美滋滋的，便溜须拍马起来，道：“丞相在前线与蒙古大军鏖战数月，合州大捷真是大快人心，丞相的功劳可以彪炳千古啊！”

“分内之事，分内之事！”贾似道嘴角浮现出一丝笑意。

当然，这次贾似道把姜吴德叫来还有更为重要的事情，那就是他对左丞相吴潜怀恨在心，一直在寻找机会报复他。但是，作为丞相自己又不便亲自出马，便想通过司谏来弹劾吴潜。所以表面上看似是赏识姜吴德，其实在贾似道心里，他只不过是自己手上的一枚棋子而已。

贾似道问：“左丞相吴潜平日在朝中怎么样？”

姜吴德听出贾似道的意思，加上吴潜平日在朝中为官刚正，得罪了不少人，之前一次吴潜就在朝堂上打压了姜吴德的进言，对此事姜吴德一直都耿耿于怀，便在贾丞相面前数落吴潜："吴潜身为左丞相，思想却迂腐保守，如今他年事已高，只想着保住自己的晚节，对于朝中之事充耳不闻……"

"那姜大人身为左司谏，为何不启奏圣上啊？"贾似道问。

"丞相有所不知，下官出身微贱，在朝中又没有大树可遮阴，所谓'明哲保身'，下官也是自身难保啊！"姜吴德道。

"岂有此理！没想到吴潜居然身在高位却不为圣上谋实事，不为天下苍生谋福，而只顾贪图荣华富贵，实乃我大宋的蛀虫！"贾似道义正言辞地说道。

"丞相说得极是！"

"明日早朝你写一封奏折，呈给圣上。"贾似道说。

"可是……"姜吴德心中有所顾虑，两边他都得罪不起啊！可是现在看来，贾似道在朝中的地位日趋稳固，将来肯定是贾似道的天下，所以现在何不提前站好队，为自己的未来谋点福呢？

"可是什么？有我在，朝堂之上你只管说。"贾似道看着姜吴德说道。

"是，丞相！"贾似道的话给了姜吴德不少动力，心里既激动又后怕，这一路仕途走来，他已经明白官场如同战场的道理。更可怕的是，战场上是明枪明箭，还可以躲避，而官场之上，全是看不见的暗箭和硝烟，何时会被人捅一刀也无从知晓。

次日早朝，一封弹劾左丞相吴潜的奏折传到了皇帝的手上。皇帝翻阅了姜吴德的奏章，并没有立即表态，而是先把此事放置一边，商议起其他事来。

话说吴潜，不仅在水利方面建功卓著，而且文采也是小有名气的。这天吴潜在自家府上，看着庭院里的海棠花又开放了，红如胭脂，艳如流霞，一时有了诗意。想到一年前蒙古大汗蒙哥亲率十万军队自六盘山扑向川蜀，连败宋军，但到达合州时，遇到守将王坚的顽强抵抗，蒙古派往招降的使臣也被王坚处死，而且蒙哥也在合州大战中暴毙，这才致使蒙古大军北撤，便在纸上奋笔疾书，写下《海棠春·己未清明对海棠有赋》:

海棠亭午沾疏雨。便一饷、胭脂尽吐。老去惜花心，相对花无语。

羽书万里飞来处。报扫荡、狐嗥兔舞。濯锦古江头，飞景还如许!

吴潜写完词，放下手中的笔，又仔仔细细地看了看刚刚写下的文字，望着窗外，开始惆怅起来。吴潜知道，自己的好日子就要到头了。

一日皇帝召见贾似道和吴潜，道:“二位都是我大宋的功臣，是我大宋的中流砥柱，这里也没有其他人，我们君臣三人敞开心扉谈一谈，朕有一事想听听二位丞相的意见。现在蒙古大军北撤，前线也不那么吃紧了，二位觉得下一步该作何打算?”

“启禀皇上，蒙古大军虽然北撤，那是因为蒙古祸起萧墙，我怕蒙古内乱平息后还会卷土重来，所以老臣认为，我们应该加紧军备，以防万一啊!”吴潜说道。

“蒙古大军北撤，是因为我大宋兵强马壮，大宋军民团结一致，齐心协力，合州一战蒙古大汗蒙哥战死，蒙古人知道我大宋的厉害才退兵的。依我看来，短时间内蒙古不会再动干戈，我们可以派使者到蒙古谈判，休养生息。”贾似道说道。

“贾大人，此言差矣，我大宋的疆土如今还在蒙古的铁骑之下，我们怎么能够偏安一隅而不思进取呢？如果正如贾大人所说的，我大宋兵马强壮，那为什么不趁蒙古内乱之际，一举攻取淮河以北，收复失地呢？”吴潜道。

“君子不乘人之危。我大宋历来讲究的是以德化人，怎么能像蒙古人一样野蛮呢？”贾似道狡辩道。

“好啦，好啦，二位爱卿不要争吵，二位说的都有道理，都是为我大宋着想，殊途同归嘛！”皇帝说。

贾似道对吴潜的一言一行怀恨在心，刚刚自己又落了下风，心里很不爽快。

又过了数日，一天晚上黑衣刺客再次出现，贾似道手臂受伤，但并没伤到性命。贾似道便以此为借口弹劾吴潜，说吴潜对他怀恨在心，接二连三派刺客杀他，就连他驰援鄂州时遇到蒙古士兵的事儿也扯上了。

皇帝知道这样的理由有些牵强，但是他明白，吴潜主张对蒙古用兵，一心想着收回失地；而对皇帝而言，现在自己在临安过得挺悠闲自在的，并没有收回失地的打算，所以将来吴潜有可能会阻碍自己。加上吴潜年事已高，朝中大事应该让年轻的官员们来担当，所以顺水推舟，就罢了吴潜的相位。

吴潜并没有争辩，皇帝还未把“罢相”二字说出口，他就老泪纵横地跪在地上，道：“皇上，臣为大宋鞠躬尽瘁，然而仍有小人弹劾臣，臣年事已高，是应该把位子让出来了，臣请辞左丞相一职，还望皇上恩准。”

皇帝看到吴潜花白的头发，纵横的老泪，有一点于心不忍，便当着文武百官说道：“吴丞相对我大宋忠心耿耿，向来就是群臣的表率，现在既然吴丞相主动提出请辞丞相一职，朕也就准了吧。”

贾似道看到吴潜凄惨的模样，心里痛快极了。吴潜罢相后，贾似道权倾朝野，至此走上权力的巅峰。

吴潜被罢免后，想到了几年前遭受台臣攻击，改任福建安抚使，前往福州道经南昌时所作的一首《满江红·豫章滕王阁》：

万里西风，吹我上、滕王高阁。正槛外、楚山云涨，楚江涛作。

何处征帆木末去，有时野鸟沙边落。近帘钩、暮雨掩空来，今犹昨。

秋渐紧，添离索。天正远，伤漂泊。叹十年心事，休休莫莫。

岁月无多人易老，乾坤虽大愁难著。向黄昏、断送客魂消，城头角。

读罢，不禁悲从中来。吴潜知道，这次到循州凶多吉少，自己死期已近，便与人说：“我命不久矣，我死后，夜里必定会风雷大作。”

这次吴潜被贬谪到循州，本想在此安度晚年，可是谁知道贾似道对他仍然不放心。吴潜前脚刚到循州，贾似道后脚就派自己的心腹刘宗申任循州太守。

“宗申啊，你跟了我这么多年，你说说老夫对你怎么样?”贾似道问刘宗申。

“丞相待我如同兄弟，我感激不尽。如果有机会为丞相效力，就算是赴汤蹈火，我也在所不辞!”刘宗申慷慨陈词。

“现在有一份差事，不知你意下如何?”

“丞相您只管吩咐，我一定照办。”

“不不不，这是升官发财的好差事。老夫派你去循州做太守怎么样? 独守一方，有享不尽的荣华富贵。”

“谢丞相，这么好的差事我在所不辞，在所不辞!”

“不过你去了还得给老夫办一件事。”

“什么事? 丞相您只管说。”

“吴潜三番五次想置老夫于死地，现在他被贬至循州，想一个人清静，想都别想!”

“丞相是想?”

“杀!”贾似道决绝地说。

吴潜知道刘宗申是贾似道的门客，刘宗申的到任使吴潜有了警觉。吴潜到循州后并不过问朝野之事，便躲在一座寺庙里，终日吃斋念佛，读书写文。

刘宗申到任后，四处寻觅吴潜的下落，终于有了线索。

一日，刘宗申遣人在寺院的井水里投毒，饮此井水的人死去不少。可是吴潜因有了防备,悄悄在自己屋内睡床下掘了一口井,才幸免于难。

刘宗申见吴潜不死,又借设宴之名欲邀请他,被吴潜婉拒。最后,刘宗申硬把宴席设在吴潜住处,派人暗中在饭菜里施了毒,硬逼着吴潜吃下。有道是"龙在沙滩被虾戏,虎落平原被犬欺",吴潜早已身不由己。

吴潜中毒后,先是双足浮肿,渐至双臂,内侵心脾,全身臃肿,气喘难眠,最后胃衰而亡。

景定三年(1262)五月十八日夜,东山寺上空果然雷声大作,狂风夹着大雨,一代忠贤良臣吴潜端坐屋中与世长辞,结束了他生命中最后一段"悲悲复怨愁,憔悴更憔悴"的岁月。循州百姓闻此噩耗,无不失声痛哭,哀声动地。

贾似道害死吴潜后,又借机诛杀与自己政见不和的官吏,不少忠臣良将死于其毒手。

3. 赵禥即位

贾似道为相期间,大宋王朝偏安于临安的锦绣江山,皇帝赵昀沉迷于酒色,根本就不过问朝中之事,贾似道独揽大权。

景定五年(1264),皇帝病重,一日贾似道前来看望他。皇帝躺在龙榻之上,已经骨瘦如柴,道:"贾爱卿,你去诏求名医进宫,如果能治好朕的病,朕赐予良田、金银财帛,授以高官厚禄。"

贾似道回去后下诏全国,可是数月都无人应征。这年十月,皇帝病故。贾似道拥立太子赵禥继位,第二年改年号为"咸淳"。

话说赵禥年轻,而且智力低于常人水平。继位以后,对贾似道尤其尊敬。贾似道负责理宗的丧葬之事,理宗刚入葬不久,贾似道便不辞而别,赵禥一时找不到丞相,十分着急。

贾似道自有奸计,自从合州大战后,吕文德对贾似道就言听计从,随贾似道回临安后,自然也过上了荣华富贵的生活。这日,贾似道悄悄回来后,召见吕文德。

“拜见大人,不知突然叫小的来有什么急事?”吕文德见到贾似道后一边行礼一边问道。

“使不得,使不得,你我是出生入死的兄弟。”贾似道说。

吕文德听了贾似道的话,心里自然是美滋滋的,嘿嘿地笑着道:“谢过大人。”

“先皇刚入葬不久,大人本该在宫中,怎么回到了府上?”吕文德一脸疑惑地问。

“我召见你来正是为了此事。”

“大人尽管吩咐!”

“你去报蒙古大军南下入侵。”

“现在哪来蒙古大军?”

“你只管照我说的去做就是,我自有安排。”

次日早朝,贾似道并没有上朝,继位不久的赵禥面对着文武百官还有几分紧张,见不到贾似道,心里更加着急。

突然,吕文德向前一步道:“启禀陛下,前方消息来报,蒙古大军正分兵南下入侵。”

一听到蒙古大军南下,皇帝吓得更加不知所措,文武百官面面相觑,朝堂之上一片混乱。

“众爱卿有何见解？快快说来!”

堂上无一人发言。皇帝又道:“快快下诏,请贾丞相入朝。”

贾似道在府上正怡然自得地品茗听曲,接到皇帝召见的消息后,这才得意扬扬地重返朝堂。不久,皇帝便加封贾似道为太师、魏国公,贾似道依旧扬言辞官。

皇帝整日与妃嫔们饮酒作乐,刚继位不久,便夜夜召宫妃陪睡。

“朕封你们为春夏秋冬四夫人,以后批公文的事就交给你们四个啦!”皇帝给予四个最得宠的女人这般权力。同时,他还为贾似道在西湖葛岭修建了精美绝伦的住宅。贾似道大肆淫乱,致使朝政昏暗。

再说北方,蒙哥在合州大战中负伤,不久便暴毙。忽必烈久攻鄂州不下,加上北方内乱,争夺汗位,他在军前召集幕僚商议。郝经建议“断然班师,销祸于未然”,廉希宪也建议“愿速还京,正大位以安天下”。正在此时,贾似道恰好遣使约和,于是双方商定,以长江为界,大宋向蒙古每年纳银二十万两,绢二十万匹。

公元1260年,忽必烈率军抵达燕京,同年五月初五,忽必烈登基成为大汗。经过四年的大战,忽必烈终于夺得蒙古汗位,稳定内部之后,便派兵侵犯大宋四川地区并沿汉江南下,于咸淳四年(1268)包围襄阳,次年又围攻樊城。

七、双城之围

1. 蒙古大举南下

忽必烈坐在大殿之上，巡顾四周，金碧辉煌。燕京已不再是燕京，而今唤作大都，而自己这个大汗却始终改不过口来，总是要刘秉忠和伯颜等人提醒。蒙哥在合州亡故至今，已经五年有余，若是换作这个哥哥来坐这位置，又当如何？那想必这大殿中多的是裘皮弯弓，要少了不少珠宝、木器，而自己做个王爷，悠闲自在，读书打猎，好不快活。想到此，忽必烈一阵伤感，长叹了一口气。

刘秉忠听到忽必烈叹气，也不问为何，只呵呵笑道："大汗可是又想起了什么伤心事？仲谦马上要回大都了，说是今日便到。他可还有一个惊喜要带给大汗。"

忽必烈听到此言，想起一事，马上来了精神，喜道："不错！这惊喜可是郭守敬？"

正在此时，外面就传来禀报之声，又听到张文谦在外哈哈大笑，还有一人在旁低语。刘秉忠笑道："是与不是，大汗一看便知。"

门外走进两人来，各自拜过忽必烈。忽必烈向张文谦道了声好，眼光向另一人扫去。只见这人约莫四十光景，也是儒生模样，眼神灵动非常，头戴黑色纱帽，身披蓝袍，一身衣襟尽是墨色。忽必烈见了，不禁在心里暗暗赞许，正色问道："这位便是若思先生吗？"

那人拜了一拜，毕恭毕敬道："郭守敬见过大汗。大汗威名远扬，早有耳闻，今日一见，果真不同凡响。"

忽必烈摆手道："我威名远播，都是凭着蒙古泱泱大国，浩浩国威，倒不如郭先生有真才实学。早在十年前，我就从你老师刘秉忠、张文谦处听了你的事，早想见你，今日终于得偿所愿。先生懂天文，知水利，修历法，可谓全才。有先生在，我蒙古内政可安啊！"

郭守敬道："郭守敬愧不敢当。微末本领，自当报效国家。"

张文谦见二人客套，便道："守敬，今日便是你报效之时啊。大汗，我与守敬此次来大都，是有些事情要向大汗汇报。"

忽必烈哦了一声，道："有什么事，尽管说来。"

张文谦向郭守敬使了个眼色，郭守敬见老师如此，便开口道："回禀大汗，我前些年在西夏视察河渠水道，发现西夏土地，连连征战不休，水利设施损毁严重，十有八九已不能用。塞北江南不复往日风光，田地荒芜，随处可见，百姓无以为家，流离失所。我花了十个月，沿黄河两岸勘查，绘制地图，想要重新兴修水利。只是若要疏浚旧渠故道，更立闸堰，要花费不少人力物资，西夏兼守唆脱颜根本拿不出那么多来。所以……"

忽必烈打断他道："所以，你这老师就让你到我这里来借些银两?”郭守敬与张文谦都是一拜,忽必烈哈哈笑道:“西夏天灾人祸,我早有耳闻,只是一直不知如何修整才好。今日郭先生向我提及,乃是帮了我一个大忙,郭先生想要什么,从国库中取去便是。只要能治好水利,就算是要我忽必烈去帮忙掘槽,又有何不可?”

郭守敬听他这番话语,顿感敬佩,拱手道:“大汗豪迈,是郭某狭隘了。既然有了大汗许诺,我便可大开手脚了。”

忽必烈点点头,问道:“那郭先生需要多久才能完成?”

郭守敬自信道:“水利地图我都已经绘制完毕,剩下的开挖淤泥,修堤建坝,疏浚河道,一年便可。”

忽必烈喜道:“好!那我便在大都等着郭先生的好消息了。”

郭守敬拜了一拜,正欲离开,忽听忽必烈道:“慢着。那西夏人民风粗犷,不喜管束,若是没有一个都水少监在那,恐怕镇不住他们。”

郭守敬听了,不知是何意思,愣在当场。张文谦赶忙道:“愣着干什么,大汗封你呢!”

郭守敬这才明白过来,忽必烈一言之间,已封自己为都水少监,他赶忙跪拜下来,道了声谢。忽必烈哈哈大笑,命人取来银符一条,黄金千两,授予郭守敬。

2. 吕文焕坚守战局

“将军,程大元已经回京了。”

探子一声禀报打断了吕文焕的思绪,他此时正想着在鄂州时与贾似道、吕文德击退忽必烈的那一战。吕文焕来到襄阳已经半月有余，先前守将程大元迟迟不愿离去，吵着闹着要向朝廷申冤。吕文焕在军中严整惯了，手下都是些精兵良将，恪守军规，但偏偏对于泼皮无赖毫无办法。诏书早已在自己手上，守城事宜众多，已忙得不可开交。多说无益，只能任由他去了。这时听人通报说他离开了襄阳，心头一个大包袱总算落地。

挥手屏退了身边士兵，吕文焕又向襄阳城下看去。城外十里地开外，到处都是蒙古人设置的栈楼堡垒。去年自己哥哥吕文德不知为何同意了蒙古人在襄阳城外设立榷场，但榷场是假，隔断兵粮用道才是真，这样一来，除了水路，襄、樊两城几乎断了粮草输入。如今，蒙古人又在樊城西边建了新城，在百丈山、虎头山上筑成防线，让陆上援军也难以到达。而且今日看下去，蒙古军队的阵仗与往日又多少有些许不同，眼见着人数越来越多，已由一开始的百十来人，变成了几十个百人队伍。吕文焕知道，蒙古人已经开始整顿军队，准备强攻了。

吕文焕又将亲兵招到身边，问道："援军可有动向？"

那士兵支支吾吾道："夏贵将军领一路军，但……已于虎尾州大败而退。"

吕文焕也不惊讶，又问道："可还有其他人？"

"还有范文虎范将军，正在调集各路兵丁，不日便前来驰援。"

吕文焕听到"范文虎"三字，已是满脸愁容。李庭芝、张世杰，朝廷哪一个不好派，偏偏派来他这个软脚虎。襄阳城破的样子，似乎已经提前出现在了吕文焕脑中。突然他心中闪过一张面孔，想起当日那人在合州显奇能，大胜之后的豪迈之语，又想到那人在鄂州用兵如神大败忽必烈。唉，如今只是一个贾平章了。却又听到亲兵道：“将军，还有一事。”

“什么事，说吧。”

“探子来报，蒙古大军不日就要到城外营帐了，看阵势，该有不下五万人马。”

吕文焕听得这个数字，急忙问道：“探子可探到蒙古大将都有谁？”

“打头的，一个是刘整，还有一个蒙古人，叫阿术。”

阿术感到一阵寒风吹来，渗进自己肌肤。如今才刚刚入秋，襄阳城外的天气就如此令人不舒服了。转头一看，身边的阿老瓦丁伏在马背上，也是一阵瑟缩。

阿老瓦丁沉声不语，阿术见状问道：“智者可是有什么困难？若是造这回回大炮还需要什么，尽管说来便是，蒙古幅员辽阔，想必没什么不能找来给智者用的。”说完满是得意神色。

这阿老瓦丁是来自回回的智者，由阿里海牙向忽必烈推荐，特来帮助蒙古军破城。忽必烈和阿里海牙等一众人自鄂州之战以来，一直忌惮宋人的城防。特别是襄阳，先有孟珙在此重兵防守，多次加固城墙，开发粮草通道，设立军械库。后又有高达在此固守，襄、樊两城兵精粮足，易守难攻。几次强攻不成之后，蒙古众将领都想不出什么可行的办法，只有阿老瓦丁提出造一门回回大炮，用来轰击襄、樊两城的城防。但此刻阿术却见阿老瓦丁神色惨淡，以为他也想不出什么造大炮的办法。

阿老瓦丁叹一口气,道:“阿术将军,阿老瓦丁缺的倒不是物事,而是缺个人。忽必烈汗宣我来时,我知道有一个汉人郭守敬在此,必能助我良多。没想到来时才知道,郭先生外出巡游去了。”

阿术闻言,哈哈一笑道:“我以为智者要什么呢。要个聪明人嘛,除了大汗偏爱的郭守敬,我倒是也有一个。这人名叫亦思马因,生于回回,长于蒙古,又熟悉汉人文化,算术天文机械制造,也没有他不明白的。”

阿老瓦丁一听,忙问道:“此奇人在哪?”

阿术笑笑道:“就在前方!”

两人拍马向前,只见一消瘦男子站在大营角落,举目望着浩荡汉水。那条汉水贯通南北,江面上成千上万的宋军战舰,排列整齐。两座城池隔着汉水而立,高筑的城墙几乎要耸入云端,威严肃穆。阿术扬起手中马鞭,遥指前方,叹了一口气,对身边的阿老瓦丁道:“攻不下的襄阳城。”

消瘦男子听到身后声音,先是一惊,随后回过头来看见阿术,毕恭毕敬地叫了一声:“将军。”

阿术笑着对他一挥手,然后转身对身边的阿老瓦丁介绍道:“这便是我说的聪明人,他叫亦思马因。”

阿老瓦丁见这个年轻人眉宇间神采飞扬,料到必然不是个寻常人,不免打量着他,连连点头。亦思马因疑惑地望向阿术,阿术笑笑对他解释道:“亦思马因,这是回回来的智者,阿老瓦丁。他正在为我们造一门回回炮,有了这门大炮,这襄阳再难攻,也是我阿术的囊中之物了。不错吧,智者?”

阿老瓦丁含笑点头，亦思马因却面无表情，仿佛什么也没听到一样。阿术见亦思马因毫无反应，便又追问阿老瓦丁道："那这回回炮要几日才能建成呢？"

阿老瓦丁回应道："将军，这回回炮工序复杂，需要耗费的人力物力都非常巨大，并不像寻常炮车那样，几日便可完成。"

阿术不免惊讶道："智者这么说，我更想看看这精妙武器到底是怎么一回事了。几日不成，几月也可。我和阿里海牙便在襄阳城下饮酒吃肉，待得这大炮建成，拿下襄、樊也将易如反掌吧？"

阿老瓦丁面露难色，慢慢说道："将军，莫怪阿老瓦丁我无能，只是这炮车几月也建不出来，非要几年不可。"

阿术大惊，面色骤然一变，道："怎会要上几年？难不成智者是要建一整座城出来？难不成是要立起一座摘星塔，上那九霄去摘星星？"

阿老瓦丁道："我与大汗、阿里海牙将军都说过此事，没想到阿术将军并不知晓其中缘由，也是怪阿老瓦丁办事不力。这回回炮的图纸原是由我老师的老师所绘，绘制的缘由只是为了求解数学算法和机械制造的原理。他自己也知晓这炮威力太大，怕害了一方百姓，晚年便又将图纸给毁了。我和我的老师也只知道回回炮的一点皮毛，却不知道具体的制造方法。大汗召见我之后，我便日夜想办法重新绘制此图，却总是不得要领，已然堆了一屋子的废纸。想要造回回炮出来，我非得先将正确的图纸画出来不可。不过将军放心便是，若这位亦思马因真如你说的那般聪明，有他协助，必能早日画出有用的图纸来。"

阿术听他说的这般模糊不定，正要再追问几句，却听到一旁的亦思马因沉声说道：“不用大炮。”

阿术不解地问道：“你说什么？”

亦思马因背向两人，面朝襄、樊两城，说了一声：“不用造回回大炮。”

阿术知道此人一向少言语，便自己补充道：“亦思马因，你是说不用造回回大炮，你就有办法攻破襄阳吗？”

亦思马因点点头，指着远处山脉，道：“那一处”，又指向另一处汉水旁商贾小舟云集之处，道：“还有那一处。取下这两处，襄阳的援军可阻。”

阿术随着他指的方向看过去，一处是大洪山脉南境，另一处是仙人渡镇，突然朗声哈哈大笑道：“没想到亦思马因你不仅懂得天文算数，还晓得兵法。你指的那两处乃是南境和仙人渡，前些日与伯颜元帅讨论战事时，正说让我去夺了下来，没想到被你一眼就看出来了。不错不错！”

阿术是个雷厉风行的人，说罢便拍马向大营中奔去，边走边笑。剩下阿老瓦丁在原地愤恨不已，阿术刚一离开两人视线，亦思马因也欲离开。阿老瓦丁见这人如此不懂礼数，向亦思马因急急吼道：“你给我站住！”

亦思马因随即一愣，停下来，也不说话，静静看着阿老瓦丁，似乎在等他说下去。阿老瓦丁气不过，脸色已经通红，斥道：“你为什么看不起人？”

亦思马因年少聪颖，在优渥环境中长大，虽然习得汉人的礼法教义，但从不遵守，也不懂得照顾他人情绪，只管自己快活。此时听到阿老瓦丁对自己发火，却不知自己哪里说错做错，奇怪道："我哪里看不起人？"

阿老瓦丁听了此言更觉气愤，怒道："你看不起我的先师，看不起我们回回人建造的回回炮。我倒要看看，你不用回回炮却有什么真本领能立刻攻下襄阳城。"

亦思马因这才明白过来，但仍不觉有愧，便冷冷道："我没有办法攻下襄阳城，宋人奸猾，襄阳城大，没有数年不能破。但我也没有说回回炮无用，我只是不相信你能造出那样的武器。"

阿老瓦丁道："你说造不出便造不出吗？我的先师画出图纸，此言非虚，我和我的老师都曾亲眼见过。阿术大人说你聪颖，我看未必。我来问你，你可懂得占星？你可知道几何学？你又晓得沙盘演算吗？"

亦思马因从小学习算术、天文和机关术数，却从未听过几何学和沙盘。他向来最爱学习新鲜事物，听到这些，几乎要忘了阿老瓦丁正在生气，急忙问道："这些都是什么？可都是高深学识？"

阿老瓦丁被他问得一哽，慢慢回道："你不知道了吧，这些都是回回智者精通的学问。占星可以预知一个人的命运，几何可以用于建筑房屋，沙盘演算乃是求解算术最方便的技法。亦思马因，以你的无知，这世界上还多得是你不明白的事情。"

亦思马因听了不禁啧啧称奇，问道："可是这些又与造不造得出回回大炮有何干系呢？"阿老瓦丁刚刚因为占得上风，快要消气，却又被激怒，吼道："好你个亦思马因。我要代表回回智慧，与你比赛,你可敢?”

亦思马因道:“怎么不敢,我与你比。比什么?”

阿老瓦丁冷笑一声,走到一边,用脚画了一个四方,又在四方里画了一条蜿蜒的曲线,道:“既然阿术将军赞你懂得军事,那我们便来比赛军事。这边是襄、樊战地与汉水,你我取些石头,在这沙盘中推演,看看战事究竟如何发展。”

亦思马因觉得有趣,一口答应下来,马上便转过头去寻找可用的石块。阿老瓦丁也去找了起来。不一会儿,两人已按照蒙古军、宋军的阵仗,将石块摆好。阿老瓦丁扮作蒙古军,亦思马因扮作宋军。两人你动一子,我动一子,就像下棋一样。阿老瓦丁偶尔抬起头来,只见亦思马因沉醉其中,根本听不见任何风吹草动,不禁一笑。他在回回时,就是爱才之人,常常教些简单的知识给小孩子。此时见到亦思马因当真聪慧,而且如同小孩心性一般质朴,当世少见,之前的怒气已然完全消散。两人你来我往,一直演算到太阳下山,阿老瓦丁在沙盘里切断亦思马因水路,率兵围困,亦思马因也有办法解围,再行突击。天色已然看不太清楚,阿老瓦丁站了起来,道:“不比了,这一局便算平了如何?”

亦思马因在地上沉吟良久,缓缓道:“不可算平。”

阿老瓦丁疑道:“哦?那你觉得谁赢了。”

亦思马因道:“我赢了。”

阿老瓦丁正眼又看了沙盘一次,道:“我已围住了襄、樊两城,破城迟早之事,怎么能算是你赢了?”

亦思马因正色道:“真是迟早之事吗?我心中计算过,我们推演了四个时辰,若是你我二人作为大帅真在打仗,恐怕这一仗已打了二十年了。”

阿老瓦丁听了这话,大为吃惊,细细一想,不觉神色黯然,道:“你说得没错,这一仗真是我输了。”心中想到蒙古军队若真的在此耗费二十年而不破城,恐怕早已退兵从长计议了。

亦思马因又道:“沙盘虽是你输了,可打仗却是我输了。”

阿老瓦丁知道他所说的便是蒙古不能破城之事,不免叹了一口气,仰天问道:“真的要输吗?”

亦思马因终于从地上站起来,不再看那沙盘,向阿老瓦丁正色道:“看来,这回回大炮非造不可了。”

3. 奇袭仙人渡

自那日之后,阿老瓦丁在大营中每日约见亦思马因,与亦思马因研究算术、几何,共商绘制回回炮制造图之事。这两人都痴迷于学识,从无藏私之心。

绘制图纸之余,亦思马因忍不住向阿老瓦丁讨教回回占星术,方才知道回回占星术便是西方世界的天文之术,源自一个名叫希腊的地方。占星术士们提出天人合一论,将天上各个星体有序排列,称为“宇宙”。他们从这些星星的运动中找出规律,用来解释世间万物的变化和个人的命运。

阿老瓦丁说到这里,沉默了许久,方才说道:“蒙古人逐渐强大起来之后,我们的阿拔斯王朝被旭烈兀大汗灭亡。先师为了将回回人的智慧传承下去,在战乱中颠沛流离。旭烈兀大汗统一了回回之后，虽然尊重先师，却不让先师安心研究学问，而是让他用占星术来推断自己的祸福，要他造出攻城利器，去用来继续西征其他的国家。先师也是出于这一点，迫于无奈毁掉了回回炮的图纸。”他说到这里，长叹道，“事到如今，我来到荆湖制造回回大炮，也不知道是对是错。让先师知道了，可会责怪于我？”

亦思马因不擅长与人打交道，但这几日相处，早已把阿老瓦丁当作推心置腹的朋友，正想着如何开导他，还未开口，忽听帐外兵器声声响动，阿术的亲兵钻进帐来。阿老瓦丁见状忙问道：“出什么事了吗？”亲兵回道：“阿术大人要去奇袭仙人渡了，让亦思马因大人也去看。”亦思马因颔首起身，阿老瓦丁说道：“我也跟你一起去！”亦思马因看了一眼亲兵，点头道好，两人一同走出帐外。

襄阳城西北，一队蒙古骑兵列好阵势，旌旗在江风里招展开来。阿术看着亦思马因道：“亦思马因，前些日子你说得不错，这仙人渡真是取这襄阳重要的一关。可惜他们宋人里没人如你一般聪明，你看这仙人渡，都是商贾船只，没有重兵把守，若我冲过去，不过一眨眼的工夫，仙人渡便是蒙古的了。”

亦思马因听了也不表态，只是点点头。阿老瓦丁问道：“不是说还有一处南境吗？”

阿术点头道：“不错，阿里海牙去取南境了。阿老瓦丁、亦思马因，你们就在这里看我们得胜归来吧。”

阿术立马在军前，将手中兵刃一挥，军中擂起鼓来。这鼓声急快，不出一会儿，军中已是群情激奋。一通鼓未完，骑兵已经飞奔出去。仙人渡的宋军守将听得此声，急忙唤人从水路去襄、樊求援。还未来得及疏散商贾船只，蒙古人早已杀到眼前。阿术手执长枪，几乎一枪一个，以全身之力将宋军士兵挑起，再抛入人群。宋军在此处守备薄弱，多是老弱病残的士兵，见到阿术如此气势，早已吓得走不动路，还未来得及穿上铠甲，就死的死伤的伤，还有一些落水而逃，和百姓们混作一团。

不过一瞬，阿术就拿下仙人渡，切断了襄、樊水路补给的一处要地。阿术清点了一下手下，只折了不到十人。等到手下士兵将宋人俘虏尽数绑完，阿术找来一个亲兵，问道："南境那边如何了？"

亲兵如实回答道："南境要地，守兵颇众，阿里海牙将军还未传来消息，但想必也快了。"

阿术道了一声好，便听得喊声震天。原来刚才求援的人已经到了樊城。阿术调集队伍，留了一小拨人在仙人渡善后，马上沿着汉水向东冲了过去。蒙古骑兵何等迅速，不一会儿便见到宋军从樊城中出来。阿术号令队伍分成两列，一列由土土哈领队，一队由自己亲率，分别向宋军的两肋奔去。宋军也不是一盘散沙，见蒙古人如此来袭，便严阵以待，摆出一个方阵，不再前进。

阿术带人逼近宋军，只见到为首的是一名白甲将领，身形颇为熟悉。几年前的旧事又浮上心头，阿术不禁大喜，喝道："是他！果然是他！"随即大笑起来。身后士兵都不知道统帅在笑什么，以为是他胜券在握，便又壮了几分胆量，一众人大喝着向宋军奔去。土土哈那一列也不落后，两队人马像是比赛一般，越来越快，毫无收势。

那白甲将军正是吕文焕。他听闻仙人渡被破后急忙来援，却不想蒙古人已经沿着江水杀到了樊城下。蒙古骑兵分成两列，一列领兵的是个色目人，另一列的将军不是别人，正是几年前的那个莽撞汉子——阿术。吕文焕早已听闻，兀良合台卸了帅印，忽必烈将他的儿子封为平章。这次来犯襄阳城，除了有伯颜、史天泽镇守荆湖作总指挥，大军统帅就是阿术。没想到八年不见，这人已经褪去了一身稚气，成了一名三军统帅。吕文焕这一瞧，早已忘了八年前的约定，只知道阿术领兵有方，也知道蒙古骑兵作战勇猛，不敢怠慢，急忙让人列阵防守两侧。

阿术这边心情却截然不同，见了吕文焕威风模样，霎时间想到了合州城下两人斗了百十来回合的场景。阿术年轻时在蒙古草原威猛无比，就连阿里海牙都斗他不过，没想到在合州城遇到如此对手，虽然没占得半点上风，却是牢牢记住了这个宋人小将。八年一晃，又在此遇上他，只想着当年约好的来日再战。什么父亲嘱托的灭宋之事，什么合州城下蒙哥身死，此时一并抛在脑后，只想再现八年前的风光。他正想着，就朝另一侧喊道："土土哈听令！令全队停下！"

土土哈以为听错，再加上马蹄声盖住了人声，仍旧往前冲了一截，却又听到："土土哈！快给我停下！"土土哈这一回听得真切，不敢再怠慢，急忙招手挥鞭令骑兵停下。蒙古人向来擅长骑射，在大草原上最能施展开的战术就是骑射和驭马冲杀。骑兵最大的优势就是以马匹的速度冲散对方的阵型，再各个击破，所以离得越近时，越要一鼓作气一战到底。然而此刻阿术和土土哈却号令骑兵骤然停下，士兵们惊愕中纷纷使尽全身力气去拽缰绳。阿术和土土哈力大无比，能征善战，所以一口气就勒马停在原地，而士兵们多的是不如他们的，一时间马匹嘶鸣声四起，人仰马翻，马匹踩踏，惊叫声不断。宋军听不懂阿术说的蒙古话，只看到蒙古人自己乱作一团，不知道发生了何事，丝毫不敢松懈，仍旧是紧握着盾牌兵刃，稳立当场。土土哈更是摸不清头绪，看向阿术那边，只见阿术从亲兵手中接过一把弯弓一桶羽箭，挂在背上，又提起银枪，单枪匹马走出军阵，大喝一声："吕文焕！你还记得本将吗？"

吕文焕本以为要来一场恶战，已经做足万全准备，牵好马索，正要迎击蒙古军，没想到阿术竟来了这么一出。他定了定神，也在军中大喝道："阿术将军，别来无恙！"

阿术哈哈大笑，道："本将好得很，只是记得八年前与你立下的约定，时常在大漠操练本领，想再与你一战。想必吕将军的身手也是精进了不少吧！"

吕文焕听出了阿术的来意，不想他为了与自己一战，竟然这般劳损自己军队。一时间想起当年合州战事，与阿术、伯颜于飞矢走石中交手，与贾似道、吕文德豪气而饮，顿时气血上涌，刚要答应，又觉不妥，沉吟一刻，道："阿术将军与我有何约定，吕某怎么不记得了？"原来他见阿术如此莽撞，便想借机挫挫他的锐气，也让蒙古士兵心中怨愤。

阿术一听，大怒道："怎么不记得！当初在合州城下，我与你一战，不下百回合，最后你我跌落马下，被我找了个破绽，便不杀你，与你定下再战之约，怎么会不记得！我又听说你在鄂州与阿里海牙交手不落下风，让我颇为高兴。想到有如此对手，真是人生一大乐事！来来来，我倒要看看吕文焕如今究竟是何等人物！”阿术故意说自己得胜，想激怒吕文焕，又借阿里海牙把吕文焕褒奖了一番，没想到吕文焕全然冷热不吃，缓缓笑道：“阿术将军几年未见，怎的还是如此儿戏。当日与你战至百回合是没错，阿术将军威风，吕文焕甘拜下风。但那时我们都是军中从将、偏将，打赢打输，都只是助推一方威风、杀灭一方士气的事情而已。而如今，阿术将军已不是父亲麾下的打闹孩童了，我吕文焕也是襄阳守将，怎能单枪匹马再战。你我若是江湖草莽汉，我必奉陪到底。但我们都身在军中，阿术将军，身不由己啊！”

吕文焕说完，见阿术怒目圆睁，还想再骂，却见一蒙古传令兵快马而来，在阿术身边耳语了几句。阿术点点头，向宋军营中喊道：“吕文焕，我原本以为宋人也不全是像那夏贵、袁玠之流的贪生怕死之徒，至少有你这样骁勇之人。不想今日再见，你与那些苟且之辈也没甚两样了。吕文焕，我阿术约你择日再战。再见之日，便不算你我恩怨，乃是要看看，究竟是我大草原的雄鹰更加英勇，还是你江南水乡的鸟雀更会叫唤！”说罢哈哈大笑，土土哈和蒙古兵们也跟着笑了起来。

吕文焕本就不像蒙古人一般洒脱豪放，不善用言语造势，此刻看到阿术正要鸣金收兵，便不再去纠缠，自己暗暗吃了一亏。阿术刚走，亲兵就到了跟前，向他报道：“吕将军，大洪山南境失守了，来袭的是那阿里海牙。”

吕文焕点点头，道：“果然不出我所料。收兵回城吧，蒙古人不日便要来了，这一场水战，怕是难守了。”

4. 血染江心台

“江心台?”阿里海牙惊奇道。

此时蒙古军中大帐里，阿术、阿里海牙、史天泽、刘整、张弘范正在商议围城手段。阿术前些日子攻下仙人渡和南境，以阻隔襄、樊二城西面援军。忽必烈大汗又从北方调军前来荆湖支援，襄阳城外蒙古驻军已有八万人，水陆两军分别归由史天泽与阿术统领。阿里海牙提议马上从西面围攻襄阳，把地面围个水泄不通，困它个三五月、一两载，总归能逼得宋人投降。而汉人降将刘整却不以为然，深知襄阳兵精粮足，虽然从蒙古人的包围中突围困难，但在城中固守，撑上十余年，应无难处。再加上东南水路还有援助供给，围城逼降实非易事。

史天泽接伯颜指令，此时刚刚从荆湖而来，听闻阿术命人在建回回大炮，便提议在汉水中筑高台，一来能阻断宋军水路攻势，二来也可以让攻城大炮距离襄阳城更近，在汉水中央发挥优势。

史天泽接话道:“不错，我们可在大洪山脉取万斤巨石，沉入汉水中，其上铸起十丈高台，先将弩机、炮台安置其上，再在江心台之间挂起巨索，任他宋人战船再强，也硬不过巨石和铁索吧。”

刘整与张弘范闻言，点头称是，而阿里海牙却不尽明白，道:“可是汉水中已有宋人战船千余艘，船上军备精良，多有弩炮，我们如何能在宋军面前运得万斤巨石安然入水，又筑起江心台呢?”

史天泽不答，看着阿术。阿术在地图上琢磨了良久，才抬起头来，道:“要断襄阳东南，必须得先控制住了水路。只是这筑台的法子,如阿里海牙所言,确实困难,我还没有想好。不知各位都有何高见?"

史天泽道:"我想到一个法子,当年大汗征讨大理时曾经用过。"

阿里海牙似醍醐灌顶,惊道:"说的可是革囊跨江?"

史天泽微笑点头,阿术也露出恍然大悟的神色,只有刘整、张弘范未听过忽必烈征讨大理之事,忙问何为革囊跨江。阿里海牙赶忙解释道:"当年大汗在大理时,澜沧江水流湍急,我们习惯了旱地作战,总是渡不过去。又因大理兵隔江设了浮桥,将两座小城连为一体,互相支援。我们久攻不下之时,大汗便想出了当年成吉思汗用的办法,用革囊结成羊皮筏子。再派几位勇士,身背装满火油的革囊,趁夜黑从水中潜到浮桥附近,将革囊扎破,把油倾倒在木头浮桥上,用火烧了浮桥。两城的联系断了,自然守不住了。"

史天泽附和道:"不错,但襄阳城广兵多,不比大理番邦小国。若要烧了他们的战船,恐怕几位勇士不够,得要几百勇士。"

阿术道:"这没问题,丞相尽管放心。钦察人中多的是勇猛死士,水性、力气、胆量都无可挑剔。"

史天泽道:"那便好,我看今日正是东南风,择日不如撞日,今夜就行动吧。"

是夜,汉水边人头攒动,黑压压一片。阿术、史天泽、刘整站在江边,江上都是小舟,小舟上坐满了死士,光着臂膀,各背着三四个革囊,还有人合抱着大的革囊,里面装满了油。只有阿术和刘整手中举着火把,阿术面色凝重,与小舟上的死士一一对望,将火把交给小舟上的领头人。忽然一声低沉的军号声传来,阿术点了点头,小舟开始静悄悄地向前划去,刚划出一里多,一群死士就各自跳下水去,发出一阵哗哗的水声。

不到一个时辰,这些死士就已经偷偷越过了宋军的水上界线,绕到了战船下面。阿术站在原地静静看着,不敢出声,心中紧张不已。突然一阵火光冒起,随后是一阵喧哗与浓烟,汉水岸边传来蒙古军阵阵低声欢呼。阿术以为是偷袭成功了,长舒了一口气,却听到身旁史天泽说道:“将军莫急着高兴,且看一会儿。”

阿术定睛望去,只见那火势不再蔓延,只在那十余艘战船上烧着。再看宋军其他战船,竟然与那十余艘战船隔开,仿佛是预先知道蒙古军行动一般。阿术暗叫糟糕,必定是不小心触碰了宋人在水下设的暗铃,心里不禁怪罪自己不够小心。史天泽和刘整也变了脸色。忽然听到宋军之中爆发出一阵狂笑,霎时间,一张铺天大网从水中被八艘巨船拉出,网中尽是那些死士,恐怕漏网的没几个。剩下的几个奋力将革囊里的油洒出,又点燃数艘战船,却也被宋军弓箭手射死。那火势甚猛,顺着东南风扑过来,宋军战船也有所损失。此时襄阳城门突然洞开,城内守兵提着木桶,纷纷前来救火。

阿术再也按捺不住,命人将火把点起,清点人数,整理队形,就要往襄阳城边攻去。张弘范也接史天泽指令,开始动用水军接应,上山运送巨石。阿术飞快攻到城下,吕文焕也命人将炮石轰下。蒙古人本来意在奇袭,但气势不足,被飞石打得难以靠近。张弘范那一边,不要说运送石头,就连兵士下山都困难,只得用战船强行冲击宋军水军先锋。阿术见陆上不利,只能急忙掉头,再向史天泽、刘整求援。正退却间,却发现一白袍人在火光中掠出,身法之快无与伦比,手持长剑,几下便刺死了仅存的几个蒙古士兵。阿术认出他来,不觉哑然失声。

那白袍白甲不是别人,正是襄阳守将吕文焕。只见他转身招呼士兵上了先锋大船,自己则隐身于一小船上。每艘大船上搭载两架弩炮,在前开路,吕文焕则在一旁,指挥若定,找准机会带人冲上蒙古人的军船,势如破竹。一时间蒙古先头小船已经损毁过半,张弘范大惊,立马让弓箭手火力全开,万千箭雨向宋军船头飞去。吕文焕也不害怕,命宋军死命抗击,自己也杀得一身白衣尽染血色。蒙古军疲后,吕文焕又亲上大船帅台,指挥宋军战船分成两列,逆流而上,直冲蒙古军船队腹部。只听得鼓声四起,宋军反客为主,声势倍增。张弘范临时上阵,准备不足,已然抵挡不住,急急向上游败退。不过一盏茶工夫,蒙古水军已经折损了大半。

阿术在岸边看着,惊诧无比,没想到几年不见,吕文焕竟在兵法上有如此造诣。心中一半高兴,想着昔日敌手今日重逢并不输自己多少;一半失落,为的是襄阳战事。本来襄阳就易守难攻,再遇上如此守将,想必胜算又少了几分。但此时,自己带着残兵败将守在岸边,也无办法阻挡吕文焕的攻势。

江面上火光渐弱,很快襄阳城外又归于寂静。张弘范那一边的残兵慢慢回营,巨石仍在江边山上立着。阿术看着江水滔滔,缓缓道:“谁能给我把石台筑起来,大汗重重有赏!”

身边无一人应答,过了半晌,刘整才缓缓开口道:“阿里海牙将军不是说，这次攻襄阳是请了两个聪明人来助阵吗?”

阿术早先被战事冲乱了脑袋，这才想起这件事来，喜道:“不错，那两个人懂得算术，也懂得天文水利，必然可以在这江水里造出点什么来。快，叫亦思马因和阿老瓦丁来!”

吕文焕看着蒙古军退去，也不再追，招呼身边亲兵鸣金收兵。此刻吕文焕血染衣襟，返回城头，正欲吩咐城中备战之事，却见一人迎上来笑道:“多亏吕将军神机妙算，料到蒙古人要在夜里偷袭，在汉水里布下绳索响铃，让他们吃不了兜着走，哈哈哈!”

吕文焕定睛一看，竟然是范文虎。今夜大战之前，吕文焕就听闻范文虎在灌子滩被蒙古军大败，竟乘一叶小舟遁走，没想到此刻已经逃入了襄阳城里。吕文焕一向不愿与此人为伍，冷哼一声，并不理睬，叫了护卫径自走了。范文虎见热脸贴了个冷屁股，也悻悻而归。

吕文焕归至帅府，叫了亲兵到跟前，问道:“我派去请援兵的信可有回音?”

那亲兵道:“李庭芝将军最近才上任京湖置制大使，正欲率兵前来，但中途被人阻了……”

吕文焕大奇，问道:“谁敢阻李将军?”话一出口，却已猜到了三分。只见那亲兵支支吾吾不敢回答，他更加确定了是谁。他想到贾似道几年前的风光，更是心酸，神色黯淡不已，勉强问亲兵:“那还有谁来援助?”

亲兵道:“范文虎将军已在贾丞相面前立下誓，说领万人来援，一战可平。”

吕文焕听到此，拍案大怒道：“又是范文虎，真想把他踹到襄阳城外去。”

亲兵听了也觉得可气，但又道：“将军莫急，还有两人比这范文虎更可靠。李庭芝将军虽难以脱身，但派了手下两人来援，一名张顺，一名张贵。”

吕文焕不知这两人是谁，只以为李庭芝随便找了两人来糊弄自己，不满道：“他们这两人是谁？我怎么从没听过他们？”

这亲兵忙道：“将军您没有统过地方民兵，所以不知。我从民兵中来，这二张的名声在淄州可是响得很。当地人唤他二人作‘竹园张’‘矮张’，足见爱戴。”

吕文焕这才高兴起来，道：“如此甚好！若是这两人来了襄阳，尽快告诉我，我得亲自去迎才行。”他心中念道，襄阳之围，就要靠这两人来解了。

八、血海襄阳

1. 援兵

蒙古军自上次大败之后，休息整顿良久，不敢轻易进犯。几次出击，也只是到周围寻探，没有阿术命令，不得与宋军正面交锋。襄阳城里的宋军也不敢出击解围，吕文焕深知蒙古军众多，比襄阳守军多上一倍不止。史天泽利用这一优势，又在襄阳城外百丈山、岘山、虎头山等地筑了诸多堡垒，算是彻底切断了襄阳城求援的可能，除了汉水水路，襄、樊几乎成了两座孤城，形影相吊。吕文焕苦等张顺和张贵来援，却没想到路途坎坷，二张欲入襄阳，有诸多不易。

阿术深知襄阳城坚池深，所以长期围困襄阳，俟其自毙。但其伐宋之心太过强烈，总想强攻襄阳而取之。刘整看出他的心思，建议阿术操练水军，适应水战，以图在汉水上战胜宋军水军，切断襄阳水路。阿术采纳了刘整的意见，训练水军七万人，其中不乏长于攻水寨、水栅的汉人士兵；又在万山堡建筑船厂，欲造战船五千艘，用于攻宋。

另一边，阿术命亦思马因和阿老瓦丁建筑江心台。亦思马因在阿术面前许下军令状，说三个月就可建成江心台，让阿老瓦丁惊愕不已。但阿老瓦丁深知这年轻人身负盖世奇才，便一心与他共事，不想其他。

这一日阿老瓦丁按照回回水力学方法，制成波动仪，与亦思马因一同到汉水岸边进行勘测丈量。两人寻寻觅觅，从清晨一直到太阳落山，终于找到了一处水深略浅，水流不那么湍急，正适合搭筑高台之处。回到大营之后，两人各自沉思，绘制出各式蓝图与建筑细节，再一同商量修改。这两人一人是回回智者，一人是不世出的奇才，双才合璧，所有困难无不轻松攻克。仅仅七日之后，两人便将高台基础图纸绘制完成。阿老瓦丁把情况告诉阿术，阿术大喜不已，立马召集各路工匠按照两人所制的图纸制作机械零件。亦思马因不急不忙，仍旧拉着阿老瓦丁日日夜夜研究沙盘和算术。

一个月的时间匆匆过去，两军表面和平，再无战事，却都在做着准备。沉石筑台之余，亦思马因与阿老瓦丁依据阿术指示，指挥几千手工匠人，在万山堡水面上建了十几艘巨大战船，上有巨型机械弩炮与投石机，以备日后水军所用。

襄阳城楼之上，吕文焕眼见着汉水中央蒙古军忙忙碌碌，却不知在做何事，只觉得有哪里不妙。吕文焕想从水路出击，但想到张世杰的援军马上要到，便派人日日观察城外蒙古军动静。

一日，吕文焕正在帅府看着地图，忽听道门外士兵一阵哄闹之声，便走到外面，问道："发生何事？"

一位士兵转过头来，恭恭敬敬道："回禀将军，城门外有援军到了，听闻是张顺、张贵两位将军！"

吕文焕不禁大喜过望，赶忙带人出了内城，赶到城门口街上，只见两位甲胄铿亮的将军带着万把人迎面而来，一人面色黝黑、身材矮小，另一位则面皮白净、身材高挑。吕文焕走上前去一把挽住一位，道："千盼万盼，两位将军总算来了！请问哪一位是'矮张'张顺将军？哪一位又是'竹园张'张贵将军？"

其中一人不禁哈哈一笑，笑声甚是豪爽，另一人道："吕都守客气了，那都是江湖人给的虚名，在您这里，我们就是张顺、张贵。兄弟我便是张顺了。"

张贵也止住笑声，拱手拜道："李统制和吕统制知道襄阳军情紧急，派末将火速前来救援。只是中途碰到不少蒙古军阻拦，耽误了不少时间，让吕都守受累了。"

吕文焕听到哥哥的名字，心中颇有怪罪之意。若不是当年他受了忽必烈蛊惑，允许蒙古人在襄阳城外筑榷场，想必战局也不会如今日这般。吕文焕一怔，皱眉道："我那哥哥总算还是做了件正经事。唉！早前程大元、夏贵、范文虎精甲十万，战船数千，屡次进援，也无尺寸之功。丧师辱国，莫过于此！"他叹了口气，又问道，"临安那边，情况如何？"

张顺哀叹一声，道："有诗为证：吕将军在守襄阳，十载襄阳铁脊梁。望断援兵无信息，声声骂杀贾平章。"待他说完，城内宋军守兵俱是神色悲愤，一片唉声叹气。吕文焕听到贾似道在诗中被骂，一时间也是心绪复杂，不知该说什么。

张贵生性洒脱，看到众人情绪低落，高声道："大哥说这些个穷酸儒人的牢骚话做什么？我们既然到了此地，襄阳之围就由我们来解。我看'铁脊梁'吕将军该为我们二人暖上几杯酒了！"襄阳城里众人见他说话可笑，还把自己比作三国时期关云长温酒斩华雄，不禁哄笑。吕文焕也笑道："小张将军说的是，临安之事，不问也知晓七八分。倒是二位将军，以几千人之力成数十万人之功，到这襄、樊孤城中来解救一方百姓，可敬可佩，吕某替襄、樊父老百姓谢过二位将军了。"

说着吕文焕便要跪下，张顺见状赶忙扶上前去，道："吕都守千万不可。我们二人不过尽了些绵薄之力，吕都守在此守城三年，前几月又大败蒙古水军，才是令人敬佩不已。"吕文焕不再客套，但见张顺张贵带来的部下均疲惫不堪，于是传令摆下酒席，对众兵士好生款待。席间，吕文焕问及张顺、张贵何以民兵起义，三人顿生好感，又谈到朝廷贪官如何奸佞、大宋江山如何凋零残落，不免神伤。吕文焕想起贾似道与吕文德，愁眉不展，只与二张饮下无数杯。张顺、张贵还为襄、樊百姓带来不少衣物和粮食，城中欢声一片，军民上下都对这两人感激不已，已是将这两人当作襄阳的大恩人、大救星。

2. 水战

这一日，阿里海牙正与亦思马因、阿老瓦丁谈论着回回大炮与江心台之事。亦思马因立下的三月之期快要临近，江心台已差不多要建成。阿老瓦丁欣喜之余，暗自说自己没有看错人。阿老瓦丁也已绘制完成回回炮的图纸，大炮正在营中加紧修造，那石头炮身高足足八丈，据阿老瓦丁所述，那炮可承受万斤巨石，用机括齿轮之力发出，再坚固的城墙也抵挡不住。阿术、阿里海牙、史天泽等人见了，无不惊叹鬼斧神工。

三人正说得高兴，忽听到战鼓声响。阿老瓦丁放下酒盏，问道："又有战事了吗？"

阿里海牙听得明白，急忙起身穿戴铠甲，边走边道："快命水军出击，看样子宋人来攻了。"

三人一路骑马到大营前，帅台之上，阿术、刘整已经穿戴整齐，指挥水陆两军。只见汉水之上，宋军水军约有千艘战船，却全不似当初那般巨船，多的是轻舟小艇。乍一眼看去，并不威风八面，照理说一击便溃。但阿术忌惮吕文焕用兵，不敢轻易松懈，令刘整好生整备巨型战船。果不其然，那千艘轻舟行到一路，便列出奇怪水阵，时而为方，时而变圆。刘整远远瞧见，道："这水师阵型，变化多端，我只知道一人有这本领，难道是他来了？"

阿术奇道："刘将军说的是谁？"

刘整道："我在宋廷时，见过一人，水上兵法出神入化，宋人里无人能及。莫说吕文德、王坚，恐怕当年岳飞也要输他一筹……这个人，张弘范将军倒是熟悉得很。"

阿术早先听闻人言，张弘范之父张柔降了蒙古之前，在狼牙岭谈论兵法，最后输给了一个后生。这后生便是张弘范的堂兄张世杰。自此之后，张弘范苦学兵法，为了就是为自己一族争回点颜面。阿术哈哈笑道："张世杰吗？来得正好，传我令去，让张弘范统领水军!”

亲兵传下令去,不一会儿,张弘范便身披重铠,登上先锋巨舰,执掌令旗。待到蒙古军巨型战船全部下江,宋军小船队已要逼到江心台面前。只见宋军船队上几十名壮汉手持阔刀大斧,在小船队彼此掩护下,冒着流矢,钻到江心台铁索下,猛力砍去。不过眨眼工夫,亦思马因辛苦修筑的江下铁索尽数被砍断。原来这些小船吃水很浅,铁索潜得较深,根本触碰不到。张世杰派人来先断了铁索,欲图再让大船出击。果不其然,襄、樊水师的大舰这才慢慢出现,顺流而下,与小船队会和。那为首一员将领,手执长剑,铜盔上红缨随风而动。刘整见了,对阿术道:“那便是张世杰了。”

张弘范的巨舰一时间快不起来,只得命人登上江心台,以弩炮轰击宋军。没想到宋人小船仗着轻快,与蒙古士兵拼命争夺江心台。一时间江心台上刀光剑影,宋军猛士一边对付蒙古士兵,一边趁乱捣毁江心台上的弩炮机括。等到宋军水师大船近了,三座江心台已被宋军废掉了两座。

阿术见情势危急,命令阿里海牙从陆上用火炮轰击宋军战船,但收效甚微。那些小船中了炮石,将士们随即弃船,纷纷上了蒙古军战船,近身肉搏。张世杰的大船到了附近,已换上弩炮轰击,用的多是点火的灌装火药,一时间汉水上爆炸声震天,蒙古军前排战舰几乎化为粉末。两方几万水军在汉江上厮杀开来,张世杰和张弘范都不肯退让,一时间难解难分。

眼见蒙古军水师就要败下阵来,忽然听到远处一侧的江心台发出一声巨响,一艘宋军战船随即被击穿,渐渐向下沉去,船上水兵一阵阵呼喊。众人转眼望去，只见张弘范毫不示弱，带人抢上江心台，修好被破坏的机括，用巨炮发出炮石。张世杰还未反应过来，张弘范又命人发出一炮，弹无虚发，宋军战船阵中又少一船。阿术见状，高声叫好，急忙令人再去江心台支援张弘范。

张世杰调转水军船头，去抢第三座江心台，不想张弘范细细调整，第三发炮弹正朝着张世杰所在的船打来。张世杰躲避不及，炮石击中船头，船上众人纷纷落水，张世杰也不见踪影。江面上一时哀号声不断。阿术在岸边细细观察水上情况，只看见张世杰又钻出水面，宋军数只小船拼死抢到前面，将他救起。眼见张世杰死里逃生，未受重伤，又回到主舰船头，张弘范也被逼得退下江心台，重回船上，阿术直叫可惜。

双方军队，卷土重来，再战一番。一场恶战，甚是激烈，从一早直到中午太阳高照，汉水上已尽是鲜血。张世杰、张弘范两位水师大将，各显神通，反复攻防，互有胜败。但蒙古军被张世杰断了铁索，毁了江心台，三个月的心血付诸东流，算起来蒙古军还是吃了大亏。

不多时，突然有人来报阿术，说吕文焕带兵去偷袭鹿门，阿术远远望去，西北方向果然有一大队宋军人马，向鹿门白河方向飞奔而去。他暗叫糟糕，自己只顾指挥水师作战，却忘了陆上防备。连忙叫来阿里海牙、李庭，让两人去白河增援，不能让吕文焕突围成功。

原来吕文焕听了张世杰的建议，决定与他里应外合，在张世杰水路进攻时，自己便去偷袭突围。两人与张顺、张贵研究战局图三日，决定从鹿门白河下手，那里离蒙古大营较远，防守也较为薄弱，应该最易成功。于是吕文焕孤身前往鹿门奇袭，而张顺、张贵两人则趁汉水战事大乱之际，从东北绕路，奇袭万山堡造船厂，以图彻底捣毁蒙古人的水军。又命范文虎在虎尾洲接应二张，有备无患。范文虎虽然身负皇恩，但自以为是，消极待战，不过身在襄阳城中，只得听了吕文焕的指示，领命去了。

吕文焕率一万精锐骑兵一路狂奔，每人负箭十袋，赶到鹿门，刚要站定，就发现背后追兵已经赶来。鹿门蒙古守军稀少，列好阵后只有两千余人，不敢上前迎击。吕文焕当即吹响号角，在鹿门守军阵中反复冲杀，未等阿里海牙援军赶到，便离开蒙古营帐，全速开往白河边去。阿里海牙不知吕文焕打的什么主意，只得整顿了鹿门守军，再行追赶。

吕文焕见阿里海牙追来，散兵在两侧山谷中，等到阿里海牙近了，立马吹响号角，骑兵从两侧倾泻而来，阿里海牙的部队阵势顿散。阿里海牙急忙向鹿门方向又退回去，却见吕文焕不知从哪里奔了出来，似从天而降，领着一队人马冲向自己。吕文焕那身白甲白袍甚为扎眼，蒙古军中有认出他是当日海战之时的大将，大声喊道："是他！又是他！"一时间蒙古军人心惶惶，不战而溃。阿里海牙无奈，只能挺身与吕文焕力战在一处。两人武艺高超，连斗了二十回合都不分上下。阿里海牙心中焦急，想要脱身而出，不想招式中露出了一个破绽，被吕文焕一击得手，伤了左臂。阿里海牙吃痛低呼一声，吕文焕又一枪扎了过来。这一枪来势凶猛，阿里海牙无力阻挡，只得右手提起兵器，一个翻身下了马，猛一拍马屁股，让那战马向外奔去，自己则钻入乱军之中。吕文焕找不到阿里海牙，回头指挥战局，蒙古军节节败退。直退到鹿门时，阿里海牙手下援军已经折了一半。

吕文焕正要杀进鹿门突围，忽听得传令兵急急呼喊。转眼一瞧，一个传令兵已经到了身前，浑身是血，竟是张顺、张贵带来襄阳的援兵。吕文焕心想不好，忙问何事，那传令兵道："大事不好了，我们在万山堡，被李庭诱我深入，再行伏击。看那阵势，像是已经知道了我们要偷袭，张将军猜测，定是有人走漏了风声。"

吕文焕赶忙问道："那战事如何？二位将军可还好？"

传令兵一听，号哭起来，道："张顺将军力战而死，尸体沉入江中找寻不到了。那李庭、张弘范将江面堵死，张贵将军已经快要力竭了。"

吕文焕这几日与张顺、张贵颇为交心，也欣赏二人智略胆识，此时一听张顺已死，心头一阵难过，强忍着问道："那范文虎呢？怎么不来接应？"

传令兵狠狠道："范文虎从虎尾洲跑了，张贵将军边战边退，等到了虎尾洲时，发现那里尽是蒙古军，自己已被围了。吕将军，请您快去援助张将军吧！"

吕文焕不禁在心里大骂范文虎不是东西，看了一眼鹿门方向的蒙古残兵，只能恨恨收了兵，火速向万山堡赶去。待一众兵马赶到时，只见万山堡战事已平，只有一阵火光和浓烟还未散去，船厂外都是些蒙古军船只。吕文焕寻到几个装死未被抓走的宋军，问道："张贵将军呢？"

一个士兵哭道:“将军被抓走了。”

3. 开山炮

阿术坐在主帐内,一手抚着襄阳战局地图,这地图与三年前自己刚到此地时,已经大不一样了。刚刚这一场水战,自己杀了宋军两员援将,大挫吕文焕的突围,张弘范虽然倾尽水军全力也只与张世杰战了个平手,但好歹也退去了宋军锋锐,算起来可说是大胜了。想这三年如白驹过隙,自己日日操练士兵,算起来总有十来万兵力了。这些士兵里有的长了胡子,有的白了头发,还有更多的早已战死在襄阳城下、汉水涛中,成了白骨,化为粉末,寻也寻不到了。史天泽的身体也一天不如一天,已经不再上前线督战。那襄阳守将吕文焕,与自己也不过打了七八次照面。想起这些,阿术不禁长叹一口气,又觉自己怎得消磨了志气,想到父亲兀良合台给自己的灭宋之志,慢慢回过神来。

正想着,阿里海牙掀起帐篷门帘,走了进来,道:“事情已经办妥了,探子刚刚回报。”

阿术点了点头,走到阿里海牙身边,递了一杯马奶酒给这数十年的老友。阿里海牙一饮而尽,啧啧道:“真是好久没喝这东西了。”

阿术问道:“那几个抬运尸体的降兵呢?”

阿里海牙沉声道:“都让那吕文焕给斩了。这姓吕的真是个假义气,暴脾气,连自己人也杀。”

阿术反笑道:“若是我被杀了,吕文焕派了几个蒙古人送我的尸体回来，我看你何止斩了他们，还要吊出去鞭尸三日才能解恨。”

阿里海牙也哈哈大笑，道：“可不要说这些晦气话，待襄阳城破，你我二人还要回到大草原上去喝新鲜的马奶酒，再去摔跤，看看谁会赢。”笑了一会儿又说道，“那吕文焕还说了，要来报那张顺、张贵的仇。”

阿术讥笑道：“报仇？让他来便是，看看他能不能报得了？前些日我听阿老瓦丁说，回回炮已经造好，我看不等使用大炮，襄阳城就要被我们先破了去。”这几年亲坐帅台让阿术成熟稳重了不少，再不像当年那样莽撞，一心只想在战场上胜了吕文焕，了却当年夙愿。

阿里海牙道：“回回炮已经造好了？那我们何不这就去攻襄阳？”

阿术笑道：“你怎么比我还性急。再有三日，待我将大军整备完毕，就去试试那回回炮有何威力。”

三日后，阿术命人将三门回回炮运过汉水，架在樊城之下，离城楼八百步远。阿术等人见了这精巧攻城器械，无不称赞。阿老瓦丁命人搬来几百斤的巨石，架在炮头网兜里，待阿术一声令下，抓住手柄的壮士一齐松手，炮身发出震天响动，几枚巨石飞上空中，直向襄阳城楼落去，谯楼瞬间粉碎，数十名城头守兵被碾作肉饼。襄阳城内惨叫声骤起。

阿术见这回回炮威力果然惊人，大喜过望，命阿老瓦丁继续操作。三门回回炮继续发射巨石，全向襄阳城里飞去。襄阳城墙内外，几乎无地可以安全立足。但吕文焕反应极快，未等第四轮发射，已带着一队轻骑兵冲出城来。蒙古军早有防备，阿里海牙与刘整从两侧分别率兵截击。宋军匆匆出击，未带重甲重兵，很快被杀得七零八落，吕文焕只得退回城中。阿术见状，悍然将回回炮又前移了百步，重新架装完整，再行攻击。不一会儿，吕文焕再自城中杀出，速度之快更甚之前，阿里海牙不及阻挡，已经冲出五百步，但仍不够触及回回炮。双方一阵血战，宋军不敌，只得又退回襄阳城。

阿术大喜，不顾阿老瓦丁阻拦，又将大炮前移了五十步。又一炮打出，石块已经落入襄阳城内很深处。阿老瓦丁正欲再上巨石，却见襄阳城楼上架出两架巨型弩炮。阿术见了，不禁大吃一惊，喝道："开山炮！"再见史天泽，也是一脸愁容，似是忆起极为痛苦之事。这弩炮正是当年合州城上贾似道造出的开山炮，蒙哥也是因这炮而死。其他人虽然没亲眼见过这开山炮，但都没想到吕文焕竟祭出如此利器。正发怔间，阿术忙喝道："快，朝城楼发炮！"但那两门开山巨炮已经发出轰轰巨响，只见百斤巨矢直冲回回炮而来，两门回回炮应声倒下，变得粉碎。阿术知道造炮不易，连忙让人卸了大炮，鸣金收兵。吕文焕在城头接着命弩炮四面发射，蒙古军一时阵脚大乱，狂奔逃命。吕文焕见得了一点气势，又带了一队骑兵，第三次冲出城来，蒙古军不及抵挡，血流遍野，一败涂地。吕文焕一直逼出五百多步，剩余那一门回回炮也不能保全，被宋军一举烧毁。

蒙古军惨败而归，阿术火速找来各个将领，又找来了亦思马因和阿老瓦丁，商量对策。阿术问道："回回炮可还能打得更远？"

阿老瓦丁愁眉不展，道："回回炮图纸，我便画了三十余稿，只有这一稿成功造出，机械零件都已用到了极致，以我的本事，再没办法了。"

亦思马因在一旁欲语还休，阿术见状，问道："亦思马因可有什么办法吗？"

亦思马因冷冷道："办法是有一个，可未免太狠毒了些。"

阿术问道："你且说说看。"亦思马因说后，阿术、阿里海牙等人面面相觑，阿里海牙道："这可不是什么磊落法子，太过阴毒，哪是我大草原汉子的做法？依我看，还是整备军队，再由我攻去樊城。那城防破了大半，再攻不难。"

阿术沉吟半晌，缓缓道："不可强攻，亦思马因，就按你的办法去办。"

4. 最后的战役

吕文焕提了一壶热酒，独自走到襄阳城内一条小河边。河边立着两座矮坟，便是刚刚殉国的张顺、张贵的安歇处。阿术命人将二人尸骨运回襄阳城后，吕文焕便将二人合葬一处，带着二张的旧部残兵守了一夜。吕文焕拜了三拜，取出酒杯，倒了三杯热酒，把两杯撒在二张墓前，另一杯自己一气饮尽了。刚想说点什么，又觉说不出口，只是长长叹了一口气，又将壶中热酒倒上一杯，撒在小河中，然后将壶里剩的酒慢慢喝光。吕文焕从怀里掏出一块木牌，上面用剑刻了"兄长吕文德之位"，摩挲一阵，立在二张的墓边，道："大哥你先走一步，弟弟我恐怕也不能活着出这襄阳城了，我们只能地下再见了。”

襄阳城被围困之后，吕文德与李庭芝几度派兵救援，却终究不得办法。吕文德在临安日夜愧疚，觉得自己对不起胞弟。咸淳五年(1269)冬，在苦苦等待吕文焕功成的消息时，吕文德终于不堪病重而死。然而襄阳已成孤城，与外界封闭隔绝，消息传到吕文焕耳里时，竟然已快过了一年时间。

吕文焕心里苦楚，不知与谁人说，又想到近日来城里谣言四起，更是难过。襄阳城中有说书人将此编成故事，道：贾似道问刘宗申，若是用高达替下吕文焕，襄阳是否战事可图。刘宗申回道，让吕文焕再守襄阳，赵氏朝廷必要蒙难。吕文焕听了这故事，不辨真假，但回想到多年前合州与鄂州的光景，也不免悲从中来。吕文焕总是在想，若是当年的贾宣抚与吕统制还在，襄阳之围是否可免。

正祭拜着亡兄，吕文焕突然听到一声巨响，急忙整顿衣冠，赶到襄阳城中，只见一处房屋火光冲天，士兵和百姓都在提水桶救火。再听一声惊叫，抬头只见一只烧着的火球从天而降，正坠在粮仓附近，发出巨大声响。

原来蒙古军见回回炮射程不够，便按照亦思马因的法子，把阿老瓦丁所绘的图纸改了一改，将回回炮的零件吊上三丈土垒，再行组装，以至于这两门重制的回回炮比襄阳城楼还要高出一截，自上而下，射程更远。除此之外，亦思马因还命人把圆木内心掏空，再装入火药火石，夯实稳妥，代替巨石，点燃以后再投入襄阳城中。这一大火器直落入襄阳内城中，穿破墙壁，烧毁房屋，一亩地之内所有物事尽化作尘埃。吕文焕暗叫蒙古人歹毒，却也没有办法，只能急忙召集士兵百姓，拎水救火。但蒙古军不断发炮，火势越来越大，根本救不过来。不仅如此，那火石还炸伤不少宋军，一时间，襄阳城里已经一片火海，连城楼上的几架开山炮都被烧毁。吕文焕怕兵力再减，令张世杰率兵火速出击，自己则登上帅台安全处观望。阿术、阿里海牙实力雄厚，宋军又经历了火海一劫，根本无法撼动对手阵势。回回炮架于千步之外的高台之上，张世杰全无办法靠近，更不要说阻止蒙古军继续发炮。双方血战十数个来回，宋军早已疲惫不堪。吕文焕见了，连连叫苦，只得下令让张世杰回城，加派人手不停救火。

蒙古军如此反复轰击整整三日，襄阳城内粮仓、军器库几乎荡然无存，整个襄阳被火海烧尽。百姓失去亲人，无家可归，也无衣无粮。城内守军境地也好不了多少，多有被火石炸死、被烈火烧死的，活下来的也尽是满面焦黑。襄阳城外无援兵，已入绝境。

到了第三日夜间，阿术下令收整回营，次日再攻，襄阳城终于得以喘息。待到熊熊火光渐渐熄灭，襄阳城中，号哭之声，震天动地，已可传到蒙古军阵之中。亦思马因听到动静，登上土台观望，却见襄阳城中，尸骨遍地，天地间一片荒芜，毫无生气。他一心钻研如何建造攻城利器，不想其他，本以为吓唬一下，宋人就会乖乖投降，没想到吕文焕宁死不屈，到今日，襄阳城里竟是如此惨状。想到这些几乎都拜自己一手所赐，他内心悔恨交织，呆呆立于高台良久，终于一转身进入大营，去找阿术，劝他派人去招降吕文焕。

大帐中除了阿术，阿里海牙、刘整、史天泽都在。听了亦思马因之语，阿术沉吟不语，只看着阿里海牙等人。见他人都不说话，刘整抢先道：“将军，那吕文焕坏我们速攻大计，着实可恨。招降他又有何用，不如屠尽全城，杀之而后快！”刘整一直与吕文德有怨，对他的弟弟也连带恨了起来，只想杀了他才甘心。阿术听后，仍旧不言语。

史天泽身体抱恙，已有多日不上战场，此时听到刘整发话，不悦道：“昔日宋人中有一大将，名唤曹彬，统十万兵灭南唐，却从不滥杀。我以为宋人中，多的是有气节之人，原来也有像刘将军这等嗜杀之人。”

刘整听了，怒从中来，但忌惮史天泽身居高位，不敢冒犯，只得咬牙说了声：“丞相教育得是。”

阿里海牙听了，也道：“丞相说得不错，大汗也曾说过，伯颜丞相就是他的曹彬，最体恤大汗心思。要是兀良合台将军在此，肯定也不会放任屠城。我看不如就让我去招降那吕文焕吧。”

阿术听阿里海牙搬出忽必烈汗和自己父亲，呵呵一笑，道：“那好，就让阿里海牙去。”

阿里海牙领命出门，不到半个时辰，已经乘马走到了襄阳辕门之外。只见一队弓箭手拉满弓弦，朝向自己，吕文焕立于城头，仍旧是白甲白袍，威风不减。阿里海牙见了，也暗自赞叹。不等他出声，只听吕文焕道：“阿里海牙，可是来劝降吕某的？”这一声中气十足，全不似经历大难之人。

阿里海牙恭恭敬敬道：“吕大人，如今襄、樊二城已是孤城独危，大人何苦再支撑下去呢？”

吕文焕道："吕某蒙大宋国恩，死守襄阳，理应马革裹尸，断然没有投降之理。阿里海牙，你好心前来，我不杀你，你且回罢！"

阿里海牙已下定决心，当然不会就此回头，又喊道："吕大人马革裹尸，当是名垂千古，后人提起也是一段佳话。但你何不想想，这满城百姓，顾得了佳话不佳话吗？千秋万载之后，世人只记得你吕文焕将军，又有谁记得这襄阳城满城尸骨？"

吕文焕本不是沽名钓誉之人，听了此话，只觉心头一怔。他远眺蒙古军营，兵马齐整，舰船满江，再看向樊城方向，一片苍白空旷。自从军以来，他与强敌苦战半生，自合州打到襄阳。他转战数千里，死守十余年，虽知蒙古军势大，难免有此一日，已抱了必死之心。但转念一想，自己若不降，则白白葬送了满城百姓性命。一世英名，怎可用万千白骨来堆起？降与不降，两般念头在他心中交战不已。倏然间，数十年往事涌上心头，想及当年合州城下，偷袭蒙古军粮草，击毙蒙哥，宴饮欢歌，何等扬眉吐气。又想到在合州时，与兄长一起说要追随贾似道一生，效忠宋廷。如今兄长吕文德已病死，贾似道已不再是当年那个意气风发的宣抚，而今时穷势迫，竟是生死两难。

他正想着，却听城下阿里海牙叫道："吕大人，我蒙古人有一毒誓，乃是折箭为誓，不知你听过没有？"刚说完，便自身后抽出一支羽箭，举过头顶，折成两段，掷于地上，高声道："我阿里海牙发誓，若吕大人肯降，我以命保襄阳城全城百姓不伤毫厘！"

吕文焕转头问张世杰道："张将军，若我降了，大宋百姓可会怪罪于我？"

张世杰知他苦守多年,心中不免动摇,劝道:“吕将军,他人自有他人说,改不了吕将军忠义的事实。但这招降必是蒙古人的计谋,吕将军万万不可信他。”

吕文焕在城头看着阿里海牙的断箭,沉吟良久,对张世杰道:“张将军说得对,吕某不可降他,定要与襄阳城共存亡。但是襄阳城如今这般模样,急缺粮食兵器。张将军可否替我突破封锁,求一些援兵来?”

张世杰慷慨道:“张某义不容辞,我即刻便去。”说罢下了城楼,与吕文焕清点了城中可战的精兵良将,从南门奔了出去。吕文焕看着他远去的身影,突然拜服在地,朝着张世杰方向磕了三个响头,虎目含泪,道:“张将军,大宋安危,便交给你了。”拜完起身掸了掸身上尘土,带了一个亲兵,重上城楼,吩咐道:“传我令去,毁掉城中兵器。顺便,拿笔墨来。”说罢又对城下喊了一声,“阿里海牙将军……”

还未到晌午,阿里海牙快马回到营中。阿术早早迎了出来,问道:“怎么样?”

阿里海牙乐道:“明日午时,开门出降!”

阿术听了,脑中竟是一片空白。想着四年苦战,终是熬过去了,却不知为何笑不出声来。阿里海牙道:“亦思马因呢,让他知道,也高兴高兴。”

阿术惨然道:“你刚出门,他便寻了一僻静处,自刎了。”

阿里海牙目瞪口呆,不想这人比大将还要性情刚烈。又想如此一个聪明人没了,不禁扼腕叹息。只听阿术在一旁叹道:“只愿这一战后，千秋万代，永世安宁。”阿里海牙望向南方，襄、樊之南，不知又会是怎么样的一段故事。

临安贾府内，贾似道正逗弄着他的一只鹦鹉，全然不知大事发生。这鹦鹉乃是从南方暑地运来，珍贵无比。贾似道叫了一声：“丞相。”那鹦鹉也尖叫一声：“丞相。”贾似道哈哈大笑，乐此不疲。

这时，刘宗申走了进来，低声叫了一下贾似道。贾似道头也不回，不耐烦道：“干什么？”

刘宗申缓缓道：“丞相，吕文焕降了。”

贾似道猛地回过头来，满脸惊诧，以为自己听错了，问道：“你说什么？”

刘宗申自袖口里抽出一卷信，道：“吕文焕降了。这是他写回来的信。”

贾似道赶忙在一边坐下，定了定神，向刘宗申道：“念念看。”

刘宗申打开信纸，缓缓念道：“报国尽忠，自觉初心之无愧。居城难守，岂图末路之多差。兹祈转念昔日之功，庶可少伸今日之款。明公……”念到一半，贾似道思绪已不知飘到何处去，再听不见刘宗申的声音。

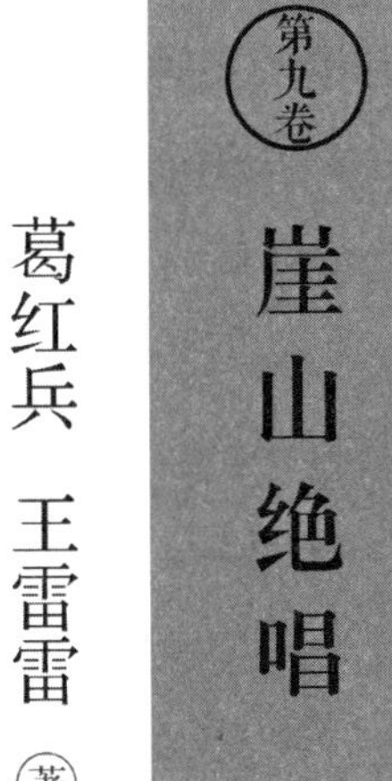

葛红兵　王雷雷　著

上海大学出版社

目　录

九、忠贞不屈 151

一、纵谈大势

1. 夔州相遇

咸淳年间的夔州府，居住了许多北边和东边来的异乡人。这些异乡之客都说，虽然大宋国境北线战事不断，但是这夔州居然能够在战争的乱世给人提供安定的生活，大概是地处偏远又周围多山地的缘故。

夔州府周围连绵不断的大山，看起来都是人迹罕至的，实际上并非完全荒无人烟。大宋的边境从淮河往南移了之后，许多民间抗元组织据说都改头换面，隐姓埋名在了南方的山林里。

提起夔州府，当地人最骄傲的是“夔门”。夔门在一百多年里以医术、剑术双绝的游侠闻名于世，成为川、蜀两地名望最高的江湖门派之一。但是夔门并不是隐藏在大山深处的神秘组织：沿着南门出城的路一直走，碰到第一家酒馆的时候，再沿着岔路上山，便能到达夔门的所在地了。

这小酒馆现在坐着两个人，一个是身穿红衣的少女，一副不高兴的模样；另一个看起来是兄长，没怎么搭理少女，反而拿起桌上的酒壶往自己的杯子里倒酒。

酒馆的小伙计颠颠地跑过来，对着长兄模样的人说道：“楚宁大哥，你们的菜上来啦。”说着，把手中的碟子摆上了桌。

楚宁喝下杯中的酒，拿酒杯在桌子上磕了两下：“师妹，你的功夫练出水平了，师父同意你下山游历，这是好事情，来，为兄祝贺你！”说着端起酒杯，往对面让了一下，然后仰头饮尽，道：“村酒也有村酒的好处啊！”

少女生气地看着楚宁，叹气道：“我要一个人游历，不跟你一起。”

楚宁放下酒杯，又要说话。

少女连忙抢在他之前开口道：“别跟我说江湖险恶，说了我也不知道，反正我没有见过，我也不怕。”

楚宁道：“我现在不跟你一起了，你自己走吧！”

少女立刻笑眯眯地拿起包袱道：“那我就走啦，你别跟着我！”说罢转身欢快地离去了。

楚宁对着少女的背影微笑道：“我要跟着你，你怎么会知道呢？”

这位夔门的女弟子，下山之后，便沿江而下，游历了长江南岸诸城，颇见识了一些风光。这一天，她又来到一座小县城。少女到这县城里住宿，却在街心处赶上一场热闹。

街心处团团围了一圈人，少女远远望见，便要看个究竟。原来是百姓当街拦了巡按的官轿喊冤。

少女暗道：“稀奇，这老百姓喊冤，为何不到县衙之前，非得拦着巡按呢？”

正想着，谁知那被拦轿的官竟然真的停住了。轿子里走下一位儒雅的中年官员，向那磕头的百姓问：“你为何拦着我的轿子喊冤?”

看热闹的人见如此,围观的更多了。拦轿人告的原是侵占土地的案子,案情并不复杂,那官员三言两语便找到重点,将事情分析清楚了。

周围的人啧啧称奇,磕头的告状人也感恩不已道:“大人明鉴,这地亩数虽然不多,却是小老百姓全家的命根子啊! 若没有了这几亩地,咱们这全家,就不知从何处找生路了啊!”说罢磕头不已。

那官员止住了磕头的人,皱眉道:“这强占耕地案情原本并不复杂,为何竟然落到当街喊冤的地步?”便向周围扬声问道,“此地县衙在何处?”

这话一问,便有闲汉指了县衙的方向。

谁也没料到那官员亲自至县衙查探,为何这么简单的案子竟会被冤枉? 当地父母官是何种品行?

没几日小县城就传遍了,巡按大人查出了一个昏庸的贪官。

少女见闻其事,便暗暗称奇,心想:人们都说官官相护,谁知道世间竟然真的有这种清明的好官! 于是少女便上了心,暗暗跟踪了他数月。

此官员便是文天祥。当时文天祥正被贾似道一派排挤,所以才出京做了巡按,因此才有了被当街拦轿子喊冤一事。他自己做了这件事情,觉得理所当然,便接着一路巡去。

但是少女可没这么想,只觉得这事有趣。年轻的女孩子好奇心重,又因没有什么别的要紧事去做,便跟着这“有趣”的人,看看还会有什么趣事发生。

文天祥虽然不在京城了,但是政敌们并没有忘记他。这一路上明枪暗箭的威逼利诱不少,文天祥始终不为所动。

自从这日出手当街判案之后，京城的人更加顾忌了。他已经被"发配"在外了，怎么还不安分？终于动了杀心，想要置文天祥于死地。政敌便派出杀手去刺杀文天祥这个眼中钉，以便一劳永逸。

文天祥无论如何也没有想到，好好的巡查工作，竟然会碰上杀手。

马车行驶到一处郊外树林，居然出现了手持兵刃的蒙面人！随身护卫立刻上前，刀光剑影很快交织成一片！全无准备的文天祥心中暗道："糟糕！难道我命休于此？实在是不值当啊不值当！"

护卫一边以身体遮蔽文天祥，一边奋起抵抗。那些刺客出手精准，目标明确——只冲着文天祥一人而来，随身的护卫眼见要护不住他了。

那夔门初下山的少女，站在高高的树梢上，一边看，一边思忖："这好官好可怜！要不要救他？可是师兄说了，不让我随便管闲事的。"

护卫终于只剩下三两个了，家仆也伤成一片。文天祥撩衣后退时摔倒在地，仰头长啸："难道我竟要丧命于此？苍天不仁，为何使宵小当道！"

少女见此情景，心中触动。一个身影从树上落下，几支袖箭分别射向几个蒙面人。蒙面人看到自己的同伴被偷袭，抬头看时，才发现竟然有个武艺高强的救兵！

少女伸出援手，击退刺客，救了文天祥，心中得意不已！

文天祥既被少女所救，便再三道谢。

孰料少女却道："所谓路见不平，拔刀相助。这世间，只有恶人才应当受到报应，像大人您这样爱民的好官，自然是值得我等行侠仗义的，此乃江湖人的作风，大人不必放在心上。"

初入江湖不久，少女说多了话便觉得自己有点装模作样了，有些微微脸红，于是抱拳行礼，便欲告辞。

文天祥向来少见这样飒爽的江湖女子，更兼此女言谈间颇有行侠仗义之心，于是便起了爱才之意。只是这女子心思烂漫，尚需要教导一番。文天祥问道："什么是江湖人的行侠仗义呢？女侠可否为在下解说？"

少女停下脚步，想了想道："惩恶扬善，锄强扶弱，匡扶正义。"

这几个词都是华训尚未出师的时候，师兄楚宁与她讲述江湖轶事时说起过的，所以少女自下山以来，只是隐约知道该怎么做，但是要让她说出何为"江湖侠义"，实在是勉为其难。

文天祥便道："女侠果然颇有正气。不知女侠做过多少锄强扶弱、行侠仗义、惩恶扬善的事迹呢？"

少女不知该如何回答，皱着眉头，又不高兴起来。

文天祥道："一个侠士的能耐，在于一己之身的本事。当官的若是有能耐，便是要调动辖内百姓的能耐，使千万人的力量、能耐凝聚在一起。一个侠士救助穷人，惩罚恶人，便能使穷人翻身，恶人受到惩罚。为官若是做得好了，却能使得辖内千万人都不做穷人，能使辖内多数恶徒都受到惩罚。一个侠士，若是侠义之名扬天下，他走到哪里，哪里的正义便可以得到伸张。一个官员若是做到贤德能干，他不必行走天下，辖内的千万人都可以伸张正义。"

少女似懂非懂，不悦道："文大人说当官的能耐比侠士大得多，竟然轻鄙江湖人吗？可是文大人就是被我这个江湖女子救了性命呢！"

文天祥笑道："女侠勿恼。侠士所为，自然令人钦佩。只是文某窃以为若是使得千万人免于受苦受难，然后天下安定兴旺，才是真正的侠义。试想天下安宁、百姓富裕，难道不是行侠仗义者的期望吗？”

少女从未听人如此议论过家国之事，此时被文天祥一番话说得如醍醐灌顶，心中深以为然，当下便诚心诚意地道：“文大人所言甚是。”

于是文天祥便询问道：“文某自从入仕以来，便处处努力，为百姓、为大宋做个好官。女侠武艺高强，又有正义之心，不知是否愿意留在文某身边出力？”

少女从未得到过他人这样的开导和夸赞，心里雀跃不已。既感佩其高义，又见其相貌堂堂，正气凛然，于是便答应道：“夔门女弟子华训，愿意跟随文大人行侠义之事！”

2. 荆襄论势

咸淳八年(1272)，入秋之后，荆襄一带的长江水一改夏天的滔滔之势，变得舒缓起来。

一艘大船在江面上缓缓而行。天是阴的，黑云低低地聚拢，两岸的景色越发变得晦暗。大雁的叫声响起，在江面上合着水声回荡着。

大船驶入这一幅江阔云低的画面中，竟然没有丝毫突兀。船首站立一人，身着青色襕衫，当风而立。他蓄着短须，轻轻地皱着眉头望向远方，江风扑在身上，衣袂被裹得猎猎作响。此人正是文天祥，原名文云孙，字履善。中了状元后，便以天祥为名，改字宋瑞，以示对大宋朝廷的忠贞之义。

“先生，看样子快要下雨了，先生想要看风景，不如到船舱里，临窗照样能看到的。”一位身着红衫的女子不知何时来到他的身后。这女子身材高挑，俊眼修眉，眉目中一股飒爽之气。

“问君能有几多愁，恰似一江春水向东流。李后主将国仇家恨比作春水，唉，自是人生长恨水长东，可就算这江水流尽，也流不尽我的忧愁忧思啊！”文天祥轻叹道，说罢，转身向船舱内走去。

“李后主？先生说的可是南唐后主李煜吗？”红衫女子问道。

“正是，华训也知道李后主的事吗？”

“南唐后主李煜，擅诗书、有文采，可惜虽然留有文名，但是却不会治理国家，最后落得个国破家亡的下场，只能说他是有小才而无大才者。”华训回答道。

文天祥哈哈一笑，道：“好一个有小才而无大才者，此句评得巧妙。只是，李后主这句‘几多愁’，在此情此景下，却是深得我心！”

华训初听到“此句评得巧妙”时，展颜一笑，再听到文天祥说李后主之句“深得我心”时，不由得蹙眉，心下暗道：这李后主明明是不祥之人，为何先生今日连连提起，甚是不吉，还是不要说他好了。想到此处，华训换了话题道：“想来璇儿该备好了烹茶器具，先生请快进船舱去吧。”

说罢华训快行几步，为文天祥打起了舱门的布帘。

二人行至内舱，果然看到一着杏黄衫的女子正在等他们。这个女子杏眼桃腮、嘴角含笑的模样。文天祥看到她，微微笑起来，点点头，杏黄衫女子便笑盈盈地答道：“先生回来了。我已经布置好，待会我们便可凭窗而坐了。”

三人进屋，但见船舱里临窗摆了一张黄花梨矮几，矮几旁边置坐褥，几上香炉、红泥小炉、扇、茶具等物一一陈设。窗户被支起，若跪坐在矮几旁边倚窗而观，江上风光便可尽收眼底。

文天祥回头赞曰：“璇儿办事，总是妥当。”

杏黄衫女子闻言，抿嘴一笑，道："今儿天气不好，只能拘在屋子里，所以璇儿就想，既不能外出取乐，干脆来个临窗听雨、坐而论道，如何？"

华训闻言，也道："你这主意甚好，正好也有些日子没有听先生议论了。"说罢，转眼望向文天祥。

文天祥被两位女子逗乐，便暂忘了在船头所思虑之事，微笑着摸了摸短须道："便依你们。"

这文天祥乃是理宗年间的状元，文采风流，曾经得过理宗皇帝亲口赞扬的。可惜此人仕途不顺，甫中状元时，便因丁忧返乡守制三年，不得做官。待到丁忧制满，返回朝堂时，却因与当时的丞相贾似道意见不合，政见不得施行，愤而辞官。辞官不过数月，又被宋廷召用。文天祥便准备大施手脚，可惜事与愿违，朝中贾似道一派隐隐独大，有把持朝政之势。文天祥既看不惯贾似道等人的做派行事，又不愿意趋炎附势，于是便遭到排挤，政令难行，被罢官返乡。可返乡后不久，另有以江万里为首的一股势力不愿遗贤于野，便再次启奏朝廷召用文天祥。文天祥再一次奉召入仕，仍然情绪激昂，不愿党同伐异，因此不消说，文天祥又辞官了。

这次辞官以后，文天祥的忧国之情反而更浓。虽然赋闲在家，但是他并不自弃。痛定思痛，文天祥决定趁着这暇时游历一番，考察大宋的风土人情并结交一些能人志士，探讨救国救民的良策。

文天祥既决定游历出行，便令其妻欧阳氏打点行装并嘱咐欧阳氏谨守门户，照看家里。

那欧阳氏是典型的大家闺秀，甚是贤良淑德，与文天祥少年夫妻，对丈夫从来都是言听计从的。文天祥吩咐时，欧阳氏便一一答应，从衣衫鞋帽到车马仆从，出行所需无不亲手准备，更是选出了有功夫在身的护院数名随行。文天祥见欧阳氏井井有条，心中甚是满意。于是对欧阳氏勉励一番，便放心地带着华训和李璇儿两名女子出游去了。

华训出身江湖，天性洒脱，不愿拘于后宅，文天祥每每出行，必带着她。

李璇儿的性子又与华训不同，她出身不好，却美艳聪敏。文天祥年轻时颇为风流，发现了李璇儿。初时，只听说她诗文皆通，且文字间并无吟花弄月之感。后来渐渐发现李璇儿言谈有物，偶尔一两次与她论及国事，亦有出奇见识。文天祥以为李璇儿与一般的风尘女子大为不同，是蒙尘的珍珠，于是便设法将她带回，随侍身侧。李璇儿既到了文家，便不愿意再提过去之事。

文天祥跪坐于窗边，李璇儿坐于对面仔细分茶，华训打横。

“先生前日拜访吕文焕将军，可有所得?”李璇儿问道。

文天祥闻言脸色一暗。他望向窗外的江景，空气湿润黏稠，像是要拧出水来——眼看就要下雨了。文天祥道：“咱们的大宋现今就像这江岸，明明有大好河山，却被风吹雨打，不知道哪日可复见明媚风光啊！”说罢，眼见着细雨飘下来，耳边响起沙沙的雨声。

李璇儿知道自家先生又触景生情了，便笑盈盈地说：“雨过自然天晴，这四季天气，还是晴天比雨天多！偶尔下雨，正好赏雨景。”

华训心中明白，文天祥自从游历以来，眼见占领了江北诸地的蒙古人飞扬跋扈地欺负汉人并且日益壮大，宋廷大患已成。然而他并不畏惧这眼见的危险，仍然想着有朝一日驱除他们，因此才沿着长江游历。因为长江乃是蒙古人必攻的防线，又是天险，文天祥此举也是希望将长江诸城联系起来，从上游荆州至下游扬州，各地的将士们同心同德，不至于各自为战。

想到文天祥的苦心，华训心中敬意更深。

华训道："先生何必以此景譬喻国事？虽然风雨如晦，然而有长江天险及诸将守城，长江防线必不能破。"

文天祥蹙眉道："四川既失去，荆襄之地便成了第一线。吕文焕将军确有守城之才，若兵精粮足，上下一心，确实能够抵挡住蒙古兵。"

华训道："可恨那刘整，竟然将四川门户拱手送人，竟然没有家国之心么？"

李璇儿微微一笑，将茶盏奉于文天祥和华训，道："华训这话说得简单了，那刘整明明是宋将，既受宋廷恩义，且家人皆在江南，又为何要叛宋？其中定然有不好说出的缘故。"

文天祥闻言，展眉道："璇儿你来说一说，是什么不好说出的缘故？"

李璇儿道："大军既成，军心尤其重要。可是人心岂是那么容易服从的？那刘整出身寒微，却是一步一步用军功升上来的，因此在军士中颇有威信。"

华训问道："他既然得军心，又为何不好好统兵御敌呢？我可是听说有军中同僚弹劾他在军中独大，遇事不与人商议。"

李璇儿道："此人不但出身寒微，而且在北地生活过，因此比一般的汉人都要痛恨蒙古人，打仗、行军、计策，都是以国家为先，并不爱惜生命。这么一来那些同僚们便对他有所抱怨，一是埋怨他得了军心，二是嫉恨他得了军功，三是明明嫉恨旁人得了军功，自己偏偏又不舍得拼命，所以官职还在他之下，因此看他越发不顺眼了。刘整出身北地平民，与他同级的军官却是江南人居多，并且多是将门之后出身，因此刘整与他们互相看不上。刘整看不惯他们的公子哥做派，认为这些人都是军中蛀虫无能之辈，而这些人却认为刘整太过于粗俗。”

文天祥道：“军中同僚看他不顺眼，却不知蒙古人探到这个消息有多么高兴！当时的蒙古军预备攻四川，但因为军中有刘整坐镇，因此啃不下这块硬骨头。得知这个消息，伯颜便使了一出离间计，先是让小兵往四川散布谣言，说刘整有忿，欲以大军降，同时使军中细作在军队里挑拨其中矛盾。对战之时，又暗令军士对刘整不可下杀手，以留出破绽。那吕文德、俞兴便以私心构陷，将谣言作为事实弹劾到宋廷。刘整也曾上折自辩，但是折子没有到临安便被吕文德之辈拦下了，竟未上达天听。如此数次，宋廷也起了疑心，刘整便骑虎难下，最终干脆投降了。”

言毕，文天祥端起杯盏，饮了一口茶润嗓。

华训道：“照这么说，那吕文德之辈虽然没有投降，却促使刘整降了蒙古，是大宋的蛀虫。”

文天祥放下杯子，接着说：“不错。似吕文德、俞兴之辈，才是祸国的根源。不论外敌多强，咱们宋人难道还惧怕了不成？大敌当前，这些人却为私利而内斗，白白消耗了许多人力，落在蒙古人的眼中，岂不是大大的有机可乘！”

说到内斗，文天祥想起了临安的政局，不由得又蹙眉思考起来。

李璇儿道：“先生说得不错，我们大宋从来都不缺少好男儿，不说岳飞、韩世忠曾令金人闻风丧胆，现在的襄阳守将吕文焕不也守了好几年？所以只要咱们江南上下一心，别说护卫宋廷，就是恢复江北也未必不能！”

文天祥闻言精神一振，心想：难得璇儿看得如此透彻，自己明明决心要在这危急之时做一番事业，怎么反而把自己说得沮丧了，实在是不应当。

于是文天祥缓缓道："若要朝廷上下一心，便要整顿吏治。然而蒙古人依然压境，所以徐徐之策是不可行的，唯有内用重典、斩佞臣以安民心，然后外放兵权、令一大将统之，才能稍安政局。可惜我已不在朝，不然，非要弹劾奸佞不可！"

二姝闻言均默然不语。江上的雨不知何时渐渐变大了，沙沙的雨声变成了哗哗的水声，李璇儿柔声道："先生，雨势渐大，不如我们靠岸，待雨停了再走吧！"

文天祥摆摆手，李璇儿便出去交代。

华训望着窗外的烟雨，眼神也幽远起来。原本她学艺时，以为行侠仗义、锄强扶弱、扫尽世间不平事，便是造福百姓之举，现在想来，是境界小了。如先生所说，只有天下太平、吏治清明，才是百姓之福啊！

华训正要说话，看见文天祥蹙起的眉，脑海中没来由地出现一句"愿解平生不展眉"，不由得痴了，便再也说不出话来。

雨声和船底的水声都入耳，窗外的景色有了变化，想来是大船掉头了。

李璇儿又道："扬州有一人，名为陆秀夫，先生可曾听说？"

文天祥微笑颔首，若有所思。

华训道："此人我也知道，听说从小被乡里称为神童，长大却成了个中规中矩的士大夫。"

李璇儿点点头，道："此人少有文名，成人后更是守礼，对程朱理学及四书五经颇有研究。"

华训道："那想必此人也是有忠义的！"

文天祥摸摸胡子，道："华训说得对，此人现在扬州李庭芝处为幕僚，我对此人神交已久，到扬州之后便可以设法拜访他。"

华训道："那人想必也对先生神交已久，见到先生，必定欢喜。"

文天祥哈哈一笑，道："华训说得对！"

3. 访扬州

千里江陵一日还。

第二日一行人便沿着长江拐入运河，然后弃舟登岸，由水门进了扬州城。扬州守将李庭芝是一位有作为的将军，手下颇多能人。扬州一地，不但军备充足，而且地方治理也较为开明。因此，这里百姓的生活也比较安定，市集人烟，比上游诸城好了许多。

一入扬州城，华训与李璇儿便被扬州城的繁华震惊了。

华训道："没想到，扬州城竟然如此安定繁华，真令人难以想象，这里本是军事重镇啊！"

李璇儿叹道："我们从长江上游一路沿江而下，也经过了好几个大的市镇。潭州、鄂州都是风声鹤唳，时时提防着北岸的蒙古军偷袭，这里的百姓却过得轻松。"

文天祥说："你们看着这地方人们生活轻松？实际上是外松内紧。我们从东门水路入城，你们可曾注意，守城兵士皆表情严肃、眼神明亮、精神抖擞。虽然不多言语，但是出入城门的人们都落在他们的眼里。由此可知，李庭芝将军应是值得相交之人。"

一行人一边走着，一边感叹着扬州城在乱世中竟然有这样的繁华，一边探问到了李庭芝将军府的所在，于是文天祥便投递了名帖给李庭芝。

按约定的时辰，第二日，文天祥便往将军府去了。

扬州是长江下游重镇，李庭芝在此镇守多年，赏罚并施，纪律严明，既得民心，又得军心。其手下人才济济，其中最有名的几人当属武将朱焕、姜才，幕僚陆秀夫。当时朱焕作战勇猛、性情练达，姜才忠心耿耿、凡事积极，二人为李庭芝的左膀右臂并任左右副制史。陆秀夫少时便有神童之名，其人文名远播，文字清丽、文理清晰，对学理亦有研究。此时的陆秀夫在李庭芝帐下多年，最熟知军旅事务，性格则谨言慎行，礼必躬亲。李庭芝数次迁官，都把他带在身边；李庭芝镇守扬州，他就替李庭芝主管机宜文字。更有一事，陆秀夫的亲事也是李庭芝夫人促成的，因此两人关系由内宅而及军事，与一般幕僚不同。

文天祥带着小厮打扮的李璇儿来到李庭芝府上，李庭芝在前院的花厅接待了他，李璇儿则被带路的李家小厮领到隔壁饮茶歇息去了。

文天祥趋而入，长揖到底，李庭芝则只拱了拱手，便令上茶看座。厅中另有一位儒服的文士，目光清朗，随着李庭芝行礼，也是长揖到底。李庭芝见文天祥注目，便代为介绍道："这位便是陆君实先生，在我这里已有多年。"

文天祥立即肃容道："久闻陆先生文名，心向往之，今日一见，果然人如其文！"说罢又是端正一礼。

这文士正是陆秀夫，当下亦行礼道："某亦久闻宋瑞先生之名。"

李庭芝见二人礼毕，便道："如此，便坐下说话。"

三人落座，随后侍女送上茶水。

李庭芝观文天祥面有青红痕迹，心中疑惑，更不喜他来自家做客时仪容不整，于是免不了蹙眉头。

李庭芝问道："听闻文先生近来沿长江游历，感想如何？"

文天祥道："长江两岸皆是大好河山啊！"

李庭芝叹惋道："可惜江北已入贼手！"

文天祥诚心诚意道："长江诸城，唯有扬州最为安居繁华，此多赖李公也！若大宋官员都如李公事理清楚，百姓何愁不安居呢！"

李庭芝听了却面有忧色，但仍悠悠道："安百姓、定地方，此乃官员之本分！"

文天祥见状便试探道："我沿路观察，两国交战，不可说是民不利、战不力，反而是官吏太过保守，若官吏齐心、勠力抗敌，何愁蒙古军入侵！"

李庭芝击掌道："不错，可惜大宋官员不能一体，更缺乏中流砥柱，唉！"

陆秀夫则道："吏治乃是国之大事，自古以来皆是如此。当下大宋，实在需要能吏啊！"

文天祥道："当下之时，哪里容得徐徐而治！乱世用重典，亦应快刀斩乱麻，不拘一格用人才是！"

李庭芝道："襄阳守将吕文焕守城数年，可谓能吏！"

文天祥忧色道："唉，襄阳事有危！蒙古大军压境尚且不惧，可后方辎重粮草每每不足。吕将军无论如何都须苦苦支撑，其原因不仅在于一城一地的得失，更重要的是长江诸城守将隐隐以吕文焕为首，所以吕将军更加必须守住襄阳啊！"

李庭芝扼腕叹息，道："确实如此，襄阳重镇若是有失，长江自襄阳以下诸城都将有危险。吕将军殊为不易！"

文天祥便进言道："张世杰等人，皆为可用之将。我观察江北蒙古军事，亦颇有想法……”

陆秀夫本精于军务，听到这里不由得精神一振。

文天祥道：“自四川沦陷之后，蒙古人获得了很多能工巧匠。听说蒙古人将俘虏的船工集中起来格外对待……现在的蒙古大船也已经有了水密舱分割和水底橹。那水底橹用得好的时候，夜里行军动静极小，这原本是咱们大宋独一无二的造船技艺。若要破这种大船，必须以小艇载十数精通技艺的水兵趁着夜里潜入船底，破其关窍之处。好在时日尚短，这种大船在蒙古军中不过数艘而已。船只，尚且有办法破坏。我所担心的是，蒙古获得四川之后，川军中很多擅长水战的将军和士兵，也落入蒙古人的手中。眼下虽然尚未开战，然而我这一路走来，看到蒙古军的阵容，队伍整齐，旗帜鲜明。船只停泊和岸上营地，排列之间隐含阵形，他日蒙古水军练成，乃是大患。”

陆秀夫道：“我大宋江防最优于北方的，便是咱们的船只数量多、大小船只行动还配合着水上阵法。照宋瑞这么说，难道蒙古军已经懂得水上阵法？”

文天祥道：“蒙古军的水军装备提高很多，然而跟咱们的水军相比，还是有很多的不足。我们只要兵精粮足，并不惧怕他们。”

李庭芝傲然道：“不错，凭他们学了咱们的多少技艺、兵法，也不过是汉人的学生而已。岂有老师怕学生的道理？”

文天祥喜道：“正是如此！长江本是天然屏障，只是在下窃以为，若是长江诸城能够首尾呼应，诸将领摒弃私心，共同作战，长江江防便能更加牢固！”

三人在花厅激昂谈论国事不提，李璇儿已经在隔壁休息的梢间与侍从聊起来。其中一少年，亦作小厮打扮，乃是陆秀夫的随从。

李璇儿寻了一个别人说话声音都低下去的间隙，皱着眉头长吁短叹地说："出门可是要看皇历啊，像我家先生，好好的出游还险些送了性命，真是倒霉！"

她的声音不小，有好打听的小厮便过来问："这是为何呢？"

李璇儿叹道："还不是因为蒙古人！"

李璇儿偷眼看到陆秀夫的小厮虽然没有过来打听，但是脸上也露出了注意的表情。

李璇儿无精打采地说："说来话长！蒙古有个伯颜，号称大将军，不知从哪里听说了我们先生，便欲招纳！"

此言一出，众皆哗然，觉得不可思议。其中一人道："伯颜是蒙古军中将领，我是听说过的，听说甚是得到忽必烈的重视。他为何要招降你家先生一个汉人？话说，你家先生是谁啊？"

李璇儿道："哼，说起来，我家先生可是理宗年间的状元，也是当过大官的！哎，这招降，别说你们不信，我也不信，我们先生更不信，直说不知道哪里来的骗子，便把那来人给骂回去了。谁想到这一路上游历，三番五次遭人追杀。哎，你们别不信，就前天还有一拨呢，我们华训姑娘生擒了一个，一问之下竟然又是那伯颜派来的，你说可不可恶？"这一番牢骚虚虚实实，已经有人信了。

有一人疑惑道："那人不是拉拢你家先生么，为何又派刺客呢？"

李璇儿道："我也不懂啊，只是那人都招认了。说什么伯颜密令：有大才者，不能用之，便要杀之，必不能使文先生为宋廷所用。要不然怎么会连我们这等随从也要担惊受怕呢！"

李璇儿见陆秀夫的小厮一副若有所思的样子，便住了口，说罢长长地叹了一口气。

又有人问："真是蒙古人？"

李璇儿不耐烦道："那俘虏就是咱家先生送给李大人祭旗的礼物，你若有疑，去看看就是！"

小厮中有从前院经过见到了那蒙古俘虏的，便力证道："可不是！我见到过。那蒙古人，生得甚是高大，脸盘子也大，眼睛却小，望着可吓人！"

一群人七嘴八舌，差点把蒙古人形容成恶鬼。

这一番议论又热闹起来，李璇儿知道该听的人都已经听到，便不再就此事多言。

花厅内的叙话也已经到尾声，文天祥对李庭芝道："路上偶遇蒙古人行凶，被我身边护卫活捉一人，因不知如何处置好，特将此俘虏送至李大人处，或于军务有用！"

李庭芝今日一番交谈，已经有所触动。因此虽然说这送俘虏一事令他不解，但他还是颇为豪迈地说："本官定然上表，为文先生记功。说不定先生复起之日亦不远矣，早晚与先生共同出力抵御蒙古人侵略！"

文天祥又是一揖到地，道："我所愿也！"

至此宾主尽欢。

陆秀夫既艳羡文天祥的磊落风度，又感佩他的忧国之心，便主动代李庭芝送客到大门，于是二人携手而出。

文天祥知道陆秀夫是一典型的士子，此次拜访于礼节、细微处格外注意；又议论国事军务，多从大处着眼。原来陆秀夫虽然精通军务,然而多是细务,文天祥将游历见闻与国事议论相结合,侃侃而谈,令陆秀夫耳目一新。

陆秀夫道:“宋瑞所言,令君实大开眼界。”

文天祥谦逊道:“哪里哪里！文某自从沿江游历以来,见世情、军务、吏治都有所变化,总是免不了忧心牵挂,故此感慨罢了。”

陆秀夫道:“若不是宋瑞你着意于此,哪里又会有这许多感慨呢!”

二人在前院越走越慢,至前院门口又议论许久,陆秀夫方回。

陆秀夫的小厮接着主人,见主人与文天祥谈论后神情激动,便将李璇儿所言遇刺一事略略说了:“那文家小厮,好生懊恼,说跟着他们家先生出游一次,本以为可以见识一番,不想三番五次落于险境,着实令人惊吓。”

陆秀夫闻言,更加疾步往花厅而去,见到李庭芝正挥手命令一小将——那小将乃是李庭芝手下主管刑狱的李平,往外走去。

李平见陆秀夫前来,乃停步行了一礼,便退下了。

陆秀夫入得厅中,李庭芝正拈须不语。见陆秀夫前来,便问道:“先生以为文天祥此人如何?”

陆秀夫神情激动,道:“文天祥此人不但有见识,而且行事颇有古风。只是可惜了!”

李庭芝微微一哂,道:“确实可惜了。适才李平来报,那俘虏的蒙古人招了,确实是伯颜军中派来刺杀文天祥的。不仅是他文天祥,这类刺杀于蒙古军中也不少,虽然伯颜本人未必管这些事情。”

陆秀夫感到不解,道:“李大人将作何打算?”

李庭芝负手踱步,道:“遗贤于野,确实是令人遗憾之事。文天祥本就处境微妙,他有此心愿,又有此行为;既然来见我,必也是有抱负、愿意为家国出力的。我将上表，请朝廷为文天祥授官。”

陆秀夫明白过来，儒家的士子，谁不佩服以救国济民为己任的人呢？于是便道：“国事为大，这几年来，蒙古军每每压境，令大人甚感吃力，愿文天祥入仕，积极进取，大人便得一强援。”

李庭芝看了看自己的幕僚，道：“但愿如此。”

然而这事一直到第二年，才有契机。

第二年开春，又发生了一件大事，令大宋陷入了新的危局：襄阳城丢了。

二、出仕潭州

1. 潭州出仕

咸淳九年(1273),大宋皇宫。

杨花飘飞的时候,襄阳失守的消息传来,朝廷诸公都傻了眼。懂得地理的官员私底下也会说“襄、樊已失,若大军顺水而下,临安危矣”,然后摇摇头,叹口气,闷一杯小酒。可是到了殿堂上,谁也不敢说这种话,只有监察御史陈宜中议论襄、樊之失,说是皆由范文虎怯懦逃遁所致。

大家说起襄阳战败的祸源,都是因为范文虎及俞兴父子作怪。京湖制置使汪立信亦侃侃而谈:范文虎身为三卫长,却在战事开打之前胆怯而不敢应战。俞兴本是庸才,就是他当初的挑拨激叛了刘整,导致大宋失去一员大将,若是当初刘整未叛,四川尚在,襄阳至今也不会面临灾祸。

此言论一出,朝廷也很快有了旨意:以张世杰督驻军并代守郢州,俞兴之子俞大忠除名,循州拘管。于是江汉、江淮两地军事重新部署,李庭芝领了淮东制置使兼知扬州。

诏令既出,朝中气氛便不那么紧张,襄、樊失守这样的大事,虽然事后的议论免不了有马后炮之嫌,但毕竟还是盖棺论定了。

除此之外,诸臣包括贾似道在内,虽然照例就此事议论议论,却拿不出什么对策来。抱着惶恐之心观望了一阵子,期盼着或许有能阻住蒙古大军的办法。竟然天遂人愿,此后蒙古军竟然真的没了动静,一打听,原来是蒙古北方有叛乱,因此忽必烈无暇南顾了。于是君臣齐齐松了一口气:叛乱吧,越久越好呢!

饶是如此,整个二月里,皇宫里也还是弥漫了一段时间的恐慌,身着夹袄的小宫女们走在皇宫内都是贴着墙脚战战兢兢的。可是眨眼又过了一个月,偶尔有小宫女议论着,今年的杨花飘得那么多,不也还是那么快就到了暮春时节?换上了杏子红的夹衫,偷空便可往御花园去欣赏草长莺飞了。

但是谁都知道,危局仍在,都不敢真正放松一点。这个时候,众人想的是:“哪个不怕死的能站出来,承担这个危局呢?”

崇政殿内,面色青白的赵禥不耐烦地望着丹陛前唾沫横飞的丞相,很不明白先帝的这位小舅子又想出什么幺蛾子了。好像是要给一个叫文天祥的人授官?这个人倒是听说过,授官辞官的,都闹过好几回了。大殿上,赵禥一想事情便觉得自己的身子摇摇欲坠,腰那儿好像有千斤重,人也坐不住了,便情不自禁地往下缩了缩,将瘦小的身子缩到大大的龙椅里,总还觉得哪儿硌得慌。唉,这破椅子,褥子不够厚,怎么着都是硬邦邦的。

丹陛下,贾似道正侃侃而谈:“文天祥既有状元之才,又有游历之经验,这样的人才是文武双全的。扬州李庭芝上表也说,这人确实是有能耐的,臣请皇帝召他入朝,做个文成武就的将军,咱便也不怕那蒙古人年年吓唬人了。”

贾似道谈到最后，照例有几个站在末尾的文官撇了撇嘴道：“做了这么些年的宰相，大殿上说个话，还像是说戏文似的。”撇完嘴，几个小小的文官心虚地左右看了看，见无人发觉，又意味深长地相互对视几眼，心照不宣地摇了摇头。

贾似道说完一大通话，心中也得意起来，仿佛自己是那慧眼识千里马的伯乐。这一回说不定文天祥入朝见了自己，还是得恭敬地称呼自己一声“丞相大人”，即便跟上一回那样弹劾自己，见了面不还是得行礼么！这一回倒好，你弹劾我，我却举荐你，这正是“宰相肚里能撑船”！反正仗也在打，多个人使唤，自己也不用出力了。

下面贾似道依然喋喋不休，上面皇帝已经昏昏欲睡，想到春夏秋冬四美的高床软枕，他忍不住想要打个哈欠，恰好听到贾似道忽然提高声调道：“臣请皇帝召他入朝……”不由得打了个激灵，硬生生将哈欠咽下去。“他？他是谁？哦，那个闹辞官的。嗨，给他的官他又要辞掉，不是瞎胡闹嘛！算了，既然老国舅还要给他官，那就给吧！”

想到这里，皇帝刚准备开口，说一声“准”。突然旁边有一人出列道：“臣有异议！”

皇帝惊愕了一下，老国舅的话，谁敢有异议？

贾似道面色难看地回头去看，谁这么不识抬举？待看到是监察御史陈宜中时，面色便缓和了。这陈宜中，在太学生时期便是有名的“六君子”之一，景定三年(1262)取得廷试第二，后任绍兴府推官校书郎。这校书郎一任便是数年，还是走了贾似道的路子才出任了监察御史，因此在贾似道眼中，他算是自己人。

陈宜中明白，为官要趁早，走贾似道的路子，也是不得已，但是眼下还须小心行事。

陈宜中进言："文天祥此人，虽可为官，却不宜做京官。"

皇帝勉强收了收神思问道："为何？"

陈宜中声音清朗，胸有成竹道："李庭芝将军表中言文天祥于军事有见解，懂得军事之人，正是我大宋当下奇缺的。近年战事每每不利，不正是军事不利的缘故？文天祥正可解此难题。此其一也。其二，襄阳之战后，我方形势已然不利。文天祥游历多时，熟悉长江沿岸的地理、水文、风土人情，若以此人前线指挥，必能因地制宜，捷报频传。其三，文天祥此前入仕多次，在京为官总是与人争执，任性之下便要辞官，行为实在不妥。不如使他远离京城，方能人尽其能。因此，臣奏请授文天祥领一地方大员，并于军事上也令其便宜行事。"

贾似道也被陈宜中一番进言弄得莫名其妙，但是不管怎么说，架子还是得端着。他阴沉地用眼角投过去一眼，陈宜中立刻机灵地靠近贾似道，附耳说道："京中诸事体，在下便可。"

贾似道似乎明白过来，文天祥外放也好，反正翻不出花样来，便开口："陈大人所言甚是，臣附议。"

陈宜中立刻跟上说："荆湖南路提点刑狱使一职空缺，文天祥可任其职。"

这下子皇帝再也没有犹豫地吐出一个字："准。"

陈宜中松了一口气，殿上众人也都松了一口气。

又一场朝会安稳地结束了。

下了朝，陈宜中等贾似道周围的趋奉者走尽了之后，靠近贾似道，拱手道："多谢丞相美言。"

贾似道自以为人心在握，哈哈一笑，将袍袖往后一甩，道："你我同朝为官，更要同心同德才是，陈大人，你说是不是呢？"

陈宜中执礼甚恭，道："丞相所言甚是！下官受教了！"

贾似道哈哈大笑着，潇洒地扬长而去。

陈宜中直起身子，皱眉望着贾似道的背影消失在宫门外。

2. 师徒传承

荆湖南路提刑官的衙门设在潭州城。

圣旨颁下的时候，文天祥仍在扬州、苏州一带游历。接到陆秀夫的报信，文天祥才知道自己又要当官了，当时便奉了圣旨马不停蹄地直接往潭州而去，不日便走马上任。

至潭州之后，稍作安置，文天祥又令人接其家人女眷等，从老家直接去往潭州城。

家事稍定，文天祥又要出门。

李璇儿便问："夫人昨晚到来，今日应是家宴。先生又要出门，是有什么急事？"

文天祥笑道："并非公务，但是这事越早越好。我要出门拜访一位名人前辈！"

文天祥上任伊始，便欲拜访一位名人前辈。此人原名江临，字子远，号古心，拜相之后更名江万里，是有名的贤臣。嘉定年间便入贡大学，受到当时的太子、后来的理宗皇帝赵昀的赏识，曾三度拜相，乃是有见识的老臣。文天祥当初遭受贾似道一派排挤第二次辞官之后，便是江万里打通关节令他入仕。其人正直敢言，政见常与贾似道相背，且博学多才，是士林的领袖，正是与贾似道一派隐隐对抗的政治势力。江氏一族在当地亦是名门望族、传统的理学世家。江万里的祖父江璘，一生修治儒业，终生隐居，教授乡里；父亲江烨，祀世积德，以诗书耕读传家立户，早岁粹于经行，户履常满，经其指授，多所成达，是个非常善于教导后代的儒士。江氏一族经其祖、父两代传承，其家族子弟多有擅长诗文、策论、儒教者，出了许多有名望并且品德高尚的人。江氏家族的人文教育非常重视古文写作，有人赞扬他们的古文可以媲美欧阳修和韩愈。有此家学渊源，江氏一族人才辈出，学生、门人更是遍布江南江北，是真正的世家大族。另外，江氏家族又被称为“三古家族”，此雅称是从何而来？原来江万里有两个弟弟，其一名江万载，号古山，绍定二年(1229)以武阶从三品的身份参加文举舍选，被赐进士及第，累官至礼部尚书；其二名江万顷，号古崖，初以明经乡举登翰林庶吉士入仕，历任地方官和朝官，累官至户部左侍郎。这兄弟三人显于当世，为天下世人所慕，时人以“三古”雅称之。

当初，江万里为官之余，也致力于教书育人、提携后进。江万里创办的白鹭洲书院誉满江南，是天下读书人向往之地，文天祥中状元之前便在那里读书求学，所以文天祥便称呼江万里一声“尊师”。

文天祥授荆湖南路提刑的时候，恰逢江万里领荆湖南路安抚大使兼知潭州，因此文天祥一到潭州便寻找机会拜访这位老师。

拜帖已递，文天祥便轻车简从地往府衙而去。

管事领着文天祥一路径直前往书房，等候不过片刻，文天祥便见侍女打起帘子。门帘闪动处，一位精神奕奕、面容慈祥的老者走进来。

文天祥立时前趋而跪，称：“学生文天祥，见过先生。”

江万里和蔼地虚扶一下，道：“宋瑞请起！”

文天祥起来，这才抬眼看了看自己的老师，只一眼便望见了老师须发已然皆白，后背也微微佝偻了，不禁眼睛一酸，眼泪满眶，欲语竟凝噎起来。不想一别经年，老师竟然老迈至此，可知国事家事，老师是操心多矣！他使劲眨了眨眼睛，将一瞬间的戚容收起，换上了温婉恭敬的仪容。

这一幕全落在江万里的眼中。江万里乍一进门，见自己的得意门生雄姿英发，再想到他这些年的名声，仕途沉浮之间，竟然颇有自己当年的风度，不由得心中微微得意，感叹后继有人。第二眼，又见文天祥竟还是一副性情中人的样子，可见即便官宦生涯这么多年，他仍保留了一颗赤子之心，难能可贵啊！心思转到这里，面上更加柔和起来，道："坐下说话吧，你我师生多年不见，不必拘礼。"

文天祥再拜，方才在下首的椅子上坐了半边。

待文天祥殷勤地叙了寒温，问候了家人，江万里便悠悠问起了文天祥这些年的为官心得以及这次做官的打算。

文天祥恭敬道："学生虽然数次辞官，但是未敢稍稍忘却先生当年教诲。白鹭洲书院讲道之时，先生曾说'达者济于天下'，所谓经世致用，定要将经济之道用在世情上，造福百姓，此为大善。即使不能兼济天下，也要独善其身，以自身风度教化一方百姓，此为小善。学生愿做大善者，因此等闲未敢懈怠，近年既游历且思索，如何才能造福百姓万民。"

江万里欣慰地看着自己的学生说："你且说来。"

文天祥便将近年游历的所见所闻、所思所想一一讲来："自南渡以来，我大宋江山只半壁矣。虽然如此，百姓安居，我朝仍可称得上是繁华。只是蒙古逐渐势大，四川既失，长江一线陷入危境。学生沿着长江游历，所忧患的并非兵将不力，而是人心不齐啊！由于人心不齐，余下诸军事细务，譬如粮草跟进、人员调配便不能统而筹之，此大患也！先吕文焕在时，尚且能勉强以一力威望令长江诸守将首尾呼应，但吕文焕既降，只怕长江诸将人心浮动。”

江万里忧色深重，道：“你所言之事，我亦尽在考虑。此番你来潭州，我这心里大为欣慰。在军事上，吾已有所打算。若是蒙古军分兵驻守襄阳诸城，我方便可引兵拒之，倒能成为相持之势。长江诸将，老夫亦有些薄面，若是此等形势发生，我们师生便一力扼住长江中游重镇，知会下游诸将领，只如常紧守门户即可不败。”

文天祥肃容道：“先生思虑甚是！”

江万里摆摆手道：“可我心中另有一个担忧，若伯颜不愿意分兵据守城池，那可就麻烦了！蒙古军向来好战，若伯颜大军克襄阳而复弃之，顺水而下，不说长江诸城，临安亦危亦！”

文天祥大惊道：“若是如此，先生可有对策？”

江万里长叹道：“若伯颜如此英明，我亦无有好的对策，唯有尽力而已。”

文天祥默然不语。

江万里道：“若是伯颜军顺水而下，长江诸城守将又不能同心同德、互为照应，那才真是下下之境况！我已密令三古家族中成年子侄璆、钲、铭、钰、镐、铎、铸、玥等人于各地招募民间志士组织义军，于今有数万人矣。目下吾侄江璆总揽招募事宜，往来收拢的义军，多交付于他；侄江钲目下总领水兵操练，说到这里，正有一事与你商讨。”

文天祥听得老师为了国家大事，竟然不顾毁誉，自己招兵买马建立起一支义军，不由得大为钦佩，待到听老师说“有事商讨”的时候，忙站起来道：“先生但请吩咐。”

江万里道：“义军已成，我欲以水军操练之法练兵，可惜尚未有合适的水域。鄱阳湖水域宽广，只是义军以鄱阳湖练兵，需要你的协助。”

文天祥一怔，老师身为知府，为何练兵还需要自己的协助，转瞬又明白过来，此水军乃是一支生力军，老师此番嘱咐，实际上是给自己行了极大的方便，如若不然，光纸上谈兵，手中没有兵马，又能做成什么事呢！想到这里，文天祥面露感激之色，不由自主地下跪，仰面答道：“定然不负先生所托！”

这一番托付，不仅是将军权与他分享，更是将整个家族的身家性命乃至大宋未来相托，文天祥心中怎不激荡！

江万里见他明白自己的意思，便欣慰地微微点头道：“你不用担心军费，吾弟子玖亦游说三古家族尽出其财，足够支撑五年，后续所用，便再想一法子吧！”

文天祥惊呼：“江万载大人亦为此事奔走！”

江万里点头：“此乃匹夫之责矣。”

文天祥心中激荡难言，老师这才是真正的大义！原来自己自许忠义之名，比起自己的老师来，乃是烛火萤辉对比日月，望尘莫及也！

几上茶水已凉，文天祥饮了两大口，才将心神缓缓地定了下来。见老师凭窗而立，心中不由得道了一声“惭愧”！

江万里观其面色变化，又是一叹：“为师今年已然七十有六，可称暮年矣。当今之乱世，天时、人事恐怕都会有大变化。我阅人多矣，但是治理国家的责任，以吾观之，就在你身上，望你努力！”

文天祥动容道：“先生老当益壮，何出此言？先生教诲，学生定当自勉！”

稳了稳心绪，文天祥略带激动地开口道：“先生事事周全，正是我辈治国平天下的表率！只是说到军事，学生尚且有一事忧心！”

江万里目视文天祥，道：“何事？且说来。”

文天祥目不斜视望着自己的老师，道：“四川降后，襄阳亦失，我大宋西北门户大开。虽说雪山丛林，种种天险，都是易守难攻的，然而万一蒙古人分一军从西方迂回而入，取道吐蕃、大理而至广东，与江北这一支呈包抄之势，如之奈何？西南水路多是通的，若走水路，我大宋便更危险！”

江万里闻言一惊，暗暗想到，于大局上，宋瑞竟然心思如此缜密。襄、樊之战的时候，蒙古兵不是借路大理，行了迂回之策么？西部虽险，但并非无路可入，看来这里亦要布置一番。当下便道：“宋瑞所言甚是，我们须得防着这一招。四川虽降，蜀地尚有数城可以经营。西南诸地，易守难攻，为今之计，只能先知会各部谨慎守城了。当务之急，仍是先要守住长江才是啊。西南，西南，唉，为师尚未有万全之策。”

师生二人足足谈论了半天，茶上过三次，又冷了三次。等婢女来换的时候，二人才发现，已经到了午饭时。

文天祥留下来用饭，便有江万里的子侄辈数人相陪。席间免不了些许谈论以及觥筹交错。等到文天祥告辞出来时，已经是午后多时了。

3. 家人团圆

文天祥中午饮了点酒，有些微醺上头，然而因与老师的交谈鼓舞了士气，所以回到提刑衙门后院的时候仍然是神智清醒的。这提刑衙门后院正是文天祥家眷居住的地方。

刚入院门，一个明眸皓齿的可爱小姑娘，笑着向文天祥小步跑过来，到跟前执住了文天祥的袖子，笑眼弯弯地仰头看着他，直唤："爹爹！"

后面有家人赔笑道："二小姐早起便去寻大人，得知大人出门了，便在这廊下站着等大人归来，直直等了好半天呢！"

这小姑娘乃是文天祥的二女儿，出生的时候文天祥因辞官而赋闲在家，当时是二月，家人来告诉他女儿出生之事。他正好透过窗户看到飞来的燕子停歇在柳枝上，柳枝被燕子踩得一晃一晃的，小小的绿芽抖动起来。文天祥以为吉兆，心中喜悦，便为小姑娘起名为文柳，家中皆唤作柳娘。

柳娘如今越发冰雪聪明，虽然有点调皮，但是因为大体上不失礼，并且言语机灵，因此最得文天祥宠爱。这次随母亲到潭州来，昨天到达的时候，恰好在车上睡着了，并没有见到父亲，所以第二天小姑娘便迫不及待地等着要见父亲了。

柳娘抬头望着自己的父亲，父亲那么高大和蔼，柳娘眼里一片孺慕之情，开口道："父亲，柳娘足足有一年没有见到父亲了，心中很是想念。"

小小的女孩子裹在湖水绿的襦裙里，在阳光里微微仰起头，泪盈于睫。这样的女儿，任凭哪一个父亲不愿意把她当作掌心的明珠呢？

文天祥柔声道："为父也很想念柳娘呢！咱们进屋说话吧，外面太阳大，晒坏了柳娘可不好。"

柳娘不好意思地含泪笑起来，道："父亲，对不住，柳娘太想念父亲了，所以失了情态，忘记了《女诫》的教条，请父亲莫怪。"

文天祥一边往里走一边问："怎么，柳娘已经开始读《女诫》了吗？"

柳娘讨好地回答:“是啊父亲,里面的字我尽都认识了!”

听着这孩子气的回答,文天祥哈哈大笑起来,问:“字都认识了? 那可懂得字里都是什么意思吗?”

柳娘笑盈盈地回道:“不懂呢! 母亲有时候会给我讲一讲其中的道理。”

文天祥说:“《女诫》读一读,明白道理就算了,不必拘泥于其中教条。若是觉得读书有趣,我寻两本唐人诗集给你消遣吧!”

柳娘闻言眼前一亮,高兴地越步向前,向父亲行礼道:“谢谢父亲大人!”

文天祥见柳娘行礼端正,颇为高兴,正好欧阳氏迎出来,便对她道:“女儿你教导得很好!”

欧阳氏见文天祥容光焕发,便打趣道:“谢谢夫君夸赞,可惜妾身费尽心思教了女儿大半年的《女诫》,女儿见了你这个宠溺的父亲,便将它丢在脑后了!”

文天祥仍是很有兴致地说道:“哎,夫人,我们的女儿明白道理、懂得礼仪就好,就这样子活泼泼的,才不失为女儿家的本性嘛!”

欧阳氏闻言无奈地一笑。

当晚欧阳氏便在后院正厅开了家宴,夫妻二人携子女团坐,姬妾数人侍立。文天祥长女定娘、次女柳娘、三女环娘、四女监娘、五女奉娘、牙牙学语的小女儿寿娘,以及儿子文道生皆在座。文天祥先训诫教导了家人一番,感激妻子辛苦持家,教导儿子勤于读书,教导女儿贤淑知礼。

是夜,提刑衙门的书房里,文天祥面有激动之色,笔走龙蛇。

二、出仕潭州

当日与江万里一番恳谈之后，文天祥觉得关于未来，自己受到了很重要的点拨，很多想法都变得清晰起来。

而现在，文天祥有心上一表，好好地向朝廷议论一番民间义军在抗击蒙古军中的作用。朝廷正规军队固然应该保家卫国，然因诸番军事失利，此时诚为危急存亡之秋也！不仅是国难当头之际，亦是民族危难关头，朝野上下应不分庙堂与江湖，同心同德地对抗侵略。朝中诸人，想必都懂得民间力量的作用；那江湖中人想必也容易明白若无国，何来家。须知覆巢之下无完卵，这道理即便是三岁小儿，也是一说就通的。

文天祥越想越觉得自己有道理，自以为发现了一条救国的良策，表文也越写越觉得下笔顺畅、文理清晰，其中的策略细节也渐渐完备起来。

文天祥一口气将表文写完，然后从头到尾看了一遍，发现了尚不满意的几处，便再一一地修改了。想了想，又誊写了一遍，这才郑重地将表文收起来，轻轻地吁一口气，似是放下了千斤重担。

嘴角含笑，立于一旁磨墨的李璇儿见文天祥如此情状，笑道："先生又出大计策了！"

文天祥胸有成竹道："此番策略若施行，便可尽得江南势力为抗击蒙古所用，不只为大宋军队增添一有力臂膀，亦是聚拢民心的好法子。"

李璇儿道："先生此前担忧人心涣散，若民间义士可聚拢来，何愁不能同心勠力，共御外敌呢！"

临安城的皇宫接到了文天祥的上表，果然有了一番小小的震动。可惜的是贾似道和陈宜中之流见其表文并未有大喜，反有恐惧之态。

原来，贾似道以往与蒙古军交手时，见识了蒙古军队的凶悍，他是打心眼里害怕了。在贾似道看来，蒙古人既剽悍又不好惹，大宋若要生存下去，唯有求和。不然像西夏或者金国，惹怒了蒙古人岂是好玩的？铁蹄一来，这两国早早被踏平了。为何宋廷尚存，那是因为大宋的皇上识时务！当然，兵是要操练的，仗也是要打的，但是打仗或抵御，那都是为了求和。眼下出了个不识时务的文天祥，还鼓励操练一支不识时务的义军，实在是大为不妥！万一惹怒了蒙古人，招致更猛烈的进攻，到时候将如何是好？

贾似道刚一言说反对之意，陈宜中便马上附议。贾似道颇感得意，陈宜中如今也算得上重臣了，可还唯自己马首是瞻。

陈宜中心里明白，文天祥的策略将来定是有用的，并且对于招募的水兵而言，无论此番朝廷决定解散或者编制，都不影响这一支队伍的存在——毕竟天高皇帝远！江万里在朝野的声望都很高，这一支义军既有大义的名声，又没有用官家的粮草，也确实没有道理去解散。陈宜中恼怒是因为，文天祥竟然没隔两天又第二次上表，这一次更加详细地阐述了民间力量的好处，激昂情绪呼之欲出。因此陈宜中便压下了这第二份上表，也是为了给文天祥一个下马威：文大人你行事太过于激进了，朝政之事不是那么简单的，特别是扯到军队上了。反正第一份表已经上达天听，议论也已经尘埃落定。无论理由多么充分，朝廷诸臣心怀鬼胎，分明是不愿意文天祥手里有这一支军队，哪怕是杂牌军的。

得到消息的文天祥并不意外，但是心中失望极了。他甚至怀疑起来：“难道没有人看得出大宋之危局吗？大宋若危，诸臣子又何以立足呢？”

又是提刑衙门的书房，连着好几夜了，文天祥并不愿去后院姬妾处歇息。此时的文天祥站在院中，时而举首望月，时而低头踱步，时而面露坚毅之色，时而皱眉摇头叹气，望着月亮发呆。

随侍在旁的女子衣袂飘飘，月色下肌肤晶莹，正是李璇儿。

李璇儿见状，便知道文天祥又有了难以决断的事情，问道："先生近日忧色甚于往日，璇儿猜测，若是小事情，先生举手间便能解决，所以必定不是小事。璇儿大胆一问：先生前日上表之事，朝廷是否没有了下文？"

月色下，文天祥注视着李璇儿，只见这女子眉目间一片清明。文天祥在李璇儿面前并不讳言政事，道："朝中贾似道、陈宜中一力反对义军，唯恐义军会惹怒蒙古，引来大兵祸。"

李璇儿立刻皱起了眉头，道："此话从何谈起？简直毫无道理！"

文天祥苦笑道："世人都知道有军队才能抵御外敌，从未有外敌压境反而令自己的军队解散的。此等滑稽之事，皆因为奸臣当道，使得政令不明啊！"

李璇儿进言："既然奸臣当道，那便想办法去了奸臣，剩下的不就是忠臣了？"

文天祥沉吟道："哪有那么简单？奸臣尾大不掉。"

李璇儿撇嘴道："那便去了他的尾巴，难道他还不知道疼么！"

文天祥闻言哈哈大笑，只觉得心情舒畅。

翌日，文天祥又拜访了自己的老师。

江万里听说文天祥半个月内连上三表，不由得笑起来，道："你还是太急切了。操练水军、招募民兵、收纳义士，都不是一朝一夕的工夫。如何统筹操练，谁来管理领兵，都是要考虑的，不然这群人不就成了乌合之众？”

文天祥笑道：“先生说得是！只是学生现下度日如年，恨不得将这些事情一下子全部办好，心里才能放得下！”

“不必着急，诸事已然有条不紊。现下蒙古刚刚攻下襄阳，且听闻蒙古后方作乱，此时正是我们休整练兵的时机。只是朝廷竟然不支持义军，实在令人心寒。朝中竟然没有见识卓越者吗？”说着，江万里不由得慨然道，“虽如此，我三古家族岂会畏惧强敌？必当举兵自救，护卫家国！”

“先生大义，学生望尘莫及也！然而现在将如何？索性我们将水军全都屯到鄱阳湖，既然不要朝廷出军饷，朝廷想来也不可能派兵剿灭咱们这支水军吧？”

“不可完全屯于鄱阳湖一处，我心中另有计策。”

“愿闻其详。”

“襄阳之下，便是鄂州。因此除了鄱阳湖一处，吾亦令吾侄于鄂州外围水路各交通便利处经营，为的是防范蒙古的突袭。蒙古毕竟势大，万一有玉碎之时，水军亦不至于全军覆没。”

“水军此时仍须操练，学生虽然心急，然而先生布置妥当了，我们便可待时而动。”

“正是如此。”说罢，江万里止不住地咳嗽起来。

三、义军出征

1. 大江暗涌

不断有“好消息”从北方传来。去年，蒙古在江北的动静曾令长江沿线守将绷紧神经。谁知道雷声大雨点小，蒙古大军驻扎很久，却都是小打小闹，没有大动静。江防守将不由得感到疑惑，然而又不敢放松，因为大家都不知道这短暂的平静能维持到哪一天。直到北上的客商返回，带来了蒙古北部战乱的消息，江北守将和宋廷一起松了一口气。

于是，从咸淳九年(1273)二月到次年九月，少有的平静竟持续了一年多。实际上，平静表象下早已暗涌迭起。有人清醒地看到，大宋的危局仍然没有解除。

文天祥道:“蒙古内乱，必然要从南方调兵去平乱，如此就难以发动对我大宋的战争。如果南边也打起来，蒙古岂不是面临两线作战的局面?”

张世杰亦认为这是难得的机会，道:“咱们大宋军队或许可以乘此机会往北边推进一步。战线若是推到江北，我们又多了许多缓冲地带。大宋与蒙古议和，也多了很多底气啊!”

“正如你所说！但宋廷中，到底谁最有那份决心和勇气呢？”

“我担心的是，蒙古向来视江南之地为囊中物，所以交战无所谓早晚，且等收拾完北方，腾出手来再发动南下。”

“照目前看来朝廷还是没有动静啊！难道大家全部都抱着侥幸的想法：蒙古人自家出了内乱则自顾不暇，便是天佑我大宋？”

“宋祚绵延既有天佑，更需人力。所以你我才在这里商议军事，不敢松懈。只等时机到了，我们便要出兵！”

“我们的战船图纸、水军编制你都看到了，以为如何？”

“很好！江万里江大人从民间船厂订货，实则是壮大义军水兵的好法子。鄱阳湖湖面广阔有浪，其水深正适合演练战船，将义军屯在鄱阳湖，真是选了个好地方！”

长江之南，江万里、文天祥师生已经与郢州张世杰联合部署军事：他们设计战船图纸，并从民间船厂订货，以壮大义军水兵。义军屯在鄱阳湖，以水军为主，操练日益纯熟。

江南等地在抓紧时机进行军事部署、操练水军的时候，另一方面，北方的蒙古也从未放弃平南之心。

蒙古的叛乱平定后，尚未出正月，忽必烈便思考往南的渡江之计了。

咸淳十年(1274)正月的元大都。这是新兴建立的城市，街道整齐，宫城巍峨。或者是因为刚刚定都在此的缘故，城市处处透露着勃发的生机。

阿里海牙正在忽必烈面前侃侃而谈：“自古荆湘是用武之地。汉水上游已为我所有，顺流长驱而下，宋必可平。”

阿术跟着进言道：“臣经营江淮之地，见宋兵弱于往昔。现在如果不南下而取之,这时机便不能再有。”

刘整亦言:“襄阳城既破,则临安危矣。若以水军乘胜长驱而下,则大江必非宋有。”

忽必烈听闻大臣们的言论,觉得很有道理。于是他召史天泽前来,共同商议南征之策,史天泽详细论证了南征之天时地利人和,最后他推荐安童、伯颜为大将,都督诸军。

这个时候,阿里海牙又进言:大举南征,须兵分三路;旧军不足,非增兵十万不可。

忽必然本来早有平南之心,听闻此番计议,心中大悦,便道:“尔等所言甚是!阿里海牙、阿术不愧为我大将!”说完又目视刘整道,“刘整将军昔日为宋将,今日为我蒙古驱驰,并出计策,为主之心甚是可嘉!”

刘整面不改色道:“食君之禄,便忠君之事而已!此乃为臣子分内之事。”

阿术哂笑,众人皆不言语。

忽必烈既然决定南征,便采用了众人的建议,下诏令中书省签军十万以扩充旧军。

这年三月,忽必烈下令:改荆湖淮西枢密院为行中书省,兴兵二十万,以伯颜、史天泽(后至鄂州时,因病笃而北还)为右丞相,阿里海牙为右丞,吕文焕为参知政事,行省事于荆湖;合答为左丞相,刘整为左丞,塔出、董文炳为参知政事,行省事于淮西。

大军整合以后,很快便由各自的将领率领出发。元军行军迅速,不日前哨便抵达江北驻地。史天泽立于马上,回望大军,但见千军万马而来,逶迤似望不到边,再看兵士们,虽稍显疲惫之色,却个个精壮不失威猛之态。史天泽便自语道:“这等雄狮一般的军队，宋廷如何能比！大军既出，定能势如破竹，不日便攻克大江一线。”说到这里史天泽猛然想起一事，暗道“不好”，蓦然警醒起来。

原来，史天泽见大军数量众多，进而想到统领的数员大将，皆是有本事有见识、可领一方军队的，都有元帅之才。然而史天泽在欣慰之余突然想到，一山不容二虎，万一将领们彼此不服，早晚误了大事。于是史天泽便上言对忽必烈说：“今大军方兴，荆湖淮西，各置行省，权势不相上下，号令必不能统一，后当败事。”史天泽上表之后，便说自己身体不好，于是称病退出了南征的行列；同时，史天泽推荐伯颜为大统领，总领余下诸将。于是南征的军事大权，便由伯颜一人总领。

这年九月，伯颜等人在江北整军已毕，元军已经完全做好了打仗的准备。

又是秋天，金风吹散了雾蒙蒙的水汽，江面变得少有的开阔明朗。江北水岸驻地的大船上，船首站着数人。当先一人全副戎装，正全神贯注地遥望着江对岸的船影。后面数人中，有的人随着他的视线远眺，有的人只注视着他高大挺拔的身姿。

他喃喃感慨：“果然是山河壮丽”，然后回头对紧跟身后的一人说道，“阿术，我们这就去看看江南锦绣如何？”

阿术的心里突然紧张起来，期待已久的时刻终于要来了吗？他目视着左前方英姿挺拔的大将军伯颜，眼中有着对强者的绝对尊敬和建功立业的豪情，道：“阿术愿与大将军共建功业！”

伯颜望着激动的阿术，年轻的将军英气逼人，这种豪情正仿佛当年的自己。

同年，饶州芝山。

七十七岁高龄的江万里,仍然出现在鄱阳湖水兵操练的现场。鄱阳湖水兵由江万载的第四子江钰总负责操练。江万里放心不下,时不时做出提点。

组建义军的劳心劳力,使得此时的江万里相比数月之前,已经是老态毕现了。他强忍着咳嗽,时不时地清清嗓子。

江万载随在兄侧,见兄长如此疲累,心中十分不忍,欲言又止。

望着勤奋操练的水军,江万里稍微松了一口气道:"到今日,水军终于略微有一点样子了!"江万里坐在椅子上,眼前一阵金星。

缓了好一会儿,江万里自嘲地感慨:"烈士暮年,壮心不已,说的就是我啊!"

江万载担忧不已,劝道:"大哥乃是义军支柱,定要保重身体。军中许多义士,都是冲着大哥的声望,这才加入了义军。大哥且要珍重,军中事务以及操练水军的事宜,都交给我和钰儿吧! 大哥如果实在不放心,我便日日汇报,如何?"

江万里说:"我知道钰儿对于军务的熟悉程度不亚于我。然而义军建立时间太短,仍然未成气候,我始终不放心啊!"

文天祥听闻老师生病,前来探望,在床前对老师说:"先生您最担心的,就是在这乱世之中突然有了一点安宁,宋人便忘却了忧患,因此费心费力组建义军。义军既是先生的心血,也是大宋对抗蒙古的民间生力军。学生发誓,一定勤奋练兵、仔细研究军情,让这义军于重要的时候发挥作用! 先生,请您相信我!"

江万载也劝道:"宋瑞所言甚是,大哥在大略上指导我们即可,这些细务,都交给弟弟和子侄辈们吧!"

在江万载和文天祥的再三劝说下,江万里终于将军务交给了自己的亲弟弟。随后，江万里便以年老多病辞去了职务，朝廷体恤这位三朝元老，但依旧让他以大学士提举洞霄宫。

江万里辞官后，在家乡芝山后圃凿了一个水池。

在池边亭上，江万里题字“止水”。有人问江万里，为何将池子命名为“止水”，江万里道：“止者，使停也。”盖借物明志，希望止住蒙古的入侵，又有以身许国之意。

同年十月，潭州。

李璇儿端着一个托盘进入文天祥的书房，在书案上放下一个茶盏。

文天祥忙着在桌子前的地图上点点画画，听见动静，头也不抬，只“嗯”了一声。

李璇儿也不说话，走到文天祥身侧，和他一起看那地图。地图上用朱砂标注了长江中游的山川与地貌，以及潭州和鄂州附近的宋军驻扎情况。

过了好一会儿，文天祥放下笔，表情似乎有所放松，端起了茶盏。

李璇儿道：“先生真是辛苦！”

文天祥放下杯子，道：“自从伯颜在江北驻扎以来，我从不曾放松片刻，略闻风吹草动，便要在心里思虑三番，只是为了随时注意蒙古大军的动静。”

李璇儿默然，然后看向门外，只见一个小厮匆匆走过来，问道：“有什么事么？”

小厮回答：“张世杰张大人有信使来了，现在正在等着见大人呢。”

“快让他进来!”于是文天祥急急与来人相见。

信使呈上张世杰的手书,信中称伯颜军兵分三路,西路刘整自淮西出淮南,东路博罗欢由东道取扬州,此两路以牵制宋军,伯颜则率蒙古南征主力军兵临新郢城下,部将阿术及张弘范随行。

2. 新郢初胜

蒙古定下这三路大军并进的计策,其主力为伯颜的中军,中军意图攻取长江中游诸镇;而左右军压境,实为掠阵,令淮南、扬州诸部自顾不暇,从而使长江沿线的宋军不能互相策应,便可各个击破。

张世杰部则是伯颜此次南下遇到的第一个阻碍。

新郢是长江与汉江交汇处的一个小城,城虽不大,却是水军交会处的要道。

伯颜起先没有把这座小城放在眼里,听说守将乃是张世杰,甚至哈哈大笑,对左右说:“张世杰是一个政治的投机者,趋利而避害。对于这样的人,说降就可,不战而屈人之兵,何用动手呢?”

当时张弘范在侧,深以为然,于是说道:“不错,好在这张世杰并不是迂腐的读书人,想必是能懂些道理的。”

于是伯颜便将步兵与骑兵驻扎在离新郢不远处的盐山,水军则沿江排列,与新郢隔水相望。同时令随行的书记官寄出招降信一封,信中大意为:“自古以来,良禽择木而栖,良将择主而事。现下宋廷昏弱,奸臣当道,实在不能令人有忠心也! 不如降了蒙古,便有高官厚禄任君享用……即使全力而战,战未必胜,胜未必有功。君不见四川原诸位将领乎? ……”

张世杰听闻有招降信来,并不回避手下部将,就令蒙古的信使当众读起来。

待信使读完，众将皆沉默，看向张世杰，不知主将如何对待。

张世杰叹曰："难道我汉人抵挡蒙古数年，只是为了子女衣帛吗？守卫家国，乃是大义。蒙古人不懂得大义，吾不愿意与其多言，皆因为夏虫不可语冰也。"

说完这番话，部将们有的放心，有的则叹惋。

张世杰于是就回信一封，述说其意，然后令信使回去。

信使回去之后，将张世杰原话对伯颜诸人禀报。

伯颜怒道："我辈不想知道张世杰所谓的大义，可是我知道，蒙古铁蹄踏进江南的时候，声称大义的宋人也只能被我践踏！"于是，伯颜便传令，整肃水军，围攻新郢。

当时已经是入暮时分，张世杰于城墙上观望时，忽然见蒙古水军列起队形来，惊道："蒙古大船如此之多？前些年与蒙古军交战，在船舶方面，我们很是占了一些便宜的，今日看来，蒙古人造船之技甚高！"

旁边参谋曰："我新郢本是易守难攻之地，我们更要谨守门户，不可轻易出战。"

张世杰略一思忖，说："不错，我们是要守城的，本来就没有轻易出战的道理，更何况蒙古军来势汹汹，人数数倍于我守军，我们只好避其锋芒！"于是传令下去，各城门按照两个时辰一换班，谨守城防，后勤军士将弓箭等囤于城防之最便利拿取处，各部将轮流巡逻，决不让一个奸细到城中来。

张世杰全副武装，身着盔甲，威风凛凛地站于高处，身旁旗手执了一面红色大旗，上书"张"字，一人一旗在火光中闪耀。部将劝张世杰："如此显眼，必然成为蒙古军的靶子，不如隐藏身形啊！"

张世杰却慨然答道:“我要我宋军将士每每抬头看时,就能看到本将在此,与他们同在!”

城门下进攻的蒙古军呐喊不停,一队一队地往城墙上攀爬而来。宋军则居高临下,射杀爬得最高最快的人。然而蒙古军像是不惜性命一般,每当前队有人被射杀,后队便有人跟上,似乎杀也杀不绝,射箭的宋军渐渐地有些疲惫了。

张世杰见此情况,便立刻换上另一弓箭手并连声高喊“杀!杀!杀!”,亲自擂鼓助威。

宋军见主帅如此精神,也不由得振奋起来,喊道:“杀!杀!杀!”

伯颜在中军远远地望着城墙,好奇地问道:“那旗下擂鼓的是何人?”

有人回答:“那就是张世杰!”

伯颜叹道:“宋军气势太盛,一时恐怕攻不下!”

阿术不服气道:“这是南征第一仗,怎可损了士气!某愿去会会那张世杰!”说罢不待伯颜答话便骑马而去,片刻之间就来到了阵前。阿术眯了眯眼睛看向张世杰,从背后抽出一支箭,搭弓便射。有眼尖的宋将,惊呼道:“将军小心!”

张世杰下意识地偏过身子,那支箭擦着身子过去,张世杰惊出了一身冷汗。

那阿术见一箭未中,便又拔出一支箭来。

张世杰定了定神,亦满怀豪情地说道:“拿箭来!”

部将便递上一支箭,却是一支火箭。张世杰瞄准,往阿术射去。阿术见张世杰的箭快,只好放下手中的弓,勒马侧身欲躲,不料这火箭因此射到了马尾巴上。马尾巴沾上火油,眼看烧了起来,马儿便不择方向地跑了起来。

阿术大惊，虽然胯下是良驹，然而若是惊马，只好杀了它！想罢，阿术咬牙抽出一把短剑咬在嘴里，身子则直接悬挂在马的一边，一只脚勾着马鞍，一只脚踩着马镫，猿臂舒展，执住马尾，用力往下一捋，连皮带毛捋了一大片下来。那马哀号一声，但火已经止住，马儿也渐渐停止了奔跑。阿术从马上跌落下来，汗透衣背，回头望时，战火已在数里之外，自己正在城外的一处小河边。于是阿术便草草洗了洗火辣辣的手掌，包扎一番，让马儿饮水，安抚一番，并不回营地，却去了中军营帐。

伯颜等人当时只遥远地望见阿术策马而去，并不知道发生了什么，等到看见阿术狼狈的样子，也很吃惊。

此时新郢的攻城战仍然未有丝毫进展，然而天都已经亮了。

伯颜便传令鸣金收兵，阿术颇为沮丧。

伯颜却丝毫不见颓色，问道："我们南征的目的是什么？"

阿术道："灭宋，统一天下。"

伯颜继续问："宋廷在哪里？"

阿术道："临安。"说罢，眼前一亮。

伯颜欣慰道："打仗，要从大处着眼；为将帅者，更不能在乎一城一地的得失……"

这边张世杰等人欢庆不已，张世杰道："此番作战胜利，可以说是给南下的蒙古军当头一棒，乃是诸位努力作战的结果！"

部将们道："托赖将军指挥得力，若人人都像将军，又何必惧怕蒙古人呢！"

又有幕僚道："蒙古不得新郢，不知道下一步部署如何？愿将军不要轻视。"

张世杰道:“不错,不能被一个小小的胜利冲昏了头脑。”于是一边令部下各自休整,一边令斥候打探蒙古军的动向,不日便得知,蒙古军绕新郢下汉江,直下沙洋而去,于是张世杰向长江沿岸诸城发出警示。

3. 义军出师

在给文天祥的信中,张世杰称:伯颜先驻军于盐山,后招降张某,某必然不能答应。蒙古军便进攻,世杰坚守,而蒙古军不得前进。乃走水路,舍新郢,而下汉江,目下已攻沙洋。军情紧急,请各处做好准备。

文天祥见信大惊道:“蒙古人已经开始行动了!”

李璇儿问道:“战况究竟如何?”

“还好有惊无险,我等也要做好准备了!”

这封信同时发往长江一线的各城,众将收到此信,都明白蒙古人新一轮的攻击即将开始。

江万里因年老多病辞官后,其胞弟江万载便代替长兄事业,此时正在潭州文天祥处议论义军之事。

见到张世杰的书信,江万载也紧张了起来,道:“情势不妙啊!张世杰虽然有心,但是新郢只能做一时之阻挡,鄂州危矣!”

文天祥痛心道:“当此之情势,朝廷竟然没有对策。鄂州重镇,必不能有失!”

“鄱阳湖水军此刻正应出动!”江万载慨然道。

当时,鄱阳湖水军交由江钰总领其事,于是江万载便对文天祥道:“吾将亲自领兵,驰援鄂州,此处诸番事宜,都交予你了!”

文天祥肃然道:“江大人请放心去,宋瑞在此,必保证后勤,不令大军有后顾之忧。”

江万载匆匆离去，当日便整装出发。

且说江万载调配军队并亲自率领一支义军晓行夜宿直往鄂州而去。

江万载所乘将船，乃是由义军向民间船厂定制。当时，大宋的官方船厂大多接受宫廷及军队的订单，民船则一般由民间船厂制造，互不干涉：一是因为军方的战船有一定的制式，甚至有些涉及机密；二是因为官方船厂向来对民船不屑一顾，民间一般并不愿意与官方船厂打交道。但是开战以来，因为战船的需求量增加，而以往所造的船，其制式已然被蒙古军学去，所以大宋的官方船厂必须造出更多种类、更多用途的战船。因此，一些结构较为常见的战船就逐渐交由民间船厂制造。

江万载这艘将船，由当时湘湖一带最大的船厂“鸿升船场”所造。此船平头高翘，船头压着水面，船身线条呈流线型，船上面是双层舱，甲板下又有底舱。船桅杆在中偏后部，此时顺风，于是放了满帆。除此之外，底部有车轮四个，两侧各有桨手十余人——这桨与轮共同作为战船的动力，是大宋特有的“车船”的典型制式。这艘船庞大威猛，刚下水不过两月，在水中崭新发亮，船上挂着义军旗帜，正载着士兵百余人顺水而去，剩下的大小战船跟随其后。

与这崭新的战船不相称的是，江万载的心情相当糟糕。他的面前，一个面带疲惫的士卒半跪着，正向他汇报前方水路情况：“前方我军将到达余干县水路关卡。关卡有水寨一座，对北方和西边来的船只检查甚严。将军的书信已经送到守军的水寨中，守将说如今军情紧急，所以检查格外严格些。虽听说有义军，但是并没有见过。为防止百密一疏，等将军书信验明真伪，或许明日便可以放行了！”

“明日？”江万载苦笑道，望了望外面的大好天光，“现在也不过巳时而已！”

牙将闻言，便有点不耐烦道：“嘿，偏在这时候认真起来！要真是元军来了，咱看他敢不敢提着刀上前？”这牙将姓李名版，本来是江氏乡党，平日好勇斗狠，打抱不平，颇有一点武艺。见义军招募，便在榜书下对自己说：“就是这时候了，咱该去做大事啦。”说毕，便回家收拾包袱，辞别妻儿，豪情满满地投奔江氏去了。江万载见他勇武热心，又因是乡党，便让他在义军里充作牙将，跟在自己左右。

另有参谋吴纶道：“为防止百密一疏？不知道这防的又是甚！真是阎王好过，小鬼难缠。这水路怎么也不是他家的！”

这参谋是新近投奔来的，原本是四川一个“船帮子”的手下，被称为“智多星”。当年整日与一帮“船帮子”为伍，所以有一项本事：识得水文，懂得航船。刘整降元后，四川大小“船帮子”，有的被屠杀，有的被收编，剩下的一些不愿意投到蒙古人帐下讨生活，又在原地留不下的，便作鸟兽散了。吴纶算是有见识的，蒙古人的屠刀还没有落下来，便带着一帮贴心的兄弟遁走江湖。吴纶在湘南结识楚宁，辗转知道了义军之事，于是投奔了义军。江氏义军中，勇猛的人不少，但是熟悉水文的并不多。虽说船帮子和水兵是两码事，但是这一帮精通水性又懂得驾船的人还是受到了重视，吴纶便在江万载身边充作参谋。

江万载有意问一问吴纶：“吴参军这么说，是有何看法？”

吴纶道：“咱们义军组建以来，水军训练有气象。即便朝廷没有明文旨意，这鄱阳湖水系乃至于湘湖，有谁不知道江氏义军？所以，这守将也许是胆小，没有朝廷旨意，便不敢放行，要是这样，咱们拿文大人帖子即可通行。也有可能这小小关卡水寨，靠的就是盘查的命令，便可以多一些财帛，不然怎么生活呢？要是这样，破费点钱财就是了。”吴纶嘿嘿一笑，又道，“这鄱阳湖水系纵横交错，咱们何必走信河过余干呢？信河有一分支，可通鄱阳湖大湖，这时候水量丰沛，大船也勉强可以过得！”

江万载惊喜道：“难道穿湖而过？湖上有雷雨潮汐风浪，须一精熟水文之人方可。”

吴纶忙道：“江元帅稍安。并非吴纶精通鄱阳湖水文，但是我曾经看到过这里的水路图，这里确实曾有这么一条线路。凭我以往行船的经验，咱们大船穿湖而过未必不可，不是从正中间，而是沿着湖边绕行，这样既能保证大船吃水深度，不至于搁浅，视线还能开阔畅通无阻。此时不是雷雨的季节，若有雷雨，随时进入河汊即可保证安全。咱们这里有一种‘核桃舟’，又小又轻快，正好可以探路并在左右监察。”

江万载又惊问道：“水路图？我知道襄阳会战之时，吕文焕上书朝廷，可令长江沿线各个水寨绘制各自区域的水文、水路以及水寨布防图，并由朝廷汇总成总图，以便于兵部筹谋决策。后来这份水路图就放在兵部了，不知你是在何处看到这水防图的？”

吴纶也惊讶道：“竟然是水防图？我经过襄阳的时候，去朋友家做客，朋友正好在绘制水路图，便问我四川的水路如何，作为参考。我当时诧异，询问为何制图，他说吕文焕将军为便于协调附近水寨和行军，所以令他绘制一张具体的水路图。正好我从四川来，便询问我岷江、长江交汇处的水文气候。我当时出于好奇，就看了看，其图的范围包括川东、湘北、鄱阳湖水系、荆州，以至于下游的淮南……"

吴纶一边说着,一边发现江万载的脸色变得难看起来,便停住了话头。

江万载道:"照吴参谋所说,你所见的水路图,必是吕文焕所绘制的襄阳及其附近地区的水防图,乃是朝廷所需绘制的总图的一部分。难道吕文焕一开始就是自己想绘制水路图,只是说通朝廷以取得便利?吴参谋看到的水路图,倒不是机密,若与此地水寨设置及人手数目合二为一,那才真是水防图了。那吕文焕手中一定有这一带的水防图!只是不知道现在这图落到何处……"

说到这里,大家都想起来,吕文焕已然投降蒙古多时,不由得都严肃起来。

因是义军,朝廷亦未有明文,所以沿路各水岸关卡并不提供方便,兼有小股元军扰乱,所以行军甚慢,如此行军数日,江万载内心焦躁却也无可奈何。此时船队停在信河,受到关卡所阻,不得前进。原本打算与朝廷驻防的水寨通融,也好互为援助,而当下,江万载见宋军迟缓,又兼忧心水防图之事,决定采纳吴纶的建议,先走鄱阳湖内湖水路,后拿文天祥帖子开路,如此一来,义军的行程终于快了起来。江万载心里权衡:大江沿线元军兵力势大,其中又以鄂州外围最甚:号称十万兵力,鄂州被围已是定局,自己这两万多水军,只可作为宋军的后援。

四、鄂州之战

1. 沙洋之骂

然而江万载的水军从鄱阳湖往鄂州进发的这些日子，军情又有了新的变化。

蒙古大军进逼沙洋、新城。

当日伯颜等攻打新郢不下，僵持之时，蒙古军中曾有争论。一派人认为，新郢乃是咽喉之地，如果不能攻克，恐怕会成为归途的祸患。阿术俘当地船民之后，发现了新的水路，于是进言道：两汉之地的精锐都在新郢，如果硬要攻打，恐怕损失不小。不如避实就虚，取下游的黄家湾堡。黄家湾虽然是小水寨，然而堡西边有沟，南通藤湖、汉江，由此拖船入湖再入汉江，不过三里水路。

吕文焕赞道："此计甚好！若是参照水防图，便可以做出更好的计划。"伯颜闻言大悦，拿出吕文焕所献的水防图仔细查看，认为此计可行。于是，伯颜遣帐下将军李庭、刘国杰二人前往攻打黄家湾堡。黄家湾堡守将没有想到元军会绕道新郢后面，于是一触即溃，李庭、刘国杰二人迅速拿下了黄家湾堡。

伯颜大喜，便对众将说："我军南下以来，虽然稍有阻滞，然而柳暗花明，天道佑我大元啊！”又对李庭、刘国杰二人说，“若我帐下诸将，皆不输于你们二人，那么本帅率领我军前行，焉有不胜的道理！”

诸将皆情绪激昂，伯颜大声命令：“命阿里海牙，率前军开路，我与阿术将军，将亲自殿后，以防新郢宋军追击。”

众将听令而去。

于是伯颜与阿术率领一支精锐殿后，新郢诸将得到消息，无不惊慌。

张世杰恼恨道：“我们在新郢经营，拒绝元军多时，不承想元军竟然绕到我们背后去了，当真是狡猾至极！必得追击，不可让元军轻易过江去，诸将以为如何？”

有参将答道：“张大人所言极是，必得派兵追击，若能胜之，便可大伤元军士气，即便不胜，也要拖延一时，为下游鄂州等地争取时间！”

张世杰道：“我心急如焚，恨不得立刻胁下生翅，率军前去阻拦元军。诸将可有好计策？”

当时副都统赵文义见状，主动请缨道：“张大人为一城之主官，不可轻举妄动，不如由文义率兵前往追击。”

张世杰闻言大喜，于是便令赵文义率领精骑两千追击元军。

那边，伯颜与阿术殿后，见宋军果然来追，毫不意外。当时元军前军已经抵达汉江，后军则在一个名为“泉子湖”的地方摆开阵势，就等宋军前来。

赵文义率兵前来，见元军已然列好阵势：岸上骑兵，水中战船，井井有条。阵前一员大将，身形高大，双目炯炯，见赵文义前来，大声喝问道：“来者何人？”

赵文义道:“大宋都统赵文义在此!”一面喊着,一面直接冲杀过来。

阿术呵呵笑了两声,方道:“阿术前来应战!”说着也拍马迎了上去。

赵文义力气不及阿术,眼看占不了上风,便在心里寻思:军情急报已经送往沙洋、新城、鄂州去了,这里的殿后军并不多,能拖延一刻也是好的。于是向阿术卖了个破绽,回首勒马到自己阵中,急令左右小将各率领五百骑从左右包抄至侧翼,只求干扰,令其不得互相救援。赵文义大喊一声“杀——”,率领余下的士卒往元军中掩杀而去。

阿术见此情形,挥刀向前,以百余骑冲杀而去。

赵文义见状,心下稍定,只管驱使战马向前。伯颜见对方数倍于己,心知若要速战速决,只要擒住宋军主将便可。于是丢下侧翼,只率领最精锐的十余骑杀入重围。赵文义酣战之时,忽见身边出现一员猛将,心知这就使是蒙古主将,便使出十二分的力气与他对阵。然而久战不下,赵文义不由得焦躁起来;又见蒙古人虽然人数少,却个个奋勇,似乎不知疲倦,便心怯起来,随后力怯,只得苦苦支撑。

忽然听得军中一声大喝:“宋将首级在此!赵文义已经被我杀了!”

宋军士兵一听这话,哪里还有心思战斗?伯颜令人将赵文义首级高高挑起,宋军士兵望而溃败。伯颜也不追击,就令士兵收拾战马及战船,就地开拔,以赶上前军。

十月二十三日,元军进至沙洋地界,就地驻扎,吕文焕便向伯颜进言:“沙洋守将王大用、王虎臣,乃是末将故交,元帅可令人写檄文以招降。”

伯颜深以为然，就令吕文焕写檄文，使宋军俘虏送入沙洋城去。檄文列叙蒙古建元乃天命所归，元军南下，无有不利。元军已得长江中游水防图，顺流而下本是易如反掌之事，此时招降，因为实在是不想看到诸位将领逆天而行事，白送了性命，云云。

王虎臣见了伯颜的招降檄文，以手作拳捶着茶几，对来送檄文的俘虏怒喝：“真是辱人至深！来人，将这不要脸面做了俘虏的军士，斩了！”说着，将檄文扔到火盆里，那檄文顷刻间化为灰烬。

王大用道：“将这叛兵首级，火盆中的灰烬，送还给蒙古人吧！”

伯颜见此大怒，见吕文焕在侧，便道：“吕将军，这招降的事，看来还是得由你亲自走一趟才行！”

吕文焕应诺而去。

为了表示诚意，吕文焕单枪匹马至城下与王虎臣搭话：“王将军何必困守于此？大宋积弱已久，而北方的蒙古正如朝阳，是投奔的时候了！”

王虎城在城楼上居高临下地说：“叛军之将，有何脸面与我叙旧？我只认得守襄阳城六年的吕文焕将军，但不认识卖国贼吕文焕。”

吕文焕苦笑道：“你我相交多年，我吕文焕是存心弃家国百姓于不顾的人吗？守城多年，见多了民不聊生，才知道这战争中最受苦的是百姓。若要消除战争，必须得有一个强有力的政权统一中原。某在襄阳守城之时，为朝廷办事，却受到小人的掣肘，难道你不知道吗？”

伯颜遥遥在后方，听到这一番话，对阿术说：“没想到，吕文焕还有一番口才啊！”

阿术冷哼一声没有说话。

王虎臣蔑视地回答："难道这就是你投降的理由吗？吕将军见识多过于我，难道不曾听闻蒙古军的屠城嗜好？若是蒙古占领了江南，汉人岂不是成了蒙古铁蹄下的玩意儿？这简单的道理，难道你吕文焕不懂吗？"

吕文焕叹气道："我能理解你的担忧，但是在这里，我仍然是要奉劝你顺应大势，不然枉费了自己的性命，又连累了满城无辜军民的性命啊！"

王虎臣见吕文焕一味地劝降自己，恼怒道："我王虎臣是绝不可能投降的，你回去吧，我不愿意再与你说话！"说罢，转身就走。

吕文焕连声呼唤王虎臣，王虎臣始终没有回答。

吕文焕无功而返，伯颜见状，叹道："真是倔强之人啊！"

阿术说："如此顽固，便不与他废话，直接攻城算了！"

伯颜道："正是如此，传令下去，全军备战。"

次日傍晚，突然刮起了大风。伯颜命人测了风力，心中暗暗高兴，对左右人说道："如此大风，正好用火攻！"

言毕，伯颜便传令下去，以火油、火箭发射攻城。王大用当时在城上，远远望见元军帐中兵士往来忙碌，却不知对方作何打算。片刻之间，对方搭起了火箭弓弩。王大用大惊，心想元军若要用火攻，岂不是正好顺风？于是急忙令人做好防护并令弓箭手从城垛往下射箭。然而蒙古军的火箭、火炮借着风势，有的落到了城墙上，有的穿过城墙落到城内。沙洋城内的房舍多为木头建造，遇火则燃。大火借着风力，把连成片的房舍全部烧着了。

街面上，王虎臣满脸熏黑，大声喊着："不要慌，救火，救火！"又冲着城楼方向命令，“反击！反击！”城中士兵全数到了城门处与元军对抗，城内救火的只剩少数士兵，大都依赖百姓自救。王虎臣声嘶力竭，很快被街上的喊叫声淹没。城内火焰弥天，城外元军攻势又加急，王大用、王虎臣二人各守一处，渐渐不支，于是沙洋城破。元军涌入，王大用、王虎臣二人皆不躲避，不多时都被生擒。

伯颜见二人被绑来，便下令屠城。二人目眦尽裂，大声对伯颜、吕文焕骂道：“狗贼！狗贼！”

吕文焕叹息道：“你们二人不知变通，却连累了这满城的百姓和士兵，还不知道悔改，真是太顽固了！”

沙洋既克，元军便向东南推进。不料在东南一名曰“薄新城”的小城受到阻挡。这薄新城乃是吕文焕原来的部将边居谊在沙洋地界所筑新城。元军杀来，当时已经是都统制的边居谊率众抵抗，并不投降。

吕文焕见自己曾经一手带起来的部下如此英勇，心中很是感慨，也不愿意边居谊就此丧命。于是吕文焕便将王虎臣等沙洋守将绑着，带到城下，意欲招降边居谊。

吕文焕带着众俘虏，走到城下，高声喊着边居谊的名字并问道：“边将军还记得旧友吗？”

边居谊定睛一看，原本崇敬的长官，此刻却在对方的阵营里劝降自己，回答道：“吕将军风采依旧！”

吕文焕道：“吕某特来劝导居谊弃暗投明。先前王虎城、王大用二人不听我言，已经葬送了一城百姓的性命。居谊！须得听我言啊！”

边居谊沉吟良久，道：“容我考虑。”便转身走了。于是，吕文焕亦回元军营帐。

第二日,吕文焕又往城下说降边居谊。

边居谊望着吕文焕,心情复杂,道:“我要与吕参政私下里说话。”

吕文焕以为边居谊看清形势,决定投降了,心中暗喜,便喝退随人,独自策马到达城下。不料只听得一声哨响,城门上箭矢如蝗,吕文焕一时笼罩在箭雨中,人与马皆中箭。边居谊见吕文焕坐骑已然倒下,便令人将钩子放下,意图捉住吕文焕。吕文焕大惊,忍着剧痛拼命躲闪,后面元军见状,急忙来救:一面以盾牌挡着箭矢,一面去城下营救吕文焕,终于将其救出。边居谊见状,连连跺脚叹息,甚为遗憾。

吕文焕自觉被耍了,欲要起身,又被身上伤口牵扯,于是大怒,冲着城上道:“我本是好意,给你生路,没想到你这厮不识抬举!”

借着这一股怒气,吕文焕勉强站起来,大声命令:“步兵在前,架云梯,攻城!”

吕文焕所率的这一支元军中,其实汉人不少,所以攻城之法与宋军有相似处。

边居谊见状,暗暗冷笑。

元军步兵毫无阻拦地冲到城下,架起云梯,便有身手敏捷的士卒往上攀爬。爬至一半,城上又射下箭来,这一次却是火箭。箭头沾满了火油,沾着元军的棉衣就着,攻城的元军多有烧伤者。元军源源不断地冲上去,而城上的箭矢仿佛没有穷尽一般,不停地落下来,受伤的元军越来越多。

吕文焕心中又愤怒又焦躁,部将见不是办法,便劝道:“参政今日疲累,不如回帐商讨良策,明日再战?”

吕文焕点了点头,那部将大喊一声“回撤”。于是元军鸣金收兵。

第二日,因吕文焕受伤的缘故,攻城主将换成了前次刚在黄家湾堡一战中立功的李庭。

李庭观察地形,认为城小,强攻即可。于是令大量士兵包围城池,各处一齐进攻。边居谊果然没有办法,不多时,李庭攻破了外堡。

城内已是狼藉,百姓呼号声、哭泣声不断。边居谊见状,只好仰天长啸:“时也! 命也!”然而始终不肯投降,对众兵士说,“大势所趋,不能改也,然而吾已经尽力,你们各自散去吧!”众将领及士兵皆不愿意逃跑,其中有一小将悲道:“俺本来是山西人,俺家里先祖先躲辽,后躲金,一直躲到安徽去,蒙古人来了,俺爹爹往南走,走到了湖南。俺们为啥要被撵着往南边逃? 俺再也不走了!”

边居谊闻言,心中恻然,道:“边某有幸与诸位共守一城,实是幸事。城将破,边某自当以身殉城,然而诸位不如且去,留得青山在,不怕没柴烧,更何况顾念家中妻儿。”

说罢,边居谊急返家中,将家中各处浇上火油并且点燃,竟然携妻带儿举家自焚了。

手下将士三千人,见边居谊家中冒起青烟,心中悲愤无以复加,又见蒙古人破城而入,个个皆杀红了眼,比以往勇猛数倍,最后皆力战而死。

至此,元军破除了南下的第一个障碍,一路顺水而下。十一月,伯颜的大军逼近复州,宋知州翟贵投降。于是李庭等部将对伯颜建议,可以打开城门,点视仓库,伯颜不以为然,反而令诸将不得入城,违者以军法论。李庭恍然道:“此乃元帅以奖励投降之人啊！”伯颜笑而不语。

复州既降，鄂州就在眼前。复州投降时，阿术已急不可耐，奔驰至蔡店，并命部将阿里海牙来询问伯颜渡江之期。于是阿里海牙行至元帅帐中。伯颜问道：“阿里海牙来我这里，有何事？”

阿里海牙行礼道：“阿术将军命令末将寻问元帅渡江之期。”

伯颜不答，挥手对阿里海牙说：“你先回去吧，不要再说这件事。”

阿里海牙回去之后，向阿术报告。阿术心中纳闷，道：“既然如此，明日再去吧。”

第二天，阿术又令阿里海牙前去，伯颜又不回答。阿里海牙据实以告，阿术更加纳闷了。

第三日，阿术亲自去往伯颜处，询问渡江之期。

伯颜笑道：“你可真是心急啊！这是大事情，主上将此事交给我们二人，怎么能让第三个人传话呢？我已经有了打算，你且过来。”

阿术上前，伯颜便在阿术耳边悄悄告诉他渡江日期。阿术会意，亦小声道：“阿术明白了，阿术会暂时保密此事。”

消息传到潭州已经是十一月底，北方人已经穿上棉袄，江南的人们也尽着夹衣。文天祥得知沙洋、新城两城俱失守之时，在水路的另一边。二十日，江万载所率领的义军也终于抵达鄂州水域。

2. 鄂州水战

江万载既抵达鄂州，便先后派使者往阳罗堡、汉口、汉阳、鄂州谒见当地官员。当地守城官员态度不一,有的以为江万载所率领的义军为一支生力军,有的却担心此“乌合之众”会打乱鄂州一带的军防部署。

时任宋淮西制置使的夏贵,听闻江万载率军前来助战,大喜而出城迎接。见江万载的义军军容尚为整肃,乃叹道:“此乃江丞相之恩惠也!”

江万载与夏贵见面,表态说:“沙洋既失,鄂州便为门户。子玖率领义军,愿为守卫鄂州出力,调防便宜之处,但听夏制置使调令。”

夏贵道:“元军势头虽猛,我们亦不是无所准备。我已与鄂州程鹏飞商定,令汉水之地战船万艘,分据要塞。其中,都统制王达守阳罗堡,京湖宣抚使朱禩孙以游击军扼中流,程鹏飞守鄂州。另有王仪率一支军守卫汉阳——正好与我处隔着襄河而望,夹住襄河入长江的河口。”

江万载道:“这样一来,各处调配完备,正是以逸待劳啊!”

夏贵蹙眉道:“虽然调配完备,但是我心中仍然担忧。前日探子来报,说伯颜已经获得了吕文焕所制的江汉军防水文图!此图上所绘制的大小水道及各种军防关卡都十分精确,又兼吕文焕对江汉一带的作战十分熟悉,只怕蒙古到时候分兵小路,防不胜防。”

江万载叹道:“水防图果然在他手中。为今之计,只好加强兵力,扼守住各个关卡了。”

夏贵道:“只是这水防图也好,伯颜也好,都不曾与你的义军交过手,因此子玖你这义军,可谓是生力军啊。我方所设的各处守备,皆是沿江的据点。但是长江大而宽阔,中流乃是防守的薄弱处。从此地往东、阳罗堡以西,中有一大沙洲,名为青山矶,乃是藏匿奇兵的好去处，义军正可驻扎于此，为各处据点的驰援所用。子玖以为如何？”

江万载答道：“如此甚好！我义军在鄱阳湖操练，正以水军作战为主。驻扎在大江中流，正好发挥我义军水战特长。”

二人计议已定，江万载便率领义军前往青山矶。

十一月二十三日，伯颜突然召集诸位将领至蔡店。诸将皆知渡江之期就要到了，个个摩拳擦掌。二十五日，伯颜亲自坐上战船，往汉口视察形势，见汉口、汉阳两处战船整齐、旗帜分明并且守军众多，心中微微感叹：恐怕汉阳不易取也！

伯颜忖度阿术有勇有谋，便令其为先锋将军，攻打汉阳。阿术壮志满怀，欣然领命而去。

夏贵见元军来战，便列船阵应战。阿术远远望着，只见江面无风，江心处出现了一艘高大的有帆车船。车船的帆布高高卷起，车轮卷起水花，正乘风破浪地逐水而来。此船身后左右各有数艘大船跟着；大船中又似乎有小船，船上只可容纳几人而已。这小船无帆，只有橹和轮，船身又薄又轻——正是义军所定制的“核桃舟”。

阿术见对方船舰威武，并不胆怯，对部将马福道：“宋人造船之技果然高超，若不是刘整降元，咱们就没有大船可以与之相抗衡！”于是令手下战船迎头而去。

元军虽然造就大船，但是船上的士兵仍然以北方人为主，多有晕船而呕吐者，作战能力大打折扣；而江汉多水网，此地的宋军士兵也多熟悉水性，在船上作战如履平地。

双方战船刚刚靠近，宋军便有士兵从一侧跃至元军的船上。元军的大船本来速度就快，又因为被迫骤停，很快因为失衡而晃动起来，然而登船成功的宋军丝毫不受此影响，只管冲杀。元军有勇猛者尚且勉强抵挡，另有被晃晕的士兵甚至一边呕吐一边作战，几乎没有还手之力。

阿术见状，心中大急，又听闻宋军主将船上传来隆隆鼓声，便大喝一声："拿箭来！"于是搭弓射箭，那箭冲着擂鼓之人而去。夏贵见状，亦搭弓射箭，射落了阿术的箭。

当时，江万载遣吴纶前来助战，吴纶在心内一算时间，便对夏贵道："是时候了，可令船队向元军再近一步！"夏贵没有迟疑，果断道："好，再进一程！"此时，双方水军已在交战，若是再接近，双方战船彻底混战在一起，这其实是一种冒险且拼命的打法。阿术见双方战船犬牙交错，诧异不已，道："不承想宋军这么不要命！"于是下令持续放箭。

这个时候，宋军留守船上的有了伤者，而元军船上士兵死伤者更甚。夏贵眉头紧锁，然而不一会，面色又欢喜起来。

此时阿术正在船头观战，一士卒浑身湿透，呼喊着禀报："将军，不好了，船底漏水了！有人凿船，有人凿我们的船底！"

阿术大惊，怒道："瞎喊什么！扰乱我军心！"然而话音刚落，便感到大船剧烈地晃动了一下。一时间，元军船上人人大惊！

阿术愤怒地命令道："撤退！返航！"

于是元军船上人人知道大船被凿，有的惊慌起来，有的反而更被激发出一股血性，战况更加激烈。

这时候，宋军的鼓点节奏一变，中间夹杂了若隐若无的长啸之声。宋军听此号令，一个个立刻"扑通、扑通"跳入江中。元军船上又有人来报："船舱进水已至膝部！"

阿术闻言，无可奈何，又见各艘战船都开始摇晃且士兵慌乱，只得命令:“返航！全速返航!”

那一边,夏贵大声命令:“追击！放箭!”

由于双方战船本来已经呈现交错状,这时元军战船毫无战斗力且航行缓慢,夏贵见机,令所有弓箭手于大船两侧开弓,射向蒙古军的战船。阿术临危不乱,将士兵分为三部分:一部分只管尽力提速驾船返航,一部分只管防守宋军的攻击,一部分只管在舱中修复船只。元军战船徐徐而退,宋军战船紧紧跟上,如此追赶了数里水路。

大船离开之后,只见水面上除了士兵尸首之外,还漂浮着数十条小船,泊在原地不动,每条船上约有十人,这小船正是“核桃舟”。

原来,吴纶带领义军助战之时,亦将核桃舟带来,便是有此打算:每条核桃舟坐最熟悉水性的两三人,当大船作战之时,核桃舟正好以其灵活性穿插进入大船缝隙。当大船混战的时候,核桃舟上的人便可潜入水底,用一种特制的撬具来凿敌方战船的底部接榫处。接榫一旦被破坏,很难修复,战船必定受到影响,无法发挥功能。若是跳帮作战的兵士过多,核桃舟也可以作为跳帮士兵的退路。

这计策乃船帮出身的吴纶想出来的。当时的水战,凿船底这种方法,因为耗时比较久、容易被人发现且又可修复,所以并不常用,而吴纶这凿船手法则不同,因为船帮子对各种战船的结构非常熟悉,因此很容易找到接榫的关键所在,一旦凿通这关键之处,必然对战船造成破坏性影响;这其中的关窍,普通水兵是不知道的。

夏贵听闻此计策,认为可行,后来果然奏效。宋军追逐了数里之后,吴纶向夏贵进言:“穷寇莫追。今日我们已经大胜,可以返程了!”

夏贵道:“不错,前方离开我军阵营已经颇远,若是元军派出接应的队伍,那我们反而有可能陷入危险。”于是便传令退兵。

这一战大大鼓舞了江汉一带的将士,也提高了义军的地位。此前义军一直未曾出战,又没有得到朝廷的认可,宋军中有很多人不把义军放在眼里,而经过此战,他们对义军有了一些认同。

第一次交战之后的十多日内,阿术曾派人或强攻、或偷袭汉阳,然而始终不得前进。

当时,汉江水系发达,北部有大湖连接汉江与长江,中间亦有小关卡。元将马福便向阿术建议:“汉口防御坚固,正面进攻恐怕没有效果。不如从沦河口穿至湖中,这里水系可经阳罗堡而通往大江。”阿术道:“阳罗堡亦是关口,然而绕道汉口背后,是出奇兵了。”

禀明了伯颜之后,阿术就令马福前往阳罗堡。

夏贵听得此消息,哂笑道:“元军技穷了吗? 前次绕沙洋而取新城,这一回故伎重施,岂能让你们如愿!”原来,夏贵得知沙洋战况,扼腕之余便暗暗有所防备,早在沙芜口派兵埋伏,马福果然战败而退。

回到大帐,马福向阿术及伯颜汇报战况。伯颜细细问之,又沉吟良久,最后笑道:“塞翁失马焉知非福,马福虽然战败,我们正可施展声东击西之计!”于是,伯颜下令,“李庭率一支军围住汉阳,只围不攻,令兵士放出假消息,说是围汉阳而走汉口渡江……”

众将领命而去。夏贵见元军只围不攻,果然疑惑起来。打听到元军欲从汉口渡江,果然将精兵暗暗派往汉口以作支援。

十二月初四,伯颜得知夏贵果然移兵,乃命令阿剌罕袭击沙芜口,以多胜少。于是元军便从汉江支流转入大湖,通过沙芜口而抵达长江。初十,元军战船皆列于沙芜口,骑兵十万则在江北岸上。沙芜口地处长江以北,乃是汉口与阳罗堡中间地带的一个小关卡,从此往东穿过一片水域,便是阳罗堡——阳罗堡才是与长江相通的河口。到达此地之后,伯颜便派吕文焕诏谕劝降阳罗堡,吕文焕仍然是那一番说辞,守将王达拒绝投降。

元军不知王达兵力多少,便遣小战船千艘发动进攻。王达命弓箭手轮班待命,以火箭与普通箭矢轮番发射,严防死守,不让元军前进。伯颜见攻城不下,便与阿术商量对策。

伯颜道:"宋军善于水战,正面作战我们没有优势。但是我们必须攻下这阳罗堡,否则无法渡江。"

阿术道:"阳罗堡防守坚固,难以攻克。"

伯颜道:"青山矶往北有沙洲,名为青山峡,你今夜可以以骑兵三千,沿着北岸逆流而上,明日便可以从此处渡江而至南岸。"

阿术道:"攻城确实是下策,我们的目的本来就在于渡江,实在用不着占领一城一地。到时候,我分军船之半,循岸西上,泊于青山矶下,便可成功!"

伯颜大悦。十三日,伯颜遣阿里海牙、张弘范进攻阳罗堡。夏贵见汉阳平静无事,暗道不好,料得元军必然又走阳罗堡而入江,大呼上当,于是即刻率领所部前来救援。当日,两军交战于阳罗堡所辖的小河口,战斗甚为激烈,从下午一直持续到当天的夜里,直至半夜大雪落下,激战才逐渐停止。

3. 暗渡青山矶

在小河口战斗的同时,阿术悄悄率领一支元军,逆流而上,往青山矶方向而去。这一支军冒雪夜行,直至黎明时分,阿术于隐约中遥遥望见一片沙洲，不知深浅，于是不敢逗留，命令所率船队径直往南岸而去。然而元军刚刚进入沙洲地界，便落入陷阱中。原来，江万载义军屯兵所在的青石矶，正是阿术原计划的渡江之处，当日程鹏飞正欲率军前往阳罗堡助战，因风雪而阻，便在青石矶与江万载合军一处。听闻哨兵来报，元军已经有战船渡江，不由得大惊。

程鹏飞道："元军不顾天时而作战，必有所恃重，咱们须得小心。"

江万载道："不妨，一则元军为渡江而夜行，船上必然装备登岸的骑兵，这样船只吃水便深，不利于灵活机动；二则我们知道消息虽然晚，但是以逸待劳，而且人数数倍于元军，赢面更大！"

程鹏飞深以为然，便与江万载一同率军前往阻击元军。阿术亦派出史格出战，那史格作战勇猛，虽智谋不足，但有蛮力。

江万载见对方战船果然吃水深，便与程鹏飞计议各率战船左右夹击。

江万载令车船出战，那车船比蒙古战船轻快得多，不一会便到了元军船队侧翼。江万载令弓箭手做好准备，一旦进入射程，便开始放箭。只听得一声哨响，义军这边箭矢如蝗，直直地射向蒙古战船。然而黎明时分，江上水雾甚重，吴纶观看战况不甚明朗，对江万载建议道："弓箭手视线受阻，杀敌有限，不如用投石机装上霹雳炮，以火攻为上。"

那霹雳炮乃是大宋建国的时候攻陷南唐所用的武器，发射一种可以爆炸并且具有引燃效果的大型弹丸。全国原本只有汴京的"火药窑子作"可以制作。靖康元年(1126)，金国围攻汴京的时候，那工厂中的匠人曾经造出许多"霹雳炮"来帮助李纲守卫汴京，颇见成效。靖康之难后,那火炮匠人的徒子徒孙流散江南,其中一支为鸿升船厂所收容,转行成为船厂的普通匠人。江氏等人筹募义军之时,鸿升船厂接受了义军的战船订单。那火炮匠人主动要求参与,使出浑身的本事,为义军的数艘大型战船安装投石机并制作“霹雳弹”。

江万载道:“这天气太湿冷,不知霹雳弹效果如何?”

吴纶道:“混战之时,正需要奇兵震慑敌方,霹雳弹定然有效!”

江万载下令架起投石机,此时,天已经大亮,然而视线仍然受阻。训练有素的士兵算准了距离,将弹丸稳稳地冲着元军的一艘战船射去。只听得轰隆一声,那弹丸炸开,引燃船体,许多元军士兵的身上也烧着了,在原地打滚。

此时,程鹏飞与史格也已经交手。晨风从西边刮过来,吹散了雾气。程鹏飞见状,立刻令早已准备好的弓箭手发射。元军挡了一阵箭矢之后,双方开始对射起来。等双方船队贴近,宋军又开始了跳帮作战。程鹏飞见己方处于强势,很是豪迈,拉弓瞄准史格,一箭射中史格左臂。史格当时正与跳帮的宋兵混战,以为自己中了流矢,并不在意,砍下箭杆,只留箭镞在体内。程鹏飞见一箭未能成功,于是又是一箭冲着史格而去,这一箭射中史格肩头。史格似是有所察觉,直直地望着程鹏飞的方向。程鹏飞见自己所射出的两箭都没有奏效,心有不甘,又射出第三箭,瞄准之时,正好与史格对视。这一箭直冲着史格胸口而去,史格不躲不避,竟然用手去抓那箭。那箭去势甚猛,饶是被抓,已然射入体内两寸,插在了肋骨上。史格大吼一声,双目赤红。程鹏飞三箭全中,却不见对方有所动摇,对视之际竟然生出敬佩之心,心中暗暗感慨。

此时,天际忽然传来轰隆巨响,两军都随之颤抖起来。原来义军连发三炮，有两炮打中，一炮落入水中，溅起巨大的水花。火炮将雾气炸散，江面上的局势逐渐清晰起来。元军的六艘主要战船，有两艘中了炮，其余护翼船只，亦是七零八落。阿术在后方遥遥听见火炮之声，心知不好，忙放出信号烟雾令史格后退。

此战阻击史格成功，杀敌约三百人，江万载乃与程鹏飞合兵于一处。

程鹏飞赞道："真是利器啊！"江万载则赞道："程将军箭无虚发！"二人哈哈大笑，宋军及义军诸人都觉得赢得畅快。

江万载道："史格此次退兵，必然还会卷土重来。前方沙洲，也要防止其登岸。"

程鹏飞深以为然，便欲分一支军返至沙洲以做准备。此命令刚刚发出，宋军的探子又来报："蒙古军又来了！"

江、程二人大惊，于是匆忙间摆开阵势。这时候天已大亮，雾气散去，岸芷沙汀，历历可见。长江中流上一支庞大的战船队伍井然有序地摆开阵势，将船上站着一位神采奕奕的青年将军——正是阿术。

吴纶见对方阵势颇大，心中踌躇，悄悄对江万载道："某心中略计其数，元军战船约百艘。而且其中有一种大船，腹大而吃水深，像是有双层底舱。这种双层底舱，一层深，一层浅，既可以藏士兵、武器，又可以藏战马。这种船只数量甚多，恐怕这水军中隐藏了不少骑兵，元帅请做好打算！"

江万载略略点头，对程鹏飞道："为今之计，只有在中流作战，万万不可让元军登陆。若是元军渡江成功，汉鄂之地便犹如其盘中餐！"

程鹏飞道："江元帅所言极是，此番必须拦住蒙古人！"

江万载道:“不如仍然分作两翼,从左右分头阻击如何?”

程鹏飞道:“正应如此!”

于是二人仍然按照先前作战的阵势分作两支,从左右各自迎上去。

阿术见状,亦将自己所部分为两拨,史格带领一支应战江万载义军,只求拖延时间,而自己则亲自带领精锐应战程鹏飞的队伍,此取田忌赛马之策也。江万载迎战史格所率一小支兵力,应对起来并不吃力,皆因在之前的战斗中,史格部受创不少,此番疲惫作战,而江万载军则损伤甚少,因此轻易占了上风。

箭雨之中,史格的肩部中了流矢。江万载以为这边轻易可以结束战斗,然后与程鹏飞合兵而战阿术。不料史格再中箭矢之后,大吼一声,身体里面的血性完全爆发,竟然越战越勇。其船上士兵见主帅悍勇,大受鼓舞,个个不要命似的战斗着。不少元军攀爬到了义军船上,有的被义军在船沿剁手而落入江中,有的成功登上义军战船,双方士兵就在船上厮杀起来。

另一边,程鹏飞遥遥望见史格中了自己三箭仍然可以带兵出战,不由得叹道:“竟然不知伤痛!”在这片刻的观战之时,又见史格再中流矢而越战越勇,心中感慨元军之勇,竟然生出胆怯之意。正在此时,忽听得一声喝问:“是你射伤我的部将吗?”程鹏飞听闻此人的声音,犹如金石,亦大声答道:“不必多言,今日必要大战一场!”

阿术仰天长啸:“哈哈,如此正好!”

程鹏飞令战船向西边驶去,以船翼相对,以便于弓箭手作战。阿术亦令战船斜斜驶过,两军交会处,一阵乱箭互相射出。程鹏飞心中紧张,不敢松懈,令弓箭手轮番射箭,一组射完,另一组便顶上。阿术估算了一下双方战船的距离，也拿了一把硬弓，瞄向程鹏飞，正与程鹏飞之前的偷袭如出一辙。程鹏飞见状大惊，侧身欲躲之时，那箭矢已然到了身前，眼睁睁看着箭矢射中自己的肩窝，只觉一阵剧烈的疼痛，身子不由得晃动起来，被身边部将扶住。阿术大喊一声："你方主将已为我所杀，还不速速退去！"宋军不知真实情况，心中动摇，手上力气便弱了。程鹏飞喘息道："快，喊，主将尚在！"说着，自己勉力站起来，举拳示意，于是宋军军心稍振。

阿术见状，随即又射一箭，程鹏飞大腿中箭，这下子再也坚持不住，不由得瘫倒在地。

阿术射箭之后，更不与宋军缠斗，此时双方已经在中流交错，阿术便令战船直接向南岸而去。

程鹏飞大喝一声："不好！快令战船靠南岸！"于是宋军立刻掉头往南岸而去，然而因掉头之势，实际上与元军形成了东西平行的状态。蒙古战船吃重，宋船轻快，竟然后发先至。到了沙洲，还未能摆开阵势，阿术亦率众登岸。双方就在沙洲上胡乱厮杀起来，蒙古战船逐渐靠岸，果然有骑兵出舱。

此时，义军亦发现不妙，李版视野最好，遥见南岸有骑兵，急忙向江万载汇报。江万载大惊，忽然领悟阿术的策略，立刻放弃与史格的缠斗，令吴纶守船，自己则率部乘快舟，也往南岸而来。

吴纶亦不敢恋战，寻思鄂州乃是最大据点，便率战船走中流水路往鄂州去了。南岸沙洲，元军靠岸的大船越来越多，船上骑兵勇不可当。宋军、义军主力以水军为主，其次步兵，于陆地上遭遇骑兵，便毫无抵抗之力。程鹏飞见元军登岸，心中焦急，勉强包扎伤口，仍登岸指挥作战。双方混战半日，宋军多有损伤，且战且退，最后退缩至沙洲以西、鄂州以东。至于江万载率义军与程鹏飞会合之时，已经过了午时。

那时候，程鹏飞身上已有七处伤口，不能行走，江万载心中痛惜不已。元军的骑兵已然集结起来，眼看青石矶守不住了。

程鹏飞见江万载来援，双目热泪，大呼："子玖！南岸守不住了！"

江万载亦悲痛不已，又劝住程鹏飞，道："青石矶既失，不如就退回鄂州。鄂州守住一日，蒙古人就不敢直接南下，否则必将腹背受敌。程将军万万打起精神来！"

程鹏飞清醒过来，点头道："不错，为今之计，一定要固守鄂州！"

于是宋军、义军各自收拾散兵，合为一处，从陆路往鄂州而去。

阿术既登青石矶，又获得了宋军战败留在此地的战船，心中畅快，令人将战船列成浮桥，浮桥连接沙洲，直接通到长江南岸的陆地。伯颜收到阿术的捷报，大喜，于是全军尽出，攻打阳罗堡。

阳罗堡中，夏贵听闻阿术渡江，大惊，对阳罗堡守将王达道："元军刚刚登陆南岸，必然没有稳妥扎寨，我要领军偷袭，必要让阿术的渡江无功而返，这里就交给你了。"

于是夏贵率领麾下三百艘战船，渡至南岸。当时冬日，南岸多是干枯茂密的芦苇，夏贵纵火烧之并上岸掠杀。

与此同时，阳罗堡也在激战。伯颜派出全军精锐必要在当日拿下阳罗堡，而阳罗堡守将王达、定海水军统制刘成抵挡不住，又坚决不投降、不逃跑，双方死战，从早到晚。王达、刘成以及城中所有士兵约八千人，最终战死。双方死战之时，夏贵得到消息，便又要去救援，部将劝阻道："元军数倍于阳罗堡士兵，南岸既失，元军对阳罗堡可谓势在必得。我们若去，杯水车薪，以卵击石，实在不划算。不如往下游庐州去，庐州亦是江防重镇，在彼处做好打算胜过此时扑火啊！”

夏贵叹道：“此言甚是！”于是令部下掠杀之后，径直顺水往庐州而去。

撤至鄂州，江万载等人终于得以喘息。阳罗堡失守的消息传来，鄂州诸将颇为震动，汉阳亦然。当时，朱禩孙所率游击军也得到阳罗堡失守的消息，寻思连夏贵都往庐州去了，江鄂之地，恐怕难守，于是也率军连夜奔江陵而去。

吴纶略知军情，献策江万载道：“鄂州亦凶险了！我们义军建立，没有用朝廷一份粮草、一两银钱，若是在此陷于绝境，岂不是死得冤枉？趁着大战间隙，我们不如就此离去，方为保全义军之策。”

江万载道：“你考虑得有些道理，只是就这样去了，却是不顾大义了！”

吴纶着急道：“元帅，不可犹豫！此去鄱阳湖，正是顺水，不过数日行程而已。”

江万载略一思忖，道：“南岸元军虽然登陆，然而听说夏贵掠杀，给元军造成不少麻烦，我们可顺水而击南岸之元军！”

于是江万载前去探望受伤的程鹏飞，告之离去之意。

程鹏飞叹道：“我为一城守将，不可擅离，你为义军，自然不必拘泥。鄂州情势危急，实在是天命啊！”

江万载望着面色苍白的程鹏飞，道：“程将军为国出力而受伤，已然尽力，无愧于心就好。”

程鹏飞虚弱地眨眼，道：“我要赠船给你，虽然不合大宋法度，但也顾不得了。你不要推辞，若是落到蒙古人的手里，这些大宋匠人的心血，难道要以此来攻打大宋吗？”

江万载内心震动，除了感激程鹏飞的馈赠之外，亦感慨于他对整个战局乃至于宋廷的灰心之意。欲要安慰，又不知道该说什么，最后对他保证道："江某必让所得战船发挥作用。"

当日，江万载便率领义军从中流顺水而下，途中经过青石矶，吴纶建议："此处可用投石机投射火油、火箭，以为骚扰！"

江万载从其言，义军得令，直接将火油、火箭一股脑儿地往南岸的浮桥及帐篷投去。元军见一支战船靠近，不知是何方军队，刚刚报给阿术，尚未来得及反应，就被一阵火攻弄得慌乱起来。

阿术忙令部将安抚士兵并组织灭火事宜，又亲自带领数人，前往查看。然而等到他们登船时，却见这一船队又渐渐远去了。

阿术知道这是宋军骚扰，虽然烦恼，但是因为没有士兵伤亡，所以也不计较。

不出两日，汉阳知军情不妙，便以城降元。汉阳本为鄂州的屏障，汉阳既然投降了，鄂州也成了孤城。吕文焕便前往招降鄂州守将张宴然、都统程鹏飞，道："你们所依靠的，乃是江淮之地。然而现在元军渡江，如蹈平地。鄂州已成孤城，若不投降，还有什么出路吗？"

程鹏飞对张宴然说："实在没有其他的路了。既然守不住，为了这全城百姓免于屠城之祸，降了吧！"于是二人献城投降。

五、止水忠魂

1. 守饶州

咸淳十年(1274)末。

鄂州之战结束后,从战火中逃脱出来的几支宋军,皆往下游而去,有的去了金陵,有的到了芜湖。此时,兴国、南康、江州等都已经投降了蒙古。

江万载率领义军,往饶州而来。

饶州知州唐震听说义军重返饶州,大喜过望,这两日里日日遣人往水门处观望。听兵丁报告说远远望见大船了,唐震急急忙忙地赶至水门。

只见水雾弥漫之间,一艘高大的车船当先破雾而来,船上高大的桅杆上,旗帜微微晃动。在其身后,还有大大小小数十艘战船的身影,影影绰绰,望上去不知道到底有多少。唐震神情激动,嘴里喃喃道:“这回可有救了!”

江万载下船,唐震上前迎接。江万载便令船队驻扎在城门外,水寨环绕饶州西门。

大帐之中,江万载与唐震对坐。唐震对江万载行礼,道:“江元帅率兵到此，正好解我饶州之危。江元帅为大宋有此盛举，饶州百姓、大宋子民还有朝廷，都将感激不尽！”

江万载摆摆手，真诚地说：“元军压境，身为大宋子民，必须勠力向前，否则终有一日成为他人之奴。现在元军大兵压境，我义军自然义不容辞。更何况饶州乃是要冲，家兄之前决定定居在饶州，就是希望能够率领义军在此地困住元军，使其不得顺流而下。”

唐震面色凝重，道：“江丞相为国出力，真是鞠躬尽瘁。我前日去探望，与江丞相交谈多时，大为受益。只是江丞相年岁已高，定要保重身体才是。再说这水寨，窃以为不如北移稍许。元军若入侵，有南方、东方水路可行。饶州一城，守住了元军南下的路，可是这东边的水路，防守恐怕略有些薄弱。”

伯颜军中主将营帐。

“报大将军，有军情！”洪亮的声音传来，一个神色肃穆的牙将进入营帐。

“说来！”伯颜站在长案后，面对行军图，不动声色。

“江万载的水军如今已复入鄱阳湖，往饶州而去。”顿了一下，牙将接着说，“军中斥候来报，江万载军一入大湖如鱼得水，一改前日之乱象，颇为整肃。将军……”

伯颜慢条斯理道：“不成气候，这小鱼儿翻不出浪花来，不必在意。”

阿术在侧，道：“宋军布防工事，早有定数。只是这水军，如若穿插其中，也是颇为麻烦的。屯入大湖又如何，早晚要破了这一支军队。”

伯颜起身，双手背于身后，道：“大宋颇讲究礼义，江万载自称

‘义军’，以为得到文天祥、张世杰两处支持便有所恃，哼！宋军与江万载水军看起来互为首尾，实际仍是孤军而已，后继乏力，即便不理会，早晚也会自灭！”

阿术豪气凛然道：“将军所言甚是，但阿术仍愿领军消灭他们！”

伯颜笑问：“阿术怎么突然执着起来？”

阿术道：“大将军，汉人常道千里之堤溃于蚁穴，万万不可给他做大的机会。更何况，咱们自出兵以来，何尝有过败绩，即便是饶州，据将军说，并不是我们打不过，实在是不屑一顾，然而看起来却好似咱们真怕了那一支水军似的。我们这一番士气大涨，又岂能因为这个而泄了自己的士气，长他人志气？”

伯颜闻言，哈哈大笑道：“果然意气风发少年人也，便准了你的提议。”顿了顿，又道，“事不可鲁莽，听闻刘整与三古家族有旧情，这就先派刘整去说合一番吧。”

刘整本已得知伯颜本不与江万载为敌，还没松一口气，又接到命令，要去说降江万载。即使做多了说降这回事，刘整免不了苦笑连连。刘整与江氏族兄弟以往是很有交情的，刘整在四川军中受排挤时，在朝中多得江万里派的维护，盖因江万里知道他是有担当之人，为国家挽留人才，时时维护他。可是刘整居然降元，宋廷又诧异又愤恨。刘整知道自己已然不义，倒也无所谓，唯一惭愧的就是不但没有回报江万里维护之恩，反而陷其于不义。

既然接到命令，亦无可奈何，刘整便收拾一番并写书信告知，信中略叙温寒，并言“只叙旧情，不谈国事”。

江万载接刘整书信，便知此人是来说降的。当时其子江钰在旁，见刘整信来，张口便骂：“不忠不义之人，真是不耻与他往来！”

江万载叹息不已，虽然心中明白刘整的难处，但对其所说亦不敢苟同。江氏家族自幼受教，其子弟多重情义、轻生死，江万载亦然，大丈夫何惧一死？

时江万里、江万载二人俱在饶州。刘整既来，江万里便于厅中设宴接待。中间谈及多年情分，两人都嗟叹不已。当初那般的意气相投，如今却落到敌对阵营里面了。

二人对饮，江钰便打横相陪，坐于下首。

然而终于谈到国事，江钰原本看刘整既是前辈又如长兄，当年多么慷慨豪迈，此时居然在为蒙古人说降！年轻人喝酒之后更不能忍，于席间猛然起身，一言不发而去。

江万里犹道："少年人尚有血气也！"

刘整惭愧不言。然而江万里话音刚落，一支箭便斜刺里射过来，直直冲着刘整左胸而去。

此箭一发出，他便察觉了。于是下意识地身形一动，便欲躲开，却见人堆里一双嫉恨的眼睛——正是江钰，电光火石间，这一箭便射在了左肩膀上。

江万里大声斥道："何人放箭？"

江钰持弓上前，面有怒色道："似此等恬不知耻的人，我这一箭还算是便宜了他。"

江钰声音颇大，话音刚落，便有人叫好，还有人于起哄声中大叫"杀了他吧！"场面一时热闹起来。

刘整捂着肩膀，观江钰及其身后众人之怒色，默然不作声。

江万里举手止住众人，乃对刘整道："事已至此，想必刘将军也明白我江氏的心意了。劝降一事，再不必说起。今日已不能把酒言欢，更没有明日，君好自为之吧！"说罢便挥手送客。

自那一箭射出,刘整似有醍醐灌顶之意。返途始终默然,然而忧思更甚。

伯颜帐中,刘整详言拜访江万里一行的所见所遇,伯颜听闻,叹:“江氏心意,不能转也!”

伯颜便以刘整伤病为由,令其退出首战之列。刘整不觉叹道:“我自投奔蒙古以来,练水兵、攻襄阳、出南下之计,不可谓不出力。然而事到如今,处处又低人一等!”伤病兼忧思,刘整没多久竟然因此郁郁而终。此是后话。

当时,阿术在侧,便献策道:“既然将军想要劝降,倒不如劝降饶州地方官,那通判知州若是降了,他一个义军还能违逆了不成?”

伯颜从其言,便另派两人暗中说降饶州通判万道同、知州唐震。

万道同此人最是有心机,江氏水军到来之时,他曾笑脸相迎,以为有了援助。等到蒙古来人说降,他便又暗中准了投降之事,只待元军到,便开城门。

唐震见有人来说降,大怒道:“尔等以为我唐震是贪生怕死、不忠不义的小人么!”说罢,亲手斩杀了来使。唐震忽而想到,既然有人来说降于我,说不定也有人说降于万道同,虽然自己与万道同并不投契,但也并不交恶,想来在投降这种大事上面,还是能达成一致的。想毕,唐震便连夜往万道同处而去,欲告知万道同蒙古来劝降一事并遣人往江万载处报信,以为警醒也。

万道同见唐震颇为愤怒,劈头便问:“唐大人今夜是否见了蒙古说降之人?”还未等唐震回答,万道同又道,“那蒙古说降江丞相不成,竟然夜里来访于我!哼!我万道同已将来人扫地出门了!”

唐震闻言，心下大定，乃道："吾处亦来人劝降，已被我斩杀了！"

二人相视，哈哈大笑。

唐震问道："万大人有何打算？"

万道同道："我饶州城有水军数万，元军仓促间必不敢来，如果来了，便宜行事即可。"

唐震道："还需时时联系江丞相！"

万道同道："甚是！我这就命人前去告知！"

江万载处，见二人皆来报信，以为元军尚在部署，便休息去了。还没打个盹，便听到喧哗声："报！蒙古大军已破城，万大人投降，开了城门！"

江万载闻言惊呼："什么？"旋即明白是哪里出了错，咬牙道，"好个万道同！"江万载急急下令："传令水军，依前次布防，各守门户，截断回返之水道……"

当时的形势，江氏水军皆驻扎在城外大湖，可没想到元军竟然在船底装摇橹——如此行船便没有声音，夜里行军，穿过布防而至饶州城。领军将领正是阿术，穿过布防时耻笑道："这等布防，处处是漏洞，哈哈！"小将提醒道："将军，大声言语恐惊了守军。"

阿术道："怕什么，守军已在我们身后了！"

元军便这样到了饶州城下，万道同开了城门，元军便长驱直入。唐震得到消息，急忙组织抵御并往江万里、江万载处报信，但是已经来不及了。

阿术抓住唐震说："江州诸郡已降，唐知州想来都已知道了，今日便请唐知州也写一份降书吧！"

唐震大怒，掷笔于地，骂声不止。

阿术见唐震如此刚烈,命令道:“就于街市中杀了吧!”

江万载收到斥候所报之后,又收到唐震的报信,问及来人“唐大人现在何处,情状如何?”来人哭道:“唐大人率领一小队人与元军战于街巷,只怕凶多吉少……”话音刚落,又有斥候来报:“唐大人已死,尸首悬挂于城门!”

江万载站起身来,只觉目眦尽裂。忽而又想到兄长江万里,此时正在饶州城中,头顶犹如一盆冰水倒下!

2. 止水之殉

饶州城破,元军照例抢掠一番,处处鸡飞狗跳、哭爹喊娘,随处可闻撕心裂肺的哭声和女子的尖叫。

芝山止水池,又是另一番景象。江氏家族名声在外,阿术循声而来,轻易便破门而入,江氏家族无论老小皆被驱赶至一处。

阿术看了许久,见不到江氏族人有一丝惧怕、卑微的神色,不由得觉得非常无趣,于是下令道:“随便杀。”说完转身欲走。

江氏族人虽不多,却抱定了必死的决心,与元兵搏斗起来。

一片混乱之中,华训护着江万里渐渐行至止水池旁。

江万里靠着华训,喘息道:“我年岁已高,不争这人间岁月了。我之一死,愿令更多宋人同心同德,血性抗敌,便算是死得其所了。”说着,江万里喘息得更厉害了,眼前也似乎模糊起来。

江万里将一物交到华训手中,眼神热切地看着华训道:“此乃信物,持此信物可调配大湖西路的水军,可与吾弟万载互为呼应。”

华训听闻江万里这番话,不知道该如何回答。

与此同时,江万里忽然仰天长叹一声,跃入水中。江万里有意求死,一跳下去,便不见了人影。见族长如此情状,江氏族人哭声连起，竟纷纷往水里跃去。

别说华训，就连楚宁也看呆了。蒙古兵士更是傻了眼，不知这些人为何跳入水里。

楚宁突然反应过来，此情此景虽然令人震撼，然而这可不是发呆的时候！看着满脸泪水的师妹，楚宁咬咬牙，搂住师妹，深吸一口气，往水中一跃而入！

冬天的水冰冷刺骨，华训一入水中，便被刺激得清醒了过来。

在此之前，华训虽然入江湖数年，却甚少取人性命。今日目睹了蒙古人视宋人为草芥、杀人如割草的兽行，受到了极大的冲击。又因为她平日里与江氏族人相处甚好，不想这些人一日之间竟然全部遭难，心里大受打击，一时间失了神智，连楚宁数次喊她也没有听见。等到被冰水一激，于水中见师兄焦急的神色，连忙伸手去抓师兄的手臂，这才发觉自己的手心里还有一物——正是江万里死前所遗的信物。于是改伸手为划水，将东西收入腰间口袋，然后冲着楚宁摇摇头，示意自己没事。

止水池早被鲜血染成了红色，楚宁看不清华训的动作，于是便游到华训身边，用手指了一个方向，华训细细一感知，正是水流的方向，于是便沿着楚宁所指方向游去。

潜游了一刻钟，楚宁见水面不再有人影出现，便略略上浮，面朝上只露出口鼻，观察岸上情况。岸边是一大片黄草地，元军已经在身后远处了。

华训一日之内遭遇大变，心神震动。往日只听得文天祥讲述“忠、义、节、烈”，也常常动容，受到鼓舞，但是经历这巨变，才深深体会到“忠、义、节、烈”这四个看起来无比光鲜和荣耀的字，背后全是鲜血与生命。思及此，挂在脸颊的泪也干了，抱膝坐着，怔怔发起呆来。

二人歇息一会便要出发，不过一两个时辰就到了江万载的水寨，其时天色尚未晚。

江万载当时调配已毕，水军正将元军呈三面包围之势围在了饶州城。那饶州三面临水，背靠大山，原是易守难攻之地。江万载的义军既擅长水战，又没有急着发动进攻。于是两军陷入对峙。

江万载见了兄长信物，心中悲痛不已，连呼数声："兄长！兄长！"

楚宁道："止水池边三古家族不论老幼妇孺凡在家者，或战死，或投水而亡，没有一个投降、后退的……"

江万载听闻自己的子侄辈在此役中凋零大半，心中大痛，激愤之下吐出一口血。

华训在侧，立刻扶住，江钰亦大惊，还来不及悲痛，立刻大喊："来人，寻大夫来！"

过了一会儿，江万载捂着胸口慢慢地缓了过来，待见到面前江钰泪流满面，心中又是一痛，发出一声低沉的悲叹，落下两行热泪。

楚宁缓缓道："丞相死前未了心愿，乃是壮大水军，保护我大宋江山，想必三古家族英烈皆是如此，因此才宁为玉碎。此番大任皆落于江大人身上了！现下饶州对峙之势已成，请江大人早作定夺，以免生灵涂炭。宁虽不才，亦愿为驱使。"

江万载终于是缓了过来，见华训所携兵符，摩挲一会儿，慢慢收泪道："水军建成后，人数众多，终于引起朝廷关注。然而奸相竟然以势大为由，勒令瓦解。于是吾兄便将水军一分为二，一部分便是现在我手上这一支鄱阳湖水军。另一支，总人数在一两万人之间，原本是各处水寨水匪或者是山野好汉，朝廷下令之后，兄长便与他们约定化整为零并将零星而来的投军者都就近编入其中。这兵符，与江氏子侄手中所持者合二为一，便可调动水军。”

众人都不知道这事，连江钰也瞪大了眼睛。江万载道：“既然是托付给宋瑞，便请华训姑娘将此符带走吧！”

华训将符收起，略作休息，便与楚宁连夜往潭州而去。

潭州与饶州路程有千里之遥，因长江沿线大多数城防已经沦陷且蒙古兵处处可见，楚宁与华训便走西南取道隆兴，然后折往西方。如此便多了些路程，两人寻驿站选了好马，千辛万苦方才到达潭州。

自鄂州之战后，坏消息太多，文天祥日夜揪心，最怕听到义军的噩耗。因此这些日子文天祥夜不能寐，经常和衣而卧。这时候听说华训二人连夜赶来，心知必定是义军出了大变故。

3. 造势

文天祥一边揣测着，一边料想战事未必一败涂地，甚至存了一丝侥幸，希望听到一两个好消息。

然而军事形势总是瞬息万变，令他做梦也没有想到的是，江万里及其家族竟遭遇大祸，几乎灭门。华训见文天祥衣带宽松地疾步出来，心中酸涩不已，痛声道：“先生，华训有辱使命！”说罢便跪下，泪珠子成串地掉下来。

楚宁将江氏家族的遭遇一一讲述了。

说到江万里临终遗言时，华训终于默默收了眼泪，将兵符放在文天祥手心里。

文天祥乍一听闻此消息，已然惊呆，说不出话来。突然手中多了一个温润光滑的物件，低头一看，是一个黑色兵符，上面隐隐雕刻着暗纹，古朴威严。

想到老师的整个家族几乎都灭亡了，文天祥哭号起来。文天祥哭了又哭，华训不知该如何劝，唯有陪着再次垂泪。

欧阳氏见夫君涕泪纵横，便忍不住也流泪了，慢慢地将夫君扶了起来。

楚宁对欧阳氏说："师妹伤心已极，这一路来多有饥寒，请夫人为师妹安置。"

欧阳氏道："正该如此！"便令家人带华训、楚宁二人休息，又转身劝道，"夫君，且保重。即便事不顺遂，还需要夫君你力挽狂澜呢。"说罢见文天祥仍在垂泪，手中紧紧攥着兵符，便也不顾家人奴仆皆在跟前，半跪着低下身去，轻轻地将文天祥的手握起来。

三古家族集体投水之事传回元军营地，伯颜、阿术、阿里海牙、塔出等元军将领无不动容。

伯颜赞叹道："若是宋人都将此节烈精神用来抵抗我们，我们打下宋国更要增加多少阻力！这些人一片忠心为宋廷，可谓光照千古！"

阿术左手摸摸右手的手腕，毫不在意地说："可惜死也白死，倒不如上了前线，还能拼杀一场！哼，投水自尽也算他们识趣，免得咱蒙古士兵下手了！"

塔出亦言："热血之士有热血之心当战死沙场，自杀又是为何？"

伯颜道："此乃汉人的忠义精神，舍身成仁也！此事一出，免不了有激愤志士抱成团，一致对外。"

塔出哈哈大笑："激愤志士受了刺激，再去投水，倒免得咱们动手了，反正江南水多！哈哈！"

伯颜、阿术等人一起大笑起来。

伯颜挥挥胳膊道："好了，商量正事。江万里既死，鄱阳湖水军便落入江万载和文天祥手中。此二人虽不足惧，这水军却比宋廷的军队难对付，咱们必须迅速东进，不可耽搁于此。"

阿术道："并非咱们一定要与那水军对峙。可大军东进，必得没有后顾之忧才好。"

伯颜道："正是如此，但缠斗不是上策。我有一法子，可以兵不血刃收服水军。江万载不受宋廷待见，焉知水军与宋廷没有嫌隙？既然如此，我们不如也学学汉人，先下令优恤江氏家族及其他殉难者的后人，令生者感恩，如此便可携恩以招降江万载，诸君以为如何？"

阿术和塔出皆大喜道："此法甚好。"

阿术道："虽不能痛快一打，然而这却是'不战而屈人之兵'！"

伯颜笑道："阿术，最近兵法读得甚好！"说着抬头拈须，却看见吕文焕蹙眉不言立在一旁，便问，"吕大人最了解江南汉人，对此法子可有意见？"

吕文焕心下矛盾：招降江万载的法子，若是可行，倒是能保下不少汉人性命；可江万载和他哥哥一样，都是认准了道走到底的人，未必会答应。到时候惹恼了伯颜，恐怕元军杀戮更重，甚至有屠城之祸，那时反倒不如不招降的好！但若是不招降，两军早晚也是要对垒的，不知事态又将如何。

忽听得伯颜问话，吕文焕便说："江万载此人颇为顽固，怕是不容易招降啊！"

伯颜道:“无妨无妨,这个法子成有益,不成亦无损。两军战事已久,不在乎多一场少一场战斗。”

饶州城外,水军大营。远远看去,大营中一片白色。

书房的地上纸屑数片,门外的小童却不敢进来打扫。“茶水该凉了。”小童心想,于是转身去了隔壁的茶水房,重新端上茶来。

粗重的呼吸声逐渐平缓下来。一位身着素白衣裳的中年男子,表情疲惫,立在窗前,一手抚胸,一手背于身后。

小童轻手轻脚的,将茶水换下时悄悄抬眼瞄向男子,便看到一张坚毅和威严的脸,可是嘴巴干裂,眼睛里也充满了血丝。

小童赶紧屏住呼吸,小碎步倒退着出了书房,然后才呼出一口气来。

文天祥叹了一口气,打破了沉默,道:“江师叔不必着急,这蒙古人虽然发檄文招降,但是咱们必定是不降的。学生这次见大人,不只是将此招降表带来给大人看。咱们水军壮大,蒙古人未必不忌惮。只是蒙古人也学会了先礼后兵这一招,不知道又有什么后招啊!”

江万载道:“家兄率族人投水之举,犹在昨日,我怎可能被元人招降了去!蒙古人简直是妄想!”

文天祥忧心道:“那伯颜许诺优恤死者亲属,却是为了收买人心啊!只怕有人被蒙蔽,那伯颜便有机可乘了!”

江万载道:“若是被这小恩惠迷了眼,枉为我大宋子民了!”说罢看了眼文天祥,“蒙古人想法天真,你又何必担心!所谓携恩图报,不过是妄言罢了,蒙古人何尝有恩惠于大宋了?哼!”

文天祥放下心来道:“蒙古人这次大肆写招降表,弄得天下皆知，说不定还是咱们的机缘了。”

江万载靠窗子坐下，目视文天祥道：“贤侄有话请直说。”

文天祥镇定道：“既然降表传于天下，那么朝廷一定也看到了。”

江万载皱眉道：“不错，那群嫉贤妒能的家伙，不知道又要生出什么事来！唉！”

“招降表既然流传，先师及三古家族事迹必定要先为人知，否则招降之说从何而来呢？我计议联系张世杰，备说饶州人士英勇壮烈，以激励天下英雄义士，同时上表为水军正名，这样便可与朝廷大军互为策应，如何？”

“这是要造势。”

“既是造势，也是借势。”

“此法可行，若是得到朝廷支援，水军何至于举步维艰呢！”

“我这就写信！”说罢文天祥便唤小童磨墨，其信略曰：“先丞相江万里及三古家族事迹如下：……其忠烈感天动地，可上达天听也！并请世杰兄广为散布，以传故事……”

不出三日，张世杰回信便到了：“宋瑞与我可分头上表，多派使者……另外，故事既广传，吾派兵助水军收复饶州，以为如何？”江万载闻讯大喜。

张世杰决定派兵帮助江万载再度收复饶州，为江万里造势。计议不过三五日工夫，为防止上表被截，张世杰与文天祥派出一明一暗两路使者，马蹄腾腾，往临安而去。

与此同时，江万载与张世杰合兵，将水军再次集结，就在饶州城外绕水筑寨。江万载整兵颇有法度，饶州元军在城墙上居高临下，只见全军缟素，面带悲愤之色的不少，盖因其家属亲朋多有死于蒙古人之手者。守将史格见此军容，暗暗赞叹，一面立刻遣人送信给阿术，一面命兵士各司其职，不可妄动。阿术接到信之后，略一思索，便下令能守则守，不能守则撤。史格看了信，心底虽疑惑前番费劲得来的城池难道又要放弃了，但还是遵令而去。

阿术为史格解惑道："大军只往临安，分兵不妥。临安若降，水军不过草芥也。"

当时江万载、张世杰水军集结完毕，便分左、中、右路进攻。史格于城墙上观望时，见水军旌旗分明，每船配有步兵、弓箭手、旗手、擂鼓者，总计数百人。船首有吹号角者，号角声响起，那船队便呈扇形展开，向着城边疾驰而来。于是史格便令人放箭，江氏水军中有用盾牌挡的，也有中箭受伤的，然而船速不减，直接来到城下。原来饶州周围水路纵横，护城河便与好几条水路相连，于是便有大船不知道从哪里冒出来似的出现在饶州城周围。史格只顾看着城门前的水域，待发现的时候，却见水域的三面已经被包围了，只有靠山的那一面尚没有动静。

待部下报告的时候，史格反应过来，若是再等待一时，宋军上岸，从两翼包抄到后方，岂不是腹背受敌？于是史格下令弃城撤退。义军的包围圈恰恰像是一个口袋，史格便从那口袋没有合拢的地方撤离了。江万载、张世杰二人收复饶州城，心中悲喜交加。

水军将士受此胜利精神大振，便以为蒙古人不过是纸老虎，竟然有醉酒当歌者。江万载以为这是江湖人的性情，并不以为意。

六、似道被贬

1. 临安召

宫中最近流行的谈资是非常振奋人心的。

在文天祥、张世杰等人的着力宣传以及蒙古人暗中推波助澜之下，江万里、江万载等人的事迹终于在大宋民间和朝廷都传播开，举国震惊，民间和军中很多人都大受鼓舞。陈宜中一派此次未能封锁消息，只得眼睁睁地看着江氏的事迹被人传诵。后来，事情愈演愈烈，连皇宫内院的人们也受到了饶州之战的鼓舞，直把江氏的水军当作救世的神兵。

当年度宗赵禥在八月里薨逝，只有三岁的赵㬎即位。因度宗的全皇后不善于政务，朝中大臣便推举理宗赵昀的皇后、度宗时期的皇太后、现在的太皇太后谢道清统摄政事。

一名意气风发的官员，手持笏板，小步急匆匆地往前走着。这名官员正是陈宜中，他面带喜色，一边走着，一边在口中默默念叨，腹稿不知道打了多少遍。

进殿，行礼毕，他便以一种兴奋的语调开始说话："臣前来向太皇太后汇报饶州战事！"

谢道清刚执政没多久，便传来饶州之战的胜利和三古家族毁家纾难的事迹。她相信这是一个好的征兆。听见陈宜中来汇报此事，不由得精神振奋起来，道："哀家早前听闻捷报，已是欣喜，却不知道详情。你来跟我说说，正好，也看看朝廷该给这些民间义士一个什么嘉奖才好。"

陈宜中以平稳且略带兴奋的语调说："江氏家族本来就是望族，数代耕读传家，出了很多读书人，也有为官者如先丞相江万里大人。"说着，陈宜中往虚空中拱了拱手，以表示对前辈的尊敬，"江大人在位之时，就是贤明的长者、清流的领袖；致仕之后适逢蒙古大军压境，边境危急，江丞相便以家族之力并说通当地官员，招募水军以保大宋江山，这就是那民间义军的由来。"

太皇太后道："你说的这些，我都知道。那文天祥正是江万里的学生，在潭州经营，给江万里提供了不少便利。"

"二者互为支援，这才有了那民间义军的壮大，也才有了后面的胜利。听闻在此之前江丞相已经在饶州芝山凿水池，以'止水'为名，正为明志。后来饶州有难，蒙古兵入侵，江丞相率三古家族举家以身殉国，生死都要做大宋的子民啊！江氏家族原本乃枝繁叶茂的百年大族，这一次全族殉难，其家族的忠贞之心，由此可见啊！江丞相殉国之后，其弟江万载于悲愤中发力，全军缟素，将士上下一心，击退了侵占饶州的蒙古兵！现在江万载率领残余的江氏子弟与义军，正驻扎在饶州城。"

太皇太后听了陈宜中的一番话后，非常感动。

近两年来，陈宜中渐渐掌握了实权，特别是任参知政事以后，朝中大事也逐渐倚重他来决策，太皇太后也很看重他的意见。

陈宜中于是就问太皇太后，对江氏家族有何奖励。

太皇太后说:“大宋有这样的子民,哀家真是非常感动。他们如此有报国之心,朝廷怎么能不予以嘉奖呢?”转而对身边长吏下诏,“拟诏,江万载文武双全,忠义彪炳,实是大宋的栋梁,即日起便任礼部尚书并殿前都指挥使的职位。”

陈宜中深思熟虑地说:“虽有张世杰的增援,然而江氏此番最值得嘉奖。我听说他的义军里很多幸存的家人子弟,不如加封其家族子弟以武将官职,表明朝廷支持招募义军并且维护江氏的兵权,以鼓励他们奋进。如何?”

太皇太后闻讯大喜,当即下了诏令,道:“眼下,蒙古大军正向临安推进。既然有这么一支生力军,不如就命他们入卫临安吧。”

这一日,谢道清对江氏家族连下三道诏令,这三道诏令使得三古家族的事迹名扬天下。

众人都说太皇太后如此重视这义军,看来是有坚定的决心来抵抗蒙古啊。

然而远在饶州的江万载却没有那么乐观。走在江堤上,望着水上陈列的战船,他对身边穿着白衣的江钰说:“朝廷诏令下来,任命我为殿前都指挥使,令我心中亦喜亦忧。”

“父亲与伯父经营义军,是为了御敌报国,这一次得到朝廷的嘉奖,咱们的水军正好名正言顺了,您又有何担忧呢?”

“义军投入临安,从此便不能自由调配。朝廷把义军当作抵御北边的屏障,而我担心义军从此成了朝廷的缓冲带,未来的替罪羊。”

“不至于此吧!”江钰惊讶道。

“你看饶州,这是咱们刚刚收复的城池。可朝廷并不珍惜这城池,朝廷珍惜的是临安城。可没有天下,哪有临安的繁华呢?”

“父亲不是曾经教导我，先有国后有家吗？在孩儿看来，若是固守饶州一地，就无法驱除蒙古人了。”

“钰儿说得很有道理，我也是希望咱们大宋能够节节胜利，早日收复河山。我已下令整顿军务，不日便要起程往临安，这次你就不要跟着我了。”

“为何？”江钰急道。

江万载摆摆手道：“我将带走的是饶州的水军，这是你伯父最早操练的一支队伍。后来陆续招纳的士兵，尚未操练成型，所以没能投入战斗。我命你与吴纶带领精锐百人，往潭州文天祥那里去，协助他操练后来招纳的那一支义军。”

江钰顿时觉得热血沸腾起来，肩膀上也有了巨大的责任，道：“钰儿定不辱命！”

然而江万载入卫临安、张世杰回兵赣州后，饶州便成了空城，蒙古不过派了一小支军队，就将饶州又占领了。文天祥、张世杰等人因为各自有守城的责任，并不能轻易出兵救援，以防失了潭州、赣州。

文天祥见江钰、吴纶前来，喜不自禁，对江钰说：“义军正是用人之时，你来我这里，真是令咱们义军如虎添翼啊！”

2. 淮右失

度宗很快被人遗忘了。自那年九月起，宋元两国的战争像是铆足了劲儿似的一场接着一场，蒙古人屡战屡进，宋人且战且退，眼看着战火一步步地深入大宋领地。宫廷里的白幡虽然没有撤掉，但是宫女们谈论和害怕的不再是度宗的鬼魂半夜回来缠住了谁，而是元军又打到了谁的家乡。国祸已至，连深宫里的宫女都忧心起来。目睹了元军的屠杀恶行，长江沿线的不少大家族、富户往南边迁了又迁。特别是自饶州失而复得、得而复失之后，人心动荡得更加厉害。长江下游，唯有扬州、临安两城的人们稍存侥幸之心，前者是因为扬州四面环水，易守难攻，而且守将李庭芝有些本事，将扬州城守卫得妥妥的，后者是因为身处都城，哪里也不如天子脚下安全吧！

咸淳十年(1274)十二月，群臣上书要求贾似道出师，总督诸路兵马。于是，贾似道设都督府于临安，以孙虎臣总统军事，黄万石参赞军事，发国库金银为都督府所用。

在人心惶惶中，新的一年到来了。新春的到来并没有扫除宋廷的晦气，因元军的脚步并不因为过年而暂时停止。在吕文焕等人的说降下，黄州、蕲州、江州、安庆等地皆望风而降。一是因为鄂州既失，人心惶惶；二是沿江州郡的大部分守将皆为吕文德、吕文焕两兄弟的部下，见吕文焕来说降，心中动摇。于是，元军乃下江淮，进逼临安。

正月，贾似道终于调集各路精兵共计十三万人，其中光是装载金帛、辎重的船只就望不到头。蕲州降元的消息传来，贾似道大惊，乃以亲信韩震为殿帅，总领禁军，出兵安吉州，自己率大军由新安江进入芜湖地界，遣人往江州命令吕师夔与元军议和，却不知吕师夔已经投降了。贾似道等不到回复，又下新的命令，一方面以汪立信为江淮讨招使，就建康府库募兵，另一方面又将以往俘虏的元军士兵送还，一起送去的还有荔枝、黄柑等新鲜水果，以此作为议和的试探。

见了来使，伯颜毫不掩饰地讥讽道："贾相此次可是真为求和而来？可有宋廷官文？万勿重蹈覆辙！"

此言乃是讥讽贾似道前年曾以求和为缓兵借口，签了求和协议，然后翻脸不认账，既不纳贡也不割地。后来蒙古人了解到，贾似道求和竟然是背着宋廷进行的。蒙古人得此结果，皆瞠目结舌，议和之后已然退兵还地，因此吃了个哑巴亏。宋廷咬死不认账，蒙古人谁也不知道这是贾似道的胆大妄为还是宋廷指使贾似道的赖账之举。

因此伯颜此话一出，使者只好默然不作声。

阿术则对伯颜道："宋人向来不守信义，无论如何我们都得出击。如果这时候避而不战，那么我们之前数月招降的那些州郡，恐怕也难以守住了。"

伯颜深以为然，于是书信一封给贾似道，信中称："要说元军尚未渡江，议和入贡尚且有可能；现在沿江诸郡都已经降元，这时候提出议和，还有多少诚意呢？若是诚心想要议和，请亲自前来！"贾似道收到这封书信，犹豫了好几日，而元军已经马不停蹄地遣军攻池州而去，池州知州王起宗逃走，都统张林则打开了城门。

至此，最后一丝议和的希望也没有了。贾似道见池州已经投降，便把精锐骑兵万人都拨给了孙虎臣。当时，宋军的兵力被分为三支，一是孙虎臣所率主力，驻扎在池州下游的丁家洲；二是庐州夏贵所率战船共计两千五百余艘，横亘于大江中；三是贾似道自领后军，驻扎于芜湖西南、长江南岸的鲁港。

伯颜遣人探得宋军的驻扎之地，大笑着对阿术说："宋军人数虽多，却无良将，吾当以计谋胜之！"

伯颜乃命人造大木筏，上面覆盖了许多茅草等易燃之物，又命塔出监督造工，却不必保密。孙虎臣得知元军建造茅草筏子，心中暗暗警惕，于是下令宋军日夜严防。宋军的探子日日回报，得知元军的茅草筏子越来越多，却探不到关于火攻的其他消息，只得更加严密地防备着。如此过了数日，孙虎臣仍然不敢放松，宋军中皆谣传元军某日或将火攻，人人睡不安稳。

正月二十一日寅时，伯颜登船，见西风刮起，自语道："是时候了！"于是元军诸将得令，从陆地、水面向宋军冲击；又命江中大船架起巨炮，向宋军发射，宋军战船被击中而损坏的不在少数。宋军连日以来身心疲惫且准备不及，被冲击得七零八落。宋军战船有的很快下沉，船上的水军纷纷跳入水里，有的被沉船的旋涡卷入水底，再漂上来的时候，已经是浮尸。

江面上，一片尖叫与哀号声。

孙虎臣之妾室随在军中，见双方水军混战，而元军近在咫尺，惊惧不已，哭喊着叫道："孙郎！孙郎！"孙虎臣于是露出破绽，急往其妾所乘船只而去。元将也不追击，大喊："孙郎逃走！孙郎逃走！"夏贵见形势不对，情况难以控制，于是亦向下游而走。贾似道遣人来问夏贵战况，夏贵只说："敌众我寡，支持不住了！"说罢，急急而去。贾似道闻言，错愕不已。阿术见宋军已经没了章法，于是乘胜追击，只见大江之上，到处是宋军战船的残骸以及士兵的尸体。江水泛红，带着浓重的血腥味，元军疯狂地杀戮着，宋军亡者，不计其数；元军所获的军备器械，亦不计其数。

贾似道、夏贵、孙虎臣三人先后逃至金沙，贾似道大哭道："我军士兵，都不拼命！这可怎么办啊？"哭罢抬头望着夏贵。夏贵道："我军经此一战，已经吓破了胆子，哪里还能战斗！只有扬州李庭芝可以收编溃兵，而我，必死守淮右！"

当夜，夏贵驾舟离去。

贾似道、孙虎臣二人果然往扬州去，并于二十四日上书请求宋廷迁都。

3. 太皇太后之心

不多久,宋廷便收到丁家洲大败,贾似道与孙虎臣逃至扬州的消息。这些军情传到临安,太皇太后谢氏又惊又怒。

自从两方开战以来,太皇太后便觉得日子难过起来。她自问也是经过一些大风大浪的,中年丧夫、扶持小皇帝即位、观朝听政也没有击垮她,而蒙古铁蹄的日渐迫近却让她寝食难安。

"太皇太后,陈丞相来了。"先前,陈宜中已经在朝中颇有说话的分量,自贾似道兵败丁家洲之后,朝廷之上便以陈宜中最为出色,因此太皇太后这时候召陈宜中前来商讨军事。

进来的宫女娴熟地行礼,然后递上一本文书。

太皇太后放下手中的笔,另有侍立的大宫女采玉将文书接过来。太皇太后打开文书一看,不由得脸色大变,猛地站起身来,一屋子的太监宫女齐齐下跪。太皇太后稳稳心神,缓缓道:"陈丞相现在何处?"

太皇太后威严地坐在上位,陈宜中恭敬行礼后太皇太后直接问道:"丞相可尽知前方战况?"

陈宜中忧心道:"我军胜绩甚少,元军本来野蛮,我军向来以计谋取胜,可是这次真是领兵之人不堪用!"

太皇太后不解地问:"竟然没有一点儿胜绩?不是一直说蒙古人不习水战,军情对咱们有利吗?"

陈宜中皱眉道:"太皇太后有所不知,若是蒙古军不习水战,怎能沿江一路攻下来呢!自从四川失、刘整降,蒙古人俘虏了不少能工巧匠,他们也会造船,也会划船,也会水战了……"

太皇太后以手抚额，有点疲倦地问道：“丞相，难道那元军厉害，我军就无对策了吗？不如说说得失教训并提出良策。”

陈宜中思索了一下，缓缓道：“此次丁家洲一战，非兵不利，乃是战不善！我们大宋的军队，并非没有赢过蒙古军的先例，不说数十年前的岳少保、韩少保，就说当前的文天祥、张世杰，也在潭州等地阻止了蒙古人的进攻啊，更何况这次出的都是精锐！以下官看来，实在是领兵不力之故！”

太皇太后觉得陈宜中说得非常委婉，但是已经明白了他的意思：是那不靠谱的老国舅贾似道延误了战机，于是她示意身边大宫女采玉将之前的文书拿给陈宜中看。

那文书最上面一本是贾似道的迁都奏本，余下则是群臣的一些上表，要求诛杀贾似道，以正国本。

陈宜中看完，思绪万千，面上不动声色，语气诚恳地道：“太皇太后，国本不能动摇啊！”

闻言，太皇太后思忖着，手指甲无意识地在衣襟上划着，道：“明日朝会可议此事！只是当下军情仍然紧急，丞相有何调度安排呢？”

陈宜中皱眉，道：“情况紧急，下官这时候也没有什么好主意，待与诸位同僚及将军商议后方可出计策。”

太皇太后闻言道：“明日共议此事吧。”起身往后室而去，一边走，一边低声对搀扶着她的大宫女采玉道，“采玉，你是不是奇怪，陈宜中明明是推诿不出计议，哀家为何不当面拆穿？”

采玉柔声道：“您心里自然是有打算的。”

“打算？拆穿他又有何用？眼下大宋风雨飘摇，谁能阻蒙古、保大宋，谁就是大宋的英雄！可哀家接手朝政不过数月，哪里分得清忠奸?何尝不想朝政清明呢?但眼下外患危及国本,用人哪里还有选择!不过是谁能保大宋,便用谁罢了,怎么能不低声下气……”采玉默不作声地将太皇太后扶回后宫。

二人返至太皇太后常居的宫室,只见窗户边的罗汉床上,两个衣着精致的小童正在嬉戏,旁边大宫女正用手拦着,防止他们掉下床。见太皇太后进来,一个小童便咧开嘴巴,奶声奶气地叫了一声:“祖母——”

太皇太后微笑着坐到榻上,冲小童招了招手,那两个男童大的不过五六岁,小的才三岁的样子,见状,一前一后“噔噔噔”地跑着扑了过来。

这两个小童乃是度宗的第二子、第三子,度宗驾崩以后,他们便被太皇太后抱到自己的宫室来抚养。

这时候,有小宫人禀告说,都知王德求见。

当时,宋朝的太监各掌其事且各有品阶,不仅负责宫廷的日常运作,更可以被授予权力,如在军队任职的就被称为“军器太监”。其中品阶最高者可达从五品,即“都知”。

这位王德都知,总管宫廷日常并有随意行走宫廷的权力,常替皇帝、太皇太后办一些私事,虽不是朝廷要员,但是当官者谁也不敢忽略他。

一个高大的身影急趋而入,跪拜行礼。太皇太后缓缓道:“王德,你来得正是时候,哀家正好有个事情,非得你去办不可……”

王德诚惶诚恐地道:“太皇太后请吩咐。”

采玉轻声道:“大家都退下吧!”于是众宫女与小太监都悄无声息地快步退了出去,宫室里只剩下了太皇太后、王德、采玉以及两个孩童。

太皇太后目视王德，道："国事愈加艰难，哀家虽然是一个妇道人家，但是也知道国之忧患将至。朝中众臣议论的多，出力的少，哀家不愿意坐等灾难降临。为防万一，哀家要使一个'明修栈道、暗度陈仓'的法子。"

王德听到这里，心中隐约有了猜测，不敢抬头。采玉闻言，亦跪到太皇太后的面前。

"这是以防万一的法子，我将暗中拨兵马给你，若有大厦将倾那一日，这两个小童还请王德和采玉照顾。另外，我有手谕，要你传给文天祥、张世杰、江万载。这三人近年打过胜仗且最忠心。请你联络他们，集结力量，暗中筹备此事，不可泄露消息。"

王德心中悲怆不已，沉声道："王德肝脑涂地，也要护住幼主！"

第二日朝会，太皇太后将丁家洲战事公开并问计于群臣，众人议论纷纷，皆震惊于丁家洲战败之速，又恐元军压境临安。

有人道："贾似道先时对长江战况议论不止，此时自己出战，还不如江防守将，定然没有出全力！"

有人附和道："正是如此，吕文焕投降之前，还守了六年襄阳，情有可原。贾似道当时大放厥词，现在却一触即溃，还不如吕文焕呢！"

有人道："还没开战，就想法子议和，根本没有斗志，哪里能打胜仗！"

有人斥责道："主将居于后军，分明就是想逃遁！"

有人激愤不已道："以国事为儿戏，必得诛之！"

朝堂上议论纷纷，众人你一言我一语，太皇太后疲惫不已，望着群臣，心中苦闷：难道没有一人可以解临安现在的困局吗？

这时候，陆秀夫执笏出列行礼，朗声道："此次我军大败，军士死伤逃亡不计其数,天下议论纷纷,请太皇太后下旨诛杀贾似道,以谢天下!"

太皇太后道:"贾似道乃是老臣,怎可轻易取他性命?"

陆秀夫道:"那丁家洲中不计其数的大宋士兵,又岂能白白牺牲?"

太皇太后又问陈宜中的意见。

陈宜中道:"不杀,不足以平民愤!"

太皇太后向众臣问道:"临安危矣,众位贤臣,若有计策,请不要藏私!"

陆秀夫道:"宋廷乃是大宋的朝廷,此时危急,可向天下各处发出勤王的诏书并赋予将领募兵之权。如此,大宋上下,从将军、士兵到百姓,便可拧成一股,抗击元军。"

太皇太后终于在一片混沌中看到了希望,大喜道:"甚好!甚好!陆大人所说乃是良策!"于是便下了勤王诏书。

对于贾似道,太皇太后始终有妇人之仁,想了许多往事,最终下旨将他流放到广东。然而贾似道结仇太多,其中就包括押送官郑虎臣,贾似道一路被折磨,求生不得求死亦不能,最后只得自杀。此是后话。

七、临安降元

1. 绸缪

赣州东门，城门开着，时有行人往来。城门两侧各立着几个士兵，对往来的行人询问盘查。他们表情严肃，对入城的陌生面孔盘问得尤其严格。

几骑人马从东方往西而来，渐渐逼近城门。

为首一人见城门渐渐近了，“吁”的一声止住了马。随从跟上，对为首的人道：“上官，前方便是赣州城了。”

为首的人颔首道：“此地已近前线，而百姓日常生活尚且不受影响，我们一路行来，只有这里还有些秩序，真是不容易！”

随从道：“赣州知州文天祥，咱们这次的诏书，便是要送到他那里。”

为首的人肃然道：“某自然知道，也颇闻宋瑞的名声，愿得一见！”

于是一行人按着辔头，缓缓行至城门。前头一人从怀中取出一物，朗声道：“天子之诏在此！”

守门士兵见状，急忙下跪，连带着周围的百姓也跪下了。

一行人穿过城门后，士兵和百姓才起来，当中一个瘦弱的书生打扮的人喃喃道："天子之诏？我没有听错吧？"

旁边有人回答道："没错，咱听得清清楚楚，确实是天子之诏啊！"

书生打扮的人突然癫狂起来，大叫："好！好！我王应梅当有所作为啊！"

这边路人议论纷纷，那边一行人已将诏书送达文天祥处。

文天祥行跪拜大礼，捧诏大哭，道："终于有这一天了！我文天祥必当毁家纾难、死而后已！"

众人见文天祥如此情状，无不在心中暗自感慨。

为首的人拱手行礼道："素闻宋瑞先生一腔忠义，日月可鉴，今日一见，果然如此！王德心中甚是感佩。"

文天祥赶紧还礼道："都知何出此言，身为人臣，应当不辞辛苦。王都知随侍太皇太后，纵观全局，比起咱地方官员，定然有不凡的见识，但凭赐教！"

王德笑道："宋瑞先生真乃闻弦歌而知雅意，如此，某确实有事讨教。"

文天祥听王德说出"讨教"二字，心中谨慎起来，便屏退左右。

王德叹道："此乃太皇太后的旨意，可是也是不得已的法子，只盼着没有这一天才好！"于是说出一番话，文天祥听了面色变得凝重起来。

王德之语令文天祥深为焦虑。

此时欧阳氏及其儿女全部在潭州，文天祥知晓太皇太后"明修栈道，暗度陈仓"的决定后，思虑了好几日，最后下定了决心。

他对欧阳氏说："战祸将近，我打算遣散家奴、卖掉家中产业，将所得银两作为军费所用，夫人觉得如何？"

欧阳氏本性贤惠，闻言，恭敬地对文天祥说道："夫君既然得此机会大展宏图，妾身愿意守在夫君左右，不离不弃，为夫君教育子女，不令子女成为你的拖累。"

文天祥大为感动，道："你竟然有如此见识，真不愧是我文天祥的夫人啊。"

欧阳氏道："妾身作为你的至亲之人，怎么会不了解你的思虑呢？尽管去做你的大事吧，家里就交给我，不要担心。"

文天祥深情地注视着自己的夫人，仿佛感受了他与欧阳氏年少时第一次见面的心情。夫妻二人一番恳切交谈，更觉交心。

李璇儿见文天祥做出毁家纾难之举，颇为震惊，心中隐约预感到大事要发生了。

于是，李璇儿便向欧阳氏进言："适逢乱世，为了安全考虑，夫人可改名换姓，隐居乡下以避开战祸。"

文天祥一听，亦道："璇儿说得似乎有些道理，你……"

欧阳氏正气凛然道："虽然时值乱世，但妾身就该害怕吗？"

李璇儿默然。

此时已是德祐元年(1275)。

文天祥以家财为资，招募士兵万余人。文天祥夜读兵书，白天则亲自操练，但凡有投靠的能人，必然礼贤下士与之交心。

这一日，文天祥正在吃午饭，家仆来报，门外有一人，号称携带了万贯家财，要投他的义军。

仆人话毕，尚未起身，文天祥就站起来道："来人在何处？"

“在正厅。”

话音未落，文天祥已经走了出去。

正厅中一个瘦弱的读书人正在观赏《猛虎下山图》。

文天祥拱手道：“敢问先生何来？”

那读书人立刻还礼，定了定神，道：“学生王应梅，是江西府安福舟湖人。听闻文大人正组建义军以抗击元军，学生深受鼓舞。学生文弱书生一个，身短力弱，正不知如何报国，忽闻文大人事迹，愿意效仿。此番以万贯家财捐献给义军，希望能够帮助文大人击退蒙古军队，护卫我大宋江山！”

文天祥闻言大悦，道：“若大宋子民个个都似王先生，何愁护卫不了大宋江山！请王先生不要推辞，就留下来做我的幕僚吧。”

王应梅欣喜不已，道：“愿意为文大人、为大宋尽一点力。”

文天祥赞道：“真是我的知己啊！”于是就令王应梅与他一起处理招募义军的事宜。

2. 建康疫

话分两头，另一边，这年三月，伯颜的元军进入建康城后，势如破竹的攻势停滞了。原来，三月份正值桃花讯时节，建康百姓多有沐浴饮用者，乃是此地旧风俗。这一年因为战斗格外激烈的缘故，上游的水被污染，已经不适合饮用了。当地百姓不知，仍以旧风俗作为祈祷的仪式。但是这一年的仪式，给建康城的百姓以及进入建康的元军带来了灾难。

因为，水不洁净，疫病便起，城中之人多有拉肚子的，甚至有因此而亡的。

阿术向伯颜汇报了此事之后，亦是焦急不已，道：“最担心的是断粮，若是断粮，恐怕有民乱；若是民乱起来，与宋军里应外合，这仗我们就白打了！”

阿里海牙当时在侧，便建议道：“咱们的士兵中也有很多人染上了疫病，而且天气渐渐热起来，不如暂缓进军，就在这里休整。”

伯颜道：“百姓缺少食物，我们可以开官府的粮仓赈之。至于暂缓兴兵的建议，并不妥当！”

阿术道：“咱们的士兵战斗力有所下降，若是强行行军，不知胜败如何啊！”

伯颜道：“我们这一路虽行军顺利，但其实是孤军深入。若是不能一鼓作气将临安打下来，一旦回退，便前功尽弃了！至于大家居于此地水土不服，转移到其他地方即可。”

于是元军又整军准备转移。

宋廷听闻元军受时疫所阻，大喜，皆以为天意。丞相陈宜中在朝堂上说道：“蒙古人侵入我建康城而遇时疫，可见他们的行为不得上天的庇佑！此天意暗示也，不如乘机游说叛将，并免除他们的罪过，令他们就此劝说元军息兵，也算是戴罪立功了。”

太皇太后认为陈宜中说得很有道理，便下诏诏谕叛将吕文焕、陈奕、范文虎，请他们从中斡旋，让元军息兵。吕文焕众人径自将诏书奉于伯颜案前，于是息兵之事便没有结果，宋廷反而被元耻笑不已。伯颜见奉上的诏书，大笑不止道：“这宋廷，竟然把国家大事当作小儿游戏吗？”

陈宜中得知此事，便在朝堂上进言：“由此看来，宋元议和是绝不可能了。从此大宋朝廷必须上下一心，抗击元军！”

太皇太后因此大怒，下诏诏谕吕文焕未果后，便下令抄没吕家的家产作为惩罚。

伯颜开仓放粮之后，建康城中饥荒的情况有所缓解。阿术等人心中佩服不已，暗自赞叹："果然是大元帅！"于是众人更为信服伯颜。

伯颜见建康城中的紧张局势有所缓解，便召集帐下众将商量下一步的行军对策，道："数月以来，我们连续攻克长江防线的诸城池并顺利南下。然而众位以为我们大势已定了吗？其实不然。我夜里不敢高枕，皆因为怕宋军偷袭！"

阿里海牙问道："我们连下诸城，难道不顺利吗？"

伯颜道："我军一路乘胜而下，其实是仗着我军作战勇猛。我军直入江南，南侧有赣州、信州、衢州、常州、无锡等作为防卫，若有宋军北上偷袭这几个城池，则长江诸城危险，我们也就没有后路，成为真正的孤军了。"

诸将闻言色变，只有阿术微微一笑。

伯颜继续道："然而这些地方的宋军并不敢轻易北上。何也？一来，宋人向来谨守法度，没有宋廷的命令，他们是不会轻易调兵的；二来，宋廷也并不敢调用其他地区的军队，因为怕江南空虚，丢失更多国土。"

有部将闻言道："宋廷就是胆小，此时还不调兵，恐怕临安不保了。"

伯颜道："吾所忧心的，只有扬州一地。扬州李庭芝乃是出名的老将，元军数次侵扰，都没有占到便宜。若是有一日扬州之兵断我后路，我军必然要吃大亏。此次南下取临安，扬州不可绕过。"

当时左丞相合答因忧心疫情而在建康城中视察，听闻伯颜长篇大论，乃出列道："合答自请出兵北上，为我大军扼住扬州。"

伯颜看他一眼，却道："合答乃左丞相，正是我大军的智囊与中枢，怎么可以亲自到前线？阿术有将才，连番作战亦深得我心，可以替我牵制扬州。”

于是，阿术便分兵向扬州而去，当时是三月。

3. 扬州英烈

李庭芝听说阿术领兵前来，不敢怠慢，与部将姜才、朱焕商议守备事宜。当时扬州城两面临水，东门更是面对着运河，城门都设有重防。

李庭芝对部将们说：“李某经营扬州城已经数年，军防事务，从来不敢有所懈怠。现在蒙古大军压境，要攻打扬州城，诸位请说，如何防守为上？”

姜才道：“可令士兵日夜轮班，一旦有敌情便来汇报，只坚守不出便可。”

朱焕却说：“元军攻打扬州，恐怕目标不在扬州而在临安啊。”

李庭芝凝神道：“请详细说一说！”

朱焕道：“元军此次南下攻我大宋，兵力甚多，大有不破不回的架势。现在元军停在建康，定然是畏惧我们断其后路，所以分兵出来，以其主力牵制我军。这样的话，咱们与其防守，不如主动出击，断其后路。元军定然不战而退，临安之危亦可解除。”

姜才立刻反驳道：“李将军受命守卫扬州城，就应该坚守。扬州城本来是北边的门户，若是扬州城有失，那临安以北就毫无屏障了。而且我们经营城防多年，扬州的士兵更擅长守城而非进攻！”

朱焕急道：“元军已经到了建康，若真是入平江，或者南下常州，又当如何呢？扬州便为孤城！”

李庭芝道：“稳妥起见，应该以防守为主。元军来攻打扬州，便是顾虑我断其后路。然而朱焕将军说得亦有道理,若是建康城中的元军有南下的趋势,咱们再倾全城之兵断其后路!”

朱焕心中暗想,若真是到那个时候,哪里还腾得出手来断人的后路!

正思虑间,李庭芝已传下军令,于是部将应诺而去。

城防既布,阿术果然久攻不下。

李庭芝心中宽慰,对部将说:“扬州的防卫果然坚固,全赖诸位平日的练兵啊,李某谢过诸位了!”

也难怪李庭芝心中宽慰,这一个月之内,阿术想尽了各种法子攻城,但是毫无进展。

这边李庭芝宽慰之余,那边阿术却急躁起来。一日,阿术想到攻扬州之事很是不顺利,心中烦闷,便召集诸部将,看谁能想出破了扬州城的好法子。诸将听令而来,阿术便说:“自元军南下以来,所攻诸城,从来没有像扬州城这么耗时间的,如此下去恐怕对士气不利。诸位可有好法子,让咱们破了扬州城。”

众皆不言,阿术心中暗道:“也难怪他们都说不出什么,连番作战,什么法子都用过了,还是攻不下扬州城啊!”想着,更加烦闷了。

这时候,塔出站了出来。塔出原是伯颜帐下的一员猛将,因伯颜担心阿术一个人势弱,便把塔出借给他用,但是在塔出眼中,只奉伯颜一人为主将。当下塔出便说:“破城的法子,塔出怎么也想不出,不过塔出知道,元帅的命令只要听从就是,元帅要俺向北,俺就不往南走!”

阿术看着塔出认真的样子,便道:“塔出将军北上,是执行元帅的哪一个军令呢?”

塔出道:“分军北上,牵制扬州。”

这话一出，犹如清风拂月那般令阿术心情舒展起来。阿术心里对自己说："阿术啊阿术，你立志要成为大元帅那样的人物，没想到小小的扬州城、一时的胜败，竟然迷住了你的眼睛，你连塔出都不如了。"

原来，塔出这话一出，阿术立刻发觉自己可能忽略的一件事。伯颜所说的牵制扬州，其实就是将扬州困住，而自己只想着攻城，差点误了大局。想到这里，阿术挥手令诸人回去。

双方僵持不下，很快进入了五月。此时，元军北方又出后患，蒙古以北的海都，见元军将领大多南下，以为后方空虚，便起兵反元，试图自立。忽必烈于是连连下诏，令伯颜返回大都，以应付海都之乱，军中事务，暂由阿拉罕代替。阿术见后方有变，便改了策略，不再出兵挑衅，而是将扬州城团团围住，以防止长江诸城再起，互为支援。

蒙古内乱的消息很快传到了赣州、郢州等地。文天祥得到这个消息之后，在书房里面走了好几圈，表情严肃地自言自语道："这真是收复失地的好机会啊！磨墨，我要写几封信！"

李璇儿见状，一边立刻铺排好纸笔，一边笑答："先生所想正是！咱们大宋的军队吃了许多亏，让蒙古人深入腹地。现在扬州李庭芝将军名为困守，实际是扼住了北边的咽喉，江南的蒙古军一定会被宋军合围消灭的！"

文天祥闻言大悦道："当年一见李庭芝，就知道他镇守扬州多年无失，定是有本事的。今日有此良机，全赖李庭芝居中调配。我将联系江万载、张世杰，分头出兵，收复这数月以来的失地。"

随后，文天祥军走江南而入平江，江万载义军趁机收复饶州，张世杰则连连收复其他失地，如攻克广德、平江、常州等地。当时李庭芝固守扬州城，张世杰沿江而下，两者遥相呼应。

时间很快进入了六月。眼见荆湘一带被江万载的义军掌控，文天祥、张世杰的军队又自西边来，阿术有些不安。他召集部将，说："两个月之前，战局对我们尚且大大有利，而现在，宋军却从长江上游而下，将我们占领的地方都收复了回去！我们不能坐以待毙，否则成为孤军，就陷入绝境了！"

阿里海牙道："确实如此，如果西南几处宋军会合，临安便不再惧怕我们，到那个时候，咱们就前功尽弃了！"

阿术道："不错，所以我们这次又要分兵！"于是，阿术令阿里海牙及塔出等人率领一部分兵力仍然围困扬州，自己则算准了张世杰军队的行进路线，往瓜洲去了。瓜洲地处长江支流的入河口，乃是长江上重要的港口并且河汊众多。阿术选定了隐蔽的河汊，以逸待劳只等张世杰军队前来。

且说张世杰，自从五月以来，几乎战无不胜，心中便生出了骄娇之气。眼见要到镇江，便暗中遣人联系李庭芝，约好暗号，以便互为照应。

李庭芝与扬州都统姜才，本来被阿术所困，正逐渐焦躁起来；又担心临安之危，此时得到张世杰的书信，大喜过望。李庭芝激动道："那年某与宋瑞曾有晤面，当时就觉得此人颇有谈吐。此时救国者，果然是他！"

姜才建议道："扬州被围数月，士兵都憋着一股气。现在蒙古军北方有祸患，换将而不退兵，咱们仍然不能掉以轻心。不如趁此机会，断了蒙古北边的后路，或可趁此灭了……"

话未说完，就被李庭芝打断，道："此言甚合吾意！那阿术既然分兵，扬州被围之势稍解，此时不出兵，更待何时呢！”

姜才便自请领兵突围，不想阿里海牙及塔出等人已经在城外设好埋伏，姜才突围失败，狼狈退回扬州城。李庭芝见状，更加坚守门户了。

七月，张世杰与阿术决战于焦山，阿术火攻，张世杰大败。朝廷众臣或归咎于陈宜中专权，或归咎于张世杰才疏。

文天祥见张世杰陷于朝廷倾轧，便联络陆秀夫，使之为张世杰伸张正义。太学生刘九皋等伏阶上书，列出陈宜中过失数十条。陈宜中知道后，弃官而去。

4. 平江斡旋

江南的八月，是一年之中最热烈的时节。夏花已经开到荼蘼，秋实即将收获。秀美的平江府，正是典型的江南城镇样貌：河汊纵横，河道中舟子往来不息，河边的石阶则通向某户人家的后门。经历了年初桃花汛带来的疫病，又忍耐了元军将近半年的侵扰后，平江府的人们终于听到了好消息。

文天祥率水军沿着水路直下，从西而来。当时阿术与张世杰战后收缩兵力于焦山以北，大部分兵力为扬州李庭芝所牵制。张世杰所部暂时驻扎于镇江。文天祥率水军长驱直入，途中与小股蒙古兵有摩擦，但并没有阻碍行程。

经过镇江，文天祥弃舟登岸，与张世杰会面。

文天祥遥遥望见张世杰，心中感慨，远远地便伸出手去，道：“张大人辛苦久矣，文某心里一直非常牵挂！”

张世杰一听这话，压抑了一个多月的委屈都泛滥了上来，道：“文大人，你来就好了！”

随即，二人进入营帐。

张世杰道："这几个月实在是打仗顺了手，轻敌了，才导致上个月的惨败。对不住死去的将士兄弟，真是惭愧得很。"说着又哽咽起来，"可是朝廷那帮人，居然只许胜利不许失败。这一次战败，前面的功劳都折了进去不说，还差点受到处罚。"

文天祥安慰道："胜败乃兵家常事，你不要放在心上。这一战虽败，但是江南与江北的对峙之势已然形成。北有扬州牵制，南边镇江有你在，元军的南下之势总算是扼住了啊！朝中你也不必担忧，我已联系旧友，为你正名。无论如何，朝中如陆秀夫那样的清明之人，还是有的。"

张世杰闻言，心中好受了许多，便问道："那文大人，接下来有什么打算呢？"

"我们一路追着元军的脚后跟往东边打，是因为在我心里，本来是打算把元军合围的。"

"现如今看来，合围是做不到了。"

"合围不成，尚可以扼守。所以我打算走江阴入平江，因为平江府是临安的最后一道大屏障了，且平江府面长江而背靠太湖，是利于水军发挥的好地方。"

张世杰沉默了一小会，道："文大人的筹划很有道理！"

文天祥看着他没有说话。

张世杰硬着头皮道："我打算仍然回江西去……"

"回去也好！我们是趁着蒙古人后方空虚才东进的，若是我们也空虚了后方，岂不是又给蒙古人可乘之机。"

"正如文大人所说，我正是担心咱们后方空虚！"

"我欲往平江，守住临安的门户。你若是回江西，也可调动各部,定要扼住水路,不要让元军从老路进攻了。"

张世杰闻言,深感责任重大,但是仍然干脆利索地答道:"张某一定竭尽全力,不给蒙古人从西边进攻的机会。"

"若如此,情势便能再缓一步。前次临安虽危,却化险为夷,皆因蒙古这一支军太过孤军深入。只要扬州不失,西路不破,江南之地尚可守护。先稳住江南,再巩固江防,未必不能绝地反击啊!请张将军一定守住西边,这很重要!"

张世杰闻言,觉得一股热流涌上心头。没想到文天祥仍能从绝境中发现希望,不由得再次兴奋起来,诚心诚意地说:"我打算重新整顿军队,稳固防卫,力争将湖南、江西一带连为一体,互相照应。"

文天祥道:"如此甚好,全都有劳张将军了!"

当年八月,文天祥率水军入平江。宋廷任命文天祥为都督府参赞官,总领三路兵,知平江府,与泰州刘师勇互为掎角,共同抗元。

文天祥身着官服,走在石板街上。

李璇儿问道:"从未见先生像此次入职平江府这样高兴,这是为何呢?"

文天祥道:"璇儿,你有所不知。我虽然在很多地方做过官,可是只有这一次,我觉得自己是最能够为朝廷出力的。"

平江府府衙内,文天祥和江钰、吴纶、王应梅、楚宁等人都在。

文天祥对诸人说道:"如今我们驻扎的平江府,可以说是临安的北面屏障,诸事都要妥当管理。其中水军操练事务,都交与江钰兄与吴纶先生,王先生协助我处理一些政务,而这府衙内外的安防便交给楚侠士了。”

江钰道:“我们收拢的义军,虽然比叔父操练的那一支人数上略少,但是豪情并不减。不过操练尚不成熟,不能称为生力军。”

吴纶道:“军中许多江湖人士,本性是不愿意受约束的。一腔热情来投了义军,时日久了自然按捺不住本性,这是难免的。操练时间久了,才能有军人的样子。”

文天祥道:“加紧操练起来,方能让世人看到我义军之威!”

王应梅说道:“现在情势不同,义军的地位也不同往日了。不如给义军定个响亮的名字可振奋人心!”他转向文天祥大声道,“请文大人为新义军定名吧。”

文天祥凝眉思忖了一会,道:“就叫作‘武定军’吧,希望这一支军,能够以武力定天下!”

于是,文天祥便将所招新兵以及之前鄱阳湖水军的残部,重新编制,名曰“武定军”。

江钰与吴纶二人肃容领命。

文天祥又说:“蒙古军看起来势不可挡,实际是孤军深入。若是平江、镇江等各个城池共同发力,扬州能扼断蒙古军后退之路,那蒙古军的攻势便可以被遏制,情况可转好。”

楚宁道:“扬州城池虽然坚固,但是近来听闻有一支元军对扬州城围而不攻,恐怕扬州的兵力不足以扼断蒙古军北边的退路。”

王应梅道:“那有何妨?给元军留一条退路,正好让他们退回去,也可避免与元军背水一战。”

楚宁道:“此事要协同江南诸城池并得有朝廷明令才好。”

于是,文天祥便上书议论军事,然而朝中诸臣却说文天祥的想法太过于天真。

九月，发生了一件事。在此之前，因排挤张世杰而备受压力、辞官而去的陈宜中，又回到了朝廷。陈宜中虽然多智，却优柔无决断。他是一个大大的孝子，辞官后由其母亲说服回朝，任右丞相。

潭州、泰州相继陷于蒙古人之手，消息传来，文天祥守城愈加坚固。

扬州李庭芝向文天祥求援，自言因蒙古大军层层压境，连一向固若金汤的扬州城防都吃紧，幕僚大多都逃走了，只有几个人没有离开。

文天祥闻讯自平江派遣尹玉、麻士龙、朱华三将率兵救援；而宋廷派遣的援将张全则不战而退。文天祥欲斩杀张全以行军令，帅府不允，计议使其戴罪立功，文天祥无奈作罢。

十一月，溧水、林东坝、护牙山相继失陷，伯颜认为久战于元军不利，便派人散布谣言，言宋祚已尽，扬州、平江军心动摇，军士有逃亡者。

王应梅请愿写抗元檄文，以鼓励军心，同时建议文天祥捉拿逃兵公开正法，杀一儆百。

宋廷大惧，招文天祥入卫临安。

文天祥与王应梅商议道："蒙古军队虽然与我军互有胜负，但是这战场离大宋的都城太近。现在朝廷恐惧，要我军入卫临安。入卫临安，则平江又难守，实际上，平江可谓临安的屏障啊！先生觉得我们当如何是好？"

王应梅道："离平江而入临安，实际上是又弃一城，实在被动。不如咱们主动出击，才可建功！"

文天祥深以为然，于是与众人计议：元军孤军深入，若坚守扬州，蜀广尚全，若反攻，万一得胜，以淮师截断元军之后，国事尚有可为。

文天祥之策刚刚提出,便受到陈宜中的强烈反对。

如今,陈宜中是朝中说话最有分量的人。眼见文天祥等主战一派越来越受到瞩目,陈宜中越来越担心。在他看来,江南人在战事上实在难以抵抗元军的攻击,战争只会加速大宋的灭亡。于是,陈宜中对太皇太后道:“纸上谈兵,真是冒险!万一蒙古军直接大军压境,强力之下,计谋又有何用!”

太皇太后犹豫不决,不愿意使冒险之计,于是文天祥之策又不被采纳。

战况往最坏的方向发展了。十一月末,伯颜至常州招降刘师勇遭拒,伯颜大怒。猛攻之下常州城破,伯颜下令屠城。

刘师勇以八骑走平江,其余诸将死节。刘师勇陈述战况,诸将皆叹惋,伯颜挟余威进逼平江府。为保住全城百姓,平江诸将开城投降。

第二日,伯颜便率领蒙古大军,志得意满地进入了平江府。

5. 入元议和

常州被屠城与平江开城投降的消息是一起传入临安的,这个消息的到来犹如油锅中进了水,在朝堂上引起了轩然大波。

谢道清面对朝堂上争论的群臣,迫切希望有个人能够给她出谋划策,来渡过眼前的难关。

于是她向群臣询问道:“诸位争论半日,谁能出一决策?”

当时的朝中重臣王爚、陈宜中、留梦炎等皆是主降派。

听闻谢道清此问,留梦炎便出列答道:“连续作战不利,乃是因为我们大宋军队的元帅太过于保守了!且看那蒙古的丞相,亲自出任元帅之职，因此蒙古军无一不敢不拼命。反观我大宋，生力军不少，却总是各自为战，这是因为我们的丞相调配不力，以至于延误战机。”

陈宜中面色铁青，冷冷地说：“各位大人都很擅长事后议论啊。既然留大人说得如此中肯，不如就请你督兵出击蒙古，力挽狂澜吧！”

留梦炎焦急愤恨地大声说：“战机已然延误，陈大人何出此言？出击蒙古，此为自取灭亡之路！为今之计，只有和谈而已！”

太皇太后皱眉焦急地说：“不要争吵，哀家在此问策，不是为了听你们争吵的！”

文天祥出列，大声道：“求和，最好的结果也不过是一时的和平，蒙古人的胃口已经被养得很大了。为今之计，只有一战方可彻底解开困局！”

太皇太后脸色稍解，还未说话，朝堂上传来数声“不可！”。

陈宜中道：“蒙古人善战不说，且性格暴怒。常州被屠城尚在眼前，怎能让大宋子民去冒险？”

文天祥昂然道：“皮之不存，毛将焉附？若是宋廷投降于蒙古，子子孙孙再也抬不起头来了。大宋子民的精气神也会从此被磨灭了！”

陈宜中道：“若是连性命都不保，何谈气节？”

文天祥道：“于元人手下求生，世世代代都要受到歧视。宁可玉碎，不为瓦全！”

陈宜中道：“大宋基业，唯有活命，方可以保存！难道定要断了大宋的香火，才可以称为有气节吗？我大宋命脉，几次坎坷，都保存了下来，此乃天佑！”

文天祥拱手道:“陈大人认定了出兵必败,这是为何?我大宋对元军,难道没有胜绩?现在已经是危急存亡之时,宋人无不同仇敌忾,希望击退元军。这正是出击的时候,难道一定要元军压境,咱们再退吗?退又能退到何处?”

陈宜中认为降可保护百姓,文天祥认为战可保气节,更何况,于元人手下求生,无异于与虎谋皮,不如背水一战,或可光复。

二人你来我往地吵了起来,其余官员面面相觑,皆不敢多语。

吵了半天,计议仍不定。

陆秀夫出列行礼,缓缓道:“无论战与和,还请太皇太后决断!”

谢道清面露疲惫之色,实在难以做出决断,于是只好说:“命右丞相陈宜中总摄其事。”

陈宜中表情严肃地接受旨意,于是便遣书伯颜,愿让皇帝向元朝皇帝称侄孙以请降,伯颜不允。

大宋宫室。

太皇太后仍着礼服,坐在主位,厅中立着两人,正是文天祥和江万载。

文天祥和江万载脸上均是激动而严肃的表情,因为二人知道太皇太后这次秘密召见,实际上是为了敲定那个计策的细节。

太皇太后严肃而又略带疲惫地说道:“蒙古人大军压境,对江南已经是志在必得,而我宋廷的官员也以为投降、议和才是出路。哀家心中惶恐,实在是不愿意将大宋基业毁在自己手里,但是面对元军压境,又实在是无可奈何,所以才出了这个计策,宁可哀家受耻辱,也要绵延宋祚。”

文天祥恭敬地说:“太皇太后之心,可昭日月,历代先帝之灵冥冥之中必然体谅，后人也将了解太皇太后的苦心。”

江万载亦道：“必当听从太皇太后之令，肝脑涂地也要保全皇室血脉。”

太皇太后道：“昰儿、昺儿现在已由他们的母妃护着，往长公主驸马杨镇家中去了。哀家已拨出精锐的护卫，由王德带领，护在二王左右；宫女采玉便负责昰儿、昺儿的日常起居。以上事体二位尽知。现令江大人领殿前禁军，一旦出行，便摄行军中事，其余诸人皆由你调配。二王行至安全之地，便可昭示天下。到时候，便请文大人控制局面、安抚人心、恢复宋廷秩序。你们二人一文一武，为大宋留住青山，以图再起，这实是哀家的一片托孤之意！”

说罢，太皇太后起身，道：“哀家明日尽量拖延时间。驸马杨镇已经布下人马，江大人可与驸马联络，共同护送益王、卫王南行！”说罢，行了一礼。

文、江二人惶恐下跪，道：“死而后已。”

太皇太后道：“哀家是妇人，若有细节处不美，还请二位指出。”

江万载便道：“若是一孤军暗渡，恐怕难以持久。若是从长计议，还需要外围支持。”

太皇太后道：“大将张世杰，调兵甚有条理，哀家已遣送手书至他处，请他作为外围支援，皆听从江大人你的指挥。”

江万载再拜道：“太皇太后考虑周详！”

文天祥道：“不止武将，亦可以招揽文官，以壮声势。陆秀夫有忠心、重正统，亦是值得托付之人。”

太皇太后思考了一会儿，道：“哀家再下一道密令，若有万一，便可公开，以证二王身份，并作重建朝政所用。你们二人便宜行事即可。”

文天祥道："自古以来，中兴之主，不胜其数，微臣一定竭尽全力，保护宋祚绵延！"江万载亦立誓表明忠心。

大殿中，太皇太后抱着五岁的赵㬎，表情严肃、冷峻。

殿下的臣子相比于去年，在数量上减少了将近一半。

"丞相为何还没有消息？"谢道清问道。

王德已经离开，旁边的太监不知如何回答。

这时候，有小太监禀告道："禀告太皇太后，陈宜中大人今日并未到来，遣人去陈大人府上查看时，府中已经无人了。陈大人似乎是逃走了。"

此话一出，殿中哀戚的情绪又浓重了几分。

谢道清令道："任文天祥为右丞相。命右丞相文天祥、左丞相吴坚、礼部侍郎陆秀夫共往元军帐中，处理议和事宜，文天祥总摄其事。"说到这里，她的语气变得充满了感情，"文大人务必妥善行事。"

文天祥心中一凛，领会到了太皇太后话语中的未竟之意——明修栈道，暗度陈仓。江万载与杨亮节已然准备妥当，只等时机一到，便要悄悄逃遁、暗度陈仓了。自己前去议和，便是明修栈道。只有麻痹元军，江万载等人才有机会。

于是，文天祥再拜道："定不辱使命！"

太皇太后心中略定，低头看了看怀中小儿，又环视宫殿，心中感慨：此一去若是不成功，就要国破了。

临行前，文天祥对江钰、王应梅、华训、李璇儿等人说："我此去和谈，如果顺利，不日便返回。万一我被蒙古军扣留，也一定会设法全身而退的。"

王应梅问道:“若有万一,文大人将随太皇太后北上至大都吗?”

文天祥道:“临安后续事宜尚需要人手。”

王应梅心中疑惑,还要再问,李璇儿已经答道:“先生一路小心,我们会密切关注和谈动静的!”

文天祥等人会合之后出城前往伯颜军营了,见伯颜军营中营帐整齐、士兵精神抖擞,感慨道:“果然是治军得法啊。”又想到以后少不了与元军接触,于是他便暗暗留意伯颜军中状况。

阿术眼神如炬,很快发现了文天祥的举动,但是他并不在意,反而心中甚是骄傲。

一行人先被安排在营帐中等候,营帐中有兵士听从差遣。文天祥便掀开营帐,往外看军营的情况,吴坚则老老实实地坐在营帐中,只求安稳地完成议和。

陆秀夫一路行来不卑不亢,见文天祥窥看蒙古军营,以为他心中失落,便出言道:“宋瑞先生向来有大抱负,然而事情到了这个地步,咱们能促成议和,使太皇太后与皇帝得以善终,也算为大宋尽最后一点力了。”

文天祥回过头来,目光炯炯地说:“我观察了这军中士兵,身形矫健的不在少数。不知他们使了什么样的操练法子?”

陆秀夫道:“北人喜食牛羊肉,因此身高力大。”陆秀夫这样说着,心中却疑惑,这个时候,文天祥不关心议和的细节,却去看伯颜的军容做什么?

文天祥又坐定,闲聊一样地问那帐内侍候的元兵,士兵每日几时开始操练,每日操练多久等等,又问伯颜如何御下。

那元兵开始还回答,后来就不再多说了。

中军帐中，伯颜居于主位，文天祥、陆秀夫、吴坚三人居于客位。

伯颜道："几位代表大宋前来议和，不知道准备了什么条件呢？"

文天祥道："大宋物产丰饶，所出产的茶、丝、稻米，比北方所出产的要好。若是议和成功，我宋廷可将此作为岁贡。岁币亦将数倍于往年金国所得到的。"

蒙古诸将一听，皆面有喜色，有一个部将甚至问道："这岁贡，到底数量如何，且说出来，不然可不够咱们分的呀！"

陆秀夫听见蒙古人公然索要，难堪不已，心中忧郁。

文天祥没有说话，不想轻易泄露自己的底牌。

吴坚见无人说话，左右各看一眼，道："若是元帅赞同议和之法，数字多少，是可以商量的。"

伯颜笑道："江南之地，于我蒙古来说，是唾手可得之物。若是某日，统一中原，区区岁币，我大元又怎会放在眼里呢？这个筹码，没有分量。"说着，摇摇头。

文天祥忍气吞声地问道："既然如此，为达成议和，元帅有何建议呢？"

伯颜站起来，睥睨道："若要议和，长江以南的产出，十之八九，须归于大元。此其一。"

吴坚为难道："这，这，就算税收，也没有这么高的啊！"

伯颜没有理会吴坚，接着说道："其二，无论何时、何地，汉人见蒙古人皆须行礼……"

话没说完，陆秀夫站起来，道："元帅所提出的条件，第一条不合道理，第二条不合礼法。元帅莫不是在耍我们吧？还是元帅并无议和的诚意呢?”

伯颜哈哈大笑道:“正是要你们!”

诸位蒙古将领都哈哈大笑起来,宋廷的三位使者只觉得难堪至极。

文天祥道:“既然元帅并没有议和的诚意,我们也不在这里浪费时间了。我们三人便就此告别,来日决战时再相见!”说罢,便要走。

伯颜仍笑着,做了一个手势,帐门口的元兵便拦住了他们的去路。

“议和的诚意?我们第一次合作灭金之时,宋国招降纳叛,已是背盟。前次贵国丞相贾似道,视和谈为儿戏,甚至使出泼皮的耍赖手段,更是令人不齿。我不相信你们的和谈诚意。决战?”伯颜笑了起来,“宋军尚有斗志吗?我有一句话,要你们带给小皇帝。当年,宋太祖赵匡胤兵临金陵城,南唐后主李煜也曾如尔等今日一般哀求。你们的开国皇帝说了一句话,我们大元的皇帝也很是欣赏,那就是‘卧榻之侧,岂容他人酣睡’。南唐后主听了这句话,便投降了宋太祖,而得以活命,也保住了无数百姓的性命。这正是你们的榜样。”说到这里,他又做了一个手势,门口的小兵放下了兵器。

伯颜威严地接着说:“把这些话带给你们的小皇帝吧,若有犹豫,不如想想常州之事。”

文天祥等三人流汗不止,吴坚甚至觉得手脚都冰凉了起来,不由得抬手擦了擦汗。

三人见议和无望,便欲离去。

伯颜道:“送陆大人、吴大人,文大人还请等等。”

于是陆秀夫、吴坚行礼离去，而文天祥被留了下来。文天祥心中焦急，却不好表现出来，于是愤怒地问道："扣留使臣，是何道理？"

伯颜哈哈大笑道："文大人向来有气节，在下仰慕已久。此次见面，便私下里想要多叙几日。若是能一同到大都去，那更是好机缘！"

原来，伯颜见文天祥在军营中举动异常，便将其扣留，以便于控制。

文天祥闻言，心中知道伯颜这是想要将他软禁起来，于是破口大骂："茹毛饮血的野蛮之人，不懂信义为何物。吾不愿意与你交流，速速放我回去！"

伯颜也不生气，笑盈盈地说："即将无国无家的人，你要回到哪里去呢？不如跟我一道回大都，说不定那里还有你的用武之地呢。"

文天祥一听，心中大惊，暗想：竖子！谁要与你同行！吾绝不与虎谋皮！

当时吕文焕在旁，想到自己是文天祥的旧友，在伯颜面前也说得上话，便劝道："宋瑞稍安，元帅乃是好意。"

文天祥气得脸红起来，大骂："逆贼！休要呼唤我的名字，我并不认识你！"

吕文焕心中惭愧，勉强说："文丞相为何骂文焕是逆贼？"

文天祥说："哼！国家不幸，才到了今天这个地步，你就是罪魁祸首！你若不是乱臣贼子，还有谁当得起这个骂名？在我大宋，童子都有资格骂你，更何止我一人！"

吕文焕心中酸涩，无奈说："想当年，我守卫襄阳六年啊，最终还是得不到援助。”

“哼！力穷援绝之时，正当以死报国！你爱惜自己的性命，既负国又辱没了你的名声。如今因为你一人的缘故，你全家世世代代都将背负乱臣贼子的骂名！”

伯颜对文天祥甚是感佩，鼓掌叫好！伯颜的部将唆都也来凑热闹，哈哈大笑地说道：“骂得好！”

吕文焕愧疚无当，哑口无言再也不敢多劝了。

太皇太后冷静地听完了吴坚、陆秀夫的汇报。

二人略说了和谈失败的情况，便长跪不起了。

太皇太后道：“时运如此，二位不必自责。现如今的大宋，文官不能决策，武官不能打仗。敌人兵临城下，而我们连议和的筹码都没有，实在是走投无路了。”

沉默很久。太皇太后冷静地道：“左丞相吴坚、礼部侍郎陆秀夫听旨。着礼部侍郎陆秀夫，撰写降表。”

陆秀夫表情悲愤。

“左丞相吴坚，即日准备起程，赴元大都将降表呈给元主忽必烈。”谢道清一字一句地缓慢说完，泪盈满眶。

投降之事很快定了下来，左丞相吴坚赴元大都将降表呈给忽必烈，太皇太后谢道清则代表宋廷率领宫人，完成投降仪式。

投降之日很快到了。

众人全部身着素服，面带哀戚之色，集中在了宋廷的后殿里。他们对自己的未来充满了悲观、绝望，不少人在无声地哀泣着。

谢道清怀抱五岁的小皇帝，缓缓走出宫门。她身着素服，怀抱小皇帝赵㬎，跪在临安城外，而蒙古人的军队骑着马，昂首走进了临安城。

文天祥始终没有获得人身自由，伯颜似乎决心要把文天祥带到大都去。

另一边，李璇儿、吴纶、华训、王应梅等人，日日关注和谈的情况。众人一开始得知蒙古拒绝和谈的时候，并不意外；然而得知左丞相吴坚回来，右丞相文天祥被扣留，李璇儿与吴纶就已经发觉不妙。

当时，李璇儿对众人说："先生以右丞相之身份入敌营，而不得回来，恐怕情况有变。"

王应梅道："左丞相已回，右丞相便留下作为人质，也是有可能的。"

吴纶道："即便有这个可能，我们也得设法知道文丞相究竟何时返回。"

李璇儿道："若是以往，两国之间的使者应当受到尊重。而现在，元军就在临安城外，丞相又去而不返，岂不是要发生大事的预兆？"

华训道："咱们离得太远，实在不知道发生了什么事。不如我与师兄夜探元军军营。"

"不可！"李璇儿与吴纶齐声道。

吴纶说："现在情况不明，不可妄动，否则会引起敌人的猜疑，威胁到文丞相的安全。吴坚大人已经返回临安，那么不论议和成败与否，朝廷很快都会降下旨意。"

众人正在商议，楚宁急匆匆从外面进来，道："大宋，降元了！"

"什么？"众人皆惊，继而转悲。

"可有文丞相的消息？"

楚宁面色凝重，道："文丞相被伯颜扣在蒙古大营里了。"

八、宋室南奔

1. 瓜洲夜探

十月，伯颜大军入临安，阿术则又整兵合围扬州。冬日食物缺乏，扬州城内多有饿死的平民。

闰三月，文天祥与太皇太后谢道清、小皇帝赵㬎一起，随伯颜大军北上，来到瓜洲。

自从听到临安投降的消息后，李庭芝就寝食难安。他皱着眉头，向自己的部将姜才问道："宋廷已降元了，而面对元军的围攻，我们仍然坚守城池。照你看来，下一步我们应该怎么走呢？"

姜才道："李将军您所担忧的是宋廷既然投降，我们是否应该随之投降？如果不投降，恐怕军心动荡，士兵惶恐。如果投降了，这许多年的坚守，实在是令人不甘心啊！"

李庭芝道："朝廷若无正统延续，吾辈也就没有了前进的方向。听闻太皇太后目前到了瓜洲，我欲往一探，询问国事。"

姜才大声回答："末将愿跟随将军前往。"

李庭芝表情严肃地点头。于是二人便趁着夜色，只领着数骑精锐，往瓜洲去了。

瓜洲，蒙古军营的某个营帐里，太皇太后和文天祥对坐着。

太皇太后仍是素服，不加装饰，面色庄重，而文天祥看起来则有些焦虑。

太皇太后道："尽人事而听天命，文大人就不要把担忧挂在脸上了。"

文天祥道："太皇太后如此持重，宋瑞不如您啊！然而我心中最担心的事情，就是太皇太后你所担心的事情！"

"不必多说，小心隔墙有耳。"

文天祥跪坐，行礼道："是！"说罢又问，"不知皇上近来如何，北上水土可有不服？"

"此处离临安并未有多远，还没有到水土不服的时候呢。"

"太皇太后为了皇上，也请保重身体。"

太皇太后闭上眼睛，不再说话。

夜色里，有几个黑影在逼近。那几个黑影悄悄靠近太皇太后的营帐，从帘缝往里面偷看……

文天祥喃喃道："可惜我被困在此地，不能发挥作用。"

那黑影以为文天祥在喊屈，掀帘而入，低声怒道："文大人陪着太皇太后与皇上北上，有何委屈？"

姜才心中感叹一声，随之迅速地进入了帐内，最后一人仔细地合拢了帐子。

文天祥瞠目结舌，站了起来道："李将军为何在此？可是扬州……"

还没说完，文天祥发现了几人身上穿着夜行衣，立刻不再说话。

太皇太后动容地站了起来。

李庭芝等几人急急地走到太皇太后面前，激动地跪下行礼。李庭芝低沉地说：“扬州城防坚固，末将夜至瓜洲，特来迎回太皇太后及皇帝。”

太皇太后问道：“你们一共来了几个人？”

李庭芝说：“来了数十骑，皆是精锐，我们悄悄潜入，并未被发觉。另有弟兄在外接应。”

帐内，太皇太后沉吟着，面上露出犹豫之色。过了一会儿，说：“哀家是不能跟你走的！”

此言一出，除了文天祥，李庭芝等人都大吃一惊。

李庭芝严肃地问道：“扬州城池坚固，易守难攻。您与皇帝若是今晚跟我去扬州，必定万无一失。再联络诸将，大宋未必没有再生之机。太皇太后可是有什么顾虑？”

说着，李庭芝望了文天祥一眼。

太皇太后解释道：“哀家虽然是妇道人家，又降元以求生路，可哀家并不是贪生怕死的人。哀家没有想过要不要去扬州，因为哀家根本不想逃亡。哀家所担忧的，是另外一件事情。”

文天祥急道：“太皇太后，慎言！”

李庭芝怒视文天祥。

“李将军也是国之栋梁，哀家要说的这件事情，早晚你也会得知，不如就此告诉你吧！”太皇太后语气平和地说，“哀家会安安分分地带着皇帝北上至大都。哀家的另外两个孙子，如果路途顺利的话，现在应该已经出了临安。”

李庭芝震惊道：“二王，乃是先帝亲子啊！”

太皇太后道：“李将军若有忠心，便南下辅佐二王另外起事吧。哀家随军北上，是为了遮蔽蒙古人的眼睛！”

李庭芝心中百感交集，跪下道："谨遵太皇太后懿旨！"众人随着跪倒。

太皇太后转过身不再去看他们，道："你们快走吧！"

文天祥亦拱手送别。李庭芝等人急急退去了。

同年，赵㬎至大都，封瀛国公，太皇太后、太后并封郡夫人。

在文天祥踏入蒙古军营，准备议和的时候，江万载与王德则开始了暗中的调兵遣将。江万载与江钰二人率领殿前禁军精锐，从反方向悄悄出城了。

马车里坐着度宗的妃子杨太妃、太皇太后的大宫女采玉和益王赵昰、广王赵昺。

"再行一个时辰便能到钱塘江边了！"江钰说。

江万载道："安静赶路！"并不多话。

王德回头遥遥看了一眼临安城，心中想着，太皇太后，一定要稳住啊！

元军进入临安城的时候，他们离钱塘江也只有半个时辰的路程了。

临安城内，伯颜对谢道清等人投降的态度很是满意。面对着乌压压的众人，随口道："赵氏子孙，都在这里了吗？"

片刻，谢道清道："宋室子弟，都在这里了。"

伯颜却隐约觉得不对，举手招了一个参谋道："你去清点一下人数，可有错漏？"

不一会儿，参谋报告："几个幼童的年龄，似乎有点对不上。"

此时又有士兵报告："报告元帅，南门以南，发现车队走过的痕迹，尚且不知是哪个队伍。"

伯颜大声道:“唆都,你去看看!”

钱塘江边,江万载等人终于开始登上南渡的战船了。

杨太妃由国舅杨亮节陪同,正要登上大船,江万载忽然大叫一声:“不好,有追兵!”

刚说完,大家就听到了隐约的马蹄声。

杨太妃一听,几乎瘫软在地。杨亮节赶紧扶住她,安慰道:“快上船吧,上船就安全了!”说着连扶带拉地把杨太妃弄到了船上。

在他之后,采玉抱着益王赵昰,江钰抱着广王赵昺,也迅速上了船。

马蹄声越来越大,很快到了跟前,领头的是伯颜所器重的部将唆都。

江万载见事情紧急,随手一指,大声道:“这一队跟我迎敌,其他人速速上船!”说着,便迎着唆都而去。

杨镇当时仍在岸上,见江万载一马当先,也领了一队兵,大声道:“跟我来!”这两支军队便与唆都的追兵厮杀起来,打了个平手。

杨镇乘间隙对江万载大声道:“江大人请先上船指挥南下,我来拦住元军,随后赶来!”

江万载回头一看,陆上的士兵除了还在苦战的,已经尽数上船了。有些元军竟追赶着也想要登上大船,大船上的宋军正在奋力阻止。

江万载对杨镇吼道:“妥善断后!”然后,便调转马头,往甲板方向而去,一路还在砍杀企图登船的元军。

这一战,唆都追击南渡士兵于钱塘江,杨镇以死拒之,江万载护送二王南逃。

2. 乱世流亡

二王先是到了温州，此时，文天祥率领着华训、吴纶等人，追上了二王。

文天祥向天下公布了太皇太后的诏令，并令华训、楚宁分别送信前往张世杰等处，建议张世杰、刘师勇、苏刘义等率兵离开临安，以保存兵力。刘师勇未能等到文天祥的书信，以为事不可为，纵酒而亡。

诏令言明二王乃是宋室正统。陆秀夫闻此消息，大喜，率家来归。

宋降将黄万石欲取福建以全其功，二王至后，汀州、建州闭门以拒黄万石。黄万石战败，手下将士多有来附二王者。

文天祥、陆秀夫认为宋祚一定要延续，与陆秀夫计议以后，请益王称帝。

文天祥公布太皇太后诏令的时候，苏刘义、张世杰等先后率兵来归。于是，在文天祥、江万载、陆秀夫、张世杰等人的号召下，各地的分散势力先后到来，小朝廷渐渐有了规模。

在温州，二王并未停留很久，因为元军统帅伯颜继续对二王穷追不舍，二王逃到了福州。

不久，刚满七岁的赵昰登基称帝，改元“景炎”，尊生母杨太妃为杨太后，仍由老臣江万载秘密摄行军中事务，统筹全局；加封弟弟赵昺为卫王，张世杰为大将，陆秀夫为签书枢密院事，陈宜中为丞相，文天祥为少保、信国公并组织抗元。

文天祥、张世杰、江万载终于掌握了军事决策权，然而情势已经急转直下，文天祥将如何把有生力量发扬光大？他在精神上、行为上鼓舞士兵，这一点是有效的。但他并没有提出重大的决策，而是在小范围的军事斗争上与元军纠缠不休。

赵昰称帝后，四散的臣子仿佛有了归属一般，先后来归。

这里原本是福州的府衙，众人便在这里议事，朝会由陈宜中主持。

文天祥对众人说："弃临安而南下，是不得已而为之的事情。既已南下，不如占据温州。温州易守难攻并且靠海，若是我方守住了温州，正可以与扬州李庭芝相互呼应，若是战事失利，还可以走海路往泉州，可保宋祚延续。"

陈宜中不屑道："这就往海边逃去，那江南陆地就尽数拱手让人了吗？"

文天祥道："可以分兵据守。"

陈宜中道："陆地不能有失，不然就失了根基。不如就请张世杰大人收复浙东浙西，文大人开赴剑南如何？"

江万载大怒道："陈丞相是调兵遣将还是排除异己？剑南正在蒙古铁蹄之下，如何去？这大难当头，各处宋军正应该合兵一处，勠力同心，怎能自行分兵，难道要等着元军各个击破吗？"

陈宜中亦大怒道："吾乃大宋丞相，调兵遣将是应当之事，江元帅为何咄咄逼人，说陈某不能容人？我已经召唤各处同僚，请他们会合来见，今日正接到陆秀夫陆大人的消息，他不日将前来。"

文天祥见二人争吵，急忙制止道："我辈受到朝廷的恩遇，岂敢言弱？这正是我们报国的时候啊！另有一事。泉州有名人，名蒲寿庚。此人老于海事。若能招得蒲寿庚，必然为我军海战添一大助力。元军攻临安之前，元军统帅伯颜派遣不伯、周青招抚蒲寿庚、蒲寿晟兄弟，未果。可见此人自认是大宋子民，请陛下不以异族为异端,授予他官职。"

赵昰只是个七岁的娃娃,还不知道他的国土和家园已经被异族侵略。流亡刚刚开始的时候,他以为这是一个刺激的游戏,然而一次次的搬家,终于令他厌恶了。他苦恼过,也怀念起了可以安稳睡觉的日子,然而哭闹没有用,于是,他隐约中也知道自己再也回不去了。他被要求参加一群大人的集会,虽然他并不知道这集会意味着什么,也听不懂大人的话。此时文天祥的话音落下,众人的眼睛都看向了他。他慌乱地吞着口水,下意识地望向他最依赖的人——王德。这位都知是祖母留给他的,祖母告诉他,有不痛快的事情,找王德就可以了。王德见小皇帝看过来,微微颔首并眨了眨眼睛。他稍微安心了一点,小声说:"准。"

景炎元年(1276)五月,赵昰任命蒲寿庚为闽广招抚使兼主市舶,希望他能够帮助流亡的宋廷在福建和广州坚持抗元。

临安投降之后,扬州成了真正的孤城。阿术开始行围困之法,反正江南一线已经全部到手,江北孤城想来也翻不起浪花。李庭芝接到太皇太后的密旨后十分为难,因为扬州之势令他进退不得。一是扬州虽说势孤,但是江南诸军一旦打回来,扬州是个牢固的据点,若随意弃城,岂不是把江北唯一的据点放弃了,实在是可惜。二是因为孤城缺粮的缘故,扬州城内的军队若是南下,实际上要冲破元军的封锁线,等于掉一层皮。左思右想,他想不出好办法来。

当时朱焕在侧,便问李庭芝:"将军下定决心要南下了吗?"

李庭芝道:"吾已有南下之心,只是经营扬州日久,实在是舍不得此地啊。"

"扬州乃是将军的大本营,请三思而后行啊。"

“话虽如此，若是宋祚最终灭了，我这扬州主将又有何面目？”

“将军若是南下，朱焕愿留下为将军守扬州。”

李庭芝闻言大喜道：“若是如此，太感谢朱将军了！”

李庭芝意愿已定，一点儿也不耽搁，当夜便收拾行李，与姜才率数百骑连夜出城而去。

李、姜二人风尘仆仆，行了一夜一日，到第二日傍晚，才停了下来。

李庭芝问道：“前面离瓜洲还有多远？”

姜才道：“如此赶路夜里可到。”

李庭芝道：“我们要走小路，恐怕道路更艰险，先在此处歇息片刻。”

随从者纷纷下马休息，几个士兵到废墟中寻找水源。

这里是一处荒废的村子，昏黄的夕阳下，只见房屋破败，田地里庄稼和野草长在一起，鸦雀偶尔发出一点声音。李庭芝众人虽然久经战火，但是在这暮色中体味苍凉，还是第一次。

众人沉默地坐在树下或者是草地上，只等天黑就出发。

忽然，从房屋废墟的后面，传来一声凄惨的叫声。众人大惊，纷纷拿起兵器，只见有一个人影闪过。就在这一瞬间，天色竟然完全暗了下来。这是一个没有月光的晚上，四周静静的，只有虫鸣声和遥远的夜枭传来的声音。姜才大声喝问道：“什么人鬼鬼祟祟？”这声音传出极远，静了片刻，一阵笑声爆发出来。随着这声音，那废弃的村子里竟然亮起了点点火把，姜才不由得心中大惊，知道今夜凶险，侧脸望向李庭芝时，见李庭芝神情威严。

笑声逐渐消失，姜才借着火光远远望去，吃惊地喊出来：“博罗欢！”

那博罗欢亦是元军南下的诸将之一。元军的南下大军分为三支，一是刘整的西路军；二是伯颜的主力军；三是博罗欢的东路军。东路军南下的主要目标便是扬州，但也受阻于扬州，所以扬州守军与博罗欢的东路军大小战役不计其数，彼此都熟悉了。

李庭芝咬牙切齿地喝问道："为何追击如此迅速？"

博罗欢得意扬扬地道："你们这边出城，那边朱焕便向元帅递了投降书啦！哈哈，大元帅特命我半路伏击，就是为了让我与李将军做个了断！"

李庭芝闻言，羞愤不已，无论如何也没有想到竟然被自己的兄弟背叛了！李庭芝思及与朱焕十数年的情谊，胸口疼痛不已。

李庭芝见对方人数数倍于己方，又见己方人马疲惫，心酸不已。长啸一声，喝道："岂可跪而降！杀！"

众人见主将如此拼命，于是个个奋勇向前，并不退缩。

双方杀在一处，宋军心怀死志，出力不惜命，一时之间，元军竟然有些招架不住。博罗欢见双方搏杀激烈，做了个手势，于是元军一拨下去，一拨又上来，竟然发起了车轮战。

拂晓时分，这场伏击战才真正结束了。博罗欢清点人数，元军死者竟有千余人；再看宋军的尸首，已经没有一个是完整的。李庭芝与姜才的尸首也与普通士兵混在一处。博罗欢心中感慨，令士兵就地掩埋。

这个消息传开之后，文天祥、张世杰最为惊讶。

文天祥向陆秀夫长叹道："造化弄人，南方掎角之势竟然拱手让人！"陆秀夫闻得旧主噩耗，泣涕不能作声。文天祥道："看来福州不可久居，下一城便要往泉州去了。若到泉州，千万不可与蒲寿庚交恶，毕竟事急从权。泉州实乃要地，进可扎根东南，退可从海上撤退。”

陆秀夫只顾大哭。

这年夏，赵昰坐船至泉州。蒲寿庚听闻皇帝将来，大喜，以宋廷闽广招抚使的名义，率领泉州城中的大户请求参拜皇帝。

听闻蒲寿庚前来谒见，陆秀夫想起文天祥的叮嘱，便亲自在皇帝的船上接待了他。待到见了面，陆秀夫大吃一惊。

蒲寿庚长着深棕色的头发和灰绿色的眼睛，眼窝深陷，竟然是一副外族人的样貌。原来，泉州自对外贸易开放以来，便有许多异族之人追逐贸易而来，其中包括回回人、色目人。蒲寿庚的曾祖便是色目人，蒲寿庚从他那里继承了灰绿色的眼睛和深棕色的头发。蒲寿庚一生见多了别人对自己相貌的惊诧，也并不在意，笑着解释道：“我的先祖从海外来此做生意并娶妻生子安家，这才有了我。我可是生在大宋长在大宋，是地地道道的宋人啊！”说着，豪爽地笑了起来。泉州本来就是一个开放的贸易城市，这里的人们见多了异族人。

陆秀夫却不一样。陆秀夫是典型的士大夫，一见蒲寿庚的样貌，就敬而远之了；又听见他说了这么一大通话，只觉得不伦不类。

他拱手道：“蒲寿庚大人辛苦！只是皇帝南下时，在海上受了颠簸，此时不宜见人啊，这真是……”

蒲寿庚豪爽地说：“没有关系，我明日再来！我这里准备了精美的房舍、干净的食物，不如就请皇帝到泉州暂时休整？”

陆秀夫道：“皇帝起居之事，由王德都知负责，不如我与王德商量，再与蒲寿庚大人回话？”

蒲寿庚道：“也好！”说罢便离去，预备明日再来。

张世杰等人听闻蒲寿庚的情状,面面相觑,谁也没有料到,这个泉州的地头蛇竟然是不折不扣的外族人。

张世杰道:“虽然他身为外族,但是泉州乃属大宋,作为临时行在,并无不可!”

陆秀夫激烈反对道:“怎能如此!难道要皇帝日日与金发碧眼之人相对吗?”

张世杰道:“听说蒲寿庚钱财和战舰都很多,弃了他,实在是可惜啊!”

陈宜中道:“既然如此,也就召他来见,不过是见见面便可令他出力出钱。他既然声称自己是大宋子民,便要他做出事迹吧!”

王德道:“蒲寿庚对大宋有仰慕之心,不如就留他在皇帝身边伺候?如此一来,泉州势力必当尽力,我们也可以暂时在此落脚。”

众人皆默许,只有陆秀夫仍表示反对。王德便道:“且等明日!”

第二日,蒲寿庚果然又来见,这次是张世杰接待。蒲寿庚见其穿戴,知道不是负责礼仪的官员,心中纳闷却不说。

二人寒暄毕,蒲寿庚又问:“今日皇帝身体可好?”

张世杰道:“安好。”

蒲寿庚奇怪地问:“既然已经安好,为何不见我呢?我为皇帝准备的房舍、礼物,十分精美可用。我为同僚们准备的房舍,很多官员已经住进去,大家都说很好。”

张世杰哑然失笑道:“皇帝是天子,不会去你准备的房舍的!”

蒲寿庚心中不快,须臾又笑道:“我等朝拜皇帝,是期待已久的事情,不知今日是否能实现?”

张世杰道:“皇帝得知蒲寿庚大人率领泉州城中大户前来拜

见，十分感动，打算给予赏赐。只是不知道这些大户们愿意出多少家资帮助宋廷呢？我们的江万里大人、文天祥大人、王应梅先生，都是倾尽全部家资，用于抗击蒙古！”

蒲寿庚惊讶道：“皇帝需要我的家资？我看皇帝的衣食住用并不拮据！”

张世杰恼他不懂事，道：“为国出力，此乃大义！大义都不懂，还想要与天子会面，真是商人，没有见识。”

蒲寿庚大怒道：“你们皇帝要占领我的城市，我欢迎你们来；你们来了就要我的家资和战船，却看不起我，不让我见你们的皇帝！”

张世杰高声道：“休得妄言！这里不是你的城市，这里是大宋王土！”

张世杰与蒲寿庚谈崩，心中暗自思量该如何收场。蒲寿庚家产甚是殷实，张世杰不愿意放弃这外财，于是便立刻派出一队士兵，令他们前去抄没蒲寿庚的家产。

却说蒲寿庚一路往家里走，一路逐渐冷静下来。细细思索，其实宋廷授予他官职，也从没有把他当作自己人。然而他生在大宋，长在大宋，已经把自己看作是大宋的人了，却要遭受如此待遇。正胡乱思索着，一个人蹿到他的面前，正是自己的家仆，只见他泪痕满面，口齿不清，心里不由得担心起来。蒲寿庚急忙问：“出了什么事？”仆人哆嗦道：“抄家，他们去抄家！我们的家被抄了！……”蒲寿庚闻言大惊，急忙往家里去，远远地只看见门户大开，穿着宋军服饰的士兵从他的家里往外面搬着东西，家中的老弱妇孺则跪在门边痛哭不止。蒲寿庚见状便要上前，却被仆人抱住双腿。那家仆哀声道：“老爷此时上前，又有何用！”

蒲寿庚听了这一句，冷静了下来，自语道：“不错！不错！”说着,往码头而去。码头日日有一队巡逻兵,乃是蒲寿庚得官之后亲自招募的。蒲寿庚便带着这一队人走到了一处宅子前。

这宅子,正是蒲寿庚为宋室子弟准备的。有个文官打扮的人背着包袱,见蒲寿庚来了,便上前打招呼:“张大人今日邀请诸位同僚议事,蒲大人同去吗?”蒲寿庚一言不发,直接砍下了他的脑袋。

望着这宅子,蒲寿庚命令道:“凡是住在这里的人,都像他一样。”说着,举起了手中的兵器。

在张世杰的眼里,商人逐利,为了给朝廷增加财产,即使抄家,商人也只能接受。当是先解了燃眉之急吧!然而泉州风气开放,并不大受中原礼法约束。在蒲寿庚看来,毁灭了他的家庭就等于毁灭了他的尊严,是绝对不能容忍的!当日,在泉州的宋室子弟及士大夫,无一生还。

景炎二年(1277)元月,元军由浙江抵泉州,蒲寿庚与州司马田真子献城降元。张世杰只得护送赵昰转移。临行前,他下令抢走停泊在法石一带的蒲氏海船四百多艘。

降元之后,蒲寿庚反以自己所剩下的船只为元军攻打宋军,此是后话。

3. 岭南缠斗

从景炎元年(1276)九月开始,元军全力追击二王。阿剌罕、董文炳、忙古带、唆都以海路出明州,塔出、吕师夔、李恒以骑兵入闽广,阿里海牙自静江入广西。

塔出、吕师夔、李恒很快率领元军到了福建之北,其中,吕师夔所部与文天祥正面相遇。

文天祥见元军到来,便与众人计议:“元军分三路而南下,中间这一路又分三路，以包抄之势向我们而来，我们要如何才能抵挡呢？"

赵时赏道："我军数量虽然不少，但是绝对不能分兵应战，若是分兵，很有可能被元军分别围攻。"赵时赏亦是宋室子弟，不过是旁支。在文天祥决定离开福州经略江西的时候，便率部跟随了文天祥。

吴纶道："我们宋军，现在分为两部，一是江大人、张大人所率领的军队。两位大人的部队以水军为主，多有大船，保护皇上与太后，在南海寻找可退居之所。二是文丞相您所率领的义军，经营江西、福建之地。我觉得，江大人、张大人率领的部队，适合海战，文丞相率领的义军，适合陆战。我们的军队，相对于江大人所部，实际上是他们的屏障。所以，咱们的目的，应当以拖住元军为主。"

文天祥道："吴大人的分析，深合我意。元军既来，我们却不可硬碰硬，白白消磨了自己的战斗力。这并不是退缩，而是为了全面防御。"

于是文天祥便率兵往漳州而去并联络张世杰等人，令他们寻找退居的海岛。

陈宜中对张世杰说："情势危急，连文丞相都退居漳州以避开元军的锋芒了，我们的军队号称数十万人，但其中百姓与宫人便有三分之一，如何打仗？文丞相既然建议我们寻找海岛作为基地，我看这计策很好。若是有自己的基地，百姓可作为军队的后援，皇上与太后也可以稍作歇息。"

张世杰听了，觉得很有道理，道："现在我们手上，大船是足够用的。我们可全员居于舟船之上，若是元军来时，我们可与之海战，亦方便撤退。"

陈宜中道："正应如此！南海一带岛屿甚多，定然可以寻到合适的居所。"

于是，张世杰立刻下令，备大舟，奉皇上、杨太后、卫王明日一早登舟。

第二天一早，水上忽起大雾，难以看清人的面孔。张世杰在大雾中完全看不清自己的队伍，但是他仍然硬着头皮下令："登舟！"

陈宜中惊惧地自言自语道："天意，天意啊！"

宋军十七万人、民众三十万人、淮兵万人，在慌乱中登上大舟。

陈宜中见天气不好，以为大宋再也不能得到老天爷的保佑，于是偷偷写了一封降书，令士兵悄悄送给元军。元军将领看了，嘲笑一番，并不回应他。

景炎二年（1277），忽必烈因大都有事，急召东南诸将班师回朝。

消息传来，文天祥与诸人欣喜道："这真是上天赐予的好时机！"

于是下令，令李版收复潮州，自己则与赵时赏亲自率兵往江西而去。

李版乘机攻克广州、潮州，文天祥出兵江西，收复昌县等地。

张世杰听闻文天祥的胜绩，欣慰不已，道："果然还是文丞相最可靠，我也要努力才是！"于是下令分兵往泉州进发。

当时泉州守卫甚弱，因为元军善攻而不善守，张世杰便率兵收复泉州。然而刚刚整顿了没几日，又有斥候向张世杰报告："此次元军人数更多，已成合围之势，往泉州而来！"

张世杰惊道："竟然来得如此迅速！"皱眉思考了一会儿，道，

“泉州既得，不能轻易失去；若是突围，又要苦战，不如死守！”

于是张世杰传令：“避开元军南下锋芒，不与其正面作战，只守住城池即可。”

由此，泉州被围困了。

文天祥行至江西，便驻扎在兴国。

八月，元将李恒兵至赣州，听闻文天祥正在兴国，便欲袭击。

有人建议：“我军长途奔袭，似乎不适合立刻战斗。”

李恒却道：“我军乘兴而来，正要打一胜仗以振军心！况且文天祥就在附近，我若擒住他，岂不是大功劳一件！”于是，李恒不顾长途跋涉，一鼓作气率军前进，袭文天祥于兴国。

文天祥听闻元军来偷袭，猝不及防，匆忙间下令道：“速速应战！”

赵时赏道：“我来应战！”

吴纶道：“我来整军！元军来势汹汹，我们恐怕还是要避其锋芒。”

文天祥道：“便请赵将军应战，我将整顿大军，作为接应！”

赵时赏道：“丞相为大军之首，不可只身冒险！吴大人说得对，我军须避开锋芒，保存实力。我来应战，大军后退之时，我便殿后！”

宋军匆忙间勉强摆开阵势，元军自西而来，发动攻势。元军中有人大声喊道：“活捉宋国丞相！”

文天祥听了，心中惊慌，勒马强自镇定地喊道：“奋力前进，不要胆怯！”说着，竟然拍马往元军方向去了。

不一会儿，文天祥便到了交战前线，只见赵时赏正与李恒战在一处。见文天祥前来，李恒大声哈哈笑道：“又来一个送上门的！”

元军士兵听见，精神振奋，都往文天祥处围攻而去。

赵时赏见文天祥身先士卒，激动地大叫："丞相！丞相！"说着更加奋力拼杀。

李恒忙乱中听见"丞相"二字，大声问道："丞相在哪里？"

赵时赏见文天祥稍退，大声吼道："文某在此！"连喊数声，很快，赵时赏被重重围困了。元军因顾及活捉文天祥的命令，不敢痛下杀手，赵时赏得以拖延时间。

文天祥匆忙间回首时，只见残阳如血，橘红色的光线正被树枝分割得七零八落，林间闷热的风吹来双方士兵的惨叫声。他看了一眼，心中悲痛，头也不回地策马而走。

楚宁带着文天祥到了安全地带，只见吴纶与欧阳氏正忙着安抚将领家属。家属随军，原来是大宋军队的一项好政令，但是真的到了决战的时候，这些老弱妇孺体力不支、精神软弱，反而成了军队的累赘。

见文天祥来此，欧阳氏精神振奋，仿佛看到了救星，问道："夫君，现在我们怎么办？"

几个女儿脸上戴着灰扑扑的面巾和头巾，见文天祥来了，皆上前喊道："爹爹！"

文天祥威严地命令道："整军，令后军变前军，往循州撤退！"

元军发现宋军往反方向移动，知道宋军要撤退了。李恒恨恨道："想逃，没门！"

于是元军擂动战鼓，攻势愈烈。

赵时赏见状，知道宋军大部队已开始转移，心下稍定，对士兵下了死命令："为了丞相、为了我们的家人，死死守住，不许撤退！"

李恒被赵时赏死死拖住，无法追击。如此激战，从傍晚到夜里，熬到这时候，赵时赏的身体已经疲惫不堪，借着火光他看看周围的士兵，几乎所剩无几。

文天祥兵溃撤往循州，半路传来消息，宋室子弟赵时赏死于兴国之战。他痛惜道："赵将军是为我而死的！"

九月，忽必烈下令，塔出、吕师夔、李恒等以步兵由大庾岭入广东，忙古带、唆都、蒲寿庚、刘深以水军追小皇帝。

在忽必烈的命令下，南下的几支元军重新组合，进攻方向直指小皇帝所在之地。于是泉州围解，张世杰走浅湾而转秀山，与江万载所部重新合在一处，奉着小皇帝往雷州而去。

元军来得越来越快了。

张世杰建议说："立刻渡海，往雷州去。"

江万载对张世杰道："我已有渡海计划，然而当地渔民说，这个季节，有时候海上会有风浪，不可冒进啊。所以我也在犹豫。"

张世杰从秀山至井澳，所遇皆是晴天，便道："近来天气晴好，正是渡海的好时候，我们一鼓作气，半日便可到达雷州，总好过在这里等着元军追来。"

一旦做出了决定，江万载便命令士兵调转船头，往雷州方向而去。江万载守卫帝舟，杨太后、卫王赵昺则居于张世杰船上。

那一日，天气晴朗，风从东边吹过来；江万载命人张开侧帆，船桨和摇橹都用上，以最快速度往南而去。

众人见顺风顺水，心中安慰，祈祷快些到达岛上。远远地看到雷州就在眼前，众人松了一口气。这时候，天色忽然间暗了下来，一瞬间就见不到日光了。

很多人都以为是上天的警示，便跪在甲板上祝祷起来，自称愿意折寿，只求上天保佑大宋。

然而天不遂人愿,天暗下来的同时,从四面八方都刮起了风。很快,风越来越大,行船的将领大声地命令:“收帆!转舵!摇橹!”

大宋南渡的大船,受到了这一番侵袭,都变得东倒西歪、摇摇晃晃了。其中受损最严重的便是帝舟。因为帝舟乃是楼船,最高大,船上旗帜最多。所以大风来时,它所受到的侵袭便最为严重。

王德于大风中焦虑地对江万载说:“风太大了,帝舟晃得厉害,我看,不如将皇上转移到无帆的矮船上!”

江万载道:“甚是!”

于是采玉、王德便护着皇帝出了船舱,往矮船上转移。此时风雨大作,大风刮得人都站不稳,皇帝早被吓得说不出话来。

王德大喊:“风太大,转移不了!”

话未落音,一个大浪向帝舟打来,大船剧烈晃动了几下,甲板上又湿又滑,众人还没有站稳,又有大浪打来,大风不止,帝舟眼见要倾覆!

江万载见皇帝身处险境,惊惧不已,拿了绳子,使尽了全身的力气往王德处去。这个时候,浪更高风更大了,帝舟在大风中发出嘎吱嘎吱的声音,在大风浪中摇摇晃晃了好几下,终于一个侧身,倒了下去。

众人一看帝舟倾覆,皆惶恐不已。江万载使劲全力,刚刚抓住皇帝的胳膊,大船就倾覆了。他心中喊着糟糕,手下却不停地把皇帝绑在一块漂浮着的木板上。江万载知道大船倾覆造成了密闭空间,若是不能出去,人很快会死。

皇帝惊慌不已,大哭起来。江万载只好安慰道:“皇上莫哭,老臣定保皇上安全!”

王德被大船倒下的惯性抛到了水面上,张世杰在旁边的战船上见生还者漂浮在水面，忙令人将绳子抛下，救起许多落水者，王德和采玉也因此获救。

王德、采玉不见皇帝，如失了魂魄，直嚷嚷："有何面目去见太皇太后！"

这时候，有人指向海面道："快看，那里是皇上吗？"

众人一听，精神振奋，往海上看去，风雨中隐约有明黄色帝服。

江万载于风浪中费尽气力游动着，小皇帝被他缚在了自己的背上！江万载只觉得胳膊和腿都沉重无比，小皇帝在背上一边哭泣着，一边冷得打寒战，吞下了许多海水。

江万载终于抓到一根绳子，把绳结扣到了皇帝的身上。众人见状，立刻把皇帝拉了上去。

江万载见皇帝安全，心中稍安，正准备抓过另一根绳子，一个大浪向他打来。江万载只觉得身体沉重无比，水中像有无数双手，拉着他不停地下沉，于是，他放弃了……

小皇帝往雷州逃，不料遇到大风，帝舟倾覆，差点溺死，被江万载救回，但江万载却殉国了，小皇帝也因此得了惊悸之病。大风过后，张世杰清点人数，宋军死者过半。

元军追击不止，张世杰等被迫入海。陈宜中认为势尽，请求撤往占城，并先往占城而去，一去不复返。

景炎三年(1278)三月，赵昰驾崩。

自井澳大风之后，群臣想借此机会离开的甚多。陆秀夫极力反对，说："度宗有一个儿子还在，怎么能弃他于不顾？上天如果还没想灭绝大宋，难道我们就不该振兴国家吗？"

众臣子惭愧不已，于是共同拥立赵昺为帝，改元"祥兴"，杨太后听政。

五月,城中粮尽,士卒食草。张世杰围雷州而得粮草。张世杰观察之后,认为崖山可守,遂往崖山驻扎,并造行宫。

4. 海丰之虏

景炎三年(1278),文天祥避李恒兵而走海丰之后,收到了新的元军动向:张弘范所率领的南征军,水陆共二万人,分道南下。

吴纶见形势不好,又得知张世杰等已经逃至海上,便对文天祥道:“丞相曾经命令张世杰大人、江万载大人、陆秀夫大人往海上寻找大岛,作为宋军的退路。然而时至今日,江万载大人以身殉国,张世杰大人分身乏术。所以我吴纶自荐,请文大人从原来的义军中拨出一支,由我带领,往海外寻找大岛如何?”

文天祥一时没有回答。

吴纶发誓道:“无论结果如何、时日多久,我吴纶一定回来,向丞相复命!”

文天祥沉吟道:“也好!”

于是,文天祥便令吴纶、李版带着心腹,往张世杰处联络,并往海上寻找大岛以图后路。

张弘范率军南下,听闻文天祥被李恒所败,大喜。他对弟弟张弘正说:“文天祥现在就在海丰,这件大功劳,必得你去取了!”于是命令张弘正为先锋官,率兵追击文天祥。

此时文天祥的军队驻扎在海丰县境的山林中。他身边的可用之人所剩无几。思考之后,文天祥觉得自己兵力已经被削弱很多,只有与张世杰合兵,才能寻找生机。

于是文天祥传令道:“就地埋锅造饭,饱食之后,便往南行军。”只见山林中炊烟飘起,静谧得似乎不像是战争年代。宋军多日作战、行军，疲乏不已，得到这个休息空隙，许多人都放松了精神，甚至有士兵靠着大树，打起瞌睡来。

一个元军将领望见林中的炊烟哈哈大笑道：“寻找了半日不得见，没想到就在眼前！传令下去，列队前进！”

说着，自己一马当先，往树林拍马杀去。

张弘正大军长驱而来，前面骑兵、后面步兵，呼啸而来。

文天祥所部见元军大肆压来，气势惊人，急切间不知道如何迎战。

张弘正挥了挥手，元军士兵立刻分散开，将宋军团团围住。张弘正于马上抱拳道：“可是文丞相吗？”

文天祥见元军动作迅速、人数数倍于宋军，又见自己的士兵衣衫褴褛、面色疲惫，甚至有人还盯着锅中的饭菜。于是，自言自语道：“孤军作战，真是无可奈何啊！”说着，掏出一颗龙脑，吞了下去，欲要自尽。

九、忠贞不屈

1. 崖山一线

祥兴二年(1279),战争终于到了最后阶段。张世杰等人原以为宋军既然有战船又长于水战,如果到海上去,必然还有一线生机。然而,元军的进攻并不受时节、地理的影响。还在正月里,元军就组织水军,大举进攻崖山。

作为汉族出身的将领张弘范面对即将到来的最终决战既紧张又兴奋。但是他知道,无论战局看起来多么有优势,将领都不可以轻敌,因此每日他都会事无巨细地过问军事。大帐中,另一位先锋官钦佩地望着发号施令的张弘范。因为这一支南征军共有两万人,其中汉人、蒙古人混合编制,军中矛盾不少。这位表情紧张的先锋官是张弘正,他一直牢记自己的哥哥张弘范任命他为先锋官时的告诫:“我是由于你的勇敢而选拔你当先锋,并非因为你是我弟弟。军法是严肃无情的,你处处要谨慎啊!”

张弘正确实也不负所托,沿海的漳、潮、惠、潭、广、琼诸州,相继告捷,更不用说生擒文天祥那一战了。

此时,他正在哥哥的大寨中,听见外面士兵的呼喊声,知道文天祥就要被押来，不由得生出几分自豪。

帐外元军士兵推搡着文天祥前行，许多士兵都用枪、矛等武器指向他，吓唬他。文天祥大义凛然地走到张弘范的营帐前。

一个蒙古士兵大声喝道："跪下！"

文天祥冷哼一声，纹丝不动。

那士兵又喝一声："俘虏，跪下！"说着，往前使劲一推。

文天祥被推得一个趔趄，待脚步稳定后，他环顾四周，淡淡地说："文天祥的膝盖，怎么能跪你们这些给异族做事的汉人？真是可笑！"

张弘范亦笑道："身为俘虏，还不折腰吗?"

文天祥凛然道："士人跪朝廷、百姓，被俘虏已经是蒙羞，怎么能再失去气节，我绝不下跪！"

张弘范深觉有趣，便道："既如此，也就罢了！"说罢，亲自给文天祥松绑。

张弘正着急地喊了一声："将军！"

张弘范摇摇手道："无妨，文丞相无论在宋地还是在大元，都应该受到礼遇。"

张弘范既礼遇文天祥，又想在他面前显示自己的本事和威风，便将文天祥以战俘的身份软禁在元军船上。

当张弘范这支船队经过珠江口外零丁洋时，文天祥感触万端。他想到当年在赣州起兵时，曾路经惶恐滩，又看到眼前汪洋一片的零丁洋，心中感慨。当年兴义兵、与张世杰互为呼应，是何等豪迈，而如今，却落到如此下场。

张弘范来见文天祥，笑道："文丞相自上了我的船，便不进饭食，这可不好。"说着摇摇头道，"这么下去，耽误的可是自己的身体啊！丞相若是还担忧宋廷，我倒是可以给你一个一了百了的解脱之法！”

“什么办法？”

“呵呵，文丞相若是劝降了张世杰，宋廷便从此消失了，那么文丞相不也没有牵挂了吗？”

文天祥久久不语。张弘范见状，便令人送来纸笔。

张弘范走后，文天祥自语道：“败军之俘虏，就要受到如此屈辱啊。”心中不郁之气久久不散，便作了一首诗：“辛苦遭逢起一经，干戈寥落四周星。山河破碎风飘絮，身世浮沉雨打萍。惶恐滩头说惶恐，零丁洋里叹零丁。人生自古谁无死？留取丹心照汗青。”这就是流传千古的《过零丁洋》。

张弘范所率军队两万人，此时宋军兵力号称二十万人。

张弘范所率军队乃是善战之师，后来又增加了李恒的兵力十余万人；而宋军中十数万人为文官、宫女、太监和其他非战斗人员。

两军对垒于珠江口。自文天祥被俘虏后，元军基本上荡平了宋军的岸上势力。宋军最大的一支主力，也是唯一还有能力与元军作战的，就是海上张世杰的队伍了，赵昺就在其中。

此时，张世杰的队伍占据着港口的一些城镇，当地百姓为了表示自己对宋祚的维护，自发响应陆秀夫等人的号召，很快为小皇帝建立了简单的宫殿、房屋等。

元军压境之时，宋军正在珠江口休整。得到消息，诸人议论纷纷。

自江万载死后，张世杰就成为宋军的元帅。众人议事之时，苏刘义向张世杰建议道：“元军占尽陆地优势，却只有少量战船，而我方战船数倍于元军。既然如此，我们可以先占领海湾出口，护卫向西撤退的路线。”

张世杰沉吟不语，不知道苏刘义的建议是否可取。

其他人有说要决一死战的，有说要继续逃亡的，却没有一个人提出实际可行的建议。这时候，有小将进来报告：“禀元帅！属下抓到逃兵，请求军法处置！”

张世杰一愣，心中疑惑，便询问道：“逃兵按律处置便是，为何上报？”

小将道：“禀元帅！自泉州以来，便有逃兵。最近逃兵的数目甚多，几乎每个营帐都有逃走的士兵。下官不知这么多人是否一一按军法处置，特来禀告将军。”

张世杰大怒道：“传令，焚烧陆地上的房屋、宫殿，全军退到海上去，吾将以全军与元军决一死战！”为了防止士兵逃亡，他又下令将一千多艘船只以“连环船”的形式连在海湾内，并且把赵昺的“龙舟”置于船队中间。

宋军全部退到海上，只余下陆地上的废墟。港口的百姓见家国尽毁，悲愤道：“蒙古人害得我们没有了家。我们一定要追随张世杰元帅，誓不为元人做事！”于是无论男女老幼皆追随张世杰而来。张世杰见状，自以为得人心，于是将他们全部接纳到大船上。

张弘范遥遥看见宋军退居海上，便哈哈大笑，对文天祥说：“看看，大好河山让给我大元了！”

文天祥双眼含泪，心酸不已。

张弘范道：“传令全军前进，于港口前扎营。”

宋军在海上的“连环船”设置完毕，元军也建立了新的营地，并获得了出海口。

张弘范再观宋军行动，又一次哈哈大笑起来，对文天祥道：“看来张世杰是从来没有读过《三国》，竟然用这‘连环船’，哈哈！我必将用火攻之！”

文天祥见铁锁连环船，亦大惊，心想：不知谁为张将军出此下下策！面上却不显露出来，只是淡淡道：“兵法之道，本来就是虚虚实实！”

张弘范一愣，没有想到，文天祥竟然接了他的话。他恍然大悟道：“不错不错，我不能掉以轻心啊。”

文天祥见张弘范忽然警觉起来，心中后悔，于是更少说话了。

次日巳时，港口起风。张弘范见北风起了，心中甚喜，暗道：“天助我也！”于是下令小船载茅草和膏脂等易燃物品，乘风纵火冲向宋船。

宋军见状，却不惊慌，原来，早在实施“连环船”计策之时，张世杰便考虑到元军火攻的可能性，已令人将宋船涂满胶泥，并在每艘船上横放一根长木以作防御。

宋船涂满胶泥，元军火船无法将其引燃，只好无功而返。宋军将领见火船来了又走，都松了一口气。

张弘范见火船无功而返，便问了详细情况。

一元兵道：“宋船以铁索连在一起，坚固似是平地，周围没有破绽，且外围船只涂满了胶泥，火船靠近了也引燃不了，因此无功而返。”

张弘范道：“火攻不成，你们诸人可曾遇到宋军袭击？”

“不曾。”

张弘范对身侧的张弘正说：“这么看来，宋军竟然全部退到海上去了。”

张弘正道：“那港口普通百姓也退到海上了，说是绝不抛弃宋廷呢。”

张弘范道：“宋船上，不论军民，都是敌人。既然港口已经空了，那我们正好以水师封锁海湾，断了宋军的补给！”

2. 最后的战役

当时，苏刘义等人也曾经劝说张世杰，不可不留后路。

张世杰听从了他的建议，在零丁洋西南方找到了一些岛屿，暗暗计算淡水用量后，才撤退到了海上。然而没有料到的是，海上天气瞬息万变，一次风暴，便造成了海水倒灌入岛；又因为港口百姓上船之后，不懂作战，却占用了很大一部分资源。宋军的淡水供应越来越少，以至于十多日后，终于有人取海水饮用。

每日，都有忍耐不了干渴而饮用海水的宋军士兵，扶着大船的边缘呕吐，一直吐到面色发黄，干渴不已，最后又忍不住饮用海水。

张世杰终于忍耐不住了，他知道如果再这样耗下去，宋军只会被拖垮。张世杰召来苏刘义、方兴、张全等人，对他们说：“元军逼人太甚，我们已经没有退路了，看来只好迎战了。”

苏刘义等人面面相觑，道：“敌人乘着士气而来，我军此时疲惫，恐怕不是出战的好时机啊。”

张世杰道：“我岂能不知道这一点！只是现在不出战，我军只会越拖越垮，只好背水一战了！”

众人都想不出更好的办法，于是最终还是听从了张世杰的命令，正面迎战元军。

张世杰便调集军中尚有战斗力的士兵，组成了一支先锋船队打头阵，由自己的外甥韩胜率领。

双方水军会面，元军一方由张弘范亲自率领。韩胜见对方大将气势威武,心里先胆怯了起来。

韩胜实战经历并不多,此时站在将船之上,刚出发时的豪情已经消耗了大半。明明自己的船只比对方的坚固、自己的士兵比对方的更善于水战,可是不知道为什么,他看到元军时,突然不知道该怎么应对。旁边的小将着急地提醒道:“请将军发号!”

韩胜定了定神,下令道:“各船队听令,按照事先安排的,包抄作战!”

宋船呈左右包抄之势向元军的船只碾压而去,船上的弓箭手也做好了准备。然而元军的船只虽然小,却十分灵活,反而把宋船冲击得有些零落。原来,张弘范从祖辈开始就掌握水上作战的一些经验。大船冲击力大、承载的士兵多、攻击力也强,唯一的缺点就是机动性不足。所以,他用灵活的小船穿插行动,果然冲散了大船的队形。宋军体力不支难以久战,很快就迟缓起来,于是韩胜被元军所擒。

张弘范见宋军主将被擒住,便不再追击,得知韩胜是张世杰的外甥,便对韩胜说:“你的舅舅如此看重你,竟然让你做了先锋。不知道他是不是真的看重你呢?”随后,张弘范以此为威胁,三次招降张世杰。劝降书送到张世杰处,张世杰道:“要降早降了,事已至此,唯有战斗到底!”因此不予回应,招降之事便没有了结果。

张弘范决定主动攻击宋军。

李恒建议道:“宋军‘连环船’,不用火攻,实在是可惜!既然他们的战船外侧涂满胶泥,我们不如以火炮攻击其中间,必定会引燃他们的大船!”

张弘范道:“李将军说得有理,只是过早使用火炮进攻,打乱宋军的一字阵型,会令其容易撤退。今日我军十万人已经会合,不如就分兵围之,以火攻为辅助。虽我军人数似乎不足,但是宋军中无用的宫人、百姓居多,不足为惧!"

于是,张弘范将其军分成四部分,在宋军的东、南、北三面各驻一军,张弘范率领一军与宋军对峙。

当日,李恒率先领兵出战,从北边攻击宋军。北边有浅滩,李恒便以当地人为向导,询问当地潮水涨落。原来,靠近海边的地方,潮汐的涨落以一个月为轮回之期,在一个月内,每日情况都不同。李恒得知,此地明日涨潮将在黎明,而退潮则在午时前。李恒心中计算,暗自道:"天佑!"

第二日天刚蒙蒙亮,宋军的哨兵就发现,西北方向的江面上船影重重,似乎破雾而来!

"蒙古军来了!"士兵嘴里呼喊着,脚下不停,一阵风似的向中军战船奔去。

"不必惊慌!"张世杰厉声道,"我们日夜守卫,等的不就是这一天吗? 拿出气势来,全力迎战!"说着,张世杰率先大跨步出去,竟是要自己领兵而去。

当时苏刘义、方兴、张全等人皆在,众人正要随张世杰而去,身后传来一声"诸位将军且慢!"

众人回头,原来是陆秀夫。

陆秀夫道:"诸位都去迎战了,唯恐元军偷袭后军! 请各位将军分守各处,各司其职。"

王德道:"战时,更要增加皇帝身边的护卫!"

张世杰见状,便令苏刘义、张全分守其他地方,自己与方兴率兵迎敌去了。

陆秀夫与王德等人心中稍安，礼部侍郎邓光荐道："皇上在中军之中，虽然守卫最严格，却不得不重视！"

王德道："正是如此，这是宋氏嫡系的唯一血脉了！说到这里，我有一件事。早先听闻张世杰大人已经派最好的战船十余艘独立编队，想来是为了护卫皇帝。然而多日以来，又不曾告诉我，不知是何道理？"

陆秀夫吃了一惊，道："此事全交给我，王都知不必担心。"

王德道："太皇太后叫我保护宋廷这一点香火，我怎么能不用心！"

说罢，几人望向主座中的杨太后。只见杨太后面容忧郁，向诸位臣子颔首道："哀家见识浅薄，全赖各位大人扶持。"

邓光荐心中暗道：这位杨太后虽然守礼，然而全无见识，同是妇人，比起太皇太后真是差远了！

陆秀夫已经将小朝廷的政事、二王的故事记录成书，此时，他对邓光荐说："我身为言官、礼官，机宜文字多年。此书不仅是一本起居注，还包括了宋廷近年来的教训，乃是我这数年来的心血！若你侥幸不死，就把书传出去，待大宋汉室光复那一日，这书便可重见天日，为汉室江山世世代代所传承！"

听到好友兼知己的这一番话，邓光荐心中豪情陡然升起，道："君实，你不但是我的好友，也是我的老师啊！今日我邓光荐在此立誓，若能逃脱生还，必然将宋廷的事迹流传出去！"

崖山之战的时候，邓光荐于战火中扮成百姓，将那本书贴身藏着，最后带回了庐陵。后来元朝统治稳固，邓光荐见光复无望，便把这书交给了岭南地区的宋室后人，此是后话。

李恒的水军乘着涨潮而来。

张世杰于船头对方兴说："元军俘获了不少匠人，竟然会造船了！"

方兴恨恨道："这些人，投降便投降了，怎能又去为元人做事！"

张世杰遥望着对方的战船，一边下令摆开雁形阵，一边对方兴道："小老百姓，所求不过箪食瓢饮，哪能苛求这么多！"

方兴道："升斗之民，心中也应该有大义。"

张世杰道："不错，正是如此！所以有些事明知不可为也要为之，就是因为我们懂大义。"

战旗挥舞，双方战船交战。张世杰方虽然被动，却以逸待劳，李恒水军虽然精锐，但在水战上仍然显出怯意，双方陷入胶着。

张世杰拉弓射箭，乘间隙偷望太阳，心想：午时将至，待潮水落去，你等还不是瓮中之鳖！

那边，李恒亦在观察日头。有心腹来报："将军，快午时了！"

李恒道："下令，撤退！"

于是元军鸣金收兵。

宋军见状，以为自己击退了来犯元军，大声欢呼。

张世杰心中冷哼道："还算有点见识！真是可惜了，不然非得叫你等搁浅不可！"

张世杰、方兴等人回到中军，众人道贺，但是陆秀夫却说："不可松懈，须知我们的境地尚且没有改善！"

李恒撤回岸边，便径自往张弘范处去。见了张弘范，便道："幸不辱命！"

原来，李恒故意败退是张弘范所实施的骄兵之计。

张弘范道："你说宋军虽然斗志尚可，但是面有菜色，所以必然不能久战?”

李恒自信道:“正是如此!”

张弘范双目炯炯,道:“既不能久战,我们便也不给他们久战的机会,一鼓作气,消灭宋军!”

说罢,张弘范想起一事,便传令:“请文天祥丞相坐于高台观战!”

正午时分,张弘范的水师全面进发,从东、南、北三个方向大举进攻而来。

小将来报时,众人正在议论战事,谁也没有想到元军会在这么短的时间内再一次大举进攻。

众人一时间有些手足无措,杨太后竟然从座位上跌了下来。

张世杰再一次站了出来,道:“不要慌!我军早已调配得当,必能守住中军。我军不是刚刚胜了一场吗?正好乘胜再战!”

张全、苏刘义等人暗自叫苦,宋军士卒哪里有连番作战的能耐!

苏刘义道:“不如选精兵一支,往西南而去,或可突围,可保朝廷香火!”

王德正要赞好,张世杰却大声道:“逃到此处,已经是逃无可逃,怎能不应战?”

张全亦道:“并非不应战,只求分兵,一路作战,一路护送皇上往西而去。”

张世杰道:“此次已经是背水一战,皇上正应居于中军,扬我军士气!况且,这已经是最后一支军,再分兵,岂不是坐等受死!”

王德等人大急,然而张世杰认定必须正面迎战,众人僵持。

陆秀夫见军情紧急，大叫："大家且听我一言，时间紧迫，张元帅在此调配，大家唯有一心，不可再起分歧！"

于是众人领命而去，守护各处。

张弘范大军这次铆足了劲头，战船、楼船尽出；战船在前，楼船以大布蒙着，在后。

眼见有诈，苏刘义连忙传令："不可直接攻击，只可迂回。"然而命令尚未执行，元军船队桨、橹、帆、轮齐发，顷刻间便冲到了宋军的船队里。大布撤去，元军船上箭雨居高临下而来，宋军勉强靠近元船跳帮。

苏刘义以迂回之势勉强挡住元军，而张世杰则以火炮攻击对方楼船，楼船高大，目标明显，一时间也受到了阻滞。

就在苏刘义、张世杰两处有效阻挡元军的时候，张全却没有这般好运。凭着一股勇气和忠心，张全留在宋廷，可是他既没有提前发现对方的埋伏以做出反应，也没有张世杰那样的火炮作为强力武器。

张全所率船队接连受创：船上士兵中箭、溺水而亡者不计其数，连续有七艘战船被元军大船撞破！剩下的士兵都被近身作战所缠住。连张全自己，也已经投入了近身肉搏战。眼看手下士兵越来越少了，张全心中悲怆不已，暗自道："自平江战后，我已经多活两年，今日命丧在此，乃是死得其所！"

张全力竭而亡。

这一路宋军大败，元军长驱直入，来到中军。

张世杰、苏刘义二人见背后受敌，得知元军已经进入中军，大为震惊。

方兴见己方战船回来，却没有挂帆，亦大惊道："张将军难道投降了吗?”

王德急问:“此是何言?”

方兴道:“凡是水战,若有一方解下帆布,便是投降了!”

王德急道:“恐怕并非如此,我见船上都是元军模样!”

方兴悲痛道:“张全将军已经殉国了! 我当出全力,以效朝廷!”

3. 死亡的意义

当时,陆秀夫见皇帝所在的船已经处于危险之中,便抱着小皇帝自中军而出,希望找到安全的退居之地。王德见状,则道:“陆大人请护皇帝遁去,我将与方大人为你断后!”

陆秀夫热泪盈眶道:“好,我去了!”说着,抱着小皇帝遁去。

杨太后不见小皇帝,慌忙寻找,却无意中撞见了张世杰。原来张世杰见中军已破,知道这“连环船”此时已经成了累赘,便令人砍断铁索,并抽调精兵,往中军寻找宋室子弟的下落。见到杨太后,张世杰急忙问道:“太后,皇帝哪里去了?”

“哀家只见陆大人护着我儿往南边去了。”

“既然如此,我们也掉头往南,护着您寻找皇帝吧。”

此刻海面上一片混乱,海水也被染成了红色。

苏刘义遥观战局,见中军已破,知道大势不可挽回,长叹不止,便下令心腹士兵准备快船,自己带着两百余人往东边海上的小岛躲去,逃出了元军的包围圈。

陆秀夫带着小皇帝来到南边,发现南边也已经尽数被元军包围。陆秀夫知道最后的时刻来了,对一直随在军中的妻儿道:“国将灭，就没有我们的家了！”妻子连连呼唤陆秀夫的名字，陆秀夫咬紧牙关，对妻子说：“你先走一步，我随后就来，来生必定报答你！”说着将妻儿推入海中！

旁边的小皇帝惊呆了，下意识地往周围看，再也没有发现王德的身影。天快黑了，他害怕，想哭，但是又不敢。

陆秀夫跪地，温和地说：“陛下，您身为宋主，只能为国而死，绝不可以身受辱。陛下不要怕，下官将陪你一起。”

小皇帝说不出话来，陆秀夫便背负着皇帝，一跃而入海中！船上诸人见状，大哭不止，有人喊道：“投降了也是死，不如自尽！”说着也跳入海中。

于是众人纷纷效仿，这十万余人，竟纷纷跳海。

这一战，直到入夜才结束。张弘范见己方大胜，心中觉得痛快不已。李恒见海上风起，便建议道：“大风已起，恐怕有暴雨，咱们已经胜了，可以收兵了！”

张弘范大手一挥，宣布收兵。回到主帐，果然暴雨落了下来，张弘正兴奋地对张弘范说：“这么大的雨，那些海上的宋军逃兵不用追赶，怕是也没有活路了！”

正说着，文天祥被带了进来，元军没有替他打伞，文天祥浑身又湿又冷。

张弘范问道：“文丞相观战，可有心得？”

文天祥正气凛然，怒视而不语。

苏刘义等人逃亡之后，化作当地渔民隐姓埋名又有两年，后来下南洋去了。而张世杰，当日救了杨太后之后，一直往南行船，却没有找到陆秀夫的船。等消息传来，张世杰才明白，自己的船是快船，早已超越龙舟把皇帝远远抛在后面了！

张世杰等人停泊在小岛上。张世杰问杨太后:“若是找到皇帝,有何打算?”

杨太后道:“哀家一介女流,请将军主事。”

张世杰于是对杨太后说:“太后请节哀,皇帝与陆大人等不知所踪,恐怕已经殉国!”

杨太后闻言,跌坐在地上,大声号哭:“我的儿!”

张世杰耐心劝道:“太后请听我一言! 皇帝虽死,然而宋室仍然有后人。为今之计,只有您以太后的名义再寻找赵氏后人,以图再举!”

杨太后只觉得了无生机,口中喃喃道:“我的儿子啊! 是谁害了你!”

张世杰道:“皇上若是殉国,乃是死得其所,令人敬仰!”

当夜,风雨大作,杨太后便于疾风骤雨中投海而死。杨太后死后,逃兵更多了。当时狂风大作,有人建议张世杰往占城而去。张世杰说:“不必了。我为赵氏,能做的事都做尽了,一君亡,又立一君,现在又亡。我还没有死的原因是希望敌兵退,再另立赵氏以存祀啊。现在到了这个地步,莫非天意!”

狂风既来,张世杰不躲不避,亦在大风雨中溺亡于平章山下。

4. 劝降

天色晴蓝,万里无云。元大都的天空,高远深邃。

文天祥在将要被押解进元大都的时候,突然获得了相对的自由——他被允许解除脚镣,还可以坐在马车里。绝食八日而不得死,他已经放弃绝食,因为他相信,一个人想要死亡,一定有很多方法。他畏惧死亡吗? 也不见得,从他奉诏带兵勤王的那一天起,他不就已经说服自己将生死置之度外了吗？文天祥自己也不知道在想些什么，脑子里塞满了各种画面：同僚的鲜血、外族的羞辱、家人的离别……然而他又觉得自己的脑子极度空乏，再也不能思考分毫。

当雁群飞过天际，他甚至在想，难道是这广阔的天空和辽阔的草原才造就了这么彪悍的民族吗？

大都的皇宫高大宏伟，远不像江南的建筑那样精巧。忽必烈站在一处高台上，远远地俯视着自己的臣民。他挥一挥手，便有内侍躬身向前听候吩咐。

忽必烈问：“今日便是俘虏入京的日子了吗？”

内侍稍微侧身道：“回陛下的话，正是今日入京。”

“文天祥也在其中？”

“回陛下，我军将俘虏分批押入大都，文天祥应当是在今日的这批人当中。”

忽必烈微微皱眉道：“应当？”

伯颜见此情状，便行礼道：“文天祥既然到了大都，不知陛下打算如何处置此人？”

忽必烈目视伯颜，脸色稍微有所缓和，道：“如何处置？传令下去，安排一处馆舍，令干净小童照料。”

此言一出，众臣子皆哗然。

忽必烈转身逐级而下，边走边说：“等等，令干净少女服侍，不许他外出，但是，不要阻拦外人的拜访。”

有人小声地嘲讽说：“哼，拜访？一个阶下囚，这境地，还能有谁去拜访他？”

伯颜道:“文天祥以文人之身,被我蒙古士兵俘虏来,却刚而不折,可见硬来是不行的。陛下不约束他的朋友来访,或可感化那文天祥也未可知。”

仍然有人反驳道:“感化他作甚!咱们的马蹄踏过的地方,便是咱们的牧场!若每个人都如此对待,太不痛快了!”

伯颜道:“此人名声很大,不可以轻易处决他,不然得不到南人的心,不利于我大元的统治!”

一年轻将领在后面嘀咕:“难道陛下真的要那文天祥做咱们的丞相不成?”

伯颜听到,悄悄看向忽必烈。忽必烈突然问道:“伯颜,你以为,朕会不会让文天祥做咱们的官?”

伯颜突然想起自己现在的官职,立刻叉手行礼道:“皇上自有论断,臣下不敢妄言。”

忽必烈见状,笑道:“那文氏生逢乱世,才成就一番名声,其实名过其实。难道他比我的伯颜丞相还要有本事不成?”忽必烈轻哼一声,又道,“大宋最终成为我蒙古人的手下败将。”

伯颜答道:“以汉人的官员、汉族的方法统治中原,能使中原乃至于江南地方稳固。”

忽必烈哈哈大笑:“伯颜竟然起了惺惺相惜之心吗?”

文天祥感觉到马车转了个弯,于是抬眼往外看。这一辆马车和跟车的数人已经脱离大队,单独往另一个方向而去。文天祥知道这一批俘虏远远不止他一人,那么他要被单独处置了吗?其他的人又被带往哪里去了呢?文天祥心想,自己马上就要迎来人生的结局了,结果无非生与死而已。苟且活着,文天祥是坚决不愿的，那样的活法又有什么意义？死倒是不惧怕，可是若无声无息地死去，未免也太不甘心了。

文天祥轻轻地问道："这是要去哪儿呢？其他人在哪里？"文天祥自嘲：自己不过是国破家亡的阶下囚，还能指望对方以礼相待不成。

马车沿着一条小路径直来到一处干净的馆舍前，拆去门槛，马车直接停到了院子里，文天祥便下了车。这么久以来，他第一次活动腿脚，然而没有人搀扶，他的腿似乎无法走路，只能勉强维持着站姿。

正堂转出两名面容姣好的少女、两名眉目清秀的小厮，看上去不过都是十五六岁的年纪。稍微年长的一名少女浓眉大眼，颇有些飒爽之气，想来是在蒙古草原上长大的女孩，文天祥不禁想起了华训。这少女居然对着文天祥磕磕绊绊地福身行礼，行礼毕，自己先笑了起来："刚刚学会汉人的礼节，还不熟练，惹得文丞相见笑了。奴婢阿吉，见过丞相。"

随后几人纷纷向文天祥行着汉人的礼节，道："奴婢阿祥、小人阿福、小人阿寿，见过文丞相。"

文天祥尚未反应过来，下意识地便想要开口说"请起"，却张口嘶哑，原来长久没有开口说话，食物饮水不足，又兼一路风霜的缘故，嗓子干涩疼痛，竟然已经发不出声音来。

"陛下有令，把此人照看好了，不得松懈！"送文天祥来的军士严厉地吩咐道。

待军士一走，阿吉似是松了一口气，微笑着轻拍了一下自己的胸口，回头看了一眼名为阿祥的少女，那少女便与阿吉一起搀扶住文天祥，并且善解人意地说道："文丞相一路辛苦了，还请先坐下歇息喝茶,好好缓一缓身子才是。”

阿吉一边扶住文天祥的另一只胳膊,一边侧头对两名小厮吩咐:“还不去将热水、食物备好!”

文天祥此时如在雾里一般,预料中的酷刑不但没有出现,反而来了两个美丽的少女,还有精致的馆舍。这是何意?这又是谁的主意呢?

两名侍婢将文天祥扶至榻上,小厮端来热水,阿吉便为文天祥除去鞋袜,把他的双脚放入水盆中,水中隐约有药香味。

阿祥则从桌子上端来茶水,柔声道:“文丞相,快润润嗓子!饭食正在准备,先生先润了嗓子,再进些小食,方才不伤肠胃。”

阿吉巧笑地说:“文丞相一路如此辛苦,必然腿脚疲乏,奴婢学得按摩之法,待奴婢为先生解乏。”说着便为他细细地揉捏起来。

这些年的奔波,让他忘记了自己也曾经是注重养生的人,一切恍如隔世。

饮下一口茶水,文天祥沙哑地说:“吾乃家国俱亡之人,国都没有了,何来的丞相呢?可笑可笑!”

阿祥柔声道:“文丞相心怀天下,又有治世之才、名声高洁,咱们蒙古草原上的女孩也曾听说过文丞相的事迹,实在是令人崇敬呢!”

文天祥苦笑道:“已是败军之将,何来事迹之说?”

阿吉仰头道:“咱们可是早就听说了文丞相的,常想着要是咱们蒙古也有这等气概的男儿就好了!”

文天祥缓慢地、一小口一小口地喝完了一盏茶水,终于可以清晰地讲出一句话:“不要叫我文丞相,此地已无文丞相了,叫我文先生吧。”

文天祥疲惫地闭上了双眼，斜倚在榻上。阿祥将点心小食放在屋内圆桌上，并用纱罩盖住，阿吉仔细为文天祥捏完了腿脚，唤来小厮将水盆端走。阿祥点燃一支檀香，阿吉则为文天祥盖上被子。随后两个婢女悄悄退了出去并掩上门。

文天祥睁开眼睛，心乱如麻，不知今夕何夕。

如此过了数日，文天祥自觉精神恢复了些。这一日，文天祥正在窗前不知道想些什么，忽然见得眼前落下几点柳絮。文天祥抬眼往上看，只见灰扑扑的云层叠满天际，大朵大朵的雪花落了下来。见此情景，文天祥忽然想起少时临窗而读的情状。那时年少，屋内火炉红袖，屋外雪花红梅，曾设想他日指点江山、挥斥方遒，何曾料想到自己有一日竟然做了亡国之臣。忆起往事，文天祥忽然闻到一股梅香传来，那梅香夹着雪花的冷气，令他精神稍微振奋了一点。于是他起身，沿着长廊和侧面甬道，慢悠悠地往后园走去。

阿吉见文天祥眉头时蹙时展，便时刻注意着他的动静。见他站起来往后园去，便跟在身后。文天祥果然在梅树前站定，那却是一株蜡梅，没有红梅的姿态，但是有着最醇厚的香味。

“蜡梅，蜡梅。”文天祥站在树下，喃喃自语。

阿吉道：“这蜡梅的香味最沁人心脾，但是在雪中赏来却别有一番滋味，先生于雪中循着梅香而来，可以称为踏雪寻梅了。”

踏雪寻梅，踏的是雪地，寻的是红梅。这蜡梅香则香矣，却无甚艳丽的姿态。文天祥想道，果然还是北地脂粉，怎么能懂得踏雪寻梅的真意呢，真是乱用典故。

阿吉见逗笑了文天祥，仿佛受到鼓舞一般，笑容更盛，道：“先生，这第一茬地里的蜡梅若是开在冬雪里，还有一个称呼叫作‘冷梅香’，意思是这香味既有梅的好香味，又有雪的清冷气质，又因为蜡梅开在一年中最冷的日子里，不惧冰雪，因此‘冷梅香’又取其冷傲之意呢！”

“哈哈哈，好个冷梅香！”院外突然传来一个男人的大笑声，阿吉一惊，忙低了头，站在文天祥身后。

屋角转出一个人来，这个人长了一副典型的汉人样貌，却是蒙古人的打扮，戴着一顶耳帽。在文天祥看来，这样子不伦不类。

那人走到文天祥跟前，施了一礼道：“见过文丞相。”

文天祥定睛看了此人，眼里几乎喷出火来。他最恨的不是举兵南下的蒙古人，却是这些将矛头转向自己人的叛臣。

“留梦炎！你来做什么？”

当年临安危难之时，留梦炎弃官而逃，降元了。

原来受忽必烈之命，留梦炎来劝降文天祥。以他对文天祥的了解，他可以预料到这次劝降必然是无果而返，然而上命难违，只得走一趟。

“多年不见宋瑞，听闻先生已至大都，特来拜访。”

文天祥一甩袖子，背向留梦炎道：“自从你降了元，我们便再无交情可言，何来拜访之理？”

留梦炎道：“当年也曾与宋瑞煮酒论史，为何今日再相见，你却如此不近人情呢？”

文天祥字字清晰地回道：“当年你也曾为大宋臣子，今日既臣服于异族，又有何颜面提起当年呢？”

留梦炎面红耳赤，他虽有文才和辩才，然而在面对文天祥的时候，却辩无可辩，却只得硬着头皮道：“蝼蚁尚且偷生，身为人子，敢不爱惜自己而取生路乎？”

文天祥冷笑道:“吾大宋小儿尚知伦理,我不与你作无谓之辩!”

留梦炎道:“宋瑞,你既然身为丞相,且智谋皆在我之上,又何必将自己置于绝境中呢?”

文天祥大笑道:“丞相?哈哈,国之不存,哪里还有文丞相?”

留梦炎见话语中似乎是有了机会,连忙急急地道:“只要宋瑞愿意,文丞相还是有的!元帝令我今日来,特意告知,若是宋瑞愿意降元,丞相之位虚位以待……”留梦炎一口气将来意说明。

文天祥大怒,手指门外,面上因愤怒而涨红起来道:“滚!滚!”

留梦炎讷讷道:“宋瑞好大气性……”说着,抱头鼠窜而去。

与此同时,南昌。

文天祥的前任幕僚王应梅在一处整洁的客栈中临窗而坐。窗前有几,王应梅双袖高高挽起,抿嘴蹙眉,表情严肃,右手执笔,正在奋笔疾书。那纸张的最右边赫然写着六个大字:“生祭文丞相文。”王应梅一边书写着,一边眼含热泪。待他将这一篇文字写完,忽听得门外有动静。回头看时,一红衫女子破门而入,眉目含怒,面有疲色,正是华训。见王应梅在窗前还在写那劳什子,不由得双目喷火,怒上心来。二话不说,上前挥手便打。

华训面若冰霜,冷冷地咬牙问道:“我问你!‘丞相再执,就义未闻,慷慨之见,固难测识’哼,是你写的吗?”

王应梅见华训是为此事,自豪地说:“不错,正是在下所作。丞相若生,实在是难以再建大功业,不如就义,为我大宋忠义的标榜,死亦为鬼雄矣!”

华训心中大痛,缓缓地转过身来,已是泪眼盈盈,对楚宁道:

“师兄，先生被俘虏不久，王应梅便作生祭文，是何道理？现在张贴得到处都是，此文既已经流传，先生如何还有活路呢？”

楚宁何曾见过她如此哀伤、悲痛，当下心痛无比。暗暗寻思一番，于是柔声劝道：“听闻赣州码头，王应梅曾在文丞相舟马转乘之时当面拜祭，丞相虽有感动但却并没有立时就义。想必丞相自有打算，或拒或降，未必没有第三条路。”

华训闻言，眼眸中渐渐恢复了一些神采，回身握住楚宁的手，诚恳地问道：“师兄，你有办法吗？”

楚宁心里也是又酸又暖，然而终究不忍心师妹终日戚戚，当下便道：“听闻忽必烈只将文丞相软禁，并且不拘来访者。说不定你担心的事情尚且有转机。我们不日便起程去大都一趟如何？去向文丞相告诉一个好消息。”

华训急忙问道：“什么好消息？”

楚宁看了一眼王应梅，附在华训耳边耳语了几句。

华训听到这几句，几乎雀跃起来，声音也轻快了不少，道：“真是好消息！师兄果然有本事，先生闻得此事，必然欢喜。”说着像小时候那样摇了摇楚宁的袖子。

华训和楚宁一路北上，不日便到达了大都。打听到馆舍所在，华训立时便要见文天祥。

到了院门外，华训反而踌躇起来。定了定神，向守门军士报了姓名，二人便要入内。

不料刚过门房，便听到堂屋传来一阵嘶哑低沉的喝止声：“南朝宰相见北朝宰相，怎能下跪！”

二人吓了一跳，对视一眼，忙止住脚步。

原来，文天祥被捕后，元主忽必烈因其名声过大，起了爱才之心,并不愿意杀他。当时伯颜正好与文天祥多次打交道,颇为钦佩其文才胆略,便起了惺惺相惜之心,于是向忽必烈建言说：若杀文天祥,恐怕激起南人反抗之心,又为后世留下元主暴虐不惜才的名声,实在是犯不着。现在真正的千里马来了,岂能不慎重对待？若能感化文天祥,令他为大元效劳,给他高官又有何妨呢？不如令人劝降,使他归顺大元,实为上策。

忽必烈本来就未动杀意,于是便欣然听从了伯颜的建议,先令留梦炎去劝降,盖因留梦炎与文天祥既有文人相交的往来,又有同僚的情谊。留梦炎了解文天祥的脾性,知道此事必然不可成,却不敢说出来,接了命令,草草劝降一番,又草草而去,实在是为了有个交代。于是忽必烈又令瀛国公赵㬎前去。赵㬎时年只有九岁,对故国都没有什么记忆了,又怎么能劝降文天祥呢？赵㬎刚一进入院子,文天祥便大拜而跪,痛哭流涕,泣不成声道:“陛下请回,陛下请回啊!”于是赵㬎不知所措地很快离去了。忽必烈的这一招又落空了。

这个时候,元朝权倾朝野的平章政事阿合马听说了文天祥拒降的事情,于是便主动要求前来劝降文天祥。

阿合马带着数名随从,身着官服便来到了文天祥的馆舍。他见文天祥一副文人模样,心下便先有些看轻,于是径直往堂前主位上坐下。

文天祥见来人未语先怒,气势汹汹,不施礼节,便知来者不是善茬儿,也不知忽必烈又想了什么法子来对待自己。

阿合马坐了一时,对文天祥注目了一盏茶时间,目中凶光仍未消除。他挥了挥手,旁边站出来一个随从,大声喝道:“丞相阿合马在此,堂下之人速速下跪!”

那人声如洪钟,阿吉、阿祥二婢女被吓得浑身一哆嗦,立时便跪了下来。

阿合马微微一哂,却见文天祥仍然是一副云淡风轻的样子,仿佛那声喝问与他无关。阿合马见他一副不动声色的模样,心中厌恶,于是一拍桌子道:“阶下囚,为何见了本丞相不下跪? 做了俘虏还不知好歹吗!”说着站起来,往前一步逼近文天祥。

文天祥冷哼一声,喝道:“南朝宰相见北朝宰相,怎能下跪!”他声音虽然不大,因为所站之处靠近院子,正好被院中的华训、楚宁二人听了个清清楚楚。

华训心中情绪翻腾,便上前几步,想要掀帘而入,楚宁此时眼疾手快,看见堂中另有数人,便一把拉住华训,低声道:“不是时候!”

阿合马哈哈一笑,讽刺地说道:“哦,你如此有本事,又怎么会沦落到如此境地呢?”

文天祥脊背挺直,不卑不亢,昂首答道:“若我大宋早早便用我做宰相,尔等蒙古人绝对是没有机会踏足江南的,南方汉人也绝对不会到北方来!”

阿合马无言以对,他见过很多俘虏,却从来没有见过文天祥这样软硬不吃的,一下子也摸不准文天祥的软肋,不知道怎么样使他低头。他重整威严,环顾左右,冷哼道:你的生死都掌握在我手里。

没想到话没有说完,就被文天祥打断道:“亡国之人,要杀便杀,说什么由不由你!”

阿合马不由得怒从中来。他向来对南人无好颜色,此时更是凶神恶煞,当下便神情傲慢地道:“阶下囚似乎忘记了自己的处境!

既然如此，那便让你好好享受享受阶下囚的滋味，哼！”说罢便拂袖而去。

楚宁和华训隐身在隔壁，将文天祥与阿合马二人的对话听了个清楚。

华训见阿合马离去，便迫不及待地从隔壁出来，步履匆匆往堂屋而去。

堂屋里，两个婢女仍跪着，文天祥背门而立，听见脚步声又来，头也不回地厉声道：“去而复返是要作甚！岂不知我心匪石，不能转也！”话音刚落，却听见背后一声哽咽的女声：“先生……”

文天祥此时似信非信，待回身时，先看到地上曼妙的影子，又看到一位红衫女子立在门框中，阳光投射在她身上。文天祥记得自己初见华训的时候，曾经赞叹：“江湖女儿，身着红装，真真是英姿飒爽，令普通闺阁女子望尘莫能及！”后来这位红装的女侠，留在自己身边，既是护卫，又是红颜知己，陪着自己经历了做官、罢官、练兵、战争。此时再见故人，恍如昨日。

华训疾步而入，仔细看文天祥，他果然须发全白、额前皱纹多于以前。华训只觉得一阵心酸，却不知道该说些什么好。

楚宁见此情状，轻轻咳嗽一声：“见过文丞相。”

文天祥道：“此时哪里还有丞相，你随着华训称呼我先生就好。”

文天祥至榻上坐下，阿吉与阿祥这时候才敢对视一眼，站起身来。文天祥挥手令她们退下，方问道：“你们为何来到此地？”

华训轻轻答道：“华训愿见先生一面。此前坊间多流传《生祭文丞相文》，先生可曾听闻？”

文天祥略略沉吟：“有所耳闻，此文乃王应梅所作。在赣州码头之时，王应梅曾经冲破蒙军侍卫，为我生祭并诵读祭文，因此我也曾经听到几句。”

楚宁诧异道：“难道蒙古人没有将此祭文拿给丞相看么？还是说此文尚且没有流传至大都？”

文天祥笑道：“大概因为天下皆知，所以以为我也知道了，因此不曾特意拿来给我看。”

华训道：“我们路遇王应梅，他已在南昌，却还在到处抄写生祭文。哼，王应梅这么做，岂不是将大人架在火上，断人生路？”

文天祥默然，而后又问道：“你那里有祭文全文，可以拿来给我一看。”

华训于是便将纸张掏出来，为文天祥铺在榻前的桌几上。楚宁目视华训，知晓这篇生祭文，其实是一篇“劝死文”，这时候给文天祥看了，若是文天祥看进去了，却不是真的令他速死吗？然而楚宁却没有阻止她的行为。

文天祥一目十行，看完了这篇文章，良久，赞道：“王应梅真是好文采！”

楚宁道：“此文虽然是王应梅所作，却不是他一人之意。”

“哦？”

“先生被俘虏的消息传开之后，便有野老聚集议论，甚是担忧先生的下落。众人皆说先生必然不肯折节。只恐大势一定，不知先生将如何自处，为防万一，故此决定为先生做生祭文。王应梅呼声既高，又素有文名，又曾为先生幕僚数年，于是众人便推举王应梅执笔。王应梅便欣然应允，这才有了生祭文。”

楚宁虽然说得隐晦，却将事情前因后果都交代了，文天祥也听明白了。大宋的遗民们实际上是将大宋最后虚幻的荣光系在自己的身上。文天祥虽然不惧死亡，然而此时被自己的故国子民劝死，心里仍然有说不出的滋味。

文天祥默然良久，说："大宋尚在之时，大家都知道我是丞相，此时国破了，大宋遗民皆观我将如何死。我若不死，忠义何在？"

华训恨道："天下人皆议论'忠义'，不过是动动嘴巴！有谁看重大人了！"

文天祥笑着说："家国皆亡，一人身死何其轻哉！"

华训擦干眼泪道："国虽亡，家尚在。"然后靠近文天祥，低声耳语一阵子。原来欧阳氏等家眷返回老家隐居时，很快便被元军遇到，没能逃出战乱。欧阳氏及诸位姬妾、儿女皆被冲散，下落不明。华训在文天祥耳边轻声说道："栓儿已经找到，安全无虞。"犹豫了一下，又道，"空坑之役时，混乱严重，华训自脱身之后便四处寻找诸位夫人娘子的下落，却先与师兄会合了。这才听说，欧阳夫人和几位小夫人，还有柳娘、环娘，皆被元军捉住，押送大都了。我们刚入大都便悄悄打听此事，听说夫人和二位娘子现在在东宫中被罚做奴婢。"

室内寂然无声，楚宁仍然警惕地注意着四周。华训低声细语道："我们得知夫人北上之后，便继续寻找其他几位娘子，还有栓儿。后来我们找到了颜小夫人和黄小夫人，原来二位夫人护着栓儿躲在河边的长草里，以草根为食。有人来问的时候，二位小夫人只对外说栓儿已经死于瘟疫，因此无人追杀，才得以逃脱，师兄已经托人安置妥当。"

栓儿是文天祥的小儿子。文天祥长子文道生生来聪颖却体弱，十三岁上便夭折了。欧阳氏便叹小儿慧极必伤，不是好兆头，于是禀了文天祥给小儿子文佛生起了个小名，叫做栓儿，意思是拴住孩子的命魂。这个小名只在亲近人中呼唤,外人并不知道。

文天祥乃问:“其他家人不知道下落如何?”

华训道:“李璇儿跟随欧阳夫人,此时恐怕也在东宫之中。定娘、寿娘、奉娘下落仍然不明。”

楚宁似是想起来什么似的,问道:“未进门的时候,听见先生说‘我心匪石,不可转也’,莫非先生已经有了决断?”

文天祥叹道:“既然被俘,老夫是绝不会折节的。”

楚宁赞道:“不知道先生究竟有何打算呢?”

文天祥道:“一死虽然容易,岂不是死得太容易了些!”

楚宁见文天祥此时尚无死志,心中暗暗称奇。寻常人到了此等境地不是惊慌失措,就是一心等死而已。听文天祥话语中似乎另有打算。

楚宁当下试探道:“楚宁虽为江湖人,自忖不是无能之辈。先生若以身相托,楚宁愿与师妹为先生保全。”

文天祥大惊,他这番心思从没有和人说过,连李璇儿都没有猜到,为何楚宁言谈间便论及此事。

文天祥目视楚宁,缓缓道:“去年,战争形势不利。老夫一路南下之时,总是感慨我大宋的子民,竟然受此苦难……”说着咳嗽起来转入内室,出来的时候竟然拿出了数封信,隐秘地塞入楚宁的袖子里。

5. 坚强的心脏

当楚宁拿到信封的时候,便觉得不可久留,于是领着华训离开。

当晚又发生了一件事,令文天祥始料不及。

夜晚已至，文天祥准备入睡之时，阿吉和阿祥忽然给文天祥跪下行大礼。文天祥心中诧异，以往与这些婢女相处并无不妥，为何此时她们突然跪起来了，于是便询问究竟。

两人抬起头来，露出了精心装扮的面容。阿祥娇声道："阿吉与阿祥奉命来侍奉先生，却一直没有尽到责任。这是先生在馆舍的最后一夜，请允许我们对先生尽责。"

文天祥惊奇道："尽什么责？"

阿吉看了看阿祥，心中叹了一口气，柔声道："吾二人除了奉命而来，心中也确实仰慕先生，此番是来自荐枕席的。"说到最后，阿吉的脸红红的，声音也微弱了下来。

文天祥看着二人，淡淡地说："你们二人侍奉我数日，应当知道，我并非轻易服从之人。二位身为蒙古人，与我这个南朝的汉人何来的情谊，回去吧！"

阿吉急忙道："对先生仰慕，并不受到身份的影响，先生为何固执呢？"

文天祥道："吾宋人无日不痛恨蒙古人南下，对蒙古人只有恨意，回吧！"

阿祥哭了起来，道："先生若不答应，阿祥恐怕要丧命，阿祥的家人便也要世代为奴了。"

文天祥大笑道："我大宋皇族亦为奴隶，蒙古人何来一点点怜悯之心？"

二人无言以对。

阿吉平静地说："先生，欧阳夫人和文柳、文环二位娘子现在皆在东宫为奴。文先生如此坚持，明日她们母女便要进入教坊，沦为妓女了。"

说罢，阿吉起身，阿祥也面带泪痕地起身，二人平静地离去。

第二日，文天祥刚刚起床，便听到外面有喧哗之声。于是他令阿吉去看个究竟。阿吉看也不看他，也并不出门去看，淡淡地道："是兵马司的人，先生这次大概可以得偿所愿了。"

文天祥心中一凛，这是说自己马上就要被处决了吗？当时便有元兵将他拖出门去。文天祥回头看时，二人站在门边，并不出来相送。

"看什么看，快走快走！"元兵不耐烦地推搡着文天祥，文天祥几乎要摔跟头。

果然，文天祥被关进了一个土牢，这土牢宽八尺，深三丈二尺，四面都是土墙，只有一个很小的门户。这样的土牢，往往是用来对付那些心智非常坚定的犯人的。这样的人并不惧怕严刑拷打，然而这小小的土牢对于他们来说，会在日复一日的寂寞中磨去他们的心智。文天祥对此早有准备，安之若素地在土牢中住了下来。

如此过了数日，伯颜首先好奇起来，便悄悄来到兵马司的土牢，想看看文天祥究竟在做些什么。伯颜从土牢的窗户往里面看见文天祥正盘腿在地上打坐，面容清癯，不见狼狈之态。

伯颜大为惊讶，找了个机会便向忽必烈提起文天祥的事。伯颜告诉忽必烈，文天祥在土牢之中仍然没有屈服之意。

"如此，非得将他折服不可！"忽必烈说道，文天祥越是不屈，他就越想使尽办法，让文天祥屈服并为自己所用。

伯颜便建议道："南方的文人最爱抒发心志。不如给他提供纸和笔，隔日收上来，以此便可以了解他是否有一丝动摇。"

忽必烈觉得这个建议还不错，伯颜大大地松了一口气。不知为何，他自从见到文天祥以来，便总是对文天祥有惺惺相惜之感，一面希望文天祥能够投降于自己成为同僚甚至好友，一面又希望他不要折节变了品性，心里很是矛盾。文天祥在土牢之中，他便说服忽必烈供给纸和笔。对于一个文人来说，有了纸和笔，便可以战胜孤独。

忽必烈显然没有伯颜那样的“好心”，等他想起文天祥被囚禁的事情，已经又过去了十来天。元主对文天祥会写些什么非常感兴趣，于是唤来伯颜和孛罗，一起看文天祥写了什么。忽必烈大为失望，因为文天祥甚至把元主希望他写投降书的纸张用来编纂了自己的诗集，并且起名为《指南后录》。

忽必烈对文天祥的行为大为不满，寻思着一定要让文天祥受尽苦楚，看他究竟能守节到什么地步。忽必然说：“文天祥的妻子和女儿去教坊有多久了？”

伯颜掐指一算道：“恐怕有一个月了吧！”

忽必烈来回踱步道：“文天祥与妻子感情很好，对女儿也很疼爱。做丈夫和父亲的，难道能够眼睁睁地看到妻女受辱不成？”

伯颜叹气道：“他那二女儿颇为不屈，想尽办法却没有逃出去。听说曾经写信给文天祥求助，不料信件被截，反而被教坊的人狠狠地教训了。”

忽必烈道：“既然如此，就告诉她，给她一个写信的机会，要她好好地写一封信，劝一劝她那食古不化的父亲吧！”忽必烈看了看伯颜和孛罗，最后对孛罗说，“这事还是你去办，你拿着信，再说降文天祥一次，如果他还是不肯低头的话，就让他自生自灭吧！”

孛罗来到教坊，说明来意，自有人将欧阳氏、环娘、柳娘唤了过来。孛罗扫视三人一遍，问道：“哪一位是文柳姑娘？”

一个湖水绿衫子的浓妆女子走上前来道:“便是小女子,不知道大人有何吩咐?”

孛罗仔细看时,发现文柳虽然妆容厚重,然而五官端庄、眉目秀丽,举止大方有度,虽然已为妓子,目光中仍然可见清亮之色。不由得心里可惜道:真是好教养,只可惜脂粉污了颜色。

孛罗于是正色道:“文天祥现在土牢中受刑,我主甚是怜惜他的才干。只是他担心家人,因此元主令我来取你们的书信一封,以安其心。你们何日离开教坊,就看这信怎么写了。听说文柳姑娘很会写信,就由她来写吧。”

文柳回头看了一眼母亲和姐姐,二人眼中皆有担忧之色。于是文柳答“是”,坐在桌边执起了笔。

欧阳氏突然道:“柳娘,凡事以你父亲意愿为上。”

文柳低声道:“女儿晓得。”然后低头写起信来。

孛罗将文天祥召到枢密院,诚恳地告诉他:“这是文丞相你的最后一次机会了。若是答应下来,您仍然是文丞相,仍然是天下百姓的丞相!即使换了一个国号,您仍然是丞相啊!”

文天祥见孛罗言语诚恳,于是也诚心地答道:“我一生立志为大宋尽忠,宋亡了,我只有身死一途,但求速死。”

孛罗感慨地叹道:“当初瀛国公赵㬎刚刚被俘虏,你们便另外立了赵昰、赵昺为皇帝,又凭什么算是忠臣呢?既然可以另立皇帝,如今为何又拘束起来!”

文天祥缓缓地回答:“社稷为重,君为轻。即便另立皇帝,仍然是我大宋的血脉,血脉存,则大宋在!社稷之重,不在乎谁当大宋的皇帝。”

孛罗又问:“那你自问,你的所作所为,有什么功绩呢?”

文天祥答："老夫做一天臣子尽一天责，实在只是尽了为人臣子的本分，又谈何功绩！"顿了顿，又说，"如今老夫只有一死，不必再说什么！"

孛罗当下无言以对，于是拿出一封信来，对文天祥说："听闻文先生的小女儿有才有貌，性格也随了您的刚烈不屈，因此在教坊中很是受苦。"

文天祥脸色大变，面如死灰，喃喃自语道："柳娘，柳娘，我的柳娘，我的女儿啊……"想到自己的掌上明珠先是为奴为婢，后又沦为妓女，文天祥心如刀绞，两行清泪顺着脸颊流下来。

孛罗同情道："事情的转机全看文先生您的决定了，是继续令明珠陷于污泥浊淖，还是，……文柳姑娘有一封信给您，我带了过来。"

说着，孛罗将信放在了文天祥面前。女儿的娇憨情态仍如在眼前，文天祥仿佛听到柳娘对他说："阿爹，我读了《女诫》。"自己却对她说："道理看看便罢了，我的女儿最重要还是要活得快活。"自己的明珠如今低落到了尘埃里，而这一切都是因为自己引起的。

文天祥展开信件，熟悉的笔迹映入眼帘："父亲大人在上……"

文柳在信中备言生活之苦，并追忆父女之情："日未出，人已起，日落仍然不得歇息，日复一日，迎来送往复强颜欢笑，若有不服从，动辄打骂……每每梦里忆起昔日在家时，仍不敢相信身在此下贱之地，亦不知今日何日……阿柳幼承庭训，对父亲大人仰慕甚深。求父亲大人回信为我解惑，阿柳一如既往遵守父亲大人训导。……吾母女尚平安，父亲大人亦要保重……"

文天祥在情与义之间挣扎不已，女儿信中仍有信任而并无怨恨流露，文天祥心如刀绞。在屋内来回踱步多时，直到茶凉了，天黑了,仍然不能自拔。

侍卫进来道:"放风的时间已经到了。丞相有令,你若是今日不能答复,来日回信亦可。"

文天祥心中茫然,只有一个念头:来日回信?来日只不过令她期盼多一日,失望多一分而已!当下便道:"不必,我这就回信。"

于是当时便于灯下写信,一边写着,一边泪水打湿了信纸,留下斑驳的泪痕。文天祥写道:"身为人者,谁无妻儿骨肉之情,但今日事已如此,于义当死,乃是命也。阿爹救不得,奈何!奈何!……文柳吾女,记得水中之莲乎?出淤泥而不染,世上后人所记得的,是那莲花之美,却不是花根污泥。尔等既处那污泥中,亦要保重自身之高洁,不可轻易屈服!……痴儿莫问今生计,还种来生未了因!"信既已成,文天祥掷笔于地,只觉得心内之痛不知该如何形容,那桌子上的信件一眼也不能再多看,摇摇晃晃地站起身来,不回头地走出去了。

这是祥兴二年(1279)的冬天。新年来了又去,征服者与被俘虏者的较量似乎也告一段落了。文天祥已经习惯了土牢里面的生活,他觉得自己的余生有可能就在土牢里面度过了,然而又觉得自己既然经历了那么多的风波,结局定然不至于是这么平淡的。

来年的新年,他又见到了一个熟人。

李璇儿来了。

文天祥又惊又喜连声问道:"璇儿,你怎么来这里的?"

李璇儿看到文天祥面色黄瘦,衣服破烂,心中感慨,却微笑着平静回答:"托伯颜大人的福,还能再见先生一面。"

原来,伯颜见忽必烈及其他人都似乎忘记了文天祥,便寻思着还有什么法子能令文天祥动容。某一日他与阿术聊天说起了鄱阳湖水战的时候，女侠华训的种种事迹，猛然想起来，除了华训之外，文天祥另外有一位红颜知己，名为李璇儿，似乎与欧阳氏一起被俘虏了来。待查问的时候，果然发现了这个人。于是伯颜便见了李璇儿，直言希望她能够去说降文天祥，并且告诉她说，投降是文天祥最好的出路。

李璇儿说："伯颜大人说得非常有道理，我答应了。"

于是伯颜便带着李璇儿来见文天祥。

文天祥问道："你现在何处安置？"

李璇儿答："随着大夫人一起北上，自然是安置在教坊的。"言毕，微微一笑，"李璇儿本就来自那里，现在回去，并无不适应。"

文天祥叹息道："你来，是为了跟我说这些吗？"

"自然有一些话想要劝导先生。"

文天祥难以置信道："难道你也是来说降我的吗？"

伯颜在旁，微微一哂。

李璇儿道："并非如此，先生为何小看李璇儿？李璇儿虽出身教坊，祖父辈上却是军中将领，幼时曾愿望成为女将军，可恨宋军将领多倾轧，父兄居然蒙冤入狱，李璇儿因此入奴籍。心中感念大人收留在身边许多年，不因我为女流而看轻我，令我幼时的愿望得以实现。大人如今境遇，非舍身不能取义也！李璇儿虽为女子，今日以此身为大人前驱，愿大人忠义长存。"

言毕，拔下了一根磨得尖尖的簪子，刺入心窝，嘴角流出黑血来，竟是同时服毒了。

文天祥这半年来遭受的打击太多：国破、家亡、受辱，此时再经历生死离别，真是说不出话来，抱着李璇儿的尸身，沉默许久。

伯颜心中亦不是滋味，不发一言匆匆离去。

从此以后,文天祥像是真的被遗忘了,再也没有人出现在土牢里。

6. 正气歌

至元十九年(1282)八月,忽必烈在和大臣议事中讨论到南人与蒙古人的政令优劣,于是问道:“南方和北方的宰相,谁是品德和能力俱备的?”

有一个臣子出列奏称:“北人无如耶律楚材,南人无如文天祥。”

忽必烈想起来文天祥还在土牢中,想必这几年来,他的心智必定大不如前了,于是下谕:“给文天祥准备丞相的位置,令兵马司优待文天祥,给上等伙食。”

然而文天祥又一次拒绝了元人给他的优待。他得到消息,出海寻找岛屿的人已经回来,大宋王室亦有后裔准备送出,楚宁给他的信息让他安心许多,现在即便是立刻赴死也得偿所愿了。

所以侍者送回来的只有一篇《正气歌》:

余囚北庭,坐一土室。室广八尺,深可四寻。单扉低小,白间短窄,污下而幽暗。当此夏日,诸气萃然:雨潦四集,浮动床几,时则为水气;涂泥半朝,蒸沤历澜,时则为土气;乍晴暴热,风道四塞,时则为日气;檐阴薪爨,助长炎虐,时则为火气;仓腐寄顿,陈陈逼人,时则为米气;骈肩杂遝,腥臊汗垢,时则为人气;或圊溷、或毁尸、或腐鼠,恶气杂出,时则为秽气。叠是数气,当侵沴鲜不为厉,而予以孱弱俯仰其间,于兹二年矣,无恙。是殆有养致然,然尔亦安知所养何哉?孟子曰:“我善养吾浩然之气。”彼气有七，吾气有一，以一敌七，吾何患焉！况浩然者，乃天地之正气也，作《正气歌》一首。

天地有正气，杂然赋流形。下则为河岳，上则为日星。於人曰浩然，沛乎塞苍冥。皇路当清夷，含和吐明庭。时穷节乃见，一一垂丹青。在齐太史简，在晋董狐笔。在秦张良椎，在汉苏武节。为严将军头，为嵇侍中血。为张睢阳齿，为颜常山舌。或为辽东帽，清操厉冰雪。或为《出师表》，鬼神泣壮烈。或为渡江楫，慷慨吞胡羯。或为击贼笏，逆竖头破裂。是气所磅礴，凛烈万古存。当其贯日月，生死安足论。地维赖以立，天柱赖以尊。三纲实系命，道义为之根。嗟予遘阳九，隶也实不力。楚囚缨其冠，传车送穷北。鼎镬甘如饴，求之不可得。阴房阒鬼火，春院闷天黑。牛骥同一皂，鸡栖凤凰食。一朝蒙雾露，分作沟中瘠。如此再寒暑，百沴自辟易。哀哉沮洳场，为我安乐国。岂有他缪巧，阴阳不能贼。顾此耿耿在，仰视浮云白。悠悠我心悲，苍天曷有极。哲人日已远，典刑在夙昔。风檐展书读，古道照颜色。

忽必烈阅后，感叹不已：“没想到他竟养成浩然之气了！”不料这时候，有一个消息令处置文天祥的事再也耽搁不得了。

这件事要追溯到几年前的一封信。

当年，文天祥南下勤王之时见山河破碎，似有预兆，当时便令心腹小将名为韩令辰者，带领数千人悄悄地驾着大船出走，往海上寻找岛屿以作后盾，张世杰只知道文天祥要了大船，却以为是水军断后所用，并不了解文天祥的这番安排。可是不承想，大宋亡国那么快，以至于他们还没有回来，大宋便灭亡了。原本文天祥想着，若是大船能够回来,岭南地区的大宋宗室也可以有个依托,不至于成为元人的平民。

两年前楚宁携华训北上大都的时候,得知此事,赞叹之余又觉得非常冒险,因为海上寻找岛国,并不是一朝一夕的事情,有时候甚至一去数年。若是将希望寄托在此处,不知道要等到何年何月。

但是令楚宁和文天祥都没有想到的时候,第二年,韩令辰悄悄回来了。来到广州,去寻找文天祥所留下的人时,却发现国破家亡,相熟的人们都不在了,只有一个楚宁尚且守着。韩令辰不认识楚宁,却十分信任华训,便将出海的事告知她。华训此时才知道文天祥的最后安排,道:“先生真是殚精竭虑啊!”

楚宁却详细地问起韩令辰所到之处的地理及风土人情。韩令辰道:“当时以为是一片陆地,后来发现是许多岛屿,岛上并无大麦,却有水稻,然而耕作很落后……四季炎热,下雨颇多,然而植物丰茂,颇适合繁衍生息。

“我们去的时候顺风而顺水,回来的时候又顺风而顺水,想必那里的洋流是随着季节变化的。到达的时候我们有四千多人,多为男子,现在有两千人跟我回来,有一些想要说服自己的家人同去的,也有不耐高温愿意回来的。

“现在我们的大船都驻扎在珠江口的海山,那里离陆地颇远,又有山石阻挡,并不容易被人发现。”

楚宁听了半晌,惊讶道:“你们莫非到了南洋?我听海上过来的人说,南洋多岛屿,四季如夏,人们不通文字,实在是未开化的荒蛮之地啊!”想了想又道,“如此也好,正如世外桃源了!”

当下几人商定已毕,韩令辰见楚宁做事井井有条,便请他安排。楚宁便令一股人在岭南、泉州寻找宋室子弟及宫人,尽述海外之事,愿意出海者都可跟随而去。如此数月,竟然集合了男女老幼万余人。韩令辰又设法购买大船,趁着洋流转向,便从珠江口隐秘出海而去。

楚宁将宋室子弟送出海之后,带着华训来到了中山府。这是离大都最近的一个地方,这一次楚宁倾尽了所有的力量聚集在这里,名为救出文丞相光复大宋,私心里想解决华训的执念。中山府数日间聚集了数千人,引起了当地人的警觉。

华训亦有所察觉,便对师兄道:"人数太多,已经引起警觉,此地不宜久留了。"

楚宁道:"正是。江湖人虽然有本事,却不服管教。这么多人,虽然都说是来救文丞相的,但是人多了难免走漏消息。没办法,事急从权,只好提前发动了!"

然而未等他们安排妥当,大元的探子已经打探到了此事。

朝廷立即下令戒备,对于文天祥的处置,也到了最后决定的时刻了。

至元十九年(1282)十二月初八,忽必烈召见文天祥,亲自劝降。文天祥被带到皇宫大殿上,长揖不跪。侍卫官强行让他下跪,他仍昂首挺立。

忽必烈暗暗赞叹,没想到这些年了文天祥仍然不改本色,真是钢铁般的心智!他对文天祥说:"你坐牢已经好几年了,如能改心易虑,忠心为我做事,当令你在中书省有一坐处。"

文天祥冷哼一声,坚定地回答:"大宋灭亡,只求速死,不当久生。"

"不愿当宰相就当枢密。"忽必烈旁的长吏说。

"不能当。"文天祥毫不含糊地回答。

“你究竟愿意怎么样?”忽必烈最后问道。

“但求一死足矣!”

忽必烈无可奈何,又觉得索然无味,便下谕:“明日便处决,文天祥既然求死,就成全他吧。”

公元1283年一月九日,这是文天祥就义的日子。这一天,监斩官率领士兵和乐队到兵马司监狱,顿时金鼓齐鸣。

文天祥神情泰然地环顾左右说:“我事毕矣!”即被戴上刑具,押到柴市。

到了刑场,文天祥大声问了数声:“哪边是南方?”得到回答后,遂即向南拜了两拜,从容就义,终年四十七岁。

此时中山府众人谁也不曾料想,数年的准备竟然一朝全部白费了——下令处决和行刑的日子竟然相隔仅一天。等他们得到消息赶到大都的时候,却赶上为文天祥收尸。众江湖人士便就地解散,有人自行离去,有人盘桓数日动辄大哭,后亦离去。王应梅得知此事后大哭不已并作文祭之,将原名“王应梅”改为“王炎午”,然而这次再也没有人理会他了。

冬日,大雪。大都。

一个狭小的院子里,一个清冷的女声缓缓朗诵道:“吾位居将相,不能救社稷,正天下,军败国辱,为囚虏,其当死久矣!顷被执以来,欲引决而无间。今天与之机,谨南向百拜以死。其赞曰:孔曰成仁,孟曰取义,惟其义尽,所以仁至,读圣贤书,所学何事?而今而后,庶几无愧!宋丞相文天祥绝笔。”朗诵到最后,女子的声音呜咽不已。

上首的一位老妇人道:“这是我为先夫收尸的时候,在衣带间发现的一篇文字，乃是先夫绝笔之作，就由你来保存吧！”

华训大哭起来。

楚宁问道：“不知欧阳夫人有何打算？”

欧阳氏数年来身心俱疲，已是一个老妪的样子了，缓缓道：“自李璇儿自尽，环娘和柳娘随着蒙古公主远嫁他方，我这没用的人也从教坊除名了，自问这一生已经没有了牵挂。”

楚宁见她了无生机的样子，便问：“夫人可愿意随我们南下？栓儿正没有长辈教导。”

华训亦恳切道：“夫人请随我们南下吧。”

欧阳氏叹道：“是了，是了，栓儿亦是吾儿，岂有不理会他的道理？老妇自当随你们而去。”

于是待到雪过天晴，三人便结伴南下而去。